LES MOISSONS MORTES

SARAH FRYDMAN

LES MOISSONS MORTES

ALBIN MICHEL

ISBN 2-266-07289-7

A mes grands-parents Frydman, morts dans un pogrom à Stopnica, 1907.

A mes grands-parents Lieberfreund, morts en déportation à Auschwitz, 1942.

A ma tante Régine Lieberfreund, morte en déportation à Auschwitz, 1943.

A mes tantes Berta, Ida, à mon oncle Ajou, à leurs époux et épouse, et à leurs enfants, morts en déportation à Auschwitz, 1942.

« ... Les Juifs se sont réfugiés sur un sol que nul n'a intérêt à leur disputer, sur des roches que nulle route ne peut rendre accessibles, dans des vallées sans eau... Voilà la Judée, voilà le site de ce peuple dont le destin a été d'être proscrit à toutes les époques de son histoire... Un tel pays, repeuplé d'une nation neuve et juive, cultivé et arrosé par des mains intelligentes, fécondé par un soleil tropical, un tel pays, dis-je, serait encore la terre de promission aujourd'hui si la Providence lui rendait son peuple et la politique, du repos et de la liberté !... »

Lettre d'Alphonse de Lamartine, 1830

PREMIÈRE PARTIE

1892-1899

LES ROIS DE VIENNE

Printemps 1892

Le train international Moscou-Varsovie-Cracovie-Vienne était arrivé en gare depuis plus d'une demi-heure, et la foule n'en finissait pas d'aller et venir... Parmi le dernier groupe de voyageurs qui traversaient le hall mal éclairé, quatre jeunes gens attiraient sur eux plus d'un regard moqueur. La curiosité éveillée, certains s'arrêtaient même un instant pour mieux dévisager ces trois garçons de seize à dix-huit ans, accompagnés d'une jeune fille à peu près du même âge. Fatigués, hagards, ils se laissaient ballotter de-ci de-là. Leur tenue insolite et leur monceau de paquets provoquaient les ricanements et les remarques des passants. « ... Ce sont des Russes !... ou peut-être des Polonais..., chuchotait-on. Des juifs, sûrement ! Regardez donc cette dégaine ! Ils vont mourir de chaleur dans cette tenue. »

En effet, les vêtements dont étaient affublés les voyageurs ne convenaient guère à la douceur du printemps viennois. Ce qui les faisait désigner comme juifs venait de l'un d'eux, le plus jeune, David Langer, qui arborait le traditionnel caftan et le large chapeau, le tout d'un noir luisant. Mais son visage d'adolescent encadré de boucles blondes, ses larges yeux bleus et son soupçon de barbe suscitaient davantage l'attendrissement que la moquerie. Les deux autres, Saül Lozwitzky et Haym Landon, étaient accoutrés de manteaux de skunks, de bottes cosaques, de tuniques et de chapkas tout à fait insolites en ce lieu et en cette saison. Seule la sœur de

Saül, Dina, au visage plein, aux pommettes saillantes, accrochée au bras de son tout nouvel époux Haym, était convenablement vêtue d'une ample jupe noire à traîne et d'une large cape de drap, noir également, qu'elle avait rejetée en arrière. Un corset affinait sa taille et l'obligeait à se tenir droite. Visiblement, elle était gênée par cet accessoire, et sans doute n'était-elle guère accoutumée à en porter car, à plusieurs reprises, déposant ses paquets à même le sol, elle tira sur les baleines de son corset en soupirant :

— Dieu de Dieu ! Vivement que nous soyons enfin arrivés, que j'oublie cette chose abominable ! Saül ! Pourquoi maman est-elle persuadée qu'une femme ne saurait vivre sans corset ?

Ainsi interpellé, Saül Lozwitzky, superbe garçon brun aux yeux bleus, se tourna vers elle.

— Allons, Dina, un peu de courage ! Tu enlèveras ça dès que nous serons arrivés. J'espère, continua-t-il le visage soucieux, que M. Brenner est venu nous attendre. Je ne me vois pas courir toute la nuit dans Vienne à la recherche de notre cher professeur... Et il faut économiser les quelques kopecks qui nous restent.

Il s'immobilisa et ses compagnons l'entourèrent. Leurs regards anxieux parcoururent les alentours, sans résultat. Saül sortit alors un papier de l'une des innombrables poches de sa houppelande et, sans doute autant pour se rassurer que pour rassurer ses compagnons, il relut pour la vingtième fois depuis le début de leur voyage la lettre envoyée par le professeur Brenner :

... *Si par hasard je ne suis pas à la gare pour vous accueillir le 28 avril à dix-huit heures, ne cherchez pas mon adresse, vous risqueriez de vous perdre, et ne prenez pas de voiture, cela vous reviendrait trop cher. Attendez-moi au café Griensteidl, qui se trouve non loin de la gare. Tout le monde me connaît là-bas, et comme cela vous ferez immédiatement connaissance avec tous ceux qui comptent à Vienne. Mais soyez tranquilles, mes chers amis et élèves, je serai là ! Je veux être le premier à vous accueillir à Vienne !...*

— Vous voyez ! dit Saül triomphant. Nous n'avons aucune raison de nous inquiéter ! Je suis sûr que notre cher professeur Brenner sera là !

En formation compacte, de crainte de se perdre dans la foule, les jeunes gens se dirigèrent vers la sortie, sourds aux réflexions ironiques et aux quolibets qui jaillissaient sur leur passage. Soudain, Haym Landon, qui se singularisait par une abondante chevelure rousse et une taille qui défiait toute concurrence, s'écria d'une voix si tonitruante que tous les voyageurs qui s'attardaient encore sur le quai le dévisagèrent d'un air inquiet :

— ... Hé !... Il est là !... Professeur !... Professeur ! Par ici !... Nous sommes ici !... Par ici...

Et en effet, jouant des coudes, marchant sur des pieds, donnant de-ci de-là quelques coups de canne sans se soucier des protestations indignées de ceux qu'il maltraitait ainsi, un curieux personnage se dirigeait vers le petit groupe. Court sur jambes, aussi large que haut, étonnamment agile pour sa corpulence, le professeur Brenner fendait la foule à coups de canne et d'interjections répétées. Une barbe impressionnante, grise, parsemée de miettes de pain, lui couvrait l'estomac. Son visage tout rond, ses yeux rieurs, son nez rougeoyant attiraient d'emblée la sympathie. Rares sont les personnes dont on peut dire dès le premier instant, dès le premier regard : « Ah ! voici un homme de cœur... » Le professeur Brenner était incontestablement une de celles-là.

Il répondit par des moulinets de sa canne aux appels de Haym. Et bientôt, écrasant incidemment quelques pieds au passage, il fut dans les bras de ses élèves.

Deux ans plus tôt, le professeur Brenner, alors nommé dans l'un des plus importants lycées d'Etat de Radom, à soixante kilomètres environ de Stopnica, avait découvert ces quatre jeunes musiciens en herbe dont le talent l'avait enthousiasmé. Saül et sa sœur Dina, David et Haym étaient tous les quatre originaires de Stopnica, petite ville sous contrôle russe depuis le début du XVIe siècle, et achevaient leurs études générales dans un lycée juif. Il avait su convaincre les parents de ces jeunes gens de leur permettre de suivre des cours de musique au Conservatoire de Vienne ; il les embrassait maintenant avec effusion. Tous les quatre partageaient la même passion pour la musique et cela faisait plus de trois ans qu'ils luttaient pour persuader leurs parents respectifs de les laisser entreprendre des études musicales. Dans une bourgade comme Stopnica, il était mal vu pour un rejeton juif qui ne mourait pas de faim de quitter ses père et mère pour aller « étudier » Dieu savait quoi dans une ville de perdition comme Vienne.

« Il faut leur donner leur chance !... » avait tonné le professeur Brenner, juste avant son départ pour Vienne, un samedi soir après le shabbat. Il avait invité les trois pères de famille à boire de la vodka. Il pensait qu'un verre de vodka ou deux, d'une part, ne pouvait faire de mal à personne et, d'autre part, faciliterait le dialogue. « Etes-vous propriétaires de la vie de vos enfants pour leur imposer votre volonté ? Pensez-vous que c'est ici, à Stopnica, ou à Radom, cette ville d'ivrognes polonais, qu'ils pourront étudier convenablement ?... »

Les pères Lozwitzky, Landon et Langer étaient flattés d'avoir engendré de futurs virtuoses, mais ne tenaient pas précisément à ce que leurs rejetons devinssent des « artistes ». Aucun d'eux n'était riche, et les études musicales étaient coûteuses.

Le père de Saül et de Dina Lozwitzky avait cédé le premier. Père de sept enfants, il exerçait la profession de forestier avec ses fils aînés, et il n'avait guère envie de s'encombrer l'esprit avec les exigences ahurissantes d'une fille au caractère difficile et d'un « petit dernier » qui venait de célébrer ses dix-huit ans et mesurait près d'un mètre quatre-vingts. « Si au bout de ces deux années de Conservatoire, tu n'es pas premier violon au Philharmonique de Vienne, tu reviens à Stopnica travailler comme moi dans les forêts des comtes Ortoutchko », dit Avrom Lozwitzky à son fils Saül. Lequel acquiesça d'autant plus volontiers qu'il était convaincu que rien ne l'empêcherait de marcher sur les brisées de Gustav Mahler lui-même ! Il promit tout ce que son père exigea de lui, y compris de ne pas séduire des jeunes filles « goy » qu'il serait obligé d'épouser ensuite.

Sa sœur aînée, Dina, vingt ans, était une forte tête. Une « libre-penseuse » qui faisait front en permanence contre sa mère, contre la religion, contre les hommes, et qui déclarait à qui voulait l'entendre et surtout à ceux qui ne voulaient pas l'entendre : « Je fais ce que je veux de ma vie ! Personne ne me dira qui je dois épouser et qui je ne dois pas épouser !... Et si un jour je suis amoureuse d'un goy, je l'épouserai ! Quand bien même vous devriez me tuer après ! »

Seule fille d'une famille de sept enfants, elle s'était révélée dès sa naissance pire que ses frères, prétendait son père. De deux ans plus âgée que Saül, elle l'adorait positivement mais usait de son influence sur lui, et elle en avait fait un libre-penseur, ce qui faisait beaucoup dans cette famille pieuse et respectueuse des lois talmudiques. Ainsi, Dina avait toujours décrété que si jamais on la mariait sans la consulter, elle s'enfuirait le jour de ses noces avec l'argent de sa dot. De même que, lorsqu'elle apprit, vers l'âge de treize ans, que les femmes devaient se raser la tête le lendemain de leur mariage et porter perruque, elle déclara tout net devant l'assemblée de femmes — mère, grand-mère, tantes, cousines, qui lui tenaient ce langage : « Si jamais quelqu'un touche à mes nattes, je le massacre de mes propres mains. »

Elle fit sa *bar-mitsva,* parce qu'elle avait découvert que la loi talmudique l'y autorisait, et obtint de suivre des études de musique. Puis elle tomba éperdument amoureuse de Haym Landon, un grand gaillard de dix-huit ans qui tenait fort bien le violoncelle dans les bals, et encore mieux la vodka, et déclara tranquillement qu'elle voulait l'épouser, lui et nul autre.

— Une jeune fille ne peut décider seule du choix de son époux ! gémit sa mère, qui regrettait amèrement le gendre bien sous tous rapports que lui avait proposé Mme Lanzman, la marieuse de Stopnica.

— Et pourquoi donc ?

— C'est la tradition.

— Moi, la tradition, je m'en moque ! Ce n'est pas Mme Lanzman qui aurait été forcée d'épouser cet imbécile de Jacob. C'est moi ! Et moi, je ne veux pas... Je veux Haym Landon !

— Une jeune fille ne dit pas « je veux ! » dit sa mère avec effroi

— Moi si.

— Haym Landon n'aura pas un kopeck. Son père ne veut pas qu'il t'épouse ! Il te trouve trop dévergondée. Il dit que tu as une très mauvaise influence sur son fils. Que tu veux en faire un artiste...

— Haym Landon se moque de ce que son père veut ou ne veut pas. Haym est un grand artiste... Enfin, il le sera peut-être un jour... Et nous allons nous marier, que nos pères le veuillent ou non...

— Il a deux ans de moins que toi ! Tu te rends compte que tu es la plus âgée ?

— Et alors ? rétorqua Dina. Il faut bien que l'un des deux soit un peu plus âgé. A mon avis, mieux vaut que ce soit la femme !

— Attends au moins deux ans, implora Mme Lozwitzky pleine d'espoir. Deux ans, c'est tout ce que je demande !

Gutèlè Lozwitzky adorait sa fille ; elle lui passait en cachette tous ses caprices et dissimulait soigneusement à son époux les insolences et les fredaines de Dina. Sinon, les corrections pleuvaient et c'était elle qui sanglotait et suppliait son mari d'arrêter. Elle espérait pour sa fille une autre destinée que la sienne. On l'avait mariée à seize ans, elle avait eu sept enfants, et sa vie avait passé entre les lessives, là cuisine, la préparation des fêtes religieuses. Elle avait maintenant cinquante-cinq ans, en paraissait dix de plus et avait décidé de se battre pour ses deux derniers, Dina et Saül. « Eux au moins, pensait-elle, qu'ils aient leurs chances dans la vie ! qu'ils aient un autre destin que travailler, travailler, du soir au matin et du matin au soir ! Mes autres fils sont déjà pris dans ce piège... Ils ont tous des enfants, que Dieu les protège, mais c'est fini pour eux ! Leur vie ne leur appartient plus ! Que Saül et Dina essaient !... » C'est pour cela qu'elle avait intercédé auprès de son mari ; pour cela qu'elle avait travaillé, à s'en user les mains et les yeux, à des travaux de couture pour les bourgeoises de Lublin, de Tarnow ou de Radom : pour que ses enfants puissent s'offrir des études musicales, d'abord à Radom, puis enfin à Vienne. « Peut-être avec l'aide de Dieu, soupirait cette *yiddishe mame.* Après, je pourrai mourir tranquille... »

Que sa fille voulût se marier la contrariait bien un peu, mais cela la rassurait aussi sur la vie respectable que Dina envisageait.

Dina ayant promis d'attendre deux ans, le mariage fut donc prévu lorsqu'ils reviendraient de Vienne, munis de leurs diplômes. Mais c'était sans tenir compte de l'ardeur des deux tourtereaux. C'est à Cracovie, où le groupe s'était arrêté pour des raisons de passeports — les fonctionnaires polonais ne manifestant pas plus d'intelligence ni de cœur que leurs homologues russes —, que Haym et Dina, forcés à l'inaction par ladite administration (qui savait, mieux que personne, retarder volontairement l'envoi des papiers nécessaires pour franchir la frontière), n'attendirent pas d'autre bénédiction pour s'unir qu'une belle nuit de printemps. Le lendemain, pour ne pas être accusé plus tard d'avoir séduit sa fiancée, Haym Landon n'eut de cesse de mettre la main sur un rabbin à qui il extorqua un mariage en bonne et due forme. La *Ketouba* dûment signée, Haym et Dina se livrèrent avec délices aux joies du mariage, et en auraient oublié leur départ pour Vienne si Saül et David n'étaient venus les rappeler à l'ordre.

Lorsque Dina et Haym consentirent enfin à sortir de la chambre nuptiale, Saül et David les attendaient, bagages faits et papiers en règle.

— Papa va te mettre en charpie ! dit Saül, qui malgré tout admirait sa sœur aînée d'imposer ainsi sa volonté. Et il va tuer Haym !

— Alors il faudra qu'il vienne nous chercher, Haym et moi ! rétorqua-t-elle. Nous avons décidé de quitter l'Europe et d'aller nous installer en Amérique ! Tout est à faire là-bas !

— En Amérique ? (Les yeux de Saül étincelèrent.) Grand Dieu, en Amérique !...

Dina éclata de rire et embrassa son frère affectueusement.

— Si tu veux, viens avec nous ! A Vienne, nous nous débrouillerons pour gagner un peu d'argent afin de payer le voyage et prévoir une petite somme avant de pouvoir nous installer. Qu'en penses-tu ?

Saül avait secoué la tête en signe de dénégation. Il voulait achever ses études musicales. C'était cela qu'il avait en tête, et seulement cela ! Etre un grand musicien, comme Gustav Mahler, comme Anton Bruckner, comme Johannes Brahms.

— Et toi, David ? avait-il demandé à leur compagnon de voyage, quatrième de leur quatuor, qui refusa cette proposition avec indignation.

David Langer était violoniste et il rêvait de composer des opérettes. Pas des opéras, ni de grandes symphonies ni des concertos, juste des opérettes viennoises comme celles qui l'avaient tellement ébloui et amusé, lorsqu'en cachette de ses parents — ils l'eussent banni s'ils avaient découvert les goûts dévoyés de leur rejeton — il avait assisté à une représentation de *La Chauve-Souris*. Depuis lors, son idole avait pour nom Johann Strauss. Toujours en cachette, il avait appris à jouer toutes les valses viennoises. Il aurait pu toutes les diriger sans exception, sans partition. Non, l'Amérique ne le tentait pas. Juste Vienne. Vienne, capitale de la valse. Vienne, dont il avait fait son rêve le plus cher...

Lui-même composait des mélodies légères, charmantes, un rien mélancoliques sous leur apparence folâtre. Cela se retenait facilement, se chantonnait encore plus facilement, mais déplaisait souverainement à sa famille qui luttait avec le dernier acharnement contre la vocation de David : il serait tailleur et éternel élève du Talmud, ou il ne serait rien. Tiraillé entre l'amour qu'il portait à ses parents, ses études et sa chère musique, David, qui n'avait pas encore seize ans, n'aurait pu imposer sa volonté sans l'entremise du professeur Brenner. « Tu veux composer des opérettes, mon garçon ? dit à son fils David le vieux Motke Langer. Eh bien va ! Compose cette musique de goy ! Quand tu en auras fini, tu reviendras comme *hazan* à la synagogue et tu épouseras une belle jeune fille de chez nous ! » Fou de joie d'obtenir cette autorisation, David promit également de se tenir à l'écart des jeunes filles chrétiennes. Il rougit beaucoup en faisant cette promesse « sur la Bible ». A son âge, il n'avait encore jamais connu de femme. Cette promesse le convainquit qu'il était devenu un homme et il en conçut une immense fierté. De ce jour, il regarda les jeunes filles, juives ou chrétiennes, avec un très vif intérêt. Jusqu'alors, c'est à peine s'il s'était rendu compte qu'une autre variété d'humains existait en dehors de la gent masculine.

Chez les Landon, l'annonce du fils aîné plongea la famille dans un profond désarroi. Le père jeûna pendant trois jours et ne donna son autorisation que sur l'injonction expresse du rabbin qui, lui, ne rêvait que d'une chose : débarrasser la communauté juive de Stopnica d'éléments aussi perturbateurs que l'étaient Haym Landon et Dina Lozwitzky.

— Depuis leur retour de Radom, se plaignait le rabbin, les jeunes filles sont devenues insolentes. Elles se promènent sans fichu sur la tête. Hier, une jeune épouse a refusé de se raser la tête. Et votre fils Haym ! Malheur sur nous ! Il veut la révolution ! Quelle révolution ? Il va nous faire assassiner dans un pogrom, voilà ce qu'il va gagner avec sa révolution ! Laissez partir votre fils à Vienne ! C'est très bien, Vienne ! C'est une ville pour lui !...

Il n'ajouta pas — mais il le pensa : « Et Vienne est à une journée de train de Stopnica ! » Un instant, il fut tenté de conseiller Paris, ou même New York, mais il n'osa le faire. Envoyer un fils d'Israël dans ces villes de perdition aurait pu être un péché fort grave, en vérité !

— Vienne ! répéta-t-il en soupirant.

Alors le vieux Landon céda et tint à son fils ce langage :

— Tu as voulu Dina Lozwitzky comme fiancée ? Cette péronnelle qui t'entraîne loin de ta famille, dans une ville étrangère, et dont les parents eux-mêmes ne veulent plus entendre parler ? Eh bien, va, mon fils ! Tu l'épouseras ! Et tu feras ton malheur de ta propre main ! Ne viens pas te plaindre après ! Epouser Dina Lozwitzky ? Oïe ! oïe !... Et tu veux être musicien ? Parce que fabriquer des tricots n'est pas assez bien pour monsieur mon fils !... Eh bien, monsieur mon fils, lorsque tu comprendras que le violoncelle n'est pas un métier pour un bon juif et qu'on ne peut, en tout bon sens, rêver pire épouse qu'une jeune fille comme Dina, car celui qui l'épousera connaîtra le malheur toute sa vie, alors tu reviendras à la maison à Stopnica, où ta place t'attend à la fabrique de tricots. Et si tu le veux, je t'aiderai à t'installer à ton compte à Radom !

Haym Landon n'en demanda pas davantage. Partir avec ce qu'il aimait le plus au monde, Dina et son violoncelle, était tout ce qu'il pouvait souhaiter. Il embrassa ses parents avec beaucoup d'affection, et même un secret désespoir. Il savait qu'il ne reviendrait jamais à Stopnica.

C'est ainsi que, munis de ces bénédictions et d'un petit viatique, les quatre compères s'engouffrèrent dans un wagon de quatrième classe, en compagnie d'autres privilégiés de leur espèce laissant derrière eux la Sainte Pologne et la Sainte Russie, leurs moines crasseux, imbéciles, ignorants, et leurs pogroms, pour gagner la Terre promise : Vienne... Vienne où, dès 1848 par décret, l'Empereur avait émancipé les juifs et leur avait donné la pleine citoyenneté, où un juif pouvait être l'ami personnel de feu le Prince Rodolphe, de l'Empereur François-Joseph ou de l'Impératrice Elisabeth. Vienne et son fameux Prater, Vienne et son Philharmonique, ses cafés littéraires et musicaux, son Burgtheater, son Opéra... Vienne, creuset de toutes les gloires artistiques, intellectuelles, scientifiques.

Et maintenant ils étaient à Vienne. Là, dans cette gare enfumée, bondée, bruyante, déjà obscurcie par le crépuscule. Eblouis, fatigués, affamés, ravis, ivres de liberté et riches de quelques kopecks qui ne dureraient pas un mois...

— Venez ! dit le professeur Brenner — après avoir perdu au moins un bon quart d'heure en salutations d'usage et en excuses dues à son retard... Je vous ai réservé une chambre chez ma propre logeuse qui possède une fort belle maison et prépare les meilleurs *Wienerschnitzel* avec des pommes sautées et des oignons — un vrai délice ! Et c'est servi à volonté. Vous ne pourrez pas terminer vos assiettes... Nous verrons plus tard comment organiser votre vie et surtout comment gagner un peu d'argent pour votre pension et vos repas. Mais pour ce soir, ne vous faites pas de souci, c'est moi qui vous invite !

Cet argument majeur emporta l'adhésion enthousiaste des jeunes gens. Difficile de résister, après ces dix heures de voyage, à la perspective d'un vrai repas chaud et copieux.

— Allons-y ! déclara Saül, arborant un large sourire réjoui. L'idée d'un *Wienerschnitzel* et d'une bonne platée de pommes de terre sautées est ce qui peut me séduire le plus en ce moment !

— Tu oublies. Avec des oignons. Des pommes de terre sautées « avec des oignons », soupira Haym Landon avec émotion. Et en quantité illimitée ?... Vraiment, professeur ?

— Vraiment ! affirma avec conviction l'interpellé.

— Et vous nous invitez ? insista Haym Landon, dont l'estomac se dilatait d'aise, et qui salivait déjà.

Le professeur Brenner sourit en inclinant la tête.

— Alors Dieu existe ! soupira le jeune homme. Qu'Il soit remercié jusqu'à la fin des temps...

David Langer demanda timidement :

— Est-ce... euh... euh... Est-ce casher ? Je veux dire... Le logement... la nourriture...

Il ne put achever, devant les huées de ses camarades.

— Est-ce cela un juif moderne, dans une cité moderne ? Est-ce cela un juif des « Lumières » ? tonna Haym Landon, qui, à l'énoncé du menu proposé, aurait tué quiconque se fût interposé entre lui et ledit menu... Dieu me pardonne, mais ce soir je suis capable de manger un porc entier à moi tout seul !

Le professeur Brenner rassura David :

— J'ai promis à vos parents, sur mon honneur, que vous ne feriez rien contre la religion. La maison de Frau Mandelbaum est strictement casher...

Et c'est en riant aux éclats que la petite troupe s'engouffra dans un fiacre avec armes et bagages, au grand dam du cocher, qui hurlait son mécontentement devant la volonté opiniâtre de nos voyageurs de n'en prendre qu'un seul, alors qu'il était hors de doute que deux voitures étaient tout juste suffisantes.

Frau Mandelbaum était une robuste et belle femme de quarante-quatre ans. Ses parents, des négociants relativement aisés, très pieux, l'avaient mariée à l'âge de seize ans à un homme de trente ans plus âgé, qu'elle s'empressa de détester de toutes ses forces, se refusant à lui par tous les moyens. De ses quelques années de mariage, elle préférait ne rien dire, se contentant parfois, la bouche pincée, de grommeler : « Il voulait que je porte perruque et que je marche à trois pas derrière lui ! Ici ! à Vienne ! Je partais aussitôt dans le sens contraire, et c'est lui qui me courait derrière pour me rattraper !... Enfin, il est mort : Dieu ait son âme !... Quant à moi, que le diable m'enterre si jamais je me remarie !... »

Frau Mandelbaum hérita de son défunt époux la belle demeure bourgeoise (la seule d'ailleurs de ce quartier) qui s'ouvrait sur la place du Marché dans Leopoldstadt. Mais ses moyens ne lui permettaient guère d'entretenir seule cette maison. De plus, elle s'ennuyait, à ne rien faire de la journée. Aussi, lorsqu'une de ses sœurs lui suggéra de prendre des pensionnaires, elle sauta sur cette proposition, et la maison devint le rendez-vous d'une pléiade de jeunes gens, étudiants à l'Université ou au Conservatoire. La plupart prenaient leur repas du soir chez elle, et comme elle était une excellente cuisinière doublée d'un excellent cœur, elle s'arrangeait pour nourrir ces jeunes gens le plus agréablement et le plus copieusement possible. Sa seule exigence était qu'après avoir rempli une assiette il fallait la vider sans rechigner, quel que fût son appétit... Sinon, sa colère explosait, et elle accusait son convive récalcitrant d'affamer le monde entier en ne finissant pas son assiette. « ... Jeter de la nourriture est un crime et une insulte contre les pauvres ! » professait vigoureusement Frau Mandelbaum.

Lorsque ses nouveaux locataires débarquèrent, ils n'eurent que le temps d'entreposer leurs bagages dans les chambres qui leur avaient été réservées avant de descendre manger un morceau... Déjà trônaient sur la table de la salle à manger un monceau de victuailles, saucisses de veau longues comme le bras, grillées à point, *Wienerschnitzel* tout croustillants — une montagne de pommes de terre sautées aux oignons, du pain, des strudels, *latkès*...

Tout d'abord, David Langer exigea de dire les prières puis, devant le regard courroucé de ses compagnons, il se contenta de marmonner en hâte quelques mots de remerciement à D..., puis il s'attabla.

Alors commença l'une des plus merveilleuses soirées que des jeunes gens de dix-huit ans pussent passer, entourés de Frau Mandelbaum et de quelques autres pensionnaires dont un étudiant en droit, Shlomo Hurwitz, qui, devant cette assemblée tout ouïe, assenait doctement :

— Il faut changer la société... L'homme naît bon ! C'est la société qui le rend mauvais...

Phrase qui déclencha une controverse chez deux futurs génies de la physique et de la chimie, les frères Samuel et Julius Poliakov, qui pour l'heure consentaient à prostituer leur savoir en donnant force leçons de physique, chimie et mathématiques à d'ignares petits crétins viennois, afin de payer leur pension.

— C'est l'homme qu'il faut d'abord changer ! décrétait Julius, l'aîné des frères. L'homme naît avec de mauvais instincts...

— C'est l'homme qui fait la société, et non le contraire ! approuvait Samuel.

Ce à quoi un jeune journaliste, Michaël Zysman, qui œuvrait à la *Neue Freie Presse,* et qui surtout s'enorgueillissait de travailler avec le célèbre Theodor Herzl, répliquait avec ironie que tout ce débat intellectuel était hors de propos, et que seuls la politique et le socialisme résoudraient cet épineux problème. En réalité, Theodor Herzl, l'illustre correspondant à Paris de la *Neue Freie Presse,* ignorait l'existence même de son assistant qui se contentait de dépouiller sa correspondance et de la classer, mais pour un jeune homme de dix-huit ans, n'était-ce pas là le commencement de la gloire ?

Les nouveaux pensionnaires écoutaient, fascinés, non sans prendre part à la conversation. La slivovitz, la bière et la vodka circulaient sur la grande table d'hôte éclaboussée de lumière, où traînaient encore les reliquats du dîner. Les voix s'élevaient, s'échauffaient. Tous s'écoutaient parler, se grisaient de mots, faisant assaut d'intelligence et d'ironie. Assises autour de la table, deux très jeunes filles écoutaient avidement, et parfois donnaient la réplique. Filles cadettes du frère aîné de Frau Mandelbaum qui avait neuf enfants, elles étaient arrivées six mois plus tôt d'Auschwitz, une ville de Galicie appartenant à l'Empire autrichien, pour aider leur tante, laquelle avait pensé, à juste titre d'ailleurs, que Rivka et Lea trouveraient plus facilement un mari à Vienne qu'à Auschwitz.

Rivka n'avait pas quinze ans. Elle était blonde, fraîche, ronde, et douce. Sa sœur Lea, âgée de treize ans, était fort jolie, autoritaire, très gaie, et savait déjà jouer de la prunelle pour attirer les regards masculins. Elle dominait sa sœur aînée, qu'elle soumettait entièrement à ses caprices, et se laissait gâter par sa tante, qui adorait ses nièces comme si celles-ci eussent été ses filles et qu'elle appelait affectueusement : « Espèces de Galiciennes... »

Minuit était largement dépassé, mais les nouveaux pensionnaires étaient trop heureux pour avoir envie d'aller dormir. Ils vivaient un rêve éveillé. Un rêve qu'ils avaient forgé, alimenté, grossi de toute leur passion, depuis près de deux ans. « Lorsque nous quitterons Stopnica et que nous serons à Vienne... »

Bien que leurs jeunes têtes enfiévrées, excitées, fussent alourdies de sommeil, de bonheur et d'une béatitude splendide, rien au monde ne les eût arrachés à leur siège. Ils écoutaient Michaël Zysman — lequel était persuadé que la politique, et surtout la politique étrangère, était son domaine réservé — discourir sur la « question juive », qui était devenue à Vienne le thème à la mode. Un juif devait-il s'assimiler, s'intégrer, se convertir, ou bien devait-il maintenir ses traditions et ses croyances envers et contre tous ? Tels étaient les termes du débat.

— L'assimilation est un parjure, une insulte à nos ancêtres, dit David Langer à Michaël Zysman. Nous pouvons nous intégrer dans un pays, en adopter la langue, les coutumes, mais au nom de quoi devrions-nous renoncer à ce qui fait notre essence même ? Notre religion est une religion d'humanisme, de sagesse et de lumière...

Cette phrase lui attira un regard plein de douceur de Rivka dont les yeux restèrent fixés sur lui un long moment. En revanche, elle eut le don d'irriter le journaliste en herbe.

— Voyons ! qui donc maintenant peut croire à une religion ? La religion, quelle qu'elle soit, juive, chrétienne ou n'importe quelle autre, est une entrave à notre liberté. Dieu, si jamais il existe, a-t-il exigé les bains rituels, les études dans des maisons fermées au monde extérieur ? A-t-il vraiment exigé que les jeunes filles se couvrent la tête, se rasent les cheveux le lendemain de leur mariage ? se dissimulent bras et jambes ? soient inférieures à l'homme ? Dieu n'a jamais rien voulu de tout cela ! D'ailleurs, qui peut prétendre connaître parfaitement ce que Dieu a voulu ?... C'est pourquoi il faut se libérer du joug de la religion, pas seulement nous autres, juifs, mais tous les êtres humains ! Vous prétendez que notre religion est une religion de lumière ? Oui, si nous allons vers les livres et les études profanes, non, si nous nous maintenons comme nous le faisons en dehors du mouvement moderniste qui nous entraîne vers l'intégration... Nous n'avons pas le droit d'obliger des jeunes gens d'à peine treize ans à passer leurs journées à étudier le Talmud, de les priver des jeux de plein air, de sport, de théâtre, de musique... Voyez vous-mêmes quelle lutte vous avez dû mener pour avoir le droit de vivre votre rêve !

Sa voix dominait la grande salle de la pension Mandelbaum. Des étudiants, jusqu'alors absorbés par leurs propres affaires, dressèrent l'oreille et s'accoudèrent autour de la table qu'occupaient les nouveaux venus.

Michaël Zysman, conscient de l'intérêt qu'il suscitait, amplifia son verbe.

Maintenant, tous l'écoutaient. Les religieux, les socialistes, les révolutionnaires marxistes...

Michaël Zysman parla longtemps. Avec, d'ailleurs, un réel talent d'imprécateur. Sa voix était ample, chaude. Il parlait en marchant, le regard loin devant lui, grisé par sa propre jactance, par le son de sa voix. Il s'adressait à un auditoire de dix mille têtes au moins et aurait pu parler ainsi jusqu'au lendemain. Ce furent les fous rires de Frau Mandelbaum et de ses nièces qui le ramenèrent à la réalité. Petit à petit, les étudiants avaient déserté la salle, et seuls les ronflements de son nouvel auditoire, profondément endormi, saluaient ses déclarations enflammées...

Trois semaines plus tard, par une belle matinée, le professeur Brenner, très excité, arriva en trombe à la pension, alors que nos amis venaient à peine de se réveiller et, l'esprit et le corps un peu flous, tentaient comme chaque matin de se convaincre mutuellement qu'ils étaient bien là où ils se trouvaient. La veille, ils avaient assisté à l'ouverture de l'Exposition internationale de musique sur le Prater et leurs yeux étaient encore éblouis, leurs oreilles comblées par tout ce qu'ils avaient vu et entendu. Saül surtout, qui toute la nuit avait rêvé qu'il dirigeait la *Troisième Symphonie* d'Anton Bruckner... Le professeur Brenner déclara qu'il avait trouvé pour tout l'été — c'est-à-dire juin, juillet, août — du travail à ses jeunes élèves. En raison de l'exposition, justement, le café Griensteidl cherchait des musiciens capables de jouer quatuors, valses, mazurkas ou rhapsodies, pour leurs clients de l'après-midi et, le cas échéant, pour quelques soirées privées... Chaque café, chaque restaurant mettait son point d'honneur à offrir à ses clients, en ces jours de fêtes musicales, les meilleurs divertissements. Bien que l'heure matinale ne se prêtât guère aux libations, les jeunes gens, ravis de cette heureuse nouvelle, convièrent toute la pension Mandelbaum à partager leur bonne fortune. Ce fut l'occasion d'une tournée générale de vodka... et une deuxième tournée fut versée lorsque le professeur annonça :

— Et j'ai une bien meilleure nouvelle encore, mes enfants. Dimanche prochain, le Baron Elie von Lichtfeld va donner une grande soirée pour la *brith mila* de son premier petit-fils, né il y a cinq jours. Pour je ne sais quelle raison, l'ensemble musical qu'il avait engagé ne peut pas assurer la soirée. Le Baron Elie m'a donc chargé de lui présenter quelques musiciens. J'ai immédiatement pensé à vous et je me suis porté garant de votre sérieux. Il y a un millier de florins à vous partager. La réception est prévue pour dimanche soir... ce qui vous laisse quarante-huit heures pour vous préparer. Dites-vous bien qu'il y aura là toute la fine fleur de la société juive de Vienne. Si vous plaisez, les engagements pour les fiançailles, les mariages, les anniversaires, les *bar-mitsva,* les *brith mila* vont pleuvoir et vous n'aurez qu'à choisir... Saül ! puisqu'il est dit que c'est toi qui diriges votre quatuor, c'est toi qui iras, demain après-midi, voir le Baron Elie. Il a demandé à entendre l'un de vous. Un seul suffit. Il estime qu'un bon musicien ne saurait former un quatuor avec de mauvais musiciens. Alors, c'est dit, Saül ?

— Bien sûr !... Où habite cet envoyé de Dieu ?... Car il s'agit là d'un ange pour le moins...

Le professeur Brenner éclata de rire.

— Sa demeure est sur la Ringstrasse... Tu devrais aller y faire un tour avec tes amis.

Puis, voyant que les nièces de Frau Mandelbaum sautaient d'un pied sur l'autre, rouges d'excitation et mourant d'envie de se joindre au groupe, le professeur Brenner fit valoir à Frau Mandelbaum que Rivka et Lea seraient des guides parfaits.

En moins de temps qu'il n'en faut pour le dire, Rivka et Lea furent gantées de fil blanc, chapeautées d'immenses capelines garnies de fleurs artificielles et se retrouvèrent au bras de Saül et de David. La petite troupe se dirigea vers le Prater.

Une foule énorme s'y pressait. Le Prater, gigantesque

parc public dont l'Empereur Joseph II avait, en 1766, accordé l'accès au « bon peuple viennois... », était la promenade favorite de tous, jeunes ou vieux, hommes ou femmes. Le Wurstelprater, la partie la plus populaire, avec ses cafés, ses manèges, ses baraques foraines, était un lieu de réjouissances un peu canaille, où venait se distraire une grande partie de la bourgeoisie viennoise.

Bien qu'en apparence tout le peuple viennois se retrouvât égalitairement dans les allées ombreuses du Prater, chaque catégorie sociale avait ses codes, ses lieux privilégiés et, tout en se côtoyant, nul ne se mélangeait ni a *fortiori* ne parlait à qui n'était pas de sa caste... D'un côté les filles et les militaires, d'un autre les étudiants et leurs compagnes ; là-bas, c'étaient les mères de famille, les nourrices, parfois d'honnêtes fiancés rougissants qui se promenaient main dans la main, osant à peine de temps à autre un timide baiser sous l'ombre d'un arbre ; dans certains cafés-concerts du Wurstelprater, on remarquait des aristocrates ou des grands bourgeois en rendez-vous galant... Cela se voyait au comportement de leurs belles amies en goguette : leurs immenses capelines étaient recouvertes d'une épaisse voilette, et seuls les dénonçaient le luxe de leurs toilettes et une certaine attitude, où la raideur n'excluait ni le charme ni l'élégance... Les autres femmes, filles du peuple, ouvrières, blanchisseuses, couturières ou employées de magasin, se promenaient « en cheveux », riaient franchement, à visage découvert, et n'hésitaient pas à se promener bras dessus, bras dessous avec leurs amoureux... Les passants allaient et venaient, bousculés par des bandes de jeunes gens dont l'accoutrement caractéristique, lavallières énormes, chapeaux sans forme, vêtements élimés, indiquait clairement que la plupart étaient des artistes.

Saül, David, Haym, Dina, Rivka et Lea marchaient, marchaient, si heureux qu'ils en étaient muets. Ils s'arrêtèrent devant des stands de tir... Ils se grisaient d'odeurs. Odeur des *Wienerle* qui grillaient sur les réchauds, odeurs de frites et de bière... odeurs multiples, odeurs magiques, qui se mêlaient à celle, poussiéreuse, de la terre chauffée par le soleil ou de l'herbe desséchée... Parfois Saül sortait de sa poche les deux pièces de cinq couronnes chacune que le professeur Brenner leur avait avancées, et il se sentait fier... quoiqu'un peu inquiet : les prix qu'il voyait affichés étaient en pfennigs, en florins — de couronnes, point.

— C'est peut-être une somme extrêmement importante ? suggéra David, toujours optimiste... Après tout, n'est-ce pas une avance sur nos cachets ?

Leurs pas les conduisirent tout naturellement vers le nouvel Opéra, inauguré en 1869. Les yeux fixés sur l'édifice, la tête dans les étoiles, un même soupir s'échappa de leur poitrine... Il n'aurait fallu gravir que les quelques marches, franchir les portes, pénétrer dans la salle... Il n'aurait fallu que quelques années de plus pour que, pleine de promesses de bonheur, la gloire fût déjà là...

Saül, le premier, s'arracha à sa méditation.

— ... Allons !... Allons voir du côté de la Ringstrasse. La demeure de notre premier client ! Rivka, Lea, nous vous suivons...

— Le monde entier est un théâtre ! murmura Dina impressionnée par l'élégance des Viennoises. Et Vienne est au centre du monde !

La Ringstrasse déroulait ses fastes. Théâtres, cafés-concerts, des cafés, encore des cafés dont les terrasses, noires de monde, s'ouvraient sur les trottoirs...

L'animation du boulevard était à son comble. Une foule hétérogène allait et venait devant les boutiques luxueusement approvisionnées, qui offraient un extraordinaire spectacle d'opulence et de variété avec lequel nul autre, nulle part au monde, n'eût pu prétendre rivaliser... D'élégants attelages se bousculaient sur la chaussée... Parfois l'un d'eux s'arrêtait. En descendait alors une femme superbement habillée, accompagnée respectueusement d'un officier de l'Armée impériale... Saül proposa de s'asseoir à la terrasse d'un café. Proposition qui fut acceptée avec enthousiasme... Mais au moment de choisir un café, de prendre place, de commander les consommations, aucun parmi eux n'ayant de sa vie mis les pieds dans un café, chacun jeta nonchalamment les yeux sur ses voisins. La carte qu'un garçon, le ventre couvert d'un grand tablier blanc, leur présenta se révéla pleine de mystère et de pièges... Saül tentait désespérément de convertir les dix couronnes du professeur Brenner en pfennigs et en florins, sans succès. Finalement, ils se décidèrent tous pour un « café viennois » accompagné d'un strudel. Avec un beau sourire, Saül mit royalement l'une des pièces de cinq couronnes sur le plateau et demanda la monnaie. Le garçon lui rit au nez et réclama cinq pfennigs supplémentaires... Penaud, Saül s'exécuta et posa l'autre pièce qui était en sa possession. Lorsque le garçon rapporta la monnaie, Saül prit sur lui de ne pas vérifier le compte et, avec une indifférence splendide, il mit toute cette « ferraille » dans sa poche.

Déjà les torchères à gaz s'illuminaient et les élégantes en tenue de soirée se pressaient vers les marches de l'Opéra dont la façade éclairée était comme une invite. Eblouis, ils restaient silencieux, admiratifs. Comment auraient-ils pu savoir que tout ce qui s'offrait à leurs regards, à leurs esprits, à leurs cœurs, que toute cette gloire de l'Empire ainsi déployée dissimulait en réalité le déclin, la décadence du XIXe siècle et de la monarchie austro-hongroise ? Comment auraient-ils pu soupçonner que derrière cette façade frivole, élégante, légère se cachait déjà la haine ? Ils ignoraient tout de Karl Lueger, qui se démenait afin d'être nommé maire de Vienne, malgré le refus de l'Empereur François-Joseph qui s'opposait de tout son pouvoir à cette candidature, jugée par lui dangereuse pour l'Empire. Ces jeunes gens qui se réjouissaient des splendeurs de Vienne au coucher du soleil pensaient sincèrement que les juifs étaient libres de vivre comme bon leur semblait dans cette belle cité... Ils ignoraient les écrits autrichiens qui avaient cours en cette fin de siècle et qui accusaient « tout fils de mère juive, tout être humain ayant du sang juif dans les veines » d'être né sans honneur et de manquer de tout sens de l'humanité. De ce fait, « nul juif, pouvait-on lire, ne peut réclamer réparation, quel que soit l'affront qu'il prétende avoir subi ».

Ils ignoraient l'ignominie et la haine meurtrière des « gentils »... Ils savouraient avec ravissement leur café viennois et les dernières miettes de leur strudel. Enfin, devant le regard insistant du garçon, ils se levèrent. Ne connaissant pas les us et coutumes viennois, ils ne laissèrent rien dans la soucoupe réservée à cet usage.

« ... Espèces de sales youpins ! » gronda le garçon en ramassant la soucoupe vide et en jetant un regard chargé de haine et de mépris vers le groupe qui s'éloignait.

Mais personne ne l'entendit.

A cause de la chaleur, les fenêtres de l'hôtel particulier du Baron von Lichtfeld étaient grandes ouvertes et laissaient échapper des bribes de musique. De nombreux équipages s'arrêtaient devant le porche. Des hommes, des femmes vêtus avec une recherche ostentatoire, entraient dans ce bel hôtel tout éclaboussé de lumière électrique.

Soudain, la porte cochère s'ouvrit brutalement sur trois jeunes gens élégamment habillés qui sortirent de la maison en manifestant une mauvaise humeur bruyante. Ils bousculèrent la petite bande qui s'était immobilisée devant la maison. L'un d'eux laissa éclater sa rage :

— Elle est impossible !... A-t-on vu jamais une gamine aussi insupportable ?

— Effroyablement gâtée, oui ! renchérit un deuxième, le visage dépité. Excusez-moi, monsieur..., ajouta-t-il à l'intention de Saül, Haym et David qui s'écartèrent.

— Nous traiter comme elle le fait de juifs honteux est tout bonnement intolérable ! précisa le troisième en passant devant Saül et ses amis. Pour ma part, je n'adresserai plus jamais la parole à cette Sarah von Lichtfeld !... Une sale gosse mal élevée, grossière, et qui de toute manière n'en fera jamais qu'à sa tête...

— Oh ! répliqua le premier des jeunes gens, tu dis ça à chaque fois !... La vérité est que tu es amoureux fou... et...

Et le reste de la conversation se perdit dans la foule.

— Hé ! hé ! dit Saül en riant. Il semblerait que cette demoiselle von Lichtfeld soit un vrai démon ! La connaissez-vous ? demanda-t-il à Rivka et Lea.

Le visage de Lea se ferma.

— La connaître ? Non, pas vraiment. Vienne est une grande ville, et les riches et les pauvres ne s'y mélangent pas. Même dans notre communauté. Il nous arrive de croiser la famille von Lichtfeld à la synagogue, dans un concert ou à l'Opéra... Ma tante nous a raconté une histoire qui en dit long sur cette demoiselle. Cela amuse ma tante, mais moi je la trouve fort grossière.

— Ah ? demanda Saül avec curiosité, et qu'est-ce que c'était ?

— Eh bien un soir, à l'Opéra, ma tante était là avec son beau-frère, le professeur Mandelbaum, qui venait d'arriver de Berlin où il exerce la profession de chirurgien. C'est l'un des plus estimables médecins de Berlin, d'ailleurs ! Tout heureuse, elle le présente à la famille von Lichtfeld. Tout se passe bien — le Baron et sa femme sont des gens qui étaient manifestement ravis de connaître notre oncle. Et leurs autres enfants aussi, Sonia, Noemi, David et Jonathan. Mais Sarah... Elle a été d'une grossièreté ! Mais d'une grossièreté inqualifiable !

— Comment cela ?

— Quand le docteur Mandelbaum lui a demandé : « Et vous, Sarah, comment trouvez-vous Mlle Anna von Mildenburg[1] ? », savez-vous ce que cette gamine a répondu ? Je vous le donne en mille...

Il y eut un petit silence. Lea savait ménager ses effets.

— ... Eh bien ! elle a dit : « Qui vous a permis de m'appeler par mon prénom ? Est-ce que je vous appelle Jacob, Samuel ou Daniel ? » J'espère que cette petite vipère a été punie d'importance !...

Saül riait de bon cœur. L'attitude de cette Sarah ne lui déplaisait pas. Il aimait assez l'orgueil, l'insolence et le sens de la repartie pour en reconnaître le droit à tout un chacun.

Par l'une des fenêtres ouvertes du rez-de-chaussée, on entendait un piano.

— Beethoven... *La Tempête...*, dit Saül, attentif.

1. Célèbre cantatrice viennoise. Maîtresse de Gustav Mahler dans les premières années de sa carrière.

— Il n'y a pas à dire... Voilà du bon travail..., murmura David.

Le visage de Lea s'allongea.

— Oh ! c'est sûrement *elle* ! dit la jeune fille. Cette chipie est, paraît-il, bonne musicienne...

— Toutes les qualités, sourit Saül. Quel âge a cette jeune personne ?

— Est-ce que je sais ? Quatorze ans ? Quinze ans ?... Un peu plus peut-être ?...

— Non, dit Rivka de sa voix douce. Sarah von Lichtfeld a mon âge, quatorze ans et demi. Elle aura quinze ans cet hiver... Je le sais parce que nous nous sommes parlé à plusieurs reprises au cours de musique de Mme Zimmerman. Nous sommes dans la même classe de solfège. C'est une bonne élève.

David Langer soupira :

— Alors, c'est ici que nous devons jouer après-demain soir ?

— Sans aucun doute, dit Haym Landon. Cela a l'air de te troubler !... Quelque chose ne va pas ?

— Sera-ce une *brith mila* très religieuse ? demanda David.

— Question stupide ! répliqua Haym Landon. Le Baron Elie est certainement un homme assimilé, tout à fait libéré des us et coutumes de nos ancêtres. Il y aura sans doute autant de chrétiens que de juifs à cette *brith mila*.

— Ah ! dit David Langer, songeur. Donc les hommes et les femmes vont danser ensemble ?

— Tu as tout compris, mon cher David ! ricana Saül Lozwitzky. Ici, tu n'es pas chez des *hassidim,* mais chez des assimilés. Autre chose ?...

David Langer secoua la tête.

— Non, dit-il. Mais je préférerais que mes parents ignorent que je vais faire danser des juifs assimilés... Quand as-tu rendez-vous avec le Baron von Lichtfeld ?

— Demain. Au début de l'après-midi..., répondit Saül.

Le petit groupe resta silencieux, plein d'espoir et d'expectative. Leur programme était prêt. Ils avaient loué des smokings (même Dina, qui avait décidé de s'habiller en homme). Mais allaient-ils plaire ?... Une même angoisse, légère, excitée, leur serrait la gorge.

— Il me tarde d'être à demain..., dit enfin Saül. Il est tard maintenant. Nous devrions rentrer...

La grande maison que le Baron von Lichtfeld avait fait construire, au début de 1875, sur la Ringstrasse élevait sur trois étages sa façade décorée avec force colonnades et cariatides. La famille von Lichtfeld était nombreuse et le Baron, qui rêvait de garder en permanence ses enfants autour de lui, avait fait construire grand, pour le futur. Six enfants à marier n'étaient pas une sinécure. Secrètement, le Baron Elie souhaitait que, même mariés, ses enfants ne quittent jamais cette vaste demeure.

Son activité d'imprésario l'obligeait à de fréquents voyages et ses enfants adoraient les retours de New York, de Londres ou de Paris ; alors on était sûr de voir surgir des malles des cadeaux superbes, originaux, qui arrachaient cris, exclamations de joie, et mobilisaient toute la famille jusqu'à une heure très avancée de la nuit...

C'était là une famille heureuse, une maison heureuse... On n'y était guère religieux, sauf le fils aîné, Isaac-Salomon, qui s'était entiché de religion et qui ne vivait pas comme un jeune bourgeois riche et assimilé, c'est-à-dire d'une manière moderne, ouverte aux « Lumières », à l'instar de nombreux juifs viennois de sa génération, tels que Theodor Herzl, Arthur Schnitzler, le jeune docteur Freud, les Zuckerkandl, Gustav Mahler, qui tous, journaliste, auteur dramatique, scientifique de renom ou musicien célèbre, avaient jeté allégrement toute la mythologie ancestrale aux orties et ne différaient guère des chrétiens par leur attitude, leur façon de manger, de marcher, de se raser, d'aller au spectacle, de lire des livres profanes. Bizarrement, Isaac-Salomon, que tout, dans son éducation, son milieu social, aurait dû pousser dans cette voie, s'était au contraire détourné de la vie profane pour l'étude des livres saints et exigeait la *cacherout*[1] pour lui et sa femme. Ce qui faisait qu'on ne les voyait guère aux repas familiaux et que le jeune couple menait une vie un peu retirée, tout entière consacrée à l'étude de la Thora, et pour l'instant à la venue au monde de leur premier-né, cette merveille des merveilles, le petit Jacob... C'était autour de lui, qui venait d'avoir six jours, que s'agglutinait toute la famille. C'était pour lui qu'allait se donner l'une des plus importantes réceptions de Vienne, ce dont, pour le moment, il se souciait fort peu. La jeune mère lui donnait le sein, adossée à ses oreillers de dentelle, toute souriante, ses longs cheveux noirs répandus sur les épaules. Pour une raison inconnue, son époux s'était violemment opposé à ce qu'elle sacrifiât sa somptueuse chevelure le lendemain de ses noces, ainsi que le voulait la coutume. Il fallait croire qu'Isaac-Salomon von Lichtfeld était fort amoureux des cheveux de sa femme pour les refuser ainsi à Dieu...

Le Baron Elie était très fier de sa descendance. Outre son fils Isaac, il avait trois filles, Sonia, née en avril 1876, seize ans, Sarah, née en janvier 1878, quatorze ans, Noemi, née en mai 1880, douze ans. Les jumeaux, David et Jonathan, nés en décembre 1881, allaient sur leurs onze ans. Chacun de ces enfants était doté d'une personnalité vigoureuse, débordante de vitalité agressive, et parfois cela donnait une atmosphère particulièrement bruyante dans la maison. On y passait des menaces de meurtre, suivies des pires malédictions, aux promesses de s'aimer et de s'entraider toujours. Au hasard des circonstances, des clans se formaient, filles contre garçons, jeunes contre aînés...

La mère du Baron Elie, Ida von Lichtfeld, avait financé une partie de la construction de la superbe maison ; il avait donc été convenu entre elle et ses autres enfants qu'elle y vivrait avec Elie. Elle était riche, auto-

1. Ensemble des règles religieuses concernant la cuisine et le mode de vie.

ritaire, plus traditionaliste que vraiment religieuse, et tolérait ses trois brus, Myriam, Rachel et Rebecca, parce que ces dernières lui avaient donné de nombreux petits-enfants (dix-sept en tout). « Et ce n'est pas fini, j'espère ! » disait-elle en regardant fixement Rebecca, la plus jeune de ses brus, qui n'avait *que* quatre enfants... Elle rappelait souvent que sa fille Deborah en avait sept et que c'était là un chiffre convenable. Grand-mère Ida aimait sa maison, sa famille, Vienne, l'Empereur François-Joseph et sa délicieuse épouse, l'Impératrice Sissi. Elle avait sangloté le jour du suicide du Prince Rodolphe, et maudit la politique. Car, comme tout Viennois qui se respectait, elle n'avait pas cru une seconde que le Prince Rodolphe s'était suicidé « tout seul ». « Je suis sûre que quelqu'un avait intérêt à sa disparition ! Se suicide-t-on pour une petite baronne Vetsera ?... »

Ses petites-filles Sonia, Sarah et Noemi étaient, elles, intimement convaincues que le Prince Rodolphe s'était tué par amour, et jugeaient fort sévèrement leur grand-mère. « Qu'est-ce que grand-mère Ida connaît de l'amour ? disait Sonia dédaigneusement. Elle est bien trop vieille pour ça ! Moi, je suis sûre qu'il aimait cette pauvre petite baronne !... »

Ses sœurs approuvaient bruyamment, et toutes trois rêvaient en secret du Prince qui saurait mourir d'amour pour elles sans pour autant envisager un seul instant d'accompagner dans la mort ce bel amour passionné.

Etre attendu par l'un des plus grands imprésarios de Vienne ressemblait au premier acte d'une pièce de théâtre dont Saül Lozwitzky, acteur principal, n'aurait connu qu'une partie du texte et aurait tout ignoré de ses partenaires... On fit attendre Saül dans un petit salon désuet, puis le même majordome qui lui avait ouvert la porte l'introduisit dans le saint des saints, le bureau du maître de maison. La vaste pièce, un peu sombre, était déserte.

Soudain une porte s'ouvrit sur un homme plutôt petit,

râblé, d'une cinquantaine d'années. Le Baron Elie s'installa dans son fauteuil et releva la tête. Ses yeux très grands, d'un bleu-gris intense, regardaient avec une fixité étrange par-delà le jeune homme dégingandé qui se tenait immobile devant lui... Saül, mort de trac, son violon serré contre lui, ne savait trop quelle contenance prendre.

— Saül Lozwitzky, né à Stopnica, élève du professeur Brenner... dit enfin le Baron Elie. Etes-vous heureux d'être à Vienne ?

Il ne souriait pas, son visage était même plutôt triste. Son regard traversait Saül sans le voir.

Un peu étonné par l'incongruité de la question, Saül répondit :

— Oui, monsieur.

Silence. Visiblement, le Baron Elie était ailleurs, loin de son bureau.

— Ah !... Bien. Et puis ? Je présume que vos études musicales ne se sont pas bornées à l'étude du violon ? Il paraît que vous voulez être chef d'orchestre ?

— J'ai étudié l'harmonie et le contrepoint.

Le Baron Elie sourit.

— Bien. Qu'allez-vous me jouer ?

— La *Campanella* de Paganini...

Le Baron Elie émit un long sifflement.

— Fichtre, murmura-t-il. Eh bien ! quand vous voudrez...

Lorsqu'il eut fini, le front couvert de sueur, il n'osa regarder le Baron Elie qui l'avait écouté en silence sans manifester aucun sentiment. Ni approbation ni désapprobation. Juste le silence attentif d'un véritable mélomane.

— Combien de temps comptez-vous rester au Conservatoire de Vienne ? demanda-t-il enfin.

— Deux ans, répondit Saül.

Son cœur battait à coups redoublés. Le Baron Elie sourit.

— Deux ans ? Seulement ? Pour devenir chef d'orchestre ? Gustav Mahler a consenti à quatre années d'études.

Saül Lozwitzky devint rouge sang de bœuf.

— Les études sont fort coûteuses au Conservatoire de Vienne.

— Oui. C'est vrai. Avez-vous pensé à demander une bourse ?

Saül haussa les sourcils.

— Une quoi ?

— Une bourse. Je vais m'occuper de cela... Vous avez peut-être du talent, jeune homme, mais votre technique laisse à désirer... Qui vous a donné vos premières leçons ? Des Tziganes ?

De nouveau Saül resta muet de stupeur. Comment le Baron Elie avait-il bien pu deviner ? Ses premières leçons de violon... Des Tziganes, en effet... Il venait d'avoir sept ans, c'était l'été, l'un de ces étés secs et brûlants où la poussière, la chaleur sont telles que l'on se sent comme liquéfié, brûlé, annihilé par l'air ambiant... Saül, sept ans, fasciné par le jeu d'un Tzigane... Si fasciné, si ébloui que, touché, le Tzigane lui fit don de son violon et accepta de lui offrir ses premières leçons, moyennant le gîte, le couvert et quelques kopecks par jour... Saül fit des progrès rapides. Bientôt, il sut faire pleurer son violon tout comme le Tzigane le lui avait appris... Mais à Radom, le professeur Brenner s'escrima à lui faire perdre cette funeste habitude... « Cela, c'est pour les Tziganes !... » disait-il lorsque Saül se laissait aller à des glissandos larmoyants

Il faut croire qu'il avait pourtant conservé quelque reste de cette déplorable technique, puisque le Baron Elie avait immédiatement décelé l'origine de ses premières leçons...

— Quatre ans, mon cher..., dit le Baron Elie. C'est le moins que vous puissiez prévoir pour devenir chef d'orchestre... A condition évidemment que vous soyez reçu au concours d'entrée, qui est fort difficile...

Saül demanda :

— Pensez-vous que j'aie quelque chance d'être admis ?

Le Baron Elie réfléchit.

— Peut-être. Sans doute... Il semble que vous soyez doué... Mais être un artiste, c'est une exigence, un sacerdoce... Accepterez-vous de sacrifier votre vie à l'Art ? de tout donner ? tout ?

Saül inclina la tête en signe d'assentiment.

Le Baron Elie reprit :

— Oui, sans doute. Vous pensez que vous allez tout donner... Nous verrons cela... Il faut être exigeant avec vous ! Si vous saviez la responsabilité qu'a un artiste ! L'Art, c'est la mémoire du monde ! Et vous, vous serez chargé de transmettre cette mémoire... C'est pour cela que la musique ne peut être seulement jolie, décorative, ou agréable à entendre au cours d'un dîner, comme le disait ce sot de Voltaire. L'Art est un témoignage et l'Art musical, le langage universel, peut-être le seul qui puisse nous rapprocher de Dieu... L'Art ne peut être pris à la légère... Il faut le respecter, être humble devant lui... Serez-vous tout cela, monsieur Lozwitzky, vous qui pensez sérieusement ne rester que deux ans au Conservatoire ?

Derechef, Saül inclina la tête en rougissant.

Souriant, son tortionnaire reprit :

— Je vais m'occuper de vous faire octroyer, à vous et à vos amis, une bourse pour payer vos inscriptions. Mais auparavant, je veux les entendre. Dès cet après-midi, demandez à vos amis de venir me rejoindre ici avec une partition de leur choix. S'ils sont de votre niveau, aucune difficulté pour obtenir une bourse du Baron Hirsch... Mais cela ne sera pas suffisant pour vivre à Vienne. Vous le savez, n'est-ce pas ?

— Je le sais, dit Saül. Aussi avons-nous formé un quatuor et nous espérons donner des concerts et, si cela ne suffit pas, nous pourrons toujours donner des leçons. Solfège, harmonie, contrepoint, violon, violoncelle, et même piano...

— Saurez-vous faire danser une société ? Animer un bal ?

— Oui. Oui, bien sûr ! répliqua Saül avec aplomb.

Saül qui, de sa vie, n'avait assisté à un bal, ignorait tout de l'art de la danse de salon, mais pensait : « Qui ne risque rien n'a rien... Il ne doit pas être plus difficile de jouer des valses, des mazurkas et des polkas qu'un quatuor de Schumann ou de Schubert... »

Le Baron Elie eut un beau sourire plein de gaieté.

— Venez me voir demain. Je vous présenterai ma famille. Demain est le jour de la circoncision. Après-demain aura lieu la réception. Serez-vous prêts ?

— Oh oui ! oui, bien sûr ! dit Saül, bénissant intérieurement le Baron Elie, le professeur Brenner, Dieu, et Vienne.

— Alors à demain, jeune homme...

En quittant la maison du Baron Elie, Saül ne put s'empêcher, à la grande stupeur des passants, d'esquisser un pas de polka des plus approximatifs. La joie la plus pure habitait son cœur.

— Et voici mes trois filles... Mes fils sont encore au *Gymnasium,* dit le Baron von Lichtfeld en guise de présentation. Venez ici, que je vous présente Saül Lozwitzky. C'est lui que j'ai engagé pour la fête, demain soir. Lui et ses musiciens sont arrivés il y a trois semaines. De... de... Stopnica... C'est cela, n'est-ce pas ?... Approchez, mes chéries.

Sonia, Sarah et Noemi s'avancèrent avec gaucherie.

— Quel long voyage ! dit poliment Sonia, fort jolie brune dont la taille fine et la grâce retinrent un moment le regard du jeune homme. Elle était habillée d'une robe longue en soie légère, le cou convenablement emprisonné de dentelle blanche. La coiffure qu'elle arborait, cheveux relevés en une sorte de pièce montée basculant sur le front, ne parvenait pas à l'enlaidir. Ce printemps 1892 était le premier printemps où elle avait le droit d'aller dans le monde... Aussi adoptait-elle un comportement qu'elle croyait sincèrement gracieux et réservé, et qui en fait était d'une affectation ridicule et touchante. Elle avait déjà assisté à trois grands bals. Riche, jolie, d'une excellente famille, elle y avait remporté un beau succès, qui lui avait déjà assuré plusieurs demandes en mariage. Du coup, elle se donnait des airs supérieurs bien irritants pour ses deux sœurs plus jeunes qui ne supportaient pas ce changement de comportement.

Sarah n'était encore qu'une écolière de quatorze ans et demi (elle tenait beaucoup à ce « et demi »...), douloureusement consciente de sa jupe courte, qui laissait à découvert ses mollets maigres d'adolescente grandie trop vite, de ses nattes qui s'enroulaient en couronne autour de sa tête, de ses bas sombres, de son tablier noir. Si elle avait su qu'on allait lui présenter un si beau garçon, qui la dévisageait avec un air moqueur, elle se serait changée en revenant du cours Schwarzwald, ce cours privé où se pressaient les héritières juives désireuses d'apprendre autre chose que l'art de tenir une maison et de recevoir les « gentils ». Dieu ! si elle l'avait osé, Sarah se serait sauvée aussi vite que possible, persuadée d'être ridicule, laide, enfantine. Cependant, quiconque observait l'adolescente engoncée dans son tablier noir eût constaté qu'elle promettait d'être ravissante. Brune aux yeux mauves ou gris lavande — suivant la couleur de son humeur —, le visage encore gonflé d'enfance, elle avait un regard direct et impérieux qui en disait long sur sa nature pugnace et volontaire.

Quant à Noemi, c'était encore une petite fille de douze ans, tout en longueur, jolie, mais sauvage et qui, dès qu'elle eut salué, se sauva aussi vite que la politesse le lui permettait...

Sarah fixait effrontément Saül qui lui rendait regard pour regard, un peu étonné cependant de l'audace manifestée par l'écolière. Comme toutes les jeunes filles de son âge appartenant à la bonne bourgeoisie viennoise, elle lisait en cachette tous les livres interdits par les parents et se faisait une image fort romantique et exaltante de l'amour, s'entichant de tous les garçons qui passaient à portée de son regard. Il n'était pas nécessaire qu'ils lui parlassent ou même qu'ils fissent semblant de la remarquer. Il leur suffisait d'exister et d'habiter ses rêves de jeune fille.

En cette fin de siècle, Vienne baignait dans une atmosphère de sensualité qui gagnait les demeures les plus fermées de la Ringstrasse, et malgré le contrôle rigoureux des parents, des gouvernantes, des précepteurs, les jeunes filles ne pouvaient échapper aux rythmes langoureux, mélancoliques, des valses viennoises, des opéras où l'on ne chantait que la passion la plus fatale, puisque mortelle. Dans les cervelles de ces jouvencelles exaltées, un opéra comme *Carmen* avait fait plus de ravages qu'on ne pouvait l'imaginer. Sarah en particulier était passionnée par cet opéra et prenait comme exemple cette toute jeune femme (Carmen a dix-sept ans) qui choisit ses amants et entend vivre libre de toute attache... La jeune fille avait décidé qu'elle ne se marierait jamais, qu'elle voulait « vivre dangereusement ». « Vivre sans folie n'est pas vivre ! » disait-elle (la jeune personne étudiait la philosophie en ce moment), de préférence à table, lorsqu'il y avait beaucoup d'invités et qu'elle savait pouvoir choquer en toute impunité — et elle confiait volontiers à ses sœurs qu'elle aurait « plein d'amants »... Ses sœurs étaient à la fois admiratives et consternées devant une telle profession de foi. « Mais que dira maman ? » avait hasardé Sonia, pour qui le « plein d'amants » de sa sœur était le comble du courage et de l'audace. Sarah répliqua alors : « Rien ! Parce qu'elle n'en saura rien !... » Ce qui, en l'occurrence, était irréfutable.

Saül Lozwitzky fit claquer ses talons comme un cosaque et s'inclina devant l'aînée des jeunes filles. Les joues pâles de Sonia se colorèrent d'un rouge vif. Elle tendit la main en souriant et son visage s'illumina d'une vive lumière qui le rendit brusquement infiniment charmant et séduisant. Saül Lozwitzky s'approcha, s'inclina derechef et, se tournant vers Sarah, reporta sur elle le sourire de commande qui découvrait ses dents blanches. Son accoutrement vaguement russe — longues bottes de cuir souple, culotte bouffante, chemise brodée — mettait en relief sa stature impressionnante. Grand, bâti en force, son visage, encadré d'un collier noir soigneusement lissé, était beau... Le regard dur indiquait que le jeune homme n'était pas de ceux qui se laissent intimider, mais ce regard s'adoucit brusquement devant la jeune écolière un peu gauche, qui s'avançait vers lui. « Ainsi, voilà la jeune personne en question ! se dit-il, amusé. C'est encore une petite fille. Une petite fille apeurée... »

— Allons, Sarah, fais ta révérence et sauve-toi ! dit le Baron Elie.

Sarah, qui se composait déjà une attitude de grande

dame, eût volontiers étranglé son père. Une révérence ! Il ne manquait plus que ça ! Elle n'avait plus dix ans tout de même ! Elle s'avança, tendit la main au jeune musicien, comme elle l'avait vu faire chez les amies de sa mère.

— Je suis heureuse de vous rencontrer, dit-elle en minaudant. Qu'allez-vous nous faire danser demain soir ?

Saül Lozwitzky regarda l'adolescente avec un vrai sourire, prit la main tendue entre les siennes et la maintint quelques instants. Ce fut au moment précis où les mains du musicien enveloppèrent la sienne que Sarah eut un choc. Cette nouvelle sensation, vibrante, bouleversante, la laissa sans voix. Ce fut peut-être à cette seconde précise qu'elle aima Saül Lozwitzky, et ce, jusqu'à son dernier jour. Elle n'osait plus le regarder. Son cœur battait à coups redoublés. Elle se haïssait de se sentir rougir, de sa tenue d'écolière. « Ce tablier noir ! vraiment ! et cette jupe courte !... Si encore j'avais de jolies jambes bien rondes, cela me serait égal de les montrer ! Mais mes jambes, avec ces affreux bas noirs, ressemblent à des bâtons de réglisse... » Les pensées de Sarah assombrissaient son visage, et Saül fut remué par cette tristesse soudaine.

— Je suis très heureux de faire votre connaissance, mademoiselle Sarah..., dit-il cérémonieusement. Eh bien, nous jouerons quelques polkas, quelques mazurkas et des valses ! Vous aimez valser, je suppose... et...

— Et ?... interrompit le Baron von Lichtfeld, les sourcils relevés d'étonnement en s'adressant à Sarah... Et au lit !... Tu ne t'imagines tout de même pas que ta mère va t'autoriser à danser ! Ce sera beau déjà si tu assistes au bal dans le grand salon, et non sur les marches de l'escalier avec Noemi, Jonathan et David.

— Oh, papa... tu m'avais promis... promis ! (Le visage de Sarah exprimait un désespoir sans bornes. C'était maintenant une petite fille que l'on punissait injustement.)

— D'assister au bal !... pas de danser...

Alors Saül intervint, totalement inconscient d'outrepasser son rôle :

— Voyons, monsieur, ne croyez-vous pas qu'autoriser une aussi jolie demoiselle à assister à un bal sans avoir le droit de danser, c'est un peu comme inviter une personne affamée à assister à un festin sans avoir le droit de manger ?

Le Baron Elie éclata de rire.

— ... Eh bien ! Voyez-vous ça !... (Il cessa de rire et observa le jeune homme avec attention.) Bah..., murmura-t-il. Allons ! peut-être avez-vous raison après tout ? Mais tout de même... Un bal à quatorze ans... et demi ! se hâta-t-il d'ajouter à l'adresse de sa fille. Je ne sais si ta mère ?...

Le visage de Sarah grimaçait comme si elle allait pleurer. Et cela, le Baron Elie ne pouvait le supporter. Voir pleurer l'un de ses enfants, n'importe lequel, lui arrachait le cœur, les entrailles, les yeux... bref, la vie !

— J'autorise ! J'autorise donc ! s'écria-t-il. Tu auras le droit de danser, fillette, mais c'est moi qui te choisirai tes cavaliers !... J'espère que tu as une robe de bal ?

— Voyons, papa ! dit Sarah rayonnante, tu m'as toi-même offert une fort jolie robe que je dois porter le jour de mon anniversaire ! Une vraie robe longue, en mousseline de soie vert d'eau, garnie de rubans de velours noir.

Son visage exprimait maintenant une jubilation exaltée — pour un peu, elle se fût précipitée dans les bras de son père et l'eût couvert de baisers. Pour cette joie, pour ce sourire retrouvé, le Baron Elie était prêt à emmener sa fille dans tous les bals de Vienne.

— Je t'ai offert une robe ? Mais tu n'auras quinze ans que dans quelques mois...

— Bah ! intervint encore malicieusement Saül. Un peu plus tôt... un peu plus tard ! Quinze ans sont vite arrivés... Et encore plus vite envolés...

De nouveau le Baron Elie enveloppa le jeune homme d'un regard pénétrant.

— C'est vrai, dit-il. Vous avez raison ! Rien de plus éphémère que la jeunesse !... Eh bien, fillette ! Je suis vaincu !... Tu danseras demain soir, dans ta nouvelle robe... Et nous veillerons à ce que tu portes une robe neuve le jour de tes quinze ans.

Il régnait dans la maison Lichtfeld ce remue-ménage propre aux grandes occasions... On croulait sous les gerbes de fleurs ; des traiteurs se bousculaient dans les salons. Tout un va-et-vient de domestiques, de livreurs. Bien que la réception officielle fût prévue pour le lendemain, un petit nombre de personnes avaient été conviées à assister à la *brith mila*... C'étaient pour la plupart les membres de la famille et les amis proches... En tout, une cinquantaine de personnes arrivaient déjà.

La porte du bureau s'ouvrit avec fracas sur la Baronne Myriam.

— Comment ?... s'exclama-t-elle, indignée. Vous n'êtes pas encore prêtes, fillettes ? Ma mère est arrivée de Leipzig, elle vous attend dans sa chambre ! Et tous nos invités sont là ! Et aussi vos tantes, Deborah, Rebecca et Rachel... Voyons, Sarah ! Il faut aller te changer. Et toi, Sonia ? Pourquoi t'être coiffée ainsi ? Qui t'a autorisée à cette extravagance ? Cela t'enlaidit, ma petite ! Pourtant, tu sais bien que Joseph Frank va venir avec son père. Tu le sais, n'est-ce pas ?... Ne te l'ai-je pas dit ? Alors, Sarah ? Tu attends quoi ? Tu comptes recevoir nos parents dans cette tenue ?...

Le visage de Sonia se ferma. Ses yeux se ternirent, sa bouche s'affaissa comme si elle allait pleurer. Elle n'aimait pas Joseph Frank, n'avait nulle envie de l'épouser mais ne se sentait pas la force de tenir tête à sa mère qui, elle, souhaitait vivement ce mariage avec l'une des plus grandes fortunes de Vienne et de Berlin. En fait, ce qui lui plaisait surtout, c'était que la famille Frank était résolument assimilée et ne comptait pas moins de cinq conversions au protestantisme parmi les siens.

Sarah vola au secours de sa sœur.

— Bah ! Ce Joseph Frank fils m'a tout l'air échappé du zoo !... Personnellement, je le déteste ! C'est un cabot prétentieux et bête à vomir ! Comment pouvez-vous imaginer un tel gendre, maman ?

— Sarah ! intima sèchement sa mère. Si quelqu'un te demande ton opinion sur le futur fiancé de ta sœur, à ce moment-là, et seulement à ce moment-là tu seras autorisée à la donner...

Pour faire diversion, le Baron Elie s'interposa :

— Voyons, ma chère, nous avons deux heures devant nous ! Nous serons largement prêts... Et laisse donc Sonia ! Si elle veut se marier, elle le fera. Sinon, d'autres jeunes gens sont là pour lui plaire... Comment va notre petit dieu ?

La Baronne Myriam se détendit. Elle consentit enfin à sourire, et alors on pouvait se rendre compte que cette femme de quarante ans, grande, un peu forte, était encore belle, et sans doute l'eût-elle été davantage si elle n'avait été persuadée que son rang social l'obligeait à se tenir droite et raide, à porter des robes de soie noire, des coiffures strictes et à penser que sourire était l'un des charmes dont les grandes bourgeoises étaient dispensées.

— Il dort ! dit la Baronne, il dort comme un petit ange. Sa mère vient de le nourrir...

Elle s'adressa à Saül Lozwitzky qui affectait de lire une partition jetée négligemment sur le piano.

— Vous êtes le musicien qui doit animer notre réception demain soir ? demanda-t-elle.

— Oui, dit Saül laconique.

— Je suppose que vous ne resterez pas habillé ainsi pour la soirée ? soupira-t-elle, les yeux fixés avec réprobation sur le jeune homme.

Sarah sentit son cœur bondir hors d'elle-même. Elle aurait tué sa mère ! Oser humilier ainsi ce merveilleux jeune homme au talent, elle en était certaine, incontestable.

— Oh, maman !... gémit-elle, horrifiée.

Mais Saül éclata de rire.

— Ah ! Je connais les usages. Rassurez-vous, madame, mon orchestre (il amplifia malgré lui ces deux derniers mots) et moi serons en smoking. Tous les quatre.

— Tiens..., s'étonna le Baron Elie. Vous serez quatre hommes ?... Je pensais que votre sœur...

Saül l'interrompit :

— Ma sœur sera le quatrième homme. Elle s'habillera comme nous... (Il hésita un instant. Devait-il mentionner que Dina et Haym Landon venaient de se marier ?)

La Baronne Myriam pinça les lèvres avec réprobation.

Une femme habillée en homme ! « Enfin ! se dit-elle. Ce sont des artistes !... Ils ne peuvent être comme nous, ni comprendre nos usages... »

Ce en quoi elle avait absolument raison.

— Pouvez-vous m'indiquer quel sera votre répertoire ? demanda-t-elle, s'attendant au pire.

— Eh bien... j'espère que mon programme vous plaira. Il y aura beaucoup de valses, de Johann Strauss fils...

— Pas trop... pas trop..., soupira la Baronne.

— Oh si ! Si ! Beaucoup de valses !... J'aime tellement valser ! s'écria Sarah en riant. Je pourrais valser jusqu'à en mourir de plaisir !

Et, incapable de dominer sa joie, elle se mit à tournoyer, les yeux fermés, tout en chantonnant les premières mesures de *La Forêt viennoise*.

Sonia intervint sèchement :

— Voyons, Sarah ! Tiens-toi un peu ! Arrête de te donner en spectacle !... Maman ! dites-lui de se taire !

La Baronne Myriam fixa Sarah d'un air songeur.

— Je n'ai pas encore donné mon autorisation pour ce bal ! Tu me parais bien jeune à quatorze ans... et demi, se hâta-t-elle d'ajouter. Qu'en penses-tu, Elie ?...

Lorsqu'elle était troublée ou peu sûre d'elle, la Baronne Myriam oubliait le vouvoiement qu'elle avait imposé à son époux et à ses filles, et elle reprenait le tutoiement affectueux que le reste de la famille employait dès qu'elle avait le dos tourné.

— Il faut laisser cette enfant danser, dit le Baron Elie. Où est le mal ? Toi-même, ma douce, si mes souvenirs sont exacts, lorsque je suis venu te faire ma cour à Leipzig, ne rêvais-tu pas de bals à n'en plus finir ?... Et tu avais quoi ? quinze ans ?

— Justement. Quinze ans révolus...

— Bah..., dit le Baron Elie reprenant à son compte ce qu'avait dit Saül quelques minutes plus tôt. Quinze ans sont si vite arrivés et encore plus vite envolés...

Myriam soupira... Soudain la fuite des années se matérialisait ; pour elle, hier c'était Sonia qui arborait sa première robe longue, son premier bal, aujourd'hui Sarah, demain Noemi. Elle se souvenait que jadis elle-même, si amoureuse de ce jeune Elie von Lichtfeld, si impatiente de pouvoir l'épouser... C'était en 1867 à Leipzig. Deux longues années de fiançailles avaient suivi la demande en mariage. Le premier baiser, en cachette des parents. La robe qu'elle portait, vingt-quatre mètres de mousseline fleurie sur une crinoline dansante, le jardin en fleurs, le parfum des lilas et des roses, le bruit des jets d'eau... Et le jeune homme qui lui disait à l'oreille : « ... Quand vous serez plus grande, je viendrai vous chercher, nous nous marierons et je vous ferai une tripotée d'enfants... Nous habiterons la plus belle maison de Vienne, et vous serez la plus heureuse des femmes... » Elle habitait la plus belle maison de Vienne, elle avait eu de beaux enfants. Six. Mais elle n'était pas la plus heureuse des femmes. Elie était un fieffé coureur de jupons et, lorsqu'il n'était pas à la maison, Myriam pouvait être sûre qu'il était en compagnie de l'une de ses innombrables maîtresses... Non, elle n'était pas la plus heureuse des femmes... En tout cas, elle ne serait plus jamais aussi heureuse, aussi insouciante, aussi puissante que ce matin de mai 1867 où elle venait d'avoir quinze ans et où Elie lui avait dit... C'est à ce souvenir que la Baronne Myriam se rendit.

— Bien... Bien... au fond c'est vrai... pourquoi pas, après tout ? Cette réception est beaucoup plus une fête de famille qu'une réception mondaine...

Etonné de sa facile victoire, le Baron Elie demanda :

— Etes-vous sûre, Myriam, que vous avez bien dormi... bien déjeuné ? Ai-je bien entendu ? Vous consentez ?... Mes oreilles n'en croient rien...

Myriam coupa court aux taquineries de son mari :

— Voyons, petites, allez vous préparer !

A ce moment précis, la porte s'ouvrit sur une servante d'une quarantaine d'années, portant encore le costume national polonais comme beaucoup de domestiques dans les maisons bourgeoises.

— Annitchek ! dit Myriam, que viens-tu faire ici ?

— C'est Mme Ida qui m'envoie. Le rabbin et le chirurgien viennent d'arriver. Mme Ida vous fait dire de venir tout de suite !

La servante parlait un allemand correct avec un fort

accent yiddish, bien qu'elle ne fût en aucune manière juive. Mais n'ayant jamais servi que dans des familles juives de Galicie avant d'être engagée par le Baron Elie, elle avait tout naturellement pris l'accent de ses anciens maîtres.

Les deux jeunes filles saluèrent Saül avec force œillades et sourires qu'elles espéraient séducteurs, et disparurent derrière leur bonne. Myriam ne tarda pas à les suivre.

Cet orgueil qu'affectait la Baronne Myriam d'appartenir à l'aristocratie juive de Vienne amusait son époux. Elle était la fille de petits-bourgeois, Moïse et Ruth Adler, imprimeurs à Leipzig. L'imprimerie s'était agrandie et la fortune de la famille Adler avait fait de même. Parfaitement assimilée, Myriam avait reçu une excellente éducation. Née à Leipzig, elle se sentait cependant viennoise et autrichienne jusqu'au bout des ongles et voyait d'un très mauvais œil tout ce qui aurait pu déranger cette certitude-là. Certitude partagée par ses amies Berta Zuckerkandl, Emma von Ephrussi, Josephine von Wertheimstein, et d'autres encore... Sans cesse Myriam s'inquiétait si un tel ou une telle qui se présentait chez elle était « de bonne famille ». Parfois, quand le snobisme un peu ridicule de sa femme l'irritait par trop, le Baron rétorquait ironiquement : « Bah ! à cinquante ou cent ans près, ne sortons-nous pas du même ghetto ? Voyons, ma chère... auriez-vous oublié l'origine de votre fortune ? N'était-ce pas une grande épicerie de spécialités juives dans le ghetto de Francfort que tenait votre arrière-grand-père ? Et votre grand-père n'était-il pas un petit imprimeur de Leipzig ?... Moi, je n'oublie pas que mon arrière-arrière-grand-père était colporteur, mon arrière-grand-père marchand de drap, mon grand-père fabricant de drap et mon père banquier... Merveilleuse progression qui fait de moi un homme riche, écouté, un imprésario estimé... Et soyez certaine que sur un point je serai intransigeant ! Je préfère que mes filles épousent un savant, un lettré, même si ce dernier est pauvre comme Job, qu'un homme riche, s'il n'est que cela ! » Et il ajoutait très sincèrement : « Si l'un de mes gendres veut passer sa vie à étudier, il y a dans cette maison assez de chambres et assez de nourriture pour y loger et y nourrir une jeune et nouvelle famille nombreuse... »

Restés seuls, les deux hommes échangèrent un sourire de connivence. Le Baron Elie leur versa deux belles rasades de cognac.

— A mon premier petit-fils Jacob et à Vienne !..., mon jeune ami ! dit-il en tendant à Saül l'un des verres, plein à ras bord du liquide ambré. A Vienne !... A la ville de Mozart, de Beethoven, de Gluck, de Haydn, de Schubert, de Schumann, de Brahms, de Johann Strauss ! Eh oui, même Johann Strauss ! Qui mieux que lui a su exprimer dans ses valses, en apparence si légères, si frivoles, si gaies, toute la mélancolie de l'âme viennoise ? Nous sommes des mélancoliques, mon jeune ami ! Chaque pierre, chaque pavé résonne d'immortelles musiques... Nulle part au monde vous ne trouverez autant de musiciens, de talents qu'ici à Vienne ! Nulle part vous n'y trouverez cette atmosphère de gaieté nerveuse, d'angoisse légère, cette vivacité qui va du rire aux larmes... A l'avenir, quel qu'il soit pour mon petit-fils Jacob, et à Vienne ! (Il se versa une autre rasade de cognac qu'il vida d'un trait.) A demain soir, mon ami !

Un peu surpris, Saül but plus lentement le second toast. Il fixait le baron Elie, et éprouvait pour lui un élan de sympathie. La tête lui tournait légèrement. Il avait conscience que sa vie venait de basculer, mais il eût été incapable de dire ni ce qui l'avait fait basculer ni vers quelle direction son avenir se dirigeait.

La rencontre la plus importante de la jeune vie de Sarah avait eu lieu dans une grande pièce, baptisée pompeusement « bibliothèque » parce que tous les murs, du sol au plafond, étaient tapissés de livres. Non pas soigneusement rangés par ordre alphabétique, mais au petit bonheur, au fur et à mesure de leur entrée dans la pièce. Parfois, le Baron Elie tonnait contre ses enfants qui entraient à l'improviste dans son repaire et qui s'emparaient des livres nouvellement arrivés. Et il en arrivait beaucoup. Presque tous les jours. Le Baron Elie était un intime de Theodor Herzl, d'Arthur Schnitzler, de Moritz Szeps — le grand journaliste, lui-même intime de la famille impériale autrichienne. Et à ce titre, il recevait régulièrement tout ce qui se publiait à Vienne en cette fin de siècle.

En fait, cette « bibliothèque » servait également de bureau pour le Baron Elie, de salle de répétition (en raison du superbe Steinway qui en occupait le centre), de salle d'audition pour les jeunes élèves du Conservatoire voisin, qui venaient régulièrement auditionner et, accessoirement, de lieu de réunion pour toute la famille von Lichtfeld, qui se retrouvait souvent dans cette vaste pièce encombrée de livres, de partitions, de tasses de café, de fleurs... Devant la cheminée, quelle que fût la saison, la famille prenait un « goûter » assez consistant qui souvent remplaçait le dîner. La raison en était qu'il était rare que les soirées ne fussent occupées par un concert, un opéra, ou même une opérette de Lehar ou de Johann Strauss... Le spectacle commençait relativement tôt, et il n'était pas question pour les fillettes d'aller souper après la représentation... Pratiquement tous les bourgeois viennois, qu'ils fussent juifs ou non juifs, adoraient les spectacles et les concerts. Les journaux faisaient une place considérable à toutes les manifestations culturelles, et les parents encourageaient vivement leur progéniture à satisfaire cette passion. Dans la famille von Lichtfeld, cette passion allait jusqu'à la frénésie. D'ailleurs, n'était-il pas nécessaire au Baron Elie, voire obligatoire, d'écouter tout ce qui se jouait ou se chantait ou se créait à Vienne ? C'était là son métier. Rien de ce qui se passait à Munich, Bayreuth, Vienne, Rome, Milan ne lui était étranger. Il eût été inconcevable que l'on ne vît dans leur loge, louée à l'année, le Baron Elie et sa femme Myriam, en compagnie de leurs enfants, et cela quel que fût l'âge de ceux-ci. Le Baron Elie considérait que si Mozart composait déjà des menuets à cinq ans, ses propres enfants, dès cet âge, devaient entendre de l'excellente musique afin de se former le goût.

Ce fut donc là, dans la bibliothèque-bureau de son père, que tout commença pour Sarah. Avant ce jour, il y avait son père, sa mère, ses sœurs, ses frères, la bonne Annitchek qu'elle avait toujours connue, la grande maison sur la Ringstrasse. Une vie fougueuse et révoltée d'adolescente. Elle étudiait la musique, rêvait d'être un jour une grande concertiste, le lendemain c'était la peinture qui avait ses faveurs, quand ce n'était pas le désir d'être une célèbre courtisane qui l'habitait. Pour une jeune personne qui rêvait de vivre « dangereusement », être une grande courtisane était le comble de l'interdit. Donc de l'attrait. « Etre aimée et payée parce que l'on est la plus belle des femmes... », ça, c'était un beau destin. Encore qu'absolument ignorante des choses de l'amour physique, Sarah se demandait souvent ce qu'elle serait obligée de faire à ses amants présomptifs pour qu'ils se ruinassent pour elle. « Bah ! J'apprendrai ! Tout s'apprend dans la vie... », concluait-elle avec philosophie devant ses sœurs interdites et qui la regardaient bouche bée...

Courtisane ! cela vous avait un panache nettement plus enlevé, c'était à coup sûr une autre paire de manches et une vie infiniment plus excitante que d'être banalement Mme Unetelle et de voir le même mari grimper dans votre lit, soir après soir. Mais serait-elle assez belle pour être une célèbre courtisane ? Car tous les livres interdits, et les journaux français qu'elle dévorait en cachette, étaient très clairs sur ce point. De la « Dame aux camélias » à Lola Montès, de Liane de Pougy à Emilienne d'Alençon, tous étaient formels : ces dames étaient souverainement belles !

Parfois, Sarah s'arrêtait longuement devant son miroir et se regardait avec sévérité. « Serez-vous belle, mademoiselle Sarah ?... se demandait-elle. Comment savoir ?... Tout cela est si imparfait ! Il faudra attendre encore un peu... Mais si vous ne devenez pas la plus jolie personne de Vienne, je ne réponds de rien ! »

Le Baron Elie, en cette journée précise et à cette heure précise, était un homme heureux. Son fils aîné Isaac-Salomon venait de lui offrir son premier petit-fils, Jacob ; ses cinq autres enfants, Sonia, Sarah, Noemi et les jumeaux, David et Jonathan, le remplissaient de fierté. Il était intimement convaincu que nulle part au monde il n'existait des enfants semblables. Beaux, intelligents et si doués que c'était un plaisir de converser avec eux... Même son fils aîné Isaac — bien qu'il fût un peu trop pieux à son goût. Car l'ensemble de la famille von Lichtfeld, si elle n'avait pas encore franchi le pas de la conversion au protestantisme, « ce passeport pour l'assimilation », ne conservait que les traditions de base du judaïsme. Les garçons étaient circoncis et faisaient leur *bar-mitsva,* les filles faisaient leur *bat mitsva,* on fêtait la Pâque, parfois *Yom Kippour,* parfois *Hanoukka.* Rien dans l'éducation d'Isaac n'aurait pu laisser prévoir une telle vocation religieuse. Isaac ne réservait que des surprises à ses parents. Ainsi, non content d'être pieux, il s'était mis en tête de faire manger d'infâmes bouillies d'avoine aux honnêtes Allemands et Autrichiens. Lorsqu'il s'était ouvert de son projet d'importer des flocons d'avoine de la firme américaine Quaker Oats, le Baron Elie avait sursauté. « Comment peux-tu croire qu'un bon citoyen allemand jouissant de toutes ses facultés mentales arrivera à considérer cette bouillie comme de la nourriture ?... »

Mais Isaac s'était entêté. Il avait fait le voyage jusqu'à New York et était revenu avec un mandat exclusif de la firme Quaker Oats.

Et cela marcha ! Les Autrichiens s'étaient souvenus que l'on prenait souvent du gruau lorsque les intestins étaient par trop paresseux, et ils se jetèrent sur les « Quaker Oats » avec enthousiasme. Considérablement enrichi grâce à ce commerce, assuré de son avenir, Isaac s'était marié à une gentille héritière, Hannah Seligman, qui aurait pu être jolie si elle n'avait été affligée de quelques kilos de trop et si elle s'était tant soit peu souciée de sa toilette. Mais elle ne s'en préoccupait guère, n'aimait que l'étude, et surtout l'étude religieuse. Neuf mois plus tard, un nouveau-né venait combler la famille von Lichtfeld... La seule ombre au tableau était justement que les jeunes mariés fussent si religieux. Cela irritait beaucoup Myriam von Lichtfeld, qui regardait sa belle-fille de travers chaque fois que celle-ci ouvrait un livre de prières.

Au premier étage, dans la chambre de la jeune mère, le silence se fait et l'on entend le rabbin prier... Tout est en place pour accueillir le nouveau-né, Jacob von Lichtfeld, dans sa grande alliance avec D... L'enfant dort dans son berceau au milieu de ses dentelles... Le parrain, un beau jeune homme de vingt ans, Abraham Seligman, est le frère de la mère ; la marraine est l'une des sœurs du Baron Elie, tante Deborah Ruben, épouse du docteur Ruben. Elle a quarante ans, elle est toute ronde et blonde et sourit de bonheur. Comme elle n'a pas d'enfant, c'est le petit Jacob qui sera son héritier. Il y a là toute la famille von Lichtfeld, les frères et les sœurs du Baron Elie et de Myriam, et toute la famille Seligman... Ils ont entre quarante et cinquante ans. Ils ont cet air prospère, heureux, de grands bourgeois éclairés, sûrs de leur culture, sûrs de leur humanisme, sûrs de leurs convictions de progressistes, de sociaux-démocrates. Les hommes sont médecins, avocats ou banquiers. Les femmes... sont leurs femmes, les mères de leurs enfants. Elles ont des poitrines généreuses et des chairs non moins généreuses que les corsets s'efforcent de contenir, autant que faire se peut... Tous élégants, chapeautés, bijoutés. Ils sont là, beaux ou laids, intelligents pour la plupart, et cultivés ! si cultivés !... Mélomanes, musiciens, discourant avec discernement sur Bruckner, Wagner, Mahler... Ils connaissent à la perfection la musique de Mozart, les écrits de Tolstoï, de Schiller, de Goethe, de Victor Hugo... Ils savent regarder un tableau en hochant gravement la tête. Rien ne leur est étranger. Rien de ce qui a été pensé, écrit, joué, peint, composé par l'homme... Ils sont là, gais, insouciants, fiers d'être autrichiens, d'être viennois... Quarante, cinquante personnes en tout qui bavardent et rient. Dans son lit d'accouchée, la jeune maman est anxieuse. Que va-t-on faire à son fils, son premier-né... Tout en réclamant le silence, puis, de guerre lasse, demandant aux « dames sensibles » de quitter la chambre, le rabbin psalmodie ses prières. Le chirurgien affûte son bistouri. Dans moins de dix minutes, le prépuce du bébé Jacob ne sera plus qu'un souvenir...

Dans le petit salon jouxtant la chambre à coucher, Myriam von Lichtfeld, ses filles, ses jumeaux et quelques femmes attendaient. Soudain la porte s'ouvrit sur grand-mère Ida qui affichait avec arrogance ses quatre-vingts ans, la tête bien droite posée avec orgueil sur un corps sec et raide. Elle resta un moment immobile sur le seuil. Son visage sévère exprimait un profond désarroi. Voire du désespoir.

— ... On en a trop coupé ! annonça-t-elle en hochant la tête avec tristesse.

Puis elle s'avança dans la pièce, où un silence de mort accueillit sa déclaration. Inconsciente de la stupeur qui régnait soudain, grand-mère Ida continuait sa protestation véhémente. Elle était sourde et s'imaginait, comme tous les sourds, que les autres l'étaient aussi. Aussi criait-elle.

— On en a trop coupé !... répétait-elle à l'envi.

A petits pas chancelants, s'appuyant sur sa canne, elle s'avança vers un fauteuil et s'y installa en soupirant. Constatant alors qu'aucune personne présente ne prononçait une parole, elle regarda autour d'elle avec sévérité.

— Eh bien ? cria-t-elle. Que se passe-t-il ici ?... Pourquoi ces têtes d'enterrement ?

Affolée, Myriam von Lichtfeld s'approcha de sa belle-mère.

— *Mame*... Qu'est-ce que vous dites ? On en a trop coupé *? Oïe vaïe'z mir ! man Gott !* Mon Dieu, que me veux-tu ?... Mon petit-fils, gémit-elle. Mon premier petit-fils !

Myriam von Lichtfeld oubliait son maintien compassé de grande bourgeoise autrichienne et retrouvait instinctivement les mots yiddish de son enfance.

Et de sangloter sans retenue, imitée en cela par toute la parentèle présente. Sa mère, la vieille Ruth Adler, pleurait avec elle. Toute la gent féminine était en pleurs. Les enfants étaient partagés entre l'envie d'imiter ces grandes personnes si désespérées et un étonnement sincère.

— Qu'est-ce qu'on a trop coupé ? demanda Noemi à

sa sœur aînée. Elle était encore une enfant et ignorait tout de la cérémonie de l'Alliance avec D...

Sonia hocha la tête.

— C'est très grave !... dit-elle sans se compromettre davantage. Très grave, en vérité !... Oh ! pauvre petit Jacob ! Que va-t-il devenir ?....

Noemi, qui s'était prise d'une passion folle pour le petit Jacob, son premier neveu, fondit en larmes.

— Est-ce qu'il va mourir ?... hoqueta-t-elle. Que lui a-t-on fait ?

Grand-mère Ida, insensible au désespoir sans bornes dans lequel sa phrase avait jeté l'assistance, considéra sans aménité le spectacle qui s'offrait à elle.

— En voilà une crise de larmes pour quelques gâteaux que l'on a trop coupés..., siffla-t-elle dédaigneusement en direction de sa belle-fille. On donnera les restes aux pauvres du ghetto, un point c'est tout... J'ignorais que tu étais aussi économe ! Cela n'est pas bien, ma fille !

Les rires qui succédèrent soudain aux larmes la laissèrent pantoise.

— Que se passe-t-il ici ? éructa-t-elle. De qui se moque-t-on ?

— Oh, *mame*... dit Myriam en embrassant sa belle-mère. Nous avions compris... pour le petit Jacob ! Vous comprenez ? C'est la *brith mila* en ce moment !

Et tous de rire ! Un rire énorme qui exprimait le soulagement de ces femmes vertueuses qui enfantaient des petits mâles juifs chargés de tous leurs espoirs et de toutes leurs frustrations. Soulagées, les femmes ouvrirent la porte et se mêlèrent à la compagnie, racontant avec force détails la méprise de grand-mère Ida. A leur tour, les hommes éclatèrent de rire... Le rabbin en pleurait.

Les jeunes filles passaient des plateaux garnis de verres de vodka, de cognac ou de champagne, ainsi que de petits-fours. Tout le monde, encore sous le coup de l'émotion, riait, pleurait, riait encore...

Après avoir bien pleuré, le bébé Jacob s'était endormi... Il avait huit jours et déjà on l'avait marqué pour la vie.

Le lendemain, dès le début de l'après-midi, les trois sœurs, Sonia, Sarah, Noemi, dans leurs chambres de jeunes filles se disputaient avec férocité Annitchek qui devait les aider à se préparer et à repasser les toilettes qu'elles allaient porter pour la soirée.

La préoccupation majeure de ces jeunes pucelles était l'amour. Sonia, Sarah et Noemi étaient amoureuses de tous les garçons qui franchissaient le seuil de la maison. En fait, elles étaient amoureuses de l'amour, amoureuses d'un rêve dont elles paraient le premier venu, convaincues que c'était là le rêve de leur vie... Elles déchantaient très vite, sans même que les malheureux qu'elles avaient un moment revêtus de ces rêves se fussent rendu compte un seul instant, et de leur excès de bonheur et de leur excès de malheur.

Aucune d'entre elles ne se souciait de l'état financier de son futur — tant il était évident pour elles qu'« il » devait nécessairement avoir suffisamment de fortune pour combler leurs « chères amies ». Ce soir-là, Sarah se demanda quelle serait sa réaction si Saül venait à l'aimer. Il était si différent d'elle ! Il était issu d'un tout autre milieu social, n'avait visiblement pas d'argent... Et paraissait se soucier comme d'une guigne de sa tenue vestimentaire. La seule chose qu'elle retenait de lui, et c'était une chose plaisante et douce, était qu'il avait des cheveux noirs bouclés, des yeux bleus, vifs, un beau visage carré aux traits réguliers qu'une barbe noire encadrait fort joliment, et une voix troublante de « basse chantante »...

Pour l'heure, elle avait à sa disposition trois soupirants qu'elle appelait *ses mousquetaires,* et qui seraient passés par le chas d'une aiguille pour lui plaire. Si l'on comptait ses soupirants, ceux de Sonia, et même ceux de Noemi, cela ne faisait pas moins d'une dizaine de jeunes garçons encore imberbes qui assiégeaient la maison Lichtfeld.

Les parents laissaient faire, sachant que de ce compagnonnage amoureux, de ces flirts innocents, pouvait naître un futur époux. Un époux bien sous tous rapports. Fortune. Religion. Famille. Avenir. A Myriam qui proférait volontiers que la religion n'était pas d'une nécessité absolue, grand-mère Ida répondait froidement que si jamais l'un ou l'autre de ses petits-enfants épousait un ou une goy, elle le ou la tuerait de ses propres mains. « Nous avons déjà assez d'ennemis de par le monde sans en introduire un dans notre famille ! disait-elle sèchement. Et tant que je serai vivante, je ne vous laisserai pas faire de bêtises, ma fille !... »

Alors les deux femmes se dévisageaient et c'était Myriam qui baissait les yeux la première.

Si Sonia avait quelque expérience d'un grand bal, ni Sarah ni, a *fortiori,* Noemi n'en avaient. L'imagination seule suppléait à ce manque. Et depuis le début de l'après-midi, les jeunes filles ne vivaient, ne pensaient qu'en fonction de la soirée. Plus détachée, parce que plus jeune sans doute, et parce qu'il était hors de question qu'elle pût obtenir la permission de danser, Noemi n'en était pas moins passablement excitée...

Elles se disputèrent la salle de bains, se chamaillèrent encore plus sur les bijoux que Myriam avait mis à leur disposition... Une tiède odeur de réchauds à alcool et de fers à friser régnait dans les chambres. Sonia et Sarah se tirèrent mutuellement sur les lacets de leurs corsets afin d'obtenir la taille la plus fine possible. Lorsqu'il leur fut carrément impossible de respirer et qu'il fut tout à fait certain que les cinquante centimètres de tour de taille n'étaient pas dépassés, elles se déclarèrent satisfaites.

Enfin, Sonia fut prête. Elle portait une ravissante robe de tulle rose brodée d'une multitude de petites fleurs blanches et roses. Sa taille mince était mise en valeur par un nœud de velours ponceau. Son visage étroit, aux pommettes hautes et saillantes, était entièrement dégagé par sa coiffure tout en hauteur qui se terminait en une cascade d'anglaises noires et brillantes... Sonia était vraiment jolie... Sarah, par contre, avait fait une erreur avec sa robe de soie et de tulle vert d'eau. Cette robe, elle l'avait voulue de toutes ses forces, en dépit de sa mère, convaincue que Sarah était trop jeune pour une robe semblable.

Sarah se rendit compte, dès qu'elle eut ajusté ladite

robe, qu'elle avait fait un mauvais choix. Sa silhouette un peu lourde, osseuse, n'était pas encore assez épanouie pour porter une robe décolletée. Les épaules maigres, enfantines, la poitrine encore à l'état de projet, la taille plate, les hanches inexistantes, rien ne faisait ressortir la beauté de la robe, que la jeune fille n'habillait pas assez. Plus que jamais, elle avait l'air d'une enfant en plein âge ingrat, portant la toilette de sa mère.

Pour couronner le tout, elle s'était coiffée exactement comme Cléo de Mérode, de lourds bandeaux noirs cachant ses mâchoires qu'elle jugeait beaucoup trop fortes. Son rêve eût été d'avoir le visage étroit de Sonia, et non cette mâchoire carrée, volontaire, tout à fait contraire aux canons de la mode. L'important était de ressembler à cette Cléo de Mérode dont *Le Journal des modes* parlait comme d'une des plus belles femmes du monde...

Noemi était fort joliment habillée. Sa robe blanche l'engonçait jusqu'au cou. C'était encore une robe de fillette, enjolivée de fanfreluches, de dentelles et de rubans, et qui laissait apparaître ses jambes maigres d'enfant. Avec les cousins de son âge, elle allait occuper le plus clair de sa soirée à se gaver de pâtisseries et de friandises, et à dénigrer toutes les jeunes filles qui passeraient à moins d'un mètre d'elle et de sa petite bande. Elle se promettait mille délices, assise sur les marches du grand escalier...

Sonia et Sarah demandèrent à Noemi de juger « en toute sincérité » de leurs toilettes et de leur beauté. Elles marchaient, maladroites et souriantes, dans leurs souliers de bal à talons hauts, jouant de l'éventail, s'évertuant à tenir gracieusement leurs traînes. Magnanime, Noemi les regarda tour à tour. Elle déclara Sonia charmante et se borna à dire de Sarah qu'elle avait tout à fait l'air d'une grande dame, et qu'elle ressemblait à s'y méprendre à Cléo de Mérode. Noemi savait d'expérience ce qui pouvait lui en coûter d'émettre certaines vérités déplaisantes à entendre...

Mais en réalité, lorsque les trois jeunes personnes et les jumeaux Jonathan et David firent leur entrée dans le grand salon où fourmillaient déjà une foule d'invités, force fut de constater que les cinq enfants du Baron et de la Baronne von Lichtfeld étaient de beaux enfants. C'était en tout cas la certitude de leurs parents qui sourirent avec fierté.

— Mes trois grâces..., dit le Baron Elie.

Combien de temps ses trois filles s'offriraient-elles ainsi, comme un bouquet qu'on regarde, au bras de leur père ?

Ce n'est que lorsque parut Isaac-Salomon, l'heureux père du nouveau circoncis, salué par des applaudissements, que la soirée put enfin officiellement commencer.

Les trois filles et les garçons prirent place aux côtés de leurs parents et de leur frère aîné, et la première demi-heure, fastidieuse, fut consacrée à saluer des gens totalement inintéressants pour ces jeunes têtes écervelées.

Le majordome annonçait : « Herr Arthur Schnitzler... Herr Theodor Herzl... Herr Hugo von Hofmannsthal... Herr Gustav Mahler... le Baron et la Baronne Edmond de Rothschild... le Baron et la Baronne Hirsch... Herr et Frau Moritz Szeps... Herr et Frau Emil Zuckerkandl... »

Un peu étonnée, Sarah constata l'accueil froid, pour ne pas dire glacial, que sa mère réserva à la belle Berta Zuckerkandl.

Le bal commençait à peine.

Un essaim de jeunes femmes et de jeunes filles attendaient les danseurs de pied ferme. La plupart d'entre elles, danseuses expérimentées, avaient déjà jeté leur dévolu sur quelque cavalier attitré. Même Sonia s'était déjà élancée au bras d'un jeune godelureau. Sur les marches du grand escalier, Noemi et les jumeaux, chacun avec une assiette pleine de friandises sur les genoux, s'adonnaient à leur activité favorite, critiquant à voix haute tout ce qui passait à portée de leur regard...

Seule Sarah, déconfite, dans un coin, ne voyait pas un danseur pointer à l'horizon. Assise sur une chaise, elle était bel et bien en train de « faire tapisserie ». Le soir de son premier bal ! Elle était sur le point de fondre en larmes. Désespérée de ne pas être la plus remarquée, la plus jolie, la plus fêtée. Elle se sentait ridiculement jeune dans cette robe trop vieille pour elle... Les danseurs tournoyaient et sautaient devant elle, emportés par la gaieté d'une mazurka.

Sur une estrade spécialement aménagée pour l'« orchestre » de Saül Lozwitzky, les musiciens s'en donnaient à cœur joie. Une polonaise avait ouvert le bal, puis ce furent des mazurkas, des polkas, des chaînes anglaises pour bien chauffer la salle... L'atmosphère était à son comble lorsque les musiciens firent entendre les premières mesures de *La Légende de la forêt viennoise*... Un frémissement sensuel parcourut la salle... La valse ! La valse divine, exquise, qui durant près d'une demi-heure allait faire chavirer toutes les têtes, emmener danseurs et danseuses dans un état second, proche de l'ivresse... La valse !

Cela commence par un prélude frémissant, un peu lent, ardent, presque tragique sous la légèreté apparente, une promesse de bonheur enchanté. Puis le danseur enlace sa partenaire et le couple, se berçant sur place, s'intègre peu à peu au rythme de la valse et puis prend son envol... Et soudain, la valse se déchaîne et déferle, emportant tout sur son passage...

C'est alors que Saül remarqua la solitude désolée de Sarah, son maintien décontenancé, sa moue renfrognée et la détresse qui se lisait dans ses yeux... Il fit signe à Haym Landon et lui tendit la baguette, puis, oublieux du fait qu'il était payé pour faire danser l'élégante société et non pour danser lui-même, il se dirigea vers Sarah et, sans mot dire, l'entraîna vers le centre de la pièce en l'enlaçant. Ce fut peut-être le regard de reconnaissance éperdue que lui lança la jeune fille qui décida à cet instant du sort du jeune homme. A moins que son destin n'eût été scellé la veille, dans le bureau du Baron Elie, lorsque celui-ci lui avait présenté ses deux filles : « Et voici ma fille Sarah... » La jeune personne lui souriait comme si Dieu lui-même l'avait enlacée.

Dès qu'elle sentit autour d'elle le bras de son cavalier et qu'elle se fut d'instinct accordée à son pas, Sarah sut que Saül Lozwitzky était son homme, celui qu'elle voulait pour elle et pour toujours, qu'elle ne lui demanderait jamais rien que le droit de le regarder, de vivre à ses côtés, de l'écouter parler jusqu'au dernier jour de sa vie... Dès cet instant, inconsciemment sans doute, elle décida que Saül serait à elle... Les yeux fermés, au creux du bras vigoureux de Saül qui l'emportait, elle n'appartenait plus à ce monde... Elle dansait remarquablement bien, se laissant guider dans les figures, dans les reprises, et surtout, il était visible qu'elle était aux anges, tellement ravie et heureuse de danser qu'elle en oubliait son maintien un peu raide, se laissait aller à une joie juvénile et spontanée... Elle riait de bonheur, la bouche largement ouverte, tout à l'ivresse de la valse. Totalement inconsciente des regards courroucés, choqués, et des commentaires acides qui fusaient sur son passage...

Si l'attitude de Saül choqua de nombreux invités — quant à la mère de la jeune fille, elle faillit en faire une syncope —, elle eut le don de plaire infiniment au Baron Elie, qui s'était retenu pour ne pas prendre le premier danseur venu par la peau du cou et l'amener séance tenante devant sa fille, en lui intimant l'ordre de la faire danser. Durant la première heure du bal, il avait souffert le martyre de voir la jeune fille si désemparée, au point qu'il s'était demandé s'il ne devait pas l'inviter... « Ce serait lui infliger une terrible humiliation !... » pensait-il. Danser avec son père parce que aucun danseur ne s'était présenté ! Jamais Sarah ne le lui aurait pardonné !

Maintenant, le sourire ravi de Sarah le comblait d'aise. « Charmant, ce garçon ! disait-il à la ronde. Véritablement charmant !... Excellent musicien ! Tenez, mon cher Baron Hirsch, vous devriez lui confier votre bal annuel... »

Allant et venant, s'adressant aux personnages les plus en vue, le Baron Elie était tout bonnement en train d'assurer à l'« Ensemble orchestral Lozwitzky et Cie » une fort belle saison.

— Mademoiselle Sarah, vous dansez comme un rêve ! Quelle précision ! Quelle légèreté..., dit Saül aussi galamment qu'il le put, convaincu que si l'on voulait passer pour un jeune homme de bonne éducation, faire la cour à une jeune personne était une nécessité absolue.

Sarah le dévisageait avec cette même expression ravie qui flottait sur son visage.

— Vous le pensez ? Vous le pensez sérieusement ? dit-elle.

— Je ne suis pas le seul à le penser..., dit Saül tout en valsant. Si vous consentiez à jeter un coup d'œil autour de vous, vous constateriez que tout le monde vous admire...

Là, il exagérait sans doute un peu. Et s'ils étaient aussi regardés, c'était surtout parce que personne n'avait jamais vu un musicien de l'orchestre faire danser la jeune fille de la maison !

Passé la première stupeur, beaucoup parmi les invités applaudirent sincèrement le couple qui évoluait si élégamment... Sarah pour la première fois de sa vie cédait à l'enivrement du succès...

Sarah n'arrêta pas de danser. Saül était retourné à sa place, sur l'estrade, et dirigeait avec fougue l'« Ensemble Lozwitzky et Cie ». Parfois, au hasard d'une danse, les yeux des deux jeunes gens se croisaient.

Entre deux danses, Sonia et Sarah se retrouvaient, haletantes, éclatantes de bonheur. Au cours de l'une de ces pauses, Sonia dit

— Regarde... Sarah... regarde ce jeune cavalier... (Elle désignait un splendide jeune hussard appartenant à la garde de l'Empereur François-Joseph, et qui paraissait chercher quelqu'un des yeux.) Il s'appelle Franz Berg... Il paraît qu'il est comte. Il est venu à notre réception tout à fait par hasard... C'est un ami de Bernard Meyer... Quelle chance qu'il soit venu ! Nous aurions pu passer toute notre vie sans nous rencontrer !... C'est ce qu'il m'a dit... N'est-ce pas extraordinaire, merveilleux ?... N'est-ce pas qu'il est beau ?

— Ah ? tu le trouves vraiment beau ? dit Sarah, que l'élégance un peu mièvre de ce parfait représentant de la race aryenne n'impressionnait pas particulièrement. Je n'aime pas les blonds..., ajouta-t-elle d'un ton définitif.

— Il est amoureux de moi ! dit Sonia. Il me l'a dit !

— Oh ! Mais il est si vieux ! Comment peut-il ? Et toi ?

— Oh ! moi ! soupira Sonia extasiée. Je suis amoureuse de lui, moi aussi... Vois, il me cherche !... Oh, je suis heureuse... si heureuse...

C'était comme dans les romans dont elle gavait sa jeune imagination.

Et elle s'envola vers ce beau jeune militaire, si blond, si grand, si parfaitement autrichien, qui l'enlaça aussitôt et l'entraîna vers la piste de danse...

Un peu étonnée, Sarah se demanda si elle aussi était amoureuse, tellement elle se sentait heureuse... si heureuse... « Pourtant je ne suis pas amoureuse !... Donc on peut être heureuse, tout simplement, comme ça, sans raison particulière ? Voilà qui est étrange !... »

Elle se promit de réfléchir plus longuement à cette pensée plus tard. Pour l'instant, il était l'heure d'aller danser...

Les lampions et les bougies étaient depuis longtemps éteints, et tous, dans la demeure des von Lichtfeld, dormaient profondément... Les trois sœurs, réfugiées sur le lit de Sonia, n'arrivaient pas à trouver le sommeil. A Noemi qui les avait attendues, Sonia et Sarah racontaient en détail, en les enjolivant quelque peu, les succès qu'elles avaient eus...

Sonia s'était amourachée de son Franz Berg et ne tarissait pas d'éloges sur lui...

— Il danse ! Jamais je n'ai rencontré quelqu'un qui danse comme lui ! A peine si ses pieds touchent le sol. Et puis il est si beau ! N'est-ce pas, Sarah ? Un très beau jeune homme...

Sarah haussa les épaules sans répondre. La beauté du cavalier de sa sœur ne l'avait pas particulièrement frappée. « Saül Lozwitzky est beaucoup mieux ! » pensa-t-elle. Mais elle se garda de formuler cette pensée à voix haute.

— Est-il juif ? demanda Noemi.

Le visage de Sonia se renfrogna.

— Est-ce que je sais ? répondit-elle en haussant les

épaules. Et je te prie de croire que cela ne m'intéresse en aucune façon ! Maman et papa nous ont bien dit que nous pourrions épouser qui bon nous semble !

Sa belle humeur, soudain, s'était envolée. Mécontente, elle ajouta d'un ton sec :

— ... Il n'est pas juif... Et cela ne m'importe pas, voilà !

— Ah ! dit seulement Noemi. Et toi, Sarah, t'es-tu amusée ?

Sarah souriait dans le vague. Pour elle la soirée, cette première soirée qui avait d'abord si mal commencé et qui s'était terminée en apothéose, serait inoubliable.

— Je me suis amusée comme jamais de ma vie !... dit-elle. Dieu, que j'aime danser !... Je n'ai pas arrêté de danser !...

Sarah nageait dans la félicité. En ce moment précis elle avait atteint cette extrême pointe du bonheur qui vous met les larmes aux yeux. Quelque chose est là qui vous étreint, qui vous dit que tout cela va finir, que l'innocence et la beauté de la jeunesse, le plaisir, la gaieté, la joie de vivre passeront vite, Si vite...

Sarah s'approcha de la fenêtre ouverte sur la nuit. Elle était encore en robe du soir, retardant indéfiniment le moment d'aller se coucher. Le jardin embaumait. Là-bas, vers l'est, le ciel se colorait déjà d'une faible lueur orangée.

— Cela sent le lilas et les roses, dit Sarah d'une voix légèrement embrumée. Regardez comme la nuit est belle ! Venez avec moi sur le balcon...

— Allons, Sarah ! nous sommes encore en nage ! dit Sonia. Nous allons prendre froid...

— Mais non !... Allons, venez ! Il fait si doux... si bon.

Quand ses sœurs l'eurent rejointe, les jeunes filles restèrent un moment silencieuses. C'était vrai. Il faisait si bon. Un vent frais les faisait frissonner, mais ce n'était pas désagréable. Au contraire. Ce petit vent calmait la fièvre de leur corps.

— Dieu, qu'il fait bon... Impossible de dormir ! soupira Sarah. Quel dommage que ce bal soit déjà fini ! Je voudrais tant tout recommencer... depuis le début !...

— Quel dommage, en effet ! renchérit Sonia. J'aurais voulu danser encore avec Franz.

— Et moi je voudrais que cet instant, ce moment précis que nous vivons, ne finisse jamais... que nous restions ainsi pour l'éternité, des jeunes filles en robe de bal, sur un balcon..., dit Sarah qui tendait les bras vers la nuit finissante. J'ai peur de ce que l'avenir nous réserve !...

— Bah, vous n'êtes que des sottes ! Moi, je sais ce que l'avenir nous réserve ! dit avec dédain Noemi, manifestant une sagacité bien au-dessus de son âge. Nous allons nous marier, nous aurons des enfants, puis des petits-enfants, nous deviendrons grosses et vieilles avec plein de rides partout... Exactement comme grand-maman Ida, ou notre grand-tante Adeline ! Elles ont été belles autrefois... et maintenant...

Les deux aînées la firent taire avec véhémence... Sonia la menaça de lui tirer les cheveux et Sarah lui fit un pinçon qui arracha un hurlement à Noemi.

Brusquement l'atmosphère avait changé. Savoir que, quoi qu'elles pussent faire pour l'éviter, l'avenir que leur prédisait Noemi était inéluctable remplissait les deux jeunes filles de colère, d'angoisse et de révolte... Ainsi trouvèrent-elles un exutoire dans une bonne bataille où tous les coups étaient permis. Elles bataillèrent furieusement l'une contre l'autre, dans un mélange de cris étouffés et de fous rires... Ce fut Sonia qui, par une violente quinte de toux, s'arrêta la première. Elle étouffait littéralement. Sarah et Noemi l'observaient, silencieuses. Jamais elle n'avait toussé comme cela depuis cette mauvaise fluxion de poitrine qui avait failli l'emporter, trois ans plus tôt. Quand, enfin, la toux cessa, les trois sœurs se regardèrent, puis se souhaitèrent mutuellement une bonne nuit. Chacune gagna sa chambre, et son lit...

Sarah, les yeux grands ouverts, s'efforçait de se souvenir de chaque moment de la soirée, et dut reconnaître que Saül Lozwitzky était certainement le jeune homme le plus extraordinaire qu'elle eût jamais rencontré... Malgré elle, ses yeux se fermèrent. Juste avant de plonger dans le sommeil, une pensée lui traversa la tête. « C'est curieux comme Sonia tousse !.... »

DÉCOUVERTES

Le lendemain matin, Sonia se sentit brûlante et oppressée. Appelé d'urgence, le médecin diagnostiqua une fluxion de poitrine. Comme le docteur Schnitzler, le célèbre spécialiste des maladies respiratoires, demandait ce qui s'était passé la veille, Myriam lui parla de la soirée où Sonia avait dansé.

— Est-elle sortie après avoir dansé ? demanda le médecin, soucieux.

— Pas que je sache..., répondit Myriam, à demi morte d'inquiétude. Mes filles sont montées directement dans leur chambre dès la fête finie...

Sarah se souvint comme elle avait insisté pour que Sonia et Noemi viennent la rejoindre sur le balcon. Devait-elle mentionner ce fait au docteur ? Elle allait le faire, quand le docteur Schnitzler demanda à Myriam :

— Puis-je vous parler quelques instants en particulier ?

Myriam acquiesça et entraîna le médecin dans son petit salon.

Rongée par le remords, Sarah s'approcha du lit de Sonia. La malade, en proie à une fièvre très forte, était rouge et haletait, cherchant son souffle. Un instant, elle fixa sa sœur d'un air hébété sans paraître la reconnaître.

— J'ai mal, parvint-elle à proférer.

Cela dura plus de quinze jours. Quinze jours où tout tourna autour de la malade. Le Baron Elie et Myriam se relayaient au chevet de leur fille. Le médecin venait tous les jours, prenait un ton rassurant, mais arborait un visage inquiet. Il prescrivait d'inutiles et coûteux médicaments, préconisait des ventouses, des piqûres, recommandait d'éviter le moindre courant d'air... Malgré la chaleur de ce début du mois de juin, Myriam avait fait rallumer le calorifère et on étouffait littéralement dans la maison. Sarah n'en pouvait plus. De l'air ! Il lui fallait de l'air... Absolument... Elle rêvait de la forêt viennoise toute proche, des feuilles nouvellement écloses... La forêt au printemps, l'odeur des herbes neuves, des fleurs, de la terre... Courir à perdre haleine sous les arbres... Cela devenait une obsession.

Par une belle matinée ensoleillée, alors qu'elle faisait les cent pas dans le hall de la maison, la porte d'entrée s'ouvrit sur Saül Lozwitzky... Il avait été convoqué par le Baron Elie qui désirait lui confier les études musicales des jumeaux. Ravi, Saül s'était précipité dès qu'il avait reçu le billet. Il ne s'attendait pas à se trouver nez à nez avec une Sarah furieuse qui le fixait avec hargne.

Les deux jeunes gens se dévisagèrent, aussi surpris l'un que l'autre. Sans même prendre la peine de lui dire bonjour, Sarah déclara d'un ton rogue :

— Ma sœur est malade... et moi je ne suis pas sortie depuis huit jours...

A peine eut-elle prononcé cette phrase que Sarah eut honte. Dieu ! Quelle affreuse égoïste elle était ! Etait-elle vraiment à ce point sans cœur ?

Saül Lozwitzky l'observait en silence. Il éprouvait la même impression que quinze jours plus tôt, lors de la soirée où, tandis qu'elle faisait tapisserie, Sarah arborait exactement la même expression renfrognée, mélange d'arrogance, de colère et de désespoir muet. « Un petit animal prêt à mordre quiconque veut le caresser », pensa-t-il.

— Pourquoi n'êtes-vous pas sortie ? demanda-t-il poliment.

— Parce que ma sœur est malade ! Maman pense que nous devons tous rester enfermés.

— Mais c'est... je veux dire... Je n'en vois pas la raison... Le fait de vous empêcher de sortir ne guérira pas plus vite votre sœur... Est-ce très grave ?

— Il paraît... une fluxion de poitrine.

— En effet... Euh ! Et si je vous demandais de m'accompagner jusqu'au Conservatoire de musique pour m'indiquer le chemin, par exemple, pensez-vous que votre père s'y opposerait ?

Sarah admira l'extraordinaire intelligence du jeune homme ! S'adresser à sa mère, c'était, à coup sûr, encourir un refus très net... Tandis qu'avec son père...

— Papa sera tout à fait d'accord ! déclara Sarah d'un ton joyeux. Je vous en prie, allez vite le lui demander, je monte chercher mon chapeau ! Oh, que vous êtes gentil ! oh, que je suis contente !...

En quinze jours, le Baron Elie avait changé. « Quelque chose l'a atteint, pensait Saül, peut-être la maladie de sa fille ?... »

— Alors nous sommes d'accord..., disait-il, visiblement ailleurs. Vous viendrez trois fois par semaine... Leçons de solfège, harmonie, violon et piano pour mes deux garnements... Si vous le désirez, vous pourrez vous faire remplacer de temps à autre par votre sœur ou vos amis... Trois florins de l'heure, cela vous convient-il ?

C'était royalement payé... Avant que Saül ne se confondît en remerciements, le Baron Elie murmura :

— Vous pouvez commencer dès demain...

Les yeux vagues, il se leva et se dirigea vers la fenêtre, l'ouvrit et aspira l'air tiède qui s'engouffrait dans la pièce... Il resta silencieux un moment, oublieux sans doute de son visiteur. Puis, reprenant conscience qu'il n'était pas seul, il se retourna et fit face au jeune homme un peu décontenancé par l'attitude peu amène de son hôte.

Comme s'il comprenait le désarroi de Saül, le Baron Elie eut un bref soupir.

— Ne vous offusquez pas, mon jeune ami, de ce que mon attitude peut avoir de désobligeant pour vous... Voyez-vous, je suis très préoccupé par des informations venues de France. Le professeur Brenner a été très chaleureux en parlant de vous, de vos amis, et j'ai apprécié votre prestation. Maintenant, il faut penser à vos inscriptions au Conservatoire.

— J'y allais en sortant de chez vous...

— Avant que vous ne vous retiriez, puis-je vous poser une question indiscrète ?

— Je vous en prie...

— Vous ne vous êtes pas converti ? demanda le Baron Elie.

Saül ouvrit des yeux surpris.

— Non ! Bien sûr que non ! En voilà une idée !

— Ah !... Les places réservées aux juifs au Conservatoire sont strictement limitées...

— Même ici, en Autriche ?...

— Même ici. Pas officiellement, bien sûr ! Mais... il y a tant de manières de tricher avec les lois ! Nous jouissons d'une plus grande liberté qu'en Allemagne, et pourtant Gustav Mahler ne pourra être le chef de l'orchestre de l'Opéra que s'il se convertit. Pour le moment, il est à Budapest, mais je sais qu'il a présenté sa candidature... Et cette candidature a été rejetée... Non parce qu'il est jeune, non parce qu'il est sans doute l'un des meilleurs chefs que nous puissions avoir à Vienne... Mais parce qu'il est juif. Que demain il se convertisse, et toutes les portes s'ouvriront devant lui. Enfin, nous n'en sommes pas encore aussi loin dans la bêtise que les Français ! Nos concitoyens autrichiens n'en sont pas encore à prétendre, comme ce médiocre musicien d'entre les médiocres, Vincent d'Indy, qu'il est impossible à un juif de jouer du Beethoven ! Que cela ne correspond pas à leur sensibilité... Dire cela de nous ! Nous qui avons les plus grands interprètes du monde !... Vous connaissez ceci... ce torchon ?

Avec une moue dégoûtée, il tendait entre deux doigts un journal au jeune homme médusé. C'était *La Libre Parole* de Drumont.

— Vous lisez le français ?

Saül acquiesça.

— Alors lisez cela... Lisez !

Interloqué, le jeune homme s'exécuta.

— On s'imagine que l'on est autrichien depuis des générations... dit le Baron Elie, en s'adressant plus à lui-même qu'à son interlocuteur. Ma famille a été anoblie par l'Empereur Joseph II. Mon frère est conseiller à la cour. Et puis brusquement, il suffit d'un article venimeux comme ça, et plus rien ne compte : on se retrouve exactement ce que l'on est. Sans fioriture. Sans décoration. Sans titre nobiliaire... On est juif... Seulement juif !... Cette crapule de Drumont...

Il ne put achever, la colère étouffant sa voix.

Saül Lozwitzky le fixa. Que répondre ? Que répondre à cet homme dont on pouvait dire qu'il avait tout pour être heureux ? Famille unie, richesse, gloire... Les plus grands parmi les musiciens, les écrivains, les peintres, les philosophes, les scientifiques étaient reçus chez lui, étaient considérés comme ses meilleurs amis... Et lui, Saül Lozwitzky, qui était-il ? Un malheureux *shnorer* de dix-huit ans, riche seulement d'espoirs et peut-être de talent... Il se sentait à la fois surpris et plein de commisération pour le désarroi du Baron Elie. « Il n'a pas vraiment l'habitude de l'antisémitisme ! » pensait le jeune homme qui se souvenait des bagarres qui, dans son enfance, l'opposaient presque chaque jour aux garnements chrétiens qui venaient cracher sur les juifs à la sortie du *heder*. Il protesta :

— Pour moi, être juif, c'est un titre de gloire. Le seul valable ! J'ai été élevé ainsi ! A chaque coup reçu, je rends deux coups, à chaque insulte j'en réponds dix. Tout le reste n'est qu'imbécillité... Un jour, tout cela cessera... Lorsque nous serons tous réunis, et donc les plus forts.

Lentement, il déchira le journal.

— Voilà ce qu'il convient de faire de ceci... Sa place est dans les ordures. Il ne faut pas tenir compte de ceux qui l'ont écrit. Ils se détruiront eux-mêmes.

Le Baron Elie soupira. Son regard s'attardait sur ce qui restait du journal déchiré, dans la corbeille à papier.

Saül, décontenancé par l'attitude du Baron Elie, hésitait à lui demander d'autoriser Sarah à lui servir de guide. « Est-ce bien le moment ? » se demandait-il. Pour prolonger l'entretien, il dit :

— Rien au monde n'extirpera l'antisémitisme de l'âme des peuples.

En silence, le Baron Elie secoua la tête et lui lança un coup d'œil interrogateur. Puis :

— Que voulez-vous dire ?

Saül reprit :

— Il n'y a pas de solution. Pas de consolation. Pas d'expérience... Seul un changement radical de société permettra de lutter contre cela ! Le « racisme » de tous ces gens ne connaît pas le compromis !... Aucun chrétien n'aurait pu supporter pour lui-même ce qu'il inflige depuis des centaines d'années aux juifs ! Il y a longtemps qu'aucun d'entre eux n'aurait survécu ! Nous autres, juifs, avons survécu... A l'Inquisition, aux bûchers, aux pogroms, à toutes les vicissitudes que l'homme a pu inventer pour abaisser, voler, tuer son prochain... Pourquoi avons-nous survécu ?... Cela m'est un mystère, et je n'ai pas la réponse !...

Le Baron Elie considéra le jeune homme avec curiosité.

— Comment est-ce, la condition de juif à... à Radom ?... à Stopnica ?

— Pire que ce que vous pourrez jamais imaginer. Fort heureusement, le Tsar Alexandre III n'en a plus pour longtemps et le diable finira bien par avoir sa peau... Encore que le prochain ne vaille certainement pas plus cher. La racaille est bien organisée, impitoyable quand elle se rassemble... Si cela peut être une consolation pour vous, juif autrichien, dites-vous que nous sommes logés à plus mauvaise enseigne que vous. Il faut se battre contre eux !

Le Baron Elie rit franchement.

— Comme vous êtes jeune ! soupira-t-il.

De nouveau son visage se rembrunit.

— J'aurais aimé..., commença-t-il, mais il s'interrompit, songeur. Je vis dans un pays que j'aime, je suis un Viennois, tout ici me plaît. La maison que j'habite, mes occupations, ma famille, mes enfants... Je ne peux concevoir aucune existence hors de Vienne !... J'en aime chaque rue, chaque pavé, chaque édifice... Nous sommes viennois depuis le début du XVIIe siècle... Et pourtant, j'ai peur ! Ce Karl Lueger... Cet article venu de France... Pourquoi ? Pourquoi suis-je effrayé ? Parce que je suis juif... Ce qui faisait l'orgueil de mes ancêtres est pour moi l'objet de ma peur... Comprenez-vous cela, jeune homme ? Je ne m'explique pas l'antisémitisme ! C'est d'une telle imbécillité !

Saül eut un petit rire.

— Rien ne délivrera le monde du spectre de l'antisémitisme, dit-il. Pour cela, il faudrait que l'Eglise chrétienne se reconnaisse coupable de ce poison dont elle a infecté depuis leur naissance chacun de ses membres, du plus grand, le Pape, au plus humble serf ! Qui osera faire prendre conscience aux Eglises catholique ou orthodoxe de leur ignominie ?... Qui ?... Personne ! Même les juifs n'oseront pas s'attaquer à ces deux puissances aussi néfastes l'une que l'autre...

— Voyons ! se récria le Baron Elie. Il y a de bons chrétiens ! Des gens honnêtes...

Les sourcils de Saül se relevèrent.

— Vous croyez ? Vous en connaissez ?

Pêle-mêle, le Baron cita l'Impératrice Elisabeth, son malheureux fils Rodolphe... D'autres encore... Saül souriait. Bizarrement c'était lui, lui le plus jeune, le plus démuni, qui paraissait dominer cet homme puissant, plus âgé, beaucoup plus riche, et qui, pour l'instant, était effondré...

— Qu'a donc apporté l'Eglise catholique au monde civilisé ? reprit Saül avec véhémence. Rien, sinon la haine, l'intolérance, le crime organisé... De Proudhon à ce Karl Lueger, ces chiens galeux obéissent tous aux mêmes principes, aux mêmes mots d'ordre : A bas le juif ! Sus au juif ! Chassons-le ! Tuons-le !

Haletant, Saül se tut. Le Baron Elie protesta :

— J'ai de très bons amis chrétiens !... Tous ne ressemblent pas à Lueger ! Voyons, on ne peut condamner tous les chrétiens pour les fautes de quelques-uns... Votre hargne va beaucoup trop loin !

Saül ricana.

— Ah bon ?... Eh bien, voyons comment réagiront vos amis chrétiens lorsqu'ils prendront connaissance de *La Libre Parole*... Je vous parie tout ce que vous voudrez que la faute en incombera aux juifs et uniquement aux juifs, et je vous parie toute votre fortune contre la mienne que le Vatican ne fera rien pour remettre les choses en place et condamner l'antisémitisme ! Encore heureux si l'Inquisition ne renaît pas de ses cendres !...

Le Baron Elie secoua la tête.

— Je vous en prie ! Arrêtez ! Ce que vous dites est inacceptable ! (Le Baron Elie marchait de long en large et monologuait.) Il est vrai que depuis plus d'une décennie, l'antisémitisme en Autriche s'est répandu comme une peste ! On insulte l'Impératrice Elisabeth parce qu'elle veut faire ériger une statue à la gloire d'Heinrich Heine — un juif baptisé !... Et qui s'oppose à cela ? Ce Prussien de Bismarck cette fripouille de Karl Lueger et le Prince héritier Ferdinand, qui ne vaut d'ailleurs pas plus cher que la clique qui l'entoure... Je suis autrichien ! cria-t-il soudain, en proie au désespoir. Comprenez-vous ? Autrichien ? Mes amis sont autrichiens !... Nous sommes autrichiens !... Pourquoi me regardez-vous ainsi ?

Saül hocha la tête en silence.

— ... Je ne comprends pas..., reprit le Baron Elie plus calmement. Non, je ne comprends pas... J'ai travaillé toute ma vie pour la gloire de l'Empire... Toute ma vie a été consacrée à la grandeur de Vienne, de l'Opéra, du Burgtheater... Et voilà un journal... pas même un journal autrichien, un journal français. Un pays que l'on admire, un modèle de démocratie, de républicanisme. Laisser publier cela !... Je ne comprends plus rien ! On veut donner quelque chose pour la patrie que l'on aime, on a ses racines les plus profondes dans cette patrie... Et soudain... soudain... J'ai l'impression de n'être plus rien... rien !... Comprenez-vous cela ? Mais non, vous ne pouvez pas comprendre !

De nouveau Saül hocha la tête. Mais cette fois-ci, un sourire ironique éclairait son visage.

— Moi, ça fait plus de cinq mille ans que mes racines sont dans le peuple juif !... Juif de père en fils depuis cinq mille ans ! Je n'ai pas besoin d'une autre patrie... Pourquoi renier ses ancêtres pour une nation qui ne veut pas de vous ? N'y a-t-il pas là une humiliation pour vous ?

Le Baron Elie fixa Saül avec incrédulité.

— Une humiliation ?... Ainsi... vous pensez... Vous êtes russe ?... ou polonais ? Un juif de l'Est... Vous ne pouvez pas comprendre... Et depuis combien de temps ? Votre famille, je veux dire...

— Je n'en sais rien, ma foi rien ! Peut-être depuis deux siècles ? A Stopnica, en 1561, il y avait exactement douze familles juives. Stopnica est un ancien duché polonais sous domination russe. J'éprouve autant de haine et de mépris pour les Russes et les Polonais qu'ils en éprouvent pour nous, juifs... Quant à cette montée de l'antisémitisme qui vous effraie tant, moi je n'en ai pas peur... Je l'affronte depuis ma naissance et je vous garantis que j'ai appris à me battre et à rendre coup pour coup. Mieux même, ma devise serait plutôt : *Pour un œil, les deux yeux. Pour une dent, toute la gueule...*

Il y eut un long silence ; Saül était convaincu, à voir le visage renfrogné du Baron Elie, que c'en était fait des leçons proposées à ses enfants, qu'il allait reprendre sa parole, et surtout lui interdire d'aller se promener avec Sarah qui devait s'impatienter. Il se maudissait et regrettait de n'avoir pas su tenir sa langue.

Aussi fut-il extrêmement surpris lorsque le Baron lui dit :

— Alors, c'est entendu pour les leçons.

Saül hésita un instant, conscient de l'énormité de ce qu'il allait demander.

— Votre fille Sarah souhaite me servir de guide. Je dois aller jusqu'au Conservatoire pour les inscriptions. Pourrait-elle m'accompagner ?

Le Baron Elie fronça les sourcils. Saül se hâta de préciser :

— J'ai cru comprendre qu'elle n'était pas sortie depuis près de quinze jours...

— C'est bien. C'est bon ! grommela le Baron. Mais pas plus d'une demi-heure !

Saül retourna dans le hall où Sarah l'attendait, rouge, essoufflée, chapeautée d'une toque fleurie et achevant de boutonner ses gants.

— Dépêchons-nous !... Il ne faudrait pas que Noemi et les jumeaux nous voient, sinon ils vont vouloir nous accompagner !

Bientôt les deux jeunes gens furent sur la Ringstrasse et Sarah devint carrément pivoine. Pour la première fois de sa vie, elle sortait seule avec un homme qui n'était ni son père, ni son frère, ni *a fortiori* son fiancé... Il fallait que le Baron fût bien troublé ces temps-ci pour donner une autorisation qui aurait fait pousser les hauts cris à Myriam ou à grand-mère Ida... Sarah bénit la maladie de Sonia, qui bouleversait ainsi les us et coutumes de la famille. Elle jeta un regard de côté sur son compagnon, aussi décontenancé qu'elle. Elle se redressa et sourit. Enfin elle commençait à « vivre dangereusement » ! Car si sortir avec un jeune homme parfaitement inconnu quinze jours auparavant n'était pas « vivre dangereusement », alors qu'était-ce donc ?

Saül était là. A ses côtés. Elle le trouvait merveilleux. Il avait fait ce qu'elle-même n'aurait jamais osé faire ! Quitter sa famille, son pays, tenter sa chance dans une ville étrangère... Elle était sûre qu'il deviendrait un grand artiste, un virtuose connu du monde entier... Etait-il vraiment très pauvre ?

— Que... qu'alliez-vous demander à mon père ? fit-elle hésitante. Je... excusez-moi, mais j'étais tellement furieuse que je n'ai pas pensé à vous poser la question.

— Votre père m'a demandé si nous accepterions, mes amis et moi, de donner des leçons de musique à vos sœurs et frères... Peut-être à vous aussi ?...

Sarah haussa les épaules.

— A quoi bon ? La plupart du temps, j'en sais autant que mes professeurs ! Je préfère étudier seule ! Du reste, je n'envisage pas une carrière musicale...

— Ah ? Je suppose que vous êtes comme les autres jeunes filles ? Vous souhaitez vous marier et...

Hérissée de fureur, Sarah l'interrompit :

— Je ne suis pas comme les autres jeunes filles ! Je n'envisage pas une seconde de me marier... ni d'avoir des enfants.

Etonné, Saül la dévisagea.

— Ah ? Eh bien ? Que souhaitez-vous donc faire de votre existence ?

Elle hésita. Dire à cet inconnu qu'elle aimerait être une courtisane ou une actrice célèbre lui parut délicat.

Dire « je veux vivre dangereusement » était enfantin, voire stupide.

— Je veux être journaliste ! déclara-t-elle, à sa propre stupéfaction.

C'était le premier mot qui lui était venu à l'esprit. Mot qu'elle associait toujours à Berta Zuckerkandl, laquelle écrivait dans le journal de Moritz Szeps, son père.

— Enfin, précisa la jeune fille, dès que j'aurai ma « maturité [1] ».

Perplexe, Saül ne répondit pas. La profession de journaliste pour une jeune fille était si loin de son esprit que, si Sarah lui avait confié qu'elle voulait aller vivre dans la Lune, il n'en eût pas été plus surpris ni plus dubitatif...

Le Conservatoire de musique fut bientôt atteint. Trop vite au gré des jeunes gens, mais qui ne jugèrent ni l'un ni l'autre opportun de mentionner combien il était regrettable que Sarah habitât si près...

Saül déposa les papiers nécessaires aux inscriptions de l'année 1892-1893, aussi ne fit-il guère attendre Sarah et eurent-ils tôt fait de sortir du bâtiment. Le ciel de ce début de juin était d'un bleu intense, et il faisait une chaleur lourde et humide. Pour rester plus longtemps à l'air libre, et surtout prolonger leur tête-à-tête, Sarah voulut connaître l'endroit où il habitait.

— C'est à Leopoldstadt, n'est-ce pas ?... dit-elle. Le quartier juif ? Je ne le connais pas...

Amusé, Saül demanda :

— Vous n'êtes jamais allée dans le quartier juif ?

— Non, répondit la jeune fille.

Ils prirent la direction du centre-ville, traversèrent le pont qui enjambait le Danube, s'arrêtèrent un instant, silencieux, regardant le fleuve couler... Puis ils reprirent leur marche. Sarah allait d'un pas rapide, se grisant de l'air suffocant de chaleur. Jamais elle n'avait marché ainsi dans les rues de Vienne. Jamais ! Une chose aussi banale, aussi simple, que des milliers de personnes faisaient chaque jour, lui avait été jusqu'à ce jour interdite. Pour mille raisons, toutes plus stupides les unes que les

1. Equivalent du baccalauréat. Les jeunes Viennoises de bonne famille pouvaient l'obtenir depuis septembre 1878.

autres, il était interdit aux jeunes filles de sortir seules, sans leur mère, leur bonne, ou toute autre personne chargée de les surveiller... Sarah jubilait. Qu'elle dût cette aubaine à la maladie de Sonia lui donnait un vague remords, vite chassé par la joie qu'elle éprouvait à arpenter les rues de Vienne de son grand pas d'adolescente qui n'avait aucun mal à s'adapter à celui de Saül.

Elle oubliait presque la présence de Saül à ses côtés, tellement elle était devenue naturelle. C'était quelque chose à la fois d'essentiel et d'impalpable. Comme le plaisir nouveau de marcher... de marcher, de croiser des inconnus qui la dévisageaient et qu'elle-même dévisageait avec effronterie. Elle se sentait puissante, forte et... libre...

Saül parlait. Il racontait son enfance à Stopnica. Son père exploitait des milliers d'hectares de forêt pour le compte d'aristocrates russes, qui ne mettaient jamais les pieds dans leur domaine.

— ... Stopnica est sous domination russe. C'est pour cela que nos papiers sont russes... Mais nous voici arrivés !

Il était un peu inquiet. Comment Sarah, habituée aux luxueux quartiers résidentiels de la Ringstrasse, allait-elle réagir devant la pauvreté et la tristesse de Leopoldstadt ?

De nombreux juifs, aux longs caftans noirs malgré la chaleur, allaient et venaient... La rue était grouillante d'enfants ; des garçonnets, portant *keppeles,* se rendaient en riant et en courant à l'école religieuse, située juste devant la pension Mandelbaum

— C'est ici que j'habite... que nous habitons, je veux dire..., fit Saül un peu déconfit.

Pour la première fois depuis son arrivée, il regardait avec d'autres yeux ce quartier qui, il y avait encore quelques heures, lui paraissait le plus chaleureux du monde. Maintenant il le voyait non plus avec ses propres yeux, son regard venu du cœur, mais avec ceux de cette petite « princesse juive ». Et tout ce qu'il trouvait réconfortant, aimable et rassurant jusqu'alors, changeait de couleur...

Le quartier de Leopoldstadt n'était pas vraiment un

ghetto. C'était un quartier juif pauvre, sale mais vivant et animé, avec ses jeunes mères qui, un fichu blanc sur la tête, enceintes jusqu'aux yeux, poussaient des landaus où hurlaient des bébés... Accrochés à leurs jupes, des enfants de tous âges riaient ou pleuraient, exigeant les multiples gourmandises proposées par les multiples marchands ambulants... Par grappes mouvantes, des hommes, insoucieux du soleil, s'attardaient pour de longues palabres, où les commentaires de la Thora le disputaient aux derniers cours de la Bourse... Ils souriaient pour la plupart. Ils souriaient parce que la journée avait été belle et bonne, et que maintenant il était temps d'aller à la *schuhl* remercier le Seigneur de cette belle et bonne journée. Tous s'exprimaient en un yiddish mâtiné d'allemand. Et tous, sans exception, chaque fois qu'ils évoquaient l'Empereur François-Joseph, le bénissaient d'un : « Que l'Éternel le bénisse... » Ils étaient juifs. Dans un pays où la liberté des cultes existait enfin...

Les grands magasins Jacob Rothberger, qui faisaient l'angle de la rue, attiraient une foule nombreuse... Même la haute bourgeoisie viennoise venait y faire ses emplettes... A côté de ces établissements luxueux, s'alignaient une multitude de petites boutiques où l'on achetait de tout, où l'on marchandait, riait, criait, se disputait, se réconciliait, avant de repartir les bras chargés de paquets... Et puis il y avait l'odeur. L'odeur propre au quartier juif. Une odeur particulière, composée des multiples senteurs qu'exhalaient les boutiques, les maisons, les marchands des rues... Oignons frits, pain de seigle sortant tout chaud du four, arôme du miel cuit du *halva,* arôme du foie de volaille sauté, arômes encore des *blintzes* au fromage, des amandes grillées... Toutes ces odeurs finissaient par n'en faire plus qu'une, indéfinissable, que Saül aurait pu reconnaître les yeux fermés et qu'il adorait. Comme il adorait ces juifs aux longues barbes noires qui, la Thora sous le bras, se pressaient pour aller à la *schuhl...* Sarah vit tout cela. D'abord étonnée, puis ravie... Quelque chose en elle s'émouvait à ce spectacle, quelque chose qui venait de loin, de plus loin qu'elle, du fond des âges... Elle plongea les yeux au fond d'échoppes minuscules, huma l'odeur enivrante des tissus entassés sur de longues tables, dans un désordre indescriptible... D'une fenêtre à l'autre, où séchait du linge, des femmes parlaient et riaient... Une femme enceinte était assise sur le pas de sa porte et sourit à Sarah. Elle était toute jeune. Peut-être seize ans... On aurait dit une enfant cachant un oreiller sous ses jupes. Un fichu blanc sur la tête, elle souriait gentiment, comme désireuse de partager le bonheur qui était en elle, ce mystère vivant qui allait bientôt voir le jour.

Sarah lui sourit en retour. Elle avait envie d'aller vers cette jeune femme, cette femme-enfant qui paraissait tellement sereine, si sûre d'elle, de son destin... Soudain, Sarah se souvint de son étonnement lorsque, toute petite fille encore, elle avait appris que le Dieu des chrétiens — Jésus — était un juif comme elle, un juif comme cette multitude de juifs qui grouillaient dans les rues de Leopoldstadt, un juif comme Saül, avec une barbe noire et des yeux bleus comme le ciel de juin — et elle se demanda si, à lui aussi, à ce Jésus, à ce juif pauvre, un pur, un bon aryen, aurait lancé le célèbre : « Hep ! Hep !... Sale youpin !... », en lui crachant dessus.

Sans doute.

Sarah prit la main de Saül et lui dit :

— J'aime cet endroit... Je me demande pourquoi maman n'a jamais voulu m'y emmener. Mais maintenant, je sais que j'y reviendrai souvent !

Saül eut un soupir de soulagement.

— ...Voulez-vous entrer ? dit-il. Je vous présenterai Frau Mandelbaum. Vous verrez, c'est un cœur d'or... Comme beaucoup de ceux qui vivent ici.

Sarah contemplait la maison qui affichait orgueilleusement sa date de naissance, « 1692 ». Elle était noire de suie. Mais ses proportions élégantes, désuètes, ses balcons fleuris en faisaient une demeure pleine de charme.

— C'est là que vous habitez ? Mais c'est une très vieille maison. Elle a au moins deux siècles !

Malgré elle, elle la comparait à sa maison. Sa belle et grande maison, qui n'avait pas vingt ans, et qui se dressait, blanche, orgueilleuse, sur la Ringstrasse.

— La famille Mandelbaum l'a fait construire lors de

son installation à Vienne..., dit Saül. C'est une belle maison, n'est-ce pas ? Venez...

Saül était heureux. Il aurait aimé chanter et danser là, dans la rue. Il se sentait fier, si fier d'être aux côtés d'une si jolie jeune fille. Quelle crainte stupide l'avait donc envahi tout à l'heure ! Sarah souriait de bonheur et ne manifestait nul dégoût devant la pauvreté de la place du Marché, la vieille façade de la pension Mandelbaum et ce foisonnement de vie odorante, bigarrée, dont il faisait, lui, ses délices...

A la surprise de Saül, personne ne se trouvait dans la pension. Le salon était désert, il y régnait une fraîcheur et une pénombre fort agréables. Des étages venaient un bruit de voix, le son d'un piano.

— Ah ! les Czerny, dit Sarah, tendant l'oreille.

— Exact... Je... puis-je ?... euh, voulez-vous boire une orangeade ?

— Oh !... avec plaisir ! Merci !...

Elle but son orangeade d'un trait. Tout la ravissait dans cette maison. Elle aurait aimé connaître Frau Mandelbaum, revoir la sœur et les amis de Saül, bavarder avec eux, mener cette vie libre d'étudiants maîtres de leurs journées, n'ayant de comptes à rendre à personne... Les jeunes gens bavardaient sans songer au temps qui passait. Soudain Sarah prit conscience qu'on l'attendait chez elle.

— Je crains que vous ne deviez me ramener maintenant. Il se fait tard..., dit-elle.

Saül qui l'admirait en silence sursauta.

— C'est vrai ! Moi qui avais promis de vous ramener tout de suite !

Ils sortirent de la maison et reprirent le chemin de la Ringstrasse.

Sarah se demandait pourquoi elle était maintenant tellement pressée de partir. Quelque chose la gênait dans cette demeure propre, vieillotte, avec ses meubles Biedermeier capitonnés, surchargés de napperons de dentelle... Peut-être étaient-ce les portraits de la famille Lechner-Mandelbaum qui la gênaient... Des juifs typiques ! Longues barbes, caftans noirs pour les hommes... Perruques noires et robes strictes pour les femmes... On sentait dans les regards de ces gens des millénaires de souffrances, des millénaires de deuil, de tristesse et d'humiliation, et c'étaient là des sentiments qu'elle n'aimait pas. Elle détestait cela ! Elle voulait être gaie et heureuse, elle voulait se sentir aussi légère qu'une bulle de savon... Cette image lui plut singulièrement. « Une bulle de savon !... Voilà ce que je suis !... »

Elle ne pensait pas s'être attardée longtemps. Et pourtant, deux bonnes heures s'étaient écoulées avant qu'elle ne retrouvât les contours familiers de la belle maison Lichtfeld sur la Ringstrasse. Elle n'eut guère le temps de s'étonner de la prodigieuse différence qui existait entre les deux quartiers, Leopoldstadt et la Ringstrasse. Totalement étrangers l'un à l'autre, deux mondes se côtoyaient.

A peine eut-elle franchi le seuil de la maison qu'elle fut accueillie par les exclamations de sa mère.

— Où diable étais-tu passée ? Qui t'a donné l'autorisation de sortir ? Dévergondée !... Ah ! qu'ai-je fait à Dieu pour avoir une fille comme toi ? Et ta sœur qui est malade ! Tu n'as pas de cœur.

— Mais maman...

— Il n'y a pas de *mais maman* ! Comment as-tu osé ? Si quelqu'un t'a vue, c'en est fait ! Sortir seule avec un jeune homme qui n'est ni ton frère ni ton fiancé, sans personne pour vous... oh !... Allons, réponds ! (Myriam s'échauffait.) Dieu sait la patience que j'ai toujours eue envers toi !... Mais maintenant, ma fille, tu passes les bornes ! Je frémis à l'idée que quelqu'un ait pu t'apercevoir. As-tu songé à cela ?

— J'y ai pensé, lança Sarah, mais l'opinion des autres !...

Myriam tremblait de rage. Le mépris du scandale qu'affectait sa fille la mettait hors d'elle.

— Vraiment ? Sont-ce là toutes tes excuses ? Qui t'a permis de sortir ?

Quelque chose d'autre l'irritait chez Sarah. Quelque

chose d'enfoui au fond de sa mémoire qui refaisait brusquement surface, quelque chose qu'elle n'aimait pas mais qu'elle était bien obligée de reconnaître. Une animosité contre sa fille. Ce sentiment l'effraya, ce qui renforça son irritation.

— Alors ?... répéta-t-elle. Dois-je attendre longtemps ta réponse ?

Exaspérée, Sarah répliqua vertement :

— Papa m'a donné la permission ! Vous pouvez lui demander...

Ulcérée par le ton de sa fille, Myriam glapit :

— Est-ce une manière de me répondre ? J'exige des excuses ! Immédiatement !... Et ta sœur qui est si malade... Et toi... Petite égoïste, sans cœur...

Sarah sentait la colère monter en elle. Ce n'était pas la première fois qu'elle tenait tête à sa mère, mais c'était la première fois qu'elle était décidée à ne pas céder.

Les deux femmes se regardèrent, soudain ennemies ; entre elles s'était dressé un mur invisible, que ni l'une ni l'autre, désormais, ne pourrait abattre tout à fait... Quelque chose s'était brisé...

Sarah monta dans sa chambre et se précipita vers son petit secrétaire. Il fallait consigner dans son journal intime toute cette journée merveilleuse, ce qui lui était arrivé dans ce quartier si étrange... Et puis Saül naturellement.

Comme à l'accoutumée, Noemi entra dans la chambre de sa sœur sans frapper. Furieuse, Sarah demanda sèchement :

— Qu'est-ce que tu veux ? Je t'ai déjà dit cent fois de ne pas entrer chez moi sans frapper !

Noemi haussa les épaules.

— Quelle bêtise !... Tu m'aurais dit d'entrer, n'importe comment ! Alors fais comme si j'avais frappé !...

Désarmée, Sarah répéta :

— Qu'est-ce que tu veux ?...

— Te signaler que Sonia va mieux ! La fièvre est tombée... Papa lui a apporté des bouquets de fleurs comme la maîtresse de l'Empereur François-Joseph, Catherine Schratt, n'en a jamais eu !...

Sarah éclata de rire.

— Comme je suis contente ! Peut-on la voir ?

— Un petit moment... Il ne faut pas la fatiguer...

Et comme Noemi restait debout, indécise, se balançant d'un pied sur l'autre, Sarah comprit vite que sa sœur avait quelque chose de particulier à lui communiquer.

— Que se passe-t-il, Noemi ? Voyons, dis-moi !

Noemi hésitait.

— ... Euh !... voilà... J'ai rencontré par hasard l'amoureux de Sonia...

Sarah haussa les sourcils.

— Hein ? Qu'est-ce que tu me chantes là ? Où étais-tu ? Avec qui ?

— Avec Annitchek. C'est elle qui m'a accompagnée à mon cours de piano... Il y avait là Franz Berg. Je pense qu'il m'attendait...

— Comment cela ?

— Il m'a donné un billet pour Sonia !

— Quoi ?... Fais voir !

Le billet était effectivement adressé à Sonia von Lichtfeld. Il se trouvait dans une enveloppe cachetée portant les armes de la famille Berg. Les deux sœurs se consultèrent du regard. Devaient-elles ? Ne devaient-elles pas ? Les recommandations de leur mère pesaient dans leur esprit : « Si jamais vous recevez un billet, de qui que ce soit, c'est à moi d'en prendre connaissance d'abord. » Remettre cette lettre à la Baronne Myriam ? Sonia ne leur pardonnerait jamais ! Et puis Sarah était convaincue que quel que fût le contenu de cette lettre, cela appartenait à Sonia et à elle seule.

— Si l'on donne cette lettre à Sonia, maman s'en rendra compte, elle ne quitte pas son chevet..., dit lentement Sarah, les yeux fixés sur le billet, mourant de convoitise, de jalousie et de curiosité.

Bon sang ! Lire cette lettre ! Elle eût donné n'importe quoi au monde pour savoir comment on écrit une lettre d'amour.

— Comment a-t-elle pu s'amouracher d'un imbécile comme ce Franz Berg ? dit-elle, la lettre entre ses doigts.

— Bah ! Il est si joli garçon ! répondit Noemi avec philosophie. Une jolie marionnette blonde avec de beaux atours militaires... Il est comte, n'est-ce pas ? Crois-tu qu'il veuille vraiment épouser Sonia ?

— Euh... peut-être ?...

Les deux sœurs se regardèrent. Puis, Sarah murmura :

— ... A condition bien sûr que Sonia se convertisse. Cela m'étonnerait que les Berg acceptent une juive dans leur famille !... Allons lui apporter cette lettre ! Si maman est là, je m'arrangerai pour la glisser sous son oreiller et lui dire d'où elle vient...

Sonia somnolait. Bien qu'elle fût encore très pâle, elle allait visiblement mieux. Noemi ne s'était pas trompée. Le Baron Elie avait bien fait les choses : toute la chambre avait été fleurie par des bouquets somptueux, venus des plus célèbres fleuristes de Vienne. Sur la recommandation du docteur Schnitzler, la chambre avait été aérée et l'on avait enfin fermé le chauffage.

En entendant Sarah et Noemi entrer subrepticement, leur mère sursauta. Après un regard froid et sévère sur Sarah, elle dit :

— Je vais enfin pouvoir faire un brin de toilette. Restez auprès de votre sœur, mais ne la fatiguez pas ! Les jumeaux sont déjà venus et ils ont été impossibles ! S'ils reviennent, interdisez-leur la chambre ! A tout à l'heure...

Dès que la porte se fut refermée sur Myriam, Sarah et Noemi se précipitèrent au chevet de Sonia et lui tendirent la lettre. Un sourire joyeux éclaira le visage de la malade.

— Oh ! que vous êtes gentilles !...

Elle était toute rose de bonheur. Surprise aussi par la générosité de ses sœurs... A leur place, il n'est pas sûr qu'elle n'eût pas porté la lettre à sa mère ! Que l'on pût avoir une attitude non conventionnelle, plus généreuse, était pour elle une découverte stupéfiante. Un peu gênée, elle était pressée d'ouvrir sa lettre qu'elle avait envie de couvrir de baisers, mais elle répugnait à le faire devant des tiers.

Discrètement, Sarah et Noemi s'éloignèrent du lit et

s'absorbèrent dans la contemplation des portraits qui ornaient les murs de la chambre.

Lorsqu'elle eut fini de lire, Sonia laissa exploser sa joie. Elle riait et pleurait tout à la fois.

— Il m'aime ! Il m'aime vraiment ! Il ne demande qu'à me revoir avec l'autorisation de papa et maman... Il se fait fort d'obtenir celle de son père... Oh ! je suis si contente, si heureuse !

Sarah considéra sa sœur avec perplexité.

— Si j'ai un conseil à te donner, c'est de n'en parler encore à personne ! Guéris d'abord, et lorsque nous reviendrons de Bad Ischl, tu pourras en parler, à maman d'abord, ensuite à papa, et ensuite à grand-mère Ida. Maman sera très heureuse, papa va beaucoup renâcler, et grand-mère sera irréductible... Parle sans arrêt de Sophie Clemenceau [1], qui est si heureuse !... (Elle se tut un instant, réfléchissant.) De toute manière, grand-mère Ida t'adore ! Tu n'auras qu'à beaucoup pleurer et à faire la mourante pour qu'elle te cède sur tout ! Même sur cela !...

Sonia était trop heureuse pour pouvoir protester. Elle lisait et relisait sa lettre, pleine des mille sottises amoureuses qu'un jeune homme de vingt ans peut écrire à la jeune fille qui l'a ébloui. « ... Aucune jeune fille au monde ne possède autant de grâce et de beauté... un ange n'aurait pas ce charme si délicat, cette douceur, cette intelligence si originale, si brillante... »

Sonia était intimement convaincue qu'elle était ainsi, telle que la voyait le jeune comte Franz Berg... Et sans doute était-elle moins amoureuse de celui qui écrivait une lettre si charmante que de l'image qu'elle lui renvoyait.

Sarah et Noemi se perdaient en conjectures diverses sur ce projet de mariage qui leur paraissait insensé. La fille d'un grand bourgeois juif, libéral, social-démocrate,

1. La fille de Moritz Szeps, Sophie, avait épousé le frère de Georges Clemenceau, Paul, mariage qui avait été célébré le 22 décembre 1886 à la mairie de Vienne. Il n'y avait eu aucune cérémonie religieuse puisque Sophie était juive, et Paul, catholique, mais tout à fait anticlérical.

et le fils d'un aristocrate catholique appartenant à la caste la plus rétrograde d'Autriche. Noemi développa une longue théorie d'arguments divers avant de conclure :

— Ma pauvre fille !... tu seras obligée de te convertir au catholicisme et de nous renier... Tous !

Sonia haussa les épaules avec mépris.

— D'abord je ne me convertirai jamais !... Et je ne renierai personne...

Ayant écouté les objections de Noemi et la réponse de Sonia, Sarah conclut avec philosophie :

— De toute manière, la décision finale ne t'appartient pas, ni à toi ni à ton Franz ! Elle appartient à papa et au Comte Berg... Et toi, tu n'as plus qu'à patienter...

Les trois jeunes filles se regardèrent en silence. Au moins, sur ce point, il n'y avait rien à redire. Leur vie ne leur appartenait pas, et toute décision concernant leur avenir se prendrait sans les consulter.

ÉTÉ

Le jour se levait. Dans les rues inconnues, presque désertes, Saül Lozwitzky marchait. A peine si, de temps à autre, une silhouette se hâtait. Il adorait marcher ainsi dans une ville dont il ignorait encore tout, et qu'il découvrait au hasard de ses pas.

Il fredonnait à mi-voix. C'était une nouvelle valse de Johann Strauss, et cette musique allègre convenait à son humeur.

Ses pas l'entraînèrent sur un pont qui enjambait l'un des bras du Danube. L'eau jaunâtre, enflammée par les reflets du soleil, charriait dans son flot tumultueux des branches, des débris... Des bateaux se succédaient... Longtemps, Saül resta là, immobile, accoudé sur la balustrade, à contempler le fleuve.

Lorsqu'il reprit sa promenade, les rues résonnaient du pas des chevaux, de fiacres, de monde. Il se laissait bousculer, il allait à contre-courant, puis s'immobilisait de nouveau. « Ils ne savent pas ! » se disait-il, magnanime envers ceux qui le bousculaient. « Ils ne savent pas !... Mais un jour, ils sauront qui je suis ! Le grand chef d'orchestre Saül Lozwitzky !... »

Deux mois plus tôt, il débarquait à Vienne et, depuis, sa vie avait changé du tout au tout. Il se sentait fier de lui. Il avait osé ! Osé se libérer des liens familiaux, des traditions séculaires qui l'avaient ligoté et lui avaient fait perdre tant d'années ! Quel soulagement lorsque, la veille, un petit barbier de Vienne l'avait rasé au plus près, libérant son visage de sa barbe, coupant ses papillotes, le coiffant comme un Viennois... De temps à autre, au hasard d'une vitrine ou d'un miroir dans une boutique, il s'attardait devant cette image de lui-même, de cette physionomie inconnue, presque indécente. Son visage lui plaisait. Une pensée incongrue s'imposa soudain : est-ce que la petite Sarah von Lichtfeld remarquerait sa métamorphose ?... Puis il se mit à rire ; en quoi l'opinion d'une petite écolière de quatorze ans « et demi... » pouvait-elle lui importer ?... « Quelle charmante petite ! se dit-il..., vraiment charmante. » Il avait tout juste dix-huit ans. Et jusqu'alors il n'avait vécu que pour la musique et l'étude. Ce qu'il ressentait lorsqu'il pensait à Sarah n'était que l'éveil de sa puberté, mais il était trop ignorant des choses de la chair pour le comprendre. Il ignorait tout des besoins, des élans de son propre corps. A Stopnica, ses frères, à l'époque de sa *bar-mitsva,* cinq ans plus tôt, avaient cherché à l'éclairer quelque peu, mais Yankel, Shlomo et Avrom s'étaient heurtés à une fin de non-recevoir glaciale... Maintenant, il regrettait de ne pas les avoir davantage écoutés.

Deux mois déjà ! Il avait l'impression qu'un tourbillon l'avait entraîné loin des siens pour toujours et qu'il ne les reverrait jamais, même s'il savait que Stopnica n'était qu'à une nuit de chemin de fer de Vienne. S'il faisait une bonne saison, rien ne l'empêcherait d'y aller, juste avant la rentrée des classes au Conservatoire. Son visage se rembrunit... Le Conservatoire ! Encore fallait-il réussir le concours d'entrée, encore fallait-il gagner suffisamment d'argent pour payer les inscriptions si l'on était admis... « Non ! se dit-il, il ne serait pas raisonnable d'aller passer huit jours à Stopnica. L'année prochaine peut-être ? » Une bouffée de regret, de mélancolie l'envahit. La solitude lui pesait parfois. Certes, il y avait ses amis David Langer et Haym Landon... et puis Dina avec qui il s'entendait si bien. Mais des amis ne remplaçaient pas une famille... Et il lui manquait la chaleur, la gaieté, les cris, les tempêtes qui agitaient perpétuellement l'atmosphère de la maison...

Une carrière de musicien, de chef d'orchestre international, ne se décidait pas à Stopnica. Cela valait bien quelques sacrifices.

Sans qu'il s'en rendît vraiment compte, ses pas

l'avaient entraîné sur les hauteurs, et de là son regard embrassait toute la ville... Au-dessous de lui s'étendait une mer de toits bigarrés, formant des vagues de différentes hauteurs et de différentes couleurs... Une multitude de maisons, vieilles ou neuves, s'étalaient, s'élançaient, se pavanaient, ou se tassaient sur elles-mêmes, formant dans leur variété comme une harmonie concertée que le soleil, maintenant assez haut sur la ligne d'horizon, éclairait joyeusement.

Tout n'était encore que torpeur dans cette brume légère et matinale qui enveloppait Vienne ; tout n'était encore que rêves inachevés dans la tête du jeune garçon... Mais que d'espoir, que d'ambition ils soulevaient. Il pensa soudain que pour arrondir ses fins de mois, il pourrait, en plus des après-midi passés à jouer au café Griensteidl, se produire le soir dans un autre café semblable, le Schubert par exemple, où lui et ses amis avaient dîné la veille de *Wienerle* bien chaudes, accompagnées de purée de pommes de terre. Si ce n'était pas très bien payé, les repas seraient au moins assurés... et à satiété ! « Je pourrai économiser cet argent-là qui, joint à celui des leçons aux petits von Lichtfeld, plus les mariages, les *bar-mitsva ou brith mila.* » Il souriait de bonheur, et se croyait déjà riche... « Et je pourrai renouveler ma garde-robe... Il me faudrait un smoking... » Il prononça le mot à plusieurs reprises, le faisant rouler dans sa bouche. Il n'avait aucune idée du coût réel d'un tel vêtement et, jusqu'à son arrivée à Vienne, il n'en avait non seulement jamais vu, mais jamais entendu parler... C'est au cours de la soirée chez les von Lichtfeld qu'il en avait vu pour la première fois et qu'il avait su faire la différence entre ces superbes vêtements coupés dans des tissus anglais et les habits loués qu'ils portaient, David, Haym, Dina et lui... Il riait en lui-même au souvenir de sa sœur Dina, qui, pour la première fois de sa vie habillée en homme, s'était longuement regardée dans la glace et avait déclaré tout net que le costume d'homme était infiniment seyant et que désormais elle s'habillerait toujours en homme pour jouer en public...

« ... Avec David comme second violon, Haym au violoncelle, Dina à l'alto et moi au violon, nous serons les rois de Vienne !... » pensait Saül tout en marchant à longues enjambées. Il s'arrêta net. « Les rois de Vienne » : quelle meilleure appellation pour un ensemble ?... »

Saül faillit danser de joie sur place. « Les rois de Vienne ! » Très excité par la décision qu'il venait de prendre, il n'eut rien de plus urgent que de la faire partager à ses amis. Il aspira l'air à pleins poumons, tendit les épaules jusqu'à éprouver un tiraillement entre les omoplates... Il était un homme libre... Libre de choisir sa vie, de suivre la route qu'il s'était tracée... Il avait faussé compagnie à des siècles de préjugés, franchi les barrières morales et renoncé à Dieu... Son visage nu recevait le vent du matin comme une caresse...

Juin s'achevait. Bientôt les Lichtfeld iraient prendre leurs quartiers d'été à Bad Ischl et, déjà, les écoliers, Sarah, Noemi et les jumeaux s'impatientaient.

— Plus que dix jours avant la fin de l'année scolaire !... s'écria Sarah en lançant son cartable sur le lit de Sonia. Tu en as de la chance d'être malade !... T'es-tu levée aujourd'hui ?

En effet, Sonia s'était levée. Soutenue par les parents, elle avait fait quelques pas et constaté avec satisfaction qu'elle avait grandi et terriblement minci. Puis, épuisée, elle s'était recouchée, attendant avec impatience l'instant où Sarah reviendrait de son cours avec la lettre quotidienne.

— Oui... euh... L'as-tu rencontré ?... (Les yeux de Sonia dévoraient son visage émacié.)

— Oui, dit Sarah, laconique. Il est encore venu m'attendre après mon cours...

Elle sortit de son cartable une lettre qu'elle tendit à sa sœur.

— Mais je t'avertis ! C'est la dernière fois ! Je n'ai pas envie de me faire attraper ! Tu ne la lis pas ?

Sonia baissa les yeux.

— Je préfère... un peu plus tard...

— Je vois ! rétorqua Sarah en riant, nullement vexée. Mademoiselle veut être seule !

— Tu as tout compris !... répondit Sonia avec un sourire. Tu ne m'en veux pas ?

Etre seule avec la chère lettre qui lui parlerait d'amour, qui lui chanterait une chanson connue d'elle seule... Non, il ne fallait pas de témoin, pas de regards railleurs, pas d'ironie cinglante... Sarah avait le don de tout réduire à néant, de briser les rêves, de tout mesurer à l'aune de son jeune cynisme.

— Mais non..., fit Sarah, mais non ! Je te laisse. D'ailleurs j'ai un exposé à faire sur Spinoza !

La jeune personne allait quitter la chambre quand Sonia l'arrêta.

— Tu sais... j'aimerais que tu ailles voir chez les jumeaux... Ils sont venus m'embrasser en rentrant du *Gymnasium* et ils avaient un drôle d'air...

Sarah fronça les sourcils.

— Ils se sont battus avec des antisémites ?

C'était là l'inquiétude majeure. Pas de semaine où les jumeaux ne revenaient couverts d'ecchymoses, le nez en sang... « On s'est battus contre des antisémites... », disaient-ils.

Le Baron Elie demandait alors : « Sont-ils aussi amochés que vous ? — Pire ! — Alors c'est bien. Voici dix florins chacun. »

Cela mettait régulièrement la Baronne Myriam dans une fureur noire. Encourager ses fils à se battre n'était pas du tout l'éducation qu'elle souhaitait leur donner.

— C'est cela ! disait-elle, furieuse. Que ferez-vous lorsqu'on vous ramènera vos fils sur un brancard ?...

Le Baron dévisageait sa femme froidement, puis lâchait durement : « S'ils ne rendaient pas coup pour coup, c'est moi qui leur en infligerais le double !... » Régulièrement, c'était sur cette dernière phrase que s'achevait la discussion.

— Non, disait Sonia en réponse à Sarah. Non, ce n'est pas ça... C'est plutôt comme le jour où ils ont décidé de voir ce que ça donnerait de mélanger l'acétone, le méthanol et l'oxyde de carbone qu'ils avaient volés dans leur classe de physique-chimie, tu te souviens de l'explosion ?

Les deux jeunes filles pouffèrent au souvenir de la scène ! L'effarement des deux garçons qui auraient pu y laisser un membre, voire la vie, la colère de papa et les menaces de correction : vingt coups de martinet sur les jambes ; les hurlements des garçons, les domestiques affolés qui se pressaient à la porte de la chambre dévastée, et leur mère pleurant, cramponnée au bras du Baron Elie.

— Arrête, Elie ! je t'en supplie, tu vas les tuer !...

Et alors, le Baron, le martinet à la main, en bras de chemise :

— Mais voyons ! Je ne les ai même pas encore touchés !

Ce souvenir invariablement faisait rire toute la maisonnée.

Plus par curiosité que par inquiétude, Sarah décida cependant d'aller voir chez ses frères, au cas où ils auraient encore inventé quelque chose. Au passage, elle alla frapper chez Noemi.

La cadette faisait ses devoirs. A voir sa mine maussade, cette obligation ne semblait guère à son goût et elle fut ravie de la diversion.

— Tu viens chez les garçons avec moi ?... Sonia craint qu'ils ne soient en train de nous préparer une autre surprise du genre explosif.

— Oh ! tu crois ? se réjouit Noemi. Allons-y !...

David et Jonathan venaient tout juste d'avoir onze ans. Ils étaient beaux, espiègles, pleins d'invention et n'imaginaient pas une seconde qu'un jour ils pourraient vivre l'un sans l'autre. Ils toléraient la présence de leurs sœurs Sarah et Noemi, mais un peu moins celle de Sonia, toujours à faire des remontrances.

— Qu'est-ce que vous êtes en train de faire ? demanda Sarah.

— Nous ?.. Rien !

Deux paires d'yeux la fixaient avec toute l'innocence

du monde. Mais Sarah connaissait mieux que personne ce que cela pouvait cacher.

— Mon œil ! dit Sarah. Allons, pas d'histoires ! Qu'est-ce que vous êtes en train de manigancer ? Allons, dites-le-moi ! Vous savez bien que je ne dirai rien aux parents ! Qu'est-ce que c'est ? Un autre explosif ?

Les jumeaux se regardèrent.

— ...Tu as déjà fumé des cigarettes ? demanda David.

Les deux garçons ricanaient et se dandinaient d'un pied sur l'autre

— Hein ? s'exclama Sarah stupéfaite. Des cigarettes ?

— Oh ! dit Noemi pleine d'espoir. Vous en avez ?

David sortit de sa poche un petit paquet.

— Ce sont des cigarettes égyptiennes, dit-il.

— Vous voulez essayer, les filles ? dit Jonathan tentateur.

Sarah et Noemi n'hésitèrent pas une seconde.

— Comment fait-on ?

Ils en étaient à leur quatrième cigarette, lorsque Saül frappa à la porte. C'était l'heure et le jour d'une leçon de musique...

Quand il entra dans la pièce noyée de fumée, il crut un instant qu'il allait périr asphyxié.

— Mon Dieu !.. éructa-t-il. Il y a le feu ?...

Il regarda les quatre adolescents, pâles, les traits tirés.

— Je crois que je vais vomir..., dit Sarah.

Elle n'eut que le temps de se précipiter vers la salle de bains. Incoercible, une violente nausée la courba en avant. Saül se précipita et lui soutint la tête. Bientôt, Noemi et les jumeaux imitèrent, à leur corps défendant, leur sœur aînée... Et c'est à ce moment, juste à ce moment, que la Baronne Myriam s'encadra dans l'entrebâillement de la porte.

— Mon Dieu, que se passe-t-il ici ?

En un éclair, elle comprit tout. Alors, une rage folle contre Sarah s'empara d'elle. A n'en point douter c'était elle la coupable. Elle la gifla à toute volée.

— Tu es l'aînée ! Et c'est toi qui les entraînes ! toi !... toi ! Mais que vais-je faire de toi ?... hein ?... que vais-je faire ?...

Humiliée, désespérée, Sarah se débattit et se précipita dans sa chambre. « Jamais je ne lui pardonnerai... Jamais ! Jamais ! M'avoir giflée devant lui ! Oh ! Je me sauverai... je me sauverai, je quitterai cette maison... Me gifler devant lui ! »

Elle sanglotait, la tête enfouie dans son oreiller. Elle n'entendit pas la porte de sa chambre s'ouvrir, ni Saül s'approcher du lit où elle était effondrée, lamentable, en proie au plus grand désespoir.

Doucement il lui toucha les épaules. Elle sursauta et lui fit face. Sa pauvre figure était toute rougie et barbouillée de larmes. Elle était morte de honte. Elle avait honte de ce qu'elle avait subi, honte de pleurer, alors qu'elle aurait voulu se montrer digne, insensible...

— Jamais je ne pourrai lui pardonner !.. dit-elle avec passion, en reniflant. Jamais ! Je ne veux plus la revoir !...

— Mais si !... vous verrez. Vous oublierez ! Tenez, prenez mon mouchoir et mouchez-vous un bon coup ! Mon père aussi, quand il me corrigeait, n'y allait pas de main morte ! Cela, je peux vous l'affirmer ! Tenez ! regardez ma joue... Eh bien, je parie qu'il y a encore la trace de la dernière gifle qu'il m'a donnée juste avant mon départ... Et pourtant, je lui garde toute mon affection !...

Il riait, et à travers ses hoquets et ses reniflements, Sarah lui rendit son sourire.

Jamais Sarah n'oublia cette scène. Ni l'humiliation subie ni l'infinie douceur, l'infinie tendresse avec lesquelles Saül la consola.

Chaque été, le Baron Elie et sa famille avaient coutume de passer quelques semaines à Bad Ischl. En fait, de nombreux bourgeois ou aristocrates partageaient cet engouement, non seulement à cause des excellentes eaux salines de la petite ville thermale, mais aussi (et peut-être surtout) parce que l'Empereur François-Joseph et l'Impératrice Elisabeth (familièrement appelée Sissi) y avaient également leur résidence d'été.

Cette année-là, du fait de la maladie de Sonia et de sa convalescence, le Baron Elie décida de partir un peu plus tôt qu'à l'accoutumée. A peine l'année scolaire terminée, les préparatifs de départ commencèrent.

Deux raisons majeures incitaient le Baron Elie à précipiter ce départ pour Bad Ischl. La santé de Sonia, bien évidemment. Et d'autre part, il lui paraissait nécessaire, voire urgent, de s'entretenir du rapprochement franco-russe et du traité de la Triple Alliance contre Bismarck, avec plusieurs de ses amis dont le célèbre journaliste Moritz Szeps, qu'il savait retrouver en villégiature à Bad Ischl... Les liens familiaux de Georges Clemenceau avec Moritz Szeps permettaient sans doute à ce dernier de posséder des renseignements que nul autre n'était en mesure de connaître. Le Baron Elie voulait connaître au plus tôt la position du célèbre tribun français vis-à-vis de l'Autriche...

Mais la Baronne Myriam ne l'entendait pas de cette oreille. Elle savait qu'à Bad Ischl son époux ne rencontrerait pas seulement Moritz Szeps et sa femme Amélie, mais également leur fille cadette Berta Zuckerkandl et son mari. Devant les reproches de Myriam, le Baron Elie se contentait de sourire et de dire :

— Bah ! Sottises !... Voyons, Myriam ! un barbon comme moi !...

— Allons, ne le nie pas ! Tu vas t'entretenir également avec elle.

— Bien évidemment ! Il serait extrêmement discourtois de ma part de ne pas lui adresser la parole...

Il riait, soudain rajeuni. Aimant provoquer la jalousie de Myriam, et secrètement troublé et ravi de revoir Berta Zuckerkandl pour qui il éprouvait plus qu'un faible.

Myriam s'échauffait. Ce rire, cette manière d'esquiver par une boutade, une plaisanterie, avait le don de l'exaspérer.

— Enfin, ma chère, j'espère que tu ne vois pas d'inconvénient à ce que Moritz Szeps et moi passions un moment ensemble ?

— Non, bien sûr, dit-elle, sans conviction aucune.

Mais ce soir, est-il vraiment indispensable que vous alliez passer la soirée chez Berta Zuckerkandl ? En quoi votre opinion sur Hugo Wolf peut-elle l'intéresser ? Depuis quand se soucie-t-elle de musique ? Et cela ne peut-il attendre Bad Ischl ?

De nouveau, le Baron Elie riait, l'appelait « ma chère tigresse... ». Mais il mettait son chapeau, fleurissait sa boutonnière, prenait sa canne, et s'empressait, élégant, sûr de lui, sûr de l'amour inconditionnel que lui portait sa femme... Et sûr de trouver dans le salon des Zuckerkandl, outre une maîtresse de maison délicieusement snob, cultivée, brillante et, ce qui ne gâtait rien, ravissante, une pléiade de jeunes cantatrices fraîchement sorties du Conservatoire et qui faisaient assaut de charme auprès de lui... Quelques heures pendant lesquelles il oublierait ses responsabilités, sa cinquantaine largement dépassée...

La plupart des querelles qui opposaient Elie et Myriam von Lichtfeld se terminaient ainsi. Et toutes laissaient dans le cœur de Myriam une amertume desséchante.

Pourtant, depuis quelques semaines, le Baron Elie ne parvenait pas à trouver dans ses escapades un dérivatif. Ses préoccupations familiales et politiques le mettaient d'une humeur massacrante. « Diable... Diable ! grommelait-il devant l'amoncellement des malles, des sacs qui encombraient le hall. Ne dirait-on pas que nous partons pour des années ? Il ne s'agit que de deux mois d'absence... Deux mois et demi tout au plus !... Est-il besoin de tant de malles, de sacs et de cartons à chapeaux ? Comptez-vous, mesdames, vous changer à toute heure du jour ? »

Mais Myriam, qui adorait les eaux de Bad Ischl et les mondanités qui suivaient quotidiennement la cure, n'en était pas moins intransigeante sur le nombre de toilettes à prendre, les chapeaux assortis, les vêtements nécessaires à l'équitation, que tous pratiquaient... Sans compter les malles de Fritz et de Greta qui immanquablement faisaient partie du voyage.

Une atmosphère fiévreuse, qui se manifestait surtout par des cris et des disputes sans fin entre les enfants, régnait dans tous les étages, si bien que le Baron Elie ne trouvait refuge que dans son bureau. Mais là encore, il ne parvenait pas à se concentrer. Il lisait *La Libre Parole* que Theodor Herzl lui envoyait régulièrement de France, et chaque fois qu'il la touchait ou la lisait, une grimace de dégoût déformait ses traits.

« Oh, Dieu !... Oh, Dieu..., murmurait-il alors. Comment peut-on laisser circuler une telle ignominie ? Et que peut-on faire ?... que peut-on faire ?... »

Mais il savait qu'il n'y avait rien à faire. Néanmoins, il espérait qu'après le séjour de Bad Ischl, il retrouverait non seulement sa joie de vivre et sa bonhomie coutumière, mais aussi une solution à ce problème épineux : comment débarrasser l'Europe de la lèpre qui menaçait ?

S'il avait su analyser les causes de sa mauvaise humeur et de sa tristesse permanentes, il aurait compris que cela datait de ce jour de printemps où, juste la veille de la *brith mila* de son petit-fils, il avait reçu ce journal. Certes, il y avait eu aussi la maladie de Sonia, mais il devait reconnaître que, pour lui, plus rien n'avait été comme avant.

Située au cœur du Salzkammergut, Bad Ischl était une jolie petite station balnéaire où se retrouvaient, dans un mélange fort démocratique, mondains, aristocrates, artistes en tout genre, écrivains, journalistes et autres...

Dès 1848, lorsque François-Joseph, alors âgé de dix-neuf ans, s'y fit couronner empereur, la petite ville de Bad Ischl devint célèbre dans toute l'Europe. L'Empereur en ayant fait sa résidence d'été, toute la cour et tous ceux qui pensaient qu'ils avaient un rôle à jouer dans le devenir de l'Autriche-Hongrie (donc de l'Europe) s'y précipitèrent. Les bains d'eaux salées devinrent à la mode, et la ville d'eaux qui avait vu le jour en 1823 fut déclarée ville impériale. Cela faisait plus de quarante-cinq ans que cet engouement existait. Peut-être les eaux salines de Bad Ischl étaient-elles vraiment efficaces contre les douleurs rhumatismales, les maladies du poumon et la dégénérescence des êtres humains. Peut-être... mais plus sûrement la mode, la certitude d'y rencontrer les personnalités européennes les plus en vue étaient pour beaucoup dans le succès de Bad Ischl.

Cette année-là, dans leur résidence d'été, toute la famille von Lichtfeld était accaparée par Sonia... Celle-ci était encore fragile, mais Sarah soupçonnait autre chose. On aurait dit que, tacitement, tout le monde s'était concerté pour que Sonia ne restât pas seule, ne fût-ce qu'une minute. Lorsqu'elle allait faire sa cure de bains salés, elle était encadrée par sa mère, par grand-mère Ida et, marchant derrière, portant les paniers chargés de peignoirs et de serviettes, Annitchek, plus une petite bonne, Vera, engagée exprès pour l'été... Les autres membres de la famille s'éparpillaient au gré de leur fantaisie, le Baron Elie considérant que pendant les vacances d'été, la discipline qui régnait en maîtresse à Vienne pouvait connaître quelque relâchement. Jusqu'au jour où un événement grave vint bouleverser l'ordre des choses.

Il y avait trois semaines environ que la famille avait pris ses quartiers d'été quand, vers la fin du mois de juillet, Isaac-Salomon von Lichtfeld demanda à son père un entretien particulier. Les deux hommes se retirèrent dans la chambre du Baron Elie...

Soudain on entendit des éclats de voix violents. La voix du Baron Elie s'élevait, stridente :

— ... Jamais je ne donnerai mon autorisation !... Jamais !

La voix d'Isaac-Salomon, plus douce, très calme, répliquait :

— Père, je suis majeur et père de famille. Plus personne ne peut me donner d'ordre... Nous avons pris cette décision, ma femme et moi, pour vivre selon notre désir, et non pas selon le vôtre !... Nous ne voulons plus vivre dans ce pays...

Le reste se perdit dans un fracas de porte claquée relayé par les hurlements du bébé Jacob que tout ce bruit avait réveillé

Le Baron Elie fit irruption dans la véranda où toute la famille s'était réfugiée à cause de la pluie — l'une de ces pluies drues d'été qui succèdent à l'orage et qui apportent une merveilleuse sensation de fraîcheur.

— Tu ne connais pas la dernière de ton fils ? dit-il cinglant, en interpellant sa femme.

Myriam haussa les sourcils.

— Que se passe-t-il ? répondit-elle. Je vous entendais crier là-haut. Vous avez réveillé le bébé !

— Il s'agit bien de réveiller le bébé ! Ils vont partir... Ils veulent quitter la maison... Vienne !

— Quoi ? s'étonna Myriam. Où veulent-ils aller ? Ne sont-ils pas heureux chez nous ? Ils ne vont pas s'installer à Berlin ? Si ?

— Si c'était à Berlin, c'eût été un moindre mal ! Même New York, je ne m'y serais pas opposé. Mais... mais... (La voix du Baron Elie s'étranglait, et c'est dans un chuchotement rauque qu'il ajouta :) Ils... veulent aller s'établir à Jérusalem !

Myriam laissa échapper un long hululement :

— Hein ?... Chez les Turcs ?

— Chez les Turcs ! opina le Baron Elie. Ils vont partir avec une organisation... « Les amants de Sion »... Et vois comme ils sont cachottiers !... Tout est en règle depuis des semaines ! Isaac représentera la firme Quaker Oats à Jérusalem... Il ne veut plus entendre parler de l'Europe... Enfin, c'est ce qu'il vient de me dire ! Il veut retourner là d'où il vient ! En Palestine ! C'est un comble, non ?

— Ohooo !... gémissait la Baronne Myriam, incapable de dire autre chose. Ohooo... Il faut les empêcher !... Il faut les empêcher..., parvint-elle enfin à éructer.

Le Baron Elie haussa les épaules.

— Impossible. Isaac est majeur et il est père de famille... Etiez-vous au courant, vous autres ?

Cela s'adressait à David et Jonathan qui chuchotaient à voix basse dans un coin de la véranda. Les garçons, interloqués par le ton menaçant de leur père, ne répondirent pas.

Le Baron Elie les dévisagea sévèrement.

— Bien sûr, vous étiez au courant !... Bien sûr... David ! Jonathan !... Répondez-moi, c'est un ordre !

Depuis quand votre frère aîné a-t-il émis l'intention d'émigrer chez les Turcs ?... David ?... Jonathan ?... J'attends !

Les jumeaux se levèrent et firent front, arborant un visage pur, angélique...

— A Jérusalem, papa..., dit Jonathan en souriant.

— C'est vrai, papa... Jonathan a raison ! Ce n'est pas chez les Turcs qu'Isaac veut s'installer, c'est à Jérusalem ! confirma David avec le même sourire.

— Vous vous moquez de moi, n'est-ce pas ?... dit le Baron Elie dont la colère contre ses enfants ne résistait pas à leur sourire.

Et il était certain que les jumeaux, déjà charmeurs par tempérament, usaient avec leurs parents de ce pouvoir qu'ils savaient infaillible. Mais cette fois-ci, le Baron Elie insista :

— Depuis quand ?...

David et Jonathan répondirent d'une même voix :

— Depuis leur mariage ! Hannah ne se plaît pas à Vienne, et Isaac déteste les Autrichiens, les Polonais et les Hongrois. Il estime que lorsqu'un pays ne veut pas de nous, il ne faut pas s'y incruster et il faut montrer de l'orgueil et de la fierté en s'en allant... Il dit qu'il cède volontiers la place à Karl Lueger dès qu'il sera maire de Vienne, mais que lui, Isaac, ne sera pas là pour voir cela !... Il dit aussi que sans les juifs, un pays se détruit lui-même, et comme il déteste l'Autriche, il pense que tous les juifs devraient quitter ce pays pour qu'il ne devienne plus qu'une petite nation sans importance... Pensez-vous que cela soit exact, papa ?

— Balivernes ! proféra le Baron Elie sèchement. Tant que l'Empereur François-Joseph tient notre Autriche en main, rien ne peut nous arriver...

— Et s'il meurt ?... Si l'Archiduc François-Ferdinand hérite, que se passera-t-il ?

Le Baron Elie ne dit plus rien. Et, de plus, il se sentait atteint, blessé par la complicité qu'il y avait entre ses fils, et ce, malgré la différence d'âge. Isaac avait davantage confiance envers ses jeunes frères qu'envers son propre père. Il ne comprenait plus ses enfants. L'aîné était croyant, profondément religieux ; la deuxième,

Sonia, était follement amoureuse d'un goy et prête à renier ses origines ; la troisième, Sarah, paraissait vivre dans une autre planète ; il n'y avait que Noemi et les jumeaux qui étaient encore proches de lui... Noemi vivait pour sa musique et respectait sa religion juste ce qu'il fallait ; quant aux jumeaux, ils étaient encore trop jeunes pour lui causer de réels soucis. Et pourtant ils étaient là, face à leur père, offrant ce visage candide sur lequel le Baron Elie ne voulait pas voir cette ironie qui l'inquiétait tant.

Tandis qu'il montait dans la chambre d'Isaac, afin de discuter avec lui et de le convaincre de ne pas donner suite à ses projets, pour la première fois de sa vie, le Baron Elie s'interrogeait sur la personnalité de son fils. Quel point commun avait-il avec lui ? Isaac étudiait par amour de l'étude et par nécessité religieuse. De toute la famille, c'était le seul que la musique profane laissait froid. Pourtant il avait une belle voix de baryton et c'est régulièrement qu'on venait lui demander d'aller chanter à la synagogue les prières du *Yom Kippour*... Il n'aimait pas le théâtre, la lecture l'ennuyait et la politique l'agaçait... Seules lui importaient l'étude de la Thora et du Talmud, et l'expansion des Quaker Oats américains — cette bouillie d'avoine innommable... Et pourtant c'était son fils !... Physiquement, ils se ressemblaient comme deux gouttes d'eau... Mais quelque chose les séparait. Le fossé lui apparut avec une évidence... encore plus douloureuse quand il se retrouva devant le visage souriant et ferme d'Isaac dont le regard rêveur était fixé sur son père avec un soupçon de mélancolie, et même d'ironie... « Lui aussi se moque de moi !... » songea le Baron Elie avec amertume.

— Voyons, papa ! dit Isaac affectueusement, ébranlé par l'expression de résignation triste qu'arborait son père. Tu nous as toujours dit que notre vie nous appartenait, que nous étions libres d'en faire ce que nous voulions à condition de respecter les Dix Commandements et seulement cela... En quoi le fait d'aller vivre en Terre sainte est-il répréhensible ?

— Ce n'est pas ce que je veux dire... Mais cette séparation...

Il se tut. Emu, Isaac pressa sa main. Le Baron Elie reprit :

— ... Et te rends-tu compte du danger d'aller vivre chez ces sauvages ? On dit que les Turcs musulmans sont d'une cruauté abominable.

— On le dit en effet... Mais enfin, je pense que pour nous autres, juifs, il n'y a pas d'autre solution que d'aller vivre à Jérusalem. Et qui sait ? Peut-être un jour la délivrer du joug turc ?... De toute manière, je ne veux pas élever mon fils dans un pays pourri par l'antisémitisme...

Maladroitement, le Baron Elie répliqua :

— Mais nous ne souffrons pas de l'antisémitisme !... Cela existe, bien sûr, mais cela ne nous atteint pas ! Personne dans notre milieu ne t'a jamais traité de « sale youpin ! »...

— C'est vrai, papa. Je fais partie de ces juifs riches, acceptés... je dirais tolérés, du fait de leur richesse, par les chrétiens... Ils n'oseront pas me traiter de « sale youpin »... Mais je me moque d'être leur « bon juif... pas comme les autres ». Je suis comme mes frères de Leopoldstadt, comme ceux des ghettos de toutes les capitales d'Europe, qui sont en butte à la haine antisémite. L'antisémitisme a grandi depuis ces dernières années, il grandit encore... Il s'attaque aux plus pauvres, aux plus démunis d'entre nous, à tous ceux qui ne peuvent pas se défendre...

— Ce sont les médiocres qui s'attaquent à nos frères...

— Peut-être, répliqua sèchement Isaac. Mais comme la médiocrité est infiniment plus représentée dans cette Europe en voie de décomposition que l'intelligence, je préfère m'en aller...

— Sais-tu ce que tu vas trouver en Palestine ? Des marécages, un désert de pierres, des routes impraticables, des ennemis derrière chaque colline... La misère la plus noire...

Isaac haussa les épaules.

— Ce pays de misère, cette terre ingrate est celle que Dieu nous a donnée. Nous en avons été chassés par les Romains il y a deux mille ans. Maintenant il est grand temps de retourner chez nous... D'ailleurs je ne vais pas m'établir à la campagne, mais à Jérusalem... Hannah va travailler aussi avec la Fondation de Montefiore... Nous sommes quelques-uns à vouloir rentrer chez nous. Pas assez nombreux à mon gré... Mais un jour viendra où nous serons des milliers... Mais sais-tu, papa, ce que je crains par-dessus tout ?...

Le Baron Elie hocha la tête en signe de dénégation. Le tutoiement, que son fils employait inconsciemment, l'émouvait, le désarmait. Sa gorge serrée ne laissait passer aucun son.

— ... C'est que nos juifs ne viennent que parce qu'ils auront été chassés des pays où ils vivaient, et non poussés par la nécessité de faire renaître le pays de leurs ancêtres, reprit Isaac. Je préférerais qu'ils viennent, portés par un idéal, par la volonté de reconstruire la Terre sainte... Mais quelles que soient les raisons, Israël renaîtra...

Le Baron Elie était partagé entre plusieurs sentiments contradictoires. D'une part, le départ de son fils aîné le bouleversait ; il ne comprenait pas cet Isaac toujours un peu étranger à sa famille, mais il l'aimait, c'était « son » fils, une partie de sa chair, et il allait emmener avec lui « son » petit-fils Jacob. L'instinct possessif du Baron Elie se rebellait devant cet acte... Et pourtant, un sentiment dominait tous les autres. Une sorte de respect — respect qu'il n'avait jamais éprouvé auparavant — pour Isaac... Du désespoir aussi.

— Quand... quand comptes-tu partir ?... demanda-t-il enfin, presque résigné.

— Dans les premiers jours de septembre... Jusque-là, n'en parlons plus, papa. Cela nous attristerait l'un et l'autre, et mon départ n'est pas une chose dont on doive s'attrister... Et puis je veux que tu saches. Je t'aime bien, tu sais, papa, et je serai toujours ton petit. Ton fils aimé...

Cette dernière phrase acheva le Baron Elie. Il n'en fallait pas plus pour qu'Isaac fût absous.

LA « CHANSON DE SOLVEIG »

En septembre, le départ d'Isaac, d'Hannah et du petit Jacob laissa la famille von Lichtfeld quelque peu désorientée. Le vide laissé par leur absence attrista la demeure durant plusieurs semaines. Puis la vie reprit son cours. L'automne, l'hiver se succédèrent avec une rapidité folle. Il y eut les fêtes de *Hanoukka*, de Noël, du jour de l'an 1893. Des fêtes juives, des fêtes chrétiennes, toutes célébrées pêle-mêle, prétextes à réjouissance, à gaieté, à danse et à chanson... Puis, celles de *Pourim*, une multitude de fêtes religieuses, entremêlées d'anniversaires.

Le 1er janvier 1893, Saül vint présenter ses vœux à la famille von Lichtfeld, et il eut la joie de croiser les trois demoiselles de la famille. En l'honneur du nouvel an, la Baronne Myriam autorisa un baiser sur la joue...

— Je vais avoir quinze ans dans dix jours..., l'informa Sarah, et pour mon anniversaire, papa a organisé une grande promenade en traîneau et aux flambeaux dans la forêt viennoise. Serez-vous des nôtres ?

— Sarah ! s'indigna sa mère.

Puis elle se hâta d'ajouter pour réparer sa bévue :

— Enfin... M. Saül n'est peut-être pas libre ? Qu'en pensez-vous, monsieur ?

— Mais si ! répondit joyeusement Saül, que cette perspective ravissait, se montrant imperméable à l'indignation de la Baronne... J'accepte avec plaisir, mademoiselle Sarah ! Et joyeux anniversaire ! C'est comme si vous les aviez déjà, vos quinze ans !

— Oh oui !... Après j'entrerai dans ma seizième année...

Pensif, Saül la dévisageait. « Quelle drôle de petite fille... » Puis il ajouta, à voix haute :

— Ne vous pressez pas tant de vieillir.

Sonia eut un petit rire.

— Moi, j'ai seize ans et demi ; j'aurai dix-sept ans en avril prochain, et cela rend Sarah folle de jalousie...

Et Noemi d'enchaîner, morose :

— Et moi, je n'aurai treize ans que dans six mois... C'est long, six mois...

Myriam éclata de rire.

— Ecoutez-les divaguer sur leur âge, ces bécasses ! Allons, il est grand temps de partir faire la tournée de la famille. C'est comme cela chaque jour de l'an... Mes sœurs, mes belles-sœurs, ma mère, toute la famille à voir et à embrasser... Nous rentrerons assez tard... Le Baron Elie reste ici et sera enchanté de parler avec vous...

Saül demanda :

— Où le trouverai-je ?

— Comme toujours : dans son bureau... Où voulez-vous donc qu'il soit ? Parfois j'en suis à me demander si le Baron Elie sait qu'il possède une demeure de plus de douze pièces sur deux étages, plus un rez-de-chaussée !... Allons, petites, dépêchons, dépêchons ! nous sommes déjà en retard sur notre programme...

Longtemps après qu'elles furent parties, Saül se demanda si, en insistant si lourdement sur sa maison de douze pièces, la Baronne Myriam n'avait pas voulu lui signifier quelque chose. Une manière de lui dire en somme : « Attention, jeune homme ! Pas de sottes idées en tête, pas de fausses espérances... »

« Quelles espérances ?... se disait tristement Saül en traversant le hall et en s'engageant dans le long couloir qui conduisait au bureau du Baron Elie... Pense-t-elle que j'oserais imaginer que l'une de ses filles ?... En tout cas, je pourrai toujours la rassurer sur ce point ! Bien qu'elle soit très jolie, incontestablement la plus jolie des trois, Sonia ne me plaît pas... Noemi est encore une enfant... Quant à Sarah... Elle n'est plus une enfant, pas encore une femme, et... c'est vrai... quelle effrontée ! Oser inviter un jeune homme sans en demander d'abord l'autorisation à sa mère... Vraiment, quelle effrontée !... » Mais sans s'en rendre compte, il arborait un large sourire en frappant chez le Baron Elie. « Une promenade en traîneau... »

Vers le début du mois de février, par une fin d'après-midi glaciale, Sarah rentra plus tôt que de coutume de son école. Elle entendit, venant du bureau de son père, une voix de femme, une fort jolie voix d'ailleurs, qui chantait le premier air de la « Reine de la Nuit »... Il arrivait souvent que le Baron Elie demandât à Saül d'accompagner au piano une jeune cantatrice qu'il espérait faire entrer à l'Opéra. Espérant voir le jeune homme, Sarah entrebâilla la porte et se faufila dans la pièce. Effectivement, Saül était au piano... Il se débrouillait bien comme accompagnateur, même si sa technique laissait parfois à désirer. La chanteuse, une fort belle jeune personne qui devait avoir dans les vingt-cinq ou vingt-six ans, lança un *contre-fa* parfait, et, ayant terminé, se tourna vers le Baron Elie.

— Bien, mon petit..., dit-il, vous êtes en réel progrès. Je pense pouvoir vous obtenir une audition pour l'Opéra de Prague... Vienne, il n'y faut point encore songer ! Si vous voulez conquérir Vienne, il va falloir encore travailler... travailler... mettre un peu plus de sensibilité, faire oublier la technique... Et puis, on ne débute pas comme cela à Vienne. Alors, voici ce que je vous propose. Prague pour commencer, avec quelque second rôle. Ensuite Budapest ou Hambourg, et enfin Vienne. Nous pouvons envisager Vienne dans deux ans... Saül, mon garçon, il faudra encore faire travailler cette jeune personne... Voyons, quel opéra pourrait convenir pour des débuts à Prague ?

— *Blondchen !*... oh, je voudrais tant *Blondchen*[1] *!* s'écria la cantatrice. Nous avons travaillé le duo avec Haym Landon, le beau-frère de Saül... Il a une fort belle voix de basse...

Avec une irritation croissante, Sarah découvrait tout

1. « Blondine », dans *L'Enlèvement au sérail.*

un aspect de la vie de Saül, un aspect qu'elle avait soupçonné parfois, mais dont elle ignorait tout. Depuis combien de temps faisait-il travailler cette cantatrice ?

— Tu es là, ma chérie ?... (La voix du Baron Elie fit sursauter Sarah.) Ma fille ! présenta-t-il laconique. Comment trouves-tu la voix de Mlle Cavalieri ? N'est-ce pas une voix ravissante ?... rare même !... Une voix rare ! Sûrement que d'ici deux ou trois ans nous aurons là une magnifique « Constance » ou une « Reine de la Nuit » superbe...

Mlle Cavalieri dévisagea l'adolescente rogue et sournoise qui se tenait tapie derrière le fauteuil de son père.

— Bonjour, dit la cantatrice en lui tendant sa main gantée. Je suis charmée...

La jeune femme souriait. Elle était heureuse. Les compliments du Baron Elie comblaient d'aise sa nature d'artiste.

Mais, furieuse, Sarah ne répondit pas. Elle constatait avec rage que Saül regardait Mlle Cavalieri avec une adoration non dissimulée, que cette indécente créature avait posé sa main sur l'épaule du jeune homme, en un geste de tendresse possessive, geste qui, mieux que n'importe quoi, témoignait qu'il y avait quelque chose entre Saül et elle. Inconscient, le Baron Elie ne tarissait pas d'éloges sur sa nouvelle recrue. La rage de Sarah atteignit son comble lorsque son père lui enjoignit d'un ton sans réplique :

— Bon, maintenant laisse-nous, petite, tu dois avoir des devoirs à faire, non ? Alors, va voir si ta mère n'a pas besoin de toi... Nous avons encore à travailler... Saül ? Serez-vous libre tous les après-midi de la semaine prochaine pour faire répéter Mlle Cavalieri ?

Sarah n'entendit pas la réponse. « Bien sûr ! il sera libre ce... ce... monstre ! Cette manière qu'il avait de la regarder ! C'est à n'y pas croire... A peine m'a-t-il dit bonjour ! »

Les semaines suivantes, Sarah bouda, manifestant ostensiblement une indifférence royale vis-à-vis de Saül qui paraissait ne s'en soucier que fort peu. Il arrivait pour ses leçons, lançait joyeusement : « Bonjour, mademoiselle Sarah, l'humeur est meilleure aujourd'hui ? Il fait un temps splendide ! » D'un air détaché, Sarah répondait par un vague « b'jour », entrait trois fois dans le bureau de son père où Saül enseignait aux jumeaux. Elle avait oublié sa musique. Ses cours. Ses gants. Elle arborait un visage glacial, affectait de ne pas s'apercevoir de la présence de Saül. Sortait sans s'excuser, refermait la porte et, haletante, le cœur cognant dans sa poitrine, l'oreille collée contre le battant, elle écoutait avec avidité pour savoir s'« il » allait parler d'elle aux jumeaux. Il arrivait, toujours par un curieux hasard, que Sarah entraînât Annitchek et les jumeaux jusqu'aux abords du Conservatoire. Principalement à l'heure de la sortie des cours. Chaque fois que Saül les apercevait, il manifestait sa belle humeur joyeuse. Parfois Sarah l'apercevait de loin en la compagnie fort tendre de Mlle Cavalieri.

Puis, durant une quinzaine de jours, il n'y eut plus de Saül, et encore moins de Mlle Cavalieri. Par un bel après-midi de la fin du mois de mars, Sarah fut interceptée par les jumeaux, juste alors qu'elle rentrait de l'école.

— Tu connais la nouvelle ?... demanda David.

— Quelle nouvelle ? demanda-t-elle, déjà alertée quelques instants auparavant par le visage défait de Saül qu'elle avait croisé dans le vestibule et qui, absorbé par des pensées visiblement douloureuses, était passé devant elle sans paraître l'apercevoir.

— C'est fini avec la Cavalieri ! dit Jonathan hilare. Comme cela, tu ne seras plus obligée d'aller le surveiller à la sortie du Conservatoire.

Sarah devint écarlate.

— Moi ? Je !... En voilà une idée !...

— Bah ! ne t'emballe pas, ma fille !... Et remercie-nous ! Après tout, nous ne t'avons pas dénoncée !

Partagée entre l'indignation, le rire et la joie, Sarah se contenta d'un :

— C'est égal, tout de même ! Si j'avais seulement pensé...

Mais elle voulut être sûre :

— ... Comment le savez-vous ?...

— Quoi donc ? la taquina David.

— Oh, tu m'agaces ! Eh bien, depuis quand est-ce terminé ?

Les jumeaux s'interrogèrent du regard.

— Une huitaine ?...

— Il paraît qu'elle a un nouvel amant..., dit Jonathan.

— Et il paraît que c'est un imprésario... un grand imprésario, c'est Daniel Rothman qui me l'a dit au *Gymnasium*. Il a entendu ses parents en parler.

A Vienne, si l'on voulait savoir ce qui se passait dans le lit des grands de ce monde, il suffisait de rester une petite heure avec la famille Rothman. Comment s'y prenait Rosa Rothman, nul ne le savait, mais avant tout le monde, elle avait connu la liaison du Prince Rodolphe et de la Baronne Vetsera, celle de l'Empereur François-Joseph et de Catherine Schratt, celle de Georges Clemenceau et de la belle Berta Zuckerkandl... Du moins ne faisait-elle que supputer cette dernière liaison. « Ces deux-là, toujours ensemble. Ce n'est pas catholique ! » maugréait-elle. Ce qui, au sujet d'une juive et d'un anticlérical, ne manquait pas de sel.

Il était évident que l'on parlait beaucoup de la Cavalieri. Et il était encore plus évident que la cantatrice s'arrangeait pour que l'on parlât beaucoup d'elle. Cette jeune personne avait parfaitement compris qu'un scandale amoureux assurerait presque à coup sûr ses prochains succès sur la scène. Que Rosa Rothman eût été parfaitement renseignée sur les débordements sentimentaux de Mlle Cavalieri était, en somme, tout à fait naturel.

— Que t'a dit exactement ce Daniel Rothman ? demanda Sarah, tout à coup sérieuse.

— Eh bien, que Mlle Cavalieri avait été vue dans un cabaret, en compagnie d'un grand imprésario viennois. L'un des plus grands.

— Je me demande qui cela peut être, dit Jonathan d'un air sournois. C'est papa le plus grand imprésario de Vienne.

— Oh, il y en a d'aussi importants que papa ! dit

Sarah précipitamment. Ludwig Mayer par exemple, ou même Max Weissenberg !...

Les jumeaux dévisagèrent leur sœur avec une sorte de pitié narquoise qui l'eût bien surprise si elle n'avait été à ce moment-là dominée par son trouble...

— C'est vrai ! tu as raison, dit David conciliant. Il y a d'autres imprésarios que papa...

Soulagée, Sarah pensa que les jumeaux n'imaginaient pas... qu'ils étaient trop jeunes pour imaginer... A peine eut-elle refermé la porte sur elle que les deux garçons se mirent à bavarder.

— Ces filles !... dit avec mépris David. Pas plus d'idées qu'un pet de lapin. (Il aimait beaucoup cette expression et la répétait à tout bout de champ.) Tout le monde sait que Mlle Cavalieri est la maîtresse de papa !

— Tout le monde ? dit Jonathan. Mais pas les filles ?

— Non. Les filles ne le savent pas. Et il ne faut pas le leur dire.

— Pourquoi ?

— Parce que cela leur ferait un tel choc qu'elles en mourraient sur l'heure ! Toutes les trois !

— Tu crois ? demanda Jonathan effrayé.

— J'en suis sûr ! Les filles sont très fragiles ! Ça meurt pour un oui pour un non ! Il ne faut pas qu'elles le sachent !

— Elles ne sauront rien, soupira Jonathan, prêt à pourfendre quiconque se serait avisé d'avertir ses sœurs...

Lesquelles étaient dans la chambre de Sonia, assises à croupetons sur le lit de celle-ci et arborant un visage catastrophé. Noemi essuyait ses larmes.

— Alors c'est vrai ? Tu en es sûre, Noemi ? demanda Sonia.

— Puisque je te le dis ! Je les ai vus comme je te vois, et il l'embrassait !

— Sur la bouche ? questionna Sarah avec curiosité.

— Sur la bouche, confirma Noemi qui se remit à pleurer.

Les trois jeunes filles se regardèrent... Sarah était partagée entre deux sentiments tout à fait contradictoires. D'une part, elle en voulait à son père de trahir ainsi la confiance des siens, mais dans le même instant elle était ravie de voir que Mlle Cavalieri avait changé d'objectif. Sans doute cette dame avait-elle pensé que papa serait infiniment plus utile à sa carrière que Saül ! se disait-elle.

— Je me demande ce que cela fait quand on s'embrasse sur la bouche..., dit-elle à voix haute. J'aimerais bien essayer.

— Quelle dévergondée tu fais ! s'exclama Noemi, furieuse. Papa trompe maman, et tout ce qui t'intéresse, c'est de savoir quel effet ça fait d'embrasser sur la bouche !...

— Ben quoi ? dit Sarah un peu gênée, ce n'est pas le bout du monde !... On sait bien que papa a eu des maîtresses ! J'ai toujours entendu maman le lui reprocher !... Même Berta Zuckerkandl, je suis sûre que papa lui a fait la cour ! Alors !... Moi j'aimerais bien savoir comment on s'y prend pour embrasser un garçon. Pas toi, Sonia ?...

Le visage empourpré de Sonia éclaira immédiatement sa sœur.

— Tu as déjà embrassé un garçon ! s'écria Sarah, fort excitée. Je parie que c'est le Comte Berg ! Vrai ? Tu l'as embrassé ? C'est le Comte Berg ?

Sonia inclina la tête.

— Et qui voudrais-tu que ce soit ? Sotte !...

Oublieuses du grand malheur qui venait de frapper leur famille, les deux autres mitraillèrent leur aînée de questions auxquelles Sonia mit un point d'honneur à répondre avec une précision, une crudité à faire rougir un lieutenant de l'Armée impériale.

— Et la langue ?... demandait Sarah. C'est vrai qu'il te met sa langue dans la bouche ?... Oui ?... Dieu quelle horreur !... Et ta langue à toi ? tu fais la même chose ? Et ça ne te dégoûte pas ?...

Ecœurée, Noemi proféra :

— Si un garçon me faisait ça !... Je le tuerais ! Et toi, Sarah ?...

Mais Sarah ne répondit pas. La gorge serrée, elle imaginait Saül et Mlle Cavalieri langues confondues, s'étreignant à perdre souffle, à perdre vie, et une houle furieuse la plia en deux, en larmes. Se méprenant sur les motifs de cette inavouable peine, Sonia et Noemi s'efforcèrent de la consoler :

— Ecoute ! Ce n'est pas bien grave !... Tu disais toi-même il y a un instant que papa avait toujours trompé maman ! Voyons !... ne pleure pas comme ça !

Mais rien ne pouvait consoler Sarah. L'image qui s'imposait dans son esprit la torturait. Tout en s'efforçant de calmer ses pleurs, elle pensait : « Si c'est cela aimer... Dieu fasse que je n'aime plus jamais ! Cela fait trop mal. »

Un matin, vers la fin du mois d'avril, Sonia, qui venait de fêter ses dix-sept ans, vint frapper à la porte de Sarah. La jeune fille, qui séchait sur un devoir de mathématiques qu'elle détestait, sourit de contentement en voyant sa sœur. Chapeautée de paille fleurie, gantée de blanc, Sonia était ravissante et, pour la première fois, Sarah fut réellement impressionnée par sa beauté. Visiblement, elle s'apprêtait à sortir. Elle portait une nouvelle robe en crêpe de soie rose et, par-dessus, son petit paletot d'hermine blanche. Avec ses pommettes hautes, ses yeux noirs en amande, Sonia pouvait s'enorgueillir d'être l'une des plus jolies filles à marier de Vienne...

Un petit frémissement de jalousie lui serra le cœur. Jamais elle ne serait aussi jolie, ni aussi coquettement mise que sa sœur. Elle avait grandi, mais ne s'était guère affinée... Et puis elle était toujours si désordonnée, toujours si mal coiffée... Pour la millième fois, Sarah se promit de ne plus sortir avec une jupe froissée, des doigts tachés d'encre et la natte à moitié défaite. Pour la dix millième fois, elle se jura d'adopter une attitude gracieuse et réservée, un air mystérieux, pour la cent millième fois elle se promit de ne plus émettre ses propres idées sur certains sujets brûlants et d'apprendre à garder sa langue. D'être comme Sonia... Silencieuse, secrète, mystérieuse, « ... et pas fichue de prendre une décision !... », se dit Sarah pour rehausser un peu la piètre opinion qu'elle avait d'elle-même.

Ce matin-là, il y avait quelque chose d'anormal dans le comportement de Sonia... Elle allait et venait dans la chambre de sa sœur, déplaçant un bibelot, s'installant dans un fauteuil bas, se relevant aussitôt, impatiente, nerveuse... « Inquiète », pensa Sarah.

— Eh bien ? dit-elle rogue. Tu en as une jolie toilette... Tu sors avec maman ?

— Euh... non... non. Maman est avec grand-mère Ida. Elles sont en train de préparer des listes pour les invités de papa. Nous serons au moins vingt-quatre personnes à table pour le premier *seder*. C'est bientôt la Pâque.

— Tu veux dire *Pessah* ? fit Sarah, poussant une pointe qui, elle le savait, irritait sa sœur.

— Si tu veux..., balbutia Sonia. *Pessah*, la Pâque... c'est tout comme...

— Pas exactement, commença Sarah.

— Oh ! s'il te plaît, ne parlons pas de cela ! Ce n'est vraiment pas le moment...

— Ah ?

Elle attendit patiemment. Lorsque Sonia tournait autour d'elle comme elle le faisait en ce moment, c'était pour des raisons précises. Sonia n'avait jamais pris aucune initiative. Elle avait toujours besoin de quelqu'un pour l'aider à vivre. Que ce fût une lettre à chercher, à écrire, un rendez-vous secret à prendre, quelque chose à cacher aux parents. Elle s'en remettait à sa sœur cadette. Et Sarah n'avait qu'à puiser dans une imagination inépuisable, une audace constamment en éveil, et la solution était là, miroitante, pas toujours facile à mettre en œuvre, mais toujours efficace...

Un peu rouge, Sonia marmonna d'une voix presque inintelligible :

— Franz Berg m'a invitée à... hum... à... une garden-party chez des cousins à lui... La semaine prochaine. C'est son anniversaire... hum... Je... je... Penses-tu que...

— Que maman t'y accompagnerait ? ironisa Sarah. J'imagine que pas un instant tu ne songes à y aller sans chaperon ? Tu n'es pas fiancée à Franz Berg, que je sache ?

Au supplice, Sonia demanda :

— Mais que dois-je faire ?

Sarah réfléchissait. Elle débattait en elle-même. Dire à Sonia de passer outre aux interdictions familiales, ce serait provoquer à coup sûr l'équivalent de plusieurs tremblements de terre suivis d'une éruption volcanique... Dire à Sonia de refuser cette invitation, qui aurait dû en premier lieu être adressée à leurs parents, lui parut la solution la plus raisonnable. Pour une fois, Sarah céda à la raison et engagea sa sœur à faire de même...

— Tu comprends, expliqua-t-elle à Sonia, désolée, là je ne peux pas te conseiller autre chose... Si tu passes outre, tu seras déconsidérée aux yeux mêmes de la famille Berg, et papa et grand-mère Ida vont faire un raffut épouvantable. Essaie de convaincre ton Franz d'envoyer une invitation à maman. Attention ! à maman ! Papa, lui, jettera l'invitation dans sa corbeille à papier sans même la lire... Maman prendra au moins le temps de la réflexion... C'est lui que tu vas voir ce matin ?... Tu n'y vas pas seule ?

Sonia inclina la tête.

— Ce matin... j'aurais préféré...

Et puis, soudain furieuse, elle s'écria :

— ...Tu sors, toi, quand tu le veux, et personne ne te dit jamais rien !

Sarah émit un ricanement qui pouvait passer pour un rire.

— J'ai donné l'habitude. Cela date de ta maladie de l'an dernier. Maintenant, plus personne n'y trouve à redire ! Mais si toi tu le faisais, cela provoquerait une révolution et mettrait la puce à l'oreille de papa et de grand-maman. Ce n'est pas ce que tu cherches, n'est-ce pas ?

— Non, dit Sonia, non ! Bien sûr...

Mais elle ne bougeait toujours pas.

— Eh bien ? s'impatienta Sarah. Qu'attends-tu ?

— Annitchek va venir avec moi, évidemment, mais... essaie de comprendre... Je dois le voir seule, il faudrait que tu... Ecoute... C'est la première fois que je te demande une chose pareille ! Il va partir en Hongrie pour six mois. Et c'est la dernière fois que nous pourrons nous voir... Il doit me remettre une adresse où je pourrai lui écrire, et moi de même... Je t'en prie, Sarah ! viens avec moi ! Accompagne-moi jusqu'au Prater ! Tu garderas Annitchek avec toi pour que je puisse rester seule avec lui. Dix minutes, pas davantage !

Sarah ne mit qu'une seconde à se décider. Dès qu'il était question de sortir prendre l'air, elle était partante. Et puis revoir ce Franz Berg dont sa sœur s'était tellement entichée était une perspective excitante.

— Bon ! le temps de mettre une capeline et je suis à toi...

Sonia l'observa d'un œil critique.

— Tu ne vas pas te changer ?... Tu penses réellement sortir en sarrau noir ?

Insouciante, Sarah était déjà sur le pas de la porte :

— Bah ! quelle importance ? Moi, je n'ai aucun amoureux à retrouver !...

Elle regarda Sonia, si jolie sous sa toque de paille fine chargée de fleurs.

— Ravissante, ta coiffure..., concéda-t-elle de mauvaise grâce. Tu es rayonnante ! Vraiment.

Sonia sourit.

— Il fait si beau aujourd'hui !... J'ai le cœur si léger... Je me sens si heureuse...

Bientôt, elles furent dans la Ringstrasse, suivies d'Annitchek qui protestait, essoufflée :

— Pas si vite, mes petites !... Je suis en nage !... Et vous ne m'avez même pas laissé le temps de prendre une ombrelle...

Mais Sonia allait, allait... Pressée. Si pressée. Insouciante, impatiente...

L'ombre était fraîche sous les tilleuls du Prater... Une silhouette se profilait au bout d'une allée, une silhouette d'officier de l'Armée impériale. Sonia vola vers lui.

Jamais Sarah n'oublia cette image de Sonia courant, sa robe rose mouvante sur ses chevilles, et le jeune couple enlacé dans l'ombre des arbres.

Cet hiver-là, comme à l'accoutumée dans la maison du Baron Elie, on s'apprêtait à fêter également le réveillon de Noël. Plus exactement, on dresserait un arbre et on fêterait *Hanoukka* et Noël ensemble, puisque cette année-là les fêtes coïncidaient. « Après tout..., disait Myriam, ce ne sont jamais que des fêtes païennes : la fête de la Lumière... Et puis il est faux de dire que le 25 décembre est le jour de la naissance du Christ ! Même les plus pratiquants des chrétiens reconnaissent qu'on ignore complètement sa date de naissance ! Alors !... »

Mais elle était mal à son aise et n'aimait guère la période des fêtes de fin d'année. Ce n'était pas le cas de ses enfants. Eux ne voyaient dans ces fêtes que l'occasion de recevoir de multiples cadeaux, de se gaver de toutes sortes de pâtisseries jusqu'à s'en rendre malades, et de veiller tard le soir...

Peu de jours avant Noël, la famille de Myriam, celle du Baron Elie, des cousines, des cousins, venus à Vienne, arrivèrent, les bras chargés de présents. Les von Lichtfeld purent en accueillir quelques-uns, tandis que la plupart furent logés à l'hôtel. Tout s'annonçait pour le mieux. La maison, pleine de monde, résonnait de rires, de secrets chuchotés, de conversations à voix basse, de courses impromptues. On s'affairait autour de paquets que l'on cachait...

Bien qu'on fût en hiver, toutes les pièces de la maison avaient été fleuries, et Sarah trouvait à cela un charme fou. « Du feu dans la cheminée, des fleurs dans les vases, c'est un peu de printemps au cœur de l'hiver !... » clamait-elle de pièce en pièce. Seule Sonia paraissait nerveuse, peu à l'unisson avec les siens, semblant attendre quelque chose ou quelqu'un, sursautant à chaque coup de gong sur la porte d'entrée... Mais personne ne prêtait vraiment attention à la jeune fille.

Comme chaque hiver, on entendait des éclats de voix dans le grand salon. Car, comme chaque hiver, grand-mère Ida bataillait contre sa belle-fille Myriam à qui elle reprochait l'arbre de Noël chargé de guirlandes et de multiples paquets enrubannés. « Ici, c'est une maison juive !... disait invariablement la vieille dame. Et vous ne ferez pas de mon fils et de mes petits-enfants des *nouveaux chrétiens* ! » Mais invariablement, ces objurgations restaient lettre morte. D'ailleurs, elle était la première à se réjouir des présents qu'elle recevait et admettait, en fin de compte, qu'« il n'y avait là rien de religieux ». Mais elle ne le reconnaissait qu'après avoir bu plusieurs coupes de champagne, ouvert ses cadeaux et offert les siens. Puis elle oubliait tout, et tout recommençait l'année suivante.

De la cuisine située dans les sous-sols de la maison, montaient des odeurs et des rires. En vérité, c'était là une période charmante, et pourtant tout allait être gâché...

Sonia avait revu assez souvent son Franz Berg, toujours secrètement, et ce dernier avait décidé de franchir le pas. Il avait mis plus d'un an et demi avant de se décider, avant de comprendre que c'était Sonia qu'il voulait épouser et aucune autre. Alors il s'était « jeté à l'eau »..., comme il disait. Il lui faisait la grâce de la demander en mariage. Elle, la petite juive dont les arrière-grands-parents maternels avaient été imprimeurs à Leipzig, elle entrerait dans la famille Berg qui comptait toute une lignée d'aristocrates qui remontaient au-delà de Charles Quint. Sonia était parfaitement consciente de l'immense honneur qui lui était fait et depuis, elle tremblait, nuit et jour, dans l'attente de voir comment son père allait réagir à cet « immense honneur » et au non moins « immense sacrifice » que lui faisait le jeune Comte Franz Berg...

Deux jours avant Noël, fuyant les discussions, les cris et les rires, le Baron Elie s'était réfugié dans son sanctuaire. Il était environ onze heures du matin quand Fritz, le majordome, annonça un visiteur : le Comte Karl Berg.

Le Comte Berg était connu dans Vienne comme l'un des antisémites les plus virulents, l'un des fidèles de Karl Lueger, un militant forcené de l'Anschluss et du pangermanisme. Pour le Baron Elie, ce fut comme si l'on annonçait la visite de Satan en personne. Il se demanda ce que le Comte Berg lui voulait. Fut tenté de l'éconduire. Revint sur sa décision... De nouveau, refusa de le recevoir... puis la curiosité l'emporta. « Comment ose-t-il ? que diable me veut-il ? »

En fait, le Baron Elie n'était pas tout à fait sincère avec lui-même. Il savait pourquoi le Comte Berg venait le voir, il le savait, et il savait aussi qu'après cette visite sa petite Sonia, « sa perle blanche », bref, « sa fille », allait pleurer, allait être malheureuse. Comment accepter un tel mariage ? C'était impossible !

Lorsque les deux hommes furent en tête à tête, le Baron Elie eut tout loisir d'observer le Comte Berg, que jusqu'alors il n'avait fait que croiser dans le foyer de l'Opéra ou du Burgtheater, et que l'on disait si favorable à l'élection de Karl Lueger.

C'était un homme blond, au type aryen très prononcé, un peu rougeaud, visiblement fort mal à son aise... Sans doute lui aussi était-il outré de la démarche que son fils lui imposait. Militaire de carrière, s'il manquait de subtilité, il ne manquait à coup sûr pas de discernement. La dot de Sonia était importante et il pensait qu'il était des mésalliances nécessaires afin de redorer le blason d'une authentique famille noble autrichienne. Il fallait se résigner à cette union, car si les Berg comptaient un nombre considérable de quartiers de noblesse, ils comptaient un nombre non moins considérable de dettes criantes. Et malgré sa morgue, le Comte Berg espérait vivement que le mariage de Franz et de Sonia se fît sans trop tarder... Comme beaucoup d'aristocrates d'illustre lignée, non contents de n'être qu'endettés, les Comtes Berg, depuis des générations, répugnaient au travail, qu'ils jugeaient dégradant pour leur caste, et préféraient épouser des fortunes, quitte à faire, la mort dans l'âme, ces mésalliances nécessaires, s'ils ne voulaient pas mourir de faim ou croupir en prison pour dettes... De nombreux mariages mixtes étaient consacrés sur ces bases. C'était là l'alliance contre nature des juifs et des aristocrates, ceux-ci épousant ceux-là pour de l'argent ; et ces derniers, ces juifs stupides convaincus d'appartenir alors à l'élite sociale, reniaient rapidement leur origine, devenaient souvent plus antisémites que leur nouvelle famille.

Le Baron Elie se faisait ces réflexions tandis que son visiteur prenait place dans le fauteuil qu'il lui désignait.

Il se taisait farouchement. Lui-même resta debout,

signifiant ainsi que cette visite devait être brève. Très brève.

Le Comte Berg était le produit parfait d'une éducation, d'un milieu, d'une religion. Il était de ceux qui croyaient que les aristocrates autrichiens étaient ce qu'il y avait de mieux sur terre, que le peuple n'existait que pour les servir, que l'Empereur François-Joseph et l'Impératrice Sissi se fourvoyaient avec les juifs et qu'il était bien que le Prince Rodolphe se fût « suicidé ». Il eût été inconcevable que cet irresponsable pût appliquer ses idées de libéralisme en Autriche. En fait, le Comte Berg était satisfait de l'alliance de l'Archiduc François-Ferdinand (bien que celui-ci fût si mal marié !) avec le futur maire (car il était certain qu'il le serait un jour !), Karl Lueger. Comme ses semblables, le Comte Berg haïssait la France, les Français, les juifs et les Noirs. Encore qu'on ne pût jamais rien lui reprocher — il n'avait ni tué ni volé personne et se serait probablement indigné s'il avait été témoin de mauvais traitements infligés à un inférieur, qu'il fût français, juif ou noir. Tel qu'il était, très grand, un peu massif, un visage rouge avec des traits réguliers, le Comte Karl Berg (de la lignée des Berg qui remontaient antérieurement à Charles Quint) n'était pas un méchant homme. « ... C'est un imbécile et un salaud », pensa crûment le Baron Elie.

— A quoi dois-je l'honneur de votre visite ?... éructa-t-il en étirant ses lèvres dans un sourire forcé. Prendrez-vous un verre de cognac ?

Chaque mot de politesse mettait le Baron Elie à la torture. Il se méprisait de ne pas faire ce qu'il aurait souhaité faire le plus au monde à ce moment précis : prendre le Comte Berg par la peau du cou et le mettre dehors.

Le Comte Berg accepta le verre de cognac que lui tendait son hôte, le huma en connaisseur, en avala une gorgée, qu'il dégusta lentement... Pas une fausse note... Par ses gestes, ses regards, son vêtement, il était hors de doute que le Comte Berg était le résultat parfait de l'excellent dressage qu'était l'éducation aristocratique. Son cognac terminé, le Comte Berg leva les yeux vers son hôte et dit avec une brutalité toute militaire mais sans aucune animosité :

— Je vais vous parler franchement... Cela va faire bientôt deux ans que mon fils est amoureux de votre fille et souhaite l'épouser... Comme vous le savez, c'est par le plus grand des hasards qu'il a été emmené par des amis au bal que vous donniez en avril 1892 pour la naissance de votre petit-fils. Depuis, j'ai appris que nos enfants se voyaient en secret. Mon fils m'a supplié de venir vous voir... Je n'ai qu'un fils et je veux son bonheur. Si ce bonheur passe par le mariage avec votre fille... eh bien, je me ferai une raison. Je ne vous cacherai pas que ce mariage a tout pour me déplaire. Mais j'y consentirai, voyez-vous...

Il marqua un temps pour juger de l'effet de ses paroles sur son vis-à-vis qui ne bronchait pas. Devant le silence obstiné du Baron Elie, il reprit plus sèchement :

— Je n'y mettrai qu'une seule condition, le baptême. Mon fils ne peut épouser une juive, quelle que soit sa fortune !... Et mes petits-enfants doivent avoir la même religion que leur grand-père.

Que lesdits petits-enfants fussent également les petits-enfants du Baron Elie n'était en aucun cas à prendre en considération ! Stupéfait, car c'était la première fois de sa vie qu'on venait l'insulter chez lui, le Baron Elie se demanda un moment s'il devait faire jeter dehors le Comte Berg par ses domestiques ou le faire lui-même, et, décidant que cette dernière éventualité était la bonne, il se levait déjà pour passer aux actes quand la porte s'ouvrit sur Sonia... Elle savait déjà « qui » allait venir ce matin-là et pourquoi... Aussi était-elle toute pâle et frémissante d'angoisse... Le visage de son père lui fit peur.

— Ah !... dit ce dernier, te voilà ! Eh bien, tu vas pouvoir entendre ma réponse...

— Quoi... quelle réponse ?... balbutia-t-elle.

— On vient de me faire une sommation te concernant. Si tu veux épouser Franz Berg, tu dois te convertir, et ce dans les plus brefs délais...

— Et si elle fait cela, je la déshérite et toi avec...,

grinça la voix de grand-mère Ida qui apparut dans l'encadrement de la porte.

Elle aussi savait « qui » allait venir ce jour-là. Elle avait su arracher le secret aux jumeaux qui s'étaient laissé manœuvrer sans même s'en rendre compte. Le regard dur de la vieille dame était fixé sur le Comte Berg.

— Vous... sortez d'ici !... Vous n'avez rien à faire dans ma maison... Et jusqu'à plus ample informé, je suis encore chez moi, ici...

Sonia, au désespoir, s'approcha de grand-mère Ida.

— Mais, grand-maman !... Grand-mère ! je vous en supplie !... C'est de moi, c'est de moi qu'il s'agit !...

Elle s'efforçait de tenir tête sous l'orage. Elle se souvenait de la leçon que lui avait serinée Sarah, la veille encore. « Bats-toi ! Dis que ta vie ne regarde que toi et que personne n'a le droit de t'en priver... » Mais Sonia n'avait pas l'humeur batailleuse de Sarah. Tout au plus s'accrochait-elle aux bras de grand-mère Ida et, incapable de dire autre chose, suppliait-elle :

— ... C'est de moi qu'il s'agit... de moi...

Grand-mère Ida la dévisagea sans aménité.

— Petite sotte !... dit-elle, mais sa voix était moins dure, et une ombre apitoyée adoucit un instant son regard. Que veux-tu donc ? nous renier... tous ?... Pour un petit imbécile dont la seule qualité à ce jour, si j'ai bien compris, est qu'il danse remarquablement et se bat très bien en duel ?... Est-ce cela que tu veux ?

Sonia secoua la tête. Elle était au désespoir. Rien ne se passait comme elle l'avait rêvé... Il n'avait jamais été question de conversion entre elle et Franz... Il ne le lui avait jamais demandé, jamais. Pourquoi avait-il changé d'avis ? Mais ce n'était pas Franz, bien sûr, qui avait changé. C'était son père qui l'obligeait, cet homme froid et hautain qui la regardait avec un mépris à peine dissimulé... Il ne fallait pas pleurer devant tous ces gens. Pour contenir ses larmes, elle se tordait les mains, grimaçait d'efforts contenus... Mais, malgré elle, les larmes ruisselaient sur ses joues...

— Oh ! mon Dieu ! murmura-t-elle déjà vaincue, les mains sur les yeux. Oh ! mon Dieu, aidez-moi !...

Le Baron Elie avait une grande faiblesse. Il ne supportait pas de voir ses enfants souffrir. Lui pouvait tout supporter, mais ses enfants étaient sacrés. Rien ni personne ne devait les faire pleurer. Aussi, voir le visage de sa fille aînée baigné de pleurs le bouleversa, et aussitôt il changea de position... Elle l'aurait, son Franz Berg ! Elle l'aurait ! Dût-il aller le chercher lui-même, elle l'épouserait puisque... Puis, de nouveau, il s'affola. Si elle l'épousait, elle était perdue pour lui... Il ne pourrait pas prendre ses petits-enfants sur ses genoux, ils le regarderaient avec dégoût, ils auraient honte de leur grand-père juif, et elle, sa petite fille chérie, sa petite reine aux yeux noirs, elle souffrirait de tout cela. Elle en souffrirait beaucoup plus que de ne pas épouser son Franz...

Il regarda froidement son visiteur qui s'apprêtait à partir :

— J'ai pour règle de laisser mes enfants décider eux-mêmes de leur vie. Si Sonia le désire, elle épousera votre fils... Pas tout de suite, n'est-ce pas ? Il faut leur laisser le temps de réfléchir...

Il se tourna vers sa fille :

— Tu connais la proposition du Comte Berg... Si tu veux épouser son fils, tu te convertis au catholicisme... Ton sort est entre tes mains. Mais tu dois mesurer toutes les conséquences de ta décision. Si tu deviens la Comtesse Berg, tu sais que plus jamais tu ne pourras revenir ici. Non pas de mon fait. Pour moi, quoi que tu fasses, tu seras toujours ma petite fille... Mais la famille dans laquelle tu entreras n'acceptera pas tes origines. Tes enfants...

Incapable de prononcer une parole de plus, il s'interrompit.

Silence. Puis il dit, en s'efforçant de parler aussi calmement que possible :

— Il vaudrait mieux que tu réfléchisses avant de prendre une décision...

Sonia ouvrait la bouche pour défendre ce qu'elle imaginait être sa vie, mais elle fut devancée par grand-mère Ida :

— Pour moi, la chose est réglée. Si Sonia épouse ce... ce... Bref, elle n'existe plus pour moi...

Le regard de Sonia s'affola...

— Mais... mais..., balbutia-t-elle. Pourquoi ne pas faire comme dans la famille des Szeps ? Après tout, Sophie Szeps n'a-t-elle pas épousé Paul Clemenceau ?... Et pourtant elle est juive, et lui chrétien... Et il n'y a pas eu de mariage religieux, pas de baptême forcé... et... et... Berta Zuckerkandl dit qu'ils sont très heureux !...

Le Comte Berg intervint avec hauteur :

— Cela ne peut être semblable, mademoiselle !... Les Clemenceau, ces Français, sont d'irréductibles anticléricaux, des athées ! Quant à la famille Szeps, tout le monde sait qu'ils sont totalement assimilés et prêts à se convertir...

— C'est faux ! dit le Baron Elie. J'ai vu dernièrement Moritz Szeps. Il n'a jamais été question pour lui de la moindre conversion ! (Il prit Sonia par les épaules.)... Il est regrettable pour toi que l'homme que tu as choisi n'ait pas la valeur d'un Paul Clemenceau. J'aurais consenti à un tel mariage la joie au cœur ! Jamais la famille Clemenceau n'eût osé venir insulter la famille Szeps en sa propre demeure !... Je ne pense pas que tu veuilles te convertir, n'est-ce pas ? Réponds-moi !...

Sonia hésita. Puis elle articula dans un souffle :

— Non... non, papa... Bien sûr que non.

Maintenant elle sanglotait. Elle avait tellement honte ! Et cependant, elle avait envie de hurler : « ... Mais je m'en moque, de la religion, et Franz aussi s'en moque !... Pourquoi ne pas nous laisser tranquilles ? Pourquoi ?... » Mais elle savait que jamais elle n'oserait tenir tête à sa famille, que jamais Franz ne tiendrait tête à la sienne. Elle pleurait sur sa faiblesse, sur la honte qu'elle éprouvait, sur ses rêves perdus.

Apitoyé, le Baron Elie la prit dans ses bras et la berça.

— Là... là... ma petite, ma petite fille à moi... laisse papa arranger les choses. Tu verras. Je te promets de trouver une solution. Va dans ta chambre, ma chérie... Va... va... laisse-moi arranger tout cela... Où est ta mère ?...

Sonia s'efforçait de retenir ses sanglots.

— Elle... elle est sortie avec Sarah... pour... pour les achats de Noël...

— De *Hanoukka* !... corrigea sèchement grand-mère Ida. Dans cette maison, il s'agit de *Hanoukka* !

Puis, se tournant vers le Comte Berg toujours immobile — se demandant visiblement ce qu'il faisait là, lui, le représentant d'une longue lignée d'aristocrates catholiques autrichiens —, elle ajouta en haussant le ton :

— ... Parce que ici, c'est une maison juive. Que la dot de ma petite-fille, cette idiote qui pleure, vient du travail de ses grands-parents qui étaient d'honorables négociants, d'honorables médecins, d'honorables imprimeurs... Nous travaillons depuis des générations ! Nous n'accumulons pas des dots pour faire vivre des paresseux et des bons à rien... Votre présence m'indispose. J'aimerais que vous partiez de votre propre gré...

Puis, se retournant vers sa petite-fille, elle vitupéra :

— ...Veux-tu te tenir un peu, petite sotte ?... N'as-tu donc aucune fierté, aucun orgueil ? Allez ! fais ce que ton père te dit ! File dans ta chambre !

Quiconque eût écouté attentivement aurait senti une fêlure dans la voix de grand-mère Ida. Sonia était sa petite-fille favorite. La prunelle de ses yeux. La voir pleurer bouleversait la vieille dame et c'est surtout contre sa propre faiblesse qu'elle se montrait si dure et si ferme... « Non ! pensait-elle avec affolement. Non, non ! pas ça ! Pas cette horreur, cette honte chez nous ! Une conversion ? un baptême ? Et puis quoi encore ?... »

Sonia fit ce que son père et sa grand-mère lui avaient ordonné. Elle courut dans sa chambre et s'effondra sur son lit, en pleurs, s'abandonnant à ce désespoir puissant qu'éprouvent ceux qui se savent seuls responsables de leur malheur...

Sarah, revenue de ses joyeuses courses de Noël, fut alertée par ses sanglots frénétiques et entra dans la chambre de sa sœur... Entre plusieurs hoquets, Sonia raconta tout.

Sarah lui passa un mouchoir mouillé d'eau de Cologne sur le front. Elle ne disait rien. Elle se sentait très triste pour Sonia, et dans le même instant, elle pensait bizarrement : « Cela ne sera pas facile..., pas facile... » Et l'image de Saül Lozwitzky, avec ses boucles noires et ses yeux bleus, dansait au fond de sa mémoire.

Voilà pourquoi, cet hiver-là, les fêtes de Noël et du jour de l'an ne furent pas aussi joyeuses que par le passé. Sonia était toute triste et renfrognée, Sarah s'efforçait de la dérider, tandis qu'avec un sadisme innocent Noemi chantait à tue-tête la mélodie de Martini : « Plaisir d'amour ne dure qu'un instant, chagrin d'amour dure toute la vie... » de sa voix aigrelette de fillette, et ce avec un tel lyrisme maniéré, une telle emphase qu'elle arrachait même des fous rires à Sonia. De plus, elle chantait faux, ce qui donnait un caractère d'un comique irrésistible à la mélancolique mélodie italienne.

Partagée entre le rire et les larmes, Sonia suppliait :

— Arrête ! Ne me fais pas rire !... Tu vois bien que je suis malheureuse !...

Et Noemi continuait : « J'ai tout quitté pour l'ingrate... Soni-i-ia... »

Et comme elle n'atteignait pas la note aiguë d'*ingrate*, sa voix se brisa dans un hoquet de la plus grande drôlerie. Ecroulées sur le lit de Sonia, cette dernière et Sarah, agrippées l'une à l'autre, riaient à ne plus pouvoir s'arrêter...

Cette crise de fou rire fit beaucoup de bien à Sonia. Sous la dictée de Sarah, elle écrivit à Franz une superbe lettre où elle lui jurait un amour éternel et une fidélité absolue. « Et si l'on m'y oblige, cher bien-aimé, tout comme la pauvre baronne Vetsera, je vous demanderai de me suicider... »

Le jour de Noël, elle reçut la réponse de Franz Berg. « Tout comme le Prince Rodolphe et la femme qu'il aimait par-dessus tout, nous mourrons ensemble, mon amour... » Ravie, Sonia sécha ses larmes. Elle allait répondre, quand les vociférations de Sarah et de Noemi l'arrachèrent à son projet.

— Les robes !... Les robes que nous mettrons pour le réveillon du jour de l'an sont arrivées... Vite ! Il faut que tu viennes essayer ta robe ! Maman t'appelle !

Quelle que soit la violence du chagrin d'amour d'une jeune personne de dix-sept ans, l'appel d'une robe neuve ne peut la laisser insensible. Sonia se précipita... La toilette était ravissante, d'un vert d'eau très doux, la jupe tombait jusqu'au sol en un gracieux mouvement de trame. Sarah, pour une fois, avait laissé sa mère choisir une jolie toilette de dentelle blanche qui s'arrêtait aux chevilles. « Pas de trame avant seize ans révolus ! » avait dit Myriam, inflexible.

Il était difficile de dire si Sarah était jolie ou non. Ses traits hésitaient entre la femme et l'enfant, mais elle manifestait un tel contentement, un tel rayonnement qu'on ne voyait, qu'on n'entendait qu'elle...

En robe rose s'arrêtant juste au-dessus des mollets, Noemi dansait de joie. Elle avait reçu l'autorisation de participer au réveillon de fin d'année, et depuis plus de quinze jours, Sarah lui apprenait à danser la valse, ce qui s'avérait particulièrement ardu, Noemi étant très peu douée pour la danse. C'était assez étonnant, vu sa nature de musicienne.

Les jumeaux, dédaigneux de ces « histoires de bonnes femmes », s'enfermèrent dans leur chambre avec leurs cadeaux de Noël, diverses panoplies de futurs scientifiques, dont ils étaient très contents. Bien sûr, ils promirent de ne faire aucune invention sans en avertir au préalable les parents. Ils promirent surtout d'éviter d'inventer des explosifs. Leur père plaisanta en leur remettant leurs cadeaux : « Espérons qu'avec cela vous ferez comme le mari de Berta Zuckerkandl et que vous découvrirez quelque chose d'inconnu dans le corps humain, qui portera votre nom[1]. »

Le jour de l'an 1894 ne fut pas pour Sarah un jour de l'an comme les autres. D'une part, elle allait enfin avoir seize ans. Seize ans, c'était l'autorisation de porter des jupes longues, c'étaient les soirées ailleurs qu'à la maison, la possibilité d'un peu plus de liberté, mais l'obliga-

1. Emil Zuckerkandl était un scientifique de grand renom qui avait découvert un os — encore inconnu — dans le squelette, os qui porte le nom d'« os Zuckerkandl ».

tion de passer sa « maturité ». Dans l'attente de ses seize ans, et de « sa » soirée d'anniversaire, elle passait des heures au piano. Depuis peu, elle avait décidé qu'elle serait une grande concertiste comme Clara Schumann, bien que son père lui eût déclaré sans ambages qu'elle n'avait aucune disposition pour s'engager dans une carrière artistique. Propos qui eurent le don de mettre Sarah hors d'elle-même et, depuis, elle s'imposait quatre heures de piano par jour pour prouver à son père qu'elle avait l'étoffe d'une grande pianiste.

Un matin, peu de temps après les fêtes, alors que janvier 1894 s'installait, dans un silence blanc et gris, Sarah s'assit devant son bureau et ouvrit son cahier : « Je viens d'avoir seize ans... J'ai décidé qu'à partir de ce jour j'écrirai dans ce journal mes pensées les plus secrètes, les plus intimes et les plus “vraies ”... Peut-être cela me permettra-t-il de me connaître vraiment ?... Parce que, au fond, qui suis-je ?... Comment quelqu'un de tout à fait étranger à ma famille me voit-il ? Par exemple, Saül Lozwitzky ? Comment me voit-il ? Je ne le sais que trop ! Une péronnelle riche, gâtée et capricieuse !... Suis-je cela aussi ? Suis-je seulement cela ? Sait-il que la musique me fait pleurer ?... Que certaines poésies de Heine, de Schiller ou de Goethe me bouleversent jusqu'aux larmes, jusqu'à désirer mourir ?... Non, il ne le sait pas ! Comment le saurait-il ?... »

Pour la centième fois depuis plus de huit jours, elle se remémorait une scène singulière. Une scène qui devait avoir une signification, un sens caché. Des mots avaient été dits. Des regards avaient été échangés... Mais rien de net, rien de précis. Tout juste des sous-entendus, des phrases pleines d'ambiguïté... Sarah ferma les yeux et tenta de la revivre en s'attardant sur ce qui lui paraissait essentiel.

Ce matin-là, dans le bureau du Baron Elie, où avaient lieu les leçons de musique, Saül arrangeait des partitions. Il était seul. Cela arrivait parfois. David et Jonathan n'étaient pas encore revenus du *Gymnasium*, alors, comme à l'accoutumée, Sarah vint lui tenir compagnie. Ils parlèrent musique, livres, cela dura cinq minutes, dix minutes... Puis soudain, sans que rien le laissât prévoir, Saül dit d'une drôle de voix :

— Serez-vous comme Solveig, mademoiselle Sarah ? demanda-t-il sans regarder la jeune fille, en ouvrant la partition de *Peer Gynt*... Sauriez-vous attendre ?

Sarah, surprise, hésita.

— Solveig ? Que voulez-vous dire ? Attendre ? Attendre le fiancé parti ?

— Eh bien ? L'attendriez-vous ?

— Pourquoi le ferais-je ?... Il n'avait qu'à rester !...

Peut-être n'était-il pas prêt au mariage ? Peut-être avait-il le monde entier à conquérir afin de l'offrir à Solveig ? Solveig est encore une enfant ignorante de la vie, et Peer Gynt voulait tout apprendre avant le mariage...

— Ça, c'est le point de vue de Peer Gynt. Pourquoi attendrais-je un fiancé qui préfère le monde entier ? Moi, je veux être préférée à tout et à tous ! Moi, on ne doit pas me quitter !

— Solveig l'attendit jusqu'à la mort, insista doucement Saül. Solveig avait compris que son fiancé ne pouvait pas l'épouser tout de suite, qu'il fallait l'attendre...

— Je ne suis pas Solveig ! s'écria Sarah. Si l'homme que j'aime partait sans moi, je m'empresserais de l'oublier. Le plus vite possible...

Saül jouait les premières mesures de la « Chanson de Solveig »... Sarah chanta :

L'hiver peut s'enfuir
Le printemps ne jamais revenir...
Mais tu me reviendras
Ô mon doux fiancé
Pour ne plus jamais me quitter...

Elle chantait juste, d'une jolie voix de soprano, sans grande puissance, à son grand désespoir. Mais Saül était sous le charme, et aurait soutenu envers et contre tous que Sarah von Lichtfeld avait très certainement la voix la plus extraordinaire qui fût...

Le Baron Elie ouvrit la porte et enveloppa les deux jeunes gens d'un regard inquisiteur.

— Vous êtes en avance, Saül ! C'est gentil à vous de

faire travailler Sarah... Tu es en progrès, ma petite fille... C'est bien. Ne t'attarde pas trop. Je crois qu'Annitchek t'attend pour vous emmener à l'école, Noemi et toi...

Sarah partit, le cœur empli d'allégresse. Qu'avait voulu dire Saül, sinon qu'elle l'attende ? Puis l'inquiétude la prit. Etait-ce vraiment cela que voulait dire cette petite scène ? Et si cela ne voulait rien dire ? Comment savoir ? « Et si je le lui demandais ? » Après tout, pourquoi pas ? Pourquoi tant de simagrées entre un homme et une femme, pourquoi tant de crainte, de recul, de faux-semblants ? Pourquoi ne pas dire : « Saül, qu'avez-vous voulu dire avec la "Chanson de Solveig" ? Y avait-il un sous-entendu ? Et si oui, lequel ? »

Emportée par son élan, Sarah décida d'éclaircir ce mystère dès le lendemain. Mais les jours passèrent et Saül brilla par son absence. Une mauvaise grippe le retenait au lit... Puis, Sarah apprit par les jumeaux qu'une jeune danseuse, « un premier sujet », avait été vue avec Saül qui « l'embrassait sur la bouche » !

Et c'est ainsi qu'en ce matin de janvier 1894, Sarah se demandait pour la énième fois si Saül avait voulu lui faire comprendre « quelque chose »... « Mais si..., pensa-t-elle rageuse, conquérir le monde, c'est aller embrasser sur la bouche des danseuses étoiles, qu'il ne compte pas sur moi pour jouer les Solveig !... »

Au fil des mois qui passaient, un tendre sentiment naissait doucement entre David Langer et Rivka Lechner. Tous s'en étaient aperçus bien avant les intéressés eux-mêmes. Il ne se passait rien entre eux. Rien. Si ce n'était des regards, des rougeurs, une volonté d'être assis côte à côte, et de se taire ensemble... David était trop innocent des choses de l'amour, et ne pouvait donc donner un nom à la joie qu'il éprouvait lorsqu'il se trouvait auprès de Rivka, et à la tristesse qui l'envahissait lorsqu'il voyait cette même Rivka rire et plaisanter avec Shlomo Hurwitz ou Michaël Zysman, ces maudits révolutionnaires.

Quant à Rivka, avant son arrivée à Vienne, son innocence était telle, que ce fut le jour où elle eut ses premières règles — assez tardives il est vrai (elle venait d'avoir quatorze ans) — que sa mère consentit à lui dire, à mots couverts, que désormais elle pouvait avoir un enfant et qu'elle devait éviter d'embrasser un garçon. Rivka en conçut une grande terreur. Dans son ignorance, elle pensait qu'elle pourrait être enceinte comme cela, tout de go, si jamais un garçon s'avisait de l'embrasser... Aussi se tenait-elle soigneusement éloignée de toute approche masculine et ne tendait-elle la main que si cela s'avérait absolument nécessaire, par politesse — et encore, en allongeant le bras de telle manière que le garçon se trouvait forcément relégué à une distance respectueuse de ses joues. Ainsi évita-t-elle toute grossesse imprévue jusqu'à sa rencontre, il y avait maintenant plus de dix-huit mois, avec David. Elle ne voulait ni se marier ni avoir d'enfants. Pour elle, le rôle d'un époux se bornait à prier le samedi à la synagogue, à étudier le Talmud, à mettre les pieds sous la table et à manger le repas que sa femme avait préparé, après avoir nettoyé la maison, torché les enfants, fait les courses, renettoyé la maison, fait la vaisselle, la lessive, le repassage, un peu de couture pour des riches bourgeoises de Tarnow afin de se payer une robe neuve... A baisser la tête devant les récriminations de son mari si le dîner n'était pas à son goût. A vivre, en fait, comme une domestique, une vulgaire bonne à tout faire, à ceci près qu'elle ne touchait aucun salaire, mais qu'on pouvait l'appeler avec respect Mme Lechner. C'était ainsi que vivaient sa mère, sa grand-mère, sans jamais protester, sans jamais se rebeller... Rivka savait bien qu'un juif érudit, un talmudiste, n'avait rien à dire à une femme, qui n'avait aucun droit dans sa propre maison, surtout pas celui de manifester sa présence quand il y avait des visiteurs mâles dans le salon. La mère, la grand-mère de Rivka, et toutes les autres qui les avaient précédées, restaient dans la cuisine, un fichu sur la tête, les yeux baissés... Pourtant, le père de Rivka était considéré comme un bon mari et un bon père... Il ne frappait pas, ne criait jamais, n'élevait jamais le ton... Il aimait sa famille à sa manière. Il exigeait seulement qu'à l'école ses enfants fussent les meilleurs, et si l'un d'entre eux lui apportait un carnet de notes moins bon que le mois précédent, il ne parlait plus au (ou à la) responsable de cette ignominie. Et pour les enfants, c'était là une chose terrible que ce père silencieux qui ignorait jusqu'à l'existence du coupable. Lorsqu'il fut question d'envoyer Rivka et Lea, les deux plus jeunes filles, à Vienne chez leur tante Mandelbaum, il s'y opposa d'abord avec détermination. Mais il dut vite céder. Pauvre, il n'avait aucun moyen de les doter. A Vienne, peut-être l'une et l'autre trouveraient-elles des époux sérieux, c'est-à-dire des érudits... « Peu importe l'argent..., dit-il à ses filles en guise de bénédiction. Seuls comptent l'étude de la Thora, la fréquentation de la *schuhl* et le respect des lois. Allez. Et que je n'entende jamais dire de vous que vous vous conduisez mal. Ma sœur Mandelbaum ne mène pas exactement la vie d'une juive pieuse, mais c'est une femme honnête et je ne confierais pas mes filles à des mains impures. »

Il n'y eut pas de menaces de punitions, ni rien de ce genre. Mais à Vienne, les deux adolescentes osèrent à peine ouvrir la bouche, et il fallut quelque six mois à leur tante Mandelbaum pour les sortir un peu de leur gangue. Lea, la première, prit de l'audace, jusqu'à parler familièrement avec de jeunes étudiants. Rivka, timidement, suivit sa cadette... Et puis, David Langer fit irruption dans sa vie sage, si sage, et elle le regardait fascinée. Elle ne savait pas qu'elle l'aimait car elle ignorait tout de l'amour.

Rien dans ce que lui avait dit sa mère ne l'avait préparée à l'amour, ni même à l'union des corps. Quand elle avait appris ce qui se passait réellement entre mari et femme, elle en avait conçu un immense dégoût, et ses règles s'étaient arrêtées... Elles ne reprirent leur flux que du jour où elle rencontra David Langer, et dans ses rêves un peu flous de jeune fille, elle imaginait bien le jeune musicien dans le rôle d'un époux possible... Mais les semaines, les mois se succédèrent et formèrent plus d'une année depuis l'arrivée de David à Vienne, sans que rien, pas un geste, pas une parole ne s'échangeât entre les deux jeunes gens, et leurs amis commençaient à se dire qu'il fallait sans doute aider ces deux êtres si timides, si purs, si innocents, à franchir le fossé qui les séparait.

Ce fut peu de jours avant les fêtes de Noël 1893, alors que vingt centimètres de neige ensevelissaient Vienne dans un linceul glacé, que David et Rivka franchirent, sans l'aide de personne, ce fameux fossé. Rivka était descendue comme d'habitude, à l'aube, pour préparer le petit déjeuner des pensionnaires... David avait passé une mauvaise nuit... Il était descendu également dans la cuisine, où brûlait en permanence l'immense cuisinière noire. Assis dans un fauteuil à bascule, il lisait un journal, *La Libre Parole.* Plus exactement, il le déchiffrait péniblement, mot à mot, comprenant mal ce qu'il lisait, revenant en arrière... Un peu ébloui par la lumière crue du gaz, il aperçut soudain la jeune fille en peignoir qui l'observait en souriant, ses longs cheveux déployés jusqu'à la taille en une masse sombre et brillante, ses yeux ensommeillés, et ce visage encore bouffi d'enfance, si émouvant d'avoir été arraché trop tôt au sommeil.

— Bonjour, dit Rivka en rougissant. Est-ce que vous devenez antisémite, David ? demanda-t-elle de sa belle voix grave, après un petit silence.

Stupéfait, David la dévisagea.

— Quelle drôle d'idée !... Pourquoi me demandez-vous cela ?

— Vous lisez ce sale journal, *La Libre Parole*...

— C'est Saül qui me l'a passé. Le Baron Elie le lui a donné à lire... Vous lisez le français ?

— Oui. Bien sûr. Autrefois mes parents espéraient émigrer en France et ils nous ont obligés à apprendre le français, les grands écrivains, Voltaire, Hugo, Rousseau, Beaumarchais... et puis aussi l'histoire de France, et cela dès notre petite enfance... Je crois bien avoir appris le français avec mes premiers pas !... Ce journal est un vrai torchon...

— Sans doute..., soupira David, mais j'aimerais lire par moi-même... Euh... Si j'osais...

Il souhaitait lui demander des leçons de français ; lui-même se proposait de lui donner en échange des leçons de musique. Oui, c'était cela qu'il avait dans la tête, en ce matin de décembre 1893, devant cette belle jeune fille toute rougissante...

Rivka, les yeux brillants, souriait toujours. « Osez !... disait son regard. Osez !... » Alors David oublia sa proposition. Ils se regardèrent longtemps et, bizarrement, sans rien dire, comme si l'un et l'autre avaient été la proie consentante d'un rêve enchanté, ils s'embrassèrent. Ce fut à la fois si soudain et si naturel que lorsqu'ils se détachèrent l'un de l'autre, ils poussèrent dans le même moment un soupir de bonheur.

— Il y a si longtemps que je souhaitais que cela arrive, dit David. J'aime... j'aime... j'aime vos yeux... votre visage, vous êtes... vous êtes comme un rêve pour moi... Je crois que je rêve encore. (Il l'embrassa de nouveau.) Si longtemps... si longtemps que je voulais que cela arrive...

— Moi aussi, chuchota Rivka.

Ils se regardèrent encore.

Heureux, si heureux avec cet amour tout neuf, qui venait de s'épanouir entre eux comme fleurs au printemps. La vie venait de prendre une saveur nouvelle... Tout prenait un sens, des formes, des couleurs, des odeurs...

David frémissait de désir.

— C'est étrange..., balbutiait-il. Vous êtes une jeune fille magnifique, merveilleuse... Je ne suis rien. Rien... Et vous acceptez... Vous ne me repoussez pas...

— Chut... Ne parlez pas ainsi... Arrêtez, je vous en prie... Oh si ! continuez... Parlez... Parlez...

Mais ce n'était pas de paroles que Rivka était assoiffée. C'était de baisers... C'était si nouveau cette sensation qui la soulevait, la précipitait vers David... si nouveau, si grisant... Les seins de Rivka, dessinés par son peignoir de velours rouge, se soulevaient rapidement. Mais David ne savait pas. Ne savait rien d'une femme, du corps d'une femme, de la peau, des seins d'une femme... Sage. Si sage !... Toucher une femme, une vierge avec laquelle il n'était ni fiancé ni, *a fortiori*, marié, quelle honte ! Quelle ignominie ! Mais il ne pensait pas à la honte, ni à l'ignominie. Il était à l'écoute des vibrations intenses de son corps, et Rivka était si proche, ses yeux brillants, ses cheveux blonds parfumés... L'embrasser encore. Juste l'embrasser. Alors, derechef il l'attira contre lui et l'embrassa. Il sentit contre lui le gonflement émouvant des seins fermes, pleins de sève... Il l'embrassait avec fièvre sur la bouche, sur les yeux, dans le cou, incapable de se contenir. Heureux, heureux, en proie à un désir poignant. Sans doute l'eût-il possédée là, dans la cuisine, à même le sol, et sans doute Rivka, consentante, l'eût-elle laissé faire si la voix tonitruante de Haym Landon ne s'était fait entendre derrière la porte. Il chantait une mélodie française en vogue : « Je t'ai rencontrée simplement... Et tu n'as rien fait pour me plaire... »

Les deux amoureux se détachèrent en hâte et s'éloignèrent l'un de l'autre, chacun à un bout de la pièce.

— Hé quoi ?... Vous vous êtes fâchés ? se moqua Haym en ouvrant la porte avec fracas.

— Mais non..., balbutia David.

— En voilà une idée..., renchérit Rivka qui, aussi prestement que possible, prit la fuite.

Restés en tête à tête, David et Haym s'offrirent mutuellement du café... Soudain, Haym dit :

— Vous êtes amoureux, Rivka et toi... J'ai tout vu...

David rougit et baissa la tête.

— Je veux l'épouser..., dit-il enfin avec exaltation.

— Sans doute, dit Haym en riant. Attends au moins d'avoir dix-huit ans ! Si j'étais arrivé cinq minutes plus tard, tu consommais le mariage avant la bénédiction nuptiale et tu déflorais une vierge, comme un pourceau... As-tu déjà couché avec une femme ?

— Non..., répondit David, au supplice. Et je ne veux pas tromper Rivka. Si c'est cela ton conseil ! ajouta-t-il fermement. Vierges, nous le sommes tous les deux, et vierges, nous le resterons jusqu'au mariage.

— Même s'il n'a lieu que dans cinq ans ? se moqua Haym.

Ebranlé, David hésita. Cinq ans ? Non ! Impossible d'attendre cinq ans ! Pas avec Rivka à portée de ses mains, à portée de sa bouche, de son désir. Attendre quelques mois peut-être, enfin, quelques semaines...

Bon, il attendrait une quinzaine de jours... Rassuré par sa décision, il demanda en rougissant :

— Haym... C'est idiot... mais... mais jamais... Que dois-je faire ?

— Si je comprends bien, tu ne veux pas aller au bordel ?

David eut un frémissement de dégoût.

— Ni faire comme Saül qui dépérissait en rêvant de Mlle Cavalieri, mais qui a trouvé une jolie petite danseuse du corps de ballet de l'Opéra pour la remplacer ?

— Saül c'est Saül, et moi c'est moi. Je ne veux pas trahir Rivka...

L'idée même de souiller son corps avec une autre que la jeune fille qu'il aimait remplissait David d'horreur et de honte.

Haym réfléchissait profondément.

— Bien, je vois. Ce qu'il te faudra avant, c'est éviter un enfant intempestif. Tu vas venir avec moi chez le docteur Kautzman et il va tout t'expliquer sur le comportement que tu dois avoir avec Rivka... Ne la touche pas d'ici là ! Si tu lui faisais un enfant, ce serait terrible ! Es-tu d'accord ?

David inclina la tête. Il était prêt à tout apprendre, à tout comprendre, pourvu qu'il pût un jour tenir Rivka dans ses bras, et que ce jour ne fût pas trop éloigné.

Février s'achevait sous la neige, Sarah ferma soigneusement son journal, le cacha dans sa commode, parmi les pièces de lingerie, et alla rejoindre ses sœurs qui devaient, en ce moment, être au salon.

A la surprise de Sarah, qui pensait y retrouver Sonia et Noemi, le grand salon était désert et sombre. Elle s'approcha des fenêtres dont les rideaux n'étaient pas encore tirés. Le crépuscule tombait et la neige, inlassablement, recouvrait la ville. Une masse blanche, légère, friable, qui étincelait sous la lumière crue et jaune des réverbères à gaz... La neige ! La jeune fille sourit... Encore des jours et des jours d'hiver devant elle... Une joie enfantine s'empara d'elle. L'hiver était encore pour elle une succession de joies et de plaisirs. Patinage, traîneaux, batailles de boules de neige. Tout n'était que promesses de plaisirs sans fin... Soudain elle eut une envie féroce de sortir, de courir tout de suite dans la neige, d'y imprimer ses pas. Elle allait satisfaire cette envie lorsqu'une petite toux sèche derrière elle la fit sursauter.

Elle se retourna et découvrit Sonia blottie, presque dissimulée, dans le sofa, un châle sur les épaules.

— Hé !... dit Sarah surprise. Qu'est-ce que tu fais là dans le noir ? Es-tu malade ? Veux-tu que j'appelle Fritz pour qu'il allume ?

— Si tu veux, dit Sonia.

— Pourquoi rester ainsi dans le noir ? insista Sarah, que le comportement de sa sœur intriguait.

— Je regarde la neige...

— C'est beau, n'est-ce pas ?

— Oui... C'est comme un linceul...

Alors Sonia éclata en sanglots.

Sarah se méprit sur les sanglots de sa sœur. Elle pensa tout de suite au petit lieutenant dont Sonia était si amoureuse... Mais ce n'était pas ça.

Sonia hoquetait :

— J'ai craché du sang tout à l'heure...

De mentionner ce fait redoubla ses sanglots. Le visage effaré de Sarah n'arrangea rien.

— Tu es sûre ?... demanda celle-ci à voix basse.

Sonia haussa les épaules avec irritation. « Quelle sotte que cette Sarah ! » pensa-t-elle. Puis, à voix haute :

— Peut-être n'est-ce rien ? Après tout, j'ai tellement toussé la nuit dernière que je me suis peut-être irrité la gorge ?

— Peut-être, en effet... Il faut en parler à papa. Tout de suite.

— A maman !... Papa va s'affoler.

— Et maman donc !... Cela va faire un drame.

Malgré l'inquiétude qu'elle éprouvait, Sarah fixait sa sœur avec un mélange de respect et d'admiration qui eût surpris Sonia si celle-ci avait été en mesure de s'en rendre compte. « Une vraie héroïne de roman !... » pensait Sarah, pour qui les phtisiques étaient non seulement des malades, mais des êtres passionnément amoureux qui pouvaient mourir d'aimer. Comme Frédéric Chopin. Comme *La Dame aux camélias*, ce roman français lu en cachette de sa mère, et qui la faisait pleurer à chaque lecture... En l'occurrence, elle pensait que si Sonia était si malade, c'était parce que son amour pour le Baron Franz était condamné par la famille... Sarah se demandait si une telle chose pouvait lui arriver. « Non ! pensa-t-elle mélancoliquement. J'aime trop la vie !... Moi, je me battrais différemment... » L'admiration qu'elle éprouvait se mua en pitié un peu méprisante... « Etre malade n'arrange rien ! » se dit-elle, avec la vigueur des gens bien portants...

Sonia avait cessé de pleurer. Elle se tamponnait les yeux et hoquetait encore légèrement.

Sarah demanda :

— Que penses-tu qu'on va te faire ?

Sonia soupira.

— Est-ce que je sais ?...

Malgré la satisfaction qu'elle éprouvait d'être assez malade pour que la famille cédât enfin à son manège, elle ne laissait pas d'être inquiète. Elle avait assez de lumières sur les maladies pulmonaires pour savoir que ce qu'elle avait était grave. Et même sans doute très grave. « Peu m'importe de vivre... si ce n'est avec Franz !... » pensa-t-elle dans un grand élan de romantisme enfantin. Elle aussi avait été nourrie de lectures interdites... Tout comme Sarah, les héroïnes poitrinaires la faisaient palpiter d'émotion. Et elle se visualisait fort bien, mourante, dans un lit, ses longs cheveux noirs déployés sur l'oreiller, et Franz sanglotant d'amour, agenouillé auprès d'elle. « ... Ce serait bien fait pour eux !... » pensait-elle avec rage. Eux. Son père, sa grand-mère... Tous ceux qui l'empêchaient de vivre son grand amour.

Maintenant « ils » allaient être obligés d'accepter son « grand amour ». Et, peut-être, malgré l'opposition de grand-mère Ida, accepter et son baptême, et son mariage. L'idée du baptême la chiffonnait bien un peu, et il lui était difficile de faire taire la petite voix qui lui disait : « Pourquoi toi et pas lui ?... » Mais si ce mariage dépendait de ce baptême, eh bien elle était prête. Elle se ferait catholique !

— Quand vas-tu dire aux parents ce qui t'est arrivé... Ce soir ? demanda Sarah très impressionnée.

— Non ! pas ce soir ! Nous fêtons l'anniversaire des jumeaux ! Tu te souviens ?

— Demain ?

— Oui, c'est cela. Demain.

Le dîner donné en l'honneur de l'anniversaire des jumeaux s'était passé dans les règles de l'art. Il y avait eu des flambeaux sur la table, le service d'apparat avait été sorti, avec des petits bouquets de fleurs individuels à chaque couvert, et le menu n'était composé que des plats préférés des garçons... La Baronne Myriam s'était habillée comme elle le faisait lorsqu'elle recevait ses plus prestigieux invités, imitée en cela par ses filles. Les garçons avaient été fort impressionnés, voire intimidés. Puis ils s'étaient laissés aller à une grande démonstration de joie exubérante, turbulente... Ravis de leurs cadeaux, de ce dîner raffiné composé pour eux... Ils venaient d'avoir douze ans. L'an prochain, pour leur *bar-mitsva*, on donnerait en leur honneur une somptueuse réception... Mais pour ce soir, si c'était aussi une fête, c'était une fête délicieuse, intime, familiale...

Le dîner terminé, la famille s'installa dans le salon, chacun à sa place accoutumée. Noemi à son piano, Sarah près d'elle, commentant avec sévérité son interprétation, Sonia, frissonnante, blottie dans un châle, les yeux fixés sur les flammes, les jumeaux disputant la même partie d'échecs entamée depuis le début de la journée... Le Baron Elie lisait nerveusement des lettres en provenance de Paris, en jurant, à voix basse, contre Herzl : « Il n'en finira donc jamais avec *La Libre Parole*, que diable me veut-il ?... », et la Baronne Myriam brodait interminablement la même tapisserie commencée depuis des lustres... C'était là une soirée d'hiver semblable à des dizaines d'autres soirées d'hiver... Le feu flambait ; la lumière qui émanait de trois grosses lampes de cuivre, aux abat-jour de soie épaisse, était douce et rose. Devant le feu s'étalait un épais tapis de laine blanche.

Myriam, les yeux à demi clos sur sa tapisserie, avait cessé de broder. De temps à autre son regard se posait sur ses filles, et chaque fois elle se sentait inquiète. « On ne peut rien..., songeait-elle avec lassitude et amertume... Rien. Que faire pour les protéger du malheur ? Elles me riraient au nez si je leur disais que tout ce que je fais, c'est pour elles ! Pour qu'elles soient heureuses. Pourquoi Sonia est-elle si pâle et si maigre ? J'aimerais bien qu'elle épouse ce Franz Berg ! Ces histoires de religion sont tellement stupides ! Elles font le malheur des gens, mais ils s'accrochent à ce malheur comme à une bouée de sauvetage !... Et Sarah ? Toujours si agitée, toujours en révolte contre moi... contre tout le monde d'ailleurs !... Que lui ai-je fait ? Parfois j'ai l'impression qu'elle me déteste ! Et Noemi ?... Il n'y a que son piano qui l'intéresse. Mais on ne bâtit pas une existence sur un piano !... »

Il régnait dans la pièce une tension qui, bien que soigneusement jugulée, n'en était pas moins pesante. Cette tension atteignit son comble lorsque Sonia fut prise d'une violente quinte de toux. Si violente, si désagréable que le Baron et Myriam se regardèrent avec terreur... Ce regard les réconcilia, eux qui ne se parlaient que du bout des lèvres depuis le jour de la demande en mariage.

— Tu devrais aller te coucher, ma chérie..., dit Myriam à sa fille. Je te trouve un peu pâle ce soir... Aurais-tu pris froid ?

Bientôt, les arbres bourgeonnèrent, la neige fondit, et il fut possible de marcher dans les rues sans se couvrir d'épaisses fourrures... La ville renaissait, s'ébrouait de sa longue somnolence hivernale... De nouveau les fenêtres s'ouvraient... Le printemps viennois était là, doux, frais, parfumé.

La vie dans Leopoldstadt s'éveillait de bonne heure. Dès le lever du soleil, les volets s'ouvraient, et les femmes penchées aux fenêtres, battant literie, tapis, se jetaient mille invectives joyeuses dans l'air sec du matin. Elles aussi, à leur manière, saluaient le printemps.

Elles préparaient la fête de *Pessah*, nettoyaient la maison de fond en comble et s'attardaient à bavarder... Commérages, injures, médisances, calomnies allaient de l'une à l'autre, augmentant en force et en vilenie à chaque tour de langue... Parfois, les commères se bornaient à se donner des nouvelles de lointains cousins russes et polonais qui venaient d'être encore une fois victimes des sévices antisémites du Tsar. Alors, toutes concluaient — enfin d'accord sur un sujet : « ... Ces ordures de Russes ! Que le diable les emporte ! » Cela se terminait en général par une bénédiction sur l'Empereur François-Joseph, et dix mille malédictions sur le futur maire de Vienne, Karl Lueger — nul désormais ne doutait de l'élection de cette « crapule », épithète la moins malsonnante dont les juifs de Leopoldstadt qualifiaient l'homme qui prônait l'antisémitisme comme raison d'Etat.

Saül adorait, quel que fût le temps, se mettre à sa fenêtre. Il écoutait et s'amusait de ce qu'il entendait. Parfois, il appelait ses amis, surtout lorsque les commères évoquaient un nouveau pogrom russe ou roumain. Mais, grâce à Dieu, les nouvelles qui jaillissaient de la bouche des commères étaient plutôt réjouissantes en ce mois de mars 1894... Cela allait du Burgtheater à l'Opéra, à des polissonneries concernant la cantatrice, Mlle X, que l'on disait fille naturelle de l'Empereur François-Joseph, que Dieu le bénisse et lui prête longue vie !

Une femme, que Saül reconnut aussitôt comme étant l'une des lingères-couturières qui allaient fréquemment chez le Baron Elie, lança à la cantonade :

— Hé ? Savez-vous ?... Les deux filles du Baron Elie, Sonia et Sarah, sont malades ! On les dit mourantes... Une pneumonie, paraît-il... Ah, c'est bien triste pour ces jeunes filles ! Pensez, dix-huit et seize ans ! Enfin, c'est ce que l'on prétend ! Mais moi, je sais bien pourquoi on va les envoyer toutes les deux à Davos...

— Et pourquoi donc, ma bonne amie ? lança une voix.

— Pourquoi les bourgeoises éloignent-elles leurs filles, d'après vous ? Pour éviter des rencontres indésirables, pardi ! Je suis sûre que la Baronne Myriam veut éloigner ses filles de Vienne pour une raison semblable ! Sonia, l'aînée, s'est amourachée d'un bon à rien de goy.

— Un goy ?... Oh, malheur sur la famille von Lichtfeld ! Un goy ! Quelle malédiction !

— Etes-vous sûre ?

— Eh oui ! Un officier de cavalerie... Cela a fait un tel scandale ! Oh ! ce n'est pas que la Baronne Myriam soit vraiment opposée à ce mariage. C'est plutôt la grand-mère Ida qui a fait un esclandre en menaçant de déshériter tout le monde si la petite Sonia épousait un goy !

— Et l'autre, la péronnelle ? Celle qui est si mal élevée que c'en est une honte... qui refuse de jeûner le jour de *Kippour* ? qui se prétend « fille des Lumières » ?

— Sarah ?... oh, bien là, c'est une autre histoire ! Sa mère a découvert qu'elle tenait un journal... Cela a fait tout un drame ! Vous pensez ! j'étais aux premières loges, vu que j'étais dans la chambre de Mlle Sarah, à finir sa robe de bal. Sarah a déclaré à sa mère que c'était honteux d'avoir fouillé dans ses affaires ! Qu'elle n'avait pas le droit ! Qu'elle quitterait la maison dès sa majorité, qu'elle ne voulait plus adresser la parole à qui que ce soit... Depuis, elle ne quitte plus sa chambre !... La Baronne Myriam était vraiment désolée car le journal était abandonné sur le lit avec un tas de livres, et Madame voulait seulement ranger la chambre de sa fille. Puis elle a lu ce qu'il y avait d'écrit...

— Et alors ?... insistèrent plusieurs voix.

— Ah ! je ne peux pas en dire plus ! dit la couturière qui, visiblement, n'en savait pas davantage, mais qui laissait entendre que, si elle parlait, un tremblement de terre ne serait rien à côté de ce qu'elle pourrait révéler...

Saül, lui, était peut-être la seule personne au monde qui se doutait quelque peu de ce que pouvait contenir le journal de Sarah. Il le savait non pas parce que la jeune fille lui en avait fait confidence, mais parce que, depuis des semaines, ils étaient si amoureux l'un de l'autre qu'il n'était nul besoin de paroles. D'ailleurs, à peine pouvait-il lui parler en tête à tête. Il y avait toujours les jumeaux entre eux, ou Annitchek, ou le Baron Elie qui le dévisageait d'un air dubitatif, lorsqu'il surprenait les deux jeunes gens à bavarder... Mais Saül savait. Il y avait des signes qui ne trompaient pas. Et les propos de la *katchkè*[1] renforcèrent cette certitude que ce qu'il éprouvait pour Sarah était partagé.

A qui, sinon à son journal, Sarah aurait-elle pu se confier ?... En cet instant précis, Saül eût donné cher pour lire ce fameux journal.

Au fil des jours et des mois, deux années avaient passé et l'amour latent qui existait entre Sarah et Saül prenait, à leur insu, de plus en plus de force. Chaque jour, ils se réjouissaient l'un et l'autre de se rencontrer, de bavarder un petit moment avant que Saül n'entamât son heure de leçon avec les jumeaux Jonathan et David. D'ailleurs, il venait de plus en plus tôt et partait de plus en plus tard, ce qui faisait dire de lui à Myriam von Lichtfeld que non seulement c'était un excellent professeur, mais aussi un garçon très honnête qui ne regardait pas l'heure — ce qui était également vrai. Jonathan et David faisaient des progrès rapides. Souvent, Saül s'attardait auprès de Sarah qui l'amusait avec ses révoltes enfantines, sa philosophie des Lumières et son féminisme exalté. « Vous avez de mauvaises lectures ! » la taquinait-il lorsque la jeune fille allait trop loin dans ses revendications. Ils plaisantaient, sachant parfaitement que derrière chaque parole s'en cachait une autre, que derrière chaque regard s'échangeait une promesse silencieuse.

Parfois, Saül restait à travailler avec elle la *Sonate à Kreutzer* de Beethoven, qu'ils aimaient beaucoup jouer ensemble. Ils s'entendaient bien. Trop bien. Une secrète connivence les liait. Il leur suffisait d'échanger un regard pour se comprendre... Mais rien, jamais, ne fut dit... Pas un mot, pas un geste. Saül se refusait à mettre un nom sur ce qu'il éprouvait et il traitait Sarah, comme Sonia

1. Commère. Vieille cane... Quelqu'un qui aime cancaner.

ou Noemi, le plus souvent en petite fille. Sarah, plus lucide, savait malgré sa jeunesse (ou peut-être à cause de cette jeunesse même) que ce qu'elle éprouvait pour le jeune homme était profond. Bien sûr, elle devait garder le silence. Un silence qui d'ailleurs ne lui pesait nullement. Elle trouvait un exutoire dans son journal où s'accumulaient pêle-mêle des poésies de Heinrich Heine, des promesses d'amour éternel pour Saül, et une question qui revenait, lancinante, sans réponse : « Quand l'épouserai-je ?... »

Personne ne se rendait compte de rien dans la belle maison du Baron Elie. Tous traitaient Saül familièrement, avec ce rien de condescendance qu'ont souvent les gens riches envers les moins fortunés, même si ceux-ci leur paraissent dignes d'intérêt. Sarah était humiliée de cette manière d'agir, encore qu'elle n'eût vraiment rien à reprocher à sa famille. Peut-on véritablement reprocher une manière d'être inconsciente, si naturelle, que si on le leur avait dit, le Baron Elie et sa femme en eussent été les premiers réellement surpris et choqués. N'étaient-ils pas sociaux-démocrates ? N'étaient-ils pas pour le progrès, les sciences, les « Lumières » ?...

Cependant, depuis quelques semaines, Saül et son groupe avaient été obligés d'interrompre provisoirement les leçons qu'ils donnaient aux enfants Lichtfeld. Il y avait des examens, des concours à préparer et le temps leur manquait. Tout reprendrait son cours habituel après les fêtes de *Pessah*.

Aussi, apprendre que la jeune personne était peut-être malade, qu'elle allait partir pour Davos fut pour Saül à la fois un choc et une révélation... Instantanément il oublia qu'il mourait de passion pour la jeune danseuse Greta Wiesenthal et ne pensa plus qu'à Sarah. « Mais je l'aime !... » se dit-il les yeux pleins de armes. « Je l'aime !... » Ayant fait ce constat, il convint avec lui-même qu'il lui fallait de toute urgence en informer l'intéressée.

A peine arrivé dans le hall de la demeure du Baron Elie, il se rendit compte de ce qu'il allait faire et en fut effrayé. Qu'allait-il dire ? Demander la main de Mlle Sarah von Lichtfeld ? Lui ? Un malheureux *shnorer* ? Un musicien de café-concert ? Avec quoi assurerait-il la subsistance de cette jeune personne accoutumée à vivre comme une princesse ?

La maison était sens dessus dessous. Là aussi, on se préparait pour les fêtes de *Pessah* et c'était le grand nettoyage annuel.

Saül ne savait quelle décision prendre... Il allait rebrousser chemin quand, en haut de l'escalier, Sarah parut, portant un paquet de vêtements. A peine aperçut-elle Saül, qui se tenait coi contre la rampe, qu'elle s'écria :

— Saül !... Saül Lozwitzky !... Comme je suis contente de vous voir ! Mais ce n'est pas le jour de votre leçon aujourd'hui ? Je pensais que vous ne repreniez vos cours qu'après les vacances de Pâques...

Tout en parlant, elle descendait rapidement les marches, et c'est un peu essoufflée qu'elle s'arrêta devant Saül, ahuri, interdit, se décernant mille malédictions. Il était fou. Fou à lier.

Timide, il enleva son chapeau et s'inclina.

— J'étais venu... Il court des bruits dans Leopoldstadt... Il paraît que votre sœur... que vous-même...

— C'est tout à fait vrai. Sonia est malade. Et même très malade !... Elle doit passer toute une année à Davos, et moi je vais l'accompagner avec maman et Annitchek. Puis maman va revenir à Vienne, elle ne peut pas laisser papa, Noemi et les garçons seuls. Surtout que Jonathan et David doivent préparer leur *bar-mitsva* en janvier prochain... Nous serons logés au Waldhotel... Viendrez-vous nous voir ? Davos n'est qu'à une journée de chemin de fer de Vienne...

Sarah parlait, parlait, très émue de se trouver en tête à tête avec Saül. Il n'était pas venu dans la maison Lichtfeld depuis près de trois mois, et de se retrouver ainsi en sa présence remplissait la jeune fille de joie et d'inquiétude. Etait-il toujours amoureux fou de sa danseuse ? de cette brune et ravissante Greta Wiesenthal... Trois fois, Sarah avait demandé à son père de l'emmener voir cette *prima ballerina* à l'Opéra. Et chaque fois,

Sarah, verte de jalousie, en avait conclu que jamais elle n'aurait le talent de cette étoile « expressionniste », dût-elle passer dix heures par jour à une barre de danseuse et ne se nourrir que d'un œuf dur et d'une coupe de champagne pour ne pas grossir... Depuis quelques semaines, c'était décidé, elle ne serait pas concertiste, mais actrice de théâtre, puisqu'il était trop tard pour devenir danseuse...

— Mais vous ?... disait Saül en la regardant bien en face. N'êtes-vous pas malade, vous aussi ?...

— Moi ? Quelle idée !... Qui a bien pu vous raconter une imbécillité pareille ?

— On le dit...

— Dans Leopoldstadt ?

— Exactement.

— Bah ! Ces lingères inventent n'importe quoi ! Il est vrai que j'ai souffert d'un refroidissement et j'ai trop grandi, voilà tout !... Vous ne remarquez rien ?...

Elle tournait sur elle-même avec coquetterie. Saül l'enveloppa du regard, mais ne remarqua rien de particulier.

— Je porte une jupe longue ! s'exclama-t-elle en feignant la colère. Cela aurait dû vous frapper ! Depuis le jour de mes seize ans, j'ai la permission de m'habiller comme une jeune fille et non plus comme une enfant !

Saül fit amende honorable en s'extasiant sur l'élégance de la toilette et la distinction de Sarah. S'enhardissant, il lui proposa une courte promenade. Avec lui, évidemment.

— Je vous ramènerai très vite... Il fait si beau... et j'ai quelque chose à vous dire... quelque chose d'important...

— Le temps de mettre un chapeau, mes gants et mon manteau... et d'avertir papa... Et !... voilà...

Elle avait failli dire « et je suis à vous ». Mais tous les mots, y compris les plus anodins, devenaient brusquement lourds de sous-entendus.

Saül n'eut guère à attendre : quelques instants plus tard, elle était dans l'avenue éclaboussée de soleil printanier. Son cœur battait en prenant le bras de Saül.

Les premiers instants furent silencieux, entrecoupés de petits rires gênés. Ils évitaient de se regarder, et chaque fois qu'ils se frôlaient, ils s'écartaient l'un de l'autre en rougissant et en proférant mille excuses, toutes plus sottes les unes que les autres... La féminité en éveil de Sarah lui dictait les paroles, les gestes, les attitudes, les silences destinés à charmer le jeune garçon, déjà conquis. Il l'observait avec ravissement, convaincu qu'il n'y avait rien au monde de plus joli que cette toute jeune femme, vêtue de drap gris clair et d'une toque de fourrure blanche, qui jouait de son ombrelle, de ses yeux, de son sourire avec un art consommé. Il ne désirait rien d'autre que de marcher ainsi à ses côtés, soumis, discourant de Spinoza (il importait que la jeune personne sût qu'il était un homme instruit...) ou de Schubert ou de Mozart qu'il plaçait au-dessus de tout autre musicien (il importait également que la jeune personne en question n'ignorât rien de ses ambitions futures de virtuose ou de chef d'orchestre)... Il souffrait cependant de sa mise modeste, au côté de sa compagne si élégante... Mais il savait qu'il avait fière allure et pensait, fort justement d'ailleurs, qu'ils formaient tous les deux un beau couple...

— Etes-vous content de jouer tous les soirs au café Griensteidl ? demanda Sarah lorsqu'ils furent enfin hors des zones dangereuses où on aurait pu les rencontrer. Et votre quatuor ? Est-il content ?

— Aussi content qu'on peut l'être... J'ignore si je serai un jour un grand chef, mais notre quatuor marche très bien ! Hier soir, nous avons obtenu un véritable petit triomphe... Et nous étions heureux... vraiment heureux !

— Vraiment ?

— Oh oui !... Comprenez-moi, mademoiselle Sarah, sentir un public dont le cœur bat à l'unisson du vôtre... Imaginez-vous que les clients du café Griensteidl s'étaient arrêtés de manger... Il n'y avait plus un bruit dans la salle, même les garçons s'étaient arrêtés de servir !... Juste la musique !... Juste ce quatuor de *La Jeune Fille et la Mort*... Et cela jusqu'à la fin ! Et ensuite les applaudissements, les applaudissements à tout rompre !

Sarah le regarda avec admiration.

— Comme je vous envie de pouvoir jouer en public !

soupira-t-elle. Voilà un bonheur que je ne connaîtrai sans doute jamais...

Il l'observa un instant.

— Votre père ? demanda-t-il.

— Surtout ma mère ! précisa-t-elle, chagrine. J'aurais tellement voulu vivre cette vie d'artiste ! Tellement ! Je trouve la vie que mène la bourgeoisie viennoise si stupide, si mesquine, tellement vide et dépourvue d'intérêt ! Mais voyager, donner un concert à Paris, à Londres, à Rome... Et même en Amérique ! Irez-vous en Amérique ?

— En Amérique ?...

Saül n'y avait jamais songé. Ni même à Londres ou à Paris ! Pour lui, le monde s'arrêtait à Vienne, à Munich et à Berlin, avec peut-être, de temps à autre, une échappée à Milan ou à Rome, lorsqu'il serait devenu un grand chef et un grand virtuose du violon, et qu'il dirigerait le Philharmonique de Vienne...

— Je n'ai jamais pensé à Paris..., dit-il enfin, et encore moins à l'Amérique ! Les Français ne sont pas assez mélomanes ! Il leur suffit de se montrer à l'Opéra ou au concert pour s'imaginer qu'ils connaissent quelque chose à la musique... Ce qui compte, pour eux, ce sont les entractes. Là, les femmes peuvent exhiber leurs belles toilettes, et les hommes fumer leur cigare en digérant... Quant aux Américains, savent-ils seulement que Mozart et Schubert ont existé ? Non, pour moi il n'y a que Vienne ! Vienne et Munich ! Le reste... peuh !

Secrètement ravie d'apprendre que son compagnon n'envisageait pas de quitter l'Autriche, ni même de retourner en Pologne ou en Russie, elle l'interrogea sur la durée prévue de ses études musicales.

— Oh ! encore plusieurs années ! dit Saül. Votre père estime que ma technique n'est pas suffisante pour me permettre de me lancer dans un concert en soliste. Il va falloir préparer le concours dans toutes les disciplines !

Les deux jeunes gens étaient sortis de la Ringstrasse et atteignaient le Prater. Ils s'installèrent dans un petit café dont les tables s'alignaient sous les arbres revêtus d'une légère parure de bourgeons fraîchement éclatés. En ce début de printemps, la chaleur laissait encore à désirer, mais il faisait suffisamment beau pour les quelques promeneurs qui allaient et venaient dans les allées embaumant l'herbe nouvelle. Au loin s'étendait la célèbre forêt viennoise... Çà et là, des amoureux, des nourrices poussant d'imposants landaus, des jeunes enfants courant derrière un cerceau... Dans une gloriette, un petit orchestre de femmes, comme il y en avait tant au printemps dans les endroits de ce genre, jouait des valses de Johann Strauss fils.

— C'est le plus délicieux après-midi que j'aie jamais passé depuis mon arrivée à Vienne il y a deux ans, chevrota soudain Saül en la regardant si intensément qu'elle devina ce qu'il allait dire.

Alors, pour retarder cet instant, elle s'empara de la carte qui proposait des rafraîchissements et s'exclama avec vivacité :

— Oh ! regardez ! Il y a des glaces ! Des glaces délicieuses, pleines de crème...

Saül n'hésita qu'un dixième de seconde. Il venait de payer sa pension, sa blanchisseuse et avait des cours particuliers avec le professeur Brenner en souffrance. Il comptait chaque pfennig et les prix qu'affichait la carte le faisaient loucher. Mais tant pis ! Ce soir il se passerait de dîner, Sarah aurait sa glace ! Lui, pour se donner du courage, commanda un schnaps. Puis Sarah demanda une portion de forêt-noire, et Saül prit un autre schnaps. C'était non seulement son dîner, mais également le déjeuner et le dîner du lendemain qui s'évanouirent en fumée.

Saül riait. Jamais il n'avait été aussi heureux. En face de lui Sarah oubliait de jouer à la « dame ». Elle était de nouveau l'écolière dont il s'était follement amouraché et elle dégustait sa glace et son gâteau avec gourmandise.

— Quand je serai célèbre et riche..., dit Saül d'une voix légèrement enrouée par l'émotion, je sais ce que je ferai en tout premier lieu...

— Et que ferez-vous ?...

— J'irai voir votre père..., articula Saül, absolument épouvanté par ce qu'il était en train de dire, mais ne pouvant s'empêcher de le dire tout en se maudissant.

— Et pourquoi irez-vous voir mon père ? demanda Sarah lentement.

— Pour... hum... parce que... enfin, si vous n'y voyez pas d'inconvénient, n'est-ce pas ?... J'aimerais vous épouser... Sarah...

Depuis sa naissance, tout le monde disait « Sarah », elle était Sarah von Lichtfeld, « Mademoiselle Sarah » pour les domestiques, « Sarah ! viens ici ! J'ai à te parler ! que signifie cette nouvelle incartade ? » (Ça, c'était maman.) « Sarah von Lichtfeld », claquait la voix coupante du professeur de philosophie, une vieille fille française qui enseignait au cours Schwarzwald, « vous me ferez le plaisir de ne pas écrire dans un devoir de philosophie que Voltaire est un imbécile et un sale antisémite... Vous me copierez... », « Sarah !... Sarah ! hurlaient les jumeaux, tu viens jouer avec nous ?... », « Sarah ?... Enfin ! tu n'as pas honte de te conduire ainsi ? » disait la voix raisonneuse de Sonia.

Sarah ! Tous l'appelaient Sarah... Et puis, brusquement, ce nom prononcé par la voix aimée prenait une autre tonalité, une autre signification. C'était devenu un beau nom, un nom grave, presque fervent. Un nom qu'elle entendait pour la première fois...

Toute pâle et frissonnante, elle dit à voix basse :

— Je n'y vois aucun inconvénient... Je pense même que vous êtes le seul homme que j'épouserai jamais...

Ce fut au tour de Saül de pâlir.

— Sarah... est-ce que vous voulez dire... Est-ce que cela signifie...

— Que je vous aime..., dit Sarah. Que je vous aime depuis le premier jour...

— Mon Dieu !... Et moi je vous adore...

Ils se tenaient les mains. Prisonniers tous les deux de leur éducation, incapables de s'embrasser comme ils mouraient d'envie de le faire, incapables d'autre chose que de se regarder et de se serrer les mains.

Ce fut Sarah qui reprit la parole :

— Saül... pensez-vous qu'il soit vraiment indispensable d'attendre que vous deveniez riche et célèbre pour aller voir mon père ? Cela peut être long...

Saül eut un petit sourire.

— Votre confiance en mon talent... me touche...

Sarah rougit vivement.

— Ce n'est pas ce que je veux dire...

— Je sais, dit Saül. Mais jamais votre père n'acceptera un gendre pauvre...

— Mon père, si. Papa attache plus d'importance au talent, à l'intelligence, à la valeur réelle d'un être humain... Ma mère... ma mère, c'est différent. Maman est une vraie bourgeoise viennoise... Mais elle a un cœur d'or. C'est elle qu'il faut d'abord convaincre... Le ferez-vous ?

Saül hocha la tête. Il avait le vertige.

— ... Mais, reprit Sarah, il ne faut pas lui parler maintenant. Sonia est malade, je dois l'accompagner à Davos. Il faut attendre mon retour...

— Quand reviendrez-vous ?

— Dans un an. Le professeur Schnitzler a dit à maman que Sonia pouvait guérir. Un an à Davos dans un sanatorium lui paraît nécessaire...

— Un an ? Je vais rester un an sans vous voir ?...

Sarah, les yeux pleins de larmes, grimaça un pauvre sourire.

— Je crains qu'il ne nous soit difficile de faire autrement ! Mais vous viendrez nous voir ? Davos n'est qu'à une journée de chemin de fer de Vienne...

Saül acquiesça, tout à son bonheur.

Ils se levèrent ensemble, d'un même mouvement, et sans se consulter, main dans la main, s'égarèrent dans les allées ombreuses. Saül entraîna Sarah contre un tilleul plusieurs fois centenaire et l'embrassa... Délicatement d'abord, ému par l'inexpérience de la jeune fille, puis, emporté par sa passion, il fit sienne cette bouche qui si souvent l'avait tenté. Les secondes, les minutes passèrent...

Quand Sarah retrouva l'éclat du soleil, elle trébucha, prise de vertige. C'était la première fois qu'un homme l'embrassait... Ce baiser-là avait été pour elle une révélation des exigences de son corps. Si Saül l'avait prise, là, debout contre l'arbre, elle n'aurait pas résisté, tant il est vrai que cette fièvre, qui s'était emparée d'elle au moment où Saül avait couvert sa bouche de la sienne et avait forcé ses lèvres à s'ouvrir, n'avait trouvé aucun apaisement dans l'interminable baiser.

C'est alors qu'advint, au cours des jours qui suivirent, le temps où plus rien ne semble exister. Juste les heures volées, les heures chaudes et lumineuses, heures sans fin ni commencement. Ne pas être ensemble c'était le vide, le vide absolu, c'était vivre dans un lieu inexistant, entre l'ombre du temps qui n'est plus et le fantôme du temps à venir. C'était se souvenir des heures passées et attendre, douloureusement, les heures à venir. Celles où l'on pourrait enfin exister, vivre intensément... Sarah découvrait vraiment ce que c'était qu'être amoureuse. Découvrait les désirs inassouvis de son corps, découvrait le plaisir imparfait des baisers sans fin, où, langues mêlées, salives confondues, elle se laissait aller jusqu'aux gémissements de son corps qui réclamait plus, encore plus... Elle découvrait les nuits d'insomnie où sa mémoire, en un kaléidoscope forcené, faisait défiler ces moments d'extase folle. Amoureuse, si amoureuse...

Les jours passèrent vite, trop vite.

Sarah eut sa « maturité » en juin, le départ à Davos était prévu pour le mois de juillet.

Trois jours avant ce départ, les von Lichtfeld furent conviés à un concert qu'organisait Moritz Szeps... C'étaient là des soirées importantes dans la société viennoise. La plupart des invités étaient des juifs autrichiens appartenant à cette société la plus fortunée et, si l'on peut dire, la plus « assimilationniste ». Ils avaient une patrie, l'Autriche ; un empereur, François-Joseph ; une impératrice, Elisabeth, et auraient volontiers risqué leur vie pour la famille impériale. La plupart d'entre eux détestaient profondément des trublions comme Theodor Herzl et ses troubles de conscience, de même qu'ils méprisaient — moins ouvertement, mais tout aussi profondément — ces juifs de l'Est, venus des ghettos de

Saint-Pétersbourg, de Varsovie ou des *shtetls* disséminés dans la Sainte Russie. « C'est à cause d'eux..., disaient-ils volontiers en catimini, à cause de ces *hassidim* irréductibles que l'antisémitisme existe. Ils refusent de s'assimiler. Et pourquoi, grand Dieu ?... Pour sauvegarder quoi ?... Ah ! s'ils n'existaient pas... » Mais, évidemment, nul ne se fût risqué à proférer de telles ignominies à voix haute. Bien au contraire, ils donnaient beaucoup d'argent pour les œuvres de bienfaisance et souhaitaient ardemment que tous ces juifs en caftans noirs, barbes et papillotes s'exilent en Palestine avec « Les amants de Sion », en Argentine dans les colonies agricoles que finançait généreusement le Baron Hirsch... ou aux Etats-Unis... Mais loin, n'est-ce pas, très loin de Vienne où ils faisaient tache, où ils faisaient ombre, où leur présence gênait si fort ces juifs viennois assimilés depuis des décennies, voire des siècles, et qui n'acceptaient pas ceux qui refusaient cette assimilation.

Il y avait beaucoup de monde dans le ravissant hôtel particulier de Moritz Szeps. Plus qu'un hôtel, c'était un petit palais, situé au 51, Liechtensteinstrasse, que l'éditeur du *Neues Wiener Tagblatt* avait tout spécialement fait construire... Le Tout-Vienne des arts, des lettres et de la musique était là... Chrétiens et juifs, intellectuels et peintres, scientifiques et artistes... Le jeune docteur Freud discutait avec animation avec le dramaturge Arthur Schnitzler. Charlotte Woltes, vedette du Burgtheater, très entourée, remerciait ses admirateurs qui la félicitaient de sa prestation de la veille. La cantatrice Anna von Mildenburg promenait son visage tragique de wagnérienne de groupe en groupe et s'attardait volontiers auprès du quatuor des « Rois de Vienne ».

Pour bavarder tranquillement avec Saül et ses amis, le Baron Elie s'approcha de la cantatrice, en grande conversation avec Saül qui disait en riant :

— ... J'adore Vienne ! C'est la seule ville au monde où tout est art ! L'air, la rue, les femmes, les arbres, les cafés... Tout ! Dans quelle autre ville au monde peut-on entendre plus belle musique ? Pour moi, Vienne est le centre du monde civilisé...

— Et que faites-vous donc de Paris ? demanda la cantatrice, souriant devant ce juvénile enthousiasme.

— Paris ? Ah oui, Paris, concéda Saül avec une moue un peu méprisante. Qu'en pensez-vous, monsieur ?...

Cela s'adressait au Baron Elie qui écoutait distraitement.

— Paris ? répondit-il rêveur, songeant à La *La Libre Parole* reçue le matin même. Oui. La plus belle ville du monde après Vienne et qui, comme Vienne, cache sa pourriture secrète comme une belle putain cache sa vérole...

Surpris, Anna von Mildenburg et Saül dévisagèrent le Baron Elie.

— Que se passe-t-il, mon ami ? demanda la jeune femme.

— Rien. Un torchon que ce monstre de Theodor Herzl s'obstine à m'envoyer... *La Libre Parole.*

— Pourquoi le lire ? s'étonna Saül.

— Il le faut. Il le faut absolument. Ce journal a une clientèle, il faut savoir ce qui se passe dans la tête de ces gens... Ah, voici Moritz Benedikt ! Je vais aller bavarder un peu avec lui.

Plantant là le petit groupe, le Baron Elie se dirigea vers le nouvel arrivant.

Ce soir-là, Moritz Szeps accueillait ses filles, Sophie et Berta, et ses gendres, Paul Clemenceau et Emil Zuckerkandl.

Après avoir un peu trop longuement baisé la main de la belle Berta Zuckerkandl, le Baron Elie rejoignit Myriam qui ne le quittait pas du regard.

— Vous vous êtes attardé bien longtemps auprès de Berta ! dit Myriam avec aigreur.

Il feignit de ne pas comprendre et rejoignit Moritz Benedikt... Il fallait qu'il obtienne des éclaircissements sur les articles de Theodor Herzl. De Paris, le journaliste dénonçait systématiquement l'antisémitisme français, antisémitisme renforcé par le scandale de Panamá qui avait éclaté en 1892. Le Baron Elie n'aimait pas les articles antifrançais de Theodor Herzl. « Même s'il a raison..., pensait-il, il ne peut mettre dans le même sac la France républicaine et cette ordure de Drumont... »

D'ailleurs il n'était pas le seul à critiquer Theodor Herzl. Pratiquement tous les hôtes de Moritz Szeps parlaient avec acrimonie du journaliste viennois. Tous craignaient pour leur statut de juifs privilégiés. Moritz Benedikt défendait tant bien que mal son correspondant de presse et résistait aux attaques groupées de divers invités.

Le Baron Elie ne voulait pas que la France, pour laquelle il professait une admiration aveugle, fût souillée par l'antisémitisme. Lorsque, le matin même, il avait lu dans la *Neue Freie Presse* que, tout comme en Allemagne, un groupe antisémite s'était constitué à la Chambre des députés, il avait tout simplement refusé de le croire.

« Invention de journalistes... », s'exclamait, furieux, le Baron Elie. Mais il savait qu'il se mentait à lui-même. Même pour faire parler de lui, même pour avoir l'honneur de la première page, aucun journaliste n'aurait osé inventer cela. L'antisémitisme en France avait pris des proportions qui allaient s'amplifiant.

— Cela va aboutir à quoi ?... des pogroms ? à Paris ? Impossible... impossible !

Ebranlé malgré lui, le Baron Elie en perdait sa légendaire bonne humeur. Les derniers articles de Theodor Herzl étaient singulièrement déprimants. Le journaliste ne croyait plus à l'assimilation et cherchait une solution globale, définitive, rapide, qui sauverait les juifs de l'antisémitisme virulent qui éclatait partout en Europe. C'est de cela que voulait s'entretenir le Baron Elie avec le grand patron de la *Neue Freie Presse*, Moritz Benedikt, qu'il soupçonnait de socialisme. Il allait l'interpeller lorsque, à ce moment précis, son regard s'attarda sur sa fille, Sarah, assise dans un fauteuil presque en face de lui. Il fut frappé par le changement survenu en elle, en l'espace de quelques semaines. Non seulement Sarah était pâle et triste, mais elle paraissait indifférente à tout ce qui l'entourait. Qu'avait-elle donc ?... s'étonna le Baron Elie, oubliant tout ce qu'il avait à dire à Moritz Benedikt qui était au centre de la conversation.

Il allait le lui demander quand soudain tout s'éclaira pour lui. L'intermède musical qui devait détendre une atmosphère singulièrement tendue allait commencer.

Déjà Saül Lozwitzky, les yeux interrogateurs fixés sur le maître de maison, levait son archet... David, Haym et Dina, partitions ouvertes sur les chevalets, n'attendaient qu'un signe... C'est alors que le Baron Elie surprit le regard rapide, heureux, aussi furtif que l'ombre d'un oiseau qui passe, qu'échangèrent Saül et Sarah... Et la lumière qui illumina le visage de sa fille était celle du feu intérieur qui brillait en elle. Sa beauté était celle d'une femme passionnément amoureuse.

— Non !... dit-il à haute voix.

Des regards surpris le dévisagèrent. Moritz Benedikt et Moritz Szeps, qui échangeaient des réflexions acides, crurent que le Baron Elie intervenait dans leur duel verbal.

— Vous dites, Baron ? demanda Moritz Szeps.

— Rien, rien ! se hâta de répliquer le Baron Elie. Je me parlais à moi-même... Mais chut !... Ecoutez donc ! Le quatuor va commencer...

Les premières mesures de l'adagio de *La Jeune Fille et la Mort* de Schubert s'élevèrent dans un silence presque religieux. Ils s'étaient réconciliés dans la musique, tous ces juifs qui, l'instant auparavant, s'étripaient sur la nécessité ou non de l'assimilation. Schubert avait eu raison de leurs discussions. Ils écoutaient, oreilles tendues, vibrant de tout leur être, les musiciens dont les violons chantaient magnifiquement la mort de la jeune fille.

Seul le Baron Elie, pour la première fois de sa vie peut-être, n'était pas à la musique. Ses veux restaient fixés sur Sarah, guettant la moindre expression de son visage. Il surprit encore deux ou trois échanges de regards entre Sarah et Saül, échanges qui ne laissèrent aucun doute dans son esprit. Et chaque fois, il sursautait désagréablement comme si quelqu'un l'avait frappé.

« Quelque chose d'important se passe entre eux, pensait-il, toujours aussi épouvanté. Mais que faire ? Comment ne m'en suis-je pas rendu compte plus tôt ?... » De temps à autre son regard se portait vers Myriam. Non, elle ne s'était rendu compte de rien. Elle était assise à côté de Sonia, qui, un peu pâle, mais souriante, avait eu l'autorisation d'assister à ce concert privé avant de partir pour Davos... Le cœur du Baron Elie chavirait devant la beauté de Sonia et la menace qui planait sur sa fille aînée. Ses pensées s'égaraient. Sonia... Sarah... Et cette menace lui faisait presque admettre l'amour de Sarah pour un *shnorer*. Avait-il le droit de priver sa fille de ce bonheur ?

Il avait envie de prendre Saül par la peau du cou et de lui interdire de regarder Sarah « avec ces yeux-là ! ». « On dirait un chien affamé qui n'a rien mangé depuis un mois !... C'est indécent ! » S'il avait obéi à son instinct paternel, il eût intimé l'ordre à Sarah de rentrer à la maison et de se coucher séance tenante. Où avait-on vu une gamine de seize ans pâlir et rougir comme elle le faisait lorsque son regard croisait celui de Saül ? « Grotesque !... grotesque !... » frissonnait le Baron Elie. « Une petite fille ! Une toute petite fille !... Bon sang ! Mais j'ai encore mon mot à dire !... Mais qui a parlé de mariage ? Qui ? Je suis un sot. Personne n'a parlé mariage. » Sonia, Sarah, Noemi... Ses filles allaient-elles le quitter ? Qu'un fils quittât la maison paternelle, comme l'avait fait cet infâme Isaac (que Dieu les bénisse, lui et le petit Jacob), c'était dur, mais enfin on pouvait à la rigueur — à l'extrême rigueur — concevoir que cela pût se faire. Mais *ses* filles ?... « Sonia, guérie, partirait-elle avec Franz Berg ? Non, non, impossible... non ! Et Sarah ?... Avec ce Saül Lozwitzky ? Un beau garçon cependant ! J'avais de l'amitié pour lui, j'aimais bien ses idées, mais s'il touche à *ma* fille, je l'étripe !... Et Noemi ? Ah non, pas Noemi ! Noemi n'a que quatorze ans ! Elle vient tout juste de les fêter ! A quatorze ans... on pense déjà aux garçons et à quitter son vieux père ?... Filles ingrates... Elles vont partir ! Elles vont épouser de parfaits imbéciles dont elles seront amoureuses... Des imbéciles qui les feront pleurer... Si jamais j'en surprends un à faire pleurer l'une de *mes* filles... » Ses poings se serraient et son regard meurtrier s'attachait sur les jeunes gens assis non loin de lui. Sur le moment, il les eût tous étripés. « Elles auront des enfants... Des bébés comme le petit Jacob, que Dieu le bénisse... Les filles, c'est différent. Même mariées, elles restent tout près de leur père... de leur mère aussi, bien sûr... Je verrai grandir les enfants de Sonia, de Sarah, de Noemi... Puis ceux des jumeaux... » Un sourire éclairait maintenant le visage du Baron Elie. Un sourire que ne justifiait en aucune manière la tristesse déchirante du quatuor dans *La Jeune Fille et la Mort*... Mais le Baron Elie n'entendait plus rien. Il voyait une cascade de petits bambins qui couraient et riaient dans le grand jardin de la maison qu'il avait fait construire sur la Ringstrasse... « Il faudrait que je fasse agrandir..., songeait-il... où loger tous ces enfants lorsqu'ils verront le jour ? Dès demain je fais venir un architecte. Il est temps d'y penser !... » Des applaudissements frénétiques l'arrachèrent à sa rêverie...

Puis les bravos cessèrent et les invités se précipitèrent vers les rafraîchissements. Profitant de la bousculade générale, le Baron Elie s'approcha discrètement de Saül Lozwitzky...

— Eh bien, jeune homme ?... proféra-t-il, vous n'avez rien à me dire ?

Saül se décomposa.

— Euh... hein ?... à... quel sujet ?...

— Comment cela, à quel sujet ? Au sujet de ma fille, parbleu !

— Ah ? Ah !... Sarah vous a donc parlé ?

— Sarah ne m'a rien dit. Mais il suffit de voir la manière dont vous la dévorez des yeux, et sa manière à elle de répondre à vos œillades pour être parfaitement éclairé !...

Saül respira un grand coup.

— C'est vrai, monsieur, dit-il enfin. J'aime Sarah... Et je pense qu'elle aussi... Mais elle est bien jeune, n'est-ce pas ? Et... et je ne suis encore rien... je veux dire ma carrière de soliste... Je veux dire... je peux comprendre votre refus... Mais vous avez dit vous-même... Alors, si un jour je deviens un grand artiste... Mais sans doute Sarah est-elle encore un peu jeune ?

— Trop jeune, sourit le Baron Elie. A son retour de Davos nous reparlerons de tout cela... Hum ! Vous pouvez vous considérer comme un fiancé possible pour ma fille... Demain j'en parlerai à sa mère !

— Non ! gémissait Myriam von Lichtfeld. Non et non !...

Elle pleurait sans retenue. Le Baron Elie s'attendait à ce genre de scène.

Le lendemain du concert, il avait cru bon de mettre sa femme au fait de la situation. Myriam avait réagi encore plus violemment qu'il ne l'avait imaginé.

C'était simple.

— ... Non ! Non et non ! cria-t-elle au bord de la syncope.

Puis, après un instant de silence, elle reprit haletante :

— ... Ma fille n'épousera pas un saltimbanque... un... un... un... (Elle ne pouvait achever sa phrase. La colère l'étouffait.)... Alors que les plus beaux partis de Vienne !... reprit-elle sur le même ton. Même un Rothschild ! Elle peut si elle veut !... Pourquoi ce Russe, ou ce Polonais, venu d'on ne sait où ?... On se sait même pas qui est son père !

Elle marchait de long en large, jetant des regards courroucés sur sa fille, ignorant sa belle-mère, grand-mère Ida, qui de son fauteuil assistait, silencieuse, à la scène.

Sarah serrait les dents. Elle se tourna vers son père, espérant un secours de sa part. Mais lâchement, prétextant un rendez-vous urgent, le Baron Elie laissa la mère et la fille en tête à tête. Il était trop tôt pour penser à des fiançailles officielles. Sarah était trop jeune pour songer à se marier et, de plus, ne devait-elle pas partir pour un an à Davos ? « Il s'en passe des choses en un an ! » pensait le Baron Elie. Alors, à quoi rimait cette scène absurde ?

— Allons..., dit-il en s'approchant sournoisement de la porte, afin de prendre la fuite aussitôt que possible... Allons ! Pourquoi faire un drame d'une chose qui, de toute manière, ne pourra pas se régler avant plusieurs années ?...

Sarah sursauta :

— Plusieurs années ?... Mais, papa !... Je ne veux pas attendre plusieurs années !

Le Baron Elie ne pensait plus qu'à une chose. Céder la place. Ne pas avoir à prendre parti. Gagner du temps. C'était là sa devise favorite. Gagner du temps. Ne jamais prendre de décision dans le feu de la passion, dans la précipitation...

— Eh bien, ma poulette, répliqua-t-il, tu attendras tout de même d'avoir dix-huit ans ! Tu es si pressée de quitter ton vieux papa ?

Sans attendre la réponse, le Baron Elie se précipita dehors. Alors, profitant du départ de son mari, Myriam donna libre cours à sa rage.

— Un bon à rien ! Qui vient d'on ne sait où... C'est ça que tu veux épouser ?... Qui connaît sa famille ?

— Il ne vient pas d'on ne sait où ! Il vient de Stopnica ! protesta Sarah. Son père est un forestier... Et vous le savez fort bien, puisque vous avez fait prendre des renseignements sur lui !... Pourquoi êtes-vous ainsi, mère ? Parce que Saül n'a pas d'argent ? C'est un excellent musicien ! Vous le reconnaissiez vous-même pas plus tard qu'hier soir... N'a-t-il pas remporté un très brillant succès ? Il fera une grande carrière...

— Oh, mais enfin ! tonna sa mère. Ne vois-tu donc pas qu'il n'a aucune situation ? Quelle vie serait-ce pour toi d'être la femme du chef d'orchestre du café Griensteidl ! Oh, j'en mourrais de honte ! Vraiment... Quelle honte ! Quelle honte devant nos amis...

— Je me moque de nos amis !... S'ils jugent mal mon mariage avec Saül, je n'ai que faire de leur amitié !

Voyant que ni ses larmes ni ses supplications ne feraient fléchir sa fille, Myriam s'essaya, sans trop y croire, à la fermeté :

— De toute façon, c'est non ! Tu n'es pas majeure, et quand bien même tu le serais, ce serait encore non ! Il faudra bien que ton père m'écoute ! Je t'interdis même... tu m'entends bien ? je t'interdis de le revoir...

Sarah blêmit. Elle redressa la tête.

— A moins que vous ne m'enfermiez, je le reverrai !... Et j'attendrai ma majorité s'il le faut... Et s'il le faut, je ferai comme Clara Schumann !... Et je l'épouserai à la minute même où j'aurai vingt et un ans ! Et puis d'abord, papa a donné son autorisation !

Faire référence à Clara Wieck-Schumann n'était pas sot. L'illustre pianiste était révérée dans la maison Lichtfeld. Toutes les femmes, de la plus âgée à la plus jeune, étaient pleines d'admiration pour cette femme étonnante qui avait su tenir tête à son père, au point de l'emmener jusqu'au tribunal afin d'épouser l'homme qu'elle aimait...

Myriam accusa le coup. Sa fille était capable de tous les scandales, cela elle le savait. Et ce qu'elle craignait le plus, c'était la fugue. Il n'était pas rare, à Vienne, en cette fin de siècle fiévreuse, que deux jeunes amants dont la famille ne voulait pas le mariage prissent la fuite, obligeant ainsi les parents à un mariage qui se faisait alors dans la honte et le scandale.

Alors Myriam recourut à son arme la plus sûre — la bouderie. Son visage se fermait. Elle laissait couler ses larmes sans rien dire et n'adressait plus la parole à quiconque dans la maison. Aucun de ses enfants ne pouvait résister à cela. C'était le moyen de chantage le plus féroce dont elle usait chaque fois qu'elle voulait faire plier l'un de ses enfants à sa volonté. Cela pouvait durer des semaines... Il régnait alors dans la maison une atmosphère intolérable. La plupart du temps, celui ou celle qui était cause de la bouderie cédait pour que cela cessât. Il en résultait, pour celui ou celle qui était amené à la reddition, un grand ressentiment contre Myriam, qui, ayant obtenu ce qu'elle voulait, consentait enfin à sourire. Mais, cette fois-là, bien que cette « bouderie » durât plus de trois semaines, Sarah ne céda pas d'un pouce. Et elle était décidée à ne pas céder, malgré les objurgations de ses sœurs et de ses frères qui n'en pouvaient plus...

Ostensiblement, elle sortait au début de l'après-midi et se rendait à pied au café Griensteidl, au moment où l'orchestre observait une pause. Là, elle rejoignait Saül, fort attristé de tout ce qui se passait. Les deux jeunes gens restaient assis à une table et se tenaient les mains en se regardant dans les yeux. Ils avaient conscience l'un et l'autre de vivre un moment très intense dans l'histoire de leur vie et en savouraient même les instants douloureux.

Heureusement pour Myriam, qui y mettait beaucoup d'espoir et malheureusement pour les tourtereaux (ce qui démontre amplement qu'un même fait peut être une source de bonheur pour les uns et une source de malheur pour les autres), le départ pour Davos arriva, et Myriam n'eut pas l'occasion de montrer jusqu'où elle pouvait aller dans le mutisme... Elle ne consentit à parler que lorsque le Baron Elie, cachant mal son émotion, les eut installées dans le compartiment-salon de première classe. Il n'avait pu les accompagner et c'était pour lui un déchirement, mais il fallait bien s'occuper de Noemi et des jumeaux.

C'était étrange. Myriam avait toujours su qu'elle emmènerait ses filles à Davos pour les faire soigner, que l'une d'entre elles était peut-être gravement malade... Et pourtant, il lui avait été impossible de céder. Maintenant, dans ce train qui les emportait, elle se jugeait avec sévérité. « J'ai tout gâché..., pensait-elle avec amertume. Tout !... Elie avait raison ! Etait-il nécessaire de faire une scène pareille alors que Sarah va passer quelques mois dans un sanatorium ? »

Oublieuses des scènes et des pleurs, ravies de voir leur mère plus sereine, les deux sœurs jacassaient sans arrêt. Davos représentait pour elles l'aventure. Durant les mois qui allaient suivre, elles seraient libres de leurs mouvements, comme des grandes personnes, enfin indépendantes... Pas de parents ni de gouvernante... Pour un peu, elles se fussent félicitées d'être malades, si cette maladie ne les avait éloignées aussi de ce qui leur était si cher.

Elles arrivèrent tard dans l'après-midi. Le soleil brillait dans un ciel d'un bleu d'une pureté sans égale. Une multitude de gens attendaient à Davos-Hof.

Suivies de deux porteurs, la Baronne Myriam et ses filles cherchèrent des yeux la voiture du Waldhotel. Les chevaux avaient sur la tête des panaches multicolores et la vapeur entourait leurs naseaux d'un nuage nacré.

— L'air est si vif ici, dit Myriam en frissonnant.

Maussades, ses deux filles ne répondirent rien. Maintenant qu'elles étaient arrivées, elles avaient soudain pris conscience de ce que signifiait cette année à Davos. C'était quitter la chaude maison de la Ringstrasse, les soirées si amusantes avec Noemi et les jumeaux, l'Opéra, le Burgtheater. C'était aussi se retrouver avec des étrangers.

Un peu à l'écart de Davos-Hof et dominant la ville, le Waldhotel Bellevue était un hôtel-sanatorium où se pressait une foule élégante et cosmopolite. C'était un long bâtiment blanc, aux nombreuses fenêtres. Devant chacune d'elles, et sur chaque balcon un lit, occupé la plupart du temps par un malade. Cela ressemblait davantage à un hôtel qu'à un hôpital. Le médecin-chef, le professeur Barsony, un juif hongrois, reçut tout de suite la Baronne von Lichtfeld et ses deux filles. Un valet porta les valises dans la chambre réservée aux deux jeunes filles. Myriam ne reçut pas l'autorisation de dormir au Waldhotel.

— Malheureusement le sanatorium est plein, et il n'est pas bon pour une personne en bonne santé de rester au milieu de malades, dit le professeur Barsony. Mais vous avez d'excellents hôtels dans Davos. Maintenant, parlons un peu de ces jeunes personnes.

Il lut attentivement la lettre du professeur Schnitzler et expliqua ce que seraient les soins et la vie des deux jeunes filles durant les mois suivants.

— Demain nous allons vous examiner l'une et l'autre. Pour ce soir, le mieux est d'aller vous reposer et de vous coucher... Attention, la discipline est très stricte. Il faut impérativement respecter les heures de cure. Quatre heures chaque après-midi, quel que soit le temps, allongées sur des chaises longues, bien couvertes et sans parler ! Pas un mot... Il faut considérer que le poumon malade est comme un membre fracturé : moins on le forcera et plus vite il guérira. Nous tenons aussi à votre présence dans la salle à manger quatre fois par jour... Il va falloir bien manger pour prendre des forces et aider l'organisme à lutter... Si vous respectez bien vos heures de cure, si vous prenez vos fortifiants, vos médicaments et du repos dans le calme, il n'y a aucune raison pour que vous ne quittiez pas cet endroit rétablies l'une et l'autre... Maintenant, jeunes filles, allez donc visiter votre nouvelle demeure et laissez-moi seul avec votre mère.

Lorsque la porte se fut refermée sur ses filles, Myriam fixa le médecin-chef.

— Vous avez dit « rétablies » ? Seulement rétablies, pas vraiment guéries

— Mlle Sarah n'est pas réellement malade, mais peut le devenir... Elle souffre d'une primo-infection qui peut disparaître sans laisser de traces, ou bien s'aggraver brusquement... Elle a un tempérament volontaire, robuste et lutteur. Elle guérira certainement... Mlle Sonia...

Il eut une petite toux gênée.

— Oui ? Dites-moi la vérité, docteur !

— Hum ! Votre fille aînée est certainement plus atteinte que sa sœur. Dans ce genre de maladie, on ne peut jamais parler de guérison... De plus, elle a un tempérament passif, rêveur, fragile... Il faudra toujours être attentif, surveiller sa santé. Mais je vous rassure, tout peut très bien se passer, et votre fille mener une vie parfaitement normale. Une bonne nourriture, un habitat aéré, aucune contrariété, beaucoup de repos et tout ira bien.

— Je vois, dit la Baronne Myriam à mi-voix. Dans ma famille, du côté de ma mère, il y a eu plusieurs décès à cause de... de...

Grand-mère Sarah, tante Rebecca... La Baronne Myriam se souvenait, lorsqu'elle était encore une petite fille, des mouchoirs pleins de sang, de l'interdiction d'embrasser grand-mère Sarah.

— J'adorais ma grand-mère, soupira la Baronne Myriam.

— Vous dites ? demanda le médecin-chef surpris.

— Rien... rien... je vous les confie. Docteur, guérissez-les... Puis-je passer la soirée avec elles ?

— Allez leur dire au revoir et partez vite. Ce sera mieux pour elles, et pour vous aussi...

Lorsqu'elle pénétra dans la chambre de ses filles, celles-ci étaient sur le balcon, accoudées à la balustrade, silencieuses. Le cœur de Myriam se déchira. « Mes petites... », pensa-t-elle. Puis d'une voix ferme, elle lança :

— Quel beau panorama, n'est-ce pas ?

Sonia, incapable de prononcer un mot, inclina la tête. Sarah grimaça un sourire forcé.

— Très beau, maman...

Myriam fondit.

— Il ne faut pas pleurer !... J'étais fière de vous parce que vous n'aviez pas versé une seule larme.

Sonia détourna la tête en reniflant. Sarah répondit d'une drôle de voix brisée.

— Je ne pleure pas, dit-elle, niant les larmes qui coulaient sur son visage un peu pâli par la fatigue.

— Vous êtes si courageuses, mes chéries !... si courageuses...

Sonia secoua la tête.

— Je ne suis pas courageuse, maman ! J'ai peur ! J'ai atrocement peur !... Une peur lamentable...

Surprise, Sarah observa que sa sœur disait tout haut ce qu'elle-même pensait tout bas. Myriam berçait sa fille aînée dans ses bras et murmurait :

— C'est cela le vrai courage. Dompter sa peur, sa douleur...

Sonia s'accrocha au cou de sa mère.

— Maman ! je t'en prie, reviens vite nous chercher !

— Dans quelques mois, mes chéries... Nous viendrons vous voir toutes les semaines, votre père et moi... Et bientôt vous reviendrez à la maison. Guéries. Je vous le promets. Guéries...

Elle embrassa ses filles, sortit, revint plusieurs fois vers elles, incapable de se détacher des deux petites. Incapable de faire semblant de ne pas pleurer. Déchirée, brisée...

— Mes petites... mes petites...

Enfin elle partit.

Sonia n'arrêta pas de pleurer. « Pauvre maman..., songeait Sarah. Comme ça doit lui faire mal de nous savoir malades... Mais pourquoi pense-t-elle qu'il est mauvais pour nous de nous montrer combien elle nous aime ?... C'est idiot, cette attitude !... »

Les deux jeunes filles restèrent un an à Davos. L'une et l'autre écrivaient de longues lettres à leurs fiancés présomptifs. Elles en recevaient de plus longues encore, et elles étaient persuadées que, dès leur retour, un double mariage serait célébré. Rien pourtant ne les autorisait à s'en convaincre. Seules leurs imaginations exacerbées leur dictaient de tels espoirs. Elles passaient leurs heures de repos obligatoire à imaginer leur future demeure, leur trousseau, leur toilette de mariée.

Lorsqu'elle reçut une lettre de Saül où il lui écrivait que ses parents souhaitaient un mariage religieux d'une parfaite orthodoxie, Sarah soupira :

— Ah ! les parents !... Pourquoi faut-il qu'ils soient si persuadés que leurs enfants doivent nécessairement partager leur point de vue sur des choses aussi essentielles que la religion et la politique ?... Nous sommes peut-être nés d'eux, mais nous ne sommes pas « eux »...

— Tu as tout à fait raison, soupirait Sonia invariablement (car cette conversation revenait souvent, presque à chaque lettre de Myriam qui mettait toute l'obstination dont elle était capable pour faire changer d'avis Sarah)... Tout aussi invariablement, les deux sœurs concluaient en soupirant :

— Comme les parents sont curieux !...

En leur for intérieur, elles employaient un terme beaucoup plus irrespectueux, mais se seraient bien gardées de le proférer à voix haute. Cependant, elles les aimaient, ces parents contre qui il fallait lutter pour imposer leur manière de voir la vie. Elles les adoraient, ce père et cette mère, et cet amour était pour elles une cause de souffrance dont elles ne voyaient pas l'utilité. Pour autant que la souffrance pouvait être utile à quoi que ce soit...

Ce fut une année fort triste. Les jours où le fœhn soufflait, les malades étaient fiévreux, excités, et le thermomètre était l'objet de toutes les surveillances. La température grimpait, s'obstinait à monter dès la fin de l'après-midi ; alors c'était le repos forcé, au lit... Parfois, Sarah agitait le thermomètre avant la venue de l'infirmière, pour obtenir un petit 37,4... Impitoyable, l'infirmière, pas dupe, obligeait à reprendre cette satanée température... « 38. »

— 38. Ce n'est pas grave !... disait Sarah avec insolence.

— 38... Ce n'est pas grave, répétait l'infirmière en écho. Ce n'est pas grave, mais c'est le lit...

Au fond, Sarah n'était pas fâchée de garder le lit... Elle lisait ou faisait des dessins. Sonia, abrutie de médicaments, dormait. Toute la journée. Elle ne se réveillait que pour manger... Puis elle se rendormait... Ce sommeil satisfaisait fort le médecin-chef.

— Pourquoi ne prenez-vous pas exemple sur votre sœur ? reprochait-il à Sarah, qui s'énervait de plus en plus.

Quelques semaines après leur arrivée, les deux sœurs eurent une grande querelle avec d'autres malades à propos d'un certain capitaine Dreyfus, un Français que l'on venait d'arrêter pour espionnage. Elles avaient lié connaissance avec un groupe de jeunes Viennois dont elles partageaient la table. Cela s'était fait tout naturellement. Le Waldhotel Bellevue était un sanatorium plutôt cosmopolite et de nombreuses nationalités s'y mélangeaient, somme toute assez harmonieusement. Ces Russes, ces Allemands, ces Autrichiens, ces Français, ces Italiens étaient unis par la même menace qui pesait sur leurs poumons et par la même éducation. Tous étaient assez riches pour s'offrir l'un des hôtels-sanatoriums parmi les plus réputés du monde. Et tous prenaient feu dès que le nom du capitaine Dreyfus était prononcé... Deux blocs s'étaient formés. Les nationaux-chrétiens profondément antisémites, et les républicains, juifs ou chrétiens. « Voilà bien d'un juif !... » disait froidement l'un d'entre eux, un certain Julius von Schönerer, parent de l'homme politique dont on connaissait les positions violemment réactionnaires. La position du jeune garçon était si stupide que Sarah l'appelait *Herr von Shnorer*[1].

Bien qu'ignorant tout de cette affaire, les deux jeunes filles, d'instinct, se rangèrent du côté du capitaine Dreyfus, face aux jeunes gens qui, eux, fidèles à leur caste, s'alignèrent d'office sur les antisémites.

Toute l'année que les deux sœurs passèrent au sanatorium Waldhotel Bellevue fut empoisonnée par cette affaire. Elles se brouillèrent avec la plupart des pensionnaires et bientôt se trouvèrent isolées. Ce qui, au demeurant, était le mieux qui pût leur arriver... Elles se reposèrent davantage, et bientôt leur température devint normale et toutes deux, à leur grand désespoir, se mirent à engraisser.

Sarah guérit très vite. Elle aurait pu, six mois après son arrivée, retourner à Vienne, parfaitement remise. Mais Sonia fut plus longue à se rétablir, et l'année prévue par le médecin-chef Barsony s'avéra nécessaire... Lorsque leur température respective se fut stabilisée, elles passèrent leurs journées allongées sur la petite terrasse abritée qui prolongeait chaque chambre et qui permettait aux malades de respirer l'air vivifiant de la montagne... De là, elles pouvaient voir le Jakobshorn. Elles le virent blanc, puis vert, puis ensoleillé... Elles furent autorisées à se lever, puis à se promener. Elles participèrent à d'innombrables promenades, en traîneau l'hiver, en calèche découverte au printemps et en été. Un instant, elles oublièrent même, en compagnie d'autres jeunes gens de leur âge qui soignaient également un « mal de poitrine », leurs amours laissées à Vienne. Cela ne dura que l'espace de quelques jours : ces jeunes gens se révélèrent de parfaits imbéciles et de stupides antisémites...

---

1. Jeu de mots intraduisible. Un *shnorer*, en yiddish, est un pauvre diable qui n'a pas un centime, tandis que *Schönerer* signifie « le plus beau ».

Tandis que les deux sœurs s'efforçaient de guérir à Davos, des événements extrêmement graves mobilisaient le clan des von Lichtfeld à Vienne. D'abord l'élection de Karl Lueger à la mairie de Vienne qui eut lieu dès que se fut levé le veto impérial qui lui avait interdit l'accès de la plus haute charge municipale. En effet, quatre fois de suite, Karl Lueger, soutenu par l'Archiduc François-Ferdinand et le Comte Berg, avait tenté d'accéder à la mairie, et quatre fois de suite, l'Empereur François-Joseph avait fait barrage au fondateur du Parti chrétien-social.

L'Empereur François-Joseph haïssait Karl Lueger et le nouveau style qu'il avait instauré pour assurer son élection. Rassemblement de masses incultes et fanatisées, propagande intensive à base de slogans primaires — culte de la personnalité, tous les militants arborant les signes distinctifs qui les différenciaient des « autres », œillet blanc à la boutonnière, foulard à croix blanche sur fond rouge, noué autour du cou, tous unis dans la même haine des juifs, des Magyars, des Slaves, des Tchèques, des Tziganes, des Moraves... toute cette mosaïque de peuples divers qui constituaient l'Empire austro-hongrois. Chaque meeting organisé par Karl Lueger se transformait en fête bruyante où la populace se soûlait de bière, s'empiffrait de cochonnailles et crachait sur tout ce qui n'était pas catholique et germanique. Herr Doktor Karl Lueger, fils d'un modeste fonctionnaire, huissier à l'Ecole polytechnique, voulait prendre sa revanche. Autrefois, c'était son père qui exerçait cette fonction humiliante et annonçait les visiteurs. Désormais, c'était à lui qu'on ouvrirait les portes... Il fit la conquête de Vienne par le bas. Et tous les illettrés, tous les médiocres, tous les envieux, tous ceux qui pensaient que la vie avait été injuste avec eux, tous ceux qui pensaient qu'ils étaient supérieurs à la race juive, parce que nés chrétiens et autrichiens, le portèrent au pouvoir.

« ... Un intolérable démagogue ! voilà le nouveau maire de Vienne... », disait l'Empereur François-Joseph ulcéré. Mais il était trop tard désormais pour intervenir, pour sauver l'Autriche du désastre. « ... Si le Prince Rodolphe avait vécu, peut-être les choses eussent-elles été différentes », disait-on dans les salons intellectuels de Vienne, notamment chez Berta Zuckerkandl. Mais le Prince Rodolphe était mort, et le pangermanisme triomphait... « ... Karl Lueger maire de Vienne, c'est une honte ! »

« ... C'est l'Empereur du Peuple !... » clamait la populace qui applaudissait le maire qu'elle s'était donné, en le couvrant de fleurs. « ... C'est lui qui chassera de l'Autriche tous les étrangers !... » « L'Autriche aux Autrichiens !... » Et Karl Lueger saluait, en tendant la main droite, dans un geste qui — quelques décennies plus tard — deviendrait sinistrement célèbre : « Pour le Peuple... Avec le Peuple... Par le Peuple... »

Il ne se passait pas de jour sans que Karl Lueger et ses séides ne provoquassent quelque scandale, voire des sévices dans Leopoldstadt. L'affaire Dreyfus avait divisé profondément les Viennois. D'un côté, ceux qui savaient et, de l'autre, ceux qui ne voulaient pas savoir.

Les nouvelles en provenance de Paris étaient des plus alarmantes. Depuis des semaines, Berta Zuckerkandl venait régulièrement chez le Baron Elie sous prétexte de lettres qu'elle recevait de sa sœur Sophie Clemenceau, et dont il était urgent que le Baron Elie prît connaissance, à la grande fureur de Myriam.

Vers le 10 du mois de janvier 1895, Berta Zuckerkandl arriva, le visage bouleversé, assez tard dans la soirée. Sans même prendre le temps de boire un punch brûlant, elle sortit de son réticule une dizaine de feuillets. Elle en prit un et lut d'une voix sans timbre :

— ... *Samedi dernier 5 janvier, le capitaine Dreyfus a été dégradé... C'est une honte pour la France, pour l'armée française...*

Elle était si bouleversée que sa voix tremblait. Le Baron Elie insista pour qu'elle bût son punch.

— Il neige... Il fait froid. Que vous vous rendiez malade ne rendra pas sa liberté au capitaine Dreyfus...

Docile, Berta Zuckerkandl but son punch à petites

gorgées. Un peu de rose vint animer le beau visage grave aux traits réguliers qui, en temps ordinaire, charmait les soirées viennoises.

— Que peut-on faire ? demanda-t-elle après quelques instants.

Le Baron Elie se tenait debout face à la cheminée. Il fixait la danse des flammes orangées.

— Rien..., dit-il enfin. Il n'y a rien à faire ! Que peut faire un innocent face à une armée décidée à le réduire au silence ? Que pouvons-nous faire ?... Rien. Rien... Rien !... (Il criait maintenant sa rage et sa révolte.) Si nous, juifs autrichiens, intervenons dans cette affaire française, le capitaine Dreyfus court le risque certain de s'attirer encore davantage d'animosité. « Ah... Ah !... dira-t-on. Voyez, les Autrichiens, nos pires ennemis, prennent la défense du juif Dreyfus ! Donc c'est un espion !... » Non, Berta, ma chère, nous ne pouvons rien faire. Pas une lettre, pas un article... Rien, vous dis-je... Il faut laisser agir votre beau-frère Clemenceau... Lui pourra peut-être rassembler des hommes d'honneur.

— Il n'a aucun pouvoir..., murmura Berta Zuckerkandl.

— Même pas un pouvoir occulte ?... N'est-il pas franc-maçon ?

Berta hésita.

— Si. Peut-être. En réalité je ne sais pas...

— Que vous écrit votre sœur ?

— Dreyfus a des amis en France. Anatole France, Léon Blum, Charles Dreyfus, Octave Mirbeau, Emile Loubet. Ils vont se regrouper. Organiser sa défense... Sophie est très active pour faire triompher la justice... Moi, je n'ai guère d'espoir...

— Et moi, encore moins... Mais pourtant il faut espérer. Il le faut absolument. Le plus faible espoir est comme une lueur qui éclaire les ténèbres... Un jour cette lueur deviendra lumière, un jour cette lumière fera éclater la vérité... Reprenez un peu de punch, ma chère Berta...

Elle but lentement, les yeux fixés sur les flammes qui dansaient joyeusement dans la cheminée.

— Etrange monde dans lequel nous vivons, murmura-t-elle. Tous nous nous déplaisons, nous nous haïssons sans raison précise, sans autres motifs que ceux d'être d'une nationalité ou de pratiquer un rite différent. Est-ce suffisant pour tant de haine ? Les Français haïssent les Allemands qui le leur rendent au centuple. Les chrétiens haïssent les juifs qui, eux, ne leur ont rien fait... Le Turc hait l'Arménien, qui hait le musulman, qui hait le non-musulman... Qu'est-ce que cela veut dire ? Pourquoi tant de haine et de mépris ?...

— C'est une chose qui est enracinée dans l'homme. Une chose mystérieuse et inexplicable..., dit le Baron Elie. Vous êtes comme moi, ma chère Berta... Vous ne savez pas haïr... Et pourtant, il le faudra bien...

— Vous croyez ?

— Sans la haine, nous ne pourrons jamais nous défaire de ceux qui veulent notre perte. Il va falloir répondre à la haine par la haine... Et nous devons toute cette haine à l'Eglise chrétienne... C'est à elle, en premier, que va ma haine.

Berta dévisagea son ami avec étonnement.

— Mon Dieu, quelle hargne ! Expliquez-vous, mon cher, en quoi l'Eglise catholique est-elle coupable ?

— ... L'Eglise est coupable..., soupira le Baron Elie. L'Eglise catholique instille la haine des juifs dans le cœur de chacun de ses enfants... Pourquoi ?... Ah ! qui peut donner une réponse à cette question ? Mais les chrétiens sont fous ! En nous persécutant, ils se condamnent eux-mêmes et se mettent au ban de l'humanité... Ils veulent déjudaïser Jésus... En agissant ainsi, en le dépouillant de sa judéité, ils détruisent son essence, son identité véritable... Car Jésus était juif, profondément juif... Il vivait, prêchait comme un juif et le Dieu qu'il vénérait et adorait comme un père était le Dieu des juifs... Et c'est cela que ces hommes d'Eglise veulent effacer... Eux ne sont pas juifs et ils ne peuvent supporter l'idée que le Dieu qu'ils adorent le soit... Alors ils le dépouillent de son âme, de son essence et lui infligent la plus cruelle blessure qui soit, plus cruelle encore que celle qu'il subit sur la croix... Ils nient son identité, ils assassinent son âme... Ils ont inventé un Jésus blond, un parfait aryen, alors qu'il devait être brun, bouclé, avec un fort nez juif... comme le mien... comme celui de votre époux, de mes fils... Qu'il parlait hébreu avec sa mère, et s'amusait avec ses frères et sœurs, comme un bon petit juif. Peut-être aussi se battait-il contre les enfants des Romains ? Peut-être... Mais s'il a existé, il a du faire sa *bar-mitsva* et respecter la Thora... Alors, que veulent les chrétiens ? Si un jour quelqu'un connaît la bonne réponse à cette mauvaise question, qu'il la donne ! Mais le pire, voyez-vous, c'est que cet antisémitisme imbécile, répugnant, nauséabond, reçoive ses lettres de noblesse en France... Qui aurait pu imaginer cela ?... Que dit votre sœur de *La Libre Parole* ?

— Vous savez que les Clemenceau sont férocement anticléricaux ! *La Libre Parole* est considérée chez eux comme un torchon. On se salit à le lire, à le toucher... Pourquoi lisez-vous cette presse ?

— Pourquoi ?... Parfois je me le demande moi-même. Herzl me l'envoie régulièrement. Il prétend qu'aucun de nous ne doit ignorer ce que pensent ces gens-là. Ils sont dangereux...

— Allons donc !

— Très dangereux. Rien ne les arrêtera. Aucune morale. Aucun sens du respect humain, aucune commisération... Rien...

Alors que l'affaire Dreyfus éclatait en France, mobilisant toutes les intelligences, toutes les consciences contre ce déni de justice, l'automne 1895 fut pour Sonia et Sarah l'un des plus beaux de leur vie. Elles étaient guéries et elles allaient retourner à Vienne. A cet instant précis, il n'était plus question d'amours malheureuses... Il n'était question que de revoir papa, maman, Noemi, les jumeaux... De retourner aux concerts, à l'Opéra, au Burgtheater, de reprendre les leçons de piano, de danse, de retourner à l'école Schwarzwald afin d'y continuer leurs études générales, d'étudier la philosophie, les lettres anciennes et modernes, en attendant que le gouvernement voulût bien ouvrir les facultés aux femmes.

Il n'était plus question que de revivre enfin, après cette parenthèse de plus d'un an qui les avait privées de tout. Même l'amour qu'elles avaient éprouvé l'une et l'autre s'était comme estompé, noyé dans un brouillard de souvenirs, d'espoirs et de désespoirs, de rêves envolés, aussi légers que l'air du temps... Même le visage de leur amoureux respectif s'était comme dilué dans leur mémoire... Elles parlaient mariage, voyages, flirts, mélangeant tout avec une égale volubilité, une égale voracité... Elles iraient à Rome, New York... Elles s'imaginaient, voyageuses solitaires, laissant derrière elles des cœurs inconsolables...

Le Baron Elie était allé les chercher à Davos et fit mine de ne pas les reconnaître tant elles avaient embelli, grandi et grossi. Même Sonia s'était considérablement arrondie... Elle riait, heureuse... Sûre désormais que rien ne viendrait s'interposer entre elle et Franz. Lorsqu'elle avait été si malade, grand-mère Ida s'était promis que si sa petite-fille guérissait, elle ne s'opposerait plus jamais à ses désirs. Aussi Sonia était-elle convaincue que son mariage avec Franz ne tarderait pas — et sans qu'elle soit obligée de se convertir ! Car Franz lui avait écrit que jamais il ne l'obligerait à un pareil sacrifice, même si, en son for intérieur, se convertir n'eût pas été pour elle un sacrifice. A peine une formalité.

Le Baron Elie observait attentivement sa fille aînée. Visiblement, Sonia paraissait guérie. Ses joues étaient rose vif, ses yeux noirs brillaient dans son visage mat... Elle n'arrêtait pas de parler et de rire...

— ... Le docteur m'a déclarée guérie ! Pas seulement « rétablie », mais guérie ! Je pourrai me marier dès que tu le permettras, papa !...

Le Baron Elie feignit de ne pas entendre cette dernière phrase et durant tout le trajet, il dirigea la conversation de telle manière qu'aucune de ses filles ne put obtenir de lui autre chose que des papotages concernant la maison, la famille, les amis, les mariages et les naissances...

— Isaac nous a écrit de Jérusalem. Vous vous rendez compte que les lettres mettent jusqu'à trois mois pour franchir quoi ?... quelque mille kilomètres entre Jérusalem et Vienne !... Une honte !... Enfin, pourquoi vous disais-je cela ? Ah oui ! Isaac vient d'avoir son deuxième enfant... un garçon ! Il l'a appelé comme moi, Eliezer... Je ne suis pas mort pourtant !

Bien qu'il eût l'air de protester, le Baron Elie rayonnait de fierté.

— ... Mon deuxième petit-fils ! Jacob, et Eliezer... Il serait temps qu'Isaac mette au monde une petite péronnelle comme vous, mes chéries... ? Ah, je suis si heureux de vous voir revenir à la maison !...

Plus fine que Sonia, Sarah se rendait compte que derrière ce bavardage, le Baron Elie cachait quelque chose. Quelque chose concernant l'une d'entre elles, mais laquelle ?

— Et maman ?... Noemi ? les jumeaux ? s'enquit-elle avec un détachement feint.

— Tout le monde va bien. Ils vous attendent tous à la maison et vous préparent une surprise... Ah zut ! je n'aurais pas dû vous le dire !... Faites semblant d'être très surprises de la surprise, mes petites chattes... Sinon, votre mère va se jeter sur moi pour m'étriper...

Les deux sœurs rirent à cette image.

Au cours du voyage, alors que Sonia somnolait sur sa banquette, Sarah surprit le regard de son père fixé sur la dormeuse. C'était un regard plein de tristesse, de tendresse, mais de colère aussi. Comme si le Baron Elie en voulait à sa fille du mal qu'il allait lui faire. A sa grande honte, Sarah poussa un soupir de soulagement. Il s'agissait de Sonia et de Franz... Pas de Saül et d'elle !...

C'est dans la calèche qui les ramenait de la gare que le Baron Elie, prenant Sonia par les épaules, lui dit à voix basse :

— Il faut oublier Franz Berg...

Devant le visage de Sonia, Sarah détourna la tête et le Baron Elie resserra son étreinte.

— Il n'est pas en cause, dit-il en s'efforçant d'affermir sa voix. Son père est seul coupable... Mais comprends bien que je ne pourrais admettre de voir ma fille épouser le fils d'un tel individu... Impossible cette fois-ci de te céder, ma chérie ! Tu ne pourras jamais épouser le fils d'un homme qui vient de fonder une ligue antisémite... Vous savez déjà qu'en France on a arrêté un officier français, le capitaine Dreyfus, que l'on a accusé d'espionnage au profit de l'Allemagne. C'est faux, naturellement. Mais tous les antisémites français s'en donnent à cœur joie. Et *cela* insulte, *cela* hurle, *cela* se conduit comme des porcs n'oseraient pas se conduire... Bref, quoi qu'il en soit, il s'est créé ici une ligue de soutien en faveur de la Ligue antisémite française, et c'est le Comte Berg qui en est le président, de même que je suis président d'un mouvement de soutien au capitaine Dreyfus... De plus, le Comte vient d'annoncer officiellement les fiançailles de son fils avec une princesse italienne, aussi pauvre que lui, mais qui compte largement les seize quartiers de noblesse nécessaires pour être admise à la cour impériale... Il faut laisser ces gens-là ensemble ! Tant qu'ils ne nous font pas de mal, que nous importe leur haine ?...

Le Baron Elie se perdait dans des explications que nul ne lui demandait.

Sonia se taisait farouchement. Les mâchoires serrées, les yeux fixes, les lèvres tremblantes... Elle demanda presque froidement :

— Depuis... depuis quand les fiançailles ont-elles été annoncées ?...

— Il y a deux jours, dit son père un peu étonné. Pourquoi ?

— Ah ! répondit Sonia. C'est donc pour cela qu'il ne m'a pas écrit... Il m'écrivait presque tous les jours... Et dans ses lettres, pas un mot qui pût laisser supposer...

— Je pense..., dit son père avec vivacité, qu'il n'en a lui-même été informé qu'au moment de l'annonce officielle. Je ne crois pas le Comte Berg particulièrement sensible aux souffrances de son fils...

Sonia ne pleura pas... Elle posa simplement sa tête sur l'épaule de son père et ce geste signifiait toute sa désespérance. Elle acceptait. Naturellement. Qu'aurait-elle pu faire d'autre ?

L'ATTENTE

Maintenant que ses deux filles étaient de retour, Myriam souhaitait vivement recevoir chez elle. Elle multipliait bals, goûters dansants, thés musicaux, dans l'espoir que parmi les jeunes gens « bien sous tous rapports », il y en aurait deux qui pussent plaire à ses filles. Mais la leçon avait été dure pour elle. La maladie de Sonia et les inquiétudes qu'avait causées Sarah l'avaient, elle aussi, douloureusement éprouvée. Aussi se gardait-elle d'insister sur l'un ou l'autre de ces jeunes gens. Pour Sonia, elle ne se faisait pas trop de souci. Sonia était si raisonnable !... Elle l'oublierait, son Franz Berg. Et puis, Sonia avait toujours eu le souci de ne pas se déclasser. Non ! son souci principal était Sarah. Sarah qui déclarait à qui voulait l'entendre qu'elle voulait « vivre dangereusement »...

— Comment entends-tu cela ? demanda Myriam la première fois que sa fille lui tint ce langage, quelques semaines après son retour de Davos.

— Comment vous dire, maman chérie ? Je ne sais pas, moi ! vivre dangereusement ! prendre des risques ! Aller... venir... changer de pays... Ah ! tenez ! partir en Amérique ! toute seule !

— Grands dieux ! s'écria Myriam qui voyait déjà sa fille en costume de voyage et ses malles bouclées pour aller Dieu seul savait où. Tu n'y penses pas sérieusement tout de même ?

— Si, lança Sarah avec défi. Je veux m'en aller... Je veux vivre ailleurs !

— Mais pourquoi ? N'es-tu pas heureuse ? Tu ne

manques de rien, tu as tout ce qu'une jeune fille de ton âge peut désirer. Tu appartiens à l'une des meilleures familles viennoises, tu es riche, et, Dieu merci... tu es jolie. Une très jolie fille, en vérité ! Tu peux choisir qui tu veux comme époux parmi les plus beaux partis de Vienne, de Berlin ou même de Paris...

— Qui je veux ? Vraiment, maman ?...

Sarah regardait sa mère fermement. Myriam rougit et dit vivement :

— J'ai promis que je ne m'opposerais à rien. Si tu crois vraiment...

Les deux femmes se dévisagèrent. Un instant elles eurent peur des mots qui allaient être prononcés, des mots qui risquaient de les séparer de nouveau, peut-être pour toujours...

— Ne vous faites pas de souci, maman..., se hâta de dire Sarah. Je ne veux pas me marier. Pas maintenant en tout cas !... D'ailleurs papa m'a dit : pas avant cinq ans ! Et puis, il y a tant de choses que j'aimerais faire avant de me marier !...

— Quoi donc, ma chérie ? s'enquit Myriam, soulagée. Infiniment soulagée — il n'y aurait pas de scène, pas de rupture.

— Ah ! je ne sais... Je suis peut-être folle, après tout ?

Sarah riait. Désireuse de dérider sa mère. Désireuse de préserver cette apparente quiétude et cet amour qui la liait encore à elle.

Vivre dangereusement. Parfois elle s'avouait que pour elle, vivre dangereusement se bornait à partir avec Saül « sans être mariée »..., à gagner leur vie dans les cafés-concerts qui fleurissaient dans toute l'Europe. Ils iraient en Italie... Rome, Venise, Florence, Milan... Elle rêvait... Ses rêves ne dépassaient pas les mois qui suivraient sa fuite, et s'arrêtaient souvent à l'instant délicieux, troublant, affolant, même, où elle se trouverait seule dans une chambre inconnue avec Saül... Elle rêvait à toutes sortes de combinaisons possibles, toutes plus romanesques les unes que les autres, qui la conduiraient à cet instant-là. Le décor de la chambre importait peu. Ce qui importait c'était le regard de Saül. Ce regard bleu, intense, brûlant, presque désespéré lorsqu'il l'avait embrassée, peu après son retour de Davos. « Votre mère m'a dit clairement qu'elle s'opposerait de tout son pouvoir à notre union... — Maman peut-être, avait répliqué Sarah, mais papa nous soutiendra... Il faut tenir bon, Saül ! Il le faut absolument... car moi je ne pourrais jamais vivre sans vous... — Ni moi sans vous... »

Promesses. Promesses délicieuses et désespérées. Bonheur de se voir en cachette, bonheur et douleur d'affronter ensemble l'adversité, fièvre exquise des baisers échangés.

« Vous ne serez jamais mienne !... » avait-il dit. Jamais ?... Une révolte s'empara de Sarah. « Et pourtant cela sera ! Parce qu'il le faut ! »

Il fallait donc faire quelque chose pour obliger sa famille à céder, à avancer la date de ses fiançailles officielles, puis celle de son mariage. Mais quoi ?... Faire comme Franz et Sonia ? Parce qu'elle savait que Franz et Sonia s'étaient revus, se revoyaient régulièrement. Elle l'avait deviné à l'attitude de Sonia, tour à tour arrogante, anxieuse et heureuse. L'idée ne viendrait pas de Saül. Il la respectait trop pour franchir un pas qui l'eût déshonorée... Et elle était trop innocente encore pour l'obliger à un acte qui cependant les eût délivrés l'un et l'autre de cette trop grande tension qui existait entre eux... Car maintenant, chacune de leurs rencontres se terminait par une querelle. Tout leur était bon pour se disputer. L'affaire Dreyfus (bien qu'ils fussent d'accord l'un et l'autre sur le fond, malgré cela ils trouvaient le moyen de se quereller !), l'étude d'une partition, la manière dont Sarah était vêtue, la manière dont Saül avait parlé à une femme... L'une de leurs plus violentes querelles faillit provoquer la rupture. Saül avait été vu en compagnie d'une femme légère... Ce qui était exact. Mais ce que Saül n'aurait jamais pu dire à Sarah était qu'il n'en pouvait plus d'être chaste, qu'il avait besoin de satisfaire ses sens. Il aimait Sarah, mais quelques tendres baisers ne pouvaient combler sa sensualité. Il avait besoin d'autre chose. Pouvait-il le dire ? Non. Il ne pouvait que se taire et faire face à une Sarah folle de colère et de jalousie. Il avait bien essayé de se défendre, mais si mal, si maladroitement que, de réplique en

réplique, la scène dégénéra. Sarah hors d'elle lui assena : « Vous êtes un animal ! Juste un animal en chaleur !...
— Petite idiote », rétorqua Saül. Si bien que Sarah, dépassant la mesure, proféra froidement :

— Après tout ! Vous n'êtes jamais qu'un employé de mon père, et je ne vous permets pas de me parler sur ce ton !...

Saül était devenu blanc de rage.

— Vous me paierez cela, petite peste... Désormais, nous ne sommes plus fiancés !... Ah ! on ne m'y reprendra plus ! Je ne remettrai jamais les pieds chez vous !... Jamais.

Promesse qu'il ne put tenir plus de vingt-quatre heures. Il revint le lendemain... « Pour les cours nécessaires aux jumeaux !... » jeta-t-il à la cantonade.

Sarah lui tourna le dos. Infiniment soulagée par sa présence, mais trop orgueilleuse pour s'excuser.

Les jours passèrent et chacun d'eux s'enferma dans son silence. Ils ne se parlèrent plus durant des mois. Jamais Sarah n'avait été aussi triste, aussi malheureuse. A peine si les remous provoqués par les textes de Theodor Herzl parvenaient à la sortir de sa torpeur. Et lorsqu'elle entendait Saül, qui affectait de ne pas la voir, dire à son père : « Bien entendu il faut un sionisme politique !... et très vite même !... C'est la seule chance pour les juifs de sauver leur vie, et le judaïsme... », elle ripostait, par pur esprit de provocation : « Un Etat juif ? Dieu, quelle sottise !... Nous sommes autrichiens !... Qui donc irait vivre chez les Turcs, dans ces déserts pourris et misérables ?... Seulement des sauvages ou des attardés mentaux. Dieu merci, nous autres, Autrichiens, sommes gens sensés !... »

Saül, ignorant consciencieusement son existence, lançait alors au Baron Elie, fort surpris de cet échange verbal : « Certaines personnes devraient éviter de prendre la parole lorsqu'elles n'ont que des sottises à proférer ! »

Ce furent de longues semaines pour Sarah. Des semaines de désolation. Elle s'en voulait de ce qu'elle avait dit, mais se fût laissé hacher menu plutôt que de s'excuser.

Bizarrement, elle vit Saül chaque jour durant cette

période. Les leçons de musique y étaient certes pour beaucoup, mais « Les rois de Vienne » étaient journellement conviés à venir discuter avec le Baron Elie de ce fameux « sionisme politique » qui mettait en ébullition toute la communauté juive de Vienne.

La seule à se réjouir de la brouille qui existait entre Saül et Sarah était bien évidemment la Baronne Myriam. Elle ne dit rien, jamais, ni pour ni contre Saül. Mais ses yeux rayonnants en disaient plus long qu'un discours. Et pourtant, ce fut elle qui, à son corps défendant, fut à l'origine de la réconciliation. Tout heureuse de voir sa fille dans de si bonnes dispositions, elle décida de lui présenter un jeune homme d'une excellente famille, bourgeoise, assimilée, qui allait jusqu'à laisser ignorer qu'elle était d'ascendance « israélite »... et déclarait bien haut que le baptême presbytérien était pour les juifs un passeport pour l'assimilation totale.

Ce Bernard Meyer avait tout pour satisfaire la Baronne Myriam, mais également tout pour irriter Sarah. Elle fit cependant semblant d'accueillir l'initiative de sa mère avec satisfaction et accepta une invitation à une soirée donnée par les parents de son soupirant... Elle regretta un peu d'avoir accepté, lorsqu'elle apprit que « Les rois de Vienne » animeraient la soirée... Malgré elle, elle se sentait promise à Saül, et elle craignait sa réaction.

La soirée des Meyer n'était pas une grande soirée, bien que nombre d'invités fissent partie de la bourgeoisie la plus huppée de Vienne. La plupart étaient connus de Sarah et certains étaient même reçus chez ses parents... Il y avait quelques aristocrates et elle détestait cette caste qui se croyait supérieure à tout au monde, et qui n'avait jamais rien fait et ne ferait jamais rien qui pût justifier une telle prétention... Au demeurant c'était une soirée élégante... Sarah était fort à son avantage dans sa jolie robe blanche... Dès son arrivée, elle fut regardée, admirée, et la Baronne Myriam, très fière, s'avoua que Sarah était enfin devenue une vraie jeune fille. Pas une beauté comme Sonia, mais une jeune fille séduisante et avec une personnalité attachante, originale...

Du vestibule affluaient sans cesse de nombreux arrivants, aussitôt dirigés vers les maîtres de maison qui se tenaient à l'entrée du grand salon ; grands escaliers où se pressaient les invités qui attendaient d'être annoncés, vastes dimensions des salons, profusion de fleurs et de lumières, buffet abondamment garni de mets raffinés, ballet incessant des serveurs engagés pour la soirée, dirigés avec maestria par le maître d'hôtel des Meyer. La soirée se déroulait selon un rituel immuable réglé par Mme Meyer.

Elle arborait le même ton, le même sourire pour chacun de ses convives. « Chère amie... cher ami... Comment allez-vous ?... » Puis elle ponctuait chaque phrase d'un petit rire de tête : « Ha ! ha ! » qu'elle jugeait infiniment spirituel. Et, sans attendre une réponse dont elle se souciait comme d'une guigne, elle pilotait « la chère amie », « le cher ami » vers un quidam — « Connaissez-vous le Baron Hirsch ? Ha ! Ha ha ! qui ne le connaît ? Je vous laisse en bonnes mains... » — et retournait à sa place, d'où elle ne s'était éloignée que de quelques mètres, pour accueillir les visiteurs suivants. « Chère amie !... cher ami... »

Elle accueillit de même la Baronne Myriam et Sarah, ajoutant cependant :

— Mon Dieu ! Sarah ! quelle charmante jeune fille vous êtes devenue !... Ha ! ha !...

Sarah retint une forte envie de rire.

— Je suis très heureuse d'être ici ce soir, dit-elle poliment, contenant difficilement sa gaieté.

— Eh bien, j'espère que vous... vous amuserez bien... Ha ! ha !...

— Je l'espère aussi, gloussa Sarah qui faillit ajouter : « Ha ! ha !... », mais ne le fit pas par égard pour sa mère.

En effet, la Baronne Myriam enveloppait sa fille d'un regard inquiet.

— Je ne vois pas votre fils, Bernard, ce si charmant jeune homme ! dit-elle pour faire diversion.

Mme Meyer jeta un regard circulaire et agita son éventail...

— Par là... Viens, mon enfant !

Un grand jeune homme, mince, élégant, s'inclina courtoisement devant la Baronne Myriam et Sarah, et offrit son bras à la jeune fille qui l'accepta en hésitant. Bernard Meyer lui plaisait moins que jamais... Ses gants étaient trop grands, son smoking trop neuf, ses cheveux trop gominés... Non, elle ne l'aimerait jamais. Voilà qui était clair. Mais sa brouille avec Saül — qu'elle considérait comme définitive — l'obligeait à accepter les hommages de jeunes gens comme ce Bernard qui, aux yeux de Myriam, était certainement le gendre idéal. Il entraîna les deux femmes vers le salon d'apparat, où une cinquantaine de personnes se jaugeaient sournoisement et se souriaient avec tant de conviction que leurs bouches s'étiraient douloureusement sur d'étincelantes dentures.

La mère et la fille s'avançaient, puis s'attardaient pour répondre à un salut.

— Non, le Baron n'a malheureusement pu se libérer pour cette soirée..., disait Myriam au moins pour la dixième fois... Oui, c'est vraiment regrettable... Ma fille Sonia est un peu fatiguée... Vous savez, elle a été si malade l'année dernière... Il faut qu'elle soit prudente...

Sarah ne disait rien. Son cœur battait. Elle avait peur des réactions possibles de Saül. Cette crainte et ce remords mêlés lui donnaient un air détaché, voire hautain, exactement celui qu'elle s'exerçait à prendre trois ans plus tôt lors de son premier bal... Cependant, ce visage lointain, fermé, rêveur, attirait, cela était indéniable. Les hommes sont si sots qu'ils imaginent aussitôt mille secrets derrière un visage un peu mystérieux. Mais enfin, le rêve de Sarah, ce rêve qu'elle caressait depuis l'enfance — voir tout le monde bouche bée quand elle entrerait dans un salon —, était en train de se réaliser. Et pourtant elle se sentait jeune, timide et terriblement vulnérable, et cette admiration dont elle était l'objet lui était plus pénible à supporter qu'elle ne l'eût cru. En fait, elle n'avait profondément envie, besoin, que de l'admiration d'un seul homme, Saül... L'opinion des autres lui était indifférente.

Il y avait là, présents à cette soirée, beaucoup de gens qu'elle connaissait. « Finalement..., se dit-elle, Vienne est une bien petite ville. Quel que soit l'endroit où l'on va, on y rencontre les mêmes personnes... » Elle pensait cela parce qu'elle était jeune, et que les nombreuses personnes misérables qu'elle ne rencontrait ni à l'Opéra, ni au Burgtheater, ni dans les soirées mondaines, existaient bel et bien, mais elles vivaient dans des endroits, des taudis où jamais la jeune et jolie Sarah von Lichtfeld n'eût songé à mettre les pieds.

Dans le grand salon régnait une atmosphère de joyeuse insouciance. Aucune inquiétude parmi les invités quant au lendemain, aucun souci de loyer, de blanchisseur, d'épicerie ou autre... Qu'ils fussent juifs ou chrétiens, ils étaient tous unis par l'étrange certitude d'être nés du bon côté. A peine jetaient-ils un regard sur l'estrade où les musiciens venaient d'arriver.

Seule Sarah ne quittait pas des yeux le quatuor si cher à son cœur.

Sur ce podium spécialement monté pour l'orchestre, « Les rois de Vienne » arrangeaient leurs partitions. Saül tournait le dos à la salle et n'avait pas encore vu les nouvelles arrivantes... Ou peut-être feignait-il de ne pas les avoir vues ? Tout de suite Sarah fut convaincue qu'il lui avait délibérément tourné le dos, et bien que son cœur en fût blessé, elle arbora un sourire triomphant en lançant des œillades de part et d'autre, d'une manière provocante. Espérant ainsi attirer l'attention de Saül et lui montrer par son attitude combien elle se souciait peu de sa présence et de ce qu'il pouvait penser d'elle.

Ce fut Dina qui l'aperçut la première. Dina était enceinte de six mois... Cela ne se voyait encore pas trop. Mais, à son grand désespoir, elle était obligée, par décence, de ne plus porter de smoking. Aussi sa tenue de scène était-elle, pour une fois, tout à fait conforme aux usages. Une robe longue de soie gris clair. Tout au plus disait-on d'elle : « Voilà une jeune personne fort menacée d'embonpoint. Comme c'est dommage pour une si jolie femme... » Dès qu'elle aperçut Sarah, elle descendit du podium et se fraya un chemin. Ses yeux étranges, bleus, intenses, sauvages, si semblables à ceux de Saül, étaient pleins d'une bienveillante gaieté... Elle avait beaucoup d'affection pour Sarah, bien qu'elle la jugeât un peu trop bourgeoise... « Mais on guérit de tout dans la vie, pensait-elle avec optimisme, y compris de son éducation !... »

La Baronne Myriam sursauta lorsqu'elle vit la jeune femme.

— Comment ?... vous jouez ?... Malgré... euh... vous ne craignez pas ?...

— Bah ! répliqua Dina en riant, cela ne se voit pas encore, si je ne vous l'avais pas dit, c'est tout juste si vous m'auriez trouvée un peu plus grosse ! (Puis, s'adressant à Sarah :) C'est une jolie soirée ! Est-ce vrai, ce que l'on dit ?... On y annoncera les fiançailles de Bernard Meyer... Pensez-vous qu'il s'agisse également de vos fiançailles ?...

Sarah secoua la tête avec énergie.

— Mais bien sûr que non, voyons !... En voilà une idée !... Qui a pu vous dire une chose pareille ?

Dina prit un air surpris et insista :

— Tout de même... C'est plus qu'un bruit qui court ! Je vous assure que votre nom a été cité...

La Baronne Myriam avait rougi et détourné la tête. Un peu sèchement, elle dit à Dina que sans doute on l'attendait sur le podium. Dina ne se formalisa ni du ton ni des mots. Elle posa sa joue contre celle de Sarah et, dans un simulacre de baiser, chuchota :

— A votre place, je ferais attention... Et à votre place, j'irais me réconcilier avec Saül avant qu'il ne soit trop tard. Saül est très malheureux... Il n'attend qu'un geste de vous. Je vous imagine mal en Mme Meyer...

L'étau qui enserrait la poitrine de Sarah se relâcha. Elle respira soudain plus librement. Elle regarda vers le podium, où Saül, face à la salle, cherchait sa sœur des yeux. Il l'aperçut auprès de la Baronne Myriam et de Sarah... Un instant il eut envie de voler vers la jeune fille, mais il se contint et esquissa un bref salut, puis prit une expression sèche et froide, comme si cette jeune fille qui paradait dans un bal mondain lui était non seulement indifférente, mais également antipathique.

Sarah, quant à elle, délivrée de son animosité et de sa timidité, avait retrouvé en Saül l'homme qu'elle aimait et son regard s'attachait à cet homme-là, sa bouche lui souriait, ses mains se tendaient comme malgré elle vers lui. Ils se fixaient les yeux dans les yeux, leurs regards se joignant, silencieux, au-dessus de cette multitude de têtes ; alors l'impossible devint possible, inévitable... et soudain il se produisit une chose inouïe dans les grands salons bourgeois de Vienne, une chose scandaleuse, à faire rougir de honte la jeune personne à qui cette chose s'adressait. A travers la salle, devant tous les danseurs stupéfaits, Saül envoya un baiser du bout des doigts à Sarah, qui sans vergogne lui répondit de la même manière.

Profitant de la pause qui permettait aux danseurs de se restaurer aux multiples buffets, et aux musiciens de se rafraîchir dans l'une des chambres, transformée en « loge des artistes », Sarah et Saül, trompant la vigilance de la Baronne Myriam, se retrouvèrent dans un petit salon désert.

Saül disait :

— Vous avez été si dure avec moi... Je ne sais pas si je pourrai vous pardonner... D'ailleurs je n'ai pas l'intention de vous pardonner ! Est-ce vrai que vous devez partir pour Paris l'hiver prochain ? Si vous partez, cela non plus ne serait pas pardonnable !

— C'est tout à fait exact. C'est maman qui le souhaite. Nous sommes invités chez Sophie et Paul Clemenceau...

— Et pourquoi cela, pourquoi ce voyage ? En éprouvez-vous le besoin ? Oh ! après tout, je ne pense pas que cela me regarde !... Mais pourtant oui. Cela me regarde ! N'étions-nous pas presque fiancés ?

— Presque ?...

— Votre mère n'a jamais vraiment donné son accord... Et nous avons rompu. Je ne sais pourquoi, par exemple ! Pouvez-vous m'expliquer ?

Sarah rougit.

— On vous avait vu avec... Il paraît que vous auriez renoué avec Greta Wiesenthal ?

— Ah ! C'était donc cela ? Si j'avais su que vous y attachiez une telle importance, je m'y serais pris autrement.

Stupéfaite, Sarah le dévisageait. Etaient-ce là des

excuses ? La jeune fille n'en croyait pas ses oreilles. Saül avait l'air très gai, très heureux. Pas le moins du monde gêné ou confus... Intriguée, elle se demanda s'il se moquait d'elle.

— ... Ce sont des choses..., disait-il, qu'une personne comme vous ne peut comprendre... Des choses sans importance. Et les femmes avec qui je fais ces choses sont comme moi. Pour elles aussi, il suffit d'une coupe de champagne, d'un soir un peu mélancolique, et le matin... terminé... elles ont pris leur envol vers d'autres amours... Des amours qui leur font oublier une heure, une nuit leur seule passion véritable, leur métier... A cette passion-là elles sont fidèles. Cette passion-là envahit leur vie. Elles ne vivent que pour les deux heures qu'elles vont passer en scène... Et pour ces deux heures, elles sont prêtes à sacrifier tout le reste...

— Comme vous les aimez, ces femmes..., dit Sarah, triste, jalouse.

— Oui. C'est vrai. Moins que je ne vous aime, espèce de furie ! Qu'allez-vous décider maintenant ?

— Mes parents...

A peine eut-elle prononcé ces mots que Sarah sentit à nouveau la révolte gronder en elle. Quand donc cesserait-elle d'être une petite fille qui doit en tout s'en remettre à ses parents ? Pourquoi sa vie ne lui appartenait-elle pas ? Elle aimait Saül. C'était une vérité aveuglante contre laquelle elle ne pouvait et ne voulait rien changer. Cela faisait maintenant deux ans qu'elle l'aimait... N'était-ce pas suffisant comme preuve ? Tous les arguments de sa mère lui revenaient en tête : « ... Il n'est pas de ton milieu social. Il n'a ni ton éducation ni tes aspirations... Le fait qu'il ne possède aucune fortune n'est pas rédhibitoire en soi, mais il ne se donne pas les moyens de gagner assez d'argent pour te faire vivre comme tu y es accoutumée. Crois-moi, ma chérie... vivre d'amour et d'eau fraîche, c'est fort joli à seize ans, mais lorsque tu devras nourrir tes enfants à cause de l'incapacité de leur père, tu penseras tout différemment... » Tout cela était peut-être vrai, Sarah avait assez de bon sens élémentaire pour l'admettre. Mais ce qui était plus vrai encore que tous ces arguments, c'était ce fait, irréductible, irrévocable : elle aimait Saül et ne concevait pas l'existence sans lui.

— De toute manière..., disait cet homme qu'elle aimait tant, c'est mieux que nous ayons rompu ! Lorsque vous aurez décidé que nous avons cessé d'être rompus, vous me le direz, n'est-ce pas ? Sommes-nous encore rompus ? brouillés je veux dire ? Si vous partez à Paris, j'en conclurai donc qu'il s'agit là d'une rupture définitive... Vous dites ?

Sarah grognait entre ses dents :

— Je me suis excusée. N'est-ce pas suffisant ? Pourquoi m'accabler encore ? Mes parents désirent m'éloigner de Vienne. Enfin, maman surtout...

— Ah ? Tiens donc... et pourquoi ?

Sarah rougit et détourna la tête. Saül insista :

— Je veux savoir pourquoi ! Dites-le-moi...

— Pour m'éloigner de vous, dit-elle dans un souffle.

— Et vous, qu'en pensez-vous ? Avez-vous envie de partir... d'aller à Paris... de quitter Vienne ?...

— Non. Non, pas du tout... Je ne veux pas... quitter Vienne. (Elle respira un bon coup.) Je ne veux pas vous quitter... Je veux vivre avec vous. Le reste n'a pas d'importance.

— C'est cela que vous voulez, Sarah ? Vraiment cela ?

— Oui.

— Absolument ?

— Oui. Absolument.

Ils se regardaient profondément.

— Je vous crois..., dit-il enfin. Mais qu'allons-nous devenir ? Jamais votre mère n'acceptera un gendre tel que moi...

Elle répondit, s'efforçant de dissimuler son émotion :

— Je vous attendrai... Toute ma vie s'il le faut !

— Sarah ! Si jamais vous me reparlez comme vous l'avez fait, je vous mets sur mes genoux et je vous flanque une fessée !...

Sarah retourna auprès de sa mère, et Saül sur le podium...

A partir de cette soirée, mémorable entre toutes, il ne s'écoula pas un seul jour sans que Saül vînt voir Sarah. D'ailleurs, il continuait de donner des leçons de violon à David et Jonathan mais, bien qu'il fût reçu comme un fiancé potentiel, Myriam l'accueillait la bouche pincée, le regard fuyant et marquait nettement les distances qu'il y avait entre un saltimbanque et une famille bourgeoise... Au cours de cet hiver-là, dans l'effervescence qui régnait, personne ne remarquait combien Sonia avait maigri et pâli... Cependant, elle rayonnait d'une joie secrète et violente, et seule Sarah savait que sa sœur était depuis peu la maîtresse de Franz Berg.

Cela s'était passé un soir de la fin du mois de novembre 1895. Assez tard dans la soirée, alors que depuis longtemps chacun s'était retiré, Sarah avait eu quelque chose à demander à Sonia et était venue frapper à la porte de sa chambre. N'entendant pas de réponse, inquiète, à cent lieues d'imaginer que Sonia était sortie, Sarah pénétra dans la chambre déserte et referma la porte sur elle. Elle attendit longtemps. De plus en plus inquiète, nerveuse... Prête à aller frapper chez sa mère... Qu'était-il arrivé à Sonia ? Que signifiait cette absence ? Soudain la porte s'ouvrit sur Sonia. Très pâle, les cheveux en désordre. Elle portait une pèlerine d'hermine que le Baron Elie avait offerte à sa fille pour son dernier anniversaire, et sous cette pèlerine, une robe du soir, trop légère pour la saison. Elle paraissait émue, les yeux cernés de bistre, le visage très blanc... Elle sursauta en apercevant sa sœur.

— ...Tu m'espionnes ? demanda-t-elle durement.

Sarah haussa les épaules.

— Ne dis pas de bêtises !... Je suis venue te voir par hasard ! Imagine un peu... si c'était maman qui était venue ?

— Bon... bon ! dit Sonia rougissante, laisse-moi, s'il te plaît ! Je veux me coucher tout de suite...

— Où étais-tu ? Pourquoi rentres-tu si tard ? Et ta robe ! Elle est toute chiffonnée !... Oh ! regarde ! ta robe est déchirée ! là ! à l'épaule !...

Effrayée, Sonia ne pouvait prononcer une parole. Cela se voyait !

Elle était sûre que cela se voyait ! Il était impossible qu'elle ne portât pas sur elle les stigmates de ce qu'elle venait de faire... Elle avait envie de pleurer, de demander pardon. Pardon à sa sœur, au monde entier. Elle ferma les yeux. Le goût des baisers ardents, sauvages, lui revint...

— J'ai dû m'accrocher quelque part..., parvint-elle à proférer, hagarde, honteuse, et pourtant si heureuse. Tu ne diras rien ? demanda-t-elle à voix basse.

Une grande vague de tendresse envahit Sarah. Elle embrassa Sonia.

— Idiote, va !... Pourquoi ne pas me faire confiance ? Tu es sortie avec Franz Berg ?

Sonia inclina la tête, incapable de prononcer une parole. Instantanément, Sarah comprit. « Elle a osé !... pensa-t-elle avec admiration. Elle a osé !... Ça alors... » Puis elle demanda d'une voix aiguë :

— Alors... alors tu sais ce que c'est ? Tu le sais, n'est-ce pas ?...

La curiosité la faisait presque crier.

— Chut !... tu vas réveiller toute la maison ! fit Sonia. Oui, ajouta-t-elle dans un souffle. Oui, répéta-t-elle. Oui... je l'ai fait.

— Comment est-ce ? Cela fait-il mal ? Est-on heureuse ?

Heureuse ?... Sonia réfléchissait. Heureuse. Peut-être était-ce le mot qui convenait, après tout ?

— Oui, c'est cela. Heureuse. Demain je te raconterai. Tout. Je te le promets. Mais je t'en prie. Maintenant, laisse-moi dormir... Je suis fatiguée, si fatiguée !...

Oui, si fatiguée. Et pourtant, comment vivre désormais sans revivre ces instants ? comment ? Pour la première fois de sa vie, Sonia prit une décision courageuse... Aussi souvent que possible elle reverrait Franz. Elle se faufilerait dans cette petite chambre mansardée, prêtée par un ami de Franz, et elle s'efforcerait de ne pas penser à sa honte de jeune fille souillée.

L'affaire Dreyfus mobilisait tellement l'entourage familial que nul ne faisait attention aux conciliabules secrets qui enfermaient Sonia et Sarah durant des heures dans la chambre de l'une ou de l'autre. Parfois des éclats de voix parvenaient jusqu'à elles. C'est ainsi qu'elles apprirent que, non content d'être le chef d'une ligue antisémite, le Comte Berg finançait largement le nouveau parti du dénommé von Schönerer, le vieil ennemi des familles von Lichtfeld, Szeps et Herzl. Ce mouvement « Los von Rom » était la quintessence de l'impérialisme allemand et de l'antisémitisme. Même les familles juives les plus embourgeoisées, les plus « assimilationnistes » comme les Zuckerkandl, les Benedikt, les Hirsch, les Rothschild, ne pouvaient plus feindre d'ignorer la flambée de haine qui les concernait directement. Sonia frémissait de rage contre tous.

Pêle-mêle, elle s'en prenait au Comte Berg, accusait les juifs de s'accrocher aux valeurs du passé, les chrétiens d'être antisémites, les parents de ne pas comprendre leurs enfants.

— J'ai été malade... J'ai failli mourir !... disait Sonia à Sarah. Cela peut encore recommencer !... Franz est comme moi ! Ce que fait son père, il le condamne. Alors, pourquoi en voudrais-je à Franz de la bêtise de son père ?...

Saül était triste. Combien de temps encore allaient durer ces interminables fiançailles ? Certes, il était désormais reçu chez les parents de Sarah plus comme un futur gendre que comme un ami, mais à quand le mariage ? « Finissez vos études, avait dit le Baron Elie. Pensez-vous que l'on devienne chef d'orchestre comme cela, sans travailler ? Dès que possible, je vous ferai obtenir une saison d'opérette dans une petite ville d'eaux. Mais il vous faut encore travailler, travailler ! »

Saül n'arrivait jamais chez les von Lichtfeld sans se dire avec amertume que l'égalité entre les hommes était une illusion. Il y avait les forts et les faibles, les intelligents et les imbéciles, les beaux et les laids, les riches et les pauvres, et entre tous ces extrêmes, il y avait une foultitude d'individus ni forts ni faibles, ni beaux ni laids, d'une intelligence moyenne, et dont les moyens financiers leur permettaient tout juste une vie médiocre sans envergure... Le vivre, le couvert, quelques vêtements solides, et quelques pfennigs pour prendre une bière au Prater... Etait-ce donc cela le but d'une existence ? N'y avait-il rien d'autre ?...

Dès le seuil franchi, il sentait dans la maison Lichtfeld une atmosphère, une odeur particulières. Comme un parfum léger, subtil, qui venait probablement des cires fines dont on se servait pour encaustiquer les parquets, à moins que les demeures des gens riches n'exhalassent tout simplement l'odeur, infiniment perverse et séduisante, de la richesse...

Et toujours, lorsqu'il arrivait chez les von Lichtfeld et

traversait les grands et petits salons, l'immense salle à manger où pouvaient se tenir à l'aise vingt-quatre convives, il éprouvait un sentiment de mépris pour l'argent, pour toute cette richesse construite sur le dos de quelqu'un... Son imagination volait alors vers les ghettos où des artisans, comme ses oncles, comme ses frères, travaillaient, étudiaient sans relâche pour assurer à leur famille une existence où le superflu était totalement inconnu et le nécessaire à peine assuré. Etaient-ils plus heureux ? pensait Saül.

Non. Ils n'étaient pas plus heureux. Travail, études, religion étaient leur prison volontaire. Prisonniers d'eux-mêmes. Prisonniers du Dieu qu'ils avaient choisi pour porter tout le malheur du monde sur leurs maigres épaules voûtées... Ils étaient là, cordonniers, tailleurs, colporteurs, menuisiers, marchands, épiciers, ils étaient là, humbles, souriants, couverts d'injures, d'opprobre et d'iniquité, menacés dans leur existence, à la merci du caprice d'un monarque qui pouvait lancer sur eux l'anathème et les pogroms, ils étaient là, se débattant dans un monde d'injustice et de cruauté — et pourtant convaincus qu'aucune autre vie n'était digne d'être vécue, sinon celle qu'ils vivaient et qu'ils consacraient à ce Dieu cruel qui les récompensait si mal de leur fidélité... Non, en vérité, ils n'étaient pas heureux... Mais où était le chemin du bonheur ? Dans la réussite artistique ? Dans la réussite financière ? Dans l'amour ?... Saül s'efforça d'imaginer une existence sans Sarah, une existence réduite à sa seule dimension artistique, et cela l'épouvanta. « Je ne suis peut-être pas fait pour être un grand artiste ? pensa-t-il pour la première fois, ce jour-là, en pénétrant chez sa future fiancée... Mais pas davantage pour être riche... Etre riche, cela signifie forcément disposer d'un argent pris quelque part à quelqu'un. Et le morceau de pain que je volerais ainsi à mon frère me resterait en travers de la gorge... » Il imagina la vie rêvée, la vie qui le comblerait... Sarah à ses côtés, une nichée de jeunes enfants, et l'existence libre, joyeuse, dangereuse aussi, d'exploitant forestier. « Accepterait-elle ? » songea-t-il avec angoisse. Le mieux était de lui en parler au plus tôt...

Mais ce jour-là, il différa cette conversation qu'il se proposait d'avoir avec Sarah. En effet, de la bibliothèque-bureau parvenaient de bruyantes vociférations.

A sa grande surprise, une dizaine de personnes étaient là, parmi lesquelles il aperçut sa sœur Dina et Haym qui se tenaient côte à côte, visiblement hors d'eux-mêmes.

Tout le monde criait et gesticulait. Il reconnut Moritz Benedikt qui, échevelé, débraillé, tenait par le revers de son veston Michaël Zysman, lequel tentait de se dégager. Lorsqu'il vit son camarade, le futur grand reporter s'écria :

— Saül ! viens à mon secours ! Cet homme veut ma mort.

Avant qu'il eût pu se porter au secours de Michaël, Sarah se précipitait vers son fiancé en lui chuchotant :

— Connaissez-vous la nouvelle ?...

Saül secoua la tête en signe de dénégation.

— Que se passe-t-il ? Que font ma sœur et mon beau-frère ici ? Et qu'arrive-t-il à Michaël Zysman ?

Sa voix était couverte par celle de Myriam von Lichtfeld :

— ...Theodor Herzl est un fou !... Un Etat juif ?... où ? quand ? comment ?... Espère-t-il avec cela lutter contre l'antisémitisme ? Mais comment ose-t-il ? Un journaliste ! Un journaliste qui se prend pour un homme politique ! Risible ! Risible, je vous le dis ! Un Etat juif ! Theodor Herzl est fou ! fou ! A qui veut-il faire croire que les Turcs accepteront de laisser la Palestine aux juifs ?

La voix du Baron Elie s'éleva :

— Voyons ! Myriam ! Voyons ! un peu de calme, on ne s'entend plus... Ah ! vous voici, mon cher Saül. Vous connaissez la nouvelle ?...

— De quoi s'agit-il exactement ?

Le Baron Elie reprit :

— Theodor Herzl vient de publier un livre.

— Et ce livre, que dit-il ?

— Theodor Herzl veut créer un Etat juif... Bien que je ne partage pas entièrement l'opinion de ce journaliste, il faut bien se rendre à l'évidence ! On trouve de l'argent juif pour les chemins de fer en Afrique, pour les emprunts chinois, pour les entreprises les plus aventureuses, et on n'en trouverait pas pour sauver des milliers de juifs persécutés, condamnés à mourir parce qu'ils sont nés juifs. Ce Theodor Herzl a raison sur ce point. Il est clair qu'il est urgent d'aider financièrement nos frères à émigrer. Pourquoi ne pas créer, par exemple, des colonies juives en Argentine comme l'a fait le Baron Hirsch ?... Ce pourrait être une solution ! Pour tous ceux qui sont menacés dans leur vie évidemment !... Nous autres Autrichiens, nous n'avons rien à craindre... Certes, il faut aider nos coreligionnaires étrangers ! Mais de là à créer un Etat juif ! et en Palestine qui plus est ! Qui voudrait vivre en Palestine ? Ce ne sont que pierres, déserts, marécages infects... Isaac m'écrit que la vie est très dure pour les colons, et les Turcs sont impitoyables...

— De toute manière, il n'en est pas question ! déclara péremptoirement Moritz Benedikt. Jamais mon journal ne le soutiendra ! Il est devenu fou ! fou à lier...

— Qu'allez-vous faire ? demanda le Baron Elie.

— La *Neue Freie Presse* n'en parlera pas. Pas un mot, pas une ligne... Rien. Theodor Herzl n'existe pas, n'a rien écrit, n'a rien proposé. Rien !... Rien, vous dis-je !

— Il paraît qu'il a rencontré d'éminentes personnalités... Le Grand-Duc de Bade... Les Rothschild...

— Edmond de Rothschild m'a donné l'assurance qu'il ne soutiendrait jamais Theodor Herzl ! répliqua Moritz Benedikt.

Le Baron Elie soupira. Nul n'aurait pu dire si c'était soupir de regret ou de soulagement.

— Pourtant, le projet de Herzl se tient..., dit-il avec un détachement apparent. L'Empire ottoman est au bord d'un gouffre financier catastrophique. Il a fort à faire avec les Arméniens, les Syriens. Pourquoi les sionistes n'apporteraient-ils pas leur aide économique, scientifique, financière en échange de l'appui donné à leur installation sur ce territoire de Palestine ?...

Moritz Benedikt ne décolérait pas.

— Il va brûler les ponts derrière lui ! Personne au monde n'a le droit de prendre la terrible responsabilité de déclencher une telle avalanche. Tant d'intérêts sont en jeu ! Nous perdrons nos patries actuelles et nous n'aurons jamais la Terre promise !...

— Si j'étais Rothschild, je lui donnerais cinq millions de florins pour qu'il se taise !... gémissait Myriam, ou alors je le ferais assassiner ! Il va nous priver de nos droits si durement acquis

— Le sionisme politique !... s'écria Moritz Benedikt avec rage, il ne manque plus que cela ! Herzl est devenu fou ! D'où prend-il le droit de déclencher cette avalanche ?... C'est un fou ! un fou ! répétait-il sans relâche, allant de l'un à l'autre, comme si cela avait le pouvoir d'anéantir le rêve de Herzl.

— Ou peut-être un prophète ? lança Haym Landon de sa belle voix de basse. Un prophète de génie qui va sauver le peuple juif !

C'est à Moritz Benedikt qu'il s'adressait. L'éditeur était en face de lui.

Tous les regards se tournèrent vers Haym Landon. Il se fit un silence moitié méprisant, moitié réprobateur. Visiblement, la plupart des personnes présentes, et qui constituaient la fine fleur de la bourgeoisie juive viennoise, se demandaient ce qu'un saltimbanque et son épouse faisaient dans le salon du Baron Elie. On savait Sarah presque fiancée au-dessous de sa condition et des regards malveillants allèrent de Haym et Dina à Saül et Sarah qui, pour bien marquer de quel côté ils se situaient, vinrent se ranger auprès des leurs. Ils étaient là, tous ces Autrichiens qui avaient oublié qu'ils étaient juifs. Ils étaient là, haineux, persuadés que ces jeunes gens qui leur faisaient face étaient leurs pires ennemis parce qu'ils remettaient en cause leurs convictions, leur certitude d'appartenir à l'Autriche.

— Nous sommes autrichiens ! dit l'un d'eux. Autrichiens ! Israélites peut-être, mais d'abord autrichiens !...

Le silence devint insoutenable. Haym balaya de son regard l'assistance. Lui savait, depuis quelques semaines, ce qu'était en réalité l'Autriche profonde. Il le savait parce que, avec l'aide de son groupe de la pension Mandelbaum, il avait créé un petit réseau d'autodéfense fort efficace contre les attaques presque journalières d'antisémites, aussi virulents que pouvaient l'être des staphylocoques dorés en liberté.

— Ainsi, dit-il dans le silence opaque, voici comment vous vous définissez ? De bons Autrichiens, fidèles à l'Empereur, certains d'avoir les mêmes droits, les mêmes exigences que les gentils... Pourquoi alors cette harangue contre Theodor Herzl ? Pourquoi ?... je vais vous le dire ! Vous avez peur de Herzl ! Vous avez peur parce que vous savez qu'il a raison, vous avez peur parce que ce qui est arrive au capitaine Dreyfus, qui se croyait français depuis des générations, vous savez que cela peut vous arriver aussi ! Quand ? Demain ? Après-demain ? Demandez à notre nouveau maire, à ce Karl Lueger !... Demandez au nouveau Prince héritier, François-Ferdinand. Ils vous donneront la réponse !... Moi, je préfère la réponse de Theodor Herzl. Il y a deux mille ans que les juifs ont été chassés de leur terre, de leur patrie... Il est grand temps de rentrer chez nous...

— Que... que voulez-vous dire par là ?... balbutia Myriam.

— Il faut plier bagage et partir aussitôt que possible en Palestine ! Nous le ferons sans doute, ma femme et moi, dès que nous aurons nos diplômes en poche. Et là-bas, le premier qui osera me traiter de « sale youpin » pourra se retrouver en tête à tête avec le diable son père. Ici, quand je frappe l'une de ces crapules, c'est moi qui me retrouve en prison, et malgré toutes vos relations, mon cher Baron Elie, vous ne pourrez pas toujours m'en sortir.

— Parce que vous vous battez contre... contre..., bégaya Myriam.

— Contre des crapules, oui. Des salopards, si vous préférez... rétorqua gracieusement Haym Landon.

Myriam se retourna contre son mari :

— Et vous l'aidez à sortir de prison ?

Le Baron Elie inclina la tête en s'efforçant de dissimuler un sourire.

— Eh bien, j'en apprends de belles ! gémit Myriam qui fixait Sarah d'un air accusateur. Ton futur beau-frère séjourne en prison pour voies de fait !...

— Contre des crapules, dit Sarah fermement.

— Voilà ce qu'un aventurier arrive à faire ! proféra Myriam, qui avait complètement perdu le contrôle d'elle-même. Un aventurier !...

— Un aventurier ! dit en écho Moritz Benedikt qui croyait qu'on parlait de Herzl.

— Un cinglé..., s'écria Emil Zuckerkandl, pourtant réputé pour sa pondération. Que ferions-nous en Palestine ? Un Etat juif ? La Palestine est un territoire turc. Pouvez-vous imaginer sérieusement que le Grand Vizir Khalil Rifat Pacha va nous donner généreusement ses terres ? Et puis quoi encore ?

— Cet homme est cinglé ! répétait comme un perroquet Moritz Benedikt. (Mais on ne savait pas s'il s'adressait à Haym Landon, qui ricanait dans sa barbe, ou s'il parlait du journaliste Theodor Herzl.) Un aventurier... un fou !

— Cinq millions de florins pour le faire taire..., dit une voix.

— Il faut les demander au Baron de Rothschild ! Nous allons perdre notre patrie ! Et pour qui ? Pour quoi ? criait désespérément la Baronne Myriam.

— Je suis un patriote ! s'indignait Moritz Benedikt. Je ne permettrai pas à des paltoquets, à des rigolos de ce genre, de semer la zizanie dans ma patrie. Et ma patrie, c'est l'Autriche, monsieur !... (Il s'adressait à Haym.) Nous avons des droits dans ce pays. Je n'hésite pas à déclarer que je rejette l'idée d'un Etat juif avec plus de dégoût et de violence que le plus ignoble des pamphlets antijuifs...

A ces mots Saül s'approcha de lui. Le Baron Elie tenta de s'interposer, mais sans doute hésita-t-il trop longtemps avant de faire ce geste d'apaisement : Saül avait déjà saisi Moritz Benedikt par le revers de son beau smoking.

— Et pour moi, monsieur le journaliste, vous êtes la quintessence de ce que parfois les juifs ont de plus mauvais en eux. La haine de leur judéité !

Une bombe eût éclaté au milieu du salon von Lichtfeld que l'effet n'eût pas été moindre. Myriam se trouva mal. Les femmes de son entourage se pressèrent autour d'elle.

Seule grand-mère Ida souriait.

— C'est très bien. Il est très bien ce jeune homme... C'est donc lui ton fiancé ? dit-elle à Sarah. Alors, *Mazel Tov !* Il faut que ce mariage se fasse !

Blême, Moritz Benedikt jeta :

— Vous me devez réparation pour ce mot, monsieur...

Saül éclata de rire.

— Et quoi ? Un duel ?

— Exactement !... Vous m'enverrez vos témoins. Comme je suis insulté, j'ai le choix des armes ! Nous nous battrons au pistolet !

Saül riait toujours.

— De ma vie, je n'ai tenu un pistolet... Ma religion me l'interdit ! « Tu ne tueras point ! » : c'est le cinquième commandement ! Mais si vous tenez à vous battre, servez-vous donc de vos poings !... Venez dehors avec moi, et nous réglerons cette affaire en hommes.

— Monsieur, vous êtes un lâche ! Je ne me bats pas comme un palefrenier..., éructa Moritz Benedikt.

Saül cessa de rire. De nouveau il s'empara des revers du veston de Benedikt et dit d'une voix très douce :

— Je vous conseille de vous taire ! Sinon je me verrai dans l'obligation de vous forcer à le faire, et vous risquez de ne plus prononcer un mot d'ici quelques mois. Vous n'avez qu'à demander aux partisans de Karl Lueger qui me sont tombés sous la main. Ils ont eu ensuite beaucoup de mal à parler et même, je pense, à se souvenir de qui ils étaient et d'où ils venaient... Je ne me battrai pas en duel avec vous, ni au pistolet ni à l'épée... Mais, ajouta-t-il aimablement en arrangeant soigneusement le veston de son vis-à-vis, si vous y tenez absolument, ou bien si vous ne partez pas sur l'heure, je me ferai un plaisir de vous botter les fesses... Cela vous va-t-il ?

On eut beaucoup de mal à séparer les deux hommes... Fort heureusement, leur duel resta verbal, et finalement ils se séparèrent bons amis après avoir trinqué à la santé de François-Joseph, « ... que Dieu le garde... », et à la mort prochaine de Karl Lueger, de l'ensemble de ses amis, et après avoir maudit la descendance de ce même Karl Lueger jusqu'à la vingtième génération...

Deux heures plus tard, après que le Baron Elie, au grand déplaisir de sa femme, eut décidé de raccompagner Emil et Berta Zuckerkandl chez eux, la Baronne Myriam monta au deuxième étage où se trouvaient les chambres de ses filles, comme elle le faisait chaque soir... Sonia était déjà couchée, les couvertures remontées jusqu'au cou, les yeux fermés...

— Tu dors déjà ?... chuchota sa mère.

Sonia entrouvrit les yeux.

— Je suis un peu fatiguée..., dit-elle. Pourrai-je rester au lit demain ?

— Bien sûr, ma petite fille..., s'écria Myriam, brusquement inquiète. Es-tu souffrante ?... Tu n'as pas pris froid au moins ? Faut-il appeler le médecin ?

— Mais non, maman. Juste un peu de fatigue ! Toutes ces émotions et ces cris, ces disputes... Quand je pense que là-bas, à Davos, nous étions au lit à huit heures du soir, et extinction des feux à neuf heures !...

Sonia se perdait en explications angoissées. Comment dire la vérité ? Cette terrible vérité qui risquait de plonger la famille dans l'horreur, la honte et la douleur ? Elle en était sûre maintenant. Elle allait avoir un enfant... Et devant cela, elle se sentait exactement comme face à une meute de bêtes enragées prêtes à foncer sur elle... Où qu'elle se tournât, il n'y avait rien ni personne pour l'aider. Partout, chez tous, elle ne voyait que pièges, visages fermés, durs, implacables... « Honte ! honte sur toi... honte !... »

Elle se laissa embrasser par sa mère... Un instant, elle fut tentée de tout dire. De tout avouer.

— Maman..., commença-t-elle.

— Oui, mon enfant chérie ?

Myriam la regardait avec douceur. Tant de douceur. Tant de tristesse aussi. Elle était toujours si triste maintenant, habitée par un chagrin immense, soigneusement gardé dans le secret de son cœur.

— Oui, ma chérie ?... répéta-t-elle machinalement.

Sonia soupira.

— Il me tarde que le printemps revienne..., dit-elle. Je déteste l'hiver. Parfois j'ai l'impression que le printemps ne reviendra jamais.

— Oui..., répondit sa mère. Vivement que le printemps revienne !... Et surtout, que les esprits se calment ! Cette affaire Dreyfus ! Enfin, tout de même, coupable ou innocent, cela ne nous regarde pas ! D'ailleurs, c'est un sale Français ! Et nous, nous sommes autrichiens ! Nous sommes ennemis depuis toujours, quoi qu'en dise Georges Clemenceau. Te rends-tu compte qu'on ne peut plus passer une soirée sans évoquer cela ? Même Berta Zuckerkandl est toute retournée ! Pas de jour sans qu'elle vienne nous importuner avec les lettres que sa sœur lui envoie de Paris !

— Mais, maman... s'il est innocent ?

— Eh bien, s'il est innocent, qu'il le prouve !... Ah, vivement le printemps ! Encore deux bons mois avant avril !... Moi aussi je déteste l'hiver ! Repose-toi, ma petite chérie... Je déteste encore plus savoir ton père dans les rues, tard dans la nuit avec cette Berta Zuckerkandl qui est bien trop émancipée !...

Mais cette dernière phrase fut prononcée à voix si basse que Sonia ne l'entendit pas.

Myriam posa un baiser léger sur le front de Sonia et entra sans frapper chez Sarah qui sursauta en voyant sa mère. Tout de suite, la jeune fille qui écrivait son journal monta sur ses ergots.

— Tu m'espionnes ! Voilà que tu m'espionnes ? s'écria-t-elle avec rage, oubliant volontairement le vouvoiement imposé.

Elle voulait ainsi marquer à sa mère son ressentiment contre ce qui s'était passé au cours de la soirée... Elle lui en voulait surtout de la haine à peine déguisée que Myriam avait manifestée envers Saül...

Interdite, la Baronne Myriam protesta :

— Mais voyons, ma chérie !... Ce n'est pas vrai !... Je viens seulement te dire bonsoir comme je le fais toujours !... Pourquoi t'emporter ainsi contre moi ?

— Excusez-moi, maman..., dit-elle pour finir, de mauvaise grâce.

La Baronne Myriam l'embrassa. Malgré elle, son baiser était un peu plus froid, plus réticent que lorsqu'elle embrassait Sonia, Noemi ou les jumeaux. Sarah était d'un tempérament si opposé au sien, elle lui était si... étrangère, en vérité. Elle ne comprenait pas sa fille cadette... Comment pouvait-elle vouloir épouser un homme comme Saül Lozwitzky ?... « Il est si différent des nôtres ! Je me sens plus à mon aise avec un Franz Berg ! Voilà un homme du monde ! Dommage que son père travaille pour Karl Lueger !... »

Fort heureusement pour l'apaisement des esprits, quinze jours après cette mémorable soirée, naquit Samuel, le premier fils de Dina et de Haym... Trois semaines après l'accouchement, Dina, qui nourrissait son fils, reprit son alto.

Le bébé dormait dans un moïse, placé bien en évidence dans le réduit qui jouxtait la scène et pompeusement baptisé « loge des artistes ». Parfois, au beau milieu d'une soirée, Dina posait précipitamment son alto et sortait donner le sein au bébé qui hurlait famine... Le quatuor se transformait alors en trio, mais bizarrement il n'y eut jamais de plaintes, même parmi les plus enragés des mélomanes.

Une demi-heure plus tard, le nouveau-né dûment changé, nourri, dormait paisiblement tandis que sa mère reprenait son instrument.

Mars s'achevait dans le froid et le brouillard. Ce soir-là, la pluie avait cessé depuis longtemps. Un vent très doux mais vif s'était levé, et la lune s'envolait au-dessus des toits entre les lambeaux de nuages.

Franz et Sonia se pressaient l'un contre l'autre. Ils étaient assoiffés de baisers, de caresses et avaient trouvé refuge dans la cathédrale Saint-Etienne, déserte à cette heure, se dissimulant dans l'ombre d'un pilier. La lumière mouvante des bougies jetait çà et là des lueurs dorées autour des deux jeunes êtres qui s'étreignaient comme si la mort les avait menacés. Enfin Franz fit un mouvement et détacha Sonia de lui.

— Mon père ne veut rien entendre. Il tient à ce mariage avec cette princesse italienne. Sonia... Sonia, ma petite bien-aimée, qu'allons-nous devenir ?

Franz Berg était un beau cavalier, un superbe hussard de l'Empereur François-Joseph, un garçon à l'intelligence médiocre, mais ardent, sensuel, passionné, sincère... Il l'adorait, cette petite juive de la Ringstrasse, et il ne pouvait vivre sans elle... Et elle, effrayée par cet amour qu'elle éprouvait, effrayée par la lutte qu'elle devait mener contre les siens, contre la famille de Franz, contre le monde entier, ne savait plus que dire ni que faire. Tout lui paraissait incommensurable. Elle tremblait de froid, de peur, de désespoir aussi. Elle ne savait pas que l'amour qu'elle éprouvait était de ceux qui peuvent triompher de la vie et de la mort... Elle aurait pu lutter... Mais, trop faible, trop fragile, elle n'était plus que désespoir silencieux... Ils s'étreignaient encore, chacun cherchant dans la chaleur de l'autre la force de lutter, chacun sachant cependant que dès qu'ils seraient séparés, ils retomberaient dans leur impuissance et se soumettraient à la volonté des leurs.

— Je voudrais pouvoir faire quelque chose..., disait Franz tout en berçant la jeune fille contre lui. Mais à part l'armée, je ne sais rien faire... Et si nous nous marions, je serai obligé de démissionner... Il nous est interdit, à nous, officiers, d'épouser des juives.

Le Comte Berg avait dépensé sans compter de l'argent (qui d'ailleurs ne lui appartenait pas) afin de favoriser l'élection de Karl Lueger. Ce même Karl Lueger qui, la main sur le cœur, jurait au Baron Hirsch ou au Baron de Rothschild qu'il n'était pas antisémite. Et ces derniers, soucieux de protéger leurs droits acquis, feignaient de le croire. En fait, ils n'étaient guère éloignés de penser qu'effectivement, ces juifs de l'Est, ces juifs venus des ghettos polonais ou russes, étaient source de danger pour eux, bons Autrichiens. Karl Lueger parlait de quotas d'immigrés juifs de l'Est, parlait de refouler tous ceux qui n'offraient aucune garantie sociale ou financière et d'expulser ceux qui n'appartenaient pas à l'Empire. Et beaucoup de juifs autrichiens, autrichiens de père en fils, depuis la nuit des temps, pensaient que Karl Lueger n'avait peut-être pas tort, que trop de ces juifs pouilleux, venus des ghettos de Pologne, de Russie ou de Lituanie, encombraient les nobles rues viennoises.

« Voyez ce qui se passe à Leopoldstadt... », disait-on dans les grands salons viennois, où les riches bourgeois chrétiens et juifs se retrouvaient autour de petits-fours, de caviar, de champagne, de cognac, de vins fins. « Ils refusent de s'assimiler... Ils refusent la civilisation chrétienne, les coutumes chrétiennes. Ils ne se rasent pas, portent un costume ridicule, passent leur temps à lire et à prier... Certes, ils ne font de mal à personne, mais leur présence est gênante !... Il vaudrait mieux les expulser... — Pour aller où ?... demandait invariablement un des grands bourgeois moins stupide que les autres. Ils se feront massacrer s'ils retournent d'où ils viennent. — Finalement, ce Theodor Herzl... ce n'est pas tout à fait idiot ce qu'il propose... La Palestine, cette province turque qui sert de dépotoir à toute la criminalité des provinces arabes... »

« Je vais financer des colonies agricoles », disait noblement le Baron Hirsch, satisfait de voir déjà Leopoldstadt débarrassé de ses juifs orthodoxes, ces juifs à longue barbe si préoccupés de Dieu et de la Thora qu'ils en oubliaient qu'ils vivaient dans un pays civilisé, ouvert à l'électricité, au téléphone et à la vie moderne.

Quant au père de Sonia, il avait intimé l'ordre à sa fille de ne plus voir Franz Berg sous peine de quitter Vienne dans les plus brefs délais... « Si jamais tu me désobéis, je t'envoie chez ma sœur, ta tante Paula, au Canada, à Montréal ! »

— Je déteste la politique !... soupira Sonia. Je déteste la religion... Je déteste tout ce qui me sépare de toi...

— Et moi donc !... dit Franz avec ferveur.

Il la serra dans ses bras et la couvrit de baisers.

— Peu m'importe l'armée, peu m'importe ma famille... La seule chose importante c'est toi... Je ne pourrais jamais vivre sans toi, ma Sonia...

— Oh, mon ami..., balbutiait Sonia. Si je ne puis vivre avec toi... je mourrai avec toi...

Seuls les êtres très jeunes peuvent imaginer mourir avec autant d'allégresse. Et soudain, Sonia vit dans la mort la solution la plus acceptable à ses tourments.

Franz envisageait avec intérêt une solution aussi dramatique et tellement romanesque ! Une fin de vie comme celle du Prince Rodolphe après une dernière nuit d'amour avec sa maîtresse adorée... N'était-ce pas exaltant ? Déjà tout un plan s'échafaudait dans son esprit. Un départ dans la nuit en fiacre... Une chambre d'auberge. Une dernière nuit d'amour avant de boire une coupe de poison. Franz pensait que les armes à feu étaient déplaisantes et risqueraient de défigurer le si charmant visage de sa bien-aimée, ou le sien même... Tandis qu'avec le poison on s'endort paisiblement... et on ne se réveille plus... Et quelle terrible punition pour leurs pères respectifs, si intolérants, si durs... L'ennui, c'est que Franz Berg ne possédait pas un florin, et encore moins un pavillon de chasse où il aurait pu se réfugier avec sa maîtresse. Quant à entrer dans une auberge pour demander une chambre, aucun des deux jeunes gens n'aurait pu s'y résoudre sans honte.

Une vie sans Sonia ?... Impossible ! Puisqu'ils ne pourraient jamais être unis dans la vie, la mort les unirait. Mais, alors qu'il allait exposer son plan quelque peu macabre, il se fit soudain comme une illumination dans son esprit.

— Et... et si nous fuyions ensemble ? dit-il d'une voix d'abord hésitante... Je pourrais me faire avancer le peu d'argent qui me vient de ma tante, sous un prétexte quelconque... Par exemple, quelque dette de jeu... Mon père acceptera sans protester... Et alors... alors nous pourrions nous installer quelque temps en Italie... (Peu à peu sa voix se raffermit.) Le temps de nous marier et, pour le bébé, de naître. Ensuite, nous pourrions quitter l'Europe... aller vivre en Amérique... Fuir, ma Sonia ! c'est la seule solution.

— Fuir ? dit Sonia lentement.

— Fuir ! répliqua Franz. Crois-moi, il n'y a pas d'autre solution... Partons ! Quittons cette vieille Europe pourrie ! Allons-nous-en loin d'ici, loin d'eux !... Allons nous installer dans un pays neuf où personne ne nous connaîtra, où nous ne connaîtrons personne ! Plus de famille. Plus de religion. Plus de devoir... La liberté, ma chérie, la liberté d'être ce que nous avons envie d'être, et pas ce que les autres décident que nous devons être...

Sonia l'écoutait, souriante, délivrée de son angoisse. Elle était là, la solution. Fuir ! Elle épargnerait la honte aux siens, sinon la douleur et le scandale. Dans ce milieu fermé de la bourgeoisie viennoise, la fuite de deux enfants irresponsables était plus tolérable que l'annonce d'une naissance illégitime. Fuir ! Comment n'y avaient-ils pas pensé plus tôt ? Qu'attendaient-ils ? Il fallait partir ! Demain... demain au plus tard !

Alors, pendant les deux heures qui suivirent, et qui furent les plus belles de leurs jeunes existences, ils échafaudèrent mille projets d'évasion, rêvèrent de leur avenir en Amérique. « Nous aurons une grande ferme... des vaches, des moutons, des poulets et un élevage de chevaux pur-sang dans le Wyoming... » Franz Berg en rêvait depuis longtemps. Si son père ne l'avait pas forcé à faire une carrière dans l'armée, son plus grand bonheur eût été de vivre dans la nature en compagnie de chevaux. Depuis l'enfance, dans le château ancestral, il n'avait trouvé son équilibre et son bonheur qu'en compagnie des palefreniers qui l'avaient initié à l'art de bouchonner, de soigner, de nourrir les superbes lipizzans qui étaient l'orgueil de l'écurie paternelle. Il s'y connaissait parfaitement et tout bien considéré, ses projets de « ranch » se tenaient. Les seules difficultés consistaient à quitter Vienne, à fausser compagnie à leurs familles respectives et à franchir les frontières sans être arrêtés — Sonia n'était pas majeure et ne possédait pas de passeport... Mais, emportés par leur rêve, aucun d'eux ne s'arrêta à de pareilles vétilles... Ils allaient partir...

— Des dettes de jeu ! Voilà ce que je dirai ! Mon père me donnera l'argent !... Pour des dettes de jeu, il ne refusera pas... A peine me fera-t-il quelques réflexions !... disait Franz.

— J'ai mes bijoux et un millier de florins qui me viennent de grand-mère Ida..., répondait Sonia. Grand-mère Ida me donne toujours de l'argent.

— C'est plus qu'il n'en faut !... répliqua Franz

enchanté, prouvant ainsi sa totale inaptitude à faire face aux réalités...

Peut-être auraient-ils pu réussir leur projet. Peut-être... Les parents de Sonia n'eussent en aucun cas envoyé la police aux trousses de leur fille et le Comte Berg aurait tout fait pour étouffer un scandale qui aurait pu lui coûter sa carrière... Mais Sonia resta trop longtemps dans l'église glaciale, et quand elle en sortit, il pleuvait à verse, des bourrasques furieuses de cette pluie de fin d'hiver, mêlée de neige, et, bien qu'elle courût aussi vite que possible, elle était trempée lorsqu'elle arriva à la maison... Elle grelottait de froid et d'excitation. Elle ne prit ni la peine de se sécher ni celle de changer de vêtements. Elle ouvrit un sac de voyage, y jeta pêle-mêle ses bijoux, ses économies, un peu de linge, quelques vêtements, et enfin se coucha, frissonnante de fièvre. Le lendemain, la fluxion de poitrine fit des ravages sur sa nature délicate, peut-être mal guérie. Le docteur Schnitzler, appelé d'urgence, arbora son visage des mauvais jours et diagnostiqua une double pneumonie. Il sortit de la chambre de Sonia en hochant la tête et en marmottant quelques mots.

— Constitution si frêle..., dit-il. Il est difficile de se prononcer...

Cela dura quinze jours. Quinze jours où l'espoir s'évanouissait chaque heure un peu plus... Il y eut des abcès pulmonaires, d'horribles crachements de pus et de sang... On fit venir deux gardes-malades. Rigide, Myriam restait assise au chevet de Sonia... Elle savait, elle... Elle savait dans son corps, dans son cœur, que c'en était fait de sa fille. Elle avait beau se pencher sur Sonia lorsque celle-ci gémissait.

— Calme-toi, mon trésor... Tu verras, tu seras bientôt guérie, je te le promets...

Elle regardait le sac de voyage ouvert, avec les pauvres trésors que Sonia y avait jetés en vrac... Elle y avait rangé la robe trempée de boue et de pluie... Elle avait tout compris. Elle savait que sa fille était perdue.

Elle aurait donné n'importe quoi pour que Sonia pût vivre. N'importe quoi...

— Ma petite fille, ma petite chérie... Tu vas guérir..., disait-elle à Sonia, tu vas guérir... Je te le promets...

Et Sonia la croyait, et ses autres enfants aussi. Sarah, Noemi, David et Jonathan, tous étaient convaincus que Sonia guérirait puisque maman l'affirmait... Et maman se révélait héroïque, souriante, sûre d'elle. Arborant un visage calme, malgré les cernes noirs qui entouraient ses yeux rougis de fatigue et de pleurs dissimulés... Et elle soignait, berçait, consolait Sonia comme si celle-ci était redevenue un tout petit bébé. Elle ne permettait à personne ni de faire les piqûres, ni d'avancer la cuvette pour les vomissements... Elle soutenait le front de sa fille, et elle souriait.

— Là... là... C'est le mauvais sang qui s'en va... Après tu iras mieux, tu verras...

Et, pour quelques heures, c'était vrai. Sonia respirait mieux, ses mains brûlantes ne se crispaient plus sur sa poitrine...

Elle guérirait puisque maman...

Les gardes-malades étaient émues par le spectacle de cette femme grisonnante, silencieuse, assise là comme si elle était sourde et aveugle, repoussant la mort de toutes ses forces, refusant de dormir, de crainte que la camarde ne fît son œuvre pendant le sommeil.

— Ma fille... ma petite...

En bas dans le hall, dans les salons, il y avait un va-et-vient incessant. Les sœurs et frères du Baron Elie, ceux de Myriam, des amis, des relations, tous venaient aux nouvelles... Oubliées, les querelles qui avaient séparé certains d'entre eux, oubliés, les insultes, les cris, les malédictions... Ceux qui ne se parlaient plus s'embrassaient en pleurant, ceux qui avaient jugé si sévèrement Sonia auraient donné dix ans de leur vie pour assister à son mariage avec Franz... « Ah ! disait-on, la politique... quelle horreur ! quelle stupidité... Cela fait le malheur des gens et voilà tout !... » Nul ne songeait à manger... On s'endormait à moitié habillé, d'un mauvais sommeil troublé par de fréquents réveils. Au matin du quinzième jour, les membres de la famille qui s'efforçaient de prendre un petit déjeuner hâtif entendirent une porte s'ouvrir précipitamment.

Le docteur descendait, pâle, les traits tirés... Incapables de bouger, Sarah, Noemi, Jonathan et David se regardèrent avec épouvante... Hagard, l'oncle Ernest von Lichtfeld, le frère aîné du Baron Elie, s'approcha du docteur.

— Comment va ma nièce ?...

Sonia avait toujours été sa favorite. Célibataire, il avait décrété qu'elle serait sa « seule héritière »...

Le docteur hocha la tête.

— C'est la fin, dit-il à voix basse. Peut-être cette nuit. Demain au plus tard... Ah, elle a demandé à voir Franz... Qui est-ce ? Est-il de vos parents ? Peut-il venir la voir ?

L'oncle Ernest baissa la tête.

— Non..., soupira-t-il. C'est impossible... Mais je vais faire venir le rabbin.

Sarah hésitait à intervenir. A la demande de Sonia, dès le début de la maladie, elle avait averti Franz de ce qui se passait, et chaque jour elle s'échappait quelques instants pour lui donner des nouvelles. Il fallait qu'il vienne ! Partagée entre sa peine et la nécessité de faire quelque chose pour Sonia, Sarah pensait : « On n'a pas le droit... » Cela fut soudain une évidence pour elle. Au-delà des lois sociales, au-delà des règles, il y avait là un droit sacré, imprescriptible, qui devait être respecté... Pas question de priver Sonia de sa dernière volonté, même si cela devait déclencher un cataclysme.

Alors, n'y tenant plus, elle s'enveloppa dans une mante et, profitant du désarroi familial, elle sortit, prit un fiacre jusqu'au palais qu'occupaient depuis des générations les Berg... Un instant, elle s'immobilisa devant le porche encadré de cariatides... Puis elle frappa... La porte s'ouvrit sur un hall vaste et sombre, encombré de plusieurs générations de meubles, de tableaux... A peine pouvait-on circuler à travers cet ensemble hétéroclite où se côtoyaient sans grâce toutes les époques, du XVe au XIXe siècle. Au majordome qui s'inclinait devant elle, elle fit demander le Comte Franz... Elle attendit à peine quelques minutes. Franz était devant elle.

— Comment va-t-elle ?... chuchota-t-il.

— Le médecin n'a plus d'espoir..., dit Sarah, ne pouvant retenir davantage ses pleurs. Il ne sait si elle passera la nuit... Elle a demandé à vous voir...

Il n'y eut pas une ombre d'hésitation.

— Je vous suis..., dit Franz.

Le chemin du retour fut bref. Dans le hall de la maison Lichtfeld, le même va-et-vient, morne, triste, silencieux... Nul ne s'étonna de voir le jeune Comte Franz. Ou s'ils s'étonnèrent, ce fut surtout de l'expression désespérée du fils de « ce porc de Berg ».

Précédant Franz, Sarah l'introduisit dans la chambre de Sonia, qui somnolait. La maladie avait fait des ravages. La mort était inscrite sur le visage pâle, cernant les yeux de noir ; elle était là, le souffle court, rauque...

Le Baron Elie et Myriam se levèrent quand le jeune homme pénétra dans la pièce.

— Elle vous a demandé, dit Myriam. Ma petite fille vous a demandé... plusieurs fois... C'est bien d'être venu...

Sonia s'était réveillée.

— Franz ?... dit-elle. Franz ?...

Ses yeux trop grands, profondément enfoncés dans les orbites, s'illuminèrent.

— Oh, Franz... tu es venu me chercher ?... oh... je vais guérir, Franz... mon Franz... nous allons partir... Mes parents sont d'accord. Nous irons vivre en Amérique... Nous élèverons des chevaux. Et nous serons libres, Franz... libres... comme tu l'as dit... papa, maman, n'est-ce pas ?

Incapables de prononcer une parole, le Baron Elie et Myriam acquiesçaient de la tête.

Sonia haletait, les joues maintenant rouges de fièvre et d'excitation.

— Elle délire, chuchota le Baron Elie à l'oreille de Franz. Elle n'arrête plus de parler de l'Amérique, de chevaux...

Retenant ses larmes, Franz s'approcha de Sonia, s'installa près d'elle et lui prit les mains. Il souriait. Ce n'était plus le jeune homme imbu de sa caste, tout fier d'être l'un des officiers les plus fêtés de la garde impériale, le brave garçon si gai, le meilleur danseur de Vienne, c'était un homme désespéré, que la douleur avait transformé. Il parla longuement d'une voix douce, presque inaudible. Il parlait de l'Amérique, de leur départ prochain, loin, très loin de la vieille Europe...

Sonia ferma les yeux, le visage rasséréné, presque souriante. Apaisée. Elle lui étreignait la main. Mais elle ne savait plus que Franz était là, près d'elle.

La main du Baron Elie s'appuya sur l'épaule de Franz qui embrassait les mains de la jeune fille.

— Elle est partie..., dit-il.

Franz redressa son visage... Des larmes qu'il ne retenait plus glissaient lentement sur ses joues.

— Non, dit-il, non, elle me serre encore la main...

Il se pencha vers ce qui restait de Sonia.

— Sonia ?... dit-il. Sonia ?

Mais pour la première fois, Sonia ne répondit pas.

Le Comte Franz Berg se leva et regarda les parents de Sonia qui pleuraient.

— Je sais où la rejoindre..., dit-il d'une voix calme.

Le Baron Elie pensa alors que le jeune homme était devenu fou.

Huit jours après l'enterrement de Sonia, le Comte Berg demanda à voir le Baron Elie. Celui-ci, encore hébété de douleur, accepta de voir son vieil ennemi. Il descendit le rejoindre dans le petit salon où l'on avait fait attendre le visiteur... Les miroirs, les portraits étaient voilés de noir. Le Comte Berg était très pâle et paraissait en proie au plus profond désespoir... Il resta silencieux un instant, puis il dit d'une voix rauque :

— Mon fils s'est tué cette nuit. D'une balle de revolver. C'est un suicide. Il nous a laissé une lettre qui ne laisse aucun doute là-dessus... Je suis venu vous supplier de ne pas ébruiter cela... J'ai dit que c'était un accident, un terrible accident. Si l'Eglise apprend que mon fils s'est donné la mort, elle lui refusera les sacrements et l'enterrement religieux...

Le Baron Elie baissa la tête.

— Je dirai ce que vous voudrez... D'autant plus qu'il ne s'agit ni d'un suicide... ni d'un accident... Il s'agit d'un assassinat avec préméditation...

— Que voulez-vous dire ? balbutia le Comte Berg. Etes-vous devenu fou ?

— Non... non. Vous et moi... voilà les coupables. Vous et moi. C'est nous qui avons assassiné nos enfants... Au nom de quoi ? Je vous le demande... Pouvez-vous me le dire ? Au nom de quoi ?...

LE MARIAGE DE SARAH

Un an plus tard, vers la fin de février 1897, pour la première fois depuis la mort de Sonia, le Baron Elie sortit pour une longue promenade à pied, sur la Ringstrasse. Il allait à un rendez-vous que sa fille Sarah lui avait fixé dans une galerie qui exposait les œuvres d'un jeune peintre qui avait fait couler beaucoup d'encre : Gustav Klimt. Il était l'un des protégés de Berta Zuckerkandl et parmi les plus brillants des jeunes peintres viennois. Etonné de se voir fixer un rendez-vous par sa fille, alors qu'il eût été si simple de le voir à la maison si elle désirait lui parler, cette requête bizarre faisait sourire le Baron Elie. « Elle a sans doute un secret à me confier... ou quelque chose à me demander... » Il savait déjà que, quoi que sa fille pût lui demander, il accepterait... en se faisant un peu prier, mais il accepterait... La mort de sa fille aînée avait été pour lui un tel choc qu'il vivait dans la terreur de voir ses autres enfants disparaître aussi. Parfois il se levait la nuit en sursaut, en proie à une angoisse terrible. Il ne trouvait l'apaisement et le sommeil qu'après être allé vérifier dans leurs chambres respectives que chacun de ses enfants était là, dans son lit, dormant à poings fermés.

Le Baron Elie marchait d'un bon pas. Il se réjouissait de cet entretien insolite avec sa fille. Elle avait changé..., pensait-il. Mûri. La mort de Sonia y avait sans doute été pour quelque chose... Sarah avait mûri, c'était indéniable, et comme elle était devenue jolie !... Finalement, il était heureux qu'elle eût choisi ce Saül Lozwitzky comme fiancé... Mais il était encore plus heureux que ce mariage ne fût pas célébré avant 1900... ou 1901... Soudain, il songea que Sarah avait fêté son dix-neuvième anniversaire au mois de janvier dernier, qu'elle était déjà dans sa vingtième année... Dieu, que le temps passait vite ! Une grande jeune fille de dix-neuf ans... « Dieu !... que ce Saül Lozwitzky aille au diable ! Il n'est pas encore temps pour Sarah de se marier ! »

Malgré ses soixante ans, le Baron Elie avait gardé belle allure et marchait d'un pas vif. La température était très fraîche sur la Ringstrasse. Le temps était à la neige. Parfois de belles promeneuses un peu trop élégantes, un peu trop maquillées, se retournaient sur lui en souriant d'un air engageant. Mais il était trop préoccupé pour répondre à ces sourires. D'ailleurs il ne les voyait pas ! Il pensait à ses filles, Sarah et Noemi, et enrageait en songeant que des malotrus allaient les lui prendre. Comme ce genre de pensées revenait fréquemment à son esprit, il s'était créé une sorte de défense automatique : « Bah ! elles sont trop jeunes ! Des petites filles ! » Mais ce jour-là, pour on ne sait quelle raison, cela ne marchait pas Il ne pouvait s'empêcher de se dire : « Non. Ce ne sont pas des petites filles. Sarah a dix-neuf ans, Noemi dix-sept... A l'âge de Noemi, leur mère était déjà mariée. A l'âge de Sarah, Myriam avait déjà Isaac et attendait Sonia... » Vingt-cinq années... Toute une vie défilait devant lui. Il s'était marié si tard... Trente-cinq ans ! Jusqu'à ce qu'il rencontrât Myriam qu'il avait adorée, et que sans doute il aimait encore... Et ses enfants étaient nés. Ses enfants qui le quittaient les uns après les autres. D'abord Isaac. Ensuite Sonia... Maintenant Sarah... Demain Noemi... Après-demain les jumeaux... Qu'allait-il lui rester ?

Il arriva à la galerie où avait lieu l'exposition. Il y avait là une foule compacte, bavarde, bruissante, dans laquelle Berta Zuckerkandl promenait son beau visage. Elle sourit en apercevant le Baron Elie, qui restait sur le pas de la porte. Elle se dirigea vers lui, les mains tendues.

— Comment trouvez-vous Gustav Klimt ?... Contente de vous voir ici, Baron Elie... Mon exposition est un triomphe !

— Je n'ai encore rien pu voir... J'ignorais que c'était vous qui aviez organisé cette exposition. A-t-il vraiment beaucoup de talent ? Moi, vous savez, sorti de la musique...

— Du génie... On peut dire de lui qu'il est le chef de file de la « Sécession »... Si vous le désirez, je vous le présenterai... Dès que j'aurai mis la main dessus. Il est tellement entouré !

— Non... non, pas aujourd'hui, par pitié. Une autre fois... Ma fille Sarah m'a donné rendez-vous ici. Elle avait quelque chose d'important à me confier. L'auriez-vous aperçue ?

Berta Zuckerkandl secoua la tête.

— Non. Pas encore. Drôle d'endroit pour avoir un entretien avec son père !... Ah, j'y suis !... Je suis sûre qu'elle veut vous faire acheter une toile de Klimt. Elle raffole de ce peintre...

Bizarrement, le Baron Elie se sentit tout ragaillardi. C'était sans doute cela ! elle voulait qu'il lui achète un tableau !... Ce n'était que cela !... Il s'étonna de son soulagement. Qu'avait-il donc craint ?

Berta Zuckerkandl le saisit par le bras, et du menton désigna Sarah qui bavardait avec animation avec le peintre en question... Visiblement, Gustav Klimt regardait son admiratrice avec plaisir.

— Tenez ! quand je vous le disais ! Voilà votre fille ! Je suis certaine qu'elle va vous faire acheter un tableau !... Je vous disais bien qu'elle était folle de lui !

Sarah avait aperçu son père et lui faisait de grands signes. Le Baron Elie sourit. Sa fille chérie était là, à quelques mètres de lui, si féminine, si élégante... voir Sarah sourire, virevolter gracieusement sur elle-même, tenant sa jupe d'une main, son éventail de l'autre, tournant la tête de droite à gauche, adorable, coquette sous sa petite toque de fourrure, remplissait son père d'orgueil et d'une immense douleur anticipée. « Quand je pense que ce Saül Lozwitzky va venir me prendre ma fille !... Pas de mariage avant 1905. 1905 est une excellente date. Pourquoi une jeune fille se marierait-elle avant vingt-six ou vingt-sept ans ?... De quel droit priverait-on un père de ce miracle de voir sa petite fille se transformer en femme ?... Pas avant 1905 ! »

Sarah fut auprès de lui sans même qu'il s'en rendît compte.

— Commcnt trouvez-vous Gustav Klimt, papa ? N'est-il pas merveilleux ?... Venez, je vais vous montrer des tableaux superbes !

— Je n'ai pas eu le temps de voir l'exposition. Il y a trop de monde. Je reviendrai un peu plus tard, lorsqu'il n'y aura personne... Alors ? Si j'ai bien compris les raisons de ce rendez-vous... tu as envie d'un tableau de ce Klimt ?

Le visage de Sarah changea. Pourtant elle continuait à sourire et à caqueter, mais tout ce qui, un instant auparavant, était naturel, léger, spontané, devint tout à coup artificiel.

— Ce n'est pas exactement cela, papa... Enfin... je dois dire... il est vrai que rien ne me ferait plus plaisir qu'un tableau de Klimt... Au contraire ! Mais... ce n'est pas pour cela que j'ai désiré vous voir.

— Ah !... Bien, je t'écoute. Qu'as-tu à me dire ?

Sarah secoua la tête.

— Ne restons pas ici, il y a trop de monde. Allons à la pâtisserie Sacher. C'est juste à côté. Nous y serons plus tranquilles.

Une fois dehors, Sarah prit le bras de son père. Maintenant il neigeait à gros flocons et, soudain, le Baron Elie eut une impression d'irréalité, de rêve...

La nuit était presque tombée et, avec la neige, tout se transformait, tout devenait féerique. Même le visage de Sarah qui riait sous les flocons.

— Nous formons un fort beau couple ! dit-elle. Pensez-vous que l'on puisse me prendre pour votre femme ? Ou peut-être votre maîtresse ?

Elle marchait d'un pas sûr, rapide, pesant légèrement sur le bras de son père.

Le Baron Elie s'offusqua :

— Voyons, Sarah ! En voilà une manière de parler pour une jeune fille bien élevée.

Mais il était très fier d'avoir à son bras une aussi jolie

jeune femme ! Il surprit des regards d'hommes envieux sur lui et il se rengorgea...

Ils entrèrent dans la célèbre pâtisserie viennoise tout illuminée par la lumière électrique. La salle bruissait de conversations étouffées. Là aussi, il y avait foule. Mais une foule élégante, discrète, presque silencieuse. Entièrement absorbée dans une consciencieuse mastication, le nez dans une assiette débordante de gâteaux, devant une tasse de chocolat chaud bien crémeux ou un verre de jus d'orange bien frais. Délicieuses et pernicieuses pâtisseries, pourvoyeuses d'amas graisseux que les clientes dissimulaient sous des cascades de dentelles, sous des corsets étroitement serrés, des chapeaux surchargés de plumes... Sur une estrade, dans le fond de la salle, une petite formation féminine arrangeait des partitions.

— Que veux-tu prendre, ma chérie ? demanda le Baron Elie.

— Oh ! une forêt-noire. Avec beaucoup de crème Chantilly. Et un verre d'eau.

Le Baron Elie commanda pour lui un café viennois... Un silence s'établit entre le père et la fille. Un silence que ni l'un ni l'autre ne chercha à rompre... Ils se regardaient en souriant, heureux d'être ensemble, conscients que ce moment de bonheur s'évanouirait dès que l'un d'eux prononcerait le fatidique « alors ?... ». Les jeunes musiciennes de l'orchestre entamèrent un morceau de musique française, la sirupeuse Méditation de *Thaïs* de Jules Massenet, qui, Dieu sait pourquoi, faisait fureur cet hiver-là dans les cafés-concerts et les salons de thé. Forcés d'entendre cela, certains de ces braves Viennois arboraient un visage consterné. D'autres étaient ravis et prenaient les airs rêveurs et mélancoliques de circonstance.

Sarah étouffa un fou rire, et le Baron Elie fit :

— Chut... chut ! on te regarde...

Lorsque la serveuse eut déposé les consommations sur la table, le père et la fille échangèrent un regard.

— Voyons, ma petite fille..., dit enfin le Baron Elie, peux-tu me dire à quoi riment toutes ces cachotteries ? Est-ce grave ?

Sarah avait légèrement pâli.

— Assez..., dit-elle enfin.

— Comment cela, assez ?

— Comment dire, tout dépend du point de vue où l'on se place. Dans certains cas, c'est un grand bonheur. Dans d'autres, c'est... c'est plutôt le contraire...

Le Baron Elie sentit un grand vide creuser son ventre. Il reprit son souffle.

— Est-ce que tu veux dire ?... Je ne comprends pas ?... Peux-tu t'expliquer ?... Est-ce que tu veux dire...

Sarah but lentement son verre d'eau.

— Je pense que vous avez compris, papa... Pourquoi m'obliger à dire les choses ?

Une fureur noire aveuglait le Baron Elie.

— Le... le... l'ordure... Avoir osé te toucher... Je vais le tuer. Je vais le tuer !

Des « chut » indignés le firent taire.

Sarah était partagée entre le fou rire, la satisfaction de se sentir un personnage important et divers autres sentiments, où se mêlaient une vague culpabilité et une crainte réelle que son père ne mît sa menace à exécution. Or, Saül était absolument innocent du crime dont Sarah l'avait chargé. Simplement, après plusieurs nuits d'insomnie, et surtout après avoir acquis la certitude que jamais Saül ne franchirait le pas qui ferait d'elle une « fille perdue », Sarah avait pensé à Sonia, et l'illumination était venue... Prétendre qu'elle était enceinte de Saül ! C'était la manière la plus rapide et la plus sûre de faire avancer son mariage, et de tenir en échec sa mère. Bien sûr, cela n'irait pas sans cris, sans hurlements, sans punitions... Mais elle savait que jamais sa mère ni même son père n'accepteraient que leur fille mette au monde un bâtard... Le choc pour le Baron Elie fut d'autant plus grand que l'idée ne lui serait pas venue à l'esprit que sa fille chérie, la « prunelle de ses yeux », pût se conduire comme une fille légère. Il était devenu très pâle. Son visage exprimait un profond désarroi.

La jeunesse ne prend conscience de la vieillesse qu'incidemment. Là, dans cette pâtisserie bondée où se chuchotaient des conversations feutrées, à peine troublées, de temps à autre, par un petit rire cristallin de bonne compagnie, Sarah eut conscience que son père était un homme âgé... Elle eut des remords de ce qu'elle était en train de lui infliger et posa sa main sur la sienne. L'eût-elle calculé, aucun autre geste n'aurait pu toucher autant le Baron Elie. Il voulut gronder encore, mais le cœur n'y était plus.

— Que va dire ta mère ? dit-il seulement.

Alors Sarah sourit.

— Est-il indispensable qu'elle le sache ?

— Je pense que oui... Enfin ! tu ne vas pas cacher une chose pareille à ta mère !...

— Oh ! maman ne comprendra pas !... Avec elle il y aura des tas d'histoires !... Est-il nécessaire de le lui dire ? Vous savez combien elle déteste tout ce qui a le genre artiste ! Elle déteste Saül... Mais s'il avait une bonne situation, elle serait la première à l'aimer... Faut-il vraiment lui en parler ?

— Si tu vois une autre solution pour la convaincre d'avancer la date du mariage, fais-la-moi savoir !... D'ailleurs, ta mère avait raison !... Je trouve que Saül s'est comporté fort mal ! Le mal est fait, n'est-ce pas, il n'est plus temps de revenir en arrière !... C'est pour quand la naissance ?...

— Euh... (Rapidement Sarah calcula une date plausible.)... Pour le mois d'octobre Il y a un mois que... enfin... que nous... Depuis la fin du deuil de Saül...

— La fin du deuil de Saül ?...

— Voyons, papa, tu sais bien que le père de Saül est mort l'année dernière, quinze jours après que... que Sonia nous a quittés...

Sarah eut peine à finir sa phrase. L'évocation de Sonia mouillait ses yeux... Son père détourna les siens et feignit de s'absorber dans une longue réflexion.

— Bon... bon..., grommela-t-il enfin. Je pense que le mariage va devoir être célébré au plus tard fin avril... Cela nous laisse peu de temps !... Il va falloir faire venir la famille de ton fiancé... Y as-tu songé ?...

Malgré elle, Sarah eut un petit sourire nerveux. Enfin les dés étaient jetés ! Le plus dur restait à faire. Et le plus dur n'était pas d'affronter sa mère, mais de révéler au principal intéressé, en l'occurrence Saül, sa supercherie. Mais elle n'eut pas à le faire. Le Baron Elie, pressé d'avoir une explication avec le « chenapan », n'attendit pas longtemps, et le soir même, vers dix heures, il vint attendre Saül au café Griensteidl.

Le temps étant particulièrement mauvais — il s'était remis à neiger —, il n'y avait pas grand monde ce jour-là. Juste les habitués... Une douzaine de personnes autour des tables d'échecs, et une trentaine d'étudiants et de jeunes amoureux profitant des prix réduits que le café Griensteidl pratiquait à cette époque de l'année. Pour ce public, c'était le moyen le plus économique de passer une bonne soirée. Un excellent concert, un délicieux repas servi à profusion, des chopes de bière, des tables d'échecs, dans un cadre agréable où régnait une chaleur réconfortante dispensée par l'immense poêle de faïence qui occupait le centre de la salle...

D'abord surpris de voir le Baron Elie assis seul à une table, Saül esquissa un sourire, vite effacé devant l'expression qu'arborait le visage de son futur beau-père. Au fil des minutes, une angoisse diffuse envahit le jeune homme qui se trompa de mesure. Ses compagnons sursautèrent et se trompèrent également. Heureusement, les conversations entre les dîneurs étaient si animées que nul ne s'en aperçut. Seul, à sa table, le Baron Elie esquissa un petit applaudissement moqueur qui mit Saül au bord de la syncope. Dina chuchota :

— Que t'arrive-t-il ?...

— Regarde. Le père de Sarah ! Il n'arrête pas de me fixer d'un sale œil. On dirait qu'il m'en veut..., dit Saül entre ses dents.

— Bah ! tu te fais des idées !... répondit Dina de même. Attention ! c'est un *trois-quatre* et tu bats la mesure à quatre temps !...

Mais le mal était fait. Ce soir-là, Schubert fut bel et bien exécuté. Malgré cela, l'habitude aidant, « Les rois de Vienne » furent très applaudis. Pendant la pause, le Baron Elie se leva et se dirigea, tel le Commandeur de *Dom Juan*, vers la scène.

— Bravo, jeunes gens !... dit-il avec ironie. Jamais je n'ai entendu aussi parfaite exécution. Schubert doit s'en retourner dans sa tombe ! Pouvez-vous m'accorder un instant d'entretien ? ajouta-t-il à l'adresse de Saül.

— Euh... Bien sûr, monsieur... Bien sûr... euh... tout de suite !

Transpirant, très pâle, Saül suivit le Baron Elie jusqu'à sa table.

— Je suppose que vous êtes fier de vous ? dit le Baron Elie froidement.

Saül crut que son futur beau-père critiquait sa manière de jouer.

— Non... non, pas exactement, monsieur... Mais je ferai mieux la prochaine fois... vous pouvez en être sûr !... C'est un accident !

Le Baron Elie faillit s'étrangler avec son café.

— Qu'est-ce que vous dites ?

Saül reprit, pour se justifier :

— Oh, vous savez ! c'est la première fois que cela m'arrive... Une faute d'inattention. D'habitude je suis beaucoup plus concentré ! Jamais ce genre d'incident ne m'était arrivé... Jamais ! Vraiment, j'en suis tout à fait surpris et navré... Mais...

Il avait failli dire « mais lorsque je vous ai aperçu avec ce visage plein de colère et de rancune, j'ai eu peur... ». Fort heureusement, il n'eut pas le temps de développer cette intéressante pensée ; le Baron Elie l'interrompait, suffoquant de fureur :

— Eh bien, j'en apprends de belles ! Parce que vous êtes habitué à... à...

— Mais, monsieur, tous les soirs ! vous le savez bien ! s'étonna Saül.

Le Baron Elie restait sans voix. Une houle furieuse s'empara de lui.

— Mais je vais vous étriper !... croassa-t-il.

Des têtes se tournèrent vers les deux hommes. Saül était plus mort que vif. Il se demandait avec appréhension si l'amour de la musique n'avait pas rendu le Baron Elie complètement fou. Lui faire une scène pareille parce qu'il avait changé un *trois-quatre* en un *quatre-temps.* Et encore ! Seulement deux mesures !

— ... Et depuis quand ce manège ? demandait le Baron Elie les dents et les poings serrés, prêt à frapper.

Au désespoir, Saül se demandait ce qu'il devait faire. Il balbutia :

— Mais, monsieur ! ce soir c'est la première fois que cela m'arrive !

Déconcerté, le Baron Elie le dévisagea.

— Enfin, de quoi parlez-vous ?...

— Mais de mon erreur de ce soir !... des mesures que j'ai ratées.

— Qui vous parle de ça ?... Je me moque de vos mesures ! En voilà une idée ! Je suis venu vous voir au sujet de ma fille... de Sarah !

Saül eut d'abord un court instant de soulagement, immédiatement suivi par une vague de panique. Sarah ! Mon Dieu, Sarah !... Qu'avait-elle fait... ou dit ? Et surtout, comment répondre pour ne pas la trahir alors qu'il ignorait ce qu'elle avait manigancé ?

— Que... que... au sujet de votre fille ? bredouilla Saül. Bien. Evidemment... Evidemment...

— C'est tout ce que vous avez à dire ?

Désespérément, Saül cherchait dans sa tête ce que Sarah avait bien pu inventer... Une faible lueur éclaira son esprit et son épouvante grandit encore. Non. Non, pas ça ! ce n'était pas possible !

— Elle n'est pas... malade ? éructa-t-il d'une voix à peine audible.

— Non, dit le Baron Elie, qui commençait à entrevoir la vérité. On ne peut pas dire ça... Mais il semblerait que vous soyez particulièrement désireux d'avancer la date de votre mariage ?

— Oh oui... bien sûr. Bien sûr, monsieur. C'est très dur d'attendre.

Saül avançait à tâtons... Chaque mot qu'il prononçait était pesé, pensé... Tout lui paraissait un piège invisible dans lequel le Baron Elie l'entraînait.

— Voyons, dans combien de temps souhaiteriez-vous vous marier ?... demanda benoîtement son tortionnaire.

Saül se sentit infiniment soulagé. Il ne savait pas pourquoi, mais le visage et le ton du Baron Elie avaient changé.

— Oh ! dans six mois ! Cela ira très bien !... J'ai encore mes concours de fin d'année à passer... Et ensuite, je dois retourner à Stopnica pour quelques semaines... Vous comprenez, ma mère est souffrante.

« ... Sarah ne perd rien pour attendre !... La petite rusée !... » Le Baron Elie réfléchissait vite. « Sarah m'a menti. J'aurais dû le deviner. Mais il n'est pas bon de laisser ces enfants dépérir ainsi. Ils s'aiment et ce qui est aujourd'hui mensonge peut fort bien être demain réalité... Et cette réalité serait très déplaisante. » Il dit à voix haute :

— Disons dans six mois ?... Dès vos concours terminés. Est-ce d'accord ?... Mais attention, hein ! Pas de bêtises d'ici là !...

De joie, Saül se redressa d'un bond en lançant un formidable « Youpi ! »... Il se fit un grand silence dans le café Griensteidl. Toutes les têtes étaient tournées vers la table du Baron Elie, qui souriait en se caressant les moustaches... Rougissant, Saül lança à la cantonade :

— Mesdames, messieurs, toutes mes excuses... Mais je vais me marier !...

Alors, tandis que Dina, Haym et David entonnaient *La Marche nuptiale* de Mendelssohn, Saül regagna la scène, accompagné par les applaudissements de la salle.

La matinée était déjà largement entamée et « Les rois de Vienne » achevaient leur petit déjeuner dans un silence que rompaient le bruit des journaux du matin et le choc des tasses et des soucoupes... Dina était occupée à donner à manger au petit Samuel, qui allait gaillardement vers ses dix-sept mois. Il marchait et prononçait déjà quelques mots... Dès qu'il eut fini sa bouillie, il se propulsa vers son père qui le prit sur ses genoux.

Soudain :

— Cela fait cinq ans maintenant que nous sommes à Vienne..., dit Haym Landon en caressant son fils. Et nous nous apprêtons à y passer notre cinquième été...

Cette réflexion, qui était juste mais complètement dépourvue d'intérêt général, laissa ses compagnons sans réactions apparentes, et pour tout dire dans une totale indifférence. Ils se contentèrent de se verser chacun une autre tasse de café brûlant, copieusement arrosé de crème fraîche, et de se couper une tranche épaisse de *Kugel*. La lecture du journal le matin au petit déjeuner étant une chose sacrée ne supportant pas d'interventions déplacées, David déplia la *Neue Freie Presse*, Saül, le *Neues Wiener Tagblatt*, et les deux jeunes gens jetèrent un regard froid à celui qui les dérangeait dans leur lecture.

Haym Landon soupira :

— Je vois que ma conversation est pour vous pleine d'intérêt !

Dina vint à son secours.

— Voyons, mon chéri ! nous savons tous que nous allons nous inscrire pour une nouvelle année au Conservatoire... Je ne vois pas ce qu'il y a de singulier là-dedans ?

— Rien... rien sinon que cela va nous mener à quoi ?... Je sais déjà que je ne serai pas le plus grand violoncelliste du siècle. Et puis, je sais surtout que je n'ai nulle envie de vivre ici...

Après avoir lancé un regard inquiet sur les autres, Dina dit vivement :

— Haym ! ce n'est peut-être pas le moment ?...

— Le moment de quoi ? demanda Saül, étonné par le ton de Dina qui, pour la première fois de sa vie peut-être, avait pris une voix basse et douce.

Il replia son journal et fixa sa sœur et son beau-frère avec défiance. David fit de même.

Haym marqua un temps d'arrêt. Et soudain ce fut le silence dans la salle à manger de la pension Mandelbaum. Tous les convives, les anciens comme les nouveaux venus, avaient les yeux fixés sur le jeune homme.

Une sorte de petite confrérie s'était créée autour des « Rois de Vienne ». Shlomo Hurwitz finissait ses études de droit ; Michaël Zysman préparait activement son départ pour le premier grand reportage de sa vie. L'année précédente, durant tout l'été 1896, il avait accompagné Theodor Herzl jusqu'à Constantinople. En fait, toute la pension Mandelbaum l'avait aidé à préparer ce voyage vers l'Orient où il avait rencontré, outre des Turcs, l'Empereur Guillaume II de Prusse que Theodor Herzl avait convaincu de venir discuter d'une cession de la terre de Palestine en vue d'y créer un Etat juif... Depuis lors, cet événement faisait l'essentiel des conversations de la pension Mandelbaum. Depuis, Michaël Zysman était considéré par la pension Mandelbaum, si ce n'est par le reste du monde, comme un grand reporter, un journaliste de premier ordre, à l'image de Theodor Herzl lui-même.

Deux autres étudiants, l'un en médecine, Joseph Meyersohn, et l'autre en droit, Stefan Lieberfreund, faisaient partie de cette coterie, toujours prête aux farces, à partager le peu d'argent qu'ils gagnaient et à se régaler de soupers gargantuesques. Mais de tous, il était indéniable que le meneur était Haym Landon. Saül Lozwitzky dominait par l'intelligence, la vivacité d'esprit, mais Haym Landon, lui, dominait par la force, par la puissance de ses arguments frappants, en l'occurrence ses poings.

Conscient de l'intérêt général, Haym leva son ample carcasse qui, en cinq ans, s'était encore développée, aussi bien en hauteur qu'en largeur. A cette époque, il mesurait près d'un mètre quatre-vingt-dix et dépassait les cent dix kilos. Cette impressionnante corpulence n'était pas un don de Dieu, mais le résultat purement humain — fabriqué par Haym en personne, jour après jour, couche de graisse après couche de graisse — que le jeune homme entretenait consciencieusement, de même que sa force musculaire, qui se révélait non seulement impressionnante, mais fort utile... Car Haym Landon était un gros mangeur, un sportif convaincu, et lorsqu'il se battait avec les commandos de Karl Lueger, ces derniers avaient du mal à se souvenir de leur nom de baptême et se demandaient douloureusement ce que diable ils étaient venus faire sur cette terre... La seule pensée qui subsistait dans leurs esprits perturbés était : pourquoi Dieu avait-il permis qu'ils se retrouvassent cette nuit-là face à face avec cette force de la nature qu'était Haym Landon, seule masse musculaire capable de se saisir de deux partisans de Karl Lueger et de les fracasser l'un contre l'autre, jusqu'à ce que nez et arcades sourcilières fussent réduits en bouillie aryenne ?...

Les seules personnes (si l'on pouvait appeler cela des personnes) qui le mettaient hors de lui, c'étaient justement les partisans de Karl Lueger... Dès qu'il avait vent de quelque méfait, vitrines cassées dans Leopoldstadt, graffitis injurieux contre les juifs sur les murs, il réunissait toute sa petite bande (pratiquement toute la pension Mandelbaum), et tous se mettaient aux aguets... Parfois, ils pouvaient passer des nuits entières sans que rien n'arrivât... Mais parfois, ils parvenaient à se saisir de l'un de ces voyous. Alors là, Haym disait tendrement : « Laissez-le-moi, ce trésor !... » L'autre ne comprenait pas cette subite douceur. Et quand il comprenait, il était déjà trop tard.

Haym s'essuya la bouche, se rejeta en arrière, poussa un soupir de bien-être et déclara de sa belle voix puissante... — si puissante que le silence s'abattit aussitôt dans la salle à manger de la pension Mandelbaum :

— Nous avons deux choses à vous annoncer, Dina et moi... La première est que nous finirons l'année commencée et payée au Conservatoire mais nous ne prendrons pas d'inscription pour la rentrée prochaine... La deuxième est que nous allons partir... Nous allons quitter Vienne, l'Autriche et toute sa vermine...

Saül haussa les épaules.

— Cela n'est pas nouveau... Tu as toujours dit que tu voulais partir. Soit au Canada, soit aux Etats-Unis.

Haym hocha la tête.

— Nous n'irons pas en Amérique !

— Tiens donc ?... Et où comptez-vous aller ?...

Haym Landon prit un temps avant de répondre.

— Tu te souviens de la scène qui a suivi la publication du livre de Theodor Herzl en février 96 ?...

Saül inclina la tête. Puis, stupéfait, comprenant soudain :

— Tu ne veux pas dire ?...

— Si. C'est exactement ça. Dina et moi nous partirons en Palestine.

— Quoi ?

— Tu as bien entendu. Dina et moi, nous partirons en Palestine... Dès que nous aurons nos diplômes en poche, à la fin de l'année scolaire. Là-bas nous pourrons enseigner la musique... peut-être. Mais ce n'est pas pour cela que nous partons. Nous allons partir près de Haïfa, dans un petit village, Zikhrom Ya'akov, et travailler avec la famille Aaronsohn. Voilà ! Vous savez tout ! Dina et moi, nous voulons que notre prochain enfant naisse à Jérusalem... Mais auparavant, nous assisterons au premier congrès sioniste !

— Hein ? dit Saül De quoi parles-tu ? Quel congrès sioniste ?

— Je travaille avec un groupe qui soutient Theodor Herzl..., dit tranquillement Haym. Il souhaite organiser une sorte de forum où tous les chefs des communautés juives puissent venir discuter... Mais, mieux que cela, nous souhaitons constituer la première assemblée nationale au monde du peuple juif... Nous nous réunirons à intervalles réguliers...

— C'est de la folie pure ! Lorsque trois juifs sont réunis, c'est quatre partis politiques qui s'affrontent ! Ton Theodor Herzl est un fou, dit en riant Joseph Meyersohn. Envoie-le-moi, je le ferai soigner par le docteur Freud !

Saül haussa les épaules.

— Arrêtez, vous deux ! Il faut d'abord faire la révolution ici, penser à la classe ouvrière, aux plus défavorisés de nos contrées : l'antisémitisme cessera dès qu'il n'y aura plus besoin de bouc émissaire à charger de toute la misère du monde... Herzl est un rêveur !

— On le dit. Moi aussi je suis un fou et un rêveur. Et ta sœur Dina aussi. Et nous sommes tous fous de rêver de voir un jour Israël renaître de ses cendres. Un pays libre, démocratique, où personne... personne ne pourra dire à un juif « espèce de sale youpin, retourne chez toi... ». Et ils viendront tous ! De Russie, d'Allemagne, de Pologne, d'Autriche, de Hongrie, de Galicie, de Lettonie, de Lituanie... de Bulgarie, de Hollande, et même de France... Tous les malheureux, les persécutés, les humiliés retrouveront là une terre où ils redresseront la tête, et où le génie juif s'épanouira dans toute sa splendeur...

Les convives de la pension Mandelbaum applaudirent.

Haym s'inclina modestement, puis il reprit plus calmement.

— ... Nous avons retenu une date pour ce premier congrès sioniste. 29 août, à Bâle, la ville qui nous offre son casino... Seras-tu des nôtres ?

La question s'adressait à Saül, qui secoua négativement la tête. Puis Haym se tourna vers David.

— Moi je viendrai !... dit le jeune homme.

Il regarda Rivka qui lui souriait tendrement. Elle inclina la tête en signe d'assentiment. Alors il reprit d'une voix joyeuse :

— ... Toute la pension Mandelbaum devrait se retrouver à Bâle !

Haym Landon, un carnet à la main, prenait note.

— ... Alors ? Je prends les inscriptions ! Qui vient ?...

Des mains s'élevèrent dans la salle à manger de la pension Mandelbaum. Ils viendraient ces Michaël Zysman, ces Shlomo Hurwitz, ces Samuel Lieberfreund, ces Landon, ces Mendel, ces juifs venus des *shtetls* du fin fond de la Russie, de la Pologne, ils viendraient, habités par l'espoir de vivre enfin dans un pays d'où nul jamais ne viendrait les chasser, Israël.

— Qui sont les Aaronsohn ? demanda Saül, de plus en plus mécontent.

— Fischel Aaronsohn est un des plus grands botanistes d'Europe. Il a quitté la Roumanie après un pogrom et s'est installé à Haïfa... Il a fait ses études en France dans un collège agricole... Il est tout à fait heureux de notre prochaine arrivée et souhaite que notre exemple...

Haym s'interrompit et regarda fixement Saül, puis David.

Saül détourna la tête.

— Non, dit-il. Impossible !... Personnellement, je pense que, si lutte il y a, nous devons lutter ici !... Pourquoi fuir ? Toujours fuir ?...

— Cela n'est pas une fuite, Saül ! murmura Dina. J'appellerais plutôt cela un retour... Viens avec nous !

Saül secoua la tête.

— Et Sarah ?... Puis-je arracher Sarah à Vienne ? A sa famille ? Pour aller où ? Dans un pays hostile, torride... où il est impossible de vivre sans être armé jusqu'aux dents !

— Parce que tu penses qu'à Vienne il ne faut pas être armé jusqu'aux dents ? répliqua Haym.

— Si... si, sans doute. Mais...

Haym Landon sourit.

— Mais... tu n'es pas prêt à émigrer ?

— Non. Pas vraiment... je préfère lutter pour un monde meilleur, ici, à Vienne, ou demain, à Stopnica. Je pense que la révolution mettra fin à toutes les injustices sociales, à toutes les souffrances... Des hommes sont en mouvement pour qu'un monde nouveau puisse naître... Je veux faire partie de ces hommes, de ces mouvements. Nous allons lutter pour un monde sans violence, un monde de justice, d'égalité, de fraternité... C'est cela l'avenir de tous les peuples, de toutes les religions. Je crois davantage à une grande révolution universelle qui libérera l'homme de son joug séculaire, de ses peurs ancestrales, qu'à une fuite vers un avenir improbable, dans un pays hostile où l'on nous fera payer dix fois chaque pierre arrachée au désert...

Un immense éclat de rire salua cette déclaration. Des interjections jaillirent de toutes parts : « Illuminé !... » « Sottises !... » « Utopique !... Saül le Révolutionnaire... Saül le Rédempteur... »

— Ta révolution ne changera rien. Rien n'extirpera la haine du cœur des hommes, s'échauffa Haym Landon. Elle changera d'objectif, elle changera de nature, mais elle sera là... Sur un seul point la haine ne changera pas. Sur le juif ! Cette haine-là est trop profonde pour cesser un jour... Comprends-tu cela, mon frère ? Cette haine est née du christianisme. C'est lui la source de l'antisémitisme... Et tant qu'il existera un seul juif sur terre — un seul ! — les chrétiens se sentiront remis en cause dans leur essence même... Nous autres juifs, nous sommes la négation de la foi chrétienne. Nous n'avons jamais accepté l'idée que Dieu ait eu besoin du ventre d'une femme pour nous envoyer un messie... Pour autant que Dieu a eu envie d'envoyer un messager sauver l'homme de sa propre ignominie ! Tout est venu de là... L'Eglise chrétienne, catholique ou orthodoxe, s'impose grâce à l'ignorance des peuples, à leur superstition, leur bêtise...

— C'est pour cela qu'il faut lutter. Contre l'ignorance, contre toutes les superstitions. Seule la Révolution apportera la lumière aux peuples...

— Quels peuples ? Les Russes imbibés de vodka ou les Polonais, ces brutes épaisses abruties d'alcool ?... peut-être les Autrichiens de Karl Lueger ?... Saül, tu es un naïf !... On ne nous acceptera que morts ou convertis !

Saül allait répliquer, quand Shlomo Hurwitz et Michaël Zysman vinrent s'accouder auprès d'eux.

— Il faut être complètement fou pour être sioniste, dit Shlomo Hurwitz après un temps de réflexion.

— Sans doute, affirma Haym Landon. Il faut être complètement fou. Cela ne suffit pas, mais cela aide...

Pour cacher leur émotion, les jeunes gens riaient en se frappant mutuellement dans le dos...

— Quand partirez-vous ? demanda Michaël Zysman.

— Pas avant la naissance de notre second enfant, dit Haym en riant... En tout cas, pas avant septembre 1897...

C'est ainsi que la pension Mandelbaum apprit que Haym et Dina allaient avoir un second bébé. Nouvelle qui fut saluée comme il se doit par des hurlements de joie et des *Mazel Tov !* qui fusaient de tous côtés, le tout arrosé d'une bouteille de vodka. Deux jeunes danseurs de l'Opéra de Vienne, qui avaient choisi la pension Mandelbaum comme gîte, s'élancèrent dans une danse russe endiablée, accompagnés au piano et aux violons par « Les rois de Vienne »...

Michaël Zysman leva son verre.

— Silence !... un peu de silence... Nous allons tous porter un toast à la future mère... Et à ceux qui vont partir pour faire renaître notre terre... Gloire à vous, jeunes sionistes ! Que Dieu vous protège...

Tous, d'un coup sec, vidèrent leur verre, le jetèrent par-dessus leur épaule, et la danse reprit, plus échevelée que jamais...

Dans un coin de la salle, Michaël Zysman et Shlomo Hurwitz bavardaient à voix basse.

— Au fait !... lança le jeune journaliste. J'ai une

information de première main. Vous ne devinerez jamais... et je vous le donne en mille. Qui va être nommé directeur de l'Opéra de Vienne ?

Des noms aussi saugrenus qu'invraisemblables furent lancés par la salle en délire... « Hugo Wolf !... » « Bulow ! », pour se venger enfin de Richard Wagner qui l'a fait cocu de toutes les manières ?... « Karl Lueger ! » Ce dernier nom fut accueilli par une bordée d'insultes et de grossièretés. Michaël Zysman réclama le silence.

— Vous n'y êtes pas du tout, tas d'ignorants... Gustav Mahler !... C'est lui qui sera le nouveau directeur de l'Opéra.

Silence. Un silence absolu, total, succéda aux quolibets, aux rires, aux exclamations. Les visages se firent soudain graves.

— Gustav Mahler ?... dit Saül d'une voix blanche. J'ai bien entendu ? Gustav Mahler, directeur de l'Opéra de Vienne ?... Tu dois te tromper ? Il est juif ! Et puis il est encore en poste à Hambourg !... Voyons, tu te trompes ! Ce n'est pas possible. Jamais l'orchestre de l'Opéra n'acceptera de jouer sous sa direction... A moins que...

Michael Zysman ricana.

— A moins que... justement ! A moins qu'il ne soit plus juif ?... Eh bien, tu y es, mon frère ! Gustav Mahler a été baptisé il y a moins de dix jours, le 23 février 1897... A Hambourg ! Cette « petite » formalité a été exigée avant qu'il ne pose sa candidature pour obtenir le poste de directeur de l'Opéra !... Je vous parie tout ce que vous allez gagner durant les fêtes de *Pourim* contre mon maigre salaire de journaliste à la *Neue Freie Presse* que Mahler sera nommé directeur de l'Opéra dès le mois de mars prochain !... Maintenant il n'est plus un juif né dans le ghetto, sa mère n'est plus une *yiddishe mame*, son père n'est plus un descendant d'Abraham. Gustav Mahler, notre grand génie, notre grand compositeur, la fierté de notre peuple, est devenu un bon goy. L'eau du baptême chrétien, comme un bon savon qui lave la crasse originelle, a lavé, nettoyé de toute judéité la personne de notre cher Gustav Mahler. Demain ses enfants seront chrétiens et ils pourront aller dans Leopoldstadt injurier les juifs en leur crachant dessus et en leur criant : « Sales youpins ! retournez chez vous !... »

Haym Landon, les poings serrés, ne disait rien. Il était fou de Gustav Mahler, il le vénérait, le respectait, le comparait aux plus grands, Mozart, Schubert, Mahler... C'était là sa sainte trinité.

— Aussi longtemps qu'un juif sera obligé de se convertir pour obtenir le poste qu'il mérite, quel que soit ce poste, jamais nous ne pourrons nous considérer comme faisant partie d'une nation qui nous oblige à une telle ignominie..., dit-il pensif. Je pense que ce fait va renforcer notre décision de quitter cette vieille Europe pourrie jusqu'à la moelle par des siècles d'obscurantisme chrétien... Plus que jamais nous allons soutenir Theodor Herzl...

Toute joie, toute gaieté avait déserté le grand salon de la pension Mandelbaum...

Peu de jours plus tard, Saül se leva de bonne heure et partit à pied dans la ville. Marcher lui fit du bien. Il avait besoin de réfléchir et il ne pouvait vraiment réfléchir qu'au cours de ces longues promenades qui, parfois, duraient des heures... En rentrant à la pension Mandelbaum, sa décision était prise. Enfin, presque prise. Il devait renoncer à une carrière de violoniste ou de chef d'orchestre, si rien ne venait le conforter dans la conviction qu'il pourrait devenir un jour un authentique virtuose de premier plan. Il allait retourner à Stopnica et prendre la succession de son père... Ce qui le surprit le plus, c'est qu'au moment précis où il prit cette décision, il se sentit soulagé d'un poids énorme, comme délivré d'une ambition qui n'était pas la sienne.

— Voilà qui est fort surprenant..., dit-il à sa sœur et à ses amis, à qui il fit part de sa décision... Je suis si soulagé ! N'est-ce pas surprenant ? répéta-t-il plusieurs fois.

Michaël Zysman, Shlomo Hurwitz, Haym, David, Rivka et Dina étaient assis autour d'une table où quelques chopes de bière vides traînaient encore.

L'énorme poêle de faïence dégageait une chaleur bienfaisante.

Un silence accueillit d'abord la déclaration de Saül.

— Mais..., dit David Langer, étonné. Que vas-tu faire si tu renonces à la musique ?

— Forestier !... Exploitant forestier comme mon père !... Je vais épouser Sarah von Lichtfeld, et nous irons vivre à Stopnica.

Une avalanche d'exclamations diverses fusèrent de toutes parts :

— Stopnica ? Ce trou infâme ?...

— Stopnica et tous ces rats russes ou polonais. Ces sales antisémites pourris ! Tu as oublié, Saül ! Tu as oublié les injures, les pogroms ?

Saül réclama le silence et reprit :

— Nous aurons des enfants, et j'exploiterai les forêts des Comtes Ortoutchko. Le Comte est un imbécile. Mais son fils aîné est intelligent, sensible, et fait partie des Lumières...

— Mon Dieu ! renoncer à la musique !... interrompit Haym avec pitié, en feignant un désespoir comique. Et cela par amour ! Pour l'amour d'une femme !

Saül resta un moment silencieux, puis, après avoir jeté un regard rapide sur ses amis, il dit :

— J'aimerais pouvoir dire : C'est pour l'amour de Sarah que je songe à renoncer à la musique... J'aimerais pouvoir le dire, mais je vous mentirais et me mentirais à moi-même. Pis, si seulement Sarah s'imaginait cela, elle en souffrirait terriblement et se sentirait coupable d'un tel sacrifice... Et tout cela serait contraire à la vérité. La vérité est que je crois n'avoir nulle envie d'une carrière artistique. J'aime la musique pour moi, pour mes amis, pour le public du café Schubert, du café Griensteidl. J'aime écouter un bon pianiste ou un bon violoniste devant une chope de bière et en rêvant à Sarah... Maintenant, lorsque j'imagine ma vie future, c'est avec une ribambelle d'enfants, Sarah à mes côtés. Nous formerons un petit ensemble orchestral... Je n'ai pas envie d'une autre vie ! Celle de Gustav Mahler, par exemple, n'est pas pour moi !... Finalement, le Baron Elie avait raison lorsqu'il m'a dit que bien que j'aie du talent... je vous interdis de ricaner sottement, espèces d'abrutis !... Lorsqu'il m'a dit que bien que j'aie du talent, et même beaucoup de talent,... il me manquait quelque chose d'indéfinissable pour faire une grande carrière internationale... Sur le moment, je ne l'ai pas cru... Maintenant je sais ! Parce que j'ai compris ce qui me manque.

— Et c'est quoi ?... demanda David Langer.

— Un grand artiste ne peut penser qu'à « ça » : sa carrière. Il ne vit que pour cela. Le matin, à midi, le soir, toute sa vie est dans ses doigts, sur les partitions, dans les contrats qu'il aura ou qu'il n'aura pas... Toute son attention est dans son interprétation de tel ou de tel morceau, dans celle de ses rivaux. Pas un instant un grand interprète ne peut oublier que demain, après-demain, il y aura ce concert où il jouera tel concerto... Et la veille du concert, la nuit, il se réveille en sueur, convaincu d'avoir tout oublié ; au moment de passer en scène, il tremble de peur, il mouille sa chemise... Et lorsqu'il voit ce public, ces mille visages braqués sur lui, il sait qu'il va mourir s'il rate une note ! Une seule note !... Il pourra jouer divinement pendant deux heures ou trois heures, mais il mourra pour une note qui ne sera pas parfaitement juste, parfaitement en place, parfaitement en mesure... Il n'y a pas de place, dans une telle vie, pour une femme, pour des enfants, pour rire, chanter, aimer, boire, danser... Et moi j'aime trop tout cela, j'aime trop passer des soirées entre amis sans songer au travail, j'aime trop me promener dans la forêt, à humer l'air, à ne penser à rien ; je veux mener une vie tranquille auprès de ma femme et de mes enfants, sans cette tension perpétuelle qui m'assaille dès lors que je dois préparer un concert... Non, mes amis, Sarah n'y est pour rien ! Si je dois renoncer à une carrière artistique, c'est tout simplement que je ne suis pas fait pour elle...

Haym et David tiraient silencieusement sur leur pipe. Plusieurs fois, en signe d'assentiment, ils hochèrent la tête en cadence.

— Je crois que je te comprends, Saül, dit enfin David. Vois-tu, j'ai songé à tout cela moi aussi... Et ma conclusion...

— Ta conclusion ?

— ... est que je serai peut-être un jour compositeur d'opérettes... Je ne sais pas quand... mais que, sûrement, j'épouserai Rivka Lechner et que nous avons décidé d'ouvrir une boutique de chaussures à Auschwitz...

— Quoi ? hurlèrent les autres. Tu vas enfin te marier et tu nous le cachais ?

— Je ne cachais rien du tout..., dit David en souriant. Vous savez bien que nous sommes fiancés depuis des années. Comme vous savez que mes parents et les siens ont exigé de longues fiançailles parce que nous étions trop jeunes et parce que Regina, la sœur aînée de Rivka, n'était pas encore mariée... Regina s'est mariée à Auschwitz la semaine dernière, et mon père vient de donner son consentement. Maintenant nous pouvons nous marier. Nous en avons parlé hier soir !... Nous craignons seulement que le père de Rivka ne fasse encore des histoires.

— Et pourquoi des histoires ? tonitrua la basse sonore de Haym Landon. Tu es un garçon honorable, que je sache !... Moi, je te donne ma bénédiction et je veux être témoin à ton mariage... (Puis se tournant vers Rivka :) Pourquoi des difficultés ?... Lea ? Rivka ? parlez... bon sang !

Ce fut Lea qui prit la parole :

— Il n'est pas d'usage dans une famille religieuse que les filles décident d'elles-mêmes qui elles doivent épouser... La marieuse d'Auschwitz nous avait déjà trouvé deux fiancés. Rivka et moi, nous avons dit non, naturellement... Papa, qui avait donné sa parole, est fou de rage...

Une longue discussion s'engagea sur le poids de la famille et de la religion sur la destinée humaine... Philosophe, David Langer déclara que rien au monde ne l'empêcherait d'épouser Rivka, et qu'il avait écrit une longue lettre à son futur beau-père...

— C'est pour l'amadouer que nous avons décidé d'ouvrir une boutique de chaussures, Rivka et moi...

Saül haussa les sourcils.

— Je ne vois pas le rapport...

— Mais si ! dit David impatienté. Le père de Rivka fabrique des chaussures...

— Pfff..., dit Haym Landon avec admiration. Un industriel ?

— Mais non !... dit Rivka en riant. Papa travaille pour un fabricant...

Frau Mandelbaum proposa du schnaps, puis du champagne pour fêter l'événement...

Une vingtaine de jeunes gens chantèrent et dansèrent à la gloire de l'amour et de la jeunesse... La voix de basse de Haym Landon dominait. *Aimer, chanter, boire et danser*, la célèbre valse viennoise de Johann Strauss, fut reprise en chœur...

C'est par une splendide journée de juillet 1897 que Saül Lozwitzky épousa Sarah von Lichtfeld. Bien que le marié et les membres de sa famille, venus tout exprès de Stopnica, ne fissent pas partie des grandes familles juives de Vienne — c'est le moins que l'on puisse dire —, ce fut un mariage extrêmement mondain. L'importance du Baron Elie dans ce milieu particulier était telle que, malgré les sentiments mitigés que la plupart des invités éprouvaient pour les jeunes mariés, ils se sentirent obligés d'assister aux diverses cérémonies. Et non seulement ils se sentirent obligés d'y assister, mais aussi de faire bonne figure à un « saltimbanque », un « musicien de café-concert »...

La synagogue de Vienne était noire de monde. S'y côtoyaient, sans se mêler, juifs de l'Est et israélites autrichiens, plus quelques chrétiens, orthodoxes ou catholiques, issus des mêmes salons huppés et qui, pour une fois réunis dans un même dégoût, oubliant leurs querelles, regardaient de travers ces juifs de l'Est, vêtus des traditionnels caftans noirs et coiffés de ces énormes *schtreibel* en fourrure bien qu'on fût en été. Il faisait un temps magnifique et Sarah, dans sa robe de mariée de dentelle blanche, était ravissante. Pour en arriver là, pour arriver à ce jour béni entre tous, il en avait fallu des conciliabules, des lettres, des télégrammes... Enfin, les Lozwitzky et les von Lichtfeld se tenaient de part et d'autre du dais nuptial, la *houppa*.

Tandis que Sarah, au bras de son père, marchait lentement dans l'allée centrale, les chœurs de la synagogue abondamment fleurie entamèrent un chant liturgique... Du côté des hommes, les uniformes d'officiers se mélangeaient aux smokings noirs... Du côté des femmes, une forêt de chapeaux emplumés d'autruche, de fleurs, véritables jardins miniatures, bougeaient et bruissaient, comme agités par un souffle venu d'on ne savait où... Le rabbin, vêtu de son *taleth* de soie blanche, attendait souriant. Assis autour de la *houppa,* le Baron, Myriam, Gutèlè Lozwitzky et, à côté d'elle, grand-mère Ida, si vieille, si usée, brisée depuis la mort de Sonia, dont le précieux fantôme participait à la cérémonie. En effet, sans cette mort, eût-on laissé Sarah épouser Saül Lozwitzky ?... Noemi et les jumeaux précédaient la mariée. Conscients de l'honneur qui leur était dévolu, les trois jeunes gens marchaient la tête haute, se sachant pour un court instant le centre du monde, le point où convergeaient les regards de la multitude qui encombrait le rez-de-chaussée et les étages de la synagogue. Ils n'entendaient pas les chuchotements malveillants, les ricanements : « Mésalliance... une honte... Cette petite Sarah, une dévergondée... »

Il y eut des prières, un discours où le rabbin célébra l'Empereur François-Joseph et son épouse l'Impératrice ; puis, sur sa lancée, il célébra en termes élogieux la famille von Lichtfeld, si généreuse pour la communauté. Puis ce furent le panégyrique du Baron Edmond de Rothschild, celui des von Tedesco, des Ephrussi et de toutes les grandes familles juives de Vienne qui entretenaient si largement les colonies juives installées à Petah-Tikva... Le grand rabbin s'époumonait à citer tous ces noms célèbres, ces noms d'Autrichiens fiers de leur patrie, fiers d'appartenir au plus glorieux empire de tous les temps. A la fin, il se contenta de mentionner « cette brave famille Lozwitzky qui vient de Stopnica... ». Après tout, ce n'étaient jamais que des *shnorer*, des juifs de l'Est...

Myriam pleurait. Gutèlè Lozwitzky aussi. Seule Sarah était radieuse. Elle était maintenant sous la *houppa,* et Saül lui passait au doigt l'anneau nuptial, tandis que le *hazan* psalmodiait les prières.

Sarah, les yeux fixés sur le verre de vin qu'il tenait dans une main et qui penchait dangereusement vers sa robe, se demandait ce qui se passerait si jamais... Un fou rire nerveux la gagna. Le verre penchait, penchait... D'un geste discret, Saül redressa le verre. La tête baissée, Sarah se mordait les lèvres. Comment parvint-elle, sans éclater de rire, à boire quelques gorgées suivant le rite, jamais elle ne put s'en souvenir... Obstinément, elle gardait les yeux baissés, tandis que Saül buvait à son tour.

« ... Mon mari... Il est enfin mon mari... », pensait Sarah émerveillée. Il l'embrassa sur le front. Cinq longues années depuis le premier jour où ils s'étaient rencontrés, depuis le jour où un Saül Lozwitzky de dix-huit ans, arrogant, sûr de lui, avait posé son regard moqueur sur une écolière de quatorze ans et demi.

Saül écrasait le verre vide sous son pied.

« Mazel Tov !... »

Cela éclata sous la voûte de la vieille synagogue.

« Mazel Tov !... »

Maintenant les invités défilaient devant Sarah, resplendissante de bonheur... Elle riait enfin tout son soûl, bavardait avec ceux qui venaient la féliciter, accrochée au bras de Saül qui n'était pas en reste... Lui aussi avait failli se laisser gagner par ce fou rire devant le verre qui penchait si dangereusement devant la robe immaculée de Sarah. Quand il contemplait sa jeune épousée, il rayonnait d'une joie totale. Les « *Mazel Tov* » fusaient de tous côtés

Puis la procession gagna l'hôtel Lichtfeld où une somptueuse réception attendait les invités. A la grande stupéfaction des Viennois, le bal s'ouvrit sur des danses hassidiques et une émeute faillit éclater lorsque l'un des oncles de Saül voulut séparer les hommes des femmes, jugeant fort inconvenant ce mélange des sexes. On eut toutes les peines du monde à faire comprendre à l'oncle Yankel que Vienne était une ville moderne et que ses habitants, juifs ou autres, se moquaient des traditions séculaires... Donc, hommes et femmes dansèrent ensemble, sur de vieux airs folkloriques... Puis il y eut des valses, encore des valses... Saül dansa la première valse avec sa jeune femme.

— Cela me fait tout drôle de danser avec vous... En temps ordinaire, c'est moi et mon ensemble qui aurions dû nous trouver sur le podium...

Sarah eut un petit rire étranglé. Depuis l'aube, elle ne parvenait pas à penser à autre chose qu'à ce qui allait se passer cette nuit-là entre elle et ce grand gaillard qui la faisait valser... Machinalement elle regarda le podium, où quatre jeunes gens de dix-sept à dix-huit ans jouaient avec fougue...

— Ils viennent tout droit de Saint-Pétersbourg..., expliquait une drôle de voix embrumée, la voix de Saül, au-dessus de sa tête.

Intriguée, Sarah renversa la tête en arrière et le regarda. Les yeux de Saül étaient fixés sur le quatuor qui se démenait sur le podium. Nul n'aurait pu dire ce qu'exprimait son regard. De la tristesse ? De la mélancolie ? Des regrets ?... Un peu de tout cela peut-être, le tout mêlé à ce grand bonheur, à ce rêve si longtemps caressé. Sarah était sa femme, désormais... Devant Dieu et devant les hommes... Et dans quelques heures, elle serait enfin sienne dans sa chair... Elle lui appartiendrait corps et âme... Pour changer le cours de ses pensées, il demanda d'une voix qu'il espérait ferme :

— Comment avez-vous trouvé ma famille ?... Mes frères, mes belles-sœurs ?... Ma mère ?...

Spontanément Sarah s'écria, sincère :

— Oh ! j'adore votre mère !...

Et c'était vrai. S'il existe des coups de foudre amoureux, il est parfois aussi des coups de foudre de l'amitié, et c'était très exactement ce que Sarah avait éprouvé pour la mère de Saül.

Lorsque Sarah avait fait la connaissance de sa belle-famille, elle avait été vivement intimidée, mais pas véritablement surprise. Saül lui avait tellement décrit sa famille qu'elle avait l'impression de les connaître depuis des années. « Maman » Lozwitzky l'avait serrée dans ses bras. « Vous serez ma seconde fille, lui avait dit cette femme plantureuse et grisonnante (elle refusait le port de la perruque). Dieu m'a donné plusieurs fils, mais une seule fille... Maintenant, Dieu m'a exaucée ! Je n'aurais jamais imaginé une fille aussi jolie que vous... »

Depuis la mort de son époux, Avrom, l'été précédent, Gutèlè Lozwitzky s'était découverte à elle-même. Elle avait redressé la tête, pris en main la maisonnée et s'était révélée une maîtresse femme.

Gutèlè Mendel, épouse Lozwitzky, était née à Minsk, de parents instituteurs dans un *heder*, et jusqu'à son mariage, en 1870, elle avait fait partie des Jeunesses juives révolutionnaires, luttant pour une vie nouvelle et y croyant fermement. C'est dans ce milieu d'intellectuels pauvres en roubles, mais riches en idées, qu'elle avait rencontré Avrom Lozwitzky et était venue s'établir avec lui à Stopnica... Le caractère jaloux et possessif d'Avrom avait eu raison, en apparence, de sa personnalité. Mais le couple s'aimait et se respectait. Gutèlè admirait son mari et, probablement, comme souvent chez les très jeunes femmes, se laissa-t-elle dominer par amour. Jeune mariée, elle était petite, avec une nette tendance à s'arrondir... Dès la première naissance, il fut clair qu'elle s'arrondirait encore plus avec le temps. Parfois, pour la taquiner, Avrom prétendait qu'elle était plus large que haute.

Entre Gutèlè Lozwitzky et sa nouvelle belle-fille Sarah, il y eut dès le premier regard un pacte d'alliance qui ne s'acheva qu'avec la mort.

Pour la famille von Lichtfeld et l'ensemble de leurs amis ou alliés, les confins de la civilisation s'arrêtaient à la frontière austro-hongroise, avec des petites exceptions pour Paris, Londres, Berlin et Munich. Que l'on fût né à Stopnica relevait de l'exotisme le plus pur. Aussi les Lozwitzky furent-ils regardés avec circonspection si ce n'est avec hostilité. « ... Quel rapport entre ces gens-là et nous ? disait la Baronne Myriam. Je n'en vois aucun... » Alors le Baron Elie répliquait, agacé : « Il y en a un pourtant !... Vous, moi, eux, nous sommes unis par la haine que nous suscitons chez les chrétiens. Cette haine qu'ils éprouvent pour nous nous lie plus indiscutablement que les liens de famille ou d'amour... Riches ou pauvres, nous mourrons ensemble, engloutis par la même vague haineuse... »

Pour ces bons Autrichiens, si sûrs d'eux et de leur patrie, ces juifs venus de l'Est n'étaient qu'un tas d'individus mal dégrossis, pratiquant avec fanatisme une religion austère, qui n'apportait à ceux qui l'observaient aucun des agréments de l'existence. Myriam était à deux doigts de s'évanouir devant Mme Lozwitzky, qui riait fort, qui mangeait avec appétit et qui passait le plus clair de son temps à la cuisine avec la bonne Annitchek et Greta, la cuisinière. Visiblement, la future belle-mère de Sarah préférait de beaucoup la compagnie des domestiques à celle, infiniment plus distinguée, des amies de Myriam... Il est vrai que dans sa naïveté, Gutèlè Lozwitzky pensait que tous les hommes étaient égaux devant la mort et devant Dieu... Elle avait adoré la France (elle lisait le français, comme tout juif lettré qui se respecte), jusqu'au moment de l'affaire Dreyfus, et maintenant elle se prenait à douter. « Pourtant..., disait-elle à Sarah, tout en l'aidant à préparer ses malles pour le voyage de noces... Pourtant... la France c'est le pays des droits de l'homme ! C'est la Révolution !... Comment se fait-il ?... » Mais elle cachait son immense déception sous une jovialité qui ne se démentait pas... La France était la France, et elle ne permettrait à personne d'en dire du mal.

La foule se pressait dans les salons... Grand-mère Ida, assise dans un fauteuil, très droite, recevait les hommages des invités. Elle esquissa un sourire lorsque Sarah, un instant, s'assit auprès d'elle.

— Es-tu heureuse, petite ? demanda-t-elle à voix basse.

— Très. Oh ! grand-mère, si heureuse...

— C'est bien. Il faut... (Puis, les yeux vagues, elle murmura :) Sonia aurait pu... elle aussi... Pourquoi faut-il ?... Pourquoi ?...

Emue, Sarah embrassa sa grand-mère sur le front et se sauva. Non, pas aujourd'hui ! Même le souvenir de Sonia ne devait pas venir altérer son bonheur.

Les tables surchargées de gourmandises, de fleurs et

de boissons étaient prises d'assaut... Assise à la table d'honneur, Sarah se sentait brisée de fatigue. « Dormir..., pensa-t-elle. Dieu que j'ai envie de dormir... » Elle se mit à rougir, comme si d'avoir pensé cela le jour de son mariagc était une chose infiniment honteuse... C'est alors que son regard rencontra celui de Saül et elle se sentit frémir... Le moment allait arriver. Le moment où une porte allait se refermer sur elle et sur Saül... Le moment où la jeune fille pleine de songes qui jusqu'alors avait rêvé sa vie allait basculer dans la vie d'une autre, celle d'une femme qui allait vivre ses rêves... Une panique folle s'empara de Sarah : elle eut envie de fuir, puis de rester ; de rire, puis de pleurer... Saül s'inclinait devant elle.

— Pour une dernière danse..., chuchota-t-il.

Il l'enlaça et l'entraîna dans la foule qui encombrait la piste.

— Nous allons nous sauver..., murmura Saül. Partez d'abord. Je vous suivrai. Une calèche nous attend devant la porte...

Un quart d'heure plus tard, une calèche découverte emportait dans la nuit tiède un couple amoureusement enlacé... Une odeur de roses et de tilleuls en pleine floraison embaumait la ville

Saül murmura d'une voix embrumée :

— Toute la vie...

Sarah frissonna.

Puis il y eut les odeurs de la campagne, l'air plus frais, plus pur. La voiture allait, cahotant sur les pavés inégaux d'une route campagnarde... Frissonnante, Sarah se blottit contre Saül.

L'auberge, à cette heure tardive, était déserte. Heureusement. Sarah n'eût pas survécu aux regards qui se seraient attardés sur elle, sur sa robe de mariée, sur son voile...

La porte se referma sur eux. Saül tira le verrou et se retourna vers Sarah, immobile dans l'encadrement de la fenêtre... Un tremblement de terre ne l'eût pas fait bouger d'un pas... Sa panique se doublait du sentiment d'être ridiculement ignorante. Que devait-elle faire pour ne pas avoir l'air d'une sotte... d'une oie blanche ? Que devait-elle dire ? Et d'abord, fallait-il dire quelque chose dans ce cas-là ? Devait-elle ôter son voile ?... sa robe ? Par quoi commencer ? Par ses chaussures ?... Oui, c'était cela. Ses chaussures. Elles lui serraient douloureusement les pieds... Elle hésita. Enlever ses chaussures devant un homme ? Elle ne l'avait jamais fait de sa vie... Alors les gants ? Bon. Elle allait enlever ses gants. Ça, ça ne l'engageait à rien.

Un toussotement de Saül la fit sursauter.

— Voulez-vous de la lumière ?... demanda-t-il, étonné du son de sa propre voix.

Depuis qu'ils étaient entrés dans cette chambre, il était convaincu qu'il lui serait impossible de prononcer le moindre mot.

— Non... non !... s'empressa de répondre Sarah.

Et pour faire passer ce « non... non... », elle ajouta :

— ... La lumière de la nuit est si belle... La plus belle lumière du monde... La nuit, c'est comme la musique, cela embellit tout...

Pour interrompre le flot de paroles qui allait suivre, Saül l'enlaça et l'embrassa. Alors Sarah ne se posa plus de questions. Etre dans les bras de Saül était un tel bonheur que sa peur s'envola et que son corps s'abandonna avec joie, une joie si forte qu'elle craignait de ne pouvoir la supporter et de s'évanouir... Saül la souleva et la porta sur le lit... Tout devenait grave, ardent, définitif. Chaque geste avait une signification particulière. Vivre enfin un rêve caressé depuis de longues années avait quelque chose de magique... Du doigt, Sarah souligna les sourcils, le front, la bouche de Saül... Ce visage d'homme, ces mains d'homme sur elle, ce sourire d'homme, ce cou, ce torse, tout cela lui appartenait. Pour l'éternité.

— Je me souviendrai toujours de cette chambre..., chuchota-t-elle... Toujours... parce que pour moi, cette chambre c'est le bonheur...

Alors il pesa sur elle, et Sarah oublia tout. Tout, sauf cette bouche sur la sienne, qui la faisait trembler... Elle ne savait plus ce qui l'avait conduite à ce moment précis... A peine sursauta-t-elle lorsque l'hymen fut déchiré.

Il n'y eut plus pour elle que la passion enfin assouvie. En elle, une force, une violence qui se déchaînaient.

Un vent léger soulevait le rideau blanc, apportant avec lui les odeurs de la nuit... Odeurs fraîches, humides, que Sarah aspirait à grandes goulées... C'était donc cela l'amour. C'était donc cela. Enfin. Merveilleusement cela.

LE CONGRÈS DE BÂLE
(AOÛT 1897)

Le voyage de noces en Italie et en France s'achevait par un séjour à Bâle. Saül avait insisté pour s'y rendre, dès qu'il avait appris que le premier congrès sioniste allait se tenir dans cette petite ville suisse. Après des semaines et des semaines de promenades sentimentales dans les grandes villes italiennes puis à Paris, d'achats aussi coûteux qu'inutiles, de découverte l'un de l'autre, découverte décuplée par tout ce que le corps pouvait receler de plaisir à donner et à recevoir, Sarah était impatiente de retrouver Vienne... Bien qu'un peu étonnée, elle accéda cependant à la demande de Saül.

— J'ignorais que le sionisme politique de Theodor Herzl te passionnait à ce point, dit-elle alors que le train les emmenait vers Bâle.

D'un commun accord, le jeune couple avait décidé de se tutoyer, même en public, et d'abandonner « définitivement » les traditions bourgeoises. D'ailleurs, Sarah n'aspirait qu'à une chose, mais de cela elle était tout à fait inconsciente, c'était à prendre exactement le contre-pied de sa mère.

— Je trouve Theodor Herzl très intéressant, répondit Saül. Et puis le rencontrer et peut-être bavarder avec lui ne peuvent être qu'enrichissants. Je me demande comment il va convaincre le Sultan de Turquie de vendre la Palestine aux juifs. Pourquoi pas, après tout ? Il paraît que le Sultan a d'énormes besoins d'argent... Mais surtout, je sais que nous allons y retrouver presque toute la pension Mandelbaum, Michaël Zysman, David, Haym et Dina...

— Dina ?... s'écria Sarah. Mais n'est-elle pas sur le point d'accoucher ? Quitter Vienne par cette chaleur et dans son état, c'est de la folie.

— Sans doute. Mais tu connais ma sœur !... D'une part, elle ne voulait pas priver Haym de ce congrès. Le premier congrès juif ! Et d'autre part, elle ne voulait pas le laisser partir seul. De ma vie je n'ai vu femme plus jalouse que Dina...

— Ah, tu crois ? demanda Sarah innocemment. Je pense que tu ne me connais pas encore très bien... Attends de me connaître et ta sœur te paraîtra un ange de tolérance à côté de moi... Si jamais tu regardes une autre femme...

Saül eut un petit rire fat.

— Alors ?... que feras-tu ?

Sarah dit avec légèreté :

— Je la tue, je te tue et je me tue ensuite...

Elle aussi riait, mais son rire était faux et son regard sombre. Saül lui prit la main et la baisa.

— Je ne t'en donnerai pas l'occasion... Pour moi, tu es la seule, l'unique. Il n'y en aura jamais d'autre, et j'espère qu'il en est de même pour toi. (Le ton était ferme et il n'y avait pas trace de plaisanterie dans la voix de Saül.) J'espère que tu ne regarderas jamais un autre homme.

— Et si cela était ? défia Sarah. Que ferais-tu ?

— Un carnage..., dit Saül. Un vrai pogrom ! Je tue le monsieur, sa mère, son père qui ont engendré un tel monstre, ses enfants s'il en a, ses frères, ses sœurs pour qu'il n'existe plus trace de lui en ce monde !... et toi je t'enferme, je... ne te tuerai pas, parce que vivre sans toi me serait impossible et que l'idée de me tuer me répugne, donc je t'enferme à double tour !... Qu'est-ce que tu dis de ça ?...

Sarah riait.

— J'aime vivre dangereusement..., répliqua-t-elle.

Saül feignit la colère :

— Cela veut dire ?...

— Rien de plus ! Je veux vivre dangereusement...

— Alors, ma chérie, considère qu'à mes côtés tu es en danger permanent.

Cependant, Saül ne disait pas l'entière vérité en ce qui concernait son désir d'aller à Bâle pour le premier congrès sioniste. Ce désir était né lors d'une visite que sa jeune femme et lui avaient faite à Sophie Clemenceau.

Fille de l'un des hommes les plus en vue de Vienne, il était normal que Sarah fût obligée à certaines visites protocolaires, qui, si elles avaient été évitées, eussent provoqué de la colère chez le Baron Elie. Et Sarah était encore trop la fille de son père pour ne pas craindre de lui désobéir, même mariée depuis plus de six semaines. Elle savait combien ces visites allaient déplaire à Saül, mais elle sut le convaincre de l'y accompagner.

En effet, Saül n'aimait guère ce milieu de bourgeois français... Bien qu'ils fussent libéraux, dreyfusards, et sans doute sincères, il ne s'y sentait guère à son aise.

Née juive et viennoise, Sophie Clemenceau affectait de tout ignorer de ses origines... Elle tenait un salon bien parisien, où l'on se piquait de musique, française de préférence, et c'est d'ailleurs à ce titre, ce jour-là, jour choisi par Sarah et Saül pour rendre visite à Sophie Clemenceau, que le colonel Picquart, chef du bataillon des transmissions, mélomane convaincu, s'y trouvait. S'y trouvaient également Berta Zuckerkandl et Georges Clemenceau, en grande conversation. Il n'était question que de musique française.

Ni Saül ni Sarah n'aimaient la musique française. En fait, ils exécraient Vincent d'Indy qui officiait comme professeur au Conservatoire de musique de Paris, et qui non seulement composait de la mauvaise musique, mais déclarait fort sérieusement qu'aucun juif au monde ne pourrait jamais jouer convenablement ni Mozart ni Beethoven !

Retrouver ce Vincent d'Indy dans le salon de Sophie Clemenceau était désagréable, mais bavarder avec le colonel Picquart très enrichissant.

Dans ce va-et-vient factice propre aux soirées mondaines, Saül se retrouva soudain en compagnie de la maîtresse de maison Sophie Clemenceau, de Berta Zuckerkandl et du colonel Picquart.

Jamais Saül ne put se souvenir à quel moment la conversation s'engagea sur l'affaire Dreyfus, toujours est-il qu'à un moment précis, Berta Zuckerkandl demanda au colonel Picquart ce qu'il pensait de cette affaire.

— J'ai eu certaines informations qui renforcent ma conviction que le capitaine Dreyfus est innocent, répondit alors le colonel Picquart. Mais ce qui conforte encore plus ma conviction, c'est que mes supérieurs exercent sur moi des pressions pour m'empêcher d'exposer ces faits nouveaux à la justice... Tout le monde sait que le capitaine Dreyfus est innocent de ce dont on l'accuse, mais tout le monde veut qu'il soit coupable ! C'est insensé !...

Intrigué, Saül, qui jusqu'alors s'ennuyait ferme, s'intéressa soudain à la conversation... Il apprit ainsi à mieux comprendre la mentalité de ces grands bourgeois libéraux français nés de la République et de la Déclaration des droits de l'homme et du citoyen, francs-maçons pour la plupart, humanistes, généreux, recherchant la vérité... Il fut dès lors moins méfiant vis-à-vis de Clemenceau, de Picquart et de tous ceux qu'il fut obligé de voir durant son séjour à Paris... Bien que jamais l'idée ne lui fût venue que Theodor Herzl pût réussir dans sa folle entreprise, au contact des dreyfusards, en rencontrant dans le salon de Sophie Clemenceau l'écrivain Emile Zola, en lisant la presse antisémite de Drumont, Saül commença à admettre que, somme toute, l'idée d'un « Etat juif » n'était pas si folle que ça, qu'elle correspondait même à une nécessité absolue... Et c'est à Paris qu'il décida de convaincre Sarah d'aller à Bâle. Sarah fut d'autant plus facilement convaincue qu'elle venait d'apprendre que ses parents avaient brusquement décidé qu'un « petit voyage à Bâle » s'imposait justement en cette fin du mois d'août, et que, lui écrivait son père, « ... on y rencontrerait le Tout-Vienne juif... les Benedikt, les Szeps, le Baron Hirsch, le Baron de Rothschild qui, eux, viendront sans doute manifester leur opposition vigilante... ». Le Baron Elie ajoutait : « Votre appartement est maintenant fin prêt. Otto Wagner a fait des merveilles... »

Sarah et Saül se sourirent. Ils iraient donc à Bâle, à l'hôtel des Trois Rois où le Baron Elie avait retenu plusieurs suites, puis ils retourneraient enfin à Vienne afin d'y commencer leur vraie vie...

Il avait été convenu que le jeune couple s'installerait chez le Baron Elie aussi longtemps que Saül et Sarah le désireraient. L'appartement qu'occupaient autrefois Isaac et Hannah avait été entièrement refait au goût des jeunes gens... « Du Klimt ! avait exigé Sarah. Du Klimt ! et il faut demander conseil à Otto Wagner pour l'ameublement. » Fervente adepte de la « Sécession viennoise », Sarah ne jurait que par Gustav Klimt et Otto Wagner.

Bien des discussions avaient eu lieu au sujet de l'avenir du jeune couple. Le Baron Elie avait balayé d'un revers de main le projet de Saül de retourner à Stopnica et de reprendre à son compte l'exploitation forestière que son père avait laissée

« Voyons ! s'était exclamé le Baron Elie, alarmé à l'idée que sa fille pût quitter Vienne et aller s'installer aussi loin... Donnez-vous tout de même une chance de réussir dans la musique, mon garçon ! Vous avez du talent, que diable ! »

Ces derniers mots n'étaient pas tombés dans l'oreille d'un sourd et Saül avait accepté, mais à une condition... Gustav Mahler l'écouterait en audition dans un an jour pour jour et lui dirait s'il avait quelque chance de faire une grande carrière internationale.

Et, oublieux de sa décision de renoncer à une carrière de virtuose, Saül reprit espoir. Peut-être arriverait-il à concilier une existence de musicien et une vie de famille ? Peut-être... « Si seulement j'avais la certitude qu'un tel sacrifice soit justifié par mon talent... », pensait-il douloureusement. Mais il savait que personne au monde ne lui donnerait cette certitude-là.

En ce beau jour du 25 août 1897, le hall de l'hôtel des Trois Rois, à Bâle, était envahi par une curieuse cohorte d'hommes barbus et de femmes jacassantes épuisés par la chaleur et la fatigue d'un long voyage.

Toutes les langues, tous les dialectes de l'Europe centrale fusaient de toutes parts. Un petit groupe d'hommes s'impatientait et de temps à autre, l'un d'eux allait sur le perron, regardait de gauche à droite et revenait découragé vers ses amis.

— Personne ! Pas encore arrivé !... marmonnait-il alors.

Et les interjections de repartir de plus belle...

Dans l'un des petits salons qui jouxtaient le hall principal, huit personnes sagement assises autour de rafraîchissements posés sur une table basse devisaient à mi-voix.

— J'ai adoré cette promenade en barque sur le Rhin..., disait la Baronne Myriam en s'épongeant le front. Comme c'était agréable ! Qu'en pensez-vous, mon ami ?

Ceci s'adressait au Baron Elie qui fumait un énorme havane. « Une véritable puanteur... », avait proféré Sarah qu'incommodait depuis peu toute odeur un peu forte...

— Je suis si heureux que Saül et toi ayez interrompu votre voyage de noces pour venir nous retrouver ici !... dit le Baron Elie à sa fille. Depuis quand t'intéresses-tu au sionisme ?

Sarah haussa légèrement les épaules.

— C'est Saül, dit Sarah laconique. C'est lui qui a insisté. Il pense qu'il s'agit là d'un événement historique auquel nous aurions été stupides de ne pas assister.

Il y eut un petit instant de silence.

— Et il a tout à fait raison de le penser !... s'écria Haym Landon.

La Baronne Myriam, qui commençait à somnoler, sursauta.

Sarah se mit à rire.

— Dina !... dit-elle à sa belle-sœur, laquelle, étendue sur un canapé, se reposait. N'es-tu pas quelque peu incommodée par la chaleur ? Ce doit être pénible dans ton état ! Etre sur le point d'accoucher par ces chaleurs, je te plains !

Dina était à un mois de son deuxième accouchement et chaque jour elle se maudissait d'avoir insisté pour accompagner Haym dans ce voyage épuisant. Elle se sentait un poids pour Haym, et le petit Samuel n'en finissait pas de faire toutes les sottises qu'un enfant de presque deux ans peut faire (et Dieu sait qu'elles pouvaient être nombreuses). Dina se rendait compte qu'en cet instant précis elle n'était plus qu'une charge, aux yeux de son mari, et non pas une femme désirée et désirable que l'on a envie de culbuter le soir après une longue promenade à deux.

Dina soupira et regarda de travers sa belle-sœur encore toute mince, la taille bien prise dans une légère robe de soie blanche joliment échancrée à la base du cou, longue sans excès, ample et fluide, et qui dessinait audacieusement ce corps gracieux de très jeune femme que ne déformait aucune grossesse... Saül et Sarah étaient arrivés à Bâle au début de l'après-midi, et déjà il ne restait aucune trace de fatigue sur le visage de la jeune femme. « Plutôt une sorte de mauvaise humeur, d'irritation, pensait Dina. Contre qui en a-t-elle ? »

— Sarah ! lança-t-elle, non sans quelque aigreur. Je te prierais de ne pas te pavaner ainsi devant moi. Tu es indécente de beauté et de minceur ! Haym va finir par me répudier !

— Si je te répudie, ce sera pour ta sottise !... proféra la basse tonitruante de Haym. Allons, femme ! laisse parler les hommes et repose-toi !... David ! Saül ! Le héros du jour est-il enfin arrivé ?

Saül et David, qui revenaient d'une petite incursion dans le grand hall, secouèrent négativement la tête...

— Que diable peut-il bien faire ?... Son train est arrivé depuis plus de vingt minutes ! Il devrait être là... Ils sont tous là à l'attendre, dans le hall de l'hôtel, dans la rue, à la gare, au Casino. Ils sont tous là ! Lui aussi devrait être là !

— Mais il n'y est pas ! rétorqua David avec philosophie. Aussi vais-je pouvoir fumer une pipe.

— Excellente idée ! opina Saül. Je vais faire de même ! Comment te sens-tu, ma chérie ? demanda-t-il à Sarah qui épongeait discrètement son front moite de sueur.

Myriam, comme chaque fois qu'elle entendait Saül tutoyer familièrement sa fille — et admettant encore mal que ce « saltimbanque » fût son gendre —, jeta un regard peu amène au jeune homme, qui l'ignora.

Ostensiblement il se pencha vers sa jeune femme et lui baisa le creux du bras, caresse qu'appréciait Sarah. Mais cette fois, elle retira sèchement son bras et soupira. L'hostilité qui s'exacerbait entre sa mère et son mari l'exaspérait depuis leur arrivée à Bâle.

— Chaud, dit-elle impatiente. Très chaud. Trop chaud ! J'aimerais monter dans notre chambre. Qu'en penses-tu ? Faut-il vraiment attendre ici ce M. Theodor Herzl ?...

Etonné par la soudaine agressivité que manifestait sa fille, le Baron Elie releva les sourcils. Mais Saül déjà répliquait :

— Rien ne nous oblige... mais...

Son visage désappointé exprimait mieux que des paroles sa déception. Malgré son opposition au sionisme de Theodor Herzl, l'homme l'intriguait et il mourait d'envie de le rencontrer.

Sarah eut un petit rire moqueur.

— Reste ici ! Reste avec papa, David et Haym ! (Puis, se tournant vers sa mère et Dina, elle ajouta :) Monterez-vous avec moi, ou bien l'arrivée du grand homme est-elle plus importante qu'une bonne douche fraîche et un peignoir de coton ?...

En fait, elle ne pensait qu'à une chose, éloigner sa mère de Saül. Combien de temps ce dernier résisterait-il à l'envie de répliquer vertement aux piques virulentes dont la Baronne Myriam l'abreuvait ? Soulagée de quitter la place, celle-ci remit prestement ses chaussures — discrètement enlevées et dissimulées sous ses longues jupes. Elle détestait d'une même ardeur Theodor Herzl, son gendre, ces juifs venus du monde entier, et qui la réduisaient, elle, à ce qu'elle rejetait de toutes ses forces : sa condition de juive. Et puis, elle avait envie de se retrouver en tête à tête avec sa fille. C'était la première fois que les deux femmes se revoyaient depuis le mariage de Sarah, et Saül ne quittait pas sa jeune épouse d'un pouce.

— La perspective d'une douche fraîche m'enchante ! dit-elle en se redressant. Que vous en semble, Dina ?

Elle insistait sur le « *vous* », afin de bien marquer ses distances. La belle-sœur de sa fille ne serait jamais rien pour elle. Elle prit le bras que lui tendait Sarah et fut soudain émue de la pâleur de cette dernière.

— Un peu de repos te fera du bien, mon enfant chérie..., dit-elle d'une voix changée. J'ai l'impression que le voyage t'a épuisée...

— C'est un peu ça..., dit brièvement Sarah. Alors, Dina ? tu te joins à nous ?

Aidée par Haym qui en profita pour l'embrasser dans le cou, cette dernière fit un effort pour se remettre sur ses pieds. Son ventre était énorme.

— Un bain..., fit-elle, un bon bain froid... Voilà ce que je veux dans l'immédiat...

— Hum ? demanda son époux, crois-tu que ce soit bon pour le petit ?

— Ça, je m'en moque ! Ce sera bon pour moi ! Et si c'est bon pour moi, c'est bon aussi pour lui !... Lorsqu'il sera sorti de là (elle désignait son ventre), il fera ce qu'il voudra ! Tant qu'il est là-dedans, c'est moi qui décide de ce qui est bon ou mauvais pour nous deux.

Sa mauvaise humeur était passée. Peut-être était-ce le baiser de son époux, ou peut-être simplement la perspective d'un bain frais, toujours est-il que c'est toute souriante que Dina, appuyée sur sa belle-sœur et la Baronne Myriam, sortit de la pièce.

Restés entre hommes, le Baron Elie, son gendre, Saül, et les deux amis de celui-ci entamèrent une longue discussion philosophique, en attendant l'arrivée du nouveau messie, de celui qui avait osé revendiquer le droit à un Etat, de celui qui, depuis des jours, des semaines, des mois, au péril de sa vie, de sa santé, répétait envers et contre tous : « Pour sauver les juifs de la mort, de la destruction, des pogroms, de l'antisémitisme, il faut retourner d'où nous venons, il faut faire renaître Israël de ses cendres, il nous faut un Etat juif » — et cela, au grand dam des religieux qui décrétaient que seul Dieu pouvait rendre la Palestine aux juifs. Theodor Herzl avait décidé que Dieu avait sans doute d'autres chats à fouetter, aussi valait-il mieux, pour Lui simplifier la tâche, prendre les devants. Et d'ailleurs, pourquoi attendre encore des siècles ce que l'on pouvait avoir dans un an ?

— Cet homme a raison ! grondait Haym Landon. Dieu a déjà trop à faire avec la Création universelle et l'administration des âmes humaines ! Des millions d'âmes toutes plus perverses les unes que les autres, ne songeant qu'à se nuire et à se détruire mutuellement !... Qu'Il s'occupe donc de nos âmes, et nous nous occuperons de nos terres... Les Turcs n'ont plus qu'à se bien tenir !

— Si vous le voulez, ce ne sera pas une chimère...

La voix de Theodor Herzl s'élevait dans une grande salle du Casino de Bâle. Deux cents congressistes venus du monde entier, et deux fois autant de curieux, d'invités se pressaient dans la salle surchauffée. Une clameur indicible salua cette phrase. Theodor Herzl dut s'interrompre, puis il reprit :

— La question juive ne sera résolue que par les juifs eux-mêmes... Le sionisme, c'est le peuple juif en marche vers sa patrie...

Ils sont tous là. Venus de tous les pays d'Europe, et même d'Amérique. Venus saluer cet homme frêle, à la barbe noire, aux yeux brûlants de fièvre. Ils sont venus, les riches et les pauvres, les intellectuels et les artisans. Ils sont venus, habités par l'espoir le plus fou, le plus insensé : faire renaître la patrie ancestrale.

L'homme à la barbe noire est à la tribune, sa voix domine la foule, le brouhaha, les applaudissements... Pour la première fois depuis deux mille ans, les juifs vont voter pour leur première assemblée nationale. Tout est à apprendre, tout est à faire. Il va falloir dompter les haines, les ressentiments, les frustrations, les partis pris. Les uns sont socialistes, les autres libéraux, un troisième est religieux, un quatrième laïque... Il va falloir vivre ensemble et faire renaître un pays avec toutes ces différences... Quelle langue ? L'allemand ? Le russe ? Le polonais ? Le yiddish ?... Ou encore la première langue, l'hébreu ?

Dans la salle bondée, le Baron Elie, Myriam, Sarah, Saül, Haym et David étaient coincés dans un renfoncement et dans l'incapacité de se mouvoir. Haym avait laissé Dina — dont le huitième mois de grossesse lui interdisait de participer à une telle manifestation — à l'hôtel des Trois Rois, et Sarah n'était pas loin de regretter de n'être pas restée en compagnie de sa belle-sœur. Elle regardait avec étonnement tous ces délégués en habit et haut-de-forme — exigence de Theodor Herzl, qui en avait expliqué ainsi le pourquoi :

— ... Chacun de nous doit ressentir la gravité de l'heure. A l'heure actuelle, le présidium du congrès sioniste est encore inexistant, il nous reste tout à créer. Il faut que les gens s'habituent à voir dans ce congrès, et dans ceux qui suivront, la chose la plus haute et la plus solennelle...

Il faisait chaud, trop chaud. Tout à son malaise, et bien qu'elle eût adhéré aux thèses de Theodor Herzl dès la première heure, Sarah était incapable de participer à l'allégresse générale. Allégresse que partageaient sans réserve son père et même sa mère. Oui, même Myriam, qui arborait un large sourire de contentement et qui manifestait à Saül, Haym et David comme un début d'amabilité.

Nul, sans doute, n'aurait pu élucider les sentiments contradictoires qui agitaient la Baronne Myriam depuis la veille. Elle était à la fois intriguée, indignée, ravie, mécontente... A son époux qui s'étonnait de cette singulière excitation, elle n'avait pu que bredouiller :

— Je n'y comprends rien !... Des tas de souvenirs me reviennent en mémoire...

Ils étaient couchés et ne pouvaient dormir, tout à l'attente du lendemain. Les fenêtres ouvertes sur le fleuve laissaient entrer ces multiples senteurs de l'été finissant. Une brise tiède et légère soulevait les rideaux de mousseline blanche. La chambre était plongée dans cette obscure clarté que diffusait la lune en son premier quartier...

La main de Myriam reposait immobile sur la blancheur du drap. Le Baron Elie la serra.

— ... Je n'aime pas ce Theodor Herzl, continuait Myriam d'une voix qu'enrouait l'émotion... et je ne pense qu'à lui... Je déteste son idée de sionisme politique... et je fais des vœux pour qu'il réussisse ! Vraiment ! C'est à n'y rien comprendre... Qu'en dis-tu ?

Le Baron Elie souriait. Il était lui aussi singulièrement excité par tout ce qui se passait, et les incertitudes passionnées de Myriam l'émouvaient... De temps à autre la sirène d'un bateau se faisait entendre. De nouveau, le Baron serra la main de Myriam.

— Comment savoir, ma petite âme ? Voir renaître Israël serait une grande joie. La plus grande assurément... après celle de t'avoir épousée. Vivrons-nous assez longtemps pour connaître cela ?... Ce sera long, je le crains, ce sera fort long !... Ou cela ne sera jamais... Qui peut le savoir ? Qui peut répondre à cela ? C'est comme une espérance qui naît, si fragile, si incertaine...

— Ce sera long..., dit Myriam un peu somnolente. Oui, ce sera long. Mais cela sera, j'en ai la certitude.

Cela, c'était nouveau. D'où lui venait cette certitude ? Et surtout, comment expliquer ce soudain changement de comportement ?

Bouleversé, le Baron Elie se redressa sur son oreiller et alluma la lampe de chevet. Myriam avait les yeux à demi fermés. La lumière nimbait son visage de rose, lui donnant ainsi comme une résurgence de sa jeunesse enfuie. Les yeux toujours mi-clos, elle souriait mystérieusement.

— A quoi penses-tu ? demanda le Baron Elie. Et d'où te vient cette certitude-là ?

Myriam soupira.

— Quand j'étais petite, à Leipzig, j'allais dans une école où j'étais la seule juive. Je devais avoir six ans, à peu près, et j'étais en butte aux brimades des autres élèves de ma classe parce qu'elles étaient plus âgées que moi de un ou deux ans... J'étais très en avance pour mon âge, vois-tu. Un jour, l'une des élèves m'a traitée de sale juive, d'assassin du Christ, bref, tu connais la musique, puis elle m'a lancé : « Retourne chez toi, retourne d'où tu viens... » J'étais désespérée. Je pensais que chez moi, c'était notre maison de Leipzig, c'était la statue de Jean-Sébastien Bach, et le Conservatoire qui jouxtait notre maison. C'était cela chez moi, du moins le croyais-je. Ma famille était de Leipzig depuis des générations !...

— Et alors, qu'as-tu fait ?

— Alors je suis rentrée à la maison et j'ai raconté à ma mère ce qui s'était passé, et je lui ai demandé où c'était chez moi. Elle me répondit en pleurant : « Israël. C'est là. C'est Israël d'où on nous a chassés il y a deux mille ans... » Mais moi, je ne la croyais pas. J'étais sûre qu'elle se trompait. D'ailleurs, qui connaissait Israël ? Personne ! Ce pays n'existait pas ! Il n'existait qu'une province qu'ils appelaient Palestine et qui servait de terre d'exil à une multitude de prisonniers arabes, de Syriens, de Bédouins, que sais-je encore ?... Ma mère se trompait, et mon père me mentait en me disant que chez moi c'était Leipzig, puisque les chrétiens ne me voulaient pas dans cette ville... Mais où était-ce donc, chez moi ?... D'où venais-je ? Je ne sais si tu peux me comprendre, mais j'ai toujours caché cette scène comme une plaie honteuse... Nulle part je ne me suis sentie « chez moi ». Même à Vienne... dans notre belle maison de Vienne... J'avais toujours l'impression que quelqu'un viendrait m'en chasser, en me disant : « Va-t'en, tu n'es pas chez toi... » C'était surtout contre cela que je luttais, que je luttais désespérément... Et maintenant, je me demande... Un pays où nul être ne peut plus vous traiter de « sale youpin »... Ce serait... Peut-être, après tout, ce Theodor Herzl est-il une sorte de messie ?...

Le Baron Elie, très ému, ferma la bouche de Myriam d'un baiser.

Cette nuit-là, il fut comme un amant avec une nouvelle conquête, et non comme un époux blasé besognant depuis bientôt trente ans la mère de ses six enfants.

Ils étaient tous là, trois cents, cinq cents, entassés dans la salle du congrès. Ecrasés les uns contre les autres. Emus aux larmes et cachant cette émotion sous les rires et les plaisanteries...

— Si vous le voulez, ce ne sera pas une chimère...

Sarah aurait voulu participer à cette joie fiévreuse, mais depuis l'aube une forte migraine, qu'accompagnaient des nausées irrépressibles, la tenaillait. Elle était habituée à cette migraine, à ces nausées qui précédaient l'époque de ses règles, et seule sa mère savait la soigner dans ce cas. Une chambre obscure et fraîche, du silence, des compresses vinaigrées sur le front, et la main de maman lui massant doucement les tempes battantes, le front brûlant. Elle ne pensait plus qu'au moment où elle pourrait regagner les Trois Rois et où sa mère viendrait la soigner. C'était de cela que Sarah avait le plus urgent besoin en cet instant précis... Le discours de Theodor Herzl résonnait douloureusement dans sa tête, et Sarah s'indignait de voir Myriam participer passionnément à cet événement, sans paraître se soucier des malaises de sa fille chérie. Bref, Sarah en voulait au monde entier et à sa mère en particulier, à sa mère qui aurait dû... Soudain un silence religieux succéda aux applaudissements et aux acclamations. Un rabbin vêtu de son *taled,* debout sur la tribune, commençait :

— *Shema Israël Adonaï Elohenou Adonaï Ehot.* Ecoute, Israël, l'Eternel est notre Dieu, l'Eternel est Un.

C'est alors que Sarah s'évanouit...

Comme ce n'était jamais que le énième évanouissement depuis le début de la cérémonie — « A-t-on idée de se serrer ainsi dans un corset par une chaleur pareille ?... » grommelèrent en chœur les médecins de service que dérangeaient ces évanouissements intempestifs —, on transporta Sarah hors de la grande salle. Cela fut fait avec une célérité discrète, tandis que Theodor Herzl se voyait porté à la présidence du premier congrès sioniste mondial... Des cris s'élevèrent, des cris qui jaillissaient de dizaines de poitrines exaltées. Des têtes courbées par des siècles d'ostracisme, d'humiliation, de persécution, ces têtes sans espoir se redressaient. L'honneur leur était rendu. Ils n'étaient plus des parias, ces êtres de désespoir. Ils n'étaient plus des victimes, des moins-que-rien, de ceux sur qui l'on pouvait cracher, de ceux que l'on pouvait insulter, voler, chasser, tuer, ils étaient de nouveau un peuple. Un peuple prêt à lutter pour reprendre son bien. Sa patrie ancestrale. Son pays. Israël.

— Extraordinaire ! Merveilleuse figure d'homme !... Le rejeton royal de la lignée de David ! Le Messie ! Le Fils de David présent !...

Cela fusait de toutes parts, tandis que Saül, à demi mort d'inquiétude, aidé de deux ou trois personnes, portait Sarah dans une autre salle. Personne ne faisait attention à eux. Ni le Baron Elie qui, grimpé sur une table, s'époumonait, ni la Baronne Myriam qui, emportée par une ferveur qui la dépassait, trépignait sur place, ne s'étaient aperçus de l'évanouissement de Sarah. Quant à Haym et David, juchés sur une chaise, et qui hurlaient : « Vive le Roi... *Yehiha Melekh !...* Vive Israël à jamais !... », ils ne daignèrent même pas faire semblant de compatir...

Allongée dans sa chambre des Trois Rois, volets clos, Sarah reprenait vie. Il y avait maintenant plus de deux heures que Saül l'avait ramenée et qu'il était à la recherche d'un médecin

Myriam, enfin arrachée à la salle du congrès, était auprès de sa fille, lui massant la tête, tendant la cuvette pour les nausées, le verre d'eau rafraîchissant. La migraine s'éloignait, emportant avec elle nausées, sueurs froides, malaises...

Enfin Saül revint avec le docteur Zangwill, lui aussi arraché de force à la folie du congrès, où il était parmi les plus déchaînés des congressistes. Lorsque Saül lui mit la main au collet, le docteur Zangwill manifesta violemment sa mauvaise humeur. Se voir arraché à cette heure merveilleuse, cette heure unique, le mettait hors de lui. Il aurait étranglé Saül avec joie.

— Pourquoi moi ?... grognait-il furieux, en se débattant, cherchant à se dégager de la poigne puissante de Saül... Dans cette salle, il y a au moins cent médecins ! Pourquoi moi ?

Sans s'émouvoir, Saül avait répliqué : « Parce que M. Nordau m'a dit que c'était vous le médecin de service, docteur Zangwill ! Il vous a nommément désigné ! Ou vous venez avec moi gentiment ou, mes amis et moi, nous vous transportons de force jusqu'à l'hôtel !

— Nordau me paiera ça !...

Maintenant, Saül faisait les cent pas devant la porte qui s'était refermée sur le docteur Zangwill. Il s'étonnait de voir sa belle-mère aussi souriante. Elle toujours si soucieuse de la santé de ses enfants, elle qui aurait ameuté toute la gent médicale de Brest à Vladivostok pour le moindre bobo qui eût pu atteindre l'un ou l'autre de sa couvée, elle était là, parfaitement sereine, une petite lueur malicieuse au coin de l'œil, bavardant à voix basse avec le Baron Elie, hilare. Décontenancé, Saül se demandait si ses beaux-parents n'étaient pas singulièrement dénaturés... Il était surpris de constater combien ce congrès avait d'importance pour eux. « Même leur fille n'a plus la première place dans leur cœur !... »

Préoccupé, observant avec rancune ses beaux-parents, Saül se tenait ostensiblement à l'écart. De sombres pensées l'agitaient. Il se souvenait de l'année que Sarah avait passée à Davos, de la mort de Sonia... « Sarah a peut-être fait une rechute ? »

Enfin le docteur Zangwill sortit de la chambre. Son sourire allait d'une oreille à l'autre.

— *Mazel Tov !*... dit-il. Aujourd'hui est un grand jour.

Saül lui lança un regard féroce. Il était bien question d'Israël en ce moment ! Sarah seule comptait ! Que lui importait la naissance d'une nation, lorsque l'âme de son âme, le cœur de son cœur était malade ?... Peut-être allait-elle mourir ? Et ses beaux-parents se congratulaient, s'embrassaient et riaient ! Ça alors, c'était le comble !

— Ne pensez-vous pas qu'il vaudrait mieux vous préoccuper de la santé de votre fille ? lança-t-il exaspéré. Le congrès est peut-être important, mais Sarah ?...

Myriam riait.

— Mon gendre, vous êtes un imbécile !...

Saül, ahuri, sursauta. C'était la première fois que sa belle-mère l'insultait. Là, vraiment, elle dépassait les bornes ! Il allait répliquer quand le Baron Elie l'en empêcha en disant :

— Allons ! vous ne comprenez donc rien à rien ?... Moi je vous parie tout ce que vous voudrez que ce sera un garçon !... Venez par ici, docteur Zangwill, je vous invite à vider un verre en l'honneur de mon futur petit-fils !...

— Et un autre pour la naissance de l'Etat d'Israël..., dit le docteur Zangwill, tandis que Saül se précipitait comme un fou dans la chambre de Sarah.

Elle reposait, pâle, les cheveux défaits. Son visage arborait une expression bizarre, décontenancée.

— Sarah...

Elle le regarda.

— Sais-tu ce qui nous arrive ?... dit-elle.

Sa voix traduisait son anxiété. Elle allait avoir un enfant, et cette perspective la plongeait dans le désarroi. Si stupide que cela pût paraître, lorsqu'elle s'était mariée, c'était pour vivre avec Saül, connaître l'amour avec Saül, être dans les bras de Saül nuit et jour. Jamais l'idée d'un enfant ne l'avait effleurée, sauf lorsqu'il s'était agi de mentir à son père pour le forcer à avancer le mariage. Il n'y avait que dix semaines qu'elle était sortie, jeune mariée, de la synagogue de Vienne. Tout juste dix semaines ! Il y avait eu les lacs italiens, Venise, Rome, Paris... et Bâle, et l'annonce d'un enfant... Si vite... si vite... Etait-ce déjà fini pour elle, le temps de l'insouciance ? Et Saül ? Comment allait-il réagir à cette annonce ?

— Vivre dangereusement..., soupira-t-elle. Est-ce cela vivre dangereusement ? attendre un enfant ?...

Saül balbutia :

— Est-ce certain ?... Peut-être un autre médecin...

Elle étouffa un rire tremblé.

— Non. Cela ne sera pas nécessaire. Le docteur Zangwill me paraît être un excellent médecin, bien qu'il fût beaucoup plus préoccupé de ce qui se passait dans la salle du congrès que dans mon ventre... Si tu l'avais vu faire ! C'était à mourir de rire !... Saül, mon chéri ! nous allons avoir un fils ! un fils !... C'est le jour le plus heureux de ma vie !...

Sarah forçait un peu sa joie. Elle ne savait pas trop si elle devait rire ou pleurer.

— Et pour moi aussi..., chuchota Saül, le visage caché dans le giron de sa femme.

Il ne fallait pas que Sarah le vît pleurer. Est-ce qu'un homme pleure, même de joie ?... Lui ne se posait plus aucune question. Et son bonheur ne faisait pas l'ombre d'un doute.

Deux jours plus tard, dans une clinique privée de Bâle, Dina mit au monde un superbe garçon qui fut appelé : Theodor-Avrom-Shalom Landon... Le Baron Elie insista pour payer la clinique, la *brith mila* et la réception qui allait réunir une bonne moitié du premier congrès sioniste de Bâle, et pour être le parrain du nouveau-né.

— Vous comprenez, ma petite Dina, dit-il à la jeune accouchée, vous êtes la sœur de mon gendre, donc vous êtes un peu ma belle-fille, et ce petit homme que vous venez de mettre au monde est un peu de ma famille... Un enfant né le 31 août 1897 ne peut être qu'un enfant de la joie, et moi je dois le protéger contre les vicissitudes de la vie...

Insoucieux de ce qui se passait au-dessus de son berceau, Theodor-Avrom-Shalom Landon, vieux de quelques heures, dormait profondément. Il serait toujours assez tôt pour lui pour connaître les vicissitudes de la vie.

•

« A Bâle, Theodor Herzl a fondé l'Etat juif... » Cette phrase allait et venait de salon en salon. Vienne, la Vienne des Habsbourg, la Vienne de l'Empereur François-Joseph, s'étonnait.

— L'Etat est essentiellement fondé sur la volonté du peuple, le territoire n'en est que le support concret, le peuple juif ira-t-il jusqu'au bout de sa volonté ?... s'inquiétaient les sionistes. N'était-il pas trop tôt pour fonder un Etat juif ?

— Ou trop tard ?... répondait invariablement le Baron Elie. Pensez à tous ceux qui sont morts parce que juifs et qui auraient eu la vie sauve si un tel Etat avait existé...

— Mais comment va-t-il s'y prendre ? se demandait-on.

Devenu un sioniste militant, voire fanatique, Haym Landon avait une réponse qui pouvait, aux yeux des gens raisonnables, paraître simpliste, sinon naïve :

— On émigre tous là-bas, et on voit sur place... Les juifs riches, les philanthropes n'auront qu'à payer le Sultan de Turquie pour acheter la terre dont il ne veut plus et nous coloniserons ces terres. Nous les cultiverons...

— Cultiver des champs de cailloux ?... des terres où rien n'a jamais poussé ?

— Rien ? Relisez donc la Bible, mon cher, pour autant que vous l'avez jamais lue. Du temps de nos ancêtres, c'était une terre de lait et de miel. Du jour où les Romains nous ont chassés, c'est devenu un désert aride de sable et de pierres. Le jour où nous reviendrons, nous en referons une terre sainte.

— Vous êtes des enfants ! des naïfs !... Jamais vous n'y parviendrez. Les philanthropes juifs ne vous donneront pas une couronne ! Le Baron Hirsch est contre vos projets ! Et le Baron de Rothschild est furieux contre Herzl !... D'où sortirez-vous les millions de couronnes dont vous aurez besoin ?

Haym Landon montrait alors ses bras qui s'offraient à la vue, telles de puissantes massues.

— Avec ça..., disait-il.

Et, soit crainte, soit respect, alors, l'on se taisait.

La création du congrès sioniste, œuvre de Herzl, eut un effet beaucoup plus profond sur le peuple juif que les bourgeois ne s'y attendaient... La plupart étaient ébranlés dans leurs certitudes d'assimilés. La montée en puissance de Karl Lueger les effrayait, et davantage encore ce qui se passait en France à propos de l'affaire Dreyfus.

Mais que faire ? Comment lutter ? Chacun s'appariait suivant ses convictions. Des mouvements divers s'organisaient. Il y avait les purs sionistes qui attendaient tout de Dieu, il y avait les purs révolutionnaires qui voulaient un sionisme socialiste, ceux qui le voulaient démocrate, ceux qui le voulaient social-démocrate, ceux qui le voulaient libéral, et ceux qui ne le voulaient pas du tout... Et tous ces gens se rencontraient, se querellaient, se réconciliaient et se redisputaient.

Cette année-là, l'hiver fut agité. Dès janvier 1898, on apprit que des troubles suscités pour des raisons électorales avaient débouché, à Paris, sur des pillages de boutiques juives. L'opinion publique était chauffée à blanc par les campagnes répétées de *La Libre Parole*.

A Vienne, dans la demeure du Baron Elie, lorsque les réunions politiques leur en laissaient le loisir, la famille vivait plus ou moins comme à l'accoutumée. A une seule différence, de taille ! Saül partageait désormais la chambre de Sarah et celle-ci voyait avec beaucoup de perplexité, sinon avec la joie pure qu'elle était censée manifester, son ventre s'arrondir de jour en jour. Bien qu'une petite cuisine eût été aménagée dans l'appartement que le jeune couple occupait, il fut clair dès le début de leur installation que, sous peine de mourir de faim, il valait mieux pour Saül et Sarah prendre leurs repas avec les autres membres de la famille plutôt que de se sustenter des inventions de la jeune femme. Non seulement Sarah ignorait tout de l'art culinaire, mais faire le marché s'avéra vite pour les finances du jeune ménage un véritable désastre... De guerre lasse, Saül se persuada donc qu'il valait mieux attendre que le bébé fût né avant de tenter de convaincre la jeune femme de prendre des cours d'arts ménagers. Ce qui laissa Sarah dubitative. Pour elle, « vivre dangereusement » ne pouvait en aucun cas se limiter aux travaux ménagers, avec ou sans domestiques.

Très satisfait, le Baron Elie se réjouissait fort de voir à sa table, tous les soirs, sa fille et, lorsque son travail le lui permettait, son gendre avec lequel il pouvait discuter politique, sionisme, et jouer aux échecs.

Les jumeaux adoraient leur beau-frère et l'avaient adopté dans la confrérie des « mâles », signifiant ainsi aux « femmes », majoritaires jusqu'alors, qu'il y avait désormais quatre hommes dans la maison. « Et comme un homme vaut deux femmes... », elles n'avaient plus qu'à se bien tenir... Le fait d'être enceinte rapprocha Sarah de sa mère et de sa sœur, bien que l'attitude de Noemi lui parût singulière : tour à tour gentille ou agressive, souvent à la limite des pleurs, Noemi n'était pas à proprement parler une compagnie agréable.

Non moins singuliers furent les mois qui suivirent. Mois riches en événements qui allaient changer à jamais le sort des juifs du monde entier, et, sur une beaucoup plus petite échelle, celui de Sarah Lozwitzky, ex-von Lichtfeld.

Cela commença par l'acquittement d'Esterhazy, qui fut salué par un tollé général. Même les plus assimilés des grands bourgeois ressentirent cet acquittement comme une insulte et commencèrent à se poser des questions sur la justice de l'armée française ou la justice tout court... Comme toujours, c'était chez le Baron Elie que la famille von Lichtfeld, qui suivait avec passion toutes les phases du procès, se retrouvait pour y discuter des « événements ».

Jour après jour, dès l'aube, l'arrivée des journaux parisiens mettait la maison en émoi. Parce que tout le monde voulait lire *L'Aurore* en même temps, on dut doubler les abonnements... On recevait, outre le périodique socialiste, *Le Petit Parisien, Le Figaro, L'Illustration,* et même *La Libre Parole.*

— Il est bon, disait le Baron Elie, de savoir ce que ces crapules cachent dans ce qui leur sert de cervelle...

Désormais, dès qu'il prononçait le mot « crapule », la famille savait très exactement de qui il voulait parler, et il n'y avait pas d'autre précision à demander.

Après la lecture des journaux, les commentaires allaient bon train... Huit personnes parlaient ensemble, des plus âgées, comme grand-mère Ida, aux plus jeunes, comme David et Jonathan...

— La raison d'Etat !... disait Saül méprisant. C'est bien là l'idiotie la plus criminelle que l'on puisse invoquer ! Ainsi, au nom de la raison d'Etat, on peut voler, mentir, tuer, déshonorer un homme ! Criminel et stupide ! Stupide car cela ne tient devant aucun raisonnement, et criminel parce que l'on condamne à mort un innocent !... La méchanceté et la stupidité s'accouplent comme des poux monstrueux pour détruire un homme !... Et qui invoque la raison d'Etat, les êtres les plus néfastes de notre société, les militaires de carrière... Qui va sauver Dreyfus maintenant ? Qui ?

Comme personne ne pouvait décemment donner une

réponse à cette question, on finissait par répondre que la vie était parfois cruelle. Et grand-mère Ida concluait assez sèchement :

— Mais aussi ! Quelle idée ridicule de vouloir faire une carrière militaire ! Dreyfus n'avait-il donc rien de plus intelligent à faire en ce bas monde ?

Chacun donnait son opinion et, pour finir, tous tombaient d'accord sur un point. Ce n'étaient ni l'intelligence, ni la raison, ni le cœur qui dirigeaient notre pauvre monde, mais la bêtise, la méchanceté et la jalousie... Et de ces trois « qualités », toutes les armées du monde étaient abondamment pourvues.

Après quelques sentences du même ordre, chacun vaquait à ses occupations.

Depuis plus de quinze jours, il n'avait cessé de neiger. Janvier 1898 s'achevait dans un froid sibérien. Cet après-midi-là, il faisait un beau temps de gel, et les rues grouillaient de promeneurs excités par le froid soleil hivernal qui faisait scintiller la blancheur de la neige. Hélas, cette exquise et fragile blancheur se transforma vite en une boue sale et collante... Mais qu'importait ! Le ciel était bleu, l'air vif. La patinoire était envahie par une foule nombreuse et choisie, et l'orchestre, juché sur une scène garnie de plantes vertes, enchaînait valse sur valse... A la porte s'alignaient des voitures de maître, des fiacres, des chevaux attachés à une barrière.

Saül dirigeait d'une main ferme ses huit musiciens qui s'en donnaient à cœur joie... En effet, depuis peu, quatre émules du Conservatoire étaient venus renforcer l'ensemble « Les rois de Vienne », et si l'entourage de la famille von Lichtfeld s'en offusquait, choqué de voir le gendre d'un grand bourgeois s'obstiner à jouer les « saltimbanques », Saül et Sarah n'en avaient cure. C'était là la fierté de Saül. Ne rien devoir à la fortune de son beau-père... Cela, c'était la première raison. La seconde, et sans doute la plus forte, c'était que les autres membres du quatuor se seraient trouvés en difficulté si leur chef les avait quittés. Haym, Dina, David avaient besoin de l'argent qu'ils gagnaient et jamais Saül n'aurait admis que, par sa faute, sa sœur, son beau-frère et David fussent obligés de renoncer à leurs chères études. Peut-être aussi répugnait-il, en son for intérieur, à mener une vie bourgeoise qui ne lui plaisait guère... Rester avec son quatuor, c'était, pour peu de temps encore, demeurer un jeune homme qui va choisir son destin, et non un futur père de famille à qui incomberaient bientôt de lourdes responsabilités...

Soudain, l'attention de Saül fut attirée par un petit groupe de jeunes patineurs dans lesquels il reconnut ses belle-sœur et beaux-frères. Noemi était très entourée, mais visiblement ses admirateurs, quels qu'ils fussent, avaient le don de l'agacer.

Noemi, David et Jonathan étaient venus avec leurs nombreux cousins et cousines, comme le faisaient tous les jeunes gens d'un certain milieu, qui fréquentaient volontiers la patinoire... C'était un endroit à la mode. Une mode plaisante ; on y venait montrer sa grâce, sa force, son adresse... Et puis, surtout, la patinoire était le lieu des rendez-vous discrets, le seul endroit à Vienne où un homme et une femme pouvaient, sans faire jaser, se rencontrer, danser, se prendre la main sous couvert de patiner ensemble... Du moins, c'était là ce qu'ils pensaient tous, ignorant sans doute qu'il n'y a rien de plus reconnaissable au monde que deux amoureux feignant de s'ignorer.

Noemi regardait vers Saül et lui fit un signe de la main, signe auquel Saül répondit par la négative : il ne pouvait lâcher son orchestre au beau milieu de *La Légende de la forêt viennoise*... Alors, fendant la foule des patineurs avec grâce, Noemi, escortée de ses frères, s'élança vers l'orchestre.

— Il faut que tu rentres tout de suite à la maison !... haleta-t-elle, essoufflée, lorsqu'elle fut à portée de voix. Papa aimerait te parler d'urgence.

Inquiet, Saül demanda, tout en continuant à battre la mesure :

— Sarah ?...

— Mais non ! Pas Sarah !... Papa a reçu une lettre de Paris, qu'il veut absolument te montrer !

— Est-ce vraiment urgent ?

— Il dit que oui...

Soucieux, Saül fit un signe à Haym et lui confia sa baguette.

— Dirige à ma place, veux-tu ?... dit-il entre ses dents. Mon beau-père me fait demander et, d'après Noemi, il semble que ce soit urgent...

— Entendu ! dit sobrement Haym qui, s'emparant de la baguette de Saül, accéléra aussitôt la cadence de la valse. On s'endort avec toi ! ajouta-t-il *mezza voce*. Tu vas voir comment *moi* je vais les faire valser, nos chers Viennois !

En effet, à peine Saül eut-il rejoint Noemi et les jumeaux qu'on ne comptait plus les chutes, les cris et les rires aigus des femmes...

La patinoire n'était guère éloignée de la demeure des von Lichtfeld et, durant tout le trajet, Saül s'amusa comme un gosse avec ses jeunes beaux-frères à bombarder Noemi de boules de neige. Elle riait et courait pour échapper à ses tortionnaires, les joues rougies de froid, sa toque de travers, si jolie que plusieurs passants se retournèrent sur elle, tant il est vrai que la beauté attire la sympathie et le sourire. Mais elle ne voyait que Saül et son sourire rayonnant ne s'adressait qu'à son beau-frère.

Ils arrivèrent juste à l'heure du thé, alors que le jour tombait, laissant place au crépuscule d'hiver. C'était un vendredi, jour de la semaine où la famille von Lichtfeld au grand complet venait rendre visite à grand-mère Ida. Le bureau du Baron Elie était presque plein d'une parentèle visiblement et inhabituellement excitée et nerveuse. Le vacarme était assourdissant. Saül parvint à saisir au passage des bribes de conversation qui dominaient le bruit des tasses et le cliquetis des petites cuillères...

Il aperçut Sarah assise dans une bergère auprès du feu, une couverture dissimulant son ventre de six mois...

— Que se passe-t-il ?... demanda-t-il à voix basse après lui avoir baisé la paume de la main.

Elle ne répondit pas tout de suite. Jalouse, elle fixait

le visage de Noemi, rosi par la course et le froid, elle écoutait les éclats de rire des jumeaux. Le cœur serré, elle pensa qu'il n'y avait pas un an, c'était elle qui courait dans la neige, ivre de liberté. Elle pensa que désormais, ce temps-là était fini pour elle, et l'accès d'angoisse qui parfois s'emparait d'elle lui perla les yeux de larmes qu'elle dut retenir dans un sourire forcé.

— Tu as l'air de t'être bien amusé..., dit-elle machinalement en arrangeant une boucle noire qui dansait sur le front de Saül.

Il comprit sa détresse. Peu de chose lui échappait chez sa femme et, s'il l'avait osé, il lui aurait confié que lui aussi avait peur...

— Encore trois petits mois et tout sera comme avant !... chuchota-t-il, ses lèvres contre l'oreille de Sarah.

Elle allait répliquer quand elle aperçut son père qui se dirigeait vers eux. Le Baron Elie arborait une expression bizarre. Il y avait de la joie, de la colère, de l'expectative et aussi du reproche.

— Je ne vous ai pas vu de la journée..., dit-il à Saül.

Etonné, son gendre le fixa.

— Pardon ? dit-il. Vous savez bien que j'avais une répétition dès huit heures ce matin pour préparer mon audition auprès de Mahler ! C'est vous-même qui l'avez exigé, l'auriez-vous oublié ?

Penaud, le Baron Elie avoua :

— Oui. C'est vrai. Je l'avais complètement oublié. J'ai reçu ce matin un courrier de Paris. Je voulais vous en parler, mais vous étiez déjà parti au Conservatoire... Tout le monde est survolté. Regardez-les !

Saül regarda autour de lui, et le moins que l'on pût dire était que le charme feutré propre à ce genre de réunion, qui avait lieu tous les vendredis après-midi chez la Baronne Myriam, était troublé par quelque chose d'insolite. N'importe quel observateur aurait pu percevoir l'effervescence qui régnait à cet instant dans le grand salon de la Baronne Myriam... La trentaine de personnes élégantes, chapeautées, corsetées, emplumées affichaient un comportement si contraire à celui des autres vendredis que Saül haussa les sourcils.

— En effet... Que se passe-t-il donc ?

Le Baron Elie se dirigea vers un guéridon et s'empara d'un journal qui, visiblement, avait été lu et relu par toute l'assemblée.

— Ceci vient de paraître à Paris. Un article d'Emile Zola. Dans *L'Aurore.* Tenez. Lisez !

... J'accuse le lieutenant-colonel du Paty de Clam d'avoir été l'ouvrier diabolique de l'erreur judiciaire, en inconscient je veux le croire, et d'avoir ensuite défendu son œuvre néfaste, depuis trois ans, par les machinations les plus saugrenues et les plus coupables.

J'accuse le général Mercier de s'être rendu complice, tout au moins par faiblesse d'esprit, d'une des plus grandes iniquités du siècle.

J'accuse le général Billot d'avoir eu entre les mains les preuves certaines de l'innocence de Dreyfus et de les avoir étouffées, de s'être rendu coupable de ce crime de lèse-humanité et de lèse-justice, dans un but politique et pour sauver l'état-major compromis.

J'accuse le général de Boisdeffre et le général Gonse de s'être rendus complices du même crime, l'un sans doute par passion cléricale, l'autre peut-être par cet esprit de corps qui fait des bureaux de la guerre l'arche sainte inattaquable.

J'accuse le général de Pallier et le commandant Savary d'avoir fait une enquête scélérate, j'entends par là une enquête de la plus monstrueuse partialité, dont nous avons, dans le rapport du second, un impérissable monument de naïve audace.

J'accuse les trois experts en écriture, les sieurs Belhomme, Varinard et Couard, d'avoir fait des rapports mensongers et frauduleux, à moins qu'un examen médical ne les déclare atteints d'une maladie de la vue et du jugement.

J'accuse les bureaux de la guerre d'avoir mené dans la presse, particulièrement dans L'Éclair *et dans* L'Écho de Paris *une campagne abominable, pour égarer l'opinion et couvrir leur faute.*

J'accuse enfin le premier conseil de guerre d'avoir violé le droit en condamnant un accusé sur une pièce restée secrète, et j'accuse le second conseil de guerre d'avoir couvert cette illégalité, par ordre, en commettant à son tour le crime juridique d'acquitter sciemment un coupable.

En portant ces accusations, je n'ignore pas que je me mets sous le coup des articles 30 et 31 de la loi sur la presse du 29 juillet 1881, qui punit les délits de diffamation. Et c'est volontairement que je m'expose...

Je n'ai qu'une passion, celle de la lumière, au nom de l'humanité, qui a tant souffert et qui a droit au bonheur. Ma protestation enflammée n'est que le cri de mon âme. Qu'on ose donc me traduire en cour d'assises et que l'enquête ait lieu au grand jour.

J'attends.

Ayant achevé sa lecture, Saül laissa échapper :

— Enfin un homme de cœur !... Qu'en pensent votre famille, vos invités ?

Son beau-père laissa échapper un petit rire.

— Sentiments partagés. Comme toujours !... Pourvu que le capitaine Dreyfus obtienne la révision de son procès ! Qu'il soit acquitté et que l'on ne parle plus de toute cette histoire ! Tout redeviendra comme avant...

— J'en doute ! dit Saül. Jamais l'armée française n'acceptera de reconnaître ses torts !... Et, de toute manière, même si Dreyfus obtient la révision de son procès et qu'il soit reconnu innocent, il a eu tort, il a tort, et il aura toujours tort !

— Que voulez-vous dire ? s'irrita son beau-père. Là, je ne vous comprends pas ! Si le capitaine Dreyfus obtient cette révision de son procès...

— La question n'est pas là..., interrompit Saül doucement. La France a été profondément divisée par ce scandale... La gauche et la droite sont au bord d'une lutte fratricide, l'armée ne supporte pas d'avoir été ridiculisée par un juif !... Même pas un juif d'une qualité exceptionnelle. Non ! un pauvre juif qui se croyait assez français depuis vingt générations pour faire une carrière dans le corps le plus imbécile, le plus rétrograde, le plus réactionnaire qui soit, l'armée. Cela démontre amplement les limites intellectuelles de ce malheureux Dreyfus ! Se croire aussi français que le sergent qui lui servait d'ordonnance ! Un analphabète qui pouvait cracher par terre devant son supérieur, en sifflant entre ses dents « espèce de sale youpin... ». Quelle présomption !... Je me demande d'ailleurs s'il a compris ?...

Une voix de femme se fit entendre derrière Saül.

— Qui doit comprendre quoi ?... demanda la Baronne Myriam, sur un ton dépourvu de son animosité habituelle.

— Qu'un juif, quelle que soit la nationalité dont il se réclame, est d'abord un juif ! Si ce n'est à ses propres yeux, ce sera toujours dans le regard de l'autre. Et c'est rarement un regard amical ou simplement compatissant.

Pensive, sa belle-mère le regarda. Puis elle soupira :

— Peut-être avez-vous raison ? Peut-être avez-vous tort ? Qui peut savoir ce que l'avenir nous réserve ?...

Elle se tut soudain et son regard, brusquement froid et hostile, fixa un point derrière Saül qui se retourna vivement.

Une grande femme élégante et belle, dans laquelle il reconnut Berta Zuckerkandl, se tenait debout auprès du piano et regardait dans leur direction. Ses admirables yeux gris-bleu étaient empreints d'une sorte d'étonnement joyeux... Elle leur fit un signe discret de la tête et les rejoignit.

— Avez-vous pris connaissance de la publication de cette lettre dans *L'Aurore* ?... demanda-t-elle à Saül, ignorant délibérément le regard glacial de la Baronne Myriam.

— Oui. Juste maintenant.

— Alors ?... Que vous en semble ? Ah, le journal de mon cher ami Georges Clemenceau est un grand journal ! Quel courage de publier cette lettre ! Et quelle lettre ! Quelle force, quelle ardeur... N'est-ce pas admirable ?

— Admirable ! C'est, je dois le dire, assez réconfortant... Même si l'on considère que, maintenant, le mal est fait et qu'il est irrémédiable...

Berta Zuckerkandl dévisageait le jeune homme.

— C'est ce que vous pensez ?

— Absolument. Et pourtant je dois avouer... Ces dernières lignes... *Je n'ai qu'une passion, celle de la lumière, au nom de l'humanité, qui a tant souffert et qui a droit au bonheur...* Dieu ! se peut-il qu'il y ait de par le monde des hommes qui pensent aussi aux autres ? à ceux qui souffrent dans leur âme et dans leur chair ? à ceux qui ont froid, faim ? qui sont perdus et que nul ne vient secourir ? Je sens que je vais adorer Emile Zola à genoux !

Assise dans un fauteuil de velours, non loin de sa petite-fille, grand-mère Ida regardait le feu. Nul ne faisait attention à la vieille dame et, en vérité, elle-même ne prêtait attention à personne. Perdue dans ses songes, elle revivait un passé ancien, connu d'elle seule, un passé où elle retrouvait l'enfant qu'elle avait été... Elle sursauta lorsqu'elle sentit la main de Sarah se glisser dans la sienne.

— Eh bien, grand-maman, à quoi pensez-vous ?

La vieille dame redressa sa tête aux soyeuses boucles grises.

— Au feu..., dit-elle d'une voix lente, un peu brisée... au feu. Lorsqu'on ne nous brûle pas, on nous baptise, et si l'on ne nous baptise ni ne nous brûle, on nous jette en prison... N'est-ce pas assez ? ou bien faudra-t-il souffrir encore plus ? toujours plus ?

Mal à l'aise, le Baron Elie s'approcha de sa mère.

— Voyons, maman, en voilà des idées noires ! N'es-tu pas heureuse aujourd'hui ? Toute la famille est là, réunie autour de toi...

— C'est vrai... C'est une fête aujourd'hui. Et personne ne l'a oublié !

Dans le flot qui se formait autour de la grande table surchargée de pâtisseries, de thé, de chocolat, de café et de mille friandises plus délicieuses les unes que les autres, elle distinguait ses fils, ses filles, ses belles-filles, ses neveux, ses nièces. Tous avocats, médecins, tous célèbres, considérés. Seul son dernier fils, Elie, avait préféré à ces carrières honorables et sûres celle d'imprésario, ne pouvant exercer, faute de talent, celle de musicien. Tous grands bourgeois anoblis, collectionneurs, aimant les tableaux, la musique, les livres. Adorant discourir sur la politique. Tous sociaux-démocrates, libéraux, assimilés... Trop assimilés. La chair de sa chair, sa continuité... Elle retrouvait un peu d'elle-même dans ses filles, grandes et fortes, aux regards fiers et impérieux, dans ses petites-filles, et peut-être dans celui qui était encore en gestation, là, dans le ventre de Sarah. Elle pensa à ceux qui grandissaient loin d'elle, en Palestine, et un instant, elle en voulut à son fils d'avoir autorisé Isaac à quitter la maison paternelle.

Doucement, elle posa sa vieille main ridée, tachée, sur le ventre de Sarah. La jeune femme sourit.

— Vous le sentez bouger, grand-mère ?

— Oui... (la vieille dame sourit)... il bouge... il vit... Dans quel monde vivra-t-il ?... Que sera le XXe siècle qui s'annonce ?

— Un monde de justice et de bonté !... s'enflamma Saül. Un monde que la science et le progrès rendront meilleur...

Grand-mère Ida eut un rire qui la rajeunit.

— Ma chérie..., dit-elle à Sarah. Je crois bien que ton mari est un idéaliste ! Attention ! C'est une race dangereuse !...

Puis, après un petit silence, elle dit avec un rien d'ironie

— Nous sommes tous des idéalistes !... Il a suffi d'une lettre publiée dans *L'Aurore* pour que tous, ici, nous reprenions espoir en la nature humaine ! Et pourtant, l'expérience vécue aurait dû nous apprendre le contraire ! Mais vivre sans espérance, est-ce encore vivre ?

Grand-mère Ida soupira. De nouveau son regard absent se fixa sur les flammes de la cheminée. Est-ce que ça valait encore la peine de vivre après tout ? Comment, dans son corps desséché, épuisé, déclinant, la force vitale pouvait-elle renaître ? Il n'y aurait plus jamais de matin de gloire, ni rien de ce qui s'appelle vivre... Un fauteuil, une couverture, un plateau, de nouveau un fauteuil. Quelle humiliante contrefaçon de l'existence... Rester ainsi, en contemplation forcée, plus proche de la mort que de la vie...

Elle sursauta car elle avait sombré dans une vague somnolence. Son fils aîné Ernest venait de l'embrasser sur le front. Il y eut le grand remue-ménage habituel des au revoir, des remerciements, des compliments. Elle reçut l'hommage de ses quatre fils, Ernest, Ludwig, Elie, Salomon et de ses deux filles, Deborah et Hannah, de ses gendres, de ses belles-filles... De sa main flétrie, elle les retint un peu auprès d'elle. Ils étaient tous largement quinquagénaires, mais c'étaient ses enfants, ses petits, sa raison de vivre. Ses yeux affaiblis par la cataracte discernaient mal les traits, les volumes... Mais elle les reconnaissait cependant. Elle les aurait reconnus entre mille. Lorsque ses petits-enfants vinrent à leur tour l'embrasser, elle pensa soudain qu'elle les reconnaissait plus à l'odeur qu'ils dégageaient et au son de leur voix qu'à leur visage qui se brouillait devant elle... « J'ai eu beaucoup d'enfants, beaucoup de petits-enfants et une demi-douzaine d'arrière-petits-enfants... » Cette immense famille, c'était son univers, le seul qui eût quelque importance pour elle. Elle connaissait tout d'eux depuis plus d'un demi-siècle. Elle les avait mis au monde, elle les avait assistés lorsqu'ils étaient malades, avait fêté leurs fiançailles, leurs mariages et leurs naissances... Soudain elle eut un sentiment de plénitude. Une sensation de bonheur jamais égalée. Plus de la moitié de toute cette assemblée, du plus jeune au plus vieux, étaient sortis de ses flancs. La vie maintenant pouvait lui échapper. Elle avait, pour l'éternité, triomphé de la mort.

Deux jours plus tard, grand-mère Ida refusa de se lever, et le soir même, elle mourut très doucement. Comme en s'endormant. C'est d'ailleurs ce que sa femme de chambre Erika, affolée, raconta le lendemain matin.

— Madame s'est couchée, et elle a bu son lait chaud comme d'habitude, et elle s'est endormie...

Le Baron Elie demanda, bouleversé :

— Mais... mais elle n'a rien dit ? Elle ne s'est pas plainte d'une douleur quelconque ?

— Rien, monsieur, rien... Elle m'a juste dit : « Bonne nuit, ma fille », comme tous les soirs... C'est tout. Elle a laissé sa lampe allumée, parce qu'elle voulait lire un peu avant de s'endormir... Et ce matin... ce matin... je l'ai retrouvée comme ça... le livre ouvert sur sa poitrine... J'ai cru qu'elle s'était endormie en lisant, comme cela lui arrivait parfois... mais elle était morte !...

Et la jeune femme éclata en sanglots.

— C'est bon, Erika... C'est bon ! Laissez-nous.

Le Baron Elie s'approcha du lit de sa mère... « Je suis orphelin, se dit-il désespéré... Orphelin ! »

Moins d'une heure plus tard arrivèrent ses frères et ses sœurs, accablés de chagrin, et leurs conjoints, qui affectèrent une peine de bon aloi, dissimulant une sorte de soulagement craintif. Grand-mère Ida ne ferait plus jamais d'esclandre lorsqu'elle jugerait l'une de ses belles-filles ou l'un de ses gendres trop assimilés. Seule Myriam essuyait des larmes sincères... Mais bientôt, deux groupes se séparèrent : d'un côté, les enfants et les petits-enfants, et de l'autre, les conjoints...

Ernest, Ludwig, Salomon, Elie, Hannah et Deborah étaient immobiles tous les six, autour du lit de celle qui avait été leur mère... Un temps, ils s'efforcèrent de se tenir, de dissimuler leur douleur, comme il convenait à des hommes ou à des femmes de leur âge, ayant « une position sociale ». Mais lorsque les deux gardes-malades que l'on avait convoquées d'urgence pour faire la toilette mortuaire arrivèrent et que l'une d'elles souleva le drap dont on avait recouvert le visage de grand-mère Ida, ces hommes et ces femmes qui, jusqu'alors, avaient lutté contre toute manifestation de sentimentalisme, de sensiblerie, se laissèrent enfin aller à leur douleur en voyant le visage clos de leur mère... Avec son expression de paix, ce visage de morte évoquait irrésistiblement celui de la très jeune et très belle Ida von Lichtfeld qui menait tambour battant un mari banquier et six garnements qui ne songeaient qu'à faire des farces.

Ils pleuraient maintenant, les six frères et sœurs. Ils pleuraient sans fausse honte, sans se soucier de leur dignité ni des convenances... L'espace d'un instant, ils oublièrent enfin qu'ils étaient des grands bourgeois pour redevenir des êtres de chair et de sang, capables d'aimer, de souffrir, de pleurer...

C'est dans la nuit du 26 au 27 du mois d'avril 1898, alors que Vienne préparait fébrilement les fêtes officielles du Jubilé, que Sarah mit au monde son premier-né...

Cela avait commencé assez tard dans la nuit... Un orage venait d'éclater. Des éclairs zigzaguaient en tous sens, des coups de tonnerre assourdissants éclataient. Et la pluie se mit à tomber à torrents. Sarah et Saül s'étaient approchés de la fenêtre de la chambre.

— Ah !... dit Sarah, l'orage ! Enfin ! On va pouvoir respirer !... Il a fait si chaud ces derniers temps !

En effet, une vague de chaleur étouffante s'était abattue sur Vienne depuis plus de huit jours.

Soudain, Saül sentit la main de la jeune femme se crisper dans la sienne.

— Sarah ?... Sarah, que se passe-t-il ? Tu as peur de l'orage ?

Elle secoua la tête, les dents serrées.

— Non !... Saül... Je crois... C'est le bébé !... il faut aller chercher maman !...

Un violent coup de tonnerre la fit sursauter. Ce n'est rien de dire que Saül était affolé... Il hésitait à lâcher Sarah, persuadé que s'il le faisait, elle allait s'effondrer, pis : accoucher à même le sol... Il tremblait de tous ses membres.

— Oh mon Dieu !... s'écria-t-il. Que faut-il faire ?

Il soutint la jeune femme jusqu'au lit, l'aida à s'allonger et s'épongea le front.

— Que faut-il faire ? répéta-t-il.

Sarah souriait.

— Va chercher maman..., chuchota-t-elle. Maman sait ! Et puis, va téléphoner au docteur Schnitzler... Et ne reviens ici que lorsque tout sera fini... De toute façon c'est fini. Je n'ai plus mal... Mais ça va sûrement recommencer !

Comme pour confirmer ses dires, une autre douleur provoqua un bref gémissement.

— Oh mon Dieu ! Oh mon Dieu ! fit Saül qui semblait avoir perdu la raison.

Il se dirigea vers la porte, revint vers le lit, courut ouvrir, puis fermer la fenêtre, revint derechef vers le lit... Sarah s'étouffait de rire.

— Arrête !... Oh, s'il te plaît, arrête !... Ne me fais pas rire !... Va chercher maman !...

Saül s'efforça au calme. Sarah avait raison. Il était ridicule, à s'agiter ainsi ! Il prit un air détaché pour demander :

— Euh ?... un verre d'eau peut-être ? Cela te ferait du bien... Il paraît qu'il faut faire bouillir de l'eau...

— Pour quoi faire ? demanda Sarah, qui n'en pouvait plus de rire.

— Je ne sais pas..., répondit Saül, perplexe. J'ai toujours lu qu'il fallait faire bouillir de l'eau... En veux-tu un verre ?

— D'eau bouillante ? s'étouffait Sarah. Grands dieux, veux-tu m'ébouillanter ? ou peut-être le bébé ?...

Effaré, Saül la dévisageait. Etait-elle devenue folle ? Qui parlait d'eau bouillante ?

— Mais non, voyons : un verre d'eau fraîche !

— Oui, je veux bien !... Mais... mon chéri, s'il te plaît... va chercher maman !...

Il vit son visage se contracter. Il la prit dans ses bras et frémit d'angoisse. « Mon Dieu, protégez-la ! » pensa-t-il...

— ...Va, ça va aller maintenant.

Il courut à la porte de ses beaux-parents. A travers la porte close, la voix du Baron Elie se fit entendre :

— Oui ?... qu'est-ce que c'est ?...

— Sarah !... Cela vient de commencer ! Il y a une demi-heure environ...

La porte s'ouvrit sur le Baron Elie qui, si le moment n'avait été pour Saül d'une extrême gravité, eût prêté à rire avec ses cheveux en broussaille, sa robe de chambre mal fermée, sa moustache en bataille... Il y eut un grand remue-ménage dans la pièce.

— Quoi ? s'écria Myriam. Mais il s'en faut d'un mois ! Oh ! vite ! vite... Il faut téléphoner au docteur Schnitzler !...

— Comment va ma petite fille ?... demanda le Baron Elie, hagard.

— Aussi bien que possible, dit Saül. Elle demande sa mère...

Le Baron Elie haussa les sourcils.

— Sa mère ?... Et moi ?

Myriam eut un petit rire étranglé.

— Bien sûr... Moi aussi j'ai réclamé ma mère à ce moment-là... Rassure-toi, mon chéri, elle te réclamera quand tout sera fini...

Et comme Saül restait là, immobile, ne sachant que faire de lui, elle ajouta avec, il fallait bien l'admettre, une gentillesse dont elle n'était pas coutumière lorsqu'elle s'adressait à son gendre :

— Allez donc téléphoner au docteur Schnitzler... puisque désormais nous avons le téléphone. Je vais aller rejoindre Sarah. Soyez tranquille, tout ira bien !...

Hésitant, Saül demanda :

— Dois-je aller faire bouillir de l'eau ?

— Bouillir de l'eau ? Pour quoi faire ? Allez donc téléphoner ! Et ne dites pas de bêtises !

Saül eut un geste manifestant à la fois son désarroi et son ignorance. Tout ce dont il était convaincu s'effondrait. Où diable avait-il lu qu'il fallait faire bouillir de l'eau lors de la naissance d'un enfant ? « Je vais être père... » Ces mots n'avaient pas encore de véritable signification pour lui. « Je vais être père... » Il était si jeune encore, vingt-quatre ans !... « Je vais être père... » Il se sentait complètement désorienté, ivre sans avoir bu, léger et lourd en même temps... « Ma fille ? Mon fils ?... Ah, qu'importe ! mon petit ! mon petit à moi... » Dans l'escalier qui le ramenait vers Sarah, il pensa qu'il boirait bien un verre de vodka, quand il entendit soudain une longue plainte basse et poignante... Il fut dépassé dans sa course par Myriam qui volait chez sa fille.

— Allons !... lui dit-elle sévèrement, ne restez pas ici... Avez-vous téléphoné ?

— Oui... le docteur Schnitzler arrive tout de suite.

— Bien ! Allez tenir compagnie à votre beau-père. Il se ronge les sangs comme s'il n'avait jamais eu d'enfants !... Il est dans la bibliothèque...

Saül redescendit. Il était couvert de sueur froide.

De nouveau une plainte, qui cette fois se termina par un cri aigu..

« Tu enfanteras dans la douleur !... pensa-t-il égaré. Pourquoi, mon Dieu ? Pourquoi ne pas enfanter dans la joie ?... C'est donc ainsi que l'on devient père ?... Un verre de vodka ! Dieu... un verre de vodka... Il ne faut pas s'inquiéter. Tout ira bien. Voilà. Je vais être père... Ne pas s'inquiéter surtout... Demain à cette heure-ci, un petit bonhomme m'appellera papa... Quel bougre d'idiot je fais ! Il ne pourra pas m'appeler papa ! A peine me regardera-t-il !... Mon fils !... Bien sûr, ce sera peut-être une fille ?... une jolie petite fille ? Ah, bah, fille ou garçon, je prends !... » Il prenait. Tout. Sarah, l'enfant qui allait naître, la vie qui s'étendait devant lui, les autres enfants à venir... « Mon Dieu, faites que tout aille bien !... »

Lentement il ouvrit la porte de la bibliothèque. Le Baron Elie avait sorti la bouteille de vodka et deux verres. Il fixa son gendre et remplit les deux verres à ras bord, et en tendit un à Saül.

— *Mazel Tov !...* dit-il sobrement en vidant le sien d'un trait.

Saül l'imita. Machinalement le Baron Elie les remplit de nouveau. Un hurlement venu des étages supérieurs les fit sursauter. Les deux hommes se saisirent les mains avec épouvante. Les cris cessèrent. Alors ils vidèrent d'autres verres de vodka... Il y eut un coup de sonnette, un grand remue-ménage salua l'arrivée du docteur Schnitzler, qui accepta un petit verre de vodka avant d'aller voir sa « jeune primipare ». Un grand bien-être envahit les futurs père et grand-père de la huitième merveille du monde. Même les cris venus des étages supérieurs ne les troublaient plus guère. A peine sursautaient-ils et s'empressaient-ils de vider une autre petite vodka, pour « tenir le coup... ».

— Ce que Dieu nous inflige est vraiment terrible ! hoquetait le Baron Elie.

Puis il expliqua d'une voix pâteuse à son gendre, qui l'écoutait avec respect et une envie de dormir grandissante, qu'il avait énormément souffert à la naissance de chacun de ses enfants.

— Myriam hurlait de douleur ! c'était intolérable !... disait-il.

Cela dura jusqu'aux premières lueurs de l'aube.

La bouteille de vodka était vide. Les deux hommes étaient face à face, main dans la main, dodelinant de la tête, se souriant et se réconfortant mutuellement.

La porte s'ouvrit sur Myriam. Elle était blême de fatigue, les cheveux hirsutes, la grande blouse blanche qui l'enveloppait tout entière légèrement tachée de sang. Elle souriait.

— Tout va bien, dit-elle. C'est un fils... un beau petit garçon...

Dégrisé, Saül fut sur ses jambes avant le Baron Elie.

— Vous êtes sûre ?... bégaya-t-il.

— Absolument ! dit sa belle-mère en riant... il n'y a aucun doute là-dessus !... Vous pouvez aller vérifier vous-même ! Votre femme vous demande.

— Tout s'est bien passé ? éructa péniblement Saül.

— Tout s'est très bien passé ! affirma Myriam souriante. Le mieux du monde... Elle a été très courageuse !

Alors, pour la première fois depuis qu'il la connaissait, Saül, fou de joie, embrassa sa belle-mère avant de monter rejoindre sa petite bien-aimée, la mère de son fils.

Saül approcha lentement du lit où Sarah somnolait. Elle était toute pâle, ses cheveux noirs défaits sur l'oreiller. Elle ouvrit les yeux et sourit à Saül qui lui baisait les mains

— Tu as vu le bébé ?... demanda-t-elle dans un souffle

— Non. Pas encore... où est-il ?

Saül, désorienté, bouleversé, regardait autour de lui. Pour un peu, il eût regardé sous le lit, tellement son esprit était égaré.

Sarah sourit.

— Voyons !... Là... dans le berceau !

Saül rougit de honte. Le berceau !... Bien entendu ! Il s'approcha comme un somnambule vers ce fameux berceau, vide la veille encore, et où maintenant quelque chose vagissait. Quelque chose de rouge, de fripé, de minuscule... Si petit, mon Dieu !... Si petit. Saül s'en voulait de pleurer. Ce n'était pas d'un homme, voyons ! Un homme ne pleurait pas... Un homme... « Oh mon Dieu ! mon Dieu !... pensait Saül qui fixait son fils avec intensité... Protégez-le, mon Dieu ! Il est si petit dans un monde si dur !... Si petit... » Il se tourna vers Sarah.

— Il est effroyablement petit, tu ne trouves pas ?

Il s'efforçait de prendre un ton détaché, voire indifférent, ainsi qu'il sied à un homme.

Hérissée d'indignation malgré sa fatigue, Sarah se redressa sur ses oreillers.

— Petit ? mon fils petit ? Vraiment, Saül ! Le docteur Schnitzler a dit que de toute sa vie, il n'avait vu plus gros et plus beau bébé !

Sarah exagérait sans doute les propos du docteur Schnitzler. Saül esquissa un sourire d'excuse et se pencha derechef vers ce minuscule être humain... cette quintessence de Sarah et de lui-même. Une odeur particulière le frappa. Cela tenait du propre, de l'eau de toilette, et d'une autre odeur encore, celle des nouveau-nés... Il aspira goulûment cet air tiède, au parfum nouveau... « Mon fils... mon fils... » Il ne pouvait penser à rien d'autre... Juste ces deux mots... Il se redressa, les joues baignées de pleurs, le visage illuminé par un sourire éclatant... Il se sentait heureux, fier... plus heureux et plus fier que devant une salle applaudissant ses interprétations musicales. « C'est cela vivre ! Donner la vie !... »

Il se tourna vers Sarah, qui le regardait toujours de travers.

— Il est hideux ! dit-il avec fierté.

— ... Il est ravissant..., rétorqua-t-elle en souriant.

Elle lui tendit les bras. Il la serra contre lui avec un respect nouveau. Maintenant elle était plus qu'une amante, plus qu'une épouse, plus que n'importe quoi au monde. Elle était la mère de son fils.

LE JUBILÉ

Vienne, 1898

Vienne triomphait. C'était l'année où l'Empereur François-Joseph célébrait son jubilé. Pour rendre hommage à leur vénérable souverain, une multitude d'humbles et pittoresques sujets venus de toutes les provinces, jusqu'aux plus reculées, ainsi que des touristes du monde entier avaient envahi la vieille cité en fête.

Dans les rues ensoleillées de mai 1898, on pouvait entendre toutes les langues, tous les dialectes... Aristocrates guindés et poussiéreux, politiciens retors, diplomates aussi parfaitement imbéciles que parfaitement bien élevés se croisaient, se parlaient, se précipitaient, se rencontraient aux cafés, dans les multiples réceptions, plus élégantes les unes que les autres, qui se succédaient sans cesse... Berta Zuckerkandl était l'une des reines de ces réceptions. Elle recevait chez elle, outre l'éternel Georges Clemenceau dont on chuchotait qu'il avait été, était peut-être encore, ou serait sûrement dans les mois qui venaient son amant, l'ensemble du corps diplomatique français, que son ami — qui devait savoir de quoi il parlait — qualifiait de « particulièrement niais... pour ne pas dire tout à fait imbécile ».

C'était surtout à l'Opéra qu'il fallait être vu, là qu'il fallait s'extasier en termes dithyrambiques sur Gustav Mahler, là que se bousculait l'élégante société, soucieuse de belle musique peut-être, mais plus soucieuse encore de faire savoir combien elle savait apprécier cette belle musique...

— ...Quelle extraordinaire direction d'*Aïda !*... Cet acte du *Nil* a été interprété d'une manière magistrale !... Et ces merveilleux pianissimos du prélude ? Mahler est vraiment génial ! Sublime... C'était sublime !...

— Et vous avez entendu son *Cavalleria Rusticana* ? Et son *Paillasse* ?... J'y étais hier soir... Et ce soir *Aïda* et demain soir le concert... Et dans quinze jours, *Le Crépuscule des dieux* et encore *Lohengrin*... Nous aurons une saison exceptionnelle... Sublime !...

— Sublime !... répétait-on. Sublime... une saison sublime !...

En fait, tout ce qui n'était pas « sublime » était tout simplement extraordinairement génial. Extraordinairement génial était Gustav Mahler, extraordinairement génial était le défilé prévu, de plus de soixante mille écoliers, géniaux les chanteurs Theodor Reichmann et Lilli Lehmann.

— Géniale, l'interprétation de Lilli Lehmann dans le rôle-titre d'*Aïda*...

— Vous voulez dire sublime !

— En effet, sublime ! absolument sublime...

C'était cela qu'on entendait dans le foyer de l'Opéra au cours de ces entractes où l'on peut se faire voir dans ses plus beaux atours et où l'on peut exprimer d'une manière spirituelle, intelligente et profonde combien l'on comprend la musique de Verdi... L'interprétation de cette *Aïda* exceptionnelle, jouée le 29 avril et le 2 mai 1898, avait été saluée par des ovations ininterrompues, intronisant du même coup Gustav Mahler au rang de plus grand chef d'orchestre qu'avait jamais connu l'orchestre symphonique.

De temps à autre, une petite réflexion acide sur la « domination juive » de Gustav Mahler — « bien que récemment baptisé, ma chère... mais si... mais si... » — se faisait entendre...

On avait dressé des tribunes sur le trajet, le long duquel tous les enfants de toutes les écoles de l'Empire devaient défiler en costume national... La fièvre de la ville montait d'heure en heure... Parades militaires, chars fleuris, processions autour de la vieille cathédrale Saint-Etienne, toutes les cloches sonnant la gloire de l'Empereur et de l'Impératrice. Une joie profonde s'élevait des pavés inégaux, envahissait chaque demeure, de la plus humble à la plus fastueuse...

Mais sous la gaieté affleurait aussi la mélancolie des choses finissantes, et parfois cette mélancolie viennoise était presque palpable. C'est dans cette atmosphère délétère que Vienne célébrait le jubilé de l'Empereur François-Joseph.

Les Frankel, fraîchement débarqués d'Amérique pour un « tour d'Europe » organisé par l'agence de voyages Cook, étaient de vagues cousins du Baron Elie et ils avaient accepté avec empressement l'offre de s'installer quelques jours chez lui.

C'est avec un étonnement mêlé d'amusement (pour ne pas dire d'ironie) que le Baron Elie avait découvert en John Frankel le spécimen du riche New-Yorkais juif, profondément enraciné dans la nation américaine. « Pour nous Américains... », avait-il coutume de dire, « ...moi qui suis américain », « ...en Amérique, pays de liberté et de justice ». La famille von Lichtfeld faisait contre mauvaise fortune bon cœur. Ni John Frankel, ni son épouse Florie, ni ses filles Susan et Dottie n'eurent l'heur de plaire. Ils étaient trop bruyants, trop riches, trop imbus de la toute-puissance de la nation dont ils étaient les parfaits représentants pour pouvoir les séduire. Parfois, le Baron Elie tentait d'entraîner son hôte dans l'une de ces discussions mi-politiques mi-philosophiques qu'il adorait, et dont Saül, son gendre, le régalait entre deux parties d'échecs. John Frankel ne jouait pas aux échecs, avait en horreur les discussions philosophiques et ne comprenait pas Vienne, qu'il trouvait vieille, sale et sans charme véritable. Il ne comprenait pas davantage l'importance que son hôte accordait à la musique. « C'est du temps perdu pour le travail ! Vous me voyez rester trois heures assis dans une salle surchauffée à écouter quelqu'un taper sur un piano ou tripoter un violon ?... »

Il fallait distraire les journées des invités jusqu'au 24 juin 1898 et c'était le Baron qui s'occupait, le plus souvent, de ses cousins américains.

Ce John Frankel était très certainement un brave homme, mais il avait complètement oublié, pour autant qu'il les eût jamais connues, les mœurs civilisées de la vieille Europe... C'était un homme encore jeune, quarante-cinq ans peut-être, très grand, sanguin, assez corpulent, se mouvant avec une certaine lourdeur. En fait, il cachait un cœur d'or sous ses dehors bougons. Chaque promenade en fiacre était pour lui une source de nouvelles déceptions. Il ne voyait que des bâtiments pompeux, des pierres grises, des rues trop étroites, des parcs poussiéreux... Tout avait un aspect triste, malgré la douceur de l'air, la beauté des marronniers en fleur, tout lui paraissait comme usé, fané... Il n'aimait pas la gaieté désuète des Viennois, leurs manières douces et polies, leurs petits rires gênés.

— C'est beaucoup moins gai que je ne l'imaginais..., dit-il un soir, moins de huit jours après son arrivée. Vous n'êtes pas vraiment gais !... Pourtant vous êtes viennois !

— Pourquoi serions-nous gais ? répondit le Baron Elie. Nous autres, juifs viennois, sommes une race mélancolique. C'est pourquoi nous faisons tant de plaisanteries sur nous-mêmes ! Nous sommes conscients que le monde est en train de changer radicalement. Tout ce que nous aimons va disparaître. Une certaine douceur de vivre... Le XIXe siècle va finir... Et avec lui tant de choses auxquelles nous avons cru et qui s'avèrent être des erreurs ! La science et le progrès industriel pour le bien de tous ! Quelle erreur ! Quelle monstrueuse erreur ! Jamais il n'y a eu autant de misère dans les faubourgs viennois... L'industrialisation va peut-être apporter beaucoup de confort et énormément d'argent à une minorité, mais pour la majorité ?... Mon gendre Saül prétend que la misère du peuple va dégénérer en révolution... Je ne pense pas que cela puisse aller jusque-là...

Depuis longtemps, le Baron Elie ne parlait plus que pour lui-même. Son hôte ne faisait même pas semblant de s'intéresser à sa conversation.

— Ainsi, c'est cela Vienne, répétait John Frankel, ou son épouse, ou l'une de ses filles — ces charmantes écervelées suffisamment pourvues en dollars pour attirer dans la demeure des von Lichtfeld de nombreux épouseurs éventuels, juifs ou non juifs, désargentés pour la plupart...

En ce matin de mai, donc, le Baron Elie promenait ses parents dans un fiacre. Il n'aimait pas le ton condescendant de Frankel... Il n'aimait pas que l'on regardât *sa* ville, *sa* chère Vienne, *sa* Ringstrasse, *son* Opéra, *son* Burgtheater, *son* Schönbrunn avec ce sourire méprisant de gens riches devant une parente pauvre et vieillie... Il n'aimait pas que l'on méprisât avec tant d'insolence *ses* marronniers en fleur, *ses* jardins, *son* Prater... « Ma ville !... » pensait-il avec une sorte de fierté désolée. Et il jetait un regard noir à l'homme qui parlait à ses côtés. Il était forcé de reconnaître que Vienne était comme une jolie dame un peu passée, qui s'embrumait d'un voile de poussière et se parait d'une gaieté factice pour faire oublier qu'elle n'était plus ni jeune, ni riche, ni gaie...

Les dames Frankel étaient assises, plus exactement entassées à l'arrière du fiacre, et les deux hommes s'efforçaient de placer convenablement leurs jambes pour ne pas gêner la pudeur de leurs vis-à-vis... La Baronne Myriam avait prétexté « mille choses à faire pour la réception prévue en l'honneur de ses invités... », Noemi s'était poliment récusée, elle avait une leçon de piano. Sarah devait allaiter son bébé et Saül avait décidé, justement ce jour-là, qu'il était urgent de répéter le concert prévu pour la fin du mois... Furieux, le Baron Elie se retrouvait donc seul avec ses cousins d'Amérique.

— Eh oui ! c'est cela, Vienne !... disait-il morose.

Il regardait les maisons, les gens, comme s'il les voyait pour la première fois... Il s'efforçait de les regarder avec les yeux, avec l'esprit des Frankel. Finalement c'était vrai. Tout avait l'air vieux, tout semblait avoir besoin de réparations, de peinture fraîche... Même les très jeunes gens, les militaires, les officiers, les étudiants, les écoliers avaient un air usé, affichaient des manières surannées, désuètes, et paraissaient incapables de se défaire d'un passé dont ils étaient les prisonniers consentants.

La voix haut perchée de Mrs Florie Frankel fit sursauter le Baron Elie :

— Et le Danube ?... Ce fameux Danube bleu... J'ai été le voir hier... Eh bien, il n'est pas bleu du tout ! Il est jaune et sale...

Le ton était accusateur, comme si le Baron Elie était personnellement responsable de la couleur et de la saleté du Danube.

Pensif, le Baron Elie allait répliquer : « Il ne s'agissait pas de la couleur réelle du Danube, mais de sa couleur rêvée. Celle que les Viennois portaient dans leur cœur... » Mais à quoi bon répliquer ? A quoi bon parler rêves perdus, sensations évanouies, bonheurs passés, à quoi bon tout cela ? Les Frankel avaient payé en bons et vrais dollars leur tour d'Europe, et ils ne se contenteraient pas d'un rêve.

Exaspéré par la vanité des Frankel, qui trouvaient tout tellement mieux à New York, tellement plus moderne, « et pour nous, les juifs, une telle sécurité... », le Baron Elie ne put s'empêcher de lancer :

— ...Mais dites-moi, mon cher John, il paraîtrait qu'à New York certains grands hôtels affichent à leur porte une pancarte *Interdit aux juifs, aux nègres et aux chiens*... Est-ce vrai ?... Est-il vrai également que dans certains immeubles de la Cinquième Avenue on refuse les locataires juifs ?... que dans certains clubs très fermés être d'origine juive est absolument rédhibitoire ? Ici à Vienne, il y a un antisémitisme aussi virulent qu'à New York, mais quiconque m'empêcherait d'entrer dans un hôtel ou dans un café recevrait mon poing sur la figure... Voyez-vous, mon cher John, c'est cela aussi, Vienne ! L'antisémitisme y est sans doute aussi fort qu'à New York, mais, pour le moment du moins, nos droits civiques sont respectés...

Il savait qu'il mentait. Mais il fallait qu'il dise quelque chose pour défendre Vienne. Sa ville.

John Frankel était venu pour s'amuser. Il regarda de travers ce baron juif si ennuyeux. Pour changer de conversation, il s'enquit du fameux bal du jubilé, auquel étaient invités, outre l'aristocratie, certains grands bourgeois et industriels. Bref, toute la haute société, y compris les von Lichtfeld.

Le Baron Elie se dérida et sourit. Sa fille Noemi aussi ne rêvait plus qu'à ce bal. Elle y pensait jour et nuit. Et il se promettait beaucoup de joie et de fierté à l'emmener à ce bal si prestigieux.

— Nous y sommes conviés, dit-il à son cousin. Et j'espère que rien ne viendra s'opposer à ce que vous vous joigniez à nous. Je me fais fort de vous obtenir les invitations...

Alors, la joie la plus vive explosa dans le fiacre. Finalement, John Frankel consentit à trouver quelques qualités à son cousin et un certain charme à cette délicieuse vieille ville qu'était Vienne. Quant aux petites demoiselles Frankel, leur imagination allait bon train. Elles allaient rencontrer au moins des ducs, les épouser, et faire enrager leurs chères amies new-yorkaises.

Malgré les efforts sincères qu'elles déployaient, Susan et Dottie ne parvenaient pas à sympathiser vraiment avec Noemi, dont elles avaient cependant l'âge et les préoccupations. En effet, les jeunes personnes ne s'inquiétaient pour l'heure que du bal du Jubilé. Elles allaient voir de près l'Empereur et peut-être l'Impératrice. Elles allaient revêtir de vaporeuses robes blanches et elles allaient faire une révérence aux souverains... Dieu ! pouvait-il y avoir dans une vie quelque chose de plus formidablement excitant ? Aller dans un bal à la cour ?... Sans le jubilé, jamais ces jeunes filles riches et jolies, mais sans l'ombre d'une particule aristocratique, n'auraient pu être admises dans le saint des saints, le palais de Schönbrunn... L'Empereur avait décidé, dans sa grandeur, d'ouvrir le palais, certes non pas au tout-venant, il ne fallait rien exagérer, mais aux grands bourgeois, « même d'origine juive », ce qui faisait frémir d'horreur les « illustres aristocrates aux seize quartiers de stupidité », comme disait Sarah. Malgré ses propos acerbes, Sarah, tout occupée à allaiter son premier-né, ne pouvait empêcher de ressentir une pointe d'envie. Elle savait qu'elle ne pourrait aller à ce bal. Bien que fille du Baron Elie von Lichtfeld et vivant toujours sous le toit de son père, la place de l'épouse d'un musicien de café-concert n'était pas à la cour d'Autriche.

Faisant contre mauvaise fortune bon cœur, Sarah s'efforçait de calmer l'excitation de sa cadette, qui n'en pouvait plus d'attendre le grand Jour.

Lorsqu'elle avait essayé sa robe pour la première fois, Noemi s'était regardée, éblouie par son propre reflet.

— C'est moi... c'est moi ?...

Une épaisse chevelure de boucles noires, des yeux gris clair, une taille fine à se briser, une peau blanche et douce...

— Mais je suis jolie... plus jolie que Sonia, ma pauvre sœur, et beaucoup plus jolie que Sarah !...

Elle ne parvenait pas à décrocher son regard de cette ravissante jeune fille, si mince et si gracieuse, qui la contemplait avec admiration dans le miroir...

— Un jour je serai la reine...

Phrase stupide qui ne voulait rien dire. Etonnée, Noemi se demanda pourquoi elle avait pensé cela, puis elle conclut :

— La reine des sottes..., oui ! acheva-t-elle avec un rire.

Mais depuis lors, elle attendait le 24 juin avec une fièvre grandissante... Pour passer le temps, elle accepta de se charger beaucoup plus souvent de ses deux cousines américaines — que Saül avait baptisées les « petites princesses Dollars » — et, enfermées dans la chambre de Noemi, les trois jeunes personnes passaient le plus clair de leurs journées à répéter leurs révérences et à s'exercer à danser la valse avec la grâce et la légèreté qui convenaient. Souvent elles appelaient Saül, David et Jonathan. Sarah se mettait au piano et ces « répétitions » se terminaient parfois à l'aube, dans une avalanche de fous rires. Lorsque le Baron Elie et Myriam consentaient à participer à ces séances de « travail », c'était l'apothéose. Les jeunes étaient ravis de voir leurs parents danser ensemble, se regarder et se sourire avec cette complicité que donne une longue vie commune.

Sarah savait qu'il y avait des tiraillements entre ses parents, non point qu'ils se querellassent. Au contraire, il n'y avait plus ces disputes passionnées, ces scènes de jalousie dans lesquelles Myriam explosait et laissait apparaître la passion qui la dévorait et la liait à son mari... En fait, c'étaient justement ces scènes que Sarah regrettait... « Si Saül me trompait, comme papa a toujours trompé maman... je crois que je le tuerais !... » Projetant ses propres sentiments sur ceux que normalement Myriam aurait dû éprouver, elle en concluait que sa mère avait cessé d'aimer le Baron Elie et que cela était bien triste...

Sarah ne se trompait pas beaucoup lorsqu'elle pensait que tout n'allait pas au mieux entre le Baron Elie et Myriam. Leur dissentiment avait commencé peu avant l'arrivée de la famille Frankel. Rien n'avait filtré des portes closes de leur appartement, mais tout avait commencé ce matin-là.

Dans la chambre de sa femme, le Baron Elie lui lisait les journaux. Myriam, assise dans son grand lit, un plateau sur ses genoux, décachetait des lettres tout en buvant son café... Elle aimait particulièrement cette heure matinale : la journée n'était pas commencée, le temps semblait provisoirement suspendu... Soudain le Baron Elie eut conscience que quelque chose se passait. Myriam le fixait d'un air à la fois éberlué et inquisiteur.

— Qu'y a-t-il ? demanda Elie. As-tu reçu quelques lettres intéressantes ?

Au bout d'un moment, Myriam répondit :

— Je crois... euh... c'est tout de même assez curieux... Sans doute devrais-tu en prendre connaissance ?

Le Baron Elie tendit la main. La lettre était anonyme. Il eut l'impression qu'un torchon venait de lui brûler les doigts. La lettre insultait Myriam, l'accusant d'atteinte aux bonnes mœurs viennoises parce qu'elle tolérait sous son toit les amours coupables de son mari avec la youpine Berta Zuckerkandl. On y ajoutait que les mœurs des juifs salissaient la grandeur de Vienne et que si elle n'était pas capable de retenir son mari, d'autres se chargeraient de calmer définitivement les ardeurs de ce porc... A bon entendeur...

Il ne fallut qu'une seconde au Baron Elie pour parcourir cette lettre. Il remarqua que les mains de Myriam tremblaient en prenant sa tasse... Il remarqua aussi les longs cheveux noirs, entre-tissés de nombreux fils d'argent, qui cachaient le visage de Myriam. Elle rejeta ses cheveux en arrière et le regarda, hébétée.

— Cela ressemble à une menace..., dit-elle enfin d'une voix brisée.

Et le Baron Elie pensa que si jamais il mettait la main sur l'auteur de cette lettre, il le tuerait. Pour cette voix brisée, pour ces mains tremblantes, ce visage penché sur une tasse de café au lait et qui exprimait toute la détresse du monde...

— Cela y ressemble en effet, répondit-il.

Elle redressa la tête et le regarda.

— As-tu emmené... hum... je veux dire... ce que cette lettre... as-tu emmené Berta Zuckerkandl ici ? dans ma chambre ?

— Es-tu folle ? Vas-tu prendre cette lettre pour l'expression de la vérité ?

Elle hésita :

— Je ne sais pas, avoua-t-elle. Es-tu amoureux de Berta ?

— Je l'ai été.

— Et maintenant ?

— Il y a quelqu'un d'autre dans sa vie. Tu le sais bien !

— Oui. Oui, bien sûr. Ce Français ? Georges Clemenceau... Est-ce vrai, cette histoire ?

— On le dit... Mais bien sûr, personne n'est allé vérifier. Je veux dire : on les voit ensemble...

— Et toi ?... As-tu couché avec elle ?

— Myriam ! Ce langage !

— Eh bien ? Comment faut-il demander cela ?

— Je ne sais pas...

— Tu ne sais pas si tu as couché avec elle ?... Voilà qui est surprenant ! On se souvient de ces choses-là pourtant !

— Tu sais bien que ce n'est pas ce que j'ai voulu dire...

— Oui, je sais ! Je sais aussi que tu es un menteur ! Toutes tes absences, tes voyages impromptus... Toute cette vie extérieure à la maison... Va-t'en !... je ne veux plus te voir ! Va-t'en ! Pourquoi m'obliger à pleurer devant toi, à m'humilier ?... Cela n'est-il pas suffisant de me faire souffrir ?

Alors, le Baron Elie quitta la chambre et referma la porte derrière lui. Le soir, lorsqu'il rentra, un peu inquiet, Myriam lui tendit son front comme à l'accoutumée, lui apporta un verre de porto, comme à l'accoutumée, et, toujours comme à l'accoutumée, lui demanda s'il avait passé une bonne journée. Mais quelque chose avait changé. Quelque chose d'indéfinissable qui avait disparu des yeux de Myriam et qu'il ne devait plus jamais retrouver.

Et c'était cela dont Sarah avait également constaté la disparition.

Un matin, au petit déjeuner, peu de temps avant le bal, alors que toute la maison ne parlait plus que de cela, le Baron Elie proposa à ses cousins :

— Me ferez-vous le plaisir de nous accompagner au concert pour écouter le *Concerto pour violon* de Brahms. Mon gendre a une vraie passion pour ce concerto...

Saül, ainsi pris à partie, se crut obligé de dire quelque chose.

— Je suis en train de le travailler... Il est d'une extrême difficulté, surtout le second mouvement...

John Frankel et son épouse se lancèrent un regard complice. Passer tout un après-midi au concert ?... Ces gens étaient fous... Comment pouvait-on passer tant d'heures à la musique ? Quelle drôle d'idée... A moins que...

— Espérez-vous vraiment devenir un artiste internationalement connu ? demanda la jolie Susan Frankel.

Saül eut une petite moue ironique. Peut-être un peu plus triste qu'il ne l'eût souhaité.

— Je l'aurais aimé. C'était même mon vœu le plus cher. Mais je ne pense pas avoir le talent nécessaire...

Sarah et son père se récrièrent. Mais Saül continua :

— ...Pour être un grand artiste, il faut plus que du talent.

— Ah oui ? Et quoi donc ?

— Si je le savais ! murmura Saül pour lui-même... si seulement je le savais...

— Alors qu'allez-vous faire ? Comme métier ? Travaillerez-vous avec votre beau-père ?

Saül haussa les sourcils devant l'indiscrétion de John Frankel. Mais il comprit qu'il était animé par un intérêt réel. Et puis c'était là l'occasion ou jamais de dire ce qu'il comptait faire dès la saison terminée. En effet, sans paraître remarquer le regard noir que le Baron Elie fixait sur lui, John Frankel ajouta :

— Si vous le désirez, venez donc en Amérique ! Je me fais fort de vous initier aux affaires...

Saül eut un petit rire.

— Partir en Amérique ?

— Pourquoi pas ? répondit John Frankel. Qu'attendez-vous de cette vieille Europe en ruine ? Rien de bon ne peut venir de pays qui s'accrochent à leur passé, à leurs privilèges, à leurs traditions... Ils vont droit à leur perte... Il faut regarder vers l'avenir ! Et l'avenir du monde, c'est l'Amérique !

Saül prit sa respiration et regarda Sarah, qui à travers la table lui rendit son regard et eut un petit sourire complice. Sa bouche dessina un baiser qu'elle lui envoya du bout des doigts.

Alors Saül dit, d'une voix peut-être un peu plus forte qu'il n'était nécessaire :

— Je pense que ma femme et moi exploiterons les forêts que mon père exploitait à Stopnica. En dehors de la musique, qui est ma seule vocation véritable, je ne pourrais jamais envisager de vivre ailleurs qu'à proximité d'une forêt... Evidemment, vivre à Vienne, dans les conditions dont nous profitons en ce moment, est tout simplement merveilleux... Mais ce n'est pas là ma destinée.

John Frankel allait répondre, quand un sixième sens l'avertit que les paroles que venait de prononcer Saül avaient jeté un froid. Pas seulement un froid... Quelque chose avait été dit qui blessait douloureusement quelqu'un. Le Baron Elie baissait les yeux ; le visage soudain affaissé, Myriam fixait obstinément le bouquet de fleurs qui ornait le centre de la table. Sa main se posa sur celle de son mari et l'étreignit. Les deux époux échangèrent un regard. Un silence pesant s'abattit sur les convives. Silence qui fut rompu par David et Jonathan qui comme à l'accoutumée se renvoyèrent réplique sur réplique avec une rapidité qui ne laissait pas aux autres convives le temps de placer un mot.

— Papa n'aime pas l'idée que Saül emmène Sarah et le bébé chez les sauvages...

— Maman accepterait que Saül s'en aille, mais à condition qu'il laisse Sarah et le bébé à Vienne.

— Mais Saül et Sarah veulent partir en emmenant le bébé...

— Et tout le monde est triste, parce que tout le monde aime Saül et Sarah...

C'est ainsi que le Baron Elie apprit que Saül et Sarah allaient partir en emmenant avec eux le petit Benjamin.

Quelques jours plus tard, tout fut remis en question. Cédant aux supplications du Baron Elie, Saül accepta de surseoir à ce départ. Une audition serait demandée à Gustav Mahler. Et lui seul pourrait dire si Saül avait une chance de faire une authentique carrière internationale.

Peut-être était-ce à cause de tous ces bouleversements survenus dans son foyer que, depuis le début des festivités, le Baron Elie n'était pas vraiment à l'unisson. Il pestait sans arrêt contre ses cousins Frankel. Lorsqu'il passait devant la pièce où Saül répétait avec ardeur, il tendait l'oreille. « A-t-il vraiment le talent nécessaire ? » se demandait-il. Mais il était désormais incapable de répondre à cette question. Que Saül possédât une excellente technique, c'était indéniable... Mais était-ce suffisant ? L'audition avec Gustav Mahler avait été fixée après les fêtes du Jubilé. En septembre... Le Baron Elie comptait les jours... Et passait des nuits sans sommeil. « Isaac en Palestine, Sonia morte, Sarah partie. Et les autres..., vont-ils me quitter aussi ?... » L'avenir lui paraissait sombre et plein d'embûches. Cette maison, il l'avait fait construire pour garder auprès de lui tous ses enfants, ses petits-enfants... A quoi rimait cette vaste demeure si tous partaient ?... Il se réveillait chaque matin triste et de mauvaise humeur.

Il n'aurait pu mettre un nom sur son désarroi. Sa maison était en fête, il adorait sa famille. Jamais il n'avait été financièrement aussi prospère, c'était lui qui avait organisé toutes les festivités musicales qui allaient, du 24 avril au 24 septembre, attirer toute l'Europe à Vienne, à Budapest, à Prague. Mais il savait que quelque chose n'allait pas...

« Qu'est-ce que j'ai donc... que se passe-t-il ?... » se dit-il la veille du jubilé. Il se préparait pour l'Opéra et se rasait précautionneusement... Un instant, il immobilisa le rasoir à la hauteur de sa pomme d'Adam et fit mine de trancher.

— Mais que m'arrive-t-il ?

— Tu as soixante ans, mon ami..., dit Myriam qui s'habillait dans son cabinet de toilette.

Le Baron Elie sursauta et fit face à sa femme. Hébété, il ne s'était pas rendu compte qu'il s'était exprimé à voix haute.

— Soixante ans ?... Eh bien, ce n'est pas encore la fin des choses, que je sache ?... jeta-t-il hargneux.

— Non, dit Myriam en soupirant. Ce n'est jamais que le commencement de la fin... Je me demande si pour un homme c'est aussi difficile à accepter que pour une femme. J'ai l'impression que nous autres, femmes, nous prenons ça avec plus de panache... qu'en penses-tu ?

— C'est censé me réjouir le cœur ?... Tu n'as rien d'autre à me proposer ?

Myriam haussa légèrement les épaules et sourit d'un air compatissant.

— Essuie-toi la figure, tu as encore du savon à barbe

sur le menton !... Ton habit est prêt. Si tu ne te dépêches pas, nous serons en retard à l'Opéra...

Après un instant de silence, tandis que le Baron Elie enfilait sa chemise de soie blanche, elle ajouta :

— Tu as des enfants merveilleux qui manifestent une adoration pour toi qu'ils n'ont jamais manifestée pour moi... Tu as une activité artistique qui t'a ouvert toutes les portes de la gloire et de la réussite. Tu fais exactement le métier que tu aimes, tu vis au milieu de gens que tu admires profondément. Tu es un homme que notre communauté respecte, et pour lequel elle éprouve une sincère affection. Alors de quoi te plains-tu ? De ne plus pouvoir couvrir tes maîtresses comme par le passé ? La belle affaire !

Stupéfait, le Baron Elie lâcha son nœud papillon avec lequel il s'escrimait depuis plusieurs minutes.

— Myriam ! s'écria-t-il, en voilà un langage !

— Qu'importe le langage !... C'est l'acte qui compte ! Tu es là à te plaindre sans cesse, à faire grise mine du matin au soir... Tout cela parce que la nouvelle danseuse étoile de l'Opéra préfère coucher avec Gustav Mahler qu'avec toi !.. Il est plus jeune et peut davantage pour sa carrière que toi... voilà tout... Comment me trouves-tu ?

— Hein ?... fit le Baron Elie, désemparé.

— Mais oui ! Ma robe ?... Comment la trouves-tu ?

Il détailla la toilette de sa femme avec circonspection. Une toilette de mousseline gris très clair, pailletée de noir. Une taille encore mince, qui aurait pu se passer du corset qui l'écrasait, un front haut et fier, des cheveux noirs soigneusement bouclés, ramenés en chignon haut sur la tête, une nuque que n'avaient pas épaissie les ans, un regard ironique mais tendre qui le dévisageait, et des épaules nues, encore belles.

— Peut-être un peu trop décolletée... on voit la naissance de vos seins, ma chère..., dit le Baron Elie avec humeur. C'est indécent...

Myriam eut un petit rire sans joie.

— Vraiment ? Vous me feriez l'honneur d'une scène de jalousie ?...

— Peut-être...

— Voilà qui serait nouveau ! Verrons-nous la belle Berta Zuckerkandl ce soir à l'Opéra ?...

Le Baron Elie haussa les épaules.

— Sans doute..., murmura-t-il. Tout Vienne sera à l'Opéra ce soir ! Il paraît que Mahler a fait des merveilles avec... *Le Crépuscule des dieux*.

Ils échangèrent un regard, réconciliés. Ils avaient tant de choses en commun ! Cette passion de la musique, leurs enfants, cette maison, dont chaque pierre, chaque détail avait été choisi amoureusement...

« Tant de choses en commun ! songea Myriam, tandis qu'elle boutonnait ses gants... y compris ses maîtresses !... »

— Demain c'est le défilé des enfants... Il va falloir se lever aux aurores ! dit-elle à voix haute. Ce soir, ne compte pas sur moi pour souper après l'Opéra... Je suis sûre que tu trouveras une compagnie qui saura avantageusement me remplacer...

Pourquoi avoir ajouté cela ? Pourquoi cette envie de le blesser, alors que sans lui elle ne pouvait vivre ? Mais lui, pouvait-il vivre sans elle ? « Et comment ! » pensa-t-elle avec rancœur, au mépris de la vérité et le sachant parfaitement.

Le matin de la grande parade des enfants se leva comme si Dieu, brusquement, s'était souvenu que ces êtres humains qui s'agitaient ici-bas étaient son œuvre, et qu'il convenait de temps à autre de leur envoyer un peu de plaisir... Jamais l'air n'avait été si doux et si léger, jamais les ombres des arbres de la Ringstrasse n'avaient été si fraîches et si gaies. Très haut au-dessus des têtes, une nuée de drapeaux, sur de longues hampes flexibles, claquaient joyeusement dans la brise tiède... Tout le clan von Lichtfeld, les Seligman, les Lechner, les frères, les sœurs, les belles-sœurs, les cousins, les cousines, toute la pension Mandelbaum, sans oublier les Frankel, au grand complet étaient assis dans l'une des tribunes. Non loin d'eux se tenait l'immense tente de l'Empereur... En se penchant un peu, John Frankel ou sa femme pouvaient voir l'illustre et mince vieillard, tout de blanc vêtu, qui, à intervalles réguliers, se levait pour saluer de la main le flot des enfants qui défilaient, poussant à l'unisson des chansons folkloriques originaires de chacun des pays de l'Empire... Le soleil montait haut sur l'horizon et il faisait de plus en plus chaud... Sarah, qui s'était levée de bonne heure, était toute pâle et commençait à trouver ce défilé prodigieusement ennuyeux. Elle chuchota quelque chose à l'oreille de Saül et dit à voix haute :

— Comme je ne suis pas l'Impératrice. Elisabeth qui, elle, n'a pas daigné assister à la manifestation, ni *a fortiori* l'Empereur François-Joseph, je ne vois pas pourquoi, moi, je m'imposerais une telle corvée ! Je pense que je vais rentrer avant de me trouver mal...

— Et je pense que je vais t'accompagner..., dit Saül qui trouvait le spectacle non seulement ennuyeux, mais scandaleux. Lorsqu'on pense au coût de telles festivités : des millions de couronnes ! Avec la misère qui règne dans les faubourgs de Vienne, ce gaspillage est tout simplement révoltant !

Depuis quelques semaines, Saül fréquentait les jeunes étudiants nouvellement arrivés à la pension Mandelbaum... Et il ne s'arrachait qu'avec peine aux longues discussions sur ce qu'il convenait de faire pour sauver le peuple de la misère et de la maladie.

— C'est horrible ce qui se passe dans les faubourgs de Vienne !... disait-il ensuite à Sarah. Si tu pouvais imaginer, seulement imaginer, comment vivent les masses... Dans des maisons sordides, aux pièces minuscules, malodorantes, avec à peine de quoi manger ! Comment veux-tu que ces gens-là ne développent pas, dans leurs pauvres cervelles obscurcies par l'alcool et par la religion, que haine, rancœur et envie ?... L'antisémitisme trouve là une terre particulièrement riche pour s'y épanouir ! Il suffit de leur faire croire que leur détresse est la faute des juifs et ils ont un coupable sous la main... Enfin quelqu'un de tangible, de vivant, sur lequel on peut faire porter la responsabilité de sa propre déchéance ! Tant que le peuple vivra ainsi dans la crasse et la misère, nous ne pourrons espérer faire disparaître cette lèpre...

Sarah aimait parler jusqu'à l'aube avec Saül. Ils refaisaient alors le monde et vitupéraient la grande industrie, responsable de tous les crimes.

Sarah s'éveilla tard le lendemain matin. Saül était déjà parti pour le Conservatoire... Malgré les fêtes du jubilé, les épreuves finales avaient été maintenues et il travaillait sans relâche, et même doublement, maintenant qu'il avait cette audition en vue et que de cette audition allait dépendre son avenir... A travers les rideaux filtrait une lumière rose et chaleureuse... Dans le berceau, le bébé vagissait. Sarah s'étira voluptueusement et, pour la première fois depuis la naissance de l'enfant, elle se sentit bien, merveilleusement bien. Délivrée enfin d'une tristesse imprécise qui l'enfermait dans une chape de morosité. Pour la première fois, elle eut véritablement faim, un appétit féroce. Elle sonna. Erika, la jeune bonne d'enfants, avait tout juste dix-huit ans et venait de Hongrie. Toute ronde, courte sur ses jambes que l'on devinait épaisses et solides, si elle n'avait pas les manières requises dans une maison bourgeoise, elle était cependant très attachée au bébé et le berçait en lui chantant des airs tziganes qui ravissaient Saül et Sarah.

La jeune fille ouvrit les rideaux et la clarté de juin envahit la pièce... Sarah rejeta ses couvertures et, en chemise, les cheveux défaits, elle se précipita dans la salle de bains, persuadée que sa charmante humeur se voyait sur son visage. Elle s'observa avec attention et constata, fort satisfaite, que les taches brunes qui l'avaient enlaidie durant sa grossesse avaient disparu.

— J'ai faim !.. dit-elle en pirouettant sur elle-même. Va vite chercher mon petit déjeuner !

Sans s'émouvoir, Erika haussa les épaules.

— D'abord le bébé ! dit-elle sentencieuse. Lui aussi a faim, et il ne peut pas attendre !

Sarah eut un petit rire satisfait.

— Très bien !... dit-elle. Apporte-moi mon fils...

Elle se recoucha et, adossée sur ses oreillers, elle prit l'enfant des mains d'Erika, l'installa commodément et lui donna le sein. Moment exquis de plénitude parfaite. Bonheur absolu, sans rien pour troubler cette joie pure.

Myriam s'encadra dans la porte et sourit à ce spectacle.

— Charmant tableau !... dit-elle. Erika fait un foin de tous les diables à la cuisine, exigeant un plateau garni pour au moins trois personnes ! Saül a déjà déjeuné, je pense ? N'est-il pas parti ?

— Bien sûr que oui !... dit Sarah. Il est vrai que j'ai dit à Erika que je mourais de faim !... En fait, c'est la première fois depuis la naissance de Ben que j'ai vraiment de l'appétit et que je me sens aussi bien...

— Ah ?... C'est normal..., dit Myriam. Parfois, il faut attendre deux ou trois mois après la naissance. Toutes les jeunes accouchées connaissent cela. Surtout pour un premier enfant...

Elle hésita un instant, puis ajouta :

— ...Saül paraît vraiment décidé à quitter Vienne si Gustav Mahler le dissuade de continuer, n'est-ce pas ?

Sarah inclina la tête en signe d'assentiment et regarda sa mère d'un air interrogateur.

Myriam reprit :

— Si cela se produisait, je veux dire si vous quittiez Vienne, est-ce vraiment à Stopnica que vous iriez vivre ?

— Oui, dit laconiquement Sarah, à qui visiblement ce projet ne plaisait guère.

— Ce trou perdu en Pologne...

— Je sais, maman !... Mais Saül, de toute manière, devait y retourner. Depuis la mort de son père, il pense qu'il doit prendre sa mère en charge. Ses frères sont partis au Canada et, dès l'automne prochain, Dina, Haym et leurs enfants vont aller vivre en Palestine...

— Rien n'empêche ta belle-mère de venir vivre ici...

Sarah soupira. L'éternel refrain allait recommencer. Combien de fois déjà avait-elle expliqué à sa mère et à son père que Saül ne voulait pas vivre sous le même toit que la famille de sa femme. Qu'il rêvait, en cas d'échec, de reprendre à son compte l'exploitation forestière de son père... bref, mille arguments que nul dans cette famille n'écoutait, puisque aucun n'allait dans le sens souhaité.

Même si Gustav Mahler décrétait que le jeune homme ne pouvait espérer une grande carrière internationale,

Saül aurait, grâce à son beau-père, toutes les chances d'être nommé premier violon de l'orchestre symphonique et, dans ce cas, il pourrait également être nommé professeur au Conservatoire... Une situation enviable, des émoluments importants, un travail agréable, une maison plus que confortable, une famille en vue. Une aussi belle opportunité était tentante. Mais Saül n'avait pas envie de ce genre de vie et, tout bien réfléchi, Sarah lui donnait raison. Elle-même n'aspirait qu'à une chose : respirer d'autres horizons... être libre enfin, « vivre dangereusement ». Et ce n'était pas en restant à Vienne, chez papa-maman, qu'elle allait enfin réaliser ses rêves de jeunesse ! « Pourquoi pas le Canada ?... » pensait-elle lorsqu'elle lisait les lettres qu'envoyaient ses beaux-frères. Ce n'étaient que longs développements dithyrambiques sur des forêts, des lacs, des immensités d'une beauté à couper le souffle... Cinq millions d'habitants pour un territoire deux fois grand comme l'Europe... Sarah s'imaginait vivant dans ces contrées et son imagination s'enflammait. Puis elle revenait sur terre. Vivre sans plus jamais revoir son père, sa mère, Vienne, l'Opéra, la Ringstrasse et ses marronniers ?... Et cette maison dans laquelle elle était née, cette maison en pierre blanche dont elle connaissait chaque recoin. Elle se disait parfois que cette demeure était comme un vaste cœur qui renfermait en lui toutes les choses profondes et réelles que son propre cœur était trop petit pour contenir... Tout un passé était lié à cette maison qu'avait fait bâtir le Baron Elie pour y emmener une jeune épousée venue de Leipzig... Il y avait eu des naissances, des mariages, des morts... Peut-on, sans mourir un peu soi-même, quitter une partie de son âme, de sa chair ? A tout prendre, Stopnica n'était pas loin de Vienne, à quelques heures de train, et lorsque Vienne lui manquerait trop cruellement, une nuit de voyage arrangerait tout. Alors que partir au Canada... c'était couper définitivement les ponts. Et cela, malgré ses rêves d'espace, de liberté, d'Indiens et de bisons sauvages, Sarah ne le voulait à aucun prix.

L'assassinat de l'Impératrice Elisabeth bouleversa non seulement son entourage, mais également la vie de Saül Lozwitzky, en ce sens que l'audition prévue au début du mois de septembre 1898 fut retardée jusqu'au 10 novembre. Le jeune directeur de l'Opéra de Vienne venait d'être nommé à la tête du Philharmonique de Vienne, succédant ainsi à Richter.

— C'est heureux pour le Philharmonique qui somnolait un peu depuis quelque temps..., dit le Baron Elie.

Bien que Gustav Mahler eût conquis une position dominante à Vienne, le Baron Elie avait obtenu du maître qu'il vînt auditionner Saül chez lui. Gustav Mahler était connu pour être un caractère difficile. « Comme tous les hommes exigeants, qui ne souffrent pas la médiocrité... », pensa le Baron Elie, tandis qu'il introduisait le maître dans son salon... La gorge serrée par l'émotion, il se demandait s'il avait bien fait de proposer à Saül de se prêter à cette audition...

Il offrit de la vodka, qui fut acceptée.

A cette époque, Gustav Mahler était encore follement épris de la cantatrice Anna von Mildenburg et cet amour était réciproque, même si officiellement rien ne filtrait de cette passion... C'était sans doute ce qui expliquait l'air détendu, heureux, qu'arborait le célèbre chef d'orchestre lorsqu'il accepta de s'asseoir dans le fauteuil que lui offrait son hôte. Tous le vénéraient dans cette maison, du plus âgé aux plus jeunes. Qu'il fût baptisé ou non n'avait plus aucune importance. C'était un génie et sa religion était la musique. Le reste... Pour une fois les jumeaux se tenaient cois. Mahler chez eux ! Mahler qui s'était dérangé en personne pour venir écouter leur beau-frère Saül. Par ricochet, le respect qu'ils éprouvaient pour ce dernier se trouva décuplé... Gustav Mahler ne se serait pas dérangé pour venir entendre un simple élève du Conservatoire ! Peut-être avait-il entendu jouer Saül au café Griensteidl ?... Peut-être était-il ébloui par le talent de ce dernier ? Les jumeaux brodaient, inventaient, intimidés, rougissants, heureux comme jamais... L'illustre Gustav Mahler était à moins d'un mètre d'eux, leur parlait, leur souriait, regardait avec intérêt Noemi qui, rouge comme une pivoine, assise sur un siège bas, ne bougeait pas un cil.

En attendant que Saül parût, la Baronne Myriam s'efforçait d'entretenir la conversation. L'assassinat de l'Impératrice fut évoqué : « Quelle horrible affaire !... », « Une femme si attachante... », « L'Empereur est comme fou de douleur... Son fils aîné Rodolphe suicidé, sa femme assassinée, quelle affreuse destinée ! »

Il n'était pas loin de trois heures lorsque Saül et Sarah parurent. Visiblement dévoré par le trac, Saül était blanc. Il s'efforçait de sourire, mais c'était un rictus qui lui déformait la bouche...

Sarah ouvrit le piano et s'installa. C'était elle qui devait accompagner Saül.

Il commença par un morceau de virtuosité pure, la *Campanella* de Paganini... Puis ce furent deux sonates pour violon de Bach.

Il n'y avait là que la famille, Elie, Myriam, Noemi, les jumeaux — et Gustav Mahler. Gustav Mahler qui à lui seul valait un public de dix mille personnes, qui emplissait la pièce de sa présence fluette, de son regard ironique cerclé par des lunettes, de son long visage sémite, intelligent et triste... Si triste. A cette époque, Gustav Mahler avait déjà trente-huit ans et une longue vie de lutte derrière lui... Pas très grand, très mince, le visage creusé, il écoutait, attentif, sans rien laisser voir de ce qu'il pensait.

Cet auditoire familier avait la musique dans le sang. Tous avaient assisté aux meilleurs concerts du monde, entendu les plus grands musiciens... Si Sarah n'avait pas été entièrement absorbée par son accompagnement, elle eût déchiffré sur les visages crispés, gênés, de ses parents, de sa sœur, des jumeaux une consternation qui équivalait à une condamnation sans appel.

Enfin, la musique s'arrêta. Gustav Mahler resta un moment silencieux...

— Vos premiers professeurs furent sans doute des Tziganes ?... demanda-t-il.

— Oui, balbutia Saül.

Gustav Mahler se leva et s'approcha du jeune homme.

— Hum... Qu'attendez-vous de moi ?

— La vérité... Puis-je espérer un jour devenir un grand soliste ?

Le chef d'orchestre hésita, puis, pour atténuer sans doute la portée de ses paroles, il posa sa main sur l'épaule de Saül.

— Un bon soliste peut-être, dit-il brièvement. Un grand soliste... non.

Silence. Le Baron Elie et Myriam se tenaient par la main, cherchant dans cette enfantine étreinte un réconfort. Ils avaient toujours su que le bon, le jovial, le sensuel, l'épicurien Saül, si amoureux de la vie, de sa femme, de son enfant, n'aurait jamais vraiment l'étoffe d'un grand artiste...

Gustav Mahler hésitait, conscient peut-être de la souffrance, de la déception du jeune homme.

— Comprenez-moi, mon jeune ami ! Je sais combien cette audition est importante pour vous... L'enjeu de toute votre vie sans doute. C'est pourquoi je me dois d'être absolument sincère ! Vous induire en erreur serait malhonnête de ma part... D'autant plus que je partage vos sentiments. Pour moi aussi, rien ne vaut un artiste. Du plus grand au plus modeste, du soliste au dixième violon d'un orchestre, du joueur de vielle au pianiste de café-concert, nous apportons au monde ses plus grandes joies, ses plus pures émotions, les plus vraies, les plus immédiates, les plus gratifiantes, celles qui viennent du cœur... Nous sommes les seuls qui ayons de l'importance, car nous donnons au monde une signification... sa seule signification. Peut-être sommes-nous les interprètes du message de Dieu ?...

Il rit, comme s'il se moquait de ce qu'il venait de dire. Puis il reprit :

— Non. Vous ne serez jamais un grand soliste. Vous êtes trop attaché aux plaisirs de la vie, vous êtes trop équilibré... Mais si vous le désirez, demain je vous prends comme premier violon dans mon orchestre, non parce que vous êtes le gendre du Baron Elie von Lichtfeld et qu'il me l'a demandé. Mais si, Baron, mais si ! Pourquoi cacher la vérité ? Votre gendre me paraît tout à fait capable d'entendre la vérité !... Si je vous accepte comme premier violon, monsieur Saül Lozwis... euh... Lozwi... enfin, mon cher ami, c'est parce que je vous crois bon musicien et excellent technicien... sauf peut-être ces effets tziganes... Oh ! là ! là ! ces effets tziganes ! Voyons... Voyons !...

Saül eut un faible sourire. Seule la pâleur de son visage trahissait sa désespérance. Il regardait Sarah dont les yeux s'embuèrent soudain de larmes. Elle se leva et vint vers lui, et l'embrassa.

Saül s'approcha de Gustav Mahler qui s'apprêtait à prendre congé.

— Alors, que décidez-vous, jeune homme ?... demanda le chef d'orchestre. J'aimerais que vous acceptiez... (Il lui sourit.) Je vous ai entendu souvent au café Griensteidl, vous et vos amis formez un excellent quatuor. Vous avez eu du succès...

— Pour le café Griensteidl !..., émit Saül péniblement.

— En effet. Pour le café Griensteidl ! répliqua sévèrement Mahler, là où de pauvres étudiants, des ouvriers, des gens qui n'ont pas les moyens de payer dix couronnes une mauvaise place au poulailler peuvent venir entendre, pour le prix d'un café au lait, un peu de Schubert, un peu de Brahms, de Haydn, de Mozart... entrecoupés de valses de Strauss et de chansons tziganes. Et tout cela excellemment joué... Ne rejetez pas le café Griensteidl ! Ce n'est certes pas le Philharmonique de Vienne, mais il est aussi nécessaire que cet illustre orchestre que je vais avoir l'honneur de diriger... Croyez-moi ! Pour votre bonheur futur, n'abandonnez pas tout à fait la musique ! Du reste, je suis tranquille ! Lorsqu'on l'aime comme vous, la musique ne vous abandonne jamais... Allons, il faut que je me sauve, faites-moi donc le plaisir d'assister à la répétition de *La Flûte,* venez avec votre charmante épouse...

Le soir même, la famille von Lichtfeld-Lozwitzky au grand complet assista à la répétition d'orchestre de *La Flûte*... Comme toujours, la musique fit son œuvre de consolatrice et Saül, apaisé, félicita chaleureusement le maître.

— Alors, avez-vous changé d'avis ? Un poste de premier violon n'est pas à rejeter, vous savez !... dit Mahler encore en nage.

Saül secoua la tête.

— Non, dit-il d'une voix entrecoupée par l'émotion. Je sais que c'est un grand honneur que vous me faites... mais... comment vous expliquer cela... j'avais un rêve... et ce rêve n'était pas d'être premier violon dans une fosse d'orchestre... c'était autre chose... vous comprenez. Alors, si je ne suis pas à la hauteur de mon rêve... je veux dire : mieux vaut renoncer tout à fait...

Gustav Mahler lui prit la main et la serra fortement.

— Qu'allez-vous faire ?

Saül soupira. Qu'allait-il faire sinon retourner à Stopnica ? A Stopnica où sa mère l'attendait — sa mère, ses souvenirs d'enfance, des souvenirs d'espoirs envolés, de rêves perdus. Et puis il y avait la forêt. Il soupira. Il se remettrait de cette déception. D'ailleurs il s'y attendait. Il redressa la tête.

— Forestier..., dit-il. Vivre de la forêt. Là-bas, à Stopnica. Avec ma femme et mon fils...

— Vous avez un fils ? dit Gustave Mahler sincèrement surpris. Si jeune et déjà père de famille... Comprenez-vous pourquoi vous n'auriez jamais pu être un grand soliste ?

— Oui, bien sûr. Je comprends.

De nouveau, Gustav Mahler étreignit la main de Saül.

— Si vous changez d'avis..., dit-il, laissant sa phrase en suspens.

Puis il s'éloigna, interpellant un musicien qui, son violon sous le bras, passait devant le groupe.

— Müller !... cria Gustav Mahler d'un ton rude. Savez-vous ce que signifie le mot *pianissimo* ?... Le savez-vous ?...

Tard dans la nuit, Sarah fut réveillée par un bruit bizarre venant de la salle de bains. Sa main tâtonna à côté d'elle. Saül n'était pas là. Inquiète, elle se leva et se dirigea vers la porte laissée entrouverte. Saül était assis sur le rebord de la baignoire et, la tête dans les mains, sanglotait. C'étaient de gros sanglots enfantins, d'autant plus tragiques que Saül s'efforçait de les contenir...

Dominant son impulsion qui eût été de se précipiter vers Saül, de le prendre dans ses bras, de lui dire... — de lui dire quoi ? que peut-on dire face au désespoir le plus profond qu'un être puisse éprouver devant l'effondrement de sa vie ? —, Sarah retourna se coucher... Elle savait qu'il devait pleurer seul. Que jamais il ne lui aurait pardonné de l'avoir surpris ainsi. La douleur est orgueilleuse et a besoin de solitude pour s'exprimer à son aise. Sans témoin.

Lorsque enfin Saül revint s'allonger auprès d'elle, Sarah feignit de se réveiller, demanda l'heure et vint se blottir contre cet homme si fort et si faible, son amant, son mari...

C'est en novembre de l'année 1898 que « Les rois de Vienne » se séparèrent définitivement, après huit jours de pleurs sur leur jeunesse qui finissait, de rires sur les bons moments qu'ils avaient vécus ensemble. Haym et Dina préparaient activement leur départ pour la ferme modèle des Aaronsohn à Haïfa ; quant à David Langer, qui en avait enfin reçu l'autorisation, il préparait son mariage avec Rivka Lechner. L'ex-futur compositeur des « plus belles opérettes viennoises jamais entendues dans le monde » allait ouvrir une petite boutique de chaussures à Auschwitz, boutique offerte par les parents de la future épouse. Dire que David était particulièrement ravi de cette nouvelle promotion serait peut-être un peu exagéré. Il gardait dans son cœur une amertume profonde de ne pouvoir réaliser son rêve. Mais il adorait sa Rivka. Il l'avait aimée en silence dès le premier jour de son arrivée à Vienne, et il avait compris que pour être un grand compositeur d'opérettes viennoises, il fallait renoncer à trop de choses. Il était juif, pieux, pratiquant. Cette bourgeoisie juive prête à se corrompre, à se faire baptiser comme l'avait fait Gustav Mahler, pour obtenir gloire et succès, lui faisait positivement horreur... Il ne voulait pas échanger ses valeurs judaïques contre d'autres valeurs qui lui paraissaient bien inférieures. A

Rivka qui lui demandait s'il ne regretterait rien, jamais, il répondit : « ... Regretter de choisir Dieu et la Loi juive ?... En échange de quoi ? d'une baguette de chef d'orchestre et des applaudissements des “gentils” qui fréquentent l'Opéra et le Burgtheater — et qui, en sortant pour aller souper au Griensteidl, nous cracheront dessus, baptisés ou non, en nous traitant de sales youpins ?... Non ! Pas de regret, Rivka, ma douce. Je suis si heureux de t'épouser ! Si heureux ! Nous élèverons nos enfants dans la crainte de Dieu, dans l'étude du Talmud et de la musique, car la musique est le langage de Dieu, quoi que puissent dire nos rabbins... Nous serons heureux, Rivka, parce que nous ne ferons de mal à personne, que notre cœur est pur, que nous nous aimons, et que nous n'avons pas de haine en nous pour qui que ce soit !... Je plains ceux qui ne vivent que de la haine. Ils doivent être bien malheureux ! »

Le mariage de David et Rivka fut la dernière occasion pour « Les rois de Vienne » de jouer ensemble... Ils riaient, mais leurs yeux étaient humides de pleurs lorsqu'ils se séparèrent, accompagnant les deux jeunes mariés à la gare du Nord, prendre leur train en direction d'Auschwitz... Saül, Haym et Dina restèrent un long moment sur le quai de cette gare où ils étaient arrivés triomphants, fous d'espoir et de liberté, six ans plus tôt... Sarah, discrètement, avait argué des soins à apporter au nouveau-né pour ne point les accompagner. Indécis, les trois jeunes gens restèrent sur le quai, évitant de se regarder. La jeunesse et l'insouciance étaient parties pour toujours. Un autre train les attendait. Celui de l'âge adulte.

— Encore vingt minutes, annonça Noemi, et nous serons en 1899... La dernière année du XIXe siècle va commencer...

Les Lichtfeld étaient assis dans le grand salon tout illuminé... En raison du deuil de la cour, les fêtes de fin d'année avaient été singulièrement tristes cette année-là.

Aucun grand bourgeois n'avait cru bon d'organiser ces réceptions coûteuses et brillantes qui, les autres années, saluaient l'an nouveau. Les familles restaient entre elles, sincèrement attristées pour la plupart. L'Impératrice Elisabeth avait été très populaire.

Noemi et ses frères étaient assis à même le sol devant la cheminée. Le Baron Elie et Saül finissaient lentement un petit verre de liqueur. Sarah regardait le feu... Elle ne comprenait pas pourquoi elle regrettait cette année-là précisément.

— Il s'en est passé des choses, en 1898..., disait Saül, la lettre d'Emile Zola, la naissance de mon fils, le jubilé de l'Empereur, le deuxième congrès juif, l'assassinat de l'Impératrice Elisabeth... Et toujours Karl Lueger et cette vermine de Schönerer... Je me demande si ce n'est pas Karl Lueger et Schönerer... qui ont financé l'assassinat de l'Impératrice.

— Oh ? Pourquoi ?

— Son amour pour un juif comme Heine ? Elle l'idolâtrait et voulait lui élever une statue...

— Ce n'est pas une raison suffisante pour la faire assassiner. Voyons ! il y avait d'autres raisons... !

— Ah ? tu crois cela ?... Moi, je pense que pour des crapules comme Lueger ou Schönerer... n'importe quel prétexte est bon pour faire assassiner l'amie d'un juif ! Et je ne vois pas un seul instant que ce crime soit le fait d'un homme seul, d'un anarchiste... Sûrement pas !

Sarah dit, d'une voix qu'elle s'efforça de rendre gaie :

— Il me tarde que l'année 1899 arrive ! Plus que quinze minutes !... Il va falloir aller chercher maman ! Elle nous a demandé d'aller la réveiller...

Jonathan redressa sa grande silhouette de jeune homme dont on venait de fêter les dix-sept ans.

— J'y vais..., dit-il nonchalant. Tu viens, David ?...

Comme si l'un des jumeaux pouvait faire un pas sans l'autre...

— ...J'ai l'impression, poursuivit Sarah, que 1899 sera plus importante que toutes les années que j'ai vécues...

— Tu dis cela tous les ans ! s'exclama Noemi en

riant. D'abord c'était 1896 qui devait être importante, puis 97, puis 98 et maintenant c'est 1899...

— Réfléchis donc ! Elle sera forcément importante ! D'abord tu auras dix-neuf ans ! C'est important cela, d'avoir dix-neuf ans !

Noemi fit mine de réfléchir.

— Peut-être, dit-elle enfin.

Puis, soudain compatissante, elle fixa sa sœur.

— Est-ce si agréable de vieillir ? A te voir, on ne le dirait pas...

Sarah n'eut pas le temps de répondre. Encadrée par ses fils, Myriam parut.

— Il va être minuit, mes chéris... Vous vous rendez compte que c'est la première fois qu'il nous arrive de passer un réveillon seulement entre nous ?... J'avoue que cela m'est très agréable...

Pour la première fois depuis son mariage, elle allait passer enfin un réveillon sans l'encombrante famille de son mari. Et cela n'était pas plus mal.

Le Baron Elie se leva, planta un baiser sur le front de sa femme et lui sourit. Peut-être devinait-il tout ce qui se passait derrière ces quelques millimètres de peau légèrement ridée.

Toute la famille était debout, et s'agitait autour des flûtes à champagne et des petits paquets enrubannés qui s'amoncelaient sur la table...

— Et le bébé !... cria David. Il faut aller chercher aussi Benjamin ! Comme cela nous serons tous réunis pour saluer la nouvelle année !

Myriam soupira. « Non, pensa-t-elle, nous ne serons pas tous réunis. Sonia est morte, cela va faire trois ans, Isaac nous a quittés aussi pour vivre loin de nous, ma mère est morte, grand-mère Ida est morte aussi, et Dieu sait combien ma mère et ma belle-mère me manquent. C'est bizarre... ce soir pourtant, j'avoue être heureuse. Ce soir, il n'y a que nous. Elie, David, Jonathan, Sarah, Noemi, Saül et le petit Ben... Juste nous... Pas de beaux-frères, pas de belles-sœurs, personne qui regarde d'un œil critique et qui juge au nom de critères et de valeurs qui ne sont pas les miens. » Elle soupira de nouveau. « Il m'arrive parfois de souhaiter m'en aller loin de tout... »

Effarée par cette pensée qui venait de s'emparer d'elle, elle regarda autour d'elle avec étonnement. Saül et Noemi au piano jouaient à quatre mains, et Myriam se dit qu'elle n'aimait pas le regard que Noemi posait sur Saül... Elle pressentit un danger et se traita d'idiote. « Je voudrais être chez moi... », se dit-elle soudain. N'était-elle pas chez elle ici, dans cette maison avec sa famille ? Plusieurs fois déjà, cette pensée avait surgi du néant... Mais où était-ce, chez elle ? Où était cet endroit mythique où elle se sentirait enfin apaisée, en sécurité ?... Elle haussa légèrement les épaules. « Nulle part sans doute... nulle part... » Puis, à voix haute, elle appela :

— Noemi... veux-tu m'aider à servir les petits-fours, je te prie ?

Noemi quitta le clavier sans protester ; elle riait, amusée, les yeux brillants, les joues un peu rouges.

— Je pense que tu as trop bu de champagne, ma chérie, lui dit Myriam tendrement.

— Je le crois aussi..., répliqua la jeune fille, les yeux fixés sur son beau-frère.

Myriam lança :

— A propos, Sarah... quand penses-tu commencer les préparatifs de votre départ pour Stopnica ?... Si vous voulez toujours partir au printemps, il serait peut-être temps d'établir un calendrier ?...

Avec tristesse, Myriam constata que le visage de Noemi avait changé. « Il vaut mieux que Saül et Sarah partent... Oui, cela vaut mieux pour tout le monde. »

— Excellente idée ! dit Saül. Je vais faire une photo avec mon nouvel appareil, je peux le minuter et m'installer au côté de Sarah, et nous serons tous sur la photo...

Il y eut un grand branle-bas. David courut chercher le bébé, Jonathan et Saül installèrent l'appareil photo... Une minute avant minuit, ils avaient tous pris place, sous un grand portrait de grand-mère Ida. Le Baron Elie et Myriam au centre du canapé, Noemi et les garçons assis par terre à leurs pieds, Saül et Sarah tenant le bébé derrière le canapé... Les douze coups de minuit s'achevèrent sur l'éclair de magnésium de l'appareil.

« Minuit pile ! » « Bonne année... » « Que Dieu vous bénisse ! » « Bonne année ! »

Ce fut un moment charmant. Les cadeaux étaient ravissants, le champagne, délicieux. Noemi se mit au piano, et tous chantèrent de vieux airs folkloriques autrichiens, puis des rengaines hongroises... et, pour finir, d'anciennes mélopées juives.

Sarah ouvrit la fenêtre. Il faisait une belle nuit glacée. Pas de vent. Partout le silence... Sur le boulevard faiblement éclairé par les lampadaires à gaz, il n'y avait rien que cette lumière blanche et bleue à peine frissonnante...

Quelque part dans la ville, il y eut un carillon joyeux qui se mit à chanter. Presque aussitôt, d'autres cloches se joignirent à lui. Des gens en tenue du soir sortirent d'une maison voisine et se précipitèrent en riant dans un fiacre. 1899... La fin d'un siècle... La fin d'un monde. Sarah frissonna... Elle n'arrivait pas à se défaire de ce sentiment étrange qui l'étreignait depuis le début de la soirée. « Est-ce cela que j'ai voulu vivre ? » se demanda-t-elle soudain. Mais elle fut incapable de répondre à cette question. Elle ne savait pas qu'une porte se refermait définitivement sur sa jeunesse.

Une voix d'enfant s'éleva dans la nuit. Il chantait *Stille Nacht*. Sarah écoutait, comme si ce chant l'appelait dehors.

Saül s'approcha d'elle, une flûte de champagne à la main.

— Bois, ma douce. A la nouvelle année... Attends, je vais fermer la fenêtre, il fait bigrement froid.

La voix du Baron Elie s'éleva :

— Portons un toast !

— A quoi ? demanda Noemi qui, par hasard, se retrouvait aux côtés de Saül.

— A l'espérance ! suggéra la Baronne Myriam qui regardait fixement son mari. Que notre famille reste toujours unie comme elle l'est ce soir... Viens, Noemi. Aide-moi à servir, ma chérie...

Noemi prit un plateau chargé de flûtes de champagne et le présenta à tour de rôle...

Saül retourna chercher le bébé qui somnolait dans son berceau. Benjamin derechef ouvrit les yeux, eut un petit sourire ébahi, et montra ses deux petites dents toutes neuves lorsque son père le déposa dans les bras de sa mère. Puis la tête du bébé retomba sur l'épaule de Sarah. Il s'était déjà rendormi.

Sarah se demandait ce qui lui avait pris, tout à l'heure, avec cet accès de tristesse... Tout le bonheur était dans ses bras, aux côtés de son mari. « Je mérite des coups de trique !... » se dit-elle les larmes aux yeux. Elle embrassa son bébé. « Mon petit bout d'homme à moi !... »

Ils trinquèrent, et burent... Ils trinquèrent encore, et deux ou trois bouteilles de champagne furent vidées. Ils étaient tous gais. Enfin, pas vraiment gais. Une sorte de gaieté triste, ou de tristesse joyeuse. Cela vous étreignait le cœur, perlait vos yeux de larmes scintillantes, faisait chavirer votre sourire, voilait votre rire... C'était inexplicable, et cependant tous, à l'unisson, éprouvaient cette curieuse sensation de gaieté triste. Ou de tristesse joyeuse — comme on voudra...

Tard dans la nuit, alors que tout le monde était couché, incapable de dormir, Sarah demanda à Saül de l'accompagner. Elle avait envie de marcher dans la ville déserte... Saül ne posa aucune question...

Chaudement couverts de pelisses de fourrure, ils débouchèrent sur la Ringstrasse. L'air était immobile et froid, et les étoiles semblaient toutes proches. Elles brillaient d'un éclat voilé par la brume légère qui s'élevait vers elles... Il n'y avait pas de lune cette nuit-là. Juste cet éclat mélancolique des étoiles et la lumière bleue, mouvante, des lampadaires à gaz... Sarah sentit son cœur se gonfler d'une émotion nouvelle, incontrôlable, incommunicable.

— Je voudrais..., dit-elle d'une voix étouffée, je voudrais serrer l'univers entier dans mes bras !... Je voudrais tenir tout ça, le ciel et les étoiles, notre maison et Vienne, tout, tout dans mes bras, jusqu'à ce que ça crie : « Lâchez-moi ! Lâchez-moi... »

Saül l'étreignit doucement contre lui.

— Et vivre dangereusement ?...

Elle rit, mais ses yeux étaient pleins de larmes.

— ...Et vivre dangereusement... aussi !

Elle regarda au loin, par-dessus les arbres et les rues... Elle devinait là-bas, loin dans la ville, le Danube qui charriait ses eaux noires, et un instant elle eut l'impression d'être un fétu de paille qu'un tourbillon emportait loin, loin, toujours plus loin, vers quelque chose d'infiniment menaçant, d'infiniment inconnu. Alors, seulement, elle dit à Saül qu'elle attendait encore un enfant...

DEUXIÈME PARTIE

1900-1925

STOPNICA

Ce même devoir qu'un sujet doit au prince
Pareillement est dû par l'épouse au mari...

Lorsque Sarah, face aux multiples obligations que sa nouvelle vie d'épouse d'exploitant forestier lui imposait, renâclait comme une pouliche ombrageuse devant l'obstacle, Saül lui déclamait moqueusement ces deux vers de Shakespeare. La journée commençait tôt. A six heures, toute la famille était attablée devant le premier déjeuner et Saül veillait à la distribution des tâches journalières. Basse-cour, bétail, potager, préparation des repas pour les bûcherons, aller porter les repas, revenir, s'occuper du deuxième déjeuner ; puis du dîner ; de la lessive dans la rivière, du repassage ; aller et venir avec les seaux d'eau — mille et une tâches quotidiennes, répétitives, qui jetaient Sarah, épuisée, à neuf heures du soir contre le dos de Saül, où elle s'endormait avant même d'avoir eu le temps de murmurer un « bonsoir mon chéri » qui partait dans le brouillard.

A tout cela, il fallait ajouter les soins appropriés au petit Ben, les nausées causées par la nouvelle grossesse, les longues discussions avec Gutèlè, la mère de Saül, qui se révélait délicieusement fantasque et pleine d'innovations saugrenues.

Certes, Sarah et sa belle-mère étaient secondées par une aide-cuisinière, Maria, petite Polonaise sale et gentille, qui regardait ces juifs pour qui elle travaillait avec des yeux épouvantés, persuadée qu'elle était, la pauvre chérie, qu'ils allaient voler, toute affaire cessante, le bébé d'une jeune chrétienne pour le sacrifice lors de leur sacro-saint *seder.* Mais elle avait besoin de son salaire, et pour se consoler allait tous les matins à la messe où elle priait Jésus et tous les saints de lui pardonner ! D'autres domestiques, tout aussi stupides, travaillaient pour les Lozwitzky — une bonne à tout faire et deux servantes baptisées ironiquement par Sarah « femmes de chambre », petites souillons dont on ne savait pas exactement si elles étaient ukrainiennes, russes ou polonaises tant leur jargon était incompréhensible... Les douze ouvriers bûcherons nécessaires à l'exploitation, et qu'employaient de tout temps les Lozwitzky, étaient une classe à part, de rudes et solides gaillards qui ne s'embarrassaient guère de superstitions religieuses. Ils gagnaient bien leur vie, connaissaient la forêt mieux que personne, et s'exprimaient eux aussi dans ce curieux dialecte russo-polonais qui laissait ceux qui les entendaient dubitatifs quant à leur origine exacte. Au fond qu'importait ? Du moment qu'ils se comprenaient entre eux et connaissaient très exactement leur travail... Les arbres qu'ils abattaient ne pouvaient guère leur donner la réplique et ceux qu'ils ménageaient se tenaient cois.

Jusqu'alors, rien dans l'éducation de Sarah ne l'avait préparée à ce qui l'attendait à Stopnica, petite ville située sur les bords de la Vistule dans une immensité de forêts et de marécages, n'offrant aucun intérêt. En hiver — sans doute la plus belle saison —, tout se transformait en un univers de neige et de glace, et l'on aurait pu dire alors que ce pays était beau... Mais, dès le printemps, une sorte de mer boueuse — dangereuse, car lorsqu'on s'y promenait hors des chemins pavés de pierres inégales, on risquait à tout moment de s'y enliser — succédait aux vastes étendues blanches et glacées. C'est à environ une heure de Stopnica que se situaient les milliers d'hectares de forêt des Comtes Ortoutchko. Entourée de prés et de bois, la maison où les Lozwitzky habitaient depuis des générations s'élevait à moins de cinq kilomètres du château. Saül était né et avait grandi dans cette longue bâtisse à un étage, d'une douzaine de pièces, construite entièrement en bois de bouleau. La famille de Saül faisait partie de ce que l'on pouvait appeler les « classes aisées », en ce sens qu'elle était propriétaire de la maison qu'elle occupait et des terrains qui l'entouraient. A cela s'ajoutait une petite ferme en métayage, située à deux ou trois kilomètres de la maison, qui appartenait également à la famille Lozwitzky et assurait, grâce à un élevage de volailles et un potager, un bon quart des revenus.

La maison était magnifiquement située, sur une petite hauteur d'où partait une allée d'arbres fruitiers. Comme toutes les maisons de la paysannerie aisée de la région, elle s'enorgueillissait d'un vaste salon-salle à manger, d'une cuisine immense, dont les fenêtres ouvraient à l'est sur le jardin potager, et d'une véranda couverte de roses et de chèvrefeuille dont Sarah fit tout de suite son lieu de prédilection.

Il y avait en outre, au premier étage, une demi-douzaine de chambres à coucher en enfilade, que desservait un étroit couloir... Tout cela était propre, blanc, sans aucun des ornements ni des tableaux dont jusqu'alors Sarah avait vécu entourée. C'était la cuisine qui était le cœur, le centre vital de la maison.

— C'était là, raconta Saül à Sarah dans les jours qui suivirent leur arrivée, que se donnaient les ordres aux servantes polonaises, que se faisaient les comptes, que se prenaient les grandes décisions nous concernant, là aussi que se faisaient et se prenaient tous les repas... Là que nous recevions nos corrections... J'ai des souvenirs cuisants de coups de fouet sur les jambes... Mon père était un homme sévère ! Il nous a battus, mes frères, ma sœur et moi, jusqu'après notre *bar-mitsva.* Mais aucune des corrections reçues, et des plus cuisantes... je te prie de le croire ! n'a été amplement méritée !...

Saül riait au souvenir du garnement qu'il avait été, et Sarah souriait en retour. Cependant, elle était pleine d'expectative et d'anxiété devant la vie qui l'attendait désormais.

En même temps que son trousseau de jeune mariée, son argenterie, ses différentes vaisselles de porcelaine, dont une spéciale pour les fêtes de la Pâque, sa garde-robe complète, ses livres, Sarah emporta mille et une recommandations de sa mère du genre : l'agneau se cuit à l'ail, une table doit obligatoirement être tous les soirs ornée de fleurs, de bougies et d'argenterie, une dame comme il faut ne se gratte pas la tête, ni d'ailleurs aucune partie du corps devant un tiers, ni ne crache dans la rue, et à sept heures du matin, ladite dame comme il faut se doit d'être lavée, coiffée, vêtue de propre pour que jamais son mari ne puisse être dégoûté par la vision d'une souillon, et que jamais ledit mari ne s'aperçoive qu'elle a ses règles. A elle de se débrouiller pour laver (ou faire laver) son linge souillé sans que celui-ci (pauvre petit dieu tellement au-dessus de « ça ») s'en aperçoive. Ce dernier trait faisait grincer des dents la jeune femme qui considérait, en son for intérieur, que si son mari prenait la fuite parce que sa femme ne respectait pas ces principes élémentaires de bonnes mœurs, s'il ignorait qu'une femme était indisponible quatre ou cinq jours par mois pour cause de menstrues, ce n'était pas un bon mari, et qu'elle, Sarah, n'avait rien à faire d'un époux de cette sorte !

— Heureusement que Saül est un moderniste qui ne considère pas une femme comme un être inférieur du fait de ses règles ! répliquait-elle à une Myriam un peu éberluée.

Quelques jours avant le grand départ, Myriam recommanda à sa fille de laisser faire Saül exactement ce qu'il voudrait sans jamais intervenir dans son travail :

— Il vient d'éprouver la plus grave déception qu'un artiste puisse subir. Admettre que l'on n'est pas à la hauteur de ses ambitions, de ses rêves les plus chers, est très dur pour un homme. Il l'a admis et n'a pas accepté ce que ton père lui proposait, une carrière de second ordre. Honorable, certes, mais loin, très loin de ce qu'il aurait souhaité... Alors aide-le à réussir dans son entreprise... Il sera souvent absent. Accommode-toi de cette absence sans récriminer.

C'était cela que Sarah n'acceptait pas. Elle se voyait mal vivant seule avec sa belle-mère, s'occupant de la maison, des servantes polonaises, tandis que Saül irait courir à travers l'immense Russie en quête de marchés. C'était l'époque où le Transsibérien était en construction, et Saül devait parcourir tout le pays à la recherche de clients et pour la fabrication de traverses. Aussi Sarah persuada-t-elle Saül, sans trop de difficulté, qu'elle lui serait nécessaire, voire indispensable, durant ses voyages. Et, au cours des années, les seuls étés où Sarah n'accompagna pas Saül furent lorsqu'elle était sur le point d'accoucher...

Quatre autres enfants vinrent agrandir la famille des Lozwitzky. Une petite fille, Sonia, naquit en août 1899, à Odessa ; une autre fille, Nina, en avril 1901, à Minsk, et des jumeaux, Hannah et Haïm, à Stopnica, en novembre 1903.

Tous beaux, bien portants, turbulents et batailleurs, et qui, quelques années plus tard, formèrent deux camps se faisant face dans la maison Lozwitzky. D'un côté les parents, Saül et Sarah, fort heureusement absents presque trois mois sur douze, et de l'autre grand-mère Gutèlè, véritable chef de file de ses petits-enfants Ben, Sonia, Nina et des jumeaux Hannah et Haïm.

Les Comtes Ortoutchko, petits nobles d'origine russo-polonaise, bien qu'immensément riches en terres et en bétail, étaient endettés jusqu'au cou. Il était difficile de venir à bout de ces centaines de milliers d'hectares, de ces dizaines de fermes, de ces centaines de paysans qui avaient gardé la mentalité de ce qu'ils étaient encore il n'y avait pas si longtemps : des serfs crasseux et ignorants... Libérés de l'esclavage par décret du Tsar Alexandre II, leur existence n'avait guère changé... Ils ne savaient toujours ni lire ni écrire. Ils étaient toujours aussi ignorants et crasseux. Mais ils savaient déjà, grâce aux moines — aussi stupides, aussi ignorants et aussi crasseux que leurs ouailles —, que Jésus avait été mis sur la croix par des juifs, et que ces derniers assassinaient des enfants chrétiens pour fêter leur pâque. Les dégâts que faisait l'Eglise catholique dans ces cervelles illettrées et imbibées d'alcool étaient aussi considérables qu'irrémédiables. Il fallait être un rêveur, un utopiste comme l'était Saül pour imaginer une seule seconde que ces misérables pussent être sauvés par la « connaissance ». Saül était convaincu que la « révolution » allait tout changer. En mieux. Dès son arrivée à Stopnica, il avait eu l'idée de créer avec d'autres familles juives évoluées et modernistes des écoles où les ex-serfs auraient pu apprendre à lire et à écrire. « Le savoir est le début de la liberté..., disait Saül, et nos paysans sont d'une ignorance crasse. Comment les faire évoluer s'ils ne savent ni lire ni écrire ? Pourquoi ne pas les obliger à envoyer leurs enfants à l'école ? »

Mais lorsque Saül et ses amis émirent l'idée de créer une école publique pour les petits paysans, les prêtres orthodoxes ou catholiques s'y opposèrent avec virulence. « Confier l'âme de nos chrétiens à ces juifs ? Jamais !... » crièrent-ils en envoyant une lettre au gouverneur russe pour lui demander de faire cesser séance tenante un tel projet. Le gouverneur, qui n'avait aucun intérêt à ce que les sujets du Tsar pénétrassent dans les sphères de la connaissance, envoya des cosaques afin de stopper cette malencontreuse initiative. Ainsi, l'école n'accueillit que les enfants juifs qui apprenaient, outre le Talmud, toutes les matières profanes, ce qui mit les religieux juifs dans tous leurs états : « On va souiller les âmes de nos fils avec des connaissances dont ils n'auront que faire ! Il faut étudier la Thora et le Talmud, et rien d'autre !... » « Une école pour les filles ? Et puis quoi encore ? Veut-on en faire des *schikses* [1] ? » Pris entre ces deux extrêmes, Saül faillit abandonner tout projet « Qu'ils soient juifs ou chrétiens, les religieux sont tous des imbéciles ! » grommelait-il furieux.

En fait, les *hassidim* étaient aussi montés contre Saül et sa jeune femme que l'étaient les fonctionnaires chrétiens, russes ou polonais. « Ces Lozwitzky ! se lamentait le rabbin Moysevitch. Toujours à lancer des idées modernistes ! Qui a besoin de modernisme ? Depuis quand les femmes ont-elles besoin de savoir autre chose que la cuisine et dire les prières ? Je me souviens de la jeune Lozwitzky, une vraie *schikse* ! Il paraît qu'elle est

1. Equivalent de « fille légère », se dit volontiers d'une jeune fille « goy ».

en Palestine ! Grand bien fasse à la Palestine avec des recrues pareilles ! Et Saül... Quelle femme nous a-t-il amenée ? Une autre *schikse !* Qui se promène tête nue ! Qui garde ses cheveux ! Qui monte à cheval ! Une femme !... Je vous demande un peu !... »

Les forêts appartenaient aux Comtes Ortoutchko qui en laissaient la totale exploitation aux Lozwitzky. Ce commerce du bois était un métier dangereux et soumis à toutes sortes de variations économiques. Dangereux du fait que les forêts se trouvaient dans des marécages où l'on pouvait s'enliser à la moindre imprudence, et que l'abattage des arbres se faisait, la plupart du temps, sans se soucier des règles élémentaires de sécurité. (Il ne se passait pas d'année sans que l'on eût à déplorer la mort de deux ou trois bûcherons.) Les bénéfices étaient partagés entre les propriétaires et les exploitants... A cette époque, le prix du bois avait grimpé d'une manière vertigineuse, et les Lozwitzky vivaient très à leur aise... Ils étaient non seulement chargés de la coupe des arbres, mais également du transport des troncs par halage sur la Vistule jusqu'au port de Gdansk... C'était un travail éprouvant, pénible mais passionnant en ce sens que si l'on connaissait le jour du départ — toujours au printemps, au moment de la crue des fleuves, favorable à la navigation —, on ne savait jamais à quel moment on arriverait (si l'on arrivait !) et *a fortiori* à quel moment on reviendrait... Pour rien au monde Sarah n'eût laissé Saül partir seul avec les bûcherons. C'était un travail très dur, mais si passionnant et si excitant que cette mise à flot des radeaux, jusqu'à la mer Baltique ! Les radeaux ne devaient pas être trop grands, ils devaient nécessairement être liés ensemble. Passé maître dans l'art de la navigation fluviale, Saül savait éviter les courants perfides qui eussent détruit ce bel assemblage. Une partie de l'été se passait ainsi. Le fleuve offrait ses poissons, parfois on accostait le long du rivage et alors Saül et Sarah allaient chasser et rapportaient toutes sortes de gibiers.

Ils avaient aménagé une cabine mobile très confortable, de deux pièces — chambre à coucher assez spacieuse et cuisine minuscule —, qui s'adaptait fort bien au plus grand des radeaux, celui qui conduisait la flottille... En fait, chaque radeau (parfois cela allait jusqu'à une dizaine) avait sa petite cabine ou sa petite tente, dans laquelle dormait et mangeait un ouvrier bûcheron... Une atmosphère de camaraderie était de règle. Le soir, lorsque les radeaux s'immobilisaient pour la nuit, on allumait un feu de camp sur la rive... Alors une chanson s'élevait, empreinte de tristesse et de nostalgie... Ce genre de chanson qui vous poignait le cœur et vous faisait frère de tous les miséreux, de tous les hommes perdus de cette terre...

Le flottage des radeaux durait de *Pessah* à *Soukkot,* c'est-à-dire d'avril à septembre environ. Ensuite il fallait revenir par le train — en évitant soigneusement les zones interdites aux juifs.

Au début de leur installation à Stopnica, pris par leurs voyages, les naissances qui se succédaient et leurs affaires, Sarah et Saül n'eurent guère l'occasion de connaître la famille Ortoutchko qui, d'ailleurs, ne venait que le plus rarement possible dans cette propriété trop éloignée de Saint-Pétersbourg. Le Comte et la Comtesse étaient ce que l'on pouvait appeler des viveurs, plus soucieux de vivre joyeusement en dépensant sans compter leur fortune que de gérer leurs domaines ou de payer leurs dettes. Leur fils unique, âgé de dix ans environ en 1900, était un charmant mais insupportable gamin qui, entouré d'un précepteur, d'une gouvernante et d'un ensemble de domestiques plus serviles les uns que les autres, résidait pour raisons de santé depuis quelques mois au château familial. Il était extrêmement mal élevé. C'est au cours de l'été 1900 que Sarah le vit pour la première fois, et dès cette première rencontre, elle menaça de le jeter par la fenêtre... Etonné par cette attitude inusitée à son égard, celui-ci ne protesta même pas.

Il se trouvait dans la maison de Saül et de Sarah, et avait manifesté son autorité en réclamant un verre de lait, des fruits et des gâteaux sur un ton qui sous-entendait qu'il était le maître et que Saül et Sarah n'étaient que des domestiques. C'est alors que Sarah avait dit d'une voix douce :

— Lorsqu'on est un petit garçon bien élevé, on dit

d'abord : « Bonjour », « S'il vous plaît, madame » et « Merci ».

Avec arrogance, le petit Comte Sergueiev avait répliqué :

— Je n'ai pas à dire ces choses à des inférieurs !...

Sarah lui dit alors :

— Un mot de plus ; et je te jette par la fenêtre !... File !... Tout de suite ! Allez, hors de chez moi !

Pétrifié, l'enfant ne bougeait pas. Il regardait avec envie autour de lui. Ben venait d'avoir deux ans et la petite Sonia babillait dans son moïse.

Les deux servantes polonaises allaient et venaient dans la grande pièce principale qui ouvrait directement sur le jardin.

Grand-mère Gutèlè s'y était installée à l'ombre d'un tilleul avec un livre... Il faisait chaud... Quelque chose d'infiniment calme et heureux s'exhalait de l'environnement. Quelque chose d'impalpable et pourtant pesant, qui venait sans doute de la grande pièce aux volets fermés à cause des rayons du soleil, du piano noir, un quart-de-queue qui en occupait le centre.

Sarah comprit-elle, devina-t-elle que le petit Comte Sergueiev n'avait jamais connu ce que le plus défavorisé des mortels connaît, l'amour d'une mère ? Toujours est-il que, radoucie, elle demanda :

— Alors ? qu'est-ce que tu veux ?

Dompté, l'enfant répondit :

— Un verre de lait, madame... s'il vous plaît...

Dès ce moment, il ne se passa point de jour où l'héritier des Comtes Ortoutchko ne vînt réclamer comme un dû un verre de lait et quelques heures d'affection... Saül le traitait un peu comme un fils aîné. Il lui apprit, tout comme à Ben, à jouer du piano et aux échecs. Il lui apprit aussi, au grand dam du précepteur allemand Otto Müller, ce qu'étaient les socialistes, ce que devait être la Grande Révolution et que les riches allaient être obligés de partager leurs biens...

— Tu comprends, petit comte..., lui disait-il,... il est anormal que tu disposes d'un millier d'hectares de terre et que tes paysans ne soient même pas assurés de manger à leur faim ou de mourir dans la maison que tu leur loues en échange de leur travail... La terre appartient à celui qui la travaille. Il n'y a pas à sortir de cette vérité-là !

Ces leçons trouvèrent une oreille et un esprit complaisants, car l'enfant était d'une nature généreuse et ouverte à la compassion.

Au fil des années, non seulement le Comte Sergueiev devint un révolutionnaire accompli, prêt, tout comme Tolstoï, à distribuer ses terres dès qu'il en aurait la possibilité, mais son amitié pour Saül allait s'amplifiant, jusqu'à le considérer comme un père.

Les Comtes Ortoutchko ne venaient que très rarement dans leur résidence d'été de Stopnica. « On peut les comprendre ! ricanait la famille Lozwitzky. Saint-Pétersbourg en été et Odessa ou Nice en hiver sont infiniment plus agréables que Stopnica, quelle que soit la saison... » Aussi les Comtes Ortoutchko furent-ils étonnés lorsque leur fils insista pour passer toutes les vacances scolaires dans leur propriété. Mais comme ils ne tenaient guère à s'encombrer d'un enfant durant leurs voyages, ils furent satisfaits de le confier à son précepteur, à charge pour ce dernier de surveiller les fréquentations de Sergueiev. Ce n'est que quelques années plus tard, en 1905, lorsque l'adolescent (il venait tout juste d'avoir quinze ans) fut arrêté par la police au cours de la révolution de janvier, que les Comtes Ortoutchko, horrifiés, se rendirent compte du désastre ! Leur fils était devenu un révolutionnaire irrécupérable.

En quittant Vienne — sans trop de regret —, Sarah avait pensé découvrir un autre style de vie. Une vie libre de toute contrainte, une vie consacrée uniquement à faire ce que bon lui semblait. Cela eût été possible si sa belle-mère Gutèlè n'avait pas vécu avec elle. Certes, elle avait beaucoup d'affection pour Gutèlè et au demeurant les deux femmes s'entendaient à merveille. Ignare en matière d'art culinaire, Sarah trouvait très agréable de n'avoir jamais à mettre les pieds dans la cuisine, où

Gutèlè officiait du matin au soir, avec l'aide à peine tolérée de Maria. Elle ordonnait à son « aide » de s'asseoir sur une chaise et surtout de ne pas la déranger dans son travail.

L'une des choses que Sarah reprochait à sa belle-mère était de tout garder. Le moindre reste, la moitié d'un œuf, le quart d'une côtelette, une demi-pomme, était aussitôt soigneusement enveloppé et posé dans l'immense glacière qui occupait presque un pan entier de la cuisine. Parfois, et même assez souvent, lorsque la glacière était pleine de ces restes, Sarah décidait d'un grand nettoyage par le vide, ce qui mettait Gutèlè hors d'elle-même. Les premières fois, lorsqu'elle voyait Sarah tout jeter à la poubelle, elle se précipitait dans les placards où l'on rangeait sucre, farine, café, huile, sortait tout et le tendait à sa belle-fille en disant : « Jetez donc cela aussi puisque nous en sommes à l'heure du gaspillage !... »

Le grand nettoyage terminé, les deux femmes se réconciliaient, jusqu'au prochain...

Il y avait aussi tout un mode de vie qui étonnait la jeune femme. Gutèlè était extrêmement religieuse. Elle respectait scrupuleusement le shabbat, avait quatre vaisselles soigneusement séparées, l'une pour la viande, l'autre pour le lait, et deux autres exclusivement réservées pour la période de *Pessah*.

— En fait, dit Sarah à Saül quelques semaines après leur installation, ta mère ressemble étrangement à la mienne...

— Hein ?... dit Saül ahuri. Maman ressemble à la tienne ? Ma mère est une paysanne ! Une paysanne lettrée, mais une paysanne ! Ta mère est une grande bourgeoise...

Sarah hocha la tête.

— Sans doute !... Mais elles obéissent toutes les deux à des conventions, à un mode de vie qu'elles n'ont pas vraiment choisis. Elles pensent l'une et l'autre qu'il faut vivre ainsi, l'une avec sa religion, l'autre avec ses devoirs mondains, parce qu'elles ont été élevées ainsi. Aucune d'entre elles n'a jamais douté, n'a jamais remis en question les valeurs qu'on lui a inculquées... Faut-il envier de telles certitudes ?...

— Que veux-tu dire ?

Sarah hésita, avant de répondre :

— Quelqu'un qui « sait », qui connaît la route qu'il a choisie, est certainement plus heureux, plus équilibré que celui qui se réveille le matin en croyant savoir, et se couche en ne sachant plus rien...

Saül dévisagea Sarah d'un air pénétrant.

— ...Est-ce cela que tu vis ?

Une faible rougeur colora le visage de la jeune femme.

— Peut-être...

— Regrettes-tu de m'avoir épousé ?

— Non !... Oh non ! grands dieux ! Cela, jamais... Mais...

— Mais ?... Dis-moi !... Dis-moi la vérité, ma douce ! et seulement la vérité...

— Je n'imaginais pas ma vie à Stopnica ! avoua Sarah. C'est une ville tellement provinciale, tellement arriérée... Tu te rends compte que l'on va parfois jusqu'à me reprocher publiquement de ne pas m'être rasé la tête et de ne pas porter perruque !

Saül éclata de rire.

— Non ! Quand cela s'est-il produit ?

Sarah s'indigna.

— Cela te fait rire ?... Je ne vois pas pourquoi, par exemple !... Je me trouvais à l'épicerie de Hersch Milrom et j'ai été vraiment prise à partie par deux femmes qui m'ont carrément traitée de *schikse.*

Saül fronça les sourcils.

— Et alors qu'as-tu fait ?

— Je leur ai promis à chacune une paire de claques si jamais elles recommençaient ! dit paisiblement Sarah.

Saül s'étouffait de rire.

— Oh Dieu !... sais-tu au moins qui elles étaient ?...

— Je crois avoir compris que l'une des deux était la femme du rabbin et l'autre, sa sœur... Arrête de rire ! tu vas te rendre malade !

— Ho !... ho !... haletait Saül — il pleurait de rire et, incapable de se tenir debout, s'accrochait aux barreaux d'une chaise... Et je n'ai pas assisté à une telle scène !... Oh ! voir la tête de ces deux femmes...

— Saül Lozwitzky ! Je te prie d'arrêter immédiatement ! Il n'y a pas à rire de ces malheureuses !...

— Ces malheureuses !... grinçait Saül. Si tu savais combien elles en ont fait baver à Dina lorsqu'elle était jeune fille et combien elles ont rendu ma mère malheureuse, toujours partagée entre ma sœur et mon père... Comment ont-elles réagi quand tu les as menacées d'une paire de claques ?... ho... ho !...

De nouveau Saül était plié en deux de rire.

— Eh bien... rien ! Elles n'ont rien dit ! Elles m'ont regardée comme si j'étais une échappée de l'enfer. La *rebbetzin* a craché par terre pour chasser le mauvais œil et a entraîné sa belle-sœur aussi loin que possible de la pestiférée que tu as choisie pour femme et que tu as juré d'aimer...

— Et que j'aimerai toujours !

— Toujours ?

En fait, Sarah ne put jamais se plier à l'orthodoxie religieuse de Gutèlè. Mais, bizarrement, elle aimait que sa belle-mère enseignât à ses petits-enfants ces règles de vie qu'elle-même rejetait...

Sarah appréciait particulièrement la préparation des fêtes. De *Pessah,* de *Rosh Hashana,* de *Yom Kippour.* C'était pour elle l'occasion du grand nettoyage printanier, ou d'automne, et avec ses servantes, elle s'en donnait à cœur joie, distribuant ou jetant des monceaux de vêtements, des caisses de jouets ou de vaisselle dépareillée ou inutilisable... Elle en profitait pour redécorer la maison de fond en comble, suivie par Gutèlè indignée, affolée de tout ce gaspillage, arrachant à sa belle-fille une jupe noire froncée, vieille de dix ans.

— Cela peut encore servir !... se lamentait-elle.

— Pour en faire quoi ?... rétorquait Sarah impitoyable. Une serpillière ?...

De guerre lasse, Gutèlè cédait et se précipitait dans sa chambre où elle se barricadait, de crainte que sa belle-fille ne vînt jusque dans son antre sacré « nettoyer tout ça !... », comme elle l'en menaçait régulièrement. Alors elle ne laissait entrer que ses petits-enfants qui, eux, adoraient la chambre et le lit de grand-mère Gutèlè, où régnait un désordre indescriptible... Les enfants avaient l'impression de pénétrer dans une véritable caverne d'Ali Baba. C'était surtout le lit qui avait leurs faveurs. C'était un lit curieux qui recelait des trésors infinis. Non seulement grand-mère y avait toute une bibliothèque fort intéressante, où se mêlaient livres russes, français ou allemands, vieux journaux, magazines de mode datant des années 1895 — dont on pouvait se demander ce qu'ils faisaient là, sous l'oreiller de grand-mère Gutèlè —, mais elle y gardait aussi des lettres de Dina, qui écrivait souvent de Palestine, et des lettres de ses fils émigrés au Canada. Et puis, tant d'autres choses encore ! Des boîtes de bonbons « pour la gorge... », des biscuits faits maison, de la lingerie, des jeux de cartes, car grand-mère Gutèlè adorait jouer aux cartes et enseignait à ses petits-enfants différents jeux, et surtout l'art de tricher sans se faire prendre. Et mille autres choses aussi surprenantes, utiles ou inutiles. Chaque fois que les enfants étaient grondés ou punis, ils couraient se réfugier chez grand-mère Gutèlè, et là, bien au chaud, blottis contre elle, ils se consolaient en se gavant de caramels, de biscuits à la cannelle, de strudel, de chocolats, le tout enveloppé par la voix affectueuse de grand-mère Gutèlè qui lisait à voix haute des contes des frères Grimm ou de Perrault... Alors, repus, ils pouvaient à nouveau affronter le monde extérieur et recommencer à faire des sottises.

Après des fiançailles longues et douloureuses, Sarah avait épousé Saül parce qu'elle l'aimait, mais rien, jamais, ne lui fit aimer Stopnica. Dès le début, elle détesta cordialement cette petite ville russo-polonaise, ses habitants, juifs ou non juifs, dont les coutumes provinciales, arriérées, la rebutèrent définitivement. Elle n'aimait pas les commères, les *katchkè,* ni les multiples obligations, plus pénibles à supporter dans un petit bourg où chacun avait un œil sur chacun, où la moindre parole, la plus petite originalité soulevait des polémiques sans fin.

« A Vienne, personne ne fait attention à vous si vous sortez sans chapeau ou si vous n'allez pas à la synagogue tous les samedis matin... », disait Sarah à sa belle-mère qui écoutait ses plaintes avec beaucoup de philosophie.

« Cela ne durera pas..., disait parfois Saül à Sarah lorsque celle-ci, le visage triste, lisait une lettre en provenance de Vienne, de Palestine ou de Toronto où ses beaux-frères lui décrivaient la vie excitante qu'ils menaient au Canada... Dès que nous aurons mis assez d'argent de côté, nous quitterons Stopnica pour nous installer au Canada... Là-bas, le pays est presque désert et ils ont un immense besoin d'exploitants forestiers... »

Alors Sarah reprenait courage, lisait tout ce qui concernait le Canada, son histoire, sa géographie, ses mœurs et rêvait d'immenses forêts, de lacs magnifiques, de contrées encore épargnées par la folie des hommes, et d'Indiens à l'image du *Dernier des Mohicans* de Fenimore Cooper.

D'autres consolations s'offraient à elle : ses fréquents voyages à Vienne à partir de 1904. Voyages que les enfants détestaient parce que leur « chère-grand-maman-Myriam... » les obligeait à se tenir convenablement à table, à ne pas se disputer ni se battre comme des fous furieux, à dire merci, et s'il vous plaît, bref, à se comporter comme des petits êtres civilisés et non comme des sauvages venus de l'Est... Si les enfants adoraient leur grand-mère Gutèlè, qui en retour les idolâtrait, ils restèrent toujours sur leur quant-à-soi en ce qui concernait « chère-grand-maman-Myriam ». Avec mémé Gutèlè, on pouvait passer des nuits entières (lorsque papa et maman étaient en voyage) à lire toutes sortes de livres, à manger du pain perdu à la cannelle avec du café, à se raconter des histoires... On s'habillait n'importe comment et on oubliait soigneusement l'obligation du bain quotidien dans le cuveau inconfortable de la cuisine. En revanche, lorsque les enfants devaient passer quelques semaines à Vienne chez « chère-grand-maman-Myriam », il fallait être lavé, habillé et peigné dès sept heures du matin au petit déjeuner, ne parler que lorsqu'on vous interrogeait, ne pas dire de gros mots et l'on se taisait taper sur les doigts lorsqu'on surprenait un relent d'accent yiddish dans le pur allemand dans lequel les enfants devaient s'exprimer... Aussi, le retour à Stopnica était-il pour eux une délivrance et, pendant quelques semaines, ils oubliaient de se disputer férocement les chevaux, les selles ou les bicyclettes dont ils faisaient leurs délices...

Les punitions, et parfois les fessées ou les coups de ceinture, ne parvenaient pas à rompre le bloc compact qu'ils formaient tous les cinq, du plus âgé au plus jeune ; cela glissait sur eux comme l'eau sur le plumage d'un canard et ils recommençaient de plus belle. Le petit Comte Sergueiev avait, quant à lui, choisi son camp. C'était celui des enfants... En comptant grand-mère Gutèlè, cela faisait sept contre deux. Mais, contre deux qui, somme toute, avaient la toute-puissance.

En cet après-midi de juin 1906, Sarah lisait tout un paquet de lettres en provenance de Palestine. Dina y décrivait leur vie dans un kibboutz de Petah-Tikva où, en compagnie d'autres *haverim,* ils se lançaient dans l'élevage de poulets... Il y avait aussi d'autres lettres en provenance de Vienne, mais qu'elle lirait plus tard : elle savait que là elle ne trouverait que plaintes, parce qu'elle avait reporté son voyage à la semaine suivante. « Maman exagère ! pensa-t-elle. Je suis allée à Vienne il y a à peine six mois ! Je ne peux tout de même pas passer ma vie dans un train !... » Mais elle savait qu'elle irait à Vienne dès que le moindre prétexte d'un voyage s'offrirait à elle.

Vienne ! Tout son être se portait vers Vienne ! Vers les lumières de Vienne, la musique de Vienne, les bruits, les odeurs de Vienne... Lorsqu'elle s'endormait le soir, collée contre le dos de Saül, et qu'elle entendait le vent souffler dans la campagne à travers les forêts, elle se souvenait de Vienne, du bruit du dernier tramway vers minuit, du trot des chevaux, du rire des jeunes femmes de mauvaise vie qui rôdaient dans la Ringstrasse, pendant que les honnêtes femmes dormaient déjà depuis longtemps après avoir accompli leur devoir conjugal. Devoir qui leur assurait des maisons confortables, une vie respectable, pour le même prix en somme que celui des putains...

Sarah rêva un peu, se dit qu'elle allait répondre à sa mère au plus tôt, et reprit la lettre de Dina.

...Veux-tu savoir à quoi passe ses journées l'ex-soliste des « Rois de Vienne » ?... Depuis le début du printemps, je suis responsable des poussins. Il en est arrivé une bonne centaine et je te prie de croire qu'à dater de ce jour ma vie est devenue un enfer. Il faut, dès quatre heures du matin, se lever, aller voir les poussins afin de vérifier s'ils ne se sont pas entre-tués dans la nuit, enlever les cadavres de ceux qui ont préféré mourir tout de suite, porter la pâtée aux survivants, retourner dans le baraquement qui nous sert de logement en attendant que notre maison soit construite, préparer le café, le pain, retourner voir les poussins afin de vérifier si quelques dizaines d'entre eux n'auraient pas eu la bonne idée de crever... chercher les œufs des poules en âge de pondre — et qui pondent, les garces, n'importe où —, choisir les poulets que le shoret *va sacrifier pour le shabbat, surveiller que les Turcs ne viennent pas nous voler — et, incidemment, nous tuer... —, surveiller l'édification de notre maison, retourner voir les poussins... Que l'on ne me parle plus jamais de poussins, ni de poules, ni d'autres volatiles. Voilà une race particulièrement imbécile et dépourvue d'intérêt. En fait, depuis que j'ai été nommée responsable des poussins et des couveuses, je voue une haine cordiale à ces bêtes, haine qu'elles me rendent au centuple. Mais le pire, c'est que lorsque je me plains à Haym de la méchanceté, de la noire ingratitude de ces volatiles, il me rit au nez en me disant : « ...Ça vient, ma poule ! c'est le métier qui rentre !... » Ma poule ! Cela me donne des envies de meurtre... Aussi, lorsque je dois choisir celles que l'on va sacrifier pour les déguster, c'est pour moi une douce vengeance...*

Haym, en revanche, s'adapte admirablement à tout. Il est plein de bonne volonté... Ce sont les responsables des différents secteurs du kibboutz qui ne sont pas très enthousiastes quant à ses capacités. Ainsi, pour le plus grand malheur du verger, c'est Haym qui a été chargé d'élaguer les arbres, tâche, tu te doutes bien, qu'il n'avait faite de sa vie... Comme Haym est un homme de bon sens, il s'est fait livrer un matériel de parfait élagueur. Scies courbes, cisailles, couteaux, machettes, etc. Bref, de quoi décimer la forêt viennoise en deux temps, trois mouvements... Haym a commencé à se faire la main sur quelques orangers qui ne lui avaient rien fait, ni rien demandé... Puis il s'en est pris à tous les arbres fruitiers. Je ne sais sur quelle base scientifique il pouvait juger, mais toujours est-il que, juché sur son échelle, il décrétait : « Cette branche-ci doit tomber... » Parfois, c'était de la dernière branche vive de l'arbre qu'il était question... Lorsque le chef du kibboutz a vu son verger réduit à l'état de moignons lamentables, il a confié à Haym qu'il valait mieux qu'il exerçât ses talents d'élagueur loin, très loin de son verger. Haym a été abominablement vexé et voulait quitter le kibboutz sur-le-champ... Heureusement, tout s'est arrangé et, finalement, Haym est très heureux avec l'équipe de défrichage et de dépierrage... C'est très dur... Parfois je l'accompagne. Le travail commence à cinq heures du matin, pour profiter de la fraîcheur... Il y a toute une équipe... Ceux qui travaillent et ceux qui surveillent les alentours, fusil à la main. Là aussi il faut se méfier des Turcs... Je ne compte plus les nuits où la fatigue m'empêche de dormir, et où je me tourne et retourne dans mon lit en me disant « Est-ce cela, vivre ?... » Et pourtant... Parfois le matin, je me lève en ronchonnant, le corps douloureux, un millier de muscles, jusqu'alors totalement inconnus de moi, se rappelant sadiquement à moi à chacun de mes mouvements, et puis j'ouvre la porte de notre baraquement, et je vois l'aube, l'instant même où les premières coulées de rose et d'or commencent à dévaler timidement le long des collines que nous avons défrichées hier, avant-hier... et c'est comme une explosion de lumière, le soleil est là... Du réfectoire, des odeurs appétissantes me parviennent... C'est l'heure où Haym se lève, où les enfants ont faim... Il va faire chaud aujourd'hui, il va falloir travailler notre terre, aller chercher les œufs de nos poules... Les coqs chantent —

alors je me dis : « Quelle merveille que la vie... quelle merveille d'être là, chez nous, en Israël... »

Ma plus grande joie est d'aller pour le shabbat à Tel-Aviv. Voir une ville sortir du sable, grandir jour après jour, c'est quelque chose de fascinant, de bouleversant même, car cette ville est construite sur du sable... Est-ce un symbole ? Notre futur pays sera-t-il aussi construit sur du sable ? Tous nos efforts si durs, si éprouvants, seront-ils perdus ? Qui peut présumer de l'avenir ?... Ce que nous cherchons à recréer ici, c'est une culture juive, un pays juif, notre propre vie, notre manière d'être, de chanter, de rire ou de nous attrister... Ici il n'y a pas d'assimilation, avec tout ce que ce mot à d'odieux et de pervers. Ici, les juifs riches qui se veulent assimilés ne pourront plus faire de tort aux juifs pauvres... Pauvres ou riches, nous sommes tous logés à la même enseigne : défricher notre sol, irriguer notre sol, cultiver notre sol et en récolter les fruits et les moissons...

A propos de l'avenir, je t'annonce que je suis encore enceinte, que cela va faire mon cinquième enfant et que je n'en veux pas d'autre. A Haym de se débrouiller comme il l'entend...

Les ombres s'allongeaient ; bientôt ce serait le crépuscule, un merveilleux prisme de mauve et de gris à peine éclairé par le soleil couchant. Bientôt les enfants allaient revenir de l'école, bruyants, exigeants, batailleurs... Bientôt Sarah allait de nouveau reprendre son visage de mère de famille, d'épouse — de quoi encore au juste ? Elle soupira. « Vivre dangereusement... »

Au loin, la voix tonitruante de Ben résonnait :

— Le premier arrivé à la maison aura le droit de monter sur Theodor Herzl !

Ni Saül ni Sarah ne s'étaient opposés à cette initiative sacrilège des enfants, d'avoir baptisé leur plus beau pur-sang du nom du prophète juif.

Car il était mort depuis deux ans, celui qui avait rendu l'espoir aux juifs.

Saül et Sarah étaient allés assister à l'enterrement et, en cette circonstance, ils avaient revu David et Rivka, venus spécialement d'Auschwitz comme des centaines de leurs coreligionnaires.

Ç'avait été une journée extraordinaire, une journée qui restait inoubliable pour tous ceux qui la vécurent. De toutes les gares, de tous les pays, de jour comme de nuit, affluaient des centaines, des milliers de juifs, russes, turcs, polonais, allemands... Ils venaient remercier en pleurant, ils venaient demander pardon pour avoir refusé, pour avoir douté, pour s'être moqués de la promesse de Theodor Herzl. Tous se souvenaient du premier congrès juif de Bâle : « ...Si vous le voulez, ce ne sera pas une chimère... » Ils ne l'avaient pas cru... Et maintenant, non seulement ils le croyaient, mais ils pleuraient leur prophète, l'homme qui mourut en disant d'eux, juifs miséreux, pouilleux, vilipendés, chassés, insultés, menacés : « ...Ce sont des hommes bons, des hommes splendides, mes frères, mon peuple... Ils vont s'établir dans leur patrie... »

Des milliers de gens assistèrent à l'enterrement de Theodor Herzl. Ce n'était pas un écrivain, un poète ou un dramaturge que l'on enterrait. C'était un nouvel espoir, une nouvelle fierté qui avait pris naissance justement le jour où Theodor Herzl avait dit : « Si vous le voulez, ce ne sera pas une chimère... » et qui un jour, tous en étaient désormais convaincus, se réaliserait. Peu importait le nombre des années, peu importait le temps. « Après tout..., commentait David Langer qui ne dissimulait pas ses pleurs, nous avons attendu deux mille ans... Nous pouvons bien attendre encore un peu !... »

David et Rivka retournèrent à Auschwitz le lendemain même, non sans avoir auparavant échangé avec Saül et Sarah la promesse de se revoir à Vienne. « ... Et de préférence avant que ma barbe ne devienne grise ! dit en souriant David sur le quai de la gare du Nord. Ne laissons pas passer le temps sur notre amitié sans nous revoir !... »

Longtemps après leur départ, Saül et Sarah évoquèrent leurs amis d'autrefois et les curieux méandres d'une vie si différente de la leur.

Mariés, David et Rivka étaient allés demeurer à Auschwitz, 17, rue Jagelowski. C'était une maison neuve, à un étage, dans l'une des rues principales de la ville. Le rez-de-chaussée était occupé par la boutique « Les Chaussures viennoises »... Et David était à la fois déconcerté et ravi, chaque matin, d'ouvrir *sa* boutique, d'y accueillir *ses* vendeuses... en attendant *ses* premières clientes...

La première année de leur mariage fut une année très heureuse. Rivka avait épousé David parce qu'elle l'avait aimé depuis la première heure où son regard avait croisé le sien. Et que cet amour était allé s'amplifiant au cours de ces cinq longues années de fiançailles imposées par leurs familles respectives. Elle aimait sa manière d'être, sa voix, ses chansons, sa musique. Elle se fût jetée au feu pour lui... Elle le supplia de continuer à composer et de faire de cette musique qu'il aimait tant l'essentiel de sa vie. Mais, une fois marié, David était devenu un jeune homme sérieux (pour autant qu'il eût jamais cessé de l'être...). Sa petite boutique de chaussures lui plaisait infiniment, et il aimait être son propre maître et n'avoir de comptes à rendre à personne. Il travaillait dur, inventait de nouvelles formes et se faisait envoyer d'Italie et de France les dernières nouveautés. Le soir, quand la boutique était fermée, le cahier de comptes en règle, David reprenait son violon, son papier à musique et, pour la plus grande joie de Rivka, composait pour elle des petites merveilles, des chansons où se mêlaient avec bonheur musiques juive, russe ou tzigane. Alors Rivka pleurait. « C'est ta musique... ta musique... Elle est si triste ! Si triste... Et moi... je suis si heureuse. Alors, tu comprends, c'est pourquoi je pleure ! » Un peu interdit par cette explosion de sensibilité féminine, David n'en était pas moins perplexe. « Pleurer parce qu'on est triste, c'est dans l'ordre des choses... Mais pleurer parce qu'on est heureux ? A quoi ça rime ? »

Parfois David se surpassait. Sa musique, dont il empruntait les thèmes à Paganini, mais dont il faisait des variations d'une mélancolie déchirante, mettait Rivka à la limite de l'évanouissement. Elle se disait alors qu'elle mourrait sûrement d'un excès de bonheur.

Oui, sans aucun doute possible, les premières années de leur mariage furent pour David et Rivka une bénédiction. Et c'est parce qu'ils étaient si heureux que tout naturellement ils se tournèrent vers Dieu et, sans vraiment s'en rendre compte, respectèrent de plus en plus régulièrement les rites religieux... Célébrer le shabbat le vendredi soir était devenu pour Rivka sa manière de remercier Dieu du bonheur qu'il lui avait octroyé... Et il en était de même pour David, qui, pour rien au monde, n'eût manqué d'aller à la synagogue le samedi matin...

Dix mois, jour pour jour, après leur mariage, Rivka fut enceinte. C'est au cours de l'hiver 1900 que le petit Jacob Langer naquit, au milieu des hurlements de sa mère, des encouragements des voisines, des pleurs de sa grand-mère Lechner et des *Mazel Tov !...* qui fusaient de toutes parts. La sage-femme, indignée du vacarme qui régnait, hurlait plus que la jeune parturiente pour obtenir le silence... Enfin, ce 24 décembre 1900, tard dans la nuit, après vingt-quatre heures de souffrances, à l'heure précise où les chrétiens célèbrent la naissance supposée du Christ-Roi, Jacob Langer hurlait, furieux du traitement qu'il venait de subir et, sans aucun doute, d'avoir quitté le ventre chaud et protecteur de sa mère.

Durant toute la semaine qui suivit la naissance de son premier enfant, Rivka fut heureuse de voir sa mère et ses sœurs s'occuper d'elle et du bébé. Maintenant qu'elle était passée par l'enfantement, elle se rendait compte combien sa mère avait dû souffrir par six fois ! Ce que Rivka souhaitait, c'était donner le maximum de chances à son enfant. Que fallait-il faire pour que le petit bébé Jacob devienne un homme heureux, réussisse sa vie ? Elle se sentait si jeune et si responsable ! Bien sûr elle avait David, un grand garçon rêveur et beau — « C'est mon pêcheur d'étoiles, mère ! mon beau pêcheur d'étoiles... » —, et c'était elle, Rivka, qui allait devoir faire front devant l'adversité. Veiller sur lui, comme elle devait veiller sur le nouveau-né...

— Nous vivons dans un monde si dur, mère ! un monde si menaçant ! Que puis-je faire pour le protéger ?...

Sa mère réfléchissait.

— Il y a plusieurs vérités. Des vérités essentielles. Mais auparavant, il faudrait quitter ce pays..., dit-elle lentement. Ce serait pour moi une très grande douleur que de te voir partir avec le bébé et ton mari, mais je pense que tu devrais quitter Auschwitz... Ne fais pas comme Lea qui est partie vivre en France. C'est un beau pays la France, mais il y a trop d'antisémites. Il faut partir. Vite. Au Canada. Aux Etats-Unis... Ou mieux encore, en Palestine, comme le recommande Theodor Herzl... Les Turcs sont terribles, mais moins cruels que les Polonais ou les Russes... N'importe où, mais il faut penser à partir... Travaillez, ton mari et toi, économisez le plus possible et partez. Partez vite... Cela, c'est la première vérité...

— Et les autres ?... Les autres vérités ?

Rivka tenait serrées entre les siennes les mains de sa mère, qui souriait. Le visage ridé de Hannah Lechner était pour sa fille celui de l'amour absolu... Comme elle avait vieilli ! Sa vie avait été si dure. Six enfants à élever, un mari au caractère difficile, exigeant, considérant sa femme non seulement comme un être inférieur, mais comme sa gouvernante, sa femme de ménage, sa cuisinière, sa blanchisseuse, sa comptable, celle qui distribuait le travail à faire aux ouvrières à domicile, celle qui allait livrer le travail fini aux clients, celle sur qui reposait toute la bonne marche de la maison Lechner, et accessoirement celle qu'il engrossait épisodiquement. Rivka adorait sa mère. Instruite, passant le plus clair de son temps libre à lire tout ce qui lui tombait sous la main, Hannah avait été mariée à quatorze ans, vierge et ignorante, à un homme — pas méchant mais brutal — de trente ans. Dès le début de son mariage, son mari, Hersch Lechner, lui avait fait comprendre qu'elle lui devait obéissance et respect. Timide, douce, Hannah n'avait jamais élevé la voix. Elle marchait à trois pas derrière son mari, se retirait dans la cuisine quand celui-ci recevait ses amis, avec lesquels il étudiait le Talmud, se montrait obéissante au lit, obéissante à la maison, obéissante en tout. Elle ne savait pas ce que pouvait signifier le mot « bonheur »... C'était un mot qu'elle lisait parfois le soir, dans la cuisine, lorsque de la salle à manger lui parvenaient les exclamations des amis de son mari qui s'efforçaient de comprendre le sens de tel ou tel mot du Talmud... C'étaient des érudits qui lisaient l'hébreu, le grec, le latin, des gens pieux qui n'eussent pas fait de mal à une mouche... Leurs épouses se chargeaient de tout ce qui était lourd, difficile, parfois répugnant, dans la vie quotidienne... Jamais il ne serait venu à l'idée de ces érudits si passionnés de textes anciens de se préparer leurs repas, de laver eux-mêmes leur linge sale et de le repasser, ou de torcher les enfants qu'ils étaient si fiers de voir sortir du ventre de leurs épouses... Ce n'étaient pas de mauvais bougres : ils avaient été élevés ainsi, voilà tout. Alors Hannah puisait dans ses livres toute la félicité du monde. Elle lisait l'allemand, le français et le russe. Elle avait été élevée, comme beaucoup de jeunes filles juives de la petite bourgeoisie allemande, dans le culte des livres. Dans l'amour de la musique et l'amour de la France, pays de la liberté et de l'élévation spirituelle. Par chance, la libraire tenait boutique juste à côté de sa demeure et lui prêtait tous les livres en provenance de Vienne, de Paris ou de Berlin... Alors, le soir, dans sa cuisine bien rangée, au sol fraîchement lavé, une fois les enfants couchés, Hannah prenait *Les Affinités électives* et, pour une heure, quittait son triste monde quotidien. A cinquante ans passés, toute menue dans ses vêtements noirs, sous sa perruque noire, elle rêvait d'amours impossibles, d'évasion et de « bonheur »... sans trop savoir le sens de ce mot... Pour elle, le « bonheur » se définissait par son contraire. Les enfants n'étaient pas malades, son époux n'était pas de mauvaise humeur, elle-même n'était pas trop fatiguée, le temps n'était pas trop mauvais, il ne faisait pas trop froid, ou trop chaud... C'est ainsi que, tard dans la nuit, elle s'octroyait une heure de solitude. Presque du bonheur.

Pourtant, quelquefois, lorsqu'elle serrait dans ses bras l'un de ses enfants ou, comme en cet instant, son petit-fils, ce nouveau-né chargé de tant d'espoirs, elle touchait du doigt un moment de vrai bonheur. Mais cela, elle ne le savait pas...

Elle parlait d'une voix grave, musicale, aux inflexions d'une douceur sensuelle, et cette voix était son plus grand charme... Elle avait été une fort jolie jeune femme, mais elle l'ignorait aussi et l'ignorerait toujours. Ses filles, et plus tard ses petites-filles, avaient hérité d'elle ses traits purs, réguliers, ses cheveux noirs, abondants et bouclés, ses yeux largement fendus au regard triste et doux.

Rivka tenait serrées contre elle les mains de sa mère.

— Et puis, maman ?... continue...

— Et la propreté..., reprit Hannah Lechner. Il faut apprendre à ton enfant la propreté. Se laver chaque jour est un acte de respect pour Dieu et pour soi-même. Et puis, surtout, les livres. Lorsque je me suis mariée, à Hambourg, en 1870, juste avant la guerre, ma mère m'a donné avec mon trousseau une vingtaine de livres que j'ai encore. C'étaient la Bible, et puis de beaux livres français, russes et allemands, des œuvres de Molière, de Tolstoï et de Goethe... Elle me disait que tout le secret du bonheur et du malheur des hommes était dans ces livres. Qu'il fallait en lire tous les jours quelques chapitres, s'en imprégner, en comprendre chaque mot, chaque signe, même ceux qui n'étaient pas écrits mais que l'auteur avait pensés et laissés entre les lignes... Tout le secret est là. Dans ce que ces hommes de l'ancien temps ont écrit. Il faut que ton enfant sache lire le plus tôt possible et lise ces livres... Son père lui apprendra la musique. Toi, tu lui apprendras les livres. Ce sont là des richesses inépuisables, qui ne lui coûteront pas cher et lui donneront plus de satisfaction que ces biens matériels qu'il ne pourra acquérir qu'au prix d'un labeur incessant. Lorsque le monde lui paraîtra trop laid, trop mauvais, trop dur, il aura la possibilité de s'en échapper grâce aux livres et à la musique. Les livres développeront son imagination... Il faut que ton enfant croie aux contes de fées, aux elfes, à la religion, aux fantômes, à tout ce qui le fera réfléchir, rêver, inventer... C'est cela qui développera son intelligence... tout ce qui n'existe peut-être pas mais tout ce que lui, avec son imagination, fera exister... C'est de son esprit qu'il tirera les ressources de son bonheur futur. Les biens matériels ne sont jamais que des accessoires. Agréables, certes, qui le nierait ? mais nullement indispensables au bonheur... Alors, donne-lui la possibilité d'être heureux, profondément heureux avec peu d'argent, car nous ne sommes pas riches et ton mari n'est pas fait pour l'être un jour. C'est un bon mari, un garçon charmant et qui t'aime. Mais son âme est ailleurs que dans notre monde... tu le sais, n'est-ce pas ?...

Rivka ne le savait que trop, mais elle ne confirma pas les dires de sa mère.

— Bien..., dit-elle seulement. Les livres, la musique et quitter Auschwitz... Mais si nous quittons Auschwitz, tu viendras avec nous, mère ? Nous partirons tous, toute notre famille !

Hannah Lechner étouffa un soupir.

— Je suis vieille maintenant... cinquante-huit ans !... J'aimerais être enterrée auprès de mes parents, dans le cimetière d'Auschwitz... Oui, c'est cela que j'aimerais. Ma vie est finie maintenant. La tienne est dans sa fleur, celle du bébé en est à ses tout débuts... C'est à lui que tu dois penser... A son avenir ! Il faut l'emmener loin d'ici, loin de ce pays... Emmène-le en Amérique !... Tes sœurs, tes frères sont décidés à partir, dès que ce sera possible ! A présent il faut dormir... Voilà ce que je t'ai apporté pour l'enfant...

Elle lui tendit cinq pièces d'or, soigneusement nettoyées, qui brillaient dans une boîte de velours noir.

— Voilà... C'est pour votre installation en Amérique... il vous en faut cent comme cela pour le voyage en bateau et pour pouvoir vivre un an, en attendant de gagner de l'argent... Chaque fois que je le pourrai, je t'en offrirai une ou deux... J'aimerais faire davantage, mais vous êtes six enfants aussi chers à mon cœur les uns que les autres. Tout ce que ton père gagne durement est pour vous. Chut !... Ne dis rien, mon enfant... je vais te laisser. Il va faire nuit, et ton père va rentrer et me reprochera mon absence... Tu sais comment il est !

Toute la journée, les sœurs de Rivka se succédèrent. Ester l'aînée, mariée depuis cinq ans, lui apporta un berceau ; Deborah, la cadette, tout un trousseau de nouveau-né où le vieux se mêlait au neuf. Elle avait rassemblé tout ce qu'elle avait pu trouver et acheté tout ce qui pouvait manquer. Mais tout avait été lavé, réparé, rebrodé aux initiales du bébé... Même Lea, revenue de Paris pour une vingtaine de jours, avait apporté une petite timbale d'argent et un couvert... « Pour sa *bar-mitsva* ! dans treize ans !... »

Rivka était heureuse... Tant de gentillesse et de bonté la touchaient aux larmes...

Lorsque David rentra, Rivka lui fit part de la visite et de la conversation de sa mère. Il s'étonna.

— Mais pourquoi quitter Auschwitz ?... Nous appartenons à l'Empereur François-Joseph qui est si bon pour nous ! Nous avons tous les droits, même celui de voter ! Ce n'est pas comme chez moi à Stopnica, ou en Pologne, chez ces sales porcs de Polonais et de Russes... Ici, nous sommes en Autriche !... Je travaille comme un homme libre ! Je vais à la *schuhl* tous les samedis matin et personne n'y trouve rien à redire... Vraiment, j'aime cette ville ! J'aime me promener le long de la Sola et sur les collines avoisinantes... Ah ! ta mère est vraiment trop pessimiste... Même tes sœurs et tes frères ne sont plus très chauds pour partir !... C'est notre pays ici ! Comment te sens-tu ? Regarde ! Je t'ai apporté des cadeaux.

C'était une véritable folie. Un énorme flacon de parfum français, *Eau de l'Impératrice,* de Guerlain, un foulard de toute beauté et surtout un coffret de lingerie fine française, venant tout droit des grands magasins Jacob Rothberger de Vienne !... Il était fou ! Tout cela avait dû coûter une fortune, largement plus que les cinq pièces d'or qui luisaient doucement sur le velours sombre de la boîte où elles étaient enfermées... Mais jamais Rivka n'avait ressenti une telle bouffée de bonheur... Et comme à l'accoutumée, elle se mit à sangloter... Mais maintenant, David était rodé, il savait que chaque larme qui coulait sur le visage de sa bien-aimée lui disait : « Je suis heureuse ! si heureuse ! Merci de me rendre heureuse !... »

Au fil des années, la boutique « Les Chaussures viennoises » devint extrêmement prospère... Deux ans après la naissance de Jacob, David et Rivka mirent au monde Berta, qui naquit en 1902 et devint, avec les années, une jolie brunette au caractère difficile ; Adèle naquit en 1903 et se révéla fort indépendante ; puis, en 1904, vint le tour d'Aaron, un autre garçon. Tous beaux et bien portants. Ils héritèrent de la sensibilité exacerbée de leur mère et de la passion du beau qu'avait leur père. C'est lui qui enseigna la musique à ses enfants et, très vite, il fut évident que, de tous, c'était l'aîné, Jacob, le plus doué. A peine âgé de six ans, en moins d'un an d'études musicales, il pouvait déjà jouer le *Minuetto* de Boccherini — simplifié pour les petits doigts du garçonnet, certes, mais tout y était, la mesure, la justesse, et même une certaine émotion qui faisait dire à David, ivre de fierté : « Mon fils sera un grand musicien, un violoniste de génie... Le monde entier sera à ses pieds. »

Berta, Adèle et Aaron étaient encore trop petits pour être jaloux, et l'important pour eux n'était pas tant le violon ou le piano que ce qui se passait à l'intérieur de ces instruments.

Car, dès le premier jour de leur mariage, il avait paru indispensable au jeune couple d'acheter un piano... Comment auraient-ils pu vivre sans un piano pour Rivka qui servait d'accompagnatrice à son David ? Jamais elle n'aurait songé à demander à David de consacrer plus de temps à la boutique et moins de temps à la musique. Elle était si fière de son David lorsque ce dernier, beau, élégant, aimable et courtois, jouait pour les associations juives lors des fêtes qui les rassemblaient dans la salle communautaire. Etait-ce *Rosh Hashana,* et David était instamment prié d'assurer la partie musicale de la soirée offerte aux membres de l'assistance ; était-ce *Hanouka,* et David était ravi de faire danser la société au son des chants hassidiques ; était-ce *Pourim,* et David organisait avec le rabbin toute une féerie musicale sur l'*Esther* de

Racine dont il accompagnait l'interprétation par des airs folkloriques juifs. Et cela ne manquait pas de sel d'entendre les grandes déclamations du dramaturge français accompagnées par des chants en yiddish, venus du fond des âges.

EN FAMILLE...

— Serais-tu en mesure de faire quelques malles assez rapidement, disons dans les trois jours qui viennent, pour nous installer une dizaine de semaines à Vienne chez ton père ?

Et comme Sarah restait la bouche ouverte, incapable de proférer un son, Saül continua comme si c'était la chose la plus naturelle du monde :

— J'ai reçu ce matin une lettre de ton père qui nous accueillera avec le bonheur que tu devines, nous et les enfants... Ma mère restera ici, à Stopnica, et surveillera tout...

— Qu'est-ce que tu dis ? articula enfin Sarah.

Saül feignit l'étonnement.

— Tu n'as pas entendu ?... Je pensais pourtant parler assez fort ! Nous irons passer probablement quelques semaines à Vienne ! Peut-être même quelques mois ! Ton père m'a trouvé un associé désireux d'acheter avec moi une grande partie de forêts exploitables. Je dois rencontrer cet homme, des banquiers, des marchands. Enfin, ton père va organiser tout cela...

— Saül Lozwitzky, tu es un monstre ! interrompit Sarah. Depuis combien de temps mijotais-tu ce projet sans m'en parler ? A Vienne ? Nous allons partir à Vienne ? Non... C'est une plaisanterie ?... Saül, si c'en est une, je t'étrangle de mes propres mains !

Saül éclata de rire.

— Je voulais être sûr que cela aboutisse avant de te le dire. Je ne voulais pas te faire de fausse joie ! Es-tu contente ?

— Contente ? Dieu ! tu me demandes si je suis contente... Oh ! Passer quelques mois à Vienne ! Est-ce que tu te rends compte ?...

L'air satisfait de Saül amusa Sarah, partagée entre l'irritation et la joie. Comment avait-il pu lui cacher si longtemps ce qui se tramait derrière son dos ?

— Alors, madame Lozwitzky, combien de temps pour faire vos malles ?

— Une journée !... euh... disons deux jours... Enfin, une semaine...

— Très bien. Eh bien, nous partirons dans une semaine... Je vais m'occuper des passeports et des billets de chemin de fer... A propos...

Et tandis que Sarah donnait libre cours à sa jubilation, en dansant et en chantant sur place comme si elle était encore l'adolescente exubérante qu'il avait rencontrée quatorze ans plus tôt, Saül poursuivit :

— Et puis, j'ai encore une autre surprise...

Sarah riait devant le visage qu'il arborait. Un visage si content de lui, si ravi de ce qu'il allait annoncer qu'elle en était joyeuse avant de l'avoir ouï.

— Haym et Dina, David et Rivka seront à Vienne durant tout le mois d'octobre !... dit-il d'une voix qu'il s'efforçait de rendre détachée mais qui frémissait d'excitation contenue.

— Non ! s'exclama Sarah qui, pour le coup, en resta pantoise.

Alors ce fut l'apothéose... Sarah, les yeux pleins de larmes, prit connaissance des lettres de David et Rivka en provenance d'Auschwitz, et celles de Haym et Dina en provenance de Haïfa.

« Mes très chers, écrivait David, Rivka et moi avons l'intention de passer l'automne à Vienne... Vous y revoir serait pour nous le comble du bonheur. »

Quant à Haym, sa lettre était très courte, elle commençait par :

« Shalom Haverim... Je serai à Bâle au congrès sioniste avec Dina, et ensuite nous continuerons jusqu'à Vienne et nous y resterons une quinzaine de jours. Si vous n'êtes pas dans cette ville à ce moment-là, gare ! A bon entendeur !... »

Exultant, Saül raconta tout. Toute la petite conspiration ourdie dans le plus grand des secrets par lui, ses anciens amis, sa sœur Dina et sa belle-famille.

— Et note bien..., disait Saül, triomphant, que c'est un déplacement d'affaires ! hein, qu'est-ce que tu dis de ça ?

Suffoquant d'émotion, Sarah n'arrivait plus à prononcer un seul mot cohérent.

Saül avait en vue d'acheter plusieurs hectares de forêt qui étaient à vendre et qui jouxtaient les forêts des Comtes Ortoutchko. Cela signifiait, pour la famille Lozwitzky, emprunter à la banque et obtenir du père de Sarah une caution pour cet emprunt.

Saül pourrait devenir associé à part entière du Comte Ortoutchko et surveiller de plus près les comptes de ce dernier... Ce projet avait pris corps au début du mois de juin... C'est pour cela que Saül et Sarah n'étaient pas partis, comme ils le faisaient presque chaque année, sur les radeaux en direction de Gdansk... Saül avait inventé un prétexte, ne voulant rien dire avant d'être sûr de son fait.

— Tu aurais été trop déçue si cela n'avait pas marché !... Mais par une chance extraordinaire, on aurait dit que je n'avais qu'à penser à une chose pour qu'elle se réalise !...

Toute la soirée fut consacrée à l'évocation des souvenirs anciens, des jours heureux. Durant quelques heures, la maison Lozwitzky oublia les deux années d'inquiétude qu'elle venait de vivre... Les pires années sans doute qu'ils avaient eu à affronter depuis leur installation à Stopnica.

En effet, toute l'année 1905 avait été marquée par le « Dimanche sanglant », lorsque le 9 janvier les cosaques avaient ouvert le feu sur les manifestants pacifiques venus remettre une pétition au Tsar. Un dénommé Gapone, pope de son état, agent secret de l'Okhrana et traître par atavisme, avait donné des listes de noms parmi lesquels figuraient ceux du jeune Comte Sergueiev Ortoutchko et de jeunes aristocrates russes ouverts aux idées révolutionnaires... Sergueiev fut sauvé *in extremis* grâce à son nom, sa fortune et les puissantes relations de ses parents. Mais ceux qui ne bénéficiaient pas de cette chance furent emprisonnés, puis déportés en Sibérie, quand ils ne furent pas purement et simplement éliminés...

La répression fut terrible, comme furent terribles les pogroms contre les juifs. Car — pourquoi se gêner ? — le Tsar se servit de l'habituelle diversion. « Si vous avez faim, c'est la faute aux juifs. Si vous êtes malades, c'est la faute aux juifs. Si vous êtes fainéants, ivrognes, lubriques, c'est la faute aux juifs. Si vous êtes ignorants et imbéciles, c'est la faute aux juifs ! » Une terrible vague de pogroms déferla donc sur les *shtetls*... Et tous, à Stopnica, tremblaient... Mais par chance, cette fois-là, Stopnica ne fut pas touché.

Puis la vague de pogroms reflua, et avec elle la révolution. Au début de l'été 1906, le Tsar Nicolas II consentit à des élections, et ce fut la première Douma, simulacre de parlement concédé par le Tsar après la révolution de 1905 et qui, pour quelques mois, ramena la paix.

Pour oublier ces mois de tristesse et de terreur, Saül et Sarah pensaient à juste titre que quelques semaines à Vienne étaient ce qui pouvait leur arriver de mieux. « Enfin une ville civilisée !... » pensait Sarah qui aimait se rappeler qu'un jour, l'Empereur François Joseph, au cours d'une soirée à l'Opéra, s'était levé et était sorti avec ostentation lorsqu'il avait entendu un chant antisémite s'élever dans la salle. « Et puis, revoir Haym et Dina... David et Rivka. Comme autrefois... »

Tard dans la nuit, les deux époux évoquèrent leur jeunesse. « Haym... Dina... David... Rivka... »

Les jours suivants, négligeant quelque peu le reste de leurs travaux, les deux époux passèrent leurs journées à se promener à cheval dans ce qui allait devenir « leur » forêt... Sarah la trouvait exceptionnellement belle, riche en bouleaux, en érables, en chênes, toute parée du vert tendre de ses feuilles, tapissée d'herbe et de mousse, parfumée par les mille senteurs qui s'exhalaient du sol, des arbres, des fleurs sauvages.

Vers le milieu du mois de juillet, alors que Saül et Sarah, dans le salon obscurci par les volets à demi fermés, faisaient et refaisaient leurs comptes, le jeune Comte Sergueiev arriva, tout haletant d'avoir couru. Il venait tout juste d'avoir seize ans, et sa voix devenait de plus en plus grave, ce qui donnait à ses paroles quelque chose de comique et de troublant... Il promettait d'ailleurs d'être un fort joli jeune homme, grand, mince, blond, avec un visage extrêmement typé, pommettes hautes, saillantes, yeux clairs légèrement bridés, visage large et maigre... Un beau type slave qui savait déjà jouer de la prunelle et qui exerçait son charme naissant sur tout ce qui portait jupon. Un jour, en riant, Sarah l'avait baptisé « Chérubin ». Aussitôt le jeune Comte Sergueiev l'avait appelée « Marraine ». Depuis, on ne les appelait plus autrement.

— Eh bien, jeune Chérubin, qu'est-ce qui te fait courir si vite ? demanda Saül, étonné par l'exaltation du jeune garçon.

— Vous ne connaissez pas la nouvelle ?...

— Non... quelle nouvelle ?

— Le capitaine Dreyfus vient d'être réhabilité ! Mon père a reçu la nouvelle ce matin... J'ai pensé que cela vous ferait plaisir de l'apprendre...

Un large sourire éclaira le visage de Saül.

— Et tu as bien fait ! Voilà qui mérite un petit verre de vodka ! Je suppose que nous n'allons pas tarder à recevoir également des nouvelles de Vienne. Que t'en semble, Sarah ?

— Je vais aller à la poste voir si du courrier n'est pas arrivé.

— Puis-je vous accompagner, Marraine ?... implora le Comte Sergueiev.

— Oui. Bien sûr.

A la poste, Sarah rencontra quelques commères, fichu sur la tête, robe noire, avec, accrochés à leurs jupes, une nuée d'enfants — caftan noir et boucles pour les garçons, jupe longue et bas blancs pour les petites filles. Il faisait une chaleur torride ce jour-là, et Sarah se félicitait de sa robe légère de percale largement échancrée... Une robe ravissante d'ailleurs, qu'elle portait avec une capeline de paille blanche qui lui seyait particulièrement.

Lorsqu'elles aperçurent la jeune femme et son sigisbée, les *katchkè* détournèrent ostensiblement la tête et se mirent à chuchoter entre elles. « Quelle honte ! une femme mariée ! sans perruque ! et à moitié nue !... — Et vous savez, elle laisse ses enfants se baigner nus dans le fleuve !... — Non ? Comme je vous le dis !... Et au *heder,* son fils aîné est le seul à ne pas porter de papillotes. Elle l'habille à l'occidentale... — Une *schikse* ! Une vraie *schikse !...* »

Dédaignant le silence qui l'accueillit, la jeune femme réclama ses lettres et ses journaux avec hauteur, puis elle prit ostensiblement le bras du Comte Sergueiev et, une fois en possession de son courrier, sortit en forçant son rire.

Une fois installée dans sa petite carriole à capote, Sarah saisit les rênes et faillit partir sans son compagnon qui s'était un peu attardé. Il s'élança et grimpa aux côtés de la jeune femme en colère.

— Bah ! dit-il en riant, que vous importe l'attitude de ces commères !

— Rien, rien, je t'assure, mon petit ! Plutôt de la pitié, en vérité ! N'est-ce pas malheureux de voir dans quel état la religion, le fanatisme réduit des femmes encore jeunes ?... Elles ont mon âge... et on leur donnerait vingt ans de plus !

Sergueiev se récria :

— Votre âge ! Oh non ! vous n'êtes pas aussi vieille ! vous êtes jeune... et tellement belle...

Il rougissait et bégayait si fort que Sarah le dévisagea d'un œil aigu. Un léger sourire un peu coquet plissa ses joues.

— Quel âge crois-tu donc que j'aie, Chérubin ?

— Vingt ans ! s'écria-t-il spontanément.

Sarah éclata de rire.

— Avec un fils de huit ans ? une petite fille de bientôt sept, une autre de cinq et mes jumeaux qui fêteront leurs trois ans dans moins de six mois ?... C'est gentil ce que tu me dis là, Chérubin !... Mais assez parlé de mon âge !

Elle hésita un instant et demanda, avec une douceur inhabituelle chez elle :

— ...Que vas-tu faire dans la vie, Chérubin ? Le sais-tu déjà ?...

Derechef le jeune homme rougit, le cœur battant à tout rompre. Quelque chose de miraculeux venait de se produire. Quelque chose d'essentiel... Enfin, « elle » le regardait d'une manière différente...

— L'École militaire à Saint-Pétersbourg..., dit-il d'une voix légèrement enrouée.

— Soldat ?... se moqua Sarah.

— Hum, non. Il le faut, n'est-ce pas ? Mais ce n'est pas là mon ambition.

— Et quelle est ton ambition, Chérubin ? !

Il la regarda, espérant mettre dans son regard tout ce qu'il éprouvait, tout cet amour qu'il s'efforçait d'étouffer... « Vous regarder vivre, pensait-il éperdu — poète sans le savoir. Vous regarder vivre, aimer, danser, et courir dans le vent... Vous regarder monter à cheval, vous baigner dans la Vistule, les nuits d'été, lorsque vous croyez que vous êtes seule avec Saül et que nul ne vous voit... C'est là mon ambition, ma raison d'être, je n'en ai pas d'autre en ce monde... » Il soupira, puis dit à voix haute :

— Lorsque j'aurai fini l'Ecole militaire, je reviendrai définitivement à Ortoutchko. Après tout, ce village et le château m'appartiennent, et Saül m'a dit que de grandes choses pouvaient s'y faire...

Sarah sourit.

— Oui. Peut-être. Mais pourquoi rester à Ortoutchko si rien ne t'y oblige ?... Je déteste ce pays, ajouta-t-elle à voix basse, et je ne rêve que de le quitter... Mais chut ! tu gardes le secret, n'est-ce pas ? Saül serait très triste de me savoir si malheureuse.

— Malheureuse ? s'écria Sergueiev.

Sarah hésita.

— Peut-être n'est-ce pas exactement le mot qui convient ? Je n'aime pas les gens d'ici. Ils sont trop religieux, trop attachés à des choses périmées, qui étaient peut-être bonnes dans les temps anciens... Je me demande si David et Rivka sont devenus aussi religieux que les gens d'ici...

— Qui sont David et Rivka ?

— Des amis. Des amis très chers. Ils vivent à Auschwitz, en Autriche. Ce n'est pas très loin d'ici, d'ailleurs... A une journée de chemin de fer tout au plus... Nous nous écrivons souvent... Rivka a quatre enfants... Je me demande... Oh ! comme il me tarde de les revoir !

Il faisait chaud en ce mois de septembre... Vienne baignait dans une douce lumière dorée, dans cette odeur brumeuse, annonciatrice de l'automne, odeur de feuilles jaunies, d'humidité... Tard dans la matinée, ils se retrouvèrent tous. Saül et Sarah, David et Rivka, Haym et Dina... Mille et une obligations imposées par une existence dans des pays différents ne leur avaient permis que des échanges de lettres... La nouvelle la plus surprenante fut l'annonce du prochain mariage de Noemi. Elle s'était fiancée à un jeune bourgeois viennois très assimilé, à la grande satisfaction de sa mère. La première explosion de joie passée à congratuler sa sœur, Sarah constata qu'il était visible que la jeune fille n'était absolument pas amoureuse de son fiancé, Sigmund Keller, ce jeune avocat, frais émoulu de l'Université, âgé de vingt-six ans, et qui fut présenté aux « Galiciens » lors du dîner qui suivit le jour du retour dans la maison familiale.

L'arrivée des enfants et des petits-enfants était une source de joie inépuisable pour le Baron Elie et Myriam. L'appartement de Saül et de Sarah résonnait des rires et des disputes du ménage. Leurs enfants n'arrêtaient pas de monter et descendre les escaliers, d'entrer chez les jumeaux qui adoraient leurs neveux et leur passaient tout, même et surtout ce qu'ils n'auraient jamais admis chez leur sœur... Ils avaient déjà mis au fait de leurs exploits passés un Ben rempli d'admiration... Tout était comme « avant ». Cela commençait dès l'aube, par le claquement de volets qui s'ouvraient sur le soleil matinal, puis c'étaient des galopades dans les couloirs, des bruits d'eau, des va-et-vient de chambre en chambre, des rires et des cris. « Il y avait longtemps qu'on n'avait pas entendu un rire d'enfant dans cette maison !... » soupirait le Baron Elie qui accueillait dans sa chambre ses petits-enfants en chemise de nuit.

C'était là un spectacle touchant. Ben, huit ans, encore en boucles longues et blondes, tirait par une main une petite Sonia de sept ans, et de l'autre une récalcitrante Nina de cinq ans, tandis que suivaient les jumeaux Hannah et Haïm... Cinq superbes enfants regardant, émerveillés, le vieux monsieur qui s'adossait sur ses oreillers et les invitait à grimper sur son lit. « Maintenant que vous m'avez réveillé, petits drôles, venez m'embrasser ! Quelle heure est-il donc ? Six heures ! grands dieux ! »

— Alors tu es notre grand-père ? demanda Haïm la première matinée de son arrivée à Vienne.

— Oui.

— Tu es le papa de ma maman ?

— C'est tout à fait cela... Quand ta mère avait ton âge...

Haïm réfléchissait. Il avait du mal à imaginer qu'un jour sa mère avait été une petite fille. Soupçonneux, il fixa son grand-père. Etait-ce une plaisanterie ? Mais le vieux monsieur souriait et il sortit de sous son oreiller un paquet de bonbons. Ce geste rappela aux enfants celui de grand-mère Gutèlè et ils se précipitèrent sur le lit en riant...

Accaparée par les jumeaux, Sarah, quant à elle, eut droit à d'ahurissantes confidences. Ils se partageaient les faveurs de la danseuse étoile de l'Opéra !

— Quoi ? ensemble ?... demanda Sarah.

— Mais non, voyons ! s'indignèrent les jumeaux. Une semaine chacun !... Grete Wiesenthal est ravie de l'arrangement ! Elle n'arrive pas à savoir lequel de nous deux elle préfère !... C'est une merveilleuse danseuse, tout à fait dans le style « Sécession », et nous sommes fous amoureux d'elle tous les deux !... Elle nous aime, nous l'aimons, et comme cela nous ne serons pas séparés...

Ne jamais être séparés... C'était là la grande crainte des jumeaux... Ils avaient déjà décidé de ne jamais se marier, ou alors seulement avec une femme qui les accepterait tous les deux. Myriam était horrifiée par cette prétention et se gendarmait contre le Baron Elie qui, visiblement, prenait la volonté des jumeaux d'une manière vraiment trop légère...

— On dirait que ton père les approuve !... confia-t-elle à Sarah au cours de ces longues conversations qui s'échangent parfois entre mère et fille, quand il n'y a plus d'agressivité ni de revendications de part et d'autre, et que seules dominent la tendresse et l'estime.

— Je ne comprends pas cette Grete Wiesenthal, dit Sarah. Comment peut-elle accepter une telle situation ? Et n'est-elle pas beaucoup plus âgée qu'eux ?

— Je pense qu'elle est sincèrement amoureuse de l'un des jumeaux... Mais comme ils se ressemblent tellement, elle ne sait pas trop lequel.

— Et eux ?

— Oh ! ils l'adorent ! Du reste, c'est une excellente danseuse ! comme les jumeaux te l'ont probablement déjà dit, elle appartient à ce mouvement de la « Sécession » dont Berta Zuckerkandl est l'égérie...

Le moins que l'on pouvait dire est que Myriam avait prononcé le nom de Berta Zuckerkandl sans trop d'acrimonie.

— ...Tout Vienne ne parle que de cela ! Depuis la mort de son père, Berta s'est lancée à fond dans le journalisme... Elle peut en prendre à son aise : c'est son frère Julius qui dirige le journal et qui l'emploie !... Mais enfin, rendons-lui cette justice que ce qu'elle fait pour l'art, que ce soit peinture, musique ou littérature, elle le fait bien et même très bien !... Tu la verras à l'Opéra !... Je suppose que ton père t'a mise dans le secret ?

— Le secret ? Quel secret ?

— Un petit festival secret ! Voilà le secret, ma chérie ! Pour leurs amis français et les vrais amis de la musique, Berta et Gustav Mahler ont décidé d'organiser un festival secret !... Nous aurons droit à une série d'opéras et de concerts comme tu n'en as encore jamais entendu !... Alors, ma chérie ? Satisfaite de ton retour à Vienne ?...

Sarah ne répondit pas. Elle pensa à toutes ces années où Vienne avait vécu sans elle, où des femmes comme Berta Zuckerkandl écrivaient, animaient des associations artistiques ou musicales... Elle compara cette existence à sa vie de forestière aux prises avec les arbres et les fleuves, et ressentit une pointe de tristesse, mais l'évocation de ses étés sur le fleuve, de ses longues promenades à cheval dans la forêt embaumée lui rendit son sourire. Il lui restait pourtant au cœur comme un vague regret. Etrangement, ce qu'elle éprouvait en cet instant était ce sentiment fugace qu'elle recherchait avidement dès que les circonstances le permettaient. Ce sentiment qui, après l'orage, au moment du crépuscule, avait l'odeur délicieuse de la mélancolie.

Elle répondit à sa mère :

— Très heureuse d'être ici à la maison, bien sûr, maman, mais je t'assure que ma vie à Stopnica ne manque pas d'attraits !...

Allons ! il fallait donner le change, en rajouter, si besoin était ! Surtout ne pas donner prise aux : « Je te l'avais bien dit ! », « Ah, si tu m'avais écoutée ! »

Etonnée de l'accent de bravade qu'affichait sa fille, Myriam dit en l'embrassant :

— Mais je n'en doute pas, mon enfant...

Pensive, Myriam se tut. Sarah connaissait bien sa mère. Elle savait décrypter, à travers ses silences, ses regards appuyés, tout ce qui se passait dans l'esprit de Myriam...

Juste au moment où la jeune femme allait se retirer, Myriam dit, hésitante :

— Tu devrais aller parler un peu avec Noemi. Elle nous donne beaucoup de souci en ce moment. Peut-être se confiera-t-elle à toi ?... A moi elle ne veut rien dire...

Après avoir quitté sa mère, Sarah alla frapper chez Noemi. Elle aussi avait trouvé sa sœur cadette bizarre, silencieuse, agressive...

La jeune fille écrivait dans sa chambre. Il y régnait un désordre indescriptible. Amas de journaux, livres jonchant le lit, les fauteuils, vêtement jetés ici et là...

Deux chats, blottis sur le lit, se redressèrent en ronronnant et quémandèrent une caresse à l'intruse qui les prit sur les genoux.

— Comme ils sont mignons, dit Sarah... Que fais-tu ?

— J'écris...

— Ton journal ?

— Non.
— Eh bien ? Est-ce indiscret ?
— Non. J'écris un livre.

Cela n'étonna pas Sarah. Sa sœur avait toujours eu cette part secrète qui ne pouvait s'exprimer que dans la musique ou l'écriture...

Noemi ferma son cahier et vint rejoindre Sarah sur le lit.

— C'est drôle, n'est-ce pas ? dit-elle doucement. Tout le monde pensait que tu ferais quelque chose de ta vie. Ecrire, voyager, devenir concertiste ou journaliste... et puis tu as fait cinq enfants, magnifiques d'ailleurs, et tu vends du bois aux Russes... si j'ai bien compris ? Que penses-tu de tout cela ?

Sarah se mordit les lèvres.

— Je pense que tu ne devrais pas me parler de la sorte ! Ce n'est ni très aimable ni même très intelligent...

Noemi détourna la tête.

— C'est vrai, excuse-moi... Peut-être suis-je jalouse, après tout ?

— C'est oublié.

Il y eut un petit moment de gêne puis, petit à petit, les deux sœurs retrouvèrent ces longues conversations qui avaient cimenté leur jeunesse et qui duraient jusqu'à ce que l'aube rosisse le ciel. Sarah était intriguée par le manque visible d'enthousiasme de sa sœur lorsqu'elle évoquait son prochain mariage.

— ...Quand cela a-t-il été décidé ? Où l'as-tu rencontré ?... Il n'est pas mal du tout, tu sais...

Noemi sourit.

— Toujours cette manie de poser plusieurs questions en même temps ! Par quoi je commence ?

— Ta décision, quand ?

— Il y a trois jours. Nous avons voulu t'en faire la surprise.

Les fenêtres de la chambre était grandes ouvertes sur le jardin et le frais parfum de ce crépuscule d'automne envahissait la pièce. Deux femmes déjà, avec mille secrets, mille compromissions. C'était hier qu'elles étaient si jeunes et si ardentes, et si intransigeantes quant à leur devenir. « ...Moi, jamais je n'accepterais... » Formule orgueilleuse et péremptoire que l'on croit définitive. Et pourtant on accepte. Tout.

Noemi ramassa ses pieds sous elle et les considéra un instant comme des objets précieux.

— J'ai de fort jolis pieds..., constata-t-elle avec satisfaction... Je n'éprouve rien pour Sigmund, ajouta-t-elle, les yeux toujours fixés sur ses pieds... Ni affection ni dégoût... Je l'épouse parce que j'ai plus de vingt ans et que je ne veux pas mourir vieille fille, et que cela fait plaisir à maman. Voilà...

Machinalement, elle se massait les pieds, les yeux fixés sur un point invisible, qui sans doute lui déplaisait. Ses sourcils étaient froncés et elle se mordillait nerveusement les lèvres.

Stupéfaite, Sarah se récria :

— Mais c'est de la folie !... Pourquoi ne pas attendre de rencontrer... de rencontrer...

Noemi dévisagea sa sœur d'un air sévère.

— J'ai rencontré...

Silence. Puis elle ajouta plus doucement ;

— ...Il est juif, rassure-toi. Mais... il est marié... Je l'ai rencontré il n'y a pas si longtemps... C'est un journaliste... D'ailleurs vous le connaissez bien, Saül et toi... Michaël Zysman ?... Ce nom te dit quelque chose ? Il a fait son chemin depuis ! Tout le Vienne juif ne jure que par ses reportages... Un véritable émule de Theodor Herzl ! La mort de son grand homme l'avait bouleversé, le pauvre chéri...

Une expression de dureté cynique déformait les traits de Noemi.

Anéantie, Sarah balbutia :

— Mais... mais... bien sûr que je le connais, mais Michaël est marié et il a des enfants.

— Je sais, dit paisiblement Noemi.

Sarah avala péniblement sa salive.

— Et lui ?... Est-il amoureux de toi ?

— Oui. Nous sommes amants...

— Quoi ? (La voix de Sarah monta d'une octave.)

— Chut ! Veux-tu donc ameuter toute la maison ?... Plus exactement, nous avons été amants. Nous ne le sommes plus... Enfin, nous avons rompu... Et j'ai décidé d'épouser Sigmund.

— Oh, mon Dieu ! gémit Sarah, partagée entre la pitié, l'horreur et d'autres sentiments difficilement explicables, mais dans lesquels, à sa grande stupeur, elle reconnut l'envie.

Noemi ! Qui eût dit que la petite Noemi, si musicienne, si délicate, si éloignée des choses du sexe et de l'amour, serait devenue cette jeune femme au regard dur, à la bouche cynique et qui disait froidement : « ...J'ai un amant, et c'est un homme marié... »

Sarah, qui adolescente avait rêvé de cette vie en marge, d'une vie audacieuse, voire dangereuse, ne pouvait que se sentir dépossédée d'un rêve vécu par quelqu'un d'autre. C'était Noemi qui avait un amant ! et elle, Sarah, un mari... Elle observa sa sœur avec une attention soutenue, comme si d'apprendre cela en avait fait une personne différente de ce qu'elle avait été dix minutes plus tôt. Pourtant c'était la même Noemi. Ravissante avec son joli visage aux traits fins, sa masse de cheveux noirs et ses yeux gris clair, obliques, ses yeux de juive, profonds et doux... Mais maintenant, Sarah discernait sur le visage de sa sœur une crispation, une dureté qu'elle ne lui avait jamais connues... Et par moments, au contraire, une douceur légère, fugitive, qui lui rappelait Sonia, leur aînée morte il y avait si longtemps déjà.

— Comme tu ressembles à Sonia !... dit soudain Sarah. Si elle avait vécu, vous auriez été comme deux jumelles... si semblables en vérité...

— Ah ? dit Noemi en esquissant un sourire. Sonia aurait aujourd'hui trente ans... moi j'en ai vingt-six. Je suis une vieille fille !...

— Bah, ce sont des bêtises !... Depuis quand euh... je veux dire : depuis quand ta liaison avec Michaël Zysman ?

Noemi fit mine de réfléchir — comme si, à jamais marquée au fer rouge, la date de sa rencontre avec Michaël n'était pas présente dans sa mémoire !

— Euh... voyons... Cela date de trois ans environ. J'ai rencontré Michaël alors qu'il revenait de Constantinople, en 1903. Il faisait des conférences avec Theodor Herzl et l'aidait dans ses travaux. Tu sais que Michaël était un inconditionnel de Theodor Herzl ?... (Noemi ferma les yeux, replongeant dans ses souvenirs.) Nous nous sommes aimés. Tout de suite. Malheureusement, il était déjà marié et sa femme attendait son premier bébé... Nous avons eu une liaison. Il voulait divorcer... Puis il y a renoncé. Nous avons rompu une première fois. Il est reparti à Constantinople avec Herzl. Il est resté un an là-bas. Et puis... il est revenu... (Elle marqua une pause.)... Et voilà toute l'histoire !... ajouta-t-elle avec un sourire un peu crispé. Mais nous avons rompu...

— Quand cela ?

— Il y a trois mois. Je venais de rencontrer Keller et j'avais décidé de dire oui.

— Et pourquoi ?

— Je pourrais te dire que je trouvais Sigmund charmant et bien élevé et qu'il m'aime comme un fou. Mais ce n'est pas la vraie raison. La vraie raison est que la femme de Michaël attend un autre enfant. Et pourtant, il m'avait juré qu'il ne la touchait plus ! tu comprends ? qu'ils faisaient lit à part... C'est pour cela que nous avons rompu, acheva Noemi.

— Et tu as cru une sottise pareille ?

— Si l'on ne peut croire ceux que l'on aime... qui croire alors ? En qui placer sa confiance ? au mur ?

— Et maintenant ?...

« Maintenant ? songeait Noemi, y a-t-il un maintenant ? Que peut signifier ce mot quand la joie de vivre, quand l'ardeur amoureuse vous ont définitivement quittée ? »

— Il vient de publier un livre, dit-elle. Il semble qu'il ait eu du succès. Tu n'en as pas entendu parler ?... Bien sûr ! J'oubliais que tu vis au fin fond de la campagne la plus arriérée... Excuse-moi... Enfin, son livre a un certain succès...

— Sur toi ?

— Sur nous — lui et moi... Sur notre irresponsabilité. Nous étions... comment dirais-je ? totalement dénués de sens pratique... Michael n'a pas le sou, et si je m'étais enfuie avec lui, papa m'aurait déshéritée...

— Est-ce cela qui t'a retenue ?

— Non. Oh non !... Je te l'ai dit ! Il m'a trompée, trompée avec sa femme ! J'aurais préféré qu'il passe la nuit avec une prostituée ! Mais faire l'amour avec sa femme, c'était une double trahison. C'est cela qui est la cause de la rupture. Uniquement cela ! (Elle se tut un instant le visage durci, puis reprit avec force :) Fini, maintenant. Fini. Demain les fiançailles seront officielles. Dans deux mois Madame Sigmund Keller...

De nouveau, un silence. Les deux sœurs évitaient de se regarder. Gênées sans doute. Elles dirent quelques banalités, laissèrent le silence s'installer, chacune en proie à des souvenirs différents, qui pourtant se rejoignaient dans l'espace et le temps.

Il y avait quatorze ans déjà, réunies sur le balcon, la nuit du premier bal de Sarah, elles évoquaient leurs destinées futures... « Je voudrais rester pour l'éternité une jeune fille en robe de bal sur un balcon, et qui attend... »

Noemi regardait, toujours loin devant elle, un point invisible et déplaisant.

— Dis-moi, Sarah... A l'époque, j'étais trop jeune pour connaître toute la vérité, mais j'aimerais savoir... les vraies raisons de la mort de Sonia...

— Elle était malade, tu sais bien ? Tuberculose mal guérie et pneumonie...

— N'y avait-il rien d'autre ? Elle était très amoureuse de son Franz Berg. A-t-elle été sa maîtresse ?...

Et comme Sarah hésitait à répondre, Noemi reprit avec un petit sourire :

— Oh ! tu peux me le dire maintenant ! Je suis grande, tu sais !... Alors ?

— Oui, dit Sarah laconique.

— Dieu a été dur avec les femmes..., ironisa Noemi pensive. Probablement est-il misogyne ? Probablement a-t-il été victime de la perfidie d'une déesse pour se venger si cruellement sur nous... Oui. C'est cela. Dieu a maudit la gent féminine. C'est un antiféministe forcené... Sais-tu ce qu'il y a de pire au monde que d'être femme ?... C'est d'être juif... Alors, lorsque tu es femme et juive, tu cumules et l'horreur et la servitude... Es-tu heureuse, Sarah ?...

Comme elle ne recevait pas de réponse, Noemi s'approcha de sa sœur ; elle eut un petit rire. « Tiens, elle s'est endormie... »

En effet, épuisée par le changement de climat, le voyage, les émotions, la jeune femme dormait, recroquevillée sur elle-même, la bouche légèrement ouverte, si semblable, malgré ses rondeurs nouvelles, à la jeune fille insolente qu'elle était encore neuf ans plus tôt ! Maintenant Noemi regardait vraiment Sarah. « Comme elle a changé !... se disait-elle. Elle paraît si raisonnable ! si comme il faut ! Sans doute est-elle heureuse avec Saül... Cinq enfants !... Est-ce cela qu'elle a souhaité ? Je ne le crois pas... Dans six mois, elle sera dans sa vingt-neuvième année et déjà elle a tout d'une jeune matrone florissante... Est-ce cela le bonheur ? Est-ce le bonheur que j'envie ?... Non... Oh non !... Mais qu'est-ce qui pourrait me rendre heureuse ? Michaël. Et seulement Michaël. Peu m'importe qu'il soit marié, peu m'importe qu'il m'ait trompée avec sa femme... »

Michaël. Depuis le jour où elle l'avait rencontré, il ne s'était pas passé un jour, une heure, sans qu'elle pensât à cet homme. Parfois avec rage, parfois avec haine, parfois avec déchirement, toujours avec amour.

Sarah ouvrit les yeux.

— Je crois que je me suis endormie..., dit-elle un peu confuse.

— Oui. Il est tard, tu sais. Cela va être l'heure du dîner...

Sarah s'assit sur le lit, rejetant en arrière ses cheveux en désordre, se débattant contre l'enchantement bizarre qui s'était emparé d'elle.

Le temps s'était replié sur lui-même et l'avait ramenée, jeune et pleine d'enthousiasme, dans la maison paternelle...

Noemi lui souriait. Elle paraissait plus jeune qu'une heure plus tôt, comme délivrée d'un poids.

— J'ai été contente de bavarder avec toi. Finalement cela soulage de pouvoir parler... Quand les choses sont dites, elles paraissent plus claires...

La sonnerie du téléphone retentit dans le hall.

— Qui ça peut-il être ?... demanda Sarah.

Un pressentiment brusque fit bondir Noemi.

— J'y vais, dit-elle.

Déjà elle était sur le palier et volait dans les escaliers, et elle atteignit le récepteur avant que Myriam, cn robe du soir, eût le temps d'apparaître sur le palier. Un peu étonnée, elle fixa ses filles, dont l'une était déjà au téléphone et l'autre descendait sans se presser.

— Qui donc peut appeler à cette heure-ci, ma petite fille ?... Nous serons en retard pour l'Opéra si nous ne hâtons pas le dîner !... Est-ce ton fiancé ? dit-elle en se penchant sur la balustrade... Alors ma chérie ? ajouta-t-elle à l'adresse de Sarah. Heureuse de te retrouver parmi nous ?

— Bien sûr, maman !... répondit Sarah, l'oreille tendue vers la conversation mystérieuse qui se déroulait à un mètre d'elle.

— La maison renaît depuis que vous êtes là...

Aucune des deux femmes, aux aguets, ne bougeait.

Sarah remarqua que sa mère avait l'air soucieux et triste, et que son regard incertain allait de Noemi à elle-même avec une irrésolution déconcertante.

Se douterait-elle de quelque chose ? se demanda Sarah.

— Allô..., disait Noemi, allô... « *C'est moi Michaël...* »

— Je... Je le savais. (Se tournant vers sa mère et sa sœur, elle dit d'un ton bref :) C'est pour moi. « *Il faut que je te voie. Cela ne peut se terminer ainsi.* — Oui. Sans doute. Quand cela ? — *Maintenant. Tout de suite.* — Impossible. Absolument impossible. — *Il paraît que tu es fiancée.* — Exact. Tout à fait exact. — *Tu n'es pas seule ? tu ne peux pas parler ?* — Non. — *Demain je serai à l'Opéra pour la première de* Fidelio. *Y seras-tu aussi ?* — Oui. — *Je t'aime, Noemi. Je t'aime, n'oublie pas cela.* — Je ne l'oublierai pas. — *J'arriverai à divorcer. Je te le promets. J'y arriverai... C'était un accident. Juste un accident... tu me crois ?* (Silence.) *Je t'en supplie, il faut me croire...* — J'essaierai. — *Alors à demain ?* — C'est cela. A demain. »

Et elle raccrocha.

Sarah se demanda comment sa sœur avait pu garder

son visage froid et impassible, comment elle avait pu ne pas laisser échapper le moindre mot compromettant.

— Qui était-ce ? demanda Myriam. Ce n'était pas Sigmund Keller ?

— Non. C'était sa sœur Hanka. Elle va nous rejoindre demain à l'Opéra. Elle a obtenu des places ! Je ne sais pas comment, par exemple ! Sans doute au marché noir !

— Sans doute !... dit Sarah. Ainsi c'était la sœur de ton fiancé...

— Oui.

Myriam sourit.

— J'avais cru le comprendre !... Mais comme tu es drôle, ma chérie... tu n'as pas pris froid au moins ?

— Maman ! (Noemi riait.)... Il fait un temps magnifique !... Tout de même !

— C'est que ta voix était étrange. Comme embrumée...

Sarah admira sa mère.

Elle-même aurait juré que Noemi avait toujours le même visage, la même voix. « Il faut croire qu'une mère voit ce qui est invisible et entend ce qui est inaudible dès lors qu'il s'agit de son enfant ! » songeait Sarah en regagnant sa chambre.

Saül était confortablement installé dans un fauteuil et lisait la *Neue Freie Presse.*

— Alors, heureuse d'avoir retrouvé ta sœur ?... C'est pour cela que tu abandonnes ton vieux mari ? Elle est charmante d'ailleurs ! L'âge lui va bien ! Elle n'est plus tout à fait jeunette, n'est-ce pas ?... Sérieusement. Elle est beaucoup mieux femme qu'adolescente, et Dieu sait qu'elle était ravissante. (Puis sans transition :) Il y a un article dithyrambique sur Gustav Mahler ! Veux-tu que je te le lise ?

Sarah fit voler la feuille imprimée et se blottit dans les bras de Saül. Un amant ! Noemi avait un amant, et elle, Sarah, elle avait un mari. Et quoi qu'elle pût en penser, ceci était, ô combien, infiniment mieux que cela.

Quand la famille von Lichtfeld arriva à l'Opéra de Vienne, ils croisèrent devant le grand escalier le groupe constitué par Berta Zuckerkandl, sa sœur Sophie et Paul Clemenceau, Georges Picquart, Paul Painlevé, et deux ou trois personnes totalement inconnues de Sarah qui ne s'était pas sentie aussi heureuse depuis des années. Elle laissa les siens bavarder amicalement avec le groupe des Français, se contentant pour sa part de jouir du moment présent... Pourtant, elle dressa l'oreille lorsqu'elle entendit son père dire à Georges Picquart : « Pour moi, vous resterez éternellement un héros... Vous voilà général et ce n'est que justice. »

Puis les deux hommes se donnèrent l'accolade maçonnique.

Une foule énorme se pressait pour entendre ce *Fidelio* dirigé par Mahler, et dont toute la presse parlait depuis des semaines. L'immense salle de l'Opéra était pleine. Les musiciens, déjà dans la fosse d'orchestre, accordaient leurs instruments et les gémissements des violons dominaient parfois le léger bourdonnement de l'assistance. Tout le monde se souriait, se congratulait, se félicitait d'être là, d'être le témoin d'une soirée inoubliable qui allait compter dans les annales, d'être celui (ou celle) dont on dirait le lendemain matin : « J'ai vu M. (ou Mme) Un (e) tel (le) à l'Opéra, pour *Fidelio*... Toujours aussi élégant (e) et plein (e) de charme. Et quel (le) mélomane !... »

De l'orchestre au dernier balcon, des petits rires fusaient. Il y avait du mouvement, de l'excitation. Partout le même bruissement heureux... Çà et là, se détachaient l'éclat de superbes épaules dénudées, le reflet rouge, bleu ou vert d'une robe surchargée de strass, le bruissement des éventails. La salle était en ébullition. Sarah retrouvait tout intact, comme si ces neuf dernières années n'avaient jamais existé. Vienne frivole, Vienne mélancolique et joyeuse, cynique et gaie, Vienne désespérément inconsciente du volcan sur lequel elle dansait... Le bon ton, la légèreté des Viennois étaient là, dans les fauteuils d'orchestre, dans les loges, aux corbeilles, jusqu'au « poulailler »... Cela allait, venait, se levait, se rasseyait dans un mouvement incessant... Soucieux de voir, d'être vu... Parfois Sarah fermait les yeux, grisée, étourdie par les mille parfums qui assaillaient ses narines, par la chaleur, par un excès de bonheur...

Elle, qui n'avait jamais été bien gracieuse avec les amis de son père, ou même, parfois, simplement polie, souriait à tout le monde. Ceux qui se souvenaient des grossièretés à peine déguisées de la jeune fille se méfiaient un peu de la courtoisie de la jeune femme qu'ils avaient peine à reconnaître...

Elle était particulièrement élégante, dans une robe achetée l'après-midi même, en velours écarlate, largement décolletée, sans aucun ornement, d'une somptueuse simplicité. Au moment de partir, dès que le coiffeur eut terminé un beau chignon de boucles sombres, Myriam avait posé sur la tête de sa fille une petite tiare de perles fines et de brillants... Lorsque Saül avait vu Sarah dans cette toilette, il avait laissé échapper un long sifflement admiratif. « Alors ?... avait demandé Sarah d'une drôle de voix enrouée,... que te semble de ta fermière ?... » Saül, sans répondre, avait baisé les paumes de ses mains et regardé sa femme d'un air légèrement penaud.

Mais là, il rayonnait de fierté du succès de sa femme, de voir que les gens les plus en vue de Vienne la saluaient avec plaisir. Ces gens dont les visages se refermaient lorsqu'ils l'apercevaient... « Les Viennois n'oublient pas !... se dit Saül amusé. Je suis resté pour eux un saltimbanque, un révolutionnaire. Que fais-je ici ?... Mais Sarah est heureuse, elle est dans son élément. Je ne pensais pas que cela pouvait tellement lui manquer... Elle ne s'est jamais plainte... »

Il pressa doucement la main de Sarah. Elle le regarda en souriant.

— Je pensais aux enfants, dit-elle à voix basse. Penses-tu que nous pourrons les emmener à une soirée ? Il y a deux opéras qui pourraient leur plaire : *L'Enlèvement au sérail* et *Le Mariage de Figaro*...

— Je croyais que tu étais folle de joie d'être enfin débarrassée d'eux ! persifla Saül.

— Saül Lozwitzky, tu es un monstre ! Comment oses-tu dire une chose pareille ?

— A te voir si heureuse... Regrettes-tu quelquefois la vie que tu as choisie ? De n'être pas restée à Vienne ? De m'avoir épousé ?

Sarah hésita une seconde.

— En somme, trois questions en une ?

— Peut-être. Réponds-moi, je t'en prie.

— Jamais je n'ai regretté de t'avoir épousé. Jamais. Pas une minute. Regretter Vienne ? Parfois, c'est vrai. Te dire le contraire serait mentir... Mais la vérité est que je n'aime pas Stopnica, que je déteste ces Russo-Polonais-Ukrainiens... et que mon souhait le plus cher serait de quitter ce lieu au plus vite... Ma réponse te satisfait-elle ?...

Les lumières s'éteignirent dans la salle. De la fosse d'orchestre, une mince silhouette surgit, une baguette à la main. Un tonnerre d'applaudissements salua Gustav Mahler... Les deux époux se regardèrent, et un instant, ils se retrouvèrent tels qu'ils étaient autrefois, ivres de jeunesse et d'ambition.

Saül saisit la main de Sarah et l'embrassa avec passion.

— Tu es tout ce que j'aime en ce monde. Nous quitterons Stopnica dès que possible, avec ma mère et les enfants... Cela, ma chérie, je t'en fais le serment.

Sarah ouvrit brusquement la porte de la chambre de Noemi et la parcourut d'un regard inquiet. Elle poussa un bref soupir de soulagement. Sa sœur était là, dans son lit, enroulée dans un drap, dormant paisiblement... Dès le premier entracte, Noemi avait disparu, et nul ne l'avait vue.

Sarah dit tout haut :

— Il est près de trois heures du matin...

Un souvenir ancien s'imposa avec une force poignante à son esprit. Sonia... Sonia qui rentrait en catimini d'une escapade nocturne avec son amant, et qu'elle avait surprise rentrant dans sa chambre, la robe déchirée, les lèvres tuméfiées de morsures... *Cela fait-il mal ?...*

— Trois heures du matin !... répéta-t-elle fermement.

Faisant semblant de se réveiller d'un sommeil profond, Noemi se redressa en s'étirant de tous ses membres.

— Oui ?... proféra-t-elle d'une voix ensommeillée.

Les deux sœurs s'observèrent. Un court instant, quelque chose du passé revint fleurir dans la chambre à peine éclairée par une veilleuse... Leur vie d'autrefois, gaie et studieuse, le travail en commun. Leurs deux têtes penchées sur des livres de sciences, de littérature. La voix de Sonia : *On vous attend pour le souper ! Toujours en retard ! Vous allez vous faire gronder...* Celle des jumeaux : *Les filles !... venez voir ! On va faire une nouvelle expérience !...* Les thés improvisés avec les petites compagnes d'école, les bêtises que l'on disait, celles que l'on faisait ensemble... Le temps heureux et impatient où l'on attendait... Rêve doux et mélancolique de l'adolescence partagée... Et maintenant, à trois heures du matin, deux jeunes femmes adultes et ensommeillées qui se dévisagent avec circonspection.

— Noemi... (la voix de Sarah était hésitante)... où étais-tu passée ?

— Viens t'asseoir sur mon lit, dit Noemi.

Sarah s'exécuta.

— As-tu revu Michaël Zysman ? demanda-t-elle.

— Oui. Il est nommé correspondant de presse à Paris. Il part le mois prochain. Pour un an. Il m'a demandé de l'accompagner

— Que vas-tu faire ? répéta Sarah.

Les yeux gris de Noemi ne reflétaient rien d'autre que l'expectative.

— Je réfléchis.

— Partir avec un homme marié..., commença Sarah

— Oh !... s'il te plaît ! ironisa Noemi. Si Saül avait été marié, aurais-tu hésité ?

— Non. Non, bien sûr. Tu vas partir ?...

— Peut-être. En vérité je ne sais pas. Il m'aime. Je l'aime. Mais combien de temps cela va-t-il durer ?... Hier il aimait sa femme, aujourd'hui c'est moi qu'il aime. Et demain ? Qui aimera-t-il demain ? Une autre femme ?...

Sarah hésitait sur le conseil à donner. Conseil qui de toute manière ne serait pas suivi. Noemi paraissait s'amuser à suivre les méandres de sa pensée.

— ...Et tu ne connais pas la meilleure ?... mon... hum... mon fiancé veut partir pour la Palestine... Il prétend qu'il a un travail magnifique à faire là-bas, défendre les émigrants contre les Turcs... Moi en Palestine, Michaël à Paris. On peut dire que la vie veut vraiment nous séparer... As-tu remarqué que Sigmund et Isaac ne se quittent pas et discutent sans arrêt ?...

— Oui, en effet, répondit Sarah. Mais de là à imaginer...

— De Sigmund tu peux tout imaginer..., dit joyeusement Noemi... Tu sais, c'est quelqu'un mon fiancé !...

— Eh bien !... pourquoi ne pas essayer, alors... je veux dire...

— Rien. Ne dis rien. Si l'on pouvait aimer comme cela, sur commande, c'est Sigmund que j'aimerais, évidemment !... Mais ce n'est pas aussi simple...

Elle déclama soudain, dramatique, enflant sa voix :

...Je le vis, je rougis, je pâlis à sa vue
Un trouble s'éleva dans mon âme éperdue...
Mes yeux ne voyaient plus, je ne pouvais parler
Je sentis tout mon corps et transir... et brûler...

Sarah pleurait de rires étouffés...

— Arrête... Arrête, gémissait-elle en se tenant les côtes.

Tandis que Noemi, déchaînée, debout sur le lit, drapée de son drap, vociférait en grimaçant :

...J'ai conçu pour mon crime une juste terreur
J'ai pris la vie en haine, et ma flamme en horreur...

Puis le fou rire la gagna à son tour et les deux sœurs, écroulées sur le lit, se souvinrent du temps jadis. Elles seraient d'illustres comédiennes, se juraient-elles en déclamant les alexandrins raciniens. Leur professeur de diction leur avait dit : « Rien de mieux que Racine pour poser la voix d'une comédienne. »

Reprenant son souffle, Sarah demanda :

— Voyons... qu'avez-vous fait ?

Puis elle rougit, s'imaginant Dieu sait quoi. Noemi soupira.

— Rien de bien répréhensible. Nous avons passé la soirée et une grande partie de la nuit à parler... Seulement à parler !

Elle se souvenait encore des mots. Mots abrupts, blessants, jetés à la face de l'homme aimé.

— Je ne veux plus te revoir... Pourquoi le ferais-je ? Parce que je t'aime ? Je crois que c'est insuffisant comme motif. Crois-tu que je sois une femme que l'on peut aimer entre deux rendez-vous ? Je ne veux être la maîtresse de personne. En tout cas pas d'un homme marié... Tu comprends ? Une liaison de ce genre fait perdre toute dignité à une femme, lui avait-elle dit dans le fiacre qui la ramenait chez elle.

— Je te parle amour et tu me réponds dignité !...

— Il ne peut y avoir amour sans dignité, avait répliqué doucement Noemi. Je me méprise de m'être avilie en te cédant. En renonçant à toi, j'espère retrouver l'estime de moi-même. Cela peut te paraître stupide, mais c'est ainsi... Mais si tu veux tout savoir, sache que c'est aussi dur pour moi que pour toi. Je t'aime et je ne pense pas pouvoir aimer un jour quelqu'un d'autre comme je t'aime... Pourtant j'épouserai Sigmund Keller dans moins d'un mois et je te prie de ne plus chercher à me revoir.

— Dans moins d'un mois ? s'étonna Michaël Zysman, ulcéré. Pourquoi si tôt ?

Noemi l'avait dévisagé. Puis, cinglante :

— Je vais avoir un enfant ! Tu comprends, maintenant ?... Je ne serai pas fille mère, et je n'apporterai pas la honte dans la maison de mon père. Maintenant, me voici rendue chez moi. Ne cherche plus à me revoir.

L'horloge sonna trois heures du matin. Presque simultanément, les deux sœurs étouffèrent un bâillement.

— Papa a l'intention de donner plusieurs réceptions en votre honneur, à Saül et à toi... Cela va faire beaucoup d'animation dans la maison, dit nonchalamment Noemi.

— Mais il y aura aussi tes fiançailles officielles...

— Exact. Et je compte y assister !

Interloquée, Sarah dévisagea sa sœur, qui la fixait d'un air ironique.

— Je ne comprends pas..., dit-elle enfin.

Noemi s'étira en soupirant.

— Je vais me marier... Je l'ai décidé... Ensuite je verrai bien. Ne me dis rien ! Pas de conseils, et surtout pas de remarques ! Ce sont là des choses qui ne regardent que moi... Alors bonne nuit, ma chérie...

Noemi souriait fermement. « Cette Sarah ! pensait-elle apitoyée, si conventionnelle, avec sa vie bien rangée, son mari, ses enfants, et maintenant sa forêt, sa maison... Que de choses autour d'elle qui la ligotent, l'attachent comme une chèvre à son piquet. Se rend-elle compte au moins que sa vie ne lui appartient plus ? »

— Bonne nuit, ma chérie, répéta-t-elle avec douceur en voyant que Sarah hésitait à parler.

Il n'y avait plus rien à ajouter. Sarah regagna sa chambre.

Saül dormait du sommeil du juste. Quatorze ans avaient passé depuis que, par une belle journée de mai 1892, le Baron Elie lui avait présenté ses filles. Sonia était morte, emportée par sa passion, une passion qu'elle n'aurait jamais pu vivre au grand jour. Et, tel un navire en perdition, Noemi partait vers la tempête qui allait l'engloutir. Elle restait, elle, Sarah, les pieds enracinés au sol, témoin impuissant de ce futur naufrage.

Pendant les jours qui précédèrent le mariage, Noemi fut gaie mais très occupée. A aucun moment sa mère ou Sarah ne purent s'isoler avec elle. Il y avait toujours quelqu'un ou quelque chose qui venait se mettre entre elles. Si bien qu'un moment, Sarah pensa que sa sœur cherchait à éviter les tête-à-tête. Puis elle chassa cette pensée...

Pourquoi soupçonner Noemi ? Elle allait se marier dans moins d'un mois, il y avait là de quoi être occupée !

Myriam dressa la liste de ses invités. Il avait été entendu que l'on se limiterait à la famille proche et aux vrais amis. Mais la seule parenté du côté des von Lichtfeld se chiffrait à une cinquantaine de proches, et du côté Keller, on en dénombrait autant.

Aucun mariage, même celui de Sarah et de Saül, n'avait fait autant sensation que celui de Noemi von Lichtfeld et de Sigmund Keller. Le *Neue Wiener Tagblatt* parlait de la famille de la ravissante fiancée comme d'une famille hautement respectée dans la communauté israélite de Vienne, tandis que la *Neue Freie Presse* décrivait Sigmund Keller comme un prochain Theodor Herzl, un socialiste humaniste qui, par son mariage, allait entrer dans l'une des familles les plus connues de Vienne...

A quelques jours du mariage, la maison fut assaillie par les parents, par les amis et par quelques journalistes curieux...

— Ce mariage est singulier..., dit l'un d'eux. Je ne sais pourquoi, mais ça ne me paraît pas catholique...

— Tu y es tout à fait ! ricana l'un de ses compagnons... Ce sont des juifs !...

— Ce n'est pas ce que je voulais dire... Je connais bien Noemi von Lichtfeld. Jamais elle n'a paru très intéressée par Sigmund Keller, et là... brusquement, du jour au lendemain elle l'épouse.

— Coup de foudre ?...

— Idiot !... tu y crois, toi, à un coup de foudre à retardement ?

— Que veux-tu dire ?

— Ils se connaissaient depuis plus d'un an...

A ce moment précis, Noemi parut sur le perron de la maison, au bras de Sigmund. Le couple se souriait. Il y eut quelques éclairs de magnésium, des journalistes s'empressèrent... Le couple disparut en riant.

La grande réception donnée en décembre 1906 par les von Lichtfeld en l'honneur du mariage de leur fille, Noemi, et de Sigmund Keller fut donc considérée à Vienne comme un événement sensationnel, mais fort précipité. La plupart des invités se perdirent en conjectures, souvent malveillantes, sur les raisons de cette précipitation. Et pourtant, officiellement, lesdites raisons ne manquaient pas. La plus importante étant le désir du fiancé, Sigmund, de repartir vers le milieu de décembre sur le même bateau qu'Isaac et de s'installer à Haïfa.

Le Baron Elie et Myriam voulaient profiter de la présence de tous leurs enfants à Vienne...

— Dans combien d'années serons-nous réunis encore une fois ?... dit-il, en proie à une noire mélancolie.

Il regardait avec adoration son premier petit-fils, Jacob Lichtfeld — Isaac-Salomon avait supprimé le « von » qu'il jugeait par trop ridicule à Jérusalem —, venu avec ses parents de Palestine. L'adolescent affichait avec fierté ses quatorze ans, sa connaissance de l'hébreu et le dédain que lui inspiraient toutes ces vieilles choses de l'ancien temps... Il parlait culture maraîchère avec passion, connaissait tout sur les plantations d'orangers, l'irrigation des terres, le défrichage des sols laissés à l'abandon par les Turcs et les Arabes depuis des siècles. Il professait un mépris juvénile pour les vieilles monarchies européennes. « Ce sont de simples mortels, comme nous... ni plus intelligents ni plus sots. Le hasard de la naissance les a placés là où ils sont... mais dépouillés de leurs attributs, il ne reste plus que des hommes nus, semblables à tous les hommes nus... »

Très fier de l'intelligence manifestée par Jacob, son grand-père prenait un immense plaisir à engager avec lui des joutes verbales qui amusaient toute la famille. Les trois autres enfants d'Isaac-Salomon et Hannah, encore trop jeunes pour supporter un tel voyage, étaient restés à Haïfa.

Trois mois plus tard, dans la brume dorée d'une belle matinée de mars, Sarah et Saül s'apprêtaient à reprendre le chemin du retour vers Stopnica... L'hiver était fini. Il y avait trois mois que les jeunes mariés étaient partis pour Haïfa. Tous les autres avaient quitté Vienne depuis longtemps. Dina et Haym Landon avaient pris le même bateau que le couple Keller. David et Rivka étaient retournés à Auschwitz. Seuls Sarah et Saül étaient restés. Le Baron Elie s'efforçait de les retenir, eux et leurs enfants, encore un peu de temps avant de se retrouver en tête à tête avec Myriam. Un concert, une pièce de théâtre, une réception... Mais le travail de Saül ne permettait plus une aussi longue absence, et le couple avait décidé de prendre le train du retour dès le 13 avril, après la fête de *Pessah*.

Un ou deux jours avant le départ, Myriam reçut une dépêche : « Noemi gravement malade, septicémie due à une fausse couche, lettre suit... »

La lettre expliquait que la jeune femme était tombée dans les escaliers et avait avorté, mais que désormais ses jours n'étaient pas en danger. Sigmund et Noemi allaient revenir à Vienne où il était nécessaire que la jeune femme consultât un grand médecin.

Il fut convenu que Sarah resterait jusqu'au retour de sa sœur... C'était la première fois que Saül et elle se séparaient depuis le jour de leur mariage. A sa grande stupeur, à sa grande honte aussi — pour rien au monde elle ne l'eût avoué à qui que ce fût —, Sarah, malgré sa peine lorsque, sur le quai de la gare de l'Est, elle avait agité son mouchoir vers un Saül qui se penchait dangereusement par la fenêtre, ne put se dissimuler qu'elle éprouvait une sorte de soulagement. Sans doute son visage laissait-il entrevoir quelque peu sa jubilation. Toujours est-il qu'un peu plus tard, son père, au moment d'aller se coucher, lui fit un clin d'œil et lui chuchota : « C'est bon, hein, ces petites vacances conjugales ?... De temps à autre, il n'y a rien de tel pour ranimer la flamme !... Demain, on joue *Tristan et Isolde...* »

Quinze jours plus tard, Noemi arriva seule.

— Sigmund et moi allons divorcer..., dit-elle tout de suite, à peine descendue du train.

Le Baron Elie, Myriam et Sarah ne dirent rien. Ils aidèrent la jeune femme à soulever ses bagages, hélèrent un porteur...

Visiblement, Noemi était épuisée et n'avait aucune envie de parler. Cependant, la veille du jour où Sarah devait prendre le train, Noemi vint frapper à sa porte.

— Fais-moi de la place dans ton lit, dit-elle abruptement. Je veux te parler...

— Je t'écoute, dit Sarah.

Ce qu'elle apprit la glaça d'horreur. Noemi s'était querellée avec Sigmund.

— En fait, je n'ai pas pu supporter qu'il me touche !

— Mais... Comment ?

— L'enfant n'était pas de lui... Rassure-toi, Sigmund le savait, mais... Ah ! J'aurais dû faire l'amour avec lui avant mon mariage !... Je ne supporte ni sa peau ni son odeur... Impossible...

Elle était pâle, frissonnante.

— Il n'y aura plus d'enfants. Plus jamais...

— Dieu ! s'épouvanta Sarah, en es-tu sûre ?

Noemi affichait un air froid.

— Sûre ! Bah ! Au fond c'est très bien ainsi ! Je n'avais pas la fibre maternelle...

— Allons donc ! murmura Sarah. Tu adores les enfants !

— Oui, ceux des autres, mais honnêtement je me vois mal élever une tripotée de mouflets... En fait, malgré tout ce que les sentimentaux peuvent prétendre, les enfants ne sont pas, loin de là, un réconfort dans la douleur, ils ne sont pas davantage des compagnons dans la solitude de la vieillesse... Ils ne sont rien, ni un espoir pour l'avenir ni une consolation dans la maladie. Chair de notre chair, ils nous sucent le sang, nous ligotent, exigent notre vie, et jusqu'à notre mort nous sommes responsables d'eux parce que nous les avons mis au monde, alors qu'ils ne l'ont pas demandé... Et le pire, c'est que l'on perd sa vie à les aimer... Vois papa et maman, vois comme ils nous aiment et comme nous récompensons leur amour. Isaac en Palestine, toi dans un trou perdu de Pologne, Sonia morte trop jeune, et moi...

— Oui ?... Continue !... Toi ?

— Et moi qui cherche désespérément où est ma vie... Je pense que je vais partir...

— Encore ? Où ? Que veux-tu faire ?

— Je vais aller m'installer à Paris. Personne maintenant ne me dictera ma conduite. Ni père, ni mère, ni mari... ni amant.

— Ni amant ?... Vraiment ?

Noemi hésita. Puis ajouta, durement :

— Surtout, ni amant !

Avec les années, l'importance qu'avait prise Saül Lozwitzky dans la communauté juive de Stopnica était allée grandissante. C'était lui le rédacteur en chef du journal yiddish qui paraissait deux fois par semaine, le chef de l'ensemble musical constitué de six musiciens et, surtout, le chef local du parti bundiste.

Le fait était là. A la grande irritation de Sarah, Saül était devenu un révolutionnaire, un responsable de section du Bund, et passait beaucoup de temps avec les « camarades ».

« Des va-nu-pieds et des parasites... », pensait Sarah qui les regardait tous de travers, leur reprochant surtout de prendre trop de temps à Saül. Temps que, par la force des choses, il ne lui consacrait pas à elle. Sarah se moquait éperdument du Tsar, des grèves et des revendications ouvrières. Elle ne pensait qu'à amasser assez d'argent pour quitter Stopnica et aller s'établir au Canada. De longues discussions enflammées l'opposaient à Saül lorsque celui-ci rentrait à minuit passé, la tête pleine d'ordres de grève, de délégations auprès du Tsar...

Si encore elle avait pu se consoler avec Sergueiev !... Mais ce dernier était encore plus enragé que Saül. Avec un groupe d'aristocrates marxistes, il rêvait de réformes, de constitution, de redistribution des terres... « La terre est à celui qui la travaille !... » hurlait-il dans les estaminets de Kiev, de Tarnow, de Lvov où lui et ses acolytes allaient porter la bonne parole. Sa situation sociale le mettait à l'abri des poursuites et, paradoxe suprême, lorsqu'un *starosta* venait lui exprimer respectueusement des remontrances, le Comte Sergueiev le menaçait tout simplement de lui couper les oreilles s'il insistait.

Les querelles entre Saül et Sarah n'avaient pas d'autre cause que la politique... Lorsqu'elle l'entendait déclarer aux enfants qu'il n'y avait que trois mots qui devaient conduire une existence, *Liberté-Egalité-Fraternité,* qu'il n'y avait qu'une seule Constitution au monde digne d'être révérée, la « Déclaration des droits de l'homme et du citoyen », elle ajoutait perfidement :

— ...Et les droits de la femme ? On y songe aux droits de la femme ?

Ce à quoi Saül répondait régulièrement :

— Voyons, ma chérie, l'homme dans ce contexte est un concept qui embrasse la femme !...

Alors elle riait. Que pouvait-elle faire d'autre ?

Maintenant, Saül dirigeait une feuille pompeusement appelée *Les Nouvelles de Stopnica.* Il en assurait la rédaction, la direction, les éditoriaux qui couvraient deux pages des écrits de Marx et de Trotski, avec une nette prédilection pour ce dernier... A plusieurs reprises, le gouverneur avait fait interdire le journal.

Les Nouvelles de Stopnica se voulaient sociales-démocrates — mais ouvertes à toutes les idées ; bientôt pourtant, les seules idées de gauche, voire d'extrême gauche, furent jugées acceptables par Saül. Il se passionnait pour les idées de Trotski, lisait tous ses ouvrages et, tard dans la nuit, les commentait à sa femme :

— Hors du communisme, il ne peut rien y avoir de bon pour le peuple.

Saül croyait dur comme fer à des lendemains meilleurs, aux prolétaires frères de tous les hommes... Après ses lectures, il se sentait ivre d'espérance...

Sarah voyait d'un très mauvais œil les nouvelles activités de son mari. Elle n'aimait pas les communistes, encore moins les thèses de Karl Marx, qui écrivait sans frémir que s'il fallait détruire la moitié de l'humanité pour que les lendemains chantent, eh bien, il fallait le faire. Elle était soutenue en cela par grand-mère Gutèlè, qui craignait, sinon pour la vie, du moins pour la liberté de son fils...

« Quand un juif prend une initiative, n'importe quelle initiative, on peut être sûr que cela se retournera contre lui !... » grommelait-elle lorsqu'elle voyait son fils et plusieurs de ses amis se réunir et discuter de l'éditorial du lendemain. Editorial qui faisait grincer les dents du gouverneur. Ce dernier n'osait rien dire. Le propriétaire du journal n'était autre que le Comte Sergueiev

Ortoutchko, et ce n'était pas lui, un malheureux fonctionnaire, qui allait s'opposer à une telle personnalité !

Le journal se fabriquait dans l'une des dépendances du château. Le Comte Sergueiev avait acheté tout le matériel nécessaire, et engagé deux ouvriers typographes, qui affichaient ouvertement leur appartenance au communisme naissant. Saül tentait d'expliquer à Sarah la nécessité de leur combat : « ... Trop de misère, Sarah ! peux-tu comprendre cela ?... Des enfants qui ne connaîtront jamais que la faim, le manque de soins, l'ignorance... Si l'on ne change pas tout cela, si l'on n'essaie pas en tout cas, alors c'est le désespoir du genre humain... »

Bientôt, ce serait la fête de *Pessah* et, en cette année 1911, année où Ben allait fêter sa *bar-mitsva,* ces fêtes allaient revêtir une importance particulière... Toute une parentèle venue de Vienne, de Paris, de Toronto, de Haïfa, de Vilnius, de Saint-Pétersbourg..., allait se trouver réunie au château des Ortoutchko, que le Comte Sergueiev avait mis à la disposition des Lozwitzky. Plus de cent invités allaient venir à cette grande réception dont Saül et Sarah organisaient amoureusement chaque détail. Sarah se mit en devoir de ranger sa chambre et ses penderies.

Elle appela pour l'aider les deux petites bonnes polonaises, Marianka et Irina, qu'elle venait d'engager. « Deux petites sottes, aussi fourbes que paresseuses... », se dit-elle en voyant les deux gamines arriver sans se presser.

Elles étaient l'une et l'autre filles de paysans et ne savaient ni lire ni même se tenir propres. Rondes, blondes et roses, charmantes dans leur costume national, elles servaient depuis moins de huit jours chez les Lozwitzky. « Je ne les garderai pas... », pensait Sarah en les voyant s'agiter inutilement devant les vêtements d'hiver qu'il fallait brosser, trier, séparant ceux qui avaient besoin d'un ravaudage, ceux qui avaient besoin d'être nettoyés et ceux dont il fallait se débarrasser parce qu'ils étaient devenus inutilisables. Il n'était pas question de mode à Stopnica...

Soudain elle fut ramenée à la réalité par Marianka qui s'écriait :

— Oh ! la jolie robe !... oh ! madame Sarah, la jolie robe !...

Elle tenait entre ses mains une robe de mousseline vert clair, garnie de fanfreluches de velours noir, d'un modèle ancien... Le genre de robe que l'on portait dans les soirées viennoises, il y avait longtemps, il y avait des siècles... Sarah, le cœur serré, prit la robe, la mit devant elle et se regarda dans la glace de l'armoire, immense, qui occupait presque tout un mur de la chambre. Des larmes jaillirent de ses yeux...

— Mon Dieu, madame Sarah ! C'était une robe à vous ?...

— Oui, dit machinalement Sarah.

— Eh bien !... Maintenant on ne pourrait même pas la fermer ! Vous étiez donc aussi mince quand vous étiez jeune ?...

Les mots innocents et cruels glissèrent sur elle sans y laisser de trace. C'était vrai, pourtant, qu'il s'en serait fallu d'une main — et encore ! plutôt large — pour qu'elle pût agrafer la robe sur elle.

Sa robe ! Son premier bal... Saül... La vie avait coulé si rapidement ! Oh Dieu ! que s'était-il donc passé durant toutes ces années ? Qu'était devenue l'écolière de quatorze ans « et demi » qui clamait à tout vent : « Je veux vivre dangereusement !... » Qu'étaient devenues la gaieté, l'insolence, la liberté... La liberté. L'affaire Dreyfus, la mort de Sonia, son mariage, la naissance des cinq enfants, Vienne, Stopnica, et avant tout cela, trois jeunes filles sur un balcon, une nuit de mai. « Oh ! je voudrais que ce moment dure toujours, rester pour l'éternité une jeune fille en robe de bal qui attend... » Mais qui attend quoi ? « ... Plus jamais je ne serai cette jeune fille qui attend... Plus jamais je ne serai ni aussi heureuse, ni aussi ardente, ni aussi innocente... Plus jamais je ne porterai de robe de bal... »

Les printemps d'autrefois, les vertes années, l'amour

fou, l'impression d'avoir devant soi une longue page blanche et vierge à vivre, tout cela, toute cette richesse ardente, tumultueuse, avait fui pour toujours... La jeunesse s'était enfuie... La vie avait passé. Il y avait eu des voyages, des retrouvailles, des morts, des naissances... Le petit Jacob, celui dont on avait fêté la *brith-mila* vingt ans plus tôt, portait une barbe en collier et annonçait son mariage, là-bas, à Tel-Aviv. Son frère Eliezer finissait ses études. Sa sœur Deborah était fiancée... Noemi « vivait sa vie » à Paris, les jumeaux gagnaient des courses automobiles à travers l'Europe, les frères de Saül étaient désormais grands-pères, ce qui, par voie de conséquence, faisait de Saül et de Sarah des grand-oncle et grand-tante...

« Mais je n'ai que trente-trois ans !... » pensa-t-elle affolée, en proie à une détresse inexplicable...

Sarah laissait ses larmes couler. Elle avait appris à compter, à tenir un budget serré, à élever des enfants, à tenir une maison... Elle avait gagné ses galons d'épouse, et définitivement enterré la jeune Sarah et ses rêves fous... Cette Sarah qui voulait vivre dangereusement et connaître tout ce qui existe, le bien et le mal...

Il ne fallait pas se laisser aller à ces mélancoliques rêveries. Sarah soupira et enjoignit à ses servantes de reprendre balai, brosse, chiffon à poussière, puis elle se mit en devoir de préparer le premier *seder*. Plus exactement, elle regarda pour la énième fois comment Gutèlè préparait le *seder*. Selon les règles du judaïsme le plus orthodoxe, il fallait d'abord enlever des placards tout ce qui pouvait ressembler à de la farine ou des féculents... Gutèlè rangeait la vaisselle dont on se servait au cours de l'année et sortait le beau service dont on allait se servir au cours des huit jours suivants... Gutèlè s'affairait avec dextérité. Bientôt les plats traditionnels, les herbes amères, le *harassat,* le *gefillte fisch...,* tout fut prêt. La table avait grande allure, étincelante de cristaux, d'argenterie et de porcelaine blanche... Une heure avant la première étoile, les enfants et les invités, vêtus de leurs beaux vêtements neufs, achetés exprès pour les fêtes, attendaient avec impatience le retour des hommes qui étaient allés prier à la synagogue de Stopnica...

Huit jours plus tard, Benjamin Lozwitzky fêta sa *bar-*

mitsva, et il faut bien avouer que jamais Stopnica ne connut une telle fête... Tout le clan von Lichtfeld, le clan Lozwitzky, David et Rivka, venus d'Auschwitz, Dina, Haym, venus de Haïfa, Isaac-Salomon et sa famille se retrouvèrent au château Ortoutchko... Jamais printemps ne fut plus beau que ce mois d'avril 1911 ! Aussi, ravie, Sarah jouait les châtelaines.

Epuisée, alors que l'après-midi s'achevait, Sarah s'était réfugiée un moment dans un petit salon désert pour y trouver un instant de repos. C'est alors que se produisit un événement insolite.

Etendue sur le sofa dans la pénombre, chaussures retirées, corset desserré, Sarah s'était assoupie... Une bouche gourmande se colla à la sienne et, à moitié endormie, Sarah répondit à ce baiser, persuadée que c'était Saül... La bouche se fit insistante, des mains maladroites défirent son corsage et eurent le temps de s'emparer d'un sein avant que la sonnette d'alarme ne tintât dans l'esprit embrumé de la jeune femme. « Ce n'est pas Saül !... » Elle se redressa violemment, projetant ainsi sur le sol un Comte Sergueiev penaud, la chemise ouverte sur son torse de jeune homme...

— Sergueiev !... s'écria Sarah, s'efforçant à la colère et tentant de dissimuler le trouble dans lequel elle se débattait... Partez tout de suite !... J'oublierai ceci pour ne pas faire d'histoires... Mais ne recommencez jamais... Vous me le promettez ?

— Non !... dit Sergueiev.

— Alors je ne veux plus vous revoir...

C'était dit sur un ton tel que Sergueiev ne le prit pas au sérieux.

— Impossible... Je vous aime trop...

— Nous en parlerons plus tard... Laissez-moi seule.

Cette fois-ci, Sergueiev obtempéra. Le « nous en parlerons plus tard... » chantait dans son cœur, et il se promit de renouveler ses assauts dès lors que tout le monde serait rentré chez soi.

Environ quinze jours plus tard, ayant retrouvé sa solitude, comme chaque matin Sarah prit deux paniers et se dirigea vers le potager. De tous les travaux qu'elle devait assumer, c'était peut-être celui qu'elle préférait. Choisir fruits et légumes à point était pour elle un régal, un plaisir sensuel qu'elle n'aurait laissé à personne. A sa grande surprise, le Comte Sergueiev était dans le potager. Sans doute venait-il d'arriver car son cheval écumait encore... Sarah désigna la pouliche.

— Vous avez dû la faire galoper comme un fou !...

— C'est vrai..., dit laconiquement le Comte. Il fallait que je vous voie.

Sarah devint pourpre.

— Pourquoi ? dit-elle à voix basse.

— Vous le savez bien !

— C'est tout à fait inutile, Sergueiev ! J'aime mon mari.

— Et moi je vous aime...

Sarah tenta de sourire.

— Dans ces cas-là... on fait quoi ?... Vous m'aimez et à cause de cela je dois tromper mon mari ?... Vous êtes un enfant, Comte !

Buté, le Comte Sergueiev baissa la tête.

— Ne dites pas de bêtises !... J'ai vingt et un ans ! Aujourd'hui ! C'est mon vingt et unième anniversaire !

— C'est bien ce que je disais ! Je suis plus vieille que vous !

Malgré elle, Sarah se laissait entraîner dans ce badinage léger qui lui mettait le feu aux joues et lui faisait battre le cœur à coups redoublés... Elle n'était plus la mère de famille, la maîtresse du domaine Lozwitzky, l'épouse bien-aimée de Saül. Elle était de nouveau une jeune fille, libre de toute attache, et devant elle un charmant jeune homme lui faisait une cour passionnée... Le souvenir du baiser échangé quinze jours auparavant lui brûla le sang... Allons ! Il ne fallait pas qu'elle cède. Elle affecta une indifférence amusée et commença à cueillir des cerises...

Tant d'indifférence excita le Comte Sergueiev. Il n'avait jusqu'alors connu que des Tziganes ou des paysannes russes. Sales, malodorantes et vulgaires... Pour la première fois de sa vie, il y avait là, en face de lui, une jolie personne, soignée, coquette... Ses dessous devaient être aussi blancs, aussi parfumés que sa jupe et sa blouse. Son imagination s'envola... Il aurait aimé dénouer ces tresses sombres, se repaître de ce corps plein, ferme, vigoureux. Il haletait de désir et, malgré lui, ses mains se tendirent vers Sarah qui lui tournait le dos...

— Sarah..., dit-il d'une voix rauque.

Surprise, elle se retourna. Il était tout près d'elle. Alors il se produisit en elle quelque chose d'inexplicable. Sa tête se vida... Plus rien ne comptait que ce jeune visage d'homme qui se rapprochait du sien à une vitesse vertigineuse, plus rien ne comptait que cette bouche humide qui s'emparait goulûment de ses lèvres. Plus rien... rien que cette étreinte violente, presque féroce... Elle céda. Elle céda de toute son ardeur, s'effondrant sur le sol, l'attirant vers elle... De violentes secousses la faisaient trembler, elle gémissait d'une manière animale, elle n'était plus qu'un corps en délire qui devait se délivrer de sa folie... Elle émit une longue plainte rauque et, épuisée, ne bougea plus... Presque au même moment, le Comte Sergueiev eut un sursaut de jouissance aiguë. Il cria : « Je t'aime je t'aime... » et s'affaissa sur elle.

Horrifiée, Sarah se redressa...

— Mon Dieu, qu'ai-je fait !... Qu'ai-je fait ?... Qu'avons-nous fait ?... Partez ! Partez tout de suite !

Elle s'efforçait à la colère, au remords, à tout ce que normalement elle aurait dû éprouver : de la honte, du dégoût, de la répulsion, et non cette joie triomphante, cette satisfaction repue, ce désir brutal de recommencer là, tout de suite.

— Allez-vous-en ! Allez-vous-en...

Mais le moins que l'on pût dire était que le ton n'y était pas.

Délirant de bonheur, le Comte Sergueiev se rajustait. Ses jambes flanchaient, il se sentait vidé de toute sa substance. L'intensité de leur étreinte l'avait anéanti. Jamais il n'avait été aussi heureux. La brume légère qui enveloppait la campagne s'était dissipée... Le soleil dardait ses rayons sur Sarah, qui tant bien que mal arrangeait ses nattes, sa jupe... A la fois furieuse, amusée, bouleversée, et... ravie. « Je suis immorale... amorale et j'en passe ! pensa-t-elle. J'aime mon Saül plus que ma vie... et voilà que je viens de me faire posséder dans l'herbe comme une petite vachère illettrée... et... j'ai aimé ça !... »

Le Comte Sergueiev s'approchait d'elle les mains tendues... Elle recula vivement et lui donna une légère tape sur les doigts...

— N'approchez pas ! Surtout n'approchez pas !... Oh non, n'approchez pas ! Car si vous me reprenez dans vos bras, je ne réponds pas de moi... Et je ne veux pas...

Comme elle souriait, il s'arrêta, docile, croyant à une forme de jeu amoureux, prêt à recommencer.

— Il faut oublier ce qui vient de se passer ! dit Sarah d'une voix douce mais ferme. Il faut oublier absolument !...

— Mais Sarah !... Sarah !...

Il criait douloureusement sa déception, son désappointement. Après ce qui venait de se passer, il la considérait comme sienne, désormais.

Sarah réfléchissait. Ce qui la surprenait surtout c'était son propre comportement. « Voyons, se disait-elle, je devrais éprouver des remords, être malheureuse d'avoir commis cet acte insensé et, pourtant, je ne ressens rien de tout cela. Si je ressens quelque chose c'est... c'est une grande joie, voilà ce que je ressens... » Elle regardait attentivement le Comte Sergueiev qui pleurait dans ses mains. « Comme il est jeune ! Un enfant !... Je ne l'aime pas... Et cependant, ce que j'ai fait, je suis prête à le refaire maintenant ! Si quelqu'un pouvait me dire ce que cela signifie ! De toute manière... plus question de recommencer ! Jamais... Où irions-nous, mon Dieu, si jamais Saül découvrait... Je ne veux pas perdre Saül ! » Toutes ces années de mariage n'avaient pas entamé l'amour qu'elle portait à son mari. De cela elle était parfaitement consciente. Mais alors, qu'est-ce qui l'avait jetée ainsi dans les bras du jeune Sergueiev ? Soudain, elle comprit son père. Elle l'avait toujours jugé si sévèrement ! Toujours derrière un jupon, tout en jurant à Myriam un amour éternel... Maintenant elle le comprenait. Elle comprenait ce qui l'avait toujours poussé, autrefois, à courir derrière les jeunes élèves du Conservatoire, futures cantatrices ou futures musiciennes, à humer sur leur peau fraîche, leurs membres encore fins, leurs yeux humides, quelque chose de sa propre jeunesse enfuie. « Mais je n'ai que trente-trois ans !... » pensa-t-elle stupéfaite. Des réminiscences anciennes l'assaillirent. Elle se souvint que sa mère disait toujours, lorsqu'elle croyait ne parler qu'à ses sœurs, loin des oreilles indiscrètes de ses filles : « Elie m'a trompée un mois après notre mariage, et je pense que depuis il n'a jamais cessé de le faire ! Pour lui, une femme nouvelle de quinze à soixante-cinq ans, c'est toujours ça de pris ! Peu importe qu'elle soit belle ou laide, jeune ou vieille, intelligente ou sotte. Tout cela est sans importance ! L'important, c'est qu'elle soit nouvelle, autre... » Ces mots flottaient dans la mémoire indocile de Sarah, et un instant elle eut peur de faire comme son père. De ne pouvoir résister à toute passion nouvelle qui s'offrirait à elle. « J'aime Saül... Je n'aime que lui », pensa-t-elle. Cela au moins était vrai. Aussi vrai que son père avait follement aimé Myriam et que ceci n'empêchait pas cela...

« Je serai la plus forte, se dit Sarah. Je résisterai... » Mais il lui fallut bien admettre qu'en réalité elle n'avait opposé aucune velléité de résistance lorsque le Comte Sergueiev s'était emparé à nouveau de sa bouche.

1912-1913-1914

C'est au cours de l'hiver 1912, l'un des plus rudes jamais connus, que grand-mère Gutèlè quitta ce monde, pour un autre prétendu meilleur. Après une journée de travail éprouvant, à lutter contre les éléments déchaînés, Sarah avait sombré dans un sommeil de bête. Elle dormait depuis quelques heures quand de grands coups hostiles frappés à sa porte la réveillèrent en sursaut. « Les enfants... », eut-elle le temps de penser en bondissant hors du lit et en se précipitant sur sa robe de chambre. La porte s'ouvrit sur Marianka accoutrée d'un jupon et d'une camisole jetée sur ses vêtements de nuit. La servante était blême de terreur et tremblait de tous ses membres. A peine arrivait-elle à tenir la lampe à pétrole.

— Marianka ! cria Sarah affolée. Qu'est-ce qui se passe ?

— C'est madame Gutèlè qui ne va pas bien... Je crois que...

Sarah se précipita dans le couloir. L'air glacial la fit frissonner.

— Il faudra relancer le poêle dans la grande salle et faire du feu dans ma chambre..., dit-elle en claquant des dents. Quelle heure est-il ?

— Trois heures du matin.

Quelques minutes plus tard, elle entra chez grand-mère Gutèlè et comprit tout de suite que c'était très grave. La malade respirait très difficilement. Son visage était cyanosé et ses mains crispées sur sa poitrine.

Haletante, elle regarda sa belle-fille penchée sur elle.

— Chut !... dit Sarah. Surtout ne parlez pas !... Je vais

aller jusqu'à Stopnica chercher le médecin. C'est l'affaire d'une heure.

Atteler un cheval au traîneau, réveiller le palefrenier... voler jusqu'à Stopnica... Il lui faudrait certainement plus d'une heure !

Grand-mère Gutèlè hocha la tête.

— Mais non !... T'en aller en pleine nuit, en pleine tempête de neige... Qu'est-ce que tu veux, ma fille ? Chercher la mort ? Elle sera là bien assez tôt ! Pour moi, j'entends ! Pour toi, cela peut attendre encore un peu, tu ne crois pas ?... Reste ici près de moi...

Une violente quinte de toux interrompit la vieille dame. Un peu de sang moussa au coin de ses lèvres.

— Taisez-vous ! Je vous en supplie !... dit Sarah.

Elle se leva, ouvrit la fenêtre et prit une poignée de neige.

— Avalez ça !... ordonna-t-elle.

Etonnée, la vieille dame obtempéra. Comme par magie, la toux cessa et la mousse rouge disparut.

— D'où connais-tu cela, petite ?... chuchota-t-elle.

— Ne parlez pas ! Surtout ne parlez pas. Ne répondez que par des signes de tête... Autrefois, lorsque j'étais adolescente, j'ai dû passer toute une année à Davos dans un sanatorium. C'est un truc que les tuberculeux connaissent très bien, avaler de la neige ou laisser fondre de la glace dans la bouche pour enrayer une hémorragie... Ça va mieux ?

Grand-mère Gutèlè inclina la tête en signe d'assentiment. Elle souriait et prit la main de Sarah.

— C'est bien que tu sois là, ma petite, chuchota-t-elle d'une voix à peine audible... Cela m'aurait fait peine de mourir toute seule. Non, laisse-moi parler... J'ai fait mon temps. Aller plus loin ne me plaît guère... Vois dans quel état je suis... Peut-on appeler cela vivre ?... Laisse... laisse-moi parler... J'ai des choses importantes à te dire... Il faut que tu saches. J'ai quelques pièces d'or que tu donneras au rabbin pour les pauvres... tu n'oublieras pas ?... Et quelques bijoux que tu distribueras équitablement entre tes filles et celles de mes autres enfants. Et puis, écoute...

— Mère, je vous en supplie, ne parlez pas, ne vous

fatiguez pas... Je ferai tout ce que vous voudrez... Je vous le promets, mais, pour l'amour de Dieu, ne dites plus rien ! Demain, un médecin viendra vous soigner, vous allez guérir...

Mais grand-mère Gutèlè secoua la tête.

— J'ai fait mon temps, ma petite, répéta-t-elle, presque avec satisfaction. Il faut me laisser partir... Tu as été une bonne fille pour moi, une bonne épouse pour Saül... Nous avons fait un long chemin ensemble, et je dois dire que, si tu ne peux pas remplacer Dina, qui est ma fille, tu as été pour moi comme une seconde fille, aussi chère que ma petite...

Elle s'arrêta de parler, épuisée, suça encore un peu de neige. Ses yeux brillants restaient attachés à ceux de Sarah. Elle y vit poindre des larmes.

— Il ne faut pas pleurer..., dit-elle de cette voix presque inaudible qui faisait si mal à entendre... Oui !... nous avons fait une belle et longue route ensemble... Nous avons eu notre lot de jours heureux et de déboires. Mais la balance est plutôt positive, n'est-ce pas, petite ?

Sarah inclina la tête sans répondre.

— ...Retiens bien ce que je vais te dire... Ne restez pas ici ! Partez... partez le plus vite possible, le plus loin possible... Vois ce qui s'est passé à Saint-Pétersbourg... Vois ! Les pogroms succèdent aux pogroms ! Il faut me promettre que vous allez partir, quitter ce pays... Vendez tout et partez... Il n'y a que du malheur à attendre des Russes ou des Polonais... Promets-moi cela ! Je mourrai plus tranquille si j'obtiens cette promesse de toi.

— Je vous le promets, mère. Nous partirons tous. Toute la famille. Et vous avec nous.

Sarah était au désespoir. Ces longues années côte à côte, riches en amour, en querelles aussi... Une telle complicité entre elles ! Et Saül ! Saül absent. Comment allait-il réagir ?...

Grand-mère Gutèlè eut un petit rire amusé.

— Bien sûr... N'oublie pas ! Mes bijoux... pour toi, les enfants, ceux de Dina et ceux de mes fils à Toronto... (De nouveau, elle eut un petit rire espiègle.) Tu pourras jeter toutes mes vieilles affaires !... N'est-ce pas ton désir le plus cher ?... Donne-moi ta main et reste auprès de moi. Je crois que je vais dormir un peu maintenant. Je suis si fatiguée...

Assise auprès du lit, Sarah étreignit la main de grand-maman Gutèlè. Une main si fine, si fragile, qu'on aurait pu la briser en la serrant trop fort... La vieille dame s'était endormie.

Elle avait fermé les yeux, et une respiration régulière soulevait sa poitrine. Mais c'était étrange... Elle ne dormait pas vraiment, elle était au-dessus de son lit et se voyait dormir, elle voyait aussi Sarah, agitée, inquiète, regardant par la fenêtre si la tempête de neige se calmait, puis revenir vers le lit, caresser le front d'une vieille dame aux yeux clos, crier : « Mère... mère... », courir vers la porte, crier : « Au secours... au secours... quelqu'un... » Elle aurait aimé aider sa belle-fille, lui dire qu'elle se sentait bien, si bien ! que là-bas l'attendaient une foule de visages aimés, rieurs et amicaux, qu'elle-même avait retrouvé toute l'alacrité et la vivacité de ses vingt ans... Et pourtant, une force invisible l'empêchait d'aller vers Sarah sanglotant sur le corps de cette vieille dame,... ce corps si douloureux, perclus de rhumatismes... ce corps qui avait été le sien... Non, en vérité, elle n'avait nulle envie de revenir vers cette forme immobile déjà cireuse... Elle se sentait si bien, délivrée de ce carcan. Là-bas était une lumière aveuglante et merveilleuse qui l'attirait irrésistiblement. Là-bas, au bout du tunnel, était le salut.

Quinze jours que l'on avait refermé la pierre sur le trou béant qui maintenant gardait pour l'éternité celle qui avait été d'abord Gutèlè Meyerson, une jolie petite fille, ensuite Mme Gutèlè Lozwitzky, mère de sept enfants, puis « grand-mère Gutèlè », insouciante, superstitieuse, bonne comme le bon pain, pleine de fantaisie et de gaieté, adorée par ses enfants, idolâtrée par ses petits-enfants... Elle était allée rejoindre cet époux qui l'avait aimée sans jamais le lui dire, et la même pierre les recouvrait désormais tous deux.

Pour le deuil, Saül avait retrouvé le chemin de la synagogue et laissait pousser sa barbe. Tous les matins, lui et ses fils Ben et Haïm mettaient les *tefillin* et, péniblement, ils récitaient les prières traditionnelles, *Yisga-*

dal veyiskadach shemé rabo beah mo... Des draps noirs recouvraient tous les miroirs et les portraits de la maison. Les tabourets avaient été renversés...

Sarah avait été chargée de répondre aux lettres. Celles des fils à Toronto et celle de Dina à Haïfa.

Ta dépêche m'est parvenue hier ! Maman morte... Je ne peux y croire ! Je prends le premier bateau en partance pour Trieste, pour être le plus vite possible auprès de Saül et de toi. Perdre sa mère est ce qui peut arriver de pire à une yiddishe kind... *Plus personne ne sera là, existant pour moi... C'est égoïste peut-être de penser cela, mais qui d'autre qu'une mère peut offrir un tel amour ? Donner, toujours donner, sans jamais rien demander pour elle... telle a été ma mère... une véritable* yiddishe mame... *Oh ! Sarah ! Savoir que je ne la reverrai plus me rend malade de désespoir. Je ne serai plus jamais à sa table pour les fêtes de la Pâque ou de Rosh Hashana. Je ne viendrai plus jamais l'ennuyer dans sa cuisine pour quémander une recette, voler un biscuit sorti tout chaud du four, lui chatouiller le cou pour lui faire peur... Je m'en veux de n'être venue que trop rarement à Stopnica et toujours pour de si courtes visites. Attends-moi. Je pense être auprès de Saül et toi dans moins de dix jours si tout va bien. Je veux voir Saül... il doit être désespéré...*

Ce furent de longs mois de deuil et de tristesse. De même que Dina, venue seule sans Haym, retenu dans son kibboutz, les frères aînés de Saül revinrent du Canada. Tous restèrent plus de six semaines à Stopnica, et tous supplièrent Saül et Sarah de tout vendre et de repartir avec eux...

— Pourquoi rester dans ce trou pourri ? dit Ernest, l'aîné des fils Lozwitzky. Tu as fait plus que ton devoir en restant auprès de maman jusqu'à la fin... Viens avec nous, avec ta femme et tes enfants ! Plus rien ne peut te retenir à Stopnica !...

La veille du jour où ses frères allaient repartir, Saül leur dit :

— Je vous rejoindrai ! Dès que j'aurai vendu la maison, les forêts et que tout sera en ordre. Je vous rejoindrai avec Sarah et les enfants ! Cela prendra une année, deux tout au plus. Effectivement, plus rien ne me retient désormais à Stopnica...

— Viens, lui dirent ses frères. N'attends pas trop longtemps. Là-bas il y a de la place pour qui ne ménage pas sa peine, et nous serons tous là pour t'aider...

Par un clair après-midi de juin 1914, Saül et Sarah revenaient à pied de Stopnica. Cinq kilomètres de marche par ce temps radieux ne les effrayaient pas. C'était une journée d'une douceur exquise, une journée où les saules, les bouleaux, les hêtres se paraient de leurs feuilles nouvelles, où les grappes blanches des acacias en fleur embaumaient. Ils longeaient la Vistule. L'eau était transparente, si claire qu'on en apercevait le fond. Ils marchaient rapidement côte à côte, enveloppés par cette langueur qui endort l'intelligence et aiguise les sens. Sarah portait une robe de coton, très échancrée, et de temps à autre elle redressait une mèche qui s'échappait de son chignon.

Un moment, ils s'arrêtèrent à l'ombre, sur la rive où l'herbe épaisse offrait un havre de repos bien tentant... Sarah savourait l'heure délicieuse qui se présentait à elle... Bonheur exquis de cette solitude à deux, un instant retrouvée... Si rarement elle avait l'occasion de se retrouver en tête à tête avec Saül ! Trop rarement... Les projets s'échafaudaient.

— ...J'ai reçu une bonne proposition pour la propriété..., disait Saül. J'espère que l'acquéreur est solvable...

— Espérons...

Sarah laissait flotter ses mains au fil de l'eau... Elle s'aspergeait le visage, la nuque, les bras...

— Il fait si chaud !... dit-elle avec convoitise...

Personne alentour. Ils étaient aussi seuls qu'Adam et Eve au premier jour... Sans s'être concertés, ils furent bientôt nus comme des vers et plongèrent dans l'eau fraîche... Une heure passa ainsi... Une heure où Saül et Sarah retrouvèrent l'insouciance et les plaisirs de l'adolescence... Ils se baignèrent longuement, firent l'amour comme aux premiers jours de leur union... et restèrent longtemps, allongés côte à côte, apaisés, rafraîchis, prêts à reprendre leur marche vers la maison où les attendaient les enfants, les mille tâches quotidiennes, d'autres projets.

— L'année prochaine, en septembre au plus tard, nous serons au Canada... Tu te rends compte, ma Sarah ? Une autre vie ?...

— Dieu fasse, soupira Sarah.

Faire l'amour la laissait toujours d'excellente humeur. Tout alors lui paraissait possible... Elle retrouvait intacts les forces de la jeunesse, l'espoir en l'avenir... Rien ni personne ne parviendrait à les empêcher de partir pour le Canada.

« Bientôt..., disait souvent Saül, Ben et Haïm pourront tenir un violon et un violoncelle, et les fils d'Avrom Goldman seront capables de jouer du hautbois et de la flûte... Quatre musiciens d'un seul coup !... Ma chérie, nous serons bientôt à même de créer un véritable orchestre philharmonique ! L'orchestre philharmonique de Stopnica !... » Il éclatait de rire. Et lorsque le Comte Sergueiev venait lui rendre visite (ce qu'il faisait quotidiennement), il lui disait très sérieusement : « Sergueiev ! D'ici un an au plus tard, nous aurons un véritable philharmonique d'au moins dix musiciens ! Il va falloir nous subventionner !... »

Sergueiev riait et rougissait. Il se déclarait prêt à entretenir un tel orchestre et se voyait déjà, pilotant ses musiciens à travers la Russie, recueillant, outre l'admiration d'un public averti, l'amour inconditionnel de Sarah. Jamais il ne se posa la question de savoir comment Saül allait accepter une telle situation. D'ailleurs, jamais il n'envisagea une seule seconde que Sarah pouvait quitter Saül. Il n'imaginait qu'une seule issue à son amour... Ils vivraient tous ensemble dans le château Ortoutchko, Saül, Sarah, lui et les enfants, et tout le monde serait heureux... Sournoisement, il tendait *Les Affinités électives* de Goethe à Saül, rêveusement il parlait de s'affranchir de la morale bourgeoise, tout juste bonne, disait-il, à faire des malheureux... « Il faut vivre dangereusement !... » disait-il aussi, reprenant à son compte les paroles de Sarah... Jamais, comme en ce temps-là, le Comte Sergueiev n'avait été aussi heureux. Sans rien en dire à la famille Lozwitzky, il avait entrepris de faire de somptueux aménagements au château... Un appartement pour Saül et Sarah. Les chambres pour les enfants et une gouvernante. Peut-être un cuisinier français ?... Il rêvait sa vie future, ravi, insouciant, dépensant sans compter. « Vivre dangereusement... » Il était ivre de jeunesse. « La vie est belle ! » pensait-il en ce mois de juin 1914, alors qu'il s'apprêtait à rejoindre Saül au village pour y traiter d'une importante affaire de bois. « Ce soir, nous viderons une bonne bouteille de champagne et nous ferons venir les Tziganes... »

Dans son refuge de verdure, Sarah souriait. Cinq enfants ! Et quels enfants ! Ben, à seize ans, la dépassait largement de toute une tête... Grand, fort, toujours hâlé par le soleil... Haïm, qui fêterait ses onze ans au mois de novembre prochain, marchait sur les traces de son frère aîné... Plus turbulent, plus casse-cou que Ben. Se trouvant beaucoup mieux à cheval que dans la salle d'étude de Reb Lipman. Un jour, Sarah s'était placée entre ses deux fils, et non seulement elle avait été forcée de lever la tête vers Ben, mais elle avait dû constater que Haïm la dépasserait dans quelques années.

« Eh bien..., avait-elle dit, mi-figue, mi-raisin, il ne vous reste plus qu'à m'appeler "petite mère" !... » Les deux garçons, excessivement fiers, avaient ri aux éclats.

Sarah se le reprochait souvent, mais force lui était de reconnaître qu'elle avait une très nette prédilection pour ses fils. Ses filles, Sonia, Nina et Hannah, l'irritaient souvent. Elle les aimait, certes, et se fût tuée pour elles, mais elles l'irritaient. Nina surtout. Nina et son esprit d'indépendance. Nina et son tempérament garçonnier. Nina et sa volonté d'être cantatrice. « ...A treize ans !... »

se moquait Sarah, oubliant qu'à l'âge de sa fille elle se voyait déjà « la » pianiste virtuose du siècle. Ses rapports avec Nina avaient été, dès la petite enfance de cette dernière, particulièrement orageux. Nina était une révoltée-née... Et d'une telle indépendance qu'elle trouvait tout naturel, sachant à peine marcher, de se promener seule dans le jardin, puis plus tard dans la forêt. « ...J'ai pas peur ! J'ai pas peur !... » criait-elle pour cacher justement cette peur dont elle était honteuse. Et chaque jour, elle s'aventurait un peu plus loin...

L'un des traits de caractère de Nina se révéla dès son plus jeune âge. « Il suffit que je lui dise de se tenir correctement à table et de manger proprement pour qu'aussitôt, ce petit poison plonge ses mains dans son assiette en faisant gicler son potage autour d'elle ! Bien entendu, je la corrige d'importance, et bien entendu, aussitôt son père la protège contre moi ! »

Ses autres filles lui donnaient moins de souci. Sonia était raisonnable et gracieuse ; quant à Hannah, elle ne quittait pas son jumeau d'une semelle. « Tout comme David et Jonathan !... disait en riant Sarah. On dirait que les choses se répètent de génération en génération. »

Sarah rêvassait sur ses lettres, sur ses enfants quand, à sa grande surprise, elle vit apparaître au loin un groupe d'hommes conduits par Saül et le Comte Sergueiev, qui paraissaient très excités. Vaguement inquiète, elle se redressa... Lorsque Saül fut à portée de voix, elle s'écria :

— Que se passe-t-il ?... Mon Dieu ? es-tu malade ?

Saül était livide...

— L'Archiduc François-Ferdinand vient d'être assassiné... A Sarajevo. Par un anarchiste, à ce qu'il paraît.

— Amie... entendez-vous ? L'Archiduc François-Ferdinand vient d'être assassiné à Sarajevo...

Comme assommée par ce qu'elle venait d'entendre, Sarah s'effondra sur sa chaise.

— Assassiné ? Mais par qui, grands dieux ?...

Saül et le Comte Sergueiev commentèrent ce qui venait de se passer en lisant les journaux polonais, russes, autrichiens, hongrois qu'ils rapportaient.

— Il semblerait que tout le monde savait qu'un attentat se préparait à Sarajevo !... L'Archiduc François-Ferdinand lui-même le disait à son entourage. « ...La chose n'est pas secrète, a-t-il même précisé. Cela ne m'étonnerait pas que quelques balles m'attendent là-bas... »

Juillet éclatait dans toute sa splendeur et rien ne semblait devoir rompre la paisible régularité des jours. Il faisait chaud, les récoltes s'annonçaient splendides.

Saül faisait mine, avec la complicité de Sergueiev, de se laisser aller à l'euphorie.

— Nous aurons une année exceptionnelle ! Les commandes de bois affluent de partout ! Allons, tout va s'arranger ! Jamais les affaires n'ont été aussi bonnes ! Ce serait folie de tout gâcher ainsi !... As-tu des nouvelles de ton père ?... A propos de lettres, j'en ai reçu une, ce matin, d'Auschwitz. David et Rivka viennent d'avoir encore un enfant ! C'est une petite fille, Helena, elle est née le 14 juillet dernier... Il va falloir écrire et envoyer des cadeaux... Et si nous faisions un voyage à Vienne pour voir tes parents ? Nous pourrions faire un détour par Auschwitz et voir David !... Cela fait si longtemps...

Oublier les menaces qui pesaient sur l'Europe... Dans l'immédiat, c'était la seule attitude à avoir. La seule qui fût logique. Sarah entra dans le jeu et s'arracha un sourire. Ainsi, David en était à son septième enfant. Une petite fille, Helena... Elle, Dieu merci, n'aurait plus d'enfants ! Cinq, c'était déjà beaucoup... « Trois filles et deux garçons ! Pas un de plus !... » Maintenant Saül faisait attention. Il avait pris l'habitude de mettre des « capotes françaises », et désormais elle acceptait de faire l'amour sans renâcler, délivrée qu'elle était de la crainte d'un autre enfant. Elle était heureuse. Ce n'était certes pas la vie qu'elle avait imaginée, elle ne vivait pas « dangereusement », chaque matin lui apportait son lot de travail, de petits soucis, d'énervements, de disputes parfois... Mais chaque matin elle se réveillait auprès de ce grand corps musclé, chaque matin elle partageait son petit déjeuner avec ses cinq enfants... Oui. Heureuse. Elle savourait chaque minute avec une satisfaction inquiète. « Que rien, jamais, ne vienne... » Elle chassait vite de ses pensées tout ce qui aurait pu en troubler le cours... Saül, son mari, son amour. Ses enfants. Sa musique. Sa maison. Là était son univers, là se bornait son existence. Parfois la nuit, les sens repus après s'être aimés, elle étendait la main sur Saül afin de s'assurer qu'il était bien là, qu'il était à elle, pour toujours, « ...jusqu'à ce que la mort nous sépare... », et même là, à ce moment précis, elle savait que la mort ne les séparerait pas trop longtemps. Elle n'imaginait pas vivre vingt-quatre heures sans lui... Et puis, il y avait cette perspective de départ pour le Canada. Les forêts avaient été vendues, et bien vendues. Des offres sérieuses se présentaient pour la maison. Vite. Il fallait vendre vite et partir. Partir avant qu'il ne soit trop tard, avant que la folie des hommes ne se referme sur eux comme un piège. Sarah, Saül et Sergueiev multipliaient les démarches, revenaient épuisés de Stopnica, de Radom, de Tarnow, de Varsovie... Durant la plus grande partie du mois de juillet, ce ne furent qu'allées et venues incessantes. « Si tout va bien, nous pourrons partir en septembre ou octobre... »

Personne, dans la maison de Saül, ne songeait à travailler. Les journées se passaient en discussions aussi stériles que passionnées, jusqu'au crépuscule, ces crépuscules à l'odeur grisante d'herbe chauffée par le soleil et celle des acacias, des tilleuls, du chèvrefeuille.

— Jamais plus il n'y aura un aussi bel été..., soupirait Sarah. Quelle sombre folie ! Que peut-on faire pour empêcher cela ?...

— En France, Jean Jaurès s'emploie à lutter contre la guerre, répondait Saül. Il faut espérer...

Mais Sarah n'avait plus d'espoir. L'emportement et la colère dominaient.

— Les hommes sont trop bêtes !... Ils vont se battre ! Bien sûr qu'ils vont se battre ! Et sauvagement, même ! Et en mettant du cœur à l'ouvrage ! C'est à qui sera le plus courageux, le plus batailleur, c'est à celui qui enfoncera le plus souvent sa baïonnette dans la poitrine d'un homme qui aurait pu être son ami, car c'est à celui-là que l'on décernera honneurs et médailles ! La guerre est un jeu d'hommes, un jeu cruel, dangereux dont ils raffolent. Ils aiment jouer...

— Ils vont vivre enfin dangereusement..., se moqua gentiment Saül, n'était-ce pas ton souhait autrefois ?

Sarah réfléchissait.

— Vivre dangereusement..., rêvait-elle à mi-voix, les yeux dans le vague, ce n'est pas ainsi que je l'imaginais... C'était partir, voyager, rencontrer des gens nouveaux, dans des terres nouvelles... Non, tuer n'est pas vivre dangereusement. C'est vivre stupidement.

Les jours passaient, chacun apportant son lot d'incertitudes, de haine grandissante et de peur. La confusion qui régnait dans les esprits était totale. Des paysans qui n'étaient jamais sortis de leur village étaient convaincus que cette guerre était essentielle à la grandeur de la Russie et du « petit père », le Tsar. Ils haïssaient personnellement l'Empereur François-Joseph et gonflaient la poitrine avec une virilité nouvelle. « Il va voir ce qu'il va voir ! » proféraient-ils d'une voix mâle. Il devenait impossible d'échanger avec quiconque le moindre propos raisonnable. L'idée même de la guerre enflammait les imaginations de ces hommes stupides qui voyaient là l'unique occasion qui leur serait jamais offerte de vivre une aventure grandiose.. Saül s'efforçait de leur expliquer que la guerre ne leur apporterait que mort, ruine et désespoir, mais on le regardait de travers en murmurant : « C'est bien d'un juif ça ! Refuser de se battre pour la grandeur de la Russie ou de la Pologne !... »

L'héroïsme facile de ceux qui s'activaient à envoyer à la mort d'autres qu'eux-mêmes écœurait Saül. « Personne ne sera vainqueur !... clamait-il désespéré. Personne ! Il n'y aura que des vaincus, des hommes perdus, des vies brisées à jamais et pour qui ? pour quoi ? Refusez de partir !... »

Il lisait des textes reçus de Paris, de Vienne. « A bas la guerre. Le peuple sait que la guerre avec ses boucheries humaines, ses famines, ses épidémies, signifierait un formidable recul, peut-être l'anéantissement, la fin d'une civilisation ! Et la diplomatie néanmoins la prépare en dehors de lui !... Un danger effroyable pèse sur nous... »

Parfois, Saül arrivait à convaincre son auditoire et

recueillait quelques : « Mort aux diplomates ! Mort aux militaires !... Vive la Paix !... » Mais la plupart du temps, la foule l'insultait, le traitait de défaitiste, de sale juif à la solde de l'étranger... Cela se terminait en bagarres, vite dissipées par la police... Saül se retrouvait en prison, d'où régulièrement le Comte Sergueiev le faisait sortir.

Le 30 juillet, tard dans la soirée, Saül revint du château où il avait été retenu pour l'éditorial des *Nouvelles de Stopnica.* Son visage exprimait mieux que des mots son désespoir.

Sarah ne prononça pas une parole. Elle lui servit un dîner froid sous la tonnelle... La journée avait été torride, mais maintenant, avec le vent du crépuscule, ce vent frais de l'été, chargé des parfums de la terre et de la forêt, il faisait une douceur exquise. Dans le ciel encore clair, pas l'ombre d'un nuage. Une myriade de moineaux volaient de plus en plus haut... Saül, les yeux levés, regardait leur manège.

— Il va faire beau demain et les jours suivants... regarde comme les oiseaux volent haut... C'est signe de grand beau temps...

La gorge serrée, Sarah acquiesça. Puis, d'une voix un peu détimbrée :

— Que se passe-t-il, Saül ?... La vérité, je te prie !

Saül baissa la tête.

— L'Autriche a remis hier un ultimatum à la Serbie...

— Un ultimatum ?

— Oui...

— Alors c'est la guerre ?

— Inévitable... Sergueiev a reçu hier différentes dépêches de Vienne, de Paris, de Londres, par le truchement de l'Agence Havas. Le Président Poincaré a quitté Saint-Pétersbourg ce matin. Je suis sûr qu'il a obtenu du Tsar confirmation que l'alliance franco-russe jouerait à plein... Cela, ni l'Autriche ni l'Allemagne ne l'avaient envisagé. Cela les fera-t-il reculer ?... La Triple Alliance représente une force qui pourrait faire reculer Guillaume II.

Sarah ne répondit pas tout de suite. Elle réfléchissait.

— Tu disais toi-même, il n'y a pas très longtemps, que l'armée allemande pouvait être considérée comme l'une des mieux entraînées, l'une des mieux équipées...

— C'est vrai. Mais elle était seule...

— Et maintenant, il y a l'Empire austro-hongrois avec elle...

— Et les Turcs. Les Italiens. Qui d'autre encore, Seigneur ? Allons ! il faut que je m'en aille !

— Où cela ?

— Au journal ! Tu ne veux pas venir le voir s'imprimer ?... J'adore assister à cela, voir les feuilles tomber une à une, avec cette odeur d'encre fraîche... Je me demande ce que vont faire les socialistes français... Jaurès ne laissera pas la France entrer en guerre !... dit Saül, tandis que la troïka filait gaiement à travers les sentiers de la forêt où le crépuscule jetait des ombres parfumées...

— Jaurès ?... dit Sarah hésitante.

— Oui, Jean Jaurès. Je suis sûr qu'il va lutter contre la guerre.

Les chevaux s'immobilisèrent devant le château... Déjà Sergueiev et les serviteurs accouraient sur le perron.

Sarah retint Saül par le bras.

— Oui ?... dit-il surpris.

— Les lettres en provenance d'Autriche seront-elles distribuées ? demanda-t-elle.

Interloqué, Saül la dévisagea.

— Mais oui ! s'impatienta-t-elle. La Russie du Tsar est alliée à la France, l'Autriche est alliée à l'Allemagne, nous sommes donc ennemis... Pourrai-je malgré tout recevoir les lettres de ma famille ?

Les deux hommes firent un geste d'ignorance. Comment savoir et qui pourrait donner les renseignements nécessaires ?

— Ecoute..., dit Saül, peut-être la guerre sera-t-elle évitée. Peut-être que, dans un dernier sursaut de bon sens, les hommes refuseront d'aller se battre pour rien...

La voix de Saül parvenait jusqu'à Sarah comme dans un brouillard. Les Russes allaient se battre contre l'Autriche, contre sa patrie... Et ses enfants ?... Ils étaient nés russes...

Le lendemain, l'annonce de l'assassinat de Jean Jaurès mit fin à l'espoir. Il fallut se rendre à l'évidence : un complot se tramait contre la paix, obligeait le peuple à une guerre dont il ne voulait pas. L'extrême droite serbe, allemande, française était unie dans un même désir féroce d'en découdre à n'importe quel prix. Quiconque prônait la paix était prié de choisir entre se taire et se faire assassiner.

Les rumeurs les plus folles couraient de rue en rue, de maison en maison ; juifs et chrétiens oubliaient un instant leurs haines ancestrales et se parlaient enfin, face à l'incompréhensible horreur qui les attendait tous. Les journaux s'arrachaient, mais on n'y trouvait rien... Les journalistes avaient reçu pour consigne de ne rien laisser passer...

Les discussions allaient bon train.

— Que vont faire la France et l'Angleterre ?... Vont-elles entrer dans la guerre ?... demandait quelqu'un.

Et Saül qui, peu à peu, était considéré par tous comme le chef de la communauté répondait invariablement :

— J'espère bien que non !... J'espère que ces deux nations civilisées vont rester à l'écart de cette folie... J'espère que quelqu'un fera entendre raison à l'Empereur François-Joseph... Il est fort regrettable qu'on ait assassiné son neveu, mais il serait criminel d'entraîner l'Europe dans une guerre pour le venger !...

Cette guerre était le fait de ces diplomates bouffons, stupides, qu'ils soient français, autrichiens, russes ou anglais, dont le rêve était de voir inscrit leur nom dans les livres d'Histoire, et ce, à n'importe quel prix.

Sur la place du marché de Stopnica, les gens s'attroupaient devant l'ordre de mobilisation, écrit dans un mélange de russo-polonais totalement incompréhensible. Des groupes se tenaient devant les murs où étaient collées les affiches, comme si le fait de rester là, immobiles, allait changer le cours des choses, comme si leur présence, leurs vociférations, leur révolte allaient convaincre ceux qui avaient décidé que, pour venger l'honneur perdu des Habsbourg, il n'y avait rien de plus urgent à faire que d'envoyer à la boucherie des millions de jeunes hommes...

Tous les jeunes gens de dix-huit ans et plus allaient être mobilisés. Sarah ne voulait pas y penser. Elle ne voulait pas penser que Ben avait seize ans... Dieu ! Combien de temps la guerre allait-elle durer ? Elle ne voulait pas penser que Sergueiev Ortoutchko avait été le premier à être mobilisé, ce qui était normal puisqu'il était officier de carrière... Elle ne voulait pas penser aux dangers que le jeune officier du Tsar courait... Pas davantage ne voulait-elle penser que Saül était en âge d'être mobilisé... « Nous allons tous retourner à Vienne..., disait-elle, au comble de la fureur et du désespoir... Tous ! Sergueiev va déserter. On va gagner Le Havre ou Bordeaux, et on va partir ! Il est encore temps ! On va partir ! »

Depuis longtemps elle avait oublié sa petite incartade et, lorsque par hasard ce souvenir lui revenait en mémoire, c'était celui d'un merveilleux après-midi de mai 1911, où quelque chose de doux, de chaud, de bouleversant s'était produit, quelque chose qui n'avait existé que l'espace de quelques minutes et s'était évanoui sans laisser de traces. « Heureusement ! » pensait-elle alors, avec ce sain cynisme rieur qui faisait d'elle cette personne si parfaitement équilibrée. « ...Si traces il y avait eu, j'aurais été dans de beaux draps avec un petit bâtard !... »

Les premiers mois de la guerre, par le truchement de tante Lea, de Zurich, Sarah recevait assez régulièrement des lettres de sa famille viennoise. Les lettres avaient été ouvertes par la censure, mais rien n'avait été barré. Bien que ses parents cherchassent à la consoler, Sarah devinait, entre les mots, la profondeur de leur désespoir et de leur angoisse.

Le Baron Elie écrivait longuement, s'indignant de l'indifférence des Viennois à l'égard des expatriés.

...Ce que l'on critique chez ces malheureux réfugiés, disait-il, c'est leur manque d'éducation, leur misère et leur détresse... Certes, ils ignorent nos bonnes mœurs, mais que ferions-nous à leur place, chassés de notre pays, réduits à la mendicité, souffrant de toutes les manières possibles ?... Saurions-nous garder notre élégance ? notre langage châtié ? notre politesse ?... Certes, nos réfugiés crient fort, se plaignent du coût de la vie, protestent lorsqu'ils se sentent maltraités, dédaignés, refusés... Ils ont besoin de chaleur humaine, de tendresse, de secours, les Viennois leur offrent du dédain, du mépris, un rejet total... Mais le pire, c'est que nos chers coreligionnaires bourgeois ne se montrent pas plus accueillants avec leurs frères plus démunis, venus en masse de Galicie. Très égoïstement, ils ne pensent qu'aux troubles et au regain d'antisémitisme que cela risque de provoquer. Puis venaient les nouvelles concernant la famille : *Tes frères ont été mobilisés, et Noemi nous donne bien du souci... Elle a renoué avec son amant, prétextant qu'il doit partir à la guerre (ce qui est vrai) et qu'il divorcera dès qu'il reviendra (ce qui est faux !). Pourquoi faut-il que ma petite dernière me donne tant de souci justement en ce moment ! Je reçois assez régulièrement des nouvelles de Palestine. Isaac s'est engagé dans l'armée anglaise contre les Turcs et mon petit Jacob a suivi son père... Mon petit Jacob qui va gaillardement sur ses vingt-deux ans ! Eliezer voulait marcher sur les traces de son père et de son frère, mais Hannah lui a fait valoir qu'il était nécessaire qu'il restât à la maison pour veiller sur elle et sur sa petite sœur Keren. Deborah vient d'avoir son premier-né. Mais, ma Sarah chérie, te rends-tu compte que mon fils et mon petit-fils, engagés dans l'armée anglaise, sont mes ennemis ! Mes ennemis à moi, leur père et grand-père ! Je crois que je deviens fou, fou de colère et de chagrin ! Combien de pères autrichiens, juifs ou non juifs, ont-ils à déplorer cette stupidité ? Que sera le monde après la guerre ? Qui peut le savoir ? Une chose*

est sûre, plus rien ne sera pareil. La guerre va tout détruire. Les familles, les pays, les traditions, tout va éclater en mille morceaux, et sera remplacé par quoi ?... Je n'aimerais pas vivre dans ce futur inquiétant...

Ainsi la même inquiétude qui la taraudait du matin au soir, qui l'empêchait de dormir, était partagée par son père...

— Saül !... dit-elle une nuit alors que l'insomnie la tenait éveillée..., est-ce que tu dors ?

La forme immobile qui était à ses côtés s'agita et proféra avec un semblant d'humeur :

— Si je dormais, c'en aurait été fait de mon sommeil !... Non, je ne dormais pas... Pourquoi t'agiter ainsi ?... Que veux-tu ?...

— Dis-moi... Après la guerre...

— Attends au moins qu'elle finisse ! Ça ne fait que commencer !

— Je sais, je sais, mais il y aura forcément un « après-la-guerre »... Qu'est-ce que tout cela va devenir ?

— Quoi donc ?

— Oh ! tu m'as très bien comprise !... L'Europe... l'Europe centrale ! tout ce qui faisait l'Empire austro-hongrois... l'Empire russe... Toi qui es un bundiste convaincu, toi qui rêves d'un monde nouveau, où l'homme ne sera plus un loup pour l'homme, que penses-tu de tout cela ? Crois-tu vraiment que le monde va changer ? Parce que, si tu le crois vraiment, si le monde change, alors peut-être que cette guerre n'aura pas été totalement inutile...

Saül se donna quelques instants de réflexion avant de répondre, perplexe :

— Je ne sais que répondre. A coup sûr, tout va exploser, dit-il enfin, et le monde ne sera plus jamais comme auparavant. C'est la seule chose dont on puisse être certain... Mais sera-t-il meilleur ? Permets-moi d'en douter... Car, si le pangermanisme triomphe, ce sera terrible pour nous tous ! Une hégémonie allemande serait intolérable ! Personne ne pourrait supporter cela. Et que dire du Moyen-Orient sous la domination turque depuis des siècles !... Les Turcs sont les alliés des Allemands. Mais si « nos » alliés gagnent, est-ce que ce sera mieux ? Que feront-ils des provinces austro-hongroises « libérées » ? Il y aura forcément un réveil des nationalismes... Une multitude de petites royautés, de petites républiques, plus préoccupées de s'entre-déchirer que de s'entraider, s'armeront jusqu'aux dents, se barderont de nationalisme, exigeront des frontières. Une chose est sûre, ma chérie, ce n'est ni l'intelligence ni la compassion qui seront à l'ordre du jour, lorsque la guerre sera finie... Comment ceux qui ont déclenché cette guerre n'ont-ils pas pensé aux conséquences ?... Cela, je ne peux le comprendre. La seule chose que je comprends dans cette guerre, c'est que les marchands d'armes, les fabricants de canons vont se frotter les mains ! A croire que c'est l'un d'entre eux qui a armé cet imbécile qui a assassiné l'Archiduc François-Ferdinand et son épouse à Sarajevo !... Vraiment, je serais tenté de le croire... Mais pour répondre à ta question, on ne peut qu'espérer que de tous ces crimes, de toute cette misère, quelque chose de nouveau finira bien par naître enfin ! Une nouvelle fraternité ?... Les gens vont peut-être enfin comprendre. La vie est si courte et elle pourrait être si agréable, si bonne...

Saül parla longtemps des lendemains qui allaient enfin chanter, de la beauté du socialisme, de la fraternité humaine et de toutes ces belles idéologies qui peuvent griser l'imagination d'un homme, mais qui, surtout, prouvaient bien, au-delà de toute mesure, que Saül n'avait pas compris, ne comprenait pas et ne comprendrait jamais que l'homme était une pourriture, que Dieu, dans un instant de distraction, avait créée pour empoisonner la Terre.

LE CHAOS

La vie quotidienne était la même en apparence. Les mêmes tâches répétitives, essentielles, revenaient chaque jour à la même heure. Il y eut les moissons, puis les labours, puis les semailles, le sol se recouvrait de neige et, seule nouveauté, Stopnica affichait la liste de ses morts... Les jeunes neveux de David Langer, Aaron et Moïse, furent parmi les premiers tués... Puis les fils de Reb Goldman, les fils de Motke Landon qui vint un jour chez Saül pleurer tout son soûl.

— Il ne me reste rien ! rien ! Haym est en Palestine et fait partie du groupe « Nili », et Aaron et Yankel viennent d'être tués... A quoi bon vivre maintenant ?

Au début de l'automne 1916, Sergueiev, blessé, revint du front en permission, le bras en écharpe, affichant une bonne humeur si évidente que nul n'osait lui demander comment c'était là-bas... La veille du jour de son départ, Sarah le surprit pleurant sur l'épaule de Saül. Il hoquetait :

— C'est horrible ! horrible... et je dois y retourner ! Tu ne peux imaginer...

Doucement Sarah referma la porte... Elle se promit de supplier Sergueiev — au nom de l'amour que ce dernier lui portait toujours, elle en était convaincue — de déserter. Le plus vite possible. Mais le lendemain, Sergueiev avait déjà quitté le château lorsqu'elle demanda à le voir...

De nouveau les nouvelles, toujours mauvaises, pleuvaient. On ne comptait plus les morts, les mutilés, les « disparus », euphémisme désignant sans doute les « cadavres non identifiables ». Des lettres de sa famille parvenaient à Sarah, en provenance de Zurich. Toutes ces lettres étaient vieilles de plusieurs semaines.

Septembre 1916 finissait lorsque Sarah reçut une lettre de Vienne, datée de juillet.

Ma chérie, écrivait Myriam à sa fille, *rien ne m'aura été épargné. Tes frères combattent quelque part dans le nord de la France... Verdont ou Verdun, je n'ai pas très bien compris, que Dieu protège mes garçons ! Ils considèrent comme une chance d'avoir été nommés instructeurs-aviateurs... Ta sœur Noemi s'est engagée comme infirmière-ambulancière. Ton père prétend que c'est pour rejoindre Michaël Zysman qui a été nommé correspondant de guerre pour l'*Allgemeine Zeitung. *Penses-tu qu'il y avait encore quelque chose entre eux ?...*

A propos, j'ai enfin une bonne nouvelle à t'annoncer ; mon petit-fils Jacob vient d'épouser la fille de ta belle-sœur Dina, Hannah. Ils ne sont pas exactement cousins, n'est-ce pas ? Hannah est infirmière dans l'armée anglaise, et Jacob fait partie d'un groupe dont je n'ai pas bien compris la signification ni ce à quoi il peut servir... « Nili » ? Y comprends-tu quelque chose ? J'ai comme l'impression que ce mariage a eu lieu in extremis... *puisque Jacob et Hannah nous annoncent tranquillement une prochaine naissance d'ici à quatre mois... Avec la meilleure volonté du monde, il me sera très difficile de faire passer cela pour une naissance avant terme ! Surtout si mon arrière-petit-fils pèse, comme son père et son grand-père, plus de dix livres le jour de sa naissance... Quoi qu'il en soit, c'est pour ton père et moi une grande, une merveilleuse nouvelle... J'espère que Jacob sera heureux avec Hannah...*

Le groupe « Nili » ! Elle savait, elle, par Saül, ce qu'était ce groupe de jeunes juifs palestiniens qui espionnaient les Turcs au bénéfice des Anglais, tout en se méfiant terriblement de ce Lawrence d'Arabie qui — disait volontiers Saül — « a une nette tendance à prendre ses fantasmes sexuels pour des opinions politiques, et qui risque d'entraîner l'Angleterre dans une politique pro-arabe nuisible à la cause des juifs... ».

Jacob et Hannah... son neveu à elle et la nièce de Saül... « Mais Hannah doit avoir au plus dix-sept ans !... » songea Sarah.

Le temps était gris, le ciel plombé annonçait la pluie, et Sarah, enveloppée dans un immense fichu noir, vaquait aux tâches quotidiennes... Noemi ? Infirmière-ambulancière... Noemi... Michaël Zysman correspondant de guerre... Les mots, les phrases se suivaient sans aucun lien. Juste posés là, dans son esprit enfiévré.

Noemi. Le souvenir de Noemi devint tout à coup si puissant, si impérieux, qu'elle se retourna sur elle-même, persuadée de voir sa sœur derrière elle. Il lui semblait même que Noemi l'avait appelée : « Sarah... » Mais il n'y avait personne. Et pourtant, l'air immobile et froid était soudain envahi par la présence palpitante et invisible de Noemi. C'était impossible à exprimer, impossible même à croire, mais si intense qu'à plusieurs reprises Sarah appela :

— Noemi ?... Noemi ?...

Il lui semblait que la personnalité de sa sœur envahissait l'air même qu'elle respirait. Sarah tremblait, mais ce n'était pas de froid.

Elle se ressaisit et reprit le chemin de la maison.

Sur le pas de la porte, Saül l'attendait, très pâle. Mais elle ne s'en aperçut pas.

— Il m'est arrivé quelque chose de curieux..., commença-t-elle en souriant. J'ai reçu ce matin une lettre de maman, datant de plus de trois mois... Noemi s'est engagée comme infirmière... Mais... c'est étrange... il s'est produit tout à l'heure un curieux phénomène. J'ai eu brusquement l'impression que Noemi était là, derrière moi, qu'elle se cachait et m'appelait... Extraordinaire, vraiment ! Qu'apportes-tu comme nouvelles de Stopnica ?...

Saül ne répondit pas, une dépêche à la main, les yeux fixés loin, très loin, derrière elle.

— Saül !... s'affola-t-elle. Saül ! que se passe-t-il ?... qu'est-ce que c'est ?... (Elle désignait la dépêche.)

— Ta sœur... Noemi.

— Quoi ?...

— Son ambulance a sauté sur une mine... Elle était avec Michaël Zysman...

Ce premier coup laissa Sarah sans réaction. Elle venait de plonger dans les eaux de la mort... La perte d'un être cher a ceci d'atroce qu'elle est irrémédiable... Sarah se reprochait toutes les réflexions désagréables qu'elle avait faites à sa sœur, toutes les critiques sur la vie qu'elle s'était choisie... et peut-être avait-elle d'une certaine manière choisi sa mort... « Elle est morte avec l'homme qu'elle aimait depuis des années... », se disait Sarah. Mais elle ne trouvait aucune consolation dans cette phrase. Sa pensée s'arrêtait à « Elle est morte... » Alors elle s'effondra en sanglots et l'amer « jamais plus... » se grava en lettres sanglantes dans son esprit.

A la fin du mois de juin 1916, Benjamin Lozwitzky fut appelé sous les drapeaux... ! Il devait rejoindre son régiment à Tarnow dans les plus brefs délais. Au début, Saül et Sarah recevaient de courtes lettres de Ben, visiblement ouvertes et censurées. Cependant, l'une d'elles, par le truchement d'un jeune permissionnaire, leur parvint intacte.

...Rien de plus idiot, rien de plus imbécile, rien de plus inutile que l'entraînement qu'on nous impose ! Le respect de la hiérarchie militaire est d'une telle stupidité qu'elle conforte la piètre opinion que n'importe qui, pourvu d'un minuscule atome d'intelligence, peut avoir de l'armée... Chers parents, vous m'avez toujours enseigné que l'homme naît bon, que c'est la société qui le rend mauvais. Je pense que vous avez fait une erreur d'appréciation. L'homme naît méchant et l'armée exalte en lui ce qu'il y a de plus vil, de plus répugnant. Qu'y a-t-il de plus bête qu'un colonel ou un général d'une nation, sinon un autre colonel ou un général d'une autre nation ? Qu'y a-t-il de plus sadique, de plus ignare

qu'un adjudant ou un sergent de « carrière » pouvant enfin libérer ses instincts de bête sauvage sur nous, malheureux conscrits que ne protègent ni les relations, ni la chance, celle-ci étant souvent (peut-être toujours) le corollaire de celles-là ? Voilà trois semaines que votre fils bien-aimé, moi en l'occurrence, la tête rasée, vêtu de vert moisissure, s'exerce dans les champs couverts de neige qui longent la caserne, à se coucher, à se relever, à se recoucher encore, à courir au pas de charge, son fusil d'une main, son paquetage de l'autre, tout cela sous les ordres d'un officier moustachu dont le visage évoque irrésistiblement une tête de porc... C'est mon sergent-chef. Un être stupide, mesquin, sans envergure.

Deux jours avant son départ pour le front, Sarah et Saül eurent l'autorisation de rendre visite à leur fils... Mais ils durent attendre deux heures, deux heures précieuses, deux heures perdues à jamais, parce que, n'ayant pas rangé son paquetage d'une manière « réglementaire », Ben, à la veille d'être envoyé à la boucherie, avait été condamné à laver les latrines... Sarah et Saül voulurent aider leur fils ; mais « le règlement, c'est le règlement... ». Enfin, Ben put embrasser ses parents. Il s'efforçait de ne pas pleurer, il s'efforçait de se montrer courageux — un homme, quoi. Mais il n'était encore qu'un enfant de dix-huit ans, affolé à l'idée de ce qui l'attendait demain ou après-demain. Horrifié par les récits qui couraient dans la caserne... Mutilations, morts, blessures atroces... « Même si on n'est ni mort ni blessé, comment revient-on d'une guerre ? » se demandait-il. Et pour quoi, pour qui allait-il se battre ? Il haïssait avec une égale ardeur les Russes et les Polonais. Etait-ce vraiment au secours de ces gens-là, de « cette vermine », pensait-il, qu'il devait risquer sa peau ? Il n'arrivait pas à se sentir de la même espèce. Ce n'était que par un malencontreux hasard qu'il était leur concitoyen. « Si papa et maman étaient restés à Vienne, aujourd'hui j'aurais ces pouilleux au bout de mon fusil !... » Il observait ses compagnons de régiment, des Polonais pour la plupart, qui portaient l'uniforme avec une satisfaction orgueilleuse, devenus, du fait de ce costume, des surhommes, de ceux qui « en avaient ». « Pas comme ces planqués de youpins... », ricanaient-ils en fixant Ben, espérant sans doute que ce dernier allait se battre — à lui tout seul contre trois ou quatre. On l'appelait « le juif », ou bien « le youpin », et la haine grandissait dans le cœur de Ben. Une haine définitive, meurtrière, qui devait se lire dans son regard, car bizarrement aucun de ses compagnons ne se risqua jamais à rester seul en tête à tête avec lui. Aucun. Ils étaient toujours à trois ou quatre. Jetant leurs injures d'assez loin, comme s'ils avaient craint de voir soudain Ben transformé en bête enragée prête à leur trancher la gorge d'un coup de dents...

« Qu'ai-je à faire de ces crapules ?... se disait-il. Est-ce pour les sauver que je vais risquer ma vie ?... Pour qu'ils puissent continuer à m'insulter. Et si je meurs à cause d'eux, ils cracheront sur ma tombe ! Non ! je ne prendrai pas le moindre risque pour ces porcs, et je ne tuerai pas un Allemand avant de les avoir tués eux !... Cela, j'en fais le serment !... » Il songeait aussi à déserter, ou à se rebeller contre les ordres reçus. Mais il courait de drôles de bruits dans les tranchées. « L'armée française n'hésite pas à fusiller pour l'exemple les soldats qui se rebellent... », disait-on. En serait-il de même pour l'armée russo-polonaise ?... Ben savait que s'il devait y avoir un fusillé pour l'exemple, ce serait lui. Aussi se méfiait-il de tous et de tout. Surtout de lui-même et de sa promptitude à se mettre en rage. Déserter était préférable. Personne ne connaissait aussi bien que lui la région, ces forêts où il avait passé son enfance à suivre son père et les bûcherons... Chaque sentier, chaque arbre lui était familier. Il connaissait des cachettes où jamais on ne pourrait le retrouver... Mais d'abord, tuer ses compagnons d'armes ! C'était devenu son idée fixe... Il imaginait un plan... Au cours d'un affrontement contre l'ennemi officiel, il se glisserait derrière ceux qu'il considérait comme ses ennemis personnels, et il les tuerait.

Malheureusement (ou peut-être heureusement), il n'eut pas le temps de mettre son plan à exécution, ses compagnons sautèrent sur une mine moins d'une semaine après avoir été envoyés au front... Lui-même, victime d'une violente dysenterie, fut hospitalisé. « Dieu choisit les siens ! » pensa-t-il en apprenant la nouvelle, incapable de cacher sa satisfaction, et, pour la première fois de sa vie, il but un verre de vodka en souhaitant, hilare : « Que ces crapules soient pour l'éternité en enfer !... » Cette oraison funèbre prononcée, il s'endormit du sommeil du juste dont aucun obus n'aurait pu le réveiller...

Pour lui, la guerre ne faisait que commencer... A peine sorti de l'hôpital, il partit vers le front, et dès lors ne pensa qu'à une chose : déserter. Déserter au plus tôt. D'ailleurs, il se sentait infiniment plus proche des Autrichiens et des Allemands que des Russes ou des Polonais et, lorsqu'il était au combat, il évitait soigneusement, autant que faire se pouvait, de tirer dans la direction de ses ennemis.

Il était loin d'être le seul dans cet état d'esprit. Dans toutes les armées, française, anglaise, allemande, russe, autrichienne, bulgare, polonaise ou autre, la même révolte contre la guerre couvait et parfois éclatait en mutineries.

Ben avait reçu de sa mère une revue française. Sarah l'avait envoyée en espérant qu'aucun des militaires chargés de la censure ne lisait le français. Un article d'un écrivain, Romain Rolland, avait été souligné : « Demain » — et cet article, qui en appelait aux « peuples opprimés », exaltait en Ben ce ferment de révolte qui ne demandait qu'à gronder.

« ...Peuples opprimés ! Peut-on imaginer un sort plus tragique que le leur ! Jamais consultés, toujours sacrifiés, acculés à des guerres, obligés à des crimes qu'ils n'ont jamais voulus... »

C'était la course à la mort. Les gagnants — ceux qui mouraient le plus vite — étaient décorés à titre posthume. Mais les morts s'en moquaient, des décorations. Ils s'en moquaient tellement que ceux qui distribuaient condoléances et décorations auraient honteusement remballé leurs hypocrisies et se seraient faits tout petits, s'ils avaient su à quel point les morts se souciaient peu de croix et de médailles, de cette inutile et dérisoire quincaillerie. Eux, les « décorateurs », n'avaient plus l'âge d'aller se battre. Quant à ceux qui refusaient d'aller sauter sur une mine ou de se faire éclater les tripes par des grenades, ils étaient fusillés sur place comme déserteurs... ou pour l'exemple. Heureusement, tous n'étaient pas vainqueurs : les vaincus restaient vivants. Parfois estropiés pour toujours, parfois sains et saufs, mais si leur corps était indemne, leur âme était à jamais blessée. L'horreur était quotidienne... Ben avait appris à courir, à se jeter à plat ventre, à marcher sur des cadavres, à éviter les obus, à trembler dans les tranchées boueuses, à se boucher les oreilles lorsque les hurlements des blessés se faisaient trop stridents, trop insistants..., à se battre pour un morceau de pain et un bol de soupe immonde... Il avait appris la haine quotidienne...

Quant à la superbe camaraderie des soldats face à la mort, elle le faisait doucement ricaner. Au front, c'était chacun pour soi, et Dieu pour tous si cela lui chantait.

Mais l'homme que Ben haïssait au-delà de tout était son sous-lieutenant. Un jeune cosaque du Tsar, qui appartenait au régiment du général Broussilov... Ce sous-lieutenant, comme tous ceux de sa caste, haïssait les juifs et avait pris Ben en particulière détestation. Il n'était pas d'avanie qu'il n'infligeât au malheureux jeune homme qui lui servait d'ordonnance, de valet, de bête de somme et de bouc émissaire. Il n'était pas d'injure dont il ne l'abreuvât... La haine grandissait en Ben. Une haine meurtrière qui n'attendait que l'occasion d'exploser... L'explosion eut lieu au milieu de novembre, après la bataille de Czernowitz. Les Russes, sous la conduite du général Broussilov, avaient forcé le front austro-allemand sur une étendue de cent cinquante kilomètres...

Le détachement auquel appartenait Ben se reposait... Le bruit et la fureur des canons s'étaient tus. C'était une merveilleuse nuit d'automne, une nuit pure et froide, où la lune brillait dans un ciel clair, parsemé d'étoiles, une nuit comme il en est donné parfois aux hommes pour essayer de leur faire entendre raison. Ben rêvait en fumant une cigarette, à demi allongé sous un arbre. Soudain, la voix rauque — avinée par l'alcool qu'il venait de boire — de son tortionnaire habituel le fit sursauter :

— Hé ! le youpin !... Arrive !... J'ai besoin de ton aide.

Ben se leva en soupirant et, sans trop se presser, atteignit l'écurie d'où venait la voix.

Le sous-lieutenant Alexeiev Roumanoff était, comme à l'accoutumée, en état d'ivresse avancée. Il ne parvenait pas à monter en selle... Il piétinait dans le fumier, les bottes crottées, pleines de purin. Ben retint un haut-le-cœur en le voyant... L'exécration qu'il nourrissait à l'égard de son supérieur avait atteint un degré tel qu'il pensa un instant que le sous-lieutenant allait périr sur-le-champ uniquement parce qu'il le désirait...

— Hé !... youtre !... aide-moi à monter... Donne tes mains...

Ben recula. Ses yeux se fixaient sur les bottes maculées... Le sous-lieutenant Alexeiev ricana.

— A genoux !... et donne tes mains pour que je puisse monter en selle...

Ben se pencha et croisa les mains de manière à former un support sur lequel le sous-lieutenant Alexeiev posa avec délectation son pied crotté. Une odeur de purin et d'alcool souleva le cœur de Ben. Peut-être était-ce pour éviter de vomir sur son supérieur ? Peut-être... Toujours est-il que, soulevé par un imprévisible mouvement ascendant, le sous-lieutenant Alexeiev Roumanoff fit un gracieux vol plané par-dessus sa monture et atterrit sur un tas de fumier... Se débattant pour se relever, couvert de crottin et de purin, le sous-officier proférait mille injures, auxquelles il ajouta :

— ...Je vais te faire fusiller !... Tu entends, sale youpin ? Je vais te faire fusiller !... Attends que je me relève !... Mon revolver... où est mon revolver ?...

Ben savait que le sous-lieutenant exécuterait ses menaces. Il connut un instant d'affolement, de panique, mêlée à une joie intense de voir son ennemi en si piteuse posture, puis quand il vit que ledit ennemi dégainait son revolver, Ben se saisit d'une fourche qui se trouvait là, et en donna deux coups violents à l'énergumène qui vociférait de rage et peut-être de douleur. Sans vérifier davantage si son supérieur était blessé ou mort, Ben sortit de l'écurie, sauta sur son cheval encore sellé, piqua des deux et fila dans la nuit...

Deux jours plus tard, Stopnica... la maison, Saül et Sarah effondrés, qui le cachèrent toute la nuit. Puis le lendemain, la fuite vers l'Autriche. Il arriva à Vienne dans la nuit. Son cheval était couvert d'écume. Grâce à sa connaissance du terrain, Ben avait pu déjouer les mille embûches d'une contrée en guerre... Ce que furent ces deux jours de fuite à travers les campagnes russe, puis autrichienne, jamais il ne parvint exactement à s'en souvenir. Bien des années plus tard, alors que la peste nazie avait dévasté l'Europe, il racontait volontiers cet épisode de sa vie, mais précisait toujours : « ...Je ne me souviens pas exactement ni où ni comment j'ai dormi ou mangé... Je me cachais le jour... »

Tout au long du trajet, il pensait que si les Russes le rattrapaient, il était passible du peloton d'exécution sans autre forme de procès. Assassin et déserteur !... Et pourtant, incorrigible optimiste, il pensait que la nuit était belle, qu'il avait dix-huit ans et que la vie, somme toute, valait la peine d'être vécue... Seul sur son cheval, il se sentait grisé par les odeurs, par une sensation divine de liberté et par une faim terrible qui lui déchirait les entrailles. Il ne s'arrêtait que pour dormir un peu et pour reposer son cheval. Pas question de s'attarder à chercher à manger... Et pourtant, il ne pensait plus qu'à cela. Manger. Manger... Le fait qu'il eût tué un homme de sang-froid le laissait de glace... Et même, il en éprouvait plutôt du plaisir. « Combien ai-je tué de jeunes soldats qui ne m'avaient rien fait, que je ne connaissais même pas et que seul un hasard malencontreux a mis au bout de ma mitrailleuse ? J'en ignore moi-même le nombre... Mais, là, celui-là, ah, celui-là ! Quel plaisir de l'avoir tué ! Est-il mort sur le coup ? Ou bien a-t-il été seulement blessé ? Dans ce cas, on doit me rechercher dans toute la Russie !... Vienne ! Vivement Vienne, chez grand-père Elie... »

Vienne ! Vienne sous le couvre-feu. Vienne silencieuse et déserte... Ben abandonna son cheval à l'entrée de la ville. Il attendit jusqu'à minuit passé pour aller frapper à la porte de la maison Lichtfeld... Trop dangereux. Il se faufila de rue en rue, de porche en porche, refusant aux souvenirs de l'enfance encore proche d'envahir son esprit... Il y avait un temps révolu à jamais : c'était « avant la guerre... ». Maintenant, c'était « pendant la guerre... » et Ben espérait que, pour lui du moins, il y aurait un « après la guerre... ». Peu lui importait l'état dans lequel serait l'Europe, s'il était la pour le voir. « Demain sera forcément mieux qu'aujourd'hui, pensait cet incorrigible optimiste. Car, pour aujourd'hui, c'est plutôt raté... »

Évitant par miracle les patrouilles de garde, Ben arriva jusque sur la Ringstrasse et, enfin, jusqu'à la demeure de grand-père Elie... Il frappa de toutes ses forces.

La porte s'ouvrit sur le vieux Fritz, portant une lampe à pétrole fumante.

— Monsieur Ben ! s'exclama-t-il, et un vague sourire l'illumina. Votre grand-père va être si heureux... (Il s'interrompit devant l'aspect du jeune garçon.) Entrez... entrez vite... Ah, monsieur Ben, quel plaisir de vous revoir !...

Ben ne fut pas étonné de voir la maison, autrefois toujours éclairée, plongée dans l'obscurité. Les restrictions se faisaient sentir partout, et plus durement sans doute dans les grandes villes. Mais quelque chose d'imprécis lui serra le cœur. Il planait comme une menace dans cette silencieuse obscurité.

— Que se passe-t-il, Fritz ?... chuchota-t-il.

Il sut qu'il ne s'était pas trompé en voyant le visage du vieux serviteur se décomposer. Fritz grimaça un sanglot.

— Il est arrivé un malheur... un très grand malheur...

— Quoi donc ? demanda Ben toujours à voix basse.

— ...Les jeunes messieurs... Jonathan et David... tués ! Tous les deux ! A Verdun. Monsieur Elie a reçu la dépêche ce matin... Votre grand-mère s'est évanouie et le médecin est auprès d'elle... Elle est très malade... Son pauvre cœur ! Après mademoiselle Noemi, maintenant les jeunes messieurs. Ah ! C'est terrible ! terrible...

Ben resta silencieux. Il avait toujours adoré ses jeunes

oncles ; dont il avait fait ses idoles. Il les imitait en tout, au grand dam de Saül qui manifestait parfois comme une sorte de jalousie paternelle... David et Jonathan. On ne nommait jamais l'un sans l'autre. Il les rencontrait au cours de lointaines vacances à Bad Ischl, dans la villa du Baron Elie. Il se souvenait d'eux comme de très beaux jeunes gens toujours rieurs, gais... « Des bons à rien !... » grommelait grand-père Elie avec une telle affection dans la voix.

Ces « bons à rien » étaient passionnés d'aviation, d'automobile et souvent, alors que Ben n'était encore qu'un très jeune garçon, ils l'avaient entraîné avec eux. C'étaient là des jours heureux, des heures gaies, lumineuses... Oh ! les courses en automobile découverte, le vent sifflant dans les oreilles, la tête grisée par la vitesse... Et le rire de ses jeunes oncles. « Ben ! mon garçon, tu as de trop grandes oreilles ! tu vas t'envoler. » « Ben, as-tu déjà embrassé une fille ?... Ne rougis pas comme ça !... Alors, chenapan ?... Non ?... Viens, on va te présenter à une jolie petite "mademoiselle"... » Ben se souvenait de la « jolie petite mademoiselle » avec qui il avait connu ses premiers émois de jeune puceau...

Jours heureux, jours d'été, à jamais disparus... Il ne resterait plus rien du passé. Plus rien. Pas même les souvenirs. Tout le bonheur avait explosé avec la folie meurtrière des hommes.

Ben se secoua. Pas de temps à perdre en regrets stériles. Le temps pressait.

— Comment est-ce arrivé ?...

Il regretta aussitôt cette question stupide. Comment meurt-on à la guerre ? Grenades, baïonnettes, canons, fusils qui font exploser les têtes, éventrent et déchiquettent les corps, tout est bon à un homme pour tuer son prochain. Ben soupira. Ses jeunes oncles étaient sans doute morts ainsi. Plus tard, on donnerait à grand-père Elie des croix et des médailles en leur honneur, et sur leur tombe, posée sur les restes de ce qui avait été des hommes, on écrirait : *Mort au champ d'honneur — la Patrie reconnaissante.* Phrase inepte, dérisoire, qui ne consolerait jamais de la perte de deux fils de trente-quatre ans. Trente-quatre ans pour vivre, pour exister, et puis un trou boueux quelque part en France. Cette France qu'ils aimaient et admiraient tant et qu'ils étaient venus combattre. C'était là que s'achevait le destin de David et Jonathan.

Soudain, Ben prit conscience que le vieux Fritz lui parlait.

— Vos oncles ont été attaqués... par une patrouille...

Verdun ! Ben en avait entendu parler dans son régiment. L'enfer ! Des milliers de morts quotidiens de chaque côté... Un massacre, une horreur sans nom... Les tranchées qui se transformaient en fosse commune. Combien de morts ? Ben chercha à se représenter Jonathan et David... Si gais, si élégants, refusant de se marier de crainte d'être obligés de se séparer, adorant l'aviation, toujours une chanson au coin des lèvres... Il y avait eu la guerre, et lui, Ben, était leur ennemi. Maintenant, ils étaient morts, et il fallait considérer comme une chance qu'ils fussent morts à Verdun et non à la bataille de Tarnopol ou de Czernowitz... Parce que là, ç'aurait peut-être été Ben qui les aurait eus au bout de son fusil. Ou peut-être aurait-ce été le contraire. Ils étaient morts... Ben espérait que ce fût sur le coup et non comme ce jeune soldat, presque un enfant, qu'il avait vu agoniser durant des heures, suppliant qu'on l'achève, qu'on ne le laisse pas souffrir ainsi. Lorsque l'un de ses camarades avait voulu l'aider à mourir, un prêtre qui veillait jalousement sur ses prérogatives l'en avait empêché en parlant de crime contre la volonté de Dieu... « C'est donc la volonté de Dieu de faire souffrir quelqu'un ainsi ? » avait demandé le jeune soldat en rengainant son revolver.

Le prêtre avait incliné la tête. « C'est ainsi. Nul n'a le droit d'enlever la vie. Dieu seul peut décider à quel moment cette âme doit quitter ce corps. — S'il en est ainsi, avait dit le soldat, en arrachant la petite croix d'or qu'il portait autour du cou, alors je n'ai plus rien à faire d'un pareil salaud... » Il avait jeté la croix par terre et craché dessus. « Si Dieu est responsable de tout cela, qu'il en soit maudit à jamais », avait-il ajouté presque calmement.

Outré, le prêtre s'était écrié : « Dieu vous punira... Dieu vous punira... »

En effet, Dieu n'avait pas tardé à punir le jeune soldat qui avait été déchiqueté par un obus deux jours plus tard, juste à côté de Ben qui n'avait eu que le temps de sauter dans un trou qu'un autre obus avait creusé. Dieu savait punir ceux qui n'étaient pas en accord avec Lui.

« Dieu, faites que mes oncles soient morts sans souffrir ! pensait Ben qui ne parvenait pas à oublier les hurlements de douleur du jeune soldat. Je vous en prie ! Faites qu'ils n'aient pas souffert !... »

Le temps pressait. On avait dû découvrir l'officier russe. Ben espérait qu'il fût mort sur le coup et il regrettait amèrement de n'avoir pas pris le temps de l'achever. Si jamais l'officier avait repris connaissance, avait parlé, on avait dû lancer une meute à ses trousses. On avait dû envoyer une milice chez ses parents. Il fallait quitter Vienne, l'Autriche, au plus tôt. Vite... Vite ! Sinon c'était le peloton d'exécution... Puis un peu de raison lui revint. Les Russes n'arriveraient pas jusqu'à Vienne ! En territoire ennemi ! Ben retint un petit rire. La maison de grand-père Elie un territoire ennemi ! La folie des hommes avait-elle une limite ? Pouvait-il quitter l'Autriche en pleine guerre ?

Grand-père avait sûrement une réponse à ce problème. Dans le miroir qui surplombait la cheminée, il observa son costume civil. Heureusement qu'il avait eu le temps de faire un saut à Stopnica et de se changer. S'il avait été capturé par les Autrichiens, on l'aurait fusillé sur-le-champ comme ennemi. « Ma vie ne tient qu'à un fil... », pensa-t-il. Et, incorrigible, il eut un petit rire. Il se dirigea vers la fenêtre, l'ouvrit et respira l'air vif de la nuit. Une puissante odeur de feuilles pourrissantes, d'humus fraîchement remué et de brouillard d'automne le fit chanceler. Il respira de nouveau, jusqu'à l'ivresse, ces odeurs de la nuit, ces odeurs magiques, envoûtantes.

Des pas se firent entendre dans les escaliers. Des pas incertains, lents, si lents... Ben ferma la fenêtre. Aux aguets, il attendait. La porte s'ouvrit et il aperçut une ombre dans l'obscurité. L'ombre se tenait sur le seuil, hésitante.

— Ben ?... Ben ? dit la voix cassée de grand-père Elie.

— C'est moi, grand-père...

Ben lâcha le rideau et s'avança. Il vacillait. Une lassitude immense anesthésiait en lui tout sentiment ; seule l'habitait l'envie de dormir et de manger. Depuis deux jours il n'avait pris ni repos ni nourriture. La flamme de la lampe à pétrole, attisée par le courant d'air provenant de la porte ouverte, éclata en une flamme orangée qui illumina la pièce, éclairant le visage du Baron Elie. C'était un vieillard. Un vieillard au visage empreint de douleur. Il tendit les mains vers Ben. Des mains tremblantes, presque suppliantes.

— Mon petit... mon petit, balbutia-t-il, puis il ajouta : Ta grand-mère est au plus mal... Elle va mourir.

De grosses larmes sans sanglots couvraient le visage du vieil homme.

Ben frémit. C'était un cauchemar que tout cela. Il allait se réveiller. Se réveiller auprès de ses grands-parents, de ses parents. Il n'avait pas tué l'officier tsariste... Il n'avait tué personne... Un cauchemar ! Il fallait qu'il se réveille, bon Dieu !

Mais non, il ne rêvait pas. Il venait d'arriver dans une Vienne méconnaissable, dans une maison à jamais désertée par la joie et la douceur de vivre, et il n'y avait plus que menace et ténèbres autour de lui. Fuir ! Fuir... ce mot revenait sans cesse dans son esprit enfiévré. Fuir au plus vite... Il se laissa embrasser par son grand-père, luttant contre son propre attendrissement qui l'eût fait sangloter sur son épaule. L'heure n'était pas aux attendrissements.

— Je suis venu, grand-père, pour que vous m'aidiez à partir au plus tôt... J'ai commis un meurtre !... J'ai déserté et j'ai commis un meurtre. J'ai tué un officier du Tsar...

Le Baron Elie regardait son petit-fils sans le voir.

— Ah ?... Pourquoi ?... dit-il seulement.

Ben hésita. Puis brièvement :

— Il m'avait traité de... de sale youpin. Je... Je n'ai

pas voulu sa mort. C'est un accident. Deux coups de fourche. Comme ça !

Ben mima le geste salvateur. Le Baron Elie ne dit rien et parut s'absorber dans ses pensées. Puis il demanda :

— Où veux-tu aller ?

— Loin. Le plus loin possible ! En Amérique.

— En pleine guerre ? Cela sera difficile... Mais on va arranger cela. (Il réfléchissait à voix haute.) L'Empereur François-Joseph est mort hier... Il va y avoir des funérailles nationales, et probablement beaucoup de mouvements de trains. Personne ne s'étonnera de ta présence. Une personne de plus ou de moins...

Il se tut, comme épuisé. Puis il reprit d'une voix plus ferme :

— Voyons, qui contacter ? En premier lieu, il faut trouver des faux papiers...

Il se tut de nouveau. Cela pouvait se faire, songea-t-il. Ben était né en Autriche, de mère autrichienne, et ses grands-parents étaient autrichiens. Cela pouvait s'arranger. Restait à le faire passer dans un pays neutre. Avec la guerre, certaines formalités allaient pouvoir se faire plus rapidement. Un faux passeport pour la Suisse, voilà ce qu'il fallait, et ensuite gagner Le Havre, où il y aurait un bateau en partance pour les Etats-Unis. A moins que le sud de la France ne fût plus sûr, ou alors le Portugal ?... Mais d'abord Zurich. La Suisse. La Suisse... C'était possible. Et ensuite ? Ah, ensuite Ben trouverait un moyen... La Suisse, c'était la sécurité. Oui, c'était ça la solution.

Des faux papiers d'identité suisses, un passeport et de l'argent.

Hésitant, le Baron Elie esquissa un vague sourire.

— Je pense que je vais pouvoir arranger cela... Pour les faux papiers, Berta Zuckerkandl pourra peut-être t'aider. Elle va souvent en Suisse, à Zurich, où elle rencontre sa sœur Sophie Clemenceau... Elle connaît beaucoup de monde à la chancellerie... Je te donnerai des brillants et quelques pièces d'or. La monnaie autrichienne ne vaut plus rien. Je te donnerai aussi une lettre pour ton oncle Ernest, à New York, et pour un cousin qui vit à Montréal...

Une certaine vigueur semblait renaître en lui. Il fallait prendre des décisions, aider son petit-fils, penser à autre chose qu'au malheur qui le frappait.

— Il faut d'abord te reposer !... dit-il d'une voix affermie. Ici, tu ne risques rien. Mais tu ne dois sortir sous aucun prétexte ! Enfin, pour le moment ! Les soldats du Tsar ne viendront pas te chercher à Vienne ! C'est impensable !... Mais tu peux être arrêté par les Autrichiens, comme ennemi... ou bien comme déserteur, puisque tu es né autrichien ! Quel imbroglio !... (Après un petit moment d'hésitation, le Baron Elie ajouta :) Veux-tu voir ta grand-mère ?...

Myriam n'avait jamais manifesté un amour débordant pour les enfants du « saltimbanque ». Certes, elle les aimait — c'était son sang, les enfants de sa fille... Mais pour elle, c'étaient des petits paysans à peine dégrossis, des juifs de l'Est, dont il était de bon ton, dans la grande bourgeoisie viennoise, de se tenir à distance, qu'ils fussent de la famille ou non.

— Bien sûr ! dit Ben. Comment est-elle ?

— Très faible. Le docteur lui a fait une piqûre. Elle ne souffre pas. Physiquement, j'entends. Mais son pauvre cœur peut lâcher d'une minute à l'autre. Et puis elle a tellement changé ! Elle a demandé à voir un rabbin.

Tout en parlant, les deux hommes montaient les marches qui conduisaient à la chambre.

Pétrifié, Ben s'immobilisa.

— Grand-mère ! Un rabbin ?...

— Oui ; c'est bizarre, n'est-ce pas ?...

On avait si souvent ri de Myriam von Lichtfeld et de sa volonté farouche de s'assimiler, de renier ses origines. Il semblait que le malheur qui avait fondu sur elle eût fait éclater cette gangue dans laquelle elle s'était volontairement emprisonnée pour fuir... pour fuir quoi ?

Le Baron Elie et Ben étaient déjà sur le palier. La porte s'ouvrit et la garde-malade s'avança.

— Chut !... dit-elle à voix basse. Elle s'est un peu calmée... Elle vous a réclamé, monsieur le Baron...

La lumière dorée, vacillante, d'une *menorah,* chargée de bougies allumées, éclairait faiblement une forme immobile, maigre, blanche, un visage creusé, douloureux, auréolé de cheveux gris... Grand-mère Myriam.

Ben s'avança vers le lit. Il oublia instantanément la vague rancune que les enfants de Saül avaient toujours éprouvée à l'encontre de grand-mère Myriam... Etait-elle vivante ? Etait-elle morte ? Des larmes coulaient le long de ses joues flétries. Ben se souvenait... Un souvenir incongru en ces heures dramatiques. Un souvenir de joie et de frivolité. C'était en 1906. Il avait huit ans et sa grand-mère s'apprêtait pour l'Opéra. Belle encore sous ses cheveux gris, impérieuse et superbe. « Allons, disait-elle. Viens m'embrasser, petit monstre... »

« Elle nous aimait, pensa-t-il, à sa manière elle nous aimait... » Il s'assit sur une chaise, tout contre le lit. De l'autre côté, grand-père Elie se penchait anxieusement vers le visage de Myriam. Un visage marqué par une inhumaine désespérance, par la mort proche... ravagé, douloureux.

Doucement, Ben caressa le front brûlant, haut, intact, magnifique, qui triomphait du naufrage de cette vie, comme s'il était animé d'une vie distincte, rendu immortel par la puissance de son intelligence...

— Grand-mère... (Les mots s'étranglaient dans sa gorge.)

Myriam ouvrit les yeux. Elle tendit sa main vers Ben.

— C'est toi ? Mon petit enfant ! Ben... Ben... Ah ! c'est bien que tu sois venu, mon petit !... Il ne faut pas que tu meures, toi aussi !... J'ai fait de bien mauvais rêves ! Il ne faut pas !... Pars ! Pars vite loin de tout ça ! Déserte, mais sauve-toi !

Elle soupirait et pleurait. Immédiatement le Baron Elie fut près d'elle. Il lui essuya le visage avec un linge parfumé à l'eau de Cologne.

— Il ne faut pas pleurer ! dit-il tendrement. Là, là, calme-toi, calme-toi, ma petite bien-aimée. Je vais m'occuper de Ben ! Tout ira bien, mais repose-toi et ne te fais plus aucun souci... Ben est ici pour quelques jours...

Apaisée par les caresses et la voix du Baron Elie, la malade ferma les yeux. Elle paraissait dormir, mais soudain ses paupières se relevèrent. Intriguée, elle considéra longuement son petit-fils.

— C'est curieux que tu sois là, mon enfant.

Sa voix était presque normale. Puis, de nouveau, ses yeux vacillèrent et les larmes glissèrent sur ses joues.

— Mes fils... tu connais la nouvelle ?... Mes fils... et Noemi... Noemi morte sans pardon...

— Sans pardon ? s'étonna Ben qui ne comprenait pas.

Myriam regarda Elie.

— Dis-lui..., implora-t-elle... Il faut qu'il sache.

— Plus tard, ma chérie... Plus tard, je te promets... Il faut te reposer maintenant.

— Attends... Attends encore un peu... Saül ? ta mère ?

— Elle va bien. Papa aussi.

Un faible sourire détendit un instant les traits de la malade.

— C'est bien. Et tes sœurs ? ton frère ?...

— Ils vont bien aussi, grand-mère. Ne te fais pas de souci...

Sans s'en rendre compte, Ben avait tutoyé sa grand-mère, ce que jamais il n'avait fait.

Myriam lui prit la main et la baisa avec force. Ses lèvres étaient brûlantes, desséchées...

— Il ne faut pas rester là-bas ! Ni ici... Il faut partir, Ben. Partir vite... le plus vite possible... Sarah voulait partir au Canada...

— Maman, papa et les filles viendront m'y rejoindre dès la fin de la guerre...

— T'y rejoindre ?... tu pars donc ?

— Oui.

— Quand cela ?

Ben regarda son grand-père, qui répondit pour lui :

— Le plus tôt possible, Myriam. Le plus tôt possible...

De nouveau, Myriam étreignit la main de Ben. Un fantôme d'étreinte. Elle ferma les yeux, les sourcils légèrement froncés, cherchant visiblement à comprendre quelque chose qui lui échappait...

— Mon rêve... ce cauchemar que je viens de faire, murmura-t-elle enfin, c'était donc ça !... Est-ce si grave que tu doives fuir en pleine guerre ?

Ben baissa la tête, comme lorsqu'il était enfant et qu'il se faisait sermonner après une sottise.

— Est-ce quelque chose dont tu puisses avoir honte ? demanda-t-elle à voix basse.

C'est grand-père Elie qui répondit :

— Non !... Au contraire ! C'est quelque chose dont il doit être fier.

Rassérénée, épuisée, Myriam retomba dans le sommeil, sa main, une petite main sèche, fragile comme une patte d'oiseau, tenant toujours celle de Ben...

C'est alors que Ben comprit que sa grand-mère n'aspirait plus qu'à la mort, que seule cette perspective pouvait soulager l'intensité de sa souffrance...

— Viens, mon petit..., dit le Baron Elie, viens. Il faut te coucher. Demain et les jours qui suivront seront difficiles.

Vienne était en état de choc. Depuis le 21 novembre 1916, à vingt et une heures, le cœur du vieil Empereur François-Joseph avait cessé de battre.

— Il a eu son compte de souffrances dans cette vie..., disait le Baron Elie qui ne pouvait cacher son émotion. C'était un grand empereur. Il avait le sens de la dignité, de l'honneur... Ah ! pourquoi n'a-t-il pas accordé toute sa confiance à son fils, le Prince Rodolphe ? Jamais le Prince n'aurait accepté un tel rapprochement avec l'Allemagne... Dommage... Dommage et trop tard à présent. Il ne sert à rien de se lamenter sur ce qui aurait pu être et qui n'a pas été... Bientôt, dans l'Empire, la pauvreté et la famine nous engloutiront tous dans une vague irrépressible. Déjà, ces idées nouvelles prennent la place des idées anciennes... Est-ce une menace ?... Est-ce au contraire un espoir ?...

Ben écoutait son grand-père monologuer. Le vieil homme se raccrochait au verbe pour éviter de penser à tout ce qui était en train de disparaître. Toute sa vie. Tout ce qu'il aimait. Ses enfants, l'Empereur François-

Joseph... Vienne. Vienne aussi — la Vienne d'autrefois, qui allait sombrer dans le néant...

Puis il reprenait son monologue auprès de Myriam, désormais hors d'atteinte.

— ...Nous avons tout perdu. Tout. Les êtres qui nous sont chers, un million de morts. Un million de morts ! répétait-il en caressant le visage clos de Myriam.

Il pleurait. Et Ben ne savait si c'était la mort de Myriam ou celle de ce million d'Autrichiens.

— Assez !... c'est assez ! Assez de sacrifices ! Il ne faut plus donner une seule vie d'homme pour l'hégémonie allemande !...

Ben aurait aimé rappeler à son grand-père que c'était l'Autriche qui avait entraîné le monde dans cette guerre. Mais il s'arrêta à temps. En vérité, il ignorait tout de la politique de l'Allemagne de Guillaume II, mais lui revenaient en mémoire les réflexions acerbes de son père sur ceux qui avaient probablement armé le bras du terroriste serbe.

Pendant ce temps, devant la Hofburg et sur la place du palais de Schönbrunn, les Viennois, juifs et chrétiens réunis dans une même peine, se pressaient, chacun priant le Dieu de son choix sans savoir qu'Il était le même, et qu'Il ne se souciait ni des larmes ni des prières censées monter vers Lui.

Trois quarts de siècle d'histoire s'achevaient en ce 30 novembre 1916, lorsque le cortège funèbre quitta la Hofburg. François-Joseph reposait dans le corbillard de parade qui avait déjà servi pour son fils, le Prince Rodolphe, et sa femme bien-aimée, l'Impératrice Elisabeth... Les cloches et les bourdons de toutes les églises sonnaient le glas. Sur la Ringstrasse, la place de l'Opéra, une foule énorme se rendait à ce dernier hommage à son souverain. Conformément au protocole, il était tiré par huit chevaux noirs. Le futur Empereur Charles, les membres de la famille et les plus hautes personnalités de l'Empire et de l'Eglise suivaient...

Le même jour, grand-mère Myriam fut enterrée dans le cimetière juif de Vienne, entourée de sa famille.

Dans la nuit du 15 au 16 décembre, Ben Lichtfeld, de nationalité suisse allemande, alias Lozwitzky, ex-sujet russo-polonais, somnolait dans un wagon de première classe en direction de Zurich. « Car..., lui avait dit grand-père Elie, quand on voyage en première classe, on ne vérifie pas les papiers à la loupe... Mais, rassure-toi, ils sont parfaitement en règle... »

Ben n'avait pas peur. Il était à la fois désespéré et excité comme jamais dans sa vie. Dans trois semaines, il quitterait Zurich pour Lisbonne d'où un bateau en partance le conduirait à New York, et de là, il irait rejoindre ses oncles à Toronto... Et lorsque l'on avait dix-huit ans, que l'on venait d'échapper par miracle au bourbier sanglant dans lequel l'Europe s'enfonçait, il était difficile de ne pas pousser un énorme « ouf ! » de soulagement.

LE CHANT DES ENFANTS MORTS

Juillet 1917

Autrefois, lorsqu'ils étaient encore petits, avant la guerre, l'un des jeux auxquels les jeunes Lozwitzky se livraient avec passion était celui que Sonia appelait « *Quand on sera grands...* ». Puis ils avaient grandi et le jeu s'était transformé : on l'appelait désormais « *Quand la guerre sera finie...* ». « Une question de jours », disait Saül, plein d'espoir. « En France, le général Joffre... », renchérissait Sarah.

Et ils attendaient les lettres en provenance de Zurich. Lettres qui mettaient parfois trois ou quatre mois à atteindre leurs destinataires. Lettres censurées, tachées, délibérément ouvertes, lettres qui leur avaient appris la mort de Myriam et celle, en Palestine, de Haym et Dina Landon, d'Isaac et Jacob Lichtfeld... Tous avaient été pendus par les musulmans... Mais grâce à leur combat et à celui de leurs compagnons, le général Allenby était entré dans Jérusalem délivrée des Turcs. Restaient, pris dans la tourmente, Eliezer, Deborah et Keren dont on n'avait plus aucune nouvelle.

Sarah ne quittait plus le deuil. Sa mère, ses frères, sa sœur, son neveu... Elle n'en pouvait plus de larmes et de tristesse. Elle vivait en permanence la gorge serrée dans un étau qui ne lâchait pas prise.

« Si encore je pouvais pleurer..., disait-elle. Vraiment pleurer. Sans m'arrêter... Alors je pourrais peut-être respirer ?... » Mais elle ne pouvait pas pleurer. C'était curieux, cette incapacité à se soulager dans les pleurs.

Partir. Elle ne pensait plus qu'à cela. Fuir ce pays, cette détresse. Mais ils étaient piégés. Il fallait attendre la fin de la guerre.

Cet après-midi-là, sous un ciel plombé annonciateur d'orage et dans la chaleur étouffante de l'été, Sonia, Hannah et Nina, réfugiées à l'ombre d'un tilleul, jouaient à ce nouveau jeu « Quand la guerre sera finie » qu'elles adoraient, et qui consistait à imaginer leur avenir sous différentes formes... Avenir qui changeait après chaque lecture nouvelle. Ces jeunes personnes s'identifiaient volontiers à toutes les héroïnes de romans qu'elles venaient de lire. Tantôt elles étaient Anna Karénine (bien qu'elles la jugeassent particulièrement sotte), ou plus volontiers Natacha de *Guerre et Paix,* mais sans faire l'erreur de rompre avec le Prince André ; tantôt, elles rêvaient qu'elles devenaient l'égale de Nastasia Philipovna, l'héroïne de *L'Idiot,* et se disputaient ce personnage passionnant entre tous...

Tranquille et appliquée, Sonia, qui allait bientôt fêter ses dix-huit ans, était d'une susceptibilité maladive, s'emportant pour un oui, pour un non. Consciente d'être, depuis le départ de Ben, l'aînée, donc responsable de ces jeunes sots qu'étaient ses cadets, elle n'acceptait de jouer au jeu du « Quand la guerre sera finie, moi... » qu'avec une certaine réticence affichée... mais un grand plaisir secret. Elle se savait jolie, on lui disait tellement souvent qu'elle ressemblait à s'y méprendre à cette tante morte si jeune et dont elle portait le nom, qu'elle affectait des airs de langueur touchant au ridicule.

Violente, révoltée, fantasque, Nina était sans doute la plus difficile des filles de Sarah. « ...Il n'y a aucun répit avec elle..., disait-elle avec colère. Chaque jour on se demande quelle trouvaille désagréable elle va encore nous réserver !... » L'adolescente ne rêvait que de Vienne, de gloire, d'études musicales et ne cessait de récriminer contre Stopnica, ses habitants, contre ses parents qui avaient, selon elle, commis la plus grande bêtise de leur vie en quittant Vienne pour s'installer dans ce trou perdu. Elle haïssait la campagne, les animaux, les paysans polonais et s'enfermait des jours entiers dans sa chambre où elle cherchait sur son piano tous les airs d'opéra que sa mère ou son père lui chantaient de mémoire. Avant la guerre, ses seuls moments de bonheur avaient été lorsque la famille partait à Vienne pour y passer quelques jours. Certes, il y avait l'obligation de se tenir comme de vraies petites bourgeoises devant chère-grand-maman Myriam. Mais il y avait aussi, il y avait surtout l'Opéra, le Burgtheater, les concerts... Depuis la guerre, par la force des choses, Vienne était interdite et Nina n'était pas loin de penser que cette guerre stupide était une atteinte à sa personne... Elle imaginait qu'un jour elle se sauverait... Elle avait fixé la date de sa fuite le jour de ses dix-sept ans. Aussi attendait-elle avec impatience le mois d'avril 1918, où elle célébrerait enfin ces dix-sept ans tant attendus. Ce n'était plus qu'une question de mois.

Hannah était une ravissante adolescente de quatorze ans, tout en longueur, qui ne pouvait envisager d'existence hors du contexte familial... Elle adorait Haïm et vivait sous l'entière domination de son frère. Si l'on voulait obtenir quelque chose d'elle, il valait mieux s'adresser à Haïm. Lui seul pouvait faire obéir sa jumelle.

Le jeu du « Quand la guerre sera finie... » était assez révélateur du caractère des enfants, mais jamais ceux-ci n'autorisèrent les parents à y assister. C'était là leur secret, leur exutoire, une manière peut-être d'extérioriser mille et une frustrations à travers un personnage rêvé qui prenait le relais d'une personnalité encore en devenir.

« Quand on sera grands et que la guerre sera finie, on ira rejoindre les oncles au Canada... » Cela, c'était la première phase du jeu. Rien de bon ne pouvait venir de Stopnica, que les enfants détestaient tous avec une égale ardeur... Surtout les filles. Toutes les trois ne rêvaient que de Vienne ou de Toronto. Cela faisait huit mois que Ben était arrivé au Canada. Les rares lettres de lui qui, par un curieux détour par Zurich, Vienne, et enfin Stopnica, parvenaient jusqu'à la famille, étaient pleines d'enthousiasme. Ben ne parlait que d'horticulture, de jardins d'agrément. C'était là son travail, et il semblait y exceller... Sur une petite carte qu'il avait envoyée, Saül et

Sarah, en pleurant d'émotion amusée et de tristesse, avaient lu :

BENJAMIN LOZWITZKY
Horticulteur-Pépiniériste
Créateur en jardins d'agrément

— Il n'y a pas six mois que Ben est à Toronto, et déjà... sanglotait Sarah en riant.

— Voyez-vous ça ! le chenapan !... chevrotait Saül en essuyant ses lunettes, légèrement embuées. Notre fils ira loin...

Haïm, lorsqu'il consentait à jouer au jeu du « Quand on sera grands et que la guerre sera finie » avec ses sœurs, déclarait, péremptoire :

— ...Moi, quand je serai grand, j'irai au Canada. Mais d'abord, je tuerai plein de cosaques et de sales polacks, et alors je m'enfuirai, et alors je prendrai un train jusqu'à Paris. De là j'irai jusqu'au Havre, et là j'embarquerai sur un grand paquebot et je partirai rejoindre Ben... Je travaillerai avec lui et nous serons les plus grands horticulteurs du Canada. Nous deviendrons très riches et très célèbres...

— Et moi ? pleurait sa jumelle Hannah, que vas-tu faire de moi ? tu vas me laisser ici à Stopnica avec ces sales polacks pourris ?

— Toi, tu viendras avec moi ! disait alors Haïm, plein d'autorité. Et ensuite, quand nous serons devenus riches, nous ferons venir toute la famille...

Il réfléchissait avec une orgueilleuse ardeur... « Notre famille de Vienne et de Stopnica, tous ensemble, on est presque cinquante !... »

Mais, en ce jour de juillet 1917, Haïm n'était pas présent pour le jeu du « Quand la guerre sera finie... ». Depuis qu'il avait été reçu au lycée d'Etat de Tarnow, il vivait chez l'une de ses tantes et ne devait revenir que la semaine suivante pour les vacances scolaires. Aussi les trois fillettes ne commencèrent-elles le jeu qu'assez tard dans l'après-midi et sans grand enthousiasme...

Il faisait très chaud. Une chaleur accablante, lourde, orageuse. Sarah et Saül s'étaient réfugiés dans la grande salle dont on avait fermé les volets afin d'y maintenir une ombre fraîche et reposante... C'était un samedi, jour de shabbat... Personne ne travaillait chez les Lozwitzky. Les journaliers juifs étaient à la synagogue, les chrétiens au cabaret — le lendemain, dimanche, ce serait au tour des chrétiens d'aller à l'église, et aux juifs d'aller boire une vodka... C'était dans l'ordre des choses. Immuable, depuis la nuit des temps

Cet après-midi-là, tout était calme, silencieux. Sous le ciel plombé, juste le son harmonieux du piano et du violon qui s'élevait dans l'atmosphère, comme pour la purifier de ses miasmes.

— Moi..., commença Sonia, quand la guerre sera finie, j'aurai un mari très très riche, et puis j'aurai plein d'enfants que j'habillerai à la française, et une très grande maison, avec une salle de musique comme celle de Sergueiev... Je donnerai des concerts privés et je ferai venir les plus grands musiciens seulement pour moi !... J'habiterai à Vienne sur la Ringstrasse, à côté de grand-père Elie, et j'organiserai de belles réceptions, les plus belles de Vienne... Je serai invitée aux bals de l'Empereur Charles et de l'Impératrice Zita. Papa dit qu'ils sont beaucoup plus modernes que l'Empereur François-Joseph... et très proches des sociaux-démocrates... Je recevrai les plus grands artistes...

— Et nous alors ?... s'écria Hannah indignée. Tu nous laisseras dehors ?...

Hannah voyait déjà sa sœur vivre à Vienne et, chaque fois que ce thème était évoqué, les deux sœurs se disputaient sauvagement...

— Peuh !... dit dédaigneusement Nina, comme je serai une très fameuse cantatrice, moi, quand la guerre sera finie, je refuserai de venir chanter dans tes concerts privés. Je chanterai sur les plus grandes scènes du monde, à Paris, à Moscou... et même à New York !...

Elle se redressa, se posa comme elle l'avait vu faire à une célèbre cantatrice venue à Kiev, et que toute la famille était allée applaudir dans *Aïda,* l'année dernière. Voyage déjà périlleux en temps de paix pour des juifs, alors que dire en temps de guerre ? Mais Saül avait décidé que ses enfants ne devaient rien ignorer du célèbre opéra de Verdi et que, vu les circonstances actuelles, rien ne disait qu'*Aïda* reverrait le jour avant de nombreuses années... Voyage mémorable dans la voiture française, conduite par le Comte Sergueiev, en permission. Voyage fabuleux, qui restait dans la mémoire des enfants comme un souvenir ébloui...

Nina commença à chanter le *Noumi Pietà,* remplaçant les paroles dont elle ne se souvenait pas par des « la la la » qui ne gênaient personne : aucun des Lozwitzky ne comprenait l'italien.

Très impressionnées, ses deux sœurs l'écoutèrent un moment en silence. De tous les rêves qui s'amoncelaient là, devant les trois jeunes filles, c'était celui de Nina qui avait le plus de chances de se réaliser. Sa voix ample, claire, au timbre ravissant, la destinait à une carrière que déjà, bien qu'elle ne fût encore qu'une adolescente, elle envisageait avec un sérieux bien au-dessus de son âge. Même son père, qui lui faisait travailler son solfège et son piano, dressait l'oreille avec attention lorsque Nina chantait son air favori, qui était alors la « Chanson de Solveig »... :

L'hiver peut s'enfuir, le printemps ne jamais revenir...
Mais tu me reviendras ô mon doux fiancé
Pour ne plus jamais me quitter...
Mais tu me reviendras ô mon doux fiancé
Pour ne plus jamais me quitter.

Très fier, il disait à Sarah : « Si cela continue comme ça, quand la guerre sera finie, il faudra envoyer Nina chez son grand-père à Vienne... Il serait dommage que cette petite ne travaille pas sérieusement son chant... »

Quand la guerre sera finie... Véritable leitmotiv qui commençait le matin et ne finissait qu'à la nuit tombée... Espoir vivace qui maintenait debout toute la famille, épuisée de chagrins et de privations.

L'apprentie cantatrice finissait ses vocalises et son maigre et fraternel auditoire applaudit à tout rompre.

— Et toi, Hannah ?... dit Nina avec condescendance, consciente de l'admiration respectueuse de ses sœurs. Que feras-tu quand tu seras grande et que la guerre sera finie ?...

Hannah rougit vivement. Elle était la plus jeune, la plus jolie aussi. Fine, gracieuse, timide, très attachée à sa famille.

— Eh bien moi... quand je serai grande, c'est moi qui serai ton accompagnatrice !... Tu as grand besoin que quelqu'un te dirige ! Tu n'as aucun sens de la mesure et tu prends trop de libertés avec le solfège !

— Ah ! ton solfège... ton solfège ! commença Nina excédée.

Mais elle fut interrompue par un grondement sourd qui venait de l'horizon.

— C'est l'orage !... cria Sonia. Un coup de tonnerre !...

Sarah ouvrit les volets en grand.

— Vous avez entendu, les enfants ?... On entend l'orage qui gronde ! Il va falloir rentrer...

— Mais ce n'était pas le tonnerre.

Des centaines et des centaines de déserteurs, de cosaques parcouraient le pays, proie idéale de ces prédicateurs qui savaient, eux, que si l'on s'adresse à l'instinct le plus bas, le plus vil de l'homme, on est sûr d'être entendu. Ces déserteurs, ces soldats en déroute étaient à qui savait leur parler... Aucun d'eux ne savait pour qui ils s'étaient battus, ni pourquoi on les avait envoyés à la boucherie... Aussi allaient-ils à travers la Pologne, la Hongrie, la Transylvanie, pillant chaque village juif dans lequel ils passaient, tuant, violant... Des voyous de toute obédience, orthodoxes, catholiques ou luthériens, gribouillaient les maisons juives des graffiti ignobles, lourds de sous-entendus. Les chants religieux chrétiens s'accompagnaient systématiquement du fracas des vitres des habitations. Cela, depuis le début de la guerre, était devenu monnaie courante.

Depuis le début du mois de juillet 1917, des troubles violents avaient éclaté en Russie. Dans les usines, les grèves succédaient aux grèves, les paysans empoignaient leurs fourches et fonçaient sur les bourgs à l'assaut de la maison du gouverneur... A Petrograd, une fusillade sur la Perspective Nevski fit plus de quatre cents morts... Qui tirait sur qui ? Peu importe... Junkers et cosaques, pris de panique devant une manifestation ouvrière, tirèrent sur tout ce qui bougeait. Manifestants, promeneurs, femmes, enfants. Quatre cents morts en moins d'une demi-heure. Chaque ville plus ou moins importante, de Brest-Litovsk à Vladivostok, avait son lot de grèves et de manifestations.

A Stopnica, des affiches appelaient les ouvriers et les paysans chrétiens à s'allier aux juifs. Leur combat était le même... « La paix ! la paix à n'importe quel prix ! Assez de la guerre ! »

Le gouverneur recourut alors à un procédé qui avait depuis longtemps fait ses preuves, espérant canaliser ainsi l'agitation des masses mécontentes : un « bon pogrom... ».

Pour cela, il fallait chauffer à blanc les grévistes, les chômeurs, les estropiés qui revenaient infirmes d'une guerre provoquée par « les juifs ».

C'est ainsi que, puissamment aidé par le clergé et par l'immensité de la bêtise humaine, le gouverneur orchestra savamment une campagne systématique de haine et de calomnie...

« A mort les juifs !... » hurlaient, ivres de vodka et de haine, ces Polonais, ces Russes, qui s'imaginaient ainsi obéir à la volonté divine. « A mort les youpins ! Pendez-les par la barbe ! Chassez cette vermine... »

De tout temps, sur tout le territoire de l'immense Russie, les Centurions Noirs avaient sévi sporadiquement. Mais jamais jusqu'à Stopnica...

Ce jour de juillet 1917, les cosaques, ces fameux Centurions Noirs, déferlèrent sur Stopnica. Sur Stopnica — petite ville de quatre ou cinq mille habitants, juive à soixante pour cent.

Des grèves avaient eu lieu, des grèves soutenues par Saül qui voyait dans tout patron, qu'il fût juif ou chrétien, un « oppresseur du peuple... ». Il n'était pas le dernier à monter sur une tribune, à haranguer la foule affamée... Il réclamait une paix séparée, un gouvernement élu par le peuple et pour le peuple...

— Déposons le Tsar et la Tsarine ! N'oublions pas qu'elle est allemande et à demi folle, qu'elle était sous la coupe de cette canaille de Raspoutine. Ils sont les souverains, donc les responsables du malheur du peuple.

Ainsi parlait Saül... Les ouvriers des manufactures de tissu, de papier, ceux de la briqueterie, des scieries l'écoutaient avec intérêt. Il n'y avait plus ni juifs ni chrétiens, il y avait là des prolétaires qui allaient prendre leur destin en main... Des camarades...

Pour maintenir l'ordre, le gouverneur avait fait appel à l'armée, aux cosaques. Une troupe d'environ deux ou trois cents voyous, bien armés, vêtus de loques, ivres dès sept heures du matin...

Ils se firent la main sur quelques grévistes, qu'ils pendirent sans autre forme de procès, et haranguèrent les autres ouvriers, leur serinant que la cause initiale de toute leur misère, c'étaient les juifs. Comme les propriétaires de l'usine de tissu et des principales scieries de la ville étaient des juifs, cette affirmation fit autant d'effet sur ces cervelles pourries qu'une goutte d'essence sur un feu de bois. Cela explosa. En moins de dix minutes, les grévistes oublièrent leurs « camarades » prolétaires juifs et firent alliance avec les Centurions Noirs. Le pogrom pouvait commencer.

Les cosaques commencèrent par casser les vitrines des boutiques de spiritueux et par s'emparer de tout ce qui pouvait se boire. Ce qu'ils ne pouvaient pas avaler, ils le jetaient dans les ruisseaux. Certains d'entre eux s'allongèrent à même le sol pour laper la vodka dans les caniveaux... Quand ils furent ivres morts, ils s'égaillèrent dans les rues ensoleillées, à la recherche de nouveaux divertissements... Ils s'emparèrent de Shmuel le tailleur. Shmuel avait soixante-dix ans, les ans avaient blanchi sa barbe, voûté ses épaules... Sa vie avait été consacrée au Talmud, à sa famille, à Dieu... Et maintenant, maintenant il était à la merci de ces ivrognes qui s'étaient emparés de lui et qui le portèrent sur leurs épaules comme en triomphe. L'un des cosaques s'écria :

— A mort les juifs !... A mort les juifs... Défonçons leurs boutiques... Tuons-les...

Alors, toute la ville juive fut prise de panique. Les

hommes encore jeunes saisirent des armes dérisoires, tout ce qui leur tombait sous la main, les femmes prirent leurs enfants dans les bras, les vieillards leurs livres de prières et leur *taleth,* et tous se mirent à courir, sans but, sans savoir où fuir... Certains hurlaient de peur, d'autres ordonnaient de se réfugier dans la synagogue... D'autres encore disaient : « Le cimetière ! Allons au cimetière juif ! Si nous devons mourir, que ce soit près des tombes d'Israël... » Peu à peu, les rues furent jonchées de livres saints, de rouleaux de la Thora, de meubles, d'objets du culte et de corps... Des corps d'enfants, d'hommes encore enveloppés dans leur châle de prière, de femmes serrant leur dernier-né contre elles...

De grands éclats de rires saluèrent les femmes que l'on avait arrachées des chambres, où elles s'étaient réfugiées avec leurs enfants, et que l'on chassait hors de leurs refuges à grands coups de bottes, de triques ou de crosses de fusil...

Une faible résistance s'organisa tant bien que mal. Un groupe de jeunes juifs armés de haches et de fourches fit beaucoup de dégâts parmi les cosaques. Mais, vaincus par le nombre, bientôt, leurs cadavres s'alignèrent dans les rues de Stopnica... Des femmes tentèrent de se battre. L'une d'elles, se saisissant d'un hachoir dont elle se servait habituellement pour hacher la viande, fendit le crâne d'un ivrogne qui tentait d'abuser d'elle... Avec une joie sauvage, elle vit le sang ruisseler sur le visage de l'homme, elle le vit s'effondrer dans une mare rouge et visqueuse. Elle n'eut guère le temps de savourer sa courte vengeance... Des cosaques pénétrèrent dans la pièce où elle s'était réfugiée, se ruèrent sur elle, l'éventrèrent à coups de baïonnette... Puis, s'emparant du cadavre de leur compagnon, ils l'exhiberont dans les rues en vociférant :

— Chrétiens ! Voyez l'œuvre des juifs !...

— Les juifs ont mis le feu aux églises...

— Les juifs ont craché sur les icônes, sur les statues de la Sainte Vierge...

— A bas les juifs !...

— Mort aux tueurs du Christ...

— Mort aux blasphémateurs...

— Un bon pogrom contre les juifs !... criaient ces bons chrétiens hilares... Rien de tel pour venger Notre-Seigneur Jésus-Christ... Un bon pogrom contre les juifs ! Voilà ce qu'il nous faut !... A mort les juifs !...

— A mort les juifs ! Chassez-les de Stopnica !...

Un prêtre organisa une procession, et bénit les pilleurs et les violeurs. Pour lui prêter aide et assistance, une horde compacte d'ouvriers grévistes, de militaires, de cosaques, d'employés, de prostituées, de religieuses, de prêtres se précipita, aux cris de : « Dieu le veut ! A mort les assassins du Christ... »

Des heures de tueries, de viols, de pillages... Des heures immondes, où tout ce que le chrétien, fait à l'image de Dieu, peut inventer de cruautés, d'ignominies, de bestialité fut fait. Un nouveau jeu excita au plus haut point les cosaques. De nombreux juifs pieux, enveloppés de leur châle de prière, s'étaient réfugiés dans la vieille synagogue, construite en 1560... Ils étaient venus là dans l'espoir que le Dieu qui les avait élus comme son peuple, le Dieu qu'ils vénéraient, ce Dieu de justice et de bonté, les protégerait contre les Russes ou les Polonais, cette pourriture, ces ivrognes, ces porcs enragés, que Dieu enfin, dans son infinie bonté, sauverait ce qui pouvait encore être sauvé... Mais il faut croire que ce samedi-là, Dieu avait à faire ailleurs. Ou peut-être le sort de son peuple lui était-il devenu indifférent ? A moins qu'il ne fût fasciné par la force brutale de ces brutes avinées ? Qui saura jamais à qui ou à quoi Dieu pouvait penser en ce samedi de juillet 1917... A rien, sans doute. Comme d'habitude, il laissa faire.

A quelques mètres de la synagogue, les cosaques postèrent leurs mitrailleuses, normalement prévues contre l'ennemi allemand devant lequel ils avaient fort bravement pris la fuite. Dix minutes plus tard, une vingtaine de cadavres, recouverts de leur châle de prière rougis de sang, avaient enfin quitté, pour une vie meilleure, ce monde où ne régnaient qu'horreur et iniquité. Ils étaient morts en maudissant jusqu'à la dernière génération ces pourceaux.

Maîtres absolus de la rue, les cosaques songèrent alors à s'enrichir. Ils envahirent les maisons, défoncèrent portes et fenêtres. Argent, bijoux, objets de culte, tout fut pillé, volé. Ce qu'ils ne pouvaient emporter était saccagé... C'est alors que le chef des cosaques donna ordre de brûler le quartier juif... Ils arrosèrent d'essence les paillasses, les sols, bouchèrent les issues et ensuite y allumèrent le feu, ricanant devant leur œuvre.

— ...Plus de juifs à Stopnica !... Pourquoi ne partez-vous pas en Palestine ? Ici il n'y a place que pour les chrétiens ! A mort les juifs ! Brûlons les juifs !...

De longues colonnes de fumée et de flammes s'élevaient vers le ciel, accompagnées des hurlements d'agonie d'hommes, de femmes, d'enfants...

C'est ce jour-là que le Comte Sergueiev, après une quinzaine de jours de permission, devait revenir de Saint-Pétersbourg. En arrivant à la petite gare qui desservait Stopnica, surpris, il ne vit personne qui l'attendait. Ni fiacre ni cocher. Pourtant, il avait bien envoyé un télégramme. « Bah ! pensa-t-il, philosophe, peut-être n'est-il pas arrivé ? C'est la guerre... Tout est désorganisé... » Une forte odeur de fumée le fit éternuer. Tout de suite, il pensa que les bûcherons avaient repris leur travail et qu'ils faisaient brûler de vieilles souches. Cette odeur de fumée l'emplit de joie. Elle était si habituelle à Stopnica !

Il ne pensa plus qu'à la joie de revoir Sarah, Saül, les enfants...

Maintenant, pour lui, la guerre était finie, il avait pris la décision de déserter et il allait pouvoir enfin revivre. Prendre des dispositions pour partir au Canada, ou peut-être en Amérique du Sud ? Puisque Sarah et Saül voulaient quitter ce pays, pourquoi pas ? Quant à lui, il n'était pas question de vivre loin d'eux. Ces années de guerre et de séparation n'avaient fait que renforcer le lien qui l'attachait à cette famille, et il n'en voulait pas d'autre.

Etonné, il constata que les abords de la gare étaient vides. Personne. Il fit une centaine de mètres dans les rues désertes et déboucha sur la place principale, la place du Marché... et là, il crut que la guerre était parvenue jusqu'à Stopnica. Tout était en ruine. Les maisons brûlaient dans un grand silence de mort, des corps gisaient à même le sol... Il entendait des gémissements, des cris, des plaintes, des rires... Oh ! ces rires abjects de chrétiens en rut !... Il devait s'en souvenir jusqu'à sa dernière heure.

Venant de la petite épicerie Salzman — cette épicerie où, enfant, il allait faire des emplettes avec Saül et Sarah, épicerie pleine d'odeurs, d'hommes à barbe, de femmes en perruque, d'enfants de tous âges, jacassant, riant, marchandant, et aujourd'hui pleine d'une fumée âcre —, il entendit des pleurs et des gémissements. Il se précipita. La tête ensanglantée, M. Salzman recouvrait d'un drap les corps de sa femme et de son fils. Soudain, il vit se dresser devant lui l'uniforme du Comte Sergueiev. Dans un geste dérisoire, d'inutile violence, il tendit le poing.

— Allez..., dit-il d'une voix qui chevrotait à la fois de peur et de désespoir,... achevez donc ce que vous avez commencé...

Le Comte Sergueiev le saisit par les épaules.

— Monsieur Salzman ! s'écria-t-il. Monsieur Salzman ! Que dites-vous ?... Qu'est-ce que vous dites ?... Que s'est-il passé ? Mais répondez donc, pour l'amour de Dieu ! Je viens d'arriver juste maintenant...

Epouvanté par ce qu'il pressentait, il ajouta pour préciser :

— ...par le train de six heures... Vous ne me reconnaissez pas ? Je suis Sergueiev, le Comte Sergueiev !...

Le vieillard le dévisagea avec méfiance, hésitant sur cette voix, sur cet homme qui ne lui était pas étranger.

— Le Comte Sergueiev ?... Le Comte Sergueiev Ortoutchko ?

— Oui !... oui ! Voyons ! Vous me connaissez pourtant, monsieur Salzman ! Que s'est-il passé ici ?

— Ce qui s'est passé ! ici ?... (L'homme eut un ricanement sauvage, presque effrayant.) Les ouvriers polonais de la manufacture de tissu et des scieries se sont mis en grève... Et le gouverneur a calmé tout ce monde en organisant un pogrom... un bon pogrom... contre les juifs... Vous ne savez pas que lorsque les ouvriers polonais ont faim, c'est la faute aux juifs ? Et que lorsqu'il y a une grève, c'est toujours le sang juif que l'on fait couler ?... Ils sont morts maintenant, cent, deux cents... comment savoir ? et ceux qui sont encore en vie sont blessés, certains très gravement. Qui va les soigner ? Pouvez-vous me le dire ?... Et ceux qui ne sont pas blessés, mais qui ont vécu cela, les enfants, les femmes, les vieillards, quel avenir pour eux ?...

Horrifié, le Comte Sergueiev écoutait le vieillard.

— Où sont-ils partis ?... demanda-t-il.

— Vers le château... J'ai entendu le commandant dire qu'il connaissait les propriétaires. C'est vous les propriétaires, Comte Sergueiev ! Vous et votre famille...

Dans la voix du vieil homme, il y avait une accusation. Les deux hommes se fixèrent.

— ...Ils sont allés vers le château, répéta le vieil homme en détournant les yeux. Ils passeront forcément devant la ferme des Lozwitzky... Il faut aller les prévenir... Les sauver peut-être...

— Il me faut un cheval... (En proie à une inquiétude grandissante, Sergueiev frémit.) Où puis-je trouver un cheval ?

Salzman le regarda comme s'il avait affaire à un fou.

— Un cheval ? Ici ? À Stopnica ?

— Mais oui !...

Salzman hésita. Une vague lueur éclaira son visage.

— Allez voir chez le forgeron ou le maréchal-ferrant. Il y a là toujours deux ou trois chevaux que les services de l'intendance de l'armée ne peuvent pas réquisitionner... Espérons que les voyous du Tsar ne les auront pas volés.

Sergueiev était déjà loin... Dans sa gorge, une boule d'angoisse l'étouffait.

Il arriva devant la forge de Sholem, le forgeron. Des chevaux attendaient en effet que l'on changeât leurs fers. Mais ce ne serait plus jamais Sholem qui ferait le travail. Sholem était mort quelques heures plus tôt, à la synagogue...

En quelques instants, Sergueiev sella l'un des chevaux et piqua des deux.

Enfin il arriva devant la demeure des Lozwitzky. Dans

ses oreilles, il avait encore le tumulte de l'émeute, le son des cloches des églises, le hurlement des victimes... Dans son cœur, c'était le désespoir, l'angoisse et la haine. Trop tard ! Une horde avait déferlé sur la maison des Lozwitzky... C'était cela le grondement de tonnerre qu'avait entendu Sonia.

Les petites Lozwitzky avaient vu déboucher dans le grand jardin une dizaine de cosaques ivres morts. Elles avaient eu le temps de hurler de terreur, avant de hurler d'horreur, puis de douleur... Sarah et Saül étaient accourus à ces cris... Saül fut tué net d'un coup de sabre. Avant de subir le sort de son mari, Sarah dut subir celui de ses filles... Cela dura longtemps... Jusqu'à ce que ces ordures chrétiennes n'en pussent plus. Alors ils achevèrent à coups de sabre les corps violentés... Cinq corps gisaient çà et là, devant la maison, la gorge tranchée... Les vêtements déchirés de Sarah et de ses filles dénonçaient toute l'histoire, tout ce qui venait de se passer là il n'y avait pas une demi-heure.

La maison des Lozwitzky était en flammes, et dans la cour d'entrée, quelques Centurions Noirs remontaient à cheval. Sergueiev vit les corps allongés sur le sol et ferma les yeux. Il refusait ce qu'il voyait, il refusait ce qu'il entendait. Dans son esprit rempli d'épouvante, il n'y avait qu'un immense refus de l'évidence. « Non. Non... » Il entendit des rires, des voix, se retourna, et reconnut instantanément dans le chef des cosaques un dénommé Barakov, l'un de ses anciens condisciples de l'Ecole militaire de Saint-Pétersbourg. Barakov sourit en l'apercevant et lui tendit les bras.

— Sergueiev Ortoutchko !... Justement, j'allais me rendre chez toi ! s'écria-t-il joyeux.

Sergueiev sortit son pistolet et fit feu sur l'un des cosaques qui se rajustait, dissimulant sa honteuse nudité. L'homme n'eut même pas le temps d'être surpris avant de s'abattre, le visage déchiqueté sur le corps de l'enfant mort qu'il venait de violenter.

Barakov s'approcha de Sergueiev.

— Mais que fais-tu ?... Es-tu devenu fou, Comte Sergueiev Ortoutchko, ou bien ne supportes-tu plus la vodka ? s'écria-t-il furieux. Nous sommes amis ! C'est contre les juifs que tu dois te battre... Cette sale vermine ! Les assassins du Christ ! Pourquoi tuer mes hommes ?

Sergueiev le regarda avec haine. Il ne se contrôlait plus. Il fallait qu'il les tue. Tous.

— Qu'as-tu fait à mes amis ? Qu'as-tu fait, Barakov ?

L'autre le fixa un moment, sans comprendre. Un peu de lumière se fit dans son esprit et une lippe de dégoût déforma son visage. Il cracha par terre avec mépris.

— Ne me dis pas... que toi... avec ces youpins ?...

— Eux... sont mes amis ! hurla le Comte Sergueiev que le désespoir rendait fou. Mes amis !...

Sa voix s'étranglait, un sanglot qu'il s'efforçait de retenir l'étouffait. Une envie sauvage de tuer, d'écraser sous sa botte cette face méprisante, d'effacer aussi le souvenir de beuveries, d'amitiés, de complicités anciennes.

— Étaient..., articula froidement Barakov. Ils sont morts. Si tu veux aller les rejoindre, prépare-toi à te battre.

Sergueiev mit pied à terre et tira son épée, prêt à se battre. Il agissait dans un état second. Son esprit refusait de voir les corps alignés, d'entendre le crépitement des flammes qui s'élançaient gaiement dans le ciel encore clair de ce crépuscule d'été... Son esprit était déjà mort. Mort à tout ce qui l'entourait, à tout ce qui avait jusqu'alors fait l'essentiel de son existence.

Mais l'autre ne prit même pas la peine de dégainer. Il sortit son pistolet de sa poche et fit feu sur le Comte Sergueiev, qui s'écroula, blessé à l'épaule...

Combien de temps resta-t-il évanoui ?... Une heure ? deux heures ?... Lorsqu'il revint à lui, la nuit était tombée et une épaisse fumée montait des décombres de la maison. Péniblement, Sergueiev se releva, resta un moment immobile. Une violente douleur lui taraudait l'épaule, masquant l'autre douleur, celle du cœur, plus terrible encore. Il fallait extirper la balle qui s'était logée dans le creux de l'épaule. S'efforçant de contenir le sang qui coulait de sa blessure, il se dirigea vers la fontaine placée au milieu du jardin et rinça tant bien que mal la plaie. A l'aide d'un couteau pointu, il sortit la balle, qui jaillit dans un flot de sang. Les dents serrées pour ne pas hurler de douleur, tâtonnant, à l'aide de sa chemise déchirée, il se fit un pansement de fortune, saisit sa gourde pleine de vodka et but une longue rasade. La douleur physique relâcha son étreinte, faisant place à la torture morale, implacable.

Il allait de l'un à l'autre des cadavres qui déjà se raidissaient. « Sarah !... Sonia !... Nina !... Hannah... Saül... Saül..., répondez-moi... répondez-moi..., psalmodiait-il, inconscient... Il faut les enterrer... Il faut dire des prières... Que puis-je faire ? » La nuit était superbe. Un clair de lune féerique éclairait le ciel où brillaient les étoiles par milliers. Une paix merveilleuse s'élevait du sol... Un silence à peine ponctué par la longue plainte musicale de l'oiseau de nuit.

— *L'oiseau triste..., disait Sarah.*

— *C'est un hibou, disait prosaïquement Sergueiev. Le chant du hibou !*

— *Non ! un oiseau triste. La plainte de l'oiseau triste.*

Sergueiev hésitait. Allait vers son cheval, montait en selle, redescendait, retournait vers les corps... Il se disait qu'il fallait enterrer les corps, qu'il n'en avait pas le droit... seul un rabbin... mais où trouver un rabbin ? où ?...

Puis il s'agenouillait en sanglotant comme un enfant, se relevait, reprenait sa litanie. Incapable de faire autre chose...

Il maudissait Dieu et ses acolytes, surtout celui au nom duquel tant d'horreurs avaient été perpétrées... Il blasphémait, vomissait le nom de Jésus-Christ dans d'épouvantables injures, s'effondrait encore et pleurait à gros sanglots comme un enfant. Soudain, il pensa à Haïm qui allait revenir de Tarnow le surlendemain dans l'après-midi, et qui ignorait encore tout. C'était le jour des vacances scolaires. Chaque année, les congés ramenaient le lycéen à la maison, et c'était une fête qui durait jusqu'à l'aube. Haïm allait revenir joyeux, fier de ses notes, ignorant tout du drame. Il fallait l'empêcher de revenir, de voir ce spectacle, le sauver des cosaques, maîtres de Stopnica à l'heure actuelle. Sauver Haïm et soigner son épaule. Il s'efforça de ne penser qu'à cela. Sa douleur à l'épaule était supportable à condition de ne pas trop bouger... Immobile, il regardait les corps, espérant que ce qu'il voyait était un cauchemar, que demain il allait se réveiller, que demain Sarah le regarderait d'un drôle d'air et lui dirait : « Chérubin, où êtes-vous encore allé traîner cette nuit ? Chez les Tziganes ? » Il entendrait Nina faire ses vocalises, Sonia et Hannah se disputer... Saül lui taperait sur l'épaule en lui proposant une course dans la forêt : « Allons voir les bouleaux que l'on va abattre... » Demain. Il suffisait de fermer les yeux et de nier, nier, jusqu'à la mort cette ignoble vérité qui s'étalait sous ses yeux...

Toute la nuit, il resta ainsi, immobile, épuisé de sanglots secs, de fatigue, de douleur... L'aube fit rosir les collines avoisinantes, un rossignol chanta, puis des milliers lui répondirent. Ce fut le tour des coqs et le soleil se leva sur l'horizon. La journée s'avançait, belle et chaude. Haïm ! Demain, Haïm allait revenir. Comme il revenait à chaque congé scolaire, plein d'énergie et d'espoir. Non ! Il ne devait pas voir cela... Surtout pas !...

Sergueiev savait maintenant ce qu'il devait faire. Retourner au château et prendre l'automobile Panhard-Levassor qu'il avait fait venir de France !... Vraiment, il fallait qu'il soit hors de lui pour ne pas se souvenir de sa belle automobile, achetée avec Saül, à Paris, juste avant la guerre, au cours du premier Salon automobile et qui, par miracle, n'avait pas été réquisitionnée par l'armée... A ce souvenir précis, aigu comme un coup de poignard, il gémit. Paris ! Jours heureux qui plus jamais ne reviendraient, jours de mai 1914... et les promenades sur les berges qui longeaient la Seine... Jours insouciants... « Pourquoi ne pas vivre à Paris ? » disait Sarah. Saül disait aussi : « Pourquoi pas ?... Paris vaut largement Vienne. » Jours heureux d'avant guerre. Saül, Sarah et lui essayant les autos, choisissant celle qui conviendrait le mieux... Saül, Sarah et lui... Ils avaient fait le trajet de Paris à Stopnica en six jours, dormant dans des hôtels de second ordre, riant de tout... Son amour pour Sarah prenait plus de force, plus de vigueur de jour en jour ; et l'affection qu'il avait vouée à Saül ne connaissait aucune ombre. C'était ainsi. Et c'était bien ainsi : « ...Nous n'allons pas vivre comme des bourgeois réactionnaires ! Nous sommes différents, nous autres !... Peu importe l'avenir... », pensait-il alors, ivre de vitesse, de jeunesse et de liberté, ivre d'amour.

L'avenir était là, maintenant, sous la forme des cinq cadavres qui sentaient la mort. Odeur fade, écœurante, qui attirait déjà une nuée de mouches bourdonnantes.

— Saül ! Sarah... Nina, Sonia, Hannah !...

La litanie des noms, répétitive et lancinante. Plus jamais personne ne répondrait à son appel.

De nouveau les larmes, les sanglots... Comment vivre avec cette douleur qui lui broyait la poitrine, qui l'empêchait de respirer, comment vivre, jusqu'à la fin de ses jours, avec ce spectacle devant les yeux ? Oh ! mourir. Mourir maintenant, tout de suite ! ne pas affronter la douleur de Haïm, ne pas affronter les jours, les mois et les années qui allaient suivre...

Toute la matinée, il creusa cinq fosses, enterra les corps suppliciés... Sur chacune d'elles, il posa quelques fleurs, ignorant volontairement les coutumes juives qui interdisent les fleurs sur les tombes... Arracha, comme si elle le brûlait, la croix qu'il portait depuis sa naissance, la jeta et, sans se retourner, monta sur son cheval et se dirigea vers le château. Il allait avoir une longue route à faire, et Dieu seul savait comment il allait trouver de l'essence pour l'automobile.

Tard dans l'après-midi du lendemain, Sergueiev arriva à Tarnow juste au moment où Haïm allait prendre le train pour Stopnica... Surpris et joyeux, le jeune garçon dévisagea Sergueiev.

— Sergueiev !... cria-t-il heureux.

Mais son rire s'étrangla dans sa gorge... Sergueiev était pâle, sale, visiblement à bout de forces.

— Sergueiev..., répéta Haïm. Mais tu es blessé ! Que t'est-il arrivé ?...

— Haïm, mon petit, dit Sergueiev, Haïm... Il ne faut pas rentrer chez toi. Ils sont tous morts...

Cent soixante morts... Des centaines de blessés. Tous les journaux polonais chantèrent victoire. Une ville avait commencé son grand nettoyage. On avait éliminé des juifs et l'on allait continuer. Aujourd'hui Stopnica, demain Lvov, après-demain Lodz et bientôt Varsovie, Cracovie...

— Ces charognes polonaises..., disait Sergueiev, ces charognes polonaises et russes... Des ivrognes, des moins-que-rien... Je suis allé hurler auprès du gouverneur, sais-tu ce qu'il m'a répondu ?

Incapable de prononcer une parole, Haïm secoua la tête. Sergueiev reprit :

— L'ordre est de livrer les juifs aux soldats pour quarante-huit heures...

Les heures suivantes furent consacrées à organiser la fuite de Haïm. Il n'y avait plus de train pour se rendre à Budapest puis, de là, à Vienne. La belle auto attirerait sans doute bien des convoitises mais très vite, Sergueiev apprit à Haïm à se servir d'un pistolet.

— Dès que tu vois un homme s'approcher de l'auto, tu tires, et tu demandes ensuite quelles étaient ses intentions...

Il y eut des routes défoncées qui les emmenèrent jusqu'à Kharkov, des marchandages sordides pour avoir de l'essence, des peurs affreuses, la nuit, dans d'immenses forêts... Et encore des routes, des chemins, parfois à peine un sentier... Sergueiev conduisait avec une sûreté qui en disait long sur sa connaissance du terrain... Le passage de la frontière se fit sans encombre, ou presque. Prudemment, Sergueiev avait attendu qu'il fût plus de minuit... A ces heures-là, les sentinelles relâchent leur vigilance...

Les orages succédaient aux orages, puis le soleil brûlait la plaine, assoiffait les deux hommes, la lumière trop vive les aveuglait, la chaleur était intolérable. Sergueiev souffrait atrocement de sa blessure, visiblement infectée, il conduisait les dents serrées sur sa souffrance physique, y puisant une sorte de réconfort en ce sens qu'elle l'empêchait de penser à autre chose. Et pour lui, penser à « autre chose », c'était se souvenir des cinq corps torturés, alignés, et cela, cela était infiniment plus insupportable que la douleur qu'il ressentait, cuisante, à l'épaule gauche...

Ils traversèrent des villes, des villages dévastés, ils virent des colonnes de réfugiés qui s'écartaient, passifs, presque avec respect, devant l'automobile crasseuse, boueuse, qui les dépassait... Enfin l'auto s'arrêta, faute d'essence, à l'orée d'un bois...

— Tu es sauvé, petit frère..., dit Sergueiev, les lèvres desséchées par la fièvre... Va tout droit. Cours !... tout droit !... Ce sentier te conduira jusqu'à Erztergeru, de là tu pourras rejoindre Budapest... Il y a des trains entre Budapest et Vienne, saute dans l'un d'eux, cache-toi. Surtout ne te fais pas prendre... A Vienne, tu iras chez ton grand-père...

— Et toi ?... toi ?... Pourquoi ne pas venir avec moi ?

— J'ai encore quelque chose à faire à Stopnica... Oui, c'est cela. J'ai encore quelque chose à faire là-bas. Ils m'attendent...

Effrayé par le ton et surtout par l'étrangeté des paroles de Sergueiev, Haïm demanda :

— Qui t'attend, Sergueiev ? Qui ?...

Surpris, Sergueiev dévisagea son jeune compagnon.

— Personne. Pourquoi ai-je dit cela ? Vraiment, c'est curieux. Plus jamais personne ne m'attendra. C'est vrai... Va, petit frère... Va. Cours sans te retourner, sans regarder en arrière... Va...

La lune, incroyablement belle, ardente et brillante, se levait sur les montagnes... Une nuit splendide, pleine des odeurs et des chuchotements de la forêt. En sanglotant, Haïm se jeta dans les bras de Sergueiev.

— Va ! Va !... dit Sergueiev avec angoisse. La région n'est pas sûre !

Puis tout alla très vite, Haïm était déjà à une cinquantaine de mètres de l'auto, quand il entendit des éclats de voix gutturaux et des coups de feu ! Hésitant, il allait rebrousser chemin, courir vers Sergueiev, lorsqu'il entendit une explosion. Il se retourna. La voiture était en flammes...

Haïm marchait, il marchait toujours. Il traversa des zones où la guerre avait fait des ravages... Mais où était-il ? Il regardait, hagard, autour de lui, cherchant un repère, se fiant à son instinct, tantôt caché derrière un arbre calciné, tantôt courant à travers les champs dévastés... Puis il s'immobilisait, et de nouveau, tel un animal traqué, aux abois, il regardait autour de lui...

Oublier. Oublier... C'était là son leitmotiv. Dès que s'imposaient dans son esprit les images de sa mère torturée, de ses sœurs violées, massacrées, il se bouchait les oreilles en gémissant : « Non... non... je ne veux... pas... » Alors il se mettait à courir, courir, courir encore comme s'il avait les cosaques à ses trousses. « Va tout droit... tout droit... ne quitte jamais le chemin, ne tourne ni à droite ni à gauche, quelles que soient les indications que tu pourras voir... » Les paroles de Sergueiev lui brûlaient l'esprit. Sans jamais bifurquer ni à droite ni à gauche, il marchait, il marchait encore. D'ailleurs, il n'y avait plus aucun poteau indiquant quoi que ce soit. Le jour se levait, chaud, ardent, Haïm déboucha sur une vaste prairie calcinée par le soleil. Des bouleaux s'inclinaient sous la caresse du vent. Une odeur insupportable de fumée s'élevait des maisons qui achevaient de brûler. Horrifié, Haïm regarda autour de lui. Une bataille avait eu lieu quelques jours auparavant et des camions, affichant le drapeau de la Croix-Rouge, ramassaient blessés, agonisants et cadavres. La terre était ravagée par les milliers d'obus tombés là. Du village, dont Haïm ne connaissait pas le nom, il ne restait rien. Des villageois, somnambules d'un cauchemar dont ils espéraient vaguement être réveillés, femmes, vieillards, enfants, indécis, hébétés, silencieux, le visage déformé par l'horreur et l'épouvante, allaient et venaient, fixaient Haïm sans le voir, puis regardaient ce qui avait été leur maison, leur passé, leur existence. Alors ils baissaient la tête. Sans larmes. Sans cris. Sans révolte.

Bouleversé par le spectacle de la terre balafrée, des moissons saccagées, inutiles sous le chaud soleil de juillet, Haïm n'était pas en mesure de raisonner sur la désespérance absurde qui s'offrait à son regard. Jamais il n'oublia cette terrible immolation de la terre à la haine de l'homme. C'était comme une accusation silencieuse, le témoignage de l'éternelle férocité de l'homme, de son incapacité de vivre en paix avec ses semblables, avec sa propre terre... Ces maisons dévastées, réduites en ruines fumantes, ces gens qui erraient tels des fantômes éperdus de terreur, cette étendue dévastée qui s'offrait aux regards, toute cette désolation était l'œuvre de l'homme. Là où, par inadvertance, les récoltes avaient été épargnées, elles pourrissaient sous le soleil ardent. Blés couchés, brisés, saccagés par le vent de la haine, moissons mortes à jamais, tout prouvait une fois de plus que l'homme, qui laissait ses marques de destruction et de malheur partout où il posait le pied, n'était et ne serait jamais qu'une créature malfaisante, pour qui toute chose, y compris son frère, est une proie, qui tue pour son plaisir aussi bien que pour assouvir sa faim. Que l'homme qui détruit, assassine, contre qui les innocents, les timides, les fragiles, les purs n'ont aucune défense, ne serait jamais que l'exécrable profanateur de la terre.

Le crépuscule tombait dans un brouillard de chaleur opaque. De lourds nuages d'un gris violacé annonçaient un orage prochain. Déjà, des grondements sourds se faisaient entendre... Haïm reprit sa course... Il s'abrita, évitant de penser, fasciné par les éclairs, trempé par l'averse tiède, assourdi par le tonnerre... Le temps n'existait plus. Haïm marchait, se cachait, marchait encore. Il était dans cet état second où plus rien n'a d'importance, ni la vie ni la mort... A peine l'instinct de survie, si fort, si puissant qu'au comble du désespoir on s'accroche encore à un morceau de pain pour ne pas mourir...

Au soir du troisième jour, Haïm marchait encore. Bientôt, il distingua vaguement des maisons. Il entendit des meuglements de vaches, des aboiements de chiens. Brusquement la guerre avait disparu. Il marchait maintenant, non plus dans des champs boueux ou des chemins défoncés, mais sur une route pavée de pierres, solides et sûres. Des murs s'élevaient, intacts. Des fenêtres en bon état laissaient échapper une vive lumière. Un sentiment indéfinissable l'envahit. Sauvé !... Quelque chose en lui l'affirmait...

Epuisé par des heures et des heures de marche forcée, Haïm s'arrêta enfin et mordit dans le dernier quignon de pain qui lui restait. Il s'approcha d'une fenêtre éclairée, au rez-de-chaussée d'une maison de deux étages, juste à l'entrée du bourg dont il ignorait encore le nom...

Assis autour d'une table, une famille mangeait. La mère, souriante, était debout et servait le potage. C'était une vaste pièce, qui devait faire office de cuisine, de salle à manger et de salon... Un chien aboya, mais Haïm ne bougeait plus, l'œil fixé sur cette famille paisible... La femme riait et caressait les cheveux d'un bel enfant blond. Elle était grasse, ronde et belle, comme le sont souvent les paysannes hongroises... Une envie forcenée d'entrer dans cette maison, de courir vers cette femme souriante s'empara de Haïm. Il gémissait sans s'en rendre compte « ...Maman ! maman !... » Et brusquement il eut conscience que plus jamais il ne serait le petit garçon de sa mère. Plus jamais, il ne serait le petit de quelqu'un... Jusqu'alors la peur, l'instinct de survie, la fatigue l'avaient comme anesthésié. Mais dès cet instant, la douleur le submergea. Il rebroussa chemin en hurlant. Il courut longtemps, longtemps...

« Maman ! maman !... » C'était le seul mot qu'il pouvait prononcer... Il appelait sa mère à son secours, étonné qu'elle ne vînt pas, étonné qu'elle ne fût pas là pour bercer son petit garçon contre elle, pour le protéger de l'horreur... « Maman !... maman !... »

Enfin, il avisa une grange. Et avant de s'évanouir de fatigue et de douleur, la dernière vision qu'il eut fut le visage de Sarah qui se penchait vers lui. Visage pâle comme un spectre, irréel, nimbé de lumière, et qui lui souriait. Il l'entendit lui dire : « ...Mon petit chéri. Je suis là. Toujours là auprès de toi... » Toute sa vie, jusqu'à son dernier jour, Haïm affirma qu'il avait eu cette vision de sa mère au cours de cette nuit d'horreur où, sans le savoir, il avait franchi la frontière polonaise. Il se trouvait en Hongrie, dans une grange à demi brûlée...

« Je les tuerai tous, eut le temps de penser Haïm avant

de s'évanouir. Je les tuerai tous... Un jour, quand je serai grand, je les tuerai... »

Haïm fut brusquement arraché au gouffre noir du sommeil où il était plongé et se dressa en sursaut. Il prêta l'oreille. Comme tous ceux qui sont menacés par un danger, il fut aussitôt complètement réveillé, prêt à fuir. Assis, immobile sur sa botte de foin, il était sur le qui-vive.

Dans l'encadrement de la porte ouverte sur l'extérieur, à contre-jour, se dessinait une silhouette. Celle d'un très jeune garçon, presque un enfant, qui regardait d'un air méfiant autour de lui. Il tenait une fourche à la main. Son regard se dirigea vers l'endroit où Haïm avait bougé. Les deux garçons s'observèrent en silence.

— C'est toi qui nous voles les poules ?... questionna le jeune garçon dans un allemand hésitant.

Sa voix n'exprimait aucune colère, plutôt comme un vague reproche étonné.

Haïm secoua la tête.

— Non..., dit-il.

— Ah ?...

Le garçon réfléchissait. Il paraissait soulagé de n'avoir pas affaire à son voleur de poules. Il détaillait Haïm sans animosité.

— Qui es-tu ? D'où viens-tu ? demanda-t-il, toujours en allemand.

Haïm hésita.

— J'aimerais bien savoir où je suis... répondit-il. Est-ce très loin de Budapest ?

— Non. Une vingtaine de kilomètres... Tu n'es pas hongrois.

Le jeune garçon ne questionnait pas. Il constatait une évidence.

— Non.

— Es-tu polonais ?... ou russe ?

Haïm fit une grimace de dégoût.

— Non ! oh non ! Dieu me garde d'appartenir au même pays que ces porcs galeux... Je ne suis pas allemand non plus..., ajouta-t-il vivement, de crainte que le jeune garçon ne le prît pour un ennemi.... Et toi ?... tu es hongrois ?...

— Oui... Austro-Hongrois.

Puis, avec une curieuse timidité, il ajouta :

— ...Je suis juif. Aussi.

Haïm esquissa un sourire.

— Moi aussi..., dit-il. Je m'appelle Haïm Lozwitzky...

— Et moi, Robert Kampf...

Les deux garçons s'approchèrent l'un de l'autre et se serrèrent la main. Robert Kampf devait avoir le même âge que Haïm : treize ou quatorze ans, et il était sensiblement de la même taille...

— Il y a quinze jours, il y a eu une grande bataille... Mais maintenant les Allemands ont pris la fuite. Comment es-tu venu jusqu'ici ? demanda Robert Kampf.

Haïm hésita. Raconter ? Qu'y avait-il à raconter ?... Quelqu'un pouvait-il comprendre ce qui s'était passé ? Haïm renonça à toute explication. D'ailleurs, il était physiquement et psychologiquement incapable de parler de ce qui s'était passé. Il demanda :

— Alors, je suis à vingt kilomètres de Budapest ?...

— C'est exact, mon garçon ! fit une grosse voix sévère.

Les deux enfants sursautèrent.

Un homme se tenait debout dans l'encadrement de la porte.

— Papa !... dit Robert Kampf. C'est un juif. Comme nous. Il s'appelle Haïm Lozwitzky.

— Je le sais, dit M. Kampf. Puisque j'ai tout entendu !... D'où viens-tu, mon garçon ?... dit-il en s'adressant à Haïm.

— De Stopnica...

— Stopnica ?... (M. Kampf marqua un temps de silence et dévisagea Haïm avec attention.)... Ah ! dit-il enfin. Les journaux ont parlé d'un épouvantable pogrom. Plusieurs dizaines de morts. On parle même de cent cinquante victimes... Même la censure n'a pu empêcher de révéler ce crime...

Haïm baissa la tête sans répondre.

— C'est donc ça, dit M. Kampf. C'est... C'est terrible en effet.

Il hésita un moment, puis dit d'un ton bourru :

— Viens avec moi, mon petit. Tu dois être affamé... Ici aussi, c'est la guerre. Et il y a quinze jours, nous l'avons vue de près ! La guerre est là, et bien là ! Par chance, ils n'ont pas tué le bétail et la basse-cour, il y a donc de quoi te nourrir convenablement. Viens manger. Ensuite, nous parlerons...

Un quart d'heure plus tard, Haïm était attablé devant une omelette fumante avec un bol de lait et des tartines beurrées. Cela faisait trois jours qu'il n'avait dans l'estomac que les quelques méchants quignons de pain sec qu'il avait emportés... Il se mit à dévorer avec une avidité, une gloutonnerie qui laissa M. et Mme Kampf stupéfaits, au bord des larmes. Mme Kampf était une grosse femme de près de quarante ans, au bon visage large, épais, sans beauté, mais qui exprimait une telle bonté que l'on oubliait aussitôt cette absence de grâce, pour ne penser qu'au bien-être que l'on éprouvait en sa compagnie.

— La guerre est une chose horrible..., soupira-t-elle en remplissant de nouveau l'assiette de Haïm... Heureusement qu'elle va bientôt s'arrêter...

Et, comme entre deux bouchées, Haïm lui jetait un regard étonné, interrogateur, M. Kampf précisa :

— Depuis ce matin, Alexandre Kerenski vient de former un nouveau gouvernement provisoire. Il a promis que la Russie ferait une paix séparée...

Et, comme Haïm le regardait sans paraître comprendre, M. Kampf demanda :

— Voyons, mon garçon, tu sais au moins de qui je parle ?...

Haïm inclina la tête. Des bribes de conversations qu'avaient quotidiennement Saül et Sarah, Kerenski, les bolcheviks, Trotski, Lénine, lui revenaient en mémoire. Abdication de Nicolas II en faveur de son frère, gouvernement provisoire. Kerenski, Kerenski... Il ouvrit la bouche pour répondre, mais aucun son ne sortit de ses lèvres. Il était dans l'incapacité de prononcer un mot ! Effrayé, il regarda M. Kampf. Celui-ci comprit que le jeune homme n'en pouvait plus, qu'il fallait le laisser se reposer.

La ferme de la famille Kampf était grande et ce fut sans difficulté qu'une chambre fut mise à la disposition de Haïm. C'était une pièce assez vaste, basse de plafond, sommairement meublée. Les fenêtres ouvraient sur la campagne et cette chambre aux murs chaulés, propre et fraîche, fut pour Haïm un havre de paix et de douceur après les heures d'horreur qu'il venait de vivre.

Les jours, puis les semaines, puis les mois se succédèrent. Pour Haïm, il y eut une longue période où il erra, comme anesthésié, dans la ferme de M. Kampf. Il ne parlait toujours pas, mais s'intéressait à l'existence menée par la famille Kampf et à la ferme. Cette ferme était exploitée par Mme Kampf. M. Kampf, lui, était un tailleur qui, avant la guerre, travaillait pour les grands bourgeois de Budapest, et qui, depuis, faute de tissu et de clientèle, aidait sa femme aux travaux de la ferme. Il était pieux sans excès, mais remerciait Dieu quotidiennement de cette aubaine, une petite exploitation agricole en pleine guerre ! C'était l'assurance d'une nourriture saine et abondante à peu de frais. A cette époque, la famille de M. Kampf se réduisait à trois personne, lui, sa femme et leur « petit » dernier, Robert. Les aînés, six en tout, étaient partis en Palestine dès les premiers jours de la guerre...

— Ils construisent là-bas un pays nouveau, pour nous ! Nous qui sommes le plus vieux peuple de cette civilisation... Si l'on peut appeler ça une civilisation..., disait M. Kampf lorsqu'il recevait, rarement, une lettre de ses enfants.

Ces jours-là, il mettait son *taleth,* des *tefillin,* ouvrait son livre de psaumes et passait la journée en prière. Puis il expliquait à Haïm et à Robert que c'était à Dieu de décider si Son Peuple Élu devait regagner la Terre promise et qu'il n'appartenait pas à une bande de jeunes excités antireligieux de se substituer à Sa volonté divine. Haïm comprenait qu'un drame avait eu lieu ici, dans cette maison.

M. Kampf se disait austro-hongrois.

— Depuis dix générations, mon garçon !... Dans le cimetière juif, tu verras les tombes de mes ancêtres... la plus ancienne date de 1680... Qu'ai-je à faire de la Palestine ?... Un désert de cailloux, dont les Turcs ont fait le réservoir de tous leurs criminels... C'est ici mon pays !... C'est ici mon pays ! répéta-t-il plusieurs fois d'une voix forte, comme s'il cherchait à se convaincre... Budapest, le Danube et la musique tzigane ! Lorsque la guerre sera finie...

Il s'interrompit, et dit soudain sombre :

— Que restera-t-il de l'Autriche et de la Hongrie lorsque la guerre sera finie ? Que restera-t-il de cette civilisation ?...

Petit à petit, Haïm recouvra l'usage de la parole. Vers la fin du mois d'octobre, il put même avoir un semblant de conversation, avec Robert d'abord, puis avec M. ou Mme Kampf.

Pour ne pas laisser Haïm en proie à sa neurasthénie grandissante, Kampf s'efforça de le convaincre d'apprendre son métier.

— Je suis tailleur, dit M. Kampf. Un très bon tailleur... Mais je ne peux pas te payer ! Tout ce que je peux faire pour toi, c'est t'élever comme mon fils Robert et vous apprendre à tous les deux le métier ! Tu seras nourri, logé, traité comme le fils de la maison... Mais c'est la guerre, tu comprends ? Impossible de te verser un salaire ! Dans deux ou trois ans, tu auras un bon métier entre les mains... Il y aura toujours des richards qui ne se contenteront pas de costumes de confection. Il leur faudra des costumes sur mesure, bien coupés, dans des tissus anglais... Avec un tel métier, tu pourras gagner honorablement ta vie et même, si tu le veux,... t'enrichir. Tous les soirs tu iras voir le rabbin Schillinger... Tu dois également étudier la Thora et prier pour ta famille. Ici c'est une maison religieuse — pas très religieuse, je le reconnais, mais nous respectons les lois juives. Alors, acceptes-tu ?

Robert regardait son nouvel ami, les yeux suppliants. Pourvu que Haïm accepte, et qu'il oublie d'aller massacrer quelques Russes ou Polonais au risque de se faire lui-même tuer...

A son grand soulagement, il l'entendit répondre :

— J'accepte... J'accepte et... merci...

— Tu me remercieras en devenant un bon ouvrier... Bon. Puisque voilà notre contrat réglé... sais-tu jouer aux échecs ?...

Haïm inclina la tête en signe d'assentiment.

— Papa... mon père...

Les larmes mouillèrent ses yeux... Sa voix s'enroua... Puis, se raclant la gorge, il dit fermement :

— Papa m'a appris à jouer lorsque j'étais encore un petit garçon. J'avais six ans...

M. Kampf l'observait attentivement.

— Parce que tu t'imagines que tu es un grand garçon maintenant ?... fit-il d'un ton bourru. Va dans ta chambre et pleure tout ce que tu as dans le ventre. Pleure, mon petit... Sinon, parfois, on peut mourir de ne pas avoir pleuré à temps...

On était au début du mois de novembre, et Robert et Haïm aidaient Mme Kampf à traire les deux vaches quand M. Kampf arriva, très agité. Il tenait un paquet de journaux et ne prit même pas le temps d'enlever sa pelisse. Il interpella sa femme :

— Il s'est passé quelque chose d'incroyable à Petrograd ! Lénine a pris le pouvoir ! Kerenski a été liquidé... La Russie a demandé une paix séparée...

Calmement, Mme Kampf acheva de traire la vache, prit le seau de lait tiède et le tendit à son époux.

— Tiens ! porte ça à la cuisine... Lénine a pris le pouvoir, dis-tu ?... Cela signifie-t-il la fin des pogroms, de l'antisémitisme, de la bêtise humaine ? Non, n'est-ce pas... Des loups ont remplacé des loups. Aussi enragés les uns que les autres... Tu verras ce que je te dis !...

L'hiver 1917-1918 fut extrêmement dur. Avec le printemps, puis l'été, l'espoir grandissait d'une paix prochaine. Chez les Kampf, on ne parlait ni de victoire ni de défaite... Quelle que fût l'issue de la guerre, il n'y avait que du malheur pour tous à attendre.

En cette fin de journée de juillet 1918, Haïm revenait de la synagogue où il avait passé la journée à prier... C'était le premier anniversaire de la mort des siens. Il était parvenu au bout de ce long chemin commencé un an plus tôt, et il avait définitivement relégué loin dans sa mémoire « le petit garçon chéri de sa maman ». Il était devenu un homme. Un homme dur, un homme violent, un homme prêt à tuer pour se sauver et pour venger les siens... Il n'y avait plus trace en lui de sentimentalité. Il regardait avec méfiance tous ceux qui, étrangers à la maison Kampf, venaient parfois rendre visite. Il avait oublié tout ce qui avait fait son éducation jusqu'au jour du massacre. Plus jamais il ne serait aimable, ouvert, gai... Certes, il y aurait pour lui des jours où le bonheur, la joie de vivre seraient de nouveau à sa portée, mais très vite, une musique entendue, le parfum d'un mets, une silhouette, un rire, tout cela confondu lui rappellerait un souvenir, un paradis perdu, et l'angoisse familière, la haine et la violence seraient là, fidèles au poste.

On discutait passionnément politique chez les Kampf. Mais Haïm ne s'en souciait pas. Peu lui importait le devenir de l'Europe centrale. Une seule formule venait à ses lèvres lorsque M. ou Mme Kampf lui demandait son avis : « Qu'ils crèvent... tous ! » Puis il expliquait sa pensée.

Ce qu'il aurait aimé, c'est voir la Pologne et la Russie totalement détruites, réduites à la misère... Il ne voulait plus rien connaître de ces pays maudits qui avaient assassiné ses parents, qui l'avaient si ignoblement traité, qui avaient rougi leur sol du sang de sa famille... Tout l'or du monde n'aurait pu le décider à retourner à Stopnica ni même à rester en Russie, en Allemagne ou en Hongrie, ces pays où l'on traite les juifs plus bas que terre, moins que cendre et poussière. Il se souvenait des paroles de son grand-père, le Baron Elie, de sa grand-mère Myriam : « Nous sommes autrichiens !... » Et M. Kampf : « Je suis hongrois ! depuis dix générations ! » C'était faux ! Jamais les juifs ne seraient autrichiens, allemands, français ou hongrois. « ...Quelle erreur ! quelle erreur ! s'écriait Haïm. Nous serons toujours et avant tout, au regard de nos concitoyens chrétiens, des juifs... C'est-à-dire des gens qui, du fait même de leur existence, remettent en cause l'évidence de la foi chrétienne... » La haine l'habitait tout entier et, avant de partir pour la Palestine, car c'était là son désir le plus cher, il voulait d'abord venger les siens...

Comme il arrivait devant le porche d'entrée, il fut rejoint par Robert qui lui proposa une baignade dans le fleuve. L'eau devait être agréablement fraîche en cette fin d'après-midi encore très chaude. Haïm accepta. La journée, pour lui, avait été douloureuse, pleine de souvenirs... Mais la rivière qui coulait rapide, en contrebas de la ferme, était si tentante que le jeune homme hésita à peine.

C'est là que Haïm et Robert avaient pris l'habitude de nager après les heures de travail, soit à l'atelier de M. Kampf, soit à la ferme. Peu à peu, le désespoir de Haïm, au cours de ces heures de camaraderie fraternelle, de longues confidences, avait cédé la place à une souffrance plus supportable... Restait son désir forcené de tuer quelques Russes et quelques cosaques.

— Ils me doivent huit morts !... disait Haïm, alors que les deux garçons se frictionnaient vigoureusement. (Il faisait frais maintenant.)... Si je parviens à en tuer seize, je partirai en Palestine.

Robert baissa la tête sans répondre. Il n'aimait pas imaginer qu'un jour Haïm pût partir lui aussi. Après un petit silence, il demanda :

— Comment peux-tu tuer quelqu'un ? Saurais-tu le faire ?

— Oui. Cela je le sais. Je sais comment m'y prendre...

— Mais si on t'attrape ?... dit Robert.

— Peu m'importe !... Je ne pourrai pas dormir, ni même me promener la tête haute, si je n'ai pas tué au moins seize sales Russes...

Les deux garçons étaient maintenant rhabillés et reprenaient le chemin de la maison. Ils marchaient lentement côte à côte, rafraîchis, apaisés.

Robert, dès le premier jour, avait conçu pour Haïm une amitié indéfectible et une très grande admiration. L'idée que son nouveau copain risquât au mieux la prison et au pire d'être tué le remplissait de désolation.

— Tu crois que tu sauras te servir d'un fusil ?

— Je ne me servirai pas d'un fusil !... Il existe maintenant des grenades qui peuvent tuer plusieurs personnes d'un coup. Je ne me rappelle jamais si ce sont les grenades offensives ou défensives qui sont les plus meurtrières... Je me servirai des deux !

— Mais comment te les procureras-tu ?... Tu penses que tu pourras les acheter ?

Haïm observa longuement son ami. Robert Kampf était si naïf encore ! Lui se sentait tellement plus vieux ! Devait-il faire confiance à Robert ? Il décida qu'il le pouvait. Il le décida parce que son secret était trop lourd pour lui, qu'il fallait absolument le partager avec quelqu'un, et ce quelqu'un ne pouvait en aucun cas être une grande personne... Les grandes personnes trahissent toujours. Mais à un adolescent, on peut faire confiance. Les adolescents sont capables de se laisser tuer par loyauté...

— Je n'irai pas en acheter pour la bonne raison que j'en ai déjà. Trois...

Robert écarquillait les yeux.

— Oh ! tu les as volées ?

Haïm haussa les épaules.

— Non !... trouvées... Quand j'ai pris la fuite, je ne savais pas très bien où je me trouvais... J'avais faim et je cherchais par terre de quoi manger. Dans un champ, j'ai cru voir des grosses pommes de terre. En fait, ce n'étaient pas des pommes de terre ! c'étaient des grenades !...

— Comment sais-tu que c'était des grenades ?...

— Papa... (A l'évocation de son père, la voix de Haïm s'enroua et des larmes giclèrent de ses yeux.) Papa avait un catalogue avec toutes les photos des armes de guerre... Il y avait aussi des grenades... Avec le mode d'emploi ! Je sais qu'il faut les dégoupiller...

Etonné, Robert insista :

— Les... quoi ?

— Les dégoupiller !

— Et tu sauras le faire ?...

Haïm hésita.

— Non... mais cela ne doit pas être sorcier... J'apprendrai !

— Et tu les as cachées où ?

— Sous ma paillasse !... Tu veux que je te les montre ?

— Oh oui !... Et puis tu me montreras ce qu'il faut faire pour les dégoupiller !...

Ils approchaient de la maison et, surpris, entendirent des éclats de voix.

Craignant un malheur, ils se précipitèrent.

Dans la cuisine, Mme Kampf, assise, épluchait des pommes de terre. M. Kampf lisait un journal et déclamait d'une voix sourde des mots qui, d'abord, parurent incompréhensibles aux deux garçons :... *C'est dans la nuit du 16 au 17 juillet 1918 que les bolcheviks ont assassiné la famille impériale. Lorsque l'ex-Tsar Nicolas II a abdiqué en faveur de son frère, les Britanniques refusèrent l'asile politique à la famille impériale. Celle-ci fut tenue sous bonne garde en Sibérie. Tous sont morts. Le Tsar, la Tsarine Alexandra, leurs quatre filles et le Tsarévitch...*

— Mon Dieu ! dit M. Kampf abasourdi. Mon Dieu ! Pourquoi ? Pourquoi ce massacre ? En quoi était-ce nécessaire ?... Qui pourra jamais pardonner d'avoir assassiné des enfants ?

— Qui, en effet ? dit Mme Kampf d'une voix que la colère faisait trembler.

Elle regardait Haïm et son regard s'adoucit devant la pâleur du jeune homme.

— ...Que t'avais-je dit, l'année dernière, lors de la prise du pouvoir par Lénine ? « Des loups enragés vont remplacer des loups enragés... » Assassiner des gamines et un petit garçon... Joli coup d'éclat et de courage... Cela donne à penser sur ces Russes...

M. Kampf regardait Haïm et lui dit de ce ton rogue qu'il avait chaque fois qu'il était ému :

— ...Va dans ta chambre, mon garçon. La journée a été dure pour toi... Nous parlerons de tout cela demain...

Les semaines suivantes, Haïm prit tout à fait conscience de ce qui s'était passé à Ekaterinbourg. Alors il connut une joie puissante, sauvage. Sa haine contre les Russes le submergeait, et il allait dans la maison des Kampf, dansant, hurlant des malédictions à n'en plus finir sur la famille impériale, les Centurions Noirs du Tsar et l'ensemble du peuple russe. Il se réjouissait infiniment de les voir sous la botte des bolcheviks, et hurlait sa jubilation lorsqu'il apprenait par le biais des journaux les famines, les massacres, la misère qui sévissaient sur le pays.

— Pas assez !... Pas assez !... disait-il en apprenant qu'on mourait de faim à Moscou, à Kiev, à Stopnica, à Varsovie, à Cracovie. Qu'ils crèvent ! Qu'ils crèvent tous !

Un matin de septembre 1918, M. Kampf lui demanda de venir lui parler quelques instants. C'était la veille de *Rosh Hashana*. La maison était embaumée par l'odeur des pâtisseries qui cuisaient doucement dans le four.

Haïm devait toujours se souvenir de ce jour-là, de ce jour particulier où M. Kampf l'aida à se débarrasser d'une partie de cette haine qui l'envahissait, ne laissant place à aucun autre sentiment... Certes, il haïrait toujours les Russes et les Polonais et se réjouirait toujours de tout le malheur qui s'abattrait bientôt sur ces peuples, mais il sut, grâce à M. Kampf, juguler cette haine de manière à n'être pas détruit par elle...

— C'est à toi que tu fais du mal en refusant de vivre comme un garçon de ton âge... Consacre un jour, et seulement un jour par an, à te souvenir et à maudire ceux qui ont détruit ta famille... Mais le lendemain, n'y pense plus. Pense à ton travail, à tes plaisirs, pense à l'avenir. Tu as quinze ans, mon enfant ! A quinze ans, tu dois oublier un peu de ta haine pour apprendre la joie de vivre. Je sais, je sais... En ce moment, c'est impossible. La plaie est encore trop saignante, mais chaque fois que le souvenir se fera trop dur, viens me voir. Nous ferons une partie d'échecs. Bientôt la guerre sera finie. Alors nous pourrons aller de temps en temps à Budapest, et nous irons avec Robert au théâtre, à l'Opéra, puisque tu aimes tellement la musique... Petit à petit, tu apprendras à sourire...

Et comme Haïm, la tête baissée, ne répondait pas, M. Kampf continua :

— Un jour, peut-être, l'homme ne sera plus un loup pour l'homme, un jour viendra où tous les hommes seront frères quels que soient la couleur de leur peau, leur religion, leurs convictions ou le montant de leur fortune, un jour on pourra marcher dans les rues la tête haute, sans crainte de se faire voler, insulter ou massacrer. Un jour la paix reviendra et aussi la liberté, la joie... Pense à ce jour-là, mon garçon. Ne laisse pas la haine détruire ton âme...

De mauvaise grâce, Haïm murmura :

— Mon père parlait ainsi. Mon père était convaincu que l'homme naissait bon, mais que c'était la société qui le rendait mauvais, alors il voulait changer la société, il parlait d'humanisme, de socialisme, de la beauté des choses humaines... Il disait que l'homme souffrait parce qu'il était enfermé dans l'ignorance. Si l'homme s'instruisait, apprenait, comprenait, c'était comme s'il ouvrait une porte sur la liberté...

Haïm parla longtemps, sans pleurs, avec une sorte de joie paisible. C'était la première fois depuis l'horreur de ce jour de juillet 1917 qu'il parlait de ses parents, de ses sœurs, de la si jolie Sonia, de Nina qui voulait chanter, de la petite Hannah, sa jumelle qui ne le quittait jamais d'un pas, de son frère aîné Ben qui devait être quelque part entre Toronto et Montréal... De son grand-père Elie qui vivait encore à Vienne, de son oncle qui vivait à Haïfa, de sa tante Dina, de ses cousins, de ses cousines...

— Je ne suis pas tout seul..., disait-il. Des gens existent pour moi, et savent que j'existe... Ils m'aiment... A la fin de la guerre, nous nous retrouverons...

— Lorsque cette guerre sera finie, dit M. Kampf en souriant, nous prendrons contact avec ton frère par le biais de la Croix-Rouge canadienne et puis nous écrirons à ton grand-père à Vienne et à ta famille en Palestine... Nous irons à Vienne voir ce qui reste de ta famille.

LA FIN DES CHOSES

Vienne, 1918

Ce matin de décembre était froid. Une pluie mêlée de neige tombait sans discontinuer depuis plus d'une semaine. Par miracle, le vieux Fritz avait pu se procurer du bois et un bon feu brûlait dans la chambre du Baron Elie... Il faisait sombre dans la pièce à peine éclairée par la lueur mouvante des flammes. Depuis des mois, le Baron Elie vivait dans la même torpeur silencieuse. Ni les cohabitants imposés par la municipalité ni les restrictions ne le touchaient. D'ailleurs il n'avait pas faim et, comme il ne quittait pas sa chambre, il avait peu de contacts avec les cohabitants. Il semblait attendre passionnément quelque chose — une voix. Oui, c'était cela : une voix. Un peu rauque, un peu maussade, un peu « rancuneuse », toujours prise de passion, de colère et d'amour. Pouvoir entendre, ne serait-ce qu'une fois, cette voix impatiente, jalouse : « Quel menteur tu es ! Comment peux-tu affirmer ?... » Une fois encore entrevoir la chère silhouette à la tête blanchie, au regard triste, mais apaisé... « Elie ! combien de fois dois-je te dire qu'il faut te reposer... » Avec l'âge, Myriam avait abandonné de plus en plus le vouvoiement au bénéfice du tutoiement — sauf quand elle manifestait sa jalousie : « Elie !... Elie, où avez-vous passé la soirée, hier soir ? » ou bien : « Oh ! Je sais bien que vous entretenez une liaison avec elle... »

Quelle « elle » ? Il ne s'en souvenait même plus. Nombreuses, si nombreuses, « elles » lui avaient donné un instant l'illusion que sa jeunesse à lui continuait... s'éternisait... Quand avait-il pensé, pour la première et la dernière fois, en prenant congé d'une exquise élève du Conservatoire, « une voix rare... une mezzo comme je n'en ai jamais entendu... », « Quelque chose prend à cette heure congé de moi, qui ne reviendra jamais plus... Adieu, ma chère jeunesse... » ?

Le Baron Elie soupira. Encore une journée. C'était cela qui était terrible. Ces journées qui passaient, mornes, sans espoir, sans but. L'Armistice le laissait indifférent. « Trop tard... » Qui lui rendrait ses fils et ses filles morts dans la tourmente ? Qui lui rendrait Myriam ? Myriam... Deux ans déjà qu'elle n'était plus là et son absence était aussi tenace, faisait aussi mal qu'au premier jour ! La mort de Myriam l'avait non seulement emportée elle, mais aussi son existence à lui. « Quand nous aurons marié les enfants... », disait-elle autrefois... C'était en 1892... « Tu seras enfin tout à moi !... Nous serons deux petits vieux bien sages. Nos petits-enfants viendront nous voir... Il n'y aura plus de jeune prima donna à faire débuter, ni de danseuse étoile à lancer. Il n'y aura que moi !... Il est vrai que je serai bien vieille... Mais toi aussi tu seras vieux. Un petit vieux... Et moi je serai là à tes côtés... »

Il la plaisantait. « Jolie perspective !... Enfin, si tu me jures que tu seras là... Tu le jures n'est-ce pas ? — Je le jure ! »

Elle n'avait pas tenu sa promesse. La douleur d'avoir perdu ses enfants, la guerre, les privations de toute sorte avaient eu raison d'elle. Myriam... oh Myriam... Des bribes de prières anciennes lui revenaient en mémoire : « *Yisgadal veyis Kadash Sheme Rabo...* » Puis il revenait à l'allemand : « Dieu t'a enlevée à mon affection... »

Mais il entrecoupait ses prières de malédictions... Il attendait la mort, sans appréhension ni impatience. « Elle viendra bien me chercher un jour ou l'autre..., pensait-il. Il n'y a pas d'urgence, mais je n'aimerais pas qu'elle tarde trop longtemps... » Il savait qu'il était vieux et impotent. Il se rendait compte également qu'il n'y avait de pire enfer que de posséder un esprit encore indemne, une énergie intellectuelle intacte et avide enfermés dans un corps invalide... Mais ce n'était pas cela le pire : c'étaient les souvenirs qui semblaient devenir de plus en plus lumineux et intenses à mesure que le présent perdait sa signification. Ne trouvant nulle satisfaction dans la réalité des jours, il tournait le dos au monde réel et feuilletait, inlassablement, les pages anciennes de sa mémoire. Alors se succédaient, dans un désordre plaisant, des souvenirs qui pour lui étaient réels.

C'est *Hanouka,* le jour de la dernière bougie, il est assis dans la grande salle à manger tout illuminée et découpe une volaille... Myriam est assise à côté de lui et passe les assiettes... Il y a Sonia, radieuse dans sa robe de bal, Sarah, son insupportable Sarah, qui fait des grimaces, les jumeaux qui disputent une « partie d'échecs mentale » : « Si tu poses ton cavalier sur la case A-5... tu découvres ta reine en B-5, imbécile... » Noemi est assise à côté de lui. Elle a douze ans et le regarde avec adoration. « Mon papa... tu me donnes l'aile ?... » D'autres visages, ses frères, ses sœurs, et Saül... Et Isaac et le petit Jacob... Que de monde autour de cette table surchargée de fleurs, de chandeliers, d'argenterie étincelante. Et Myriam : « Où étiez-vous encore cet après-midi, Elie ?... » Que de monde ! Et tout ce monde riait, papotait, se racontait mille histoires drôles.

Il tendait les mains vers Myriam, vers son visage, ses cheveux devenus blancs tout à coup... « Myriam ! que t'est-il arrivé ! Myriam, que s'est-il passé ?... » Une secousse, et il se réveillait... Il était seul dans sa chambre devant le feu. La lumière parcimonieuse et mouvante d'une vieille lampe à pétrole dénichée au grenier éclairait à peine ses longues mains maigres et desséchées. Il avait beaucoup maigri, respirait avec difficulté et avait de plus en plus de peine, aidé par le fidèle Fritz, à sortir de son lit pour faire quelques pas. « Tu nous vois, Fritz ? Que penses-tu de ça ? disait-il alors avec un reste d'humour. Un infirme soutenant un invalide... Ou bien est-ce le contraire ?... »

Son regard se tournait obstinément vers la porte, et son visage creusé se faisait plus sombre.

— ...Toujours à se faire attendre... L'âge ne l'aura jamais guérie de cette maladie d'être toujours en retard...

Puis il secouait la tête. Quel idiot il était ! Myriam ne viendrait plus. Plus jamais. A quoi bon l'attendre indéfiniment ?

Parfois un petit sourire narquois étirait les lèvres du Baron Elie.

« Ce qu'elle a pu être jalouse, ma pauvre vieille chérie, de toutes les femmes qui m'approchaient ! Surtout de Berta Zuckerkandl. »

Au cours de cet hiver 1918, où la grippe espagnole sévissait depuis quelques semaines, il y avait tant de morts à Vienne que les fossoyeurs ne pouvaient suffire à la tâche, et les cadavres s'amoncelaient dans les cimetières, attendant leur tour. Mais le pire, ce n'était pas les morts. Non. Eux en avaient fini avec la souffrance. En cet immédiat après-guerre, les vivants étaient beaucoup plus mal lotis.

Les gens erraient de rue en rue, de place en place, affamés, frigorifiés, s'attardant parfois dans les cafés, seuls endroits chauffés, où des groupes de socialistes excités tenaient des propos virulents.

Maintenant, on avait la paix... Mais il n'y avait plus rien. Rien. C'était terrible, cette ville désertée par la joie de vivre, par l'abondance d'autrefois. La monnaie ne valait plus rien, et de toute manière, quelle qu'eût été sa valeur, il n'y avait plus rien à acheter. Pas de charbon, pas d'électricité, pas de transports... Les rations alimentaires, très au-dessous du minimum vital, étaient à peine suffisantes pour maintenir un semblant d'existence... C'était devenu cela, Vienne, l'orgueilleuse et joyeuse capitale d'un Empire mort... Six cent cinquante ans après sa fondation, la monarchie des Habsbourg allait disparaître avec son vingt et unième empereur, Charles... « C'est un socialiste modéré, un homme remarquable... », disaient ce qui restait d'intellectuels à Vienne, à propos de celui qui avait signé l'acte de capitulation et la fin de l'ex-Empire austro-hongrois... Quelques jours plus tard, après avoir également signé l'acte de renonciation au pouvoir, le jeune empereur Charles, l'impératrice Zita et leur entourage prirent le train de l'exil... Pour le

Baron Elie, les Habsbourg étaient morts deux ans plus tôt avec le vieil empereur François-Joseph... Et Vienne était morte avec lui.

De tant de morts, de tant de ruines, comment espérer qu'un jour la paix pourrait renaître ? pensait-il parfois. Et ceux qui pleuraient leurs morts, que pouvaient-ils espérer d'un avenir désormais stérile, vide, sans but ?

Le Baron Elie frissonna. Une curieuse faiblesse, pas déplaisante en somme, le maintenait assis des heures durant devant son feu. En raison de la pénurie de charbon, et de tout autre combustible d'ailleurs, la vie de la grande maison blanche de la Ringstrasse se cantonnait dans la chambre du Baron. Fritz lui tenait compagnie et se démenait pour trouver du bois, du ravitaillement, de quoi s'éclairer. Il ne pouvait supporter de voir son maître dans cette léthargie désespérée... Le Baron Elie ne bougeait pas, ne lisait pas... Il ne faisait rien d'autre que fixer la flamme de son regard vide. Rien que penser. Se souvenir. Le rire des enfants, l'heure où ils revenaient du *Gymnasium* ou de l'école Schwarzwald. Ils riaient, criaient, se disputaient... « Il faudra faire agrandir la maison pour les contenir tous lorsqu'ils seront mariés... Il y aura des petits-enfants... » Le Baron Elie fermait les yeux. Souvenirs. Souvenirs. Ne pas les assassiner encore une fois par l'oubli. Y penser sans arrêt, sans se lasser. Faire revivre les heures chaudes, les heures de bonheur. Les soirs où toute la famille se rendait à l'Opéra. Oh ! quelle fierté alors ! Ses filles et ses fils, posés comme une couronne autour de lui et de Myriam...

Myriam. Isaac. Sonia, Jonathan, David, Noemi, Sarah... La mort n'avait épargné personne, personne ! Des millions de morts de par le monde, toutes aussi inutiles, toutes aussi monstrueuses... Mais pour lui, ces morts-là, c'était tout le malheur du monde. Plus d'espérance. Dieu était mort, lui aussi. « Mais lui, je ne le regrette pas... » Parfois, sa douleur était d'une violence telle que le Baron Elie avait envie de hurler, comme un chien hurle à la mort. Alors ses mains se crispaient sur sa poitrine. « Là... là..., s'admonestait-il presque avec douceur. Du calme. S'il faut souffrir, que ce soit sans cris... » Lentement la souffrance relâchait son étreinte, et le Baron Elie reprenait le cours de ses pensées. « O Dieu, mon Dieu, qu'avez-vous fait des miens ? Myriam. Isaac. Sonia. Sarah. Noemi. Jonathan. David. Tous les six ! vous me les avez pris tous les six ! Et les petits aussi... Sonia. Nina. Hannah... » Parfois il sursautait, il en restait encore trois, peut-être quatre en vie. L'un au Canada, et l'autre où ? Dans quelle contrée ?... L'enfant de Jacob Lichtfeld, en Palestine... un petit garçon..., était-il d'ailleurs encore vivant ? Et les autres ? Eliezer, Deborah, Keren... Ses petits-enfants dont il ne connaissait que le prénom et dont il ne possédait que quatre photos, qu'étaient-ils devenus ? Qui pourrait lui dire s'ils étaient morts ou vivants ? Mais Haïm... Haïm ? « Il faut que je tienne jusqu'à ce qu'il revienne. Je ferai faire des recherches... Ben reviendra pour m'aider à le retrouver... Mon petit-fils... Haïm. Mon petit-fils. Mon Dieu, je vous en supplie ! Seulement ça, mon Dieu ! Que je revoie mon petit-fils... Seulement ça ! Ensuite j'irai rejoindre les miens... Là où ils sont je dois être moi aussi... Demain je serai un peu mieux. Je ferai venir mon notaire. Il doit y avoir un moyen de retrouver l'enfant. »

Des coups frappés à la porte le firent sursauter.

— Oui ?

C'était Fritz. Le vieux serviteur entra, appuyé sur une canne, tenant précieusement un panier rempli d'œufs et de victuailles.

— Monsieur... C'est Mme Zuckerkandl ! Elle revient de Suisse, monsieur ! Elle vous apporte des œufs, monsieur !... Des œufs ! du café, du lait... Oh, monsieur ! Depuis tant d'années que nous n'en avons pas mangé !

Le vieillard en bégayait de bonheur. Il posa les aliments sur une table basse, auprès de son maître, et caressa amoureusement les œufs.

— Depuis le temps ! Je ne me souvenais même plus de leur couleur ou de leur forme...

Le Baron Elie sortit de sa torpeur.

— Berta ?... Des œufs ?... Du lait ?... Oui, c'est bien d'elle. Je reconnais là sa générosité.

Une vague réminiscence de sourire éclaira son visage.

— Elle est ici ? demanda-t-il.

— Oui, monsieur. Je l'ai fait entrer dans le bureau de Monsieur.

— Fais-la monter. Il n'y a de feu que dans ma chambre... Et puis je suis trop fatigué pour descendre...

Berta ! Absente de Vienne. Depuis deux ans ! Il la croyait en Suisse, à Berne, et puis, finalement, tout le monde revenait à Vienne. Sur les décombres du passé ?

— Si Monsieur me permettait...

— Quoi donc ?

— Eh bien je ferais à Monsieur un jaune d'œuf avec un peu de rhum...

Le Baron Elie, derechef, ferma les yeux. Un jaune d'œuf battu avec du sucre en poudre jusqu'à ce qu'il devienne une mousse aérienne... Alors on y ajoute un peu de rhum ou de cognac et l'on remercie Dieu d'avoir un estomac pour savourer ce breuvage. La recette de Myriam ! Une recette venue de sa mère et de sa grand-mère, transmise de génération en génération depuis la nuit des temps. Il croyait entendre sa femme. C'est l'hiver. Il neige. Il fait froid. « Rien de tel qu'un jaune d'œuf fouetté avec du sucre et du rhum pour se réconforter... » La voix du vieux Fritz l'arracha à sa rêverie.

— Alors monsieur ?...

— Oui. C'est ça. Fais-nous des jaunes d'œuf au rhum. Pour Mme Zuckerkandl, pour toi et pour moi. Y a-t-il du sucre ?

— Oui, monsieur. Et un peu de rhum dans la cave.

Une cave qui, autrefois, avait fait la fierté du Baron Elie. Les meilleurs vins français. Du champagne. De vieux cognacs... Tout avait été volé, « réquisitionné ».

— Alors, très cher, vous ne voulez plus me voir...

La voix grave de Berta Zuckerkandl résonnait dans la pièce.

— Comme il fait sombre ici !... Fritz ! n'y a-t-il que cette lampe à pétrole ? Apporte-nous quelques bougies ! Et du pétrole... Mais si, mais si ! Je vais pouvoir m'en procurer au marché noir et je vous en apporterai demain ! Allez, pas d'hésitation...

Quelques instants plus tard, deux chandeliers à cinq branches et la lampe à pétrole illuminaient la pièce de leur lumière dorée. Berta Zuckerkandl, le Baron Elie et

Fritz buvaient à petites gorgées leur épaisse et délicieuse mixture... Réconforté par son breuvage et par la présence de son amie, le Baron Elie se tourna vers elle :

— Ah, Berta, quel bonheur de vous voir... Toujours aussi belle, toujours aussi généreuse. Quelles nouvelles m'apportez-vous ?... Toujours pacifiste et révolutionnaire ? Sans doute féministe, aussi ?

Berta Zuckerkandl eut un petit rire.

— Pas exactement ! Mais il faudra bien inventer une nouvelle politique, non ? Et qui, mieux que les femmes, pourrait réorganiser le monde ? Voyez le gâchis que vous autres hommes en avez fait !...

Le Baron Elie observait sa compagne. « Elle a vieilli, pensa-t-il. Ses cheveux sont gris... Mais elle est toujours belle... » Son indifférence l'étonnait. « Dieu sait combien j'ai été amoureux d'elle ! Ma pauvre Myriam en était si jalouse !... Sans aucune raison d'ailleurs : Berta a toujours eu la tête pleine de son Georges Clemenceau... Mais elle est toujours belle, c'est indéniable ! Quel âge a-t-elle donc ? Cinquante ? Cinquante-cinq ans ? »

Le bavardage de Berta le berçait doucement. Foyer national juif ? Déclaration de Lord Balfour ? C'était peut-être une bonne chose, après tout. Certes, cela ne rendrait la vie ni à Isaac, ni à Dina, ni à Haym Landon, ni à cette ravissante Sarah Aaronsohn, torturée par les Turcs trois jours durant... Il fallait absolument savoir ce qu'était devenu l'enfant de Jacob, ce petit Avrom Lichtfeld, son premier arrière-petit-fils, né en 1916, et il fallait aussi qu'il reste en vie jusqu'à ce qu'il puisse savoir ce qui était arrivé à Haïm. La seule certitude était qu'il ne faisait pas partie des morts de la famille Lozwitzky.

— Etes-vous heureuse, ma chère Berta ?

Elle le regarda.

— Heureuse ?... Vous plaisantez, je suppose ? Quelqu'un peut-il être heureux à présent ?

— Voyons ! c'est la fin de la guerre ! Votre vie va reprendre son cours normal... Qu'en pensez-vous ?

— Je pense que votre humour est déplacé en ce moment, mon cher Elie. Mais je suis contente que la guerre soit finie.

— Ah ?... Bien. Bien... Et votre ami ? Georges Clemenceau ? Est-il aussi satisfait que vous ?

Le visage de Berta se ferma.

— Non..., dit-elle laconique. Nous nous sommes brouillés...

— Brouillés ?...

Une vague lueur d'amusement brilla dans les yeux du Baron Elie.

Brouillés ! Comme c'était sot ! La mort se chargeait de séparer les êtres humains, pourquoi la devancer ?

— Vous l'aimiez ? demanda-t-il abruptement.

Elle le regarda. C'était la première fois depuis qu'ils se connaissaient que le Baron Elie se permettait une indiscrétion. Elle soupira. Sortit de son réticule une lettre froissée, jaunie, et la tendit au Baron Elie.

— Tenez. Lisez. Il m'a écrit cela, en réponse à mes souhaits pour son soixante-huitième anniversaire. Il y a... il y a de cela quelques années.

... Merci, chère amie, lut-il. Seulement je ne puis me faire à l'idée qu'un homme de mon âge ne puisse plus tomber amoureux. Je crois que même dans dix courtes années, mort ou vivant, je t'aimerai toujours aussi follement. A toi ma vie...

Il leva les yeux vers elle.

— Ainsi, c'était donc vrai ? dit-il avec un peu d'amertume. Vous vous êtes aimés.

— Oui... Moi sans doute plus que lui.

— Ah ?... Vous croyez ?

— Georges n'aimait vraiment, passionnément, que la politique... Maintenant, il hait l'Autriche et les Autrichiens...

— Vous pensez qu'il vous hait ?

— Je suis autrichienne.

Le Baron Elie soupira.

— L'Autriche est à genoux, dit-il enfin. Pourquoi haïr encore ?... N'avons-nous pas assez payé ?

— Maintenant que la guerre est finie..., répondit Berta d'une voix neutre, il faudrait obtenir des Alliés qu'ils renoncent à cet infâme blocus alimentaire qui affame notre peuple. Qu'en pensez-vous ?

Il la dévisagea, interloqué. Lui ? Ce qu'il en pensait, lui ?... Rien. Pour lui, il n'y aurait jamais de « fin » à cette guerre... Quelqu'un allait-il lui rendre les siens ?

— Et vous ?... demanda-t-il machinalement, avec ce reste de politesse qui venait des temps anciens, de ces temps définitivement révolus.

Elle s'exalta soudain.

— Il faut faire revivre Vienne !... Vienne ne peut pas mourir ! Certes, tout est difficile, tout est à reconstruire, il n'y a plus d'électricité, plus de charbon, plus rien... Mais nous ne devons pas nous laisser abattre... Je vais employer toutes mes forces à la renaissance de Vienne... Tout le monde est ruiné ! Ceux qui avaient un peu d'argent l'ont placé dans les emprunts de guerre et sont maintenant réduits à la mendicité... Ceux qui avaient des dettes ne doivent plus rien... Il n'y a que ceux qui font du marché noir qui arrivent à manger à leur faim !... Oh, Elie ! tout est devenu si horrible... Il n'y a plus que corruption, vol, tout s'est écroulé... Il faut faire quelque chose !

— Je n'en doute pas..., dit-il. Peut-être obtiendrez-vous de Georges Clemenceau un peu moins de rigueur à l'égard de l'Autriche ? Après tout, c'est le beau-frère de votre sœur... Et puis, il vous a aimée.

Berta secoua négativement la tête.

— Le Tigre ne tient aucun compte de nos relations familiales...

Le Baron Elie haussa les sourcils. « Le Tigre » ?

— ... C'est le surnom que lui donnent les Français... Intransigeant, incorruptible, coléreux, rancunier...

— Comme vous l'aimez encore..., soupira le Baron.

Berta ne répondit pas tout de suite. L'émotion lui serrait la gorge.

— Je lui ai écrit. Pas pour moi ni pour mes amis. Pour l'Autriche. Pour mon pays. C'est inhumain de nous réduire à la famine... Il ne peut permettre ça !

— Qu'avez-vous écrit ?

Berta hésita, puis tira de son réticule le brouillon de la lettre envoyée.

Georges, je sais que tu es sur le point de détruire l'Autriche parce que tu veux la punir. Je sais aussi que tu es injuste parce que mon peuple n'est pas responsable des fautes de ses dirigeants. Nous devons nous incliner et nous abandonner à notre sort. Mais je ne puis accepter que tu sois justement la seule personne qui ne s'incline pas devant la majesté de la douleur. Si tu persistes dans ton refus de désigner un représentant français à la commission alimentaire interalliée qui est appelée à sauver la vie des peuples vaincus, tu seras responsable de la mort de centaines de milliers d'enfants autrichiens qui depuis la guerre souffrent de la faim à cause du blocus. Vienne, la ville dont tu aimais le charme léger, est aujourd'hui le théâtre d'une tragédie effroyable. Non, tu ne peux pas faire cela... Tu m'as écrit un jour : « A toi ma vie. » Je fais maintenant valoir mon droit à réclamer un peu de cette vie. J'exige de toi un geste que je ne qualifierai même pas de généreux ; il t'est imposé par la dignité et la justice que tu as toujours invoquées pour justifier tes combats. Tu n'es pas obligé de répondre, mais tu me dois tout de même une réponse. Ta réponse consistera à envoyer immédiatement un représentant français à Berne. Tu peux aussi me répondre d'une façon encore plus significative, en ordonnant à tes représentants de recevoir officiellement la délégation autrichienne, en dépit de l'interdiction, et de se mettre officiellement en rapport avec moi. Alors, sans que nous ayons échangé un seul mot, je saurai ce que tu auras voulu me dire : « Berta, j'ai compris que mes paroles "A toi ma vie !" avaient ce sens prophétique : la vie des enfants d'Autriche est à toi parce que tu l'exiges. »

— Et alors ? demanda le Baron Elie après avoir achevé sa lecture. Vous a-t-il répondu ?

— D'une certaine manière, oui.

— Comment cela, d'une certaine manière ?

— Il a fait retirer son veto à la Commission interalliée. Bientôt le blocus sera levé. L'Autriche pourra recevoir des vivres... Maintenant il faut que je vous laisse. Mon fils, Fritz, m'attend...

Aussitôt, elle se mordit les lèvres en se maudissant. Comment parler de son fils à un homme qui ne pourrait plus jamais dire « Mon fils ou ma fille m'attend » ?... Elle s'était pourtant juré...

Mais le Baron Elie ne paraissait pas lui en vouloir, il baisa tendrement la main qu'elle lui tendait.

— Transmettez mes amitiés à votre Fritz. Comment va-t-il ?

— Il est fiancé.

— Ah ?...

— Une jeune artiste peintre. Trudie Stekel. Ils se sont rencontrés pendant la guerre. Les Stekel sont comme nous. Comme vous, comme moi. Des juifs assimilés... Savez-vous que le père de Trudie est un psychanalyste connu ? Il fréquente beaucoup chez le docteur Freud. Et son frère Eric est un jeune compositeur de musique plein de talent. Il veut aller vivre en France...

Elle parlait, parlait, désireuse de faire oublier son impair à Elie.

— J'ai trois petits-fils, un arrière-petit-fils et deux petites-filles encore vivants, soupira ce dernier, les yeux éteints, fixés sur les flammes. Ben est à Toronto, Haïm je ne sais où, quelque part en Pologne ou en Hongrie. Quant à mon arrière-petit-fils, Avrom... Dieu sait qui l'a pris en charge ? Et Deborah, Keren...

— Elie !... balbutia Berta. Elie, je vous promets de tout mettre en œuvre pour que vous puissiez les retrouver. Je vous le promets, mon ami...

Il la regarda. Jamais elle n'oublia ce regard éperdu d'amour, de reconnaissance, d'espoir.

— Ne tardez pas trop, Berta, mon bel ange, dit-il seulement. Je n'ai plus beaucoup de temps à vivre...

Quinze jours plus tard, le Baron Elie reçut une lettre de Budapest. Une lettre sur laquelle il pleura, remercia Dieu, remercia Berta Zuckerkandl, la famille Kampf... A Fritz qui s'affolait, il expliqua :

— Sauvé !... mon petit Haïm est sauvé ! Il vit en Hongrie, près de Budapest, chez des paysans qui l'ont recueilli, hébergé... Dès que cela sera possible, il viendra me rejoindre à Vienne. Ecris !... Ecris tout de suite... Que je l'attends, que son grand-père l'attend...

Berta Zuckerkandl lui rendit à nouveau visite. Un large sourire éclairait son visage fatigué.

— J'ai reçu une dépêche de Jérusalem. Des nouvelles de votre arrière-petit-fils Avrom ! dit-elle, avant même les salutations d'usage. Il est vivant. Il a été adopté par une famille Keller. Deborah et Keren ont trouvé refuge dans un kibboutz de Merhavia. Dès que les communications seront rétablies, elles vont vous écrire tout ce qui s'est passé et vous envoyer des photos. Elles savent sans doute où est Eliezer...

Le Baron Elie s'empara des mains de son amie.

— Je vous ai toujours admirée, Berta, vous le savez, n'est-ce pas ? Et Dieu sait que ma pauvre Myriam était jalouse de vous... Mais aujourd'hui, je vous adore et vous baise les mains, et je suis sûr que si Myriam me voit, elle me bénit et vous bénit également... Il m'en reste six ! Comprenez-vous, il m'en reste six !... Ben à Toronto, Haïm à Budapest et le petit Avrom... un petit Avrom Lichtfeld... Ma vie a un sens... puisqu'il m'en reste six...

Par un froid matin de la fin du mois de janvier 1919, le Baron Elie s'étonna de son feu éteint et de l'absence de Fritz. Mais il ne bougea pas de son lit. Il faisait trop froid pour se lever... La matinée passait dans une demi-somnolence, quand il entendit la porte du hall s'ouvrir à grand fracas, des pas précipités. Il reconnut aussitôt ceux de sa sœur favorite, Deborah.

Un peu essoufflée par la montée des escaliers, Deborah fut bientôt auprès de son frère. Sa tenue tenait presque du déguisement, mais le froid qui sévissait justifiait n'importe quel accoutrement.

— Pourquoi refuser de venir vivre avec Peter et moi ? gronda la vieille dame en sortant d'un énorme sac des paquets soigneusement ficelés. J'ai pu me faire envoyer de Zurich, par ma belle-sœur Josepha, un colis de victuailles... Je n'ai pas l'impression qu'il ait été ouvert. Je vais t'en laisser une partie.

— Mais non ! s'impatienta le Baron Elie. Il faut laisser cela à tes petits-enfants !... Tu ne vas pas les priver de choses indispensables pour une vieille carcasse inutile comme moi !...

— Arrête de dire des bêtises, bougonna sa sœur. Tu es maigre à faire peur, et Fritz a besoin de manger !... A propos, où est-il donc ?

Elle regarda autour d'elle, étonnée.

— ... Je ne comprends pas ! Fritz est toujours si ponctuel ! Ton feu n'est même pas allumé ! Attends, je vais m'en occuper...

Elle enleva sa houppelande, puis une veste en laine informe et une sorte de pull-over marron foncé d'une outrageante laideur. Elle aussi avait considérablement maigri, si l'on se souvenait de l'imposante matrone qui souvent venait chez son frère.

— Tu as maigri..., constata le Baron Elie, on dirait que tu as retrouvé la silhouette de ta jeunesse...

Il essayait de plaisanter. Adolescente, Deborah avait été ravissante. Une beauté, disait-on d'elle. Mais la femme n'avait pas répondu aux promesses de la jeune fille. « Elle est mieux à quatre-vingts ans qu'à soixante... », songea le Baron Elie en contemplant le visage blême, tout parcheminé, mais dégagé de la gangue qui le déformait. C'était devenu un charmant visage de très vieille dame au regard vif, à la langue véloce et acérée. Tout en défaisant ses colis, elle parlait d'un tel ou d'une telle, et, en quelques traits, dressait un portrait au vitriol des Viennois qui s'en sortaient grâce au marché noir — tout en reconnaissant que si elle en avait les moyens, elle n'hésiterait pas un seul instant à faire de même.

Quelques minutes plus tard, une belle et vigoureuse flambée jetait ses lueurs d'or orangé dans la pièce, assombrie par les rideaux de velours encore fermés. Deborah les tira.

Le jour était gris et maussade, le ciel bas.

— Il va neiger..., constata Deborah.

Son frère tressaillit. Autrefois, Sarah s'écriait devant la fenêtre : « Papa !... papa !... Il va neiger ! Vite, venez voir ! il va neiger... » La neige ! Quelle joie pour toute la famille qui se précipitait dehors... Et les batailles de boules de neige, les courses en traîneau dans le Prater tout blanc, féerique... La neige...

La voix impatiente de sa sœur le ramena à la réalité.

— Voyons, réponds-moi, Elie !... Sais-tu au moins si Fritz n'est pas malade ?

Le fantôme de Sarah s'évanouit. Le Baron Elie secoua la tête.

— Pas que je sache..., murmura-t-il.

— Bien, je vais t'aider à te lever et à t'installer auprès du feu, et je vais voir dans la chambre de Fritz... Je suppose qu'il occupe toujours la chambre de...

— Oui. Oui. C'est cela, va voir...

Ne pas parler des jumeaux. Ni des autres enfants morts. Non, personne ne doit en parler. Seulement se souvenir.

Un instant plus tard, la porte s'ouvrit précipitamment sur Deborah, affolée.

— Mon Dieu, Elie ! Elie !...

Elle pleurait sans retenue. Inquiet, son frère se redressa sur ses oreillers.

— Eh bien ? quoi ? qu'est-il arrivé ?... Voyons, parle !... Fritz est malade ?

Mais Deborah, incapable de prononcer une parole, secouait négativement la tête. Dominant enfin ses sanglots, elle murmura :

— Fritz est mort... mort cette nuit...

Fritz servait dans la famille de son frère depuis plus de soixante ans... Il avait exactement l'âge du Baron Elie, quatre-vingt-cinq ans...

Ainsi Fritz était mort... Bien sûr, il fallait s'y attendre. Pourquoi aurait-il continué à vivre ? Pour qui ? Le Baron Elie se leva péniblement.

— Je vais dire le *Kaddish...,* articula-t-il.

Etonnée, Deborah regardait son frère comme s'il était devenu fou.

— Mais Fritz était chrétien !... dit-elle à travers ses larmes. C'est un prêtre catholique qu'il faut aller chercher... Je vais y aller... je...

Alors soudain, ce fut terrible. Le Baron Elie se redressa d'un bloc et, avec une violence que jamais Deborah ne lui avait connue :

— Moi vivant, hurla-t-il, jamais un prêtre catholique

ne pénétrera dans ma maison. Jamais ! Entends-tu, Deborah ? Je te l'interdis ! Je te l'interdis !

— Mais Elie !... Elie !

— Ce sont des assassins ! des criminels ! Ils appellent au meurtre des juifs depuis la nuit des temps !... Qui osera jamais les condamner ? Qui ?... Le pape a-t-il excommunié ceux qui ont organisé, exécuté les pogroms ? hein ? As-tu entendu une condamnation ? Non, jamais ! Des félicitations, ça oui ! Pour chaque juif mort, c'est une place au paradis !

— Arrête, Elie ! Pour l'amour de Dieu...

— Quel Dieu ? hein ? De quel Dieu me parles-tu ? De celui qui a armé les Centurions Noirs du Tsar pour massacrer ma fille, mon gendre, mes petits... ?

Soudain, la voix lui manqua, il se mit à tousser et dut s'asseoir avant de reprendre plus doucement, comme épuisé par ses propres cris :

— ...Tu comprends ?... C'est là... (Il crispait ses mains sur sa poitrine.) Et chaque jour, chaque heure je les vois, je vois ce qu'ils ont fait à Sarah, aux petites, à Saül. Je vois mon fils Isaac pendu, mes fils Jonathan et David qui dorment dans une terre étrangère. Et puis je vois encore Sarah, et ses filles, Sonia, Nina, Hannah... Je vois ces bêtes immondes s'amuser d'elles, je vois le sabre les achever et je maudis l'Eternel ! Je Le maudis de toute mon âme !... Je Lui crache dessus ! Comme on crache sur les juifs dans Leopoldstadt, dans tous les ghettos du monde... Je crache sur l'Eternel, tu entends ? Lui qui a permis cela, Lui qui n'a pas jeté dans la géhenne tout le peuple russe, tous les Polonais, tous les chrétiens qui ont soutenu, rêvé, voulu ce qui est arrivé. Lui, l'Eternel, qui s'est retourné contre des innocents, contre ceux qui respectaient Ses commandements, je Le maudis !... Je Le maudis ! tu entends, Deborah ?...

— Arrête ! Arrête, Elie, je t'en supplie !...

La malheureuse Deborah sanglotait. Sur ses vieux jours, elle était devenue croyante et pratiquante. Maudire l'Eternel — notre Dieu, l'Eternel-est-Un — lui paraissait un épouvantable sacrilège qui ne pouvait que se retourner contre son frère.

— ...Ne parle pas ainsi ! implora-t-elle. Je t'en prie, reste assis... Je vais m'occuper de ce pauvre Fritz...

A bout de forces, le Baron Elie reprit place dans son fauteuil, face au feu. Il tremblait.

— Maudit... qu'Il soit maudit à jamais... Mes enfants... Mes petits... mes petits...

De grosses larmes coulaient sur ses joues plissées de mille rides, sans qu'il songeât à les essuyer.

Deborah posa une couverture sur les genoux du vieillard.

— Là... là, dit-elle doucement comme si elle eût bercé un enfant... Là... repose-toi. Je vais m'occuper de Fritz... Je vais faire le nécessaire. Il sera enterré dans notre caveau... Il faut que je sorte, mais je vais revenir au plus tôt avec un docteur pour qu'il signe l'acte de décès et le permis d'inhumer... et... et... oh Elie, je t'en supplie... Fritz était catholique, un bon catholique, croyant et pratiquant...

— C'est bon, céda le Baron Elie avec lassitude. Reviens avec un prêtre. Ensuite tu feras désinfecter ma maison...

Quelques instants plus tard, calmé, il s'assoupit légèrement. Et brusquement, il sut qu'il allait mourir. Toute sa force sembla lui revenir dans l'effort terrible qu'il fit pour retarder l'échéance...

— Revoir mes petits... revoir mes petits... Ben, Haïm, Eliezer, Deborah, Keren, Avrom..., bégayait-il.

Mais il savait que c'était une question de minutes. Il allait mourir seul... En y réfléchissant bien, ce n'était pas pour lui déplaire. Bizarrement, au seuil de la mort, jamais il ne s'était senti exister aussi intensément, il était plus vivant intérieurement qu'il ne l'avait été depuis des années... Il percevait un bruit vague et lointain, une sorte de détresse plaintive qui le touchait profondément. C'était lui qu'il plaignait. Ce vieillard solitaire qui agonisait doucement... Comme c'était étrange, il se voyait mourir. Etonnant. Très étonnant. Toute son énergie était absorbée par cet étonnement. « Ce vieillard c'est moi.. », pensait-il... Mais ce qui le surprenait encore davantage, c'était cette fantastique impression de liberté, de jubilation, d'absence totale de désespérance.

Une heure plus tard, Deborah revint, suivie d'un médecin et d'un prêtre. Mais son frère Elie avait cessé de vivre. En pleurs, Deborah remercia Dieu d'avoir eu la bonté d'abréger ses souffrances.

— Trop, c'était trop, psalmodiait-elle. Il n'en pouvait plus ! Non ! il n'en pouvait plus... Il est avec Fritz maintenant... Comment aurait-il pu vivre sans Fritz ? Soixante ans de vie commune !...

Elle paraissait s'adresser au prêtre, mais en réalité, elle parlait toute seule... Puis elle pleurait, hoquetant de sanglots, comme une petite fille... Enfin, plus calme, elle récita :

« Shema Israël Adonoï Elohenou Adonoï Ehot... »

C'est le jour prévu pour l'enterrement du Baron Elie von Lichtfeld que Haïm arriva à la gare de l'Est avec M. et Mme Kampf, et Robert... Il faisait froid. Froid dans la ville, froid dans les maisons sans chauffage, froid dans les cœurs des Viennois en proie à la famine, à la défaite, au désespoir... Dans la maison Lichtfeld, l'orgueilleuse maison blanche bâtie par un homme heureux pour y abriter une famille nombreuse, une foisonnante descendance, et maintenant réquisitionnée par le gouvernement afin d'y loger des réfugiés venus de toutes les provinces de l'ex-Empire, il ne restait qu'une chambre qui pût être mise à la disposition de Haïm et des Kampf. C'était la chambre qu'occupaient autrefois les jumeaux et où Fritz avait trouvé la mort.

— A deux jours près ! sanglotait Deborah. A deux jours près, tu aurais rendu ton grand-père si heureux...

— Nous n'avons pu obtenir des passeports qu'hier matin, dit M. Kampf, et nous avons pris le premier train pour Vienne... Dix-huit heures de voyage !...

— Des passeports ? s'effara Deborah. Il faut donc des passeports maintenant pour se rendre de Budapest à Vienne ?

— Bientôt, il faudra un passeport pour se rendre de Buda à Pest, répondit M. Kampf.

Tant que les deux bières furent exposées dans la chambre de grand-père Elie, Haïm et Robert ne furent pas autorisés à y rester et demeurèrent dans la cuisine. Ils y passèrent même la nuit. Le lendemain, un corbillard vint chercher le vieux Fritz... Et puis ce fut le défilé des parents, des voisins, des amis...

Bien que l'on fût en février, la chambre du Baron Elie regorgeait de fleurs, et cela en dépit du fait qu'il était juif... L'Opéra de Vienne avait envoyé une superbe couronne de roses rouges, les élèves du Conservatoire un coussin d'œillets blancs que traversait en diagonale un ruban rouge où l'on pouvait lire *« Au Baron Elie von Lichtfeld, notre imprésario »*, et cela, bien que celui-ci n'exerçât plus son métier depuis des années... Et des fleurs, des monceaux de fleurs d'amis, d'artistes illustres... Berta Zuckerkandl s'efforçait de retenir ses sanglots et grimaçait pitoyablement.

— Adieu, mon ami..., l'entendit-on murmurer, adieu ma jeunesse... adieu tout ce que j'aimais...

Deux jours durant, les gens défilèrent, une multitude de gens qui, tous, de près ou de loin, étaient redevables au Baron Elie soit d'une carrière, soit de conseils, parfois d'un secours financier, toujours d'un accueil chaleureux, amical, d'une oreille attentive.

Toutes ces odeurs de roses, de lis et d'œillets donnaient à la chambre close une atmosphère à la fois écœurante et grisante. Au moment où l'on allait refermer le cercueil, tante Deborah vint chercher Haïm et Robert.

Les deux adolescents entrèrent dans la pièce, et Haïm se planta près du cercueil. Grand-père Elie... Il portait son vieux smoking des grands soirs de première à l'Opéra... Haïm se souvenait combien il avait trouvé grand-père Elie impressionnant, lorsqu'il l'avait vu pour la première fois dans cette tenue, en 1906, lors de la grande soirée de *Fidelio*...

Il s'approcha et regarda le visage définitivement clos, lisse, presque paisible sous la couronne de cheveux blancs...

Ses mains reposaient sur sa poitrine. Une bague ornée d'un diamant brillait sur l'annulaire. D'un geste rapide, tante Deborah retira la bague et la tendit à Haïm.

— Prends, mon garçon, dit-elle à voix basse. C'est sûrement le souhait de ton grand-père Elie...

Quelle chose étrange que de voir les mains toujours agitées de grand-père Elie, ces belles mains longues, maigres, étroites et sensibles, définitivement immobiles, froides, qui ne se tendraient plus jamais vers quelqu'un ou quelque chose, qui ne caresseraient plus jamais la tête d'un enfant, d'un animal familier, d'une fleur... et qui plus jamais ne courraient sur le clavier du Bösendorfer que l'on avait retiré du salon pour le mettre en vente.

Soudain M. Kampf fut là, près de Haïm et murmura :

— Il est temps. Viens, tu diras le *Kaddish* au cimetière.

Ensuite il y eut le cimetière sous un ciel plombé, et les bourrasques de vent et de neige. La gorge serrée, Haïm n'arrivait pas à pleurer. S'il avait pu pleurer, pensait-il, il aurait pu respirer, mais cela lui était impossible.

Au cimetière, il y avait une fosse fraîchement ouverte. On y descendit le cercueil... Haïm détourna la tête pour ne pas voir cela... Les gens défilèrent en pleurant pour y jeter une poignée de terre. Maintenant la neige tombait à gros flocons épais, froids... Quelqu'un mit dans les mains de Haïm une motte de terre... Et soudain il pensa que ni son père, ni sa mère, ni ses sœurs n'avaient eu de sépultures dignes de ce nom. Il se jura de retourner un jour à Stopnica pour faire le nécessaire.

En rentrant dans la grande maison de la Ringstrasse, la famille et les Kampf découvrirent que les cohabitants imposés par la municipalité étaient entrés en leur absence et avaient tout nettoyé, tout rangé, ils avaient jeté les fleurs fanées, arrangé celles qui étaient encore fraîches et préparé une collation. Deux femmes achevaient de dresser la table avec ce qui restait de la porcelaine d'autrefois. Dans la cheminée, tout avait été prévu pour faire une belle flambée. Tout cela avait été fait pendant que la famille était au cimetière. Puis les cohabitants étaient partis en fermant la porte derrière eux.

Après avoir allumé le feu, tante Deborah, puis oncle Abraham, M. et Mme Kampf, Robert et Haïm prirent place autour de la table servie.

— Il y avait beaucoup de monde, dit Haïm, encore étonné des nombreuses personnalités venues rendre un dernier adieu à son grand-père.

— Oui, dit tante Deborah en essuyant ses yeux. Mon frère était un homme estimé. Aimé et estimé... Elle regardait fixement sa tasse pleine de café chaud... Lorsque nous étions petits..., commença-t-elle.

Mais elle ne put achever. Qui, désormais, s'intéresserait à ses souvenirs d'enfance ? Où trouver un écho à ces : « Tu te souviens du jour où... » ? Plus personne... Sur les sept frères et sœur von Lichtfeld, il ne restait plus qu'elle... « Bientôt ce sera mon tour..., pensa-t-elle soulagée... Oui. Ce sera bien ainsi... » Et elle but d'un trait sa tasse de café.

Haïm regardait autour de lui avec une surprise à peine dissimulée.

— La maison a changé, n'est-ce pas ? dit tante Deborah avec tristesse.

— C'est vrai. Que sont devenus les meubles, les livres, les tableaux ?...

Il suffisait de fermer les yeux pour se souvenir de l'emplacement exact de chaque chose, précieuse parce que aimée.

Ce fut l'oncle Abraham qui répondit, sur un ton bourru. Il atteignait ses quatre-vingt-neuf ans et avait gardé toute sa tête.

— La guerre, mon petit... grommela-t-il. La guerre ! Payer l'effort de guerre, et la perdre... Et payer encore parce qu'on a perdu... Notre monnaie ne vaut plus rien ! Ah, c'est terrible ! terrible !... Une si belle maison, et que mon beau-frère aimait tant !

— Que va-t-on en faire ?... s'enquit poliment Haïm.

— Normalement, cette maison vous appartient, à toi et à Ben, et une partie doit en revenir au bébé de Jacob et de Hannah, le petit Avrom qui doit bien vivre quelque part entre Haïfa et Jérusalem... et à tes cousins survivants en Palestine, Eliezer, Deborah et Keren. Mais je crains...

— Que crains-tu, oncle Abraham ?

— Je crains que l'Etat ne vende la maison pour payer les arriérés d'impôts et les droits de succession. Une fois l'Etat servi, il ne vous restera plus grand-chose à partager... Que comptes-tu faire, mon garçon ? Tu sais que si tu le désires, tu as une place chez nous... Nous nous débrouillerons toujours, ta tante et moi vivons seuls désormais...

Haïm hésita. Il n'était pas venu souvent dans l'orgueilleuse demeure de la Ringstrasse. Il en avait certains souvenirs désagréables, comme l'obligation de se tenir droit sur sa chaise, par exemple. « Tu dois porter les aliments à ta bouche et non te pencher vers ta fourchette, petit paysan !... » La voix de chère-grand-maman Myriam résonna tout à coup. C'était... comment dire ? une voix sévère et chaude, pleine d'affection et de gronderie. Instinctivement, Haïm se raidit sur sa chaise et porta à sa bouche sa tasse de chocolat fumant... Alors, à la stupeur de tous, il reposa sa tasse sur la table, la repoussa d'un geste du bras, posa la tête sur la table et éclata en sanglots convulsifs, d'affreux sanglots qui déchirèrent les personnes présentes. Il pleurait sur son grand-père Elie, sur chère-grand-maman Myriam... Et il aurait donné sa vie pour l'entendre encore une fois appeler : « ... Enfants ! Enfants !... Venez à table pour le goûter !... Mais d'abord, allez vous laver les mains et recoiffez-vous. Je ne veux pas de petits sauvages à ma table... » Il pleurait sur ses parents, ses sœurs, sur la pierre tombale qu'il avait vue au cimetière, sous laquelle reposait grand-père Elie, au côté de chère-grand-maman Myriam...

— Là, mon petit, disait tante Deborah, là, là ne pleure pas ainsi... Il ne faut pas... Il ne faut pas...

Dans son cadre, chère-grand-maman Myriam souriait... Le demi-sourire mélancolique d'une jeune femme charmante et triste, au regard rêveur. Sur ce portrait, en robe du soir, des brillants dans les cheveux, une cascade de cheveux noirs bouclés encadrant son visage et de superbes pendentifs aux oreilles, elle devait avoir vingt ans. Elle était si jeune. Une jeune épouse follement éprise d'un époux folâtre...

— Quel gouvernement, quel pays aura un jour le courage de dénoncer les vrais responsables de cette guerre ? dit David Langer un soir de juin 1919 alors que le sort de l'Europe se discutait âprement à Paris, à Londres, à New York et à Genève.

— Que veux-tu dire ? demanda Rivka.

— A qui profite le crime... hein ? A qui profite le crime ?

— Quel crime ? La guerre ?

— Oui ! La guerre ! Qui s'enrichit grâce à la guerre, qui acquiert puissance et argent, encore et encore de cet argent qui permet d'acheter les gouvernements afin qu'ils provoquent des guerres ?... Un cycle infernal... On croit que la guerre est finie, mais ce n'est pas vrai. C'est une guerre qui durera éternellement. On ne pourra jamais réparer ça !... Et les vrais coupables ne seront jamais punis...

— Les vrais coupables ?... Que veux-tu dire ?

— Les marchands d'armes. Ils fabriquent la mort, ils vendent la mort, ils profitent de la mort. Ce sont eux les vrais tueurs ! Des gangsters, un véritable fléau ! Et jamais, jamais aucun gouvernement, quel qu'il soit, n'aura le courage de leur déclarer la guerre... Ce sont eux qui ont envoyé des millions d'hommes à la mort, eux qui sont coupables de ces millions d'êtres revenus anéantis, aveugles, infirmes, brisés à jamais. Et eux continuent leur sale travail. Ils fabriquent des poudreries, des usines d'armement... Chaque employé qui travaille pour eux — de celui qui met la poudre dans une cartouche à celui qui va vendre ces munitions par millions —, tous sont coupables de mort avec intention de la donner... Chaque mort, entends-tu Rivka, chaque mort rapporte de l'argent aux fabricants d'armes. Ils ont donc intérêt à ce qu'ils soient nombreux. Très nombreux... Plus il y aura de morts, et plus ils gagneront d'argent. Comment lâcheraient-ils volontairement une aussi bonne, une aussi excellente affaire...

— Si je comprends bien ton raisonnement, dit Rivka, il n'y aura jamais de paix véritable ?

— Non. Jamais.

— Mais ce qui est en train de se faire à Versailles ?... Un plan de désarmement, des traités de paix pour toute l'Europe, le droit des hommes et des nations...

— Zéro, te dis-je ! De la poudre aux yeux. Zéro !

— On parle de désarmement...

Rivka essayait de se convaincre elle-même, mais elle savait que David avait raison.

— Pour en parler, on en parlera ! — durant des décennies. Ça gêne qui, ces palabres qui réunissent des hommes imbus d'eux-mêmes, pleins de componction, d'imbécillité et d'aveuglement ? Chaque pays va attendre que l'autre commence et renforcera son arsenal en douce... Donne-moi encore un peu de ton ersatz de café...

C'était la dernière semaine de juin 1919, et l'air collait à la peau comme une eau tiède et visqueuse. Parfois un coup de vent soulevait des nuages de poussière dans les rues de la ville... Le temps était magnifique, mais tout le monde avait la tête ailleurs. Les nouvelles étaient désastreuses pour la communauté juive. Auschwitz ne serait plus Auschwitz, mais Oswiecim, ville polonaise. Chaque matin, David rapportait tous les journaux qu'il avait pu trouver, et qui, depuis janvier 1919, titraient invariablement : « Le drapeau rouge flotte sur Berlin », « Les spartakistes dans la rue... », « Rosa Luxemburg et l'Internationale bolchevique... »

Six mois venaient de disparaître dans la trappe du temps, et pourtant les événements de janvier, le groupe Spartakus, la révolution de Berlin faisaient encore partie des principaux sujets de conversation des habitants du

17, rue Jagelowski. Ils se réunissaient chez le docteur Leibovitch qui habitait le premier étage, et tous commentaient les nouvelles. Ou plutôt, personne n'écoutait personne, chacun, passionnément, donnait son point de vue, si bien que deux camps bien séparés s'agressaient verbalement dans le petit appartement du docteur Leibovitch. Les uns soutenaient Rosa Luxemburg, assassinée par ceux-là mêmes qui l'avaient emprisonnée, après avoir été rouée de coups par une foule déchaînée. « Rosa Luxemburg mise à mort par une foule déchaînée... », avaient titré les journaux. C'était vrai. Celui qui l'avait achevée n'avait fait, en somme, qu'entériner le verdict populaire.

— Le peuple frise l'abjection lorsqu'il perd à ce point dignité et respect, avait commenté David Langer quand il avait appris la nouvelle. (Il n'aimait pas les théories de Rosa Luxemburg, mais de là à la défoncer à coups de pied et de gourdin...) La violence est aveugle... Un homme qui perd le pouvoir de raisonner et de convaincre par la parole se transforme en brute furieuse...

Quoi qu'il en fût, chez le docteur Leibovitch, les uns, fervents spartakistes, soutenaient la révolution internationale et se déchaînaient contre le capitalisme, cause majeure de toute la misère du monde, tandis que les autres parlaient de réformes, de social-démocratie et de François-Joseph, « ce grand Empereur comme il n'y en aura plus jamais, que Dieu ait son âme ! »... Ils parlaient avec fièvre, avec espoir, tout comme autrefois, comme s'il ne s'était rien passé, comme si le monde n'était pas en ruine, la monarchie des Habsbourg détruite, comme si Auschwitz allait rester Auschwitz et n'était pas menacée dans son essence même par le traité de Versailles... Personne, chez les Langer, les Leibovitch, les Lechner, et parmi un petit peuple d'artisans, de professeurs, de rabbins, n'acceptait l'idée qu'il n'y aurait plus jamais d'Empire autrichien. Plus soucieux de lutter contre le communisme qui allait s'amplifiant en Europe centrale, les responsables alliés discutaient âprement du démembrement de l'Empire, de sécession de la Hongrie, de création de la Tchécoslovaquie et de la Yougoslavie...

Comment croire que l'Autriche, la fière Autriche, serait réduite à un petit Etat de six millions d'habitants ?...

— Impossible d'accepter cela sans révolution !... s'exclamait David, consterné. Et ici, à Auschwitz, que va-t-il se passer ? La Galicie sera-t-elle polonaise ?...

Un frémissement d'horreur parcourut l'assemblée.

— Polonais !... Que Dieu nous préserve ! Nous sommes autrichiens !... Nous avons notre mot à dire !

— L'Autriche ne pourra vivre qu'intégrée à l'Allemagne par le truchement de l'*Anschluss...*, dit sombrement le docteur Leibovitch.

— L'*Anschluss* ?... Qu'est-ce que vous racontez, vieil imbécile ? Les Autrichiens haïssent les Allemands... Mais la question n'est pas là... La question est : que serons-nous demain ? Autrichiens, polonais, russes ou allemands ?

— Peut-être serons-nous tchécoslovaques ? La nouvelle frontière n'est pas très loin...

— Tchécoslovaques ?... Le président Masaryk passe pour un démocrate.

— Il l'est. Un vrai... J'opte pour la Tchécoslovaquie si on me demande mon avis..., déclara Jacob Langer. J'ai dix-neuf ans et je ne veux pas finir ma vie avec la hantise de me retrouver, par un beau matin, polonais. Pouah !

— La guerre nous a démontré une terrible réalité, que toutes vos chères fictions nous avaient toujours cachées, dit David Langer. Une partie de l'humanité s'enfonce de plus en plus dans une détresse épouvantable, et l'autre partie de l'humanité dans des illusions brumeuses où le monde lui apparaît tel qu'elle voudrait qu'il soit... Cela n'est pas viable ! Le traité de Versailles ne résoudra rien !... Réduire l'Autriche à la mendicité, créer une multitude de petits Etats arrogants et miséreux, c'est exactement comme remplir un tonneau de poudre et laisser un enfant jouer avec des allumettes à côté.

— Je me demande si nous, les femmes, garderons notre droit de vote ?... A Berlin, les femmes viennent d'obtenir le droit de vote ; si nous sommes polonaises... que Dieu nous préserve ! ce droit sera-t-il maintenu ?

— Qui peut le savoir ? soupira une voix de femme...

— De toute manière, c'était là une mauvaise chose ! grommela un vieux rabbin. Le droit de vote à une femme ! Pouh ! Pouh !...

Le 28 juin 1919, tous les habitants du 17, rue Jagelowski surent à quelle sauce ils allaient être mangés. La Galicie serait polonaise, et ses habitants des Polonais. En signe de deuil, tous les juifs de la nouvelle Oswiecim voilèrent les miroirs de leurs maisons, de même que les portraits, et allèrent prier dans la vieille synagogue.

Et trois semaines plus tard, au matin du 19 juillet 1919, dès que fut rendu public le rattachement de la ville d'Auschwitz à la nation polonaise, éclata le premier pogrom.

Affolées, les mères appelèrent leurs enfants, les gens couraient en tous sens dans les rues... Telle une armée de bêtes enragées, les Polonais, chauffés à blanc par le discours d'un prélat, jaillirent de la cathédrale aux cris de : « Mort aux juifs ! Tuons les juifs... »

Des combats commencèrent dans les rues. Le *starosta,* qui était encore un Autrichien, et une cinquantaine de juifs, armés d'une mitraillette, se postèrent sur le pont qui enjambait la Sola et tirèrent sur la horde déchaînée. Instantanément le pogrom s'arrêta. La charogne battit en retraite, et la ville commença à vivre sous le régime polonais. De toute manière, la vie s'annonçait si difficile pour toute la population, juive ou chrétienne, que personne ne se préoccupait réellement de sa nouvelle nationalité. Ce qui comptait désormais, c'était de survivre dans un monde en folie où tout manquait.

Les jours suivants, les manifestations antigouvernementales se succédèrent. Les prix montaient, et la misère était pire que pendant la guerre... Le chômage, la récession, la course effrénée à l'argent pour assurer le strict nécessaire, tout cela était maintenant quotidien. Le froid, la faim, la misère, cette trilogie désespérante fut bientôt le lot de la majorité des juifs d'Oswiecim. Les commerces fermèrent les uns après les autres et les artisans sans travail allèrent grossir les rangs des chômeurs...

Au cours de l'automne 1919, des incidents éclatèrent... Des femmes affamées, devenues folles de rage à l'idée de ne rien rapporter chez elles, rouèrent de coups un boucher soupçonné de marché noir... Auschwitz et la Galicie tout entière entraient de plain-pied dans l'après-guerre.

David et Rivka, après quelques mois de difficultés incommensurables causées par le nouveau gouvernement, furent obligés de vendre leur boutique. En fait, la boutique fut mise aux enchères par le gouvernement. David et Rivka exploitaient « Les Chaussures viennoises » depuis leur mariage. L'argent avait été prêté par le père de Rivka, et celui de David avait financé les transformations et l'achat du stock... Ils y avaient été heureux... Très heureux même. Sept enfants étaient venus s'ajouter à ce bonheur... Jacob, né en décembre 1900, Berta en 1902, Adèle en 1903, Aaron en 1904, Ida en 1910, Regina en 1912 et Helena en 1914. Sept enfants qui avaient ponctué toutes ces années de leurs rires, de leurs pleurs, de leurs sourires... Pour détendre le visage crispé, anxieux, désespéré de Rivka, David s'efforçait de lui rappeler leurs bons souvenirs :

— Tu te souviens, ma Rivka, du jour où Berta, qui venait d'avoir sept ans, a distribué les photos de la famille aux passants parce qu'elle avait vu une distribution de tracts et que cela l'avait follement intéressée ?...

David n'aurait pu mieux choisir pour égayer Rivka. A travers rires et pleurs, dans le taxi qui les emmenait chez le commissaire-priseur, Rivka évoqua sa poursuite derrière les passants afin de récupérer les photos distribuées par l'enfant.

— Ce démon de Berta..., soupira-t-elle en souriant. Nous en a-t-elle donné des soucis... Et ce n'est pas fini...

— Oh ! voyons... elle vient d'avoir dix-huit ans !... Elle est raisonnable maintenant...

— Oui... Peut-être...

Rivka observa David du coin de l'œil et se demanda si ce dernier connaissait bien sa fille. « Berta raisonnable ?

Seigneur ! Un volcan même endormi est-il raisonnable ? »

David et Rivka avaient soigneusement caché à leurs enfants la date de la mise en vente. Ils avaient décidé d'aller seuls à la salle des ventes. Il pleuvait ce jour-là. Une pluie sinistre et glacée de novembre.

Une dizaine de boutiques étaient à vendre, dont on avait affiché les caractéristiques, ainsi que des taxis, des automobiles, des lits, des tables, des chaises de cuisine, des tableaux... Sur les murs de la salle des ventes, des dizaines de listes : *SAISIE... par décision de justice.* Toutes les pauvres richesses de ceux qui avaient cru en l'avenir, de ceux qui avaient investi leur travail, leurs économies, leurs passions... Tout cela vendu à bas prix. Dans la grande salle, une foule silencieuse se pressait... Nul ne se regardait. Chacun gardait les yeux fixés au sol, seul avec sa honte et son désespoir. David serra plus fort la main de Rivka et lui désigna du menton un vieux piano droit qui trônait dans un coin. Une femme sans âge, visiblement la propriétaire du piano, le caressait amoureusement, essuyait la poussière, l'ouvrait et le refermait. L'expression de son visage disait à elle seule toute la douleur du monde.

— C'est un bon piano..., disait-elle, ne s'adressant à personne en particulier. Un très bon piano. Un Pleyel ! Vous pensez, je l'avais depuis plus de trente ans...

Assis sur leur chaise au premier rang, David et Rivka se tenaient par la main... Bien qu'ils ne fussent ni l'un ni l'autre âgés, l'humiliation, les difficultés avaient marqué leurs traits d'une manière indélébile et blanchi prématurément leurs cheveux. Mais ils s'aimaient depuis si longtemps... Ils étaient si étroitement unis qu'ils en arrivaient à se ressembler. Et chacun puisait dans l'autre la force de tenir, de faire front face à l'adversité...

David se pencha vers Rivka.

— Triste, mon cœur ?... Il ne faut pas...

Rivka soupira :

— C'est toute une partie de notre vie qui se termine ici. (Elle lui désigna la multitude d'objets mis en vente et les visages désespérés des gens, qui tout comme eux, attendaient le couperet du commissaire-priseur.) Des centaines de vies... Tout cela pour payer l'effort de guerre, payer les destructions de la guerre, et payer encore afin de préparer la prochaine guerre... Nous n'en sortirons jamais !

— Mais si, ma doucc, nous en sortirons, nous travaillerons, nous sommes encore jeunes, que diable...

David faisait semblant de ne pas comprendre ce que disait Rivka. Il voulait la réconforter.

— Ce n'est pas de nous que je parlais. Enfin, pas de nous en particulier, je parlais de nous, l'Europe... Peut-être est-ce prétentieux de ma part... Mais je ne vois que cela autour de moi. Pourriture et corruption, et cela ne finira jamais, jamais...

— Arrête, Rivka ! Nous nous en sortirons, je te le promets... Peut-être est-ce ma faute ? ajouta-t-il la tête basse. Peut-être n'ai-je pas été un bon commerçant ?

Rivka, le visage durci, protesta :

— Ne dis surtout pas ça ! Tu as travaillé plus que n'importe qui au monde ! Ce sont eux, ces sales polacks, qui veulent notre ruine ! Que le diable les emporte et que Dieu les maudisse jusqu'à la vingtième génération !... Bien sûr que nous nous en sortirons ! Nous avons des enfants à élever, à nourrir, à habiller... Crois-tu vraiment que je vais me croiser les bras ?...

— Je craignais..., dit David.

— Quoi donc ?

— Que tu n'aies plus d'espoir.

— Il ne m'en reste guère, mais rassure-toi, il m'en reste encore un peu. N'avoir plus d'espoir, plus d'illusions, à mon avis, cela vient juste avant la folie ou le suicide... (Elle hésitait à continuer.) J'ai découvert quelque chose...

— Quoi donc, ma Rivkèlè ?

Elle le regarda avec crainte. Ce qu'elle allait dire allait certainement le peiner. Voire l'horrifier.

— David... Je crois que Dieu n'existe pas...

David ne tempêta pas.

Il prit le temps de réfléchir, tout en se caressant la barbe.

— Tu veux que je te dise, ma Rivkèlè ?... J'ai quelque doute là-dessus, moi aussi...

Finalement, la boutique « Les Chaussures viennoises » fut vendue un bon prix. Non seulement la somme que David et Rivka en tirèrent leur permit de payer les divers impôts et taxes dont les Polonais s'étaient empressés d'écraser leurs nouveaux citoyens juifs, mais ils purent faire face à leur nouvelle vie.

Une fois les dettes payées, David et Rivka eurent la chance de trouver un appartement en location, toujours dans la même rue, à quelques dizaines de mètres de l'ancienne maison. Le nouveau logement était assez vaste. Il y avait six pièces, dont trois s'ouvraient sur la place du Marché. Et si les aînés appréciaient cet appartement, essentiellement parce qu'il était beaucoup plus grand que l'ancien, la dernière-née, Helena, en raffolait à cause de sa taille, mais surtout parce que les chambres à coucher donnaient sur une petite cour où poussaient deux ou trois arbres. Des arbres qui changeaient de couleur et d'odeur suivant les saisons. C'était cela qu'Helena aimait par-dessus tout... Ces arbres... Elle aimait aussi beaucoup la chambre qu'elle partageait avec Regina et Ida. Elle avait l'impression que là était son vrai royaume, son domaine à elle, et très vite elle exigea que l'on frappât avant d'entrer. Cette obligation signifiait qu'elle était désormais une « personne » et non une poupée que l'on pouvait déranger n'importe quand... C'était une petite personne rêveuse et décidée, adorant se raconter des histoires, et vivant dans un monde imaginaire.

La pièce la plus impressionnante du nouveau logement, et qu'Helena préférait entre toutes, était le salon... C'était une grande pièce claire, froide et interdite aux enfants, sauf lors des grandes occasions : fêtes religieuses, anniversaires, lecture des nouvelles importantes. Mais le salon était aussi et surtout la pièce où David enseignait la musique à ses élèves et à ses enfants... Alors, avec infiniment de respect et de timidité, lorsque c'était son tour, l'enfant pénétrait dans la grande pièce lumineuse, dont les deux fenêtres hautes, étroites, donnaient sur les marronniers de la place. Les murs étaient tapissés d'un papier rayé blanc et gris clair, sur lequel se détachaient les portraits des familles Langer, Lechner et Mandelbaum. Les meubles Biedermeier, soigneusement astiqués, étaient rangés d'une manière immuable. Un grand canapé de peluche rouge, quatre fauteuils et six chaises assortis, une table d'acajou sombre, une bibliothèque bourrée de livres allemands, français et russes. Pas un livre polonais. Non, pas un seul. Il était d'ailleurs interdit, dans ce foyer, non seulement de s'exprimer dans cette langue, mais d'y apporter un journal. Alors un livre !... Mais le meuble essentiel de cette pièce était le piano. Un piano quart-de-queue noir, luisant, sur lequel trônait un lion en pierre, sculpté. A chaque leçon donnée par son père, Helena regardait le lion avec crainte... Elle savait bien qu'il était en pierre et qu'il ne pouvait rien contre elle, mais à six ans elle avait la tête farcie de contes de fées et de légendes. Aussi, dans le doute, s'abstenait-elle de toute provocation inutile...

Helena devait toujours se souvenir de sa première leçon de piano. Toute la famille, maman, Jacob, qui à cette époque était encore à la maison, Berta, Adèle, Aaron, Regina et Ida, qui tous étaient passés par là, y assistèrent. Le cœur battant, Helena se tenait debout auprès de son père et regardait, apeurée, la « Méthode rose » ouverte sur le piano. Papa sourit dans sa barbe devenue toute blanche et prit sa petite dernière sur ses genoux, au grand dam de ses sœurs et frères aînés qui protestèrent énergiquement qu'« eux » n'avaient jamais eu droit à ce traitement de faveur. Helena comprit bien vite que ces cris et ces récriminations étaient surtout destinés à faire rire papa et maman, et à ramener une atmosphère de gaieté dans la maison. David, derechef, sourit et frappa quelques accords en mineur... Puis il commença à expliquer le solfège... Au cours d'une petite demi-heure, Helena apprit qu'une ronde valait deux blanches — quatre noires ou huit croches —, qu'une blanche valait deux noires ou quatre croches, et que de ces notes, des noires, des blanches, des rondes, des croches, des doubles croches, des triples croches, toute la musique allait naître sous ses doigts. Pour finir la leçon, papa prit son violon, Rivka se mit au piano, et « pour Helena », jouèrent ensemble la *Sonate à Kreutzer*. Alors la fillette connut un instant de bonheur incomparable, joint à une envie de pleurer inexplicable.

En grandissant, Helena découvrit une infinité de choses, dont la plus importante fut que les femmes pouvaient être cruelles entre elles, et cela non plus elle ne l'oublia pas. Une jeune fille juive du voisinage avait eu une aventure avec un goy et elle était enceinte. Elle s'appelait Johanna... Jamais Helena n'oublia la manière dont les autres femmes, juives ou chrétiennes, s'acharnèrent sur la malheureuse à coups de pierres, blessant l'enfant, faisant pleurer la jeune mère. Horrifiée, Helena se précipita chez elle et, haletante, conta ce qu'elle venait de voir. Papa prit son air triste et las. Celui qu'il avait lorsque, décidément, le monde se montrait tel qu'il était. Vil. Médiocre. Mesquin. Intolérant.

— Qu'est-ce que c'est une *kourva* ? demanda Helena.

— Ne dis jamais ce mot ! dit maman. C'est un vilain mot...

— Mais pourquoi les voisines ont-elles traité Johanna de *kourva* ? Johanna est bien jolie et son bébé est si mignon...

— C'est le mot qui est laid, ma chérie, dit papa tristement. Et ce sont les femmes qui l'emploient qui sont méprisables, et non celles à qui elles s'adressent... Johanna est une malheureuse, voilà tout. Son fils n'aura pas de père pour le guider dans l'existence et c'est cela le malheur... Si le père de Johanna n'était pas mort à la guerre, jamais ceci ne se serait produit... Il y aurait eu un homme pour protéger Johanna, d'elle-même et des autres. Un homme qui aurait pu obliger le père du bébé à épouser Johanna...

De cet épisode, Helena retint que pour une femme, un homme était indispensable à ses côtés ; fût-il le père, le mari, le frère ou le fils, une femme ne saurait vivre sans un homme... Mais elle conçut également une grande méfiance vis-à-vis des autres femmes qui n'étaient pas de la famille...

— Elles sont capables du pire, dit maman songeuse. Elles obéissent à des lois stupides et sont convaincues que ces lois ont été voulues par Dieu... Comme si Dieu n'avait pas d'autres chats à fouetter !... Je me souviens des lettres que m'envoyait Sarah Lozwitzky avant la guerre... Heureusement que Sarah se défendait bec et ongles contre les *katchkè*.

Inutile d'éluder ce fait. La pauvreté n'est pas le genre d'état auquel on s'habitue du jour au lendemain. Il fallut toute une adaptation à Jacob, Berta, Adèle et Aaron pour se rendre compte que la question n'était pas de savoir ce qu'on allait manger, mais « si » l'on trouverait de quoi se nourrir, non seulement en fonction de ce que contenait le portefeuille, mais de ce qu'il y avait dans les boutiques... C'est-à-dire rien. Les rations alimentaires étaient dérisoires, et ce que l'on trouvait était infect... Rivka vivait dans la terreur de voir ses enfants tomber malades... La tuberculose sévissait partout et frappait surtout les adolescents mal nourris d'après guerre... Si Berta et Adèle étaient ravies de leur ligne exagérément mince, il n'en était pas de même pour les deux garçons, très grands, très maigres... Ni pour les trois petites, dont les visages pâles, émaciés, fendaient le cœur de leur mère. Trouver de quoi manger était devenu le leitmotiv quotidien de Rivka... Parfois c'était la fête. On trouvait des pommes de terre à prix d'or, ou bien David et Jacob jouaient pour un bal ou un mariage. Plus que l'argent qu'ils gagnaient, c'étaient les restes du buffet que le père et le fils rapportaient qui mettaient la famille en joie. Quelle que fût l'heure à laquelle ils rentraient, Rivka et ses filles les attendaient et, vers les trois ou quatre heures du matin, tout le monde se régalait des restes de carpe farcie, de goulasch à la hongroise, de strudels, de gâteaux au pavot... Jamais personne ne fut malade de ces rares agapes nocturnes. Ils eussent digéré des pierres, si les pierres avaient été comestibles.

Cette période d'adaptation aux privations se passa relativement sans histoires pour Ida, Regina et Helena, qui avaient la souplesse de l'enfance ou de l'adolescence, pour Rivka qui était le contraire d'une égoïste et qui, dès six heures du matin, se mettait au travail pour nourrir sa nichée. Mais David manifesta une mélancolie croissante et les aînés, Jacob, Berta, Adèle et Aaron, une nervosité explosive... Jacob fut le premier à se sortir d'affaire. En 1920, il passa un concours de violon fort difficile et fut admis comme premier violon à l'Orchestre philharmonique de Prague... Il gagnait peu d'argent, mais il était logé et nourri, en échange de leçons de musique données aux enfants de sa logeuse... Régulièrement, il envoyait la moitié de ce qu'il gagnait à sa famille, et régulièrement Rivka sanglotait sur le mandat qui allait soulager quelque peu ses tourments... Pour Berta et Adèle, ce fut une période extrêmement pénible. Elles avaient cet âge où les jeunes personnes rêvent de mode, de danse, de sorties avec les garçons... Aussi n'acceptèrent-elles pas facilement le changement de situation qui les confinait à la maison. De plus, si elles avaient la chance d'avoir terminé leurs études secondaires, il devenait hors de question pour elles d'aller à l'Université. L'une et l'autre trouvèrent du travail comme institutrices dans une école juive privée qui accueillait les petites filles dont les parents refusaient qu'elles fréquentassent l'école publique polonaise. Le fait d'avoir deux filles qui travaillaient comme enseignantes dans cet établissement permit d'ailleurs à David et Rivka de retirer les trois plus jeunes de leurs filles, Ida, Regina et Helena, de l'école publique et de les inscrire à l'école privée, et cela sans bourse délier.

L'ennui, c'est que les trois fillettes durent finir l'année scolaire dans l'école où elles avaient été inscrites, dont le moins que l'on puisse dire était qu'elles la haïssaient.

Chaque matin, pour les trois petites Langer, c'était un véritable calvaire... Elles se rendaient dans la triste bâtisse située à moins de cinquante mètres de chez elles. Savoir qu'elles n'y retourneraient pas l'année suivante ne les empêchait pas d'être extrêmement malheureuses d'être obligées de s'y rendre quotidiennement. Des dizaines d'enfants étaient entassés dans cette école abominable et laide. Les institutrices polonaises étaient d'une méchanceté et d'une cruauté féroces avec les enfants, juifs ou non juifs d'ailleurs... En ce temps-là, on devenait facilement enseignante : un diplôme deux ou trois ans après le lycée, et c'était tout. Aucune d'entre elles, venues des milieux les plus populaires de Pologne, n'avait vraiment de vocation pédagogique. Elles étaient institutrices pour fuir leurs foyers où, la plupart du temps, les pères, chômeurs et alcooliques, soulageaient leurs instincts sexuels sur leurs propres filles et allaient se confesser ensuite auprès d'un prêtre aussi dépravé qu'eux-mêmes... La seule échappatoire à cette existence sordide était le mariage. En attendant, ces jeunes femmes se vengeaient sur les têtes blondes ou brunes à qui elles étaient censées apprendre à lire, écrire et compter. A cette époque, les femmes mariées n'avaient pas le droit d'enseigner, aussi la plupart des maîtresses assouvissaient-elles leur frustration en torturant les enfants des autres.

Autrefois, au temps de François-Joseph, avant la guerre, l'école autrichienne était propre et bien tenue, les petites filles portaient l'uniforme de leur classe et, qu'elles fussent juives ou chrétiennes, une certaine égalité existait entre elles. Dès qu'Auschwitz fut devenue polonaise, on regroupa les petites juives dans le fond de la classe et elles furent l'objet de multiples humiliations, l'insulte majeure étant « Espèce de sale youpine, assassin du Christ »... La plupart des enfants de l'école communale étaient sales et couverts de poux. Lorsqu'elle apprit cela, Rivka ne fit ni une ni deux, elle prit ses trois filles Regina, Ida et Helena et, l'une après l'autre, leur lava la tête à l'aide d'un gros savon de ménage, ensuite elle enduisit les cheveux de ses filles d'une espèce d'essence minérale, appelée salicylate de méthyle, dont grand-mère Hannah se servait pour tout — ses rhumatismes, les cafards qui parfois proliféraient sous l'évier, des frictions lorsqu'on avait pris froid ou, bien sûr, les cheveux, pour lutter contre les poux. Les classes des petites Langer embaumaient le salicylate et toutes les autres petites filles s'éloignaient autant que faire se pouvait des trois pestiférées... Lorsque éclata une épidémie d'oreillons, Rivka prit peur. Elle avait toujours entendu dire que les oreillons, c'était très grave pour les garçons, mais elle ne savait pas s'il en était de même pour les filles. Dans le doute, elle prit conseil auprès de sa mère.

Hannah se faisait vieille. Elle était toute ratatinée — à soixante-dix-huit ans on ne lui donnait plus d'âge. Elle réfléchit un long moment, puis dit : « ... Fais trois petits sacs de flanelle et couds dans chacun d'eux une gousse d'ail, puis, à l'aide d'un ruban, suspends-les au cou des petites à même la peau, sous la chemise. C'est un remède excellent contre les oreillons, qui me vient de ma grand-mère... » Furieuses, les trois petites durent aller à l'école ainsi, répandant autour d'elles un mélange d'odeur d'ail et d'essence. Elles n'eurent guère d'amies cette année-là. Tout le monde les fuyait. Lorsqu'elles étaient obligées de prendre le tramway, les gens changeaient de place pour s'installer aussi loin que possible des trois fillettes...

Mais le fait est que les remèdes opérèrent magnifiquement... Pas une fois durant leur vie scolaire, les petites n'eurent de poux ni n'attrapèrent de maladie. Avec la crise qui sévissait, papa qui sombrait de jour en jour dans une noire mélancolie, il n'eût plus manqué que des poux ou des oreillons ! Oui, en vérité, il n'eût plus manqué que cela ! Naturellement, les trois sœurs restèrent isolées, coupées de leur entourage scolaire. Mais elles s'en moquaient bien. Leur compagnie leur suffisait amplement. Et puis, n'importe comment, du jour où les aînés Langer s'étaient lancés dans le marché noir, les trois petites avaient décidé de les aider. Qui donc aurait pensé à se méfier de trois gamines qui, juchées sur des bicyclettes, transportaient sans vergogne les sacs de nourriture et de vêtements que Berta et Adèle se procuraient Dieu savait comment ? Cette idée du marché noir était venue tout naturellement à Berta, à qui l'on pouvait faire confiance pour sauter sur toutes les idées originales, pas toujours très légales, voire même tout à fait illégales, pour trouver des solutions à ce simple problème : comment survivre dans un pays pourri ?

Cela germa dans son esprit de révoltée un jour de janvier 1920, lorsqu'elle rentra chez elle après avoir fait la queue inutilement devant diverses boutiques vides. Elle marchait péniblement, luttant contre les larmes, la neige et le vent, le ventre creux, et dut s'arrêter souvent, aveuglée par les unes et les autres. Marcher dans les rues d'Auschwitz était un vrai crève-cœur. Comptoirs de boutiques vides, rues désertes, visages désespérés, affamés. En observant les passants, Berta s'aperçut soudain que de nombreuses personnes entraient dans certains endroits les mains vides et en ressortaient avec des petits paquets qu'elles dissimulaient très vite dans leur cabas.

Berta s'approcha de l'une d'elles, une femme qui portait des sacs très lourds et qui sortait de l'arrière d'une boutique où elle-même avait fait deux heures de queue sans rien trouver. Elle proposa de l'aider à porter ses sacs, mais la femme, affolée, au bord des larmes, la supplia :

— Oh, s'il vous plaît, s'il vous plaît, ne nous donnez pas à la police ! J'ai des enfants à nourrir...

Intriguée, Berta renonça à l'aider et rentra à la maison. Le soir, au cours du « dîner », elle raconta son histoire et demanda ce que cela signifiait. David répondit, laconique :

— Marché noir.

— Marché noir ? Qu'est-ce que c'est que cela ? s'étonna la jeune fille.

— Tu t'arranges pour trouver des œufs, du lait, du fromage chez les paysans, et tu les vends cent fois leur prix. C'est interdit par le gouvernement, bien sûr, mais ils le font tous et tout le monde ferme les yeux. Gouvernement compris.

— Et toi, papa ? Pourquoi ne pas le faire alors ?

David rougit de colère.

— Non ! Jamais ! Vendre à des affamés de la farine à cinquante zlotys le kilo ! Un mois de salaire pour un kilo de farine ! Des œufs à huit zlotys pièce ! Et tout à l'avenant ! Le beurre est à deux cents zlotys, la viande à deux cent cinquante !... J'ai voulu acheter ces denrées dont nous manquons tous si cruellement... et je n'ai pas eu assez d'argent, même pour une douzaine d'œufs ! Deux heures de leçons de violon pour un œuf ! C'est ça le marché noir ! C'est ce que m'a proposé l'épicière pour donner des leçons à ses enfants !

David continua longtemps. Mais de toute sa diatribe contre le système, ses aînés ne retinrent qu'une chose.

Avec un peu d'argent, trois bicyclettes en bon état de marche, ils pouvaient aller acheter des denrées aux paysans polonais qui se montreraient sans doute aussi rapaces que les épiciers d'Auschwitz... Il suffirait de dissimuler le fait qu'ils étaient juifs, car les paysans polonais ne vendaient rien aux juifs.

C'est ainsi que, nonobstant l'opposition formelle de David, peu de temps après le départ de Jacob pour Prague, Berta, Adèle et Aaron tinrent une sorte de conciliabule d'où il ressortit que : primo, il était idiot de mourir de faim et de froid alors qu'il suffisait d'avoir assez d'argent pour acheter ce que les « sales polacks » dissimulaient soigneusement au fond de leurs fermes ou de leurs boutiques ; secundo, ce n'était pas avec les maigres salaires d'institutrice de Berta et d'Adèle, et l'absence de salaire d'Aaron, encore lycéen, que l'on pourrait offrir à maman, qui en avait grand besoin, un manteau chaud pour l'hiver ; tertio, papa avait des idées fort belles, fort idéalistes et d'une honnêteté parfaite, mais les idées, aussi belles, idéalistes et honnêtes fussent-elles, n'avaient jamais rempli des assiettes désespérément vides, et le pain du marché noir était certainement meilleur que l'atroce pain gouvernemental, qui donnait la nausée avant même d'en avoir un morceau dans la bouche.

De cette séance plénière, Berta, Adèle et Aaron sortirent confortés dans l'idée qu'il était grand temps pour la jeunesse de prendre le relais de la vieillesse. Maman aurait son manteau chaud, et les trois petites dernières, Ida, Regina et Helena, mangeraient à leur faim tous les jours.

Berta était l'aînée des filles. C'était ce que l'on appelait communément une belle plante. Grande, bien charpentée quoique fort maigre à cette époque (cela devait changer avec les années), elle alliait l'audace, l'insolence et le courage qui faisaient défaut à tous les autres membres de la famille. Adèle était comme sa sœur fort maigre (comme la plupart des jeunes rescapés de la guerre, d'ailleurs), mais elle était soucieuse de sa toilette et se désespérait de sa garde-robe dont le mieux que l'on pouvait dire était qu'elle était plutôt rachitique...

Volontiers rêveuse et mélancolique, elle s'était follement éprise d'un jeune étudiant en médecine sans un sou vaillant, qui depuis octobre 1920 avait pris pension chez les Langer. En effet, du fait du départ de Jacob pour Prague, un lit était vacant dans la chambre d'Aaron, du reste suffisamment spacieuse pour deux personnes. Ce jeune étudiant, Ernest Gutman, était un vague cousin de Rivka. Au début, il payait régulièrement la location de son lit, mais refusait de s'asseoir à la table familiale. Intrigué, David lui demanda un jour où il mangeait dans la journée... Ernest lui montra alors, dissimulée dans son placard, une grande jarre de miel rance.

— Voilà..., dit Ernest, piteux. Je me suis acheté ça pour quelques centaines de zlotys. J'espère que cela me tiendra jusqu'aux vacances d'hiver...

Irrité, David bougonna :

— Et vous mourrez de faim ou de tuberculose... ou des deux... Je suppose que c'est cela qui va rendre votre mère folle de joie !...

Les larmes aux yeux, le malheureux étudiant fit un geste d'impuissance.

— Que puis-je faire ? soupira-t-il.

David réfléchissait.

— Savez-vous jouer du violon ? demanda-t-il.

Surpris, l'autre répondit :

— Non...

— Ah ! dommage...

— Euh... si je puis me permettre... je ne joue pas du violon, mais je joue passablement de la flûte... si cela peut vous rendre service... dit le jeune homme.

Le visage de David s'éclaira.

— Voilà qui est très bien ! Que ne le disiez-vous pas !... Voilà ce que je vous propose : vous allez remplacer mon fils Jacob qui est parti à Prague comme premier violon (malgré lui, il y avait dans la voix de David une note de fierté), et l'argent que vous gagnerez servira à payer votre pension ici. Je vous offre le lit gratuitement... Cela vous va ?

— Si cela me va ! Oh, monsieur, comment vous remercier ?

— En venant à notre table ce soir... Dimanche prochain, nous avons une petite soirée de fiançailles, payée en nature... Je vais vous passer les partitions sur lesquelles j'ai fait quelques arrangements, et le soir, après vos cours, nous répéterons. Mais en aucun cas je ne permettrai que vos études souffrent de votre travail. C'est entendu, n'est-ce pas ?

C'est ainsi qu'Ernest Gutman entra dans la famille Langer pour ne plus jamais la quitter.

Les seules distractions de la famille Langer étaient la lecture, la musique, ou bien alors le cinéma, très bon marché, véritable folie du moment où se pressaient des foules de chômeurs, d'affamés, de rescapés de la guerre. Théâtre, opéra, voyages étaient évidemment exclus, quant aux vêtements, n'en parlons pas, encore heureux si l'on pouvait transformer, rapiécer, teindre ceux de bonne qualité qui dataient d'avant la guerre... Restaient les parties d'échecs, la musique de chambre qui réunissaient les amis de David et Rivka, et les regrets d'un passé définitivement révolu.

Fort heureusement, il ne manquait pas de « récitals » de musiciens amateurs, pratiquement gratuits. Il suffisait de lire attentivement les journaux et de choisir telle école de musique qui organisait une audition d'élèves... L'une des soirées les plus mémorables de la vie de Berta et d'Adèle fut un concert de ce genre. Un cours de piano organisait une audition. Au début, les élèves se succédèrent avec, sinon du talent, du moins une technique honnête et parfois une réelle musicalité. A la fin de l'audition, la directrice, Mme Edelman, annonça qu'elle allait jouer elle-même, pour clôturer le concert, la sonate *Pathétique* de Beethoven. Sonate éminemment bouleversante par son intensité à la fois sobre et tragique...

Vêtue d'une robe sans manches, noire, stricte, Mme Edelman était en vérité une belle femme, proche de la cinquantaine... Elle prit place sur la banquette, posa les mains sur le clavier, prit un air profondément inspiré et attaqua les premiers accords. Cette dame ne manquait ni de technique ni même de talent, mais hélas, elle avait sous les aisselles deux énormes touffes de poils noirs qui jaillirent dès que ses mains s'envolèrent sur les tragiques arpèges de la *Pathétique*... Assises au premier rang,

Berta et Adèle avaient ce foisonnement pileux pratiquement sous le visage. Alors ce fut l'enfer. A chaque accord, à chaque arpège, à chaque trait un peu mouvementé, les énormes touffes de poils noirs jaillissaient régulièrement et provoquaient un fou rire aussi intense que le jeu de la musicienne. Le nez dans leur mouchoir, évitant de se regarder, les deux sœurs pleuraient de rires étouffés, sous les regards scandalisés des autres spectateurs qui eux, évidemment, ne voyaient pas ce qui se passait sous les aisselles de Mme Edelman, et ne comprenaient pas pourquoi ces deux péronnelles assises au premier rang suffoquaient de rire dans leurs mouchoirs...

Mais à partir de cette fameuse soirée, entre les récitals et les exhibitions de danses modernes et de théâtre amateur, la famille Langer n'eut plus que l'embarras du choix. Les places étaient pratiquement données, et les enfants entraient gratuitement. Toute la famille y allait, y compris la petite Helena, qui, bien qu'elle n'eût que six ans, connaissait déjà par cœur des tirades qui allaient de « Je t'ai donné mon cœur », de l'opérette de Franz Lehar, jusqu'à la « Céleste Aïda !... » de Verdi.

Et puis, il y avait les livres. La maison regorgeait de livres posés en piles disparates, venant de tous les pays... Soit des traductions, soit des livres en langues allemande, française, russe. Pratiquement tous les écrivains du monde se côtoyaient sans discrimination sur les rayonnages de bois ciré fixés aux murs de l'entrée, du salon (mais là, seuls les livres reliés avaient droit de cité)... Tous lisaient et commentaient leurs lectures à voix haute, ce qui n'était pas sans provoquer de multiples éclats de voix.

L'un des premiers souvenirs d'enfant d'Helena — elle devait avoir cinq ou six ans — fut celui où, un jour, elle vit sa mère sangloter sur un livre. Effrayée, l'enfant courut vers Rivka.

— Tu pleures, maman ?... tu pleures ?...

Et Rivka :

— C'est ce livre, ma chérie, ce livre... A-t-on jamais rien écrit de plus beau ?...

— Qu'est-ce que c'est ?... Quand je saurai lire je pourrai le lire moi aussi ?...

Rivka réfléchit... Le livre qu'elle tenait entre les mains était *La Dame aux camélias,* d'Alexandre Dumas fils.

— Alors, quand tu sera vraiment plus grande ! Ce n'est pas exactement un livre pour enfants...

Du jour où Berta, Adèle et Aaron se lancèrent dans le marché noir, il y eut beaucoup plus souvent du lait et de la viande sur la table familiale, et les petites purent avoir chacune une paire de chaussures en vrai cuir, en provenance directe de Zurich...

David ignora longtemps l'activité de ses aînés. Durant les premiers mois, il s'étonna simplement, ravi de voir l'ordinaire de la maison plus copieux, l'électricité revenue... En vérité, jusqu'en décembre 1920, David ne se douta de rien. Cette brusque magnificence ne commença à l'inquiéter que lorsqu'un matin, il vit ses deux filles très confortablement vêtues de manteaux de laine épaisse et chaude dont il ne pouvait ignorer le prix. Une soudaine terreur s'empara de lui. Que faisaient ses filles lorsqu'elles n'enseignaient pas à l'école ?... Elles étaient fraîches, jolies, décidées, et avaient depuis longtemps jeté aux oubliettes les valeurs de vertu féminine dont Rivka les avait abreuvées depuis l'enfance. Elles parlaient politique comme leurs frères ou les amis de ceux-ci, militaient dans un mouvement de jeunesse juive sioniste et Berta, ostensiblement, fumait cigarette sur cigarette... David, stupéfait, ne pouvait qu'accepter cette transformation brutale, non seulement de ses filles, mais de toutes les femmes de cette époque.

Aussi, ce matin-là, en voyant ses filles si élégantes, il demanda d'une voix qu'il eût voulue indifférente, mais qui tremblait d'angoisse et de colère contenue :

— D'où sortez-vous ces vêtements ?...

Berta et Adèle se regardèrent. Allons !... il allait falloir tout dire. D'ailleurs, tôt ou tard le pot aux roses serait découvert...

Rivka vint au secours de ses filles.

— David !... tu crois vraiment que c'est le moment de les questionner ? Elles vont arriver en retard au lycée et se feront renvoyer ! Crois-tu que nous avons les moyens de nous priver de leur salaire ?... Viens avec moi dans le salon, je vais tout t'expliquer.

— Dans le salon ? bégaya David. Il s'agit donc d'une chose grave ?

— Si l'on veut ! Allez, petites ! filez ! Embrassez votre père... je me charge de tout...

Dans le salon, Rivka s'affairait autour de la cheminée afin d'y allumer le feu. La veille, David et elle étaient allés dans la forêt avoisinante ramasser du bois, et ils en avaient rapporté de quoi chauffer l'appartement pour la semaine, en faisant attention. Rivka pensait qu'une discussion pénible serait mieux acceptée devant un bon feu que dans une pièce glacée où l'eau gelait dans les verres...

David s'approcha de la cheminée et tendit les mains aux flammes qui dansaient joyeusement.

— C'est si grave que cela, Rivka ? dit-il avec une sorte de bonté triste qui toucha sa femme beaucoup plus que des cris et des gémissements.

Rivka se redressa et David vit combien elle avait vieilli. Elle s'était épaissie, et ses yeux jadis si lumineux et gais étaient mornes, sans joie... « Trop de travail..., pensa David. Trop de travail et trop de privations, de soucis, d'angoisse, pas assez de nourriture, même mauvaise... Sept enfants... Et mes filles... Mes filles, oh Dieu ! Est-ce ainsi que tu récompenses ceux qui se consacrent à toi ?... »

Rivka le dévisageait.

— A quoi penses-tu, David Langer ?... Oserais-tu penser par hasard que tes filles se seraient mal conduites ?

David baissa la tête.

— Je ne sais pas... Ces manteaux valent une véritable fortune... Et puis, maintenant que j'y réfléchis, depuis quelques mois il y a eu beaucoup de changement ici...

— Voudrais-tu que tes filles aillent donner leurs cours en crevant de froid et le ventre vide ?

David secoua la tête.

— Je t'en prie, Rivka... Je t'en prie ! Dis-moi où elles ont pris l'argent ?

Rivka esquissa l'ombre d'un sourire, puis laissa tomber froidement :

— Marché noir...

David mit du temps à comprendre et, à l'énorme soulagement qui l'envahit, il comprit, à sa grande honte, combien il avait mal jugé ses filles.

— Marché noir ?... dit-il en éclatant de rire. Oh, Dieu merci, ce n'est que cela ?... Elles ont donc trouvé une filière ?

— Oui. Ma sœur Lea. A Zurich.

— Magnifique ! C'est magnifique ! Je vais les aider...

Ce fut au tour de Rivka de rester coite.

— Hein ? Toi ? Si honnête ? Si pieux ? Si soucieux de ta réputation d'intégrité ?

David fronça les sourcils, puis dit :

— Fariboles que tout cela ! J'ai servi Dieu toute ma vie. J'ai vécu en respectant les lois divines et civiles, nul ne peut me reprocher la plus petite mauvaise action, et tout cela pour quoi ? Pour voir mes enfants mourir de faim et de froid, et nous faire injurier par ces crapules de Polonais... Et puis... peux-tu imaginer un seul instant que je laisserais mes filles et mon fils prendre des risques sans en prendre ma part ?

Rivka ne répondit pas. David insista :

— Eh bien, voyons, réponds...

Elle redressa la tête et dans ses yeux pleins de larmes, David retrouva la lumineuse gaieté d'antan...

— Tu pleures, ma chérie ?... demanda-t-il ému.

— Je suis si heureuse ! répondit-elle, le nez dans son mouchoir.

La crise économique s'éternisait. Les trains ne roulaient pas. Le peuple manquait de pain, de denrées alimentaires, de charbon. Rien ne fonctionnait. Poste, téléphone, hôpitaux... Tout allait à vau-l'eau... Il devint de plus en plus difficile à David et Rivka d'assurer simplement le quotidien. Ils s'habituaient tous, péniblement, à l'inhabituel, à la transformation radicale de leur vie. Le théâtre yiddish avait rouvert ses portes et affichait complet tous les soirs. Devant les trois cinémas de la ville, des queues interminables s'allongeaient pour applaudir Theda Bara ou Louise Brooks... Mais c'est surtout le film d'Ernst Lubitsch *Madame du Barry,* avec Pola Negri, qui obtint un tel succès qu'il resta à l'affiche durant de longues semaines. Le cinéma était la distraction la plus populaire parce que la moins coûteuse. Très souvent, pour améliorer l'ordinaire, David Langer et Aaron s'occupaient de l'accompagnement musical de ces films muets qui faisaient oublier la sinistre réalité des choses. La famille Langer profitait sans vergogne de ce nouveau travail et assistait gratuitement, cela va sans dire, à toutes les représentations sans exception.

C'est d'ailleurs le cinéma qui rendit sa joie de vivre à David Langer. Bientôt, il eut l'idée de composer des petites œuvres charmantes pour accompagner ces films muets. Il demandait au propriétaire de voir les films avant qu'ils fussent donnés au public, s'inspirait du sujet, de l'ambiance, gaie ou triste (d'ailleurs, la plupart du temps c'étaient des drames horribles...), et composait alors, avant la lettre, de « la musique de film »... Cela rapportait quelques zlotys vite dépensés, mais surtout, cela permit à David de renaître à la vie, ce qui pour Rivka valait tout l'or du monde.

Et puis, il y avait Berta et sa combativité, son refus de se laisser engloutir dans les ennuis de toutes sortes. Elle se réveillait chaque matin avec une idée nouvelle, idée qui s'avérait souvent pleine d'embûches, à la limite de la légalité, mais toujours positive pour le reste de la famille.

C'est ainsi qu'un matin, au cours de l'un des hivers les plus rigoureux qui eussent jamais existé en Europe centrale, hiver où non seulement régnaient le froid et la famine, mais également une épidémie de grippe espagnole qui expédiait dans l'autre monde quantité d'honnêtes gens, probablement heureux d'être à jamais débarrassés des vicissitudes de la vie, c'est ainsi donc qu'un matin de février 1921, Berta déterra Dieu sait où deux scies à main, obligea toute la famille, y compris David et Rivka, à former un peloton, et conduisit toute la troupe au pas cadencé jusqu'à la forêt la plus proche de la ville. La forêt, en fait, n'était qu'un petit bois qui se trouvait à environ trois kilomètres du centre de la ville... Les trois petites, Regina, Ida et Helena, étaient chargées de ramasser les branches mortes et de les lier en fagots, tandis que les aînés s'occupaient des rondins à scier en bûches, que David et Rivka empilaient dans une brouette. Il faisait terriblement froid ce jour-là et personne n'aurait osé mettre le nez dehors, ce qui fait que la famille ne fut pas dérangée dans son « travail ». C'était sûrement du braconnage, pour ne pas dire du vol, mais au cours des semaines suivantes, la famille put chauffer l'appartement et peut-être éviter la grippe, ou pis encore...

Durant toute cette période de crise, la famille se retrouvait régulièrement le soir au grand complet. Et pour le shabbat, Berta, Adèle et Aaron invitaient tout aussi régulièrement un nombre respectable d'amis qui, connaissant les usages de la maison, n'auraient jamais osé venir les mains vides. Parfois, une vingtaine de personnes se trouvaient réunies dans la vaste cuisine-salle à manger des Langer. Mais, lorsque vingt personnes apportent les unes des bûches, les autres des œufs, et d'autres encore des pommes de terre et du vin, cela permet de passer d'excellentes soirées, au chaud et le ventre plein.

Après le dîner, on discutait politique, et cela jusqu'à deux ou trois heures du matin. Il n'y avait plus besoin d'ajouter des bûches dans le poêle. L'atmosphère était tellement surchauffée et chargée d'électricité qu'il était parfois nécessaire d'ouvrir en grand les fenêtres pour rafraîchir un peu la pièce. Bundistes et partisans de Vladimir Jabotinsky s'affrontaient violemment, et des menaces de brouille définitives planaient dans l'air... jusqu'au shabbat suivant.

Bien sûr, il fallait que le monde change. Bien sûr, il fallait aider les plus défavorisés, les femmes seules, abandonnées avec des enfants sur les bras, des enfants dont elles n'avaient pas voulu, mais qu'elles étaient obligées de mettre au monde, sinon c'était la prison ou même, dans certains pays, la décapitation ou la pendaison... Tout cela était passé en revue au cours de ces longues soirées d'hiver où toute cette jeunesse exaltée croyait sincèrement qu'il suffisait de changer la société pour changer la nature de l'homme, laquelle est foncièrement bonne et généreuse, et ouverte à la détresse humaine, comme l'ont amplement démontré une dizaine d'autres guerres de par le monde, les famines ; oui, sans aucun doute, la nature de l'homme est foncièrement bonne et généreuse. Sur une autre planète, peut-être...

A la fin de mars 1921, les troupes polonaises du maréchal Pilsudski obligèrent les troupes soviétiques à leur céder la Galicie. Ce qui fit qu'Auschwitz, un instant russe, redevint illico polonaise, ce qui ne fit ni chaud ni froid à la famille Langer.

— Russes ou polonais, de toute manière ce sont des porcs ! disait Rivka, glaciale, tout en lisant les nouvelles par-dessus l'épaule de David.

— Voyons, Rivka, nous échapperons au bolchevisme ! C'est quand même important !

— Voire ! répliqua Rivka, tout en versant l'ersatz de café brûlant dans les bols. Pourquoi craindre les bolcheviks ? Pour ma part, je pense qu'il vaut mieux les laisser faire et voir jusqu'où ira leur expérience... L'hiver dernier a été horrible pour toute l'Europe, ne vaut-il pas mieux chercher à s'entraider plutôt que de s'acharner les uns contre les autres ?...

Ce fut une grande victoire polonaise. Les Soviétiques, affamés, luttèrent sans armes contre des armées que ravitaillaient en douce tous les pays démocrates, soucieux d'éliminer définitivement le « bolchevisme ».

Avec beaucoup de fierté, les soldats polonais promenaient leurs prisonniers russes dans la cité. La plupart d'entre eux étaient des colosses qui n'eussent fait qu'une bouchée de leurs gardiens si ceux-ci n'avaient pas été armés. Ils étaient jeunes, sympathiques, affamés et vêtus de loques...

Ernest Gutman avait été mobilisé pour une courte période et depuis la fin des hostilités contre la Russie, avait en charge un prisonnier russe qui alignait ses deux mètres sous la toise et ne pesait pas loin d'un quintal. Or, Ernest Gutman, le grand amour et le presque fiancé d'Adèle Langer, mesurait péniblement un mètre soixante-cinq, et, s'il pesait cinquante kilos, c'est parce qu'il avait gardé ses chaussures cloutées de soldat. C'était fort drôle de voir ce frêle étudiant surveiller « son » prisonnier, Salomon Weissman, lequel, d'un revers de main, aurait pu envoyer son gardien au tapis. Salomon Weissman était juif et il avait demandé à passer les fêtes de *Pessah* dans une famille juive. Le président Pilsudski, pour montrer aux pays amis de la Pologne — la France et l'Angleterre, en l'occurrence — combien il était « démocrate » et « ami des juifs », avait autorisé les prisonniers russes (juifs mais aussi chrétiens) à passer les fêtes religieuses dans les familles qui acceptaient de les recevoir. Celui dont la famille Langer avait hérité, Salomon Weissman, venait d'achever ses études de physique et de chimie. C'est ainsi que Berta rencontra l'homme dont elle allait tomber follement amoureuse et qu'elle allait épouser quelques mois plus tard...

Salomon Weissman partagea le *seder* avec la famille Langer, tandis que son geôlier, Ernest Gutman, assis près de la porte, son fusil entre les jambes, regardait en salivant la table chargée des mets traditionnels que les Langer avaient pu, grâce au marché noir, se procurer à prix d'or... N'y tenant plus, il obéit aux injonctions de David, laissa son fusil dans un placard où personne n'irait le chercher, et vint célébrer le *seder* avec eux... N'importe comment, Salomon Weissman, « le prisonnier bolchevik », était en transes devant Berta et aucun fusil au monde ne l'aurait délogé de la place qu'il s'était dès lors et définitivement octroyée.

A cette époque, il régnait dans la demeure des Langer une atmosphère particulièrement langoureuse du fait de l'amour unissant Adèle et Ernest, de celui qu'Aaron, âgé de dix-sept ans, éprouvait pour une camarade de son mouvement de jeunesse (il était un partisan convaincu de Jabotinsky), une jolie petite Clara tout en rondeurs, de seize ans, un fichu blanc sur la tête et une éducation religieuse stricte qui faisait hurler de rire toute la maison Langer. Mais rien ne s'opposait, dans un futur encore brumeux, au mariage d'Aaron Langer et de Clara Knopnicky... Jacob allait également se marier avec une jeune élève du Conservatoire de musique de Prague, Paula Arlozorov, et lorsqu'il venait avec sa fiancée rendre visite à sa famille, c'était alors un grand branle-bas de matelas posés à même le sol, de multiples courses à travers la ville, et un véritable casse-tête pour Rivka, qui devait prévoir pour douze ce qui initialement était prévu pour sept ou huit... C'est donc dans cette atmosphère extrêmement romantique que Salomon Weissman fit son entrée dans la famille Langer... Lorsque son regard croisa celui de Berta, et vice versa, les deux jeunes gens se reconnurent aussitôt pour ce qu'ils étaient. Volontaires, intrépides et prêts à toutes les aventures... Pour plaire à Berta, au cours de ce mémorable *seder,* et dès que les prières rituelles furent terminées, Salomon joua au piano des airs de jazz américains, ce qui remplit de joie les plus jeunes et laissa rêveurs David et Rivka, un peu désarçonnés par ces sons étranges, rythmés et sensuels.

Les Langer ne reçurent pas Salomon Weissman comme un soldat ennemi, un « rouge » au couteau entre les dents, qui parlait d'un monde nouveau où les « guerres impérialistes » n'existeraient plus, où l'homme mangerait à sa faim sans autre condition que celle d'être un homme, où nul ne serait plus jamais humilié, rejeté, massacré à cause de la couleur de sa peau ou de sa religion... Le jeune Soviétique fut reçu chez les Langer comme un bon garçon juif un peu bolchevik sur les bords, passionné de physique et de chimie, et qui regardait de travers son gardien, cet Ernest Gutman qu'il eût pu renverser d'une pichenette !

— Si nous avions eu des fusils en bon état..., disait-il, jamais les troupes de Pilsudski n'auraient pu avancer jusqu'à Kiev ! C'est toi qui aurais été mon prisonnier !

Ce à quoi Ernest Gutman répondait :

— Je me moque et de Pilsudski et de Trotski et encore plus de Lénine, tu es mon prisonnier, je te surveille...

La surveillance se passait la plupart du temps en parties d'échecs, où le prisonnier et le gardien se révélaient de force égale. Mais le prisonnier était un communiste convaincu, et le gardien un social-démocrate... Parfois, lorsque leurs éclats de voix devenaient par trop violents et que les voisins se demandaient s'il ne convenait pas d'appeler la police, David ou Rivka calmait les deux protagonistes en préparant un café au lait bien chaud, suivi d'une petite séance musicale. Les deux ennemis échangeaient des regards féroces, prenaient, qui sa flûte, qui son piano, et la soirée se terminait fort gaiement...

Malgré la dureté des temps, malgré le froid, la faim, la tristesse ambiante, car c'est vrai que le monde était un endroit bien lugubre en ce temps-là, les enfants de David et de Rivka devaient toujours se souvenir de cette époque comme d'une époque heureuse... Bien des années plus tard, Helena, devenue mère de famille à son tour, devait raconter à ses propres enfants qui l'écoutaient, bouche bée : « ... Quand je me souviens de cette période de ma vie, je crois bien que jamais l'atmosphère à la maison n'avait été aussi gaie. Peut-être était-ce parce que nous étions ensemble et que nous nous aimions et nous entraidions ?... Nous étions heureux malgré le manque d'argent, malgré la crise, malgré les Polonais... Je me souviens de soirées de fous rires, de musique, de tournois d'échecs où tous participaient au jeu de tous ! Quelle pagaille !... Dehors, c'était le froid, la peur, le chômage, la crainte de perdre son emploi pour ceux qui en avaient un, la maladie... Nous, nous avions maman et Berta. Papa aussi, bien sûr, mais surtout maman et Berta... Berta considérait la crise, la maladie, le chômage, l'antisémitisme comme autant d'affronts personnels et c'est elle qui menait la danse à la maison. Elle aurait volé pour que maman ou nous, les petites, puissions manger à notre faim. Il ne se passait pas de jour sans que l'on vînt la demander en mariage, et elle disait toujours non, jusqu'à ce qu'elle rencontre le prisonnier bolchevik dont elle fut si follement amoureuse que, le lendemain du *seder,* elle se fiança avec lui, n'eut de cesse de l'épouser dans les mois qui suivirent... Oui, c'est une période de ma vie dont je me souviendrai toujours avec bonheur... Je me souviens que lorsque nous revenions de l'école, le vendredi à deux heures, mes sœurs, Regina, Ida, et moi étions pleines de fièvre et d'excitation. Nous ne savions jamais si nous serions dix ou vingt à la table du shabbat, ni qui serait là, ni ce qu'il y aurait, des discussions politiques ou des chants, ou bien de la musique... Mais il y avait toujours des amis, des parents et des amis d'amis qui venaient, souriants, amicaux, et qui restaient jusqu'à quatre heures du matin... »

Et c'était vrai. Pour Helena, toutes ces années qui s'étendirent entre 1920 et 1929 furent véritablement heureuses. Elle découvrait le monde dans ce qu'il avait de meilleur, grandissait dans un foyer uni, et elle n'eut guère à souffrir de l'antisémitisme virulent des Polonais, puisque de toute manière, dès la rentrée de l'année scolaire 1922-1923, elle entra dans une école juive...

Pour les adultes, la stabilisation du régime parlementaire, après l'assassinat organisé par les groupes d'extrême droite cléricaux-nationaux du président Marutowicz accusé d'être l'élu des juifs, n'avait pas vraiment contribué à améliorer notablement l'existence des juifs polonais... Des pogroms éclataient pour un oui pour un non, mais les groupes formés par Vladimir Zeev Jabotinsky savaient maintenant se défendre avec efficacité.

Jabotinsky était considéré chez les Langer comme l'égal d'un dieu. David sortait de son bureau un paquet de feuillets jaunis, et régulièrement lisait ces lettres envoyées par Haym et Dina Landon, avant que l'un et l'autre ne fussent pendus par les Turcs. La contribution de Vladimir Zeev Jabotinsky au nationalisme juif avait commencé dès le pogrom de Kichinev en avril 1903.

Au début de 1923, Jabotinsky, après bien des vicissitudes, fonda avec d'autres camarades une « Union de la jeunesse sioniste en mémoire de Trumpeldor » : le « Betar », qui essaima très vite à travers l'Europe orientale. Ses membres, les « betarim », filles et garçons, recevaient un début d'instruction militaire fort efficace pour lutter contre les Polonais. D'ailleurs, les batailles n'éclataient pas seulement contre les Polonais, mais aussi, et tout aussi violentes, contre les « bundistes » et les « bolcheviks », juifs évidemment, qui, eux, croyaient sincèrement à l'avènement d'un socialisme international pur et généreux, où tous les hommes seraient frères et où tous les chrétiens polonais, tous les Arabes de Palestine, accepteraient de ne plus injurier, massacrer ou détruire leurs « frères » juifs. En cela, l'on ne peut que constater que la naïveté est, tout comme la bêtise et la cruauté humaines, incommensurable.

Tous les enfants de David et Rivka appartenaient au mouvement de Jabotinsky et savaient se battre avec vigueur contre les pogromistes. Que les fiancés de Berta et d'Adèle, Salomon Weissman et Ernest Gutman, fussent, l'un bundiste, l'autre social-démocrate, n'empêcha nullement les mariages qui furent célébrés en septembre 1923. Cela mettait simplement de l'animation — et quelle animation ! — dans les discussions, voilà tout...

En raison de difficultés inhérentes à la vie polonaise de cette année-là, et du fait qu'Ernest n'avait pas encore terminé ses études, Adèle et Ernest restèrent dans l'appartement de la rue Jagelowski, tandis que Berta et Salomon décidèrent d'aller tenter leur chance à Munich.

C'est à Munich que, peu après son mariage, Berta, qui pour rien au monde n'eût renoncé au marché noir si lucratif, qui allait permettre à Salomon de terminer ses études dans des conditions de confort inespérées, rencontra, ou plus exactement retrouva, Haïm Lozwitzky... Ce Haïm d'autrefois dont elle n'avait gardé qu'un vague souvenir... La dernière fois qu'elle l'avait vu, c'était juste avant la guerre, en avril 1914, pour la Pâque... Les familles Langer, Lozwitzky et von Lichtfeld s'étaient réunies à Bad Ischl, et Berta avait le souvenir d'un garçon de onze ou douze ans, accroché à ses jupes et qui la regardait avec adoration...

MUNICH 1923

Sur le pas de la porte, Haïm observait sa logeuse. Cette dernière, avec la grâce d'un hippopotame, buvait au goulot une bouteille de vodka. Haïm regardait avec désespoir l'unique bouteille de vodka qu'il gardait précieusement depuis des mois pour célébrer comme il se doit, avec ses associés Robert Kampf et Mark Kirschbaum, ses vingt ans. Acheter une autre bouteille était tout à fait au-dessus de ses moyens. Au cours du mark actuel, il lui faudrait au moins vingt-cinq milliards de marks pour une bouteille, et encore, en marchandant âprement. Cette considération peu optimiste l'amena à réfléchir sur les deux cents dollars que lui avait envoyés Ben, de Toronto, en vue de payer son voyage. Il rageait encore contre lui-même d'avoir converti, six mois plus tôt, ces deux cents dollars en marks. Ah, il avait fait un bon calcul ! En mai 1923, le dollar valait trois cent cinquante mille marks. L'espace d'une semaine il s'était cru riche. Lorsque le pain, le loyer avaient atteint des prix vertigineux et qu'on lui avait demandé deux cent cinquante milliards de marks pour payer son voyage, il avait compris l'énormité de l'erreur qu'il avait commise. Maintenant, Haïm refusait les marks en paiement. Il préférait du pain, de la viande, le loyer en échange de son travail. Mais personne ne lui donnerait une bouteille de vodka pour ses vingt ans, et cette ivrognesse qui nettoyait sa chambre, et qui ne se savait pas observée, buvait sans vergogne son bien.

— Madame Müller ! dit Haïm sévèrement.

L'hippopotame se retourna brusquement et laissa tomber son balai.

— Oh ! monsieur Haïm ! Je ne savais pas que vous étiez là !

— Je m'en doute, dit le jeune homme, partagé entre le rire et la colère.

— Euh !... Je me sentais malade... alors j'ai pensé qu'un petit remontant !

— Presque toute la bouteille !... Vous avez vidé presque toute la bouteille et vous appelez ça un petit remontant !... Vous êtes soûle ! Regardez, vous ne pouvez même pas vous tenir debout ! Vous n'avez pas honte ?...

L'hippopotame s'essuya la bouche d'un revers de main. Ses petits yeux méchants, enfouis dans la graisse flasque du visage, se fixèrent sur le mètre soixante-cinq de Haïm, qu'il tenait très droit pour n'en point perdre un demi-centimètre.

La logeuse chancela d'un pied sur l'autre, puis hoqueta :

— Oh !... Ça va, hein... Ce n'est pas un youpin qui va me faire la leçon, hein... (Elle ricana.) Ici vous n'avez rien à dire ! Je suis chez moi, ici ! Pas vous !... Et puis, hein, on sait bien que vous n'avez pas de passeport, que vos papiers sont faux, et que vous êtes entré en Allemagne clandestinement avec votre ami Robert Kampf... hein ?... hein ?

Elle jubilait, consciente de sa force, consciente que si elle le voulait, ce petit juif prétentieux serait expulsé à coups de pied dans le derrière... C'était bon de se sentir du bon côté de la barricade... du bon côté des lois. C'était réconfortant.

Haïm pâlit. Il se demanda s'il devait réduire en bouillie la masse de graisse qui chancelait devant lui. Il y renonça. « Trop de travail ! pensa-t-il. Rien que pour écraser la tête, il me faudrait une demi-journée... et pour découper le corps, une semaine ne suffirait pas... »

— Vous êtes très exactement une sale vache ! dit-il gracieusement. Je vais chercher une autre chambre.

Mme Müller grimaça. Par les temps qui couraient, trouver un locataire qui payait sa chambre était aussi difficile que de chercher une aiguille dans une meule de foin ou, comme eût dit Haïm Lozwitzky, « ... un soupçon d'intelligence dans le crâne d'un partisan d'Adolf Hitler ».

— Allons, ne faites pas tant d'histoires pour une goutte de vodka ! dit Mme Müller, soudain conciliante. Je vous la remplacerai, votre bouteille !... Je sais où en acheter au marché noir.

Haïm dressa l'oreille.

— Ah ? Vraiment ?... Cher ?

— Encore assez..., admit Mme Müller.

— Combien de billions de marks ?... ironisa Haïm.

— Pas de marks. Uniquement des dollars...

Le jeune homme réfléchissait... Ben n'allait pas tarder à lui faire parvenir encore deux ou trois cents dollars... Une véritable fortune avec laquelle il pourrait bien vivre au moins six mois...

— Il n'y a que de la vodka ? Pas autre chose ? demanda-t-il.

Il avait grand besoin de chaussures neuves en vrai cuir, de tissu en vraie laine peignée pour se faire un costume... Tout cela existait dans les luxueux magasins où se précipitaient tous les spéculateurs et profiteurs en tout genre.

— Oh si !... grommela la logeuse. Il y a du rhum ! De l'excellent rhum d'avant guerre... Si cela vous intéresse, je peux vous avoir quatre bouteilles pour cent dollars.

Ses petits yeux porcins perdus dans la graisse du visage brillaient de convoitise. « Quelle ivrognesse ! » pensa Haïm. Puis il dit à voix haute :

— Ce n'est pas d'alcool dont j'ai besoin, mais de chaussures, de chemises, de tissu... Je dois me rhabiller de pied en cap... Je n'ai plus un vêtement décent depuis des années. Je sais où en trouver, mais cela coûte une fortune !... Alors, si par votre contact je pouvais trouver de quoi me refaire une garde-robe à un prix décent...

Mme Müller le considéra avec amour.

— Crésus, hein ?... C'est votre frère qui va vous envoyer l'argent nécessaire ? Ou bien vous avez cambriolé une banque ?

Haïm haussa les épaules.

— J'attends un mandat de mon frère. Alors ?

— Alors... Je peux vous procurer tout ça... moins cher que dans les grands magasins Rothman. Vous me donnez l'argent...

— Pas question !... ricana Haïm. Et puis quoi encore ? Vous savez bien que vous le garderiez !

Mme Müller ne fit même pas mine de s'offusquer.

— Si je vous donne l'adresse, vous me donnerez une petite commission ?

— Bien sûr. Combien ?

— Cinquante dollars ?

— Dix dollars. Pas un *cent* de plus.

— Accepté. Ce sont deux jeunes filles qui font régulièrement le voyage. Elles sont originaires d'Auschwitz. Mais elles vont souvent à Zurich où elles ont de la famille... De là, elles reviennent à Munich avec tout ce que vous voulez... Il suffit de commander... et de payer d'avance.

— Quand pourrai-je les rencontrer ?

— La semaine prochaine, elles viennent apporter des chaussures — fabriquées à Paris s'il vous plaît ! — à Mme Dietrich...

— Ah ? la bouchère ?

— De nos jours, dit Mme Müller sentencieuse, il n'y a que les bouchères qui peuvent se permettre d'acheter des chaussures à plus de cent cinquante dollars ! La transaction aura lieu devant le cinéma...

— Et comment s'appellent vos amies ?

— Ce ne sont pas des amies ! Ce sont des youpines comme vous... Berta et Adèle Langer...

Haïm resta songeur. « Langer... » Ce nom lui disait quelque chose. Quelque chose venant du passé, d'un passé qu'il avait effacé, chassé de sa mémoire. Quelque chose qui le fixait de ses yeux morts, qui ravivait les plaies non cicatrisées, ces plaies qui parfois cessaient de le faire souffrir. Surtout quand il avait pris une bonne rasade de vodka ou qu'il allait écouter de la musique tzigane, les jours de dèche, ou lorsqu'il allait à l'Opéra, les jours fastes... Langer. Langer... Ce nom revenait dans sa mémoire, avec tout un cortège de rires et de souvenirs... Et il n'avait plus de vodka pour oublier !... Des Langer... il devait y en avoir des milliers à Auschwitz ! Pourquoi ces jeunes filles seraient-elles ?...

Oncle David... Cela faisait maintenant six ans, six longues années. De toutes ses forces vitales, Haïm avait refusé de se souvenir... Sauf le jour de l'« anniversaire » du pogrom. Alors, ce jour-là (le seul jour de l'année, d'ailleurs) il allait à la synagogue, dire le *Kaddish* à la mémoire de ses morts, et restait ensuite presque une heure à insulter Dieu, à Le maudire, Lui et tous ceux qui Lui ressemblaient, puis il allait passer la nuit dans un cabaret tzigane où il ne dessoûlait pas. C'était sa manière à lui de se souvenir. Une manière qui entretenait sa haine...

Oncle David... tante Rivka... Ce n'étaient d'ailleurs pas vraiment ses oncle et tante. Des amis de ses parents plutôt. De vagues réminiscences d'avant la guerre affluèrent alors. Vienne en 1906 et les fiançailles de tante Noemi, cette tante qui avait choisi de mourir au côté de l'homme qu'elle aimait. Cela oui, il s'en souvenait. Puis, dans la brèche ouverte par les paroles de Mme Müller, tous les souvenirs s'engouffrèrent pêle-mêle. Bad Ischl en 1911, l'année de la mort de Gustav Mahler, dont toute la famille portait le deuil. Grand-père Elie qui lui tenait la main et lui racontait l'histoire de l'Autriche-Hongrie. Avril 1914, c'étaient les vacances et il en demeurait une impression de bonheur et d'irréalité... Les jardins magnifiques de la villa du Baron Elie, des garçons et des filles qui chantaient et riaient... Et puis, en juillet 1914, un autre souvenir, plus précis, presque palpable, quelques jours avant la déclaration de guerre... Haïm revoyait, comme si c'était hier, sa mère, sous la tonnelle, rayonnante et lisant un paquet de lettres en provenance de Vienne, d'Auschwitz, de Haïfa ; elle riait, le comte Sergueiev était assis à ses pieds, elle disait à Saül : « ... Tiens, David et Rivka viennent d'avoir un septième enfant, une petite fille... Helena... Il va falloir envoyer un beau cadeau ! Nous irons le choisir à Lvov ! »

Ensuite, l'image se brouillait et alors une autre image se superposait, celle de Ben, trempé de neige et de boue, grelottant... Il venait de tuer son supérieur... Cela s'était passé par une nuit glaciale de novembre 1916. Le bruit avait réveillé Haïm et il s'était glissé le long de la rampe de l'escalier pour voir ce qui se passait... Sarah pleurait, Saül était pâle et avait les poings serrés... Il avait glissé dans la main de Ben quelques pièces d'or et des billets de banque... Ben s'était changé rapidement, avait revêtu des vêtements civils... Puis il avait embrassé Sarah et Saül... Tous les trois pleuraient et se tenaient enlacés, comme incapables de se détacher l'un de l'autre.

« Pars vite, maintenant, mon petit, avait dit Sarah. En galopant toute la nuit et en te reposant le jour, tu dois pouvoir atteindre Vienne en trois jours. Surtout ne prends pas de train, ni aucun moyen de transport qui pourrait être contrôlé !... Mon père va certainement pouvoir t'aider à quitter l'Europe... Dépêche-toi ! On a certainement découvert ce sale porc puant... »

Sur l'instant, Haïm n'avait pas bien compris pourquoi son frère aîné devait fuir pour avoir tué un « porc puant ».

Quinze jours plus tard, lorsque Sarah reçut une dépêche de Vienne annonçant « *Tout va bien... Envoyé colis à Zurich...* », elle raconta tout à ses enfants en recommandant le silence absolu sur la venue de Ben. Il y eut des allées et venues d'officiers, de policiers, des menaces, mais que pouvaient-ils faire ? Ben était parti de Zurich, il avait pu gagner Lisbonne et, de là, le Canada...

Six années. Six longues années, depuis... Il y avait eu Budapest, la famille Kampf, et, en novembre 1919, la mort de grand-père Elie. Ce n'est qu'un an après la guerre que Ben avait pu retrouver son frère Haïm, dernier survivant de la famille Lozwitzky. Les deux frères étaient convenus que, dès qu'il aurait enfin des papiers en règle, Haïm irait rejoindre Ben à Toronto. Ensuite, ce furent les années d'apprentissage avec M. Kampf, qui disait toujours : « Avec un bon métier entre les mains, on peut gagner sa vie honnêtement partout dans le monde... » En 1920, il y avait eu l'accident qui avait coûté la vie à M. et Mme Kampf et, consécutif à cet accident, le départ de Robert et de Haïm pour des cieux réputés plus cléments. A Munich, la révolution spartakiste les avait conduits en prison où ils avaient rencontré Mark Kirschbaum, qui possédait un local dévasté... 1920... 1921... 1922... La lutte pour subsister... Le travail du matin au soir... Les trois jeunes hommes acceptaient tout ce qui se présentait. Réparations, transformations de vêtements, teinture, nettoyage... Tout. Il fallait non pas vivre, mais survivre dans un monde en perdition. Malgré les ordonnances d'interdiction de réunions et de manifestations, Haïm, Robert et Mark manifestaient avec les communistes et les socialistes. Ils saluèrent, le 24 septembre, la réunification des deux partis socialistes... Puis ce fut 1923 et l'occupation de la Ruhr par les troupes françaises. Et de nouvelles manifestations avec les communistes contre la politique du président Poincaré dans la Ruhr.

Le 28 janvier 1923, Haïm, Robert et Mark assistèrent au congrès du parti communiste à Leipzig et, dégoûtés de ce qu'ils virent et entendirent, décidèrent d'un commun accord qu'ils ne prendraient jamais leur carte du Parti, mais manifesteraient avec lui chaque fois que ce serait nécessaire... En effet, des groupuscules d'extrême droite se poussaient du col, entraînés par un dénommé Adolf Hitler. En ce mois de novembre 1923, il venait de tenter un coup d'Etat qui avait échoué piteusement. Les journaux titraient : HITLER ET LUDENDORFF ARRÊTÉS. *Hitler vient de tenter un putsch à Munich : c'est un échec. C'eût été comique s'il n'y avait pas eu quelques morts...* Arrêté, condamné, Adolf Hitler n'en avait pas moins beaucoup de partisans. « Une pourriture... », disait aimablement Haïm Lozwitzky. « Une vraie pourriture... », renchérissait Robert Kampf. « La pourriture d'entre les pourritures... », confirmait Mark Kirschbaum fermement.

Haïm et Robert possédaient un passeport Nansen. C'est-à-dire juste le droit de ne pas bouger de Munich et d'aller pointer toutes les semaines au commissariat le plus proche. Mark Kirschbaum, né allemand, à Munich, décoré de la croix de fer, avait un passeport allemand et le droit de faire travailler qui bon lui semblait. Il engagea donc Haïm et Robert comme employés... Mais il ne savait pas trop à quoi. C'est Haïm qui eut l'idée d'ouvrir une boutique de « Frivolités parisiennes ». (Les leçons de M. Kampf avaient porté.) Robert avait également du goût et de l'imagination... Ainsi fut lancée l'association. Et cela marcha ! Enfin, presque... compte tenu des terribles restrictions et de la dévaluation galopante du mark.

Mais Haïm avait un travail et une chambre pour dormir... C'était là tout ce dont il pouvait rêver de mieux en ce mois de décembre 1923... Et dans huit jours, il allait avoir vingt ans...

Parfois, il se disait que si les choses avaient été autres, si... Enfin, si ce qui était arrivé n'était pas arrivé, il aurait préparé le Conservatoire en classe de chant. Il avait une belle voix de ténor dramatique, avec un registre étendu. C'était là sa passion. L'opéra. Pour ses amis, il aimait, le soir, après le travail, dans la taverne où ils avaient l'habitude de se retrouver, chanter les grands airs de « Don José » ou de « Radamès ».

« Quel artiste !... » clamaient ses amis... Parfois même, un inconnu s'approchait et lui disait sérieusement : « Mon jeune ami... quoi que vous fassiez dans la vie, vous perdez votre temps ! C'est sur scène, à l'Opéra, que vous devez être... Votre voix est superbe... »

Haïm savait bien que sa voix était superbe, que Caruso lui-même n'avait qu'à se bien tenir. Mais il était apatride, sans papiers, sans argent, et chaque aube nouvelle n'apportait aucun espoir de changement...

Haïm soupira. Il regarda sans indulgence la logeuse et dit :

— Prenez un rendez-vous pour moi... Le plus tôt possible...

— Bien, répondit Mme Müller.

Elle l'observait avec un mélange de malveillance et d'étonnement.

— ... Je vous trouve bien pâle... Un petit verre de vodka vous ferait du bien.

— Il en reste ?

— Bien sûr !...

— Eh bien qu'attendez-vous ?... J'en boirais volontiers un verre...

Mme Müller versa une large rasade dans un verre, puis sans l'ombre d'une hésitation remplit à ras bord un autre verre qu'elle vida sans autre forme de procès.

Cela fit rire Haïm. Il était indéniable que la vodka lui avait fait du bien.

— Je gardais cette bouteille pour mon anniversaire, dit-il enfin.

Mme Müller était déjà fin soûle.

— An... ni... anniver... saire ?... Il y... a encore... des... hum... hum... qui fêtent... leur anni... anni... versaire ?... Ça vous fait... quel âge ?

— Je vais avoir vingt ans.

Presque dégrisée, Mme Müller fixa Haïm avec ce qu'il fallait bien appeler de la pitié.

— Pauvre petit, dit-elle enfin.

Puis, le visage durci, elle soupira :

— J'avais un fils. Mon fils unique. Il est mort. A dix-neuf ans. A Verdun...

Saisissant la bouteille de vodka, elle l'acheva au goulot. Puis elle sortit en titubant.

Haïm s'approcha de la fenêtre. Un pâle soleil d'automne finissant caressait l'or des quelques feuilles qui restaient accrochées aux branches de l'unique tilleul du jardin... Dans cette ville sombre et désespérée, dans ce Munich du début des années vingt, il y avait dans cette cour carrée, cernée d'immeubles sans charme, cet arbre magnifique qui s'élevait, tout droit, vers le ciel pur. Un tel arbre était un luxe dans ce quartier pauvre et laid. Haïm pensait à ce lied de Schubert, que sa mère chantait souvent :

Am Brunnen vor dem Tor
Da steht ein Lindenbaum...

Puis il s'enfonça dans ses souvenirs... C'étaient des souvenirs flous, qui se superposaient pêle-mêle. Berta, par exemple : il se souvenait qu'il en avait été follement amoureux au cours du printemps 1914. Il avait dix ans et demi et elle, douze, et il la suivait partout... Elle était déjà entourée d'une kyrielle d'adolescents boutonneux et, parfois, elle consentait à prendre Haïm par la main, ce qui humiliait profondément le petit garçon qui n'osait pas se dégager. D'autres souvenirs venaient alors — c'était le bébé, la petite Regina, qui s'était oubliée sur son pantalon tout neuf, c'était... Non. Il ne fallait plus y penser...

Haïm soupira. Ce soir, il irait à l'Opéra entendre *La Traviata*. Il avait pu obtenir trois places de corbeille, en troquant deux paires de pantalons usagés... Oui, il irait entendre *La Traviata* et ensuite, avec Robert et Mark, ils iraient dans une taverne retrouver d'autres marginaux, d'autres émigrés, ceux qui leur ressemblaient, qui n'avaient plus ni famille, ni patrie, ni espoir... et, si l'on y songeait bien, même plus de vie... Juste quelques petits moments d'existence juxtaposés, qui passaient du gris clair au gris foncé, avec parfois, comme une clarté rose, comme ce soir, lorsqu'il irait à l'Opéra avec ses amis...

C'est huit jours plus tard qu'il revit Berta et Adèle Langer. Le rendez-vous avait été fixé au café Stephanie en début d'après-midi. A cette heure-là, la salle était déserte et rien, en principe, ne devait déranger les jeunes gens. Haïm était arrivé très en avance. Il s'était posté au fond de la salle, face à la porte, de manière à surveiller l'entrée.

Deux jeunes femmes entrèrent. Elles secouèrent en riant leurs manteaux, où des flocons de neige achevaient de fondre. La plus grande s'avança vers la table de Haïm, jetant des regards furtifs autour d'elle. Sa démarche était décidée, rapide, gracieuse. Elle portait la tête haute avec arrogance... Tout en elle était mince, étroit, sauf ses épaules qui étaient larges. Son manteau de drap marron était bordé de renard et s'arrêtait juste au-dessus du genou.

« Jolies Jambes... », constata Haïm qui hésitait à mettre un nom sur ce visage vaguement familier.

Il n'hésita pourtant pas à reconnaître Adèle dans l'autre jeune femme... Curieusement, son visage était semblable à celui de l'enfant dont Haïm se souvenait.

C'était un visage fin, sensible, rêveur. Elle paraissait timide et douce. Aussi belle sans doute que Berta, mais d'une beauté moins immédiatement perceptible.

Haïm se leva et fit un signe aux deux femmes.

— C'est avec moi que vous avez rendez-vous...

Méfiante, Berta Langer le dévisagea.

— Je vous demande pardon ? dit-elle. Je ne comprends pas très bien...

— Je suis envoyé par Mme Müller... Bonjour, Berta Langer... Bonjour, Adèle Langer...

Stupéfaites, les deux sœurs s'immobilisèrent.

— Qui ?... qui ?...

Puis elles le regardèrent plus attentivement.

Haïm sourit.

— La dernière fois que nous nous sommes vus, c'était en avril 1914, à Bad Ischl...

— Haïm ! Haïm Lozwitzky ! s'écria Berta.

Les jambes coupées par l'émotion, elle s'effondra plus qu'elle ne s'assit sur une chaise... Sa sœur l'imita, et durant les heures qui suivirent, il ne fut plus question de marché noir mais de souvenirs d'enfance... Lorsqu'il apprit que Berta venait de se marier, Haïm éprouva un petit regret, une pointe de jalousie...

Après avoir raccompagné Berta et Adèle, Haïm alla rejoindre ses amis dans cette brasserie où ils avaient coutume de se réunir. C'était une salle avec un poêle à charbon chauffé au rouge. Les banquettes recouvertes de velours usé et les rideaux de peluche étaient d'un rouge sombre enfumé... Mais là était le refuge de Haïm et de ses amis. C'était chaud, amical. Tout le monde se connaissait, s'entraidait... Tous jouaient aux échecs, discutaient politique et musique... Tous avaient des morts à pleurer, et des vies perdues à sauvegarder malgré tout... Robert Kampf sut tout de suite que Haïm était en proie à ses démons... C'était inscrit sur son visage, dans ses yeux gris-bleu qui prenaient des reflets d'acier...

— Que se passe-t-il ? demanda Robert.

— Rien.

— Allons, mon vieux ! Pas à moi !... Ces deux femmes que tu devais rencontrer cet après-midi ?... Tu pensais les connaître...

— Exact.

— Alors ?

— C'étaient bien elles. Je veux dire... c'étaient bien les filles de... de...

— Bon. Ça va... Tiens, prends un verre de schnaps... Mark ne va pas tarder à arriver.

Haïm s'installa sur la banquette et vida son verre. Robert et Mark étaient toute la « famille » de Haïm. Les seuls repères de son existence. Sans eux, il se fût peut-être suicidé. Mais ils étaient là pour l'encadrer, pour l'épauler...

L'entrée de Mark ne passa pas inaperçue. Il bouscula un peu les gens qui se pressaient dans la salle archi-comble, consulta du regard Robert et, s'adressant à Haïm, dit :

— Tu sais, les affaires en ce moment sont au point mort. Si tu veux prendre quelques jours pour aller à Auschwitz...

Ce n'est que vers la fin de janvier 1924 que Haïm Lozwitzky arriva à Auschwitz et s'installa dans un petit hôtel... Avant de rendre visite aux Langer, il avait besoin de juguler son émotion. Ces retrouvailles étaient pour lui quelque chose d'essentiel. C'était renouer les liens brisés par la guerre, ces liens qui le rattachaient à l'enfance, à ses parents. Peut-être que David et Rivka avaient en leur possession quelques photos, peut-être accepteraient-ils qu'il puisse lire les lettres que sa mère leur écrivait si régulièrement. Lire ces lettres était devenu pour lui aussi indispensable que de manger ou de respirer. L'espace de quelques minutes, à travers les mots écrits par sa mère, il la ferait renaître. Elle serait pour lui de nouveau cette jeune femme rieuse et emportée, toujours active, toujours pleine de projets, tous plus contradictoires les uns que les autres. « L'année prochaine à cette époque, nous serons déjà au Canada avec Ben... », disait-elle un matin. Et le lendemain, avec le même enthousiasme, elle disait : « Nous retournerons vivre à Vienne dans la grande maison de la Ringstrasse... » Ailleurs... loin. Loin de Stopnica, où, tel un animal, elle flairait le danger qui les menaçait tous... Partir. Partir. Haïm ne se souvenait plus que de cela, de ce leitmotiv qui revenait sans arrêt dans les conversations de sa mère...

Ce n'est que le lendemain de son arrivée que Haïm se décida enfin à aller frapper à la porte des Langer...

La porte s'ouvrit sur David. C'était David. Bien sûr un David voûté, les cheveux grisonnants, moins grand que dans le souvenir de Haïm, un David dont le visage s'encadrait d'une barbe grise, une partition manuscrite à la main, et qui, un instant, dévisagea son visiteur avec étonnement.

— Oui ?... dit-il d'une voix hésitante, avant de s'écrier : Mon Dieu !... êtes-vous... seriez-vous le fils... Vous lui ressemblez tellement... le fils de Saül ?...

Emu au point de ne pouvoir prononcer un mot, Haïm baissa la tête en signe d'assentiment.

David le fit entrer dans le salon, qui en cette fin de journée d'hiver était désert et glacial. Silencieux, le visage couvert de larmes qu'il ne se souciait pas de dissimuler, David s'activa autour du poêle de faïence. Bientôt ce dernier ronfla... et des lueurs orangées illuminèrent la pièce... Pas un mot n'avait été échangé entre les deux hommes. L'émotion était trop forte, trop poignante pour qu'ils pussent prononcer ne fût-ce qu'une parole.

David, debout devant le poêle, fixait la petite porte de mica, tout animée par la lueur des flammes. Il dit enfin :

— Rivka... ma femme, et mes enfants sont à la *schuhl*... C'est le shabbat aujourd'hui.

L'expression de Haïm marqua la surprise. Visiblement il ne se souciait plus du shabbat. David se retourna et le fixa, songeur.

— Tu n'exerces plus ta religion, n'est-ce pas ?

Ce n'était même pas une question... Plutôt une constatation...

— C'est exact, répondit Haïm. Depuis... enfin depuis... Vous comprenez ?

— Oui. Je comprends, dit David. (Puis, à voix

presque basse :)... Regarde. J'ai fait du feu. Crois-tu que Dieu m'enverra dans la géhenne pour cela ?.,. Mes parents et mes frères aussi sont morts ce jour-là...

— Je sais...

Silence, plus long que le précédent. Silence rempli du souvenir des disparus. Les deux hommes évitaient de se regarder, de crainte de ne pouvoir davantage juguler leur émotion. David s'essuya les yeux et demanda, en s'efforçant de sourire :

— Berta nous a dit que tu t'occupais d'une maison de couture ?...

— Un bien grand mot pour une aussi petite chose... Une boutique de mode.

— Et ?

— Oh, ça va ! Par les temps qui courent, avoir du travail, un toit sur la tête et de quoi remplir son assiette, que demander de plus ?... Et vous, oncle David ?

David tressaillit, et derechef s'essuya les yeux.

— Il y a tant d'années que tu ne m'as pas appelé ainsi ! murmura-t-il.

— Presque dix ans...

— Oui. C'est vrai. En avril cela fera dix ans... J'ai été si heureux d'apprendre par Berta que tu avais été sauvé ! C'est la seule nouvelle réconfortante que nous ayons eue dans cette maison depuis si longtemps ! Toi et Ben, à Toronto... Il paraît que tu as encore des cousins en Palestine.

— Il paraît, dit Haïm hésitant. Ils vivent dans un kibboutz à Merhavia.

Puis, pour changer de conversation, Haïm enchaîna :

— Figurez-vous, oncle David, que je pensais que vous étiez tous morts, ou partis... A la fin de la guerre, lorsque je suis venu à Vienne pour l'enterrement de grand-père Elie, l'une de mes tantes avait évoqué un horrible pogrom organisé par les Polonais.

— C'est tout à fait exact. Mais pas ici à Auschwitz. A Radom... Cela s'est passé à Radom... Des dizaines de morts, comme à Stopnica.

Stopnica. 17 juillet 1917. Les deux hommes se regardaient.

— Que Dieu damne pour l'éternité les Russes et leurs descendants, dit David.

A ce moment, il y eut un claquement de porte, des bruits de voix, de rires et la porte s'ouvrit sur Rivka, Aaron, Ida, Regina et Helena... Rivka regarda attentivement le jeune homme inconnu, et quelque chose de proche et d'ancien, quelque chose d'enfoui profondément, volontairement, dans sa mémoire resurgit lentement des ténèbres.

— Mon Dieu !... dit-elle seulement en tendant les bras.

— J'ai rencontré Berta et Adèle à Munich. Tout à fait par hasard. On dirait que le destin nous a joué là un tour à sa façon...

— Oui. C'est cela en effet..., dit Rivka. Le destin ! Après nous avoir été si cruel, il consent à nous donner une espérance...

Elle se tourna vers les quatre adolescents qui regardaient Haïm comme une bête curieuse.

— ...Vous ne le reconnaissez pas ?... C'est Haïm ! Haïm Lozwitzky ! Le fils de Sarah et de Saül !

Aaron s'approcha d'un air un peu guindé.

— Je me souviens. Je me souviens même très bien de... vous... de toi...

Ida et Regina se contentèrent de sourire. Elles s'efforçaient de se souvenir, mais rien ne venait à leur esprit. Seule Helena s'approcha de Haïm et lui dit, sévère :

— Moi je ne te connais pas ! Je ne t'ai même jamais vu !...

Haïm éclata de rire.

— Cela t'aurait été bien difficile, ma petite jolie ! Tu étais encore dans une rose en avril 1914.

Les sourcils froncés, la petite dévisagea Haïm avec méfiance.

— Je suis née en juillet 1914. Le 14 juillet 1914..., répéta-t-elle finalement. (Puis avec hauteur :) Et je sais très bien que les enfants ne naissent pas dans les roses, mais dans le ventre de leur maman...

Gravement, Haïm dit tout bas :

— C'est bien ce que je disais... Veux-tu venir m'embrasser ?

La petite ne se le fit pas dire deux fois. Et bientôt, le salon fut rempli de rires, de bavardages... Un instant, Haïm fit mine de vouloir partir, il était tard et il voulait prendre congé. Mais David le retint.

— Non ! oh non, je t'en prie ! Tu ressembles tellement à ton père... Si tu savais ! Son portrait... Son portrait craché !... Dans cette maison, il est rare que nous nous couchions avant deux ou trois heures du matin ! Reste pour le dîner ! Nous n'attendons plus que mon autre gendre, Ernest, et Adèle... Mais Adèle, tu la connais déjà... Tu l'as rencontrée à Munich avec Berta... Berta vit à Munich, tu pourras la revoir... Son époux est un homme charmant...

Haïm mourait d'envie de demander comment, dans cette maison honnête, presque religieuse, et droite, on pouvait tolérer le marché noir que Berta et Adèle pratiquaient sans vergogne. Visiblement, cela avait l'air de ne gêner personne. « Et moi, moins que quiconque !... » pensait-il.

Le repas fut servi dans la grande cuisine bien chauffée par une énorme cuisinière.

— Une petite vodka, Haïm ? proposa David. Pour fêter ton arrivée.

Haïm accepta et sourit. Il se souvenait que c'était grâce à la vodka qu'avait bue Mme Müller qu'il avait pu être en contact avec Berta et Adèle. « Deux youpines. Comme vous... » La sale vache !...

— La vie est une drôle de chose..., dit Haïm en vidant son verre.

Haïm fut longtemps sans pouvoir dormir cette nuit-là. On avait disposé un lit de fortune dans le salon, et il était près de trois heures du matin lorsque enfin tout le monde se retira... Il pensait à ses parents, à ses sœurs, et il s'aperçut que, pour la première fois dans cette maison amie, il avait pu parler d'eux, rire aussi, oui, il avait ri en entendant Rivka et David évoquer une Sarah de quinze ans, insolente, indisciplinée... Maman ! Maman à quinze ans ! « Maman était ainsi ?...

— Pire encore ! »

Allongé sur le canapé, enveloppé dans une couverture, Haïm pensait à sa mère, à son père... A Rivka, à David...

Aaron, Ida, Regina et Helena. « Quelle jolie petite fille..., pensa-t-il avant de sombrer dans le sommeil... Elle a toute la grâce et l'insolence de maman... Une vraie petite péronnelle... »

Ce fut peu après le retour de Haïm Lozwitzky dans la vie des Langer qu'Helena découvrit ce qui allait devenir sa vocation. Les enfants des familles d'Auschwitz connaissaient tous le théâtre yiddish. Les représentations avaient lieu quatre ou cinq fois par an et des familles entières s'y pressaient... A cette époque, il n'existait pas de « baby-sitters » et, n'importe comment, aucune *yiddishe mame* digne de ce nom n'eût consenti à laisser son enfant seul sous surveillance étrangère. Aussi, à peine les marmots étaient-ils sevrés qu'ils étaient emmenés au théâtre ou au cinéma et dormaient tranquillement sur les genoux maternels, tandis que leur propriétaire sanglotait ou riait de ce qui se passait sur la scène ou sur l'écran... Helena avait participé sans le savoir à tous les événements artistiques d'Auschwitz... Jusqu'à ces jours de mai 1924 où, loin de s'endormir à peine installée dans un fauteuil, elle participa à l'action qui se passait sur la scène. C'était un drame affreux. Une promesse de mariage, au sujet de leur progéniture encore au berceau, faite entre deux pères juifs qui allaient mourir dans de dramatiques circonstances. Fascinée, Helena suivait tout le déroulement de la pièce. Son cœur battait à chaque scène et, chose bizarre, des semaines après la représentation, elle se souvenait encore de tirades entières, alors que tout le monde avait déjà oublié la pièce... Elle fut d'ailleurs si vivement marquée par cette pièce qu'elle s'en souvenait encore bien des années plus tard, et elle put la raconter scène par scène à ses enfants qui l'écoutaient, béats d'admiration.

Une autre découverte que fit Helena et qui la rapprocha plus encore de son père, ce fut l'opérette viennoise...

Pour rien au monde David n'eût manqué d'assister à une représentation de *La Veuve joyeuse,* du *Baron tzigane* ou de *La Chauve-Souris...* Tout comme son père, Helena adorait l'opérette viennoise, et c'était pour elle une joie sans mélange que d'y assister.

TROISIÈME PARTIE

1925-1945

RIVKA 1925

Lorsqu'elle réfléchissait sur sa vie et sur celle de ses enfants, Rivka ne voyait que travail, travail, travail. N'y a-t-il rien d'autre ? songeait-elle dans le noir, alors qu'allongée à côté de David, elle s'efforçait de se détendre, de trouver le sommeil qui la fuyait et la laissait seule face à ses tourments. « N'y a-t-il rien d'autre que ce gris, tout ce gris, du matin au soir, d'un bout de l'année à l'autre ? Est-ce cela vivre ? Est-ce cela que Dieu nous a donné ? Une vie. Une vie unique, précieuse, faite pour goûter tous les plaisirs, toutes les joies... Alors pourquoi cela ne nous est-il plus possible ? Pourquoi les choses sont-elles devenues aussi difficiles, aussi dures ? Pourquoi faut-il lutter ainsi ? Même si parfois nous doutons, nous respectons Dieu, les fêtes religieuses... »

Depuis le jour où elle avait promis à David de l'aimer jusqu'à la fin de ses jours, elle avait oublié le « je » ou le « moi » dans ses pensées. Le « nous » avait pris toute la place. « Nous », c'était l'entité compacte de David-Rivka et, indistinctement, les enfants. « Nous avons heureusement pu ouvrir une autre petite boutique, et maintenant, le plus dur est passé. Mais nous vivons dans un pays immonde, avec des gens sordides et menaçants. Ces Polonais ne valent pas cher. Maintenant leur idole est ce Mussolini et son fascisme. Quel monde étrange ! Alors que tous devraient s'entraider, se soutenir, on ne voit partout que haine et violence... Et ils sont tous là à écouter cet Hitler comme s'il était un autre messie... Pourquoi le monde est-il si laid ? »

Berta venait d'avoir un enfant. Ça c'était une bonne

chose... Une chose merveilleuse. « Me voici grand-mère... Déjà grand-mère... » Elle soupira. Se retourna. Non, décidément, le sommeil ne venait pas. Berta avait de la chance. Mais Salomon aussi avait de la chance... Ils s'aimaient. Ils ne seraient jamais riches, mais ils étaient heureux. C'était cela qui était important. Et Munich n'était pas trop loin d'Auschwitz... Ils pourraient venir les voir souvent. Adèle et Ernest aussi étaient allés vivre à Munich. Personne ne voulait rester à Auschwitz... Cette ville où elle était née, où ses enfants étaient nés... Tout le monde voulait partir... Elle aussi, si elle le pouvait, dès demain ! Oh oui, dès demain ! Mais il était impossible d'obtenir des passeports, impossible de quitter ce trou... Peut-être plus tard, lorsque Aaron aurait son diplôme de médecin... Il fallait qu'il soit médecin ! Elle savait qu'il était si malheureux d'être obligé de vivre à Varsovie ! Mais il fallait qu'il soit médecin. « Oh, mon Dieu ! aidez-moi à tenir jusqu'à ce qu'il soit en possession de son diplôme ! Aaron doit terminer ses études ! Pas question qu'il abandonne ses études pour prendre un emploi afin de nous aider ! Pas question ! Nous n'avons besoin de l'aide de personne ! Mon fils, tu m'entends ? » Lui aussi avait bien choisi. Sa Clara voulait aller vivre en Palestine dès qu'Aaron aurait son diplôme... Elle avait raison. Là-bas, ils seraient en sécurité. Il fallait tenir encore quelques années pour les trois dernières, Ida, Regina et Helena... Comment les sauver, elles que la vie n'avait pas encore englouties ? « Mes enfants doivent partir... Oui, mes enfants doivent quitter cette vieille Europe pourrie... » Mais comment ? Avec quel argent ? Tout était devenu si cher... Un passeport coûtait deux mille zlotys ! Où trouver deux mille zlotys lorsqu'il manquait cent zlotys chaque mois pour vivre, simplement pour vivre ? Que fallait-il donc qu'elle fasse pour que ses enfants aient une autre existence que la sienne ? L'argent aurait-il arrangé les choses ?... « Nous en avions, nous n'en avons plus, nous en aurons peut-être demain. Cette nouvelle boutique finalement nous permet de vivre. Nous sommes encore assez jeunes pour travailler et nous avons encore des enfants à élever... Mes enfants ! Ils sont beaux, ils sont brillants à l'école, et mon Jacob est premier violon au Philharmonique de Prague... » Incapable de se rendormir, elle se redressait sur son oreiller, les yeux ouverts dans le noir, laissant ses pensées défiler sans suite logique. « Adèle est considérée comme la meilleure institutrice de l'école juive de Munich, et son Ernest est un bon médecin. Adèle va bientôt accoucher de son premier-né... J'irai à Munich. Je verrai Adèle et Berta... Ma Berta s'occupe de politique à Munich avec son mari... Quelle drôle d'idée ! Communiste. Révolutionnaire. Ils militent pour le bien de l'humanité, ils veulent que cela change, que le monde change, que les valeurs sur lesquelles le monde est édifié ne soient pas seulement des valeurs de possession, d'argent, de pouvoir, mais d'humanisme, de tolérance, de savoir. Communiste. Est-ce bien ? Est-ce mal ? Qui peut savoir ? » Changer le monde, c'était cela maintenant qu'ils avaient tous dans la tête... changer le monde... Tout cela, elle le pensait aussi autrefois, à Vienne, lorsqu'elle avait quinze ans et qu'elle avait vu David pour la première fois... Elle pensait que le monde allait changer, que le progrès, la science allaient transformer la mentalité des hommes. Maintenant elle savait que l'homme ne changerait jamais... Seuls comptaient pour lui le pouvoir et l'argent ; pour obtenir cela, il marcherait sur ses parents, sur ses enfants, sur Dieu s'il le pouvait... Pour cela, il mettrait cet Adolf Hitler sur le trône ! Pour de l'argent. Pour vendre de plus en plus d'armes, pour lutter contre les plus pauvres, les plus misérables, ceux qui ont faim... Voilà le monde dans lequel ils vivaient... Il y avait ceux qui détenaient le pouvoir et l'argent, et qui étaient prêts à sacrifier des millions d'êtres humains pour garder ce pouvoir et cet argent... Et il y avait les faibles, les désarmés, les innocents, ceux qui croyaient en un monde de justice et de paix. « Sommes-nous à ce point idiots et stupides ?... Dieu, que faut-il faire puisqu'il semble que tu aies un faible pour les crapules ?... Peut-être es-tu un peu crapule toi-même ? »

Rivka se tournait et se retournait dans le lit. A ses côtés, David dormait — ou peut-être faisait-il semblant ? Elle savait que l'angoisse qui l'étreignait était partagée par lui. Mais cela ne la consolait pas. Au contraire, elle eût préféré qu'il se montrât insouciant et optimiste comme autrefois. La légèreté de David l'eût rassurée, l'eût convaincue qu'elle se faisait des idées, que ses peurs, ses désespoirs secrets n'étaient pas fondés... L'inquiétude de David renforçait la sienne. De guerre lasse, elle se leva. Une boisson chaude... voilà ce dont elle avait besoin...

En tâtonnant, elle enfila sa robe de chambre, ouvrit doucement la porte et gagna la cuisine. Les plaques de fonte de la cuisinière étaient encore chaudes... Rivka alluma la lumière et regarda autour d'elle. « Mon royaume... Ceci est mon royaume... » Elle entendait les voix amusées de ses enfants lorsqu'ils la surprenaient en train de cuisiner : « Maman est dans son royaume... ne la dérangeons pas... »

Désorientée, Rivka regardait, comme si elle ne les avait jamais vus, la table de pitchpin capable d'accueillir douze personnes, les chaises paillées, les rideaux de dentelle, les broderies sur les murs... L'une d'elles représentait une paysanne versant un broc d'eau sur la tête d'un enfant... Une devise en allemand était brodée, bleu sur blanc : *Se laver chaque jour est un devoir pour Dieu et pour sa santé*... C'était Rivka qui avait confectionné cette broderie, pour que ses enfants dès leur plus jeune âge fussent imprégnés de cette maxime... *Se laver chaque jour*... « Mon royaume... Ceci est mon royaume.. » Une vague réminiscence pointait douloureusement dans son esprit. « Le temps des lilas, et le temps des roses... » Où avait-elle entendu cela, mais surtout pourquoi pensait-elle à ces mots, là, pieds nus sur le carrelage froid de la cuisine, en cette nuit de février 1925 ? Pourquoi ces mots-là justement ? Que signifiaient-ils exactement ? Un regret ? Regrettait-elle vraiment sa vie ? Regrettait-elle vraiment d'avoir épousé David, mis sept enfants au monde ? Non... A coup sûr, elle ne regrettait rien... Elle se souvenait, comme si c'était hier, du premier soir où elle avait rencontré David, en mai 1892... Ce jeune adolescent de seize ans, timide et si beau... Et ce formidable appétit !... Rivka en riait encore... « Ma tante Mandelbaum, que Dieu ait son âme, en était toute retournée... »

David avait conservé son formidable appétit, mais il était toujours aussi maigre...

Rivka prit une petite casserole, y versa du lait et posa le tout sur la fonte brûlante de la cuisinière. « Quand je pense qu'il y a tout juste trois ans, boire une tasse de lait était un luxe hors de prix, et maintenant... » Cette constatation la rasséréna. « Allons... Le plus dur est passé... »

Après avoir bu sa tasse de lait, elle retourna se coucher. Cette fois, David dormait vraiment. Elle-même, somnolente, laissait son esprit vagabonder.

« Et mes petites... Elles sont si jolies, mes trois petites... Toujours premières au lycée. » Ce lycée pourri où on lui avait fait mille difficultés pour prendre ses enfants ! Numerus clausus ! Comme le monde était agréable du temps des Habsbourg ! Même les antisémites n'osaient pas élever la voix !... Et il n'y avait pas de numerus clausus. Mais depuis la guerre... la gangrène avait gagné toute l'Europe... Les enfants étaient instruits, bien élevés. Tout cela était-il suffisant pour les rendre heureux ? Apprendre la musique, lire des livres français et allemands, respecter sa religion, craindre Dieu... Etait-ce suffisant pour réussir sa vie ? Non. Cela n'était pas suffisant... Il y avait autre chose. Autre chose qui n'était pas l'argent. Quelque chose de plus fort, de plus utile que l'argent...

La réponse lui vint. Simple, lumineuse. C'était l'éducation qui faisait toute la différence. Voilà ce que sa pauvre mère avait tenté de lui dire le jour de la naissance de Jacob. Rivka s'en souvenait comme si c'était hier... L'éducation. Apprendre le plus tôt possible à ses enfants à distinguer le bien du mal, le beau du laid, dans quelque domaine que ce soit. A être poli, propre... Non seulement dans l'apparence des choses, mais aussi dans le secret de la conscience. L'éducation ! David et elle avaient fait leur possible pour donner à leurs enfants une bonne éducation, une bonne instruction, le goût de la musique et le respect de Dieu... Il fallait qu'Ida, Regina et Helena aillent plus loin que leurs sœurs aînées dans les études, elles devaient absolument aller jusqu'à l'Université. A Prague !... A Prague, il n'y avait pas de numerus clausus déguisé comme à Varsovie. « ... Les polacks sont tellement furieux et honteux de leur bêtise et de leur ignorance qu'ils ont décidé d'empêcher les juifs d'étudier !... Comme si cette interdiction allait rendre les Polonais plus intelligents !... » songeait Rivka. Non, les petites n'iraient pas à Varsovie... ni à Lodz, ni à Lvov..., se dit-elle encore. Elles iraient à Prague, chez leur frère. Elle trouverait l'argent nécessaire pour cela ; même si elle devait travailler jour et nuit, les petites iraient à l'Université à Prague ! La Tchécoslovaquie était une démocratie... Bien sûr, il y avait aussi la France... Pourquoi pas à Paris ? Mais où trouver l'argent ? Où ?... Arrivée là dans ses rêveries, Rivka se rendormit... Il n'y avait pas de solution immédiate. Demain, après-demain, il faudrait trouver de l'argent pour vivre. Rien que pour vivre...

1929

Depuis le départ de Jacob, Berta, Adèle et Aaron, c'était Ida, née en 1910, qui avait remplacé Berta dans l'art et la manière de tout régenter à la maison. La vie était à peine plus facile qu'en 1920, du temps de Berta. Les affaires n'étaient pas florissantes, le chômage pointait, et s'il ne fallait plus remplir deux brouettes de zlotys pour aller acheter un kilo de farine, c'était encore et toujours la course aux dollars... « Malheureusement, pas dans notre famille !... » disait sévèrement Ida. « Nous manquons de réalisme et de sens pratique ! Regina veut écrire, Helena veut faire du cinéma !... Et tout cela, ici, à Auschwitz, ce trou pourri... Voilà un manque de réalisme certain ou je ne m'y connais pas ! »

Ida avait le même caractère frondeur qu'autrefois Berta. Elle s'estimait réaliste dans une famille de « pêcheurs d'étoiles » et avait décidé qu'il lui incombait à elle de remettre toute cette famille sur la route du bon sens. Grande, mince, bien charpentée, les yeux vifs et légèrement bridés, elle était fort jolie. Elle se trompait complètement sur son prétendu « réalisme » et engageait régulièrement les siens dans d'ahurissantes expériences qui se terminaient toujours, non moins régulièrement, de manière désastreuse. « ... Qui ne risque rien n'a rien ! » disait-elle alors. Ou bien, sentencieuse : « Une mauvaise expérience vaut mieux que pas d'expérience... » Quand ce n'était pas, avant de se lancer dans une nouvelle direction : « Une mauvaise décision vaut mieux qu'une absence de décision... » David, en adoration totale devant sa fille, la suivait dans toutes ses aventures.

D'abord il y eut la création d'un jardin d'enfants musical, qui engloutit jusqu'au dernier zloty de la famille. Il y eut ensuite la création d'un institut de beauté qui ne resta ouvert que l'espace d'une semaine, les femmes juives pieuses ayant des rapports très distants, pour ne pas dire inexistants, avec leur image physique. Seules comptaient l'ampleur et la sincérité de leur « spiritualité ». Quant aux chrétiennes polonaises, elles se fussent plutôt flagellées que d'aller chez des « youpines » dépenser leur bel argent. Il y eut encore, idée géniale parmi d'autres idées géniales, l'ouverture d'une école de maintien, de danse moderne et de diction pour jeunes filles pauvres. « Pourquoi les jeunes filles pauvres n'apprendraient-elles pas la danse, les bonnes manières, à s'exprimer avec aisance, à savoir se présenter... C'est important, ça, de savoir se présenter quand on cherche du travail !... », ce qui mena tout droit l'école à la ruine en moins de six mois... Et pourtant, toute la famille suivait Ida. Les oncles, les tantes, les cousines, les cousins, tous acceptaient ses idées avec enthousiasme, lui prêtaient l'argent nécessaire, se lançaient à fond dans ses projets.

« C'est mon rayon de soleil... », disait David qui, après avoir épongé les dettes laissées par l'école, reprit son violon et le chemin des *bar mitsva*, fiançailles et mariages pour renflouer sa caisse désespérément vide.

« C'est mon rayon d'espoir... », traduisait mentalement Rivka.

Ida s'était récemment fiancée à un étudiant en physique-chimie, Nathan Milstein, un grand garçon étonnamment beau, visage régulier, yeux noirs, profonds, rêveurs, un peu tristes, belle voix chaude et prenante. Ida en était follement amoureuse. Ils avaient le même âge, et le mariage était décidé, bien que Nathan n'eût pas achevé ses études... Le jeune couple resterait avec David et Rivka jusqu'à ce qu'il pût voler de ses propres ailes...

Nathan avait tout de suite été subjugué par celle qui tranquillement lui avait dit : « Toi... tu seras prix Nobel de physique et de chimie... » Du moment qu'une jeune personne aussi sensationnelle qu'Ida le disait, pourquoi ne pas le croire ?... De ce jour, Nathan Milstein prit un air profond et inspiré, une attitude pleine de réserve et de componction, ainsi qu'il sied à un futur prix Nobel...

Pour payer ses études de droit et aider les parents, Ida travaillait dans la « Nouvelle Boutique Viennoise », que David et Rivka avaient pu ouvrir dès 1925, et affichait son « réalisme » en morigénant David qui avait tendance à accorder des crédits illimités à qui les lui demandait, et Rivka qui ne pouvait tenir correctement un livre de comptes. Quant à Regina, son expérience de vendeuse dans la boutique de ses parents se limita à une seule matinée et prit fin lorsque, devant David, Rivka et Ida horrifiés, elle déconseilla vivement à une cliente, qui la voulait absolument, l'achat d'une robe qui ne lui allait pas.

— Même moi ! proclama David, amusé, je n'aurais pas été aussi naïf !...

— Mais, papa ! protesta Regina. Je ne pouvais tout de même pas laisser cette pauvre petite dans cette robe !... Elle était affreuse là-dedans... C'est une question d'honnêteté !...

Comme toujours, dès qu'un événement, si mince fût-il, provoquait une confrontation, on avait tout de suite droit à de longues digressions philosophiques. C'était là un des principaux traits de cette famille. On oubliait le sujet principal : « Regina avait-elle fait une faute en déconseillant un achat à une cliente, alors que la famille avait besoin d'argent, etc. », pour s'engager dans une discussion de fond qui remettait en cause les fondements mêmes de la société... Tout y passait. Dieu, la Kabbale, Freud, le communisme, le fascisme et la nature humaine. Tout cela pour une malheureuse robe qui de toute manière était affreuse.

— Un commerçant peut-il se permettre d'être honnête de nos jours ? demanda David songeur. Et qu'est-ce que c'est que l'honnêteté ?... Cette jeune fille aimait cette robe. Et dans le miroir elle s'y voyait belle !... N'était-ce pas son regard à elle qui comptait ? Penses-tu, ma petite fille, que lui dire qu'elle était laide dans cette robe était honnête de ta part ?...

Un sentiment de honte et de culpabilité envahit Regina.

— J'ai cru bien faire en disant ce que je pensais, bredouilla-t-elle, mal à l'aise.

Et Rivka de renchérir :

— La question n'est pas là ! Peut-on survivre en étant honnête ?

— Bien sûr que non ! répliqua vivement Ida. Il faut faire feu de tout bois... (Elle répéta plusieurs fois cette phrase qui visiblement lui plaisait infiniment.) Regina a fait une bêtise... C'est une rêveuse qui manque de réalisme... Il ne faut plus qu'elle reçoive de clientes !... Désormais, c'est moi qui m'en chargerai.

— Bah ! dit David avec philosophie. Elle apprendra ! Après tout, elle n'a que dix-sept ans... N'est-ce pas, ma chérie, que tu apprendras ?

— Bien sûr ! Quand les poules auront des dents ! s'exclama Ida furieuse. Quand donc aurons-nous un peu de bon sens dans cette famille ? Quand ? Suis-je donc la seule à comprendre que nous vivons dans un monde sans pitié, et que si l'on ne veut pas être mangé par les loups, il faut être au moins aussi féroce qu'eux ?... Avoir un minimum de réalisme, est-ce trop demander ?

Rivka, qui partageait le point de vue de la « réaliste » Ida, apporta un chocolat chaud coiffé d'un nuage de chantilly pour calmer une discussion qui menaçait de durer jusqu'aux petites heures du jour. Etre « réaliste » était le thème de prédilection d'Ida... Après avoir bu quelques gorgées de chocolat, celle-ci, décidée à épuiser le thème du réalisme, retourna son ire vers Helena.

— Et elle ! Comédienne ! Voyez-vous ça !

Elle désignait d'un doigt menaçant l'adolescente plongée dans *Le Dibbouk* dont elle travaillait le premier rôle féminin, avec le secret espoir de passer une audition auprès de la célèbre troupe du Théâtre yiddish qui devait venir la saison prochaine.

Helena n'était peut-être pas ce que l'on pouvait appeler une « réaliste », mais elle était à coup sûr une petite personne qui n'aimait pas qu'on lui danse sur la tête ! Elle répliqua vertement :

— Toi, tu me laisses tranquille !...

Tandis que, silencieuse, Rivka distribuait chocolat chaud et pâtisseries sorties du four, elle songeait : « Je vous demande un peu ! Comédienne ! Mais qui diable a bien pu mettre ces idées dans la tête de ma petite Lena ?... Rien de bon ne peut venir d'une telle vocation !... Ce n'est pas réaliste. »

Rivka luttait avec acharnement contre toute la famille. Tous, tantes, oncles, cousins, cousines, frères, sœurs, trouvaient non seulement Helena ravissante, la plus jolie d'une famille qui comportait de fort beaux spécimens, mais également très douée. Elle avait déjà eu un petit rôle dans le fameux *Dibbouk,* dans une petite compagnie de théâtre juif amateur d'Auschwitz, et elle avait obtenu un fort joli succès... Elle avait même reçu une dizaine de lettres d'admirateurs (les cousins et les amis des cousins, forcément). Si bien que, durant quelques semaines, Helena porta de grosses lunettes noires comme Greta Garbo, prit un air lointain et absorbé, et se concentra sur son prochain rôle...

Quelques jours plus tard, un soir de la fin février 1929, Ida déclencha la nouvelle tempête qui allait révolutionner la famille... Helena et Regina répétaient des extraits d'*Esther,* que leur mouvement de jeunes du Betar allait donner pour les fêtes de *Pourim*... La famille écoutait les deux sœurs avec l'indulgence qui existe en pareil cas. Seuls Ida et son fiancé bavardaient dans un coin de la théorie de la relativité d'Einstein... Plus exactement, Nathan Milstein expliquait à Ida ce qu'était le concept de cette théorie, et Ida, les sourcils froncés, s'efforçait de faire semblant de comprendre ce qui, manifestement, la dépassait.

Tout en écoutant distraitement les deux adolescentes qui se démenaient avec leur texte, David et Rivka jouaient aux échecs. Brusquement, Ida planta là son fiancé, leva la main pour imposer le silence, alors que personne ne disait rien, et hurla à Helena :

— Répète un peu cette dernière stance !

Helena, stupéfaite, regarda sa sœur.

— Hein ?... fit-elle méfiante. Pourquoi ?

— Fais ce que je te dis ! Répète un peu cette stance que tu viens de déclamer... Qu'est-ce que c'est ?

— C'est la réplique d'une suivante d'*Esther* de Racine. C'est là mon rôle... On a fait un arrangement en yiddish sur le thème d'Esther... Pour les fêtes de *Pourim*...

— Allons, je t'écoute...

Helena se redressa, regarda son public et déclama :

... Déplorable Sion, qu'as-tu fait de ta gloire ?
Tout l'Univers admirait ta splendeur.
Tu n'es plus que poussière et de cette splendeur
Il ne nous reste plus que la triste mémoire.
Sion, jusques au Ciel élevée autrefois !
Jusqu'aux Enfers aujourd'hui abaissée,
Puissé-je demeurer sans voix
Si dans mes chants ta douleur tracée,
Jusqu'au dernier soupir, n'occupe ma pensée...

La famille, charmée, applaudit avec enthousiasme mais, d'un geste impérieux, Ida fit cesser les applaudissements.

— Je ne sais si vous vous en rendez compte, mais Helena a tout à fait l'étoffe d'une grande tragédienne !... Je me demande ce que nous fabriquons ici à ne nous intéresser qu'à nos petites personnes dépourvues du moindre talent, au lieu d'écouter Helena et de l'aider, la pousser... Il faut qu'elle prépare le Conservatoire d'art dramatique de Varsovie !

Helena avait l'air terrifié et béat. Arriver, à quatorze ans et demi, à se faufiler de temps à autre dans la troupe de théâtre juif amateur d'Auschwitz, c'était une chose, mais préparer le concours d'entrée du Conservatoire de Varsovie, c'était une autre paire de manches...

— Vienne !... protesta David avec un grand sourire heureux et un regard plein de nostalgie. Vienne !... Le Conservatoire d'art dramatique !

— Ni Varsovie ni Vienne ! dit fermement Rivka. Helena n'a pas encore quinze ans, il s'en faut de six mois, et elle doit finir le lycée, puis aller à l'Université...

— Mais, maman ! protesta Ida, Helena a du talent ! De nos jours, être artiste dramatique, c'est aussi bien qu'être médecin ou avocate ! Regarde Pola Negri, Greta Garbo...

Sceptique, Rivka ne répondit pas tout de suite.

— Helena n'a déjà que trop tendance à vivre dans les nuages, à prendre ses rêves pour la réalité..., dit-elle enfin. Ce n'est pas une réaliste..., ajouta-t-elle en soupirant. D'ailleurs, aucun de mes enfants ne l'est !

Retrouvant ainsi son terrain favori, Ida n'allait pas laisser échapper une telle occasion de s'enflammer. Oublieuse de ce qu'elle avait dit à Helena quelques jours plus tôt, elle prétendit qu'il serait « irréaliste de négliger le talent phénoménal d'Helena... », laquelle, charmée, écoutait sa sœur avec attention.

David se mit à rire.

— Heureusement que nos enfants ne sont pas réalistes, ma Rivka !... dit-il tendrement. Et heureusement qu'à quatorze ans Helena est une rêveuse, une imaginative qui n'a que faire d'être « réaliste ». Qu'est-ce que c'est qu'être réaliste, sinon accepter la corruption, la grossièreté, le manque de générosité, d'humanité... C'est cela être réaliste !...

Et voilà ! c'était reparti.

— David ! Voyons ! protesta faiblement Rivka.

— Mais tu sais bien que j'ai raison !... dit David. Il n'y a rien de plus réaliste qu'un singe ! Il ne croit pas qu'il est destiné à être un ange, il n'a pas pour mission de sauver les autres singes, il ne croit ni en la dignité ni en la noblesse du singe. Il n'a jamais entendu parler d'art, de beauté, de musique, de théâtre... Car cela n'existe que dans l'esprit des hommes purs, idéalistes... ces hommes qui pensent que la vie leur a été donnée pour qu'ils en fassent quelque chose de beau... Notre singe réaliste, qui méprise l'intelligence, la culture, qui n'a que faire de la beauté, de la bonté, de la tolérance, et qui n'a aucune illusion, ni sur lui ni sur les autres singes, n'a pas non plus de moralité. Il ne sait pas et ne veut pas savoir ce que sont l'altruisme, la paix, l'amour et le sacrifice de soi. Il n'a jamais entendu parler de Dieu... Tiens, si tu veux mon avis, notre singe réaliste me fait étrangement penser à Adolf Hitler, que le diable l'emporte !...

La famille applaudit et décréta à l'unanimité qu'en effet il valait mieux, infiniment mieux, n'être pas réaliste plutôt que de ressembler à Adolf-Hitler-que-le-diable-l'emporte. Helena, seule dans son coin, rêvait à cet avenir prestigieux qu'Ida venait de lui faire entrevoir, tandis que Nathan Milstein, qui lui aussi était l'un de ces « pêcheurs d'étoiles », se demandait comment le monde avait été créé, et pourquoi diable il n'y aurait qu'une seule planète habitée, et combien il pouvait y avoir d'autres systèmes planétaires semblables au nôtre ?... Un jeune physicien de dix-neuf ans — qui n'avait même pas encore son diplôme en poche ! Voyez-vous ça !

La certitude de sa sœur Ida en ce qui concernait son talent ouvrit à Helena des horizons nouveaux. Elle comprit en quelques instants qu'il y avait d'autres mondes à côté de celui où elle était née et que ces mondes n'étaient nullement inaccessibles. Il suffisait de travailler... travailler... Elle promit à Rivka qu'elle terminerait ses études secondaires avant de tenter l'épreuve du concours d'entrée au Conservatoire... Elle comptait les jours, les mois qui la séparaient de ce moment décisif et, sous la férule de sa sœur, s'y préparait activement.

— Tu dois être une actrice complète, décréta celle-ci, prenant son rôle au sérieux. Tu dois savoir danser, te poser dans un fauteuil avec grâce, placer ta voix de manière à être entendue jusqu'au poulailler. Tu dois avoir l'air distinguée...

Ida observa attentivement Helena :

— Tu es une ingénue. Une ingénue fatale qui brise le cœur des hommes sans t'en rendre compte...

— Une vraie petite garce ! commenta Regina qui assistait aux leçons et qui donnait volontiers son avis alors que personne ne le lui demandait.

— Ouvre grands les yeux et fais la moue comme si tu allais pleurer..., reprit Ida sans tenir compte de l'interruption de sa sœur... Comme Mary Pickford !

— Je ne veux pas ressembler à Mary Pickford ! C'est une idiote !... Je préfère Louise Brooks !

— Peuh !... Louise Brooks !... Aucune séduction ! Fais ce que je te dis !

Qui pouvait résister à la volonté d'Ida ? Personne. Et Helena s'exécuta... Tant et si bien que le soir, à l'heure du souper, elle vint s'asseoir à la table familiale les yeux grands ouverts et la bouche en cul-de-poule. David lui demanda si elle n'était pas malade ; Rivka, partagée entre le fou rire et l'écœurement, lui signala qu'elle garderait pour l'éternité les rides qui se creusaient sur son front... Seule la fiancée d'Aaron, Clara Knopnicky, fut éblouie par la transformation d'Helena et jura qu'elle avait parfaitement l'air d'une ingénue fatale briseuse de cœurs. Ce soir-là, Haïm Lozwitzky vint rendre visite aux Langer. Il se trouvait pour « affaires » depuis quelques jours en Pologne, sans papiers, ce dont il ne se souciait pas, et il était évident qu'après avoir liquidé lesdites affaires (à l'époque, c'était surtout un marché clandestin de pièces d'or), il allait faire un détour par Auschwitz, ensuite franchir la frontière à Bratislava et regagner Munich par Prague. Il aimait beaucoup rendre visite à la famille Langer. Cela lui arrivait tous les trois ou quatre mois. Il dormait chez eux et repartait le lendemain. Ce soir-là, au cours du dîner, il regarda longuement Helena, ses yeux exorbités et sa bouche serrée, et dit aimablement :

— Quelle courageuse petite fille vous êtes, Helena !... Souffrir ainsi des dents et de la tête et ne pas se plaindre !...

La famille éclata de rire... Furieuse, Helena reprit son visage normal. Visiblement, Haïm n'avait pas le cœur brisé par l'ingénue fatale qu'elle s'efforçait d'être... Et bizarrement, elle en éprouva une grande déception...

Mais être comédienne devint pour elle une idée fixe. Et c'était Ida qui allait l'aider.

En effet, Ida avait entendu parler d'un excellent cours de préparation au concours d'entrée au Conservatoire de Varsovie. Les cours collectifs n'étaient pas très chers, et ne pouvaient s'y présenter que ceux ou celles qui justifiaient déjà d'une certaine expérience théâtrale, si minime fût-elle... Un petit examen était cependant exigé avant l'admission. Au cours de l'été 1929 et jusqu'en octobre, Ida chauffa à blanc une Helena morte de trac. Toute la famille était venue soutenir la benjamine et s'installa au premier rang... Ida avait convoqué le ban et l'arrière-ban des cousins, cousines, amis et amis d'amis, ce qui fit qu'un tonnerre d'applaudissements jaillissait à la moindre parole que prononçait Helena, au moindre mouvement qu'elle faisait. Evidemment, Helena fut reçue. Première aux applaudissements du public, cinquième sur la liste qui comportait une douzaine de noms qu'avait retenus le jury...

Helena sortit de sa première leçon de comédie dans un état de ravissement ébloui. En quatre heures, elle avait découvert un autre monde, un univers où le faux devient vrai, où le vrai devient insupportable, inaudible. « Si vous éprouvez une forte émotion en disant un texte, jamais vous n'arriverez à faire passer cette émotion... », disait le professeur d'art dramatique, Mme Moshkowiski, ex-actrice célèbre du théâtre juif de Varsovie, venue à Oswiecim (ex-Auschwitz) — pour d'obscures raisons passionnelles — ouvrir un petit cours de préparation au concours d'entrée du Conservatoire de Varsovie, évidemment, Oswiecim n'ayant ni Conservatoire ni Université... ni rien d'intéressant d'ailleurs hormis ses terrains vagues, marécageux et ses réserves de gaz naturel. « Ce qu'il faut, disait Mme Moshkowiski, c'est d'abord éprouver cette émotion, la digérer, l'analyser, et ensuite l'imiter ! Et là seulement, vous pourrez faire passer quelque chose au public... Vous le pourrez parce que vous resterez maître de votre voix, de vos gestes, que vous mesurerez l'intensité, la portée de chacun d'eux, et que vous pourrez en contrôler l'effet sur le public... si public il y a... »

Et puis, comme un bonheur ne vient jamais seul, Helena tomba « en amour ».

Il s'appelait Charles Hollman, avait dix-huit ans, près d'un mètre quatre-vingt-dix, des cheveux noirs, des yeux bleus et sortait d'un sanatorium où il venait « de perdre trois ans de ma vie », disait-il. Jamais Helena n'avait vu jeune homme plus beau que ce Charles Hollman. Et toute sa vie, elle garda un faible pour les hommes bruns aux yeux bleus. Lui aussi aima sur-le-champ cette petite

Helena Langer, ses quinze ans tout frais, sa grâce provinciale, et cette pureté, cette innocence si rare dans les milieux d'artistes. Charles Hollman fut le premier amour d'Helena et peut-être celui qu'elle n'oublia jamais. Elle l'aimait comme on aime à quinze ans, avec une force, une fougue et une passion démesurées. Avant que Charles Hollman n'entrât dans sa vie, elle avait traversé une zone étrange de pénombre. Lente à se développer, lente à sortir de son cocon d'innocence et de pureté, son corps se transformait, elle grandissait, ses seins se développaient, et pourtant, chez elle, on la traitait très exactement comme si elle avait dix ans... Un jour, elle surprit Regina embrassant un étudiant d'une *yeshiva,* commettant ainsi deux péchés d'un coup : primo, embrasser un garçon qui n'était ni son fiancé ni *a fortiori* son mari ; secundo entraîner un honnête et pur jeune homme pieux à papillotes, *keppeles* et *tefillin,* dans les voies torturantes, mais ô combien plaisantes, de la luxure. Loin de choquer Helena, le spectacle de l'ardent baiser qu'échangeait sa sœur avec Moïshe Glassman la remplit de trouble. Elle se sentit soudain seule, isolée, dans un monde étrange où tous s'accouplaient. « J'ai besoin de quelqu'un... J'ai besoin de quelqu'un qui soit à moi... seulement à moi... »

Voir Ida et Nathan toujours en train de s'embrasser, Regina collectionner les flirts en grande coquette, laissait Helena avec l'impression d'avoir été abandonnée sur la rive d'un fleuve qui emportait tous ceux qu'elle aimait vers des pays qu'elle ne connaîtrait jamais...

Alors elle se révolta... Pour la première fois de sa vie, elle eut des caprices, des colères, des pleurs qui n'en finissaient pas... Dérouté, David tirait sur sa barbe et parlait de faire venir un médecin, ce qui faisait rire Rivka.

— Mais enfin, Rivkèlè, qu'est-ce qu'elle a ?... Depuis deux jours, elle refuse de manger, de sortir, et elle n'arrête pas de pleurer... Je t'assure ! Elle doit être malade... très malade même !

— Ah ! David... David... plût à Dieu que j'aie encore cette maladie-là !

— Qu'est-ce que tu me chantes là ?... Quelle maladie ?

— Quinze ans !... Elle a quinze ans ! Voilà sa maladie ! Une maladie dont on guérit vite. Trop vite... Elle a quinze ans, et elle est amoureuse.

— Helena ?... Ma petite fille ? Amoureuse ? Et de qui ?

— Ça, je ne sais pas encore, mais les symptômes sont là... Nous ne tarderons pas à savoir qui est l'heureux élu !...

Et dans sa chambre, sanglotant sur son oreiller, Helena pensait, désespérée : « J'ai besoin de quelqu'un... J'ai besoin de sentir quelqu'un contre moi... J'ai besoin de quelqu'un qui comprenne comment je suis, pourquoi je pleure, pourquoi je ris... J'ai besoin de quelqu'un qui soit à moi, seulement à moi... » Et l'image de Charles Hollman, de son mètre quatre-vingt-dix, de ses yeux bleus si tendres, dansait dans sa tête.

Charles Hollman était le plus brillant parmi les jeunes élèves acteurs du cours de la célèbre Mme Moshkowiski. Sa carrière était toute tracée. Il était beau, possédait une voix de basse prenante et avait cette grâce unique d'attirer sur lui tous les regards. Le centre du monde se déplaçait avec lui. Six semaines après le début des cours, toutes les filles dudit cours en étaient amoureuses, et Helena plus que toutes les filles du cours réunies...

Charles Hollman habitait à Auschwitz depuis peu. Orphelin de père (mort à la guerre), il vivait avec sa mère Elizabeth Hollman, née Morgenstein, chez sa grand-tante maternelle, Elisheva Morgenstein, vieille demoiselle de soixante ans qui tenait une petite librairie non loin de la place du Marché... Elizabeth Hollman était une femme douce, triste, effacée, qui avait fait un mariage d'amour. Sa belle-famille ne l'aimait guère. Etre juive était considéré comme une tare sans rémission chez les Hollman, luthériens purs et durs. Tare qu'il valait mieux dissimuler à la petite bourgeoisie munichoise. Elizabeth ne protestait jamais. Elle avait adoré son jeune mari, et lorsqu'on lui avait envoyé ce qui restait de lui — la croix de guerre, les lettres qu'elle lui avait envoyées au front et une photo qui les représentait tous les deux le jour de leur mariage —, elle ne s'était ni évanouie ni même trouvée mal. Heinrich était mort quelque part dans le nord de la France, en 1918, à quelques jours de l'armistice, et avec Heinrich, quelque chose en Elizabeth était mort aussi. Restait Charles. Charles avait sept ans à la mort de son père. A quinze ans, il entra au sanatorium de Zakopane... Cela lui coûta la totalité de l'héritage de son père et ne le guérit qu'à demi. « Il aurait fallu rester encore au moins un an !... » disaient les médecins. Mais Charles, lui, se sentait guéri. Il avait pris du poids, mangeait avec appétit et faisait le bonheur de sa mère et de sa grand-tante. Somme toute, cet automne 1929 ne s'annonçait pas trop mal pour Charles Hollman. Sa mère travaillait dans la librairie de tante Elisheva. Lui avait décidé d'être un grand acteur et il venait de rencontrer Helena Langer...

— Le bonheur existe ! disait-il à sa mère et à tante Elisheva.

Ces trois personnes, au demeurant fort estimables, vivaient chichement de la librairie. De sa grand-mère, Charles avait hérité le goût des livres et des arts, et de ses parents une extraordinaire beauté, une élégance naturelle qui faisaient se pâmer d'admiration toutes les élèves de sexe féminin (de sexe masculin aussi d'ailleurs) du cours de Mme Moshkowiski. Que Charles Hollman, dès le premier jour, eût remarqué Helena mettait celle-ci en transe. Elle le regardait à la dérobée, il faisait de même, ils s'asseyaient toujours côte à côte, se souriaient sans se parler, et lorsqu'ils se parlaient enfin, c'était sur le ton de la plaisanterie, en rougissant beaucoup, en riant sottement, bref, en se comportant exactement comme de jeunes imbéciles follement amoureux...

Pour se présenter à l'examen de ce cours privé, Helena avait triché sur son âge, Mme Moshkowiski n'acceptant pas d'élèves de moins de dix-huit ans, et elle put cacher son âge presque six mois. C'est Charles Hollman qui décela le mensonge d'Helena. Alors qu'il la raccompagnait chez elle après le cours, il lui demanda à brûle-pourpoint :

— Quel âge avez-vous ?

Prise de court, Helena hésita. S'il apprenait la vérité, Charles risquait de ne plus jamais lui adresser la parole... Pour lui, elle ne serait qu'une petite fille.

Charles la vit réfléchir.

— Quoi que vous disiez, ce que vous allez me répondre peut se retourner contre vous...

— J'ai... euh... j'ai quinze ans...

Charles sourit. Puis, très doucement :

— Vous me plaisez beaucoup, Helena...

Mais elle pensait : « Et moi je vous aime... »

— Oui... vous me plaisez beaucoup..., reprit Charles. Beaucoup plus que n'importe quelle jeune fille que j'ai connue. Mais bien sûr, vous êtes encore une petite fille... Enfin, se hâta-t-il de préciser, vous n'êtes pas en mesure de prendre une décision sérieuse au sujet de votre avenir... Moi-même..., reconnut-il, je suis peut-être un peu jeune... Et puis, il y a un problème de religion, n'est-ce pas ? Vous êtes juive, je suis luthérien... Pensez-vous que vos parents feront une objection ? Je sais que ma mère ne s'opposera à rien, elle-même est issue d'un mariage mixte. Mon grand-père maternel était luthérien et ma grand-mère maternelle est juive...

Très étonnée, Helena écoutait le jeune homme lui parler de sa famille, de l'avenir comme s'il allait de soi qu'un jour elle l'épouserait, plus tard bien sûr, après leurs six ou sept ans d'études d'art dramatique... Déjà, il exposait ses plans :

— Lorsque nous aurons fini l'école préparatoire de Mme Moshkowiski, nous nous inscrirons au Conservatoire de Munich... C'est, paraît-il, l'un des meilleurs... Je pense qu'à ce moment-là nous serons officiellement fiancés et que nos parents ne verront pas d'inconvénient à ce que nous prenions pension à Munich... J'ai parlé de vous à ma mère et à ma grand-tante.

A la fois éblouie et vaguement irritée de cet avenir que Charles Hollman avait décidé pour elle, mais sans lui en toucher un seul mot depuis les quelque six mois qu'ils se côtoyaient presque quotidiennement chez Mme Moshkowiski, Helena rentra chez elle et annonça à sa mère qu'elle venait de se fiancer.

Rivka considéra sa fille avec un léger sourire et lui dit :

— Si tu veux bien, nous en reparlerons dans quelques années.

Ce qui, curieusement, soulagea Helena. Avant de se marier, elle espérait tellement être une grande artiste dramatique !

Mais celui qui manifesta le plus ouvertement son opposition à ce projet de mariage fut Haïm Lozwitzky.

— Quelle idée de se fiancer à quinze ans !... dit-il, mécontent, lorsqu'il apprit la nouvelle quinze jours plus tard.

Il venait maintenant tous les mois rendre visite aux Langer et apportait des nouvelles d'Allemagne. Le krach d'octobre 1929 avait fait des dégâts considérables et nul n'était encore en mesure, en ce mois de mars 1930, de se rendre compte de ses conséquences exactes sur la vie quotidienne des Européens. A Varsovie, à Prague, à Vienne, à Berlin, à Paris, on savait que les industries, les banques étaient touchées, mais à Auschwitz, on croyait que cela n'affecterait jamais que les « richards » et, n'est-ce pas, on n'allait pas pleurer sur eux... Bref, la famille Langer ne s'y intéressait que d'une oreille distraite. N'ayant ni portefeuille boursier ni économies, tout au plus quelques traites à rembourser et quelques bijoux, en quoi la ruine des banquiers et des agents de change pouvait-elle la préoccuper ?

A la grande stupeur de Haïm, David ricanait.

— Après tout, cela n'est peut-être pas un mal de voir quelques banquiers sauter par les fenêtres !... J'ai eu affaire à ces gens-là lorsque j'ai été ruiné après la guerre. Des rapaces ! Des oiseaux de proie. Ils vous prêtent mille zlotys pour vous en prendre deux mille !...

Mais Haïm protestait :

— Oncle David ! La ruine de l'économie mondiale, c'est aussi notre ruine !... Ne le comprenez-vous pas ?

Lui le comprenait. Comme il comprenait d'instinct, à l'instar d'un animal déjà blessé qui flaire la meute qui le chasse, que cette crise économique pourrait se transformer en guerre...

— Bah ! bah ! rétorquait David. Je peux travailler et nourrir ma famille. Cela, c'est l'essentiel.

Haïm n'en revenait pas. Qu'un homme comme David pût montrer une telle insouciance, une telle légèreté !... Haïm ne parvenait pas à dissimuler son agacement et il le manifestait par des sarcasmes au sujet d'Helena et de son fiancé.

— A quoi rêvent les jeunes filles de quinze ans de nos jours ? A une tripotée d'enfants, à une belle cuisine moderne et évidemment à un mari qui leur flanquera quelques belles taraudées si jamais elles regardent ailleurs...

Ce qui mit Helena hors d'elle. De toute la soirée, elle refusa d'adresser la parole au jeune homme.

Cette mauvaise humeur affichée cachait un autre souci que Rivka et David décelèrent rapidement.

— Que se passe-t-il à Munich ?... demanda David.

— Que se passe-t-il à Munich ?... répéta Haïm en écho. Il se passe Hitler...

— Mais encore ?...

— Le mois dernier, l'un des nombreux bras droits d'Hitler, Wilhelm Frisch, un national-socialiste, a été nommé ministre de l'Intérieur de Thuringe... Et à Munich, dans les rues de Munich, on voit de plus en plus de bandes de voyous en chemise brune à brassard orné d'une croix gammée sur fond rouge... Cela défile, cela crie, cela couvre les murs des mêmes croix gammées gigantesques... D'où vient l'argent qui équipe ces jeunes ? Ce n'est pas la fortune d'Hitler, il n'en a pas ! C'est un gueux venu des bas-fonds de Vienne... Alors, qui finance ces défilés, ces drapeaux, ces équipements ? Qui organise ces camps de jeunesse ?... Hitler est un fantoche, un fantoche dangereux, mais un fantoche financé par qui ?... et pour quoi ?...

— C'est si grave que ça ?

Haïm ne répondit pas tout de suite. Il regardait autour de lui, stupéfait de voir que, dans le salon des Langer, tout était calme et paisible. Helena et Charles Hollman, son fiancé, riaient à mi-voix, déchiffrant une partition de charleston, Ida et Nathan disputaient une partie d'échecs. Il s'en voulut d'être celui qui apporte l'inquiétude et le tourment. C'est alors qu'il surprit le regard fixe qu'Aaron posait sur lui. Et brusquement, Haïm comprit ce regard presque suppliant. Aaron était venu de Varsovie pour quelques jours, et lui savait ce qui se passait, ce qui menaçait l'Allemagne, l'Europe, mais, de toutes ses forces, il s'efforçait de maintenir sa famille à l'abri de ces menaces. Il fallait préserver cet état de grâce qui régnait dans la maison des Langer. Là, pas de crise, pas de chômage, pas de menace... Pas d'Hitler.

« Pourtant, ici en Pologne..., pensait Haïm, le national-socialisme menace aussi ! L'extrême droite polonaise est aussi virulente que l'extrême droite allemande... Du moins, pour autant que je le sache... »

David parlait :

— Ici en Pologne, il y a une montée de la droite la plus réactionnaire, une droite qui n'a rien à envier à Hitler... La crise mondiale favorise la propagande antisémite.

— Comme en Allemagne..., répondit Haïm en regardant Aaron.

— Oui. Comme en Allemagne et comme en France... Les gouvernements de ces pays fondent leur propagande antibolchevique sur la dénonciation des « judéo-bolcheviks ». Ici en Pologne, c'est un thème qui marche !...

Haïm soupira :

— Pas seulement en Pologne...

— Penses-tu qu'Hitler prendra le pouvoir ?

— Je ne vois pas ce qui pourrait l'en empêcher.

— Dans ce cas, resteras-tu en Allemagne ?

— Non. Bien sûr que non... Robert, Mark et moi préparons nos arrières. Autrement dit, dès que possible nous vendons notre affaire et nous quittons l'Allemagne... Mais vendre une affaire en ce moment !... Il n'y a pas preneur...

— Où iras-tu ?

Pensif, Haïm regardait le groupe que formaient Ida, Nathan, Regina, Helena et Charles... Maintenant, les jeunes gens s'exerçaient au charleston. Rivka tenait le piano, et tous riaient et dansaient, maladroits, gracieux, émouvants... David suivit son regard.

— Haïm... de quoi as-tu peur ?

— Avez-vous lu *Mein Kampf* ?
— Non. Bien sûr que non ! Une telle ordure...
— Vous avez tort. Il faut le lire. Dans ce livre, Hitler annonce tout ce qu'il fera dès qu'il aura pris le pouvoir... Et ce pouvoir, s'il ne l'a pas demain, il l'aura après-demain... Et nous autres juifs, nous serons piégés comme des rats. Pris dans la nasse... Hitler nous promet du sang et des larmes... Vladimir Zeev Jabotinsky nous a avertis de tout cela... Mais on lui envoie des œufs et des tomates pour le faire taire.
— Que veux-tu dire ?... Comment cela, des œufs et des tomates ?
— Il a fait une conférence à Varsovie... Et les bundistes ont voulu l'empêcher de parler.
— Que disait-il ?
— « Liquidez la diaspora... Sinon c'est la mort... Partez... Partez au plus vite... » C'est cela qu'il voulait nous dire... Lui a lu *Mein Kampf*.
Aaron confirma.
— J'ai assisté à cette conférence. Moi aussi j'ai lu ce livre... Papa, Haïm a raison... Il faut penser à partir, à quitter la Pologne... Il faut quitter cette sale ville, ce pays pourri...
— Mais !... s'écria David, nous ne pouvons pas partir comme ça...
— Pourquoi ?
— Mais !... mais... tout abandonner ?... Partir sans rien ? Etre ruiné encore une fois ? A mon âge ?... Haïm ! J'ai cinquante-quatre ans ! Est-ce que tu te rends compte ?
— Oui... Mais...
— Mais ?
— Je ne pense pas qu'Hitler se soucie de l'âge de ceux qu'il a l'intention d'écraser. Et la Pologne entre dans ses visées...
La musique avait cessé et les apprentis danseurs, essoufflés et rieurs, vinrent rejoindre David, Haïm et Aaron.
— Eh bien..., dit Rivka en riant. Quelle soudaine gravité sur ce visage... Que dire pour vous dérider ?
— Rien de plus que ce que vous m'avez dit tout à

l'heure !... Je viderais volontiers un verre de vodka en l'honneur des fiançailles d'Helena et de Charles !... *Mazel Tov !*

— *Mazel Tov !*... fut-il répondu en écho.

Aaron prit la parole :

— Clara et moi avons décidé de nous marier en même temps que Nathan et Ida, au mois de juillet prochain. Clara est en ce moment même en train de décider ses parents à donner leur consentement...

— Oh, mon Dieu ! s'écria Rivka toute rouge de bonheur. Un double mariage !...

— Ah ! une autre tournée de vodka s'impose !... s'écria David. (Puis, s'adressant à Haïm :) Espèce d'oiseau de mauvais augure ! La jeunesse ne se laissera pas déposséder de sa part de bonheur ! Une guerre comme celle que nous avons vécue suffit. Plus jamais personne n'acceptera de se battre contre un autre homme ! Il y a eu, quoi que tu dises, une prise de conscience... Non ! la jeunesse n'acceptera pas de se laisser massacrer par un Hitler ou quelques-uns de ses semblables...

Stupéfait, Haïm le dévisageait. Non, David ne plaisantait pas. Il parlait sérieusement. De nouveau son regard croisa celui d'Aaron.

Le jeune homme lui adressa un sourire complice.

— Papa est convaincu que l'intelligence triomphera de la bêtise... Papa croit encore en la nature humaine.

— En Pologne ? En 1930 ?

— En Pologne. En 1930..., ricana Aaron.

Regina s'était installée au piano avec Ida et les deux sœurs jouèrent la *Fantaisie en fa mineur* de Schubert.

Les notes s'envolaient dans la pièce, imposant le silence... Leur légèreté mélancolique, douloureuse, dramatique, dégageait une émotion qui tour à tour évoquait la joie, la tristesse, une force passionnée, et troublait profondément Haïm. Il savait qu'il n'oublierait jamais cette soirée de mars 1930, cette musique que tous écoutaient avec une ferveur religieuse, et le visage d'Helena levé vers son Charles Hollman, ce visage enfantin, aux traits encore incertains, mais enflammé de passion...

« De quoi est pétri l'amour que nous portons à un

seul être... ? se demandait Haïm. Quelle soif, quelle faim commandent ce besoin que nous avons de lui ?... »

Il surprit le baiser que Charles déposa rapidement sur les lèvres tendues d'Helena.

« Quelle idée de se fiancer à quinze ans ! pensa-t-il avec humeur. Quelle légèreté de la part d'oncle David et de tante Rivka !... Ce garçon est peut-être charmant, mais il n'est pas en bonne santé !... Et il n'est même pas juif ! Enfin, pas tout à fait... »

De fort mauvaise humeur, il précipita les adieux, prétextant une fatigue, un travail urgent pour le lendemain, et partit plus tôt que prévu. Dans sa tête dansait l'image d'Helena, le visage levé vers cet homme qu'elle aimait.

MARIAGES

C'est au cours du mois de juillet 1930 qu'un double mariage fut célébré chez les Langer. Ida épousait Nathan Milstein et Aaron épousait sa Clara Knopnicky. Quinze jours avant la date des cérémonies, Rivka et ses filles nettoyèrent l'appartement de fond en comble. Tout devait reluire, étinceler de propreté. Les cadeaux commencèrent à affluer. Les ouvrir, les partager entre Ida et Clara, et les exposer dans le salon, tout cela entretenait une fièvre, une activité, qui chassait David, Aaron et Nathan. Alors, malgré la chaleur, les trois hommes se réfugiaient dans une petite brasserie de la place du Marché. Charles Hollman venait les rejoindre et là, gravement, ils discutaient entre eux de cette folie curieuse qui s'emparait des femmes au moment où elles allaient prendre époux. Pourquoi tant d'agitation, de lavages, de récurages ? « Ce n'est tout de même pas *Pessah* ! » disaient-ils.

Puis ils revenaient tous ensemble vers l'appartement qui embaumait d'odeurs exquises. Une cinquantaine de personnes avaient été invitées, et mieux valait commencer tôt les préparatifs du buffet. Les quatre futurs mariés avaient, d'un commun accord, exigé un mariage moderne. Hommes et femmes danseraient ensemble sur de la musique actuelle.

La veille du grand jour, Regina et Helena vinrent retrouver Ida dans la chambre qu'elle occupait seule, depuis les mariages de Berta et d'Adèle. Elle l'occuperait ensuite avec Nathan jusqu'à leur départ pour Vienne, en octobre prochain. Nathan, malgré le numerus clausus, avait été admis à l'Université. Il eût été difficile aux membres du jury de le rejeter, vu qu'il avait été reçu premier dans toutes les matières. Par respect des traditions, David avait suggéré à Nathan de prendre une chambre dans l'hôtel où ses parents étaient descendus. Ce qui faisait ricaner Ida...

— Il y a longtemps que Nathan et moi avons franchi le Rubicon ! confia-t-elle à Regina et Helena, venues bavarder avec elle.

Regina admirait la robe de soie blanche étalée sur deux chaises... Un voile de mousseline, des fleurs d'oranger...

— Tu as été au bain rituel aujourd'hui ? demanda-t-elle avec un petit sourire moqueur.

— Il a bien fallu !... Maman, tante Lea et toutes les autres sont venues avec moi...

— Moi, quand je me marierai, si un jour je me marie, j'enverrai promener tout ça !... dit Regina avec vigueur. Quel cirque !...

— Charles et moi avons décidé que nous nous contenterons de la mairie ! dit Helena.

Puis, après un petit moment de silence, durant lequel les trois sœurs un peu gênées s'observaient à la dérobée, Helena demanda d'une voix hésitante :

— Ida... quand tu dis que Nathan et toi vous avez franchi le Rubicon... ça veut dire... euh... est-ce que ça veut dire ?...

— Que nous avons déjà fait l'amour ensemble..., confirma Ida. Tu penses bien que, vivant l'un aussi près de l'autre, et amoureux comme nous le sommes, il eût été inhumain de nous contenter de baisers sous l'œil de maman !...

— Est-ce que maman le sait ?

— Mais non ! En voilà une idée ! Pourquoi est-ce que j'irais raconter ça à maman ?

— Est-ce que ça fait mal ? questionna Helena.

— Quoi donc ?... répondit Regina qui avait parfaitement compris, mais qui adorait taquiner ses sœurs.

— Franchir le Rubicon ! Espèce d'idiote !

— Ah ! ne vous disputez pas la veille de mon

mariage, intervint Ida. Non, ça ne fait pas mal. C'est même plutôt agréable, je dois le reconnaître...

— Oh ! la ! la ! Et si tu allais avoir un enfant !... s'écria Helena.

Ida regarda sa plus jeune sœur avec une sorte de pitié amusée, puis échangea un coup d'œil avec Regina. Pas besoin de dire à la petite qu'un enfant avait failli être attendu il y avait déjà trois mois, et que, d'un commun accord, Ida et Regina, sans en souffler mot à quiconque, étaient allées voir une ex-sage-femme qui arrondissait ses économies en délivrant les jeunes filles insouciantes d'enfants qui s'annonçaient trop prématurément. A vrai dire, Mme Klosters faisait son travail très proprement, et Ida n'eut que quelques jours de malaises qu'elle mit sur le compte d'une intoxication alimentaire...

Toute la nuit, les trois sœurs bavardèrent de choses et d'autres. Quelque chose de définitif allait avoir lieu le lendemain, et autre chose prenait fin, non moins définitivement... L'enfance, l'adolescence, les fous rires, les disputes, les farces... Demain, Ida et Nathan partiraient en voyage de noces à Zurich, à Berlin, puis à Paris, et reviendraient ensuite à Auschwitz. Regina avait enfin obtenu l'autorisation des parents de suivre tante Lea à Zurich, où elle pourrait étudier la littérature allemande. A la rentrée d'octobre 1930, Aaron et Clara retourneraient à Varsovie, chez les parents de Clara, jusqu'à ce qu'Aaron obtienne son diplôme de médecin... Encore une année d'études... Helena allait se retrouver seule... Du moins était-ce l'impression qu'elle avait.

— Mais non, tu ne seras pas seule ! protesta Ida. Tu as Charles...

— Ce n'est pas la même chose ! soupira Helena. J'aurais voulu...

— Quoi donc ?

Helena ne répondit pas. Que dire ? Jacob vivait à Prague avec sa femme et ses enfants, Berta et Adèle habitaient Munich avec leurs maris et leurs enfants, Aaron allait vivre à Varsovie et, dès que Nathan obtiendrait son diplôme, lui et Ida partiraient à New York... « Charles et moi... nous aimerions vivre à Paris... », pensa Helena. Mais elle n'exprima pas cette pensée à voix haute. C'était là un secret qu'elle partageait avec Charles, et seulement avec Charles.

— Qui va rester avec papa et maman si nous partons tous ? dit-elle seulement, exprimant enfin ce que les trois sœurs pensaient tout bas sans oser le formuler.

Ida et Regina baissèrent la tête... Ce n'est pas qu'elles n'avaient jamais songé à cette situation, mais que faire ?

— *Tu quitteras ton père et ta mère...*, murmura Ida, un peu honteuse. C'est écrit dans la Bible. Si maman et papa en acceptent l'idée, j'ai bien envie de les emmener avec nous à New York...

Comme toujours, Ida offrait une solution à chaque problème qui se posait. Que cette solution fût réalisable ou non importait peu. C'était une proposition que l'on pouvait discuter à l'infini et qui, de toute manière, valait mieux que pas de proposition ni de solution...

— Et moi alors ?... s'indigna Helena. Que vais-je devenir sans papa et sans maman ?

— Sotte ! Il s'en faut de six ans encore avant que Nathan obtienne tous ses diplômes... D'ici là, on a le temps de voir venir... Allez, maintenant au lit ! Sinon, demain je m'endormirai sous la *houppa*...

Dire que ce double mariage fut une réussite resterait au-dessous de la vérité... On avait vidé l'arrière-boutique, très vaste, de tout ce qui pouvait l'encombrer. Trois tables, perpendiculaires les unes aux autres, avaient été dressées. Une piste de danse avait été aménagée au centre et, sur une petite estrade, quatre musiciens jouèrent jusqu'à l'épuisement... Avec force rires joyeux, bavardages, applaudissements, exclamations, les invités félicitèrent les jeunes mariés après la bénédiction sous la *houppa,* à la synagogue... Oui, ce fut un double mariage fort réussi, on dansa jusqu'à l'aube, des danses hassidiques, mais aussi des danses modernes, charlestons, rumbas, valses, tangos... Les invités ne connaissaient rien à ces danses, mais ils s'y risquèrent avec gaieté, rougissant de leur audace, jetant des regards de défi alentour... David et Rivka se lancèrent dans une valse et finalement, même ceux, parmi les plus rétrogrades, qui regardaient avec réprobation un tel manquement aux traditions consentirent à s'amuser... Une jolie fête en vérité, qui resta longtemps gravée dans la mémoire de tous ceux qui y participèrent, et qui fit oublier combien les mariages de Jacob, de Berta et d'Adèle avaient été modestes et pauvres, même si le bonheur régnait en maître...

En septembre 1930, Charles Hollman retourna à Zakopane, dans le sanatorium. Au milieu de l'été, il avait eu un mauvais rhume compliqué d'une bronchite. Puis il se crut guéri et voulut aller se baigner avec Helena dans la rivière, la Sola. Il y avait là toute la bande, Ida et Nathan, Regina, Samuel, Hugo, Ernest, Clara, Aaron... tout un groupe de jeunes gens très gais. Helena garda toute sa vie les photographies que l'on prit ce jour-là, ce jour d'août 1930, ou tous s'étaient baignés, avaient ri, pique-niqué... et ri encore, jusqu'à une heure avancée de la soirée... Ensuite toute la bande était allée au cinéma... Et puis, tard dans la nuit, Elizabeth Hollman, affolée, était venue frapper à la porte des Langer... Charles venait d'avoir une hémoptysie. Il fallait un médecin... Est-ce qu'Aaron...

Aaron n'était qu'en cinquième année, mais à l'hôpital de Varsovie où il achevait son internat, il avait vu nombre de tuberculeux, et il savait comment arrêter une hémorragie... Cela dura toute la nuit... Au petit jour, une ambulance vint chercher le jeune homme... Alors, pour Helena, commença l'attente. Attente d'une lettre, d'un coup de téléphone, d'un télégramme...

Charles lui écrivait de longues lettres désespérées, sur la vie et la mort, et chaque lettre se terminait ainsi : « ... Dès que je sortirai de ce fichu sanatorium de Zakopane, j'irai tuer Hitler... »

Au cours de l'hiver 1930-1931, chaque semaine Helena prit le train pour Zakopane. Chacune de ses visites était pour elle une véritable torture. Elle retrouvait Charles chaque fois plus émacié, plus fiévreux, et elle l'aimait tout en sachant maintenant que cet amour ne se réaliserait jamais. Elle le savait et ne voulait pas l'admettre. Elle se débattait entre cette certitude déchirante et un espoir tenace, insensé. « Il guérira parce que je l'aime... », pensait-elle en rentrant chez elle. Et elle l'aimait et le désirait comme une femme passionnée peut aimer, avec sa tête, son cœur et son corps... Ce corps encore vierge, mais qui n'était plus innocent et qui manifestait sans relâche ses exigences, ses fièvres, ses ardeurs... Helena était comme quelqu'un mourant de faim et de soif, et qui voit, de l'autre côté d'une rue infranchissable, de quoi étancher sa soif et assouvir sa faim, sans pouvoir atteindre ces trésors inestimables. Elle embrassait Charles comme si elle n'allait plus jamais le revoir. Elle aurait voulu rester avec lui, ce qui était évidemment impossible... Devant lui elle riait, bavardait, racontait les mille et un petits événements dont était fait le quotidien du cours de Mme Moshkowiski... La vie à Auschwitz, les marais gelés sur lesquels ils avaient si souvent patiné... Elle riait, faux peut-être, mais elle riait... Et Charles riait aussi, son visage maigre, épuisé, illuminé par la même passion qui bouleversait Helena. Lui parlait politique avec ardeur.

— J'écris un livre, lui confia-t-il, un livre sur la condition de l'homme aujourd'hui. J'ai découvert que l'industrialisation à outrance privait l'homme de sa fierté de créateur. Nos machines ont supprimé la satisfaction personnelle de l'artisan, du travailleur manuel, du créateur... Quelle joie y a-t-il à aller pointer à l'usine chaque matin pour y faire à longueur de journée le même geste répétitif que cent autres ouvriers sur des machines bruyantes et identiques ?... Quand l'industrie moderne détruit l'élément personnel du travail, elle commence par là même à détruire la joie de vivre de l'homme, elle détruit sa fierté, son utilité, son importance auprès des siens... Vois-tu, ma chérie, je suis persuadé que l'industrie est le fondement des guerres et du fascisme. Les industriels allemands, aidés par les industriels anglais et français, sont décidés à renverser le gouvernement de Hindenburg et à installer Hitler à sa place... J'ai découvert cela, ma chérie !... Je lis, je lis énormément, mais je ne crois pas que le communisme soit la bonne solution... Non, je ne crois pas...

— Tu mets tout cela dans ton livre ? demanda Helena émerveillée.

Charles fronça un peu les sourcils, réfléchissant.

— Oui. J'essaie de le dire. Mon immobilité forcée m'a fait comprendre bien des choses... J'essaie de les dire, de faire comprendre ce que je crois... Ma chérie ! J'ai peur de l'avenir !... J'ai l'impression de voir quelque chose de terrible qui menace l'humanité et je ne sais pas ce que c'est... Penses-tu que ce soit ma maladie qui me rende si anxieux ?

— Non, je ne crois pas..., répondit Helena. Papa pense comme toi. A la maison, ils ont tous peur.

— Et toi, que penses-tu de tout ça ?

— Je n'ai pas peur. Voilà tout ce que je sais... Je n'aime pas me mettre dans la tête que le monde laissera le fascisme s'installer en Europe...

— Pourtant... c'est ce qui va se produire, tu verras...

— Tu ne peux savoir combien je me sens bouleversée et si fière de toi... Charles, mon chéri ! comme j'aimerais que tu sois guéri, que tu quittes cet horrible sanatorium... Quand penses-tu terminer ton livre ?

Le visage de Charles s'altéra.

— Encore quelques semaines de travail... Pourvu qu'il ne soit pas trop tard !... Il faudrait dactylographier mon manuscrit.

— Veux-tu que je t'aide ? Je sais taper à la machine... Donne-moi ton manuscrit, je t'en prie... Je te le rapporterai la semaine prochaine...

Charles sourit. Il embrassa Helena avec ferveur. Son enthousiasme le touchait. Mais lui savait. Il savait que chaque jour, chaque heure qu'il vivait était un jour, une heure que la mort lui concédait. Alors, il reprenait la plume. Quand il écrivait, il était fermement persuadé que la plume était plus puissante que n'importe quelle épée, n'importe quelle arme. N'étaient-ce pas les livres, les pamphlets, la presse qui avaient ébranlé la tyrannie depuis la nuit des temps ? Alors il écrivait avec fièvre... Il ne s'interrompait que pour les soins indispensables et pour écouter la TSF. Il écoutait le flot de paroles haineuses, les reportages sur le triomphe écrasant du parti d'Hitler, sur les manifestations de chômeurs aux Etats-Unis... « Dix millions de chômeurs... Des milliers de fermiers expulsés de leurs terres... » Et lui, lui le malade, le mourant, lui, sur son lit d'hôpital, regardait la neige sur les montagnes et se disait qu'il y avait quelque chose à faire. « .. Le partage des richesses ! Il est anormal qu'une poignée d'individus accaparent les richesses au détriment des plus démunis... » C'était devenu son idée fixe. Il se désespérait à la pensée que la mort allait l'arracher à son livre avant qu'il l'eût terminé... Il écrivait dans l'urgence, dans la passion, sans se soucier du style, de la forme, juste poussé par son envie de hurler : « Attention !... Le pire est devant nous ! Attention ! »

Février 1931 se terminait dans des bourrasques de neige glacée. A cause de ce mauvais temps, il y avait plus de quinze jours qu'Helena n'avait pu se rendre à Zakopane.

Un soir, Helena rentra chez elle. Il faisait froid et gris comme jamais. Depuis huit jours, elle attendait une lettre de Charles, et ce silence inhabituel l'inquiétait. Lorsqu'elle ouvrit la porte de l'appartement, elle aperçut de la lumière dans le salon.

« Tiens, pensa-t-elle, une visite !... Haïm Lozwitzky ? »

Immédiatement elle se sentit joyeuse et comme délivrée de cette angoisse diffuse qui l'oppressait depuis quelque temps.

La porte du salon s'ouvrit sur Rivka.

— Il y a un télégramme pour toi...

— Un télégramme ?

Helena entra dans la pièce. Son père était là, debout, grave, et lui tendait un petit papier bleu.

Alors elle comprit, et se précipita, déchira la bande qui fermait le papier bleu. Sa main tremblait si fort que son père lui prit le télégramme des mains. *Viens, viens vite. J'ai besoin de toi...* Signé : Charles.

Un immense soulagement s'abattit sur ses épaules.

Pour un peu, Helena aurait pleuré de joie et d'énervement.

— Je vais te préparer une valise... Tu dois avoir un train pour Zakopane dans une heure, dit Rivka.

— Il faut téléphoner au sanatorium pour avertir de ton arrivée demain matin ! dit David. Cela permettra à ton fiancé de passer une bonne nuit... Viens avec moi à la boutique.

Depuis peu, David avait fait installer un téléphone dans sa boutique, et il fallait convenir que c'était rudement pratique pour communiquer avec les enfants éparpillés aux quatre coins de l'Europe...

Helena suivit son père. La petite boutique était plongée dans l'obscurité, rideaux de fer fermés. David tourna l'interrupteur... Une vive clarté envahit la pièce.

Helena composa le numéro et demanda Charles Hollman. Il lui fut répondu que Charles était en train de dîner au réfectoire et qu'il était impossible de le déranger.

— Mais, insista Helena, dites-moi au moins comment il se porte ?...

— Oh... ça peut aller..., dit l'infirmière de service. Il y a huit jours, il a eu une petite hémorragie, mais aujourd'hui la fièvre est tombée... La preuve, il a voulu se lever pour le dîner...

— Voulez-vous lui dire que je serai là demain matin ? Je prends le train de nuit... Je suis sa fiancée, Helena Langer.

Le lendemain à la première heure, elle était dans le parloir du sanatorium. Charles l'attendait. Il était à peine plus maigre que le mois précédent, bronzé, avec cet air de santé factice qu'arborent la plupart des tuberculeux après un long séjour à la montagne... Helena se précipita, et elle sentit les bras de Charles l'étreindre comme si elle était le dernier fil qui le retînt encore à l'existence.

— Enfin !... enfin..., souffla-t-il dans l'oreille d'Helena. Je n'en pouvais plus de t'attendre ! Quinze jours sans te voir !... Tu es là, tu es là...

Il l'embrassa, incapable de desserrer son étreinte, comme s'il craignait, s'il la lâchait, qu'elle ne s'évanouît en fumée, exactement comme dans ses rêves...

— Combien de temps peux-tu rester à Zakopane ? demanda-t-il.

— Papa m'a donné suffisamment d'argent pour rester aussi longtemps que je veux..., mentit Helena.

David avait effectivement vidé sa bourse, mais il y avait là à peine de quoi payer l'hôtel trois ou quatre jours et il ne fallait pas espérer faire des folies au restaurant... Charles sourit. Il savait qu'Helena mentait. Mais il voulait la croire. Imposer de toutes ses forces ses rêves les plus fous à une réalité forcément désespérante.

— Peux-tu sortir ?... demanda Helena. Il fait si beau dehors...

— Je peux tout faire maintenant que tu es là.

La jeune fille sourit.

— Je resterai. Je resterai aussi longtemps que tu voudras de moi...

— Alors jusqu'à... — Il s'interrompit : il y avait des mots qu'il valait mieux ne pas prononcer. — Je vais m'habiller et nous allons faire une longue promenade, et prendre un verre de vodka au village...

— De la vodka ?

— Oui ! Oui ! C'est fête aujourd'hui !... Tu es là, tu comprends ?... J'avais tellement besoin de toi, de savoir que tu existes pour de vrai, pas seulement dans mes rêves... Toutes les nuits, je rêve de toi, Helena... Attends-moi ici, je vais mettre une pelisse et nous irons faire une promenade en traîneau...

Quelques instants plus tard, dans un traîneau d'un rouge rutilant, tiré par deux chevaux, le jeune couple se blottissait sous une couverture de laine épaisse... Ils riaient et faisaient des projets d'avenir... Les chevaux allaient au petit trot et le cocher sifflait une valse viennoise. Une valse du bon vieux temps : *Aimer... chanter... boire... et danser...* Charles voulut chanter, mais il fut vite interrompu par une violente quinte de toux. Epuisé, il s'abattit contre l'épaule d'Helena.

— Je veux vivre, Helena... Je veux vivre..., balbutia-t-il.

Le temps était radieux... Le soleil faisait briller la neige, et le ciel était d'un bleu éclatant.

— Une journée comme ça, s'écria le cocher, c'est un cadeau du bon Dieu !

Charles sourit.

— C'est vrai... Encore plus que vous ne l'imaginez... Il serra Helena plus fort contre lui.

— Hello ! Helena ! Hello ! mon amour...

— Chéri ! murmura Helena en rougissant beaucoup. Mon chéri...

La promenade continuait. Les pins s'ébrouaient dans le vent, des flocons de neige s'éparpillaient dans un envol glacé, étincelant...

Le cocher, décidément inspiré, reprit une chanson populaire russe :

... Cocher, ralentis tes chevaux !
Nulle part je ne suis attendu :
Personne hélas ne m'aime plus...
Cocher, ralentis tes chevaux...

— Mais nous, nous nous aimons ! chuchota Helena dans le cou de Charles. Et nous nous attendrons... aussi longtemps qu'il le faudra... n'est-ce pas ?

— Oui. Oui... (Il l'embrassait.) Je veux vivre. Je veux vivre ! gémissait-il doucement. Je veux vivre comme je vis maintenant, Helena. Je suis heureux... heureux... On se figure que le bonheur est une chose lointaine, inexplicable, compliquée, inaccessible... Et pourtant ! il me suffit de si peu de chose, toi dans mes bras, ce traîneau qui nous emmène dans la forêt, ce cocher et ses chansons populaires... Cela me suffit... Je ne veux rien d'autre. Ce moment, ce moment-là, je l'aurai vécu...

— Moi aussi..., murmura Helena. Moi aussi... Un petit morceau d'un grand bonheur...

— Ecoute-moi. Ecoute. Comprends-moi bien... Je peux mourir sans jamais... je veux dire, sans jamais avoir connu... Helena... je t'en supplie, ne pouvons-nous être ensemble toute une nuit dans ton hôtel ?...

— Je ne pourrai pas... ce n'est pas possible..., balbutia Helena.

— Pourquoi ?... Pourquoi ?

— J'ai promis à maman... Je lui ai promis que jamais je ne ferais cette chose-là avant de lui en parler...

Ecoute... Ecoute-moi. Je vais retourner à la maison et je vais en parler à maman... lui dire... Je n'ai que seize ans, tu comprends ? Dis-moi que tu comprends ?

— Helena... Helena... pardonne-moi !... tu as raison... Retourne chez ta mère, dis-lui que je veux t'épouser le plus vite possible... Dis à ton père de te donner un papier qui autorise le mariage... N'importe quel pasteur nous mariera... Mon Helena, j'ai peur ! J'ai si peur de te perdre, de ne plus jamais te revoir...

— Dès mon retour, nous nous marierons, Charles...

— Dis-le-moi encore.

— Dès mon retour, nous nous marierons... Et quand tu seras guéri, nous aurons des enfants, et nous serons heureux, comme nous le sommes en ce moment.

— C'est vrai ?... C'est vrai ?

— C'est vrai.

— Nous vivrons dans la forêt, ici, à Zakopane.

— Nous vivrons où tu voudras que nous vivions.

— Mais tu ne partiras pas longtemps, n'est-ce pas ?

— Une semaine. Deux au maximum. Le temps d'obtenir les papiers nécessaires... Mes parents ne s'opposeront pas à notre mariage.

— Pas plus de deux semaines... tu le promets ?

— Oui, mon aimé. Je te le promets...

Le traîneau s'arrêtait devant le sanatorium...

— Va... Va... Je te regarde partir... Reviens-moi vite. Vite... Je veux vivre, Helena ! Je veux être avec toi...

Il regarda partir Helena. Il savait qu'il ne la reverrait plus.

Quelques jours plus tard, il s'éveilla très tôt, regardant l'aube pointer au-dessus des montagnes encore enneigées. Brusquement il sut que, pour lui, il n'y en aurait plus d'autre. Cette conscience brutale de son état fit naître en lui un regret immense... « Helena », pensa-t-il. Plus jamais. Plus jamais l'ivresse des caresses, des baisers que l'on arrête de crainte d'aller plus loin, ce que ni lui ni Helena n'avaient voulu, encore trop empêtrés qu'ils étaient dans un fatras d'interdits et de peurs... Il voulut se lever, avide de voir l'aube éclater en mille couleurs, de sentir encore une fois l'air vif et froid pénétrer dans ses poumons, mais il ne put achever son geste, une quinte de toux suivie d'une hémorragie l'abattit sur ses oreillers... Une infirmière passa, aussitôt suivie d'une autre, puis du médecin...

On changea les draps, la chemise, le médecin fit une piqûre. C'était un homme bon que ce docteur Kowski... Un homme bon et compatissant, il savait donner à chacun de ses malades l'impression qu'il était l'unique objet de tous ses soins, de toute son attention. Le cas de Charles Hollman l'intéressait. Il trouvait pitoyable la solitude de ce chrétien perdu dans ce sanatorium juif de Zakopane... Il aimait beaucoup Mme Hollman qui avait loué une petite chambre en ville pour être plus près de son fils. Il savait que ni l'un ni l'autre n'avaient d'argent et que les frais de séjour de Charles ne seraient pas payés. « Bah.., pensa-t-il. Qu'importe ?... Si l'on ne doit soigner que les gens riches, autant renoncer à exercer la médecine ! J'augmenterai la note de Rosa Feigelsohn. Sa famille est riche comme Crésus !... Les comptes seront équilibrés et l'administrateur de l'hôpital n'y verra que du feu... »

Par la fenêtre, il vit arriver la mère de Charles... Les cheveux blancs coiffés en chignon serré, les vêtements noirs, l'allure fatiguée de la malheureuse la faisaient paraître beaucoup plus que ses quarante ans... « La misère est une chose horrible..., soupira le docteur Kowski, le cœur serré... et nous vivons dans un monde inhumain... » Il côtoyait quotidiennement la douleur et la mort ; cependant, il ne parvenait pas à s'y habituer, et il savait qu'il ne s'y habituerait jamais.

— Votre mère arrive, mon garçon..., dit-il en se retournant.

Charles le regardait fixement, les yeux brillants. Il allait parler, mais le médecin s'approcha vivement.

— Surtout ne parlez pas !... Ecrivez ce que vous voulez dire.

Il lui tendit une feuille de papier et un crayon. Charles écrivit : « Eloignez ma mère, je vous en supplie ! Surtout qu'elle n'assiste pas à cela !... »

Le médecin murmura :

— Croyez-vous qu'il soit bon que vous la priviez

d'un dernier adieu ?... Ce serait d'une extrême cruauté que lui infliger cela...

Charles écrivit : « Sa souffrance va être horrible... »

— Elle sera plus horrible encore si elle ne vous revoit pas vivant... Laissez-lui au moins cette consolation. Vous embrasser... encore une fois.

Charles ferma les yeux, puis esquissa un geste d'acquiescement. Il fit signe qu'il voulait écrire encore. Le docteur lui tendit une autre feuille.

Mon Helena,

Tu es encore très jeune, ma chérie... La vie ne va pas finir pour toi... Mais je te supplie de ne pas m'oublier tout à fait, de te souvenir de tout ce que nous avons vécu ensemble, de nos conversations, de nos rires... de notre amour... Pense à moi quelquefois pour que j'existe encore quelque part en ce monde... Je t'ai aimée comme je n'ai jamais aimé avant toi...

Il replia la lettre, inscrivit sur une enveloppe que lui tendit le médecin le nom d'Helena Langer, 29, rue Jagelowski, Auschwitz... puis s'écroula sur les oreillers.

— Maintenant je veux maman... Je veux maman... maman.... souffla-t-il péniblement.

Helena reçut le télégramme annonçant la mort de Charles alors qu'elle s'apprêtait, sa valise faite et les papiers nécessaires en règle, à le rejoindre. A contrecœur David et Rivka avaient autorisé le mariage. Sur le moment, la jeune fille ne réagit pas. Elle lisait les mots sans les comprendre, puis elle tendit le télégramme à David.

— Je ne comprends pas..., éructa-t-elle péniblement.

Puis elle s'évanouit. Affolée, Rivka vit David soulever Helena et la porter sur le canapé de peluche rouge. Son visage était d'une pâleur spectrale.

David s'assit à côté de sa fille, tandis que Rivka se

précipitait dans la cuisine. Elle revint avec du sucre et du schnaps.

— Ce n'est pas la peine..., dit David. Elle revient à elle...

En effet, Helena poussa un profond soupir et ouvrit les yeux. Son regard rencontra celui de son père. Alors elle éclata en sanglots. David prit sa fille dans ses bras, l'installa sur ses genoux et se balança doucement, la berçant comme lorsqu'elle était une toute petite fille.

— Là... là..., disait-il en lui caressant la tête. Là... là.

Elle pleura longtemps... Lorsque les sanglots se tarirent, David lui parla tendrement.

— Mon enfant chérie... Il y a des choses que l'on doit supporter... Celle-ci en est une... J'aurais voulu t'éviter ce malheur, j'aurais voulu te protéger contre le malheur... Mais ce n'est pas possible... Non... La seule chose que je puisse faire pour toi, c'est d'être là, d'être toujours là, pour t'aider...

— Oui... oui, je sais, papa.

Son visage était boursouflé et sillonné de larmes...

David reprit :

— Quand il n'y a plus d'espoir, il faut se résigner. Chacun de nous arrive tôt ou tard à la fin de l'espoir...

Il la berça encore, puis l'aida à se lever et fit de même. Gêné soudain, il ajouta :

— Il faut que ta mère te dise... Enfin que tu lui parles... Je... Moi je ne saurai pas...

Intriguée, Helena le regarda sortir... Elle regarda Rivka qui s'était réfugiée à l'autre bout de la pièce, et Rivka regardait sa fille, son Helena. Cette Helena si neuve, si terriblement neuve, cette Helena de seize ans, dont rien jusqu'à présent n'avait entamé la belle intégrité, et qui maintenant portait tous les stigmates du coup qu'elle avait reçu.

— Dieu ne se trompe jamais de victime !... soupira amèrement Rivka en recevant sa fille en pleurs dans ses bras.

Depuis longtemps, en fait depuis 1929, où Hitler avait été élu député au Bundestag, Rivka considérait qu'elle avait un compte personnel à régler avec Dieu et n'avait plus mis les pieds dans une synagogue, malgré les supplications de David.

— Maman ?...

— Oui, mon petit ? oui...

— Maman, pourquoi papa veut-il que je te parle ?...

Rivka rougit.

— Ma chérie... ton père voudrait savoir... et moi aussi, bien sûr, jusqu'où tu es allée avec Charles.

— Maman... il m'a demandé de passer la nuit avec lui... J'ai refusé parce que je t'avais promis de ne jamais le faire sans t'en parler auparavant... Maman, dis-moi la vérité... Est-ce que j'aurais dû accepter ?... Il est mort maintenant, tu comprends ?

Rivka se débattait, partagée entre le soulagement et la pitié.

— La vérité, maman ! Dis-moi la vérité ! Je te jure que jamais je n'irai avec un homme sans être mariée... Je t'en fais la promesse.

Rivka murmura alors :

— Il y a deux vérités. La première vérité est que ç'aurait été pour toi une chose terrible que de coucher avec un homme sans être mariée... Songe qu'un enfant aurait pu naître ! Ta vie entière aurait été perdue... Ça, c'est la première vérité... Mais il y a une autre vérité... une vérité de femme. Ç'aurait été pour toi l'un de tes plus beaux souvenirs. Il n'y a rien de plus merveilleux pour une femme que d'être aimée par un homme dont elle est amoureuse...

« J'aurais dû rester avec Charles ! pensa Helena. J'aurais dû... Plus jamais je n'aimerai comme j'ai aimé Charles... J'avais envie de rester avec lui... J'avais envie d'être contre lui, d'être possédée par lui... Maintenant il est trop tard... »

Le sens des mots « plus jamais » lui apparut pour la première fois. Un nouvel accès de douleur la courba en avant. Comme l'avait fait David quelques instants auparavant, Rivka berça sa fille contre elle.

— Là... là... pleure... pleure, mon petit...

Elle savait, elle, que la douleur irait en s'atténuant au fil des jours. Elle savait que si violent, si intense que pût être le chagrin qui frappe un jeune être de seize ans, il ne durerait pas toujours... Les jours succéderaient aux jours, les saisons aux saisons, la vie reprendrait ses droits, ses exigences... Mais elle savait aussi que de cette première blessure, une cicatrice resterait ouverte en plein cœur, douloureuse, éternelle...

1931-1933

Berta s'était mariée vers la fin de 1923 et, en avril 1931, elle avait déjà trois fils : Ernest, né en 1925 ; Friedrich, né en 1927 ; Karl, né en 1928 et enfin, une petite fille, Lorelei, née en février 1930. Le couple s'était installé dans un bel appartement de six pièces, au numéro 18 de la Prinzregentenstrasse, l'une des plus jolies rues de Munich. De la maigre jeune fille moderne aux cheveux courts, décidée, autoritaire et joyeuse, il ne restait plus qu'une mère de famille, passablement empâtée, toujours follement éprise de son « bolchevik », Salomon Weissman, lequel consentait à enseigner la physique et la chimie dans un lycée d'Etat, lorsque la politique, qu'il pratiquait d'une manière active et virile, lui en laissait le loisir. Il n'était pas rare qu'il vînt donner ses cours avec les yeux au beurre noir ou le nez pissant encore le sang... Berta et Salomon étaient heureux. Du moins, ils auraient pu être tout à fait heureux si Adolf Hitler avait pu mourir de la peste ou du choléra ou mieux, des deux à la fois ou — mieux encore — s'ils l'avaient eu, lui personnellement, quelques heures sous la main. Ils évoquaient alors avec délice, avec passion, ce qu'ils lui feraient subir, et c'étaient là de fort bons moments que le couple passait. Considérant que rien de mieux ne pouvait arriver sur la terre, Salomon avait adhéré au parti communiste. Il avait pris cette décision au lendemain du 1er mai, après que la répression ordonnée par le préfet de police Zörgiebel contre la manifestation interdite eut fait trente et un morts...

— Lorsque ce sont les partisans d'Hitler qui manifestent, hurla Salomon, écœuré, il n'y a pas de mort ! Mais lorsque ce sont des communistes...

Le lendemain matin, il prit sa carte du Parti et commença à se disputer âprement avec ses nouveaux camarades de cellule.

— Et la démocratie, hein ?... que faites-vous de la démocratie ?...

Berta, aussi frondeuse que son mari, prit également la carte du Parti. Sans grandes illusions.

— Là où tu iras j'irai..., lui dit-elle simplement.

Malheureusement pour Berta et Salomon, leur plus proche voisin, dans cette magnifique avenue Prinzregentenstrasse, était justement Adolf Hitler. Jusqu'en septembre 1931, lui et sa maîtresse, en fait sa nièce, Geli Raubal, vécurent dans un somptueux appartement de neuf pièces, faisant participer tout le voisinage à leurs querelles incessantes. Ce qui faisait dire à Berta, méprisante :

— Non seulement ces gens-là sont immondes, mais en plus ils sont vulgaires !...

Heureusement pour les voisins, mais malheureusement pour la jeune maîtresse d'Adolf Hitler, celle-ci fut assassinée en automne 1931 par les SA qui trouvaient que leur Führer se compromettait trop dangereusement avec sa nièce...

Ce qui rendait ce voisinage encore plus insupportable était le fait qu'une trentaine de SA étaient postés là, devant la porte, et qu'une dizaine de voitures avec chauffeur, plus somptueuses les unes que les autres, encombraient les rues...

Cette richesse affichée faisait dire à Salomon :

— D'où sort-il tant d'argent ? Qui paie ?... A qui profite le crime ?

Berta et Salomon, en ces années 1930, faisaient partie de ceux qui avaient lu *Mein Kampf* et prenaient l'ouvrage au sérieux. « C'est illisible, c'est écrit par un illettré, mais il faut faire attention à ce que cet illettré écrit. Ses menaces ne sont pas à prendre à la légère... » Et revenait l'éternelle question, répétitive, lancinante et qui restait sans réponse : « Qui finance les nazis ? D'où sortent-ils l'argent pour payer leurs publications, leurs matériel, voitures, locaux, voyages, imprimeries, affiches, propagande immense... Qui paie ? qui ?... »

Pour Salomon, la vraie source du danger était là. Dans les pourvoyeurs de fonds.

Il s'était formé un petit groupe autour de Salomon Weissman et de Berta. Outre Adèle et Ernest, avec lesquels ils entretenaient des rapports passionnels et conflictuels (de tout leur groupe, Ernest était le seul social-démocrate), il y avait un psychiatre, Abraham Stern, et, bien sûr, Haïm Lozwitzky, Mark Kirschbaum et Robert Kampf... Parfois, on invitait de charmantes personnes pour les trois célibataires, mais en pure perte... De quoi pouvait-on parler en ce mois d'avril 1931, sinon de politique ?...

En l'espace de quelques mois, la récession financière avait gagné l'Allemagne, et une vague de faillites sans précédent jeta dans les rues des chômeurs par millions... Les troupes d'assaut d'Hitler, les SA, pourchassaient les communistes et incidemment les juifs. Et lorsqu'ils avaient la chance d'avoir un juif communiste sous la main, ce dernier ne devait, la plupart du temps, son salut qu'à la présence de ses camarades. Les bagarres éclataient surtout de nuit... Le nazisme envahissait le corps social et s'étendait comme une lèpre. Manipulés par une formidable campagne d'intoxication, c'étaient surtout la petite bourgeoisie, les petits commerçants qui soutenaient les nazis.

Les SA étaient maîtres de la rue. « Il faut que le sang soit répandu !... » hurlaient-ils en marchant au pas cadencé. « Bien sûr qu'il le sera !... Le Führer nous l'a promis !... Pour la grandeur de l'Allemagne !... »

Hitler, Schleicher, Mussolini, Horthy, Goering, Goebbels, Himmler, Thyssen, Krupp claironnaient haut et fort leurs intentions de génocide. Il fallait vraiment se boucher les oreilles pour ne pas les entendre éructer, et se mettre un bandeau sur les yeux pour ne pas les voir s'armer jusqu'aux dents. Que personne dans le monde n'ait été frappé par le caractère taré, pervers, pourri, de ces gens-là confinait à l'aveuglement volontaire. Soit les dirigeants des pays « libres » savaient et leur silence tenait de la stupidité ou de la complicité, soit ils ignoraient : et l'on pouvait alors légitimement se demander ce qu'ils faisaient à la tête d'un gouvernement, quel que fût ce gouvernement.

Les gens dignes et respectables, les démocrates, l'honnêteté et la morale étaient tournés en dérision... A Vienne, à Rome, à Paris, à Berlin, à Londres, il valait mieux, pour être admis dans certains milieux de grands bourgeois ou de hauts fonctionnaires, faire preuve de cynisme, de cruauté élégante et de perversité... La démocratie, faible et corrompue, n'offrait plus aucune garantie d'honorabilité ni même de décence. Et tous acceptaient la domination de ce petit homme brun à la moustache ridicule, à la voix nasillarde, qui hurlait dans un micro de la radio allemande : « ... Nous aurons du travail, une monnaie saine, de quoi manger, et nous détruirons les bolchevistes, les capitalistes... Nous exterminerons tous les juifs de la surface du globe... Et pour les vrais Allemands, ce sera enfin l'accès à la richesse, au pouvoir, à la civilisation aryenne... »

— Je suis sûr que si les nazis n'avaient plus d'argent, ils s'effondreraient sur eux-mêmes comme un tas de détritus..., disait Salomon. Il faudrait créer une commission d'enquête pour savoir exactement d'où ils le sortent...

— Une commission d'enquête dirigée par qui ? ricanait Berta. Je parie que l'ensemble du Bundestag ferme les yeux.

— Oh ! c'est facile à savoir !... Même pas besoin de commission d'enquête. Krupp, Thyssen et compagnie donnent autant d'argent que les nazis en réclament ! Ils préfèrent financer un parti qui, imaginent-ils, les protégera du communisme plutôt qu'augmenter leurs ouvriers ou les assurer contre le chômage. Souvenez-vous donc : en automne 1925, Hitler s'est opposé à ce que les sociaux-démocrates exproprient les nobles...

— Si je comprends ce que parler veut dire..., ricanait Robert Kampf, nos grands industriels sont très intéressés par les nazis...

— Exact ! ripostait Salomon.

— Enfin voyons ! protestait Abraham Stern, l'un des nombreux amis de Salomon Weissman. Quel homme à l'intelligence normale peut prendre au sérieux un livre comme *Mein Kampf,* une espèce de salmigondis écrit par un inculte et un névropathe qui, à mon avis, voue un culte à la beauté aryenne parce que, en se regardant dans la glace chaque matin, il a des haut-le-cœur... Un culte à la beauté des hommes aryens ! Il ne faut pas prendre au sérieux ce genre de torchon : son auteur disparaîtra sans laisser de traces... Je pense que cet Adolf Hitler est un homosexuel refoulé... D'ailleurs, regarde son entourage et tu comprendras.

— Tu es fou, Abraham ! Tu oublies les bandes armées qu'il est en train de constituer ! Il les choisit parmi les jeunes gens les plus bornés, les plus stupides, ceux qui viennent des bas-fonds de la société et qui, peut-être, ont conscience qu'ils sont des crétins, mais se disent que cent crétins unis peuvent imposer leur loi à dix intellectuels humanistes... Et l'ennui, l'ennui, vois-tu, c'est qu'ils ne sont pas cent... Ils sont mille, dix mille, cent mille... C'est un raz de marée de bêtise, de violence et de force aveugles qui va déferler sur l'Allemagne et sur l'Europe...

— Salomon le pessimiste !

— Peut-être... Mais Hitler a en main toutes les structures d'un futur Etat nazi !... Que demain il prenne le pouvoir d'une manière ou d'une autre, et sa bande est en place, prête à fonctionner... Des hommes qu'il a façonnés lui-même...

— Des drogués, des pervers, des souteneurs, des assassins, des voleurs... Tous méritent la prison d'une manière ou d'une autre...

— Des hommes prêts à prendre le pouvoir et à assouvir leurs instincts en toute impunité.

Sur ce seul point, Ernest Gutman emportait l'adhésion de tous... Il était rare que la soirée ne se terminât pas par une violente querelle entre Salomon et Ernest, chacun accusant l'autre d'être responsable de l'irrésistible ascension d'Adolf Hitler... En réalité, les deux beaux-frères s'aimaient beaucoup, mais pour rien au monde ils n'auraient failli au rite de ces querelles revigorantes...

— Je te tiens pour personnellement responsable de la Deuxième Guerre mondiale, si jamais elle éclate !...

— Et moi je te tiens pour personnellement responsable de la venue d'Hitler... toi et tes camarades communistes !...

C'est en 1927 qu'Adèle et Ernest Gutman étaient venus rejoindre Berta et Salomon à Munich. Ernest, muni de son diplôme de médecin, installa un cabinet de gynécologie. Cette spécialité qu'avait choisie Ernest rendait Adèle à demi folle de jalousie. Elle guettait chaque cliente et, à peine celle-ci partie, faisait d'abominables scènes à son mari.

— Tu lui as mis ton doigt dans « ce que je pense » plus longtemps qu'à celle qui était avant elle !... gémissait-elle, en larmes.

Et Ernest :

— Mais mon petit cœur ! Elle est sur le point d'accoucher !

Alors, Adèle :

— On dit ça !... on dit ça... Pourquoi ne pas changer de spécialité ?... Rhumatologue par exemple ?... C'est très bien, la rhumatologie !

Ernest haussait les épaules, faisait appeler la cliente suivante, tout en sachant qu'Adèle était tapie derrière la porte de son bureau l'oreille collée au battant, quand ce n'était pas l'œil rivé à la serrure. Les scènes de sa femme ne le gênaient nullement. Au contraire, il était ravi et flatté de ces débordements passionnels. « Ma femme m'aime... cela est indéniable... », se disait-il. Et il reconnaissait volontiers que si jamais il surprenait Adèle touchant un homme comme lui-même touchait ses clientes, il n'hésiterait pas à tuer. Vaguement effrayé par la violence de ses sentiments, il se contentait de penser : « Nous nous aimons, voilà tout... »

Les deux couples se voyaient souvent, et c'est chez les uns ou les autres que Haïm, Robert et Mark prenaient leurs repas du shabbat. Ils respectaient le shabbat, mais pas pour des raisons religieuses. Aucun d'entre eux n'observait plus le moindre rite. Pourtant, depuis l'arrivée des couples Weissman et Gutman à Munich, savoir que dans l'un ou l'autre foyer il y avait, le vendredi soir, tous les vendredis soir, une table illuminée de bougies, chargée de *gefillte fisch,* de *halla,* de bouillon de poule avec des *kneidelè'hr,* c'était comme une oasis de lumière et de chaleur dans la solitude des trois hommes.

Pessah 1932 eut lieu à la fin du mois d'avril. Les trois hommes allaient passer les fêtes chez Berta et Salomon. Lorsqu'il apprit qu'Helena Langer y serait présente, Haïm sentit son cœur battre et une joie bizarre l'envahit. Il ne l'avait pas revue depuis plus d'un an, et souvent il se demandait ce qu'elle était devenue. Lui-même n'avait pas pu se rendre à Auschwitz comme il le faisait avant la crise. Les temps étaient trop durs pour qu'il pût s'absenter. Certes, il avait régulièrement des nouvelles de la jeune fille par Berta ou Adèle qui parfois lançaient au hasard d'une conversation : « Helena va mieux... Elle reprend goût à la vie... Maman pense qu'un changement d'atmosphère ne peut que lui être profitable. Elle est allée à Varsovie chez Aaron et Clara, et je pense que nous les aurons ici pour *Pessah...* » Ou bien c'était : « Maman a tort de s'opposer à la vocation d'Helena. Ma petite sœur a vraiment du talent. Ida a raison de l'encourager à persévérer... Il n'y a que dans ce métier qu'elle peut trouver une consolation... Il paraît que cela crée à la maison des discussions sans fin... » Ou alors, parfois, c'était : « Helena a été demandée en mariage par un garçon très bien, le fils du rabbin Cohen... — Et alors ? demandait Haïm. Va-t-elle accepter si tôt après la mort de ce pauvre Charles ? — Non. Bien sûr que non. Helena refuse toutes les propositions de mariage. Cela rend maman furieuse... — Elle est vraiment trop jeune pour se marier... », répondait alors Haïm, soulagé, heureux, et qui, pour manifester sa bonne humeur, ne se faisait pas prier pour chanter son air favori, qui était alors « Céleste Aïda » et qui finissait sur un contre-ut à faire éclater les vitres...

Fort heureusement, ce jour-là les fenêtres étaient ouvertes, ce qui permit au jeune homme d'entendre les applaudissements d'un petit groupe de personnes qui s'étaient attroupées dans la rue pour mieux l'écouter chanter.

— Vraiment, Haïm..., dit Salomon en bourrant sa pipe, tu devrais faire quelque chose dans le chant, passer une audition... Tente ta chance. Avec une voix pareille, c'est criminel de ne rien faire...

— C'est cela, mon ami, expliquait invariablement Haïm, à bientôt trente ans, sans papiers légaux, je vais tout abandonner pour tenter ma chance à l'Opéra... Soyons réaliste, que diable, comme dit ta belle-sœur, cette chère Ida, c'est là une carrière à laquelle je ne dois pas songer... Je le regrette, bien sûr, je le regrette amèrement, mais que faire ?...

Finalement, malgré la dureté des temps, le petit clan Weissman ne pouvait se considérer comme le plus malheureux. S'ils n'étaient pas riches, tous travaillaient, mangeaient à leur faim et avaient un toit sur la tête. Les enfants de Berta et ceux d'Adèle allaient dans une école juive privée. Et il n'y avait aucun film, aucune pièce de théâtre, aucun concert, aucun opéra dont ils ne fussent au courant. Ils s'y rendaient tous ensemble, et ensuite allaient souper au café Stephanie où ils rejoignaient d'autres amis... Bien sûr, il y avait les SA. « Mais..., comme disait Haïm, il nous arrive de marcher dans une crotte de chien et nous ne nous en portons pas plus mal... Considérons que, lorsque nous croisons un SA, c'est comme si l'on marchait dans de la merde. On essuie sa chaussure et on pense à autre chose... »

C'était cela qu'ils pensaient tous, les Salomon et Berta Weissman, les Adèle et Ernest Gutman, les Haïm Lozwitzky, Robert Kampf, Mark Kirschbaum, Abraham Stern... et tous ceux qu'ils retrouvaient au café Stephanie.

Avril 1932 s'annonçait magnifique. Et ce jour-là, pour le premier *seder*, il faisait particulièrement beau. L'air était frais et parfumé, et Haïm, Robert et Mark riaient, en se rendant chez Berta et Salomon Weissman. Ils marchaient dans les rues de Munich, s'amusant de tout et de rien... Pour un peu, ils en auraient oublié les SA, Adolf Hitler, les bagarres quotidiennes, les vitrines des boutiques juives systématiquement cassées. Pour un soir, les trois jeunes gens voulaient penser qu'ils vivaient parmi des hommes et non parmi des porcs. C'était difficile à admettre. Mais pour un soir... ce n'était pas de l'ordre de l'impossible.

Une voiture était immobilisée devant l'entrée de l'immeuble de Berta et Salomon. Une splendide voiture américaine. Une Cadillac. Stupéfaits, les trois hommes tournèrent autour de la voiture d'un beau rouge rutilant... Un rêve ! Un vrai rêve. Des pare-chocs étincelants, des coussins en cuir. Une Cadillac !... Eblouis, Haïm, Robert et Mark commentaient chaque détail, sans s'être rendu compte qu'à l'intérieur Helena Langer prenait des poses, comme elle l'avait vu faire dans les films. Elle avait aperçu les trois jeunes gens et, plutôt que de sortir les accueillir, elle jouait à la star blasée, son visage dévoré par des lunettes noires...

— Une merveille ! une pure merveille..., disait Haïm en caressant le capot d'une main amoureuse.

— Cela ne vaut pas la Panhard-Levassor..., dit Robert Kampf. Pour ma part, Je trouve ces voitures américaines un peu tape-à-l'œil... La Panhard-Levassor, ça c'est une voiture !

— Rien ne vaut la Mercedes..., déclara Mark. Une bonne Mercedes ou, à la rigueur, à l'extrême rigueur, une Hotchkiss...

— Vous n'y connaissez rien ni l'un ni l'autre..., grommela Haïm qui sentait la moutarde lui picoter le nez. Je vous laisse toutes vos Panhard-Levassor ou vos Mercedes pour une voiture américaine !... Une belle voiture américaine ou alors... alors oui, là, d'accord, une Delahaye, une Delahaye noire avec des coussins de cuir vert... Qu'en dites-vous ?

Ses deux acolytes acquiescèrent bruyamment. Ils étaient tout à fait d'accord pour une belle Delahaye noire avec des coussins verts, et tout à fait d'accord pour l'acheter dès que les traites en retard seraient payées, le prêt bancaire remboursé et que « Les Frivolités parisiennes » ne seraient plus systématiquement saccagées par les SA...

— En 1935 ou 1936 peut-être ?... Pourras-tu attendre jusque-là, Haïm ? ricanait Robert.

Ils riaient de leurs blagues, quand la porte de la voiture s'ouvrit comme par enchantement et qu'Helena en sortit, rouge de colère. Depuis un bon moment qu'elle était là dans la voiture, avec ses poses... L'admiration que les trois hommes manifestaient pour la voiture l'avait d'abord amusée, puis énervée et finalement remplie de fureur.

— Deux jours de voyage pour entendre de telles bêtises à propos d'une voiture !...

L'oreille basse, les trois hommes aidèrent Helena à sortir de la Cadillac... et lui demandèrent ce qu'elle venait faire à Munich en si magnifique équipage, si elle avait fait bon voyage, si elle était venue seule, ce qui était idiot vu qu'elle ne savait sans doute pas conduire, et que cette voiture ne pouvait lui appartenir.

Maintenant Helena souriait... Elle n'était pas dupe de cet afflux de compliments. En fait, cette Cadillac appartenait à Aaron qui, par une série de trocs commencée lorsqu'il avait treize ans avec ses cadeaux de *bar-mitsva*, puis ses cadeaux de mariage, était arrivé à posséder cette splendide voiture qui marchait le plus souvent avec de drôles de mélanges d'alcool et de détachant à base de térébenthine, ou bien restait au garage, faute d'essence. C'était devenu la fierté de la famille Langer... Aaron et Clara étaient venus ensemble de Varsovie jusqu'à Auschwitz, puis ils avaient embarqué Helena. Ensuite, Bratislava, Prague (il fallait bien montrer la voiture à Jacob)... et Munich, toujours pour la même raison : présenter la Cadillac.

— Aaron et Clara sont allés chercher Berta et Salomon pour nous aider à décharger la voiture..., expliqua Helena. Moi, je garde les bagages...

Munich avait bien changé en quelques mois... Ce fut la première constatation d'Helena. Maintenant, le crépuscule envahissait les rues brumeuses et désertes. Par moments, des petites averses balayaient l'atmosphère de fraîcheur humide, puis le ciel redevenait clair. Mais

Helena n'arrivait pas à savoir ce qui avait changé à Munich. Perplexe, elle regardait autour d'elle. Un peu plus loin, la garde prétorienne d'Adolf Hitler faisait les cent pas devant le porche de la maison.

L'année dernière à la même époque, lorsqu'elle était venue voir Berta et Adèle, la ville était si animée qu'on aurait dit un jour de fête..., songea-t-elle. Aujourd'hui, la ville avait l'air déserte.

— Qui sont ces gens ? demanda-t-elle. Que font-ils ici ?

Haïm ricana :

— Les sbires d'Hitler... Il habite ici.

A peine avait-il prononcé ces mots que Berta, Salomon, Aaron et Clara parurent sur le seuil de la porte, visiblement inquiets.

— Helena ?... Mais que se passe-t-il ?... Pourquoi n'es-tu pas montée avec Aaron et Clara ?

Puis, apercevant les trois hommes, un vif soulagement se peignit sur les visages.

— Ah ! c'était donc vous... Nous avons eu si peur !... Allons, montez ! montez vite ! Il ne faut pas vous attarder dans la rue ! Nous étions morts de peur !

— Peur ? s'étonna Helena. Peur ? Mais de quoi ?... J'étais censée garder les valises...

Vivement Berta répliqua :

— Je t'expliquerai. Ne restons pas dehors... Un mauvais coup est si vite arrivé... Nous allons décharger la voiture.

Elle s'arrêta un instant devant la Cadillac et elle eut son sourire d'autrefois.

— C'est une bien belle voiture..., commença-t-elle.

A cet instant, des chœurs d'hommes résonnèrent dans les rues adjacentes. Chœurs martelés par le bruit de bottes claquant en cadence sur les pavés...

Fasciné, le petit groupe contemplait ces très jeunes hommes, vêtus de chemises brunes, chaussés de bottes reluisantes, qui marchaient au pas. Des voitures chargées de policiers les accompagnaient... Au passage de la troupe, les passants s'immobilisaient et levaient le bras droit, paume dirigée vers le sol. Le salut fasciste... Cela venait de toutes les rues et s'arrêtait devant la maison d'Hitler, piétinant sur place, marquant le pas... Des cris retentirent alors : *Heil... Hitler ! Heil... Hitler !*

Puis le chant des Sections d'assaut s'éleva :

Haut le drapeau !
En rangs serrés
les Sections d'assaut
défilent d'un pas ferme et décidé...

Aucun des membres de la famille Langer-Weissman et de leurs amis ne bougeait. Ils écoutaient ces vers de mirliton composés par Horst Wessel, un souteneur notoire assassiné par l'un de ses pairs et que, fort habilement, Goebbels avait transformé en héros assassiné par un communiste...

— Un tas de merde ! soupira Salomon à voix basse. Ils en ont la couleur, l'odeur et la consistance. Un véritable tas de merde.

— Chut ! dit Berta, mal à l'aise et regardant autour d'elle d'un air effrayé. Ne parle pas ainsi... Tu ne sais pas qui peut nous entendre... Montons ! Montons chez nous... vite ! Pour l'amour du ciel !...

Chacun portant, qui un sac, qui une valise, ils grimpèrent les deux étages.

La terreur de Berta — Berta qui avait toute sa vie été si courageuse, si forte, à qui toute la famille se raccrochait pour puiser un peu de cette force et de ce courage lorsque tout allait mal — mit Helena en alerte...

— Pourquoi font-ils de telles manifestations ? demanda-t-elle.

— Ils préparent l'anniversaire d'Adolf... De grandes manifestations sont prévues. Dans dix jours, leur Führer bien-aimé aura un an de plus... Et nous préparons le *seder* demain soir... Demain nous célébrons la Pâque.

Haïm lança d'une voix amusée :

— Il y a quatre mille ans, nos ancêtres quittaient l'Egypte... Où est le Moïse qui nous sortira d'Allemagne ?

Puis, plus gravement, Il ajouta :

— Demain, c'est le premier *seder*... Cela fait des années que je n'ai pas assisté à un *seder*...

— Ni moi, dit Robert Kampf.

— Ni moi, fit Mark Kirschbaum en écho. Merci de nous avoir invités, Berta. Que peut-on faire pour vous faire plaisir ?

— Eh bien, répondit lentement Berta, avant le *seder,* allez donc faire un tour à la synagogue. Pour une fois... cela ne vous fera pas de mal !

Le lendemain soir, dans la grande salle à manger de Berta, le couvert était dressé pour le premier *seder*. Le chandelier et l'argenterie étincelaient. Berta avait dressé la table avec la vaisselle spéciale réservée aux fêtes de la Pâque. La maîtresse de maison était toute rouge de son long séjour dans la cuisine où mijotaient les plats traditionnels. L'odeur du bouillon de poule se mêlait à celle du *gefillte fisch*. Les enfants de Berta, Ernest, Friedrich, Karl, et Lorelei, la petite dernière, regardaient autour d'eux avec émerveillement. Toute la journée avait été consacrée à la préparation du *seder*. A présent, les femmes, Berta, Adèle, Helena et Clara, s'activaient à leur toilette. Elles arboraient ce soir-là les toilettes neuves de rigueur et s'entraidaient en riant. La petite Lorelei entra en courant dans la chambre de sa mère.

Helena la saisit dans ses bras et la couvrit de baisers.

— Quel amour !... mon joli bébé... Elle embellit de mois en mois.

Elle se sentait heureuse. Depuis plus d'un an, depuis la mort de Charles, pour la première fois elle se sentait heureuse, sans savoir pourquoi.

Ce soir d'avril 1932, les hommes étaient allés à la synagogue, ce qu'ils n'avaient pas fait depuis des années. Maintenant, ils étaient tous là dans la grande salle à manger de Berta et Salomon, et commençaient les prières de *Pessah* selon le rite ancestral. Malheureusement, aucun des membres de l'auguste assemblée ne se souvenait avec exactitude de l'ordonnance exacte des rites... Salomon récitait tant bien que mal les différentes prières. Son hébreu était hésitant et, ce qui n'arrangeait rien, il était souvent interrompu par l'un des convives qui lui disait : « Mais ce n'est pas comme ça !... Je me souviens, quand j'étais enfant, mon père disait... » Mais tous avaient des souvenirs contradictoires. « Ça promet ! » pensa Berta. Puis elle intima le silence, en conseillant à Salomon de poursuivre aussi vite que possible.

A l'aide d'une cruche d'argent, le petit Ernest, tout gonflé d'importance, versa de l'eau sur les mains de son père, et ce dernier commença dans un silence religieux :

— *Barouh... Ata Adonaï Elohenou Meleh Haolom...*

Tout en psalmodiant les prières, Salomon remplissait les verres de vin, la première des quatre coupes prescrites pour la soirée pascale.

Parfois Salomon, trahi par sa mémoire, se trompait. Cela provoquait quelques fous rires intempestifs, mais il réclamait aussitôt le silence avec sévérité et reprenait ses prières :

— *Béni sois-Tu, Seigneur notre Dieu, qui nous as fait vivre, nous as maintenus et nous as permis d'atteindre cet instant...* A quel moment doit-on distribuer les herbes amères ? chuchota-t-il à Berta qui fit un geste d'ignorance. Bon... Je les donnerai après le bouillon, ça passera mieux.

Après les prières, le repas put commencer, et bien entendu il ne fut question que d'Adolf Hitler et de sa clique.

— Ces nazis..., dit avec mépris Mark Kirschbaum — qui avait déjà eu maille à partir avec les SA —, se vantent d'avoir inventé un type de vie qui corresponde aux besoins de l'humanité... Quel blasphème !... Comment le rebut de l'humanité peut-il prétendre enseigner l'art de vivre aux hommes ? Thomas Mann affirme que la civilisation court à sa perte.

Salomon découpait les poulets, tandis que Berta lui passait les assiettes.

Ernest Gutman en profita pour prendre la parole :

— Les nazis obéissent à trois principes : haine, tyrannie et mensonge... C'est cela. Haine, tyrannie et mensonge... Pourquoi le peuple allemand marche-t-il ?... Le peuple de Goethe, de Schiller, de Beethoven, de Schumann... Pourquoi le peuple allemand a-t-il renoncé à ce qui faisait sa fierté ? Qui peut expliquer cela ?

— Est-ce toi, espèce de social-démocrate qui parles

ainsi ? s'exclama Salomon, oubliant qu'il avait promis à Berta de ne pas interpeller son beau-frère sur la politique. Vous autres, sociaux-démocrates, ne savez tenir que des discours stériles et vous opposer à nous...

— Parce que vous autres, communistes, vous faites le lit d'Hitler !...

— Allons ! Allons ! dit Berta. Pas de discussions politiques ce soir !... Salomon, dis les prières, je te prie ! Et sans te tromper...

Après avoir lancé un regard noir à Ernest, Salomon lui tendit un morceau de *matza* en signe de paix.

— *Barouh... A ta Adonaï...*, marmonna-t-il.

Lorsque l'intermède religieux fut terminé, Robert Kampf revint à la charge :

— Je ne suis pas d'accord avec toi, Ernest. Le peuple allemand n'est pas perdu dans son ensemble ! Il y a plus de cinq cent mille communistes allemands, plus de cinq millions de sociaux-démocrates... même si ces sociaux-démocrates sont réduits à l'impuissance. Crois-tu vraiment qu'une poignée de tarés, dirigés par un névropathe, puisse représenter un danger réel ? Le peuple se ressaisira lorsqu'il verra qui sont exactement ceux qu'il encense aujourd'hui. Allons, tout de même ! Hindenburg vient d'être élu au Bundestag !

Salomon réclama le silence. Il distribuait la *matza* avec les herbes amères...

Après chaque prière, la conversation reprenait sur le même thème. L'homme libéré du travail par le communisme, libéré de la tyrannie par l'intelligence, libéré de la religion par l'éducation... Tous ces libres penseurs qui durant des années avaient rejeté les traditions de leurs ancêtres, qui se trompaient dans l'ordonnance des rites religieux, qui donnaient les herbes amères au mauvais moment, qui marmonnaient les prières dans un hébreu approximatif, mâtiné de yiddish, tous y revenaient en ce soir d'avril, beau et menaçant. Ils se raccrochaient aux rites ancestraux comme à des bouées de sauvetage... Vers la fin du repas, ils avaient bu beaucoup plus que les quatre coupes de vin rituelles et la conversation, fort animée, n'avait plus rien de religieux.

Salomon réclama le silence :

— Voilà la fin du *seder*... Mes frères, mes sœurs, reprenez après moi... *Shema Israël Adonaï Elohenou*... Ernest, mon fils, va ouvrir la porte pour laisser entrer le prophète Elie.

Le petit garçon se précipita et ouvrit la porte de la salle à manger. Puis, effrayé, il alla se blottir sur les genoux d'Helena, sa tante préférée.

— Qui c'est, ça, le prophète Elie ? chuchota-t-il, apeuré, tout en regardant la porte ouverte sur le salon.

Ce fut Haïm qui répondit :

— Celui qui viendra nous délivrer d'Hitler...

Un silence général succéda au bruit des conversations, au cliquetis de l'argenterie.

— Nous délivrer d'Hitler ? soupira Mark. Un prophète n'y suffira pas... Il nous faut Moïse lui-même.

— Ou peut-être... Dieu ?... chuchota Clara qui jusqu'alors n'avait rien dit.

Clara était enceinte de six mois... Et son souhait le plus cher était que son enfant ne naquît ni à Varsovie, où les études d'Aaron les obligeaient à séjourner, ni à Auschwitz, mais à Paris ou à New York. Partir. Elle ne pensait qu'à cela. Partir...

Devant les visages qui devenaient graves et pensifs, Robert Kampf se leva et lança :

— Mes frères, mes sœurs... Savez-vous ce qu'il y a de plus sinistre au monde ?

— Un verre vide ! dit Aaron, pince-sans-rire.

Robert fit un geste dédaigneux, en direction d'Aaron.

— Ce qu'il y a de plus déshonorant au monde, pour un homme sage et intelligent ou qui prétend l'être, c'est être un faiseur d'esprit... Le plus sinistre, c'est le temps qui passe, le temps... Ce moment que nous vivons, que nous gâchons en vains bavardages, ce temps si précieux...

— Robert ! interrompit Mark, combien de verres de vin as-tu bus ?

Robert réfléchit.

C'est le petit Ernest qui précisa :

— Sept ! Je les ai comptés...

Robert se rassit et resta songeur.

— Sept coupes de vin... Puis-je en boire une huitième ?

— Pourquoi ? demanda Haïm en riant.

— Pour ne plus penser. Penser est la maladie la plus grave du monde. C'est une maladie incurable... Je bois à ta santé, Haïm. Si je ne t'avais pas connu il y a... longtemps, jamais je n'aurais rencontré une si sympathique famille, bien qu'ils soient tous communistes... Et jamais je n'aurais rencontré cette délicieuse jeune fille qui est assise à tes côtés, ce que je trouve profondément injuste... Helena ! savez-vous à quoi vous me faites penser ?... A un joli nénuphar flottant sur l'eau...

— Eh là ! dit Haïm, Helena, fermez vos oreilles !... Ce balourd va vous faire des compliments qui n'auront pas mon agrément.

Helena riait, joyeuse.

— Ne vous disputez pas un soir de *Pessah* !...

— Vous avez raison..., dit Haïm. Ne nous disputons pas un soir de *Pessah*... Mais le premier qui s'avise de vous courtiser, je lui règle son compte... Sans nous disputer d'aucune manière !...

Salomon se leva et derechef réclama le silence. Il récita les dernières prières. Tout doucement, la main de Haïm se posa sur celle d'Helena et la serra... Oui, en vérité, le *seder* d'avril 1932 fut un beau *seder*.

Le lendemain, le second *seder* eut lieu chez Adèle et Ernest. On y retrouva même menu, même table magnifiquement dressée, mêmes convives, mêmes prières... et même sujet de conversation. Ce n'est que le troisième jour après son arrivée que Haïm eut le temps de venir bavarder avec Helena. Quelque chose chez la jeune fille le séduisait, l'émouvait, sans qu'il pût mettre un nom sur ce qu'il éprouvait... Elle le déconcertait toujours. Elle était si différente des jeunes femmes qui peuplaient leur solitude, à lui et à ses amis...

Il l'emmena dans la brasserie où il avait coutume de se rendre. Le café Stéphanie était plein ce soir-là. Haïm y retrouva tous ceux qu'il appelait sa famille. Outre

Robert, Mark, il y avait là Joseph Rozenthal, le journaliste, Friedrich Glassman, futur grand acteur devant l'Eternel... et d'autres encore... Futurs médecins, futurs professeurs de faculté, tous plus ou moins désargentés... Tous, comme lui, déjà blessés à vie. Un instant, il craignit leurs quolibets et leurs rires. Mais Helena sut les conquérir. « D'ailleurs, elle n'a qu'à sourire et le monde entier est à ses pieds », pensa Haïm.

Après avoir raccompagné Helena chez sa sœur, Haïm marcha, les rues étaient désertes, silencieuses, l'air chargé d'effluves humides. Il n'avait plus envie de rentrer chez lui, dans sa chambre froide, déserte, sinistre maintenant... Il préféra retrouver la chaleur du café Stéphanie, ses amis, sa vie...

Robert et Mark riaient. Chacun d'eux avait une jeune personne sur les genoux. Haïm les connaissait. Elles étaient modèles, posaient pour des peintres, pour des photographes. Elles étaient jolies, maigres et rieuses... Avec elles, pas de problème. C'était oui ou c'était non, suivant leur humeur. Visiblement, ce soir-là, c'était oui avec Robert et Mark.

— Alors, tu as raccompagné la petite sœur ? demanda Robert.

— Oui..., répondit Haïm.

Il hésita un long moment, puis jeta :

— ... Dis-moi, Mark. Toi qui es un grand spécialiste de l'amour, j'aimerais savoir, l'amour rend-il toujours idiot ?

— Idiot ?

— Mais oui... idiot !

— Idiot ? Comment ça idiot ? Tu me traites d'idiot ?

— Mais non !... espèce d'i... Ah !... et puis ça va...

— Ça va ! Ça va... J'ai compris ! Que veux-tu dire exactement avec ton idiot ?

— Eh bien, comme si on était soudain devenu stupide et complètement ivre... On parle sans arrêt et on ne dit que des bêtises, on se vante, on cherche à tromper, on rit bêtement.

— Ça va, j'ai compris ! dit Robert. Mark ! je crois bien que notre modéliste est amoureux !

— De la petite Helena ?... demanda Mark innocemment. Cette belle petite vierge dans les pattes de notre Don Juan ! Ciel !... Il faut empêcher cela !

— Idiot !... va, dit Haïm en riant. Espèce d'idiot !...

Sur ce, un quidam qui depuis quelques minutes écoutait de toutes ses oreilles demanda :

— Mais qu'avez-vous donc à vous traiter d'idiots ? Pourquoi faites-vous cela ? Cela n'est pas convenable.

Un fou rire général plia les jeunes gens en deux...

— ...Parce que c'est le printemps..., hoqueta Haïm. Et que le printemps nous rend tout particulièrement idiots...

Helena revint de Munich changée au-delà de tout ce qu'on pouvait imaginer. Sur les instances de Berta, elle était restée quinze jours de plus dans la capitale bavaroise.

Elle arriva par le train du soir après avoir voyagé toute la journée, sans prévenir de l'heure ; en la voyant, David et Rivka, stupéfaits, se levèrent d'un seul mouvement, tandis qu'Helena enlevait son chapeau et son manteau. Le choc fut si violent que Rivka resta sans voix, tandis que David demandait d'une voix complètement détimbrée par la colère :

— Tes cheveux ! Qu'as-tu fait de tes cheveux ?...

Les épaisses tresses noires qui lui tombaient jusqu'aux reins avaient été coupées au-dessous des oreilles, dégageant un cou mince et droit, bien posé sur des épaules joliment dessinées.

— Tes cheveux ?... répéta David. Qu'as-tu fait de tes cheveux ? Qui t'a permis ?

David était furieux. Que *sa* fille ait eu l'audace de prendre une telle décision sans, au préalable, en demander l'autorisation à son père (qui d'ailleurs l'aurait refusée tout net, arguant qu'elle n'était encore qu'une petite fille) le rendait enragé. Il alla droit au fait.

— Qu'est-ce que Berta a bien pu te faire ? Quelles idées t'a-t-elle mises en tête ?

Son étonnement était fondé, si ce n'était sa colère. Helena s'était métamorphosée. La petite jeune fille timide aux tresses noires partie deux mois plus tôt s'était transformée en une ravissante jeune fille de dix-huit ans, dont les crans bien serrés, noirs et brillants, encadraient un visage d'une surprenante beauté... La peau très blanche, les yeux noirs, vifs, bien fendus, les traits d'une parfaite régularité, il n'y avait plus une trace d'enfance en Helena. Il ne restait pratiquement plus rien de son allure provinciale. Pas très grande, mais bien proportionnée, elle portait un tailleur gris clair, dans un tissu appelé « prince-de-galles », d'une coupe moderne. Ce fut cela qui alarma sa mère comme si sa fille s'était échappée vers le monde des écrivains, des artistes, du cinéma, ce monde horrible qu'incarnait l'entourage de Berta. Ce tailleur venait visiblement d'une grande maison de couture.

— D'où tiens-tu ce tailleur ? demanda-t-elle.

— C'est Berta qui me l'a offert. Elle s'habille dans la maison de couture de Haïm Lozwitzky et de ses associés, Robert Kampf et Mark Kirschbaum... Voyons, maman, tu les connais !... Ils sont si fiers de la réussite de leur maison de couture ! C'est Haïm qui crée les modèles. Tous les grands bourgeois de Munich viennent s'habiller chez eux... N'est-ce pas qu'il me va bien ?

Helena tournait sur elle-même, ravie de faire diversion.

— Oui... oui... c'est vraiment un joli tailleur. Peut-être un peu « dame » pour toi ?

— Mais non ! s'écria Helena avec impatience. Toutes les femmes chics portent un tailleur...

— Quand je pense, dit mélancoliquement Rivka, tout en s'efforçant de sourire, que, voici deux mois, j'ai laissé partir une petite fille et que je vois revenir une grande personne... Voilà ce que Berta a fait de toi !...

Helena haussa les épaules et prit un air renfrogné.

— Je ne suis plus une petite fille !... dit-elle. Et..., ajouta-t-elle en lançant un regard de défi à son père, qui s'était posté devant la fenêtre grande ouverte et faisait mine d'ignorer les deux femmes, je n'ai pas d'autorisation à demander pour choisir la coiffure qui me plaît ! A dix-huit ans, on a le droit de choisir seule !

Offensé, David détourna la tête.

— Dis à ta fille que je ne lui adresserai la parole que lorsque ses cheveux auront repris leur longueur normale !... dit-il froidement à Rivka.

Puis il sortit de la pièce en faisant violemment claquer la porte derrière lui.

Restées seules, les deux femmes échangèrent un sourire complice.

— Ton père se calmera dès que tu lui demanderas pardon et que tu t'excuseras, dit Rivka. C'est Berta qui t'a conseillée pour ta coiffure ?... Et pour ton tailleur ?... Il est très beau, je le reconnais. Et il te va remarquablement bien... Berta a toujours eu beaucoup de goût. Alors ?... C'est Berta ?

— Oui... Elle s'est moquée de moi et de mes tresses lorsque je lui ai dit...

Elle s'interrompit en se mordant les lèvres. Comme elle regrettait, en cet instant précis, l'absence de sa sœur Ida ! Ida aurait su dénouer cette scène absurde. Elle aurait ri avec insolence, aurait rabroué son père en l'embrassant, aurait dit à sa mère : « Laisse donc, maman ! tu n'y connais rien !... » Et Rivka aurait souri, soudain désarmée. Pourquoi elle, Helena, ne pouvait-elle se défaire du sentiment curieux que si elle ne consentait pas à tout ce que ses parents exigeaient d'elle, elle était coupable ? « Mais il s'agit de ma vie ! pensa-t-elle dans un sursaut, et je veux aller vivre à Munich. »

— Lorsque tu lui as dit quoi ?... Eh bien continue, insista Rivka.

Helena ne répondit pas. Sa mère enchaîna :

— ...Tous ceux que nous connaissons vont se moquer de toi... Nos jeunes gens n'aiment pas les jeunes filles excentriques et originales... Ce tailleur... ça a l'air de quoi dans notre ville, dans ce quartier ?

Mais, malgré elle, Rivka était fière de l'élégance nouvelle d'Helena.

Avec sa perspicacité coutumière, Helena se rendait compte que sa mère ne parlait pas franchement. Que pouvait connaître Rivka du goût des garçons en ces années 1930 ? Elle avait maintenant cinquante-quatre ans et n'avait connu, aimé, regardé qu'un seul homme dans sa vie, David. Ils étaient mariés depuis plus de trente ans, et ni l'un ni l'autre n'avaient rompu le pacte de fidélité qui les avait liés. Que pouvait donc savoir Rivka des hommes ? Rien. Mais Helena se doutait que sa mère se souciait aussi peu que possible de ce que pouvait penser lc voisinage. Elle s'inquiétait de bien autre chose ; elle se débattait pour conserver sous son aile sa petite dernière. Depuis le mariage d'Ida et le départ de Regina pour Zurich, où elle avait décidé d'entreprendre des études littéraires, il ne restait plus à la maison qu'Helena, dont les dix-huit ans piaffaient d'impatience...

— Je regrette de t'avoir permis de rester à Munich..., dit Rivka. Berta... Berta t'a-t-elle laissé entrevoir quelque chose ?...

Berta avait beaucoup de relations dans le milieu du cinéma. C'est chez les Weissman que se pressaient intellectuels et artistes, tous ceux qui étaient en butte aux pressions qu'exerçaient sur eux les nazis.

Rivka regarda sa fille d'un air soupçonneux.

— Dis-moi la vérité...

Helena eut un petit rire forcé, mais l'émotion lui serrait la gorge.

— Elle m'a dit que si réellement j'avais du talent et que je travaillais avec acharnement, alors elle m'hébergerait à Munich et je pourrais préparer chez elle mon concours d'entrée au Conservatoire...

Rivka restait songeuse. En cet instant, elle était envahie de hargne contre sa fille aînée. Pourquoi pousser une jeune fille aussi pure, aussi innocente que l'était Helena, dans une carrière aussi aventureuse ?

— Qui peut dire que tu as du talent ?... demanda-t-elle enfin.

Helena redressa la tête.

— Quelqu'un m'a entendue... et m'a conseillé de persévérer.

— Ah ? Qui donc ?

— Haïm... Haïm Lozwitzky !

Un instant, Rivka dévisagea sa fille.

— Haïm Lozwitzky ?... Malgré ce qui se passe là-bas ?

— Oui... Il est persuadé qu'Hitler s'effondrera de lui-même aux prochaines élections... C'est bizarre... Il dit cela comme s'il n'y croyait pas, mais qu'il voulait le croire... Je ne sais comment expliquer. Est-ce si grave que cela, maman ?

— Est-ce si grave que cela, maman ?... se moqua Rivka. Va donc le demander à ton père... Il n'attend que cela !

— Mes cheveux n'ont pas repoussé ! Il va refuser de me parler...

— Ne plaisante pas, chérie... Ton père veut te parler... Excuse-le. Depuis le départ d'Ida et de Nathan à Vienne, il est comme fou... Et ensuite, Regina à Zurich, chez ma sœur Lea. Et maintenant, toi, tu veux partir à Munich... nous quitter... Munich est une ville dangereuse ! Pourquoi vouloir aller à Munich ?

— Pourquoi pas à Vienne ?... A Vienne, il n'y a pas d'Adolf Hitler... Vienne est plus proche d'Auschwitz..., dit Helena. Et je pourrais m'installer chez Ida et Nathan... Il n'est pas obligatoire d'aller à Munich, pourquoi pas Vienne ?

— Vienne !... soupira Rivka. Vienne... Ton père acceptera n'importe quoi de Vienne ! Nous y avons été si heureux...

Un instant, elle rêva sur le passé, sur ses années de jeunesse... Eblouissante comme une aurore de juin, l'image de sa première promenade sur le Prater, accrochée au bras de ce jeune garçon de seize ans... David... « Je portais une capeline de paille blanche, toute fleurie, et une robe de piqué blanc... On me disait jolie... » Elle soupira, regarda sa fille et dit :

— Pourquoi les choses ont-elles changé ainsi ?... Pourquoi voulez-vous tous quitter Auschwitz ?... Personne ne veut rester ici... Est-ce Berta qui t'a conseillé d'aller à Munich ?

— Oui, c'est Berta, mais Haïm dit que rien de bon ne peut désormais arriver en Allemagne. Il veut quitter Munich, liquider ses affaires et rejoindre son frère au Canada... Mais il dit aussi qu'à Vienne j'aurai toutes mes chances... Haïm Lozwitzky pense que Vienne est le dernier refuge de l'art... Enfin, Vienne ou Munich, peu importe...

— Comme tu y vas ! protesta Rivka. A Vienne, nous ne connaissons personne qui pourrait te prendre en pension... Ida et Nathan viennent à peine de s'installer dans un petit logement de deux pièces... Je vois mal comment ils pourraient t'héberger ?

— Maman ! s'écria Helena en souriant. Cela signifie-t-il...

— Je n'ai rien dit ! Je n'ai rien dit ! Il faut encore que nous en discutions avec ton père...

Helena était toute joyeuse. Rivka venait enfin, d'une manière implicite, de donner son assentiment. Elle allait pouvoir entamer sérieusement des études d'art dramatique, elle irait à Munich, ou à Vienne, avec la certitude que, quelque part, quelqu'un existait encore pour elle. Mais elle ne savait pas qui exactement.

Lorsque Helena avait prononcé le nom de Haïm Lozwitzky, Rivka avait regardé sa fille avec acuité. Quelque chose dans le timbre de sa voix, dans l'expression de son visage l'avait mise en alerte. « Haïm Lozwitzky ?... » pensa-t-elle. Un curieux pressentiment, qu'elle chassa aussitôt. Le fils de Saül et de Sarah et sa petite Helena, ce serait...

— Impossible..., soupira-t-elle.

— Que dis-tu, maman ?

— Rien. Rien, ma chérie.

Soudain, elle prit sa fille dans ses bras et l'embrassa avec passion, comme si elle essayait de se l'approprier pour toujours. Elles s'étreignirent un instant sous la vive clarté de la lumière électrique, puis Rivka murmura :

— Je suis ta mère, ma chérie... Si tu as des secrets, dis-les-moi... Tout ce qui t'atteint m'atteint également.

Helena ne répondit pas tout de suite. Puis elle dit tristement :

— Je n'ai pas de secrets, maman...

Soudain des larmes perlèrent dans ses yeux noirs... Elle mentait. Elle avait des secrets. De ces secrets trop précieux pour être divulgués, même à sa mère... Durant tout le trajet de Munich à Auschwitz, durant les longues heures cahotantes de train... elle n'avait pas été assise dans ce wagon de deuxième classe... Elle était sur une scène de théâtre et venait de jouer une grande scène dramatique... Le public retenait son souffle devant son talent, cette manière exquise et poignante qu'elle avait d'interpréter son rôle... Elle avait vu ces visages se profiler devant elle dans une lumière diffuse, et elle avait encore dans ses oreilles les applaudissements frénétiques qui l'avaient saluée... Ce n'est que lorsque le train était arrivé en gare d'Auschwitz qu'elle avait repris conscience de la réalité des choses. C'est ainsi qu'un jeune homme, dont le visage lui était vaguement connu, lui avait proposé très galamment de porter sa valise jusqu'à la rue Jagelowski.

— Permettez-moi de me présenter, mademoiselle Langer. Mon nom est Gerhardt Lenz. Je vous ai aperçue quelquefois chez votre sœur lorsque je venais chercher mon père, qui est un familier de votre famille...

Après quelques instants d'hésitation, Helena se souvint en effet de ce grand jeune homme blond, au regard bleu clair, mince, élégant, qui, dans une voiture décapotable, attendait son père, le professeur Lenz, non loin de la Prinzregentenstrasse. Mais il n'était jamais monté jusque chez Berta. Il attendait patiemment debout contre la portière, fumant une cigarette, plaisantant parfois avec les SA qui gardaient la porte d'Adolf Hitler. Lorsque Helena et Berta raccompagnaient le professeur Lenz, il se découvrait et inclinait légèrement le buste, et c'était là tout.

— En effet... je me souviens... Comme c'est charmant de m'aider..., avait-elle dit. Mais que diable venez-vous faire dans une ville aussi sinistre qu'Auschwitz ?

— Quelques affaires à régler... Oh, rien qui me concerne directement ! Je suis encore étudiant... Etudiant en droit, précisa-t-il, pensant sans doute forcer l'attention d'Helena — qui, visiblement, ne s'intéressait que très vaguement à Gerhardt Lenz, étudiant en droit venu à Auschwitz régler quelques affaires. Je ne sais si vous connaissez une certaine Mme Hollman ? avait demandé le jeune homme.

— Si je connais ?... Mais c'est la mère... je veux dire c'était... Charles Hollman !...

Gerhardt Lenz dévisagea Helena avec attention.

— Je suis chargé par la famille Hollman de régler une

affaire de succession qui concerne Elizabeth Hollman, la mère de ce pauvre Charles... Rien de très important. Mais... sans doute Elizabeth Hollman serait heureuse de savoir qu'elle va recevoir quelques milliers de marks... Ainsi vous connaissiez Charles ?... Comme c'est curieux !... Le monde est vraiment étrange parfois... Est-ce ici que vous habitez ?... Eh bien, au revoir, mademoiselle Langer... Ah !... au fait... dois-je vous dire que nous avons voyagé ensemble dans le même compartiment, mais apparemment vous étiez ailleurs... Au revoir donc...

Ahurie, Helena regarda s'éloigner ce grand jeune homme qui connaissait les Hollman... Puis, brusquement, elle rougit. Pouvait-elle dire à ce Gerhardt que, durant tout le trajet, elle n'était pas dans le train mais sur une scène de théâtre ?...

Elle ne savait pas, et ne pouvait savoir, que Gerhardt Lenz, effectivement, l'avait entraperçue à plusieurs reprises à Munich, s'était félicité du hasard qui l'avait conduit jusque dans son compartiment et n'avait cessé de la regarder durant tout le trajet. Toute à son rêve, Helena n'avait remarqué ni le regard passionné du jeune homme, ni ses mains violemment serrées l'une contre l'autre, comme pour contenir un désir poignant.

LA CRISE

L'effondrement de Wall Street, que David Langer avait pris avec une telle légèreté, atteignit de plein fouet l'Europe. Beaucoup de commerçants, d'artisans, de petits épargnants avaient obtenu les crédits dont ils avaient besoin pour équiper leurs entreprises ou aménager leurs appartements, sur la garantie de leurs avoirs en titres. La valeur de ces titres étant réduite à néant, les faillites se succédaient à une vitesse vertigineuse, l'une entraînant l'autre dans une spirale infernale... Maintenant, non seulement David et Rivka prenaient au sérieux le krach de Wall Street, mais en outre ils se demandaient avec une angoisse grandissante comment rembourser les traites et comment acheter de la marchandise si la banque n'acceptait plus de faire l'avance nécessaire. Les mariages d'Aaron et d'Ida avaient absorbé toutes les économies et l'avenir s'annonçait de nouveau menaçant. Mais le pire était ailleurs... Le 31 juillet 1932, avaient eu lieu les élections législatives avec, comme on pouvait s'y attendre, une très nette progression des nazis, qui obtinrent plus de treize millions de voix. Toutes les communautés juives commencèrent à prendre au sérieux le « polichinelle », comme on appelait Hitler chez les Langer. Sauf qu'on ne riait plus du petit homme brun, si ridicule avec sa moustache et sa mèche en bataille...

— Les communistes ont tout de même six millions de voix..., dit David au lendemain des élections allemandes. Ce n'est pas rien...

— Tu as raison, ironisa Rivka, c'est juste un peu moins de la moitié des voix nazies...

— Mais les communistes et les sociaux-démocrates, ensemble, peuvent avoir la majorité...

— Communistes et sociaux-démocrates ensemble ? Tu rêves, mon pauvre David !

Bientôt, la misère s'abattit sur les plus misérables... Chômage, expulsions, soupe populaire... La litanie du désespoir fut reprise par tous les quotidiens, polonais, yiddish, allemands... Tous les petits artisans étaient frappés. Cordonniers, tailleurs, menuisiers, ouvriers des petites manufactures de tissu... tous étaient là, hébétés, ne comprenant pas ce qui arrivait ni pourquoi... Que des capitalistes aient *joué* avec les économies, la vie, le travail d'une multitude d'ouvriers et de petits artisans dépassait leur entendement.

— ...Qu'importe..., disait Rivka, nous nous en sortirons. Nos enfants sont en bonne santé et Adèle vient d'avoir un quatrième enfant... N'est-ce pas merveilleux ?...

— Mettre des enfants au monde... dans ce monde où nous vivons, cela me paraît presque criminel !

— David ! s'écria Rivka peinée, tu ne peux penser cela !... Donner la vie est une chose merveilleuse ! La plus belle chose au monde !

— Un monde de criminels, de faussaires et de voyous... Combien y a-t-il de chômeurs en Amérique... Douze millions... Et en Allemagne ? Et en France ? Et en Autriche ? Et en Pologne ?... Des millions et des millions de chômeurs... Toutes les femmes et tous les hommes devraient se faire stériliser !... Il ne faut pas mettre un enfant au monde ! Plus un seul ! Comme ça, au moins, on est sûr d'épargner des innocents !

Rivka ne répondit pas. D'ailleurs, que pouvait-elle dire ? Au fond d'elle-même, elle savait que David avait raison... Tous les jours, elle voyait les dégâts... C'étaient surtout les jeunes qui étaient atteints... Les manifestations succédaient aux manifestations, communistes contre pilsudskistes, chrétiens contre juifs... Parce que, évidemment, l'antisémitisme endémique qui sévissait en Pologne avait pris une ampleur soigneusement orchestrée par l'Eglise catholique...

De nouveaux journaux, financés par des capitaux

secrets, entièrement consacrés à une grossière propagande antisémite, imitant en cela la revue hitlérienne *Der Stürmer*, étaient lancés sur le marché. En deux ans, le NSDAP avait gagné près de six millions de voix aux dépens des autres partis de droite.

— Des paysans, des petits fonctionnaires, des épiciers..., soufflait avec mépris David.

— C'est le deuxième parti allemand ! rectifiait tristement Rivka. Qui va pouvoir contrer ces gens-là ?

— Les communistes ! lançait alors David, plein d'optimisme...

Il pensait maintenant que seul le communisme pouvait sauver le monde. S'il ne s'inscrivait pas au Parti, c'était uniquement parce que l'occasion lui manquait. Du moins, c'est ce qu'il prétendait. Rivka le soupçonnait de ne pas oser franchir le pas et elle s'en félicitait, bien que, de tout son cœur, elle souhaitât la victoire finale de l'Internationale communiste... « Plus de frontières... plus d'armements... plus de capitalisme... », rêvait-elle lorsqu'elle était de bonne humeur, que le ciel était bleu et qu'elle n'avait pas encore écouté les nouvelles à la TSF. Puis elle écoutait les informations, lisait les journaux du matin et, de nouveau, l'angoisse lui serrait la gorge.

Tous les juifs de la communauté vivaient dans une terreur grandissante et craignaient la montée des violences, les pogroms... Sortir le soir seul ?... Il n'en était plus question. « Et plus moyen de partir !... pensait Rivka. Jamais ces fonctionnaires polonais ne nous donneront de passeport... »

— Tu te souviens de ce que nous disait Haïm Lozwitzky l'année dernière ?... demanda David à Rivka, un soir d'automne 1932.

— Non. Que disait-il ?

— Nous autres, juifs, nous serons pris au piège, dans la nasse... faits comme des rats...

— Voyons, David ! Il parlait d'Hitler !... Pas de la Pologne !

— Sur le terrain de l'antisémitisme, la Pologne n'a rien à envier à Hitler ! D'ailleurs, Hitler ne fera qu'une bouchée de la Pologne... Rivka ?

— Oui ?

— Te souviens-tu de ce que nous disaient Haym et Dina Landon avant leur départ pour Israël ?

Le cœur serré, Rivka ne répondit pas. Elle n'aimait pas lorsque David évoquait les jours anciens, les amis morts si loin d'eux et dans de si terribles circonstances... Elle appréhendait l'immense tristesse qui s'emparait d'eux et qui mettait plusieurs jours, voire plusieurs semaines, à se dissiper...

— Je vais aller faire du café..., proposa-t-elle, espérant faire diversion.

— Non, écoute... J'y pense sans arrêt depuis quelque temps... Peut-être aurions-nous dû suivre leur exemple ?... Peut-être est-il encore temps de partir en Palestine ? Ici en Pologne, rien de bon ne peut arriver. Le gouvernement est pourri jusqu'à la moelle et ne rêve que de pogroms bien sanglants... Comment vivre dans un pays peuplé de gens qui ne pensent qu'à nous voir humiliés, torturés, morts ?...

— Y penses-tu sérieusement, David ? Et nos enfants ? Aaron à Varsovie, qui n'a pas encore pu installer un cabinet médical... Il a besoin de nous !

— Il vit chez son beau-père !

— Ce n'est pas une raison ! Pouvons-nous abandonner nos enfants ? Jacob à Prague, Berta et Adèle à Munich, Ida à Vienne et Regina à Zurich... et notre petite Helena qui n'est pas encore mariée...

David sourit.

— A part Helena et Regina, ils sont tous mariés et ont tous, que Dieu les protège, des enfants... Regina ?... C'est une forte tête et elle saura toujours se débrouiller. Peut-être pas d'une manière orthodoxe, mais qu'y faire ? Quant à Helena, lui trouver un mari ne sera pas un problème insoluble... Rivka, mon cœur, je n'ai pas envie de rester ici à Auschwitz. Cette ville a des relents de haine, elle suinte l'ignominie... Tu ne peux savoir combien je hais cette ville !

— Allons, David, tu te laisses trop influencer par tes lectures ! Laisse donc ce Vladimir Jabotinsky et ses prophéties de malheur, et allons nous coucher...

David ne répondit pas. Il replia soigneusement le journal yiddish qu'il lisait attentivement. Mais l'article de

Vladimir Jabotinsky : *... Liquidez la diaspora, sinon la diaspora vous liquidera... Quittez ce pays au plus vite... Partez en Eretz Israël...* resta gravé dans son esprit. David mourait d'envie de tout liquider, de convaincre toute sa famille, tous ses enfants de faire comme lui et de partir. Fuir ces Polonais assoiffés de sang juif, fuir l'ombre noire qui s'étendait sur l'Europe... Partir... Mais pour cela, il aurait fallu convaincre enfants, petits-enfants, belles-sœurs, beaux-frères, neveux, nièces, ces quelque cinquante personnes qui constituaient son clan, sa famille, et sans lesquelles il n'était rien... « Comme c'est étrange..., pensait-il en s'allongeant auprès de Rivka, on est pieds et poings liés à chacun des membres de sa famille. Que l'on veuille se séparer d'eux et c'est comme si l'on coupait la branche d'un arbre, cette branche dépérit et meurt faute de sève... Pourtant, je sens qu'il faut partir... » Mais, à moins de déraciner l'arbre tout entier, David n'en voyait guère la possibilité...

L'automne 1932 tirait à sa fin lorsqu'une nouvelle chance se présenta pour Helena. La troupe du Théâtre yiddish de Varsovie venait donner une série de représentations à Auschwitz et, comme à l'accoutumée, le directeur engageait sur place quelques artistes de complément, petits rôles qui lui seraient revenus beaucoup trop cher s'il avait dû les prévoir dans sa tournée. Il connaissait Helena et l'appela tout de suite. Folle de joie, Helena se précipita au théâtre et revint chez elle avec l'impression de flotter sur un nuage... Tout le mois d'octobre se passa ainsi en répétitions et en représentations, dans les cris et la fureur, dans le trac et la griserie des applaudissements !

En décembre, les vacances de *Hanouka* arrivèrent et les Langer se résignèrent une fois de plus à fermer boutique. Ce n'était pas la faillite, du moins pas encore : c'était la crise. La crise qui maintenant atteignait toute l'Europe centrale.

Cette fois-ci, il ne fut pas nécessaire de vendre la boutique. D'un commun accord, les cinq enfants mariés de David et de Rivka se cotisèrent pour régler les dettes, les impôts et pour constituer à leurs parents un petit revenu en attente de jours meilleurs... De Zurich, Regina envoyait colis et vêtements. Helena se désolait de ne pouvoir venir en aide à ses parents ; ce n'étaient pas les petits cachets qu'elle glanait à droite et à gauche qui pouvaient être de quelque utilité. Dès qu'elle avait un peu d'argent, elle reprenait des cours chez Mme Moshkowiski. La jeune fille passait des heures à travailler. Mais force lui était d'admettre que, depuis la mort de Charles, elle n'aimait guère se retrouver dans ce lieu où elle avait été si heureuse.

HAÏM

Décembre 1932

Depuis le printemps dernier, Haïm ne cessait de penser à Helena. Les quelques aventures qu'il avait eues ne l'avaient jamais véritablement engagé, et il ne savait comment nommer l'émotion qui l'étreignait chaque fois qu'il devait la revoir. Il se confiait à Robert, tandis qu'ils préparaient le travail de la journée et s'assuraient que les vendeuses avaient bien compris ce qu'ils attendaient d'elles. Malgré la crise, les commandes affluaient, et si ce n'était la menace que faisait planer Adolf Hitler sur l'Allemagne, la vie s'annonçait plutôt belle. Mark, Haïm et Robert se levaient à l'aube pour préparer les coupes, les tissus, ne se couchaient qu'après avoir fait les comptes de la journée, et Haïm envisageait sereinement de pouvoir s'absenter quelques jours pour se rendre à Auschwitz.

— Je ne serai pas hébergé chez les Langer comme d'habitude. Parce que toute la famille sera là. C'est une surprise que les enfants de David et de Rivka ont décidé de leur faire... Mais j'ai retenu une chambre à l'hôtel. Peut-être qu'Helena viendra patiner avec moi ? Peut-être m'accordera-t-elle plusieurs promenades ?... Autrefois, lorsqu'elle n'était encore qu'une petite fille de dix ans, c'est moi qui lui ai appris à patiner sur la Sola.

— Peut-être, dit laconiquement Robert qui commençait à trouver lassant d'entendre parler d'Helena du matin au soir.

Lui-même avait rencontré une fort jolie Française,

juive, émancipée et qui dirigeait seule à Paris une petite maison de couture qui ne demandait qu'à s'agrandir. En fait, il ne lui manquait qu'un très bon modéliste et un financement. Et c'est par le plus grand des hasards qu'au cours d'un voyage à Munich elle s'était arrêtée aux « Frivolités parisiennes », très étonnée d'y trouver des modèles de tailleurs que n'eussent pas reniés des grands noms de la haute couture parisienne. Elle était entrée et avait demandé à voir la « direction ». La direction, en l'occurrence, se présenta sous les traits affables et gais de Robert, le seul dans le trio qui eût quelque entregent et l'art de parler pour ne rien dire aux clientes qui aimaient avoir affaire avec la « Direction ». A l'époque, Robert Kampf était un beau roux aux yeux bleus. Roux de la pointe de ses cheveux bouclés et cuivrés aux milliers de taches de rousseur qui couvraient sa peau. Est-ce son sourire enjôleur, sa belle voix de basse sonore, ses yeux moqueurs, sa corpulence, le tout ensemble ? Toujours est-il que la jolie, l'élégante Fanny Lévy, qui entra dans la boutique avec son ensemble de velours noir, son renard bleu sur les épaules et son petit chapeau enfoncé coquettement sur l'œil, en ressortit complètement subjuguée, laissant un Robert Kampf en proie à un accès de romantisme confinant au crétinisme. Au grand amusement de ses compagnons et de ses vendeuses, il chantonnait à longueur de journée cet air tzigane sirupeux et voluptueux à souhait, qui faisait fureur à l'époque : *Es-tu l'amour, ange ou démon ?...* Bref, en un mot comme en cent, Robert Kampf était amoureux, et par voie de conséquence, ne pouvait écouter son vieil ami, son presque frère, que d'une oreille des plus distraites.

— Que me disais-tu d'Helena ?

— Va au diable !...

« La revoir... »

Haïm ne cessait d'y penser. Il se mit à croire que le monde existait parce qu'il aimait Helena. Il se mit à croire au bonheur, à l'espérance, lui qui depuis un jour de juillet 1917 n'avait connu que l'horreur et la douleur...

Ce mois de décembre 1932 était froid, neigeux, mais pour Haïm il était plein de promesses. C'est pourquoi il avait accepté avec joie de venir passer une semaine à Auschwitz, pour les fêtes de *Hanouka.* On allumerait les bougies et la jeunesse danserait.

La veille de *Hanouka,* Haïm Lozwitzky, chargé d'une élégante valise de cuir, remplie de tout ce dont il pourrait avoir besoin pour un voyage d'une durée de plus de trois semaines (en fait, son voyage n'était prévu que pour huit jours), descendit du train en provenance de Munich et se dirigea vers l'unique hôtel affichant *Grand Luxe international,* parce que certaines des chambres possédaient une salle de bains... Et ça, c'était un luxe dont Haïm Lozwitzky n'aurait pu se passer pour tout l'or du monde. Non seulement il lui fallait son bain quotidien, et parfois même biquotidien, mais encore son linge devait être changé chaque jour... Sa coquetterie faisait sourire son entourage, mais c'est un fait que, jusqu'à son dernier souffle, Haïm Lozwitzky prit soin de son corps et de ses vêtements avec une méticulosité extrême... Et lorsqu'il était amoureux comme c'était le cas en cet hiver 1932, alors « il dépassait les bornes », prétendaient ses compagnons qui feignaient de ne pouvoir supporter l'eau de Cologne dont il usait et abusait...

Haïm laissa derrière lui Robert et Mark qui l'avaient accompagné à la gare en ricanant bêtement... Robert était même allé jusqu'à chanter sur le quai, à la grande joie des passants, la célèbre valse des *Saltimbanques* : « C'est l'amour ! qui fait tourner le vaste monde... C'est l'amour... » Mark faisait mine de tomber en pâmoison. Partagé lui-même entre la fureur et le rire, Haïm les avait menacés des pires représailles...

Le lendemain de son arrivée à Auschwitz, une neige légère recouvrait la ville, qui en devenait presque jolie. Dehors il faisait froid et, pour la première fois depuis des années, Haïm se sentait joyeux. La douleur brûlante fichée dans son cœur lui semblait moins insupportable. Il s'était habillé avec recherche. Son costume avait l'air de sortir des meilleures boutiques de Londres ou de

Paris, bien que, la veille encore, il y mît encore la dernière touche... Son linge avait également été choisi avec soin. Chemise de soie blanche immaculée, cravate grise discrètement rayée de minces filets rouges, chaussures anglaises, manteau de vigogne, feutre sombre... Lorsqu'il s'était regardé dans la glace, le visage qui lui apparut était sans doute un peu pâle et crispé, mais avec ses yeux gris-bleu, sa bouche au dessin sensuel et précis, son abondante chevelure noire, il estima qu'il ne faisait pas trop mauvaise figure. Evidemment, il n'était pas grand... Et quoi qu'il pût faire, il n'irait jamais au-delà du mètre soixante-cinq.

Cette année-là, l'appartement des Langer n'était pas assez vaste pour contenir toute la famille qui avait décidé de s'y retrouver pour les fêtes... Aaron et Clara étaient venus avec leur nouveau-né Sacha, Ida et Nathan avec la promesse d'un futur héritier, « un futur prix Nobel, cela va sans dire... », clamait Ida, toute fière de l'arrondi de son ventre. Etaient là aussi Berta, Salomon et leurs enfants, Jacob et Paula (sans les enfants), et même Regina, toujours indépendante, toujours aussi insolente, désinvolte et gaie, venue de Zurich avec des malles pleines de cadeaux qu'envoyait tante Lea... On dut demander aux voisins d'héberger quelques invités, ce qu'ils acceptèrent joyeusement à la condition de participer à l'allumage de la dernière bougie.

En arrivant, Haïm était embarrassé et inquiet. Il souhaitait vivement faire sa demande et, en même temps, il se demandait s'il n'était pas trop vieux pour Helena... « Onze ans de différence, cela compte tout de même... » Il venait de fêter ses vingt-neuf ans, mais les quinze dernières années de sa vie comptaient double...

Une trentaine de personnes s'affairaient entre la cuisine et le salon où l'on avait dressé un buffet sur une table immense. Tous allaient, venaient, parlaient. Surtout de la crise. d'Hitler, des Polonais, de la Palestine... Mais aussi du concert qu'allait donner le ténor Richard Tauber. Les places avaient été achetées deux mois plus tôt, et ils se réjouissaient tous d'aller écouter l'intégrale du *Voyage d'hiver* et du *Chant du cygne* de Franz Schubert... Et, le lendemain, ce même Richard Tauber allait chanter dans *Le Pays du sourire,* cet opéra-comique de Franz Lehar dont la musique résonnait du matin au soir dans l'appartement des Langer :

Je t'ai donné mon cœur
Tu tiens en toi
Tout mon bonheur !...

Ou bien, c'était :

Prendre le thé à deux...
Comme des amoureux,
C'est merveilleux !

— Heureusement que nous avons la musique..., dit David à Haïm. Sinon, quelle tristesse que notre vie en ce moment...

En proie à une émotion indicible, Haïm restait à l'écart. Helena n'était pas encore rentrée. Pour se donner du courage, le jeune homme restait auprès de David qu'il regardait déjà comme son futur beau-père. Il répondait distraitement. Certes, lui aussi adorait la musique. Il l'aimait comme on aimait un dieu, le seul dieu qui jamais ne décevait celui qui lui consacrait sa vie... Et lui aussi connaissait chacun des lieder de Schubert ou des airs du *Pays du sourire.* De plus, il savait sa voix au moins aussi belle que celle de Richard Tauber. Mais pour l'instant, ce n'était pas à la musique qu'il pensait, c'était à Helena...

Enfin, l'objet de son tourment entra dans la pièce, mais elle n'était pas seule. Un grand garçon d'environ vingt ans était avec elle, et la regardait avec de tels yeux qu'il fallut à Haïm toute son énergie pour ne pas bondir sur lui et lui intimer l'ordre d'aller regarder ailleurs.

Cette soirée dont il rêvait depuis des mois tournait au cauchemar... Lorsque Helena avait été amoureuse de ce pauvre Hollman, Haïm en avait été mécontent sans se rendre compte des raisons réelles de ce mécontentement... Maintenant qu'Helena allait se fiancer, du moins le crut-il sur-le-champ, avec ce jeune homme dont il n'avait pas retenu le nom, ce n'était pas du mécontentement qu'il éprouvait, c'était de la douleur et de la haine.

— En toute objectivité, vraiment en toute objectivité,

ce garçon est franchement déplaisant..., dit Haïm à David, au cours de la soirée.

A sa grande surprise, David lui répondit :

— Je pense tout à fait comme toi... Helena a rencontré ce jeune homme à la fin du printemps dernier, en revenant de Munich. C'est un Allemand, de bonne famille. Son père est un socialiste, un professeur d'histoire... Mais tu dois le connaître ? Il est reçu chez Berta et Salomon. C'est tout dire. Le professeur Lenz.

— Lenz ?... Lenz... — Haïm réfléchissait. — Si... bien sûr... Je l'ai rencontré à deux ou trois reprises... Un vieux monsieur charmant... J'ignorais qu'il avait un fils...

— Le père me plaît, dit David. Le fils beaucoup moins...

— Alors pourquoi laisser Helena...

— Mon garçon ! Lorsque tu auras des enfants, tu comprendras vite qu'il suffit que tu dises « non » pour que l'enfant en question hurle jusqu'à ce que tu cèdes. J'en ai eu sept. Et aucun des sept ne m'a surpris sur ce thème... Tous ont eu exactement la même attitude.

Malgré son chagrin, Haïm eut un petit sourire.

— Je pensais te demander la main de ta fille ce soir..., dit-il à voix basse.

David le regarda.

— Je m'en doutais un peu... Et je te l'accorde. Sait-on jamais ce qui peut se passer ?...

— Ce... ce...

— Il s'appelle Gerhardt Lenz.

— Est-il juif ?

— La mère de son père l'était. Mais il préfère n'en point parler. Il est très mal vu à Munich d'avoir un parent juif.

Haïm ricana.

— Il est très mal vu par les temps qui courent d'être juif dans n'importe quel pays au monde...

Puis il ajouta, profondément amer :

— ... Je pense partir pour le Canada dès que mes papiers seront en règle...

— Et cela sera long ?

— Tout dépend de la somme que Ben va m'envoyer

pour graisser la patte de ce cochon de fonctionnaire polonais qui me refuse un certificat de naissance. Sans certificat de naissance, pas de passeport ; sans passeport, pas de visa ; sans visa, pas de Canada...

David l'observa et soupira.

— Ça va si mal que ça en Allemagne ?

— Encore plus que ça. Si Hitler prend le pouvoir, et il a les moyens de le faire, je plains tous ceux qui resteront en Europe. Et pas seulement les juifs... L'ennui c'est qu'il est soutenu par l'ensemble des industriels du monde entier.

De nouveau David soupira.

— Charles Hollman avait écrit quelque chose de ce genre, peu de semaines avant sa mort. Helena a toujours le manuscrit en sa possession...

— Pourquoi ne pas l'avoir fait publier ? Ç'aurait été intéressant.

— Elle a eu peur qu'on ne le lui rende pas. C'est la seule chose qui lui reste de Charles...

Il s'interrompit, puis continua :

— Il est impossible de songer à une autre guerre ! Impossible !... Celle que nous avons connue était si terrible... A peine nous en sommes-nous remis... Une autre guerre serait terrible, surtout pour toi qui es encore un jeune homme !...

— Jeune ?... moi ? Je suis vieux...

Haïm, tu viens tout juste de fêter tes vingt-neuf ans !

— Je sais... Mais nous vivons dans un monde où la vieillesse commence au berceau. Un monde sans pitié ni illusions... J'ai vu trop de choses, oncle David ! J'ai trop lu, trop écouté... trop vu... Je sais trop bien ce dont les hommes sont capables... Leurs fautes, leurs crimes, leurs actions viles... Pour eux, rien ne compte... Ni Dieu ni les hommes... J'ai mon idée sur l'histoire, la politique, l'Europe... Une idée que je me suis forgée au fil des ans et que plus rien ne pourra déloger de mon esprit. Les hommes qui gouvernent, Français, Allemands, Polonais ou Anglais, sont tous pourris jusqu'à la moelle ! Rien ne viendra sauver l'Europe du désastre... Oncle David, vous me comprenez, n'est-ce pas ?

— Oui... Bien sûr... Tu sais bien que je pense comme toi...

Silence. Haïm regardait du côté d'Helena.

— Croyez-vous sérieusement qu'Helena puisse être amoureuse de ce blanc-bec ? Regardez ! Il a, sur la joue droite, l'estafilade des étudiants...

— Haïm ! Cet individu me soulève le cœur, mais que puis-je faire ?... Il se détachera lui-même d'Helena si Hitler prend le pouvoir... Mais pour répondre à ta question, je ne crois pas que ma petite fille soit amoureuse. La mort de son Charles Hollman l'a laissée affreusement malheureuse et bouleversée... Il faut croire que ce Gerhardt Lenz est sincèrement épris d'elle, car il vient chaque mois à Auschwitz passer quelques jours uniquement pour la voir...

— Alors il est amoureux...

Haïm n'osait demander si Helena aussi...

— Oui, répondit David. Cela c'est certain. Sinon il ne serait pas ici. Il brave beaucoup d'interdits en venant à Auschwitz, dans une maison juive. Si ses amis l'apprenaient, cela pourrait lui coûter très cher. Sa carrière sûrement.

— Pourquoi ne pas le jeter dehors, oncle David ?

— Pourquoi le ferais-je ? Il est correct, poli, bien élevé... A chacune de ses visites, il apporte des fleurs pour Rivka, des chocolats pour Helena, et refuse de parler politique, ce qui, à mon avis, n'est pas bon signe... Son père est venu me voir. Avec son père, nous discutons politique... Son père est un homme très bien...

— Je sais... je sais... vous me l'avez déjà dit..., grommela Haïm.

— Helena se raconte une histoire..., dit doucement David... Pour le moment, sa vie est assez terne et triste, et les perspectives d'avenir plutôt sombres. Son espoir de faire une carrière de comédienne est des plus minces... Et elle le sait, bien qu'elle ne veuille pas l'admettre. Tout joue contre elle. Elle est juive, polonaise, provinciale. Et non seulement nous n'avons pas d'argent pour l'envoyer à Vienne ou à Varsovie... ou peut-être à Munich, mais en aurions-nous que nous n'accepterions pas de gaieté de cœur de la voir se lancer dans une carrière qui n'est pas faite pour elle... Elle ne comprend pas pourquoi Rivka et moi nous opposons à sa volonté. Peut-être a-t-elle du talent ? Mais nul ne le saura jamais si personne ne lui donne sa chance. Et je sais que personne ne la lui donnera... ou bien ce sera à des conditions telles qu'elle-même les rejettera... Charles Hollman croyait en elle, et cet amour la portait... Si ce mariage avait eu lieu, peut-être en effet eût-elle pu réaliser son rêve... Mais Charles est mort, et avec lui, c'est toute une partie de sa vie qui est morte aussi... Alors elle a rencontré ce garçon. Mais je sais qu'elle n'aime pas Gerhardt Lenz.

— Comment le savez-vous ?

— J'ai vu Helena amoureuse de Charles Hollman, et crois-moi, mon garçon, à ce moment-là je ne t'aurais donné aucune chance. Mais là, je pense que tu les as toutes.

David se tut. Les plus jeunes de la soirée avaient mis un disque sur le phonographe et dansaient un charleston endiablé.

Ils dansaient. Malgré les menaces qui pesaient sur l'Europe, malgré la montée de l'extrême droite en Pologne, en France, en Allemagne... Ils dansaient ! Parce qu'ils avaient vingt ou vingt-cinq ans, parce qu'ils refusaient de voir ce qui crevait les yeux et d'entendre ce qui crevait les tympans...

— Sais-tu danser, Haïm ?... demanda David.

— Bien sûr !

— Alors qu'attends-tu pour aller inviter Helena ?... Tu vois bien que son compagnon est en train de boire de la bière.

Haïm ne se le fit pas dire deux fois. Il savait danser et même très bien, tellement bien que, vers 1925, lui, Robert et Mark avaient fait tous les concours de danse de Munich. Les prix de ces concours leur permettaient de vivre pendant plusieurs jours.

Il prit Helena par la main et, sans même lui demander son avis, l'entraîna. On ne tarda pas à faire cercle autour du jeune couple et à applaudir. Helena se révélait une excellente danseuse. Elle suivait Haïm au quart de seconde et, à les voir danser ainsi, on aurait juré qu'ils avaient répété longuement leur numéro... Enfin le disque s'arrêta. Quelqu'un mit un tango, et naturellement Haïm enlaça la jeune fille.

— C'est agréable de danser avec vous, Helena, dit Haïm tout en se maudissant — il n'avait rien trouvé à dire de plus original.

Elle rit.

— Moi aussi j'aime danser avec vous, Haïm... C'est drôle, vous paraissez toujours si sérieux, si sévère, que je n'imaginais pas que vous saviez danser ! Cela ne m'était pas venu à l'esprit...

— Moi non plus ! Je n'imaginais pas un instant que vous saviez danser ! C'est idiot, n'est-ce pas ? Pourtant on se connaît depuis des années !

Elle rit à nouveau, heureuse, essoufflée, son corps souple se pliant à la conduite adroite de Haïm.

— ... Mais vous ne me connaissez pas vraiment ! dit-elle enfin, soudain sérieuse.

— Voyons, Helena ! Vous aviez dix ans lorsque je vous ai vue pour la première fois !... Et depuis, je suis venu assez souvent à Auschwitz pour vous voir grandir !

— Justement. Dans votre esprit, je suis toujours cette petite fille de dix ans et votre attitude envers moi est toujours la même !... Vous vous comportez avec moi comme si j'avais dix ans ! Enfin, je veux dire... que jamais vous ne vous êtes posé vraiment la question : qui est Helena Langer, qui est-elle vraiment ?...

Etonné, Haïm la regarda.

— C'est vrai. Je ne vous imaginais pas ainsi...

Il avait voulu dire : « ainsi, si jeune, déjà meurtrie, si belle, si mystérieusement féminine... ». Mais, comme toujours dans ces cas-là, on ne dit jamais les choses belles et tendres que l'on aimerait dire ou entendre. On a tellement peur du ridicule que l'on se contente de dire : « C'est bête, hein ? »

— C'est bizarre, dit Helena en s'arrêtant de danser. De chaque être humain, on ne connaît qu'une facette, en général celle qui nous arrange le mieux, et on ne va pas au-delà de cette facette... Et, forcément, nous ne pouvons être nous-mêmes... On est ce que l'autre voit en nous. Et c'est parfois effrayant d'être ainsi prisonniers du regard de ceux qui nous sont chers. Pour leur plaire, nous sommes obligés de nous comporter comme ils le souhaitent, alors que nous aimerions adopter un autre comportement. Mais on n'ose pas, de peur de perdre cet amour qui nous est indispensable... Personne, non, personne ne se soucie vraiment du noyau de notre être. De ce minuscule noyau qui est vraiment « nous »...

Maintenant ils se dirigeaient vers les alléchantes victuailles joliment disposées, les piles de *latkès* toutes croustillantes.

— Je comprends..., dit sérieusement Haïm, mais vous ne pouvez pas vraiment changer cet état de choses. Il y a beaucoup de paresse d'esprit, je le reconnais, mais c'est ainsi.

Songeuse, Helena répondit :

— Ce n'est pas de la paresse, c'est un manque d'intérêt véritable. Ou alors cela signifierait que l'on accepte de changer de comportement vis-à-vis de l'autre. Tenez, par exemple, maman et papa m'aiment. Ils mourraient de douleur si je devenais infirme ou si je devais disparaître, mais il leur a été très dur de me laisser être actrice... Ils ne le supportent pas. Pour un peu, ils auraient été prêts à ne plus jamais me revoir !... Et ç'aurait été pour moi un très grand malheur...

Pensif, Haïm la dévisagea.

— Un si grand malheur, en vérité ?... Vous ne le savez peut-être pas encore, mais au début on s'imagine que le malheur c'est quelque chose d'exceptionnel. Vous le remarquerez bien vite en grandissant... je veux dire en vieillissant, se hâta d'ajouter Haïm, devant le sursaut d'indignation de la jeune fille... Le malheur..., reprit-il, le visage soudain triste, le regard fixé loin derrière Helena, est ce qu'il y a de plus banal en ce monde...

Helena le regarda, rougit et murmura :

— Excusez-moi... j'ai... j'ai un peu honte.

Haïm sourit et lui baisa galamment la main.

— Helena, quoi que vous pensiez, quoi que vous fassiez, sachez que je serai toujours de votre côté. Mais faites-moi une promesse.

— Oui ? Laquelle ?

— N'épousez pas ce... ce... monsieur qui vous a accompagnée... Je ne l'aime pas du tout.

— Vous voulez parler de Gerhardt ?

— Oui...

Le Gerhardt en question regardait dans leur direction avec un étonnement irrité.

— Il n'est pas content..., dit Helena sans s'émouvoir. Mais je n'ai jamais eu l'intention de l'épouser. Lui le veut sans doute, moi non... Je ne suis pas amoureuse de lui.

Soulagé et heureux, Haïm dit :

— Mais votre père m'a dit...

— Oh !... je sais ! Gerhardt a demandé ma main officiellement. Pour ne pas le blesser, j'ai répondu que j'étais trop jeune et que je tenais à terminer mes études d'art dramatique. Peut-être retournerai-je à Munich, au Conservatoire ? En définitive, j'y ai été admise. Vous le saviez ?...

— Oui... Berta me l'a dit.

— Mais alors, vous savez sans doute que j'irai vivre chez eux à Munich ?... Papa et maman ont accepté enfin de me voir partir !...

— Non, cela elle ne me l'a pas dit... Mais vous m'en voyez ravi...

A la vérité, Haïm était beaucoup plus que ravi. Il eût dansé un french-cancan de joie. Seuls le sens de la dignité humaine et la crainte de se ridiculiser l'en empêchèrent...

Dans un coin du salon, Gerhardt Lenz les observait en silence, sans les quitter des yeux. Un sentiment de haine profonde, totale, l'envahissait. Il n'avait qu'une envie : faire disparaître Haïm Lozwitzky, ce sale petit juif qui osait poser sa main sur l'épaule d'Helena, qui osait la regarder, rire avec elle. « Il est à peine plus grand qu'elle !... pensait-il avec rage, et je parie que ses chaussures ont des talons et des semelles épaisses... » Il redressa avec orgueil sa haute taille, son mètre quatre-vingts, ses soixante-quinze kilos harmonieusement répartis sur l'ensemble de son squelette, et il arbora un petit sourire supérieur, se moquant de lui-même. « Quel idiot je suis ! pensa-t-il, moi, jaloux de cet avorton... » Et, de nouveau, il se rengorgea. Il se savait beau. Très beau même... Il avait un visage bien dessiné, viril, un nez droit, un beau nez grec, une abondante chevelure blonde, souple, et cette longue estafilade qui lui barrait la joue et dont il tirait une très grande fierté...

Comme le bavardage entre Haïm et Helena paraissait vouloir s'éterniser, il s'approcha du couple, dissimulant mal sa fureur sous un sourire contracté. Il entendit Helena achever une phrase.

— ...je serai à Munich au début de l'année prochaine... Berta a promis de m'aider...

— Hé ! J'espère que nous nous reverrons souvent là-bas, répondit Haïm. Et pourtant, Munich n'est pas très fréquentable en ce moment... ni aucune ville allemande d'ailleurs... Mais si vous venez à Munich...

Il s'interrompit. Gerhardt était tout près d'eux et l'écoutait attentivement. Ses yeux clairs n'exprimaient rien de moins qu'un mépris glacial et amusé.

— Eh bien, Helena !... dit le jeune Lenz. Vous êtes une cachottière ! Pourquoi ne pas m'avoir dit que vous comptiez venir vivre à Munich ?

Helena eut un rire gêné.

— Je n'en savais rien moi-même il y a deux heures !... Mon père me donne enfin son autorisation... Il y a des cours d'art dramatique qui préparent au concours d'entrée au Conservatoire et j'ai l'intention de m'y inscrire...

— Comme j'en suis heureux... ma très chère Helena... Et puis vous verrez, beaucoup de choses vont changer en Allemagne dans les mois a venir... Je ferai tout ce qui sera en mon pouvoir pour vous aider...

Gerhardt s'était interposé entre la jeune femme et Haïm, feignant de ne pas voir le regard homicide dont ce dernier l'enveloppait. Tout en posant mille questions, il entraîna Helena loin de Haïm...

Après avoir maudit Gerhardt Lenz et les enfants qu'il pourrait avoir jusqu'à la vingtième génération, Haïm retourna près de David qui, essoufflé, se reposait d'avoir dansé avec Rivka.

— Je n'ai plus mes jambes de vingt ans..., dit David.

Puis, devant la mine déconfite de Haïm, il ajouta :

— Ne te fais pas trop de souci... Helena n'est pas éprise de ce jeune homme !

— Il semble la considérer comme sa fiancée.

— Personne ne lui interdit de rêver... Mais jamais Helena ne sera sa femme. Du moins, tant que je serai vivant.

— Pourquoi avoir permis à Helena d'aller à Munich ? demanda Haïm. Munich est une ville dangereuse... Les SA y font la pluie et le beau temps...

— Parce qu'il n'est bon pour personne d'imaginer passer toute sa vie dans une ville comme Auschwitz. Je me suis souvenu que mon père, que Dieu ait son âme, avait accepté que je parte à Vienne faire des études musicales. Et ce voyage a bouleversé ma vie... Peut-être en sera-t-il de même pour Helena ?

— Peut-être..., dit Haïm, avant d'ajouter, après un petit silence : Mais ce ne sera pas avec Lenz ! cela, je peux vous l'affirmer !...

Munie d'un petit viatique et des bénédictions de David et de Rivka, qui dissimulaient tant bien que mal leur chagrin, Helena prit le train pour Munich. Même si elle ne devait rester absente que six mois et si, entre-temps, elle allait revenir pour de courts séjours, tous deux savaient qu'Helena allait prendre son envol. Réussirait-elle à être actrice ? Ni l'un ni l'autre n'en étaient convaincus.

— Elle est trop timide..., dit David en revenant de la gare, où ils avaient accompagné Helena. Mais si c'est sa volonté d'essayer... Aidons-la et que Dieu la protège...

Ils rentrèrent dans leur appartement. Tout était vide et silencieux. Dans l'énorme poêle de faïence qui trônait dans le salon, des braises achevaient de se consumer. David ajouta des bûches, des boulets de charbon et, à l'aide d'un soufflet, ranima la flamme. A la cuisine, Rivka s'affairait, un grand tablier blanc sur sa robe. Elle se mit en devoir d'éplucher des oignons et de les émincer en petits morceaux. De grosses larmes coulaient sur ses joues fatiguées. Des larmes qu'elle ne prenait même pas la peine d'essuyer. De temps à autre, elle relevait une mèche grise qui, obstinément, tombait sur son front. C'est ainsi que David la surprit. Il s'approcha d'elle.

— Il ne faut pas pleurer, ma Rivkèlè... C'est la vie... Les enfants doivent un jour prendre leur envol... Tu ne voulais tout de même pas garder notre Helena ?... Il ne faut pas pleurer..., répéta-t-il, s'efforçant de dissimuler ses propres larmes.

— Je ne pleure pas..., renifla Rivka,... tu vois bien que j'épluche des oignons ! Je vais les faire sauter avec du foie de veau... et... et... des pommes de terre... et des oignons... Tu aimes... cela... les oignons...

— Oui, je vois... je vois... Moi aussi je sens que mes yeux piquent...

— Tu vois bien, gros bêta. Ce sont les oignons. Seulement les oignons... Pas moyen d'éviter de pleurer en épluchant des oignons...

Soudain, Rivka posa là couteau et oignon et, se cachant le visage dans son tablier, sanglota de tout son cœur.

David la serra contre lui.

— Ces oignons, tout de même !... souriait-il. Il faudrait trouver un moyen...

— Il faut... les... couper... sous... l'eau..., hoquetait Rivka.

— Nous le ferons tout à l'heure, ma Rivkèlè... ma petite femme chérie...

Longtemps, ils restèrent ainsi enlacés, dans cette maison désertée par ses bruits, ses cris, ses chants... L'un après l'autre, au fil des années, Jacob, Berta, Adèle, Aaron, Ida, Regina... Helena, tous étaient partis, chacun vers son destin... Ils n'étaient pas loin... Prague, Vienne, Munich, Varsovie... A peine une journée de chemin de fer... Mais, si David était triste, il n'était pas malheureux... En tout cas, pas aussi malheureux que Rivka. Il savait que cette tristesse n'était que momentanée. Au contraire même, il était envahi par une impression nouvelle pour lui, celle de la merveilleuse unité qui reliait tout dans la vie... Tout avait un lien et se nouait en une trame confuse, composée d'éléments essentiels tels que l'amour, les espoirs, les regrets, les souvenirs, le passé, le présent si fugitif, l'avenir... C'était une sorte de canevas sans dessin précis, mais où tous les membres de sa famille et de celle de Rivka étaient là, pour l'éternité, à travers leurs enfants et leurs petits-enfants. « Nous sommes éternels..., s'émerveillait-il. Unis pour l'éternité dans nos enfants... » Et, pour la première fois depuis de longues années, une prière s'éleva de son cœur vers Dieu : *Shema Israël Adonoï...*

MUNICH

Il faisait déjà nuit quand Helena arriva en gare de Munich. Berta, Salomon, Ernest et Adèle étaient là, qui l'attendaient. Helena était à la fois bouleversée, excitée, et pour un peu elle aurait éclaté en sanglots. A peine fut-elle sur le quai qu'elle passa de bras en bras.

— Sois la bienvenue, ma chérie, dit Berta. Que Dieu bénisse papa et maman de t'avoir permis de venir...

L'air, saturé de fumée, humide de brouillard âcre, sur la place de la gare, était toujours le même que dans les souvenirs d'Helena.

Il n'était pas très tard. A peine cinq heures. Des flocons de neige voltigeaient autour de la grosse Mercedes de Salomon qui allait en douceur dans les rues de la ville, très animées en cette veille de Noël 1932. Ici et là circulaient des SA. Pour la plupart, ils riaient, buvaient de la bière et paraissaient si jeunes et si innocents ! Certains n'avaient pas dix-huit ans... Portant des drapeaux, ils paradaient, scandant des chants guerriers. Certains d'entre eux s'arrêtaient devant des murs qu'ils barbouillaient d'une gigantesque croix gammée noire.

— Ils occupent toujours le terrain, dit Berta à voix basse comme si quelqu'un risquait de l'entendre.

— Si l'on pouvait mettre la main sur ceux qui financent tout ça ! soupira Salomon. Cherchez à qui profite le crime et vous trouverez le coupable, conclut-il.

Peut-être ne se trompait-il pas... Les uniformes des SA étaient reluisants. Des motos superbes, des voitures de luxe, des camions tout neufs, sortis tout droit des usines, les suivaient ou les précédaient, pétaradant, klaxonnant...

La voiture des Weissman s'arrêta devant la porte de la maison. La brasserie qui lui faisait face était encore ouverte et des chants s'échappaient des fenêtres entrouvertes, dominant le bruit de ferraille des tramways.

Les enfants de Berta descendirent en trombe accueillir leur jeune tante et remontèrent à la même allure. Au salon, une table était mise. Recouverte de napperons, d'argenterie, de pâtisseries... et, sur le piano, une énorme gerbe de roses, de lys, d'arums...

— Quelle merveille ! dit Helena, surprise. De telles fleurs en hiver !

— C'est pour toi, dit Adèle en riant.

La jeune fille s'empourpra.

— Oh ! comme c'est gentil à vous !

— Ne nous remercie pas ! intervint Salomon, goguenard. Regarde plutôt la carte...

Helena se précipita et s'empara du petit carton : *Bienvenue à Munich, chère future Etoile...* Et c'était signé Gerhardt Lenz.

— Oh ! dit seulement Helena un peu désappointée. C'est très gentil ! Je... je ne m'attendais pas à ce geste de la part de ce garçon... Et... hum... il n'y a rien d'autre ?...

Ses sœurs et ses beaux-frères éclatèrent de rire.

— Et que te faut-il de plus ? dit Berta. Cette gerbe vaut une fortune...

— Oui... oui, dit machinalement Helena. C'est une merveille !

— Tu l'as déjà dit... Ah !... à propos. Haïm Lozwitzky doit venir ce soir. Il s'est invité tout seul. Cela ne te dérange pas ?

— Non ! Oh non !... Je... je vais juste m'arranger un peu, enfin, me rafraîchir... Dix heures de train, c'est long...

— Bien. Viens, je vais te montrer la chambre que nous t'avons aménagée. Elle donne directement sur le palier, comme cela tu pourras être indépendante.

La chambre était spacieuse et accueillante. Sur les murs, Berta et Adèle avaient accroché les portraits de la famille, bien sûr, mais aussi les photos d'une multitude d'acteurs et d'actrices. Et cela fut doux au cœur d'Helena. Sa famille croyait en elle, en son talent.

Elle se doucha, se recoiffa et se maquilla soigneusement comme elle l'avait appris en cachette. « Si papa me voyait !... » se dit-elle en passant une houppette de poudre parfumée sur son visage. Elle sortit de sa valise l'une de ses plus jolies robes... Enfin, elle fut prête.

Dans le salon, un brouhaha familier, des rires, et la voix de Haïm Lozwitzky, moqueuse.

— Alors, voilà notre future vedette !... C'est bien d'être venue à Munich !...

Et, désignant d'un geste rageur la splendide corbeille de fleurs, merveilleusement incongrue en plein hiver :

— Et déjà des admirateurs ! conclut-il.

Helena eut un petit rire gêné.

— Eh oui... eh oui...

— Qu'avez-vous prévu pour vos études ? demanda Haïm.

— Eh bien..., commença Helena, un peu hésitante. Je vais pouvoir assister en auditrice libre aux cours de fin d'année... Et puis, je pense que Berta va m'aider à trouver quelques petits rôles. Il paraît que le théâtre à Munich est florissant...

— C'est exact, dit Haïm. Si cela vous intéresse, je vous emmènerai au théâtre et à l'Opéra... Tenez, pas plus tard que demain soir, Wilhelm Furtwängler vient diriger *La Flûte enchantée.* Cela vous va ?

— Si cela me va ! soupira Helena, rouge de plaisir.

Haïm lui tapota la main.

— Eh bien, à demain soir ! Ne vous tracassez pas pour trouver un petit rôle par-ci par-là. Je vais mettre en mouvement tout notre clan...

Berta dit à sa sœur :

— Tu peux aussi compter sur moi, ma chérie !... Tu verras, tout s'arrangera ! Tu vas trouver du travail, préparer le Conservatoire, et puis tu vas aussi sortir un peu et t'amuser...

— J'ai promis à maman et à papa...

— De vivre comme une nonne ! Je sais ! Mais dans huit jours, nous serons en janvier 1933, pas en janvier 1833 !... Et si tu veux vraiment être actrice, il faut qu'on te voie, que tu te fasses reconnaître dans certains endroits à la mode, que tu rencontres d'autres acteurs, des metteurs en scène, des directeurs de théâtre... que sais-je ? Ce n'est pas en restant cloîtrée entre ces quatre murs que l'on viendra te chercher !

— Tu lui donnes là de jolis conseils !... lui reprocha Haïm. Helena a bien le temps de se faire reconnaître !... D'ailleurs, on la connaît déjà...

— Quelle idée !... Qui la connaît ?

— Et ça... — Haïm désignait la corbeille de fleurs... — Ce n'est pas le pape qui a envoyé ça...

Sur le coup de sept heures et demie, Mark Kirschbaum, Robert Kampf et Fanny Lévy, venue passer les fêtes de fin d'année à Munich, débarquèrent, trempés de neige fondue, le visage hilare, les bras chargés de victuailles et de bouteilles de vin français... Des bravos et des rires accueillirent les nouveaux venus.

— Du champagne ! dit fièrement Mark Kirschbaum en déposant avec respect les bouteilles sur la table.

— Pour la future vedette ! précisa Robert en embrassant Helena sous l'œil soupçonneux de Haïm.

Adèle et Berta s'empressèrent d'ouvrir les paquets. Des *Delikatessen* juives s'étalèrent bientôt sur la table. Vingt personnes y eurent trouvé largement leur compte.

Salomon déboucha une bouteille.

— Nous allons tous boire à la santé d'Helena et à sa future carrière ! *Mazel Tov,* Helena !

— *Mazel Tov... Mazel Tov !* Bienvenue parmi nous !...

— Et que le diable emporte Hitler et toute la pourriture qui l'entoure...

— Amen !...

Les verres se remplirent, se vidèrent, se remplirent encore...

— Vive la joie de vivre ! s'écria Berta qui, avec trois verres de champagne, recommençait à croire en l'humanité.

— Vive nous..., dit Haïm qui regardait Helena.

Ils burent et mangèrent. Le *Leberwurst* disparut à la vitesse de l'éclair, les saucissons, le *Pickelfleisch,* les saucisses, les *Schmalzherring* suivirent le même chemin...

Helena, Fanny et Robert étaient assis par terre, sur le tapis. Salomon bourrait sa pipe de tabac.

— Haïm !... dit-il au bout d'un moment, après avoir tiré quelques bouffées odorantes. Chante-nous quelque chose...

Haïm inclina la tête et s'installa au piano. Il jouait mal et se contentait de quelques accords pour accompagner son chant. Des airs populaires russes, des airs tziganes. Il chantait l'amour et le désespoir de l'amour. Il chantait la douleur de vivre, l'âme blessée, l'enfant perdu dans la nuit... Il chantait tout le malheur du monde, toute la douleur humaine...

Helena regardait Haïm. Elle l'avait déjà entendu chanter, mais jamais comme ce soir-là. Elle se sentait transportée vers quelque chose d'inconnu et de connu tout à la fois... « Charles... », pensa-t-elle. Et des larmes perlèrent à ses paupières. Mais elle n'était pas malheureuse. Ses émotions, ses larmes, et même la délicieuse angoisse qui l'étreignait, rien de tout cela n'était déplaisant. Au contraire ! Quelque chose était en train de s'emparer d'elle. Quelque chose qu'elle ne repoussait pas, mais qui en même temps l'effrayait.

Haïm s'arrêta de chanter et, après un petit moment de silence, tous l'applaudirent.

— Aimer, c'est ne plus s'appartenir..., dit enfin Mark qui paraissait en savoir long là-dessus. C'est appartenir à l'autre. Corps et âme...

— Aimer, c'est vivre. Et vivre, c'est accepter la souffrance et la joie..., dit Robert.

Il embrassait Fanny avec conviction et la jeune femme, troublée, riait, passablement excitée, et déjà un peu grise.

— Mon cher, tu as encore trop bu ! dit Haïm. Salomon ! Il va falloir que tu installes un matelas par terre pour cet ivrogne ! Dans son état, il est parfaitement capable d'aller gifler un SA et de le traiter de *Schweinehund*...

— Je n'ai pas besoin de boire pour faire ça ! rétorqua paisiblement Robert. Si tu me lances un défi...

— Non ! non ! Grands dieux ! Non ! dit précipitamment Berta en faisant mine d'être terrorisée.

Tout le monde riait.

— Savez-vous l'heure qu'il est ? demanda quelqu'un.

— Quelle importance ? Demain sera là bien assez tôt..., grommela Mark.

— Oh ! chuchota Helena d'une voix basse et passionnée. Je voudrais que demain n'arrive jamais...

— Je vous comprends, dit Haïm. Demain est toujours fait de peur et d'incertitude...

— Ici, tout est si rassurant...

— Allons, dit Berta, il faut quand même songer à demain ! Aidez-moi donc à ranger les restes de victuailles et de vin...

Mais ils eurent beau chercher, il ne restait plus rien. Juste des papiers gras, des assiettes sales et des bouteilles désespérément vides.

L'impression qu'avait faite Haïm Lozwitzky sur Helena se précisa lentement dans son esprit, au cours des semaines suivantes. C'était un sentiment curieux qui se frayait un chemin à travers un dédale de sensations et d'émotions. Helena, sans le savoir, recherchait avidement cette impression de plénitude qu'elle avait connue avec Charles Hollman, cet accord parfait de la sensibilité et de l'intelligence, du désir aussi, bien que jamais concrétisé... Ce n'était pas exactement ce qu'elle éprouvait pour Haïm... Si quelqu'un lui avait demandé : « Mais voyons, Helena, que ressentez-vous exactement pour Haïm Lozwitzky ?... », elle eût été incapable de définir ses sentiments. En revanche, lorsque Gerhardt Lenz venait la voir, et il venait souvent malgré l'accueil glacial que lui réservaient Berta et Salomon, Helena aurait pu facilement dire ce qu'elle éprouvait. Incontestablement, Gerhardt Lenz la distrayait, flattait aussi sa vanité de jeune fille heureuse de voir que l'on admirait le couple qu'ils formaient. Elle aimait aussi que Gerhardt l'emmenât danser, au théâtre, au restaurant... Trop préoccupé par les événements politiques, Haïm venait plus rarement, et lorsqu'il venait, il ne parvenait pas à se défaire de ses soucis. De plus, la jalousie le rendait méchant et persifleur et, par orgueil, Helena s'obstinait à sortir avec son « amoureux ».

Au cours de ce mois de janvier 1933, Helena sortit souvent avec Gerhardt Lenz... Dans la journée, elle suivait les cours de comédie au Conservatoire en « auditrice », puisque l'année scolaire était déjà très avancée lorsqu'elle était arrivée à Munich, mais ses soirées étaient libres et, suivant les recommandations expresses de Berta et d'Adèle, elle ne devait pas passer plus de deux soirs par semaine à la maison. Le shabbat et le samedi soir.

Bien que personne dans la famille n'aimât Gerhardt Lenz, tous appréciaient son père, le professeur Lenz, qui accompagnait parfois son fils pour disputer une partie d'échecs avec Salomon ou Ernest. Social-démocrate, le professeur Lenz se rangeait résolument au côté d'Ernest lorsque la partie d'échecs dégénérait en discussion politique. Et puis tous étaient convaincus qu'Hitler ne serait jamais qu'un mauvais épisode dans l'histoire allemande... N'avait-il pas perdu des voix ? De plus, il avait des dettes énormes, il devait des sommes considérables au fisc. Un citoyen aussi minable ne pouvait être dangereux pour la démocratie...

Les soirs où il accompagnait son père, Gerhardt Lenz savait être d'une humeur charmante. Il n'intervenait pas dans la discussion, mais racontait des blagues irrésistibles de drôlerie, et même Haïm s'arrachait péniblement un rictus... Pourtant, quelque chose d'indéfinissable faisait que Gerhardt Lenz était différent, et de son père et de la famille d'Helena. Le professeur Lenz, Salomon, Ernest, Berta, Adèle, Helena et Haïm étaient des personnes qui, grâce à un fond d'honnêteté devenu chez eux une seconde nature, avaient atteint à une noblesse, à une droiture morales qui les plaçaient très au-dessus de Gerhardt Lenz, lequel se croyait lui-même d'une race supérieure — celle d'un bon « aryen »... Personne ne se doutait combien il lui en coûtait à chaque visite de franchir le seuil de la maison d'une famille juive. Mais tous savaient que la passion qui le liait à Helena était violente et sincère. Et cette passion touchait Helena plus profondément peut-être qu'elle ne voulait se l'avouer.

— Ne t'amuse pas trop avec lui..., lui dit Berta un matin de la fin du mois de janvier, alors que les deux sœurs préparaient le repas du shabbat. Tu ne comptes tout de même pas l'épouser ?

— Non !... Bien sûr que non !... Mais...

— Mais ?

— Il me distrait et il m'émeut... Oui, c'est tout à fait cela. Il m'émeut ! Parfois, il me regarde comme un chien affamé, et lorsque je lui permets de m'embrasser, alors c'est comme si je donnais à manger à ce chien affamé...

— Est-ce que tu aimes lorsqu'il t'embrasse ?

— Sérieusement ? Je pense que oui...

— As-tu l'intention d'aller plus loin ? demanda Berta, feignant une désinvolture qu'elle n'éprouvait pas.

— Euh... Non... Lui le voudrait. Il me supplie de l'épouser sur-le-champ. Parfois, j'ai du mal à résister... J'avoue que... oui, parfois j'ai envie de lui céder... Il n'est jamais brutal... Toujours si ardent, si caressant et si doux !... Pas plus tard qu'hier soir, j'ai failli lui ouvrir la porte de ma chambre... Je n'arrivais pas à me raisonner.

— Mais heureusement... tu ne l'as pas fait ?...

— Non. Heureusement.

Tout en soupirant, Berta pétrissait la pâte de la *halla*. « Combien de temps ma petite sœur pourra-t-elle résister ? » pensa-t-elle le cœur serré.

Quelques jours plus tard, le 30 janvier 1933 éclata comme une bombe. Pourtant, tous espéraient, contre toute raison, tout espoir, que cela ne se produirait pas, qu'un messie du style de Jésus-Christ viendrait sur terre et mettrait en garde les hommes de ce qui risquait de se passer s'ils se livraient à un Hitler. Mais aucun messie ne vint faire entendre raison. Et s'il en était venu un, il aurait eu toutes les chances de subir le sort désastreux de son prédécesseur.

Comme toujours, sociaux-démocrates et communistes se renvoyaient la responsabilité de cette catastrophe, s'invectivaient avec fureur, alors qu'il aurait fallu s'unir contre les nazis... Adolf Hitler, fort de l'appui des grands industriels, avait désormais toute latitude pour imposer ses « idéaux ». « *La radio et la presse sont à notre disposition... Nous allons organiser un chef-d'œuvre de propagande... Et cette fois, naturellement, l'argent ne manquera pas...* »

La poigne vigoureuse du nouveau maître de l'Allemagne s'abattit en premier sur les communistes, ses plus dangereux adversaires. Trois jours après sa nomination à la Chancellerie, le 2 février, une ordonnance interdit toutes les réunions politiques. Et, le lendemain même, des perquisitions permirent de découvrir des dépôts de tracts, parfois d'armes... Une semaine après la nomination d'Adolf Hitler, les arrestations se succédèrent à une cadence accélérée...

Les Weissman, Gutman, Kirschbaum, Lozwitzky et les autres pouvaient ergoter, parler, soupirer jusqu'à l'aube durant les longues soirées d'hiver. Plus rien ne s'opposait à la puissance grandissante d'Hitler et de sa bande.

Février 1933 tirait à sa fin et Helena n'avait pas revu Gerhardt Lenz depuis le jour où l'ancien vagabond de Vienne avait été appelé à la Chancellerie. Elle n'avait pas davantage revu Haïm et, curieusement, l'absence du jeune homme ricaneur et jaloux l'attristait beaucoup plus que celle de son « amoureux ».

Elle menait en apparence son existence habituelle. Vidée de sa substance, elle allait et venait, se rendait à ses cours avec détachement, écoutait sa sœur et son beau-frère discuter sans relâche, des heures durant...

— Aucune classe, aucun groupe, aucun parti d'Allemagne... et j'irai même plus loin, aucun homme, aucune femme ne pourra nier sa part de responsabilité dans la chute de la République de Weimar... dit Salomon Weissman avec accablement... Que va-t-il se passer maintenant ?...

Il ne s'adressait à personne en particulier. Une réunion familiale avait été organisée, comme à l'accoutumée, un vendredi soir chez Salomon. Salomon avait convié également Ernest et Adèle, bien que les deux beaux-frères ne se parlassent plus, l'un accusant l'autre d'être directement responsable de l'avènement d'Hitler. A quoi rimaient désormais les discussions, les disputes, les éclats de voix ?

Pourtant, à peine Adèle et Ernest eurent-ils franchi la porte que Salomon interpella son beau-frère :

— Tu as vu ?... Que t'avais-je dit ? Hitler vient de dissoudre l'Assemblée !... Tout cela est de la faute des sociaux-démocrates !

— Tout cela est de la faute des communistes ! C'est vous qui avez permis l'accession d'Hitler au pouvoir !... Vous avez obéi aveuglément aux ordres stupides de Moscou ! Détruire d'abord les sociaux-démocrates avant les nazis ! Maintenant vous avez gagné. Il n'y aura plus de syndicat socialiste ni d'ailleurs de syndicat tout court !...

— Allons, allons !... intervint Adèle en soupirant, ne vous disputez pas sans arrêt... Voyons, Ernest, enlève ton manteau ! Tu poursuivras tout à l'heure.

Tout contre l'énorme poêle de faïence blanc et vert qui occupait un angle entier de la pièce, Haïm et Helena buvaient un grog brûlant... Haïm était arrivé enfin ! « Pour cinq minutes... » Puis ces cinq minutes s'étaient quelque peu prolongées, et cela faisait maintenant plus d'une heure que le jeune homme confectionnait grog sur grog...

Helena se leva et embrassa sa sœur dont le ventre de huit mois pointait sous la robe.

— Il pousse le bébé ?... Il pousse ?

— Oui ! Et tu ne peux pas savoir combien il est remuant...

— Viens t'asseoir près du poêle, et prends un grog !... Haïm les réussit à la perfection !... Tu me parais gelée.

— Je le suis. Il neige !... Il n'a pas cessé de neiger depuis plus de trois semaines ! Depuis que cette ordure d'Hitler a pris le pouvoir...

— Hitler n'a rien pris..., soupira Berta avec lassitude.

Il a été nommé par Hindenburg, tout ce qu'il y a de plus légalement... ! A propos, j'ai reçu ce matin une lettre de Regina. Elle nous conseille de faire nos bagages et de venir la rejoindre à Zurich !... Qu'en pensez-vous ?

Adèle répliqua vivement :

— En voilà une idée ! Que ferions-nous à Zurich ?... Enfin, pourquoi céder ainsi à la terreur ? Le peuple va se ressaisir, la crise va tout de même cesser un jour et tout redeviendra comme avant... Je ne comprends pas votre attitude, ni à l'une ni à l'autre !

Berta hésita, puis :

— Ida pense exactement comme moi... Elle aimerait que nous allions chercher papa et maman à Auschwitz et que nous partions tous soit en Palestine chez nos cousins Landon, soit à New York...

— Et pourquoi pas au Canada, à Toronto ?... intervint Haïm. Mon frère Ben est en train de s'activer pour me procurer un visa et il me conjure de me faire faire des papiers aussi vrais que possible... Ce serait bien si nous nous retrouvions tous là-bas... Helena, vous pourriez y continuer vos études d'art dramatique.

— Et vous, Haïm, que feriez-vous au Canada ?

— Ce que je fais à Munich. Une boutique de frivolités parisiennes.

— Et moi ? s'écria Robert Kampf. Tu me laisses en plan ?...

— J'ai dit : nous partons tous !... Toi, ta fiancée, toute la famille d'Helena. Parents, frères, sœurs, enfants, neveux, nièces, amis... Tous !

Helena s'étouffait de rire.

— Il nous faudra un bateau ! Un bateau rien que pour les Langer, Weissman, Gutman, Lozwitzky, Kampf, Kirschbaum.

Ils riaient, soudain joyeux à cette perspective. Des projets s'échafaudaient.

— Dès que Mark sera là, nous organiserons notre départ..., dit Haïm.

— Quand doit-il arriver ?... Il est bien en retard ! C'est la première fois..., s'étonna Berta.

— Bah ! une cliente l'aura retenu. Ces Munichoises deviennent d'une exigence !... soupira Haïm.

Il revint à ce qui le préoccupait le plus depuis des mois. Helena. Helena qui paraissait non pas triste, mais soucieuse. « Etonnée et soucieuse... », pensa-t-il en l'observant.

— Helena, ma chère, dit-il à voix haute, au mois d'août prochain, je dois aller au congrès sioniste, à Prague... Pourquoi ne laissez-vous pas tomber Munich et les SA ?... Il ne faut pas rester ici ! Et puis, presque tous les artistes et les intellectuels dignes de ce nom ont quitté Berlin, Munich ou Leipzig... En Allemagne, il ne restera plus que la lie... Il ne faut pas rester ici, ma chère petite..., insista-t-il. Vous avez mille raisons d'aller à Prague...

— Et Toronto, c'est déjà fini ? le taquina Helena.

— Non ! Oh non !... Prague n'est que la première étape ! Il me faut des papiers !... Ces satanés papiers sans lesquels nul être humain n'est censé exister ! Pourtant j'existe, je vis, je suis là... Eh bien non ! Pour l'administration je n'existe pas. A-t-on déjà vu imbécillité pareille ?... Bah ! cela s'arrangera. A Prague, je vais pouvoir rester quelques mois... Venez avec moi ! Prague est une splendeur !

Helena souriait d'un air vague.

— C'est un fait que j'ai une très grande envie de ce voyage... Mais c'est impossible... Enfin, dans l'immédiat... Où irais-je vivre ?... Mon frère Jacob serait prêt à m'accueillir mais, voyez-vous, je ne m'entends pas très bien avec ma belle-sœur Paula... Elle me juge toujours avec une telle sévérité !

— Bah ! ne fais donc pas attention à cette sotte ! intervint Berta en embrassant sa sœur. Jacob t'adore et serait prêt à t'accueillir aussi longtemps que tu le souhaiteras. Haïm a raison. Il vaut mieux que tu quittes Munich le plus tôt possible... Je n'augure rien de bon maintenant pour nous en Allemagne...

Adèle dit à l'intention de Haïm :

— Paula considère toutes les femmes de notre famille comme des dévergondées et des renégates parce que nous ne sommes pas religieuses et que nous appartenons au Bund ou au parti communiste.

— Parle pour toi !... s'exclama Berta. Combien de fois faudra-t-il te dire que j'ai déchiré ma carte du Parti ?

— Pourquoi, Berta ? demanda Robert Kampf. Ce n'est pas seulement à cause des élections... n'est-ce pas ?

— Exact... Mais je n'aime pas ce qui se passe en ce moment en Russie. D'ailleurs, je n'aime pas ce qui se passe dans le monde en ce moment. On dirait... je ne sais comment l'exprimer, mais on dirait que des forces puissantes poussent tous les pays vers une deuxième guerre mondiale... Les forces du mal ?

Berta demeura un instant rêveuse et silencieuse, puis elle reprit brutalement :

— Je n'aime ni Hitler, ni Molotov, ni toute la bande... Communistes, fascistes, nazis... tous à jeter dans la même poubelle.

— Berta !...

Salomon élevait la voix.

— ...Tu n'as pas le droit de dire cela ! Tu ne peux pas mettre sur le même pied les nazis et les communistes... Que les chefs qui sont à la tête de la Russie en ce moment soient tous des crapules, je te le concède, mais tu ne peux pas dire cela de nos camarades de cellule qui, eux, luttent sincèrement pour des jours meilleurs, qui sont prêts à donner leur vie pour améliorer celle des plus défavorisés !... Comment peux-tu comparer les SA, qui sortent des bas-fonds, qui sont des criminels, des souteneurs, des gangsters, à nos amis ?... Nos amis sont des personnes honnêtes, généreuses, qui souhaitent rendre plus humaine l'existence de la classe ouvrière... Les chefs sont une chose... la base est autre chose...

Sous l'algarade, Berta baissa le nez. Elle savait bien que Salomon avait raison. Sans les communistes, sans les socialistes, qui donc allait s'occuper des plus défavorisés ?... Qui ? Il n'y avait plus de réponse à cette question. En un mois de pouvoir, Hitler avait déjà à son actif pas mal de dégâts...

— La révolution peut-elle éclater avant les élections du 5 mars ? Les camarades sont-ils prêts à affronter les SA ? Je ne le crois pas. Pour moi, les jeux sont faits...

Soudain la porte s'ouvrit violemment et Mark fit

irruption dans la pièce. Il était blême, essoufflé... Terrifié, même. Oui, c'était cela. Mark était terrifié. Devant cette terreur — inhabituelle chez lui, lui le soldat qui en 14-18 avait sauvé sa compagnie et avait gagné plusieurs médailles, lui qui en 1919 avait entraîné ses camarades spartakistes au-devant de la police, qui avait participé à toutes les manifestations, dangereuses ou non, à tous les coups de main contre les nazis avant l'élection d'Hitler —, tous ressentirent qu'il venait de se passer quelque chose de grave...

— Qu'y a-t-il ? demanda Salomon à voix basse.

— Vous n'avez pas écouté la TSF ? croassa Mark.

Il parlait avec peine. Egaré, son regard allait de l'un à l'autre.

— Non, pas ce soir..., dit lentement Haïm.

— Le Reichstag est en flammes !

— Quoi ? ! !

Tous s'étaient levés d'un seul mouvement.

— On parle d'un complot communiste... Berlin serait à feu et à sang...

— Non ! dit Salomon. Non ! Non !... Impossible... impossible... Les camarades ne sont pas restés à Berlin. Ils sont passés à la clandestinité dès le lendemain de la nomination d'Hitler...

— Non..., répéta Haïm. Non, c'est impossible ! Les communistes ne sont pas aussi fous...

Mark haussa les épaules. Il avisa un verre de rhum, oublié sur la table par son propriétaire, et avala d'un trait le liquide doré.

— Je sais. Mais c'est ce que le speaker a dit ! Puis-je avoir encore un verre ?... Goering prétend qu'il a découvert, dans les locaux des camarades, des documents prouvant qu'ils préparaient la révolution...

— Goering prend le peuple pour un imbécile... Qui pourrait croire que les communistes laisseraient derrière eux des documents compromettants ?...

— Goering l'affirme et les Allemands vont le croire. De gré ou de force ! On écoute les informations ?

Salomon se dirigea vers la TSF, énorme chose en ronce de noyer verni qui occupait tout un angle de la pièce. Une voix s'éleva dans le silence consterné.

— C'est Goering..., dit Mark à mi-voix.

— Ce *Schweinehund* !..., commenta Berta.

— Cette immondice..., confirma Adèle toute pâle.

— Taisez-vous donc ! laissez-nous écouter ! dit Haïm.

— *C'est le commencement de la révolution communiste !* hurlait la voix. *Il ne faut pas perdre une minute ! Il faut être impitoyable. Tous les chefs communistes doivent être abattus là où on les trouvera. Il faut cette nuit même pendre haut et court tous les députés communistes... Chers compatriotes, les mesures que je compte prendre ne seront pas entravées par des arguties juridiques... Je n'ai pas à me préoccuper de justice, ma mission n'est que de détruire et d'exterminer ; rien de plus !... Bien sûr, j'utiliserai au maximum le pouvoir de l'Etat et de la police. Alors n'allez pas tirer de conclusions erronées ; mais le combat à mort au cours duquel mes poings leur serreront le cou, je le mènerai avec ceux qui sont en bas de cette tribune... les Chemises brunes !*

Salomon ferma le poste.

— Eh bien ! dit-il. Voilà qui ne nous promet pas des jours paisibles. Qu'allons-nous faire ?...

— Partir... Partir ou résister, dit Mark. Si nous résistons, il faut immédiatement créer des groupes d'autodéfense. — Il était épuisé de fatigue et de dégoût. — Je suis né à Munich..., dit-il. Mon père est né à Munich, et mon grand-père... et le père de mon grand-père... Dans le cimetière Juif de Munich, il y a une tombe ou reposent dix générations de Kirschbaum... Et maintenant, il va falloir que j'organise des groupes d'autodéfense contre mes compatriotes...

Salomon haussa les épaules.

— Des groupes d'autodéfense ? Je pense que tu rêves, Mark ! Qui va marcher avec toi ? Les communistes, tu viens de l'entendre, sont les premiers menacés...

Silence.

La dernière phrase de Salomon résonnait encore dans les têtes. « Les communistes... » Quels communistes ? Ceux qui avaient la carte du Parti ? Ceux qui ouvraient seulement leur porte aux camarades ? Les juifs ?... Oui...

De toute manière, les juifs, qu'ils fussent allemands de longue date ou fraîchement naturalisés, de toute manière, les juifs allaient être châtiés, et comment !...

De la rue montaient des chants nazis, le bruit rythmé de bottes sur le pavé. Puis des cris : « A mort les juifs !... A mort les communistes !... »

Ils se précipitèrent tous aux fenêtres. De grandes lueurs d'incendie rougissaient le ciel.

— Il n'y a pas que le Reichstag qui brûle !... dit lentement Salomon Weissman. Les boutiques du centre-ville paraissent subir le même sort...

Robert, Haïm et Mark se regardèrent. Des années de leur vie s'envolaient dans les flammes et la fumée. Malgré la distance, on entendait des cris de terreur, mêlés à des rires.

— Je suppose qu'il vaut mieux que tu nous héberges cette nuit, dit Haïm.

— Je le suppose aussi. Et je pense qu'un verre de vodka s'impose.

— Je le pense aussi, dit Mark. Demain je règlerai leur compte à ceux qui ont fait ça...

Dans toutes les grandes villes allemandes, en cette nuit de février 1933, des incendies éclatèrent spontanément, sans raison valable... Bizarrement, ce furent surtout des boutiques juives qui prirent feu.

Dès le lendemain, les amis apprirent enfin par d'autres camarades l'une des raisons essentielles de l'incendie du Reichstag. Des élections devaient avoir lieu le 5 mars. Si Hitler avait le pouvoir, il le voulait absolu... Alors il était nécessaire de frapper les imaginations, de démontrer à quoi s'exposait un peuple qui ne voterait pas dans sa majorité « comme il faut »...

La chasse aux communistes et aux juifs pouvait commencer.

L'équinoxe de printemps approchait. C'était le joli temps de l'année où les jours s'allongeaient, s'adoucissaient, se parfumaient et s'offraient à la vie, légers, tentants...

Mars s'était évanoui dans la nuit des temps. Jour après jour, de nouveaux faits, de nouvelles lois venaient détruire un peu plus ce qui avait fait la beauté des choses du passé... Le 10 mai 1933, on alluma les premiers bûchers de livres... Livres juifs, livres chrétiens, livres politiques...

Vers le milieu du mois de juin, Robert Kampf franchit la frontière sans encombre, avec un superbe pardessus de vigogne dont les doublures avaient été entièrement refaites. Lui-même semblait avoir pris une bonne dizaine de kilos en l'espace de quelques heures. Nul ne s'étonna de cet imposant voyageur portant un manteau en pleine chaleur estivale...

... *Rendez-vous à l'hôtel Meurice à Paris.* Telle était la teneur du télégramme que Mark et Haïm reçurent deux jours plus tard.

— Paris ! dit Mark. Va pour Paris... Je suppose que Robert avait une furieuse envie de revoir sa Fanny chérie... Donc notre prochaine étape sera Paris...

— J'ai toujours rêvé de vivre quelque temps en France..., commenta Haïm. Vendons ce qui reste des « Frivolités parisiennes » et partons au plus vite...

Pourtant, Haïm était très abattu. Tout ce qu'ils avaient réalisé, ses compagnons et lui, après un travail acharné, allait disparaître. Souvent, il marchait longuement dans les rues de Munich, parfois seul, parfois en compagnie de Mark. Haïm avait appris à aimer cette ville... Il y avait rêvé d'un avenir possible, il y avait rêvé d'un mariage, d'une descendance... C'étaient ces rêves qui surgissaient parfois au détour d'une rue, d'une place...

— Il ne faut pas hésiter à partir..., lui dit Mark, un jour où il surprit Haïm le regard perdu vers les collines qui cernaient la ville.

— Il n'y a pas d'hésitation, dit Haïm. Juste une sorte de tristesse... J'ai tout de même des bons souvenirs à Munich. Tu te souviens de ma logeuse qui exigeait mille milliards de marks par jour de pension ?

— Si je me souviens ?... Cette ivrognesse !... Que Dieu ait son âme !

— Oui. Si Dieu existe... La mort de son fils l'avait détruite... Tu te souviens ?... Personne le jour de son enterrement... Sauf nous, toi, Robert et moi... Les trois youpins, comme elle disait... Au fond, je crois qu'elle nous aimait bien..., qu'en penses-tu ?

— Je crois aussi. Nous étions sa seule famille... Mille milliards de marks ! Quand je pense qu'il fut un temps où nous étions milliardaires ! Tu te rends compte... Aujourd'hui, les milliardaires le sont en marks-or.

— Oui, dit Haïm, et alors ? Crois-tu qu'être milliardaire en marks-or puisse apporter plus d'humanité ?

Mark haussa les épaules.

— Non... L'homme ne sera jamais capable d'être humain. Ni avec ni sans milliards. L'homme naît sans innocence, il naît pervers et se détruira lui-même. Il y mettra le temps qu'il faut, mais il se détruira... Tu vois, il a déjà commencé. En se donnant un Hitler pour chef, il a commencé sa propre destruction et, comme l'homme est pervers, il va jouir de sa décomposition...

— Hé, Mark !... Et nous ?... Nous ? Faisons-nous partie de ça ? Nous sommes aussi des hommes !

— Oui... peut-être.

— Comment ça, peut-être ?... Je peux te le prouver sur l'heure !

— Oh, ça va ! Ce que je voulais dire... Nous sommes des hommes. Bien sûr. Mais nous sommes juifs...

— C'est vrai. Je l'avais oublié.

— Sois certain qu'Hitler et sa bande ne l'oublieront pas.

Haïm et Mark espéraient encore que la compagnie d'assurances paierait la prime qu'elle leur devait... Jusqu'alors, les assurances avaient refusé de payer les dégâts causés par l'incendie, prétendant qu'il s'agissait là d'un incendie criminel, ce qui était exact... mais elles prétendaient aussi que Mark et Haïm avaient mis le feu eux-mêmes à leur boutique pour toucher les indemnités.

— Dites cela encore une fois et je vous fais ravaler vos paroles au point que vous vous demanderez ce que vous êtes venu faire sur terre, dit Mark Kirschbaum à l'assureur, lorsque ce dernier lui tint ce langage.

— Si vous me frappez, je vais déposer plainte !... piailla M. Immergrün des Assurances générales de Munich.

Haïm s'interposa.

— Calme-toi, Mark ! dit-il. Cet infâme salaud sait très bien qui a mis le feu à la boutique. Il sait aussi que notre assurance couvrait ce genre de risque... Mais il ne veut pas payer, n'est-ce pas ?

L'autre haussa les épaules avec mépris.

— Quand bien même je le voudrais, la loi me l'interdit... Kirschbaum est juif. Il doit quitter le pays et vous aussi, et les Allemands ne doivent en aucun cas payer leurs créances aux juifs. C'est assez clair ?

— C'est assez clair... Maintenant fichez le camp...

Et comme l'assureur des Assurances générales de Munich hésitait à sortir, Haïm demanda, intrigué :

— Quoi encore ?

— Si vous voulez, nous pourrions trouver un arrangement.

— Lequel ?

L'assureur hésita, puis, d'une voix détachée, il lança comme s'il plaisantait :

— Vous me faites un contrat de vente antidaté, au nom de ma sœur Himmeline Gleich...

Le culot de M. Immergrün fit rire les deux hommes.

— Vous ne manquez pas de toupet, rétorqua Mark. Et vous nous donnez combien pour la petite *combinazione* ?

— Cinq mille marks, dit l'assureur en hésitant.

— Dix mille ! rétorqua Mark.

— Vous savez bien que les murs de la boutique valent plus de soixante mille marks, confirma Haïm.

— Ah ! vous êtes bien des juifs ! soupira l'assureur. Enfin, c'est d'accord... Je vous apporterai un chèque demain.

— Vous rigolez ?... De l'argent liquide ! Et de préférence en dollars...

— Vous me tenez, hein ?... Bon, d'accord, va pour les marks... Mais si vous me dénoncez...

— Cela ne risque pas... Vous pourriez le faire aussi, mais je ne vous le conseille pas. Alors, c'est entendu ?... Demain, avec dix mille marks en liquide, et vous aurez le contrat de vente daté de décembre 1932. Ça vous va ?

— Très bien, très bien.

Des milliers de nazis, semblables à une nuée de cafards, allaient dans les rues, démolissaient les vitrines, mettaient le feu aux boutique juives. La vie matérielle pour les juifs était, naturellement, devenue très dure. Les épiceries, boucheries, boulangeries non juives leur étaient strictement interdites. Sur chacune d'elles, une inscription : *Ici on ne sert pas les juifs* ou : *Interdit aux juifs*... Les pharmaciens refusaient de leur vendre des médicaments. Beaucoup de gens, jusqu'alors amis sincères, confrères de Salomon ou d'Ernest, cessèrent de les voir. Parmi les élèves de l'Académie d'art dramatique que fréquentait Helena, toutes, sans exception, refusèrent de lui parler. Helena était désespérée. Six mois à peine après son arrivée à Munich, tous les rêves qu'elle avait échafaudés étaient réduits à néant... Avec Berta et Adèle, elle songeait à mille solutions, dont la meilleure était encore de s'exiler à Prague. Jacob les recevrait et les aiderait. Une correspondance effrénée s'échangeait avec David et Rivka, fous d'inquiétude, mais les lettres qu'ils recevaient étaient rassurantes, voire très drôles. A Zurich, Regina s'était lancée dans le journalisme et parlait de s'installer avec un « ami » à Prague. « Zurich est une ville ennuyeuse, il ne s'y passe jamais rien ! écrivait-elle,... et tante Lea ne comprend rien à notre siècle... » Par prudence, Salomon et Berta, de même qu'Ernest et Adèle, avaient décidé d'envoyer leurs enfants à Auschwitz chez grand-père et grand-mère... Qui savait ce qui pouvait advenir désormais ? Au moins, à Auschwitz, il n'y avait pas encore de lois antijuives. Juste les avanies quotidiennes. Mais à cela, le groupe d'autodéfense du Betar pouvait répondre sans se retrouver automatiquement en prison...

Les enfants partirent en juin 1933, et cela fit tout drôle à Berta, Salomon et Helena de se retrouver dans cet appartement de la Prinzregentenstrasse soudain vidé de ses cris, de ses rires, de ses pleurs. La petite bonne bavaroise qui suivait les Weissman depuis la naissance d'Ernest, leur premier bébé, n'arrêtait pas de pleurer. La loi interdisait aux juifs d'employer une domestique aryenne de moins de quarante ans. Aussi, Mathilda devait faire ses paquets et quitter cette famille où elle servait depuis huit ans.

Les journées se passaient à faire des valises, à consulter des cartes routières.

Trois ou quatre soirs par semaine, Haïm et Mark se retrouvaient chez Berta et Salomon. Chacun d'eux venait séparément, rasant les murs, regardant derrière lui pour voir s'il n'était pas suivi. La nomination d'Adolf Hitler à la Chancellerie avait eu quand même un côté positif : la Prinzregentenstrasse avait été débarrassée de lui et de ses SA, et Salomon Weissman déclarait à chaque visiteur, en guise de bonjour :

— Vous ne trouvez pas que l'air est plus pur ici depuis quelque temps ?...

— C'est vrai, renchérissait Berta en aidant les visiteurs à ôter leur manteau, leur chapeau, et en les invitant à s'asseoir. Il y avait dans le quartier comme une odeur de pourriture...

Puis arrivait Haïm, tout heureux.

— Tiens ! les chiens de garde ont disparu... Helena est-elle rentrée ?...

Ce soir-là, Helena était rentrée. Pâle, les yeux rougis de larmes.

— Que se passe-t-il ? demanda Haïm à Berta.

— Elle vient d'être chassée de son cours d'art dramatique. Ils n'acceptent plus d'étrangères... De juives étrangères...

Haïm s'approcha d'Helena.

— Vous savez, lui dit-il, je me suis laissé dire que c'était le plus mauvais cours d'art dramatique de toute l'Allemagne. Pourquoi ne pas tenter votre chance à Prague ?... Là-bas, le Conservatoire d'art dramatique est gratuit.

— Pourquoi Prague ?... répondit Helena en s'efforçant de sourire.

— Parce qu'il se passe des choses remarquables à Prague ! C'est une ville en plein essor artistique... Et puis parce que je dois quitter l'Allemagne, et que j'aimerais beaucoup vous revoir, quel que soit l'endroit où vous serez...

Mais ce qu'il y avait d'irritant chez Haïm, lorsqu'il lançait une phrase comme celle-ci, c'était qu'il le faisait avec une telle gaieté ironique qu'Helena était persuadée qu'il plaisantait et se moquait.

Le matin du jour prévu pour leur départ, Mark vint frapper chez Haïm.

— Regarde par la fenêtre, lui dit-il en guise de bonjour.

Haïm s'exécuta. Un camion de SA stationnait dans la rue... Les SA avaient la jugulaire au menton, des brassards ornés de la croix gammée et cet air d'attardés mentaux qui leur était habituel... Les canons des mousquetons brillaient d'un éclat mat sous la lumière du soleil... Toutes les fenêtres étaient pavoisées de drapeaux hitlériens.

— On célèbre quoi ?... demanda Haïm.

— Je n'en sais fichtrement rien !... Mieux vaut ne pas sortir aujourd'hui.

— Mieux vaut... en effet...

Soudain le visage de Mark se raidit. Il fixait un homme précis dans la bande de SA qui, en cadence, marquaient le pas sur place devant l'immeuble.

— Haïm !... regarde... le type, là en bas...

— Il y en a une centaine !

— Mais non, imbécile !... Celui-là, un peu à l'écart...

— Oui. Je vois... Alors ?

— C'est lui.

— Quoi lui ?...

— Lui qui a mis le feu à la boutique.

— Qu'est-ce que tu racontes !... Comment peux-tu en être sûr ?

— Le jour de l'incendie..., rappelle-toi ! Ce type est

venu acheter une robe avec une femme qui, d'ailleurs, ressemblait plus à une grosse vache allemande qu'à une femme !... Il exigeait ce qu'il y avait de mieux, de plus cher. Il embêtait les vendeuses, les forçait à sortir toutes les collections et regardait sans arrêt sa montre comme s'il attendait quelque chose... Son attitude m'intriguait... Il semblait à la fois impatient et vouloir gagner du temps... C'est justement cela qui a attiré mon attention. Il est resté jusqu'à sept heures et demie. Deux hommes sont venus et lui ont parlé à l'oreille. Alors, il a sauté en l'air de joie, et s'est écrié : « ... Nous les aurons, nous les aurons !... Nous ferons une flambée de leurs livres, de leurs boutiques, et d'eux-mêmes.. » Puis il a empoigné sa femme en criant qu'il n'achèterait jamais rien dans une boutique juive... Et il est sorti. Longtemps, avec les petites, nous nous sommes demandé ce qu'ils étaient venus faire chez nous... Cette scène, je l'avais gravée dans ma mémoire. Plus tard, quand la boutique a flambé, j'ai compris ! C'est lui qui avait déposé des explosifs dans les cabines d'essayage, avec l'aide de la grosse vache... Je me suis juré de le retrouver et de lui faire sa fête, à ce porc... Et il est là, en bas... A croire que c'est Dieu qui me l'envoie...

— Tu es sûr que c'est lui ?

— Sûr ! Un visage pareil, ça ne s'oublie pas... Et regarde, la grosse vache est là aussi...

En effet, une jeune femme de vingt-cinq ans environ propulsait une encombrante, mais non déplaisante corpulence en direction des SA qui l'accueillirent avec force claques sur les fesses... Elle riait avec provocation et, de temps à autre, lançait des œillades malicieuses à son amoureux, lequel arborait un visage renfrogné.

— Que fait-on ? demanda Haïm.

— Il ne faut pas les perdre de vue... On va les suivre et...

— Et ?...

Haïm et Mark se regardèrent. Il n'y eut pas besoin d'autre précision. Haïm reprit en soupirant :

— Il faudrait liquider ça avant de franchir la frontière... Que t'en semble ?

— Juste avant..., approuva Mark. Où as-tu rangé l'argent de cette fripouille d'assureur ?

— Sous ma chemise, retenu par une bande Velpeau.

— Bien... Pas de bagages ni de sacs. Nos passeports. Rien d'autre, n'est-ce pas... Sauf ceci...

Il sortit de sa poche deux couteaux à cran d'arrêt. Les lames effilées brillèrent au soleil.

— Un pour toi, un pour moi. Les revolvers font du bruit. Ça, non. Surtout si tu tranches la gorge d'un seul coup... Nous avons le temps de descendre : ils vont aire des manœuvres toute la matinée...

Les deux hommes restèrent debout devant la fenêtre, regardant en silence les SA. Un instant, on eût cru que les SA avaient les yeux fixés sur la fenêtre d'où Haïm et Mark les observaient... Mark et Haïm reculèrent prudemment.

Ils ne mentionnèrent plus ce qu'ils avaient projeté de faire avant de partir... Ils aviseraient le moment venu. Puis ils décidèrent de prendre des forces et, pour cela, rien ne valait un bon petit déjeuner.

Les fenêtres de la spacieuse cuisine donnaient sur le jardin. Çà et là, jacinthes, tulipes et lilas ponctuaient de taches vives le vert de la pelouse... C'était un endroit fort agréable pour y prendre son petit déjeuner. Un endroit charmant. D'autant plus charmant que non seulement on n'y voyait traîner aucun nazi, mais que même les chants, le claquement des bottes sur les pavés et les sinistres rires gutturaux de cette vermine n'y étaient pas perceptibles...

Pensifs, les deux hommes restèrent longtemps à regarder par la fenêtre le jardin en fleurs, à écouter le chant des rossignols... Le temps s'était immobilisé...

— Il y a dans la vie, dit Mark à mi-voix, comme s'il craignait de troubler le silence, des choses parfaitement belles... Si Dieu existe, ce qui reste encore à démontrer, c'est peut-être pour que ces choses parfaitement belles existent... Ces fleurs, ce chat qui guette on ne sait quoi dans l'herbe, cette minute que nous vivons, si calme en apparence... Notre amitié, l'amour que tu éprouves pour Helena Langer, celui de Robert pour Fanny, nos amis, tout cela existe et tout cela est beau. Mais pour que tout cela existe encore un jour, il faut détruire tout ce qui peut en empêcher l'épanouissement... Il faut le détruire sans crainte, de même que le jardinier détruit les mauvaises herbes qui empêchent ses fleurs de s'épanouir, de même qu'il coupe les branches pourries d'un arbre qui nuisent aux fruits. Et nous, nous devons tuer de la même façon les nazis... Le plus possible...

— Nous ? ironisa Haïm. Tous les deux ?

— Aujourd'hui nous sommes deux...

— Nous sommes deux... ils sont des millions.

Rapidement, Mark jeta un coup d'œil en coin à son compagnon. Puis d'une voix neutre il dit :

— En tout cas, ce soir... nous serons plusieurs...

— Que veux-tu dire ?

— Avec mon groupe, nous avons prévu quelque chose...

— Ah !... Et notre homme ?

— Il y a longtemps que je l'avais repéré...

— Qu'avez-vous prévu ?

— Officiellement, un rassemblement au club d'échecs.

— C'est interdit !

— Justement !... Ils viendront... Et « lui » aussi viendra.

— Ils seront nombreux...

— Aurais-tu peur, Haïm ?

— Depuis un certain jour de juillet 1917, je ne sais pas ce que c'est que la peur...

— Reprends un peu de café et de charcuterie... D'ailleurs, ce soir, nous serons une cinquantaine... Les jeunes du Betar seront avec nous.

— Je te croyais bundiste ?

— Je le suis... Je n'aime pas les méthodes de Vladimir Jabotinsky, mais je suis obligé de reconnaître qu'il a raison... Parler, convaincre ne sert plus à rien. Il y a des moments où l'on doit tuer pour se faire comprendre... Jabotinsky veut organiser un plan d'évacuation des juifs d'Europe centrale pour la Palestine.

— Il a raison..., approuva Haïm.

— Oui... Sans doute. Mais ni l'Angleterre ni la

France ne sont d'accord là-dessus... Tu vois bien qu'il faut se servir des armes...

— Oui. Je sais.

Bien qu'on ne fût qu'au début de juin, il faisait déjà une chaleur digne des jours d'été. Les deux hommes transpiraient abondamment tout en buvant leur café.

— Tu devrais téléphoner aux Weissman, dit enfin Mark tout en s'épongeant le front.

Etonné, Haïm le dévisagea sans répondre.

Mark reprit :

— Helena vient d'être expulsée d'Allemagne... Elle doit avoir quitté Munich dans les quinze jours. Un mot de sympathie lui ferait plaisir.

— Helena, dit Haïm, pensif... Et son amoureux ?...

— Gerhardt ?... Je crois bien qu'elle s'en moque. Passe-lui un coup de téléphone. Qui sait quand tu la reverras ?

Haïm se dirigea vers le téléphone. L'écouteur tremblait dans sa main. Quelques secondes plus tard, la voix d'Helena parvenait jusqu'à son oreille.

— Allô ?... Allô ?... Qui est à l'appareil ?... Allô...

Lentement, sans répondre, Haïm reposa le téléphone.

— Personne, dit-il. Je pense qu'il n'y a personne...

Mark le dévisagea et ne dit rien.

La journée s'écoulait lentement, Haïm et Mark s'affairaient, vidaient des tiroirs, brûlaient des papiers, des lettres, faisaient des paquets de vêtements destinés aux œuvres charitables. Les livres étaient soigneusement liés par petits lots. D'ailleurs, depuis le 10 mai, jour du premier bûcher de livres, ils ignoraient l'un et l'autre qui pourrait s'intéresser désormais à Thomas Mann, Freud, Schiller ou Goethe. Peu importait. Ils laisseraient là les livres, les tableaux, les bibelots.

A intervalles réguliers, ils allaient voir du côté de la rue si les SA continuaient leurs manœuvres. Ils continuaient, les imbéciles, malgré la chaleur, malgré la poussière ; ils continuaient des heures durant à marquer le pas, le menton relevé, le petit doigt sur la couture de leur pantalon, persuadés sans doute que ce qu'ils accomplissaient là n'était pas une perte de temps et d'énergie d'une stupidité sans nom, mais que tous ces efforts, ce piétinement cadencé, ces gestes saccadés étaient la manifestation d'une discipline parfaite, d'une loyauté totale, aveugle, à leur Führer bien-aimé. Et peut-être était-ce aussi cela, après tout.

De temps à autre — en fait presque toutes les heures —, le téléphone sonnait. Et une bordée d'injures accueillait Mark ou Haïm... La voix les menaçait des pires exactions s'ils n'avaient pas quitté l'Allemagne au lever du jour. Puis on raccrochait, et les deux hommes reprenaient leur ouvrage.

Vers huit heures du soir, Mark déboucha une bouteille de cognac et remplit deux verres à ras bord.

— Avec ça dans le ventre, nous serons parfaitement héroïques, et nous pourrons abattre dix nazis chacun... qu'en penses-tu ?...

— L'héroïsme convient aux temps difficiles, voire désespérés..., approuva Haïm. Que Dieu et le cognac nous viennent en aide !

— Dieu ? Je ne suis pas sûr... Mais le cognac, je suis certain. *Le-h'aïm !*... A la vie...

— *Le-h'aïm !*... A la vie...

Puis, comme deux promeneurs détachés des contingences terrestres, ils allèrent, le nez au vent, dans les rues qu'obscurcissait le crépuscule de juin. Des détachements de SA les croisèrent parfois.

Pensif, Mark les observait.

— Le pire que puisse accepter l'homme, est-ce cela ? Ou bien est-ce davantage ?

— Davantage, dit Haïm. Davantage ! L'homme peut tout accepter dans l'horreur. La seule chose qu'il ne peut accepter, c'est d'être heureux. Simplement heureux de vivre. Non, cela, et seulement cela, il ne peut l'accepter...

Ils étaient arrivés devant un immeuble où se tenait, quelques mois plus tôt, un club d'échecs, fermé depuis peu. Un petit groupe d'hommes allait et venait, arborant l'air soigneusement indifférent de gens qui s'ignorent depuis toujours, ne se sont jamais parlé, n'ont jamais joué aux échecs ensemble, ni fait partie de l'Association des amis de l'Opéra, ni dansé aux mariages ou aux naissances des uns ou des autres...

Puis, soudain, en un rien de temps, un camion rempli d'énergumènes portant le brassard nazi s'arrêta pile devant l'immeuble.

Des jeunes hommes sautèrent, matraque à la main, et se précipitèrent.

— Une troupe de choc ! proféra Mark qui sortit rapidement son poignard. Nous avons été dénoncés... Fais attention à toi, Haïm !

Des hurlements gutturaux, des vociférations emplissaient la place. Un autre camion arriva et livra une deuxième fournée de brassards nazis... Il y eut une furieuse mêlée... Les SA et les schupos travaillaient à merveille. Une complicité sans faille les unissait contre les « juifs » et les communistes. Matraques, crosses de fusil fonctionnaient sans relâche... Bientôt, un amas humain fut embarqué dans les camions des schupos... Juste ceux qui troublaient l'ordre public. Les juifs et les communistes.

Haïm se servait avec dextérité de son poignard. Il avait perdu de vue Mark, mais il pensait que ce dernier n'était pas en reste...

Soudain, il l'aperçut tenant à la gorge l'individu qu'ils avaient suivi et identifié comme étant le responsable de l'incendie... L'homme s'effondra, entraînant Mark avec lui... Se frayant un passage parmi les combattants, Haïm parvint jusqu'à lui. Mark se redressait, pâle. L'homme était à ses pieds, la gorge tranchée.

— Viens... fuyons, chuchota Mark. Dépêchons-nous ! C'est le mot d'ordre... On en tue le plus possible et on disparaît...

Ils traversèrent des cours, des rues, se dissimulant dans les renfoncements des portes, et enfin atteignirent la rue où ils demeuraient. Les casques noirs des schupos étincelaient dans la lumière des réverbères, ils couraient dans tous les sens et frappaient sur tout ce qui se trouvait sur leur chemin.

Mark haletait bizarrement.

— Emmène-moi chez les Gutman, dit-il.

Surpris, Haïm le regarda. Mark était pâle, très pâle, trop pâle, et la blanche clarté lunaire n'y était pour rien.

— Es-tu blessé ? chuchota Haïm.

— Je crois... oui... Emmène-moi.

L'un soutenant l'autre, ils arrivèrent chez Ernest Gutman... Tout de suite, Adèle et Ernest furent à la hauteur des circonstances.

— Couche-toi sur le canapé..., dit Ernest. Je vais t'examiner...

L'appartement des Gutman... Souvent, Haïm y avait dormi avec Mark lorsqu'une soirée se terminait trop tard, qu'ils avaient trop parlé, trop bu, trop ri... Lorsque l'aube les surprenait après un tournoi d'échecs... « Je suis épuisé ! » disait l'un d'eux. « Prête-moi ton canapé pour quelques heures !... » Le canapé recouvert d'une épaisse cretonne fleurie sur lequel Mark, évanoui, gisait maintenant.

Ernest arriva, une lampe accrochée sur le front et son stéthoscope autour du cou. C'était la première fois que Haïm le voyait dans l'exercice de sa profession.

Ernest ouvrit la chemise de Mark... Un mince filet de sang coulait doucement le long du flanc gauche. Ernest prit un tampon, essuya le sang, ausculta le blessé et se redressa, le regard vide.

— Comment est-ce arrivé ? demanda-t-il.

— Une bagarre... à l'ancien club d'échecs.

— Ah !... Vous étiez nombreux ?

— Non. Une vingtaine.

— Et eux ?

— Le double. Comme d'habitude...

Haïm raconta la bagarre... Dix des camarades avaient été blessés et emmenés à l'hôpital... Haïm ne s'était pas rendu compte tout de suite que Mark avait été blessé.

Ernest secoua la tête.

— Il est gravement touché... Il faut l'emmener à l'hôpital... Vite. Très vite...

Haïm blêmit.

— Qu'est-ce que tu racontes ? Il a pu se relever, marcher, courir, même... Nous avons pu échapper aux schupos parce que nous courions plus vite qu'eux ! Cela ne peut pas être si grave que ça...

Ernest haussa les épaules avec lassitude.

— Le cœur a été touché... Un coup de poignard... Regarde...

Haïm se pencha sur la blessure... La poitrine de Mark se soulevait par à-coups à chaque inspiration... Il eut un bref gémissement.

— Il revient à lui, dit Ernest. Je vais appeler une ambulance et le faire conduire à l'hôpital...

— Non...

La voix de Mark était faible, mais elle claqua comme un coup de fouet.

— ...Non... pas l'hôpital... (Il haletait.)... Ils m'achèveront sur place et je n'y tiens pas... D'ailleurs ce sera bientôt fini... (Sur son visage, de grosses gouttes de sueur perlaient, ses yeux ne quittaient pas Haïm.)... Arrange-toi pour que je sois enterré dans mon caveau de famille... et puis...

— Et puis ?...

— J'ai... un enfant... Va donner l'argent qui me revient à sa mère...

Stupéfait, Haïm fixait, incrédule, le visage de son ami, son camarade, l'homme avec lequel il avait tout partagé, les difficultés, les joies, les réussites, les défaites, parfois les femmes. Et voici que tout un pan de la vie de Mark, que ce dernier avait toujours soigneusement dissimulé, se révélait brusquement.

— Un enfant ?... Où ?...

— Dans un village... à Pettneu en Autriche...

Ainsi, c'était là la raison des vacances que Mark prenait régulièrement dans ce village de haute montagne, non loin d'Innsbruck. Il prétextait l'amour de la solitude, de longues balades à ski en hiver, « seul, de préférence, et loin de votre envahissante compagnie », disait-il à Haïm et à Robert...

— Bien. Donne-moi quelques explications... Qui est l'enfant ?

— Elle a dix ans. Sa mère est la fille du pasteur... On l'a mariée de force à un M. Müller... boulanger qui... a accepté d'épouser la mère... et de donner son nom à l'enfant... contre une... très forte dot... Ce n'est pas un mauvais bougre... Personne ne sait rien... Personne ne doit rien savoir... Dis que l'argent est celui d'un parent... Invente...

Haïm acquiesça. Il pensait qu'il était heureux que Mark eût eu le temps, avant de mourir, de trancher la gorge de ce *Schweinehund* de nazi. De dire aussi qu'il était père d'une petite fille de dix ans qui porterait dans ses gènes un peu de Mark Kirschbaum. « Il ne mourra pas tout à fait... », se disait Haïm.

Le visage de Mark Kirschbaum se décomposait de minute en minute, il respirait de plus en plus difficilement. Sa main avait agrippé celle de Haïm et la serrait à la broyer.

— J'ai ta promesse ? chuchota-t-il.

— Bien sûr. Aussitôt que possible, j'irai à Pettneu et je chercherai la boulangerie Müller...

Le souffle de plus en plus court, Mark chuchota :

— Elle s'appelle Lisbeth... Lisbeth Müller... Quand je vais la voir, elle m'appelle oncle Mark. Lisbeth Müller..., répéta-t-il plusieurs fois.

Sa main était toujours crispée, comme attachée à celle de Haïm... Lentement, Ernest fut obligé de détacher chaque doigt, l'un après l'autre... Le visage de Mark était jaune et défait... Ses yeux vitreux regardaient Haïm. Ils le regardaient, le regardaient...

— Je te promets, chuchota Haïm la gorge nouée.

— Il ne peut plus t'entendre. Il est mort..., dit Ernest.

— Je sais. Mais qui te dit qu'il ne peut plus m'entendre ? Hein ? Qui ? Qui peut affirmer que Mark n'est plus que ce corps, maintenant déserté par la vie ?

— Calme-toi... Je vais chercher un rabbin et nous dirons le *Kaddish.* Il va falloir l'enterrer vite, très vite... Demain c'est shabbat et comme il va faire chaud, nous ne pouvons pas le laisser ici, à cause de l'odeur...

Ernest Gutman regardait Mark... Mark allongé, les yeux clos, le visage soudain paisible, comme délivré, Mark avec qui il avait fait des parties d'échecs, des pique-niques, de longues promenades dans les collines. Mark, qui faisait partie de la famille depuis tellement longtemps que les enfants l'appelaient « oncle Mark ». Mark et son parti communiste, ses convictions, sa générosité, sa gaieté, et ses tristesses brutales qui le précipitaient vers le premier verre de schnaps venu.

— Je comprends pourquoi il était parfois si triste, dit Ernest d'une voix enrouée. Savoir qu'il existe, de par le monde, une femme et un enfant qui sont à vous et qui vous sont interdits, quelle tristesse !... Est-ce cela un monde civilisé ?

— Oui, dit Haïm, il paraît que c'est ça.

Puis il sortit en claquant la porte derrière lui.

Il se dirigea vers le quartier juif qu'il avait habité autrefois. Il ne reconnut rien. Les vitrines des boutiques qui n'avaient pas été brisées étaient signalées par des croix gammées et l'étoile juive... Les gens, apeurés, se terraient dans leurs appartements, volets clos. La synagogue, saccagée, s'ouvrait, portes béantes. A l'intérieur, le rabbin priait... En quelques phrases, Haïm le mit au fait et le rabbin, sans commentaire, prit son livre de prières et suivit le jeune homme.

Le soir même, Mark Kirschbaum, juif, communiste tendance Trotski, trente-cinq ans, célibataire, fut enterré dans le caveau de ses ancêtres. Une vingtaine de personnes se retrouvèrent au cimetière juif de Munich, là, parmi les pierres tombales profanées, insultées, souillées par les croix gammées...

Ce soir de printemps 1933 finissait dans une splendide apothéose de couleurs... Ce fut là que Haïm embrassa Helena pour la première fois... Il avait décidé de partir dans la nuit pour l'Autriche, afin de respecter le dernier vœu de Mark Kirschbaum et, ensuite, pour la Tchécoslovaquie. Et par les temps qui couraient, prétendait-il, « ... il valait mieux disparaître de Munich au plus tôt ».

Alors, tandis que tous s'embrassaient en pleurant sur la tombe de Mark, il embrassa Helena sur la bouche.

— J'espère qu'un jour nous nous reverrons, dit-il ensuite à la jeune fille surprise. Souvenez-vous que je resterai à Prague un certain temps avant de rejoindre mon frère au Canada...

Les semaines suivantes, ils furent des centaines, des milliers de juifs, de communistes, d'intellectuels, d'artistes, à fuir la dictature nazie. Par vagues compactes, ils quittèrent l'Allemagne précipitamment, pour la plupart sans papiers, sans argent. Ils franchirent des frontières, furent refoulés, s'obstinèrent à d'autres frontières. Une fuite éperdue, incessante, qui se terminait parfois en prison. C'était alors quinze jours, dix jours de « repos », avant d'être reconduits à la frontière, n'importe quelle frontière, et de recommencer à courir...

Suivant une habitude qui ne l'avait jamais quitté depuis 1917, Haïm s'arrangea pour franchir les frontières aussi loin que possible des douanes, des douaniers, et de tout ce qui pouvait, de près ou de loin, ressembler à un fonctionnaire de l'Etat, quel que fût cet Etat. Il avait pu laisser ses valises à Salzbourg, et avait pris l'express pour Innsbruck.

Pettneu était un petit village de montagne à quelques kilomètres de Saint-Anton. Il ne lui fut pas difficile de trouver la boulangerie Müller. Des draperies noires encadraient la porte d'entrée. Günter Müller était mort la veille. Un peu inquiet, Haïm frappa à la porte.

Marienka Müller, la veuve du boulanger Müller, était une jolie femme, blonde et fraîche, bien en chair. Elle accueillit Haïm d'abord avec méfiance puis, lorsqu'il lui annonça la mort de Mark, elle s'effondra en pleurs. D'abord, elle refusa de prendre l'argent que Haïm voulait lui remettre. Puis elle accepta. Elle proposa à Haïm de l'héberger pour la nuit. Elle le présenta à la famille

Müller, comme un cousin. Haïm, qui préférait ne fréquenter ni hôtel ni auberge, accepta.

Le lendemain — jour de l'enterrement —, Haïm fit la connaissance de la fille de Mark. Et, à n'en pas douter, c'était bien la fille de Mark, c'étaient ses yeux noirs, son nez légèrement busqué, son visage un peu trop allongé, son front bombé, têtu, ses cheveux blonds, frisés...

— Une très jolie petite fille, dit Haïm en souriant.

A travers ses pleurs, Marienka lui rendit son sourire.

— Qu'allez-vous faire maintenant ? demanda Haïm.

— Quitter Pettneu. Le plus vite possible. Depuis la mort de mon mari, je ne suis pas tranquille. Tant qu'il était vivant, j'étais un peu protégée par lui. C'était un bon mari, vous savez... Mais ici, c'est un petit village, et tout le monde se doutait que l'enfant n'était pas de lui... Il suffit de regarder Lisbeth !...

— Où irez-vous ?

— Vienne ! cria presque Marienka Müller. Vienne !... J'ai toujours habité Vienne... Jusqu'à... jusqu'à mon mariage. Avec ce que me laisse Mark et le produit de la vente de la boulangerie, je vais pouvoir m'installer à Vienne et ouvrir une pâtisserie...

Elle hésita un moment, puis demanda timidement :

— Croyez-vous qu'il soit nécessaire de dire la vérité à la petite ? Elle adorait son père, et Günter était très bon pour elle... Il l'aimait comme sa propre fille... Lorsque Mark venait nous voir, elle l'appelait son parrain.

Haïm secoua la tête négativement.

— Ne lui dites rien. A quoi bon ajouter du malheur au malheur ? C'est encore une petite fille... Elle pleure son père, un homme qui a été pour elle un vrai père... Lui dire la vérité ne pourrait que la rendre plus malheureuse encore... Et puis, quel avantage pourrait-elle tirer de se savoir la fille d'un juif ? Mieux vaut qu'elle l'ignore et que tout le monde l'ignore aussi. Elle ne s'en portera que mieux !...

La jeune femme l'hébergea encore pour la nuit et peut-être l'eût-elle caché plus longtemps, si Haïm n'avait eu la conviction que l'Autriche allait devenir aussi dangereuse que l'Allemagne. Il décida de quitter ce pays sans tarder.

Dans la nuit du 20 juin 1933, Haïm arriva jusqu'à Bratislava et franchit la frontière sans encombre. A trois heures du matin, aucun douanier, aucun policier au monde ne regarde attentivement un passeport. Ensuite, il attendit le train qui devait l'emmener jusqu'à Prague. Fidèle à lui-même, il prit un ticket de première classe, persuadé qu'aucun contrôleur n'oserait déranger un élégant voyageur qui somnolait dans un wagon de luxe.

Il ne se trompait pas, et arriva dans la soirée à Prague, où il se rendit directement chez Jacob et Paula Langer. Le fils aîné de Rivka et de David habitait avec sa femme un magnifique appartement qui donnait sur les quais de la Moldau...

D'abord stupéfaits de le voir débarquer chez eux sans avoir averti, Jacob et Paula n'en accueillirent pas moins Haïm avec infiniment de chaleur et de gentillesse.

Ils restèrent jusqu'à l'aube à parler, parler encore... A se raconter leur jeunesse, leurs espoirs... Jacob était toujours premier violon dans l'Orchestre philharmonique de Prague. Il enseignait également au Conservatoire de musique. En outre, Paula et lui tenaient une rubrique de critique musicale dans différents journaux tchécoslovaques, yiddish et allemands. Jacob et Paula vivaient dans un milieu d'artistes, d'intellectuels et de scientifiques, et ils bénéficiaient d'avantages sociaux fabuleux. Bien que les émoluments de Jacob fussent relativement modestes, le couple vivait sur un pied largement supérieur à ses revenus... Pas de loyer, théâtre, Opéra et concerts à gogo, aux meilleures places et sans bourse délier, invitations fréquentes dans la meilleure société — il n'y avait pas à Prague famille plus heureuse que celle de Jacob Langer.

— Ici c'est un Etat démocratique et un pays magnifique..., disait Jacob avec enthousiasme. Pour rien au monde, je n'habiterais ailleurs qu'à Prague... Reste avec nous quelque temps, et ne te fais pas de souci pour ton permis de séjour. Je vais m'arranger pour t'en faire obtenir un, valable un an ! J'ai tout de même quelques relations ici ! Ensuite, ce sera un jeu d'enfant de te faire naturaliser...

— Un an ? murmura Haïm dont les yeux se fermaient malgré lui. Un an ?...

Allait-il rester un an à Prague ? Là n'était pas son intention. Six mois. Six mois seulement. Il était si fatigué qu'il ne comprenait plus très bien ce que Jacob ou Paula lui disaient. Les mots ne lui parvenaient plus qu'à travers une brume épaisse...

— Tu devrais t'étendre sur le canapé du salon et dormir...

Mais déjà, Haïm n'entendait plus. Le torse penché en avant, il dormait profondément.

Avec beaucoup de peine, Jacob et Paula réussirent à l'installer sur le canapé.

Longtemps, Jacob le regarda dormir, puis en soupirant rejoignit Paula dans le lit conjugal.

— Que se passe-t-il dans ta tête ? demanda Paula, intriguée par l'expression du visage de Jacob.

— Rien... Rien de particulier, répondit-il. Mais je crois que Haïm a raison de vouloir quitter l'Europe... Cela commence à sentir mauvais...

— Allons bon !... Quitter l'Allemagne, je ne dis pas non ! Mais l'Allemagne n'est pas l'Europe !... Il y a des frontières, des traités...

Le lendemain, avant de se rendre à l'Opéra pour une répétition d'orchestre, Jacob Langer emmena Haïm au Comité d'aide aux réfugiés. Il y avait là un monde fou. C'était la première vague d'émigrés allemands : juifs, communistes, tziganes, tous plus hagards et désemparés les uns que les autres... Ils avaient tout laissé, à Berlin, à Hambourg, à Munich, et ils s'étaient précipités vers la seule brèche ouverte. La Tchécoslovaquie. Prague. Trois à quatre mille personnes en une dizaine de jours... Le Troisième Reich ne persécutait pas que les juifs, les sociaux-démocrates ou les communistes... Il y avait aussi des prêtres catholiques, des pasteurs protestants... Ils arrivaient sans argent, sans papiers, vidés de toute substance vitale. Brisés, parfois en sang, après des semaines de torture pour les faire parler, les obliger à donner des noms, des adresses... Réfugiés... Hommes, femmes, enfants, vieillards... Etonnés, harassés, perdus... Plus pauvres que le plus pauvre des mendiants...

Dans cet endroit où toute la détresse du monde semblait s'être donné rendez-vous, personne ne parlait. Seuls les enfants, insouciants, riaient ou pleuraient ou se chamaillaient. Des adultes regardaient par terre, d'autres loin devant eux — quelque chose du passé qui ne reviendrait plus... coupables d'être nés, coupables de vivre, coupables de ne pas vouloir mourir... Des infirmières allaient et venaient, donnant ici un médicament, là un café chaud, du pain, du chocolat... C'étaient pour la plupart des jeunes filles de bonne famille, bénévoles et charitables. Pleines de pitié et de dévouement, convaincues que Dieu les récompenserait plus tard de leurs bonnes actions... Elles étaient très bien, ces jeunes filles, pleines de compassion. Si supérieures. Si indubitablement supérieures à cette masse misérable et pitoyable que Haïm pensa aussitôt qu'il y avait quelques paires de claques qui se perdaient en ce triste monde.

Un vieillard s'approcha de Jacob et désigna l'étui que celui-ci portait sous son bras.

— C'est un violon ? demanda-t-il à mi-voix.

Jacob inclina la tête d'un signe affirmatif. Il était incapable de prononcer un mot... Il vivait à Prague depuis si longtemps, et jamais il ne se serait douté que, non loin de chez lui, sur le trajet qu'il prenait chaque matin pour se rendre à l'Opéra, un tel endroit existait. Et pourtant, cela existait... La Société des nations avait laissé faire cela... D'élégants messieurs, des diplomates bien nourris, bien vêtus discouraient plusieurs heures par jour sur le sort des réfugiés. Les Anglais ne voulaient rien entendre... « Ouvrir les frontières de la Palestine, c'est se mettre à dos les Arabes... » Les Français, la main sur le cœur, plaignaient les réfugiés — mais que faire ?... Quant aux Américains : « Pas question de donner des visas !... Nous sommes en pleine crise économique... Des chômeurs en plus ? Et puis quoi encore ?... »

— Pourriez-vous nous jouer quelque chose ? demanda le vieillard, toujours avec cette timidité humble, touchante.

Jacob hésita une seconde. Jouer ? Ici ?... Une infirmière s'approcha, prête à interdire. Cela le décida.

Il ouvrit l'étui, en sortit l'instrument enveloppé d'une

soie blanc et bleu, installa le violon dans le creux de son épaule, brandit l'archet, et le premier son jaillit... C'était une danse baroque, un minuetto de Boccherini, gai et mélancolique à la fois. Il évoquait une soirée d'été, des femmes à perruque poudrée, en robe à paniers, et des hommes vêtus de satin blanc, tous gracieux, élégants, qui se regardaient, s'avançaient l'un vers l'autre, faisaient une petite révérence, puis virevoltaient. La vaste salle, pleine de réfugiés désespérés, n'existait plus... Haïm baissa la tête. Des réminiscences lointaines revenaient à sa mémoire. Il se souvenait combien son père aimait ce minuetto, puis cette variation sur un thème de *Schéhérazade* de Rimski-Korsakov, qui suivit... Haïm connaissait assez la musique, ayant assisté aux meilleurs concerts qui se pussent imaginer, pour savoir que Jacob avait joué admirablement... Dans la salle, les réfugiés regardaient le violoniste. Ils le regardaient comme si Jacob Langer était le messie, un messie descendu sur terre pour témoigner que tout n'était pas vil ici-bas, que tout n'était pas vain. Que la musique existait, et des hommes et des femmes vrais, sincères et bons... L'avenir et l'espoir existaient. Et cet avenir n'appartenait ni à Hitler ni aux SA. Cet avenir appartenait aux hommes.

Le silence régnait dans la salle, tandis que Jacob remettait son violon dans l'étui. Mais Haïm nota que ce n'était plus le silence désespéré qui l'avait accueilli une heure plus tôt. C'était un silence plein d'espérance et de force, un silence qui signifiait : « Nous ne nous laisserons pas sombrer... » La vie est une chose belle. Même les infirmières bénévoles traitaient maintenant les malheureux avec moins de condescendance et plus de chaleur humaine...

Après trois heures d'attente, Haïm reçut un permis de séjour de six mois, prolongeable de trois mois en trois mois, à la condition expresse de ne pas travailler et de prouver qu'il pouvait subvenir à ses besoins. Jacob se porta garant que Haïm Lozwitzky ne serait pas à la charge du gouvernement tchécoslovaque et qu'il n'était dans ses intentions ni de voler, ni de tuer, ni de se conduire d'une manière qui pourrait porter atteinte à la sérénité et à la sécurité du pays... Haïm signa tout ce qu'on lui donnait à signer, la peur au ventre qu'on regardât de trop près son passeport ! Mais les fonctionnaires tchèques ne remarquèrent pas, ou firent semblant de ne pas remarquer, que le passeport n'était peut-être pas tout à fait « casher »...

— La Tchécoslovaquie est un grand pays... Et le président Masaryk est un messie ! dit Haïm en sortant.

Il serrait contre lui son permis de séjour. Six mois à vivre sans se cacher !

Puis il s'activa fébrilement. Il trouva une maison meublée confortable où, pour un prix décent, on lui loua une chambre, petite mais agréable. En entrant dans le vestibule de la pension de famille, on était assailli par des odeurs d'oignon frit, d'ail, de bouillon de poule, toutes ces odeurs familières et réconfortantes qui évoquaient le passé et l'enfance.

Grasse et petite, âgée d'une quarantaine d'années, la patronne, Mme Rivsky, était une chrétienne slovaque ; très propre, très soucieuse de la bonne tenue de sa pension de famille, elle n'ouvrait sa porte qu'à des clients présentés par des gens recommandables et recommandés...

Située au troisième étage, la chambre de Haïm était ensoleillée, avec deux grandes fenêtres qui ouvraient sur de minuscules jardinets. Les meubles étaient peints en gris clair et décorés de roses, le lit occupait une grande partie de la pièce, mais tout respirait une telle paix, une telle odeur de propreté qu'aussitôt Haïm l'accepta. Il demanda seulement qu'on enlevât le crucifix accroché au-dessus de son lit.

— Ah ? demanda Mme Rivsky soupçonneuse, et pourquoi cela ?

— Je suis juif, dit Haïm.

— Lui aussi, répliqua Mme Rivsky aigrement.

— Oui. Sans doute... Mais lui et moi n'avons jamais été très amis.

— Le Fils de Dieu ! s'étrangla Mme Rivsky.

— Oh ! le Père ne vaut pas plus cher que le Fils.

— Vous blasphémez...

— Certainement. Eux, ils tuent les faibles, les malheureux... Ils s'acharnent sur les plus démunis d'entre nous... Moi, je blasphème... Qui est le plus coupable ?

Outrée, Mme Rivsky enleva le crucifix. Puis elle regarda Haïm attentivement.

— Vous venez d'Allemagne, n'est-ce pas ? demanda-t-elle radoucie.

— Oui.

— Je comprends... Mais Lui (elle brandissait le crucifix), Lui n'est pas coupable...

— Peut-être...

— Non... non... Les hommes ! Seulement les hommes et leur orgueil, leur vanité, leur méchanceté... Je vous laisse défaire vos valises...

Elle sortit en refermant doucement la porte derrière elle.

Une fois seul, Haïm put téléphoner sans risque à Paris, à l'hôtel Meurice, puis à la Coupole, où il laissa des messages pour Robert Kampf.

Haïm était depuis quinze jours à Prague. Il était heureux... Il avait trouvé un emploi chez « Roselyne de Paris » qui avait accepté de le faire travailler sans permis, à la condition expresse que personne ne pût s'en rendre compte. Il avait eu enfin une longue conversation au téléphone avec son frère Ben, bien que ce fût toute une histoire pour téléphoner à Toronto depuis la grande poste centrale de Prague. La préposée, les yeux exorbités, avait dû demander l'assistance de son supérieur hiérarchique, lequel, soupçonneux, avait exigé de voir *de visu* l'argent nécessaire à une telle communication. Il s'était fait un petit attroupement autour de Haïm, de la préposée et du supérieur.

— Téléphoner au Canada ?... Seigneur ! Comment cela peut-il se faire ?... Il y a l'Océan !...

Lorsque le souvenir d'Helena revenait trop souvent dans son esprit, Haïm sortait et choisissait la moins farouche des jolies vendeuses de Mme Roselyne.

Vers la fin du mois de juillet, Haïm reçut une lettre de Robert Kampf qui lui annonçait son mariage avec Fanny Lévy : « N'oublie pas que je t'attends. La vie est merveilleuse en France ! Si merveilleuse que je suis devenu français grâce à ma femme... Je t'attends avec impatience... Viens vite ! Nous allons faire de grandes choses ensemble... »

Viens vite !... Avec quoi ?... Un permis de séjour tchécoslovaque et un faux passeport Nansen ? Robert rêvait !...

Helena était assise sur un promontoire qui dominait d'une centaine de mètres l'Isar. C'était un jour d'été comme des milliers d'autres depuis la nuit des temps, un jour d'été où les roses et les acacias en fleurs exhalaient leurs parfums dans une apothéose d'odeurs et de couleurs.

Au loin, s'effaçait la dernière lueur du jour, et doucement, le crépuscule s'emparait des choses et des gens... C'était une heure exquise. Une heure faite pour l'amour et le bonheur... Agacée, Helena soupira. Son regard fuyait celui du grand jeune homme blond qui lui faisait face. Pour elle, c'était fini. Elle savait très bien à partir de quel moment son attachement pour Gerhardt avait cessé... Depuis le baiser léger que Haïm avait déposé sur ses lèvres, elle se sentait liée à lui comme jamais elle ne s'était sentie liée à Gerhardt, bien qu'elle eût été, à plusieurs reprises, à deux minutes de céder à ses ardeurs.

A cet instant précis, elle pensait à Haïm, à ce baiser volé le jour de l'enterrement de Mark Kirschbaum, à ce que Haïm lui avait dit, et elle ne comprenait pas très bien ce qu'elle faisait là, ni pourquoi elle avait accepté ce rendez-vous, alors qu'elle venait d'être expulsée et qu'elle risquait à tout moment d'être arrêtée dans la rue et emprisonnée si elle était surprise à parler — elle, la juive —, seulement parler, à un aryen... Elle haïssait Gerhardt et il ne lui inspirait plus, depuis quelques mois, qu'un immense dégoût.

Cette violente animosité datait de ce fameux 10 mai 1933, où le doux, le gentil Gerhardt Lenz s'était transformé. Fou de joie, hurlant son enthousiasme, il lui avait tenu des propos incohérents. A la réflexion, toutefois, pas si incohérents que cela... Mais terrifiants. Gerhardt Lenz appartenait au parti nazi, et cela depuis des mois ! Peut-être même appartenait-il à ce parti lorsqu'il l'avait rencontrée dans le train, l'année dernière ? Mais le pire pour Helena, ce n'était pas la duplicité dont avait fait preuve le jeune homme. Une semaine plus tôt, il avait dénoncé aux dirigeants de l'Ordre nouveau son propre père, le professeur Lenz, démocrate convaincu, sympathisant communiste, ami des sociaux-démocrates... Maintenant, Helena comprenait mieux certains regards apeurés que le professeur lançait parfois à son fils, lorsqu'ils venaient tous les deux chez les Weissman, quelque temps encore avant qu'Hitler fût nommé chancelier.

— Es-tu devenu fou ? avait demandé Helena horrifiée. Dénoncer ton propre père !...

Elle aimait beaucoup le vieil homme qui habitait dans la proche banlieue de Munich, cet intellectuel courageux qui s'opposait de toutes ses forces aux nazis, et qui avait un moment trouvé refuge chez les Weissman. Grâce à la diligence de son fils, quatre mois à peine après l'élection du chancelier Hitler, Herr Lenz, soixante-cinq ans, professeur d'histoire à l'Université de Munich, fut arrêté et envoyé dans le camp de concentration d'Oranienburg, « camp de rééducation » tout juste ouvert pour les irréductibles opposants politiques.

— Aujourd'hui c'est ainsi qu'il faut être !... s'était justifié Gerhardt devant Helena effondrée. Aujourd'hui c'est le devoir des enfants d'espionner leurs parents et leurs grands-parents, de leur tendre des pièges, de les dénoncer et de les faire pendre s'ils ne respectent pas la loi de notre Führer... Nous ne sommes plus sous cette République de Weimar qui était aux mains des sociaux-démocrates et des communistes !... Livrer son père à la police, c'est pousser l'esprit de discipline et de loyauté à son comble !... Il faut jeter à la poubelle toute cette éducation entachée de juiverie qui nous empêche de vivre ! « Tu ne tueras point, tu ne voleras point, tu respecteras ton père et ta mère ! » Foutaises que tout cela ! Au contraire ! C'est aux vieux de respecter la force et la jeunesse !... Est-ce que dans la jungle, les lions, les tigres ne tuent pas ? C'est le primat de la force ! Il faut abattre les faibles !... Les faibles ne servent à rien ! Ils encombrent les villes, les hôpitaux et coûtent cher à la société ! Les faibles doivent disparaître ! C'est pourtant facile à comprendre ! La famille n'existe plus ! Seuls comptent le Führer... et la grandeur de l'Allemagne... Respecter ses parents, les vieux et les infirmes est un principe judéo-chrétien dont nous n'avons que faire ! Place à la force virile de la jeunesse ! Et mort aux intellectuels qui pourrissent la jeunesse avec leurs stupidités !

Gerhardt et Helena se disputèrent violemment. Ce fut leur première et dernière querelle... et, par voie de conséquence, ce fut aussi la fin de ce flirt qu'Helena avait laissé s'installer depuis son arrivée à Munich. Flirt qui l'empêchait de sombrer dans le désespoir lorsque le souvenir de Charles Hollman venait la hanter. Elle avait accepté la compagnie et les baisers de Gerhardt Lenz aussi longtemps qu'elle avait ignoré les tendances pronazies du jeune homme.

Indignée, écœurée, Helena n'accepta plus de le revoir. Aussi, en ce beau début de soirée de la fin juin, fut-elle extrêmement étonnée de le voir l'attendre à la sortie de l'Académie d'art dramatique, où elle était venue chercher ses affaires. L'avait-il suivie ? Comment avait-il pu savoir qu'elle viendrait ce jour-là ?... Elle n'avait plus le droit de suivre les cours que, pourtant, Berta avait payés d'avance. Elle avait dû subir le regard froid de ses ex-compagnes, le regard fuyant du directeur, qui ne parla pas de remboursement et refusa de donner à Helena un certificat attestant qu'elle avait, six mois durant, suivi des cours dans son établissement. Ce fut un après-midi fort pénible, et la présence soudaine de Gerhardt Lenz ne fit rien pour arranger l'atmosphère.

Il était pâle, agité et jetait des regards furtifs alentour comme un homme traqué... Un groupe de jeunes gens observait le couple avec attention.

— Il faut absolument que je te parle..., siffla-t-il entre ses dents. C'est important... très important... cela nous concerne tous les deux...

Surprise, déroutée, Helena dit simplement :

— Eh bien ? Je t'écoute...

— Pas ici ! A l'endroit habituel. Dans une heure.

Et il disparut rapidement. Un instant, Helena hésita à se rendre à ce rendez-vous impromptu... Que diable lui voulait Gerhardt ?

L'endroit en question était situé sous un petit bouquet d'arbres, à cent mètres environ au-dessus de la rivière. Quelques bancs, des troncs d'arbre faisant office de tables en avaient fait le lieu de prédilection des étudiants. Au dernier moment, Helena avait décidé de revoir Gerhardt. Qui sait ? peut-être s'est-il rendu compte qu'il avait fait une terrible erreur ?...

Il se tenait devant elle, les bras ballants, le front en sueur, gêné. Dans les mains du jeune homme, un journal froissé. Elle reconnut le journal interne de l'Université de Munich. De temps à autre, Berta et Salomon se le procuraient et leur cœur se soulevait en lisant le flot d'insanités qu'il contenait... C'était dénonciation sur dénonciation : « On a aperçu la fille du directeur de l'Ecole de théâtre avec un juif... », « Un membre de la Société des amis de la musique a acheté de la charcuterie dans une boutique juive », « Le fils du professeur Lenz, qui a été condamné à deux ans de rééducation au camp d'Oranienburg, aurait été vu en compagnie d'une juive polonaise expulsée de l'Académie d'art dramatique... une certaine Helena Langer. »

Toute une page du journal « informait » ses lecteurs, donnant les noms de ceux qui avaient le malheur de fréquenter des juifs

Helena regardait le journal, puis le visage décomposé de Gerhardt...

— Tu sais ce qu'il y a dans ce journal, ce matin ? dit celui-ci.

Elle secoua la tête. Elle n'allait pas tarder à le savoir.

— On nous a aperçus ensemble à la soirée de Dorothea Mayer... On nous a dénoncés au parti ! Qui ? Ah ça, je ne sais pas !...

La soirée de Dorothea !... Une banale soirée d'anniversaire, où en effet elle avait dansé avec Gerhardt... Elle avait d'abord refusé, mais Gerhardt l'avait enlacée de force et entraînée dans la danse. Ne voulant pas provoquer de scandale, la jeune fille avait dû subir l'étreinte passionnée du jeune homme qui, manifestement, avait bu plus que de raison. Sinon, il ne se fût pas comporté ainsi devant ses camarades nazis... Elle imagina les membres du parti siégeant en séance plénière. Elle eut peur pour elle, et pitié de Gerhardt. Les nazis n'étaient pas tendres avec ceux des leurs qui se fourvoyaient.

— Dans cet article, on parle clairement de moi et de toi... Se voir qualifié de valet des juifs !... de profanateur de la race... Je suis perdu... Tu comprends ?...

Si elle comprenait ?... La pitié fit place au mépris et à la colère. N'était-ce pas elle qui, des deux, risquait le plus ! Etrangère, on pouvait l'arrêter d'un moment à l'autre sous n'importe quel prétexte...

— Tu devrais être fier ! dit-elle sarcastique. Autrefois, du temps de François-Joseph, de l'Impératrice Sissi et de leur fils Rodolphe, eux aussi étaient traités de valets des juifs... Tu es en bonne compagnie...

Mais Gerhardt Lenz n'avait nulle envie de faire de l'humour.

— Oh ! arrête ! je t'en prie ! Il s'agit bien là de ces fossiles ! Tu ne comprends donc pas ? Mon avenir est en jeu ! Avec ce satané journal, toute l'Université est au courant ! Des portes vont se fermer devant moi ! Je ne pourrai pas faire carrière.

Il s'interrompit, terrifié par ce qui était pourtant le reflet de sa pensée... Mais il y avait plus : l'idée de perdre Helena lui était intolérable. Il n'avait pas accepté leur rupture, qu'il avait mise sur le compte d'un mouvement d'humeur passager... Jamais il ne l'avait désirée autant qu'en ce moment précis... Et jamais sans doute Helena n'avait été aussi belle qu'à l'aube de ses dix-neuf ans. Mince, le visage d'une parfaite régularité encadré d'une masse de cheveux noirs coupés court, crantés serré comme l'exigeait la mode, elle portait une robe en crêpe de soie à larges fleurs, et elle paraissait si jeune et si vulnérable !...

— Je suis amoureux de toi depuis longtemps ! disait-il, étonné de ne recevoir en retour qu'un regard froid et méprisant... Que faire ? implora-t-il. Que peut-on faire ?

Elle eut un sourire.

— Va voir tes camarades nazis, dit-elle. Si tu expliques qu'il n'y a rien de vrai dans ce que raconte ce tor... ce journal, tes amis se rendront peut-être compte de ta sincérité et de la pureté de ta race... Et puis, tu sais bien qu'entre nous c'est impossible ! Nous en avons déjà discuté et tu étais d'accord avec moi là-dessus ! Pourquoi changer d'avis ? Mieux vaut ne plus nous revoir... Pour toi c'est la meilleure solution, crois-moi...

Qu'avait-elle donc éprouvé pour ce jeune homme qui se tenait devant elle, blême de terreur ? Rien d'important sans doute. Rien de comparable, en tout cas, à cet amour qui l'avait liée à Charles Hollman, ni même à ce curieux sentiment d'appartenance qu'elle éprouvait pour Haïm Lozwitzky lorsqu'elle le rencontrait... Haïm ! Il se cachait de la police allemande et des SA, et, sans doute par prudence, n'avait plus donné signe de vie chez les Weissman. Juste un petit mot trouvé dans la boîte aux lettres, qui disait : « ... Tout va bien... Prague est une bien jolie ville. Peut-être nous retrouverons-nous... » Elle-même devait retourner à Auschwitz « dans les quarante-huit heures », avait-elle lu sur le billet bleu reçu le matin même, en provenance du commissariat de police. Une chose était sûre. Elle quitterait Munich sans regret, si ce n'était celui de ses rêves retardés. A son âge, on ne pouvait parler de vie brisée...

Prestement, Helena fut sur ses pieds et marcha lentement le long d'un sentier herbeux qui surplombait dangereusement l'Isar.

— Tu sais, reprit-elle enfin, mon nom figure aussi dans le journal. Et je viens d'être expulsée de Munich... Tout devient extrêmement difficile pour moi. Peut-être aurais-je dû écouter papa et aller à Vienne ?

Elle parlait, parlait... Il fallait en finir avec cette scène absurde.

— Tout cela n'a plus beaucoup d'importance. Encore une fois, je me moque de ce que tu penses ! Séparons-nous bons amis, et voilà tout. Si cela t'intéresse quelque peu, je pense que je vais retourner dans ma famille à Auschwitz. Non, je t'assure ! Ne te fais pas de souci pour moi !

Il la fixa, interloqué. S'imaginait-elle donc qu'il se

faisait du souci pour elle ? Quelle prétention ! Son angoisse pour lui-même l'occupait tout entier.

— Eh bien... puisqu'il en est ainsi, balbutia-t-il. Au fond, tu as sans doute raison. Il vaut mieux ne plus nous revoir..., acheva-t-il d'une voix rauque qui le surprit.

Comme le surprit le grand déferlement de douleur qui le fit trembler lorsqu'il entendit Helena dire avec une pointe de moquerie :

— Excellente idée. Va ton chemin et j'irai le mien... Nous ne nous reverrons plus. Comme ça, tu n'auras plus à craindre pour ta réputation...

Alors, il se souvint combien il avait aimé, combien il aimait encore Helena. Il n'allait plus la voir, et cette certitude-là lui fut soudain intolérable... Il n'acceptait pas sa propre décision, et l'amour qu'il éprouvait pour la jeune fille se teintait de haine devant son refus obstiné de céder. Il ne la croyait pas lorsqu'elle lui affirmait qu'elle ne l'avait jamais aimé et à la douleur sincère qu'il ressentait se mêlait une colère grandissante. « Moi je l'aime ! pensait-il avec désespoir et rancune. Elle est à moi puisque je l'aime ! » Son raisonnement n'allait pas au-delà de ce sentiment de possession qui le rendait sourd à ce que pouvait éprouver Helena.

Elle le regardait. Indifférente. Soulagée. « Son amour finalement me pesait ! » pensait-elle. Pourtant, insidieusement, une vague angoisse lui serrait la gorge. Elle n'aimait pas cette solitude soudaine, dans ce lieu désert que le crépuscule de juin envahissait d'une ombre brumeuse. Il fallait en finir, vite et sans drame.

— Bien, dit-elle à voix haute. Alors, adieu.

Et sans un regard, elle tourna les talons et marcha en direction de la ville. Il faisait presque sombre maintenant, et il fallait faire attention où l'on mettait ses pas. Le sentier sinueux se perdait dans les fourrés. En contrebas, la rivière charriait ses eaux boueuses et noires.

— Helena !... Attends !... Un instant s'il te plaît...

Où était le ton arrogant de Gerhardt ? Il y avait de la supplication dans sa voix.

Elle s'arrêta. Il s'approcha d'elle. Si près, que dans l'obscurité elle sentit la chaleur qui émanait de son corps.

— Ecoute, dit-il. Où vas-tu aller maintenant ? Que vas-tu faire ?...

— Tu sais bien que j'ai été expulsée ! Dans quarante-huit heures, je dois avoir quitté Munich... Je retourne chez moi. A Auschwitz. Je prendrai le train demain matin.

— Mais maintenant ?

— Comme d'habitude, je vais chez ma sœur. Ma famille aussi a été expulsée. Nous partons tous. Elle m'attend... Nous avons des bagages à terminer... Pourquoi ?

— Ecoute... (Il parlait avec difficulté.) N'y va pas tout de suite...

Egaré, il avait enlacé la jeune fille et se grisait de sa propre souffrance et du désir puissant qui le submergeait.

La colère s'empara d'Helena. Elle recula et le dévisagea durement.

— Va-t'en ! ne me touche pas, dit-elle d'une voix froide.

Mais lui insistait :

— Je t'aime... Je t'aime tellement.

Il la tenait par les épaules et voulut l'embrasser. Il avança son visage vers celui de la jeune fille. Elle le haïssait et le méprisait avec une violence qui l'effrayait.

— Va-t'en ! cria-t-elle. Va-t'en ! Va-t'en !... Laisse-moi tranquille !

Brusquement elle se dégagea et le gifla à toute volée.

Gerhardt Lenz eut un haut-le-corps. D'abord il ne comprit pas ce qui lui arrivait. Puis la colère monta en lui.

— Hein ?... quoi ?... tu me frappes ? tu me frappes ? moi ? moi ?... Espèce de sale youpine... tu oses me battre ?

Il se jeta sur elle et la renversa sur le talus qui surplombait la rivière. Il bégayait, ivre de désir, de fureur, d'amour et de haine...

— Que tu le veuilles ou non... que tu le veuilles ou non... je t'aurai quand même...

Helena se débattait avec l'acharnement du désespoir. Une force inconnue l'animait. Elle réussit enfin à se libérer avant que Gerhardt Lenz ne pût parvenir à ses fins, et elle se releva.

Le jeune homme fit de même. Empêtré dans les jambes de son pantalon qui lui entortillaient les chevilles, son caleçon ouvert dégageant son sexe qui se dressait, droit, rouge, gonflé, il ne restait plus rien du fier et brillant aryen, plus rien qu'un homme ridicule, comique... Si comique qu'Helena éclata de rire... Un énorme rire libérateur...

— Tu oses te moquer de moi ? grinça Gerhardt, les mains en avant, prêt à l'étrangler.

Prise de panique, Helena le repoussa violemment.

Ensuite tout alla très vite. Déséquilibré, le jeune homme bascula en arrière et, dans un hurlement, tomba dans la rivière...

Tremblante, Helena resta un long moment immobile, la respiration coupée... Elle ne comprenait pas ce qui venait d'arriver... Sa vie en eût-elle dépendu qu'elle aurait été incapable de bouger... Il n'y avait personne alentour. Personne pour témoigner que c'était un accident... un accident ! Mais si l'on retrouvait le cadavre, n'allait-on pas l'accuser ? Beaucoup de gens à Munich connaissaient ses liens avec Gerhardt Lenz... Et on les avait vus ensemble, il n'y avait pas deux heures !

Un meurtre ! Elle venait de se rendre coupable d'un meurtre. Elle, la juive, avait osé porter la main sur ce parfait représentant de la race aryenne qu'était Gerhardt Lenz... Et, en cet été 1933, c'était la pendaison, à coup sûr. Folle de terreur, elle se mit à courir.

Berta et Salomon l'attendaient avec inquiétude. Chaque retard de l'un des membres de la famille était désormais une source de terreur. Un amoncellement hétéroclite de valises, de livres rangés en paquets ficelés encombrait le salon... Salomon dégagea un fauteuil et fit asseoir la jeune fille qui tremblait tellement que ses dents s'entrechoquaient et qu'elle était incapable de prononcer une parole.

— Tiens... bois ça, dit Salomon en tendant un verre rempli de schnaps. D'un coup sec...

Helena s'exécuta. Toussa... Mais quelques minutes plus tard, elle ne tremblait plus.

— Raconte, dit Berta. Que s'est-il passé ?...

Alors Helena raconta tout. Sans rien oublier. Dans les moindres détails.

Salomon réfléchissait.

— Une chute d'une centaine de mètres dans la rivière pardonne rarement ! Avec un peu de chance, ton amoureux sera mort sur le coup !... Es-tu sûre que personne n'a pu vous apercevoir ?

— Certaine ! grelotta Helena.

De nouveau, Salomon remplit un verre de schnaps et le lui tendit.

— Tiens, dit-il. Allez ! encore une fois, bois ça... Nous avons des mesures à prendre... Même si personne ne vous a vus, tu ne peux plus rester à Munich un jour de plus... Pars cette nuit même... Il y a un train dans trois heures pour Prague et, de là, tu pourras regagner Auschwitz. Beaucoup de gens savaient que Gerhardt était amoureux de toi. Il suffira d'une enquête malveillante et c'en sera fait de toi ! N'oublie pas que tu as corrompu la belle race aryenne, cette race de porcs ! Tu vas partir à Prague. Le plus vite possible... Chez Jacob. Jacob pourra t'héberger durant quelques semaines. Et peut-être même te trouver du travail comme figurante à l'Opéra...

— Mais je n'ai pas d'argent !...

— Je te donnerai de l'argent, intervint Berta. Vite, maintenant. Il faut faire vite !... Il va falloir que tu passes la frontière cette nuit même.

Et comme Helena hésitait, elle s'écria, se méprenant sur son silence :

— Mais enfin ! Sais-tu ce qui t'attend si l'on t'attrape ? Tu risques d'être rasée, promenée nue à travers la ville avec une pancarte t'accusant d'avoir souillé le sang aryen... A Prague, tu contacteras Haïm Lozwitzky... Il a obtenu un permis de séjour pour six mois...

Ainsi, Berta et Salomon avaient des nouvelles de Haïm et l'avaient caché à Helena. Pourquoi ?

Avant qu'Helena ne le lui demandât, Salomon dit :

— Haïm avait insisté pour que tu ignores tout de lui. Il se méfiait beaucoup de Lenz... Et tu en paraissais si éprise...

— Mais c'est faux ! s'écria Helena.

Berta remit un petit paquet à sa sœur :

— Tiens, tu lui donneras ceci... Ce sont des tracts... Cache-les de manière que personne ne les trouve sur toi.

Haïm. Ainsi, elle allait le revoir ! Curieux, en vérité, comme la vie faisait parfois bien les choses. Elle allait le revoir en fugitive... La perspective de retrouver Haïm lui fit oublier sa peur.

— Comment vais-je faire pour passer la frontière tchécoslovaque ? Les Allemands ont confisqué mon passeport et ne me le rendront que le jour fixé pour mon retour à Auschwitz...

Berta et Salomon échangèrent un coup d'œil.

— Salomon va s'arranger pour te donner un faux passeport autrichien. Avec un passeport autrichien, tu peux franchir toutes les frontières sans visa. Salomon est un grand spécialiste de ces faux passeports. Tu n'as guère le temps, tu vois !...

Et, comme Helena restait stupéfaite, Berta ajouta, un peu confuse :

— Nous ne pouvions te faire tout à fait confiance tant que Gerhardt Lenz rôdait autour de toi... Qui sait ce que, sans le savoir, sans le vouloir, il aurait pu t'arracher ? Salomon travaille avec Haïm pour une organisation sioniste qui fait partir des juifs vers la Palestine. Il travaille main dans la main avec Vladimir Jabotinsky... Haïm va profiter du congrès de Prague pour mettre beaucoup de choses au point... Il y a des jeunes gens qui viendront de tous les coins d'Europe et qu'il va falloir faire partir en Palestine par la Syrie...

Les jambes flageolantes, Helena tenta de se relever, mais retomba aussitôt sur son siège. La tête lui tournait. Trop de choses en trop peu de temps venaient de se produire.

— Tout va trop vite, murmura-t-elle.

— Oui, c'est ça. Tout va trop vite, approuva Berta. Mais si tu ne te dépêches pas, tu vas rater le train de Prague, et je frémis à la pensée de ce qui peut advenir de toi si demain les schupos viennent t'interroger...

Helena se leva et, chancelante, se dirigea vers sa chambre. Deux heures plus tard, elle embrassait Berta et

Salomon sur le quai de la gare... Cette gare où elle était arrivée sept mois plus tôt, pleine de gaieté et d'espoir, de confiance dans la vie... C'était la même gare, avec la même odeur de fumée, de poussière de charbon... Il faisait nuit, mais la température était incroyablement douce... Longtemps, Berta et Salomon regardèrent le train qui emportait Helena.

— Que Dieu la protège, dit Salomon d'une voix enrouée.

— Oui. S'il existe, que Dieu la protège...

Il était cinq heures. Le ciel était clair et l'on sentait déjà le matin. Salomon et Berta n'avaient pu se résoudre à rentrer tout de suite. Marcher, marcher encore, marcher en silence dans les rues désertes de cette ville qu'ils allaient quitter le soir même.

Longtemps, ils marchèrent ainsi, sans but, silencieux, main dans la main. Ils étaient l'un et l'autre parfaitement éveillés bien qu'ils n'eussent pas dormi. Des cafés, des brasseries ouvraient leurs portes. Le vent soufflait. C'était un petit vent odorant, frais, piquant... Ils s'arrêtèrent devant la maison qu'occupaient encore Haïm Lozwitzky et Robert Kampf il n'y avait pas un mois, puis devant celle de Mark Kirschbaum, qui dormait maintenant pour l'éternité sous une pierre tombale, puis devant la boutique « Les Frivolités parisiennes ». Il ne restait plus que les murs calcinés de la boutique, dont l'enseigne, à moitié détachée, battait contre le mur, au rythme des rafales de vent...

Dans une apothéose de couleurs radieuses, le matin s'emparait des choses et des êtres.

— Il est temps de rentrer et de terminer nos bagages... Qu'en penses-tu, Berta ? dit Salomon. A Auschwitz, nous retrouverons les enfants et peut-être obtiendrai-je un permis de travail.

Berta eut un petit rire assez proche des larmes.

— Il n'y a pas d'université à Auschwitz... C'est une sale ville puante, humide et pleine de Polonais...

— Bah, ils ne peuvent être pires que les nazis...

Berta n'en était pas si sûre.

La gorge nouée, incapable de proférer un son, elle

inclina la tête. Du moment qu'ils étaient ensemble..., pensa-t-elle, qu'importait le reste ?

Qu'importait, en effet.

Par une chaude soirée de ce début de juillet, Haïm rentrait chez lui. Il ouvrit la porte et, dans l'obscurité, brusquement alerté, il recula, méfiant : il y avait quelqu'un dans sa chambre...

Doucement il fit quelques pas à l'intérieur de la pièce et referma la porte. Ses muscles étaient contractés, ses mains prêtes au meurtre. Immobile, il écoutait la faible respiration haletante qui, lui semblait-il, venait de son lit.

— Qui... qui est là ?...

C'était une voix de jeune fille. Presque d'enfant.

Haïm se taisait. Moins tendu, mais pas encore soulagé.

— Qui ?... y a-t-il quelqu'un ?...

La voix, implorante, avait des inflexions familières au jeune homme. Cette voix, il la connaissait. Où l'avait-il déjà entendue ?...

N'y tenant plus, il se dirigea vers les fenêtres et ouvrit les doubles rideaux et les volets. Une faible clarté crépusculaire envahit la chambre, en même temps qu'une forte bouffée de chaleur. Assise sur le lit, Helena. Blafarde ! A moitié morte de terreur...

— Helena Langer !... Helena Langer !... (Il la regardait, ahuri.) Dieu du ciel ! parvint-il à articuler. Nous vivons décidément une drôle d'époque... Que me valent l'honneur et le plaisir de vous voir ici, à minuit, dans ma chambre ?...

— Jacob, balbutia-t-elle, Jacob m'a dit que je vous trouverais ici... Mme Rivsky m'a laissée entrer... Je... je... j'ai des papiers à vous remettre... de la part de Berta.

Puis elle lui raconta tout.

— Naturellement, j'ai rompu toutes relations avec Gerhardt Lenz, dit-elle enfin pour conclure.

Haïm éclata d'un rire formidable.

— Naturellement !... Naturellement !... A moins que vous ne teniez à fréquenter un cadavre...

Interloquée et un peu penaude, Helena hésita un moment, puis éclata de rire elle aussi.

— D'ailleurs, je ne peux plus retourner à Munich...

Ce « d'ailleurs » les acheva. Ils ne pouvaient plus s'arrêter de rire. Ils en pleuraient.

Prague offrait un refuge des plus agréables. Jacob Langer, malgré les remontrances acerbes de Paula, allait s'employer à obtenir un permis de travail aussi long que possible pour Haïm et Helena... Il se démena tant et si bien que sa sœur put se présenter à l'Académie des arts dramatiques qui offrait des cours d'été. Grâce à Jacob, Helena obtint un permis de séjour d'étudiante, et même une bourse !

Huit jours après son arrivée, Helena reçut une longue lettre de ses parents, toute la famille était réunie enfin à Auschwitz. « ... Nous sommes tous en sécurité ici..., écrivait Rivka. Salomon va enseigner la physique et la chimie dans un *heder,* Berta enseigne l'allemand, Ida et Nathan sont venus de Vienne et campent à la maison en attendant de trouver du travail. La vie était devenue très difficile pour eux, à Vienne... Comme c'est curieux de nous retrouver ici à la maison, à Auschwitz ! Les enfants vont à l'école, et ton père et moi sommes ravis, comme tu peux le penser, de voir grandir nos petits-enfants... Combien de temps cela va-t-il durer ?... As-tu des nouvelles de Regina ? Il y a longtemps qu'elle n'a pas donné signe de vie... Sa dernière lettre date d'une semaine déjà. Que fait-elle ? Avec qui ? Cette enfant me brise le cœur ! Comment une jeune fille peut-elle se conduire aussi peu convenablement ? Qui voudra l'épouser si elle continue ainsi à afficher sa liberté et son indépendance ? Quel bon garçon juif voudra d'une femme indépendante et libre ?... Même Berta et Ida qui, Dieu le sait, nous ont donné tant de souci ne se sont pas conduites ainsi !... Les lettres de Jacob se font rares, à peine une lettre par semaine, et encore ! Dis à ton frère d'écrire plus souvent Comment arrives-tu à t'entendre avec Paula ?... Je sais que tu n'es guère religieuse, et Paula l'est avec un tel excès... »

En fait, la seule chose qu'Helena trouvait plutôt désagréable à Prague, c'était sa belle-sœur Paula... Lorsque Helena partait le soir retrouver la petite troupe de théâtre qu'elle avait dénichée avec l'aide de Jacob, Paula la regardait se préparer comme si la jeune fille allait assister à une soirée orgiaque. C'était Sodome et Gomorrhe et la géhenne réunies en une seule personne.

Paula n'avait jamais été ce qu'on pouvait appeler une jolie femme... De beaux yeux certes, mais des traits banals, un corps déformé par les maternités et le peu de souci que les juives pieuses ont de leur apparence... Elle pensait que se soigner la peau, se faire les ongles, s'habiller avec coquetterie, c'était faire preuve de superficialité et pécher contre Dieu... En fait, ce qui rendait la vie assez peu agréable chez Jacob Langer, c'était justement le caractère de Paula. Elle s'érigeait en juge de toutes les actions de sa belle-famille. Fille unique, ce qui était plutôt rare dans les familles juives, elle acceptait mal les nombreux frères et sœurs de Jacob. Religieuse, intolérante, elle ne supportait pas la liberté de mœurs de ses beaux-frères et belles-sœurs...

Chez Jacob Langer, on parlait politique évidemment, mais surtout musique. Jacob et Paula avaient quatre enfants : Hirsch, qui allait sur ses douze ans, Goldie, qui venait d'avoir dix ans et que menaçait une obésité précoce, Samuela, ravissante gamine de huit ans qui ne pensait qu'à la danse depuis qu'elle avait assisté à un inoubliable *Lac des cygnes* avec la Pavlova, et le dernier-né, un petit Michaël de trois ans, qui ne lâchait pas les jupes de sa mère. Paula se désespérait de ne pouvoir donner naissance à d'autres enfants. L'accouchement de Michaël avait été extrêmement difficile et le médecin avait mis en garde Jacob. Une autre grossesse risquait de mettre la jeune femme en danger... Sans se faire prier, Jacob espaça ses rapports avec Paula. L'amour fou des deux anciens élèves du Conservatoire de Prague avait fait long feu et, s'il restait entre les époux une solide tendresse, de l'estime sans doute, il n'y avait plus, ou presque plus, cette passion nécessaire au désir. Très vite,

Helena décela chez son frère qu'une telle passion existait toujours, mais qu'elle s'adressait à l'une de ses élèves, Olga Oppenheim, jolie jeune fille d'origine juive allemande, qui venait régulièrement chez les Langer prendre des leçons particulières... Ces jours-là, Jacob soignait sa mise et se parfumait à l'eau de Cologne, exigeait que la pièce où il donnait ses leçons fût parfaitement propre et fleurie et interdisait à quiconque de le déranger pendant la leçon. Parfois, on entendait les longs traits répétitifs, envoûtants, de ce *Boléro* de Ravel, que le maître et l'élève jouaient indéfiniment. Parfois, on n'entendait rien. Un jour, Helena surprit Paula devant la porte interdite... Celle-ci ne s'aperçut même pas de la présence de la jeune fille. Le cœur étreint par une pitié soudaine pour sa belle-sœur, Helena allait se retirer sur la pointe des pieds quand de longs arpèges brillants résonnèrent enfin. Paula poussa un soupir de soulagement et se retourna. Son regard croisa celui d'Helena.

— Cette jeune fille est très douée, dit Paula d'une voix neutre, quoiqu'un peu brouillée.

— Oui. C'est ce qu'il semble...

— Elle va faire ses débuts dans quelques semaines... Avec Jacob.

— Ah !

— Oui, expliqua Paula, soudain volubile. Ils vont jouer ensemble le *Concerto pour deux violons* de Bach... Dans la salle de concert du conservatoire...

— C'est un beau programme.

— Très beau. Vraiment très beau... Veux-tu m'aider à dresser la table, s'il te plaît ? Ce soir, nous serons nombreux, et je pense... je pense qu'Olga Oppenheim restera pour le dîner... Jacob insiste...

Pour la première fois depuis son arrivée à Prague, Helena eut un élan vers sa belle-sœur et l'embrassa avec affection.

— Merci... c'est... c'est gentil, balbutia Paula, à deux doigts de fondre en larmes. Veux-tu m'excuser ?...

Paula eut juste le temps de s'enfermer dans la salle de bains, et longtemps, Helena l'entendit sangloter.

Le dix-huitième congrès sioniste de Prague s'ouvrit sur le drame de ce qui allait devenir l'affaire Arlozorov. Le brillant leader du Mapaï, parti de gauche sioniste, avait été assassiné sur une plage de Tel-Aviv deux mois plus tôt, et l'on accusait des membres du Brith Habirionim de ce meurtre.

Pourtant, en cet été 1933, Helena était heureuse comme jamais. L'épisode de Munich n'avait guère laissé de trace dans sa mémoire. Il n'y avait rien d'autre que le temps magnifique, la présence presque quotidienne de Haïm, les lettres nombreuses de toute sa famille, et l'espoir revenu d'une carrière d'artiste. En effet, de nombreux amis de Jacob et de Paula appartenaient au milieu artistique de Prague et ne souhaitaient rien de plus que d'aider Helena à réaliser son rêve.

Il faisait beau. Il faisait chaud. Les parfums du parc du centre de la ville, où dominaient roses et tilleuls, embaumaient. Souvent, Helena et Haïm revenaient à pied d'un concert, d'un cinéma ou d'un théâtre.

Ils assistaient parfois aux séances houleuses du congrès sioniste, où s'empoignaient riches et pauvres pour savoir s'il convenait de résister ouvertement à l'Angleterre qui menait de plus en plus une politique pro-arabe et refusait systématiquement les visas aux juifs originaires d'Europe centrale. Chez Jacob Langer, deux jeunes gens — Avrom Rozenblatt et Israël Levitan — furent hébergés durant plus d'un mois. C'étaient deux betarim originaires de Wilno, et qui avaient fait tout le trajet jusqu'à Prague à bicyclette... Ils n'avaient évidemment ni visas, ni passeports, ni argent, et comptaient joyeusement sur leurs seize et dix-sept ans pour franchir toutes les frontières, en évitant soigneusement l'Allemagne comme l'avait ordonné leur chef bien-aimé Vladimir Zeev Jabotinsky... Pleins de candeur, ils s'imaginaient pouvoir passer pour des étudiants autrichiens, bien que, dès qu'ils ouvraient la bouche pour demander leur route, il fût manifeste que non seulement ils venaient de l'Est, mais qu'en outre ils appartenaient l'un et l'autre à la race la plus haïe de ces contrées.

Avrom Rozenblatt était un grand et superbe gaillard, proche d'un mètre quatre-vingts, maigre comme un clou. Durant les deux mois de leur voyage, les deux garçons ne s'étaient alimentés que de pain et de lait ! Israël Levitan, s'il était aussi maigre que son copain, était beaucoup plus petit ; en fait, on aurait pu penser qu'il venait de fêter sa *bar-mitsva* ! Mais ceci n'était qu'une apparence. Israël Levitan se révélait beaucoup plus coriace et agressif que le rieur et farceur Avrom qui, à seize ans, regardait déjà les jeunes filles avec beaucoup d'effronterie...

Les dîners chez les Langer n'engendraient pas la mélancolie. Outre les aventures d'Helena, de Haïm, d'Avrom et d'Israël, on parlait beaucoup de tout ce qui se passait à Prague cette année-là. On plaisantait Avrom Rozenblatt en lui demandant s'il n'était pas le parent du présumé assassin de ce malheureux Arlozorov... Le jeune homme regardait Helena avec attention et balbutiait que pour l'amour d'une femme — mais d'une belle femme hein ! — il pourrait bien être l'assassin de qui la lui prendrait... Haïm feignait (ou ne feignait pas) de froncer les sourcils devant les débordements de ce juvénile amoureux et entraînait Helena dans un coin afin de l'entretenir de choses sérieuses.

Helena et Haïm parlaient. Parfois, leurs mains se touchaient. Parfois ils se taisaient. Puis ils allaient se promener dans la tiédeur des rues des nuits d'août d'une ville en paix, d'une ville sans nazis, sans violence, sans tension. Ils en savouraient chaque seconde, étonnés que les choses fussent si simples et si agréables, alors qu'à une demi-journée de Prague, une frontière séparait la paix et la douceur de vivre de l'horreur...

L'été allait de l'avant, en une succession de jours brûlants, de nuits veloutées et scintillantes. Bientôt ce serait la fin du « Congrès sioniste » et le départ des jeunes Avrom Rozenblatt et Israël Levitan. Pas comme ils le souhaitaient en Palestine mais à Paris, avec de splendides faux passeports autrichiens, fabriqués par Haïm et sa bande... But : obtenir de la France un visa pour la Syrie, sous mandat français, d'où l'on pouvait gagner relativement facilement la Palestine.

— Donnez-nous de vos nouvelles dès votre arrivée à

Paris, dit aux deux garçons Helena, gentiment maternelle.

— Et comment ! affirma, péremptoire, Avrom, avant d'ajouter, avec beaucoup moins d'arrogance :... Et vous, vous m'écrirez ?

Haïm intervint quelque peu brutalement :

— C'est ça ! Tous les jours, mon garçon ! Cette jeune personne n'a rien d'autre à faire que d'écrire à un gamin de seize ans...

Mortifié, Avrom toisa Haïm de toute sa hauteur. Ils s'affrontèrent du regard. Haïm reprit, dissimulant mal un sourire :

— Je vais te donner un numéro de téléphone à Paris. Si toi ou ton ami vous avez besoin de quoi que ce soit, adressez-vous à Robert Kampf de ma part. Il vous donnera tout ce qu'il vous faut...

Un instant, Avrom fut tenté de refuser avec orgueil ce qu'il considérait comme injurieux, mais Israël qui, lui, n'était pas follement amoureux d'Helena, s'empressa d'accepter le précieux papier.

— Sait-on jamais ce qui peut nous arriver à Paris ?... dit-il, indigné de voir Avrom faire passer son orgueil et ses sentiments avant le sens pratique.

Lorsque le train qui emportait les deux jeunes gens vers Paris eut disparu de la gare, Haïm, qui avait tenu à les accompagner et à les installer dans le compartiment, poussa un énorme soupir de soulagement. Puis il se moqua de lui-même. « Un gamin ! un gamin de seize ans !... A peine un duvet au menton et déjà à vouloir jouer au coq devant ma... »

Sa pensée s'arrêta là, à ce point précis.

Helena n'était ni sa fiancée ni sa maîtresse et encore moins sa femme.

La veille de *Kippour*, pour la première fois depuis des années, Haïm Lozwitzky arriva à temps à la synagogue pour entendre le *Kol Nidré*... Il y était entré plein d'angoisse et de désespoir, plein de ressentiment contre l'univers. Que faisait-il en ce monde ? Que signifiait sa vie ? Pour qui, pour quoi vivre ?

La belle mélopée désespérée du *Kol Nidré* s'élevait dans la synagogue, noire de monde. Le cœur de Haïm avait beau lui faire mal, il avait beau souffrir d'avoir refoulé ses larmes, soudain il se sentit mieux, envahi par un profond sentiment de calme, de paix... « C'est la musique... », pensa-t-il, étonné de cette sérénité subite. La musique avait toujours eu sur lui ce pouvoir apaisant. Faisant place à l'espérance, sa souffrance et son angoisse se dissipèrent... Il avait tout perdu. Les nazis avaient tué l'un de ses meilleurs amis, son « presque frère », brûlé « Les Frivolités parisiennes », confisqué son compte en banque, et l'avaient chassé de Munich comme on chasse un chien galeux. Et pourtant, là, dans cette synagogue de Prague, en cet automne 1933, il redressa la tête, invaincu, et mêla sa belle voix à celle du *hazan*. Quelques visages courroucés se tournèrent vers lui... Mais sa voix était si belle et si ardente qu'on l'écouta avec une émotion profonde.

Ses pensées vagabondaient. « Robert et Fanny sont à Paris... et moi, dès que possible, j'irai les rejoindre à Paris... A Paris... Paris, c'est tout de même autre chose que Munich !.. Et j'épouserai Helena, si elle le veut bien... Elle semble tenir à moi... Demain je lui demanderai... Elle pourrait être ma femme... » Et sa voix montait vers Dieu, implorante et superbe, et son cœur se dilatait, débarrassé de sa mortelle étreinte.

Si l'on n'applaudit pas Haïm, ce fut pour la seule et unique raison qu'on n'applaudit pas dans une synagogue... Lorsque la cérémonie fut terminée, le *hazan* s'approcha de Haïm et lui demanda sèchement :

— Puisqu'il semble que vous souhaitiez prendre ma place, venez demain matin à la première heure. L'office commence à huit heures.

Haïm refusa en s'excusant.

— Mais je serai là pour la prière des morts... Je dois dire plusieurs *Kaddish*.

Le *hazan* l'observa, puis, soudain radouci :

— Vous n'êtes pas de Prague, n'est-ce pas ? C'est la première fois que je vous vois ici... D'où venez-vous ?

— De Munich.

— Ah !... Ah ! bien. Je vois... Je comprends... Qui vous a amené ce soir ?

— Jacob Langer... Tenez, il vient vers nous...

En effet, Jacob arrivait, probablement mécontent de Haïm et de son audace. Mais le *hazan* prit les devants :

— Votre ami a une fort belle voix... Je suis ravi d'avoir été soutenu ainsi pendant le *Kol Nidré.*

Jacob sourit.

— Rabbi Katzman ! Haïm est pour moi plus qu'un ami... Il fait partie de ma famille.

— Votre cousin sans doute ? demanda le rabbin.

— Oui, répondit Jacob.

— Et s'il le veut bien... je pourrai être son beau-frère...

Les dés étaient jetés. Haïm s'était lancé... Il ne pouvait plus faire marche arrière. Un peu déconcertés, le rabbin Katzman et Jacob le dévisagèrent. Puis Jacob éclata de rire.

— Voilà enfin une bonne décision !... Mais c'est à mon père qu'il va falloir demander la main d'Helena...

— Et elle ? dit Haïm inquiet.

— Cela fait des semaines qu'elle n'attend que cela !... s'exclama Jacob. Demande-lui de t'épouser, demain soir après le jeûne...

Toute la journée du lendemain, jour de *Yom Kippour,* Haïm ne quitta pas la synagogue. La faim le faisait fléchir, tirait ses traits. Mais il avait fait un vœu. S'il tenait, s'il jeûnait toute la journée, Helena dirait « oui ». Et c'est à ce « oui » qu'il pensait, tandis que le *hazan* officiait...

Enfin, l'interminable journée s'achevait. Tous allaient savourer, après une journée de jeûne, le succulent dîner traditionnel servi après le *Yom Kippour...* Bouillon de poule, *Gefillte Fisch, Strudel...* L'estomac de Haïm se réjouissait, après le traitement inhumain que ce dernier venait de lui faire subir. Les invités arrivaient, affamés. Mais comme ils étaient bien élevés, c'est avec des gestes mesurés qu'ils se précipitaient vers la crédence où les attendaient vodka, schnaps, *Schmalzherring...*

Tout de suite, Jacob dit :

— Ce soir, nous ne parlerons pas politique... Ce soir est un moment à consacrer à Dieu, à l'amour et à l'amitié...

Haïm approuva fermement. Depuis la fin de l'office, il ne songeait qu'à une chose. Helena... Elle était là, rougissante, pâlissante lorsque son regard croisait celui du jeune homme, si troublée qu'un instant ce dernier se demanda si Jacob avait averti sa sœur de la demande qu'il s'apprêtait à lui faire. Juste avant de passer à table, il s'informa en quelques mots. Mais Jacob lui répondit :

— Non. Je n'ai rien dit. Au cas où tu aurais changé d'avis... As-tu changé d'avis ?

— Non ! Oh non !...

— Regarde-la. N'est-elle pas ravissante, ma petite sœur ? Et si amoureuse de toi que c'en est pitoyable.

— Pitoyable ?... Pourquoi pitoyable ?

— Eh bien, si tu ne l'aimes pas...

— Si je ne... Moi ?... Si je ne...

Egaré, Haïm considéra Jacob comme si ce dernier venait de perdre la raison, avant de comprendre qu'on se moquait de lui...

— Va donc l'aider à finir de mettre le couvert, dit Jacob, goguenard.

En silence, Haïm s'approcha d'Helena. Le sourire avec lequel elle l'accueillit lui fit entrevoir une parcelle de ce paradis dont tout le monde parle sans jamais le connaître. A cause de ce regard, Haïm se sentit des ailes. A la grande stupeur de tous, qui le fixaient, un peu ahuris, il s'élança dans une grande dissertation politico-philosophique où se mêlaient les totalitarismes stalinien et hitlérien, la liberté, les droits de l'homme, la révolution, les lendemains qui chantent, le droit des plus malheureux à faire entendre leur voix...

« Nous sommes des privilégiés », clamait cet apatride sans papiers qui travaillait au noir chez Mme Roselyne, maison de couture de Paris, « ... nous sommes des privilégiés !... Nous devons nous pencher sur les miséreux... »

Il parlait, parlait, mélangeait tous les sujets, incapable d'arrêter ce flot de paroles... Il fallait maintenir ce regard qu'Helena fixait sur lui... Il voyait une promesse d'amour, un acte de confiance, une espérance joyeuse dans ce regard qui disait : « Je vous aime... » avant même que les mots n'eussent franchi ses lèvres...

Quand on se mit à table, Jacob s'arrangea pour qu'Helena et Haïm fussent assis côte à côte... Haïm planait. Les quelques verres de vodka, pris coup sur coup après vingt-quatre heures de jeûne, faisaient un effet extraordinaire. Il était d'une extrême lucidité et, en même temps, il lui semblait flotter sur un nuage... Plus rien n'existait alentour. Il était seul avec Helena. Les vingt personnes qui se trouvaient autour de la table étaient des ombres, parfois bruyantes, mais le plus souvent inexistantes, fantomatiques. Lorsque l'un des convives adressait la parole à Haïm, celui-ci, ahuri, dévisageait le malotru sans bien comprendre le sens des paroles qui lui étaient adressées. Il répondait alors : « Oui ?... oui bien sûr... », quelle que fût la question posée...

Le dîner se prolongeait, puis vint l'heure exquise de l'après-dîner, l'heure des liqueurs, du café, du cigare ou de la pipe, l'heure où les groupes se forment par affinités d'âge ou d'opinion, l'heure enfin où les yeux commencent à papilloter de sommeil.

Haïm et Helena s'étaient isolés dans un coin du salon. Ils parlaient de choses et d'autres, mais les mots n'avaient aucun sens. Leurs regards entretenaient un autre dialogue. Un dialogue si clair, si explicite que Paula ne put s'empêcher de demander à Jacob :

— Crois-tu qu'il va la demander en mariage ce soir ? Un jour de *Kippour* ?

— Kippour est fini ! soupira Jacob. J'espère, oui, j'espère qu'il va finir par se déclarer et me demander la main d'Helena.

Paula haussa les épaules et s'approcha du couple.

— De quoi parlez-vous donc depuis des heures ? demanda-t-elle, en feignant une gaieté et une désinvolture qu'elle était loin d'éprouver.

— De rien de particulier, répondit Haïm. Votre dîner était une merveille de réussite !.. Je n'ai jamais rien mangé d'aussi bon !

Cette fois-ci, Paula se laissa aller à une franche gaieté.

— Haïm ! vous plaisantez ?... Vous n'avez touché à rien !... En revanche, vous n'avez pas cessé de boire...

Helena pouffa de rire.

— C'est vrai, Haïm. Vous n'avez touché à rien.

Haïm rougit un peu, puis avoua que les amuse-gueule dont il s'était gavé après l'office religieux lui avaient coupé l'appétit.

Nullement dupe, Paula les laissa... La soirée tirait à sa fin. C'était le moment ou jamais. Alors, Haïm se lança, tête baissée :

— Helena... euh... Helena... Vous savez, n'est-ce pas ?

Elle le regarda, un rien moqueuse.

— Je sais... quoi ?

— Je vous en prie, ne me rendez pas les choses si difficiles à dire...

— Vous voulez que je vous dise, moi, ce que je souhaite de toute mon âme ?...

Il inclina la tête.

— Il y a longtemps que vous me plaisez, Haïm, que vous me plaisez...

— Et moi je vous aime, murmura-t-il.

— Moi aussi. Mais je voulais vous l'entendre dire le premier...

— Dites-moi que vous m'aimez aussi. Dites-le-moi !... Demain je viendrai demander votre main à Jacob...

Il n'eut pas le temps de finir sa phrase. Les invités se retiraient, il y eut des remerciements, des « au revoir », des « à bientôt ». Haïm et Helena ne se rendaient compte de rien. Ivres de joie, ils se tenaient par la main, et il fut évident pour tous qu'il n'y avait aucune nécessité pour Haïm de venir faire sa demande en bonne et due forme le lendemain.

— *Mazel Tov !...* tonna Jacob en embrassant Haïm et Helena.

— *Mazel Tov !...* reprirent en chœur les invités qui se trouvaient sur le pas de la porte.

Ceux qui étaient déjà dans les escaliers remontèrent en courant, et la nuit s'acheva sur le coup de trois heures du matin...

Le lendemain, alors que Haïm somnolait encore au lit, sa logeuse vint l'avertir qu'Helena était en bas qui l'attendait.

— Faites-la monter ! s'empressa-t-il de dire en sortant du lit.

Il était entièrement nu. Mme Rivsky écarquilla les yeux.

— Monsieur Lozwitzky !...

— Oh pardon ! s'excusa Haïm en se précipitant dans la salle de bains.

Il riait. Depuis combien de temps Mme Rivsky n'avait-elle pas vu un homme nu ? Il ressortit de la salle de bains revêtu de sa robe de chambre.

— Quelle heure est-il ?

— Il est presque cinq heures de l'après-midi, répondit Mme Rivsky revêche. Vous avez dormi toute la journée !

— Pouvez-vous me préparer un en-cas consistant ?...

— Qu'est-ce que vous voulez ?

— Café, poisson fumé, fromage, *Beigels,* pain au cumin...

— Pour deux ?

— Pour deux... J'espère qu'elle aura faim. Qu'elle aura aussi faim que moi !

Mme Rivsky sortit, vaguement rêveuse et troublée par ce qu'elle venait d'entrevoir et que son éducation réprouvait.

Helena pénétra dans la chambre sur les pas de Mme Rivsky qui portait un plateau chargé de tout ce que Haïm avait commandé.

Haïm prit le plateau des mains de la logeuse et dit en souriant à Helena :

— J'espère que vous mourez de faim ?

— Je me sens toute drôle, répondit-elle. Peut-être, en effet, ai-je faim ?

— C'est toujours bon de manger ! Telle est la loi principale de la vie !...

Puis il dit, en s'adressant à Mme Rivsky :

— Mademoiselle est ma fiancée... Nous allons nous marier.

La logeuse les dévisagea tour à tour.

— C'est le mieux que vous ayez à faire !... marmonna-t-elle. Vous en avez mis du temps à vous décider !... Je l'avais deviné dès le premier jour où je vous ai vue, mademoiselle Langer !...

Haïm éclata de rire et installa Helena dans l'unique fauteuil. Puis il arrangea le plateau sur une table basse. Mme Rivsky avait bien fait les choses. Fromages variés, une profusion de harengs fumés, un énorme pot de café, de la confiture et de la crème fraîche...

Hésitante, Mme Rivsky restait là, plantée devant eux. Puis elle dit sur un ton un peu rogue :

— Toutes mes félicitations quand même ! J'espère que vous serez heureux...

— Nous essaierons de l'être, madame Rivsky !... Je vous promets que nous essaierons... Si Dieu ne s'en mêle pas, je suis même sûr que nous y arriverons !...

Haïm avait ajouté cette dernière phrase dans l'espoir d'offusquer sa logeuse. Bizarrement, elle ne parut pas y attacher trop d'importance. Plus exactement, elle paraissait tourmentée. Quelque chose la travaillait...

Etonnés par son absence de réaction, Haïm et Helena se regardèrent.

— Que se passe-t-il, madame Rivsky ? demanda le jeune homme.

— Il se passe de drôles de choses en Allemagne, dit Mme Rivsky d'une voix enrouée. Oui, vraiment de drôles de choses !...

— Qu'avez-vous appris ?

— Les nazis arrêtent les religieuses et les prêtres !... (La voix de Mme Rivsky montait jusqu'à l'aigu, tant était grande son indignation.) Hitler a ordonné la dissolution de la Ligue de la jeunesse catholique !...

— Eh bien, madame Rivsky, cela vous étonne ?... Hitler ne veut pas de juifs en Allemagne !... Il ne tolérera pas davantage ceux qui ont choisi pour Dieu un juif !... Pourtant, le Saint-Siège a signé un concordat avec Hitler, n'est-ce pas ?... Il est vrai que la signature d'un Hitler !... Du pipi de chat !

Mais Mme Rivsky n'était pas d'humeur à plaisanter. Scandalisée, elle ajouta avant de refermer la porte sur elle-même :

— Même la confession n'est plus respectée !... Il y a des agents de la Gestapo jusqu'aux abords du confessionnal !...

Lorsqu'ils furent enfin seuls, Haïm s'approcha d'Helena.

— Merci d'être venue... Merci d'être là, murmura-t-il. Oublions Hitler, Mme Rivsky, les juifs et les catholiques... Oublions tout ! Juste pour un moment...

— Un tout petit moment alors, dit Helena. Je dois assister à une répétition au théâtre... J'ai obtenu d'être la doublure d'un second rôle !... N'est-ce pas merveilleux ?...

— C'est merveilleux, dit Haïm en lui baisant les mains.

— Et c'est merveilleux d'être ici, merveilleux d'être fiancés, dit Helena, troublée.

— Nous sommes merveilleux ! Tout simplement merveilleux !... Et peut-être un peu fous ?... Qu'en pensez-vous ?

— Je crois... (elle riait)... plus qu'un peu !...

— Helena ! Je ne vous demande qu'une chose... une seule !

— Laquelle ?

— Ne me demandez jamais d'être raisonnable ou pratique !... Je ne pourrais être ni l'un ni l'autre...

— Et moi encore moins... Je crois bien que je suis un peu piquée...

— Moi, je le suis tout à fait !... Quel couple merveilleux nous allons être !... un couple de piqués !... Nous allons boire à la santé des piqués...

— A cette heure-ci ?... Il est tout juste cinq heures !

— C'est justement l'heure qu'il faut.

Haïm versait du genièvre dans deux verres...

— A notre santé, Helena ! Et que nos enfants aient des parents riches...

— Et heureux, dit Helena qui rougit en entendant le mot « enfants ».

— Piqués, riches... et heureux... Helena... je suis amoureux fou.

— Moi aussi, Haïm... Ça tombe bien, n'est-ce pas ?...

— Ça ne peut pas tomber mieux !...

Ils étaient debout l'un contre l'autre. Cela s'était fait tout naturellement, sans même qu'ils s'en fussent rendu compte.

Belle, jeune, pleine d'espoir, Helena souriait. Sa bouche était entrouverte, ses dents brillaient... Son visage exprimait maintenant tout ce dont Haïm avait rêvé... Douceur, tendresse... Il l'attira contre lui...

La pluie s'était mise à tomber. Une pluie fine de septembre chargée de brume et de mélancolie... Tout était silencieux. Le bruit de la maison, de la rue s'était éteint. Par la fenêtre ouverte, la lumière du réverbère éclairait la chambre en désordre... Une odeur de brume et d'automne envahissait la pièce obscure.

— Helena...

— Oui ?

— Tu regrettes ?

— Non... oh non ! Haïm...

Ils étaient étendus l'un contre l'autre, dans le grand lit de Haïm.

Helena se redressa. La clarté du réverbère la nimbait de lumière.

— Comme tu es belle, Helena !...

Elle se pencha vers lui.

— Il faut m'aimer, Haïm !... Il faut m'aimer beaucoup... Parfois j'ai l'impression que jamais personne ne pourra m'aimer assez.

— Je t'aimerai comme tu le souhaites, Helena... Et plus encore... Plus encore, ma chérie... Viens... Viens !...

L'aube les surprit... Haïm se réveilla le premier. Longtemps, il regarda la jeune femme endormie près de lui.

Puis il se leva, prit une douche, se parfuma avec l'eau de Cologne Jean-Marie Farina, dont il usait et abusait, et attendit que le jour se levât, assis sur le lit, les yeux fixés sur Helena.

Toute la journée du lendemain de cette nuit amoureuse, Helena fut prise au théâtre, et Haïm bâillait d'ennui dans la maison de couture de Mme Roselyne. A peine vit-il sa fiancée dans la soirée... Une répétition l'obligeait à être présente au théâtre. Déçu, il décida de rentrer chez lui.

Il marchait dans les rues de Prague endormie. Parfois, il s'en voulait d'avoir abusé d'une « jeune fille sans défense... », à d'autres moments, il était bouleversé d'avoir été le premier... Il avait toujours cru qu'Helena et Charles avaient dépassé le stade du baiser — Helena avait été si amoureuse ! Et parfois, il pensait que même Gerhardt avait dû arriver à ses fins, tant il montrait d'ardeur passionnée... Avoir découvert qu'Helena était neuve, neuve et amoureuse sans réticence, bouleversait Haïm... Helena serait sa femme dans les trois semaines qui venaient... Alors, un peu plus tôt, un peu plus tard... quelle importance ?

Ce qui pendant près de deux ans avait été pour Haïm un rêve impossible s'était brusquement réalisé, sans même qu'il l'eût prémédité. Il avait tout simplement perdu la tête. Et, à bien y réfléchir, Helena avait fait de même. C'était merveilleux, ils étaient désormais l'un à l'autre et personne n'y pourrait rien changer. Il n'y aurait plus d'entraves, et la vie était pleine de richesses, d'éclat, de joies profondes. Plus rien de mal ne pouvait arriver. Il n'y avait plus rien de faux. Tout était vrai...

Il exultait. Il existait pour lui un « demain ». Un demain plein de promesses, un demain où il pourrait couvrir Helena de baisers, la prendre encore, puisque tel serait leur désir à tous deux.

La première personne que Haïm vit le lendemain vers midi, lorsqu'il se rendit chez Jacob Langer fut Helena. Elle l'attendait. Il ne vit que deux yeux brillants, limpides, remplis de douceur et de tendresse, légèrement cernés.

— Allons voir mon frère, dit-elle enfin après une longue étreinte.

— J'ai l'impression de rêver, dit Haïm. J'ai l'impression que tout cela est un rêve et que demain, je vais me réveiller... Que les nazis ont inventé une nouvelle forme de cruauté : faire croire que le bonheur peut exister mais que ce n'est qu'un mirage...

— Ce n'est pas un rêve. Tu es là. Je suis là, et demain nous serons mari et femme... Et moi je suis si heureuse !

Sans lâcher sa main, elle l'entraîna dans le salon. Jacob et Paula les attendaient. Jacob affichait un air de componction qu'il lui était difficile de maintenir. Ses yeux rayonnaient de joie. Même Paula, assise dans un fauteuil, avait l'air heureux. Tous se regardaient, à la fois embarrassés et contents. Sachant parfaitement de quoi il allait être question dans les heures qui suivraient, chacun d'eux éprouvait une sensation étrange, mais somme toute agréable.

Jacob rompit le silence :

— Je pense qu'il va falloir téléphoner à Auschwitz, à papa et maman pour leur annoncer la nouvelle... A quand le mariage ?

Haïm regardait Helena d'un air béat. Un large sourire fendait son visage en deux et lui donnait l'air d'un imbécile heureux.

— C'est à elle qu'il faut le demander...

Helena rougit et eut le même sourire idiot.

— Ce soir les fiançailles, et demain le mariage...

Jacob éclata de rire.

— Eh bien... quel empressement ! Et tu crois qu'un mariage se fait comme cela ?... Et le trousseau ? Et la préparation de la noce ?... Et... le rabbin ? Et la cérémonie religieuse ? Et faire venir papa et maman ?... Obtenir les passeports pour eux risque d'être long... Fixons la date du mariage, disons, à la fin du mois d'octobre. Cela me semble raisonnable.

Paula, que l'idée de ce mariage remplissait d'énergie et d'espoir — peut-être qu'à l'occasion de ces cérémonies, Jacob se souviendrait du sien, des promesses échangées —, se leva et prit résolument sa belle-sœur par la main.

— Nous n'avons plus un instant à perdre !... Il faut téléphoner à tes parents, dresser la liste des invités, avertir tes frères et sœurs, retenir des chambres à l'hôtel... Tu ne peux imaginer tout ce qui nous attend...

Haïm et Helena échangèrent un regard désespéré, le regard des amants que l'on sépare...

— Haïm, mon frère, rien ne t'empêche de rester ici aujourd'hui, dit Jacob avec malice. Ton aide nous sera fort précieuse...

Mais Haïm avait un autre projet. Choisir une bague de fiançailles... Il voyait la bague qui devait orner le doigt de sa bien-aimée. Un saphir serti de brillants... Un saphir aux reflets presque noirs, lumineux et sombre dans sa sertissure étincelante... Il l'avait souvent admiré dans la vitrine du plus grand bijoutier de la ville, et c'est cette bague qu'il voulait offrir à Helena... tout ce qui lui restait de la vente des « Frivolités parisiennes » irait dans cette bague. Ensuite, advienne que pourra... Il imaginait déjà quand et comment il la lui donnerait... « Elle viendra ce soir me rejoindre... nous nous aimerons... et alors je lui donnerai cette bague... » Tout à ses pensées, il n'entendait rien de ce que lui disait Jacob, pas plus ce que racontait le speaker à la radio : *En vue de poursuivre une politique de culture allemande, il est nécessaire de rassembler dans une organisation unifiée, placée sous la direction du Reich, les artistes créateurs de toutes les sphères...*

— Tu entends, Haïm ? demanda Jacob.

— Hein ? Non... à vrai dire, j'étais ailleurs... Qui parle ?

— Goebbels... La culture doit être allemande, aryenne et allemande... Les livres d'auteurs juifs sont interdits. Interdit Stefan Zweig, interdit Thomas Mann...

Haïm baissa la tête.

— Je t'en prie, Jacob... Juste pour quelques jours... On oublie qu'Hitler existe, on oublie les nazis... Quelques jours seulement ! Il sera toujours temps après !

Il sortit précipitamment. Objectif : acheter la bague quel qu'en soit le prix, acheter également des cadeaux pour toute la famille de Jacob. Jouets pour les enfants, colifichets pour Paula, bonbons et chocolats pour la bonne, une brave Tchèque d'origine allemande qui tenait la maison dans un état de propreté rigoureuse. Des cadeaux pour faire partager sa joie. Et puis, télégraphier la nouvelle à Ben.

Son frère. Sa seule famille. « S'il pouvait venir assister à mon mariage... Si seulement il pouvait... »

Helena s'occupait activement de son trousseau. La date fixée pour son mariage approchait à grands pas. Elle avait tant à faire qu'elle dut renoncer à un petit rôle. Elle y renonça d'ailleurs sans l'ombre d'un regret. Souvent, elle regardait sa bague de fiançailles, cette bague que Haïm avait glissée à son annulaire gauche en lui disant, mi-sérieux mi-rieur : « Que Dieu te damne, Helena, si jamais un autre homme que moi te touche ! »

Jamais l'automne n'avait été aussi beau ! Et puis, il y eut le jour de l'arrivée de Ben et de Rebecca. A trente-six ans, Ben était devenu un respectable horticulteur canadien, qui présentait fièrement sa famille à son frère et à sa future belle-sœur. Après les premières heures où l'émotion dominait, rendant impossible toute conversation sérieuse, Ben et Haïm s'entretinrent longuement de l'avenir de ce dernier. « Pas d'avenir possible en Europe ! décréta Ben. Tu dois venir avec ta femme t'établir au Canada... Nous avons toute une famille là-bas. Nos oncles, les frères de papa, tu te souviens ? Des cousins... des cousines... »

Haïm était convaincu. Sans doute aucun, le Canada serait son pays d'adoption... « L'Europe est pourrie jusqu'à la moelle, dit-il. Elle va s'autodétruire et personne ne la regrettera ! Au Canada on peut vivre ! Tout est encore à faire là-bas !... »

Pour la dixième fois depuis qu'Helena et lui s'étaient fiancés, Haïm lui racontait l'extraordinaire épopée de Ben. En pleine guerre de 14-18, Ben avait réussi à s'enfuir sur le dernier bateau américain qui avait pu quitter sans encombre le port de Lisbonne... Sur le bateau, il avait rencontré une jolie juive de Wilno, Rebecca Kotzki, tout juste âgée de seize ans, la fille d'un écrivain lituanien... Tout de suite, les deux jeunes gens furent si amoureux l'un de l'autre qu'il fallut les marier sur le bateau, sous peine de voir le mariage consommé avant la cérémonie nuptiale. Ben dénicha un rabbin et pria assez vigoureusement le commandant de procéder d'urgence à un mariage... Embarquée le 10 décembre 1916 sur le bateau, sous le nom de Rebecca Kotzki, la jeune femme en débarqua à Montréal le 30 décembre 1916 sous celui de Rebecca Lozwitzky... Cinq enfants, dont deux jumeaux et quatre garçons, étaient nés depuis : Ken, né en janvier 1918, John, né en avril 1920, les jumeaux Elie et Elia, nés en septembre 1921, et Mike, né en décembre 1923. Les arrière-petits-fils du Baron Elie et de la Baronne Myriam von Lichtfeld, d'Avrom Lozwitzky et de grand-mère Gutèlè étaient de superbes Canadiens, ne parlant que l'anglais, à peine le yiddish, et ils ouvraient de grands yeux incrédules lorsque leur père leur racontait qu'autrefois, en Autriche, leur arrière-grand-père avait été l'imprésario des plus grands chanteurs et des plus grands musiciens de Vienne...

Eux vivaient à vingt miles de Toronto, dans la vaste pépinière que Ben avait créée de toutes pièces. Pas un jardin, pas un parc des riches habitants de la ville, qui n'eût été créé par Ben et ses associés...

Lorsque Haïm racontait cela à Helena, la jeune fille devenait rêveuse. Elle s'imaginait dans une vaste maison, entourée d'enfants et de jardins parfumés...

Il n'y avait finalement que Paula qui, au fur et à mesure qu'approchait la date fatidique, devenait de plus en plus nerveuse.

Toute la famille de Jacob avait décidé de se retrouver pour le mariage de la petite dernière... David et Rivka, fous de joie, envoyaient lettres et télégrammes... D'abord charmée de s'occuper du mariage de sa belle-sœur, Paula n'en voyait maintenant plus que les inconvénients... Treize personnes !... Treize personnes, plus une nuée d'enfants dont il allait falloir s'occuper : les nourrir, les loger qui chez des amis, qui à l'hôtel... qui chez elle, dans son bel appartement si bien agencé, si bien entretenu. Toute la famille ! Aaron et Clara, tous deux médecins à Varsovie, Ida et Nathan, Berta et Salomon, Adèle et Ernest, Regina, et enfin David et Rivka ! On allait camper dans le splendide appartement de fonction qui ouvrait ses fenêtres sur la Moldau, on allait y manger des nourritures non casher ; même si le porc était prohibé par tous, il était plus que certain que personne ne porterait une réelle attention à ne pas mélanger les vaisselles, à ne pas préparer un plat de viande dans un récipient réservé au laitage... Bref, chacun allait faire n'importe quoi, et cela remplissait Paula d'une tristesse rageuse. Elle allait devoir surveiller, se gendarmer... Heureusement, le mariage ne durerait pas dix jours !... Ensuite, elle retrouverait sa vie lisse, sa vie avec Jacob, ses enfants si parfaitement bien élevés, son appartement si impeccable, où ne traînait aucun vêtement sur les meubles, où personne ne se croyait obligé de mettre des fleurs dans les magnifiques vases de cristal de Bohême qu'elle aimait voir vides, étincelants. Oui, à coup sûr, Paula appréhendait l'arrivée de sa belle-famille. Mais Jacob manifestait une telle joie à cette perspective qu'elle s'efforçait de dissimuler du mieux possible son désarroi.

Les premiers à arriver furent Aaron et Clara et leur fils aîné, Sacha... Ils avaient laissé leur fille unique, Malka, âgée de quelques mois, aux mains d'une nourrice polonaise — « ... très gentille et pas antisémite pour un zloty ! » précisa Clara en embrassant sa belle-sœur.

Puis ce furent David et Rivka. Presque une année qu'ils avaient laissé partir leur petite dernière. Une année terrible... et ils la retrouvaient pour la laisser partir à jamais. Ils avaient vieilli, s'étaient voûtés. David pleura en embrassant Jacob, qu'il ne voyait que trop rarement.

Ensuite, ce furent Salomon, Berta, Adèle, Ernest, Ida et Nathan, et toute la ribambelle de cousins et de cousines dont les âges s'échelonnaient entre neuf et un an.

Toujours seule et arrogante, Regina arriva de Zurich, prête à batailler si jamais quelqu'un lui faisait des réflexions jugées par elle indiscrètes...

Si tous étaient ravis de ce mariage, ils étaient aussi d'une tristesse mortelle. Salomon n'arrêtait pas de fumer — pipe sur pipe. Même Berta fumait sans arrêt — des cigarettes malodorantes qu'elle ne cessait d'allumer. Cette tension se retrouvait aussi chez Adèle et Ernest, de même que chez Ida et Nathan... Ce qui inquiéta le plus Helena, c'était le fait que Salomon et Ernest ne se disputaient même plus... Ils échangeaient des idées générales sur la destinée humaine et cette incapacité qu'ont les hommes à vivre heureux... Berta et Ida essayaient bien, avec cette vitalité qui les rendait si semblables, malgré leur différence d'âge, de maintenir une atmosphère de joie « pour la petite... », mais visiblement le cœur n'y était pas...

Une partie de la famille avait pris pension chez Mme Rivsky. Il n'y avait que David, Rivka et les enfants qui s'installèrent chez Jacob et Paula, laquelle n'avait pas trop insisté pour que les autres membres de la famille campassent chez elle.

Comme à chaque mariage de l'une d'entre elles, les cinq sœurs se réunirent dans la chambre qu'Helena occupait encore chez Jacob Chambre qu'elle allait quitter définitivement dès le lendemain.

Les aînées d'Helena avaient apporté chacune un cadeau. Berta lui offrit un fort beau collier de perles de corail rose ; Adèle, une mallette de voyage en cuir clair ; Ida, une superbe parure de nuit en crêpe de soie blanc.

— Pour ta nuit de noces...

Ce qui fit rougir Helena qui ne s'était guère dissimulée pour aller rejoindre Haïm chaque fois qu'elle en avait envie... autrement dit, toutes les nuits.

Regina lui offrit une étole de renard blanc.

— Pour aller à l'Opéra avec Haïm. Si tu ne peux avoir au monde qu'une certitude, c'est bien celle-là ! Tu passeras trois soirées sur quatre à l'Opéra...

Ce qui les fit rire aux larmes.

C'était difficile de retrouver l'ambiance détendue d'autrefois..., Berta tenta bien de lancer quelques piques à Regina, mais devant le regard douloureux de sa sœur, elle se tut aussitôt... Regina allait avoir vingt-deux ans et, visiblement, elle avait mené sa vie comme elle l'entendait... En était-elle plus heureuse pour autant ? « ... J'ai eu des moments de très grand bonheur... et des moments de désespoir tels qu'il me semblait parfois que la mort était préférable à ce que j'endurais... », finit-elle par avouer, plus tard.

La nuit était déjà très avancée. Maintenant, les cinq sœurs parlaient librement, sans contrainte, libérées de cette gêne qui les avait empêchées de se laisser aller... Parfois même, elles pouffaient de rire au souvenir des farces d'autrefois... Puis elles parlèrent de choses sérieuses...

— Il faut émigrer, et vite ! dit Berta résolument, reprenant le rôle qui avait toujours été le sien, celui de chef de clan.

— Mais il faut que nous partions ensemble et que nous nous installions dans le même pays, précisa Adèle, que l'idée d'une séparation des membres de sa famille épouvantait.

Toutes étaient d'accord là-dessus. Emigrer au Canada par exemple, puisque là-bas il y avait la famille de Haïm qui, au début, pourrait les aider à s'installer.

— Salomon pourrait enseigner la physique et la chimie, rêvait Berta, que l'inoccupation de son mari désespérait.

— Ernest, ouvrir un cabinet de gynécologie, dit Adèle.

— Et Nathan, reprendre ses recherches sur l'immunologie... C'est sa nouvelle passion, soupirait Ida.

— Et Haïm, avoir une maison de couture, dit Helena. Avec Robert et Fanny, la plus grande maison de couture de Toronto !... Et, qui sait, peut-être pourrai-je devenir actrice ? Je n'ai pas vingt ans !...

— Et moi, je pourrai enfin écrire un livre, dit Regina en soupirant. J'ai tant de choses à dire. Tant de choses à raconter...

A la synagogue Vieille-Neuve, au bras de son père tremblant d'émotion, Helena, irréelle dans sa robe blanche, perdue dans l'écume de son voile, avança jusque sous la *houppa*... Elle écouta le discours du rabbin Katzman. Très élégant dans un smoking noir, Haïm — encadré par Ben et Rebecca — l'attendait. Helena sut qu'elle allait aimer ces Canadiens si pleins de joie et d'ardeur comme elle aimait le rabbin Katzman, si petit et si drôle avec sa barbiche.

Le petit rabbin Katzman était un patriote. Après avoir célébré le mariage et fait, comme il se devait, le panégyrique des parents de la mariée, des feus parents du marié, d'« une excellente famille viennoise... », il adressa un vibrant hommage au Président Masaryk, recommandant ce dernier à la grâce de Dieu... Aucun des invités ne fut surpris. Tous ceux qui étaient présents ce jour-là dans cette synagogue savaient que, pour beaucoup d'entre eux, s'ils étaient en sécurité, s'ils avaient des soins, de quoi se nourrir, un semblant de vie normale, c'était grâce à la générosité du Président Masaryk...

Ce fut un beau mariage. Certes, il y avait les menaces qui planaient tels des corbeaux de malheur au-dessus de chacune des personnes présentes, mais l'heure était à la joie, et personne ne voulait troubler ce bonheur si plein, si profond, qui s'étalait devant eux.

Helena vivait cette journée dans un joyeux vertige. Lorsque son regard croisait celui de Haïm, elle pensait avec étonnement : « Mon mari... » Maintenant, l'éternité était devant eux... « L'éternité plus un jour ! » se dit-elle pour faire bonne mesure.

La réception, qui réunissait une cinquantaine de personnes, était charmante. Tous s'efforçaient de sourire et d'être gais. Il fut interdit de parler politique, d'Hitler ou d'autres vulgarités du même ordre. Celui qui par inadvertance laissait échapper un mot était aussitôt mis à l'amende, et devait chanter ou danser, ou accomplir un gage...

On dansa, on chanta, on but aussi. Helena perdit la notion du temps. Les heures et les images flottaient autour d'elle dans une étrange et délicieuse confusion. « Mon mari... », se disait-elle en regardant Haïm.

Les fenêtres étaient ouvertes sur la nuit d'automne, si douce que l'on eût pu penser à une nuit d'été...

Bientôt, ce serait le départ de la famille, qui vers Varsovie, qui vers Auschwitz, ou Toronto... Bientôt viendrait l'heure de la séparation.

Dans le grand salon de Jacob, toute la famille était là, réunie pour se dire « au revoir ». Personne ne sut qui commença à chanter cette chanson connue de tous, mais dont l'auteur reste et restera à jamais inconnu :

Ce n'est qu'un au revoir mes frères
Ce n'est qu'un au revoir...
Souris pendant que tu m'embrasses

Pour un adieu
Un triste adieu...

Ils se tenaient, leurs mains entrecroisées formant une chaîne compacte que rien n'aurait pu détruire, et ils chantaient. Tous. Leurs voix se mêlaient, sopranos, mezzos, ténors et basses. Ils reprenaient en canon la mélancolique mélodie... Ils étaient là, ces incorrigibles sentimentaux, ces bundistes, ces betarim, ces laïcs, ces religieux. David et Rivka, Jacob et Paula, Berta et Salomon, Adèle et Ernest, Aaron et Clara, Regina, si seule, Ida et Nathan, Helena et Haïm, Ben et Rebecca qui allaient reprendre train et bateau. Et puis, il y avait les enfants. Tous ces enfants, cette ribambelle de cousins et de cousines, qui écoutaient, étonnés, émerveillés, qui mêlaient leurs voix jeunes et hésitantes à celles des adultes... Les yeux brillaient peut-être un peu trop, les voix s'enrouaient parfois, mais vaille que vaille le chant continuait...

Faut-il nous quitter sans espoir
Sans espoir de retour ?
Faut-il nous quitter sans espoir
De se revoir un jour...

Pour Helena, la vie avait basculé. « Tout a été trop vite ! » Ces mots revenaient sans cesse dans son esprit. « Trop vite ! » Parfois, Helena avait envie de dire à quelqu'un : « Pouce !... attendez... Arrêtez la machine... Arrêtez le temps... » Mais elle savait déjà que seule la mort avait la prodigieuse faculté d'arrêter le temps. Définitivement. Elle soupira, puis emballa les dernières choses auxquelles elle tenait par-dessus tout et qu'elle devait emporter dans son nouveau foyer, la chambre que Haïm avait louée chez Mme Rivsky...

D'abord, l'embryon de bibliothèque que Rivka lui avait donné. Les œuvres de Goethe, de Schiller, de Heine, de Molière, avec obligation de lire au moins dix pages par jour. Vieux livres, fatigués d'avoir été lus et relus. Rivka avait fait à Helena les mêmes recommandations qu'elle-même avait reçues de sa mère : « Il faut lire tous les jours. » Helena se promit de les faire à ses filles, si un jour elle avait des enfants. Elle enveloppait les derniers objets, quand son regard fut attiré par une robe de soie fleurie. La robe qu'elle portait le jour où Gerhardt Lenz avait tenté de la violer... Le jour où elle s'était défendue avec acharnement, le jour où Gerhardt était mort... Longtemps, elle regarda la robe de soie légère et transparente. Elle chercha dans ses souvenirs ce qui, un instant, avait pu l'attirer en Gerhardt. Rien... Rien de ce qui pouvait être de l'amour. Rien de semblable à ce qui se passait lorsqu'elle se souvenait de Charles Hollman, par exemple. Parfois, le souvenir bouleversant de Charles l'emplissait tout entière et, chose bizarre, ce souvenir-là la rapprochait davantage encore de Haïm. Elle ne comprenait pas pourquoi, mais cela était. Chaque fois qu'elle pensait à Charles, aussitôt le visage de Haïm se superposait à celui du disparu et Helena s'en trouvait réconfortée. Quant à Gerhardt Lenz... Elle n'éprouvait rien. Ni remords ni regrets. Un vague dégoût teinté de pitié. Le désir qui, par moments, l'avait envahie lorsque Gerhardt l'avait embrassée n'avait rien de comparable avec ce qu'elle vivait là.

Debout devant la fenêtre qui dominait le fleuve, Helena tentait de se remémorer toutes les circonstances qui l'avaient amenée là, à ce point précis de son existence. Elle avait l'impression d'avoir rêvé tout ce qui lui était arrivé. Que Charles Hollman fût mort était un rêve, et son mariage avec Haïm Lozwitzky un autre rêve... Toute sa vie était un tissu de rêves. Toutes ces choses qui lui étaient arrivées et toutes les choses qui auraient pu lui arriver. Si Charles n'était pas mort... Si Hitler n'avait jamais existé...

Les mois qui suivirent la dispersion de la famille furent pour Helena et Haïm l'apprentissage de la vie à deux. Ce fut aussi, et surtout, une course contre le temps.

Ce matin-là, le jeune couple prenait le petit déjeuner au lit, et chacun d'eux lisait à tour de rôle les cinq ou six quotidiens habituels.

— Mon Dieu ! soupira Helena. Qu'est-ce que cela va donner ?

— La guerre !... Il faut l'espérer... Une guerre pour nettoyer l'Europe de ce cancer... Mais les nations oseront-elles ?... On dirait que les chefs des gouvernements anglais et français ont beaucoup plus peur des communistes russes que des nazis !

— Et nous ?... nous ? qu'allons-nous devenir ?

— Nous ?... Nous partirons dès que notre permis de séjour prendra fin, et nous irons en France. J'ai pu prendre contact avec Robert Kampf et il me certifie que la vie en France peut être fort agréable... Ben m'a laissé mille dollars pour passer l'hiver ici, à Prague, sans difficulté... Et il y a mon travail chez Mme Roselyne... Nous n'avons donc pas trop de souci à nous faire.

— Mais comment ferons-nous pour aller vivre en France sans papiers ?

— Fais-moi confiance ! Il y a mille moyens de franchir la frontière sans être inquiété ! Cela fait plus de dix-sept ans que je vis sans papiers, sans passeport, sans permis de séjour, et pourtant je voyage. J'ai pu vivre à Budapest, à Berlin, à Munich, aller et venir sans que jamais un quelconque policier ou douanier n'ait même eu l'idée de vérifier si le passeport que je lui tendais était vrai ou faux...

— Et il était faux, naturellement ?

— Naturellement !... (Haïm riait avec insouciance.) Mais rassure-toi, lorsque nous serons en France, je demanderai un permis de séjour, et Ben va s'activer afin de nous faire parvenir des visas d'émigration pour le Canada. Cela ne nous demandera que quelques mois. Un an tout au plus... Ensuite nous ferons venir toute ta famille... Helena, ma chérie, songe que dans deux ans, deux ans, pas plus, nous serons tous réunis à l'abri, au Canada...

Les jours se transformèrent en semaines, puis en mois. Haïm s'activait. Il écrivait, téléphonait, passait ses journées au comité d'entraide aux juifs désireux d'émigrer.

Invariablement, il recevait la même réponse : « Donnez-nous votre passeport, et nous verrons ce que nous pouvons faire. » Or, Haïm ne tenait pas précisément à donner son passeport. Un œil plus averti ou plus soupçonneux eût tôt fait de découvrir la vérité...

Décembre, janvier, février passèrent. « Le 6 février, Paris est livré à l'émeute... », « Les organisations fascistes sont mobilisées contre les travailleurs », titrait *L'Humanité.* « Tous ce soir devant la Chambre des députés », clamait *L'Action française...*

— Mon Dieu ! s'écria Helena horrifiée. En France aussi ! Il y a des fascistes en France aussi !

— Pourquoi pas ? dit Haïm sombrement. Pourquoi pas ? Une épidémie de peste se rit des frontières... La haine de l'autre est la chose la mieux partagée du monde.

16 février. « Le conflit politique autrichien aboutit à un bain de sang... Le parti social-démocrate est interdit... Bilan des troubles : 297 morts et 802 blessés. »

— On dirait qu'il y a une conspiration fasciste dans le monde entier, soupira Haïm.

Il s'efforçait de dissimuler son anxiété et entraînait Helena voir tous les films qui sortaient, puis ils allaient danser. Mieux valait ne pas trop penser à ce qui se préparait.

Mars, avril, mai...

Haïm pressait Helena de prendre des leçons de français pour perdre son accent juif allemand. Mais Helena n'avait pas envie de perdre son accent, pas plus qu'elle n'avait envie de changer de religion ou de nationalité... Haïm, lui, prenait des cours de diction en français avec un professeur du Conservatoire d'art dramatique, et parfois d'énormes crises de rire secouaient toute la maison Langer lorsque, au cours d'une soirée, on l'entendait déclamer, en un français épouvantable :... *Oui, je viens en son temple adorer l'Eternel... Je viens en ce lieu auguste et solennel...*

Haïm feignait d'être abominablement vexé, mais n'en continuait pas moins la tirade. Puis il concluait :

— Vous ne connaissez rien à la beauté de la langue française !... Lisez Racine à haute voix et peut-être que les paysans sans culture que vous êtes parviendront, du moins il faut l'espérer, à être touchés par cette splendeur... Mais j'en doute ! Il faut pour cela une sensibilité, une fibre artistique dont vous êtes singulièrement dépourvus...

Parfois, il ne s'adressait qu'à Helena et lui récitait les alexandrins qui l'avaient particulièrement frappé :

Ariane, ma sœur, de quel amour blessée,
Vous mourûtes aux bords où vous fûtes laissée...

Malgré l'atroce accent yiddish de Haïm, ces vers avaient quelque chose de poignant qui bouleversait Helena presque jusqu'aux larmes... Elle traduisait mentalement : « Charles, mon frère, de quel amour blessé es-tu mort ?... » Et elle trouvait que Racine était un merveilleux auteur dramatique... Elle aimait lire en français et, petit à petit, grâce à Haïm, elle s'exerça à le déclamer à voix haute. Sans toujours comprendre ce qu'elle lisait, elle se laissait bercer par le phrasé musical, incantatoire, des vers raciniens... Alors, elle aimait Haïm de l'obliger à cet exercice...

Brave, cher Haïm ! Courageux, honnête, brillant... Il savait ce qu'il voulait ! Il parlerait un français impeccable parce qu'il l'avait décidé de même qu'il serait champion d'échecs... Helena était très fière, très heureuse de l'avoir épousé... Mais elle pensait encore à Charles... Charles ! où pouvait-il être maintenant, qu'étaient devenus son corps, ses yeux ?

— *Helena ! Helena... J'ai si peur de te perdre... de ne plus jamais te revoir... Reviens-moi, Helena... Reviens-moi vite...*

— Je vais revenir, Charles, et nous vivrons ensemble !

— Nous vivrons où tu voudras que nous vivions.

Charles !... Charles !

Il était mort. Couché sous quelques mètres de terre... Les mois avaient passé, s'étaient transformés en années, un an, deux ans, bientôt trois... L'oublierait-elle un jour ? Sans doute. Déjà elle avait du mal à se remémorer le timbre de sa voix, la douceur de son regard... et son odeur... son odeur à lui, si particulière, si émouvante, cette odeur animale, douce et chaude, qui se dégageait de son cou...

« Ô temps, passe... passe et que j'oublie... que j'oublie enfin... » Il fallait que maman se trompât. Il le fallait. *Tu seras encore heureuse, mon enfant chérie... mais pour oublier, ça... jamais...* Comment pourrait-elle encore être heureuse, si elle ne devait jamais oublier ?...

Charles !...

Le dernier jour à Prague approchait. Haïm demanda encore une prolongation de leur permis de séjour, arguant de la faiblesse de sa femme qui relevait d'une longue maladie, ainsi que l'affirmait le certificat médical qu'un ami de Jacob Langer avait signé (grâce à Dieu, Helena se portait comme un charme !)... Encore un mois ! Le dernier délai pour le départ était fixé au vendredi 13 juillet à minuit.

Le 1er juillet 1934, vers cinq heures du matin, Jacob Langer vint précipitamment frapper chez Haïm et Helena. Sur ses talons, Mme Rivsky, en peignoir et bigoudis, un large sourire sur sa face rebondie, rassura immédiatement le jeune couple ensommeillé.

— Ils s'entre-tuent !... Ils s'entre-tuent, clama Jacob en jetant sur le lit un paquet de journaux. Ils s'entre-tuent, répétait-il, hilare, incapable de prononcer un autre mot.

Haïm et Helena ramenèrent le drap sur eux. Ils étaient nus, stupéfaits et regardaient tour à tour Jacob et Mme Rivsky comme si ces derniers venaient de s'échapper d'un asile d'aliénés.

Enfin, Haïm soupira :

— Jacob !... Qui tue qui ?... De quoi parles-tu ?...

Mais Jacob était trop excité pour pouvoir prononcer une parole cohérente, et Mme Rivsky se contentait d'un :

— Dieu soit loué... Jésus soit loué... Sainte Marie Mère de Dieu, soyez bénie... Cela va finir !... Tout cela va finir ! Ils s'entre-tuent !...

Finalement, Haïm s'empara du quotidien *Lidové*

Noviny et lut les gros titres : « Les SS arrêtent les SA et le chef Röhm, homosexuel notoire... », « Une nuit d'exécutions sommaires... », « Von Schleicher et sa femme, le général von Bredow et Gregor Strasser assassinés par la Gestapo sur ordre d'Adolf Hitler... »

Sans se soucier davantage de sa nudité, Haïm bondit hors du lit.

— Haïm ! s'écria Helena pour le ramener à plus de décence.

Sans s'émouvoir, il s'enroula dans une serviette de bain... et sortit quatre verres d'un petit meuble...

— Madame Rivsky, dit-il en s'adressant à la logeuse qui le regardait, rêveuse. Une bouteille de genièvre s'impose ! Et tout de suite !

— A cinq heures du matin !

— Oui ! Une heure comme celle-ci ne peut être vécue sans la célébrer... Du genièvre ? De la slivovitz ? De la vodka ?...

Mme Rivsky eut un petit sourire malin.

— Et du champagne ? Du bon champagne français ? Du veuve clicquot, je vous prie ! Cela vous convient-il à cinq heures du matin ?

— Si cela nous convient !... Apportez votre champagne et célébrons cette heure unique... La première bonne nouvelle depuis 1929 !... Ils commencent à crever les uns après les autres !...

Mme Rivsky sortit précipitamment. Calmé, Jacob s'installa confortablement sur le lit.

— Ils s'entre-tuent !... Ce soir, Paula réunit tous nos amis... Qu'en penses-tu, petite sœur ?...

Helena soupira.

— Je pense que si tu voulais bien me laisser trois minutes pour que je puisse sortir du lit et enfiler une robe de chambre...

Jacob s'empara du vêtement accroché à une patère.

— Tiens... habille-toi... Je me retourne !...

Toute la journée de ce 1er juillet 1934 fut consacrée à faire la fête.

Chaque heure apportait une nouvelle précision sur ce qui s'était passé au cours de la nuit, et chaque précision était prétexte à démonstrations de joie, libations, chants et rires...

— Röhm ! Ce porc, gras, blond et vulgaire, amoureux de gouapes de son sexe, mort d'une décharge de revolver...

Généraux amis ou amants de Röhm, tous furent passés par les armes. Le fou furieux qu'ils avaient mis en place les assassinait pour ne pas partager un pouvoir qu'il voulait absolu...

Dans la soirée de ce magnifique jour de juillet, alors que les journaux s'arrachaient, que toute la famille était agglutinée autour du poste de TSF, on finit par apprendre le nombre officiel de tués. « Une centaine... », disait le chroniqueur. « Plus de mille », affirmait un correspondant de presse sur une station de radio captée à Zurich.

— Le Diable doit avoir beaucoup de travail en ce moment..., dit Jacob Langer.

La soirée ne se termina qu'à l'aube. Une aube radieuse, pleine d'espoir.

Haïm et Helena rentrèrent à pied... La Moldau était toute frémissante et rose des premiers rayons du soleil, la ville paraissait s'éveiller dans la joie et l'allégresse. Même les rossignols, qui saluaient le lever du soleil, chantaient à tue-tête.

— Ils s'entre-tuent !... Ce sera bientôt fini !...

Avant de quitter Prague, Haïm décida de se constituer une garde-robe de luxe. Un peu surprise, Helena lui en demanda la raison et tenta de lui expliquer qu'il valait sans doute mieux économiser leur argent et voir venir... Qui sait ce qui les attendait à Paris ? Mais Haïm ne voulut rien entendre. Il insista :

— Tu comprends... On attache beaucoup d'importance à l'apparence des choses... Un homme et une femme somptueusement habillés, personne ne leur demande leurs papiers. Devant une personne mise avec luxe, avec raffinement, on enlève son chapeau, on s'incline et on dit : « Monsieur, madame, s'il vous plaît... » Devant un pauvre *shnorer* qui porte un caftan usé, une barbe et qui marche courbé, peut-être un savant, un homme bon et honnête qui rougirait de voler un zloty ou une couronne à quiconque, on dit : « Tes papiers, sale youpin ! et plus vite que ça... » Si ce pauvre *shnorer* était bien habillé, l'attitude serait plus déférente. Et pourtant il s'agit de la même personne, du même être humain... Seule son apparence a changé. Helena, il te faut un trousseau de princesse !... Et moi, un trousseau de prince. Laisse-moi faire ! C'est ma spécialité !... Tu vas venir avec moi chez Mme Roselyne. Elle tenait autrefois à Berlin la plus élégante boutique de mode. Elle a tout perdu, et tout recommencé ici, à Prague, où elle fait la pluie et le beau temps. C'est elle qui a la boutique la mieux pourvue de la ville...

Deux jours plus tard, Haïm, Helena et Jacob se trouvaient dans le grand salon d'attente de Mme Roselyne (de son vrai nom, Adèle Frankel). Helena ne pouvait s'empêcher de frémir d'aise. Sa jeunesse et sa féminité l'emportaient sur tout ce qu'elle venait de vivre, et c'est avec des petits rires étranglés qu'elle attendait son tour. Mme Roselyne en personne, après un bref entretien avec les deux hommes, fit entrer Helena dans un salon d'essayage. Douze Helena, mal vêtues, mal coiffées sortirent des miroirs juxtaposés et la regardèrent, apeurées. Deux vendeuses, une essayeuse et une petite apprentie se tenaient là, portant divers paquets. D'un ton bref mais amical, Mme Roselyne ordonna à Helena d'enlever les vêtements qu'elle portait et, un peu honteuse, la jeune femme fut bientôt en combinaison défraîchie par de multiples lavages, en bas de coton et sans chaussures...

— Enlevez ça aussi ! dit Mme Roselyne en désignant la combinaison d'un air dégoûté.

Désarçonnée, Helena s'exécuta. Impitoyable, la célèbre couturière désigna le soutien-gorge, la gaine-culotte et les jarretelles jaunies par la Javel.

— Il faut tout enlever ! Votre mari a dit que vous deviez vous constituer un trousseau complet, linge neuf en soie naturelle y compris !... Allons, mon petit ! Nous en avons vu d'autres !... Ne soyez pas prude à ce point...

Helena fut bientôt nue. Les vendeuses s'extasiaient sur sa jolie ligne mince, sa peau blanche...

— Je... je n'ai jamais eu le temps d'être à la mode, dit humblement Helena. J'étais trop préoccupée par mes études...

Mme Roselyne ne faisait pas attention à ce que marmonnait Helena... Elle l'observait, la détaillait d'un œil à la fois critique et satisfait.

— Epaules larges, hanches étroites... rare pour une juive !... dit-elle. Tenez, mettez cela...

Docile, Helena enfila un soutien-gorge de soie et une culotte assortie, puis elle passa une robe en crêpe de soie.

— Ah ! dit seulement Helena lorsqu'elle sentit la douceur sensuelle de l'étoffe sur sa peau.

Et elle se regarda. Elle n'avait pas vingt ans. La grande glace en pied réfléchissait une radieuse jeune femme, vêtue d'une robe du soir de crêpe de soie ivoire, coupée en biais près du corps, le dessinant en souplesse. Mme Roselyne posa sur les épaules d'Helena une cape du même tissu, alourdie de renard blanc...

— Une vraie star, apprécia Mme Roselyne.

— Vous ressemblez à Heddy Lamar, commenta une vendeuse.

Ravie, Helena buvait nectar et ambroisie. Douze Helena, vêtues de crêpe ivoire et de renard blanc, la regardaient avec amitié. « Heddy Lamar... »

PARIS

Haïm et Helena prirent le train le vendredi 13 juillet à minuit. Un wagon-lit de première classe. Et, comme Haïm l'avait prévu, ils ne furent pas dérangés au passage de la frontière. Le contrôleur des wagons-lits était non seulement un ami personnel de Jacob Langer, appartenant à la même loge maçonnique que lui, mais un chrétien, un vrai, de ceux qui appartiennent à la race des justes. Ce qui lui fit oublier, aux différentes frontières, de préciser que le compartiment vingt-quatre était occupé.

Ils arrivèrent gare de l'Est le lendemain, à treize heures. C'était le 14 juillet et la ville était déserte.

Haïm avait décidé de dépenser leurs derniers francs suisses dans un grand hôtel. Il expliqua le pourquoi de cette décision à Helena. Un jour, Robert Kampf lui avait dit en ricanant : « Si tu deviens riche, mais alors, hein ?... très riche..., prends une chambre à l'hôtel Meurice. C'est le genre d'hôtel où, même si tu es plein aux as, on te demande d'abord ton pedigree avant de t'autoriser à mettre tes sales pieds sur le tapis... »

Très sérieusement, Haïm avait demandé et noté l'adresse, puis il avait ajouté : « Ecoute, vieux, c'est là que je descendrai ! Et de toute manière, quoi qu'il puisse arriver, c'est là que tu pourras toujours me laisser un message... Il doit bien y avoir un concierge à qui l'on peut demander ce genre de service ?... »

Les deux amis s'étaient serré la main, puis séparés après force plaisanteries pour dissimuler leur émotion. « ... A bientôt, à Paris... »

C'est donc à l'hôtel Meurice que Haïm décida de s'installer dès leur arrivée à Paris.

Une fois dans le taxi noir et rouge, Haïm lança sans donner l'adresse, comme s'il était un vieil habitué de l'endroit :

— Hôtel Meurice.

— A vos ordres, mon prince, répondit le chauffeur, qui embraya. Leurs si élégantes et si chères valises de cuir, dont trois ne contenaient que des livres et des partitions, et les quatre autres, les luxueux vêtements exécutés quinze jours plus tôt chez Mme Roselyne impressionnèrent vivement le chauffeur. Le jeune couple offrait l'image parfaite qu'il était censé représenter. Des jeunes mariés d'origine étrangère, appartenant visiblement à un milieu aisé, et même très aisé, en voyage de noces à Paris. Que les passeports ne fussent pas exactement « casher », que la frontière eût été franchie sans beaucoup de légalité, qui donc irait le vérifier ? Qui irait dénoncer ce jeune couple si amoureux, si chic, si riche ?...

Il faisait une chaleur étouffante.

— Et encore ! ce n'est rien ! disait le chauffeur de taxi. Si vous étiez arrivés deux jours plus tôt, c'était encore pire...

La voiture roulait dans les rues, où des drapeaux flottaient gaiement sur leurs hampes.

— Paris !... soupira Helena.

Puis elle resta silencieuse, partagée entre l'excitation de se trouver dans cette ville et la tristesse due aux circonstances qui l'avaient amenée là. Les rues succédaient aux rues... La voiture contourna l'Opéra...

— Ne sois pas triste, murmura Haïm. N'oublie pas, nous sommes en voyage de noces ! Nous sommes jeunes, gais, insouciants... Tant que nous n'aurons pas de vrais papiers, il nous faut être très, très prudents... Que jamais personne ne puisse soupçonner...

Elle leva sur lui un regard désemparé.

— C'est vrai, chuchota-t-elle en s'efforçant de sourire. De la prudence.

A les voir, on les eût pris pour deux amoureux occupés à s'embrasser et à se dire des mots tendres. Du moins, le chauffeur de taxi en était-il si intimement persuadé que lorsqu'il arriva devant l'hôtel Meurice, il cligna de l'œil vers le chasseur et lui dit :

— Je t'amène deux jeunes mariés pressés d'avoir une chambre !

Haïm l'entendit et joua le jeu. Il donna un confortable pourboire au chauffeur de taxi, qui remercia en enlevant sa casquette, un non moins confortable pourboire au chasseur qui souriait d'un air entendu et s'empressa autour des bagages, appréciant du regard le luxe discret du cuir fauve...

Les formalités d'inscription furent réduites à leur plus simple expression.

— Nous verrons cela plus tard, lorsque vous serez installés..., dit le réceptionniste, qui ne demanda aucun passeport, aucune carte d'identité, tout juste une signature au bas d'un registre avant de remettre les clefs de la suite n° 13, réservée au nom de M. von Lozwitzky. Connaissant le snobisme de certains employés de ce genre d'établissement, Robert Kampf avait ajouté la particule « von » de son propre chef. « Probablement un prince polonais », avait dû penser le réceptionniste. Lui aussi avait eu droit à un pourboire royal.

— Il y a un message pour vous, dit le concierge en lui tendant une enveloppe.

« Robert ! » pensa Haïm. Il ouvrit l'enveloppe. Sur une carte, quelques mots : *Bienvenue à Paris. Fanny et moi partons quelques jours à Deauville... Paris est une fournaise en ce moment. Nous serons de retour vendredi 20 juillet...*

Haïm avait eu raison sur toute la ligne. Dix minutes plus tard, ils étaient installés dans une fort belle suite. Chambre superbe, donnant sur les Tuileries, petit salon, salle de bains... Assise dans un fauteuil, Helena regardait autour d'elle, sidérée... Jamais elle n'avait connu cela, ces tentures aux teintes délicates, ces meubles élégants, cette atmosphère feutrée... Malgré l'extrême chaleur qui sévissait dans Paris, l'appartement donnait une délicieuse impression de fraîcheur et de paix. Peut-être était-ce le fait de la pénombre due aux volets clos et aux fenêtres largement ouvertes ?

Cependant, elle n'arrivait pas à se détendre ni à desserrer l'étau d'angoisse qui l'étreignait.

Haïm s'approcha d'elle.

— Sois gaie, Helena, je t'en supplie ! Sois gaie ! Nous ne devons pas éveiller le moindre soupçon !

Helena baissa la tête.

— Je voudrais bien être gaie, Haïm !... Oh Dieu, que je le voudrais ! Mais... il faut que je m'habitue... Ne plus jamais voir maman, mon père, mes frères, mes sœurs...

— Quelques mois ! Juste quelques mois !...

Helena pleurait silencieusement.

— Il faut me laisser pleurer, Haïm, laisse-moi pleurer juste un moment. Je n'ai pas eu le temps de le faire depuis... depuis... mais maintenant je dois pleurer... Surtout ne me regarde pas !... Attends... je... je vais me faire couler un bain, m'enfermer dans la salle de bains. Toi, pendant ce temps, téléphone à Robert Kampf... Je te promets que plus jamais je ne me laisserai aller au désespoir... (Elle sanglotait maintenant.) Je... je... je viens d'avoir vingt ans... depuis ce matin... (elle hoquetait)... et personne... personne... ne m'a souhaité mon anniversaire...

Bouleversé, Haïm embrassa la jeune femme. Il savait que la raison qu'elle venait de donner n'était pas la vraie cause de ses larmes. Helena pleurait sur sa séparation d'avec sa famille. Jamais elle n'avait véritablement quitté les siens. A Munich il y avait Berta et Adèle, à Prague il y avait Jacob... Toujours un membre du clan était là, près d'elle, présence tutélaire et rassurante... Ici, à Paris, il n'y avait plus ni frères ni sœurs, et *a fortiori* ni père ni mère...

— Va, dit Haïm en la relâchant. Va, et fais-toi belle... Ce soir nous allons faire la fête... Ce soir nous appartient à tous les deux ! Nous sommes à Paris, Helena ! A Paris ! et tu viens d'avoir vingt ans...

Lorsqu'il la vit en tenue de soirée, bien coiffée, à peine maquillée, il resta un moment silencieux. La robe tombait mollement à partir des épaules, à peine décolletée, mais ouverte dans le dos presque jusqu'aux reins...

— Tu es très belle, Helena, dit Haïm. Vraiment très belle...

Elle souriait.

— C'est la robe qui est belle, Haïm ! N'importe quelle femme serait belle dans une robe pareille ! Tu as réussi là un petit chef-d'œuvre !...

— Alors je me place au-dessus des philosophes, au-dessus de tout !... Je crée de la beauté ! Cela vaut mieux que de palabrer sans arrêt sur le pourquoi et le comment de la bêtise humaine...

Ils commencèrent par aller dîner dans une brasserie du boulevard du Montparnasse. Il faisait encore jour. Jamais Paris n'avait été aussi beau qu'en ce 14 juillet 1934. Ils marchaient à pied dans la ville en liesse. Ici et là, des petits bals s'organisaient... Au restaurant, un peu inquiète des prix affichés, Helena hésita au moment de commander. D'autorité, Haïm prit la carte et commanda du champagne.

— Madame a vingt ans aujourd'hui ! dit-il au maître d'hôtel.

— Pas possible ! répondit celui-ci débonnaire. Félicitations, madame !

Rougissante, Helena souriait. Haïm commanda des plats qui lui étaient parfaitement inconnus. Lorsque le maître d'hôtel déposa dans son assiette une tranche de foie gras, elle eut un recul, puis une pensée lui vint : « ... Mais rien n'est casher ici... », pensée qui s'envola très vite... Le foie gras était un régal, le champagne, une merveille et la langouste, la chose la plus savoureuse qu'Helena eût mangée de sa vie. Elle était comme une enfant... Le champagne eut raison de sa mélancolie.

Au moment de l'addition, à la grande surprise joyeuse du jeune couple, Haïm vit sur la note, à côté de « Champagne Moët et Chandon » : *Offert par la maison...*

— Ça... ça c'est magnifique ! dit-il en souriant. (Puis, plus bas, à l'oreille d'Helena :) Tu vois. C'est parce que nous sommes élégants, très élégants. Si nous avions été habillés comme des *shnorers,* tu penses qu'on nous aurait offert une bouteille de champagne pour ton anniversaire ?... Fais-moi confiance ! Cela je l'ai très vite compris... Les gens ne jugent que sur les apparences. Le reste, ce qu'il y a sous la soie ou le cachemire, ils s'en fichent éperdument...

Non loin de la brasserie Hansi où ils venaient de dîner, ils allèrent finir la soirée dans une boîte de nuit vaguement russe, où ils arrivèrent à temps pour le spectacle qui commençait à minuit. Il y eut d'abord le chant des violons tziganes ; une belle voix de basse vint ensuite chanter « Le cocher », « Le voile bleu »... et d'autres airs, que tous deux connaissaient... Il y eut aussi un danseur qui faisait des bonds terrifiants au-dessus des tables... Et puis brusquement, surgit une femme armée d'une guitare, au visage ravagé, dont les yeux immenses brillaient entre ses paupières couvertes de fard. Elle prit place sur la scène minuscule, violemment éclairée par un projecteur. La table de Haïm et d'Helena était tout près de la scène.

Soudain, les yeux de l'artiste se fixèrent avec étonnement sur Haïm. Elle s'approcha, jusqu'au bord de la scène, s'installa sur une chaise et fit quelques accords. Ses gestes étaient lents, gracieux, et, le regard toujours fixé sur Haïm, elle se mit à chanter... C'était une ballade ancienne, française, souvent chantée... « C'est un p'tit cordonnier »... Dès les premières mesures, la voix ample, chaude, imposa le silence.

... La Belle si tu voulais
Nous dormirions ensemble
Dans un grand lit carré...

Helena se sentait partagée entre plusieurs sentiments contradictoires. D'une part, elle était fascinée par la chanteuse et, d'autre part, une irritation jalouse l'envahissait tout entière. La chanteuse continuait :

... Dans le mitan du lit
La rivière est profonde...

Haïm écoutait. Le visage incliné, inexpressif, visiblement ailleurs... Il avait dix-sept ans. C'était en Hongrie, à Budapest, en 1920. C'était Pepi... Pepi, sa première maîtresse, Pepi et la fin de la guerre. Pepi qui, déjà à l'époque, était connue dans tous les cabarets de Budapest. Pepi qui vendait sa voix, son corps, sa beauté, sa jeunesse. Combien de temps étaient-ils restés ensemble ? Un an, deux ans ?... C'était la crise, le moment où il fallait acheter le pain le matin, parce que le soir son prix avait triplé. Elle voulait entrer à l'Opéra, préparait le Conservatoire. Toutes les chances... Elle avait eu toutes les chances. Une voix de contralto, au timbre rare, d'une pureté inouïe, un corps superbe, un visage admirable. Mais pas d'argent. Pas d'argent pour payer les cours de musique. Pas d'argent pour manger. Pas d'argent pour le loyer, le Conservatoire, les vêtements...

Alors elle chantait des airs tziganes dans les cabarets de Budapest... Pepi !... Comme il l'avait aimée ! Et puis un beau jour, disparue... pfuitt ! Plus de Pepi... disparue, Pepi... envolée ! Un contrat à Berlin, un autre à Hambourg... un autre à... Dieu sait où, et aujourd'hui... Soudain Haïm, à la stupéfaction d'Helena, ouvrit la bouche et se mit à chanter en duo avec la chanteuse :

... Et là nous dormirions
Jusqu'à la fin du monde...

Haïm se leva et, sans se soucier des applaudissements, alla vers la chanteuse, la prit par la main et l'emmena à sa table.

— Helena, je te présente Pepi Lanzman... Pepi, si je m'attendais !...

— Et moi donc ! Depuis quand à Paris ?

— Ce matin !...

— En règle ?

— Euh...

La chanteuse s'installa à côté d'Helena et la regarda. Il était impossible de dire si elle trouvait la jeune femme sympathique ou détestable. Enfin elle sourit.

— Comme vous êtes jeune !... Vous êtes française ?...

C'est Haïm qui répondit :

— Non. Helena est autrichienne...

— Polonaise ! rectifia Helena en s'efforçant de sourire.

— Mettez-vous d'accord ! ricana Pepi.

— Auschwitz est devenue polonaise en 1919... Moi je suis née en 1914, lorsque c'était encore autrichien... Alors vous avez le choix !

— Nous nous sommes mariés à Prague, il y a huit mois..., dit Haïm doucement.

Il y eut un silence. Pepi les dévisageait à tour de rôle.

— Je vois, dit-elle enfin.

Elle fit signe au maître d'hôtel et commanda du champagne.

— Pour célébrer nos retrouvailles..., dit-elle en souriant.

— Et c'est aussi l'anniversaire d'Helena !... dit joyeusement Haïm.

— Et c'est aussi l'anniversaire de la Révolution française... Que d'anniversaires le même jour !... Alors buvons !

Dominant sa jalousie, Helena s'efforçait à l'objectivité. Elle essayait de deviner sous les couches épaisses de fard quel était le vrai visage de Pepi... Visiblement, elle était considérée comme une vedette dans ce cabaret. Et puis elle avait une aisance, une allure, une décontraction naturelles qu'Helena lui enviait. Elle se sentait si gauche, si empruntée dans cette robe de crêpe blanc qui, en un mouvement glissant, fluide, dessinait son corps d'une manière provocante, presque indécente... Pepi et Haïm échangeaient des souvenirs d'autrefois, des souvenirs d'une époque où elle n'était qu'une toute petite fille... Une enfant éblouie par ce jeune homme qui venait parfois chez ses parents, qu'il appelait oncle David et tante Rivka.

Le lendemain était un dimanche. Un dimanche d'été à Paris... Le temps était orageux. Par moments, des grondements sourds, des éclairs rompaient le silence opaque de cette journée estivale. A court d'argent, Haïm, qui n'avait pas prévu que Robert aurait pu être absent de Paris le jour de son arrivée, se résolut à essayer de le joindre malgré tout. Il composa le numéro de téléphone. Une voix répondit, au bout d'une dizaine de sonneries, que M. et Mme Kampf étaient en vacances à Deauville et ne rentreraient que dans huit jours... Voulait-il laisser un message ?...

Haïm hésita, puis laissa comme message : *Sommes arrivés l'hôtel Meurice, suite n° 13. T'attendons avec impatience.* Puis il raccrocha. Pas de nom... Surtout ne pas laisser de nom à une parfaite inconnue. Robert comprendrait « qui » avait téléphoné.

Il expliqua à Helena qu'ils allaient rester huit jours à l'hôtel Meurice.

— Ne vaut-il pas mieux chercher un autre hôtel moins cher ? demanda Helena.

— Non ! dit Haïm en riant. Nous n'avons plus les moyens de chercher un hôtel moins cher...

Et, comme Helena le dévisageait avec étonnement :

— Dans un hôtel moins cher, il faut payer d'avance, expliqua-t-il. Ici, dans trois ou quatre jours, ils nous présenteront leur petite note, sur un plateau d'argent... Et puis...

— Et puis ?

— Où va-t-on chercher les immigrés clandestins ? poursuivit Haïm. Dans les hôtels de seconde zone, les garnis, les bouis-bouis... Là, nous serions à la merci de ces petites gens prêtes à dénoncer, à vendre, à trahir pour quelques centimes. Tandis que si nous restons quelques jours à l'hôtel Meurice, on nous laissera tranquilles. Ne sommes-nous pas en voyage de noces ?... Un couple de riches Suisses en voyage de noces ! Voilà ce que nous sommes... Voilà de quoi nous devons avoir l'air. Ensuite, nous aviserons. Mais pour le moment, ne te fais pas de souci... Et puis, dès que Robert va apprendre notre arrivée, tu vas le voir rappliquer...

Et, comme Helena ne répondait pas, il ajouta :

— Tu ne doutes pas, j'espère, de l'honnêteté de Robert et de Fanny ?

Helena secoua la tête.

— Non ! Bien sûr que non !... Mais je me demandais...

— Quoi donc ?

— Aurons-nous assez d'argent ? demanda Helena.

— Pour cette belle suite si agréable et si confortable, avec petit déjeuner, nous pourrons tenir trois jours... Le problème c'est qu'il est hors de question de s'offrir le restaurant... (Il se tut, pensif.)... Il va falloir trouver une solution pour manger..., dit-il enfin. Je crois que j'ai une idée...

— J'ai mes diamants et mes pierres précieuses..., dit Helena. Et aussi l'argent que maman m'a donné...

Haïm secoua la tête.

— Non ! gardons cela... Lorsque notre situation sera régularisée, nous en aurons besoin pour travailler... Dieu seul sait ce que Robert a pu sauver de notre argent ! Tant que nous sommes dans l'ignorance, mieux vaut être prudents, très prudents.

— Moi aussi j'ai une idée !... dit Helena.

Haïm la regarda d'un air interrogateur.

— Achetons un petit réchaud électrique, et je me débrouillerai pour faire cuire le contenu d'une boîte de conserve dans la salle de bains !

Haïm réfléchit.

— Bonne idée... excellente idée même, mais... pas d'odeur, n'est-ce pas ? rien qui puisse faire soupçonner... Je vais donner un pourboire à la femme de chambre et lui dire que tu es enceinte... Alors, qu'elle soigne bien ton petit déjeuner... Dis que tu as des envies incommensurables... de brioches et de lait... de café au lait... Moi je vais aller voir si mon idée est bonne...

— Peux-tu m'en dire quelques mots ?

Haïm sourit.

— J'ai l'adresse d'un club d'échecs faubourg Poissonnière...

— Depuis quand joues-tu aux échecs pour de l'argent ?

— Cela m'est arrivé. A Berlin. Il y a deux ans, j'ai gagné deux cents dollars sur le dos de six cochons d'Allemands. J'avais parié que je jouerais trois parties contre eux en simultané... J'ai gagné !... Et mieux : ils m'ont payé... Ils ne savaient pas que j'étais juif...

Comme il avait la main sur la poignée de la porte, Helena, un peu inquiète, lui demanda :

— Mais... si tu perds ?

— Ne t'inquiète pas, mon ange... Je n'ai jamais perdu une partie de ma vie. Mais si cela devait arriver, je te garantis que je ne paierais rien du tout et que je me sauverais en courant !...

Le club d'échecs était effectivement situé faubourg Poissonnière. S'y pressaient une foule d'habitués qui, dans un silence religieux, entouraient les tables où se disputaient les parties... Haïm se dirigea d'un pas assuré vers l'une des tables où se trouvaient la plupart des joueurs. Il n'eut même pas besoin de lancer un pari comme à Berlin ; un homme entre deux âges, sûr de lui, criait :

— Cent francs ! cent francs que je mets en jeu... et je vous prends en simultané, à un contre six !

Une voix s'écria, mécontente :

— On ne joue pas d'argent aux échecs !...

Ce à quoi le parieur répliqua :

— Je ne joue pas d'argent ! Je parie ! Je fais un simple pari !...

L'assemblée s'esclaffait.

— Allons, Meyer ! dit une voix. Juste pour voir la tête que tu vas faire quand je te mettrai *mat* et que tu me donneras cent francs !

Haïm s'avança et dit tranquillement :

— J'en suis !...

Le silence se fit... Personne ne connaissait ce jeune homme mince, pas très grand, aux yeux bleus, et dont l'abondante chevelure noire bien brillantinée entourait un beau visage glabre. David Meyer — celui qui avait lancé le défi — le mit en garde :

— Prenez garde, monsieur ! Je suis l'un des meilleurs joueurs de ce club ! Pas vrai ?...

Ces mots furent accueillis par des rires, des exclamations, des protestations... Le bruit attira d'autres personnes et, bientôt, Haïm fut le point d'attraction de toute l'assistance. Il aimait cela. Il aimait sentir le regard des autres s'étonner sur sa personne, le soupeser, l'évaluer...

— J'accepte votre pari, dit-il simplement. Voici cent francs...

Il sortit son dernier billet de cent francs de sa poche d'un geste désinvolte... En vérité, il aurait eu des milliers de billets de cent francs à gaspiller ainsi qu'il n'eût pas manifesté plus de nonchalance.

Le préposé installa six échiquiers, et la partie

commença. Trois joueurs furent éliminés rapidement. Deux autres joueurs furent *pat*...

David Meyer était en effet un excellent joueur !... Probablement de la force de Haïm, qui mit plus d'une heure avant d'en venir à bout...

— Echec et mat !... dit-il enfin.

Il entendit les applaudissements, mais il ne pouvait ni se lever, ni parler, ni marcher... Il était vidé, épuisé...

— Vous jouez vraiment bien, lui disait David Meyer. Tenez, voici votre argent !

Deux cents francs !... De quoi rester trois jours de plus au Meurice !

Un homme s'approcha de la table de Haïm. Il était grand, plutôt corpulent, vêtu d'un imperméable et d'un feutre mou. Il souriait et regardait Haïm. « Un flic ! » pensa Haïm qui sentit son cœur se dérober. Il en avait trop vu, trop fui pour ne pas les reconnaître avant même qu'ils n'ouvrissent la bouche.

— Bravo ! dit l'homme à l'imperméable. Remarquable, votre partie !... Battre David Meyer !... Personne ici, à part moi, n'y est parvenu... On fait une partie ? La revanche et la belle !... D'accord ? Mais moi, je ne joue pas d'argent !...

— Je vous le laisse, commissaire Lefranc, dit David Meyer en lui cédant la place.

Le commissaire Lefranc était un homme d'une quarantaine d'années au visage plein et régulier. Son chapeau dissimulait un début très accentué de calvitie.

Les deux hommes étaient face à face. Intérieurement, Haïm tremblait. Il regardait sa main qui dressait les pièces sur l'échiquier. Sa main ne tremblait pas... Cela l'étonna un instant... Le sort lui désigna les blancs... Puis il ne pensa à plus rien d'autre qu'à la partie.

Haïm gagna la première manche, le commissaire Lefranc la seconde, et un *pat* mit fin à la belle, sauvant ainsi l'honneur des deux hommes. Il y avait plus de six heures qu'ils jouaient.

Quand les deux hommes sortirent enfin, il faisait sombre. La nuit était très douce. Un monde fou se pressait sur les grands boulevards tout illuminés. Des gens heureux, insouciants et gais... Les terrasses de café regorgeaient d'hommes, de femmes qui paraissaient assis là pour l'éternité. Haïm les regardait avec envie. « Ils ont des papiers, eux... personne ne viendra jamais les déloger à coups de pied dans les fesses... »

Il soupira et jeta un coup d'œil sur son compagnon qui, paisiblement, allumait un énorme cigare.

— Depuis quand êtes-vous en France ? demanda soudain celui-ci. Vous avez des papiers ?

Haïm hésita.

Le commissaire Lefranc souriait. Il avait un visage débonnaire, mais Haïm ne pouvait guère s'y fier ! Tant de fois au cours de sa vie il avait été trompé par des visages souriants et sympathiques qui souvent dissimulaient les pires crapules.

— Eh bien ? J'attends... Vos papiers ?

Une intuition commanda à Haïm de dire la vérité.

— Je n'ai pas de papiers...

— Pas de papiers ?...

— Non... pas de papiers, pas de passeport, pas de visa, pas de permis de séjour... Rien...

Silence. Le commissaire Lefranc continuait de sourire, en tirant sur son cigare, comme si ce que lui disait Haïm l'amusait beaucoup.

— Vous avez bien un nom ? dit-il en s'arrêtant de marcher.

— Oui, difficilement prononçable en français... mais j'ai un nom, articula Haïm.

— J'essaierai de le prononcer... Alors ?

— Haïm Lozwitzky.

— Haïm Loz-wi-tz-ky, dit lentement le commissaire. Et vous avez aussi une date de naissance ?

— Oui, j'ai aussi une date de naissance.

— Mais... sans doute est-ce un secret ? dit le commissaire Lefranc avec toujours cette même ironie amusée qui désarçonnait Haïm... Vous avez bien aussi un lieu de naissance ?...

Docile, Haïm répliqua :

— En effet, j'ai un lieu de naissance... Bien évidemment...

Le commissaire Lefranc tonna d'une voix bourrue :

— Alors, si vous avez tout cela... pourquoi faut-il

vous arracher les mots un à un, et pourquoi me le cacher ?... Il me faut tous ces renseignements, nom, date et lieu de naissance, si vous voulez que je fasse quelque chose pour vous !

Haïm mit un certain temps à comprendre ; puis il balbutia :

— Vous voulez dire... vous voulez dire...

— Que j'ai besoin d'une date et d'un lieu de naissance pour vous faire obtenir un permis de séjour. Bon Dieu !... Alors ?...

Le commissaire sortit un calepin de sa poche et s'apprêta à noter.

— Je suis né le 11 novembre 1903 à Stopnica..., dit Haïm, un large sourire aux lèvres.

— Où ça se trouve, ce patelin ?

— Jusqu'en 1924 c'était en Russie... Maintenant c'est en Pologne... ou en Hongrie... ou peut-être en Autriche... Qui sait ? Pas moi en tout cas ! Mais que ce soit l'un ou l'autre de ces pays, c'est la même galère. Je suis juif, comprenez-vous...

— Ça, je l'aurais parié !... Alors, depuis quand êtes-vous en France ? Vous n'avez pas répondu à ma question.

Haïm hésita. Le commissaire insista :

— La vérité, mon vieux ! Si je dois vous aider, autant que je sache tout de vous !

— Deux jours... Avant, je vivais en Allemagne, à Munich. Puis je suis resté quelques mois à Prague... Je m'y suis marié... Religieusement. Il nous a été impossible de nous marier civilement... Depuis l'arrivée au pouvoir d'Hitler, les juifs n'ont plus de papiers, plus de nationalité... plus rien...

— Je sais, soupira le commissaire Lefranc. De quoi viviez-vous en Allemagne ?

— Je travaillais... Des costumes sur mesure pour hommes, des tailleurs et des robes pour dames... Du travail de première qualité !... Il paraît que j'avais du talent !... A Munich, tout le monde venait s'habiller chez moi...

Le commissaire Lefranc écrivit sur son carnet... « Profession tailleur pour hommes et dames... »

— Bon, dit-il en remettant le petit carnet noir dans sa poche. Venez après-demain au commissariat du 10e arrondissement... Je vous accompagnerai jusqu'à la préfecture de police... Vous aurez un permis de séjour en règle... Ensuite, je vous indiquerai la marche à suivre pour obtenir votre naturalisation et un passeport... Un vrai !... Maintenant, vous me devez la revanche ! Et si vous me laissez gagner pour me remercier, je vous fais coffrer pour tentative de corruption de fonctionnaire dans l'exercice de ses fonctions...

C'est ainsi que naquit une amitié indéfectible qui ne s'acheva qu'à la mort des deux hommes.

Lorsque Haïm rejoignit Helena dans leur chambre de l'hôtel, elle était à demi morte d'inquiétude, en larmes.

— Mon Dieu !... Mon Dieu ! dit-elle. J'ai cru que tu avais été arrêté !... C'est terrible d'attendre ainsi sans savoir !... Que s'est-il passé ?

— Plus de souci !... Ne te fais plus de souci !... J'ai rencontré un type épatant... un commissaire de police.

— Un commissaire de police ?... (La voix d'Helena montait vers l'aigu.)

— C'est mon ange gardien !... Un bon policier...

— Cela existe-t-il ?

— Cela existe ! En France, cela existe !... Après-demain j'irai à la préfecture de police, mes papiers seront prêts et les tiens aussi ! Et il sera témoin à notre mariage !... Car nous allons nous marier civilement, Helena !... Si tu le veux bien, ma chérie...

Si elle le voulait ? Grand Dieu, elle ne pensait qu'à cela, au moment précis où elle serait véritablement l'épouse de Haïm Lozwitzky... Le mariage religieux avec une *ketouba* pour seul viatique lui paraissait un peu léger, voire suspect.

Quatre jours plus tard, à leur grand soulagement, ils virent apparaître dans l'encadrement de leur porte le visage hilare de Robert Kampf, revenu de Deauville... Ce ne fut pas seulement du soulagement. Ce fut du bonheur. Un grand moment de bonheur.

— Qu'est-ce que je vous avais dit ? Paris n'est-elle

pas la plus belle ville du monde ? Et l'hôtel Meurice un endroit fort sympathique ?...

Ce furent là des instants mémorables. Ils riaient, pleuraient, riaient encore... Ils évoquaient Munich. Le Munich d'avant Hitler. Munich, capitale artistique, intellectuelle, où maintenant chaque semaine on brûlait des livres. Ils évoquaient Salomon et Berta, Adèle et Ernest, les enfants, les jours heureux...

— Mais que va devenir ta loge d'Opéra sans toi ?... disait Robert à Haïm en le plaisantant.

— Et que vont devenir les cafés que tu fréquentais si assidûment, espèce de pilier de bar..., rétorquait Haïm.

Ils évoquèrent Mark... Cet ami si discret, si secret... Ils parlèrent des heures et des heures, l'émotion les rendait intarissables, et Haïm fut sur le point de s'évanouir de joie lorsque Robert Kampf lui annonça qu'il venait de se rendre acquéreur d'une superbe boutique sur les Champs-Elysées, dont la moitié appartenait à Haïm...

Il fallut, séance tenante, aller voir cette merveille dont, à en croire Robert Kampf, le Tout-Paris féminin allait faire en quelques mois à peine son lieu de prédilection. La boutique se situait tout près du Lido, à mi-hauteur des Champs-Elysées, sur le côté droit en regardant vers l'Arc de Triomphe...

Au comble de l'émotion, Haïm et Helena pénétrèrent sur le chantier où s'activaient des maçons, des peintres, des électriciens.

— Cela a coûté cher..., dit Robert. Il reste encore un peu d'argent pour préparer la collection automne-hiver, mais il faudra faire attention.

— Pas la peine ! dit Helena en riant. Haïm nous gagnera cela aux échecs !

Etonné, Robert Kampf dévisagea son ami.

— Tu joues de l'argent ? aux échecs ?

— Ah, bah, un simple pari !... En arrivant à Paris, il ne nous restait qu'un billet de cent francs et un peu de monnaie. A peine de quoi payer l'hôtel... Mais cette boutique ! Je n'en crois pas mes yeux...

— Il faut lui trouver un nom..., dit Robert. Que penses-tu de : « Le Paradis de la femme » ?

— Ridicule ! dit Haïm. Il faudrait quelque chose de

plus mystérieux, plus poétique, plus évocateur de la femme que nous allons habiller. Une femme élégante, éprise d'art, d'amour... Une femme qui s'habille pour l'homme qu'elle aime... Que dirais-tu de « Floria Tosca » ?

— « Floria Tosca » ?... Comme enseigne pour la boutique ?... dit Robert. Une héroïne d'opéra ?...

— Pourquoi pas ? dit Helena. Haïm a raison... Quoi de plus évocateur que « Floria Tosca » ?

— Va pour « Floria Tosca » !... dit Robert. Ce soir, je vous invite tous les deux et nous allons faire la fête avec Fanny... Pas trop longtemps tout de même. Fanny attend un enfant pour novembre prochain...

Cette nuit-là, après la fête, Haïm et Helena regagnèrent l'hôtel Meurice par la rue de Rivoli, en longeant les Tuileries... C'était une nuit de juillet, chaude et mystérieuse, une nuit délicieuse, toute de paix, de calme et de douceur... Ils étaient enfin délivrés de leur angoisse et rêvaient tout haut.

— Il va falloir trouver un appartement..., disait Haïm. Et puis acheter des meubles, des tapis, de la vaisselle... Il s'émerveillait de cet avenir qui se profilait devant eux... Demain j'enverrai un télégramme à Ben, pour lui dire que nous allons rester quelques années à Paris... Une ville où il existe un commissaire Lefranc, une boutique « Floria Tosca », un hôtel Meurice... Une ville magnifique... J'aimerais bien vivre à Paris, qu'en penses-tu ?...

— Moi aussi j'aimerais bien... Paris est une si belle ville... Et je crois que les Français sont gentils... J'aimerais...

Elle s'interrompit.

— Quoi donc ? demanda Haïm étonné.

— J'aimerais que notre enfant soit français...

— Notre... tu... notre ?... Tu es sûre ?

Elle riait.

— Et de qui veux-tu ?... Le nôtre, bien sûr !... Je pense être enceinte depuis deux mois...

Haïm la regarda. Elle affectait un air de détachement, mais ses lèvres tremblaient. Il la prit dans ses bras.

— Nous nous en sortirons !... N'est-ce pas ?
Incapable de répondre, Helena inclina la tête :
— Nous resterons à Paris. C'est une belle ville Paris. C'est un beau pays la France... Nous ferons venir tes parents, tes sœurs, tes frères... Nous nous en sortirons... Je te le promets...
Helena reniflait, puis s'efforçait de sourire.
Ils continuèrent leur promenade. A intervalles réguliers, un réverbère les éclaboussait de lumière, puis de nouveau l'ombre, et puis encore la lumière...

Une semaine plus tard, Haïm dénicha un appartement meublé avenue de Wagram, à moins d'un quart d'heure de la boutique dont il allait chaque jour surveiller les travaux d'embellissement. L'appartement était assez joli, mais après avoir vécu quelques jours dans la suite de l'hôtel Meurice, la comparaison n'était guère en faveur de ce soixante mètres carrés au cinquième étage du 26 avenue de Wagram...
En septembre 1934, l'inauguration de la boutique « Floria Tosca » fut, de l'avis des propriétaires, un véritable triomphe, et de l'avis de leurs épouses un fort joli succès...
L'avenir s'annonçait sous les meilleurs auspices... En novembre, Fanny mit au monde un garçon de huit livres. Un beau petit Maurice. « Le médecin m'a affirmé que de sa vie il n'avait vu plus beau bébé ! » clamait Robert à chacune des clientes qui entraient. Tout à sa joie, il en oubliait que, pour la plupart, elles ignoraient que le charmant directeur commercial de « Floria Tosca » était marié. Mais, comme elles étaient femmes et mères pour la majorité d'entre elles, elles se confondaient en compliments, évoquant immédiatement leur propre accouchement, et si Helena se trouvait présente avec son ventre de sept mois, alors la boutique « Floria Tosca » se transformait en véritable maternité !...
Les événements politiques glissaient sur le jeune ménage comme eau sur les plumes d'un canard. Pour la

première fois de leur vie, ni l'un ni l'autre ne se souciaient de ce qui se passait dans le monde.

Pour se distraire, et parfaire son français, Helena écoutait beaucoup la radio et s'amusait des émissions, plus débiles les unes que les autres, ce qui mettait Haïm en fureur.

— Comment une femme aussi intelligente que toi peut-elle s'intéresser à ce bla-bla ?... Ecoute-moi cette vedette de cinéma ! Elle est inculte et s'exprime comme une poissonnière !

— Mais Haïm !... Cela me distrait !... Et puis, si je veux améliorer mon français !

— Ce n'est sûrement pas en écoutant Radio-Paris que tu amélioreras ton français !... Lis Racine ! Ça, c'est du français...

— Tu crois ?... Je n'en suis pas si certaine.

— Helena !... Comment oses-tu ?

— On voit bien que ce n'est pas de toi dont la boulangère s'est moquée.

— Comment cela ?

— Eh bien, cet après-midi j'ai eu envie d'un mille-feuille... Lorsque j'ai demandé : « De grâce, madame, avez-vous encore de ces merveilles qui ont fait mon bonheur hier... des mille-feuilles, je crois ?... », elle m'a regardée avec des yeux comme des soucoupes et m'a répondu : « Non... non... je n'en ai plus... » Et moi, sincèrement désolée, je lui réponds : « Vous en eûtes cependant... » Sais-tu ce qu'elle m'a demandé ?

— Non ?

— Dans quelle langue je parlais... et de quel pays je venais... Alors, ton Racine !

— C'est ton accent ! dit Haïm. Tu as un accent yiddish à couper au couteau !... Je t'ai toujours dit de prendre des cours de diction ! Moi, je parle sans accent !

Le comble, c'est qu'il en était persuadé !

Très vite, un petit groupe de familiers se retrouva tous les vendredis soir chez Haïm et Helena. Tout ce que la jeune femme avait connu dans son enfance et son adolescence, elle tenta de le recréer à Paris. A Robert et

Fanny, au commissaire Lefranc et à Nicole, sa compagne, s'ajoutèrent non seulement les deux jeunes gens rencontrés à Prague, Avrom Rozenblatt et Israël Levitan, venus tout naturellement frapper à la porte des Lozwitzky, mais également David Meyer, le joueur d'échecs du faubourg Poissonnière, et sa femme Josette, une Française, catholique, qui exigeait que son mari observât les rites juifs, tandis qu'elle observait les rites chrétiens.

— J'élève mes enfants dans les deux religions... Lorsqu'ils seront plus grands, ce sera à eux de choisir..., dit-elle à Helena lorsque les deux jeunes femmes se rencontrèrent et commencèrent à se raconter leur vie.

— Ne serait-il pas préférable de ne rien leur apprendre du tout ? demanda Helena.

— Je ne suis pas d'accord. Il faut que nos enfants sachent qu'ils sont moitié juifs, moitié chrétiens. J'espère que cela les rendra tolérants...

Et puis, naturellement, il y avait Pepi. Pepi Lanzman. Chaque fois qu'elle venait rendre visite au jeune couple, Helena surveillait attentivement les regards, les gestes, les apartés de Haïm et de Pepi. Haïm riait de sa jalousie.

— Pepi est mon meilleur agent commercial ! Tu ne peux savoir le monde qu'elle amène à la boutique ! Allons, calme-toi. Il n'y a plus rien entre Pepi et moi...

Chaque vendredi soir, Helena organisait un petit souper. Les hommes jouaient aux cartes ou aux échecs, les femmes papotaient ou jouaient également aux cartes. Ce fut une des périodes de son existence dont Helena conserva longtemps un souvenir ému. Elle écrivait ses étonnements à sa mère ou à ses sœurs, en leur faisant part des menus détails qui faisaient le charme de la vie à Paris.

« La vie en France est des plus agréables, mais il y a des coutumes assez drôles pour moi qui viens d'Auschwitz. Par exemple, aucune femme de la bourgeoisie ne porte la même toilette le matin que l'après-midi, ou le soir... Ce qui fait que cette femme passe le plus clair de son temps à changer de toilette pour aller dans tel ou tel endroit... Haïm en est ravi. Il a créé une robe à transformations que l'on peut porter le matin, l'après-midi et le soir, et qui est très chic... Les Parisiennes se l'arrachent... Ce qui fait que Haïm et Robert travaillent comme des fous. Ils sont à l'atelier à cinq heures, ouvrent la boutique à neuf heures et ferment à dix-neuf heures, et travaillent encore le soir jusqu'à minuit passé... Heureusement que Robert et Fanny n'habitent pas loin de chez nous, ce qui permet à Fanny et à moi de nous voir presque tous les jours... Vous me manquez tous terriblement. Dès que nous serons en mesure de prendre un plus grand appartement, il faudra absolument que vous veniez nous rejoindre... »

Souvent, Helena accompagnait Haïm jusqu'à la boutique. A plusieurs reprises elle remarqua que son époux aimait regarder les jolies vendeuses, plaisanter avec elles, et peut-être même aller jusqu'au flirt ?... Alors, folle d'une rage qu'elle s'efforçait de dissimuler, Helena rentrait chez elle, essayait des robes et des coiffures nouvelles, guettait le retour de Haïm dans une folle impatience, et lui faisait des scènes d'une violence maladroite qui, au début, réjouissaient fort Haïm, convaincu alors d'être le plus aimé des hommes. Lui-même ne tolérait pas qu'un homme s'adressât à Helena autrement que les yeux baissés... Un soir, il surprit un charmant jeune homme, d'une excellente éducation, invité à une soirée donnée par Robert Kampf et qui, présenté à Helena, lui baisa galamment la main. Deux jours durant, Haïm accusa Helena de coquetterie, voire de dévergondage... Il allait gifler le malotru, se battre en duel avec lui, le tuer. Il allait finir ses jours en prison, tout cela à cause d'une coquette sans cervelle qui s'amusait à briser le cœur des hommes... Après tout, ce n'était pas la première fois qu'Helena était responsable de vies brisées, n'est-ce pas ? Ce malheureux Lenz ?... Qui sait s'il n'était pas devenu fou à cause de sa coquetterie ? Et Charles Hollman, hein ?... Ne l'avait-elle pas trompé, lui aussi ?

— Ah non ! cria Helena. Ne touche pas à Charles !

— Pourquoi ? Tu l'aimes encore ?... Hein ? C'est ça ? Tu l'aimes encore ?

— Haïm ! Charles est mort ! mort !...

Calmé, Haïm se tut. Ensuite, il ne sut que faire pour se faire pardonner...

Helena se plia vite au rythme de la « vie parisienne ». Cinéma avec Fanny, thé dans les meilleures pâtisseries, toujours avec Fanny, mais aussi avec Nicole Lefranc ou Josette Meyer. Ces trois dernières, parisiennes de naissance, adoraient jouer les guides et emmenaient parfois Helena dans des endroits où jamais la jeune femme n'eût songé à mettre les pieds. Dancing, music-hall, théâtre de boulevard...

L'automne et l'hiver s'écoulèrent sans heurt. L'événement majeur dans la vie des Lozwitzky, peu de jours avant Noël 1934, fut l'arrivée du piano. Helena l'avait vu en se promenant avec Haïm rue du Faubourg-Saint-Honoré. C'était un dimanche matin et Helena, encombrée par un ventre de huit mois, ne pouvait guère marcher longtemps... Un instant, ils s'étaient arrêtés devant la vitrine du magasin Pleyel où trônaient deux splendides Steinway, un Petroff, et un joli « crapaud » dont le couvercle, ouvert, laissait apparaître des touches d'ivoire légèrement jaunies et de longues touches noires...

En lettres dorées, un peu passées, le nom se détachait — PLEYEL. Un écriteau indiquait « Occasion ».

— Quand j'étais petite, commença Helena avec animation, il y avait un piano noir tout comme celui-ci... avec un lion en pierre qui me faisait très peur.

— Je m'en souviens, dit Haïm.

Il se souvenait aussi de cette curieuse soirée où il avait eu l'impression d'un monde qui s'écroulait, tandis qu'Ida et Regina jouaient à quatre mains cette *Fantaisie en fa mineur* que plus jamais il n'avait pu entendre sans un serrement de cœur...

— Il nous faut un piano, décida-t-il soudain.

— Haïm ! s'écria Helena, pouvons-nous nous le permettre ?...

— Même si nous ne le pouvions pas... même si !... note bien ce que je te dis ! Même si ! Nous pouvons toujours le louer, en tout cas, quitte à le racheter plus tard quand nous serons vraiment à notre aise... Mon fils doit naître dans une maison où il y a un piano !

C'est ainsi que le joli « crapaud » noir fit son entrée dans le banal appartement de l'avenue de Wagram. Haïm avait conclu un arrangement avec le vendeur, signé des traites, fourni la caution du commissaire Lefranc... Le salon était si petit qu'il fallut ôter deux fauteuils pour faire de la place au piano. Mais qu'importait ! Lorsqu'elle le vit dans la pièce, Helena aurait voulu le serrer dans ses bras, l'embrasser, tant l'instrument apportait avec lui quelque chose de son passé, de son enfance.

Par quel tour de passe-passe le commissaire Lefranc avait-il pu obtenir pour ses amis ce que d'autres ne peuvent obtenir qu'après plusieurs années de présence sur le sol français, nul ne le saura jamais... Sans doute le fait que Haïm Lozwitzky appartînt à la même loge maçonnique que le commissaire Lefranc y était-il pour quelque chose ? Sans doute. En tout cas, pour la première fois depuis presque vingt ans, il avait une carte d'identité, un passeport et une nationalité. « Je suis français..., se disait-il en sortant de la préfecture de police... Ma femme est française... Et mon enfant sera français... » Il neigeait en ce jour de janvier 1935. Pourtant, Haïm ne sentait ni le froid ni la neige... Il s'arrêta un long moment devant le drapeau qui se balançait mollement sur sa hampe, juste devant la grille du palais de justice. Un policier s'approcha... Mais, cette fois, Haïm n'avait plus peur. Dans son portefeuille, une carte (une vraie !) lui permettait de regarder avec sympathie, sinon avec quelque arrogance, ce même policier que, deux heures auparavant, il eût fui discrètement.

— Et alors ? demanda l'agent. Vous allez rester planté là longtemps ?

— Je regardais le drapeau... C'est un beau drapeau !

L'agent regarda le drapeau aux couleurs salies par la neige et la poussière.

— Il est sale, dit l'agent.

— Ce n'est pas ce que je voulais dire...

Haïm souriait. Il ne savait pas qu'en ce moment précis, il était heureux.

Un matin, vers la fin du mois de janvier, Helena refusa de se lever. Elle se sentait bizarre. Aussitôt Haïm s'alarma. Fallait-il aller chercher un médecin ? Fallait-il appeler une ambulance ? Fanny ?

Helena sourit.

— Non, ce n'est pas tout à fait le moment... Mais appelle Fanny... Oui, Fanny...

Bien sûr, elle aurait préféré sa mère ou l'une de ses sœurs... Mais Fanny ferait très bien l'affaire. Elle aimait bien Fanny, et ses emportements féministes qui la jetaient dans toutes les manifestations en faveur du droit de vote.

— Quelle heure est-il ? demanda-t-elle à Haïm.

— Pas tout à fait sept heures... Il fait encore nuit...

Haïm ouvrit les fenêtres. Un froid vif et mordant pénétra dans la pièce.

— Il a neigé...

— C'est bien, murmura Helena somnolente. J'aime la neige... Je me souviens, quand j'étais petite...

Autrefois avec ses sœurs, ces batailles de boules de neige... Elle sursauta. Une douleur aiguë et fugitive la transperça. Si rapide qu'elle n'eut même pas le temps de gémir...

— Dès que j'ai pris ma douche, je file chercher Fanny...

Entre ses cils, Helena regardait son époux se préparer, le futur père de l'enfant qui s'apprêtait à naître. Après la douche, la friction d'eau de Cologne, le linge propre, changé quotidiennement. De même que la chemise et le costume... Ensuite, le regard sévère vers la glace de la grande armoire qui occupait tout un pan de mur. Elle reflétait l'image d'un homme sec et nerveux, pas très grand, à l'abondante chevelure noir de jais, aux yeux gris-bleu étincelants, à la bouche ferme, bien dessinée... « Un bel homme, ma foi... » Haïm souriait à son élégant reflet. « Une femme n'est pas moitié aussi coquette que tu l'es !... lui disait-elle souvent en riant. — Eh bien, elle a tort !... rétorquait Haïm, imperturbable. Une femme qui ne prend pas soin de son corps n'est pas une femme... » Et il savait de quoi il parlait ! Quelquefois, ses clientes laissaient dans les cabines d'essayage d'indéfinissables odeurs fort désagréables.

— Je vais chercher Fanny ! déclara-t-il lorsqu'il fut prêt.

La jeune femme accourut aussitôt avec son bébé tout neuf, qu'elle installa sans façon dans un fauteuil, et entreprit de faire manger Helena.

— Il va te falloir des forces, ma petite !...

— Combien de temps cela va-t-il durer ?

— Parfois ça ne dure que trois ou quatre heures, parfois... c'est plus long. Mon accouchement a duré toute une journée.

— Ça fait très mal ?

Fanny hésita !

— La vérité ! Je t'en prie ! Je préfère savoir ce qui m'attend ! insista Helena.

— Ce n'est pas exactement une partie de plaisir..., sourit Fanny, mais tu verras, lorsque la sage-femme te mettra ton petit dans les bras, tu oublieras tout. Alors, bois cette tasse de thé et avale cette biscotte... Mais si... Mais si !...

Durant toute la matinée, Helena somnola, réveillée toutes les heures par le coup de téléphone angoissé de Haïm.

Vers midi et demi, Haïm et Robert vinrent déjeuner. Fanny avait tout préparé. Helena dormait profondément. Les deux hommes mangèrent en silence. Ils avaient l'air penaud, comme coupables...

— Souffre-t-elle ?... demanda Haïm.

— Pas encore. Pas vraiment... Les douleurs sont espacées d'une demi-heure environ... A mon avis, le bébé ne sera là qu'en début de soirée. Si tout va bien...

— Dois-je rester ?

Fanny secoua la tête.

— Surtout pas !

— C'est elle qui te l'a dit ?

— Non... Mais je sais qu'elle pense comme moi... Il ne faut pas que les hommes soient présents...

— Certaines femmes aiment à avoir leur mari près d'elles.

— C'est une erreur, dit Fanny calmement. Je ne comprendrai jamais le plaisir malsain qu'ont certaines femmes à imposer à leur époux le spectacle de leur souffrance... Avant le mariage, elles mourraient de honte si leur fiancé les voyait en bigoudis ou en combinaison... Alors pourquoi forcer leur mari à les voir sous leur plus mauvais jour ? L'accouchement n'a rien d'un traitement de beauté.

Haïm haussa les épaules.

— Ce n'est pas mon avis...

— Mais c'est celui d'Helena ! riposta vivement Fanny.

— Puis-je la voir ?...

— Je vais vérifier si elle est réveillée...

Fanny sortit, laissant les deux hommes buvant leur café.

Un instant plus tard, elle revint.

— Tu peux aller l'embrasser. Les douleurs sont un peu plus rapprochées. Le bébé risque d'arriver un peu plus tôt... (Fanny parlait doctement, comme une femme d'expérience : n'avait-elle pas accouché elle-même de son premier-né deux mois plus tôt ?)... A mon avis, elle en a pour quelques heures encore...

Haïm pénétra dans la chambre où Helena somnolait... Elle lui sourit.

— Finalement tu as raison, c'est une très vilaine chambre..., dit-elle. Et ces meubles sont affreux...

Une légère moiteur perlait à son front.

— Il fait vraiment très chaud ici...

— Veux-tu que j'ouvre les fenêtres ?

— Non !... Bien sûr que non !

— Ça va aller ?

— Oui... Ne te fais pas de souci, ça va aller... Quelle heure est-il ?...

— Pas loin de quatorze heures...

— Tu vas retourner à la boutique ?
— Tu ne préfères pas que je reste avec toi ?
Helena secoua la tête. Une douleur plus longue, plus insistante que les précédentes, lui arracha une plainte.
— Non... non, je t'assure... Mais... reste dans le salon avec Fanny. Je serai rassurée si je te sais dans la pièce à côté.
— Je n'en bougerai pas...
— Quelle heure est-il ?...
— Quatorze heures cinq... Tu viens de me le demander...
— Tu es sûr que la pendule n'avance ni ne retarde ?
— Non. Non, ma chérie... C'est l'heure juste...
Helena parut soulagée. Mais de nouveau, alors que Haïm l'embrassait, elle lui demanda l'heure. On eût dit qu'elle avait un rendez-vous urgent et qu'elle avait peur d'être en retard.
Elle s'assoupit. Doucement, Haïm referma la porte sur lui.

Deux heures plus tard, Haïm faisait les cent pas dans le salon.
Un long gémissement le précipita avec Fanny dans la chambre à coucher. Cette fois-ci, à n'en pas douter, le travail était commencé. Les douleurs se succédaient, de plus en plus fortes, à une cadence régulière.
Les yeux dilatés par la souffrance, Helena haletait.
— Je pense que le travail a vraiment commencé..., balbutia-t-elle entre deux plaintes... Je crois qu'il faut appeler le médecin et la sage-femme... Dis-leur de venir... vite ! Dis-leur de venir... Fanny ?
Fanny était déjà près d'elle et lui serrait la main.
— Haïm, dit-elle, je pense que tu devrais appeler le docteur Cohen...
Déconcerté, Haïm tournait en rond dans la chambre.
— Où est ce sacré bon Dieu de téléphone ? hurla-t-il.
— Il y a une heure, lui dit Fanny, il était encore sur une console dans l'entrée. Je ne me souviens pas de t'avoir vu le changer de place entre-temps...
Haïm lui lança un regard furieux.

— C'est bien le moment de faire de l'ironie...

Et comme il continuait à tourner sur lui-même, Fanny lui demanda :

— C'est l'entrée que tu cherches ?

A bout de nerfs, Haïm sortit, se trompa plusieurs fois en faisant le numéro, injuria une femme en lui demandant ce qu'elle faisait au bout du fil.

— Mais, monsieur, vous venez de m'appeler !

— Moi ? Jamais de la vie ! Je veux le docteur Cohen ! Passez-le-moi ! Où est-il ?

— Mais monsieur, il n'y a pas de docteur Cohen ici ! Vous avez fait une erreur de numéro...

— Madame, sachez que je ne fais jamais d'erreur de numéro ! Encore une fois, veuillez me passer immédiatement le docteur Cohen !

De guerre lasse, son interlocutrice raccrocha. Ce qui obligea Haïm à refaire un autre numéro de téléphone. Cette fois, c'était le bon... Le docteur Cohen lui promit d'arriver aussitôt que possible. En attendant, il envoyait la sage-femme...

Rassuré, Haïm revint vers la chambre à coucher.

— Comment vas-tu ? demanda-t-il à Helena.

— Mais très bien ! répondit celle-ci en s'arrachant un sourire, le front trempé de sueur. Les douleurs sont encore supportables... Sais-tu ce qui me ferait plaisir ?

— Dis-moi... Que veux-tu ?

— Des fleurs. Je voudrais que le bébé naisse entouré d'une masse de fleurs.

— Je vais en chercher... J'y vais de ce pas !

Dans l'escalier, il croisa la sage-femme et le docteur Cohen.

— Je reviens de suite ! jeta Haïm sans prendre la peine de leur dire bonjour... Ma femme veut des fleurs !...

— Un 30 janvier ?... couina la sage-femme.

— Et alors ?

— Vous n'en trouverez pas... Sauf si vous allez jusqu'aux Halles. Là vous en trouverez. C'est jour de marché aujourd'hui... Dépêchez-vous, sinon ça va fermer.

Machinalement, Haïm regarda sa montre... Dix-sept

heures quarante-cinq. Le temps d'aller jusqu'aux Halles encore miraculeusement ouvertes, le temps de choisir des brassées de roses, de lilas de serre, de marguerites géantes, le temps de trouver un autre taxi dans le brouillard épais de cette nuit d'hiver, deux longues heures s'écoulèrent...

Lorsqu'il pénétra dans le logement meublé, il sentit que quelque chose avait changé. Une sorte de paix, une odeur aussi, indéfinissable, neuve, le très léger parfum d'une vie nouvelle.

Fanny l'accueillit en souriant.

— C'est terminé... Va voir ta femme et ton enfant...

Haïm restait pétrifié, des brassées de fleurs plein les bras.

— Si vite ? bégaya-t-il.

Fanny éclata de rire.

— Si vite ?.. Je ne suis pas sûre qu'Helena soit tout à fait de ton avis... Allez, viens...

Dans la chambre, le docteur Cohen achevait de fermer sa petite valise et la sage-femme, dont la blouse blanche était tachée, ramassait linges et cotons souillés, quelque chose vagissait dans le moïse posé de l'autre côté du lit...

— *Hallo,* Helena...

— *Hallo,* Haïm...

Helena était toute blanche, et Dieu ! qu'elle avait l'air las — même pas la force de soulever la tête. Cependant, lorsqu'elle vit Haïm planté là, les bras chargés de fleurs, elle sourit.

— Des fleurs... Comme c'est gentil... Tant de fleurs...

— C'est toi qui me les as demandées... Pour que le bébé naisse au milieu d'une masse de fleurs...

— Moi ? s'étonna Helena. Moi ?... je t'ai demandé des fleurs ? Un 30 janvier ?...

Haïm eut un petit rire mouillé.

— Ça ne fait rien...

Il tendit les fleurs à Fanny.

— S'il te plaît... tu les mets dans des vases ?...

Puis il s'approcha du berceau. Quelque chose lui serrait la gorge. Il toucha de l'index la joue tiède du nouveau-né, la caressa. Les doigts chauds et moites du bébé s'enroulèrent autour du sien...

— On dirait qu'il sait déjà que je suis son père..., dit-il d'une drôle de voix rauque.

— C'est un garçon... Un gros garçon..., dit le docteur Cohen. Vous devez aller à la mairie pour le déclarer... Comment allez-vous l'appeler ?...

Haïm se tourna vers Helena. Mais la jeune femme s'était profondément endormie.

— Nous verrons cela demain..., dit-il, toujours de cette même voix bizarre.

Le docteur Cohen fit signe à la sage-femme et à Fanny de le suivre.

— Laissons-le. Les hommes de ce genre n'aiment pas qu'on les voie pleurer d'émotion. On se demande pourquoi, d'ailleurs. Cela prouve qu'ils ont un cœur, alors pourquoi le cacher ?

Après une mauvaise nuit passée sur le canapé du salon, tôt le lendemain Haïm pénétra dans la chambre à coucher. Il avait mis son pardessus le plus chic, en cachemire, un chapeau, des gants.

— Je vais déclarer la naissance du bébé à la mairie..., dit-il en entrant dans la chambre.

Helena donnait le sein au nouveau-né... La sage-femme s'activait dans la chambre, rallumait le feu.

— C'est pour cela que tu t'es habillé avec tant d'élégance ? demanda Helena.

— Parfaitement... Il est huit heures du matin !

Et comme Helena le dévisageait, surprise, Haïm ajouta :

— Hier tu ne cessais pas de me demander l'heure...

Elle secoua la tête.

— Je n'en ai aucun souvenir...

— Te souviens-tu au moins du nom que tu as choisi pour le bébé ?

— Oh ! voyons, Haïm !... Nous sommes toujours d'accord sur François-Joseph ?

Et comme Haïm avait un air sceptique, elle insista :

— Je l'ai promis à maman et à papa... En souvenir de leur jeunesse et de leur rencontre à Vienne...

Haïm sourit, toujours dubitatif.

— Le nom d'un empereur ? Après tout, pourquoi pas ?...

La journée était très avancée quand Haïm revint, accompagné du commissaire Lefranc. Helena dormait lorsqu'elle entendit Haïm chanter à tue-tête : *Céleste... Hele-e-na... Oh ! ma-a divi-i-na*[1]...

Une crainte démesurée envahit la jeune femme lorsque son époux apparut, hilare et visiblement éméché, dans l'encadrement de la porte. Le commissaire le soutenait, encore qu'on ne sût pas exactement lequel soutenait l'autre.

Les yeux dilatés par ce qu'elle pressentait, Helena demanda :

— Tu as été à la mairie ?...

— Oui... oui..., dit Haïm. Voilà pour toi !...

Il lui tendit une boîte mince, enveloppée d'un papier d'argent, et il entonna encore une fois : *Oh ! céleste... Hele-e-na... Oh ! ma-a divi-i-na...*

De nouveau, Helena sentit l'épouvante lui serrer le cœur. Elle cria à Haïm :

— Quel nom as-tu donné à notre enfant ? à mon fils !... Je t'avertis ! Si jamais tu l'as fait enregistrer sous celui de Radamès, je te jure que je retourne à Auschwitz sur l'heure !

— Radamès !...

Haïm et le commissaire Lefranc éclatèrent de rire.

— Radamès !... Il ne manquait plus que cela ! Mon fils, Radamès Lozwitzky !... Non mais, quelle idée !... Quelle idée !...

Les deux hommes riaient aux larmes. A demi rassurée, Helena s'adossa contre les oreillers.

— Haïm, je t'en conjure, dis-moi sous quel nom tu as déclaré mon enfant.

Haïm se pencha sur elle... Il sentait l'eau de Cologne

1. Parodie, sur l'air de « Radamès », dans *Aïda*.

Jean-Marie Farina, le cigare et quelques verres de vodka...

— François-Joseph-Saül... Lozwitzky...

Saül... Le nom du grand-père que l'enfant ne connaîtrait jamais.

Soulagée, Helena lui rendit son baiser.

Le commissaire Lefranc se racla la gorge.

— Alors ?... on peut voir l'héritier ? Ou bien est-ce encore un secret ?

Haïm et Helena eurent le même rire mouillé.

— Approchez-vous du berceau, André ! dit Helena et dites-moi ce que vous pensez de mon fils ?...

Le nouveau-né dormait dans un moïse posé à côté du grand lit d'acajou sombre.

— André, la *brith mila* aura lieu dans huit jours..., reprit Helena en souriant. Vous souviendrez-vous de la bénédiction en hébreu ?

— Et comment ! Haïm me la fait répéter sans arrêt ! Voyons mon petit bonhomme...

Le commissaire se pencha sur le nouveau-né qui avait les yeux ouverts dans le vague. Quelque chose d'intense contracta la poitrine de l'homme penché. Il grommela, ému :

— Je crois bien que ce petit bougre me reconnaît déjà !

Helena ne put s'empêcher de rire.

— Tu n'ouvres pas la boîte ? demanda Haïm.

Elle défit les rubans, le papier : un rang de perles fines étincelait de leur lumineuse blancheur sur le velours noir.

— Oh..., dit-elle.

Et elle se mit à pleurer.

Interdit, Haïm la regardait sans comprendre. Dégrisé, le commissaire Lefranc l'entraîna dans le salon.

— Laisse-la... Cela va passer.

Déconcerté, Haïm suivit son ami, après avoir jeté un regard sur Helena qui sanglotait sur son collier de perles fines.

Elle n'aurait pas su dire pourquoi elle pleurait... C'était un souvenir. Celui d'une petite fille disparue depuis longtemps, une petite Helena de six ans qui patinait sur les berges glacées de la Sola avec ses sœurs... *Ida... Adèle... Regina... Berta... Attendez-moi... Attendez-moi...* Elle pleurait sur cette petite fille, sur les jours joyeux de l'enfance insouciante, les printemps d'autrefois, porteurs d'espérances nouvelles, elle pleurait sur l'actrice qu'elle aurait voulu être et qu'elle ne serait jamais... Si seulement quelqu'un de chez elle avait pu être là, à ses côtés... la secouer, rire, la traiter de « sotte »... Retourner en arrière, avoir de nouveau quinze ans, être irresponsable, remplie de rêves impossibles, d'espoirs fous... « Tout va trop vite... trop vite !... »

François-Joseph, à peine âgé de vingt-quatre heures, se réveilla et rappela sa mère à ses devoirs... C'était l'heure de la tétée et, vaille que vaille, il fallait nourrir l'enfant.

Comme par miracle, la sage-femme apparut, prit l'enfant dans son berceau et le tendit à sa mère. Tandis que le petit François-Joseph tirait goulûment sur le sein, Helena se demandait ce que diable il lui avait pris... Son fils !... Son petit à elle ! Cela valait toutes les scènes du monde...

FRONT POPULAIRE

François-Joseph ouvrit l'année 1935 sur ses vagissements de nouveau-né. Une année dure, que cette année 1935... Année dure et menaçante. Pourtant, les bourgeoises des beaux quartiers changeaient toujours de toilette quatre fois par jour, ce qui rendait Haïm et Robert les plus heureux des hommes.

— S'il y a des idiotes pour qui il n'y a rien de plus important que de changer de toilette sans arrêt, et pour qui le comble du déshonneur est d'être vues deux fois de suite dans la même robe, ce n'est pas nous qui allons nous plaindre, n'est-ce pas ?

Et ils ne se plaignaient pas, tout contents de leur « petit tailleur du matin pour le marché ».

— Si je portais vraiment ça pour aller faire mes courses, riait Helena, tous les marchands du quartier se moqueraient de moi...

Les deux amis vendaient aussi des robes « d'après-midi », des toilettes de « cocktail », des robes du soir... La boutique « Floria Tosca » ne désemplissait pas. Haïm avait mis au point une formule « sur mesure » qui attirait une nombreuse clientèle féminine, assez riche pour s'offrir plusieurs toilettes par saison, mais assez économe pour ne pas s'habiller en « haute couture »... Il n'était pas rare qu'une riche cliente changeât de garde-robe plusieurs fois par saison.

Ce qui était irritant, c'était d'entendre ces mêmes jeunes femmes critiquer le gouvernement, et redouter la menace du Front populaire comme s'il s'agissait d'une épidémie de peste et de lèpre tout à la fois... « La semaine de quarante heures ? Et quoi encore ? » ironisaient-elles en essayant leurs robes du soir. « Des congés payés ?... Mais les plages de Deauville seront infréquentables... Ces gens-là ne savent pas vivre !... » Elles savaient vivre, elles. Elles avaient appris en ne se donnant que la peine de naître.

Au cours de l'hiver 1935-1936, plus d'une fois, Haïm et Helena entendirent : « Il faut croire que cet Hitler a trouvé la clef du problème ! Il n'y a pas de grèves, pas de Front populaire en Allemagne ! Il a trouvé le vaccin contre le bolchevisme... » Que les grands bourgeois chrétiens s'exprimassent ainsi était, somme toute, assez normal, mais que les riches « israélites français » en fissent de même avait de quoi choquer. Ils manifestaient une telle volonté d'ignorance qu'ils en venaient à nier les persécutions nazies, lorsque leurs coreligionnaires, venus de l'Est, « avec leur épouvantable accent yiddish », les mettaient en garde. « Oh ! répondaient-ils. Ce ne sont pas de vraies persécutions ! Ce ne sont que des mesures politiques antibolcheviques... Voyons, pas plus tard que la semaine dernière, on m'a confirmé que le plus cher désir d'Hitler était une alliance étroite entre la France et l'Allemagne... Pensez-vous sérieusement que la France accepterait de prendre des mesures antisémites ? Elle, dont le président du Conseil est juif ? Moi qui suis israélite tout comme vous, mon cher "Henri", vous savez combien j'ai Léon Blum en horreur. Eh bien, je ne serais pas fâché qu'un homme à poigne comme cet Adolf Hitler nous débarrasse de ces socialistes de malheur ! Des congés payés ! Et puis quoi encore ! Vraiment, avant de prendre pour argent comptant tout ce que l'on raconte sur Hitler, croyez-moi, mon cher ami, il faut être sûr de ce que vous affirmez... »

A cette époque, la maison de couture « Floria Tosca » employait une trentaine de personnes, ouvrières et vendeuses-mannequins... Robert et Haïm travaillaient beaucoup, mais ils se firent l'un et l'autre beaucoup d'ennemis parmi leur riche clientèle « israélite française ». Surtout Haïm, moins diplomate que Robert, qui ne pouvait s'empêcher de les injurier, et parfois grossièrement.

— Que les Français ne veuillent pas la guerre, cela peut se concevoir, disait-il à Robert. Mais que les juifs français refusent de comprendre ce qui se passe en Allemagne est consternant. Il suffit de lire un discours d'Hitler pour comprendre !... Nous savons, nous, qui sont ces gens-là.

— Nous, oui... Mais eux, comment le sauraient-ils ?

— Allons donc !... L'antisémitisme français ne date pas d'hier ! Il suffit d'ouvrir un de leurs torchons tels que *Gringoire* pour le savoir...

Haïm et Robert serraient les dents et grimaçaient un sourire carnassier. Ah, pouvoir prendre ces péronnelles par la peau du cou et les mettre dehors...

Autant mettre la clef sous la porte...

Les deux jumelles d'Helena naquirent le 4 juin 1936, dans un pays en pleine effervescence, au milieu des manifestations et des grèves générales du Front populaire...

Haïm exultait.

— Il y a toujours eu des jumeaux dans ma famille..., clamait-il comme si c'était là une forme de supériorité.

Le docteur Cohen, venu accoucher Helena, gronda :

— Ce ne sont pas de vraies jumelles... Et nous avons bien failli en perdre une... La prochaine fois, vous auriez tout intérêt à faire accoucher votre femme à l'hôpital Rothschild. Quelle idée de vouloir accoucher chez soi !

Mais Haïm ne l'écoutait pas, tout à sa joie.

— Alors docteur, avouez qu'elles sont réussies !...

Le docteur Cohen affirma que de sa vie il n'avait vu aussi jolies nouveau-nées. Helena pouffa de rire.

— C'est exactement ce que vous avez dit à Fanny Kampf le mois dernier pour la naissance de son deuxième fils, Joseph !

— Et c'est exactement ce que je dis à la naissance de chaque bébé ! Parfaitement, madame !... *Mazel Tov !* Mais la prochaine naissance, à l'hôpital, hein !... Cette nuit, nous avons frôlé la catastrophe...

Une dure nuit de souffrances... Une nuit où, pour la première fois de sa vie, Helena avait connu le désir de la mort pour en finir avec la douleur. La première-née ne pesait pas moins de sept livres — un énorme bébé ; quant à l'autre, née quatre heures plus tard, tout juste s'il lui restait de quoi vivre : à peine quatre livres, toute brune et maigrichonne, gémissante et plaintive, alors que la première revendiquait déjà haut et fort son droit à l'existence, sa faim, sa soif...

— Alors, c'est décidé pour nos filles, n'est-ce pas ?... Sonia et Floria ?... Je ne transigerai pas là-dessus...

— D'accord... D'accord... Sonia-Hannah et Floria-Nina... Pourtant, je t'assure que Carmen et Dalila sont des noms tout à fait charmants... Et pourquoi pas Estelle et Véronique ?...

Il referma la porte sur lui, en chantonnant l'air d'opérette d'André Messager :

C'est Estelle et Véronique,
Monsieur, prenez-nous ?
C'est Estelle et Véronique...

Lasse, Helena reposait. Trois enfants ! François-Joseph, et maintenant Sonia et Floria. Elle était une mère de famille nombreuse, et dans un mois, elle allait fêter ses vingt-deux ans. Sa jeunesse s'enfuyait. Cette merveilleuse jeunesse qui fuit si vite entre les doigts... L'avenir était clos et désormais la voie tracée : trois enfants à élever.

Le soleil de juin pénétrait en maître dans le nouvel appartement du boulevard Malesherbes. Il faisait briller les meubles tout neufs, achetés faubourg Saint-Antoine. De vagues réminiscences, datant de son enfance, avaient guidé Haïm dans le choix de son mobilier, de beaux meubles modernes rappelant le Bauhaus munichois. L'appartement était tout blanc, très clair, aéré et donnant une impression d'espace, d'harmonie et de gaieté. Une bonne à tout faire, Yvonne, avait été engagée pour aider Helena qui, au début, regimba.

— Une étrangère dans la maison ? Jamais !... Je sais parfaitement me servir de mes mains, et mon ménage sera mieux fait si je m'en charge toute seule !...

C'était compter sans les nouvelles venues. Helena dut reconnaître que soigner trois enfants, entretenir deux cents mètres carrés et faire la cuisine étaient un labeur épuisant et dénué d'intérêt. Elle accueillit donc avec soulagement Yvonne, ses trente ans expérimentés et sa gaieté bien française. Au grand soulagement de Haïm, Yvonne se révéla une excellente cuisinière, tâche qu'Helena expédiait avec un talent douteux...

Environ quinze jours après la naissance de Sonia et de Floria Lozwitzky, le Sénat ratifia la loi instituant les congés payés.

Six semaines plus tard, des cohortes d'ouvriers, des vieux, des jeunes, des enfants, déferlèrent sur des plages qu'ils n'avaient jamais vues, dans des pays de montagne dont ils n'avaient entendu parler que dans leurs livres d'école... Tout cela au grand dam d'une bourgeoisie qui n'acceptait pas de se mélanger avec « ces gens-là » dans les vagues salées de la Manche, de l'Atlantique ou de la Méditerranée... L'émerveillement de pauvres gosses découvrant la mer ne parvenait pas à désarmer la dureté de « ces gens-là... ». Pourquoi diable faire connaître à un fils ou à une fille de prolétaire des joies qu'ils ne pourraient plus se payer dès lors que l'on mettrait Léon Blum et son cabinet à la porte ? « ... Vous verrez qu'ils vont y prendre goût et qu'ils vont s'attaquer à nos biens... »

— Maintenant que nous sommes installés, et tout à fait à notre aise, lui dit Haïm un matin de juillet, pourquoi ne pas faire venir ta sœur Regina ici, à Paris ? Nous pouvons nous porter garants d'elle et faciliter les choses pour qu'elle puisse obtenir un visa... Ce serait bien le diable si parmi nos amis nous ne lui dénichons pas un mari... Qu'en penses-tu ?...

Helena resta sans voix. Regina ! Ce serait... Enfin quelqu'un de chez elle auprès d'elle... D'une voix légèrement enrouée, elle murmura :

— Cela va faire deux ans que j'ai quitté ma famille... Deux ans... le prochain 14 juillet... Elle soupira.

Tout au long de l'hiver 1936 et de l'année 1937, l'Exposition universelle, la banqueroute du franc Poincaré, la chute du gouvernement Blum, les événements espagnols occupèrent l'esprit des Lozwitzky. Haïm et Helena lisaient avec attention *L'Intransigeant* et *Paris-Soir*. Les reportages de Joseph Kessel et d'Antoine de Saint-Exupéry étaient commentés à la loupe.

Brunete, Boadilla, La Joanna... Quinto... autant de batailles, autant d'angoisses.

Et de nouveau, au retour de vacances au Touquet, une nouvelle naissance s'annonçait chez les Lozwitzky...

— C'est pour quand ? demanda Fanny à Helena.

— En principe, fin avril début mai...

Les nuages s'amoncelaient. Les lettres en provenance d'Auschwitz se voulaient gaies. Mais Helena savait lire entre les lignes. Même si David et Rivka écrivaient :

... Tout va bien ma chérie, envoie-nous des photos de tes chers enfants... Envoie-nous aussi des photos de toi avec ton ventre rond... Tu ne peux pas savoir combien tu nous manques. Mais non, surtout, ne reviens jamais à Auschwitz. Même pour des vacances ! Tu te souviens de ce que tu disais toujours ?... C'est une ville pourrie jusqu'à la moelle, et ni sa pourriture ni les Polonais ne s'améliorent... Il ne faut pas que tes enfants connaissent tant de laideur... Pourtant, Dieu sait que nous aimerions te serrer dans nos bras, toi et tes enfants... Les enfants de Salomon et de Berta sont déjà grands et tous sont inscrits au Betar... De même que ceux de Nathan et d'Ida, bien qu'ils soient beaucoup plus jeunes... A chaque réunion du Betar, nous sommes sûrs, ici, d'avoir de nombreuses contusions, de nombreux bleus à soulager... A propos : tes beaux-frères se chamaillent toujours... Ils se disputent pour savoir lequel des deux a la meilleure idée pour assassiner Hitler... Ils passent leurs soirées à mettre un plan au point... Ce sont d'excellentes soirées... Vers les deux ou trois heures du matin, ils ont assassiné Hitler, Goering, Hess et l'ensemble des Polonais, dont les chefs du Parti du travail... Nous avons beaucoup ri de lire le texte du général Wladyslaw Sikorski et d'Ignace Paderewski... Ces messieurs sont persuadés que les juifs portent préjudice aux intérêts de la Pologne. L'article 8 du programme voté par le congrès

du Parti en janvier 1938 déclare qu'il est nécessaire, pour la grandeur de la Pologne, d'éliminer les juifs de l'industrie, de l'artisanat et du commerce... Les imbéciles ! Sans les juifs, les Polonais mourraient de faim, de froid et d'imbécillité chronique...

Robert parlait souvent de rejoindre les Brigades internationales.

— Et tes enfants ? rétorquait Haïm. As-tu pensé à tes enfants ?...

Cela arrêta Robert pour un temps. Jusqu'au jour de novembre 1937 où il parut boulevard Malesherbes en uniforme des Brigades internationales.

— Je n'ai pas pu m'en empêcher, dit-il à Haïm, comme en s'excusant.

Les deux amis se regardèrent. Quelque part dans la nuit des temps, ils retrouvèrent les deux enfants qu'ils avaient été, en ce matin de juillet 1917, lorsque Robert Kampf avait découvert dans la paille de sa grange un jeune garçon terrorisé, affolé de douleur et dont les blessures ne s'étaient jamais tout à fait refermées.

La gorge nouée, Haïm demanda :

— Pourquoi ?...

Robert hésita.

— Partout où il y a des hommes qui luttent pour sauver leur dignité, leur liberté, ça nous regarde... Toi, moi... tous les autres... Nous surtout, Haïm... Nous surtout...

Haïm ne demanda pas d'explication sur ce « nous surtout ».

— Tout abandonner ainsi, du jour au lendemain, pour une cause perdue ?...

— Tu n'as pas le droit de dire cela ! Si cette cause était perdue, il ne nous resterait que le suicide... tu comprends ?... Plus rien ne vaudrait la peine... Ce serait donner raison à Hitler... Je peux compter sur toi ? Pour veiller sur Fanny... sur mes fils ?

Haïm haussa les épaules.

— Quelle question !...

Puis, après un moment d'hésitation, il demanda :

— Et Fanny ?... Comment prend-elle ta décision ?...

Robert sourit.

— Elle voulait venir avec moi. Elle a un diplôme d'infirmière de la Croix-Rouge... Mais je lui ai fait valoir que nos enfants avaient besoin d'elle... (Et, comme Haïm faisait un geste :)... Et moi, reprit vivement Robert, j'ai besoin de te savoir ici... Haïm !... Il faut que l'un de nous deux reste ici. Nos femmes ne peuvent rester seules.

Haïm haussa les épaules. Parler lui était difficile.

— C'est la première fois depuis vingt ans que tu vas faire quelque chose sans moi, articula-t-il d'une voix rauque.

— Eh bien ! il était grand temps que je commence ! plaisanta Robert.

Haïm s'efforça de sourire.

— Grand temps, en effet !... Quand pars-tu ?

— Demain matin... Vous venez passer la soirée à la maison ? Il y aura les Meyer, les Lefranc... la famille, quoi...

— Bien sûr... Robert ?...

— Oui ?

— Que Dieu te garde, Robert...

— J'y compte bien !...

— Au fait, c'est un type bien, Dieu... Il suffit de lui faire confiance... tu ne crois pas ?

— Un type parfait... J'ai plutôt confiance en lui... Ne t'en fais pas pour moi... Moi, je n'ai aucune inquiétude... Si je te sais auprès de Fanny et des enfants...

— N'aie aucune crainte de ce côté-là.

— Je n'en ai pas, Haïm... A ce soir ?

— A ce soir.

Le 6 février 1938, une semaine après le troisième anniversaire de François-Joseph, Helena connut l'une de ses plus grandes joies. Sa sœur Regina, qui avait été obligée de retourner à Auschwitz, avait enfin reçu un visa de trois mois. « Rien ne peut résister à un cœur pur..., écrivait-elle. Maman et moi, nous avons fait le siège du consulat français à Cracovie jusqu'à ce que j'obtienne mon visa... Maman n'arrête pas de pleurer. C'est sa façon d'être heureuse, tu la connais !... Elle vient de m'offrir un superbe appareil photo pour que je fasse des photos de toi et des enfants quotidiennement... Je vais venir avec deux malles pleines pour toi. Ton trousseau de "jeune mariée" que maman a enfin terminé et dont elle est persuadée que tu as le plus grand besoin, des cadeaux de la part de Berta, d'Adèle et d'Ida... Bref, il serait bon que tu viennes m'attendre gare de l'Est, avec au moins deux taxis... »

Regina !... Regina à Paris pour trois mois... Des nouvelles toutes fraîches d'Auschwitz... Helena en aurait dansé de joie...

— Du diable si Lefranc ne parvient pas à transformer ce visa en carte de résident, dit Haïm. Regina peut travailler à la boutique « Floria Tosca » si elle le désire... De toute manière, je vais m'occuper de cela...

Malheureusement, le commissaire Lefranc venait de recevoir une nouvelle affectation. Il vint l'annoncer à ses amis, le visage triste et blessé de quelqu'un qui a reçu un coup bas.

— ... Commissaire divisionnaire à Montauban...

— Montauban ?... Qu'est-ce que c'est que Montauban ? demanda Haïm.

— Une petite ville du sud-ouest de la France, près de Toulouse... Ma famille est originaire de Toulouse... C'est pour cela qu'on m'a nommé là-bas. Il paraît que c'est une promotion... Tu parles !... Une manière, en haut lieu, de me faire comprendre que mes sympathies socialistes ne sont pas très bien vues... A Paris, j'aurais pu faire quelque chose pour ta belle-sœur. Mais à Toulouse... Si tu as quelque chose à demander, il vaut mieux que tu oublies mon nom... Je ne suis guère en odeur de sainteté et quiconque se recommandera de moi est sûr de se voir débouté... Bah ! il n'y en a plus pour longtemps pour que tout cela ne nous paraisse que des broutilles...

— Cela va vraiment si mal que ça d'après toi ?

— Plus que tu ne peux l'imaginer. Hitler a les dents

longues, et ce ne sont pas les capitalistes anglais, américains ou français qui vont l'empêcher de faire du dégât...

— Quel genre de dégât ? Tu penses sérieusement à une seconde guerre mondiale ?

Le commissaire Lefranc inclina la tête en signe d'assentiment.

— Cela commencera par l'Anschluss... Il s'emparera de l'Autriche... Il s'emparera de l'Autriche quand il le voudra.

— L'Autriche ? Cela ne lui sera pas trop difficile ! Elle est déjà moralement à la botte d'Hitler !... Et puis ?

— La Pologne... Dantzig.

— Il peut écraser la Pologne aussi... Et les Polonais peuvent crever la gueule ouverte, je ne pourrai que m'en réjouir. Russes, Polonais, Ukrainiens, pour moi ce sont tous des ordures. Ils peuvent tous crever ! Chaque mort sera pour moi un vrai jour de fête !

Le nouveau commissaire divisionnaire Lefranc dévisagea longuement Haïm.

— Tu oublies, Haïm, tu oublies qu'en Pologne, en Autriche et en Union soviétique, il y a des millions de juifs... Si les SS...

Haïm l'interrompit brutalement :

— Je le sais !... Mais alors qu'attend donc la SDN pour permettre aux juifs qui le désirent d'émigrer en Palestine ?...

— Les Arabes !... soupira Lefranc. Les Arabes ne cachent pas leurs sympathies pour Hitler... Si l'Angleterre ne se plie pas à leur volonté, ils sont prêts à tomber dans les bras de l'Allemagne.

— Je me demande en quoi ce désert de cailloux et de sable peut être si vital pour les Arabes. Il n'y a pas de pétrole, pas d'eau, la terre est stérile.

— Et alors ?... Un homme riche peut posséder dix maisons, des greniers pleins de blé, tu crois que cela l'amènera pour autant à partager avec des crève-la-faim ? Les Arabes sont immensément riches. En terres, en pétrole, en minerais, que sais-je ? Mais ils laisseront mourir des millions de personnes plutôt que de céder un désert de cailloux qui ne leur sert à rien, et qui, de plus, ne leur appartient pas... Quant à la Société des nations, excuse-moi de te le dire, mon cher Haïm, mais c'est une Société de jean-foutre et d'incapables... Allons, laisse-moi embrasser mon filleul...

François-Joseph était entré dans la pièce où les deux hommes bavardaient. Il s'élança vers le visiteur et lui tendit les bras.

— Onc'André... onc'André...

Le commissaire divisionnaire Lefranc souleva le petit garçon.

— Tu viendras voir oncle André et tatie Nicole à Montauban ?

— Mon... au... ban ?

L'enfant le regardait sans comprendre.

— Mon... au... ban ? articula-t-il de nouveau consciencieusement.

— Oui. Montauban... Tu diras à tes parents que si ça va mal, c'est là qu'il faudra venir me rejoindre...

L'enfant souriait et le regardait confiant.

Haïm dévisagea André.

— C'est sérieux ?

— On ne peut plus sérieux... Nous nous attendons d'un jour à l'autre à une provocation d'Hitler... Quand donc Helena doit-elle accoucher ?

— Fin avril, début mai...

André Lefranc réfléchissait.

— Quatre enfants... c'est beaucoup...

— Pourquoi dis-tu cela ?...

— Nous ne sommes plus au temps du Front populaire. Les avantages obtenus à cette époque seront remis en question quel que soit le nouveau gouvernement... Nous avons reçu du ministère de l'Intérieur une note très explicite...

Il sortit un papier de sa poche.

— ... Tiens. Lis ça...

Haïm prit la feuille. « Il sera nécessaire d'envisager une action méthodique, énergique et prompte afin de débarrasser notre pays des éléments indésirables trop nombreux qui y circulent ou qui interviennent de façon inadmissible dans des querelles ou des conflits politiques ou sociaux qui ne regardent que nous... »

— Cela signifie ? demanda-t-il.

— Que pour ta belle-sœur, il vaut mieux qu'on ne te surprenne pas à faire trop de remue-ménage.

— Mais la France vient de signer la convention concernant le statut des réfugiés en provenance de l'Allemagne.

— De l'Allemagne. Pas de la Pologne. En Pologne, officiellement, les juifs ne sont pas persécutés.

Ecœuré, Haïm rendit la feuille.

— Que faut-il faire ?...

— Pour le moment, rien. Peut-être, après tout, suis-je trop pessimiste. Je vois les choses toujours en noir... Alors ? Et cette partie d'échecs ?...

Vers la mi-février 1938, Regina Langer débarqua gare de l'Est... Grande, blonde, exagérément mince, les pommettes hautes, les yeux noirs, vifs, elle n'avait rien d'une provinciale, au contraire. Elle était ravie d'être à Paris, dans un appartement confortable au cœur d'un quartier élégant. Elle s'y sentit immédiatement à son aise. Elle promenait un regard curieux sur tout ce qui l'entourait, s'étonnait des mœurs françaises auxquelles Haïm et Helena s'étaient accoutumés avec délice. Tout en Regina respirait quelque chose d'insolite... Il n'y avait en elle plus trace d'insouciance ni même de la gaieté ancienne. Tout de suite, elle raffola de ses neveu et nièces qu'elle « gâtait outrageusement », prétendait Haïm, lequel était incapable de refuser quoi que ce fût à ses enfants.

Ce n'est qu'au bout d'une semaine que Regina éclaira sa sœur et son beau-frère sur la réalité de ce qui se préparait en Europe. Elle s'était rendu compte que sa sœur et son beau-frère écoutaient attentivement la TSF, lisaient un grand nombre de quotidiens français, des livres, des revues, mais, comme beaucoup de personnes, ils préféraient vivre dans l'espoir fallacieux « que tout allait s'arranger... ». Ils paraissaient non pas indifférents à ce qui se passait en Espagne ou ailleurs en Europe, mais impuissants.

— Il faut partir... Il faut quitter l'Europe... Même ici, à Paris, les juifs ne sont pas en sécurité...

— Regina ! protesta Helena, tu n'y es pas du tout !... Ici, j'ai des amies adorables. Nicole et Josette ne sont pas antisémites... La preuve : Josette a même épousé un juif !

— Ce n'est pas une preuve... au contraire ! rétorqua Regina, qui voulait faire de l'esprit.

Helena ne comprit pas tout de suite. Puis elle sourit.

— Regina, que se passe-t-il ? Serais-tu amoureuse d'un sioniste ?

— Non... Ecoute-moi... C'est sérieux, tu sais... Haïm, dis à ta femme de ne pas plaisanter avec ces choses-là... Elle est devenue terriblement française ! Elle plaisante sur tout !

— Mais je t'écoute. (Helena protestait, amusée.)

— C'est sérieux, Helena !... C'est très sérieux... Les persécutions en Pologne ont redoublé... Aaron et Clara ne peuvent plus exercer la médecine à Varsovie en dehors du ghetto...

— C'est sérieux ce que tu dis, Regina ? demanda Haïm.

— Je ne savais pas... (Le visage d'Helena avait changé.) Pourquoi maman ne m'a-t-elle rien dit ?... Pourquoi Aaron et Clara ne m'ont-ils pas écrit ?...

— Tu connais maman ! Il ne fallait pas te troubler... Tu es partie dans des circonstances si particulières... Il fallait te permettre de te ressaisir, de faire ta vie dans les meilleures conditions possible... Mais maintenant... (Elle s'adressa à son beau-frère.) Ecoute, Haïm, toi seul peux les aider à sortir de Pologne tant qu'il en est encore temps... Il leur faut des visas... Ils ont des passeports, mais pas de visas...

— Je vais faire tout ce qu'il est en mon pouvoir de faire..., dit Haïm. J'ai une idée, je vais inviter Avrom Rozenblatt. Il appartient à une organisation qui se charge de procurer passeports et visas à tous ceux qui souhaitent quitter l'Allemagne ou la Pologne... Nous ferons venir ta famille à Paris.

— Maman et papa veulent partir en Palestine, et les autres aussi...

— Oh !... (Helena sentit des larmes perler à ses paupières.) Personne ne veut venir vivre avec moi ici à Paris ?...

— Mais si, grosse bête, dit Regina en riant. Tu m'auras sur le dos jusqu'à ce que j'aie terminé mon livre... Mais le reste de la famille veut partir en Palestine. Papa dit qu'après tout, là-bas c'est notre terre...

Deux jours plus tard, Helena demanda à Avrom Rozenblatt de venir souper boulevard Malesherbes.

Peu soucieux des convenances, il arriva un peu avant l'heure prévue. Avrom avait non seulement grandi encore, mais il s'était singulièrement développé. Le maigre adolescent qu'Helena avait rencontré à Prague quatre ans plus tôt s'était transformé en un magnifique gaillard qui dépassait largement le mètre quatre-vingts et ne pesait pas loin de soixante-quinze kilos. Très actif politiquement, il avait constitué à Paris, avec le soutien de Vladimir Jabotinsky — qui habitait alors un petit appartement dans le 14e arrondissement, non loin de la Coupole, rue Davy —, un groupe du Betar. Pour gagner sa vie, Avrom enseignait l'hébreu dans les familles juives pratiquantes. Mais un jour, il s'avisa que les leçons lui permettaient tout juste de ne pas mourir de faim. Avec Israël Levitan, ils se lancèrent dans la « représentation ». Un imprimeur leur promit une jolie commission s'ils lui trouvaient des clients... « Trouver des clients ?... Pourquoi pas ?... » Avrom réfléchit et alla trouver le seul « industriel » qu'il connût à Paris : Haïm Lozwitzky...

Ceci se passait au début de l'année 1937, peu avant le départ de Robert pour l'Espagne. Les deux associés se laissèrent facilement convaincre que « quelques cartes de visite... » seraient une excellente idée et signèrent un bon de commande en blanc, à charge pour Avrom de décider du nombre exact de cartes nécessaires à une maison de couture de l'importance de « Floria Tosca ». Et maintenant, cinq mille cartes de visite, superbement imprimées, dormaient dans les sous-sols de la boutique « Floria Tosca »...

Toute sa vie, Helena devait se souvenir de l'ahurissement de Haïm et de Robert lorsque, plein de fierté,

Avrom vint déposer les cartons remplis de cartes de visite. « Cinq mille cartes !... s'étrangla Haïm. Mais, mon garçon, cent auraient été largement suffisantes ! Que diable veux-tu que je fasse de cinq mille cartes ?... Cinq mille cartes ! Même si je dois vivre cent ans, je n'en viendrai pas à bout !... »

Et, comme le visage du jeune homme s'allongeait, déconfit, Haïm et Robert décidèrent de prendre les cinq mille cartes, en se disant qu'ils faisaient une *mitsva*... Ils se rappelaient combien la vie pouvait être dure à deux jeunes émigrés sans argent, sans famille, dans une ville étrangère... Mais, heureusement pour Avrom et Israël, pas sans amis... De ce jour, Avrom décida de se lancer dans le commerce... Et sa cible privilégiée fut bien évidemment la boutique « Floria Tosca »...

Ce soir-là, lorsque Avrom pénétra dans le salon, Regina était au piano et déchiffrait un air très en vogue cette année-là, « Sombre dimanche », mélodie sentimentale chargée d'une tragique réputation. Le thème extrêmement mélancolique de cette chanson hongroise avait, paraît-il, conduit au suicide plusieurs personnes.

Sombre dimanche
Les bras tout chargés de fleurs
Je suis rentré dans notre chambre, le cœur las
Car je savais déjà que tu n'y serais pas
Et j'ai pleuré des mots d'amour et de douleur.
Sombre dimanche...

Sa voix de mezzo, au timbre sombre, donnait une densité dramatique à cette mélodie un peu sirupeuse. Etonné, Avrom écoutait sans oser bouger.

Regina se retourna. Elle était vraiment ravissante, dans une robe bleue qui mettait en valeur ses cheveux blonds, nattés autour de sa tête. Elle regarda avec attention ce jeune homme rougissant.

— Vous... vous chantez très bien..., balbutia Avrom, cherchant du regard un endroit où se cacher.

— C'est une chanson particulièrement triste et idiote..., dit Regina.

Elle s'exprimait en un excellent polonais qu'Avrom ne comprit pas.

— C'est... une... très... belle... chanson, répondit-il, en un français hésitant.

Depuis son arrivée en France, il ne voulait s'exprimer, autant que faire se pouvait, que dans cette langue... Aussi faisait-il des progrès, bien qu'il dût lutter en permanence contre son milieu, qui ne s'exprimait qu'en yiddish, en allemand ou en hébreu... Il luttait aussi contre un accent russo-yiddish et une manière de construire ses phrases où se mêlaient parfois un peu d'allemand, un peu de yiddish et beaucoup de russe... Mais il parvenait toujours à se faire comprendre. Sa seule crainte était d'être contrôlé. Avec les faux papiers qu'on lui avait bien recommandé de ne montrer à personne, surtout pas à des policiers, même si ceux-ci les lui demandaient gentiment, on eût tôt fait de déceler en lui l'étranger indésirable, à reconduire très vite à la frontière...

— C'est... une... très belle chanson, répéta-t-il en articulant nettement les syllabes.

Regina comprenait un peu le français.

— Une... belle... chanson ? répondit-elle dans cette langue. Vous trouvez ?...

— Oui... elle... est... très... à... la... mode...

Regina hésita sur le sens exact du mot « mode » qui ne faisait pas encore partie de son vocabulaire.

— Peut-être, dit-elle pour ne pas se compromettre.

Elle sourit et dévisagea le jeune homme.

C'est à cet instant précis qu'Avrom s'éprit passionnément de Regina. Cette Jeune femme de vingt-six ans, avec ses pommettes hautes, ses yeux brillants, son visage volontaire et souriant, était la femme dont il avait toujours rêvé. Elle lui tendit une main qu'Avrom saisit dans une étreinte vigoureuse et prolongée, qui arracha à la jeune femme un « Aïe !... » irrépressible.

Ils se sourirent et reconnurent l'un chez l'autre une même force et une même témérité, une même honnêteté foncière et un même désir forcené de liberté, où ne se mêlait rien de trouble. Entre eux, d'emblée, il n'y eut rien d'autre que la confiance. Regina avait connu des passions dont l'une l'avait profondément meurtrie. En effet, ni son éducation ni sa personnalité ne l'avaient préparée à rencontrer ce que l'on peut appeler un « homme à femmes » ou un coureur... Pourtant, cette liaison durait depuis plusieurs années, au grand désespoir des siens. Cependant, dès que son regard croisa celui d'Avrom, elle se détourna d'Isy Fleichman. Dès ce moment, elle fut envahie par une sensation de repos et de paix. Jamais plus le grand journaliste zurichois n'aurait d'importance pour elle. Maintenant, elle aurait la force de lutter contre son emprise.

Lorsque Helena, un peu rouge, échevelée par la préparation du dîner et les soins donnés aux enfants, entra dans le salon, elle les surprit l'un et l'autre riant et bavardant comme de vieux amis.

Peu après le départ d'Avrom, sur le coup de deux heures du matin, Haïm et Helena s'apprêtaient pour la nuit.

— Eh bien, commenta Haïm en étouffant un bâillement. Voilà ta sœur casée ! Du diable si je m'étais imaginé qu'Avrom tomberait amoureux de Regina aussi vite... J'ai toujours pensé qu'il avait un faible pour toi...

— Je le pensais aussi, murmura Helena.

Comme c'était bizarre. C'était elle, Helena, « la petite dernière », qui maintenant considérait Regina, son aînée de deux ans, comme sa cadette. « Le mariage vieillit avant l'âge, songeait-elle, mélancolique, les yeux ouverts dans le noir. Le mariage et les enfants... Trois enfants... bientôt un quatrième... Deux mois encore et je serai délivrée... » Elle ne pensait pas vraiment à son accouchement lorsqu'elle pensait « délivrée ». Elle espérait surtout que la naissance du bébé la délivrerait d'une angoisse diffuse, qui parfois lui serrait la gorge et dont elle ne comprenait pas la raison.

Passé, présent, avenir, mots incolores et pourtant tellement chargés de signification !... Tout se superposait en images fugitives, incomplètes, la laissant inassouvie. Elle se tournait et se retournait. En cet instant, elle détestait Haïm. Elle le détestait de dormir, de ne pas comprendre... « Mais de ne pas comprendre quoi ?... » Des bribes d'images venues de loin, des bribes de mots qu'un jour, quelqu'un lui avait dits :

« ... Si tu as besoin de ma vie, prends-la... Elle est à

toi... » Ces mots que l'on dit à seize ou dix-huit ans... Ces mots sincères, passionnés... *« Charles ! Est-on vraiment obligé de mourir ? Pourquoi les choses doivent-elles nécessairement finir ?...* »

Dans un réveil poignant de souvenirs depuis longtemps ensevelis, elle se revit, adolescente et rêveuse gracile, aux membres indociles et gauches. « ... La jolie petite Helena Langer... Vous savez, la fille de cet idéaliste de David Langer... Une jolie petite ! Elle veut être actrice... c'est vrai qu'elle ressemble un peu à Heddy Lamar... »

Elle se souvenait si bien de cette époque... Tout lui paraissait possible alors...

La pluie fouettait les volets, le vent soufflait par rafales..

Doucement, Helena se leva. Son ventre était lourd, si lourd... Haïm dormait toujours... Elle se glissa dans le salon et s'approcha de la fenêtre. Sous la pluie battante et la lueur des réverbères, elle distinguait l'immeuble où siégeait la Banque de France. Haïm lui avait dit que dans ses caves, il y avait des monceaux d'or, toute la réserve nationale... *Le veau d'or est toujours debout...*, avait-il chanté, *On encense sa puissance...*

« Tous les hommes sauf Haïm... », pensa-t-elle. Haïm se moque bien d'avoir de l'or... Je ne sais comment il fait, mais ce qu'il y a de mieux, il s'arrange pour l'avoir. Et pourtant, je sais qu'il n'a pas un sou de dettes... Pas d'économies non plus... *Je ne serai jamais ni pratique, ni raisonnable, ni économe, Helena !... Ce n'est pas dans ma nature...* « Ni dans la mienne, songeait Helena, et pourtant, nous allons avoir quatre enfants... Et je n'ai pas vingt-quatre ans... Tout va trop vite... trop vite... »

Même pas le temps de... De quoi au juste ? De rêver ?... Peut-être était-ce cela qui lui manquait le plus... Rêver. Rêver à tous ces avenirs qui auraient été possibles si... Elle secoua la tête. Elle aimait Haïm. L'idée qu'il pût la tromper (et d'ailleurs, elle savait très bien qu'il avait déjà eu plusieurs aventures) la rendait à moitié folle de rage... Elle l'aimait, elle adorait ses enfants... Mais là, en cette nuit de février 1938, le front contre la vitre que fouettait une pluie furieuse elle dut reconnaître au fond d'elle-même qu'elle regrettait le cours qu'avait pris sa vie.

Moins d'un mois après l'arrivée de Regina, un soir, au moment de la sacro-sainte demi-heure passée à écouter les informations à la TSF, Haïm sursauta et réclama le silence.

— Ecoutez !... Du diable si Lefranc n'avait pas raison !... Il se passe des choses en Autriche !...

Avrom Rozenblatt et Regina s'approchèrent du poste. Péniblement, Helena se souleva et fit de même. Une voix sourde parlait en allemand.

— Tu es sur quel poste ?

— Vienne. Sur ondes courtes. C'est von Schuschnigg qui parle... Le chancelier.

— *... Hommes et femmes d'Autriche !*

Nous nous trouvons aujourd'hui en face d'une situation difficile et décisive. Je suis autorisé à rapporter au peuple autrichien les événements d'aujourd'hui.

Le gouvernement du Reich allemand a transmis au président fédéral un ultimatum d'une durée limitée, selon lequel il devait nommer comme chancelier fédéral un candidat désigné, et constituer un gouvernement correspondant aux propositions du Reich allemand. Sinon, il était compris que les troupes allemandes pénétreraient en Autriche à l'heure dite.

Je déclare devant le monde que les informations qui ont été répandues en Autriche, selon lesquelles il y aurait des troubles parmi les ouvriers, le sang aurait coulé à flots et le gouvernement ne contrôlerait pas la situation, ni ne pourrait maintenir l'ordre par ses propres moyens, sont inventées de A à Z.

Le président fédéral me permet de dire au peuple autrichien que nous cédons devant la force. Parce que nous ne sommes pas disposés, à tout prix et même dans ce grave moment, à verser le sang allemand, nous avons donné l'ordre à nos forces armées, au cas où l'invasion aurait lieu, de se retirer sans résistance et d'attendre les événements des heures qui suivront...

Ainsi je prends congé à cette heure du peuple autrichien avec une parole allemande et un vœu sincère — que Dieu protège l'Autriche !

C'était fini. Haïm, Helena, Regina et Avrom se regardèrent.

— Chamberlain et Daladier vont-ils laisser faire cela ?... dit Regina.

— Ce n'est pas encore fait..., répondit Haïm.

Helena le regarda.

— Tu crois que la SDN va faire quelque chose ?...

Haïm soupira.

— Non. Ils ne feront rien ! Personne ne fera rien. Trop heureux de voir Hitler s'attaquer à l'Union soviétique. Au besoin, ils lui donneront même un petit coup de pouce... Je vais téléphoner à Lefranc...

Doucement, Helena posa sa main sur celle de Haïm, qui était déjà sur le téléphone.

— Haïm... Crois-tu que ce soit le moment ?... Cela peut peut-être attendre demain. Il est tard, tu sais...

Juste à cet instant, le téléphone sonna.

— C'est Lefranc !... dit Haïm en décrochant. Allô ?... J'allais justement t'appeler... Tu as entendu ?... Demain ? Quoi ? Demain ?... tu es sûr ?... Qui te l'a dit ?... Ah... bien... Oui, c'est ça. A demain...

Il raccrocha lentement.

— ... Les Allemands seront à Vienne demain..., dit-il d'une voix sans timbre. Lefranc est formel. Il tient ses informations de personnes très sûres... Il est persuadé que Vienne va se donner avec joie à Hitler. Il a dit « comme une putain à son maquereau ».

Les semaines suivantes confirmèrent les prédictions du commissaire divisionnaire Lefranc. Vienne se livra avec une joie frénétique à celui qui était censé la violer. Le portrait du Führer s'étalait partout, les journaux le célébraient... Certaines boutiques, de la Ringstrasse à

Leopoldstadt, arboraient des écriteaux : « Ici c'est une boutique aryenne »... D'autres, au contraire, étaient souillées par une croix gammée et, en grandes lettres blanches, peintes au blanc d'Espagne, on pouvait lire : « Ici habitent des juifs qui devraient déjà être à Dachau. » D'autres encore, signalaient : « Ce juif est à Dachau. » Et puis, dans d'autres boutiques, un drapeau noir : « Tout juif qui entre ici risque la mort. »

Des catholiques autrichiens qui avaient pris la défense des juifs furent également déportés à Dachau... Les meurtres succédaient aux meurtres. Les juifs qui n'avaient pas les moyens d'émigrer étaient soit déportés, soit jetés dans le Danube. L'ancien vagabond autrichien devenu dictateur avait fait de Vienne, autrefois orgueilleuse et brillante cité, une vulgaire ville de province, habitée par des nazis.

C'est au milieu de cette tempête, peu après le plébiscite qui ratifia l'Anschluss à une majorité de 99 % de voix, que Myriam — que le fonctionnaire de l'état civil s'empressa d'enregistrer sous le nom de Marie —, naquit, un 26 avril.

Cette fois-ci, Helena accoucha à l'hôpital Rothschild et Regina était près d'elle. Regina, qui lui annonça qu'elle allait épouser Avrom Rozenblatt.

— Mais... si vite ?... A peine vous connaissez-vous !...

— Nous sommes très amoureux et à quoi bon attendre ?... Avrom va écrire à sa famille à Wilno pour lui envoyer ses papiers, et moi, eh bien, je vais retourner à Auschwitz avertir papa et maman, préparer mon trousseau... Et je reviendrai à Paris. Avrom a de grands projets. Il souhaite créer son imprimerie... Dès qu'il sera majeur, il va demander à s'inscrire au registre du commerce.

Une crainte irraisonnée étreignit le cœur d'Helena.

— Ne pars pas...

Regina, étonnée par le ton, se méprit sur le sens de ces paroles.

— Mais non... je ne pars pas, je reste avec toi jusqu'à la naissance du bébé...

— Je... je veux dire... ne retourne pas à Auschwitz... Qui sait ce qui peut arriver...

— Bah... que peut-il arriver ?... Je ne crois pas qu'une guerre éclate et, même si l'Allemagne déclarait la guerre, à qui veux-tu qu'elle la fasse? Au pape ? Ni l'Angleterre ni la France ne veulent la guerre et Hitler ne peut pas la faire tout seul !...

Mais à ce moment précis, Helena était hors d'état de répondre. Myriam était pressée de faire son entrée dans le monde.

L'une des distractions favorites des Lozwitzky était de s'installer à la terrasse du Maxeville, où les rejoignaient bientôt David et Josette Meyer, puis André et Nicole Lefranc et, enfin, le couple des jeunes fiancés, Regina et Avrom... Ils buvaient de la bière, des jus de fruits, écoutaient de la musique de jazz ou bien des airs populaires d'Europe centrale... Très souvent, on évoquait Robert, mais chacun gardait pudiquement pour soi cette certitude que tous les morts et les blessés de la guerre d'Espagne étaient des morts inutiles. « Si encore la France et l'Angleterre avaient soutenu l'Espagne, comme Hitler a soutenu Franco... »

Les dernières nouvelles que Robert avait fait passer à Fanny étaient bonnes : « ... pour autant que le fait de n'être ni mort ni blessé dans une telle ignominie peut être satisfaisant... Parfois je me dis que la mort seule pourrait être une délivrance... Je reviendrai bientôt, ma Fanny... » Bientôt ? Mais dans quel état ?... Elle l'avait revu pour une courte période au mois de mars dernier, à Collioure. Une permission de huit jours qui avait laissé un fruit dans son ventre. Elle avait refusé énergiquement l'avortement que tous lui conseillaient. « Ce serait le plus raisonnable... — Peut-être..., avait-elle rétorqué, mais je garde l'enfant. Quand Robert reviendra, il sera si heureux d'avoir une petite fille !... » Depuis, elle restait chez elle. Elle l'attendait. Depuis des jours et des jours, elle attendait le retour de Robert, avec son ventre qui enflait, le travail à la boutique et l'angoisse permanente.

La soirée s'étirait, particulièrement chaude. Les passants allaient et venaient, jetant un regard de concupiscence sur les verres de bière glacée posés sur le guéridon. Puis le regard se transformait et devenait franchement haineux lorsqu'il se posait sur les gens assis.

Les six amis se rengorgeaient et s'installaient encore plus confortablement.

— L'être humain est abject, commenta Haïm, en soupirant d'aise. Avez-vous remarqué que l'on tire infiniment plus de plaisir d'une situation lorsqu'on sait que les autres en sont privés ?

Ses commensaux approuvèrent bruyamment en riant. Puis le commissaire divisionnaire Lefranc dit :

— Il y aura une réception donnée en l'honneur de ma promotion. Une soirée. Au Vésinet, chez René Duprat... C'est lui qui fera le discours...

— René Duprat ? dit lentement Haïm. Il va encore se croire obligé de faire la cour à Helena.

— Il la fait à toutes les femmes qu'il rencontre, dit Nicole. L'année dernière, c'était après Josette qu'il en avait...

— Je l'ai remis à sa place, dit Josette.

— Et moi je n'y fais même pas attention ! précisa Helena. Cet homme m'agace et je ne le crois pas très net.

Le commissaire Lefranc reprit :

— Maintenant, vous voilà avertis... tous les deux. Je me demande ce que Daladier va pouvoir encore inventer pour...

Sur la terrasse du Maxeville, les mêmes conversations, éternellement... Et puis, après avoir raccompagné tous ceux qui ne disposaient pas d'une voiture, Haïm et Helena rentraient.

La garden-party eut lieu chez René Duprat, dans sa villa du Vésinet. Haïm faisait une tête longue d'une aune.

— Tu n'auras qu'à bien surveiller le maître des lieux..., lui conseillèrent Josette et Nicole d'une seule voix. Nous, on protège Helena...

— Il vous envoie toujours des invitations ? demanda David Meyer avec curiosité.

— Toujours, grogna Haïm mécontent. Mais si jamais il s'avise...

En effet, depuis quelques mois, Haïm et Helena étaient souvent invités dans un certain milieu, où se mêlaient hommes politiques, industriels, gros commerçants... Cette garden-party donnée en l'honneur de la promotion du nouveau commissaire divisionnaire Lefranc était l'une de ces obligations dont René Duprat s'acquittait en faisant contre mauvaise fortune bon cœur. Et il espérait bien, comme à chaque fois qu'il s'arrangeait pour faire inviter les Lozwitzky, faire une cour ardente et assidue à Helena, en feignant d'ignorer que la jeune femme n'avait rien à voir avec ces grandes bourgeoises qui sautaient d'un lit à l'autre et participaient à ce que l'on appelait alors les « nuits parisiennes ». « En fait, ce sont purement et simplement des partouzes », disait crûment Lefranc.

René Duprat était très lancé dans ce genre de distractions. Le fait qu'Helena résistât à ses avances ne faisait que l'exciter davantage. Il était convaincu que la jeune femme agissait ainsi par coquetterie. En effet, comment aurait-on pu résister au charme de cet homme ayant largement dépassé la soixantaine, au visage fleuri à force de bourgogne et autres vins, parsemé de « fleurs de cimetière », aux bajoues flasques qui tremblaient à chaque mouvement, aux cheveux gris-bleu, à la corpulence élégamment dissimulée sous des vêtements de grand luxe ?...

C'était un de ces politiciens qui jouaient la carte de la gauche avec un cynisme amusé, sachant pertinemment que rien ne changerait jamais et que « l'égalité des chances par l'éducation nationale » n'était qu'un leurre lui permettant d'accéder à la députation sous l'étiquette « radical-socialiste ». Pas vraiment méchant, incapable de résister à un pot-de-vin, il plaisantait volontiers, en petit comité, sur sa propre corruption et sur les intrigues sur lesquelles s'était construite sa carrière... Nul ne savait d'où lui venait son immense fortune. Officiellement, il était l'un des plus célèbres agents de change de Paris, officieusement, il se rendait souvent dans les pays arabes, et plus d'un le soupçonnait de trafic d'armes. Intelligent, avide, sensuel, jouisseur, toutes les grandes maîtresses de maison se disputaient sa présence au cours de ces dîners parisiens dont le commissaire Lefranc disait avec une ironie désabusée : « Des bordels, voilà très exactement ce que sont ces grands salons mondains. S'il y avait une vraie justice, on arrêterait tous ces gens-là pour proxénétisme, trafic de drogue et j'en passe... Seulement voilà ! Ils ont de l'argent, des relations, et la plupart d'entre eux exercent un quelconque pouvoir, soit à l'Assemblée, soit au Conseil d'Etat, soit plus haut encore... Alors, que faire ?... » Ce soir-là, Henri, Helena et Lefranc se demandaient visiblement ce qu'ils étaient venus faire là, dans cette belle maison bourgeoise qui s'élevait au milieu d'un parc tout illuminé de lampions, et où se pressaient des femmes plus largement décolletées que des putains et, sans nul doute, aussi professionnelles...

Ils restèrent à l'écart, regardant autour d'eux avec étonnement. David et Josette prétextèrent qu'il n'y avait personne pour garder les enfants et qu'il convenait de ne pas trop s'attarder... Discrètement, ils firent leurs adieux au nouveau commissaire divisionnaire Lefranc et s'en allèrent.

— Si vous en faites autant, je vous massacre ! dit Nicole à Haïm et Helena. Il y a Yvonne chez vous pour garder les enfants...

Helena sourit.

— Je resterai avec toi jusqu'au bout... Je te le promets...

Certains invités s'approchèrent du nouveau commissaire divisionnaire, le félicitèrent et, leur devoir accompli, se détournèrent aussitôt... Il n'y avait rien à attendre du commissaire divisionnaire Lefranc. Ni relations, ni fortune, ni aide efficace dans certaine affaire trouble. Ce n'était jamais qu'un honnête homme.

René Duprat se dirigea vers le trio.

— Eh bien, Lefranc ?... Vous êtes satisfait, je pense ? Vous allez retrouver vos racines... Montauban est à peine à soixante kilomètres de Toulouse.

— Oui. C'est vrai. Ma famille vit là-bas..., répondit Lefranc du bout des lèvres.

René Duprat se tourna alors vers Helena :

— Et vous, chère amie ?... Que devenez-vous ? L'Anschluss ne vous a pas trop perturbée ? Et le Front populaire ? Pas trop de dégâts chez vous ?

— Mais non, monsieur. Quelle idée ! Au contraire... Quelque chose allait enfin pouvoir changer en France... et dans le monde... Nous espérions tous que le Front populaire allait aider à la destruction d'Hitler en Allemagne... Vous ne croyez pas ?

René Duprat prit le temps de vider une coupe de champagne avant de soupirer :

— Ah ! quels incorrigibles rêveurs vous pouvez être parfois, vous autres... juifs...

— Oui ? dit Haïm. Nous autres juifs ? Et alors ?

Etonné par l'agressivité du ton, René Duprat répondit :

— Vous autres juifs... Vous haïssez Hitler parce qu'il s'attaque à vous. Mais pour les Allemands, Hitler est un excellent Führer.

— Un parfait fumier, rétorqua Haïm, brutalement. C'est bien ce que vous avez dit.

— Cela vous va bien d'injurier !... Après tout, si Hitler est au pouvoir, c'est bien aussi un peu la faute des juifs ! Marx est juif, Trotski est juif, Lénine l'était par sa mère, et Rosa Luxemburg ? Et Ferdinand Lassalle ?... Tous juifs ! Vous voulez quoi, au juste ? Détruire la bourgeoisie et mettre les ouvriers au pouvoir ? Quelle stupidité !... Sortez un ouvrier de son milieu d'origine, il restera toujours un ouvrier !... Chacun doit rester à sa place !... Mais vous autres, vous voulez la révolution ! Vous voulez mettre tout le monde sur le même pied d'égalité, alors que, vous le savez mieux que quiconque, tout est déjà joué à la naissance ! Vous autres juifs, vous êtes les premiers à le savoir !... Et moi, je prétends que vous êtes coupables de donner de faux espoirs à ces gens-là !

Un instant, Haïm se demanda s'il allait se battre. Il était blême de rage et ses yeux lançaient des éclairs. Il commençait déjà à desserrer sa cravate et à retirer sa veste, quand soudain il entendit une voix grave dire :

— Vous avez raison, monsieur. Je vous donne raison. Nous autres juifs sommes coupables.

Le commissaire divisionnaire Lefranc s'interposa :

— Voyons, Isaac, que dites-vous là ?

Haïm se retourna. L'homme qui venait de parler et s'était approché d'eux était l'un des plus grands diamantaires d'Anvers, Isaac Oppenheim. Un homme visiblement pieux, à en juger par son *keppele,* bien que sa mise fût celle d'un homme élégant, moderne. Il devait approcher la soixantaine et paraissait extrêmement triste et las, creusé par une douleur sans nom.

— Nous n'avons pas fait ce qu'il fallait faire, dit Isaac Oppenheim.

— Mais qu'auriez-vous pu faire ? s'écria Lefranc. Vous, un juif ! La première victime de cette crapule ?

— Ce que j'aurais pu faire ?... Je ne sais pas... Qui peut savoir où est vraiment son devoir ?... Qui peut savoir ce qu'il doit faire ?... Peut-être aurions-nous dû tous nous tourner vers Dieu ? Il y a une étrange puissance en Dieu.

Le large visage, aux traits réguliers, de René Duprat prit une expression d'ironie amusée. Son regard était plein de mépris et de méchanceté.

— Finalement, vous autres juifs, vous êtes bien différents de nous. Vous revenez toujours à Dieu quand vous ne pouvez plus compter sur le pouvoir de votre argent...

— Allez-vous vous taire ! gronda Lefranc.

Mais Isaac Oppenheim l'interrompit :

— Non ! Laissez-le parler ! Cet homme dit vrai... Nous sommes différents de vous, monsieur. C'est tout à fait exact. Si j'ai bien compris, vous possédez l'un des plus importants cabinets d'agent de change, n'est-il pas vrai ?

— Mais oui...

— Evidemment, vous devez savoir ce qu'est le pouvoir de l'argent. Vous devez le savoir et en jouir du matin au soir, et... comprenez-vous, monsieur, ce qui fait la différence entre vous et nous autres juifs : c'est que vous, vous ne reviendrez jamais à Dieu. Jusqu'au bout, vous ne croirez qu'à l'argent ; la tête sur le billot, vous y croirez encore... Vous n'avez pas compris, et vous, vous ne comprendrez jamais... Nous autres juifs, il nous arrive de comprendre. C'est pour cela que, tôt ou tard, nous revenons vers Dieu... Trop tard parfois... Mais Dieu est indulgent...

René Duprat dévisagea l'homme triste et haussa les épaules.

— Oubliez Dieu... (Sa voix claquait, sèche, ironique.) Lui, il y a longtemps qu'il vous a oubliés...

— Peut-être. Peut-être.

Pensif, Isaac Oppenheim dévisageait René Duprat.

— Je vous plains, monsieur, dit-il enfin.

— Vous me plaignez ? Voyez-vous ça ! Et pourquoi donc ?

— D'être un homme sans honneur et sans morale...

Puis il se tourna vers le récipiendaire, son ami le commissaire divisionnaire Lefranc.

— Permettez-moi de me retirer, mon cher Lefranc, et encore toutes mes félicitations pour votre promotion... J'étais venu pour vous saluer. Uniquement pour cela...

Vers la fin du mois de juin, quelques jours après le départ de Regina, Haïm lisait les journaux du matin comme il le faisait quotidiennement en prenant son café. Il mangeait distraitement les biscottes beurrées et confiturées qu'Helena lui présentait l'une après l'autre.

Elle le regardait avec une sorte de tendresse agacée, qui lui était coutumière à cette heure de la matinée. « Il pourrait tout de même dire merci... ou lever les yeux de temps à autre de son satané journal... »

Soudain, Haïm posa brusquement sa tasse de café et dit :

— Tiens, écoute-moi ça !... Une conférence va s'ouvrir à Evian pour permettre aux réfugiés juifs de quitter l'Autriche et l'Allemagne. Ils vont peut-être pouvoir émigrer vers les pays qui accepteraient de les accueillir...

Il lut les gros titres à voix haute : « La vie de centaines de milliers d'individus, voire de millions, est en jeu. »

Le cœur battant, Helena se leva et lut derrière l'épaule de Haïm, sans s'occuper du fait qu'il avait horreur de ça.

— Hitler va s'y opposer..., dit Helena.

— Non.

— Comment... Non ?

— Attends, je vais te lire le discours d'Hitler au sujet de cette conférence : *J'espère que le reste du monde, qui a une telle sympathie pour ces criminels que sont les juifs, aura suffisamment de générosité pour convertir cette sympathie en aide effective... Pour nous, nous sommes prêts à mettre ces criminels à la disposition de tous ces pays, et même sur des bateaux de luxe... peu importe...*

— Quelle crapule ! s'écria Helena.

— C'est vrai. Mais là, il ne ment pas... En Allemagne comme en Autriche, les juifs peuvent partir sur l'heure s'ils abandonnent tous leurs biens et achètent leurs visas... Goering a institué une sorte de marché aux visas fort juteux pour le parti nazi !...

— Cher ?

— Très cher...

— Et ceux qui n'ont pas d'argent ?

— Il y a Dachau, Oranienburg et d'autres camps encore dont on ignore le nom...

Helena hésita. Machinalement, elle se versa une tasse de café.

— Tout cela peut arriver en Pologne ?

Haïm dévisagea sa femme avec incertitude.

— Oui. Sans doute...

— Haïm, je t'en conjure, ne partons pas en vacances ! Envoie l'argent à ma famille ! Tout ce qu'on pourra réunir... Il faut les faire venir, vite !

Et, comme il hésitait, elle insista, se méprenant sur le sens des hésitations de Haïm :

— Crois-tu que je pourrais partir en vacances, en sachant... en sachant...

Elle ne put achever et éclata en sanglots. Haïm lui caressa la tête. Il se taisait toujours, réfléchissant.

— Ecoute, dit-il enfin. Voici ce que nous allons faire. Je vais me renseigner et voir si je ne peux pas acheter ces fichus visas ici, en France... Je n'ai aucune confiance dans l'administration polonaise ! Elle est parfaitement capable de faire attendre les passeports nécessaires et les visas plus de vingt ans ! Tu sais bien qu'en fin de compte, je n'ai jamais pu obtenir les miens... Et si je n'avais pas rencontré André Lefranc, je ne serais encore qu'un apatride obligé de me cacher... André va pouvoir m'indiquer la marche à suivre... Je vais l'appeler... Et puis je vais téléphoner à Ben ! Peut-être pourra-t-il faire quelque chose ? La France est trop liée à l'Angleterre et à l'Allemagne pour qu'elle puisse s'offrir le luxe de déplaire à Hitler... Et puis, peut-être que nous nous affolons pour rien ? Peut-être que de cette conférence il sortira quelque chose de bon ?...

Sur ce dernier point, Haïm se trompait. Tout en sachant pertinemment qu'ils condamnaient à une mort certaine des millions de juifs, le Président Roosevelt, Chamberlain — lequel exigea d'emblée que cette émigration ne se fasse en aucun cas en Palestine — et Daladier ne voulurent faire aucune peine au chancelier Hitler. Les juifs du monde entier comprirent enfin — pas tous — que s'ils voulaient sauver leurs coreligionnaires, ils ne pouvaient compter que sur eux-mêmes... Deux mois plus tard, Chamberlain — « le conciliant » — courut comme un caniche à Bad Godesberg, en Allemagne, offrir toutes les garanties à Hitler : l'Angleterre ne ferait rien pour l'empêcher de dépecer la Tchécoslovaquie, ou pour permettre aux juifs de se réfugier en Palestine... Il ne fallait à aucun prix déplaire aux Arabes, amis d'Hitler. L'ignominie de la conférence d'Evian fut consommée à Munich, au mois de septembre suivant, et l'ensemble des démocraties occidentales permirent gracieusement à Hitler de faire ce que bon lui semblait.

— Les cons, dit crûment Haïm lorsqu'il vit la foule, délirante de joie, saluer le retour de Daladier, après avoir livré la Tchécoslovaquie à Hitler. Ils ont gagné six mois... un an tout au plus...

La promesse de revoir Lefranc l'année suivante aux vacances d'été consolait peu Haïm et Helena, car qui pouvait présumer de ce qui se passerait au cours de l'été 1939 ?

— Tu n'étais encore qu'un nouveau-né en 1914..., disait Haïm à Helena. Tu ne peux pas savoir. Moi je me souviens ! Tu penses, J'avais onze ans ! A cet âge-là, on se souvient de tout...

Il n'avait rien oublié. Rien. Ses souvenirs revenaient en foule, remontant du gouffre de son inconscient où il avait voulu les maintenir... Et ses souvenirs se transformaient en peurs, et ses peurs se traduisaient par une impatience nerveuse. Alors il s'agitait dans tous les sens, courait de la boutique à l'ambassade de Pologne, de l'ambassade de Pologne à la boutique, puis à la préfecture de police...

Le résultat de la conférence d'Evian du mois de juillet ne se fit pas attendre. Toutes les demandes de visas furent bloquées. « ... Peut-être plus tard », répondait-on, évasif, le regard fuyant. « Laissons faire le temps. Pas d'affolement, monsieur Loz-witz-ky... »

Lorsqu'il insistait, s'énervait, on lui jetait un regard de travers. Avec un nom pareil, un nom à coucher dehors, avait-on le droit de venir exiger des visas ?...

Il rentrait alors boulevard Malesherbes le cœur rempli de haine et de désespoir. « Rien à faire ! disait-il. Il n'y a rien à faire ! on a l'impression d'assister à l'assassinat de milliers de personnes avec l'accord de tous !... »

— Et Regina ? demanda Helena affolée. Et Regina ?... elle est fiancée... Elle doit se marier. Ne peut-on rien faire ?

Haïm ne répondit pas. Il n'y aurait pas de visa pour Regina.

— Elle n'aurait jamais dû retourner en Pologne, sanglotait Helena.

— Qui pouvait prévoir ? s'efforçait de la consoler Haïm.

Mais il bouillonnait de colère contre lui-même. Il aurait dû prévoir ! Lui aurait dû prévoir ! Il savait, lui, il savait dans sa chair que les hommes politiques étaient des lâches, qu'aucun d'entre eux ne pensait réellement à la mission dont il était chargé, mais seulement à sa carrière politique, à ses campagnes électorales, et à sa réélection... Qu'ils s'appelassent Neville Chamberlain, qui louchait si amicalement vers Hitler, ou Daladier, tout heureux d'avoir supplanté Léon Blum et d'être devenu si populaire après Munich, ou encore Roosevelt qui, lui, ne songeait qu'à sa prochaine réélection, le sort de millions d'êtres humains était vraiment le cadet de leurs soucis. « Après tout, ils avaient qu'à ne pas être juifs !... pensaient-ils... Et nous ne pouvons décemment pas faire la guerre à Hitler ! En fait, c'est lui notre allié objectif, notre seul rempart contre le bolchevisme !... »

Au début de septembre, date prévue pour le mariage de Regina Langer et d'Avrom Rozenblatt, ce dernier vint rendre visite à Helena...

— Je viens d'ouvrir une petite imprimerie..., dit-il.

Il faisait chaud. Très chaud. Avrom accepta de s'asseoir, de prendre un verre de thé chaud.

— Il n'y a rien de mieux pour lutter contre la soif..., soupira-t-il.

Ses mains tremblaient lorsqu'il déplia une lettre.

— J'ai reçu une lettre d'Auschwitz ce matin... Vos parents et tout le monde va bien, se hâta-t-il d'ajouter devant un geste d'Helena. Mais...

— Mais ?

— Mais Regina ne doit pas quitter Auschwitz jusqu'à nouvel ordre. Le gouvernement polonais refuse tous les visas de sortie aux juifs...

— Pourquoi ?.. Pourquoi ? s'écria Helena. Ils les haïssent ! Qu'ils les laissent au moins partir !

— Et s'ils partaient, grinça Avrom, qui haïraient-ils ? Qui rendraient-ils responsables de leur médiocrité et de leur bêtise ?... Ils seraient obligés de s'en prendre à eux-mêmes !... Et cela, personne n'aime le faire...

Un matin brumeux du début d'octobre, Haïm entra en trombe dans la chambre d'enfants. François-Joseph, Sonia et Floria déjeunaient. Helena était occupée avec le bébé qui, maintenant, entrait gaillardement dans son sixième mois.

— Elle est belle, n'est-ce pas ?

L'enfant souriait, ravie.

En voyant le visage de Haïm, Helena posa l'enfant sur sa chaise haute et demanda :

— Que se passe-t-il ?

Sans répondre, Haïm lui tendit *Paris-Soir* qu'il tenait déplié :

LA GUERRE À CÔTÉ. GRAND REPORTAGE DE JOSEPH KESSEL. *Comment, après deux ans et demi de guerre civile, vivent, sous les obus et les bombes, hommes, femmes et enfants, à Barcelone, Valence, Madrid, Alicante.*

Helena soupira et fixa Haïm.

— Robert est à Barcelone, n'est-ce pas ?

— Oui, fit-il laconique.

— Fanny ?

— Elle vient de téléphoner. Elle ne viendra pas à la boutique aujourd'hui. Elle est sur le point d'accoucher. Les douleurs ont commencé cette nuit. Et puis... je pense qu'elle a peur et qu'elle reste collée à la TSF.

C'était l'heure d'emmener les trois aînés en promenade. Yvonne entrait avec les manteaux, les écharpes... Les enfants s'échappaient en riant. Ils gagnaient du temps en embrassant leur mère, en taquinant leur père.

— Je vais rejoindre Fanny, dit enfin Helena. Je pense qu'elle doit avoir besoin de réconfort.

— Je le pense aussi. Josette est déjà avenue des Ternes...

Avenue des Ternes, Helena, étonnée, constata que la porte était ouverte. Dans le hall d'entrée un télégraphiste, gêné, se tenait immobile. Lorsqu'il vit Helena, il lui désigna la porte du salon.

— La dame est entrée là avec une autre dame. Mais elle me doit cinq francs... Le télégramme était en port dû...

Helena fouilla dans son sac et tendit une pièce de cinq francs au jeune homme et, le cœur pris dans une chape glacée, elle entra dans le salon familier.

Josette était là et bassinait le front de Fanny d'eau de Cologne. Il n'y eut pas besoin de mots... Robert ne rentrerait plus jamais dans son joli appartement, qu'il avait fait décorer avec tant de fierté. « Regarde, Haïm ! Moi qui suis un paysan hongrois, regarde mon appartement !... Qu'est-ce que tu dis de ça ?... » Les murs de boiseries gris clair, les faux Louis XVI — il montrait tout avec une joie d'enfant, avec la fierté de ne devoir sa richesse qu'au travail de ses mains... Une bombe, une décharge de mitraillette ? De quoi était-il mort, ce grand garçon roux, si bon, si timide sous ses airs hâbleurs et rieurs ?

Josette vint vers Helena et l'entraîna loin du canapé où Fanny sanglotait.

— Comment as-tu su ? chuchota-t-elle. Fanny vient juste de recevoir le télégramme.

— Haïm a lu les journaux, ce matin... Barcelone sous un déluge de feu. Il a eu peur pour Robert. C'est pour cela que je suis venue...

— Il a eu peur pour Robert, répéta pensivement Josette. Ils étaient comme deux frères...

Helena s'approcha de Fanny.

— Nous étions si heureux... Robert... (La voix de Fanny n'était plus qu'un son rauque, désespéré.) Il n'est plus là... Il voulait faire repeindre l'appartement en blanc. Il me l'avait écrit dans sa dernière lettre... Et puis, il disait qu'on partirait se reposer quelques jours, loin de la guerre, loin des bombes... Mais il n'est plus là... il n'est plus là...

Helena et Josette s'occupèrent des garçons qui, affolés, se tenaient dans un coin.

— Pourquoi maman pleure ? demanda Maurice, lui-même proche des larmes.

Il allait bientôt avoir cinq ans et jusqu'alors son univers était celui d'un petit garçon heureux. Il y avait papa qui faisait la guerre à des « méchants », maman qui chantait toujours, et le petit frère, Joseph, qu'il fallait toujours traîner avec soi. Et puis, il y avait les oncles et les tantes, qui apportaient toujours des bonbons ou des gâteaux. Très étonné, le petit Maurice constata que ce matin-là, ni tante Josette ni tante Hélène n'avaient apporté de friandises. Elles avaient l'air grave et soucieux, et maman sanglotait. Parfois elle criait, ce qui était effrayant.

Soudain, Helena se précipita vers le téléphone :

— Allô ? Allô, l'hôpital Rothschild ?... Pouvez-vous m'envoyer une sage-femme ?... Vite ! très vite... L'enfant se présente avant terme...

Puis elle fit sortir les petits garçons atterrés, qui se mirent à pleurer.

— Il faut rester dans votre chambre, mes chéris. Maman va bien. Elle va vous apporter une jolie petite sœur... Ou peut-être un petit frère, corrigea Helena après un instant de réflexion.

Les deux enfants arrêtèrent leurs pleurs et se regardèrent. Ce nouvel intrus ne leur disait rien qui vaille.

— Est-ce qu'il faudra partager mes jouets avec lui ? demanda Maurice méfiant.

— Non. Non...

Un hurlement de douleur venu de la chambre de Fanny fit sursauter Helena.

— Allez, les enfants. Vite dans votre chambre, et soyez sages !

Puis elle se rendit dans la chambre de Fanny. Le moment était venu où l'enfant de Robert allait naître. Cet enfant qu'il ne connaîtrait pas et qui ne connaîtrait jamais son père.

— Il est temps que la sage-femme arrive, dit Josette.

— Je viens de téléphoner. Elle sera là dans une demi-heure... Et si l'enfant se présente avant, qu'allons-nous faire ?

— Ecoute, pas d'affolement. J'ai mis au monde trois enfants, toi quatre, Fanny deux. A nous trois, cela fait neuf accouchements. Tu ne crois pas que nous en savons assez pour délivrer une accouchée ? De plus, Fanny a son diplôme d'infirmière, elle nous guidera si nous faisons une bêtise.

— C'est bien. Nous la délivrerons...

Helena courut vérifier que les deux petits garçons étaient sages et leur promit de les emmener au cinéma voir *Blanche-Neige et les Sept Nains* dès que la « dame » qui devait apporter la petite sœur serait là. La promesse du cinéma fit beaucoup plus que la venue d'une petite sœur. Helena ajouta :

— Maman va crier beaucoup, mais c'est pour rire... Nous aussi on va crier avec elle ! C'est pour s'amuser.

Maurice la dévisagea longuement et ne répondit pas. Sans doute pensait-il en son for intérieur que les grandes personnes s'amusaient à de drôles de jeux, et que si eux, les enfants, en faisaient autant, ils auraient droit à de belles corrections.

En fait, Fanny ne cria pas beaucoup. Sachant ses enfants dans l'appartement, elle serrait les dents, et une petite fille reposait déjà sur son sein lorsque la sage-femme parut.

Alors seulement, Fanny put s'abandonner à la douleur, à son désespoir. Elle sanglota longuement sur ce qui ne reviendrait plus... Josette et Helena se relayaient auprès d'elle :

— Tu as trois enfants, Fanny ! Trois enfants ! Tu n'as plus le droit de te laisser aller... Il faut vivre... pour eux...

Le temps parut s'accélérer... On ne vivait plus qu'en fonction des informations, des journaux, des affiches. Chaque semaine apportait la preuve qu'Hitler n'en avait pas fini avec ses exigences. La honte de Munich avait été inutile. Seule une certaine droite en France parlait déjà de collaboration avec ces gens merveilleux qu'étaient les Allemands. *L'Action française* titrait : « Nous n'irons pas mourir pour les juifs de Prague. »

Le 7 novembre, un jeune étudiant, Herschel Grynspan, assassinait le conseiller von Rath. Deux jours plus tard, un épouvantable pogrom éclatait dans toutes les villes allemandes. Des centaines de morts, de blessés, des maisons brûlées... Plus de cinquante mille juifs déportés à Buchenwald, Dachau, Sachsenhausen... Toutes les vitrines des magasins juifs, cette nuit-là, volèrent en éclats... Le lendemain, la presse internationale stigmatisait vertueusement l'horreur de cette « Nuit de cristal »... Pas un seul individu dans le monde, sachant lire et écrire, ne pouvait ignorer ce qui se passait. Pas un seul...

Le 17 janvier, l'Allemagne interdisait aux juifs les professions de dentiste, de vétérinaire et de pharmacien. L'accès dans les cinémas, les théâtres et les cafés leur était strictement interdit.

— Et l'interdiction de vivre, c'est pour quand ? grondait Haïm.

Hitler répondit à cette question le 30 janvier 1939, à Berlin. Dans un discours, il annonça triomphalement qu'il avait trouvé une solution au problème juif. Il fallait les exterminer. Tous.

Il fallait vivre pourtant, avec la peur au ventre, avec les lettres en provenance d'Auschwitz, de plus en plus désespérées. « Mon enfant chérie, écrivait Rivka... Regina est au désespoir. Ne peut-on vraiment rien faire pour elle à Paris ? Ici, nous croyons encore et encore, mais tu connais l'extrême mauvaise volonté des fonctionnaires polonais. Comme je regrette que Regina ait voulu revenir pour nous embrasser ! Elle au moins aurait été à l'abri... J'ai parfois de mauvaises peurs, je me demande où tout cela nous entraînera et personne, personne pour nous aider, nous donner la main... »

Personne. L'Angleterre fermait les verrous et empêchait les juifs d'accoster en Palestine.

— Leur dernière trouvaille ? ricanait Haïm. Une assemblée législative où 70 % des sièges seraient détenus par les Arabes — l'Irak, l'Iran, l'Egypte, la Transjordanie — et 30 % par les juifs.

En mars 1939, les Allemands entrèrent dans Prague. Et quinze jours plus tard, le maréchal Pétain fut nommé ambassadeur de France en Espagne auprès du général Franco.

Quand elle apprit la reconnaissance par la France du régime franquiste, Fanny ne put retenir ses imprécations. Haïm dut lui maintenir la bouche de sa main jusqu'à ce que la jeune femme, épuisée mais calmée, se laissât aller à ses sanglots.

Et cela continuait.

Chamberlain rassura la Pologne, qui prit sa large part

dans le dépeçage de la Tchécoslovaquie. Daladier, lui, prit les « pleins pouvoirs ».

— On se demande pour quoi faire ?

Comme autrefois à Munich, toute la bande qui entourait Haïm et Helena à Paris se retrouvait chez eux. La pression des événements avait resserré leurs liens, et la même inquiétude pour des êtres chers laissés dans leur pays d'origine les rendait frères et sœurs. Parfois, le commissaire divisionnaire Lefranc venait à Paris en mission. Aussitôt c'était la fête chez les Lozwitzky. On appelait David et Josette, Fanny, Avrom, Israël, et l'on parlait jusqu'à l'aube...

En cette fin de mars, on ne parlait que de Dantzig.

— Les Français n'ont pas voulu se battre pour Prague, ils se feront tuer pour Dantzig, dit André Lefranc, en tirant d'énormes bouffées de sa pipe.

Il était arrivé gare d'Austerlitz le matin même, convoqué d'urgence en « haut lieu ».

— Et en wagon-lit de première classe, Haïm ! Hein, qu'est-ce que tu dis de ça ?

— La raison de ce voyage ?

— Un secret, ricanait Lefranc, un secret partagé par des millions d'individus... Nous allons vers la guerre à grands pas... Et nous la perdrons...

— Voyons, commissaire ! protesta David Meyer. Tu ne dois pas dire ça ! Nous allons nous battre !

— Peut-être... Avec quoi ?

Interloqué, David resta sans voix. Ce fut Haïm qui questionna :

— Que veux-tu dire, André ?

— Rien d'autre que ce que je dis. On va se battre ? D'accord... Avec quoi ? Qu'est-ce que nous pouvons opposer à la formidable armée qu'Hitler a mise sur pied avec la bénédiction des gouvernements occidentaux ? D'excellents chevaux de selle... Ça oui. Et des vins de qualité supérieure...

— Et, continua Haïm en l'interrompant, une douceur de vivre, une insouciance, une sensualité, une gaieté... Attends... Je me souviens qu'en 1933, mon beau-frère Weissman parlait déjà de l'intelligence et de la légèreté joyeuse des Français — qualités que les Allemands nous enviaient férocement...

André Lefranc regarda Haïm avec gaieté.

— Tu as dit « nous » enviaient ? Haïm, tu te rends compte que tu as dit « nous » enviaient ?

— J'ai dit « nous »... moi ?

— Oui... oui... absolument. Tu as dit « nous » enviaient...

Tous riaient et renchérissaient. Oubliant le sujet initial de la conversation ou feignant de l'oublier...

Ce fut André Lefranc qui en reprit le fil.

— Que pèse notre art de vivre contre des tanks ?

— Beaucoup.

— Je vous trouve bien pessimiste, hasarda Helena. Peut-être que la guerre n'éclatera pas, après tout ? Cela paraît tellement stupide...

— Quand il s'agit d'une imbécillité à commettre, tu peux faire confiance à l'homme. Il s'empresse de la commettre. Sauf que dans ce cas précis, la bêtise a été de ne pas faire la guerre quand on avait encore une chance de la gagner... Ecoutez-moi, mes amis. Je reprends demain le train pour Montauban. S'il se passe des choses graves, la guerre par exemple, vous descendez tous à Montauban.

En raccompagnant le commissaire Lefranc, Haïm dit :

— Toujours aussi pessimiste, André ?

— Pessimiste ? Haïm, si tu avais entendu ce que j'ai entendu aujourd'hui au ministère de l'Intérieur, tu prendrais tes jambes à ton cou, avec ta femme et tes enfants, et tu serais déjà au Canada.

— Cela va si mal que ça ?

— Plus que tu ne l'imagines. Et n'oublie pas que les hauts fonctionnaires français appartenant à la police n'aiment pas beaucoup les juifs. Ils sont beaucoup plus préoccupés de faire la chasse aux juifs et aux bolcheviks qu'aux nazis qui vont mettre l'Europe à feu et à sang. As-tu des nouvelles de ton frère ?

— Oui. Ce matin. Il se démène pour que nous puissions obtenir des visas. Cela ne devrait pas être trop difficile maintenant que nous sommes français.

— Est-ce que tu regrettes de n'être pas parti plus tôt comme tu le souhaitais ?

Haïm marqua un temps.

— Parfois, oui. Honnêtement, oui. Et puis parfois, je me dis qu'ici, en France, j'ai connu les meilleures années de ma vie, j'ai connu des amis, des camarades — qu'est-ce qu'un homme sans amis ? Bien sûr, j'aurais préféré savoir Helena et les enfants loin de tout danger...

— Dès que la guerre sera déclarée, et elle le sera, venez vous réfugier à Montauban. Le plus vite possible. Dans cette ville, je pourrai vous être utile... Tu viendras ? J'ai ta promesse ?

Haïm inclina la tête. L'eût-il voulu qu'il n'aurait pu prononcer un mot.

— Crise ouverte pour Dantzig, annonça Haïm ce matin du 30 juillet 1939. La Pologne est menacée...

— En vérité, ça ne me fait ni chaud ni froid, rétorqua Helena avec vivacité. Cela lui apprendra à aider Hitler à dépecer la Tchécoslovaquie. Ce gouvernement polonais ! Tous des fascistes ! Rydz-Smigly et Beck comprendront ce qu'il en coûte d'aider Hitler... Que les Polonais subissent donc ce que subissent les Tchèques... Bien fait pour eux ! Et je dirais même : « Pas assez »... Encore un peu de café ?

— Une tasse. Souviens-toi de ce que nous a dit André. Si les Allemands envahissent la Pologne, le sort des juifs polonais sera le même qu'à Prague. Les Allemands agiront de même avec les juifs polonais...

Helena baissa la tête.

— Rien ne peut donc les arrêter ? Rien ? A quoi sert la SDN ?

— A rien... Pourquoi servirait-elle à quelque chose de propre ?... Elle est constituée d'imbéciles qui ne font qu'appliquer à la lettre les ordres de leurs ministres des Affaires étrangères. Elle pourrait aussi bien être dissoute, personne ne s'en apercevrait... Des nouvelles de tes parents ?

— Quelques lettres. Papa et maman nous remercient pour les mandats et les colis. Salomon et Berta, Ida et Nathan ont ouvert une sorte de petite école juive : Salomon et Nathan enseignent les mathématiques, la physique et la chimie, tandis que Berta et Ida enseignent le français et la littérature française.

Malgré la gravité de l'heure, le couple échangea un rire complice.

— Ça, c'est du Berta et du Ida tout craché !... C'est à peine si elles parlent français, commenta Haïm.

— C'est vrai. En fait, elles enseignent ce qu'elles-mêmes ont appris... Il faut bien vivre... Papa m'écrit que la vie est très dure pour eux à Auschwitz.

Très dure. Si dure qu'aucun des Langer, des Weissman et des Milstein n'osait sortir de chez soi. Dès qu'ils le faisaient, les Polonais se précipitaient dans les quartiers juifs et en agonisaient d'injures les habitants, quand ils ne leur lançaient pas des pierres. Certains même se réjouissaient ouvertement de ce qui se passait en Allemagne : « Nous ferons de même en Pologne ! » promettaient-ils, hilares et menaçants.

En effet, la vie était dure à Auschwitz. « Espérons, mon enfant chérie, que finalement nous obtiendrons ces visas pour la Palestine. Espérons... » Mais Helena savait déjà qu'il n'y aurait pas de visas pour les juifs de l'Europe centrale. Chamberlain avait promis aux Arabes de veiller à ce que le quota des émigrés soit respecté à la lettre. Et il le fut.

Trois semaines plus tard, les choses se précipitèrent. *« L'Allemagne et l'Union soviétique signent un pacte de non-agression. »*

Ce fut un coup terrible pour les sympathisants, les compagnons de route. Effondrés, David et Josette Meyer, qui récemment avaient pris leur carte, ne comprenaient pas.

— Mais pourquoi ?... Pourquoi ? se lamentaient-ils.

Haïm n'était pas aussi désespéré.

— Staline a raison. Que ce soit une crapule, ce n'est pas nous qui dirons le contraire, mais qu'il se méfie de Chamberlain, de Daladier ou de Roosevelt, qui pourrait le lui reprocher ? Ces hypocrites ont toujours joué la carte d'Hitler contre l'Union soviétique. Pourquoi les Soviets les soutiendraient-ils ?

Et puis, tout alla très vite, « trop vite », comme disait Helena. « Mobilisation générale aujourd'hui. » « Sur quatre points, les troupes allemandes ont violé la frontière polonaise. » « La guerre ! » « Les plus actives demandes n'ont pu éviter le pire ! » « Le Reich s'est parjuré en bombardant des populations civiles... » Les manchettes des journaux, les affiches dans les rues... Des attroupements, des pleurs, des « On les aura ! ». Toute la panoplie dérisoire et tragique des temps de guerre, mais aussi toute la panoplie de veulerie de ceux qui exultaient devant la grandeur aryenne. *L'Action française, Gringoire, L'Illustration* parlaient déjà d'une politique de collaboration avec un pays ami qui luttait seul contre le bolchevisme.

Haïm était effondré.

— Voilà, disait-il seulement. Voilà... c'est fait.

Il ne quitta pas l'appartement de la journée. Il faisait une chaleur torride en ce dimanche 3 septembre, une chaleur orageuse. Tous les volets avaient été fermés pour maintenir un semblant d'ombre, et il allait et venait dans l'appartement désert. Helena avait emmené les enfants au parc Monceau. Parce que, guerre ou pas guerre, quatre enfants dont les âges s'échelonnaient entre quatre et un an avaient besoin d'air, de courir et de crier. Il allumait cigarette sur cigarette. Des réminiscences remontaient de son esprit enfiévré. Il savait ce qu'était la guerre. Il l'avait vécue dans sa chair...

Le dimanche 10 septembre, par un après-midi toujours aussi brûlant, on sonna chez les Lozwitzky. C'était Avrom Rozenblatt, en grande tenue de la Légion étrangère. Il se tenait sur le seuil, son képi blanc à la main. En le voyant, Helena éclata en sanglots. Elle réalisa que la guerre était là, devant elle, et qu'un être cher, quelqu'un qui devait bientôt être son frère, allait partir.

Avrom entra dans l'appartement où, l'année précédente, il était si souvent venu, rempli d'espoir.

— Je me suis engagé pour la durée de la guerre, dit-il en guise de bonjour. Au 22e régiment des volontaires étrangers...

Haïm lui donna l'accolade.

— Tu as bien fait... Viens, assieds-toi. Tu vas déjeuner avec nous.

Avrom secoua la tête.

— J'ai tout juste une heure. Mon train part à onze heures, gare de l'Est.

— Tu connais ta destination ?

— Pas exactement. Ils se méfient des oreilles ennemies... Gare de l'Est. C'est tout ce que je sais. Voilà. Je vous ai apporté une lettre pour ma fiancée, ma Regina. Et puis d'autres lettres pour mes parents à Wilno. Voilà... Je voulais vous dire aussi à tous les deux, que... si... eh bien, on ne sait jamais, n'est-ce pas ? Si je devais y rester... Cela m'a fait plaisir de vous connaître. Et puis je n'oublie pas... les cinq mille cartes de visite.

Il souriait. Il souriait, ce grand garçon un peu maigre, gauche et dont la voix tremblait lorsqu'il évoquait sa fiancée. Ma Regina...

Haïm s'arracha à son tour un sourire.

— Oublie ça, mon garçon...

— Non, non, au contraire... Levitan et moi, nous avons pu démarrer notre affaire grâce à ça. Ce ne sont pas des choses que l'on oublie. Levitan aussi vient de s'engager. Nous serons ensemble. Il est déjà à la gare...

Avrom resta encore un peu, le temps d'embrasser Helena qui pleurait, les enfants. Il se pencha vers le berceau de Myriam qui dormait en suçant consciencieusement son pouce.

— Elle devient de plus en plus mignonne, dit-il. Je crois qu'elle ressemble à Regina.

— Oui, c'est tout à fait ça, dit Helena. Maman m'a envoyé des photos de Regina quand elle était bébé. C'est à s'y tromper...

— J'ai eu des nouvelles de ma fiancée hier, dit Avrom. (Il appuyait sur les mots « ma fiancée », mettant tout son amour dans ce possessif.) Nous nous sommes téléphoné. La ligne était très mauvaise...

Après le départ d'Avrom Rozenblatt, Haïm et Helena sortirent. Des affiches étaient placardées sur les murs :

« MOBILISATION GÉNÉRALE EN BELGIQUE », « ADOLF HITLER FAIT SON ENTRÉE À DANTZIG ». La foule s'agglutinait devant. Les gens évitaient de se parler, se jetaient des regards soupçonneux. La cinquième colonne était partout...

Les jours suivants, avec l'approbation de Fanny, Haïm renonça à ouvrir la boutique « Floria Tosca ». Indécis, désemparé, pour la première fois de sa vie inactif, il rendit visite à David et Josette. Parfois, ils se rencontraient dans les escaliers, eux-mêmes venant chercher conseil auprès d'eux.

— Faut-il faire évacuer les enfants ? Paris sera-t-il bombardé ?

Les semaines passèrent, se transformèrent en mois.

Le 8 novembre, une fausse joie, l'attentat manqué contre Hitler.

— Ils s'entre-tuent...

Haïm et Helena se souvenaient de leur joie, autrefois, à Prague lorsque Jacob était venu les réveiller avec cette phrase : « Ils s'entre-tuent ! »

Malheureusement, les nazis, c'était comme de la mauvaise herbe. Plus ils s'entre-tuaient, plus il en sortait de partout...

Au début du mois de décembre, Helena reçut enfin, par la Croix-Rouge, un paquet de lettres, visiblement ouvertes.

Rivka lui annonçait qu'*« AARON, CLARA et leurs enfants...* CENSURÉ... *avaient été* CENSURÉ... *Nous espérons avoir prochainement de leurs nouvelles... »*.

1940-1942

— Les Allemands sont entrés à La Haye, dit Haïm en ouvrant *Paris-Soir*.

Helena ne répondit pas. Dans ses mains, un paquet de lettres portant le sigle de la Croix-Rouge. Elle attendait d'être plus calme avant de les ouvrir. Elle avait si peur de ce qu'elle allait lire. Si peur. « Mon Dieu, faites que... »

Faites que... quoi ? Elle ne savait pas très bien ce que Dieu pouvait faire contre Hitler. Pas grand-chose sans doute...

— *Le Petit Parisien* nous exhorte à la confiance, continuait Haïm en ouvrant un autre quotidien. As-tu décidé de ce que nous allons faire ?

Il évitait de la regarder. Un jour, elle était prête à fuir sur l'heure avec les enfants, le lendemain, elle espérait encore avoir des nouvelles d'Auschwitz ; alors elle refusait de partir, de quitter l'appartement. Pourtant, chacune des informations qui lui parvenaient de Pologne était porteuse de drames, d'atrocités commises par les Allemands. Haïm lisait et commentait le journal à haute voix :

— *Toute troupe qui ne pourrait avancer devra se faire tuer sur place plutôt que d'abandonner le sol national.*

— Qui a dit une imbécillité pareille ? demanda Helena qui sortit enfin de sa torpeur.

— Le général Gamelin... Pourquoi une imbécillité ?

— A quoi peuvent servir des soldats morts ? Cela empêchera-t-il les Allemands d'avancer ? Ne serait-il pas plus intelligent de sauver le maximum de soldats français pour qu'ils puissent contre-attaquer plus tard ?

Haïm haussa les épaules.

— L'intelligence n'est pas vraiment le propre de l'armée dans son ensemble... Pour beaucoup de gradés, un soldat mort sur place est plus honorable qu'un soldat vivant en déroute, même si ce dernier peut continuer à défendre le pays... Alors, Helena, ta décision ? Cela devient urgent. L'armée allemande n'est pas très loin de Paris... Les enfants risquent d'être en danger.

Helena hésita un long moment, puis :

— Partons... Partons quand tu voudras.

Haïm poussa un soupir de soulagement.

— Je vais préparer la Delage. Finis les bagages. Juste l'essentiel... Dès que possible, nous reviendrons chez nous...

L'essentiel... Qu'était-ce, l'essentiel, dans ce monde en perdition ? Dans une valise, Helena rangea le beau trousseau de jeune mariée que Rivka lui avait fait parvenir avec cinq ans de retard. *Mieux vaut tard que jamais,* avait-elle écrit. *Mais il ne sera pas dit que ma petite dernière n'aura pas eu, comme ses sœurs, draps de fil brodés, service de table damassé, serviettes de toilette et tout ce qu'il lui faut pour sa maison.* Helena n'avait jamais touché aux présents envoyés par ses parents. « Ce sera pour les petites, plus tard, lorsqu'elles seront en âge de prendre époux. » Pas de doute, ce linge brodé par les mains de Rivka, c'était une partie de l'« essentiel ». L'autre partie, la vingtaine de volumes que David et Rivka lui avaient donnés le jour de son mariage : Goethe, Schiller, Heine, Mann... Ces livres, reliés de cuir usé, imprimés en lettres gothiques, qui parlaient d'humanisme et d'amour entre les hommes... Les bijoux aussi. Haïm aurait été furieux qu'elle laissât ses diamants, perles et pierres précieuses à Paris. Le manteau de zibeline ? Etait-ce bien nécessaire... L'été serait chaud. Et puis, il y avait les vêtements pour les enfants. L'argenterie, les chandeliers.

Quoi qu'il arrive, ma chérie, ne te sépare jamais de tes chandeliers ! Comment faire un shabbat sans chandeliers ? Helena croyait entendre encore sa mère, le jour où elle les lui avait offerts, deux jours avant son mariage. C'était... il y avait six ans. Six longues années...

L'essentiel.

Que pouvait-elle prendre d'autre ? Quatre énormes valises en cuir légèrement usé, plus deux petites, plus le coffret à bijoux... Le coffre à bagages allait déborder à coup sûr.

Elle ouvrit la lettre frappée du sigle de la Croix-Rouge et de la croix gammée.

Auschwitz, décembre 1939

Ma chère fille,

Merci pour le colis que tu nous as envoyé par la Croix-Rouge. Nous irons le chercher dès que nous en aurons l'autorisation.

Ma chérie, je t'en conjure, n'envoie plus rien ! Pense à tes enfants, garde tout pour eux que je ne connais pas, mais que j'aime de tout mon cœur...

Je Prie Dieu chaque jour de me donner la santé et la force de pouvoir tout supporter. Actuellement, ma plus grande joie est de recevoir de tes nouvelles... Pour nous, juifs, la vie est dure et horrible, et nous nous demandons chaque jour combien de temps encore nous allons pouvoir tenir. Vite une lettre de toi. Juste pour me donner des nouvelles de toi et des enfants. Pas de colis et pas d'argent. C'est inutile.

Tu sais, ta mère me surprendra toujours. Tu te souviens comme elle était ? Autrefois, chaque fois qu'elle était heureuse, elle pleurait. Elle pleurait à la naissance de ses enfants, de ses petits-enfants... Du moindre cadeau que nous lui faisions... Maintenant elle ne pleure plus. Jamais. Ses parents, ses frères, ses sœurs, ses neveux et nièces, tous ont été déportés, pas loin d'ici, à Birkenau. Elle m'explique qu'elle n'a plus de larmes. Ta mère a beaucoup vieilli. Ses cheveux sont tout blancs. Nous attendons notre sort. Que pouvons-nous faire d'autre ? Je vais avoir soixante-quatre ans. Notre vie est finie maintenant. Tout ce que je demande au Seigneur, c'est de vous revoir tous, toi et tes enfants, encore une fois dans ma vie.

Que Dieu te protège, ma petite fille, qu'il protège tes enfants et ton mari... Ma bénédiction pour vous tous.

Ton père.

Après avoir séché ses larmes, Helena acheva les bagages. Haïm maintenant, s'impatientait.

— Allons ! dépêchons-nous ! Il paraît que les Allemands sont aux portes de Paris...

Les troupes se repliaient. Et se repliaient encore et encore... On changea de ministère. De généralissime... L'Allemagne envahissait la Belgique. Puis ce gros titre : « La Belgique capitule dans la confusion... »

Les désastres se succédaient, rien n'arrêtait la Bête immonde. On aurait dit qu'en Belgique, en France, en Norvège, aux Pays-Bas, tout avait été préparé de longue date, à l'avance, en sous-main pour faciliter l'avance des ennemis.

Yvonne, en larmes, demanda un congé illimité. Son frère avait été tué à Dunkerque. Il fallait qu'elle retourne en Normandie aider ses parents à la ferme.

Dans la grande Delage noire, Haïm, Helena, avec Myriam sur les genoux, François-Joseph, Sonia et Floria sur les sièges arrière, les malles, le chat, le gros sac de cuir qui renfermait toute la fortune familiale, les bijoux d'Helena et des pièces d'or, et un petit sac noir contenant une trentaine de brillants. Haïm avait converti tout l'argent liquide qu'il avait en sa possession en brillants. « Ça ne prend pas de place, et c'est monnayable dans n'importe quel pays et dans n'importe quelles circonstances. » Il savait ce dont il parlait, lui qui avait passé les trois quarts de sa vie en hors-la-loi.

Fanny avait refusé de les suivre.

— Je reste sur place ! Moi je suis française d'origine ! Depuis plus de dix générations. Je ne risque rien... Je garde la boutique et je veille sur votre appartement. Il sera entretenu comme si vous deviez rentrer demain ! Partez sans crainte. J'enverrai tout le courrier chez notre ami André.

David et Josette tinrent à peu près le même langage :

— Que risquons-nous ? Rien ! Josette est non seulement française, mais chrétienne, et nos enfants ne sont ni juifs ni chrétiens... Nous aiderons Fanny. Partez en toute confiance ! Quand vous reviendrez, « Floria Tosca » sera toujours là... et nous ferons la fête ! Oh oui, quelle fête ce sera !

Maintenant, la Delage roulait à travers la France. Haïm avait fui la route nationale, terriblement embouteillée. A l'aide d'une carte d'état-major, il s'était engagé sur des routes départementales, voire vicinales. Ils traversèrent la Sologne, le Limousin, le Périgord. Le temps était radieux, et jamais les paysages français n'avaient été aussi beaux.

L'herbe haute de ce début de juin attendait la faux qui allait la transformer en meules de foin parfumé. Le blé était encore vert, mais çà et là, il se parait d'éclats dorés. Des marguerites, des bleuets, des coquelicots émaillaient de leurs couleurs vives les vastes champs de blé qui ondulaient sous la brise.

— Bientôt ce sera le temps des moissons, dit Haïm d'une drôle de voix.

Il se souvenait de cet été torride de 1917, de sa course éperdue à travers les moissons dévastées. Soudain il arrêta la voiture, ouvrit la portière et descendit.

Comprenant qu'il avait besoin d'être seul, Helena l'attendit. Par chance, les enfants s'étaient endormis, écrasés par la fatigue et la chaleur de cette fin d'après-midi de juin. Doucement, elle déposa Myriam sur le siège et sortit à son tour de la voiture. Elle perçut le merveilleux silence parfumé, la fraîcheur de l'ombre épaisse des arbres, la chaleur du soleil. Elle avançait, chancelant sur ses hauts talons, ajustant sa toque de paille fleurie. « Un bijou, madame Lozwitzky ! Et qui va si bien avec votre tailleur blanc... »

Elle appela :

— Haïm !... Haïm !... Il faut partir... Il est tard...

Là-bas, vers l'ouest, le soleil dardait ses derniers rayons. Jamais de toute son existence, Helena ne s'était trouvée ainsi, seule, dans une contrée inconnue, sans personne autour d'elle pour la soutenir, l'aider, lui dire ce qu'il fallait faire, ce qu'il ne fallait pas faire. Ivre d'une sensation nouvelle, d'une envie de respirer à pleins poumons, de hurler de joie. « Je suis libre ! » Libre... Une envie furieuse de courir droit devant elle, abandonnant tout. Stupidité ! Elle était liée à ses enfants comme une louve à ses petits. Et Haïm ! L'idée qu'un jour ils puissent vivre séparés suffisait à la remplir de douleur. Soudain, elle l'aperçut, immobile sur une pierre, la tête dans ses mains.

— Haïm...

Il leva les yeux vers elle. Des yeux fibrillés de rouge, gonflés...

— Oui... Je viens.

Lentement il se redressa et regarda autour de lui.

— Nous ne sommes pas loin de Montauban. Tout de suite après Montignac. Nous prendrons après Cahors, et ensuite Montauban. André et Nicole nous attendent...

Il s'appuya sur l'épaule d'Helena.

— C'est un beau pays, hein ? un si beau pays... Ce serait dommage de le livrer aux Allemands.

La villa des Pêchers, qui arborait prétentieusement ce nom pompeux, n'avait en fait rien d'une villa. C'était une maison inachevée, construite grâce à ce que l'on appelait à cette époque la loi Loucheur. Elle était située au bout d'une longue série de maisons semblables et son jardin donnait sur un champ de tulipes sauvages. Helena ne vit que cela, ce champ féerique, jonché d'or mouvant et parfumé. Longtemps, elle resta ainsi, fascinée, oubliant tout. Puis elle se mit à l'ouvrage. Défaire les valises, installer la bibliothèque, sortir comme de précieuses reliques les livres. Chercher un piano à louer, inscrire les enfants à l'école, sous de faux noms. Les lois de Vichy étaient en vigueur dans toute la zone libre, mais André Lefranc avait facilement pu procurer de vrais-faux papiers.

— Voilà, maintenant, tu t'appelles Henri Los, tu es né en 1903 au Canada, de parents français. Ta femme est née à Strasbourg, en Alsace, ce qui explique son accent allemand. Elle s'appelle Hélène Langer. Ça, ça passe. Et tes enfants s'appellent François-Joseph, Simone, Flore et Marie. Tu te souviendras de tout ça ?

Le plus important, c'était d'obtenir des enfants qu'ils oublient leur nom de famille, leur religion, et tout ce qui avait pu les rendre différents des autres. Lorsque Sonia apprit que désormais elle allait s'appeler Simone, elle fondit en larmes. C'était assez curieux, parce que Sonia était plutôt une petite fille très sage et très obéissante. Parfaitement raisonnable pour ses quatre ans. Mais là, elle sanglotait et hurlait, et ses pleurs paraissaient intarissables. Helena la prit sur ses genoux.

— J'veux pas m'app'ler Simone... (Elle hoquetait, pitoyable.) J've... J've... j've... j'veux pas m'app'ler Simone...

— Mais pourquoi, mon petit trésor ? demanda maman.

— Parce que si je m'appelle Simone, papa ne pourra plus me chanter ma chanson !...

C'était une chanson russo-yiddish de type tzigane que Haïm chantait chaque fois qu'il lui prenait l'envie de câliner son enfant favorite : *Sonia, Sonia, deine Schwartze Oïgen...* (Sonia, Sonia, tes yeux noirs...) Ce qui rendait Floria et Myriam vertes de jalousie. Chaque fois qu'elles surprenaient leur père à chanter cette chanson à Sonia, les deux petites s'empressaient ensuite de la pincer ou de lui tirer les cheveux.

La rue Neuve, dans le quartier de Sapiac, était, comme son nom l'indiquait, une rue nouvellement créée. A peine quelques maisons venaient-elles d'y être achevées. Elles étaient occupées par quelques couples de retraités. Dans l'une d'elles habitait un ancien officier (que les enfants baptisèrent aussitôt le Commandant, ce qui flattait cet ancien sous-officier) qui avait laissé une jambe à la guerre de 1418 et marchait sur un pilon. Juste à côté de la villa des Pêchers, un couple, M. et Mme Rivière, très amis avec le commissaire divisionnaire Lefranc. Aussitôt que les « Los » emménagèrent, ils vinrent leur rendre visite et tinrent de longs conciliabules avec « Henri » et « Hélène ».

La villa avait une salle de bains inachevée, une cuisine

inachevée, quatre grandes pièces au rez-de-chaussée, et des murs blancs, que n'habillait aucun papier. Il n'y avait pas de meubles, juste quelques châlits.

— Bah ! dit Hélène. Dès que possible, j'irai à la salle des ventes acheter le nécessaire.

Moins de quinze jours après l'installation de la famille dans la villa des Pêchers, Hélène avait déniché « pour une bouchée de pain » tout un ameublement hétéroclite en acajou sombre où se mélangeaient du Louis XV et du Louis-Philippe. Mais il s'avéra que tous les meubles étaient infestés de punaises. Affolée, Hélène courut demander secours à sa voisine. Comment se débarrasser de ces bêtes ? Mme Rivière lui donna un produit, du salicylate de méthyle, qui transporta Hélène aux jours de son enfance, juste après la guerre, lorsque sa mère luttait contre les poux et lui badigeonnait la tête avec ce liquide.

Tout de suite, elle eut confiance. Quel insecte pourrait résister au salicylate de méthyle ? Elle en respirait avec délice l'odeur puissante et nauséabonde. Ahurie, Mme Rivière se demanda un instant si cette charmante Mme Los n'était pas un peu « piquée ». Les larmes aux yeux, Hélène lui expliqua que, dans son enfance, sa mère utilisait ce produit pour lutter contre les poux.

— Eh bien, vous feriez aussi bien d'en mettre à vos enfants ! L'école est infestée de poux, dit Mme Rivière.

Avant de partir, elle embrassa Hélène.

— Vous reverrez vos parents, mon petit... Cette guerre ne peut être éternelle...

Ce n'est que lorsque la porte se fut refermée sur Mme Rivière qu'Hélène donna libre cours à ses larmes.

Quoi qu'il en fût, quand Hélène l'eut arrangée, la villa des Pêchers eut l'air charmant. Dans la pièce principale, que les enfants baptisèrent aussitôt « la Pièce », Hélène installa un joli salon imitation Louis XV, qu'elle fit recouvrir de soie gris clair. Et bien sûr, le piano, noir évidemment, que les Los avaient pu louer sans difficulté. Dans la chambre des enfants, des grands lits d'acajou sombre et une table de travail. Sur les murs, Hélène accrocha les broderies que sa mère lui avait données. La chambre qu'Hélène occupait avec Henri était également meublée avec des meubles anciens en acajou sombre. Sur les murs, les portraits de sa famille et quelques portraits de la famille de Haïm. Parfois, elle contemplait la photo de Saül et de Sarah le jour de leur mariage ; celle des sœurs aînées de Haïm, Sonia, Nina, Hannah ; et celle de Ben en soldat du Tsar, en 1916... « Ben... » Plus aucune nouvelle du Canada ne parvenait en France.

Les jours qui suivirent l'installation rue Neuve, Hélène s'enquit de leçons de piano pour les enfants. La boulangère lui indiqua le couvent des sœurs. Interloquée, Hélène répéta sa question, pensant qu'avec son accent, la boulangère n'avait pas très bien compris ce qu'elle lui demandait.

— Ce sont des leçons de musique que je souhaite pour mes enfants. Pas des leçons de... de... religion.

— J'ai bien compris, ma petite dame, répliqua la boulangère. Ici, à Montauban, ce sont les bonnes sœurs de la rue du Faubourg-Toulousain qui donnent des cours de musique. Elles se déplacent à domicile et elles ont une excellente réputation.

En sortant de la boulangerie, Hélène était en proie à la plus grande perplexité. « Des sœurs... Des bonnes sœurs catholiques ! » Elle attendit avec impatience le moment où Henri allait revenir de son mystérieux rendez-vous. Elle savait qu'il devait rencontrer André et Nicole, mais elle ne savait où.

Henri rentra assez tard, et aussitôt se dirigea vers « la Pièce » en dissimulant un paquet assez volumineux sous le canapé.

— Qu'est-ce que c'est ? demanda Hélène intriguée.

Henri se redressa.

— Ça, ma petite, c'est du sérieux...

— Mais encore ?

— Une mitraillette, dit Henri avec fierté.

Hélène blêmit.

— Une quoi ?

— Une mitraillette... Un camarade doit venir la chercher demain soir tard... Tu dois interdire aux enfants d'entrer dans cette pièce... Ferme-t-elle à clef ?

— Bien sûr... Une mitraillette !... Mon Dieu !...

— N'aie pas peur. Demain nous en serons débarrassés. Nous sommes toujours d'accord pour travailler avec la Résistance, n'est-ce pas ? Tu ne reviendras pas là-dessus ? Lefranc m'a parlé d'un certain de Gaulle qui est à Londres.

— Non... Non. Bien sûr que non...

— Demain, je te présenterai la femme qui s'occupe d'organiser la résistance dans toute la région de Montauban. Elle s'appelle Simone. Simone Mézaille... André et Nicole travaillent avec elle. Ils pensent qu'il vaut peut-être mieux que nous ne nous rencontrions pas trop souvent.

— Mais... nous sommes en zone libre ! dit Hélène surprise.

Henri la dévisagea avec pitié.

— Pour combien de temps, ma chérie ? De toute manière, les lois de Vichy sont valables ici... Il nous faudra faire attention. Très attention. A propos de notre future amie... elle travaille à la Préfecture. C'est pratique pour les faux papiers et les fausses cartes d'alimentation...

La voix d'Henri avait changé. Du moins, Hélène s'en persuada.

— Simone Mézaille, dit lentement Hélène, puis, le cœur mordu par la jalousie, elle ne put s'empêcher de demander : Est-elle jolie ?

Sans prendre garde au changement d'atmosphère, Henri répondit avec insouciance :

— Oui. Très. Elle est même ravissante ! Jeune, une trentaine d'années, très gaie, très dynamique, et figure-toi qu'elle adore le chant ! Elle m'a dit qu'elle était soprano.

— Ah oui ? (La voix d'Hélène était de glace.)

— Mais oui, tu la verras demain. Elle te plaira beaucoup.

— On verra, dit Hélène, s'efforçant de dominer le flot de rage qui l'envahissait.

« Soprano !... Ils ont donc parlé musique ? »

— Tu as trouvé des leçons de piano pour les enfants ?

s'enquit Henri, ignorant ou feignant d'ignorer le déferlement orageux qui menaçait.

— Oui. Je crois. Mais c'est un peu ennuyeux, ce sont des bonnes sœurs catholiques qui enseignent.

— Et alors ? L'essentiel n'est-il pas que les enfants apprennent la musique ?

— Si, bien sûr...

C'est ainsi que le lendemain même, Hélène s'en fut chercher un professeur de musique qui, accessoirement, était aussi une bonne sœur, tout de noir vêtue avec un bonnet amidonné de blanc.

D'ailleurs, sœur Marie-Gabrielle se révéla une parfaite musicienne et, qui plus est, un excellent professeur. Les enfants progressèrent à pas de géant sous sa direction. Elle était adorable de timidité et de gentillesse et, même quand elle grondait, on avait l'impression qu'elle se punissait elle-même d'on ne sait quel péché. Très vite, elle comprit la situation particulière des Los et leur fit comprendre discrètement que « s'il se passait quelque chose... enfin, vous comprenez... eh bien... il ne faudra pas hésiter à venir nous trouver... La mère supérieure... euh... travaille... avec... euh... Je pense que vous connaissez le commissaire divisionnaire Lefranc ?... ».

Henri et Hélène prétendirent avec un bel ensemble tout ignorer du commissaire divisionnaire Lefranc, jusqu'à ce que celui-ci leur révélât que sœur Marie-Gabrielle était l'une de ses cousines, ce qui simplifia immédiatement les rapports entre les Los et l'adorable sœur Marie-Gabrielle.

Ce qui plaisait le plus aux enfants, qui en oublièrent instantanément l'appartement du boulevard Malesherbes, ce furent non seulement le jardin, qui leur parut démesuré, avec une multitude d'arbres fruitiers qui au printemps donnaient l'impression qu'il n'était plus qu'un immense bouquet de fleurs, mais aussi le champ de tulipes sauvages qui le jouxtait. Durant tout le printemps et l'été 1941, ils passèrent tout leur temps dehors et, bien que vivant dans une perpétuelle angoisse, Henri et Hélène se réjouissaient de les voir si heureux et si pleins de vitalité.

A cette époque et durant les trois longues années qui suivirent, les Los menèrent une vie chaotique. Henri et André partaient parfois pour des semaines. A ces moments-là, Nicole et Simone Mézaille se relayaient auprès d'Hélène, surveillant d'un œil méfiant quiconque n'était pas de la rue Neuve. Car il se produisit un fait étrange. Tous savaient dans cette rue que les Los n'étaient pas seulement des réfugiés, mais aussi probablement des juifs et, sans se le dire, tous protégeaient la petite famille de Mme Los. Lorsque la voiture de la Gestapo débouchait dans la rue, soit pour une manœuvre, soit parce qu'elle venait vérifier quelque chose, aussitôt l'ensemble des voisins se précipitaient, à travers les jardins contigus, chez Hélène et emmenaient les enfants et leur mère par les mêmes chemins. Mais, heureusement, c'étaient toujours de fausses alertes.

Il était rare qu'Henri restât plus de quinze jours d'affilée à la maison. Mais quand il était là, c'était la fête : il installait une carte immense sur le mur de la cuisine — qui servait aussi de salle à manger et de salon car c'était la seule pièce chauffée — et il expliquait à toute la famille où se trouvait l'Armée rouge et où en était l'avance des Allemands en Russie. Le 5 décembre 1941, la débâcle allemande à Moscou fut saluée par une réunion mémorable chez les Los, où, malgré le danger, tous se retrouvèrent.

Tous les soirs, vers minuit, Henri écoutait Radio-Londres, Pierre Dac et les messages personnels... Parfois, après l'un d'eux, il se levait, prenait un sac à dos toujours prêt et partait dans la nuit. Puis il revenait... Il revenait toujours. C'était là le plus important. C'était ce qui permettait à Hélène de tout supporter. Le froid, la faim, les restrictions alimentaires, l'angoisse d'être dénoncée, l'angoisse de ne pas savoir ce qui était arrivé à ses parents.

En fait, elle savait. Elle savait que plus jamais elle ne les reverrait. Lorsque cette certitude devenait intolérable, elle se cachait pour pleurer. Mais parfois, tenace comme une mauvaise herbe, l'espérance renaissait. Alors elle questionnait des rescapés, ceux qui avaient pu s'échapper des camps, des mains de la Gestapo, et que Simone

Mézaille, André et Nicole Lefranc convoyaient vers l'Espagne. Tout ce qu'Hélène apprenait sur ce qui se passait, sur la révolte du ghetto de Varsovie, la plongeait dans l'horreur et dans l'angoisse.

Pas de lettres, mais des nouvelles colportées de bouche à oreille. Déportations. Rafles. Déportations. Rafles... Tous les jours. La faim, le froid, Hélène savait ce que c'était. Dans son enfance, elle avait connu cela, jusqu'à ce que Berta et Adèle se lancent dans le marché noir. Et le froid et la faim, cela se supporte très bien quand, autour de soi, des personnes aimées sont là, rieuses et gaies, et que l'on n'a aucun souci à se faire pour leur existence. Mais en ces années, Hélène découvrit la peur. Elle se réveillait en sursaut au moindre bruit, n'arrivait pas à se rendormir, guettait un bruit de bottes, s'endormait, puis se réveillait. C'était l'heure de préparer les enfants pour l'école. L'heure de guetter l'arrivée de Simone Mézaille, de Nicole Lefranc, de Mme Rivière. Voilà comment vécut Helena Lozwitzky, alias Hélène Los, durant ces années-là...

Pour la distraire, Nicole et Simone, à tour de rôle, l'entraînaient au cinéma et, comme il n'était pas question une seconde de laisser seuls à la maison les enfants qui auraient fait un tel scandale que toute la ville en eût été ameutée, tout le monde se retrouvait au cinéma le jeudi et le dimanche après-midi. Marie-Myriam dormait sur les genoux de sa mère, et les trois aînés, compressés sur deux fauteuils, sanglotaient toutes les larmes de leur corps sur de vieux mélos dont ils raffolaient. Plus un film était triste, et meilleur il était. François-Joseph, du haut de ses sept ans, décréta un jour doctement qu'« un film qui ne faisait pas pleurer était un mauvais film ».

— Toi, Sonia, tu serais Staline et moi je serais Churchill. Floria...

— Flore !... tu sais bien que je dois m'appeler Flore...

— Bon, concéda François-Joseph avec impatience. Flore serait de Gaulle et moi je serais les Américains... et moi je déclarerais la guerre à Hitler...

— Et moi ? Qu'est-ce que je serais, moi ? cria Marie-Myriam.

— Toi, tu serais les prisonniers allemands...

— J'veux pas être les prisonniers allemands... Maman, dis à François-Joseph que je ne suis pas les prisonniers allemands !

Hélène soupira. Elle comptait et recomptait les tickets d'alimentation pour les J2, elle calculait qu'elle allait échanger les cartes de vin contre des cartes de lait. Depuis peu, elle s'était mise à fumer. Elle avait découvert que fumer la détendait, calmait l'angoisse.

— Arrêtez de vous disputer, les enfants...

— J'veux pas être les prisonniers allemands ! bramait Marie.

— Bon, tu ne seras pas les prisonniers allemands, dit Hélène.

— Mais il nous faut des prisonniers allemands, protesta François-Joseph.

— Bon, dit Hélène, le regard toujours absent. Marie et moi serons les prisonniers allemands. Ça ira comme ça ?

Du coup, les deux jumelles décidèrent d'être aussi les prisonniers allemands, pour ne pas laisser maman toute seule dans une situation pareille...

Parfois, Hélène se demandait si c'était bon pour les enfants de jouer à des jeux semblables. N'était-il pas dangereux de les laisser hurler dans le jardin les noms de Staline, Churchill et de Gaulle ? Alors elle soupirait et rajoutait une pelletée de charbon dans le poêle. Puis elle reprenait la lecture des journaux...

Le mauvais temps de ce mois de décembre 1941 avait pris des proportions exceptionnelles. La neige avait envahi le pays tout entier. Pas question, en ce jeudi après-midi, de sortir. Les enfants, confinés dans la cuisine, unique pièce chauffée grâce à ce poêle Godin noir qui ronflait joyeusement, s'énervaient et commençaient à se disputer.

Puis brusquement, ils arrêtèrent de se tirer les cheveux. Maman, assise sur une chaise, la figure cachée dans ses mains, sanglotait. Persuadés qu'Hélène pleurait parce qu'ils n'avaient pas été sages, les enfants l'entourèrent, l'accablèrent de « pardon » de « nous ne le ferons plus ». Mais Hélène pleurait de plus belle. Elle sanglotait sur les cent juifs qui venaient d'être fusillés à Paris, ce qui permit aux Parisiens, soulagés, de reprendre le chemin des théâtres, des cinémas et des salles de concert. « Ils n'ont même pas eu la décence de boycotter les salles de spectacle, pensait-elle, au désespoir. Le sort des juifs compte si peu pour les habitants des beaux quartiers parisiens que le plus important pour eux, c'est de pouvoir se distraire... à n'importe quel prix ! »

Seule bonne nouvelle en ce triste mois de décembre 1941 : l'entrée en guerre des Etats-Unis. Enfin... Pour un peu, on aurait ouvert une bouteille de champagne si l'on en avait eu sous la main.

Nicole Lefranc et Simone Mézaille avaient obtenu chacune un laissez-passer afin d'aller voir leur famille en zone occupée. En réalité, elles étaient chargées d'en faire sortir des famille juives. Elles revinrent le 18 juillet, tard dans la nuit. Il faisait une chaleur torride. Simone soutenait Nicole qui paraissait malade. Dès qu'elles entrèrent dans « la Pièce », Henri sortit. Il alla chercher André, tandis qu'Hélène et Simone forçaient Nicole à rester allongée sur le canapé et lui mouillaient la tête d'eau fraîche. Inquiets, les enfants se pressaient contre la porte de « la Pièce ». Hélène dut à plusieurs reprises les renvoyer dans leur chambre...

Par bribes, Simone Mézaille racontait :

— Rue Vaneau. Trois heures du matin... Nicole... Chez une des tantes de Nicole, qui cachait des juifs... Deux autobus rangés contre le trottoir. Vides. Sur les plates-formes, des agents de la police française. Et puis, soudain, une longue file d'hommes, de femmes et d'enfants, à peine vêtus, débouchèrent rue du Bac. Ils tenaient des balluchons à la main... Ils avaient l'air ensommeillés... hagards... Les agents de police séparerent les enfants de leur mère et les firent monter dans l'un des bus. Lorsqu'on les arrachait des bras de leur mère, les enfants hurlaient. Des fenêtres s'ouvrirent... Les gens de la rue Vaneau protestaient parce qu'on les empêchait de dormir. Quelqu'un cria : « Qu'on les fasse taire ! » Et alors, Nicole a aperçu David et ses enfants, et puis Fanny et ses enfants...

« Nous nous sommes habillées précipitamment et nous avons couru... Les agents nous ont demandé nos papiers. "Vous n'êtes pas juives... Alors filez ! Sinon vous pourriez suivre le même chemin que ces gens-là." David et Fanny nous ont vues. Ils ont reconnu Nicole et lui ont fait un petit geste d'adieu. Fanny tenait son dernier-né dans ses bras. Un agent s'est approché d'elle et a voulu lui prendre l'enfant. Fanny s'est débattue. L'agent lui a enlevé des bras l'enfant qui criait et l'a déposé dans le bus qui ne contenait que les enfants... Le bus est parti. Alors, Fanny s'est mise à courir derrière le bus, en hurlant... Elle a été rattrapée par les autres agents, qui l'ont mise de force dans l'autre bus... Nicole et moi, nous nous sommes précipitées aussi vite que possible chez Josette, voir ce qu'elle était devenue. Nous n'avions qu'une pensée en tête : les sauver tous, courir à la préfecture de police, ameuter tous ceux que nous connaissions. Le jour se levait. Nous sommes arrivées rue de Sèvres, où Josette et David habitaient autrefois. Devant leur immeuble, un groupe compact de gens se tenaient immobiles. Nous nous sommes frayé un passage... Josette gisait à terre, dans une mare de sang... Des gens parlaient... Ils étaient en peignoir, robe de chambre, bigoudis pour les femmes... Des gens ordinaires, qui avaient été réveillés par les hurlements des enfants qu'on arrachait à leur mère... "La pauvre !... Elle s'est jetée par la fenêtre, du cinquième étage... On a emmené son mari et ses enfants... Ils étaient juifs, vous savez... — Et elle ? — Elle, non. C'était une chrétienne... — Quelle idée aussi d'épouser un juif ! Dans un sens, Dieu l'a punie..."

« Nicole s'est évanouie... Lorsqu'elle est revenue à elle, elle était toute drôle. Elle paraissait ne pas me reconnaître. Parfois, elle me disait que son amie Josette avait besoin d'elle et qu'il fallait la retrouver. Puis elle se souvenait. Alors elle pleurait, pleurait... Il a fallu lui faire une piqûre calmante pour passer la ligne de démarcation sans incident. Elle vomissait, pleurait, vomissait... C'était affreux... Cela a été ainsi jusqu'à maintenant. J'ai préféré venir ici plutôt que la ramener chez elle. J'ai pensé qu'il valait mieux avertir André avant... avant qu'il se rende compte...

Hélène sanglotait. Plus jamais... David, Fanny, Josette, les enfants... Plus jamais elle ne les reverrait. C'était toute une partie de sa vie qui s'effondrait. Et Nicole... Mon Dieu, qu'allait-il advenir de Nicole ?

Huit jours plus tard, Nicole Lefranc, en proie à une dépression grave, fut admise à l'hôpital Sainte-Anne de Toulouse. Elle mourut d'inanition trois mois plus tard. Elle ne reconnaissait plus personne et était persuadée que les mets qu'on lui présentait étaient empoisonnés.

C'est la veille de Noël 1942 qu'Henri revint de Nice avec un passager clandestin dans sa camionnette, un communiste italien. Simone Mézaille et Henri avaient été chargés du transfert.

Hélène, partagée entre sa jalousie maladive et la crainte qu'Henri ne se fît arrêter en cours de route, avait vécu ces deux semaines en proie à des sentiments contradictoires. « Ils passent pour mari et femme... Ils vont dormir dans les mêmes hôtels... donc... », se disait-elle sans cesse. Elle imaginait la jolie Simone Mézaille, sa voix ravissante de soprano léger, sa gaieté, son courage invincible, sa liberté de femme seule. Alors elle tremblait de rage et de fureur. « Il va voir ce qu'il va voir ! La Résistance a bon dos !... Où a-t-on vu ?... » L'instant d'après, elle imaginait que la Gestapo les arrêtait tous les deux et les torturait pour les faire parler. Alors elle priait : « Mon Dieu, faites qu'ils s'en sortent... Mon Dieu, faites qu'il ne leur arrive rien ! Je vous en prie, mon Dieu... » A ce moment-là, même l'image intolérable d'Henri et de Simone enlacés dans le même lit lui était plus douce au cœur que les images atroces qu'évoquait parfois André Lefranc lorsqu'il lui arrivait d'être en présence d'un corps supplicié.

Enfin, Henri était là, les bras chargés de cadeaux.

— Si tu savais comme tu m'as manqué... Les enfants ?

— Ils dorment...

— Alors, faisons vite...

Henri n'était pas seul. Dans la camionnette à gazogène qui, par prudence, avait été remisée dans le garage de Rivière, un homme se dissimulait parmi des sacs de topinambours. Simone Mézaille était avec lui. Très vite, l'homme fut dégagé de son sac. Cinq minutes plus tard, il était en sécurité dans la pièce interdite.

— Vous voici installé pour quelque temps, Gismondi. Surtout ne faites jamais de bruit, rien qui puisse attirer l'attention. Dès que possible, Simone et un camarade vous feront passer en Espagne.

Epuisé, l'homme inclina une tête bandée. Son visage était tuméfié, ses mains sanguinolentes. Il avait été torturé.

Prise de compassion, Hélène lui demanda :

— Voulez-vous un médecin ?

L'homme secoua la tête sans répondre. Henri dit :

— Il a tellement hurlé sous la torture qu'il n'a plus de voix. Mais il souffre beaucoup moins : on lui a donné des calmants. Laissons-le dormir. Demain André viendra avec un médecin. Maintenant, j'aimerais voir les enfants... Tu viens, Simone ?

Hélène sursauta. Depuis quand se tutoyaient-ils ? Qu'y avait-il entre eux ? Jalouse, elle surveillait chacun de leurs gestes, de leurs regards. Quand Simone Mézaille fut partie, elle dit avec une dignité touchante :

— Henri... j'espère que tu n'as pas oublié que tu es mon mari, et le père de mes enfants...

Il l'embrassa sans répondre. Qu'aurait-il pu dire ? Que le danger partagé, la chambre partagée, l'intimité forcée jouent parfois des tours auxquels un homme et une femme encore jeunes et séduisants ne peuvent échapper ? « Hélène ne comprendrait pas », pensa-t-il.

— Tu peux être tranquille, dit-il. Je n'oublierai jamais que tu es ma femme, la mère de mes enfants...

LES SANGLOTS LONGS DES VIOLONS...

Par une belle journée de la fin du mois de mai 1944, un prêtre et un homme âgé frappèrent à la porte de la villa des Pêchers. Ils étaient pâles, fripés, et avaient non seulement l'air fatigué, mais leur visage avait cette expression hagarde et inquiète propre à tous ceux qui vivent sur le qui-vive. Nul n'aurait pu leur donner d'âge.

— Mme Lozwitzky... Mme Helena Lozwitzky...

Helena céda à la panique. Comment, par qui avaient-il découvert son adresse ? Ici, à la villa des Pêchers, elle était Mme Los. Mme Hélène Los, mère de quatre enfants, originaire et réfugiée d'Alsace. Son mari avait disparu et elle était protestante. Pourquoi le prêtre lui parlait-il en allemand comme si elle le comprenait ? Et l'autre homme, qui lui parlait en yiddish, qui se présentait comme rabbin... Qu'est-ce que cela signifiait ? Où était le piège ? Comment avait-il pu découvrir qu'elle était juive ?

Son affolement était tel qu'elle ne comprit pas d'abord les explications des deux hommes. Puis elle comprit enfin ce que disait le rabbin.

— J'ai pu avoir votre adresse par l'une de vos amies, Mme Simone Mézaille. C'est elle qui s'est chargée de nous. Depuis Mulhouse jusqu'à Montauban... Je ne savais pas que vous viviez à Montauban. Ce prêtre a traversé toute l'Europe pour vous retrouver. Il a promis de vous transmettre un message de la part de vos parents... Ce prêtre vient d'Auschwitz. Il a pu se sauver parce qu'il est autrichien et catholique. Il a des lettres à vous remettre. Des lettres de vos parents...

Alors Hélène s'effondra plus qu'elle ne s'assit sur une chaise.

— Mes parents ?... Mes parents ? dit-elle d'une voix sans timbre... Mes parents ?

Elle ne parvenait pas à dire autre chose. Dans sa tête se chevauchaient les souvenirs de l'enfance. David et sa barbe grise, presque blanche, ses yeux bleus si bons, son violon, et Rivka qui regardait son mari comme s'il était Dieu en personne, Rivka qui préparait le repas du vendredi soir... et ses sœurs Regina, Ida, Berta, Adèle, ses frères Jacob et Aaron. Ils riaient. C'était l'hiver. Ils allaient tous faire du patin sur la Sola qui avait gelé. Pourquoi était-ce précisément cela qui lui revenait en mémoire, devant ce prêtre et ce rabbin français à l'air triste et fatigué et dont les mains tremblaient ?

— Ils sont morts, n'est-ce pas ? dit-elle enfin. Je le savais... Je crois que je l'ai toujours su...

Elle regardait le rabbin, puis le prêtre, espérait encore, contre toute espérance, qu'ils protesteraient, qu'elle se trompait. La réponse qu'elle fut sur leur visage la plongea dans le désespoir.

— Tous ?... Tous ?...

Le rabbin détourna les yeux et le prêtre inclina la tête, en signe d'assentiment.

— J'ai vu... J'ai tout vu, dit-il.

— Vous avez vu ?

— Oui. Tout ce qui s'est passé. Comment cela s'est passé. J'étais à l'église qui est juste en face de votre maison, vous vous souvenez ?

Si elle se souvenait ! Oh, Dieu... oublie-t-on la maison où l'on est née, où l'on a grandi, d'où l'on a rêvé de s'échapper pour conquérir le monde ?

— Et alors ? dit Hélène.

Le prêtre parlait comme pour lui-même :

— C'était en 1942, il y a deux ans, mais je m'en souviens comme si c'était hier. C'était en février. En février 1942...

Il s'interrompit. L'émotion enrouait sa voix et, un instant, Hélène crut que le prêtre allait fondre en larmes. Doucement, elle posa sa main sur celle du vieil homme et l'étreignit. Elle était comme anesthésiée, au-delà de la douleur. Dès que le prêtre aurait parlé, elle savait que toute une partie d'elle-même aurait cessé de vivre

— Continuez, dit-elle. Continuez... s'il vous plaît...

Oui, il fallait qu'il continue. Savoir. Savoir ce qui s'était passé.

— Cinq heures du matin... Les cloches de l'église sonnaient, et la place du Marché était vide, à l'exception d'un gros camion. Il neigeait cette nuit-là. Comme il neige quelquefois à Auschwitz. C'est le bruit qui m'avait attiré dehors. Un drôle de bruit... Je suis sorti. Les nazis vidaient votre maison, jetaient les meubles, les livres, le linge par les fenêtres, tout se cassait, se souillait en arrivant au sol...

Il n'y avait pas de vent. Juste une brume épaisse et froide. Et la neige qui tombait, recouvrant le sol d'un épais linceul glacé. David et Rivka se serraient l'un contre l'autre. Déjà si âgés... Autour d'eux leurs filles, leurs gendres, leurs petits-enfants. Tous pris dans la nasse. Berta. Salomon. Ernest. Nathan... Adèle, Regina et Ida, une douzaine d'enfants de deux à treize ans qui grelottaient de froid et de terreur. Ombres chétives que le vent glacial faisait claquer des dents.

Les nazis firent entrer leurs victimes à coups de pied, de poing et de crosse de fusil dans le camion. Les Polonais regardaient d'un air satisfait le « nettoyage juif ». Ils allaient pouvoir s'emparer des maisons où vivaient les youpins, ils allaient pouvoir mettre leurs vêtements, vivre dans leurs meubles... Qu'ils fussent eux-mêmes l'objet de sévices nazis n'altérait en rien cette joie profonde qu'ils éprouvaient à voir ces juifs, si fiers de leur culture, de leur réussite, de leur supériorité, ravalés à l'état de « moins-que-rien ». Ce qu'ils éprouvaient était une intense sensation de supériorité raciale. Ils étaient polonais et catholiques, et de voir des juifs réduits à l'horreur leur faisait oublier que demain, ce serait leur tour...

Le prêtre autrichien tenta de s'interposer.

— Au nom de Dieu ! hurlait-il. Vous n'avez pas le droit de faire cela ! Vous n'avez pas le droit !

Ce « vous n'avez pas le droit » fit rire les SS. Comme si ces Schweinehunde *se souciaient du droit !*

— Allez donc en reconnaissance ! ricana un nazi. Demain nous nous occuperons des chrétiens ! La robe noire ne perd rien pour attendre ! Juifs ou catholiques, vous êtes tous semblables, vous adorez le même Dieu !

Et le prêtre fut jeté à coups de crosse de fusil dans le camion.

C'était un prêtre d'une quarantaine d'années, au visage profondément ravagé par la détresse. Les familles Lechner, Langer, Weissman, Milstein, Lieberfreund et Gutman le regardèrent.

— Mes amis, murmura-t-il, que Dieu nous assiste.

— Dieu ? dit Nathan Milstein... Dieu ? Quel Dieu ? où est Dieu ?

Il tenait dans ses bras sa dernière-née, Sarah, un an. Ses deux fils aînés, Leopold, neuf ans, et Moïse, six, s'accrochaient aux jupes de leur mère Ida.

— Ne blasphémez pas, mon fils, dit le prêtre. Nous allons tous mourir ensemble... Prions. (Puis, timidement :) Je ne connais que des prières catholiques.

Ernest Gutman haussa les épaules.

— Priez si vous voulez.

Adèle tenait dans ses bras un nouveau-né, son premier petit-fils Jacob, le fils de sa fille aînée Deborah qui s'efforçait d'être courageuse. Elle avait dix-huit ans, et son jeune époux Mendel Lieberfreund, vingt. Et parce qu'elle avait dix-huit ans, elle se mit à chanter la « Hatikva ».

— Nous aurions dû partir, dit Adèle en soupirant, sans s'adresser à personne en particulier. En 1938 nous avions demandé un visa...

— Et alors ? demanda le prêtre.

— Nous ne l'avons jamais obtenu. Nous avions pourtant des certificats qui garantissaient que nous ne serions à la charge de personne.

Il n'y eut pas de visas pour David, Rivka, leurs enfants et leurs petits-enfants. Ils furent tous déportés en février 1942. De leur maison, 29, rue Jagelowski à Auschwitz, au camp de Birkenau-Oswiecim, il n'y avait qu'une heure de marche, ou quinze minutes de camion. Parce qu'il pleurait, le bébé de Deborah fut fracassé contre un mur ; sa mère n'eut que le temps de hurler, une rafale de mitraillette la jeta sur le corps de son enfant. Les autres, tous les autres, David, Rivka, Ernest, Adèle, Salomon, Berta, Ida, et Nathan, Regina, leurs enfants et leurs petits-enfants moururent dans les chambres à gaz.

Il ne restait plus rien de la famille d'Helena Langer, épouse Lozwitzky, plus rien que des cendres et des larmes... Le prêtre avait eu la vie sauve et avait pu s'échapper grâce à la complicité d'amis communistes.

Juste avant qu'on l'entraînât vers la mort, David avait supplié l'homme d'Eglise de retrouver sa fille Helena qui vivait en France, dans une ville qui s'appelait Montauban. Elle avait des enfants. Quatre. Il fallait tout lui dire. Lui dire aussi que son père et sa mère étaient morts en la bénissant, qu'il fallait qu'elle parte au plus tôt. N'importe où. En Amérique. En Palestine. Qu'elle quitte cette vieille Europe gangrenée par le nazisme...

— J'ai juré à votre père de vous retrouver, acheva le prêtre. J'ai pu me procurer des papiers, un passeport, et je suis arrivé ce matin à Montauban. On nous attend, monsieur le rabbin et moi, dehors avec une camionnette. On va nous faire passer en Espagne dans quelques jours. Mon enfant... Je sais qu'au moment de sa mort, votre père a maudit les chrétiens du monde entier. Mais il m'a béni parce que... parce que... (Le prêtre pleurait.) Je ne lui en veux pas, continua-t-il en séchant ses larmes. A sa place, peut-être eussé-je pensé comme lui... Mais ce n'est pas vrai : les chrétiens ne ressemblent pas tous à la charogne polonaise ou nazie... Les Allemands, les Autrichiens ne sont pas tous des nazis... Voulez-vous quitter la France ? venir avec moi en Espagne ? Il y a des passeurs qui nous feront franchir la frontière non loin du col du Perthus...

Hélène secoua la tête. Egarée, elle dévisagea les quatre enfants qui, assis à la table de la cuisine, les regardaient tour à tour, apeurés.

— Avec eux ? dit-elle. L'aîné a tout juste neuf ans, nos jumelles huit ans, et ma petite dernière six ans...

— Vous pourriez les laisser dans une institution religieuse qui cache des enfants juifs.

— Et qui s'empresse de les baptiser contre l'avis de leurs parents...

— Ils auraient la vie sauve, dit le rabbin qui jusqu'alors était resté silencieux.

Hélène le regarda.

— C'est vous qui me conseillez cela, monsieur le rabbin ?

Le malheureux baissa la tête.

— Ils auraient la vie sauve, répéta-t-il enfin.

— C'est vrai... Ils auraient la vie sauve. Mais à quel prix ? Plus grands, ils pourront dire de leurs parents ou de leurs grands-parents : « Ce n'étaient jamais que des sales youpins » et cracher par terre en prononçant leurs noms. Quelle est l'adresse de cette institution ?

— Dans un village, à six kilomètres d'ici. Montbeton, précisa le prêtre. C'est là que nous allons nous cacher en attendant de passer en Espagne. La mère supérieure est une sainte. Elle cache beaucoup d'enfants juifs...

Hélène murmura :

— J'emmènerai mes enfants. Demain...

— Pas plus tard, madame Lozwitzky, dit le rabbin. Pas plus tard, je vous en conjure. Les nazis savent qu'ils sont vaincus. Le débarquement américain n'est plus qu'une question de jours... Les Allemands et les miliciens français le savent et cela les rend encore plus enragés... À propos, connaissiez-vous un certain Mendel Langer, né à Auschwitz, comme vous ?

— C'est un cousin. Du côté de mon père. Il a été arrêté et a été guillotiné en juin 1943, il y a un an. C'était lui qui dirigeait la 35e brigade des FTP du Sud. Pourquoi me demandez-vous cela ?

— J'avais un message à lui transmettre, murmura le rabbin en baissant la tête. On m'avait dit que sa famille vivait à Toulouse, rue des Pénitents-Blancs. Mais ils ont été déportés...

— Ah ? dit Hélène. Je suppose que là où il se trouve maintenant, il a pris directement connaissance de ce message ?

— Oui En effet. Je le suppose aussi. Il a dû rejoindre les siens. Tous les siens.

Silence. Puis :

— N'est-ce pas terrible de penser que la mort est préférable à ce que nous sommes en train de vivre ? demanda Hélène.

— Terrible en effet, terrible, dit le prêtre. Il faut que nous vous quittions. N'oubliez pas, emmenez vos enfants demain dès la première heure. La supérieure sera avertie et vous pourrez vous confier à elle.

Et comme il restait immobile, silencieux, les yeux fixés sur un point invisible, sans doute désolant tant son regard était triste et amer, Hélène demanda :

— A quoi pensiez-vous, monsieur, vous qui êtes un prêtre catholique, lorsque vous étiez dans le camion qui vous emmenait dans le camp d'Auschwitz ?

Le prêtre hésita.

— A quoi je pensais ? Je ne saurais l'exprimer exactement... A rien de bien précis j'imagine. J'avais peur. Je l'avoue. Mais maintenant, je pense qu'il faudra qu'un jour le monde entier paie pour tout ce malheur dont il porte une si grande responsabilité... Les Allemands partiront un jour... Cette guerre prendra fin, et elle ne laissera derrière elle que haine, torture et deuils...

A peine les deux hommes de Dieu eurent-ils franchi la porte qu'Hélène donna libre cours à ses larmes. Bouleversés, les enfants la regardaient sangloter.

— Maman a perdu sa maman et son papa... C'est pour ça qu'elle pleure, dit François-Joseph. Il faut que nous soyons très sages.

Mais le lendemain, ce furent des gendarmes français qui vinrent frapper chez Hélène. Ils étaient quatre, dont deux miliciens gestapistes, arrogants, suant la bêtise et la haine par tous les pores de leur peau. Les policiers étaient des policiers. Probablement pas plus méchants ni plus pervers que la moyenne des gens. « Un ordre est un ordre, voilà tout. » Hélène pâlit et bénit le ciel de ce que les enfants fussent à l'école, en sécurité. Elle se souvenait du pacte qu'elle avait conclu avec la directrice de l'école, Mme Bigeyre. « S'il vous arrive quoi que ce soit, madame Los, je me chargerai de vos enfants. Je vous le promets... »

Les joues rougies de gifles, échevelée, Mme Bigeyre entra, affolée, dans la classe de Mme Calvet. Elle était suivie de ce sinistre bataillon. L'un des miliciens lança d'une voix forte :

— Qui s'appelle Gilberte Pitterman ?

Une petite fille se leva. C'était la rivale de Myriam. Elles se disputaient toutes les deux la première place. Quand ce n'était pas l'une, c'était l'autre. Ce jour-là, Myriam s'en souviendrait toujours, Gilberte Pitterman portait un tablier jaune avec des manches ballons. C'était très joli. Un très joli tablier dont la couleur d'or pâle allait très bien à cette petite fille de six ans aux longues boucles noires, à la voix timide et hésitante, et qui rougissait très fort quand elle ne savait pas sa leçon. Elle devenait pivoine, et ses yeux noirs se remplissaient de larmes, à la grande joie de Myriam qui, elle, savait sa récitation par cœur. Ce jour-là, Gilberte Pitterman fut déportée, encadrée par les miliciens et les gendarmes.

Myriam fut épargnée. Pourquoi ? Nul ne le saura jamais. Une erreur de fonctionnaire, sans doute. Ils avaient marqué sur la liste trois enfants Lozwitzky, dits Los. Et les trois enfants, François-Joseph, Sonia et Floria, attendaient déjà dans le camion, grelottant de terreur, malgré la chaleur précoce.

Gilberte Pitterman les rejoignit.

Mme Bigeyre s'empara de Myriam et l'entraîna dans son bureau.

— Tu ne bouges pas d'ici, sous aucun prétexte. Tu me le promets ?

Myriam inclina la tête. Elle ne pouvait prononcer un mot. Mme Bigeyre serra l'enfant contre elle.

— Je vais aller chez toi. Je vais voir ce qui se passe. Je vais chercher ta maman...

Toujours incapable de parler, l'enfant la regardait.

— Ton frère et tes sœurs aussi... La guerre va bientôt finir. Ils reviendront. Je te le promets... Je te le promets...

Elle pleurait en serrant Myriam contre elle. C'était l'une de ces femmes de cœur qui vous réconcilient avec l'humanité.

Le commissaire Lefranc balaya la salle du regard. Son intuition ne l'avait pas trompé. Haïm Lozwitzky, alias Henri Los, était assis à une table dans le fond de la salle et disputait une partie d'échecs, seul contre six joueurs. Il était tellement plongé dans la partie qu'il ne prêtait pas attention à ce qui se passait autour de lui. Il sursauta lorsqu'il sentit une main se poser sur son épaule.

— Ah ! c'est toi ! dit-il en souriant. (En voyant le visage de son ami, son sourire s'effaça.) André, que se passe-t-il ?

— Viens avec moi ! Il faut que je te parle ! C'est urgent.

Malgré les protestations des autres joueurs, les deux hommes s'éloignèrent. Lorsqu'ils furent sur la place Wilson, André dit d'une voix blanche :

— Haïm...

C'était la première fois depuis longtemps que son ami l'appelait par ce nom. Les regards des deux hommes s'accrochèrent. Haïm sentit son sang se glacer. Son cœur battait, résonnait dans ses oreilles, étouffait tous les bruits avoisinants. Il avait vécu cette scène il y avait longtemps, longtemps... Il allait la revivre à présent, il le savait, il le lisait sur le visage désespéré de son ami, le commissaire divisionnaire André Lefranc.

— Haïm ! disait ce dernier. Haïm, sois courageux. Il est arrivé un malheur, un grand malheur... Ne rentre pas chez toi... ne retourne pas à Montauban. Ta femme et tes enfants viennent d'être déportés...

Haïm ferma les yeux. Il se revoyait vingt-sept ans plus tôt avec le Comte Sergueiev, blanc comme un cadavre, l'épaule fracassée par une décharge de pistolet. *Haïm... Haïm... ne rentre pas chez toi... Ils sont tous morts...*

Haïm ouvrit les yeux. Il était assis sur une chaise et il entendit André dire alentour :

— Voilà... voilà, il revient à lui... Laissez-nous maintenant.

L'un soutenant l'autre, les deux hommes longèrent le boulevard Carnot. Le commissaire demanda à voix basse :

— Et Gismondi ?... Où est-il caché ?

— Dans la cave de Rivière.

— Il faut aller le chercher.

— Je vais y aller, dit Haïm.

— Mais non ! Pas toi ! Je vais envoyer Simone. Simone est très sûre.

— Non... non !... Je vais y aller ! Et puis je veux savoir... Je veux savoir comment ces salauds de boches...

André baissa la tête.

— Ce n'est pas la Gestapo allemande qui est venue. C'est la milice française. Ils ont fait une dernière rafle... Surtout des femmes et des enfants...

La veille, elle avait dit :

— *Quand la guerre sera finie, nous rentrerons à Paris. Quand la guerre sera finie, nous partirons.*

— *Mais où, ma chérie ?*

— *N'importe où, là où les juifs ont le droit de vivre.*

— *En Palestine ?*

— *En Palestine. Les Américains vont débarquer, avait-elle dit encore. Nous ferons venir maman et papa, et tous ceux de la famille qui seront encore vivants, et nous partirons. Ce cauchemar va bientôt se terminer. Peut-être même l'automne prochain ! Nous retournerons à Paris... Nous ouvrirons une autre maison de couture...*

Tous ces projets ! Elle était si excitée.

— *L'Armée rouge avance ! disait-elle encore. Les Russes vont nettoyer l'Autriche, la Pologne, l'Allemagne, c'est une question de semaines.*

Sur la grande carte géographique qui représentait l'Europe, elle suivait l'avance de l'Armée rouge avec anxiété.

— *Sont-ils déjà à Auschwitz ? Penses-tu qu'ils auront libéré le camp ?*

« Quand la guerre sera finie, nous ferons... »

Une longue route encore à vivre ensemble avec Helena, à voir les enfants grandir, à choisir leurs écoles, à surveiller leurs études. Demain, la paix... Les Américains allaient débarquer, c'était une question de jours ; la France allait être libérée. Et maintenant, Haïm se tordait les mains. A quoi bon maintenant ? Elle n'était plus là. Et trois de ses enfants... François-Joseph. *J'ai promis à mes parents de l'appeler ainsi en souvenir du temps où ils étaient si heureux à Vienne. Haïm... Lozwitzky !*

Si jamais tu as inscrit mon fils sous le nom de Radamès, je te jure que je rentre chez moi à Auschwitz ! Qu'importait l'avenir maintenant ? Il n'y avait plus d'avenir. Le monde s'était éteint... La couleur du ciel, la chaleur du soleil, le parfum des fleurs, et même l'espoir que l'avance de l'Armée rouge faisait renaître, tout était mort.

« Et mes filles... Sonia... Floria... »

— *J'veux pas m'appeler Simone ! J'veux pas m'appeler Simone...*

— *Mais pourquoi, mon enfant chérie ?*

— *Parce que papa ne pourra plus me chanter ma chanson...*

Il ne la chanterait plus, sa chanson... Il ne la chanterait plus jamais.

On ne laissait jamais Haïm seul. Quand il n'était pas abattu, prostré, il menaçait, se laissant aller à de terribles imprécations contre les nazis et les collaborateurs : « Je les maudis ! Qu'ils soient maudits ! les Papon ! les Bousquet !... Qu'ils soient maudits ! Eux et leur descendance et la descendance de leur descendance jusqu'à la vingtième génération... Qu'ils crèvent tous ! Les enfants, les frères, les sœurs de ces pourritures galonnées qui ont envoyé ma famille dans les camps. Que chaque juif mort par leur faute les maudisse et maudisse tous ceux qui portent les gènes de cette vermine... Car ils recommenceront, ces assassins et ces voleurs. Ils recommenceront !... » Il étouffait de haine et de désespoir. « Ce sont des assassins ! Des assassins aux mains blanches, des mains qui n'ont fait que signer des ordres. Des mains qui ont signé des condamnations à mort, que même les nazis ne leur demandaient pas. Des assassins en liberté... Ils mourront dans leurs lits, ces infâmes, mais ils mourront avec ma malédiction... Non, jamais de pardon, jamais, qu'ils crèvent tous ! Qu'ils crèvent et pourrissent en enfer !... »

Et pourtant, il ne fallait pas faire d'imprudence. Les Allemands étaient déchaînés. Les crimes succédaient aux crimes... Ils arrêtaient à tour de bras. Sur la place du

Maréchal-Pétain, à Montauban, six corps de résistants, arrêtés la veille et jugés sommairement, se balançaient, pendus à six arbres.

Le 6 juin à l'aube, Haïm écoutait Radio-Londres. Soudain, il fit un bond. Une voix, qui s'efforçait d'être calme, déclamait les vers de Verlaine : *Les sanglots longs des violons...* Ce fut comme un vent d'espoir qui se levait. Moins d'une heure plus tard, malgré le couvre-feu, malgré le danger, ce qui restait du groupe de résistants que le commissaire André Lefranc avait constitué était réfugié chez les Rivière. Ils écoutaient Radio-Londres. Et une même prière s'élevait de leur cœur : « Mon Dieu, faites qu'ils tiennent... Faites qu'ils tiennent... » Toute la journée, toute une partie de la nuit. « Faites qu'ils tiennent !... » Ils en oubliaient de manger leurs topinambours, leurs rutabagas accompagnés d'ersatz de café. « Faites qu'ils tiennent... Faites qu'ils tiennent... »

Les jours suivants furent semblables. Tous étaient là, toujours agglutinés devant le poste. Pleurant, riant... pleurant encore. Des morts par milliers. Arromanches, Vierville, Sainte-Mère-Eglise, Courseulles, Lion-sur-Mer. Noms de villes, de villages qui revenaient sans cesse dans les informations de Radio-Londres. Quatre années de guerre, de tortures, de famine, d'horreurs, de honte. Quatre années... Pour aboutir à ces vers de Verlaine :

Les sanglots longs des violons de l'automne
Bercent mon cœur d'une langueur monotone,

que Haïm déclamait à longueur de journée.

« Helena et les enfants ne peuvent être loin ! C'est une question de jours ! Nous les retrouverons... » L'espoir revenait. Un homme qui n'espère plus est un homme mort. Même André Lefranc se reprenait à sourire. Il serrait Mme Bigeyre contre lui. Un autre espoir. Une autre promesse de bonheur.

L'espoir est une chose étrange. L'espoir fait croire que les miracles existent, que les morts ne sont pas morts, que les lendemains vont chanter, que l'homme deviendra doux, pacifique et fraternel. C'est au nom de cet espoir que des millions d'êtres humains meurent. Mais l'espoir est toujours là, vivace, brûlant. Aussi longtemps qu'un homme reste debout, l'espoir est en lui. Cet espoir qui ne meurt qu'avec son dernier soupir.

C'est pourquoi Haïm gardait en lui l'espoir de revoir Helena vivante, Helena et les enfants.

— Il n'y a plus que l'espoir ! lui disait Lefranc. Dès que la guerre sera finie, et ceci n'est plus qu'une question de jours, nous ferons des recherches, nous les ferons revenir...

En mai 1945, Henri Los prit sa petite fille par la main et retourna à Paris. Il ne fut guère surpris de voir son appartement réquisitionné par l'un de ces collaborateurs passifs qui se contentaient de s'octroyer les biens des personnes déportées. L'homme se fit arrogant, venimeux.

— La guerre n'est pas finie ! Il peut y avoir des retournements de situation...

Blême, Henri regardait les meubles qu'Helena avait choisis avec tant d'amour rue du Faubourg-Saint-Antoine... Les photos de la famille Langer et de la famille Lozwitzky avaient toutes été enlevées. Avec une force qu'il ne soupçonnait pas, Henri saisit l'occupant par les revers de son veston et le jeta dans les escaliers. Les cris alertèrent la concierge qui avait dénoncé tous les juifs de son immeuble ; elle menaça d'appeler la police.

— Laquelle ? ricana Henri. Celle qui a collaboré ou celle qui a résisté ?

Puis il la gifla à toute volée, referma violemment la porte, prit les photos qui avaient remplacé les siennes et les jeta par les fenêtres qu'il ouvrit en grand.

— Il faut purifier l'atmosphère, mon oiseau bleu, dit-il à l'enfant qui le regardait. Nous voici revenus à la maison... nous voilà chez nous.

Avec beaucoup de méfiance, Marie-Myriam regarda ce grand appartement qui donnait sur le boulevard Malesherbes, juste en face de cet étrange bâtiment de la

Banque de France. Elle ne connaissait rien de cet appartement, de ces meubles, de cette ville. Sa maison, c'était la villa des Pêchers à Montauban. Une villa qui jouxtait un grand pré où poussaient à foison des tulipes sauvages d'une belle couleur jaune clair. Là, il y avait maman, François-Joseph, Floria et Sonia... Et puis beaucoup de gens mystérieux qui venaient la nuit, parlaient à voix basse et partaient au petit jour. Désorientée, elle fixa son père qui, par la fenêtre ouverte, observait l'attroupement provoqué par le scandale dont il était l'auteur. Des exclamations parvenaient jusqu'à lui :

— Ces juifs ! ils se croient tout permis...

— Cet homme a raison, monsieur ! J'eusse agi de même si j'avais trouvé chez moi des étrangers...

— C'était un Français, monsieur !

— C'est surtout un collaborateur ! Et la concierge est une vraie garce qui a dénoncé des dizaines de juifs et de résistants.

— Ah, monsieur ! Pauvre France !

« Oui, pensait Henri-Haïm Los, oui... Pauvre France ! Tu n'es pas encore au bout de tes surprises. »

— Que veux-tu, ma petite princesse ?

Marie-Myriam le tirait par le bras pour attirer son attention.

— Dis, mon papa... maintenant que la guerre va finir, est-ce que maman, François-Joseph, Sonia et Floria vont revenir ?

Alors Henri souleva l'enfant dans ses bras.

— Je l'espère... oh, Dieu comme je l'espère... Dès demain, j'irai me renseigner. Oui, dès demain... Ce soir je t'emmène visiter Paris, mon tout-petit à moi. Et nous retrouverons ta maman, tes sœurs, ton frère, et nous serons de nouveau tous réunis...

Il faisait beau sur les Champs-Elysées. Le crépuscule de mai noyait d'ombre les arbres, les gens, les immeubles... L'air était extraordinairement doux, et les terrasses de café débordaient de monde, des gens volubiles, excités, d'où jaillissaient des mots belliqueux : « Les boches ! La liberté... Les collabos... Ils seront fusillés ! » Une telle fièvre, une telle excitation... Ils étaient tous « résistants ». Tous ceux qui avaient si vivement souhaité la victoire des Allemands, il n'y avait pas un an, et qui s'étaient réveillés résistants au lendemain du 6 juin 1944.

Un groupe de jeunes gens, fusil à la main, arborant une allure de grande virilité guerrière, ceux-là mêmes qui, deux ans auparavant, ne songeaient qu'aux « surprises-parties », au baccalauréat première et deuxième partie, et à ne pas trop se mouiller avec ceux qui portaient l'étoile jaune — les mêmes, oui, poussaient devant eux des femmes nues au crâne rasé... Henri mit la main sur les yeux de Myriam.

— Ne regarde pas ça, ma chérie, dit-il.

— Qu'est-ce que c'est, papa ? Qu'est-ce que c'est ?

Henri ne répondit pas. Il regardait la scène qui se déroulait devant la terrasse du café et, pour la première fois de sa vie, il eut honte d'être un homme.

Il se leva, prit la main de Myriam et ils s'en allèrent. Ils continuèrent leur promenade jusqu'à l'Etoile. L'ombre avait tout envahi. Une odeur de feuilles nouvelles planait dans l'air.

Myriam demanda :

— Qu'est-ce que c'est cette flamme-là qui brûle ? — elle désignait le tombeau du Soldat inconnu.

Henri regarda la flamme qui dansait joyeusement sous le vent.

— Rien, dit-il, rien..., de la poudre aux yeux !

Etonnée, Myriam regarda son père. Puis de nouveau la flamme bleu et doré, joyeuse, aérienne.

— C'est joli, dit l'enfant. C'est joli, la poudre aux yeux...

TABLE

PREMIÈRE PARTIE (1892-1899)

DEUXIÈME PARTIE (1900-1925)

TROISIÈME PARTIE (1925-1945)

Achevé d'imprimer en mai 1997
sur les presses de l'Imprimerie Bussière
à Saint-Amand (Cher)

POCKET - 12, avenue d'Italie - 75627 Paris Cedex 13
Tél. : 01-44-16-05-00

— N° d'imp. 2677. —
Dépôt légal : juin 1997.

Imprimé en France